梅花

Plum Blossom

上

徐海容 著

陕西新华出版
陕西人民出版社

图书在版编目（CIP）数据

梅花 / 徐海容著. — 西安：陕西人民出版社，2023.11

ISBN 978-7-224-15103-9

Ⅰ.①梅… Ⅱ.①徐… Ⅲ.①长篇小说-中国-当代 Ⅳ.①I247.5

中国国家版本馆 CIP 数据核字（2023）第 185782 号

出 版 人：赵小峰
策划编辑：张孔明
责任编辑：王彦龙　黄　莺
封面设计：杨亚强

梅　花
MEIHUA

作　　者	徐海容
出版发行	陕西新华出版　陕西人民出版社
	（西安北大街 147 号　邮编：710003）
印　　刷	西安市建明工贸有限责任公司
开　　本	787 毫米×1092 毫米　16 开
印　　张	47
字　　数	733 千字
版　　次	2023 年 11 月第 1 版
印　　次	2023 年 11 月第 1 次印刷
书　　号	ISBN 978-7-224-15103-9
定　　价	118.00 元(上下册)

如有印装质量问题，请与本社联系调换。电话：029-87205094

目录

001　引子

011　第一章　毕业
029　第二章　机会
053　第三章　选择
083　第四章　上位
105　第五章　出息
120　第六章　拿捏
150　第七章　结婚
181　第八章　浮躁
212　第九章　师者
252　第十章　师尊

286	第十一章	黑夜
320	第十二章	学院
353	第十三章	斯文
393	第十四章	学问
424	第十五章	师生
450	第十六章	本色
486	第十七章	宝贝
521	第十八章	罪恶
537	第十九章	师德
569	第二十章	师道
600	第二十一章	定力
639	第二十二章	师情
661	第二十三章	良心
684	第二十四章	梅花
704	第二十五章	天网
727	第二十六章	方向

742　尾声

引子

君子于役,不知其期!

六月,火辣辣的一天,空气中弥漫着潮湿酷热的气息。太阳透过云层,透过楼栋,透过树叶,透过一切空隙直射下来,把热浪布满每一个角落,一切都被笼罩在白花花的强光中,偶尔有几丝微风吹来,但这风分明也是烘热的干烫的。往日葱茏伸展的树枝,此刻像被烤焦了似的,一动不动,枝上的叶子蔫蔫的,无精打采。到处都是难挨的沉寂,连一向不甘寂寞的金蝉也停止了歌唱。沉寂很快被打破,因为这几天的太阳好像离地球特近,总是在追着人走似的,所以无论走到哪里,地面上总充斥着阵阵灼烧,一迈脚感觉道路都发烫,人站在上面像烙饼,稍不留神便会被烫熟烤焦。

尽管如此,人们还是不断地来来往往,毕竟是工作日,人流像潮水像巨龙像山洪此起彼伏,密密麻麻排山倒海,由远而近纷至沓来。老的、少的、男的、女的、高的、矮的、胖的、瘦的;走路的、踩车的;单身的、结伴的;光膀子的、长衣长裤的;恬静悠然的、烦躁不安的;红脸的、黑脸的、白脸的、黄脸的;笑的、愁的、哭的、怒的、皱眉的、翘嘴的;说话的、看手机的;低头的、昂头的;直视的、旁顾的;高声的、低声的;打伞的、穿防晒衣的、戴墨镜的、涂护肤霜的,各种面孔、各种装扮摩肩接踵蜂拥而至。人流在浮动,地面在躁动,熙熙攘攘,拥挤不堪,焦灼火燥烦闷阵阵袭来,人们面颊通红,浑身淌汗,灼热的汗水从额头流到脸颊,流到脖子,再流到前胸后背,甚至流到人的心里。

为了躲避这天气,大家情不自禁加快了步伐,但越是加快步伐,越觉得闷热窒息,走几步路,就感觉头晕眼花甚至恶心,于是不得不稍做停留,擦擦额头,张开嘴巴,大口大口地喘气,不约而同咒骂这恼人的天气,但还没骂完又开始急急赶路。来来去去,去去来来,这是一条必经的校园主干道,节假日都车水马龙,正逢工作日,更加人山人海。所有人都从这条主干道上匆匆而过,面孔目不暇接,声音嘈杂不已,时间一分一秒过去,人流一轮越过一轮,车辆一辆快过一辆,炙热一浪高过一浪。纷扰的人流、密集的车辆、喧嚣的空气,这情景跳跃着变换着更替着,一阵阵映入眼帘,让人分不清是有序的校园,还是纷扰的闹市。

——这是入夏以来最热的一天!

"哎呀,恭喜张博士学成归来,滨江大学又多了一个人才。"张懿恒背着电脑包走在校道上,老远就听见有人向他打招呼。说话的是一个年近四十的男人,身材矮胖,皮肤雪白,肚皮圆鼓鼓,浑身上下整个一大白馒头,张口就哇哇哇,像在放鞭炮。

张懿恒知道这是单位的庄焕明,于是停下脚步,正想说些什么。不料庄焕明扭动着肥大的屁股,很快凑上前,挤眉弄眼,嘻嘻笑道:

"兄弟你华丽转身,终成正果啊,可喜可贺。滨大有幸,滨江人民有幸啊,我们又多了一个博士,哈哈哈。"

前天刚刚结束毕业典礼,怎么庄焕明这么快就知道了消息?张懿恒不禁有些纳闷。

庄焕明是千里眼顺风耳,是有名的通天人物、情报高手,但更是有名的大嘴巴,爱说笑爱贫嘴爱飞短流长。他嘴巴不好,脾气更不好,动不动就和人吵架。朝饭堂的阿姨指手画脚,摔坏了盘子;和系主任老金拍桌子骂娘,吵得面红耳赤;和常华明拌过嘴;甚至还和系办秘书丁雄伟动手推搡过,大家对他的评价也有些不好。和这样的人在一起,张懿恒一下子有些不自然,再看看庄焕明说话时小眼睛一眨一眨,稀疏的头发随着节奏飘拂着,不说话时又纷纷下落,但很快被他用手指掠来掠去,最终掠成个明显的锅圈。没想到才两年时间,这个人就老态毕现。张懿恒赶紧支吾道:"什么人才啊！如今博士满天飞,学校早人满为患,正巴不得我走呢！"说完正想离开,不料庄焕明紧紧握住他的手:

"你怎么又回来了？你回到这地方干什么？我们都以为你不回来了呢！"

"我——"张懿恒顿了顿。

人生总充满说不清的无奈。这几天张懿恒也很困惑。五年前,他来到这里,三年前,因为种种不愉快,他离开这里外出求学,而现在毕业了,他又回到这个地方。

见张懿恒有些懊丧,庄焕明拍拍他的肩膀:"今晚我请吃饭,祝贺老弟学成归来,有要事协商。行了行了,老乡嘛,你何必推辞,再推辞我就生气了。——我最近烦躁得很。你别烦我好不好？咳,一顿饭还能把我吃穷？放心,我请客。有要事协商。"

张懿恒正想问有什么要事,庄焕明忽然嘘了声,锅圈脑袋触电般歪斜过去,眼睛死死盯着眼前的人流,很快搜索起来,就好像饥饿的人看见了美食,就好像赌徒看见了骰子,就好像流浪汉发现了宝藏。庄焕明的小眼睛闪动得比任何时候都光亮,伴随着人流的涌动,他的脚步也开始挪动。

前面有个女的,一身黑衣,长发飘飘,身材秀颀,瘦长的腿半裸着,正袅袅婷婷走过,从后面看确实有几分动人。

"哇,好靓啊！"庄焕明张大嘴巴,叫出声来,很快就飞奔上去。

傍晚时候,张懿恒如约走进聚贤庄,左等右等,不见庄焕明过来,他十分纳闷。"小张,小张。"前面有个头发花白、身材瘦削的老师站起来向他招手,这人六旬开外,浓眉毛,细长眼睛,高鼻梁,一袭暗花的银色短袖唐装,在满堂的食客中分外醒目。张懿恒赶紧迎了上去,"哦,卫老师。""你是在等庄焕明吧？不用等了。先坐吧,他让我给你捎话呢。"卫风之招呼着。

张懿恒心说,这个庄焕明,说是要请吃饭,却一心追女人,这么晚都不到,还吃个什么饭呢？但卫风之力劝他留下来,说是要为新科博士接风。两人随即坐好,刚寒暄了没几句,忽然不知从哪里冒出几个流浪艺人来,边弹边唱,手里拿着放钱的盒子,朝客人们面前晃着。张懿恒顿时明白了,这是一群乞丐,他正想喊

003

服务员将他们赶走,只见卫风之一挥手,服务员很快就过来了,卫风之笑笑:"一人一份,照办。"乞丐们马上停止弹唱,纷纷朝卫风之鞠躬致意,很快就下楼了。

过会儿服务员又上来了,把账单往卫风之面前一放:"老板,没见过您这样的善人,每次见到这些乞丐,总是一人一份烧鹅饭。""都是我的常客了,这不算什么。"卫风之呵呵着说。服务员皱皱眉:"那些乞丐以后上不来了,很多客人都投诉在我们酒楼吃饭晦气,下次我们就让保安拦截这些人。""哎,别别,你拦截人家就等于拦我。"卫风之叫起来,张懿恒正想说些什么,这时有个男子走过来,上身白衬衫,下身黑西裤,身材高大,眼睛犀利如剑。男子和卫风之说了两句下楼去了。卫风之笑笑:"这世界就是小,小到聚贤庄净碰见滨大的人。刚刚那个你认识吧?""不认识。""他就是滨大有名的封弘道。"张懿恒"哦"了一声,封弘道这个名字听说过,是滨大有名的钉子户,素以敢于告状闻名。关于他的故事很多,听说他是最令领导头疼的一位教工。

正说着,菜陆续上来了,脆皮萝卜、铁锅炖鱼、竹笋腊肉、白灼菜心,鲜绿嫩白摆了一桌子。"老封,我想和你说两句。"一见封弘道过来,卫风之招呼坐在一起,又加了两个菜。张懿恒顿时有想离开的感觉,物以类聚,人以群分,他正想着找个什么借口回避,不料封弘道开口道:"年轻人,和我这样口碑极差的人同桌,没有吓到你吧?"

张懿恒不知如何回答。"不就吃个饭嘛,有什么吓的?放心吧,滨江大学——当然前几天还叫滨江学院呢。滨大这几天正乱呢,领导们像热锅上的蚂蚁团团转。你一个新来的年轻人,没人关注你和谁吃饭。"还是卫风之给他解了围。三人刚吃了没几口,门突然开了,庄焕明跑了进来。卫风之悠悠呷茶,封弘道只是看看,一声不吭。只有张懿恒惊得站起来问:"你,没事吧?"

"能有什么事?今天算是倒霉了,活生生瘆人!"

庄焕明爱美女是出了名的,经常闹出些街头追女的笑话,用常华明的话说:这个花痴已经无可救药了。

参加工作七八年,庄焕明职称还只是个讲师,月薪一万多。这个收入在滨大不算什么,但和其他一些高校同等人员相比,就高出很多了。庄焕明的工资,一半拿来吃喝,一半就拿来追女了,有好几次他在街上正和朋友说着话,突然就撇下朋友,二话不说撒腿就跑,直追前面的漂亮女孩。问题是这么多年过去了,单身的庄焕明不仅没追到几个女孩,反倒吓跑了不少女孩。时间久了,大家也就习惯了。而庄焕明也真是不失风度,每当被追的女孩回过头来,看着身后跟着她跑了半天满头大汗气喘吁吁的胖男人,或疑惑不解,或惊慌失措,庄焕明总是不慌不忙,拿出他的滨江大学工作证、高校教师资格证等,依次排开,笑眯眯说道:

"美女你好,请不要紧张。我是滨江大学的老师,更是兼职星探。"

上次他就盯着一个女孩,一路走,一路看,追踪了半个多小时,搞得人家要报警。这样的事情多了,大家也就哈哈一笑:也难怪,他是学美学的。就像今天,他的毛病又犯了。

封弘道问:"怎么样,宛若处子吧?你的眼光肯定没的说。""天上掉下个林妹妹,似一朵轻云刚出岫。只道他腹内草莽人轻浮,却原来骨格清奇非俗流。娴静犹如花照水,行动好比风扶柳,眉梢眼角藏秀气,声音笑貌露温柔,眼前分明外来客……"音乐一响,大家都乐了。卫风之说:"听,美在生活,小庄有善于发现美的兰心慧眼。""行了,你们明知故问的,又来取笑我。"庄焕明挠着耳朵转过脸去。

……像前几次一样,庄焕明大步流星,时而奔跑,时而急走,追着前面那个黑衣女郎。那女郎身材窈窕,好一头披肩秀发,梳得丝是丝缕是缕,又穿着黑色的紧身长裙,衬托出纤细的小蛮腰,走路时腰身流线般扭动着,伴随着高跟鞋的节奏,小屁股也圆鼓鼓颤巍巍的,充满动感。一阵风吹来,黑裙的下摆翩翩飘舞,露出两条水萝卜一般的小白腿,笔直修长。

女郎似乎有点腰疼,走路有些颠腿,欲倒还休,别有一番柔弱娇羞的感觉。前面的道路拐来拐去。快入伏了,到处热得好像在烧烤。庄焕明跟了几步便大汗淋漓,不过,这不影响他追女。尽管只是那么简单一瞥,但女郎给他留下了瞬间永恒之美。而女郎的时隐时现,若即若离,更激起他无限的兴趣。

庄焕明锲而不舍,跑来跑去,跑了二十分钟,最后又拦了一辆摩托车,渐渐靠近了那女郎。"你好,你好,你好!"他连叫了三声。结果那女郎就是低头不理。庄焕明顿时急了,直接让司机加大油门,横在女郎前面,并且伸出手掌晃了晃。他想着这下女郎该抬头让他一睹芳容了。没想到女郎一抬头,庄焕明顿时魂飞

魄散,接着听到一阵类似于尖锐金属摩擦的歇斯底里的声音:

"救命啊,抓流氓啊!"

前面一辆小车驶来,摩的司机只顾扭头看美女,一下子撞在了小车上。摩托车顿时摔在地上,庄焕明和司机被抛在了旁边的草地上,满脸黄泥。等站起来的时候,两人还是本能地看向女郎。

"小阴沟翻船了。近看不如远看,今天算是倒霉了。本来从后面看很迷人,等到我追上去,结果是一张奇丑无比的老黄脸,长牙大鼻,猪唇马面,尽管涂了白粉,但还是皱纹多多,整张脸仿佛结满白丝的蜘蛛网,恶心死人啦!我正要跑,结果那黄脸婆大呼小叫,还扑上来找我,三下两下,围观的人就多了,卤阳湖的治安巡逻队也赶了过来。"庄焕明坐下来,边擦脸边喘个不停。

"那最后怎么解决的?"

"怎么解决?我又没偷没抢,到派出所一解释就过去了。长得那个样子,也值得人耍流氓?不晓得谁非礼谁呢?"

几个人呵呵着吃起来。正吃着,有个和卫风之年纪相若的人走了过来,步履蹒跚,身材瘦削,面色干黄,满脸灰白的胡碴,戴着高度的近视眼镜,上身穿件白色的长袖衬衫,早已洗得灰黄,领口袖口都起了毛,下身穿着灰色裤子,膝盖也是磨得发毛。庄焕明哎呀道:"这人怎么来了,该不是又要打包?"卫风之问:"是周宗儒吧?叫过来一起坐,不就多一双筷子嘛!"庄焕明连连摇头:"我不和那人在一起,道不同不相为谋。"卫风之说:"不就一顿饭嘛,一个单位的,何必呢?你不叫我叫,这顿饭我买单。"说着就叫张懿恒把周宗儒邀请了过来。几个人围坐下来,边吃边聊。张懿恒看见周宗儒斜着身子坐下,拿起筷子试探性一点一点夹菜,庄焕明大快朵颐,一副风卷残云的样子,封弘道只是呷酒不语,卫风之不断给周宗儒夹菜。"小张,给周老师斟酒!"卫风之招呼大家举杯,"今天我们相聚,为了庆贺张博士学成归来,为了庆贺滨大将迈上新的发展征途。为了……"庄焕明叫起来:"哎哎,老卫,你能不能少说两句,大家都饿了!"说着先把大大的烧鹅腿抓到自己手中,啃起来。

聚贤庄的菜做得不错。过去滨大老师聚餐经常在三义和,艺术系每有活动,必在三义和吃饭。老金会上呵呵两声,大家总是欢呼雀跃,三义和简直成了滨江大学的定点招待单位了。而这次庄焕明极力推荐聚贤庄，说是三义和熟人太多说话不方便，而聚贤庄物美价廉，地方偏远，是个世外桃源。果不其然，卫风之吃了几口，就发问道："滨江这么多菜馆开一个败一个。为什么聚贤庄开了十几年，却越来越兴旺了？"

"嗨，你看看老板娘就知道了。"庄焕明抹抹油光光的嘴，"我第一次来这里时，里面设施极其简陋。我一进门就想走。这时有个女孩子飞快地上前来，笑眯眯对我说他们刚开业准备不足，不吃的话也没关系，要我先到后厨看看。我见女孩子长得有几分姿色，便跟着她到后厨台面一看，发现各种做好的例盘、价单、分量、色泽、味型一应俱全。丰俭由人，开放选择。女孩子不厌其烦跟着我跑前跑后，一个菜一个菜地耐心介绍。女孩子声音甜美，浑身透着水灵灵的劲儿。我情不自禁心生怜悯，当下就点了几个菜。"

"你这哪是点菜啊，是怜香惜玉见色起意。"封弘道笑道。

"我点了三个菜。一个水煮肉片先上来，刚吃了几口，发现里面有根头发，我顿感十分恶心，马上朝服务员吼起来。"庄焕明说着放下筷子，"服务员把店长叫来，店长又把厨师叫来。三个大小伙子往我身边一站，我不禁脊背发凉。结果人家二话不说，端起水煮肉片就走。过了十分钟，服务员又笑眯眯过来了，给我又是低头赔礼又是弯腰道歉，张口哥闭口哥，叫得很甜，接着上了一盘白切鸡，一个清蒸鲈鱼，说是白送我的。吃完饭离开时，服务员又笑道：'哥，你下次来时提前打我电话，还有另外两个菜送你。'我当时就愣住了。"

"那你后来去了吗？"封弘道问。"哎，"庄焕明顿了顿，"我当然去了。不是吃菜，是道歉去的。因为我想起来，菜端上来时，我习惯性搔了搔头发，肯定是我的头发掉进菜里了。而且我回忆那根头发不长不短，半黑半白，不粗不细，恰好就是我这个油腻男人的头发。"

"最终怎么样？你给人家店家赔钱了吗？"张懿恒问。

"你看看，你这思维，典型的狭隘小农意识！"庄焕明敲敲桌子，这时周宗儒劝道："你不要激动，小张毕竟年轻。""那个女服务员当时已经是店长了，我说明来意，表示愿意赔付。人家只是甜蜜蜜地笑，坚持额外送了我两个菜。"庄焕明说着，冲着封弘道叫道："哎呀，真想不到。你们南方人谦恭大气，让人深受感动！要知道前年我在北方一个省会城市吃饭,还是挺高档的餐厅,在果仁菠菜里发现一根头发。当下找来了经理,可是人家狡辩不认账,非说是我自己的头发掉进去的。我怒不可遏,就和他们连吵带打起来。"

"行了行了,今天是欢迎小张的雅集,你还是言归正传吧。"封弘道打圆场了。

"你怎么又回滨大?难道你不了解滨大?我们真的都以为你不回来了。"庄焕明看看张懿恒,问道。

"我——"张懿恒皱皱眉。庄焕明问了一个他很难回答也最怕回答的问题。

"你失恋了?你和同学打架了?你和导师闹矛盾了?"卫风之问。封弘道不言语,只是拿起筷子,夹个虾丸放到碗里。

"哪里啊!"张懿恒笑笑。

卫风之说:"也好,你回来工作也好,年轻人本来就是要历练的。我已经快退休了,以后就靠你们了。学校将进入发展的黄金时期,这次成功改名大学,市里一次性就批了十个亿,要求建设好滨大,校领导都拍着胸脯保证了的。借着这个春风,你可以大显身手了!"

"所有人都有机遇。中国高校发展已进入关键时期,滨大不是要转型嘛!"张懿恒说。

封弘道说:"滨大现在是走到了十字路口,下一步何去何从?听说学校要动真格的了,改革已经进入深水区。人事制度改革,职称制度改革,绩效工资改革,这些都是硬骨头。能者上,庸者下。就像这次的人事制度改革,一些同志已经很不满了。仗着滨江雄厚的财力,滨大全球招聘博士,新来的博士大量入编,搞得学校人满为患,很多老教师认为抢了他们的饭碗。而年轻老师又觉得非升即走的政策过于残酷,来了就人心惶惶,工作照样不开心。听说这几天又有人去市里、去省教育厅告状了,说是学校乱发奖金呢。"

"家贼难防。多发钱有什么不好的?"庄焕明嘟囔道。

"不要紧的,前进过程中的探索,总是有这样那样的问题,不必为此烦恼。都是过来人了,要有一颗感恩的心。现在都好多了,要想想我们的幸福来之不易,那么艰苦的岁月都经历了,现在还怕啥?"

周宗儒絮叨着还想再往下说,庄焕明不耐烦道:"哎呀,周老师,你不想想我们知识分子以前过的什么日子？盼星星盼月亮，我们的折腾还少吗？"周宗儒道："哎呀，你不要揪住历史问题不放，要跨过命运的废墟，走出时代的阴影，不要攻其一点不及其余。我们以前是有过失误，但功大于过，你不要那么偏激！"庄焕明说："周老师，你怎么还沉迷在以往，怎么总相信宣传机器的一套？你能否走出固化的思维？我就是要揭开历史真相还原事实。"周宗儒说："你就是教育缺失，已经被别有用心的反动势力洗脑了，满脑子都是自欺欺人的历史虚无主义，这样很不好的。人要有良心，你不要戴着有色眼镜看世界！任何社会任何时代都不是完美的。"

庄焕明正要再说什么，被张懿恒阻止了。卫风之大手一挥："放心，滨大的天塌不了，就是塌下来，也不用我们去顶。"说着便看看张懿恒，"博士刚毕业，年富力强，一切呼之欲出，正是你最值钱的时候，一个男人被人看好的也就是这个年纪。抓紧机会，仰仗你导师的光辉，搞几个省部级、国家级项目，发几篇高大上的核心期刊论文，出几本专著，把职称搞定，奠定自己的学术地位，这个对你难度不大。江山代有才人出，各领风骚数百年。你能领风骚数十年就已经了不起了。"

庄焕明喝了几杯酒，脸膛很快红起来，他一一和大家碰杯，碰到张懿恒时，他的杯子故意碰得很响：

"这两三年内，滨江大学要经历大变革。迎评促建，人才引进，专业设置，学科提升，领导班子调整，绩效工资改革等等，学校正当用人之际，沧海横流，方显英雄本色。你的机会到了。兄弟，苟富贵，毋相忘。我是不行了，你将来发迹了，记得拉大哥一把。"

张懿恒趁机问："我已经离开两年了，咱们艺术系怎么样？"

庄焕明眉头一皱，缓缓放下酒杯。话到嘴边留三分，在这么多人面前，特别是在朝夕相处的同事面前，说单位的人事都避免不了是非口舌，这是大忌！但水嘴毕竟是水嘴，稍微一怔，就笑着来了句：

"我们艺术系，还不是和其他系部一样，也就那回事。"

其实张懿恒也知道目前艺术系党派林立，内耗严重，特别是几个教授之间，关系搞得很僵。老金是多年的系主任兼书记，大权在握，一言九鼎，威风凛凛。

关键是他已经五十六七了,年龄偏大,身体不好。听说这几天,有好几个教工去纪委告他。而副主任肖子业是新来的,大家评价此人是个软弱无能的可怜虫,有职无权,什么事都要看老金的脸色。

卫风之看看张懿恒,突然问道:"你今年有三十了吧?"

"差不多。"张懿恒点点头。

"真是好年纪!难怪你像水杉一样挺拔俊朗!好啊,既来之,则安之,只要安之,你的时代就到来了。"卫风之看着张懿恒连连赞叹,封弘道也举起酒杯说:"正是闯天下的时候,小伙子年轻有为啊!"

"兄弟,赶快找个女人结婚,结婚也是头等大事。你现在已经金榜题名,就差洞房花烛了。什么阶段干什么事,耽误不得,不然过了这个村就没了这个店。人生百年如朝露,活在当下;世间万象皆浮云,乐住心中。"庄焕明买完单回来,搂住张懿恒的肩膀不断叽呱。"我只想安安静静读几本书,画几幅画。"张懿恒淡淡一笑。"滨大虽大,你这个可怜的要求恐怕未必能实现。这年头走正路不通,走邪路发达,当学者教授难,当文人雅士难,唯独当官当小人容易。滨大更是当君子吃亏,做坏蛋享福,是流氓能成事。"封弘道说完便不再言语。

回到滨大,校园一片黑漆漆。庄焕明笑道:"我们滨大的桌子板凳都是骚的,连地上的蚂蚁都是那么浮躁,拼着命想上位。整个滨大,现在找不到一处安静纯洁的地方,就关教授家门前那两棵金枫树是干净的,是有信仰的。"

"穷则独善以垂文,我老了,下半年就要办退休手续,以后就吟诗作对混日子了,先献个丑好不好?"掌声中,卫风之四下看看,吟出一副对联,"前者后者进进出出门户路,行列队列失意得意道舟桥。"大家齐声叫好,纷纷要横批。卫风之环顾校园,踩踩脚下的土地,沉吟道:"为何到此?"

第一章 毕业

博 士

去去来来,为何到此?

几年前,张懿恒还不到二十五岁,是一所重点院校的硕士研究生。毕业前夕他考了一次博士,学校也答应录取,但声明只能读自费。张懿恒算了算,三年博士下来差不多要花十万。他哪有钱呢?家里根本无法供养他。本科他都是靠亲朋好友的接济才读完的。硕士三年也是靠勤工助学解决生活费。三年里,他一条裤子穿得膝盖都发了白,外套的领子都起了毛。没吃过一顿像样的饭,没穿过一件体面的衣服。每次打饭,他总是等到最后,那时候饭堂阿姨会给他多打些饭菜。他实在穷怕了,所以一听说博士要自费,尽管他不失为一个好学上进的青年,也知道博士学位的重要性,最终还是坚决放弃了。师兄杨鸣鹤拉住他的手百般劝说:"尽管是自费,机会也很难得,以后研究生都是要交钱的了,所以你还是一鼓作气读完博士。要不然过几年回头再考,情况多变,你看看我就知道了。"

"怎么个情况多变?"张懿恒问。

"一旦毕业,离开导师,感情就淡漠了。再说导师的学生一年年增加,想读他博士的人接力赛呢!能者多多,你以为导师的博士名额会永给你远留着吗?别做梦了,长江后浪推前浪,一代新人换旧人呢!"

张懿恒知道师兄毕业几年,经历一番周折才考上博士。"懿恒,你最好坚持读博士,千万不要半途而废,以后竞争会越来越残酷。"导师也好言相劝。尽管导师、师母和师兄一个个苦口婆心,但张懿恒还是选择了参加工作。求职信息他是在网上看到的,来滨江学院应聘时,人事处的接待人员告诉他,像他这样的重点大学研究生,一入职就是讲师待遇,年薪有六万,这对每月生活费只有几百块的他来说,无疑是天上掉馅饼,张懿恒毫不犹豫签了就业协议。那时的滨江学院艺术系正缺少人手,应聘时系主任老金和另一个老教师接待了他,简单询问几句,甚至连试讲都没有,老金就大手一挥:"你的求职材料我们事先已经看过了,今天就算是面试了。没问题,我们要你了。"

从艺术系办公室到人事处师资科,前后都是一路绿灯通畅通顺,张懿恒很快就办好入职手续。

"我叫浦光辉,教艺术史的,大家都叫我老浦。"九月,新学期开始,在艺术系签到时,一个头发花白弯腰驼背的教师握住了他的手。张懿恒认出来,这就是当初和老金一起面试自己的那个人。老浦说话地方口音很浓,但充满真诚,充满慈祥,笑声更爽朗。旁边一个肤色黑黄的男生也站起来微笑。"这是丁雄伟,我们滨江学院自己培养的人才,今年刚留校工作,你们都是新参加工作,大有希望,大有希望。"老浦介绍着。"你好,你好!"丁雄伟伸出双手,很热情的样子。张懿恒看清他个头偏小,前额突出,显得眼窝深陷,鼻孔又粗大。"我系扫扫扫伟,多关早早,多关关早啦,我愿意跟着各位学自自自私,学学学自私私。"一张口说话,丁雄伟黄黄的大龅牙暴露无遗,张懿恒的手禁不住发抖,问道:"你是滨江本地人吗?""嗨呀,死的死的,我死则里的,需要森马就唛。"丁雄伟说话有些结巴,"是"说成"系"或者"死",把"关照"说成"关早",把"知识"说成"自私",把"这里"说成"则里",把"什么"说成"森马",这是个习惯。他们这边的人总是z、c、s和zh、ch、sh不分,大街上总是把"炒饭"说成"操饭",把"发烧"说成"发骚",把"机遇"说成"妓女"。初听让人晕头转向浑身哆嗦,但听多了也就没什么了。

等在滨江学院这边办好入职手续,张懿恒如释重负。"就是读博又怎么样?暂缓就业,还不是缓刑三年?"想想杨鸣鹤师兄为了论文而熬红的双眼、憔悴的神色,他有一种说不出的轻松。这年暑假,张懿恒回家了。他第一次坐上了火车卧铺,尽管是硬座卧铺,但他已经很开心了,因为从读本科到研三,整整七年,他虽数次回家,但坐的都是火车硬座,有时甚至连座位都没有。最便宜的车票,也是最难熬的旅程,火车摇摇晃晃,往往二十多个小时才能回到他的家,那个贫穷荒凉的小山村。

然而在滨江学院只工作了两年,张懿恒就不由分说考了博士。他不能不考,不得不考。时代发展,高校的师资要求越来越高了。张懿恒入职的第二年,滨江学院就发了通知,入职专任教师系列的,必须有博士学位,说是为以后冲刺高水平大学提前准备。就在那一年,学院哗哗哗招了二十名博士,很快也被加以重用,有几个博士进来不到一个学期都当了教研室主任或系副主任,张懿恒一下子感到了压力。再说工作几年,经历的人事也让他不开心,所以三年前,当张懿恒告别工作单位,重回母校读博士的时候,他又是那么的愉悦:青青子衿,悠悠我心。还是读书好,在好大学读书更好!其间他也经常回工作单位上课,但每次上完课,他都匆匆离开,一分钟也不停留,他甚至恨不能插上翅膀,早点回到母校生活,单位他是一刻也不想多待。

张懿恒读的是在职博士,多少比全日制的差些。好在他就读的是全国著名高校,集"双一流"、985、211三位一体,平台之高,滨江学院没法比。毕业前夕,他也不是没想过留校,但杨鸣鹤比他更早两年毕业,又是师资博士后,留校工作理所当然。张懿恒也不是没想过要做博士后,但遭到导师的阻止:"博士后是那些找不到工作的人才去读的。你现在有工作,而且是很好的工作,年薪比我们这些博导都高,何必去做博士后呢?你以为留在重点大学就好吗?"

博士论文答辩结束的第二天晚上,导师就把他叫到家里,语重心长地谈了半天,最后拿出一个画筒,说是送给他的。他打开后发现是一幅六尺整纸的《山高水长》。青绿设色,层峦叠嶂,山重水复,构图布局极其考究,意境尤为高远,一看就是精品。"老师,您这厚礼……"张懿恒叫了一声,不禁激动起来。导师身兼画院院长,又是美协主席,他的画市场价每平尺好几万了。

"懿恒,你是我们国家第一代乡村大学生,成长很不容易。读大学时,乡亲们敲锣打鼓为你送行,家家户户一个鸡蛋、一把黄豆给你凑钱当路费。我知道你是个好孩子,厚道朴实,努力上进,大二时就入了党。人要有感恩之心,学以致用,你应该脚踏实地,哪里需要到哪里去。时代不同了,已经留了你师兄,若再留你,别人会怎么看我这个领导?肯定说我广植门生,拉帮结派,开自家店!你还是再回滨江历练吧。艰难困苦,玉汝于成,你背一遍孟子的'故天将降大任于是人也'给我听。"

卫风之询问的时候,张懿恒回顾毕业前夕的一切,背完孟子的那段名言,最后说:"我很理解我的老师,老师对我恩重如山。"

"哈哈,你老师话中有话啊!"卫风之笑起来。

"有什么话?"

"他没说留你,也没说不留你。说不定几年后可以再杀回去。"

"我才不想呢!"张懿恒摇摇头。

言为心声,张懿恒的确不想了,一切还是靠自己。导师是国务院学科评议组的成员,是教育部公布的首批长江学者,是国家社科基金项目评审专家,是全国工笔画学会的副会长。谁不想背靠大树好乘凉?按照惯例,特别优秀的学生,都可以留校工作,但学校也有不成文的规定,各个导师只能留一名自己的学生。当然,张懿恒的导师这么有名,要多留一个学生,别人又能说什么?但导师已经声明了,他也就不强求。

"我导师的正派是出了名的,他是老先生了,必须遵从这条不成文的规定。作为学生,我尊重和理解老师,谁让我是在职博士生,本身就要回来的。鸣鹤师兄则一直穷读上来,年龄又大,又赶上母亲病危,所以更需要稳定的工作。"

张懿恒说完,庄焕明呵呵道:"你老师真是知识分子的代表,我们学校那些领导,和人家比起来,是天地之别。"周宗儒也嗯嗯道:"小张你做得对,其实人就应该哪里需要就到哪里去。到哪里都是工作,都是成长。"张懿恒没说话,杨鸣鹤刚刚给他发短信问平安。师兄人很好,就像仙鹤一样优雅超脱,但一想到师兄那清瘦的面容,倔强的眼神,他心情就复杂起来。

"说了半天,你到底读的是什么方向的博士?"卫风之问。

"中国山水画理论与创作。"张懿恒答道。

"那你画得如何?"

"我重在理论,画得不怎么好。"

"光理论不行,你还是要加强创作,画好了才能卖钱。滨江学院现在升格为大学了,上周刚刚改名,以后要大发展。滨江这里的画风自古就很盛行,艺术市场发达,你也算来对地方了。"封弘道指指窗外的高楼大厦说。

办公室

"想当年,我力气大得惊人,扛着二百斤的麻袋,一口气走十里山路都不换肩。那时候下乡,条件虽然艰苦,但是民风很好。插队几年,我和乡亲们建立起深厚的感情。农村生活锻炼得我勤劳能干,耕地、插秧、收割、扬场、入仓,特别是喂猪养鸭,我可是一把好手。哎呀,乡亲们一见我就像见到亲人,拉住手二话不说就到家里杀鸡宰羊,当然咱那时候饭量也大得很,这么大的肉包子,"老浦用手激烈比画着,"饭碗大的肉包子,我一口气能吃十三个。说实在的,兄弟我那时候太能干了。到最后乡亲们都舍不得我走,夸我是个好后生。有好几次我刚回到知青宿舍,一些大姑娘小闺女就主动来找我,给我纳鞋底,给我洗衣服。咳咳,当时老支书已经有意让我接他的班。"张懿恒走进教研室的时候,老浦和一帮人正聊得起劲。大家从上课问题,从迎评促建聊到绩效工资改革,聊到官本位,一个个义愤填膺。轮到老浦的时候,他总是不忘忆苦思甜。

"最后我还是上了大学,乡亲们推荐的,那是最后一批推荐上大学,时代的恩德,人民的深情厚谊,我永志不忘。"老浦说着眼圈有些红了。

"老浦,你该不是想起某个依依不舍的姑娘了吧?"丁雄伟推推老浦的瘦肩膀,大家又是哈哈又是嘿嘿。

"老浦,你正义感这么强,群众观念这么深厚,品行好,能力强,这次换届你还可以再干一把。"姚力文说。

"哦,不不不!"老浦连连摆手,脑袋摇得像拨浪鼓,"好汉不提当年勇,我年纪大了,学历低,专业功底又差。我那个年代的大学生,受的教育真不敢跟你们比,我现在真是等着退休呢,你们要多担当,多担当。"他说着便挠耳朵。

"不要紧的,你经历了艰苦的历练,现在正是厚积薄发的好时候。滨江学院改为滨江大学,乘势而上,高歌猛进,校领导都说学校要大发展,这下你的机会来了。"

"唉,我都奔六的人啦,还有什么机会呢,不想那些了,自由自在做学问做自由人多好。"无论大家如何劝解,老浦又是摇头又是摆手,断然拒绝的样子。

老浦是大家公认的老实人厚道人,无论见到谁都笑眯眯乐呵呵。张懿恒面试时,首先见的就是老金和老浦,当时老浦还没张口,就先绽放出满脸谦恭的笑容,一说话身子也很和蔼地躬下来,张懿恒心里立刻就涌现出慈父的感觉。这几年来,老浦身为普通教师,和大家一起上课,虽然水平不敢恭维,学生也多有反映,但看看这位头发花白的老教师,大家笑一笑也就过去了。

"滨大发展到今天,离不开我们这些人,但是我老了。"

"你不老,五十多点,还能再干呢!"

"我年轻时候,嗨,那确实是厉害。从下厂起,就画得一手好领袖像,吹拉弹唱样样行,大家都叫我疯子。到了农村更是舞台广阔,像起猪圈、扒冰粪、脱土坯这样的重活儿,咱都一个顶仨。因为太能干,很多大姑娘小媳妇都喜欢我。"老浦来了精神,双眼闪闪发光,"我什么都能干,最擅长的就是喂猪,只要经我手,半年工夫,哎呀,那猪喂得简直跟种牛似的,又肥又壮,人人见了流口水。我身手也利索,三百斤重的大猪,不消三分钟,我就杀得肉是肉,皮是皮,骨是骨,干干净净,一手绝活。还有,那时候兄弟我为人正直无私,好打抱不平,当然我现在依然正义感特强。"老浦又开始摆谱了,其实他的经历大家都知道。

"怎么?有多少个小芳对你暗送秋波?"庄焕明冲大家挤挤眼,顺便哼起来。

"什么小芳?乱弹琴。可不敢哟。"老浦猛然清醒,身子抖动了几下,脸色阵阵发白,很显然被吓着了。

"我为人忠厚淳朴,公道正派。当时农村大男子主义盛行,男人打老婆是家常便饭,当然现在叫家暴。女人一挨揍就经常找我哭诉,要我主持公道。"老浦刚说了几句,庄焕明就插话道:"于是你深感义不容辞,责无旁贷,当仁不让,义无反顾,毅然决然往那儿一站,可谓顶天立地,笑傲苍穹,直挺挺一棵直冲云霄的大白杨。""到后来,生产队队长解决不了的,都找我解决。任何事,只要我出马,眨眼工夫,唰唰唰,全都摆平了。"老浦说着甩甩膀子,"也就是这个,我被推荐上了大学。感谢老乡们的厚爱,感谢生活的历练,感谢……"话还没说完,庄焕明早按捺不住问：

"那你后来离开乡下的时候，除了小芳，这还有多少个阿娇哭得鼻涕一把泪一把的，非要抓住最后的机会以身相许？"

"去去去，张口闭口都是花姑娘，真闷骚！"老浦搔搔满头白发，"如今是你们年轻人的天下，我已经不行了，荷尔蒙早他娘的不分泌了。"

大家都被逗笑了。

"老浦，你还可以再搏一把。赶上下半年职称评审，说不定就能上副高了。"

"你那篇《光华师范大学学报》的论文怎么搞定的？北大南大双核心，响当当的权威期刊，我想都不敢想。"

"怎么搞？还不是艰苦写作辛苦投稿？投稿退稿，退稿再投稿，咱们这些人苦命命苦，命苦又苦命！"老浦开始骂起来，骂编辑，骂刊物，骂学校的考核体系。

"听说你有关系，能不能给我也发一篇？"姚力文问。

"狗屁关系，八竿子打不着！我都盼着编辑是我儿子才好呢，可实际上不是。咱只能认认真真，一个字一个字写，这篇稿子，我花了两年半才发出来。要真有关系，会费这么长时间吗？身处滨大这种下三流的学校，平台如此低，我能有什么关系？"

老浦一着急说话就结巴起来，脸也涨得通红，大家也越是开心。

"老浦，快，主任的电话。"隔壁办公室，丁雄伟喊起来。

"哦。"一听是主任的电话，老浦一个箭步，飞一般蹿出门外。

张懿恒走了进来，看见老浦一边拿着电话说什么，一边连连抖肩抖腿，不用问，肯定是老金的电话。"好好，照办，照办。"老浦说着，习惯性点头哈腰。岁月无情，两年不见，老浦的背更驼了，嗓音更低沉了，脸也更干瘦了，举手投足都是让人无限怜悯无限同情的老病之态！

今天是开学的第一天，老师们都来报到。张懿恒看见给自己排的课是"艺术概论"和"中国绘画史"，心说怎么搞的，别人不愿意上的课都派给我了。"排课要问老浦，不关我的事。"丁雄伟好像知道他的心思，头也不抬地说。

"我水平低，上不了这个课。金主任工作忙，关教授退休了，姚力文副教授多病，邹金贤忙着装修房子，娄静斋脚踝扭伤下不了床，郑宇智、庄焕明都是烂泥扶不上墙,学生投诉很多,这个理论课,你说谁上?大家议了议,还是你上合适。咱们艺术系就这么点人,千万不要闹不愉快。音乐教研室的朱丽茵生孩子去了,课也不好安排。"老浦放下电话,看着张懿恒,便解释起来。办公室老陈走过来也跟着附和:"你年轻,又是咱们唯一的博士,多担当点,也是为系里工作嘛,大家都看好你。"

"是小张吗?赶紧过来签到,人事处催着上交签单呢。"老黄喊起来。

张懿恒签了到正欲离开,老黄腰肢往前扭了扭,眨眨眼道:"有钱发。"说着从抽屉里拿出一沓钱,"艺术系去年的创收,每人八千块。你点下。"

张懿恒点完钱问:"不是年终才发吗,现在怎么提前啦?"

"哎,有钱早点发难道不好吗?老金说了,这个钱一定要提前发,而且让我告诉大家,只能内部消化,不要在别的院系面前说什么。"老黄眼睛眨得越发诡秘。

张懿恒正要问为什么,老黄努努嘴:"我们系要变化。"然后说领导们之间的事情咱不管,接着抬起金黄的烫发脑袋问:"你找对象了没有?"得到否定的答复后,老黄又嬉皮笑脸:"昨天好几个人问我你的情况,新科博士就是好,一来就成了抢手货,热心人要给你介绍对象呢。"

"哎,大姐我问下,"老黄轻拍着他的背,眉毛跳了跳,故意压低声音,"你和程怡雪是不是有过关系?"说着就放下老花镜,两只特有的鱼精眼翻来眨去,显然对答案迫不及待。

老黄身材异常肥胖,走路摇摇晃晃,用庄焕明的话说:不像个奶牛,也像个骆驼,但偏偏长着十分妖娆的鱼精眼,据说年轻时也算滨大一枝花,经常吸引老浦他们的回头。她以前在后勤集团工作,近几年才到艺术系办公室当副主任,也就是出纳兼会计。平时工作也还好,就是多事,对男女之间的事情尤其上心。

"有什么关系?我们一起参加工作,只是正常的同事关系。对程老师,我从来没有别的心思。"张懿恒的回答一本正经。

"哦,我搞错了,有人看见你们在校园里散过几次步,就跑来问。"老黄似笑非笑。

张懿恒知道肯定是老黄自己看见了,才过来问。"哦,天下这么大,你赶快找。你现在正是值钱的时候。我们滨大多好的单位啊,牌子响,收入高,工作稳,外面多少女孩想嫁到我们滨大来呢。前几天还有中学的、海关的、法院的、电视台的女孩让我给物色对象。哎哟,你真成钻石了,一回来就被人瞄紧了。"老黄还想多说几句,这时一阵响亮的皮鞋声由远而近,扣人心弦。

"呀,你们都在啊。"笑语盈盈暗香来,这声音张懿恒再熟悉不过了,他回过头,看见一个女孩像云彩似的,飘飘悠悠很快闪了进来,白衣如雪,袅袅婷婷。老黄很快站起来,拉住女孩的手叽叽喳喳:"哎呀呀,小程,好久不见了,你更加漂亮了,真是一朵花,走到哪里都光鲜。你最近还好吗?听说你的舞蹈班很火,报名培训的家长把电话都打爆了,有机会请大家吃饭,我很想你啊!"女孩和老黄拉着手搭话,看了一眼张懿恒,保持着三步之外的距离,最终很客气地打招呼道:"你好,张老师。"张懿恒眼前一震,脊背突然发凉,含糊应了声"你好",就赶紧离开了。

"本周四全系教师大会,记得来啊。"老黄不忘吆喝。

凤凰花

走出办公室很远了,张懿恒的脊背依然发凉,心中更是波澜起伏。这个女孩牵动着他的神经,纠结着他的感情,让他爱恨交织,欲罢不能。去年花里逢君别,今日花开又一年。程怡雪,程怡雪,你怎么在这个时候出现了?在苦苦的折磨中,若干年后张懿恒终于感悟到男人的一半是女人,而自己作为男人的一生,其实是从程怡雪开始的。

第一次相见,是在五年前正式入职滨江学院的那天。艺术系会议上,系主任老金逐一介绍各位老师,轮到张懿恒他们几个新人时,要求自我介绍。掌声响起,张懿恒第一个站起来讲话,照例寒暄一番,不外乎作为新进教师,来到滨大工作很幸运,以后要好好工作之类。讲完他朝大家鞠个躬,刚坐下就有人拍肩膀:"小伙子,你真幸运。如果晚报到一个月就变成聘任了,工资待遇要少多了。"老浦在他耳边悄悄说道。

"啊,还有这种事?"张懿恒惊讶了。

"你看看她,本科生入职,都是聘任,不在编的。"老浦说着指指台上正自我介绍的女孩,那是个花一样的女孩子。"我叫程怡雪!"女孩一张口,声音特别好听,是种颤悠悠的银铃摇动的声音,大家的掌声似乎更热烈了。程怡雪旁边坐着几个人,其中一个年轻点,留着大背头,面色冷酷。另一个四十多岁的中年人,将军肚,大秃顶。张懿恒认识这两个人,大背头的叫郑宇智,听说从英国留学回来,教油画。秃顶是李新旺,刚从隔壁一家职业院校调过来,是个副教授。再旁边,就是大龅牙的丁雄伟,这位留校当系办秘书的大专生,也等着发言。

"哎呀,小程,你不愧是学音乐出身的,嗓子这么好,能否来一曲?"台下有人叫起来,这一叫,女孩的脸更红了。

程怡雪本来还披散着云彩一样的头发,听说要唱歌,马上拿出一个红皮筋扎起头发。扎头发虽不过一瞬间,但那手指上下动作,柔滑修长又灵巧十足,像刚出土的小竹笋,给张懿恒留下美好的印象。等到头发扎好的时候,大家禁不住惊叹:那是一张多么光亮明净的脸庞啊!张懿恒更是感到眼前仿佛升起了一轮满月,皎皎空中孤月轮,这月亮仿佛从泉流中浸过,柔润水滑冰清玉洁,等到歌声响起,张懿恒才明白原来这不是月亮,是一个比月亮更动人的人面。

"今天是个好日子,心想的事儿都能成。"程怡雪一开口,大家很快安静。而张懿恒却躁动不安起来,心里像升起一团火,男性的某个特有部位也充满了力量,蓄势待发。因为顺着程怡雪的明月脸庞往下看的时候,他发现小姑娘的胸脯不是丰满,而是很丰满。唱歌的时候,随着发声运气,那胸脯还上下抖动着,像两只跃跃欲出的鸽子,而张懿恒是养过鸽子的,特别喜欢那种叫雪里红的小白鸽。

那时候的艺术系只有十三四个人,彼此很团结,不像现在人这么多,搞个聚餐都麻烦。老金常常是开会前首先声明:"今天会后工作聚餐。"这一说大家的积极性更高了,很少有人请假不来的。新旧老师见面,场面自然热闹,饭后大家到一家叫兰贵人的酒店唱歌,老浦唱了几首革命歌曲,郑宇智唱了《今夜无人入睡》《我的太阳》,程怡雪唱了《今夜无眠》《故乡》,老黄唱了《康定情歌》《蝴蝶泉边》,李新旺唱了《千里之外》《边疆的泉水清又清》,朱丽茵唱了《风流寡妇》。唱着唱着,老黄便喊起来:"年轻人,跳起来。"

程怡雪离开座位,走到舞台中央,张懿恒有些犹豫,因为自己从来没有学过跳舞。踌躇中,猛然有人从后面推了他一把,"机会难得,上。"胖子老刘很快将他送到程怡雪面前。两分钟不到,大家笑得前仰后合,因为张懿恒笨拙的舞姿,总是踩到程怡雪的脚。

笑声中,程怡雪拉过他的手放在腰间,两人身躯一下子拉近了。一大大,二大大,伴奏响起,程怡雪带着他很快就旋转起来,大大方方,自自然然,使得搂住小蛮腰的张懿恒很快进入状态。音乐渐入高潮,两人跳得越来越欢畅。程怡雪前后翻转,洁白粉嫩的脖颈,纤细柔软的腰肢,显得十分抢眼。伴着节拍,她扭动着飘忽着,衣裙花叶交映,身形变换无穷,丰满的胸脯颤动着,柔美的曲线舒展着,长长的秀发飘拂着,特别是那绷紧的翘鼓鼓的屁股前后跃动,女性魅力尽情展现。

张懿恒呆了,他感到呼吸急促,嗓子发干,身体明显兴奋起来。霓虹闪烁,灯光缤纷,舞曲结束的时候,程怡雪绕了一个圈,又转到张懿恒跟前,两人面面相对,掌心紧扣,四目相视,身子更加贴紧了,程怡雪的胸脯有节奏地碰撞着他,甜美的芳香的女性气息喷泻而来。张懿恒难以自持地双腿发抖,堤坝仿佛要被冲垮,等不到掌声落下,他赶紧去了卫生间。

唱完歌,大家正准备离开,忽然摇摇晃晃走来一个中年男人,鼻孔粗大,满脸瘢痕,身上酒气熏天,见了程怡雪突然就眼睛发直,双手激烈比画着,嘴里叽叽咕咕说出一堆谁也听不懂的土话。程怡雪已经走远,快到停车场了,但那个男子还是由两个服务员搀扶着,一步步紧跟着追上来,嘴里喋喋不休,反复叽咕着什么。

"唉,那男人是这家大酒店的老板,说是只要小程陪他一晚,无论要多少钱都愿意。"老陈解释道。

"下次聚会不来这里了,滨江这么大,哪里找不到酒店。"张懿恒正说着,只见老板跟跄着已经追到车边,手敲车窗,叽里咕噜,说着说着竟满脸鼻涕泪水,痛哭不止,最后扑通一声跪在地上,誓不罢休的样子。

程怡雪本来躲在车里,老板这么一跪,车子没法开了。还是廖慈志有经验,让握个手就算了事。张懿恒看到程怡雪走下车,哆哆嗦嗦伸出一只手,老板立刻上前,用自己的双手紧紧握住,程怡雪顿时浑身颤抖。当老板抖动着瘢痕脸,还想无限延长握手时间的时候,程怡雪的手很快缩了回去,显然,小女孩被吓坏了。

老黄最终护着程怡雪赶快上车,车门关上,车子一启动,程怡雪就趴在老黄肩上抹起泪来。

张懿恒回到宿舍,跳舞的感觉挥之不去拂之还来,当天晚上就做了梦。迷蒙中,一条花径弯弯曲曲,通向遥远的云朵迷蒙的天边。皎皎的月亮蓝蓝的天,踩着清清的露水,跨过星星河,他展开初生的翅膀,向着那轮月亮飞去。小船弯弯,星河灿烂,月光如水,一个头戴五彩花环、身披洁白婚纱的女孩从水中跃出,挽住了他的胳膊。张懿恒情不自禁抱紧了女孩,那真是天使一样冰凉柔滑的肌肤。第二天早上,张懿恒正在晾晒衣服,丁雄伟走过来,一看见他手中摆弄的内裤,就探头探脑直乐,张懿恒的脸唰地红了。"哎呀,可怜啊,你昨晚又损失了几个娃娃。"丁雄伟嬉皮笑脸凑上前,"你比我大,确实该找个女人了。"

一个星期后的早上,张懿恒走出筒子楼,看见楼下广场的花树下,有两个女孩儿在跳绳。其中高个的女孩,上身穿着白色吊带裙,裙带上镶了小红花,下身穿着黑色紧身打底裤,跳的时候,两腿并在一起,上下一起一落,非常自如,而手中的彩绳伴随着微风,在花树下飞起一个又一个圆弧。那圆弧飞得很有节奏,眼看着要打着树枝上的紫荆花瓣了,却又轻轻落下,弧线的高度和花瓣总是若即若离,有节有度,欲亲又止,保持那种内在的默契与和谐。张懿恒看蒙了,空气清新,阳光灿烂,眼前分明是一道道彩虹。半空中花叶摇曳,彩虹闪闪,地面上落花悠悠,疏密有致,而彩虹中间,就是天使一样似曾相识的女孩。青春,阳光,运动,张懿恒心跳不已,直到"哈喽"一声,眼前的女孩儿停止跳绳,打个招呼,他才清醒过来。

满脸热汗,双腮粉红,被黑色紧身裤衬托得颀长的双腿,像仙鹤一样文静地挪动着,程怡雪就这样向张懿恒款款走来。

"没吃早餐啊?"他搭讪道。

"还没呢,我想喝八宝粥,吃豌豆花儿,可是学校饭堂没有。"她说。

"校门外对面小胡同,有卖这个的,我去过,不错。"看着那充满青春朝气的脸庞,他不失时机地介绍,想到那晚的梦幻,又进一步道,"不嫌弃的话,我带你去尝吧!"

程怡雪还在迟疑,身旁的胖女孩倒是很干脆。

"可以啊。"胖女孩自我介绍叫袁萌苏,是学土木工程的,目前和程怡雪一个宿舍。

三个人吃完豆花儿回来,聊个不停。从滨江的树聊到滨江的路,聊到滨江的水土、气候和街道,聊到滨江人的口音、长相和饮食,再聊到自身。程怡雪说自己是音乐表演专业的本科生,刚刚毕业。袁萌苏倒是话多些,一会儿问张懿恒学什么专业,一会儿问他爱运动不,末了还说他身材瘦高,要他报名教工舞蹈队,主教练就是程怡雪。张懿恒还没来得及回答,程怡雪就问:

"你是哪儿毕业的?"

张懿恒说了一个学校的名字。

程怡雪睁大眼睛:"难得的人才,你是我们这届少有的名牌大学研究生。"

"你怎么知道?"

"丁雄伟告诉我了,大家都在说你呢。说你读书一贯刻苦,连拿了六年的奖学金,是不是?"

一连串的发问使得张懿恒愣住了,自己才来几天,消息已经传到刚认识的程怡雪耳边。

"丁雄伟还说啊,你这几天晚上睡觉,总是喊着一个女孩儿的名字,叫得可亲呢。"袁萌苏伸出舌头,在他面前扮个鬼脸。

"那个家伙,到处胡编乱造。"张懿恒嘴里说着,脸却发烧了,一直烧到耳边,他发现程怡雪的脸也红了。两个人面面相觑,一时无语。袁萌苏突然说要去街边格子店买个布娃娃,飞身离开了。

两人都有些不好意思,就这样慢慢走着。走进校园的时候,还是程怡雪先开口了,这个对话场景令张懿恒终生难忘。

清晨的滨大,朝霞万道,一阵金灿灿一阵红灿灿。霞光从高高的天尽头,透过云层射到远处的山丘,射到校园里高耸的楼栋,射到绿叶婆娑的木棉树橄榄树桂花树上。氤氲蒸腾,空气中弥漫着灵动的气息,地面上芳草如茵,玉簪花、石蒜、一串红、绣球、美人蕉等,高高低低,围绕着草坪此起彼伏,白的、红的、紫的、黄的,各种颜色的花儿缤纷繁盛,开得正当季。南国的早晨总是这样,一切都朝气蓬勃如诗如画呼之欲出。映衬着这样的背景,程怡雪的脸上、身上自然也是五

彩霞光,活色生香,她走上一步,直视着张懿恒,问道:

"丁雄伟说的,一切是真的吗?"

伴随着画眉鸟的几声鸣叫,凤凰花漫天绽放,红云万重,微风轻拂,几朵花瓣悠悠飘落,落在她飘逸的秀发上。脚踩朝露,头顶朝霞,程怡雪脸色红润,神采焕发,迈着优雅的脚步,就这样一步步走到他面前。

张懿恒心潮起伏,程怡雪的嗓音清脆而不尖锐,温润而不甜媚,柔韧有余,弹性十足,仿佛春夜里雨水落地的声音,问的时候,"一切"两个字明显加重了语气。张懿恒知道,丁雄伟肯定是什么都说了,包括自己梦后浣洗的事情,可是他不知如何回答,总之既不能否认,也不能很快承认。窘迫中,他挠挠脑袋,诏笑着问:"《杏花天影》你会唱吧?我很想听。""那是音乐科班必学曲目,谁不会唱?哼,我可不是卖唱的。你少打岔,快回答我。"程怡雪不罢不休,张懿恒无法躲避,怯怯地说道:"我虽然待人坦诚,但丁雄伟怎么说、说什么我真的不知道也不想知道,因为我素来没有背后论人短长的习惯。"说着目光便转向远处的草坪。

程怡雪掠掠秀发,瞪了他一眼:"你看着我,少废话,到底是不是真的?"张懿恒知道,不能再王顾左右而言他了,因为女孩仰头直视着,头发轻扬,眼睛火辣。她的呼吸,她的心跳,她的脸腮,一切都紧追不舍,逼迫着他。张懿恒下意识低下头,却清楚地看到程怡雪被黑色打底裤衬托的仙鹤腿,笔直修长,收放自如而弹性十足,充满青春活力,两腿之间开合十分得体,间隔显然不足三厘米,再往两腿上面,他就不敢看了。

仰视不行,俯视不行,平视也不行,张懿恒身上发热了,睡梦中的那个感觉又来了,朦胧中,他听到了凤凰花瓣绽放的声音,便有些难以自持,正想着如何应对,旁边突然响起凄厉的停车声,不知谁来了个急刹车,吓得程怡雪脑袋发晕,身子摇晃晃,张懿恒赶紧扶住,两个人顺势靠在了一起,等清醒过来的时候,程怡雪立刻摔开他的手,喊叫着:"哎呀,你干什么呀?放开我。"说着还雨点般地打过来。

有年轻人的地方,就有风花雪月。金风玉露一相逢,便胜却人间无数。两人就这样好上了。

那时候张懿恒的确有优势,是刚刚毕业的名牌大学研究生,而当时同批来的其他人都是本科学历。再说他的形象也不错,"你是我们这届少有的高学历青年,也比较帅,当然气质还需要提升。"同来的郑宇智,就是那个大背头这样对他说。其实别人怎么说,张懿恒觉得不重要,关键是和程怡雪在一个单位,来往较多,又刚参加工作,彼此都有孤独感新鲜感,两人很快就走到了一起。

周末,程怡雪邀请他去郊外的公园玩。两个人爬上山顶,从老金说到艺术系,从艺术系说到滨江学院,又从滨江学院说到整个滨江。说着说着,程怡雪问:"你习惯滨江吗?""不习惯。""你以后有什么打算?""我能有什么打算,博士迟早要读的。""你要不要先买房?""哪有钱啊?!"张懿恒回答说。

"你简直笨笨笨,就是个木头,是个比木头还傻的二傻子。"程怡雪说。

张懿恒的二傻子绰号就这样被喊开了。

两个人的进展十分顺利,年轻人本来怀春钟情,旺盛的精力像风在吼,像水在流,所以用不着别人牵引,他和她很快就风生水起,总是在没人的地方,聚在一起,你推一把,我推一把,说着说着就无话不谈,渐渐也就谈到了各自家庭上。

"我就是普通的农家子弟,没有你那么高贵。"张懿恒说。

"我哪里高贵啊?我也只是普通人家出身。"程怡雪说。

"一起努力吧!"

"得了吧,我才不和你一起呢。"程怡雪翘起花瓣一样的小嘴,"我如今最大的难题就是工作,漂浮不定的,能早日在编就好了。你还是先解决我的工作问题吧,省得一颗心总是悬在那里,不安全。"

"这个早晚都要解决的,我们学校和你一样聘任的大把大把,急什么?"

"我就是急,这年头靠谁啊?我妈就我一个孩子,而且是女孩子,如今她老了,我要对她好些。我自己连个像样工作都没有,飘来飘去的,如何对她好?"

"聘任比调入每月也就少千把元工资,差别不大,学校政策会变动的,你总会转正的。"

"千把元也是差别,你饱汉不知饿汉饥,聘任有可能会被解聘的。你没听歌里在唱,如果明天就是下一生,你这样如何度过今天?生活是现实的,难道你不需要钱,不爱钱?"

看到程怡雪无力地靠在凤凰树上,一副柔弱无助的样子,张懿恒赶紧去抱她,但她轻轻一推躲开了。尽管推来躲去,两个年轻人最终还是在凤凰花下激吻起来。

树旁,一对小花猫,木然地看着一切。

几个月下来,两人今天看电影,明天吃夜宵,倒也缠缠绵绵、卿卿我我。一个细雨蒙蒙的午后,张懿恒去看望程怡雪,"这鬼天气,真烦人,连日不见太阳。"他一见面就叫起来。"现在回南天,湿气太重,衣服发霉,柜子长毛,看见这些我都烦。"程怡雪也皱起了眉头。外面虽然下着雨,屋子里却十分闷热,"看,这就是滨江的鬼天气,高温高湿,时刻让人压抑。"程怡雪说着脱去外套,露出雪白的羊绒衫,拿起梳子梳头。手指起伏,她的缕缕秀发如同飘拂的丝绸,如同缤纷的月影,在他面前情趣横生。"我给你梳吧。"张懿恒梳了几下,就发现程怡雪的发质很好,从发梢到发根,乌黑发亮,整个头颅也是圆润光洁,额头饱满明净,真如一轮满月。

张懿恒原以为她是化了妆的,至少化了淡妆,可是梳到脸腮梳到脖颈的时候,他才发现,程怡雪的脖颈和脸腮是一个颜色,细腻柔滑,粉白桃红,好像新出的璞玉。再往下,他手中的梳子就不听使唤了。"你这个笨蛋,把我搞疼了。"程怡雪在他肩膀上敲打着。

虽说世界上有些事儿根本不用教的,但毕竟是初次,张懿恒像一只刚刚跳出山涧的小雄鹿,像一匹刚刚蹚河的小公马,像游进了汪洋大海的小蝌蚪,焦急难耐,跃跃欲试。他手忙脚乱满头大汗,左试右探,东撞西撞,山野里林草丰茂,涧石纵横,明明看见了山顶的太阳,但东西南北就是找不着路,等到找着路了,才发现玄之又玄,众妙之门,程怡雪这扇门就是打不开,进不去。芝麻开门,芝麻开门,等到好不容易进去了,他发现自己又不敢前进了。惶恐中,等他真正把握好方向准备长驱直入的时候,又发现自己不行了。"啊!"他叫了一声,禁不住流下羞涩的眼泪。

此后的一个星期,张懿恒心神恍惚,迷离不已。从男孩到男人的角色转换,怎么就这么快,快得让他措手不及。真枪实弹实战化,没想到冲锋号刚刚吹响,战斗就结束了,搞得他云里雾里,极为困惑。他甚至怀疑自己是不是有毛病,便偷偷找了隔壁宿舍的游工。游工在后勤集团工作,负责基建办的事情。修路,盖房,绿化,整天忙得不可开交,别看他四五十岁的老胖男人,整天喊累,但只要老婆一来,每天晚上的声音就搞得张懿恒烦躁。

"不是早泄。男人的第一次都很快,你又很激动,那就更快了。"游工点燃一根云烟,油乎乎的大脑袋摇晃着,说起这个一套一套的,"心急吃不了热豆腐,进了车库,要慢慢寻找位置,渐入渐出,千万不要心急火燎,越着急越容易熄火。车子一旦熄了火,要重新启动可就麻烦了,就是进了车位也用不上力。再高明的司机,技术都是靠情绪把控的,车位越是紧凑难进,越要镇静自若慢慢来,这就考验你了。好比吃菜,越是好菜大菜,越要慢品细品,千万不要狼吞虎咽。谁一口能吃下一个卤鸡腿?"

张懿恒照着游工的话试验了几次,发现果然有效,他越是控制情绪,越能游刃有余,而程怡雪显然也进入佳境了。到了高兴处,反应比他还猛烈,一会儿变成噢噢,一会儿变成啊啊,无论是噢噢还是啊啊,都带着职业习惯性的花腔女高音,这是发自内心的摄人心魄的抒情花腔,不像舞台上那么做作。

"你觉得艺术系怎么样?"那天甜蜜过后,程怡雪把头埋在他的胸脯上问。

"不值一提。"张懿恒说。

"那怎么办,我们不是已经来到这个地方了嘛!"程怡雪说到对滨江的不适应,从老黄的劣质化妆品说到丁雄伟的塌鼻梁大鼻孔蛤蟆嘴,最后呸道:

"那么恶心的长相也来找我,姓丁的真是癞蛤蟆想吃天鹅肉。"

窗外,凤凰花如火如荼开放着,像调皮的笑脸,像缤纷的思绪。

"你还要不要再考博士?"程怡雪问。

"博士是迟早要考的,可是——"张懿恒迟疑了一下,"先缓缓吧,从本科到研究生,我连续读了七年,太累了。"

"快读博士,金字招牌比什么都有用,这年头时兴这个。考了博士你更上了台阶,首先职称好评。你看看,老金评了教授,很快就当了艺术系主任,当了市书协主席,他的字如今卖得多火。听说老浦也开始练字了。"

"老浦?他那字就别提了,还不是跟着老金学的江湖体!"张懿恒说。

"行了,你总是清高。"

在接下来的交往中,张懿恒总觉得滨江市不好,滨江学院不好,说还要找个更好的地方。但程怡雪却慢慢转变了看法:"名牌大学人才往往多如牛毛,竞争激烈,压力也大,在滨院这样的高校,现在能找个正当的工作都不容易了。我算明白了,走到哪里都是生活,人要接地气,不要好高骛远。"说到最后,她点点张懿恒的额头,"二傻子,你要明白,就是读了博士,说不定你还要回滨江的。"

"我读了博士,肯定不回。"张懿恒说。

"未必!"程怡雪说。

一言不合,两个人就这样有了裂痕。年轻人的事情本来就来得快,去得快。程怡雪慢慢冷待了他,后来偶尔人多的时候见到,像刚认识时一样,只简单打个招呼,很客气的样子。张懿恒最终也平静地接受了这个事实。然而每当夜深人静,一个人在床上滚来滚去的时候,他就情不自禁回味和程怡雪的一切,特别是想到自己的初次,从开始到结束,程怡雪的表现多少令人迷惑。想来想去,他最终得出一个结论:自己绝不是进入程怡雪生活和身体的第一个男人。一个月后,两人友好分手,彼此都没有给对方说法,其实也用不着讨说法。张懿恒只是轻轻叹了口气,这种事情本来就没有什么值得计较的,而且交往没有公开,都是在私下里进行的,因此也没有什么风言风语。他只是没想到自己的第一次就这样结束了。此后外出读博,他们也就没再联系过。

但是,程怡雪的预言不幸成真了。

第二章 机会

教研室主任

一两年没回来,系里竟发生了如此大的变化。

老金的主任兼书记虽然当得稳当,但学校很快就给配了副主任,据说老金为此还找过学校,要求副主任由自己提名,但被顶了回去。这在新开的全系教师大会上得到了印证。"我叫肖子业,初来艺术系工作,请多关照。"一个高高的男子站起来说。台下稀稀落落一阵掌声。

学校委派的艺术系副主任肖子业身材瘦削,脸庞方正,戴着宽边眼镜,讲话声音低沉而缓慢,颇有几分温文尔雅的书卷气。张懿恒认得,这不是原来的图书馆副馆长嘛。老金讲起话来,不外乎开学注意事项等,都是老调重弹。张懿恒坐在后排昏昏欲睡,丁雄伟碰碰他的胳膊:"我们系要翻天了。"张懿恒说:"不见得吧,老金干了还不到一届。"这时手机一响,短信显示:会后老地方见。张懿恒不再言语,看看老金,再听着讲话,不禁思索起来。

"你是我们系唯一一个具有高学历的教师,年轻有为,好好干,前途无量,大家都看好你。"老金前几天找他谈话,"美术教研室主任一职,娄老师年纪大了,想找个接班人,你有没有兴趣?"这一问把张懿恒问住了。滨大凡是屁大个官,都很忙,方希妍和姚力文两个教研室主任,整天喊开会多,杂活多,破事多,烦得要死。平心而论,教研室主任的岗位张懿恒是看不上的,他深知这是个苦差事,整天给别人鞍前马后地跑龙套,除了开会、排课及报送各类表格资料外别无所忙,一想到填表报表张懿恒脑袋就大。他正想说什么,有人进来了,左手抱着宣纸,右手拿着抹布,见到老金立刻满脸堆笑,老腰弯成个虾干:"主任,这是给您……"老浦话未说完,看见张懿恒在,就赶快打住。老金说有专家要来,安排老浦和丁雄伟去迎接。

到了二饭堂前面的停车场,张懿恒看到一辆红色的甲壳虫小车前,有人已经在等他。"你买车啦?"

"我不买,还能等着你给我买?"程怡雪没好气地回道。

车子开到曦月公园,这里远离学校,环境好,是他们曾经约会的地方,不像校园里面,人多眼杂,搞不好会惹出是非口舌,对此两人是有默契的。

爬到公园里的小山上,站到那棵凤凰树下。张懿恒劈头就问:"我读博三年,你都不关心下,一句问候都没有?"

读博的第一年,正是他和程怡雪分手的时候,两人没联系也罢,后来张懿恒干脆把课辞了,专心做论文,经过两年的苦熬,总算通过了答辩。毕业典礼的时候,别的博士都是家人成堆,又是献花,又是吃饭,而他却孤零零一个人。特殊家庭特殊经历,他多么渴望有亲人能和他一起分享这份荣耀,可是父亲很早就去世了,母亲身体也一直不好,出行困难,可怜的二老都看不到他的荣华。学位授予仪式上,他不是没有想过程怡雪,但她却从未联系,哪怕是一个电话、一个短信、一个简单的问候都没有。

"你还知道怨恨我不去看望你、祝贺你?"

程怡雪皱着眉,正想再讥诮几句,突然手机响了,她听了两声,脸色突变:"快,下山。"

两人跑来跑去,还是在山下被几个人截住了,为首的一个男子堵在路口,瞪着鳄鱼眼,气势汹汹:"程老师,我一直在找你,其实你一上山,我就看见了。给你打电话的时候,我们几个已经联络好了,就在这儿等你。你跑不掉的。"

程怡雪站直身子:"我没打算跑,也不会跑,滨江就这么大,你随时都可以找我,我解决不了的,你可以诉诸法律途径。"

"你说得轻巧,交了报名费,孩子跟着你学舞蹈,腰摔坏了,你赔几万就能行？如今你的培训班虽然不开了，但是事情还没了结。要是你的孩子，被摔断了腰，你不心疼啊？"

"你到底想怎么办？"

"要么一次性拿五十万，咱就此罢休，要么你就让孩子继续住院治疗，诊断费住院费医疗费护理费都是你的，什么时候孩子治愈了，咱什么时候再了结。"

程怡雪连声大叫："是你孩子跳舞时自己不小心摔倒的，你就在当面的，现在要我负多少责任？再说，你报名的时候并没有和我签订什么人身意外合同，我出于人道，两年来为你孩子诊疗住院已经花了八九万了，你还要怎么样？我一个姑娘家，能有多少钱？我被你们逼得身无分文，培训班也停办了，你们还要怎么样，有完没完？"

"这种事谁碰上，谁倒霉。山下那辆甲壳虫红车是你的吧，我盯了好久了。你有钱买车，就没钱给孩子赔款？这说不过去。"鳄鱼眼叫嚣着便招呼几个人抢过钥匙，硬是把车开走了，张懿恒紧追慢追，哪里追得上。

"算了，一辆破车值不了多钱！"程怡雪说。

"你这一年来就是这样过的？"

"你现在知道我没看望你问候你的原因了吧？这一两年来我干什么就倒霉什么！不过也没什么好说的，我已经不是小女孩了。"程怡雪哽咽了。

张懿恒说了前几天老金和他的谈话。"老金是拉拢人呢，现在告他状的可不少。"程怡雪回答道。"一两年后就要换届了，你觉得谁会当我们领导？"张懿恒问。谁都知道艺术系主任虽然只是个正处级，但经费多多，油水不少。"我不知道，艺术系历史遗留问题太多，换谁当都不好处理，老金也许会留任，也许是离任。"程怡雪不置可否，张懿恒觉得自己问了一个愚蠢的问题，领导更换的问题，像她一个小字辈怎么会晓得呢？年轻人能把自己的事情处理好就够了，至于换届那样的大事，轮不到他们操心。

"我还是不愿干教研室主任，太浪费时间，哪有时间搞业务？"张懿恒说。

"你这人就是迂腐，你可以不当教研室主任，但你没想过要步步为营吗？天上真能掉馅饼，真能掉下个林妹妹？万般皆下品，唯有读书高。话虽如此讲，可你如果什么都看不上，一味眼高手低，那这个博士就真的白读了！你甘心像周宗儒一样,守着金招牌却潦倒终生吗?"

张懿恒不说话了,程怡雪讲的这些,他还真没考虑过,三年苦读,博士刚毕业,其实他想的是休养生息一段时间,但程怡雪显然是工程师,已经规划好了一切,他只要按部就班照着图纸干就是了。

见张懿恒不言语,程怡雪靠近他道:"你还是好好干,要上位呢,你看我,三年过去了,还是个聘用,你早是在编了。唉,你要能把我办为正式在编就好了。"

"你不是在教辅吗?难道以后还要转教学岗?"张懿恒问。

"我才不喜欢教辅,教务秘书工作累得要死,和你们不一样,你们上完课,屁股一拍走了,多轻松!我们就不同了,领导一个电话,哪怕是刮台风下冰雹,哪怕是睡梦中,也要马不停蹄赶到办公室处理好,整天这琐事那破事,累死人。这两年我睡眠不足,饭量猛减,憔悴了不少。"程怡雪说着就身子歪斜,靠紧了凤凰树,满树的凤凰花开得如火如荼,"太累了,现在我需要一个人,疼我、宠我、对我好,让我感到放心、舒心、安心。我不爱做饭,不爱干家务,不爱劳动,我爱跳舞、爱唱歌、爱社会活动、爱霓虹灯下的光彩、爱红地毯上的荣耀。我就是宁愿坐在宝马车里哭,也不愿意在自行车上笑。"望着远处金光灿灿的楼群,她的眼睛一闪一闪。

"如果你愿意,找个博士轻而易举。怎么样,从了我吧?"张懿恒想了想,大着胆子,半开玩笑半认真地说。

"你这一路走来,也不容易吧?"程怡雪哼了一声,面色绯红。

"新中国成立六十多年了,我是我们村子第一个大学生,第一个博士。"张懿恒看着眼前的凤凰花,红红的火焰般的花朵点燃了他的思绪。

乡村大学生

三十年前,中国北方农村的一条小路上,寒风呼啸,滴水成冰。"老主任,今年的沤肥看来没问题?""对啊,年后开春,就撒肥春耕了,庄稼人就图个好收成。"穿着羊皮袄的老主任和年轻的乡文书边走边聊,快到村口的时候,下起雪来,不一会儿,村前屋后就白雪皑皑,山石树木都笼罩在苍茫辽阔中。

"千里冰封万里雪飘,瑞雪年丰收年,咱们这个地方好山好水好图画。"

"嗨,就是穷,教育也落后。咱这里祖上几辈、几十辈在过去别说中举人进士了,连个秀才都没出过,解放前村里穷得连个地主都没有。"

"这是个问题,国兴在人才,家兴在娃娃。"

"唉,村里人一般读到小学、初中就回家务农了。如今解放几十年了,也没出过一个大学生。"说到这里,老主任摘下白羊肚头巾,心头沉重起来。

雪花飘飘,前路迷茫,漫天洁白中,突然一群大雁飞来,聚集飞翔,忽上忽下,在天上盘旋着,发出声声鸣叫。眼尖的乡文书突然喊:"快看。"循声望去,两人发现前面雁群盘旋的地方,也就是不远处的路面上有个小包裹,里面似乎还有婴儿微弱的哭声。

"哎呀!"两人疾步上前抱起包裹,打开襁褓,里面确实是个可爱的男孩,皮肤粉嫩,五官周正,只是脸颊已冻得通红。一片雪花飘来,落在孩子的唇上,他顺便就吮吸起来,也许感觉不是甘甜的乳汁,又哇哇哭起来。这哭声揪紧了两个男人的心。"谁家的孩子,怎么放这里?"乡文书叫起来,老主任看看周围:"这应该是个弃儿!"

老主任和乡文书首先到了县城,找到了政府的一位工作人员,因为听说她多年不育,想当母亲都想疯了,就把孩子给了她,然而三天之后,这位女同志还是把孩子还了回来。乡文书和老主任又找了几户人家,都被婉拒了。老主任想了想,最后领着乡文书,走回了村里。

小土屋里,女主人正在灶下烧柴火,男主人还在拴羊。老主任开口道:"老张,你们是村里有名的厚道人,我知道你们家人好。——别担心,口粮没什么的,村里包了。如果有别的什么困难,就是我死了,你可以找到乡政府,还有文书同志呢。""对对,大叔大娘,你们都是老党员,解放前就是堡垒户。救人要紧,这孩子是老天爷赐予的,你们好好养。——甭怕,有困难都可以找我,村里乡里都帮助解决。说不定以后他会成才,会考上大学,当工程师,当科学家,当画家,一定会孝敬你。这娃娃好歹是一条命、一条命啊,党感谢你们!"乡文书一字一句说着。这时孩子哭闹起来,女主人顺手抱过孩子看了看,便拉下蓝头巾,用自己被柴火熏黑的脸庞贴紧孩子的脸,亲了亲。

033

讲述这些的时候,身旁的凤凰花静静地绽放,伴随着花朵的缕缕甜香,张懿恒的思绪飞扬,声音缓慢低沉。

"后来你就被收养啦?"程怡雪问。

"'一个人,一条命,这娃我要了。'这是我母亲当时的话。"

张懿恒就这样有了父母亲。收养他时,家里很紧巴,刚开始村里确实给了口粮补助,到后来联产承包责任制,分田到户,村集体就没有粮食补助了。好在吃饭已经不是问题,但毕竟是乡村,春种秋收,种地为生,老百姓的钱袋依然鼓不起来,家家经济紧张。大哥小学毕业就回乡种地,大姐也是初中念了一年,就回乡劳动,后来不到十九岁就嫁人了。二哥本来学习也很好,但也在初二的时候辍学,全家集中供养张懿恒一个人读书。

张懿恒考上大学的消息轰动了整个村子,村里的大喇叭广播了整整三天。乡邮员顶着炎炎烈日,踩着自行车,跑了五十多里的山路将录取通知书送到家里。张懿恒当时正在和大哥二哥在棉花地里劳动,是邻居的小妹找到他的。一听说通知书到了,三兄弟扛起锄头就往家里跑。三间养蚕的小土屋里,早已挤满人,头发花白的老母亲被围在中间,用沾着白花花面粉的手,捧起盖着鲜红大印的通知书,看了又看,嘴里念叨不已。前来祝贺的乡亲们前前后后络绎不绝,老主任也拄着拐杖来了,他眯着眼睛,晃动着白雪一样的脑袋,一遍一遍抚摸着录取通知书,连声说好好好。乡亲们也是七嘴八舌赞叹不已。

"咱这村解放这么多年,破天荒总算出了一个大学生。我这辈子没有白活,总算看到了这一天。"议论声中,老主任抬起头来,"三伢子,把咱那口老母猪卖了。""爹,老母猪再过两个月就下崽了,要不等等?""不等了,卖,恒娃上学要紧!"八十多岁的老主任用紫红色的枣木拐杖敲敲地面,声音清晰有力。

"老主任,恒娃是咱村的大学生,你有份,我也要有份。"

"我也要有份,娃穿过我纳的鞋。"

"我也要有份,娃从小吃过我的奶呢。"

"咱们村再穷,一个大学生还供不起了?上!"

乡亲们很快激动起来。

然而就在张懿恒离开村子上大学的前夕,老主任去世了。那天晚上,张懿恒辗转反侧。刚合上眼不久,一朵白云就将他托出了小土屋。屋外,星光灿灿,朵朵彩云汇聚在天空中,红的、绿的、白的、金黄的、宝蓝的、绛紫的,五彩斑斓,随风变幻,缥缈不尽,像丝绸一样舞动着,像鲜花一样盛开着,像霞光一样绚烂着,瑰丽静谧,神奇灵异。张懿恒奔跑在这云彩里,像奔跑在漫天的锦绣中,腋下生风,脚底轻盈,他尽情吮吸着、爱抚着,采摘美丽的彩云,采摘动人的花朵。

"来吧,只要努力,这彩云任你攀摘。"彩云之端,一个白胡子老爷爷向他招手。

第二天醒来,云霞满天,他踩着朝露、踩着霞光,在依依不舍中,离开了那个生他养他的小山村。

往事如烟而又不是烟,张懿恒的心情平和而沉稳,一切已是熟悉过后的平静。凤凰花悠悠绽放,他的思绪时不时飞回那个大雪纷飞的早晨,甚至听见雪花飘落在地上的声音。"没想到你有这样的奇特经历。"程怡雪泪光莹莹,"那个乡文书呢?再没联系过?""我小的时候,刚开始几年还常来家里看望,后来他工作调动,就失联了。"张懿恒说。"其实我的家境也不好,我是单亲家庭,我妈妈一个人带我,从小就很不容易。同是天涯沦落人,我们以后再也不要闹矛盾了,再也不分开了。天公在上,只要你对我好,以后我宁负青春,也不负你。"程怡雪哭起来,两人紧紧抱在一起。张懿恒心说她是不是觉得我是个可怜的人。程怡雪人美歌甜舞好,来滨江后很快就引起注意,多少男孩子喜欢,她成了大家茶余饭后谈论最多的人物,据说每天光请吃喝请玩请看电影的邀约就十几个,不过后来还是他和程怡雪走在了一起。

生活的规律谁也逃脱不了。张懿恒读博士之前,两人曾经有过不愉快,以致分手了。这恋情来得快也去得快,就像原野里的风,就像草叶上的露珠。当初他们看过几次电影,逛过几次街,张懿恒请程怡雪吃过几次饭,但都比较低调,甚至可以说机密行事。年轻人之间来来往往,亲密接触,本就没有什么大惊小怪的,所以他们的交往并没有引起别人的关注,再说只持续了不到两个月就结束了,旁人根本看不出什么。此后,在同事面前,在朋友面前,两人似乎刻意保持距离,客气得如同刚认识一样。后来张懿恒读博士,而程怡雪继续当教务秘书,他们之间很少联系,可是今天,他们又在一起了。彼此不用解释,不用说什么,旧情复燃的人,都明白对方的处境,都知道对方需要什么。

眼睁睁看着车被抢走,张懿恒打电话准备报警。"他们爱拿就拿去吧。报警后走法律程序,是旷日持久的诉讼,我耗不起,破车给了他们,省得烦心。"程怡雪直摇手。两人又说起了艺术系,说起了可能的变化,张懿恒最后说他出去读博,是和学校签了合同的,不回来的话就违约,要给学校赔一大笔钱。

"你难道还想着跳槽啊?得了吧,哪有那么容易!你就看看我们艺术系音乐教研室,我歌唱得好吧,可是好有什么用?还是进不了音乐教研室。朱丽茵的专业水平算个屁?可人家市里有人,又早来一两年,就堂而皇之进了教研室,还有编制。那些老家伙把专任教师的名额都占满了,所以我只能当教务员,给人当马前卒了。"程怡雪顺手撕下两朵凤凰花,放在嘴边一吹,那花瓣飘飘悠悠,随风而起,最终消失在苍茫的凡尘中。

专　家

老浦早早到了会场,发现丁雄伟还没回来,只得一个人张罗,这里看看,那里看看,指导学生把地面打扫干净,把桌椅摆好,把水果茶点放好,左等右等,左忙右忙,不到半个小时,早已汗流浃背。忽听得门外汽车喇叭声,老浦赶紧迎出去,只见丁雄伟和教师发展中心的几个员工陪着一个昂首挺胸的女人走了过来。那女人戴着金丝眼镜,穿一身灰色的职业装,怀里夹着公文包,迈着大八字步,目不斜视,走路时皮鞋的咯噔声震天响。老浦心说这想必就是专家了。随后看到校办、市府办的人陪着学校王副书记来了。"这是我们——"丁雄伟介绍着,老浦赶紧伸出手去,还没等他说出什么欢迎词,专家居高临下,从上往下斜了一眼,就大步流星进了会场,老浦伸出去的双手只得缩了回去。

专家走上讲台,看见台下稀稀落落只几个听众,顿时变了脸色,但还是耐着性子讲起来。讲座结束,等到听众离开了,专家随即走过来问:"今天人怎么这么少?""不好意思,期末大家忙着出考卷,批阅作业,本来许多老师答应要来的,结果临时有事……"老浦搓着双手,本想多解释几句,但很快被专家打断了:

"我身体本来就不好,是你们校长再三邀请我来的。这么热的天,我上午去医院看病,病没看完,下午就急急忙忙赶过来给你们讲座。"专家挺直腰板,脸庞涨成个紫红葫芦,"我是堂堂大专家,是省里的名教授,经常出席国内外各种高规格会议,和省委书记都坐一个台面的,走到哪里人家都打着横幅热烈欢迎。可是来到你们滨江大学,连个欢迎的横幅都没有,连个献花的美女礼宾都没有,你们这是什么态度?怠慢我这样的大专家就是怠慢学术,这是最起码的礼貌问题!"

老浦心里很不愉快,不过一想到这个专家是省高等学校职称评审委员会的委员,只得耐住性子连连低头。"这个忘记了,是我的疏忽!"还没等他说完,专家又不耐烦地叫道:"听众来得稀稀落落,你们是怎么组织的啊?工作怎么如此懈怠!你这个系主任是怎么当的?你好歹也是个教授,懂不懂得尊重知识,尊重文化人?""我,我……"老浦干瘪的嘴唇嗫嚅着,不知说什么好。专家略一迟疑,问他到底是不是系主任,老浦哆嗦着连连晃脑袋。专家又问:"那你是系副主任,或者党支部书记?"老浦心里像针扎一般,背上冷汗直冒,赶快后退着摆手。专家上前一步:"你好歹是个教研室主任吧?"老浦浑身发烧,恨不得有个地缝钻进去,连摆手的力气都没有了,只是低头不语,愈加惶恐。"这是我们教研室的浦光辉讲师。"丁雄伟急忙解释。

"什么?!"专家后退了好几步,恰好退到背后电子屏幕的中心位置,屏幕上"高校教师职业道德素养专题讲座"几个字直接映射到专家脸上。"我什么级别,他什么级别?派一个普通讲师来接待我,对等吗?你们到底懂不懂起码的礼仪?"专家口水四射,说着就要离开。这时旁边市府办的人对王副书记说了几句,王副书记走上来,手指着老浦的鼻子骂道:

"你没看看自己那个样子,也来自告奋勇接待专家?职称低,学历低,形象差,就这也来充当什么形象大使、学术大佬,你想出头想疯了不是?你做事怎么如此自不量力,接专家起码也要老金亲自来,你逞什么能,耍什么大?也不撒泡尿把自己照照,以为自己牛逼是不是?你这次丢的不仅是艺术系的人,更是滨江市、滨江大学的人!"

王副书记比自己还小几岁,但毕竟是上级领导,老浦不敢正视,只是耷拉着

037

花白脑袋,双耳乱鸣,前胸后背早已湿透,心想老金怎么搞的,派自己来接待,这么重要的事情事先也不说清楚。他以为是个普通专家呢,没想到是省上的大专家,也没想到王副书记和市府办的人会过来。唉,今天算是栽了!这个骂是躲不过了,因为王副书记的脾气大是全校出名的,全校没有哪个人没被他骂过!

王副书记骂的时候,丁雄伟背过身去,非常不忍的样子。王副书记骂着骂着,看见老浦低垂着头,脸上红一阵白一阵,背弓得很厉害,腿也渐渐打弯了。这态度让王副书记顿了顿,说句:"让老金回头联系我。"便陪着专家扬长而去。

"赶快清理会场,一个小时后,市委领导过来召开座谈会。"市府办的人说完,老浦发现丁雄伟不知何时开溜了,学生们也不见了,于是赶紧给辅导员小徐打电话。小徐回答说学生都上课去了,要一个半小时以后才有空。想想已经找不到人,市府办催得又紧,老浦只得自己拿了抹布,面对几十张桌子,逐一收拾纸屑烟头,又找来扫帚,打扫满地的脚印果皮,再打了几桶清水,弯着老腰,用拖把仔细拖了三遍,看来看去,还是觉得不干净,把拖把拿到卫生间清洗干净,回到会场又狠狠拖了三遍,最后用吸尘器又吸了两遍地面,想想领导该不会骂了,这才赶回家。

内　裤

老浦回到家,只觉得腰酸腿疼,疲惫不堪,屁股还没坐稳。老婆从厨房出来,一见他就骂:"死鬼跑哪儿去啦?等半天不回来吃饭。"老浦看看饭桌上只剩下些菜汤,儿子端坐着,正大口大口嚼着最后一块鸡肉,桌子上满是骨头渣。"你们也不给我留点?"老浦刚嘟哝了一句,老婆就暴风骤雨道:

"你给家里拿的啥?我伺候了学生,回来还要伺候你?我当个宿管员,为了一群屁学生,整天烦得要死。偏偏这几天停电,我待在门房里,是天天蒸桑拿。今早有学生报告说宿舍有人打架,我鞋没穿好就过去看,架没劝开,自己夹在中间,先挨了一拳,疼得我当下小便失禁。裤子没换好呢,领导要我去他办公室,名义上是工作谈话,进去就对我一顿臭骂,说是昨晚有女生跑到男生宿舍过夜,其他男生睡不好,投诉到校长那里。校长骂后勤集团老总,老总骂宿管科科长,科长又骂我疏于监管,玩忽职守,当下就扣了我六百块钱。挨骂扣钱,我伺候完学生还要伺候你们父子,你有本事咋不去别人家吃饭?"

老浦不言语,只得就着青菜汤,舀了两碗白粥吃开了。

自从十多年前从老家来到滨江后,老婆慢慢变得爱攀比起来,对他数落不停。特别是这几年,刚买了房,还贷没结束,儿子又大了,读高中后,这个费那个费要个不停。家里花销多,生活压力大,老婆又到了更年期,脾气慢慢大起来。更让老浦招架不住的是,这几年他身体每况愈下,老婆的脾气更大了。

"人家那么多人,开完会都拍拍屁股走人,就留下你个死鬼去打扫卫生?走到哪里都被人看不起。你看现在滨江大学,比你年轻的,谁家没有车?上班下班一阵风,多方便。可是跟着你,我都年过五十了,还要赶公交,一旦赶不上了,还要整天找这个同事找那个朋友,低声下气,处处看别人的脸色,为的是搭便车。上个月老娘病了,咱们家你没空看我没空看,人不去也就罢了,可是一分钱医药费都没出,惹得哥姐几个到现在都不搭理我。这辈子跟着你算是倒了八辈子霉了!像你这个年龄的,别人都是处长科长,再怎么着也是个教授,你他妈几十年原地不动,跟死了一样,活啥呢?"

老婆骂着就夺了老浦手中的粥碗摔在地上。儿子也跟着埋怨,嫌他走路弯腰驼背,有气无力,一点派头都没有,头发花白,脸上皱纹又多,一开家长会同学都以为是谁的爷爷来了,纷纷取笑。"你每次都不积极送红包,搞得老师批改作业,总是对我的简单瞄一眼,批语写得比别人少好多。"儿子越说越上火。

"什么老师?动不动就索取红包,这种道德败坏唯利是图的小人,败类!老子不吃他那一套。"老浦按捺不住吼起来。

"那你去死吧,死老鬼,糊涂虫,迂夫子。有你这样的爸爸,我早嫌丢人。"被儿子这么一呛,老浦正要扬手,早被老婆拉开道:"拿娃撒什么气?有本事你去当主任当处长嘛!"

进了卫生间,老浦看见儿子的内衣内裤、老婆的花裤衩什么的都在木盆里泡着,骚臭刺鼻,他一阵恶心,脱下自己的内裤,也直接扔了。"好歹是一家之主,总不能等老子给洗吧?"老浦用脚狠狠踢了踢木盆,冲凉后换了身干净衣服出门,走着走着就到了教师村小区的蕴华楼,在楼下转了几圈,他忽然想起老金今天好像有什么事情。

老浦进来的一刹那,老金的心情复杂起来。

物以类聚人以群分,这个人太令人下看了。这不仅是老金的看法,更是系里公认的看法。好几次系里开会,看到老浦进来,大家的目光都变得异样了。特别是方希妍和娄静斋,侧着身子连连躲避,仿佛见了瘟神似的,一脸鄙夷的神色。平日里大家提起老浦,也满是奚落和嘲笑:"我鄙视这种人,窝囊猥琐,讲课笑话百出,不仅误人子弟,更耽误学校的发展。"这样的议论,老金听了不少。

的确,老浦也真让人瞧不起,说起来他只有五十出头,但是不注意形象,头发白了也不知道染,整天蓬乱着头发,胡子拉碴,穿衣随便,走路背总驼着,简直就是个旧社会的拾粪老农,一副面如菜色的病死相。这个人太窝囊了,太平庸了,整个滨大的教师队伍中,老浦的学历是最低的,早些年资料上写的是中专,后来写成函授大专,近年又写成在职本科。但在老金看来实质就是个中专,一个中专学历的人怎么能来滨江大学工作呢,而且是专任教师岗位?艺术系就那么十几个人,对每个人的底细,老金都了如指掌。

老浦当年在一家师专工作,工资低,混得也不如意,据说滨大的韩副书记是老浦表哥的同学,老浦就拜托表哥同学找到韩副书记。那时候滨江学院正在重新建设,进人特容易。蒋副校长利用同乡同学同窗关系,招来老金和胖子老刘等人。韩副书记也利用同乡同学同窗关系,把老浦他们调入滨江学院。刚开始老浦在学生处,但因水平实在太差,后来直接下放到实验室当实验员。艺术系扩充的时候,尽管老金反对,但老浦最后还是进了美术教研室,刚开始是系辅导员,这几年才转为代课教师,但也只上"素描入门""书法基础"等课程,稍强的专业课,他就上不了。

老浦左手拿着两捆青菜,右手拿着一吊子腊肉,直接放在厨房。"客气了,客气了。"老金嘴里喊着,其实他已经习惯了。这段时间儿子儿媳在市区加班,一个星期才能回来一次,老伴又生病,小保姆忙着带孙子,自己还要坐班,家里买菜确实是个问题。老浦住的地方离菜市场近,来回方便,于是经常过来送菜。"拿着,拿着。不能总让你白送。"老金说着递钱过去,老浦推辞不收,两人正在争执,保姆抱着孩子走了出来。那孩子一见生人,突然就拉屎了。保姆放下孩子,拿了尿布正要去洗,孩子忽然大哭了起来。

"尿布先放一边,看孩子要紧!"老金急忙指挥。"以前是保姆和老伴合着带孩子,现在老伴病了,保姆是我乡下来的侄女,干什么都手忙脚乱,我有时都要救急。唉,一个孩子忙倒了三个大人。我今天开了一天的会,晚上还要赶写材料,太累了。"说到这里老金叹口气,揉揉眼睛,把身子缩进沙发,"哦,上午那个专家讲座,我也没想到王副书记他们会来……"

"唉,您没错,不是咱们准备不周,是校办他们事先没有交代清楚。没事的,现在已经过去了。"看着主任疲惫不堪的神情,老浦说着就问卫生间在哪儿。老金指了指,老浦一闪身进去关了门。老金于是坐着吸烟,吸了两支,等了等,不见老浦出来,又吸了两支,等了等,直到大半包烟快吸完了,还不见老浦出来。老金心说怎么搞的,该不是高血压晕倒在里面了?要真这样,那就麻烦了。

过了会儿,听到里面有哗哗的声音,老金知道老浦没事,但还是禁不住埋怨:撒尿的声音这么大,而且持续时间这么久,老浦不知道避嫌吗?我家保姆还是个小女孩呢!左想右想,老金不知如何开口,正要咳嗽一声,卫生间的门开了,老浦拿着拖把走出来,奋力弯腰拖地。"没关系,这点家务活,我早都习惯了,每天不干点家务,还憋得难受。"看见老金要上来阻止,老浦呵呵两声,又拖起了客厅。

两人说着说着,就说到了前几天张懿恒婉拒教研室主任的事情。"现在的年轻人,都是眼高手低。"老金说罢,乜斜了一眼面前的老浦,心想可惜你是个草包,学历、学问、年龄,一样都不占优势,不然给你当。老浦笑了笑,接着老金的话说道:"他不仅仅是眼高手低,简直是肤浅浮躁不识相。单位里干活的其实是我们这些老黄牛。"老金本来在揉眼睛,可是听老浦说完这话,下意识往卫生间看了一眼。

不看则已,这一看让他吃惊不已。

地面早已拖得干干净净,浴盆、马桶焕然一新,再也没有黄黄的痕迹,墙壁也擦洗过了,锃明发亮。更让他惊讶的是,不仅孙子刚刚换下的尿布已被洗干净,就是午饭后自己泡在盆里的内裤、袜子、跑鞋,甚至另一个盆里老伴的汗巾、短裤等,都被老浦洗得干干净净,正挂在架子上晾晒呢!

老金有些感动了,原来老浦不是上卫生间,而是大清洗啊!老金又想起上次去办公室之前,自己的爱车都被老浦擦洗过了,而且擦洗得真专业,比车行的有偿服务还干净。想到这里,老金的心像被什么亲了亲,开始激活了。

"他不愿意就算了,我们堂堂艺术系岂能无人?"老金说完,看着老浦。

"那是,那是,我全力支持你的工作。"老浦也看着老金,嘴唇动了动。

老金迟疑了一分钟,终于定下神来。都是奔六的年纪了,面前这个人虽然唯唯诺诺,但对自己很贴心,因为贴心,还有什么不能放心的呢?老金知道老浦的意思,停了停,缓缓说道:"你是信得过的老同志了。我想过了,教研室主任人选其实你最合适。你考虑下,愿意的话,明天我就把名单报到人事处。你把字好好练练,下个月书协改选,我推荐你当书协理事。我是主席,有这个权力。"

教　材

老浦回到家,想来想去睡不着觉,今天的事情,连他自己也没想到,就这么来了个教研室主任当。老金现在都用自己人,像方希妍、姚力文和娄静斋他们,都是老金提拔的。日常工作中三个教研室主任直接向老金汇报工作,肖子业当了系副主任,基本上被架空了。开会也是老金一说什么,三个教研室主任附议,就算投票解决,肖子业也只有一票,根本成不了气候。现在娄静斋要病休,教研室主任一职空缺,自己就乘势顶了上去。老浦知道教研室主任其实不是什么好差事,活儿虽然不少,但工资不会加一分钱,学校组织部也不备案。艺术系目前虽然只有二三十个人,但说简单也简单,说复杂也复杂。早就有人去告老金,盛传他位置不保,但半年过去,组织的调查不见结果,老金最近又先后当选市人大代表、市书协主席和市收藏家协会主席,地位更加稳如泰山了。

老浦明白,老金的高度自己这辈子都达不到,但现在当了这个教研室主任,他又有了困惑:快二十年的讲师职称,就这样到头吗?若能评个副教授,退休也光彩,可是副教授就那么好评吗?论文、著作和项目,一个都少不了,而自己根本就不会写论文,就是写出来,发表也是个问题。要知道送交评委审核的论文,是必须发表在核心期刊上的。

职称评定条例虽然这么规定的,但不成文的规定,老浦也知道,这就是对那些濒临退休的人,评委会总是尽量照顾,这个规则约定俗成心照不宣,只不过没有写明罢了,当然,其他的潜规则还更多。去年滨大几个老同志,就是这样评上的教授。上还是不上,到底该怎么办呢?十多天过去了,老浦纠结不已,心烦意乱,当天晚上好不容易等孩子睡了,他掀开老婆的被子,想借机消消烦劲儿,但被老婆一脚踢开,还骂了声:"滚!"

第二天上午,老浦想着去找老金,说说自己的困惑,在去办公室的路上,看见副主任肖子业和丁雄伟走在一起,好像在聊着什么。"搞了半天,原来是一个中学毕业的,你是我师兄。""哪里哪里,客气了,好好干。"高瘦的肖子业握住丁雄伟的手,看见老浦过来,两人齐声打招呼。"我师兄来滨大十一年了,目前是副研究员,学油画出身。"未等丁雄伟说完,肖子业就马上打住道:"一个单位工作,都是同事了,和师兄不师兄没关系。"

老浦和肖子业握握手,其实以前他们就认识,只是交往不多。肖子业原来在学校图书馆当副馆长,现在来了艺术系,对老金就是个挑战。不过再挑战,他的职称、地位和活动能力都不足以撼动老金,这一点谁不知道呢?丁雄伟说这几天开始排课了,教务处催着订教材。今年是订老教材,还是换新教材,需要大家好好协商。"协商个屁,还不是老金一句话。"老浦听了一半就从心底讥笑。

到了系里,看见老金已经在办公室,老浦赶快欠身打招呼。老金正在批改文件,一见老浦就停下笔来说:"已经定了,蒋副校长和人事处都已同意,以后你就好好干吧。""谢谢,我一定好好配合你的工作,为艺术系效劳。"老浦说着弯下腰鞠躬,突然发现老金的鞋带松了,当下就蹲在地上给老金系鞋带。

张懿恒走了进来,老浦的手哆嗦了一下,他赶紧站起来,很不高兴地说:"小张,你进来也不敲门?""不好意思,我忘记了。"张懿恒说着转向老金,"主任,上次你说的那个我考虑过了……""哦,这个……"老金很快呵呵一笑,"你回复晚了,学校已经提名了人选,我只能听学校安排了。以后有机会再说,好吗?"老浦望着张懿恒离开的身影,不禁松了口气。老金的瘦脸沉下来,看了他一眼,老浦感到这一眼意味深长,不言而喻。

老浦断断续续说起教研室的事情,说着就愁容满面。不待他说完,老金就弹弹手中的烟灰:"先不要考虑那么多,行不行都要冲,事不宜迟,能努力就尽早努力,说不定在退休之前还可以上位。听说以后职称评审权要下放了,趁着这几年好评,提前准备,赶快行动。政法学院刘步双和你情况相同,去年评上了副高。"老金说着猛然站起来走了几步,"你不努力就要落伍,就要被人踩在脚下。你看这几年滨大前浪后浪,发展可快呢。肖子业都要报研究员系列的职称了。什么叫机会?机会在于人的把握。"

老浦嗯嗯着:"感谢组织的信任,不过论文和项目,实在太难了,难写难发难评。我年纪大,专业功底又差,混混也就退休了。"说着说着就心里发酸,脑袋耷拉,眼圈也红了。"哎,这个——"老金迟疑了一下,抖抖鞋带,看着老浦满头的白发、瘦弱的腰身,一抖一抖的肩头,心里终觉不忍,想了想便说,"都是自己人了,我得提醒一句。你何必评美术系列呢,可以走德育的路子嘛,那个比较好评,有个三五篇论文就可以了。像你这样的老同志,政策也有倾斜性,省里到时我给你打招呼。至于论文,我同学是《光华师范大学学报》的主编,上次不是给你发了一篇?"

"好好好,受人之恩当涌泉相报,情是情,理是理。只要能发,咱绝不亏待别人。论文该多少版面费就多少版面费,咱绝不含糊,绝不让您为难。只要能发在核心期刊上,我就是不评职称,这辈子也无遗憾了。"看着老浦连连点头,说话已经口齿不清,老金提醒说今天下午开会讨论教材征订,所有教研室主任都要来。

两点钟的时候,丁雄伟正要打开会议室的门,发现肖子业已经在门口等待了。"师兄。"丁雄伟叫了一声。肖子业提醒道:"记住,有别人在的时候千万不能这么叫。明白吗?还有,今天开会,你要做好一切记录,这是教务员的职责。"丁雄伟连连答应。

方希妍、姚力文和老金进了办公室,随后老浦也来了。老浦进来的时候,大家一阵掌声,方希妍连连高叫:"欢迎浦主任!""什么主任?我们这些老黄牛,都是拉犁的。"老浦腆笑着在最边上的位置坐下。

"下学期我们艺术系的公共课、通识课和专业课,选修、必修在内,一共有三十门之多。今年教务处让我们推陈出新,精选教材。看看大家有什么意见。各自都把好的教材报上来,然后由丁雄伟汇总交给教务处。"老金说完,丁雄伟解释往年征订教材,往往要经过供货商采购,这样环节太多,成本也高,所以教务处今年建议老师自选教材,最好自己和出版社联系,省去中间环节,节省成本。停了会儿,肖子业抬抬眼镜,迟疑着问:"这样不会出什么问题吧?老师自己联系出版社,会不会有人说老师有猫腻,吃回扣?""我们这个学校是清水衙门,老师不是采购医疗器材呢,能吃什么回扣?再说,我们又不是向学生推荐自己编的教材,谈不上自产自销。"方希妍说。

"《中国绘画史》《美学原理》这些教材,我用了十几年,都是陈师曾、潘天寿的本子,用得审美疲劳了,该换换了。"姚力文晃晃身子说。

"怎么换,换谁的?"肖子业知道这两个版本可是历来的经典著作,换谁的也不如他们的。

"我觉得,如果有其他好的版本也可以试用下。"老浦顿了顿,"金主任不是在万有出版社出版了新的《中国美术发展史》吗,其实也不错。"

"那是套丛书。"老金微笑着解释。

"我觉得我们的学生完全可以用金教授那个教材,学校不是一直鼓励老师自编教材吗?学生多用几次,这也给老师一个修订完善著作的机会。"方希妍说。

"那如果学生举报怎么办?"姚力文说。

"我和刘老师上课,可以用金教授编的那个书。金教授自己上课,就不要用那个教材了,这样可以避开嫌疑。"方希妍说。

"好办法。"老浦连连点头。

肖子业知道自己来艺术系工作不久,是得内敛些。今天几个能说话的,都是老金的人。就像方希妍,是老金的大学同学,更是同乡,是老金把她从一所师专招来的。

"不会有问题吧?学校要求我们用权威出版社的权威教材。"肖子业不放心,想了想,还是忍不住问道。

"能有什么问题?我们是开会决定的,民主集中制。"老金看也不看地说。

肖子业不吭气了,老金的话显然是压人的,来艺术系不到半年,他们之间就出现了诸多不愉快。当了几年的系主任,老金已经习惯了唯我独尊,一切由他说了算。对老金的自以为是,肖子业不放在心上,因为自己本来就只是副主任,是配合主任工作的,再说老金已经快退休了,这样一个将要撤离权力舞台的老头子,确实不值得计较。但令肖子业不能接受的是,在得知自己要来艺术系工作之后,老金抓紧机会,把艺术系的一笔创收资金,以教工福利的名义提前发放了,当然没有肖子业的份。

早就听说艺术系有小金库,肖子业想想也就忍了,可没想到就在几天前,尽管他极力反对,但老金力主以假期补助的名义,又发了另一笔钱,这就是张懿恒他们领到的那八千元。为此他找了老金,询问钱花光了以后如何展开工作?"这钱是在我手上创收的,是几年前的积蓄,所以我有权把它处理完毕,艺术系每个人利益均沾。至于你,老人老办法,新人新办法。上次没有,这次分钱不是也有一份嘛。"听罢老金的解释,肖子业气得找了组织部,但万万想不到的是老金早已赶在前面,把他给告了,告他工作不认真不负责,能力低下,担当意识差,无法和谐工作,要求组织部另派一位副主任过来。

"万有出版社我出过书,人比较熟,如果所有教材都从那里选的话,价格方面我去谈,肯定会比市面上低很多。大家意下如何?"

老金讲完了,大家纷纷鼓起掌来。

酒 席

新学期,"中国绘画史"头两节课张懿恒上着还很带劲,可是到了第三节课,他上着上着突然就眼前发黑,眩晕也阵阵袭来,好不容易挨到下课铃声响起,只觉得浑身一软,霎时间头重脚轻,身子发颤。

当被几个学生扶到休息室的时候,隔壁教室的关教授很快走过来,看看张懿恒的脸色,摸摸他的额头。"是不是又没吃早餐?"老教授说着拿出一个面包、一杯牛奶,"你们年轻人啊,仗着自己身体好,经常不吃早餐。可不能这样,四节课呢,不吃早餐怎么撑得住?血糖一低,人会晕倒的。"张懿恒不好意思说昨晚和程怡雪的事情,只是拿过面包吃起来。

关教授是滨江大学的著名教授,学问好,人品好,年近七旬了还奋战在教学一线,连书记校长见了她也要敬三分。老教授终生未婚,无儿无女,或许也因为这个缘故,她对青年教师十分关心,经常有些温情的絮叨。

"听说你上课很投入,到现在还保持着新参加工作的热情,上着上着就很兴奋。上课要缓着来。一堂课应该收放自如,留出一定的时间,让学生赏析、阅读和讨论,切记整堂课你不要一个人从头讲到尾。这样老师累学生更累,教学效果也适得其反。"

老教授的话不幸言中了。刚刚博士毕业的张懿恒还沉浸在兴奋和骄傲中,这种兴奋和骄傲被他带进工作状态。名师出高徒,他满脑子想着要培养出好学生,每晚备课到十一二点,上课更是认真负责,一走进教室就像跑进了球场,浑身的细胞都跃动起来,直到下课铃声响起还讲不完。看到张懿恒一说起上课就眉开眼笑,程怡雪拉下面孔:"你爱学生,对学生还是这么充满感情?得了吧,这里的学生从来不好学,骂人可难听了,你慢慢领教吧!"果不其然,让张懿恒没想到的是,上星期学生评教,给他打分很低,低至全系排名倒数第二,倒数第一当然是庄焕明。搞得老金还问他:"怎么搞的,你好歹还是个博士呢,上课学生反响这么差?!"

看到张懿恒三口两口吃完面包,关教授问:"你恋爱了吧,和小程还好吧?""我们没什么的……"张懿恒的脸突然红了,嘴里喃喃着不知说什么好。关教授满头白发如银如雪,笑容和蔼可亲,声音充满真诚和关爱,特别是她镜片后的目光纯澈而透明,像水晶一样高洁雅静,具有十足的穿透力。在这位母亲一样慈祥的老人面前,张懿恒感到自己的内心暴露无遗,他难堪地低下头,眼睛落在了老教授的装扮上。

关教授穿着墨绿色的桑波缎长款旗袍,短袖立领,肩头镶了花边,做工极其考究,又披着淡蓝色的披肩,衬托得老教授高贵而优雅,而更优雅的是她旗袍外面的那件真丝罩裙,洁白如雪飘拂如云,上面开着一朵朵梅花,浓淡相宜,疏密有致,笔墨很到位,一看就是画上去的。张懿恒心说有这好笔墨的,整个滨江只有关教授一个人。

"不要瞒我了,我什么没见过,什么不知道?你们这些小孩子就是爱玩,整天贪玩,搞个什么情情调调的,和我们那时不一样了。"关教授不以为然,张懿恒正想解释几句,这时铃声突然响起,"快上课,迟到一分钟,要被当成教学事故处

047

理的。"出门的时候,关教授回头扮个鬼脸,"祝愿你们有情人终成眷属。"

生活总是用不成文的规律制约着人们。合合分分,分分合合,张懿恒又和程怡雪走在了一起,回来后虽然旧情复燃,并且在凤凰树下互诉衷肠,但不到两个月,两人就吵了好几次。张懿恒知道自己原本就和程怡雪有不和谐之处,当初他们曾热恋过,热恋的时候有很多共同的话题,但也有很多分歧,而这次回来,分歧不仅没有被磨合掉,反而更加明显了。张懿恒爱安静爱读书爱泡图书馆爱泡画室,而程怡雪爱唱歌爱跳舞爱社交,明显是个活跃分子,好几次他打电话,都听到程怡雪身边喧嚣的歌舞声嬉笑声。这还不算,当张懿恒有几次流露出对滨江大学的不满,流露要高飞一步的想法时,程怡雪总是反驳:"要现实要务实,要接地气,人活在世上,生活才是第一。即使到了北大清华,你以为日子就好过吗?"

程怡雪日常生活中的花费也让张懿恒不敢苟同。程怡雪爱吃爱喝爱打扮,出门必打的,吃饭必港餐,化妆品一定要进口的,典型的贵族消费,每月少不了要他给钱。"你什么时候成了月光族?原来可不这样啊!"张懿恒规劝要节省点,吃喝打扮不必太过讲究,但程怡雪显然不悦:"过分节俭就是吝啬小气,你好歹还是个博士呢,到底了解不了解女人?一个女孩子不打扮漂亮点怎么出门?我再不打扮,还来得及吗?"

消费观念的不一致,导致两人争吵不断。那次逛书店的时候,就发生了争执,张懿恒主张在书店看书,而程怡雪非要去旁边的商场看服装。"你这个样子,不修边幅,不慕交际,连一身像样的行头都没有,有钱就想买书买画,究竟是书画重要还是女人重要?真是个傻子呆子!"事后张懿恒挨了顿劈头盖脸的训斥。

傻子呆子现在成为程怡雪对他的口头禅了。其实刚认识的时候,程怡雪也爱吃爱喝爱打扮爱花钱,最终也是因为消费观念问题,他们很自然地分手了。没想到这次回来,程怡雪依然待字闺中,而张懿恒也是形只影单。分歧归分歧,但我未成名君未嫁,可能俱是不如人,两个年近三十的人都知道彼此需要什么,他们很快就复合了。不用客套,不用含蓄,他们都深谙对方的心理,隔着一层薄薄的窗户纸,不愿点破而已,所以彼此都追求磨合。

张懿恒捧着博士学位回来,成为整个滨大为数不多的博士,而艺术系的博士,就他一个,谁不看好?不知程怡雪是不是因为这个,又来找他。两个人倒也缠缠绵绵,花儿雨儿水儿鱼儿地快乐着,但当张懿恒把婉拒教研室主任的事情说了后,程怡雪当下数落:"哼,一块骨头人不吃,狗就去吃。"后来他再去找老金的时候,果然如此。"你怎么这么厉害,不出所料?""什么厉害?还不是苦吃多了,人就变聪明,我妈经常这样讲。""你妈?"张懿恒问起这个,程怡雪反而不吭气了。

艺术系照例会后聚餐,说是为了庆贺老浦新晋主任,其实都想吃饭。老金一进包间就满脸不高兴:"嗯哼,平时开会这个请假那个请假的,一说吃饭全都来了。"大家顿时哈哈,吃着吃着就嚷:"怡雪,来一曲。"丁雄伟叫得最起劲,程怡雪当场就高歌一首《蝴蝶夫人》。"好!""好!""太美了!"大家纷纷鼓掌,这时隔壁包厢的客人走进来,大家都笑了,原来也是滨大的人,其中几个男老师张懿恒都熟识,还曾经在自己面前打探过程怡雪的情况。"哎呀,唐处,您也在这里?"老浦朝一个胖胖的中年男子打着招呼,唐处笑着指指隔壁包间:"校长也在里面。""那我们过去敬酒吧。"老金赶快站起来,大家跟着进了包间,老浦也端着酒杯,跟在老金后面。

"听见你的声音,我就知道是咱们的同志。"强校长和老金碰碰杯,笑容可掬。校长身材不高,但很壮硕,走路总挺着大肚皮,一看就是精力充沛的男人。"刚刚好像还有歌声?"校长发问时脑门闪闪发亮。大家都乐了,看着程怡雪,程怡雪含羞不语。"是这位小青年。"老金介绍着。"好啊好啊!"强校长满面红光,大肚子一颠一颠,逐个和大家碰杯。碰到程怡雪时,张懿恒看到校长杯中的酒显然有意溅了下,溅到了她的杯中。"你是新来的老师吗?""校长好,我来了好几年了。"程怡雪依然面带娇羞,身子抖动了一下。

"她是我们系的青年教师,音乐表演科班出身,人很好很能干。"老浦拿起小酒壶,"来来,小程,再给敬爱的校长敬酒。强校长你熟悉吧,他可是著名的力学教授。"说着就给程怡雪斟酒。"我也爱好音乐,读研究生时就是校乐团的小号手。"碰杯之后,强校长说着就握住程怡雪的手。这一握,虽然是礼貌性的,但张懿恒还是不愉快,他觉得程怡雪的手被握得太紧,时间也长了一些。校长染了黑发,但仔细看去,两鬓和天灵盖处,还是遮挡不住半边雪白,这就使得他的脑袋几块黑几块白,看上去真像只大芦花公鸡,当然,因为很有领导范儿,这只公鸡是雄赳赳气昂昂的。再看身材,尽管穿了皮鞋,校长还是比程怡雪矮半头,两人就这样一个头花灰白,一个黑发披肩,一个矮胖,一个高挑,一个肥硕,一个秀颀,苍颜红颜,形成鲜明对比。"小程,给校长唱个歌吧。"老浦又叫了。

掌声中的程怡雪有些腼腆,但她还是很快唱起来:

清凌凌的水来,蓝格盈盈的天。
小芹我洗衣裳来到了河边。
……

程怡雪一开口,就有浓浓的美声味,坐在校长身边的老浦又是鼓掌又是喝彩,方希妍、常华明他们明显不屑,庄焕明甚至还凑近张懿恒耳边骂:"这老浦不知好歹,人家老金都没开口,你屁颠颠献什么媚?想给校长进贡海参咋的,不怕功高震主啊?"旁边的丁雄伟和肖子业倒若无其事,丁雄伟拿过菜单,正在看要不要加什么菜。肖子业干瘦的脸上看不出什么异样,只是微微笑着。其实不用笑,谁都知道,他和老金关系不睦。老金前段时间往行政楼跑了好几趟,告的就是他。

主　任

教材的事情确定了,老金力主采用全新的教材,最终选了万有出版社的那套丛书,这套书虽说打了八折,但定价本来就虚高,打了八折后每本还是比市场上同类书籍贵出二三十元钱。学生反响很大,有学生直接告到教务处,教务处要艺术系做出说明。"哦,这次我们没有经验,那下一年就不用这个书了。"老金和教务处的人再三沟通,又通过系里的任课老师和班主任做学生的工作,事情也就不了了之,但老金很快就听说学生投诉教材的事情,肖子业事先就知道,却没有及时阻止。其实,在组织征求肖子业任职的时候,老金就提出质疑:"艺术系是教学单位,要的是具有实际教学经验的同志,肖子业是画油画出身,长期在图书馆工作,从来没有上过讲台,这样的同志调来艺术系不合适,副主任人选最好从艺术系内部产生。"但组织最终还是没有采纳他的意见,依旧派来肖子业任职。

老金可不是吃素的,赶在肖子业赴任的前两天,他就来了一手,把系里的钱分了一部分,反正这些钱是自己的创收资金,少一个人,其他人就能多分一些。当然,老金后来也听说自己前脚分了这些钱,肖子业后脚就去财务处,查艺术系的创收资金到底有多少。

按照学校政策,中层干部每满四年就换届,坚持教授治校的思想,能者上,庸者下,劣者汰。现在离换届还有一年,无论资历、职称还是能力和年龄,老金都占优势,连任主任一职不成问题。但突然来个肖子业,尽管是个副高,对他谈不上威胁,但老金还是很不爽。这两个月,他往组织部跑了好几次,请求将肖子业调离艺术系,他列举了很多理由:这个人书生气太浓,工作水平太差,过于文弱,过于柔和,口头表达能力不行,没有高校教师资格证,不适合教学,对工作不热心,领导艺术欠缺,无胆无识,不团结同志,等等。他希望由自己来提名,重新搭班子,然而学校对他的建议既没有说行,也没有说不行,最终事情没解决,反而风言风语不少。

"从来都是副职去告发正职,哪有正职去告发副职的。"这话传到老金耳朵里,连老浦也劝他注意点,但老金不在乎,对于政敌,他有的是办法。

学生的联名投诉信告到教务处、学生处的时候,肖子业正在开车,教务处副处长给他打了电话,说学生已经告到了校领导那边。

"学生投诉了你一大堆问题,什么阅卷不认真,爱打人情分、印象分;什么上课崇洋媚外,爱讲西方的东西……中层换届马上就开始了,你要把握时机,政治上千万不能出问题。你看计算机学院那帮混蛋,搞得乌七八糟的,惹得封弘道到处上告,省里都知道了。"副处长是肖子业的好友,几句话就说得他心情抑郁起来。

肖子业很快知道学生投诉其实是老金在背后指使的,这种事本来可以系内解决,但老金非要捅到学校。

老金太狠了,太狠了。他为什么要对自己这样?还不是想大权独揽,一个人说了算?唉,当一个副职咋就这么窝囊,给别人跑腿干活不说,还要处处受排挤,受打压!

夜深了,肖子业在灯下痛苦地徘徊。看见这个背影,知情者无不摇头,但又不能说什么,因为任何时候,弱者总是让人叹息。

世事从来多烦扰,有人很快给学校写了举报信,举报老金的问题,大家都怀疑是肖子业的背水一战,但好几天过去了,学校并没有什么说法,大家彼此都心照不宣:事情在冷处理,等着瞧吧。

等待的滋味是难挨的,就像今天见到校领导,老金和肖子业比谁的心情都复杂,可是再复杂,也得装作没事一样,无论如何,这顿饭还得好好吃下去,而且要吃得火热。

饭局结束,下楼的时候,庄焕明悄悄拉住张懿恒的袖子,等旁人都走远了,才慢吞吞问道:"兄弟,你最近手头还有盈余吧?""怎么啦?""我最近事情多,手头紧,资金周转不过来。你能否借些钱给我?""我哪里有钱啊?读博几年,基本工资都打折扣了。""唉,谁不知道你最会攒钱,看在一起工作的分儿上,救救急,好吗?"庄焕明纠缠不休,"好歹你回来,是大哥给你接的风。""你借多少?""两万。""我没有那么多。"张懿恒扭头就走,但庄焕明拉住他,再三恳请,最后只得借了一万。

第二天见了程怡雪,张懿恒说了教材的事情。"行了,好不好就那样用吧,你嫌新教材不权威不经典,学术性不强,可是你做得了主吗?先凑合吧,随大流,反正不用你承担责任。"程怡雪不断劝慰,一听张懿恒提到庄焕明借钱,马上不高兴起来,"这人请吃饭还有玄机,早知道你就不该吃他那顿饭。你这人就是面情软,其实应该狠下心来,一分钱不借。常华明早就说庄焕明是个无底洞。"

正聊着,朱丽茵走过来,花裙子一摆一摆,等不及搭讪就脸色懊恼:"烦死人了,前天被庄焕明生缠死缠,从我这里借了两万。这个庄焕明没成家,无儿无女,一个人挣钱一个人花,月工资不低,怎么总弄得紧巴巴?"

张懿恒刚说几句,朱丽茵马上就叫道:"哎呀,你也碰上了?庄焕明自己狼狈不堪,就这样还整天笑话别人?""该不会是抠女被骗了吧?!我都不明白,现成的美女对象他怎么不处呢?"老黄闪上来,看看朱丽茵,说完就嘻嘻笑。

第三章 选择

签 名

  酒宴过后一个星期,校办来了电话,要借调程怡雪过去工作,老金和肖子业欣然同意。这件事在艺术系也很快传开,人们都说是那次唱歌惊动校长的结果。程怡雪到底是程怡雪,听说她在校办负责外事接待工作,经过一段时间的学习和适应,很快就得心应手了。她出众的仪表,不凡的谈吐,高效的办事风格,深得领导好评,成为整个行政楼的美谈,成为红艳艳一枝花。当然,庄焕明在张懿恒面前不断讥笑:"几次接待,我看见程怡雪站在校长身边,一个肥胖如大花猪,一个清嫩如小白菜,效果太明显了!"

  程怡雪的工作很忙,到了校办后就更忙了。不用说,多半是应酬接待,接待校内校外的领导,接待省里市里的客人,也就是从那以后,张懿恒感到他俩的交往明显少了。只不过,偶尔程怡雪也和他约会,诉说行政工作的辛苦,说她还是想走专任教师的岗位。而当张懿恒想进一步确定两人的关系时,程怡雪刚开始是推脱,问的次数多了,小姑娘按捺不住,开始数落不停:

  "你烦不烦人,整天问个没完?一个重点大学的博士生,刚来时光彩十足,你说你现在有什么呀?来了好几年,个人职位原地不动,要房没房,要车没车,特别是花钱又不慷慨大方,穿衣服也不考究,一点档次也没有,和你的学历一点都不相配!滨大现在已经有了新的硕士博士,很多都是海归,你的学历也不值钱了！可怜你到现在还只是个讲师！一切好像停滞了似的,你说你奋斗了什么啊？丁雄伟虽说是聘任,比你学历低,比你个子矮,比你长得难看,可人家现在很潇洒,整天跑行政楼,吃饭都不用自己花钱。你为了一千块钱的差旅费,还要写申请,求领导报销。你太普通太一般了,就这样还想着要离开,搞得我总觉得没有安全感。"

"那你到底怎么定位我们的关系？"张懿恒问。

"什么定位？开开心心做普通朋友多好！朋友多了路好走,这关系多好。"程怡雪哼哼道。

"你也不小了,难道家里都不着急吗？还想玩到什么时候？"张懿恒再问。

"参加工作了都靠自己,和家里没关系,咱不是拼爹的人。"程怡雪扬扬头发。

张懿恒愣住了,这个女人,时而热情如火,时而高深莫测,一说到实质性问题,她总是回避。

"你一去三年,单位上万事不管,倒也落了个耳根清净,孜孜以求,一心向学。像我们滨大这样的学校,三年不上课,没有任何工作量,照样给你发工资,酬薪一分不少,待遇优厚,哪里找这样的好单位？"张懿恒回来后,同事见面都这样说。

"哪里哪里,我有工作量的。我连续两年指导学生毕业论文、学年论文。又负责文化创意与写作指导、学生毕业实习、专业实践等等。"张懿恒连连解释。同事之间的关系最复杂,这一点他知道。就像老金和肖子业,盛传他们都去了校纪委,各自列举了对方一堆材料。几年来,蒋派韩派的人滋生蔓延,各自都有各自的圈子。从行政机关到教学机关,这两派的人犬牙相制,钩心斗角,互不相让,面和心不和,特别是围绕着换届,滨大这几天日见骚动。饭堂上、操场上、球场上,大家只要见了面,都纷纷议论。

"马上要换届了,他们的举报信送得恰是时候！""这下有好戏看了。""领导层的事儿真有意思。"中午在教工饭堂,庄焕明就和大家说起来。不过,张懿恒懒得管这些,他没有工夫,也没有能力去管。帮派之争,哪个单位没有呢？"平心而论,老金做得是差了些,人家肖子业是对的。""肖子业一贯软弱,这次能去纪委告状,也算被逼无奈了！"旁人的话纷纷传扬,张懿恒听得耳朵都快起茧子了,但他很清楚,领导之间的纷争轮不到他一个新进的年轻老师插手,他知道自己不够格,也没必要去掺和。他只想做一个自由人、局外人,只想安心发几篇论文,画几幅好画,这才是最重要的。所以单位上博弈不断,张懿恒却两耳一捂躲开了,他只能在场外而不能出现在场上,不能做裁判也不能做看客,更不能下注,尽管他感觉有人开始下注了。

"小张,你好啊,近来怎么样啊,生活还好吧?"刚刚走出画室,音乐教研室主任方希妍就拉住他的手问长问短。张懿恒很纳闷,这个平时和自己见了面招呼都很少打的副教授,今天怎么这么热情。简单搭讪了几句,方希妍就说:"你处对象了吗?该成个家了。"张懿恒笑了,看来他和程怡雪处理得不错,关系依然保密。"我有个侄女,在市府办工作。过几天给你介绍。"方副教授说着拿出一张表,"你签个名字吧!"

这是一张雪白的 A4 纸,上面的黑字清清楚楚:

关于拥护金秉章同志继续任职的说明

  金秉章同志有经验,有能力,人脉广,是美术院校科班出身,专业功底扎实,具备教授职称,政治觉悟高,清正廉洁,团结同志,工作富于开拓精神。而肖子业第一学历是中等师范学校,没有受到严格的科班训练,专业功底不扎实,职称只是副研究员,硕士研究生就读的是艺术理论方向,油画只是辅修专业,专业不对口,教学水平低,学生意见大,领导艺术水平不够,先后闹过几次笑话,在校内外造成不良影响,已经不适合担任艺术系副主任职务。

张懿恒愣住了。"你还不快签字?要等着上交呢。"方希妍把笔递到他手中。

张懿恒知道方希妍是老金力主引进的。上次任命系副主任,本来老金提名方希妍,但组织偏偏派来了肖子业。

张懿恒自己也是老金引进来的。当初应聘时,简单聊了几句,连试讲都没有,老金就决定要他了。那时老金已经当了系主任,正陶醉在权力带来的快感中,说话做事坚决果断,艺术系进谁不进谁其实就是他一句话。

"你到底签不签?等会儿这信要送给校党委。"方希妍说。

张懿恒猛然回过神来,他知道老金上面有人的。这时旁边传来阵阵大喊:"快下来,要紧事。"下了楼,有人早已笑着等他。"老朋友了,不用寒暄,不用绕弯子。"丁雄伟也捧出一张雪白的A4纸,上面的文字也很清楚:

关于拥护肖子业同志继续任职的说明

肖子业同志为人厚道谦恭,工作思路清晰,思维超前,年富力强,有相当的专业知识和领导水平,富有进取精神,发展空间广。

肖子业同志大局意识强,无门户偏见,不搞团团伙伙,不搞拉帮结派,与时俱进,勇于探索,在艺术系继续任职,有利于打破艺术系目前帮派林立、死气沉沉的局面。艺术系现任领导思想守旧,头脑僵化,导致工作一潭死水,缺乏活力动力。肖子业同志头脑灵活,求真务实,其继续任职,可以开拓创新,积极工作,在学科建设、硕士点申报、艺术基地申报、演播室建设方面将打开局面。

"你要不要签字?"丁雄伟再上前一步。

张懿恒暗暗叫苦,签还是不签?这是一个必须面对的难题。参加工作以来,他第一次遇上这种事。平心而论,老金和肖子业一个当主任,一个当副主任,工作能力和人品修养都还过得去,很难断定谁好谁不好,李新旺就说过官是最好当的,放给谁当,只要用心当都能当好。

"你在下注?"张懿恒吸口气。

"我必须下注,你学历高,肯定发展比我好,而我就不行了。我若不下注,这辈子永远就是留校临聘的小办事员。张哥,请谅解我这市侩思想。"丁雄伟说着,两个小水貂眼一闪一闪。

"哦,我先考虑下。"直觉告诉张懿恒,肖子业胜算不大,但他还是不放心地问,"你觉得肖子业能上吗?他首先连个教授都不是,其次你看他平日懦弱的……""不不不,"丁雄伟的脑袋像钟摆一样晃动着,"他虽然不是教授,但是年轻,机会大,评上教授就能转正。一朝天子一朝臣。""万一评不上,不是不能转正了?""那不要紧,就是这次评不上,下次也能评上,总能评上的,时间在肖这边。老金知道我搞这个,又能怎么样?万一他下不了,我就申请到后勤集团去,省得在艺术系工作烦人。"丁雄伟说着打开手中的文件袋,甩出几张发票,"不用考虑了,你看看这个。相信我,老金一定会下,肖一定会上。这是老金教材吃回扣的证明,我们都查证了。老金给纪委解释说教材是集体决定的结果,但实际上是他屁股决定脑袋的。万有出版社的社长兼总编辑,就是老金的姐夫,中间有没有回扣,有没有利益输送?你可以想象,当然还有其他问题。"

"要签就赶快签,马上要上交了。"丁雄伟顿了顿,眼睛直直看过来。张懿恒发现上面歪歪扭扭已经有了几个人的签名,包括白洁清、丁雄伟等。

"我这个右手满是颜料,你看。"张懿恒有些支吾。

"要不我给你代签?"丁雄伟显然明白了什么,但还是紧追不舍。

"你不要逼我好不好?你想怎么样就怎么样,人事问题一切由组织考虑吧!轮不到我的份。"张懿恒扬起刚调完颜料的脏兮兮的右手。

"你怕得罪人,不想公开签名也行。这样吧,我有个高招。"丁雄伟眨眨眼睛,"过几天校组织部要找艺术系的老师个别谈话,谈话结束还要开会,让老师写选票,推荐人选。到时无论是谈话还是写选票,你就直接推荐老肖好了,反正这个老金他们不会知道的。选票是无记名的,对你再方便不过了。"

张懿恒"哦"了声。他这才发现丁雄伟其貌不扬,年纪不大,但胆子大,脑子转弯快,一个办公室普通职员竟特别关注领导层变动的事情,不仅自己在下险棋,还拉着别人一起下,炒股简直炒得走火入魔了!

"你这个人呐,想置身事外,哪有那么简单?现在就是你死我活的,与其等死,不如先赌一把。能说的我都说了,你看着办吧。"丁雄伟甩出两句,很快掉头离开了,皮鞋踩得很响亮,空旷的走廊里,一直回响着皮鞋声,这声音传得很远很远,每一声都敲在张懿恒的心上。

"小张?"方希妍又给他电话了,说的话和丁雄伟一样,不过是帮老金拉票的。

张懿恒哼哼哈哈,不知道该怎么办。"别苦恼了,你年轻,要有奉献精神。现今社会浮躁繁华,金钱至上,我们更要坚守底线,忠诚党的教育事业,坚定理想信念,拒绝各种功利的诱惑。《老三篇》《老五篇》你读过吧!你们年轻人应该好好读读……"周宗儒在背后还想娓娓道来,张懿恒赶紧问:"周老师,那您如何处理签字问题的?""我都签了,谁上都一样。要相信上级,相信组织。上级会通盘考虑综合衡量,终究会委任一个合适的主任,上级肯定比我们想得周全,所以我们不用管那么多,只管爱岗敬业,把本职工作做好就行了,谁当领导我都欢迎。"周宗儒说着握紧手中的笔记本。

张懿恒猛然想起,廖慈志也是这种态势,每逢人事复杂之际,被问得急了,马上就很严肃:"想那么多累人!"

在方希妍和丁雄伟四处活动的同时,朱丽茵也向同乡同事刘教授询问如何签名。

"挺好!"老刘说了两个字。

朱丽茵又问:"到底怎么办,选谁?"

"哈哈!"

"老刘你给个话啊!"

"哈哈!"

"唉,你这个大圆胖子!"

"哈哈哈,哈哈哈哈,哈哈哈哈哈哈!"

不是东风压倒西风,就是西风压倒东风,所以人不是被西风吹,就是被东风吹,哪能很快分清风的方向,要想找到一个完全没有风的地方,也真不可能。张懿恒知道两派的签字都不好拒绝,他想了想,找了个借口同样拒绝方副教授的签字,但是答应见机行事投老金的票。晚上,张懿恒碰见了庄焕明,说了自己的为难。"两派纷争,互相拉拢人签字,给上级施压,这种蠢人蠢事只有在滨大这样的学校才能发生。"庄焕明说着就笑起来,"管他娘,由他们互相咬吧,咱有好戏看了。有人说老金是三国里的袁绍:羊质虎皮谋不就,凤毛鸡胆事难成。我不好断定,但有一点可以断定,估计你也看到了,风云激荡,谁想超然物外,都没那么容易!"

张懿恒说肖子业一直处于下风,人家其实并没有写什么控告信,倒是老金先下手为强,给纪委写了好几封信控告肖子业。庄焕明说肖子业的确无辜,也值得同情。可是二虎相争,必有一伤。有人的地方就有恩怨,有恩怨的地方就有江湖。滨江大学是高校,是文化人聚集的地方,但更是江湖,是黑道白道的竞技场。

你想安心画画,安心做学问,一心一意做自由人,可是滨大现在名来利往,熙熙攘攘,纷扰脏乱,只怕连一张画案一张书桌都没地方放了。张懿恒又和卫风之交流。"君子居易以俟命,小人行险以侥幸。签名你随便处理吧!这种事情我以前也经过,按照惯例,勇人是只签一个,庸人是两个都签,或者是两个都不签,高人是不等别人找上门而签。接下来怎么样,听之任之喽。我现在是闲中觅伴书为上,身外无求心最安。"卫风之翻着厚厚的《宋诗别裁集》,一笑置之。

辞　职

对于老金和肖子业的事情,学校迟迟不见处理结果,但中层换届已经开始进行。组织部派人到艺术系,通过座谈会的方式,对艺术系现任领导进行民主测评,会上所有老师都对老金、老肖,以及副书记林亭芝三人进行打分和投票,组织部也与系里副教授以上职称的教师进行了谈话。

"能被组织谈话的,应该都是考察对象。""我们的副教授有四个,讲师十二个,教研室主任有三个,教授有三个。能被列入考察的,都有机会上。""教授里面,胖子刘教授不是党员,娄教授长期生病,这些人根本不可能被列入主任人选。""关教授学问好品行好,但她只是返聘教授,已经退休多年。""别说退休,就是不退休,给关教授再当主任她也不愿意。"

议来论去,大家觉得还是老金最有可能上,他不仅会把这届干满,还有可能再干下一届。张懿恒看见老金这几天照例在办公室处理事务,镇静自若,不失往日风范。而肖子业和老金依旧谈笑风生,随意交流,没有任何剑拔弩张的体现。丁雄伟依旧当小办事员,听说他和韩灵光、常华明等人,出去吃了好几次饭。

生活本来就要靠等待打发时光的,张懿恒偶尔和郑宇智聊聊天,对于系里的变化他们无能为力。程怡雪现在比以前更忙了,好几次都说她没空,张懿恒也就在流水账般的上课下课中度过了一天又一天。两个星期后,艺术系又分了一笔钱,张懿恒分到了一万块,再一问,丁雄伟、郑宇智他们都是一万块,这是一笔不菲的进账。正当大家议论纷纷的时候,系党支部副书记林亭芝出面了。张懿恒本以为学生投诉什么,这位主管学生工作的副书记要批评自己。哪知道林亭芝

059

一见他,稍寒暄几句,就转入正题:

"按照组织要求,我和大家逐一谈话。是这样的,学校经过调查和研究,确定免去金教授的系主任和书记职务,正式决定将于一周后公布。在此期间,为保持稳定,校领导要求事先预知每一个老师,让大家有个心理准备,所以我受组织委派,通知你这件事。学校再三强调:针对这件事,大家不要互相打探议论,特别是既不要说老金多好,也不要说老金多差。"

回来恰好碰见廖慈志,一问也是刚刚谈话完毕。廖慈志笑道:"突然就被免职了,还要求既不要说多好,也不要说多不好,这可真够艺术的!"张懿恒知道等轮到自己,这样的谈话都结束了,因为任何消息到他这里的时候,都成旧闻了。廖慈志最后说:"老金不下也不行了,听说咱们的资料室丢东西了。这可是大事。上次两派闹签名信,给学校施压,校领导很生气,要下决心整顿艺术系班子,坚持系外选干部。下一步,艺术系将会有大变化。"果然,一个星期后,丁雄伟在微信群里通知,明天下午系里开会,强调会议重要,不得请假。

会议是在二楼一个大房间进行的,这里是艺术系的常设会议室。张懿恒一进去,明显发现气氛异常,所有的人都面无表情,满脸严肃。张懿恒看到老金坐在角落位置,神色有些不自然,平时他都是坐主位的。

会议由副主任肖子业主持。"这位是学校王副书记,是校领导中负责联系艺术系的。这位是组织部杨部长。"肖子业一开口介绍,老浦就带头鼓起掌来,但很快被王副书记制止了。肖子业随之说:"接下来我们请组织部杨部长讲话。"其实大家都明白要讲什么,事先早已得知消息,今天只不过走个形式而已。组织部部长微笑着咳嗽了一声,所有人顿时变得安静起来,大家知道,关键时刻到了。

"金秉章同志业务能力强,工作热情高,担任艺术系主任几年来,有一定的工作业绩,但也因为领导艺术欠缺,在一些问题上考虑不周,处理欠妥,在系内外造成了不良影响。"组织部部长清清嗓子,用他特有的缓慢语调读起手中的红头文件,"经校党委研究决定,免去金秉章同志艺术系主任、系党总支书记一职,由肖子业同志暂时代理艺术系主任一职,主持系务工作。至于系党总支书记一职,由林亭芝同志担任。"

结果终于公布了,这个任命出乎意料,正当大家疑惑的时候,王副书记讲话了:"艺术系的领导调整,属于正常的人事变动。希望大家团结一致,把本职工作搞好。"讲着便看看金教授,"金秉章同志虽然不再担任艺术系的领导职位,但我相信,他以一个老教师的热忱,会一如既往支持肖子业同志的工作,支持艺术系的工作,在其位谋其政,不在其位,也要谋其政。这是一个高校老师的责任,更是一个党员的义务。"

"我老了。本来说干完这一届,就退休回家,含饴弄孙,享受天伦之乐。我现在孙子都一岁多了,老伴多病……"老金顿了顿,微笑着抬高声调,"根据艺术系发展需要,根据组织要求,我以后退出一线,不再担任领导职务。对于学校的这个决定,我完全支持,坚决拥护,我以后将继续支持艺术系的工作,全心全意拥护肖子业同志这个领导班子,把工作做好。众所周知:集体好,大家好,个人好;个人好,集体好,大家好!"

老金说完,肖子业也微笑道:"金教授的讲话很好,领导班子的变更不能影响正常工作。金教授德高望重,人脉广博,资源丰富,我们相信他以后会一如既往支持现任领导班子的工作。艺术系能到今天,取得如此大的成就,很不容易。老主任高风亮节,虚怀若谷,给我们做了很好的表率,我们要再接再厉,精诚团结,把工作做好。"

王副书记和组织部部长带头鼓起掌来,大家也哗哗哗鼓掌。肖子业看看两个领导,正要宣布散会,突然有人举手:

"我能不能说两句?"

是姚力文,一个脸色发黄、瘦弱不堪的男子。这位广告学教研室主任,谁都知道他是金教授一手提拔起来的。

"我一介书生,不擅长行政管理。只求一方清净,有三尺讲台教书育人足矣。为职称计,目前正准备报项目出专著,所以教研室工作力不从心。趁着大家都在,我宣布辞去教研室主任一职。我要辞职由来已久,绝非一时一事之私,今天提出来,请组织考虑。我声明:我的辞职和金教授被免职没有任何关系,只是巧合而已!"

"我也要发言。"

方希妍站了起来。

"我更年期了,身体长期不佳,孩子面临高考,逆反心理严重,三天两头和我吵。我离婚多年,一个人带孩子很不容易,实在没有时间和精力打理系里的事务。"方希妍说着眼圈红了,声音哽咽,"所以请大家谅解。借此机会,我决定辞去音乐教研室主任一职。我声明:我辞职是因为我个人家庭,和今天金教授的事情没有任何关系,请组织考虑。"

"我也有这样的请求。"

老陈也站了起来,他以自己年龄大、精力不济为由,请求辞去办公室主任一职。

王副书记、组织部部长明显皱起眉头,肖子业脸色也有了变化。"啊哈,没想到老金还来了这一手?"在座的老师惊讶之余也很快明白,这其实是故意制造麻烦。其实少部分人事先已经得知消息,前两天老金就把几个教研室主任叫到家里开会,定下攻守同盟,确定在随后的会议上一起辞职。

胖子老刘昏昏欲睡,常华明不断看着手机,好像在发送什么微信。朱丽茵垂着硕大的乳房,神色不安,显然,哺乳期女人的乳房,经常胀得难受。庄焕明坐在角落里,每当一个主任辞职的时候,他就敲敲张懿恒的手臂。程怡雪的人事关系在艺术系,因此也出席了会议,但她坐在后排,面无表情,只是偶尔看看手机。老黄一会儿看看天花板,一会儿抚摸自己的脖颈,这个被"五十肩"折磨的女人,总是一副病恹恹的样子。眼看着三位主任表态完毕,大家想说什么又不能说什么,都尽量抑制,不让别人看出自己的反应,也不能发言,因为一发言就显示出派别立场了。

沉默中,目光都落到了老浦身上。不言而喻,一目了然,大家都清楚还有老浦呢,还有老金的老浦呢!其实毋庸多言多思,大家都知道老浦会跟风而动、表态发言的。只要他一张口,大家都猜得出他要说什么,用庄焕明的话来说:"这种人,屁股没抬起,我都知道他拉什么屎!"

老浦本来坐在角落,当感到大家都在等待他的时候,终于定定神,欠欠身子,然后搔搔花白的脑袋,看看方希妍,看看陈主任,再看看姚力文,突然问:"你们都要求光荣隐退,我是该鼓掌还是不该鼓掌呢?"

压抑已久的氛围霎时被冲垮,老浦什么时候也变得这么幽默？沉闷森严的会场一下子变得轻松起来,大家不禁纷纷喷笑。在墙角昏昏沉沉睡的胖子老刘被惊醒了,嘴里喃喃着:"喝什么酒,什么酒？"他揉揉迷蒙的睡眼,抬抬厚厚的大近视镜,问坐在旁边的娄教授。娄教授碰碰他的胳膊,眯起细长眼睛,嘿嘿一声:"这是开会,不是讨论系里聚餐呢！"说完不言语了。一旁的李新旺副教授,俗称李光头,忍不住踢了老刘一脚:"老刘,王母娘娘请你喝葡萄酒呢。""哦哦。"老刘含糊地应着,一不留神,脑袋撞在了墙上。老黄禁不住叫道:"哎呀,老刘你是蜘蛛拉丝呢,鼻涕怎么这么长！脏死了。"大家笑得前仰后合。

等安静下来的时候,老浦开始讲话了,开口就是学校高水平高质量发展的问题。显然经过精心准备,他一反平日的狼狈,汩汩滔滔口若悬河,讲话理论高度之高,语言逻辑之严密,情感投入之真诚,和他平时结结巴巴唯唯诺诺的态势判若两人,但大家对此都没兴趣,大家都等着他辞职,想再看看王副书记、杨部长特别是肖代主任的反应。令人大跌眼镜的是,直到讲话结束掌声响起,老浦没有一句话提到个人的去留问题,没有像大家众脑一心想着他肯定要表态辞职。这显然出乎大家的意料,更出乎老金和肖子业的意料。

对于这个,张懿恒看得很清楚,老浦讲话结束时,老金他们虽然也和大家一起含笑鼓掌,但脸色明显各异,笑容也不乏几分僵硬。后来的事实也的确如此,听说老金会后一回到家,就和方希妍、姚力文通了电话,没说几句,就愤怒地唾骂:"原来老浦是个骗子。前天晚上当着我们的面,他拍着胸脯信誓旦旦,明明说过要辞职的,结果今天很快换了一副嘴脸,一到会场就不认账了。上个月我还帮他发了一篇核心期刊的论文呢。"

走出会场的时候,张懿恒看见了程怡雪,正想说什么,程怡雪一仰脖子走了。

晚上,庄焕明找了张懿恒,说是要给他介绍个对象,张懿恒一听只有中专学历,当下就拒绝了。闲聊了几句,庄焕明突然问:"你觉得老金他们会善罢甘休吗？"张懿恒紧跟着回道:"你不是明知故问吗？"其实系里也有人议论说肖子业过于文弱和绵软,书生气太浓,成不了气候,基本就是个过渡领导。庄焕明说来到这种地方,干好自己的事情要紧,青春短暂,抓紧吃喝玩乐,接着又提到刚参加工作时,他的课虽排在周一早上,但每当周日晚上备课时,他就激动得一夜难眠。

"那时候见了学生,简直像见了亲人似的,想着使尽浑身能耐对学生好。可是半年下来,我就变了主意,这个单位怪事多,领导们都是肉食者鄙,特别是这里的学生根本不好学,不配老师认真教,老师越认真教,越是自讨苦吃!"说到最后,庄焕明只是嬉笑:"所以啊,咱现在就混!学生爱怎么样就怎么样,不认真学了滚蛋,反正我只要按时进教室,只要打发了那四十五分钟,工资一分不少就行。至于领导,反正都一样,只要工资照发,工会福利照发,单位聚餐有好菜吃,无论谁当领导咱都举双手拥护!"

张懿恒知道这也是一种活法!庄焕明经常给人讲滨大不值得卖命,理由包括学生不好学、领导都是贪官污吏、滨江人素质低等。遇到反驳时,他最后会来句:"我家祖坟没在这里!"他常说滨大不好,但人却一直在这里,也没听说要辞职什么的。

学 问

班子变动了,生活像一杯淡酒,说有味就有味,说无味就无味。

老金表面上逢人就说自己无官一身轻,但实际上他和方希妍等人在会上、在课程安排上、在学生毕业论文写作上,处处找碴。肖子业也是得过且过,勉为其难,反正是个代主任,一切都悬着呢!林亭芝主管党务,和肖子业各司其职,倒也合作愉快。李新旺建了好几个厂。郑宇智开起了画廊,办起了培训班。庄焕明忙着找美女相亲。老浦上次因为没有辞职,所以得以留任,但也被老金骂作背叛。

张懿恒还在专心业务,读到博士,又留在高校,他已经没有退路了。高校老师有自己的独特性,单位上的事情基本不用操心,不像中小学老师上完课还要坐班还要跟进学生。高校老师只要把课上好,把业务搞好就行了。至于学生的日常管理,有助理班主任、有辅导员、有班主任、有学生处的专职老师负责呢。高校老师和领导也无须过多交往,因为领导帮不了你的教学,帮不了你的科研,也帮不了你的工资待遇。当然,想升官发财的例外。张懿恒刚刚毕业,还沉浸在个人单纯的理想中,他深感还要练笔还要画画,否则对不起博士这个称号。

张懿恒没有退路,只能前进。学历不等于资历,也不等于能力。具有博士学位,身处高校,特别又是专任教师的工作岗位,学问是不能不做的,否则就无法立足,无法混下去。按说如果他为了当官,基本上本科学历就行了。可是他一路从本科读到博士,十年过去,当本科同学已经是正科副处的时候,博士毕业的张懿恒还是个讲师,走到行政楼,还要看那些科员科长的脸色行事。每当这个时候,张懿恒从心里纳闷:同学少年皆不贱,自己一个博士读下来,是不是剑走偏锋了?!当然,庄焕明也劝导他:"行了,来到这地方,还做什么学问呢?你看看咱们系,老金老刘他们评上教授后,多年都没有一篇论文了。廖慈志他们人过中年,更加没有上进心了。朱丽茵嫁了个公务员丈夫,不亦乐乎,现在整天带孩子,哪有工夫做学问?郑宇智一门心思放在开店赚钱上,更不想做学问。要知道,滨大不是北大清华,人家编辑一看这署名,再好的论文就撇一边了。所以我早都不写论文了,还是守着一亩三分地,生活要紧。听大哥的,享受生活,今晚跟我去洗脚吧,找个小妹陪陪你。"

庄焕明已经是十多年的讲师了,他不做学问,对于科研对于职称等早已放弃。张懿恒对此无法苟同,他不甘心地说:"肖子业、姚力文不是做学问嘛,人家都发了好几篇核心期刊论文了。"庄焕明摊开两手:"可是你没见姚力文整天爬格子,都累得住院了,听说上次发论文,还被中介骗了几万块。至于肖子业,人家图书馆序列,本来就好发论文。"张懿恒又找了郑宇智。郑宇智是硕士,而且是牛津大学的硕士,刚来时意气风发,但这几年也光环渐褪,一提起单位就郁闷:"滨大这地方,就是有了研究生点又能怎么样?算了,我们还是多赚钱吧。趁着这几年房产方兴,赶快下手!我是不想再读书了。"话不投机半句多,他们不想做学问,也不想评职称了,可是张懿恒不行,像他这种小青年,出身艰苦,意志坚强,还是相信知识改变命运的,也必须改变命运。所以当别人开始吃喝玩乐的时候,他还在画画,还在爬格子,还在为了理想而奋斗!青灯黄卷,板凳冰冷,十年辛勤变化鱼龙地,一朝期许飞翔鸾凤天。他经常和杨鸣鹤联系,得到不少鼓励,杨鸣鹤说准备建立工作室,欢迎他加入,最后又提到做墨锭的事情。张懿恒说:"师兄,那个都是工匠干的活,你一个大博士后……""我家祖上就是以做墨锭为生。我准备恢复祖艺,按照传统方法,做一批墨锭。"杨鸣鹤的口气很坚决。

盛传下半年要搞绩效工资,没有科研成果的话,绩效低,工资就会大打折扣。张懿恒未雨绸缪,每天课余都背着沉重的电脑,穿过川流不息的校园主干道,走向图书馆,在文山字海中苦苦跋涉。晚上吃完饭,他又早早走向画室,伏案练笔,畅游于水墨世界。他的刻苦、他的努力成了校园的一道风景,图书馆的门卫、画室的保洁员均习以为常,都说他是滨大最勤奋的老师。然而,当张懿恒雄心勃勃说起自己理想的时候,听多了的程怡雪禁不住一声断喝:

"行了,你还以为自己能成为徐悲鸿、齐白石、张大千啊?!"

去了校办后,里里外外接触的人一多,程怡雪眼界渐开,视野渐阔,看人也学会了比较。在她看来,教书的人常年围着三尺讲台,工作单一、接触群体单一、生活环境单一,因此也思维单一、性格单一、处事方式单一,有很多可怜的不合世俗的地方。张懿恒也感到程怡雪变了,现在她总说自己忙,难得见面。好不容易见了面,往往正在散步或者正在吃饭,突然一个电话打来,程怡雪看看手机号码,马上就说"我有事",还没等张懿恒反应过来,黑色的豪华轿车直接就开到了她身边。车来车送,一阵风,一阵云,程怡雪神神秘秘应召而去,搞得张懿恒很不愉快。

校办确实很忙,但是谁不忙呢,哪个部门不忙呢?伴随着程怡雪越说自己忙,张懿恒的感觉也越来越强烈,这几天,他甚至觉得程怡雪明显躲着他。上次为了教研室主任的事情,程怡雪数落过他,后来逛街看见路边有个卖韭菜合子、小米粥的,张懿恒忍不住买了,回头正想问程怡雪要不要吃,只见她早已不见人影。

闹了一阵子,过了几天,两人照样又在一起了,一见面就是聊不完的话题。

"老金不下台才怪呢,廖慈志说咱们的资料室丢了几幅名画,作为系主任,他监管不严,难辞其咎!公安局已经立案了,很多人都知道了,就你还蒙在鼓里!"程怡雪说完,张懿恒惊讶地瞪起眼睛。滨江虽然不大,但因为历史上出过几位名画家,所以滨江大学就收藏了不少名画,都是画家的后裔捐献的,平时都锁在艺术系资料室的保险柜里,张懿恒参加工作几年,只见过那些画一次,名家手笔,随便拿出去一张,都值好几百万。

"那么珍贵的藏画丢失,肯定要追责,老金算是完了,你觉得我们系以后会怎样?""现在不是明朗了吗?肖子业主持工作,林亭芝代理书记。""你真笨,林亭芝半年后就退休了,肖子业职称只是个副研究员,按照学校教授治校的原则,这一条就把他卡死了,再说他那文弱样子,讲个话都有气无力,没有领导派头,所以廖慈志并不看好,说是个临时性人物。""嗯,说不定学校会给我们艺术系外选一位能干的主任。"两人说着说着,说到那天的会场。

"丁雄伟这步棋看来下对了,他哪里是下棋,他是押宝呢!把自己前程赌上了。听说要当办公室副主任了。"

"鸟枪换炮,有什么稀奇的?老陈辞职后,老黄转正,丁雄伟升任办公室副主任,这是顺理成章的事情。有什么大不了?"

"反正丁雄伟比你聪明,说不定可以往上爬。"程怡雪有些不悦。张懿恒说你怎么那么看重上位,七品芝麻官当了有什么意思?还不如专心做学问!"你活在什么年代,能否接下地气?人家说高个子人不长心眼,你就是个呆子、傻子、二货!"程怡雪气得甩下手机,"要知道,当官才是真正的学问。——行了行了,我现在懒得理你。"

扇　　面

分分合合,扑朔迷离,程怡雪越来越让张懿恒不可理解了。妆容化得越来越得体,出行也越来越没有定数,明明说好了什么时候见面,可是见面不到两分钟,一个微信铃声就会使得她马上不辞而别,事后才推说有紧急公务处理。有时找机会见了面,一见面就烦躁不已,骂行政楼、骂领导、骂男人,动不动就把他和别的男人相比,比着比着就数落不断,张懿恒简直听不下去。程怡雪以前可不是这样的,刚认识时她是个含羞带怯的小女孩,张懿恒说话声音一高,她动不动就哭起来。那时候程怡雪也从不化妆,素面朝天的她对吃喝也不讲究,和张懿恒在一起,经常就是简单的快餐了事,出门也是坐公交或者步行,因为嫌花钱,的士都很少打。可是现在,程怡雪经常化妆,身上也有了酒气,吃饭穿衣也讲究多了,张懿恒感到自己的工资快支撑不住了。

造化从来不由人。随着工作环境的改善,程怡雪的心性越来越高,脾气越来越大,看张懿恒越来越不顺眼了。歌好舞美人靓,到了校办后,她像一朵鲜花脱颖而出。校办的人接待上级领导,接待外面的企业家,接待四面八方的宾客,现在已经离不开她了,她不出席都不行,再忙再累都不得不上。任何艰难的事情,只要饭局上有了程怡雪,往往就好办了。"小程,给赵书记唱歌。""小程,请麦总跳个舞。"这已经成了政治任务,她不得不笑脸相迎。当然,她出场之后,效果也是明显的,资金往往就能很快下拨,项目往往很快就能谈成。因为领导个个酒量好,饭量好,舞跳得好,而领导们饭饱酒醉之余,常常招呼道:

"小程,来一个。"

程怡雪就在这样的场合中见多识广了,她已经由校办的普通人员升格为领导的秘书了。现在的高校校长可不好当,要经费,要项目,要人才,只要是出席校外的活动,领导一般都要把程怡雪带上,不用说,公关也是一门艺术。而伴随着程怡雪近来不断随领导去差旅去宴饮去唱歌跳舞,甚至还去了几次高级会所,她心烦意乱,思想斗争更激烈了。

每每灯红酒绿、歌罢酒醒之后,她就一个人绕过酒店的连廊,绕到校内的大操场上去,一圈又一圈徜徉。夜晚,对于她来说,已经习惯于这样度过了,她不是没有苦恼过、哭泣过,不是没有在高楼的天台上号叫过,不是没有在校园的草地上呕吐过,不是没有谩骂诅咒过这样的生活。潮湿闷热的夜晚,她像萤火虫一样飘荡着,她追着萤火虫,幻想自己也变成一只萤火虫自在飞翔。夜深人静,她拖着半醉半醒的身子在公园里,在校内的小山冈,在竹林里徘徊着,思考着。她聆听蛐蛐的一声又一声鸣叫,常常有小蛇爬过她的脚下,有小虫子扑到她的脸上、爬到她的身上,可是她还是喜欢一遍又一遍地徘徊思考,思考徘徊。她时而落泪,时而欢笑,她很喜欢这种夜深人静独自信步的生活,她喜欢让凉风吹拂着,让空气熏蒸着,任凭身上的热汗一遍又一遍流淌,任凭热汗挂满脸腮,淌满前胸后背。

下雨的时候,迷雾的时候,细密的雨点,滴答的露珠,鼓舞着她奔流激荡又烦躁不安的感情。雨点飘落在她的头上和脸上,就像飘落在烧得通红通红的锻铁上,不断激起明亮的思维的火花;就像飘落在干旱的土地上,不断弹起燥热的焦灼的欲望。她的思想斗争很激烈,经常彻夜难眠。特别是近几个月来,往往夜深人静,一切都入睡的时候,山坡上,校道上,操场上,她就一遍又一遍默默游走,一遍又一遍疯狂奔跑,一遍又一遍泪不能禁,直到两腿发软,东方发白,她才有了一丝疲惫的感觉,她才没有精力去想这想那。她知道这样对身体很不好,可是唯有这样,她才能忘掉一切烦恼,去掉一切痛苦的思考。

她两腿发软,迷迷糊糊昏昏欲睡,然而一旦太阳出来,闹钟响起,她就立刻惊醒,马上爬到镜子前化了妆容,匆匆吃过早餐,随之就容光焕发上班了。只要一到行政楼,一到办公室,她依然像不安分的灵动的小鸟一样,寻觅着跳跃着,又开始了一天忙碌的工作,接待这接待那,张开笑盈盈的脸庞迎接八方来宾,迎接那些不怀好意的色眯眯的眼睛。常常是晚饭的时候,她才呕吐完毕,在卫生间冲洗一番,又重新化妆,照花前后镜,花面交相映。之后她又很快进入包厢,和那些衣冠楚楚指挥若定的人在一起了。她的细心周到,温柔甜媚,长袖善舞,赢得领导的一致赞许。

张懿恒总算约好程怡雪,周末离开滨大,赶高铁去广州逛街,一路上两人说说笑笑,倒也开心异常。在下九路的文物商店,张懿恒发现一幅山水扇面,再仔细看看,他一下子激动起来,问问价,要八万,一个子儿不少。张懿恒很犹豫,这时程怡雪一扯他的袖子:"走吧。"刚刚走出去,就发现有另外两个人进来,听得出在说外语,准备买了那幅画出国,张懿恒心里吃紧,飞快冲上去对服务员说:"这画就按你说的价位,我要了,先交两万订金。"

等交完订金出来,发现程怡雪已经不见了,张懿恒赶紧打电话发短信,但都没有回音,无论如何都联系不上。晚上郑宇智看了画,就竖起大拇指:"是黎雄才的真迹没错,恭喜你收藏了佳作。"当听说是八万元的时候,又咋咋舌头:"我比你收入高,都不敢下手买这么贵的画。你真厉害。""不是厉害,是我——"张懿恒顿了顿,"我若再不痛下决心买,这画就流落国外了,国宝流失,罪莫大焉。"郑宇智说:"你这个人就是迂腐!"张懿恒说:"我不重当下,目光长远!"

一句话把郑宇智呛得无语,在心里骂了一声呆子,便知道这个人已经无法沟通。果不其然,后来当张懿恒给关教授说了程怡雪的反应时,关教授叹口气,其实什么结果她已经有所预料,最终还是忍不住说道:"小张,你这个事情做得太不应该了,重物轻人,怎么能如此对待一个女孩子呢?你深深伤害了她!"

此后张懿恒好几次找程怡雪,都找不到,直到有一次在体育馆,看见有个女孩在打乒乓球。女孩头戴小红帽,上身穿着紧身的白色T恤,下身穿着黑色的打底裤,衬托出修长笔直的腿,奔跑时曲线更加突出,浑身上下有一种流动的美。而对面的男人,就是那个胖校长。两个人随着球跳来跳去,张懿恒总觉得校长打来的球轻飘飘,很浮的样子,有好几次落在女孩的胸脯上、大腿上。

"程怡雪,程怡雪。"张懿恒喊了几声,但女孩就是不理。等了半个多小时,直到球打完,女孩仍旧没理他。

走出体育馆的时候,正碰上朱丽茵、韩灵光在打篮球,张懿恒于是加入了。几个回合下来,大家都气喘吁吁,朱丽茵虽然肥胖,但是跑起来很灵活,韩灵光是男的,却跑不过朱丽茵,好几次都被她抢了球,男女混合,朱丽茵正打得起劲,场外的老黄突然高喊:"丽茵,你的鞋破了,快来换一双。""谁说我的鞋破了?你的鞋才破了呢!"朱丽茵触电般回过头,紫红脑袋上满是热汗,"滨大谁她妈是破鞋谁知道,反正我不是!"她暴跳如雷,狠狠把球投进篮里。

"那是个气筒,见谁都要打几下!"退场的时候,老黄看看朱丽茵,偷偷对廖慈志说。

买 单

三天后的一个下午,程怡雪主动给张懿恒发短信,要求见他。下班以后,两人在校门口碰头了。程怡雪戴着墨镜,一身黑西装,脚蹬黑皮鞋,从头到脚一身黑,乍一看张懿恒都认不出了,以为是电影里的特工。"今天我请吃饭。"程怡雪挥挥手,用坚决果断的口吻强调道,"别客气,张老师,今天算我请,一定请你吃最高档的菜。"张懿恒连连推辞,但程怡雪让的士司机开到了市政府对面的滨江宾馆。

进了宾馆,张懿恒才发现这是一座外表朴素低调,内部装修极为奢华的宏大建筑,里面吃喝玩乐一应俱全,从餐饮到游泳洗脚按摩唱歌跳舞健身等设施应有尽有。进了大堂,两人刚在一张桌子旁坐下,只听得前台有人在争吵。"凭什么要我买单?我是女人,出来吃顿饭咋啦?这顿饭难道要我请?""不就见个面嘛!凭什么要我请吃饭买单,要买也应该AA制。""见面的饭你都不愿意请,干什么你愿意?女孩的面难道说见就见,你到底还是不是男人?""男人咋啦,难道天生就该为女人买单？何况我和你只是第一次见啊,法律上没规定男女吃饭非要让男人买单。"声音越来越大越清晰,是庄焕明和一个女人的纠缠。

"眼不见为净,换个包间吧!"程怡雪打个响指,身穿高档红色礼服的服务员走了过来。豪华包间里,程怡雪刚坐下,就哗哗哗点了四五个菜,张懿恒看看镶嵌着大理石的活动桌面,再看看烫金的杯盏,小声说:"我们两个人,两三个菜就行了,你点这么多菜,北海道鲟鱼,澳洲大龙虾,阿根廷牛肉,高丽参炖野生甲鱼,是不是太铺张了?"程怡雪冷笑道:"放心,张老师,我说过了,是我请,我买单,我请得起。"说完便脸色严峻一言不发,菜上来后只顾猛吃。

张懿恒心里不爽,吃了几口,觉得这些龙虾海参并无美味之处,也就是炖猪尾巴的感觉。吃完饭,他进了卫生间,故意多待了一会儿,又是漱口又是打电话,没想到等到他出来,程怡雪还在坐着玩手机。张懿恒敲敲桌子:"服务员,买单买单。"程怡雪依旧坐着玩手机,一声不吭,等张懿恒结完账了,才收起手机说:"其实刚才我也可以买单,但有男人在场,理论上不应该由我买。"张懿恒心说男人怎么啦？你不是说过你买单嘛!不过想想程怡雪陪自己睡过好多次觉,也就罢了,这顿饭虽然昂贵,自己买了也是应该的。

程怡雪突然眉毛竖起,用很阴柔的声音问:

"今天菜点多了,单买贵了,你心疼了,是不是？告诉你,单位上好几个人都说你吝啬小气,都说你抠门。今天我是完全可以买单的,但就是给你一个机会。看你刚才去卫生间那么久,似乎躲避着不愿意买单？"

张懿恒顿了顿,问:"那你觉得我吝啬小气吗？""吝啬小气不吝啬小气,那是你自己的事!别问我。就像那次,我穿得那么体面,你非要跑去路边吃什么韭菜盒子？你是真傻还是装傻？跟你吃个饭,不是桂林米粉就是陕西凉皮,再就是过桥米线广州牛杂兰州拉面,你把我当民工还是把你自己当民工？"程怡雪说着便看也不看他。

张懿恒说:"咱们出身又不是多么高贵,吃饭何必这么……"话未说完,"啪"的一声,程怡雪摔摔筷子,分贝就提高道:"一个女孩子爱吃爱喝爱打扮怎么啦？你现在这个样子,以后怎么相处？你宁愿拿八万买画,都不愿拿五万给我买化妆品,难道我一个大活人没有一张画重要？你到底懂不懂女人？"

"你错了,怡雪。那一幅画是名家真迹,以后会增值的,放心吧,艺术品上升空间很大,否则我也不会痛下决心。"

"我不管以后,只管当下。你说你的博士学历有什么用啊?听起来冠冕堂皇,威风八面的,但你现在不就是个非官非富的讲师嘛。我真高估你了,丁雄伟比你学历低,比你个子矮,比你长得难看,可人家思维超前,刚工作时就贷款买房,现在都增值好几倍了。还有,人家可慷慨大方,请我吃饭从来都是去五星的浩凯大酒店,豪车来去,酒菜任点。"

听到程怡雪言必称丁雄伟,张懿恒心里像被火蛇咬了一口,禁不住说:"一顿饭算个什么,你去了校办几天,是不是总喜欢跟男人去吃饭,总喜欢自己吃饭让别人买单?你有没有尊严,有没有人格?"程怡雪的脸唰地红了,拍着桌子大叫:"不怕不识货,就怕货比货,你真是白读了一个博士!"

"士可杀不可辱,我宁愿饿死,也不愿意和我觉得恶心的人在一起。"张懿恒刚回敬完毕,窗外人影一闪,只见一男一女出来,那女的时髦光鲜,美艳异常,挽着旁边男子的手臂,十分亲昵,那男子戴着太阳镜,一身名牌西装。张懿恒觉得那男子怎么面熟,再一看,正是丁雄伟。

程怡雪也看见了,她微微一停,手敲着桌面,很用力地说道:"没错,我是不愿意和我觉得恶心的人在一起,你恶心不恶心暂且不谈,你不是张口闭口要和我明确关系嘛。这样吧,别的我就不要求了。你能不能给我买套房?只要首付五十万先拿出来,我现在就和你登记结婚。争取明年就给你生孩子,我愿意求神问卜,看医吃药,给你生龙凤胎。我说的是真的,你不要怕,彩礼一分钱我都不要,你只付五十万,装修的十几万我来出。"

张懿恒愣住了,这个他事先应该想到,但就是没想到。

"五十万你都没有,就这还要和我在一起?就一套房子,我一个待嫁女人,提出这样的要求合情合理吧,没有不要脸吧?"对于张懿恒的反应,程怡雪显然早有预料,她哼哼两声,又开炮了,这炮声让张懿恒猝不及防,但他很快镇静下来:

"是合情合理,可是你明知道我现在博士刚毕业,没有什么积蓄。不过房子会有的,牛奶会有的,面包会有的,你有什么着急的,有什么怕的,难道我会对你不好?好歹我还是个博士,天下这么大……"张懿恒安慰着,然后提到校办那些人员多是领导子弟,要学历没学历,好几个干事科员都是什么自考大专、函授本科、在职大学毕业,写个讲话稿都笑话百出。比如上个月省第七次大学生运动会在滨大举行,校长当众讲话,现场电视直播中,短短二百五十字的讲话稿,出现了七八个病句,十几个错别字,后来在网上被骂了个狗血淋头,这事成了轰动一时的新闻,庄焕明更是逢人便说。

"近墨者黑,你和那些人在一起久了,能怎么样?除了多吃几次饭,多喝几次酒,多见识些蝇营狗苟,还能有什么?你还要不要专业啦?"

张懿恒还想多说几句,但程怡雪不耐烦打断他:

"好好好,你清高,你孤傲,你伟岸,你有气节,我说不过你。不错,刚来的时候,你桃红水白眉清目秀,身材颀长形象好,性格朴实淳厚,有文化有学历,一切都是潜力股。可是三五年过去了,你还书生气十足,思维方式天真幼稚,考虑问题简单无知,个人职位原地不动。三十岁的老男人了,还当自己是小男孩,这是艺术系所有老师的意见。大家早已对你评头论足,只不过你不知道而已。"

程怡雪说了几句,便说不下去,眼前这个人已经让她失去了兴趣。路遥知马力,日久见人心。交往愈深,她愈发现张懿恒就是缺乏一种内在的魅力,缺乏那种强大的精气神,缺乏成熟男人成功男人的那种深邃、睿智和潇洒。

"你不是家庭特殊吗?告诉你,我是我妈带大的,我从来就没有见过我爸爸,这辈子也不需要见到。这辈子我就妈妈一个亲人,我永远爱她,我妈再不好也是我相依为命的血肉母亲,我要养她一辈子。我妈妈从小就美貌可爱,她十二岁进了歌舞团,很快跳舞唱歌一朵花,成了小明星……"

程怡雪的声音颤抖起来,眼睛很快看向旁边,张懿恒吞了几杯酒,其实他也听到过一些议论。程怡雪的母亲,当年歌舞团的新秀,十九岁时就被招录她的老师,也就是当时的团长看中,并且强行发生了关系,后来程怡雪在娘胎里只有六个月的时候,那个团长就抛弃她们另找女人了。程怡雪母亲愤而辞职南下,抱着襁褓中的孩子就这样来到了滨江。

"我妈以后没有再婚,就带着我独自生活,家里没个男人,我们的生活很清苦很困顿,即使这样也要生活。可是你说她怎么生活,她靠谁,能靠谁,又靠谁的什么?……我妈的苦,决不能在我身上重演,我就是要改变命运,改变生活。好在我有资本,青春就是我最大的资本。我就是要凭借自己的努力上位,你有能耐帮我吗?可怜你也没有这个能耐,像上次的福利分房你就没有排上榜。我近来才算明白,以前真是高看了你。"

程怡雪又说到了聘任问题。刚参加工作时她就是聘任,可是等到张懿恒博士归来,一晃都四五年了,她还是聘任,工资比别人少一半,分房没有份儿,日常福利也根本没有,每年都要提心吊胆被考核,考核不合格就要走人。即使考核合格了,还要续聘,续聘也只有一年的时间,下一年又要考核。滨大针对临聘人员,实行末位淘汰制。每年都有百分之十五左右的考核不合格名单,凡进入不合格名单的,就直接解除劳动合同。学校就是要逼你呢,优胜劣汰,逼你卖命工作,逼你消耗青春,逼你效力领导,不然就走人。

当然,聘任的工作,你不想干,还有人抢着干呢,学校才不怕你辞职。老黄提起这个就叹气,庆幸自己早到滨大有编制。老浦也说现在工作不好找,学校每年都招聘一批本科生专科生进来,填充到各个部门,当办事员的,当临时工的,多得很。工资虽然不高,工作却很忙很累。就这样,来应聘的人都一个接一个。

"水深火热,刀山火海,这几年来我真是惶惶不可终日。今年就一次性走了五个,说是主动辞职,实际上是被学校解聘的。一个三十岁的本科生,干了六七年了,这么着就把人家解聘了,让人再去哪儿找工作?进工厂嫌老,进公司嫌生手,进政府人家根本不要。你说我整天焦忧恐惧的,心上扎着一把刀,生怕没工作没饭碗,流浪乞讨的,我哪儿不好,哪儿不如人?可是走到哪里都被人指指点点,说可惜这么好的女孩,至今还是个聘任。我整天都提心吊胆,夜里睡不着觉,生怕失去工作,失去一切,我怕漂泊,怕流浪,怕和我妈一样,成为单位的边缘人,随时都可能被踢开,我都快得抑郁症了。你说我还要这样被折磨多久?袁萌苏前几天就这样被逼走了。——我咋想得这么美,我咋活得这么累?"

说到后面一句的时候,程怡雪提高了声调呐喊起来,撕心裂肺,让人不忍卒听。窗外电闪雷鸣,暴风骤雨中,看到有个鸟巢很快从树上坠落,她心里又咯噔一下。

"聘任不就是每个月少一两千块嘛,何必看得这么重?我可以补给你。多少大学生毕业都是自主创业,人家照样生活得很好。再说以后高校机制改革,都要实行聘任制了……"未等张懿恒说完,程怡雪喊起来:"行了,站着说话不腰疼,你真是不懂女人!你昨天当着那么多人的面喊我名字,还在旁边等了好久,没看见我在和领导打球吗?搞得人好不尴尬。你是不是听人说什么长长短短啦?你爱听就听去。没错,校长是离婚了,现在单身,校长难道不是人,不能离婚,离婚了就不能跟女老师打个球?多少人找校长,想和校长握手说话,打球吃饭,都被拒了。你不相信我,我也没办法。"

张懿恒心里沉了下说:"你和别人怎么样,我不管,也管不着。""哼,你当然管不着。"程怡雪眉毛一扬。不胜酒力的张懿恒气血上涌,终于问出一句他很想问又不好问的话:"我很奇怪,你为什么一直不愿意公开我们的交往,搞得我总有偷情的感觉,还有我们……"迷糊中,他的嘴唇抖几抖,"——我们第一次的时候,你怎么没反抗,似乎还挺有意思的!"

凤眼里闪过两道凄然的寒光,程怡雪的脸色唰地变白,但随之很快冷静下来,她呷口红酒,掠掠头发,面无表情,压低声音,用冰冷幽邃的腔调问:"我有什么意思?反抗?那你要我怎样反抗,要咬破你的鼻子吗?"张懿恒受不了这种讥讽的阴暗的口气,便气呼呼叫道:"不管我是你生命中的第几个男人,可是你是我生命中的第一个女人,是我的第一次。我想知道,你到底把自己看成什么人?"

啪的一声,耳光狠狠打来,张懿恒躲闪不及,脸上顿时留下五个鲜红的指印。等他明白过来的时候,程怡雪目光如炬,紧盯着他怒喝道:"你很在乎这个吗?"说罢便背过身去,手扶着墙角,双肩激烈抖动着,哇哇痛哭起来。

几分钟过后,程怡雪缓缓转过来,满脸鼻涕眼泪,一字一句斥责道:"别臭美了你,谁和你是我们?我真后悔当初没一脚踢死你。你们男人,你们男人没一个好东西,占了便宜还要矢口否认。"话没说完,她就很快擦掉眼泪,恢复了那种冰冷的玩世不恭的神态,"你骂我吧,你鄙视我吧,你是不是有严重的处女情结?——得得得,别假惺惺地解释了,你爱鄙视谁就鄙视谁,多少人还鄙视你们博士呢。你们博士男人就这么偏执、虚伪和穷酸!"

几句话骂得张懿恒惭愧了,他很后悔,真不该问那句反抗的话。

"校办的人说得没错,越是学历高文化高的人,越容易迂腐,越容易斤斤计较自以为是。我告诉你,张大博士,我在校办接触的任何人,都比你高大上有光彩!校友企业家、公司经理、政府官员、艺术家,这其中的任何一个人,学历都比你低,但素质都比你高,待人接物,风度谈吐,仪表举止,吃喝玩乐,都是社会上的一流人物精英人才。人家出手都是几千几万的,一次性送给我的名牌衣服、高档烟酒、化妆品等,价位都超过五位数,至于吃饭买单更不值一提。"程怡雪回到座位上,悠悠喝完甲鱼汤,仰起头,"就拿做学问来说,我也接待过不少外校的教授、博导、长江学者、院士等,你连他们一根毛都不如。吃一堑,长一智,可是我妈和我不知吃了多少亏,吃亏吃多了,人难道还要再傻下去?你清高,你淳朴,你傲岸,等着吧,生活会给你教训的。我要过得比你有光彩,比你有尊严,至少我会得到我想得到的东西,更会得到我想都不敢想的东西!"

程怡雪当初就说了,即使张懿恒读了博士,搞不好还要回滨大,这不幸成真了。不知现在她的这些话会不会再成真?

"你干什么都唯唯诺诺,不坚决果断,下手太晚,错失良机。你考博士之前,学校还有政策,可以解决博士家属的编制问题,我们同来的好几个女孩子,就因为这个嫁给了比自己大十几岁的博士和教授。那时候我还对你抱有希望,盼着你早日考上博士,可是等到你博士毕业的时候,学校政策又变了,博士家属已经不解决编制问题。"

程怡雪说的是事实,计划赶不上变化。这个张懿恒没办法。

"你能给我带来什么?我不嫌你没房没车没情趣,不嫌你不富不贵不高档,就图个稳定的工作,你都解决不了。你不会活动,不会奔走,就知道傻傻坐冷板凳搞科研,像个木头,和这个社会完全脱节了。渐渐地我对你不是有没有感觉的问题,而是对你感觉不爽的问题。刚开始觉得你挺好,淳厚率真,质朴可亲,跟郭靖似的,可现在真令我寒心伤心恶心。你真以为高校是象牙塔,是纯净的圣土,只要把学问做好画画好就行了?何况你又没学问,核心期刊的论文、著作、项目,你一个都没有,也没有人订购你的画。参加工作五六年了,你说你有什么进展啊,你有什么获得啊?"

窗外风雨交加,黄槐树下,一对小鸟拍着湿漉漉的翅膀,围住那个散落在地的鸟巢,正不住地哀鸣。程怡雪看了看,心里既愤恨不平又无可奈何,禁不住脱口而出:"你农民习气太重,土得掉渣渣,所以我们不是一路人。"

"你不要这样污蔑农民。人不能选择出身,农村出身又怎么啦?请你理性公正客观些,不要歧视农民,你也处于社会最底层。"张懿恒头脑发胀,他疑惑程怡雪是不是疯了,要不要下些猛药给她治疯病?但看样子,程怡雪又不像是真疯,于是他直直腰杆,说道:"正因为农村出身,我才要定格一种积极向上的人生姿态。我上小学上初中时,经常天不亮就起床,翻山越岭,要走七八里路才能到学校。冬天的早晨,寒风凛冽,半路上就冻得手指僵硬脚趾麻木了,我和小伙伴们不得不扒开乡亲的玉米秆棉花秆,点起篝火,把身体烤热了再赶路。顶风冒雪,山路泥泞,那时候我连一双雨靴都穿不起,经常是这边上完课,那边就要扛起锄头拿起镰刀,锄地割草,砍柴放羊。我们那里从来都没有吃早餐的习惯,每天就是两顿饭,而且很少吃肉,我小时候,家里一年才吃一次肉,就是过年的时候包一顿肉饺子。我吃得最多的菜就是萝卜土豆大白菜,还有各种野菜。"

说到上学路上那红红的篝火,张懿恒激动起来。事实上,像他这种来自偏远农村的大学生,在上大学之前,电脑摸都没摸过。尽管如此,张懿恒明白幸福不是因为生活是完美的,而是在于你能忽略那些不完美,并尽力地拥抱自己所看到的美好与阳光。贫穷是无法躲避的选择,它带来的远不止痛苦、挣扎与迷茫,它限制了人的视野,刺伤人的自尊,甚至限制了人的想象和幸福,但张懿恒依然感谢那个贫穷的乡村,感谢那些贫穷的乡亲,因为乡村乡亲让他体悟到真正的快乐与满足。老主任说过读书是山里孩子唯一的出路,是一条通向广阔世界的路。从那时起,知识改变命运的信念便深深扎根在他的心中。

这么多年来,张懿恒从来不会把自己的命运寄托在别人身上,别人高大上,别人光芒四射,那和他自己有什么关系?路在自己脚下,手长在自己身上,张懿恒从没想过坐享其成,从没想着靠别人。别人是别人,他是他,眼前的艰苦,忍一忍也就过去了。他现在只能砥砺前行,不能迷茫,不能放弃,因为一切都是奋斗出来的,是自我奋斗出来的,特别是幸福。

"人生的路毕竟不是走给别人看的,踏实做事就好,何必纠结于俗人的评论?"张懿恒动情的时候,程怡雪轻轻叹口气,她算明白了,这个人满脑子依旧"草木有本心,何求美人折"的思想,今天无论如何都说不动了,他也根本听不进去。程怡雪看看窗外，随之很快坐定，脸色也越来越沉静，任凭张懿恒切切陈词，她只顾低头呷汤，等到张懿恒说完了，程怡雪用洁白的餐巾纸擦完手，擦完嘴，很快抛出一连串的质问："乡村好，农民好，你怎么不住到农村，找个农民老婆，在农村过一辈子呢？"

张懿恒支支吾吾无言以对。"哈哈哈！你一说起农村，都是好话，可是我讨厌下贱，我厌恶农民。我三岁的时候，我妈第一次带我去农村，我手中的糖果都被村头的小孩抢跑了，我当时就吓哭了。我这辈子都不愿意去农村，哪怕是旅游一次都不愿意。我就是向往高尚高贵高大上，我就是要出人头地，我穷怕了，苦怕了，累怕了，我要采取一切手段，哪怕是卖淫，我也要改变我的地位，提升我的境遇，灿烂我的光彩！"程怡雪说着就冷笑起来，笑声狂野而高傲，"得了吧，张懿恒，张大博士，张讲师，现在不是古代社会了，女孩个个都能找到工作，不会饿得没饭吃，混得无路可走了。没有人天生愿意受苦受穷，我等不得你那样苦苦地奋斗了。我有我的选择，我当然会自己奋斗，比你立竿见影比你唾手可得，我的幸福很快就要来到。路漫漫其修远兮，你就慢慢跋涉吧。"笑完她仍感意犹未尽，于是对着手机屏简单整理好妆容，再抬起身来，居高临下，指着张懿恒大声说道：

"我今天总算看清了你，其实不用我看清，你自己已经完全显露了。说来说去，你是我最不该相信最不该托付的男人！忠告一句，你再这样执迷不悟，这辈子不是很难，而是根本不可能找到老婆的。没有哪个女孩跟你，婊子都看不上你。"最后几个字程怡雪是直接喷出来的，喷完又啪地甩了厚厚一叠百元大钞在张懿恒的面前，"滨江宾馆是市政府的定点对外接待单位，我知道你嫌贵不愿来，但我说过，这顿饭是我请的，我来买单。看清了，我不欠你什么。"

生硬的钞票和生硬的话语一起迎风飞扬，漫天乱舞。程怡雪看也不看，一甩手拉开房门，高昂着头，目不斜视，扬长而去。

错错对对，是是非非，张懿恒呆住了，心情恰似眼前狂舞的钞票，纷乱不已，看着窗外的车水马龙灯红酒绿，只感到阵阵头晕。喧嚣中，他最终清醒过来，他知道，自己现在就是拿出五十万现款，程怡雪依然不会满意的。

几天后张懿恒去行政楼，刚刚走到楼下，就看见一辆小车停在路边，黑色的光亮车身，华贵的造型，一看就价值不菲，张懿恒正疑惑谁的座驾这么高大上，皮鞋声猛然响起,嚓嚓嚓,一个浑身紫衣的女郎从台阶上飞快走下,直接奔向豪车。车门打开,女郎像一朵杨白花,倏地钻了进去。车子如同黑色的闪电,眨眼间便疾驰而去,尾烟缕缕散起,张懿恒很快被抛在车后,抛得越来越远,等他明白过来的时候,才想起那个女郎是程怡雪,而坐在主驾位上的白发胖男人倒是和校长有几分相似。望着远去的豪车,再看看自己的半旧自行车,张懿恒的心里空荡荡的,此时此刻,他比谁都清楚地认识到,程怡雪已经走上了另外一条路,霁月难逢,彩云易散,他们之间是再也挽不回了。

"看见了吧?漂亮女孩都在豪车里。"老浦走过来,手放在他的后背上。

白　鹅

周末,几个人相约出去写生,到了韵湖边,廖慈志说:"老浦真有意思,听说会后找了肖子业,被力劝留任。"庄焕明说:"留任了顶个屁?上次接待专家,还不是出了洋相。"廖慈志说:"听说老浦准备报德育副教授。""你不也要报教授,准备好了吧?赶快上。"邹金贤看看姚力文。

提到职称,张懿恒心里跳了一下,其实他也想报副教授。庄焕明说:"老浦给人说他的论文是自己投稿,其实是老金给帮忙推荐的。发论文的事情,老金本来不想说,可是老浦那次在会上当了叛徒,老金很生气,就说出来了。""花了多少钱?"张懿恒问。"一分没花,老金有人呢!"庄焕明显然有情绪,说起老浦来就一堆不是。

胖子老刘笑而不语,廖慈志说:"老金那人太霸道了,下来也是必然的。这半年把肖子业压得也够呛。其实很多事情,人家肖子业都是对的。"郑宇智说艺术系这次丢人了,两派纷争,又搞个签名信,明显是给校领导难堪!廖慈志说:"肖子业其实并没有去告老金的状,投递的其实是辞职信。至于那个签名信,老肖事先并不知情,事后还批评过丁雄伟他们。学校都做过调查了,纪委的人亲自说的。"一阵风吹来,湖边的芦苇飘拂不已,庄焕明折朵芦花放在嘴边吹散了,然后说老肖人确实不错,希望他评上研究员,艺术系说不定能改天换地。至于老浦要评副教授,评上了也是个草包。

"肖子业现在只是个代主任,就是评上研究员,能否转正也是未知。听说学校对艺术系意见很大,要下决心洗牌。""这个牌难洗啊！话说回来,丁雄伟这个宝搞不好押对了,这小子眼里有水,不简单,年纪轻轻就会看风向了。""哦,年轻人都不赖,就像程怡雪,春风得意,现在成了行政楼的明星,风光得很。""听说她在校办干得很好,马上要调到高建办了。"

议论得正热烈,胖子老刘突然哈哈道:"国事就此打住,先写生。"几个人说着摆好画架。湖边芦苇深处,绿竹猗猗,曲径通幽,廖慈志感慨滨大一个污浊肮脏之地,也有如此清净雅致之处。

前面一群白鹅奔跑着,扑通扑通地下了水,三三两两,或聚或散,时而追逐嬉游,时而展翅鸣唱,白羽绿水,红掌清波,自由天地,看得大家心中十分欢喜。

张懿恒看着湖中的白鹅,勾勒点染,不一会儿,草纸上便出现了一幅"红蓼白鹅图"。"还可以,墨色,水晕,情调,似与不似之间,有夏昶写生牡丹的味道。"姚力文赞叹未完,张懿恒三看两看,忽然将手中的画撕得粉碎。"哎呀哎呀！"庄焕明叫起来,"你为什么撕碎？你这画不错的,就是卖也能卖出不少银子,你为什么不给大家个喝酒吃饭的钱？"老刘的胖脑袋探过来,低声问:"小张,你脸色不好啊,该不是……"庄焕明打趣说是想媳妇想的,相思成疾。张懿恒凄然一笑,说再画一幅,郑宇智说画好了给他,他刚开了画廊,请多照顾生意。众人重新铺设纸笔,又开始画起来。张懿恒对着白鹅凝视了一会儿,就在生宣上挥毫泼墨,眼看着一幅咏鹅图就要画成,忽然前面传来阵阵惨叫,循声望去,只见刚刚还潇洒自由的群鹅突然乱成一团,拍翅哀号,正急急四下散开。后面几个保安划着小船冲入鹅群,正拿着杆子和网套,打鹅抓鹅呢。

"你们干什么？"庄焕明一声高喊。

"我们来抓鹅。餐厅今晚有接待,要吃荔枝木烧鹅。"保安里有人回答。

"我给你三百块钱,你们去市场上买几只鹅得了,这几只鹅先留着,等我们画完好不好？"郑宇智说。

"不行,领导嫌市面上的鹅有添加剂,就指明要吃我们学校散养的土鹅。我们也是奉命行事,你们就别管了。"一个年轻保安回答。

"哎哎,走吧走吧,别看了,不画了,真扫兴。"廖慈志招呼着,"咱们这个韵湖,就是校领导的私家池塘。里面的鸡鸭鹅和鱼虾鳖,都是领导的特供品。"大家正要散开,忽听得鹅群的叫声一阵比一阵凄惨,惨得人忍不住回过头去。只见保安们挥起大棒,张着网套,不由分说就冲进鹅群。棒子落下,有几只鹅很快脑浆迸裂,翅膀折断,雪羽变成了血羽,随水飘荡,碧绿的湖面上也片片鲜血。其他鹅惊恐不已,很快伸长脖子,拍打着翅膀四下逃遁,活像遭受了恐怖袭击的灾民。

庄焕明感到自己的心被撕碎了,满腔怒火喷泻而出:

"那些鹅也是生命啊,你们真下得了手?滨大来过好几次小偷,偷学生的手机偷学生的电脑,又骚扰女生,你们一次也抓不住,平日里就知道讨好领导打鹅杀鹅。领导给了你什么好处?"有保安顶撞了几句,但庄焕明骂得更凶了,"领导是你爹还是你爷爷?他算个屁,一顿不吃鹅就能死?领导凭什么用公家的池塘给自己养鹅养鱼搞特供?你们凭什么要为虎作伥?你们到底有没有人格,你们是人还是狗,怎么这么下贱?自己把自己都不当人,让别人怎么说呢?"

保安们面面相觑,不好再说什么,其中一个还拿出手机准备录音拍照。廖慈志催促快走,眼不见为净。正劝着,几个人赶了过来,张懿恒知道这都是保卫处的,为首的那个叫葛许维,是副处长。葛许维朝保安叽咕了几句,便面无表情地说:"老师们有什么问题,可以向校办投诉。"一个厨师模样的人走过来,大喊大叫:"快杀快杀,啰唆什么,我还等着烧鹅呢。""你敢?"半天不作声的姚力文突然站出来怒吼一声,清瘦的身躯像芦苇般颤抖着。

"你不要多管闲事。不会是因为这个烧鹅你吃不上吧?"保安和厨师都叫起来。

"哈哈哈哈!"庄焕明双手叉腰,仰天大笑,笑声像利剑一样直穿云霄,"你们真不愧是狗。校领导算个屁,也值得我怕?你们这些小人,以领导来压我。老子就是天不怕地不怕。"庄焕明迎风挺立,矮胖的身躯显得伟岸异常,他说着扬扬手机,"刚才的一幕,我已经录了视频,回头马上传到网上。"一听这话,葛许维马上堆起满脸笑容,连连道歉。当然,这种惯用的职业化的言不由衷的谄媚笑容,庄焕明见多了。

"人还有气节呢。"随着庄焕明的一声高叫,老师们扬长而去。

回去的路上,廖慈志赞扬庄焕明老师一语中的,领导既是那些人的爹,又是那些人的爷爷。强某人在校长的位置上稳当当坐了十年。滨大之大,从饭堂小妹到在女老师,这个人老少通吃,名声在外,光他一人引起的家庭纠纷,就数不清。看着壮硕得就跟弘光帝似的,不然怎么会姓强呢?大家禁不住乐了,张懿恒心里跳了几下,只听得姚力文感叹道:"普通老师可怜哪!""别别别,别听那些捕风捉影的胡编乱造了,好歹是文化人,老廖你能不能来点正经的?"胖子老刘说罢,庄焕明马上问:"咋不正经啦?帝体硕,力毙童女二人!"然后就骂个不停,末了又说这次艺术系的先进教育工作者奖励给了丁雄伟,我们年年辛苦努力,可是丁雄伟紧跟领导,很快获奖获利,活是大家干,好处他一个人享,我们这些普通老师恐怕没法活了。

"那你怎么办?"张懿恒问。其实他知道丁雄伟这次获奖和肖子业无关。

"我已经给人事处打电话了,投诉艺术系评奖不公的问题。学校有些部门不在一个楼办公,前几天我去交投诉信,跑来跑去,累得快中暑了。累也不怕,我无家无室无儿无女,我有什么怕的?赤条条来去无牵挂,我和他们斗到底。"庄焕明说着,众人不作声了,谁都知道肖子业只是艺术系暂时主持工作的代主任,换届尚未结束,组织部正进行干部人选的考察,欢迎人民群众反映情况呢。

第四章 上位

上 位

"你报不报职称？"

新一年的职称申报工作开始了，大家见了面基本都是这句话。张懿恒正想报的时候，滨江大学人事处下发了文件，说是取得讲师资格要五年后才能参评副教授，而他的讲师是前年十一月评的，如此计算，不仅要三四年后他才能评副教授，而且读博期间的成果不算数，一切要从头再来，论文、项目和著作，一个都不能少。

经过行政楼的时候，张懿恒看见有个男子，踩着个破单车，远远跑过来，等到单车靠近，当看清是姚力文时，他不禁无语。姚老师面孔干枯蜡黄，身材伛偻，眼睛又高度近视，看人的时候凑得很近，一副老学究的样子，正因如此，就特显老，四十多岁的人看上去像五十多岁，踩车的时候，干瘦身材更像寒风中的芦苇，一抖一抖很吃力。

姚老师来滨大多年，一直是个普通老师，十几年来专门从事水粉教学，别的什么也不会。老金提拔他当教研室主任不到两年，上次他就借口要评职称坚决辞掉了，大家都说他书生气太重，为人处世太简单。"你报了没有？"姚力文问。"哪里啊，我不够条件！"听张懿恒解释后，姚力文指指旧自行车上厚厚的一堆档案袋："你年轻，还有机会。我已经十多年的老副教授了，现在还是省评，以后权力下放，就改为各个学校自评了。省评还算容易，若是学校自评教授，那才叫复杂,所以这次如果上不了,以后就很难上了。"说着搔搔灰白头发,"我们肖代主任都要报,听说老浦也跃跃欲试准备报。我为什么不能报?熬了这么多年,咱不能妄自菲薄。无论如何,这次都要评上。"

职称是知识分子的精神支柱。当老师的没有了职称,还有什么尊严可言呢?所有的人这几天如临大敌,匆匆忙忙进出行政楼,一会儿跑教务处盖章,一会儿跑学生处盖章,一会儿又跑回系里盖章,最后盖了一大堆章。等把材料交到人事处的时候,人家翻翻材料看看表格,又指出这里那里的问题,打回去重来,结果又是一番忙碌,等最后人事处检查无误的时候,才能盖上那关键的大红章。

"这阵子是比较忙,等材料一交,你的心像石头落了地,好了,静候佳音吧。"想到刚来滨大时,姚老师请自己到校外的摊点上吃过馄饨,张懿恒赶紧安慰。

"不,落不了地,还悬着呢,悬得更高了!接下来就是漫长的等待,难挨的煎熬!当然,其中有些人活动了,到市里,到省上,甚至到教育部,活动家开始了他的活动,说客开始了他的游说,纵横家开始他的纵横。我们这种人,要关系没关系,要活动没得活动,只能自己努力了。"旁边的中文系副教授赵驰青赶上来,也是一肚子苦水,姚力文听着只是唉唉着连连叹气。看得出,这位连续多年报教授的人,对此早已逆来顺受了。

姚力文老师多年来一直专心教学,他的课学生评价很高,来到滨江后,因家庭所累,科研方面不是很出色,但后期他发愤图强了。"前些年孩子小,你嫂子生病,我一个人照顾家里,职称都耽误了。这几年才熬夜写了些论文,岁月不饶人,我拼也要拼个教授。"姚力文有些激动。想想他这几年废寝忘食、早出晚归的情景,张懿恒知道这个人现在铆足了劲,憋了浑身的力气要上教授。

"一篇论文投稿三年,泥牛入海无消息,我就到处找人,找朋友,找老师,找同学,最后都不行,干脆一咬牙找中介。中介一张口就是两万,我想了想就答应了,结果三个月后就发在一家核心期刊上。"姚力文叹口气。"那今年呢,行情如何?"张懿恒问。"嗨,如今那些编辑可牛了。今年我又有两篇论文投来投去无消息,找了人,也送了礼,编辑也答应发表,但总是没动静。"姚力文拍拍档案袋,说他打电话给曹光军,曹光军每次都说记着稿子呢,有机会一定排版发表。结果等了两年多,都没见安排发表,再问就不接电话了。这次一看马上要评职称了,无奈又找了中介,中介张口就要四万,他嫌贵,想讨价还价一番,结果中介直接就把电话挂断了。两个星期后,再找中介,中介张口就是五万了。

"哈哈,我也找中介发过。"庄焕明闪过来,"这年头找中介的人太多了,别说刊物的编辑,就是联系编辑的中介都很牛逼!你嫌贵不发,可有人会发。这个机会,你不要,别人就会要,只要给了钱,而且给得越多,中介就好安排发表。唉,所以我一看这样,后来干脆不写论文不做学问了。"说完耸耸肩,嘴一撇。姚力文苦笑道:"我哪有你那么潇洒?你是一个人不吃饭,全家人都可以活下去,我就不行了,所以……最后我咬咬牙,一口气拿出八万六,发表在两家核心期刊上。"庄焕明问:"姚老师也是职称评审战线的老兵了吧?""对对,老兵,老兵!"姚力文嗯嗯着,摸摸皱巴巴的衬衫,身子禁不住晃了晃,显得更枯瘦了。

"这已经是我第五次参加评审了。我有个师兄,留在滨阳大学工作,各方面条件很好,光国家项目就两个,可就是因为他们学校自己评,我师兄连续四次都评不上教授,往往是最后一关被刷了下来。这次我一定要抓住省评机会,不然以后更不好评了。"和庄焕明相反,他需要解释自己的锲而不舍。

"上个月还有两篇,编辑说要发的话得九万,这几天就可以加急发出。"

"那恰好可以用上,还有两个多月职称评审表才截止嘛!"

"可钱从哪儿来?"姚力文摊开双手,眉头皱成个"川"字。

方希妍、朱丽茵、廖慈志、常华明走过来,一说发论文,大家的话都多了。

说来说去都是如今评职称说不看刊物名号,其实还是看的。这年头上面只认核心期刊,滨大的科研奖励,都是以核心期刊为准,发一篇核心期刊论文奖励三千,普通刊物一分钱都没有。当然,奖励那三千块钱,别说版面费了,就是请编辑吃饭都够呛。这就是科研的悲哀,老师们心里把刊物骂个死,把编辑骂个死,恨不得把中介一刀捅死,结果最后还不是乖乖给人家中介汇钱过去?

"行了,人家给你发了就好,这年头多少人收了钱不办事!我现在怕官员,怕老板,怕医生,怕学生,就是不怕那个,那个只要你给钱,一进门就大大方方,服务多少与你的钱财成正比……"廖慈志正说着,有辆小车飞来,"哈喽"一声,丁雄伟从里面探出头,很快就过去了。常华明哼哼道:"人家工资低,但照样买豪车了,三十多万呢!""年轻人懂得提前享受生活,牛!"方希妍伸出拇指。"牛个屁！还不是贷款买车，打肿脸充胖子。一个办公室副主任，才上任几天，就摆领导架子，原来叫我大哥，现在说话张口闭口焕明、焕明的，那天我进办公室领节日礼品，他明明在电脑前闲聊，可还要我等他，说是忙着给领导整理文件，这一等就是半个小时，我一不高兴质问，人家顿时怒怼：'是你的礼品重要，还是领导的文件重要？有本事你让领导把我撤了！'你说他什么东西，其实就是狐假虎威的狗腿子嘛！跟老浦一个德性。"庄焕明一开口就火药味十足。"行了，各人有各人的活法，风光也是靠钱堆积的，谁让你没钱！"朱丽茵笑起来。

笑声未落，只见袅袅婷婷一个人影，大花遮阳伞下露出雪白的短衣短裙，外罩薄如蝉翼的薄荷绿防晒服，长发披肩，身材高挑，走路拿捏十足。熟悉的香水味越来越近，张懿恒正想躲开。"你们好，哎呀博士啊，近来可好？谈恋爱了没有，要不要给你介绍对象？"众目睽睽之下，程怡雪上来就大呼小叫，还顺手给张懿恒一个大大的拥抱，拥抱完就转身离开，来来去去一阵香风。

"张扬个屁！衣服穿成那个样子，一看就低档次。人家关教授那才叫芳华万代！油纸伞一撑，旗袍到了哪里，哪里的空气就高贵无比。关教授清水芙蓉超凡脱俗，多少人学都学不来。"香风逐渐远去，朱丽茵嘀嘀咕咕。

程怡雪在行政楼很快大放光彩。她甜媚动人的歌声，她长袖善舞的公关能力，她雷厉风行的办事能力，很快就赢得领导的赞誉，特别是她充分发挥特长，代表学校参加省里市里的歌唱大赛屡屡获奖，又成功主持了几台文艺联欢会，更让人刮目相看。当然，这也引起了一些同僚的嫉妒。

有天晚上，教务处朱丽茵说，财务处的几个女人聚在一起打牌吃饭，说着说着就谈起了程怡雪。

"身材曲线分明，凹凸有致，脸庞更美如满月，不说唱歌，光姿色就压倒整个行政楼。"

"咳，你看那胸脯，简直是天生尤物，丰满得迷死人。听说行政楼很多男人为了她失眠。"

"丰满个鬼，都是女人，我看她百分百作假了，胸脯里肯定填充过硅胶。"

"对对，现在美容这么盛行的，就是作假了谁知道？很多明星都作假的，姓程的绝对作假了。假的真不了，真的假不了！"

正说着,"砰"的一声,门被推开了,程怡雪杏眼圆睁,走了进来。

"你们在说什么?"显然,她早已听到了。

"我们在好奇,你的那个是真的还是假的?"其中一个认识她的女人,大着胆子说道。

几个女人眼前红光一闪,程怡雪二话不说,甩掉大红外套,双手由下往上一抹,墨绿色的羊绒衫被高高掠起,露出雪白的肚皮。程怡雪再一把扯掉乳罩,露出雪白高耸的胸脯。见几个女人还半信半疑,程怡雪顺势在包间里走了几步,"你们看,是假的吗?"说着故意摇摇身子,那胸脯颤悠悠的,就像刚出笼的白鸽。

房间里一阵静寂,几个女人惊慌失措,顿时傻呆呆了。

朱丽茵说完,大家一阵哄笑。姚力文咳咳道:"算了算了,我教书三十年,特别是近几年碰上滨大的发展变化,一切在跃进,好在咱还比较清白,用对联说:回首戊戌没有为狗,展望己亥不想当猪。你们忙,我先去人事处了。"说完就跨上破单车,扭动着风干的身躯离开了。"满脑子评教授,屡战屡败,何苦呢?听说他最近心脏又不好,不评职称难道人会死?来,我把傻子的对联改改。"庄焕明眯起个小眼睛,摸摸锅圈脑袋,亮出改后的对联:

回首戊戌没有为狗,哼哼,其实很狗;

展望己亥不想当猪,唉唉,比猪还猪!

"我也改改。"廖慈志嘿嘿一笑,"往年未学狗仗势欺人,反被狗辱没;今岁不当猪吃山喝海,未料猪成精!"

报　表

姚力文回到家,刚一推开门,看到女儿在,正想问候,谁知女儿见到他,脸色突变,一扭身走了。老婆正在剥葱,看见他气喘吁吁的,顿时明白了怎么回事,便说不就是教授嘛,今年评不上还有明年呢,干吗那么着急?姚力文叫道:"女人家懂个什么?过了这村,没了那店!岁岁年年人不同,只有这次机会了,哪里还有明年呢!"

"你这人就是死脑袋,有本事先把女儿工作解决了,当初女儿在国外工作多好,你非要叫她回来,回到滨大,结果还要竞聘上岗,这次竞聘辅导员都失败了。孩子现在没工作,正烦你呢,"老婆边剥葱边抱怨。"人活一口气!我不争馒头争口气。就是死,也要评教授。"姚力文气得脸都红了,说着把材料往地上狠狠一摔,跺跺脚,刚想出门,又拐了回来,捡起职称申报表,急忙忙用手擦干净。

老婆转身去揉面团,姚力文一阵心酸。老婆是下岗职工,跟着自己几十年了,没享过一天福,反而吃了不少苦,如今还正生病。"今年能评上吧?"老婆问罢,姚力文蹲下身去,双手抱住头:"只要再发一篇核心期刊论文,就十拿九稳了。"随之说起了版面费的事情。老婆听了沉默不语,只是不断地出气呼气,直到最后才扶着案板站住道:"以后咱们家都少吃些肉。我从明天起,就去饭堂打工。论文一定要发,教授一定要评。别人可以用公家的钱,可以给自己报销版面费,咱们没那个能耐,就自己苦点吧,不怨天,只怨自个儿没福气。"说着扬扬手,"家里还有乾隆年间的一个瓷碗,虽然是民窑的,但做工非常好,是我祖爷爷的遗物,你拿去卖了吧!还有那些药,我也不想吃了,肩周炎多锻炼就好了,吃药是白花钱。""不不不。"姚力文身子有些发抖。"行了,钱是为人服务的。"老婆敲敲他的脑袋,口气不容推辞。

姚力文卖了瓷碗,给中介汇了钱。一个月后,他的论文加急发出,科研成果算是大大满足申报教授的条件。随后几个星期,他快马加鞭,在紧锣密鼓的材料大战中,终于把各种报表填好上交了。别人是材料上交,呼呼大睡,但姚力文总感到轻松不下来,经常失眠多梦,气喘乏力,身体越来越差。几天后他上完课回到家,看到老婆拖着个病腿,正在厨房里给他烙饼。厨房里的油烟大,老婆咳嗽不止,回头习惯性想找药,一看药盒子空了,干脆就扔了,自言自语:"不吃药也好,是药三分毒,药吃多了还死人呢!"姚力文知道这话是说给他听的,不禁眼睛发涩,落下泪来。这时人事处小黄来电话:"姚老师,你这个职称申报表里教学工作量有问题,需要重新核对;个人简历也没写清,特别是班主任工作经历也写错了;现在需要重新填表。要抓紧时间,今天五点之前交给我,马上要上交,全校就剩你一个人的材料了。"

放下电话,姚力文有些站立不稳,想到那些厚厚的材料,特别是那些没完没了的修改填报、填报修改的表格,他顿感头晕,心跳也加快了。这些烦琐的报表材料,断断续续反反复复折腾了自己两个多月,现在怎么又来了,又有问题了?不等小黄说完,他的手就瑟瑟发抖,浑身涌起一阵本能的条件反射的恐惧,于是赶快下楼,一路小跑,跑到人事处,找小黄拿了表格,又顶着炎炎烈日,回到办公室,重新开了电脑,逐一填好报表,正待打印,才发现打印机坏了,没办法,他只得踩着破自行车去外面的打印店打印,等打印回来,已经三四点了。

时间紧迫,姚力文赶去教务处盖章,到了二楼的教务处,办事员说要等处长签了字才能盖章,处长在六楼开会。姚力文爬到六楼,等了好一会儿,处长出来签字后,他又离开行政楼,去学校东南方向明湖边的学生处签字盖章。八千多亩的校园,好几个行政部门分散办公,所在的楼栋之间距离较远,姚力文踩了二十多分钟,才到学生处,等领导签字盖章,又一阵忙活。随后又踩了二十多分钟,绕了三四里,去学校西北角的艺术楼找肖子业签字。好在肖子业在办公室,看见他浑身大汗淋漓,像刚从河里捞出来的,顿时惊讶不已。"职称是大事,我也报研究员了,一起努力吧!姚老师你加把劲,今年系里就你一个人报教授,没人和你竞争,明年就不好说了。机会难得,这次你一定要力争上游,搞定搞定再搞定,咱艺术系就壮大了。"肖子业问明情况,很爽快地给签了字。

姚力文又着急起来,其实早在签字那一刻,他就很感动。平心而论,肖子业这人还不错,公正开明,体恤下属,和气大气,不搞一言堂,不指手画脚,也没有那么多小动作。就像这次,丁雄伟当办公室副主任,老黄当办公室主任,都是林亭芝提名,肖子业签字同意,尽管老黄当初并没有讨好过肖子业。想到这里姚力文有些内疚了,他忽然觉得自己上次辞去教研室主任一职,多少有些不厚道,对不起肖子业。"是的是的,我以后好好支持你的工作。"姚力文赶紧表态。

肖子业一个电话,丁雄伟跑过来,看了签名,很快给盖了章。姚力文连声感谢,再看时间,已经五点了,就急忙踩车往行政楼赶。半路上自行车坏了,庄焕明恰好过来,一边擦着满脸的汗,一边不断咒骂天气,说他热得阴囊都烂了。但姚力文没工夫搭理,他唯恐时间错过,就急忙弃车往行政楼跑,跑了三百米猛然觉得头晕眼花,气血不畅,突然想起自己出门时还没吃午饭呢。路旁有个绿化用的自来水管,姚力文迫不及待俯下身去,喝了几口凉水,又急忙跑起来。等跑到行政楼,小黄看见他,愠怒道:"姚老师,你怎么才来?就差你一个人的材料,马上要上交了。我们都下班了。""不好意思,不好意思。表格太多,到处找领导签字盖印,跑前跑后,我快撑不住了。"刚爬上七楼的姚力文感到胸口发闷,喘息不定,结巴着连连道歉。

小黄翻看了申报表,突然说道:"姚老师,你的职称申报表教务处、学生处和艺术系的章都盖了,领导字都签了,的确没问题,可是近在咫尺的科研处怎么没有盖章啊?科研处不签字盖章,就等于科研成果不被认可,这样你怎么参评教授啊?""那我现在去找科研处。"姚力文拍拍脑袋,哎哟了一声,抓起申报表就跑,旁边有人喊道:"科研处都下班了,你看,对面早关门了。"姚力文像被打了一闷棍,双腿站立不稳,旁边的人说,你先给科研处古老师打电话,看能不能赶回来给你签字盖章?姚力文于是翻开校内通讯录,找到古老师的手机,连续打了三次,没有人接。又过了一会儿,再打了三次,还是没人接。小黄上完厕所回来,一看这阵势便说不用等了,古老师是个很古怪的人,她只要下了班,就不接听任何来电了。明天后天都是非工作日,你就是把手机打爆,她也不会和你联系的。你就是赶到她家,她也不会理你的,这个人一贯是公事只在工作日办。等到下周一上班你再找她,早已来不及了。

姚力文心慌意乱,扶着走廊的墙叫道:"这人没有人性啊!""算了算了,人家也不是为你一人服务的。——今天周五,现在都五点多了。学校的公务车等着呢,司机都催了好几次了,申报材料要汇总送到省里了,因为省里要求材料报送今天截止,就是为了等你,我才让司机一直在楼下停着。现在司机早已经不耐烦了,要不姚老师你明年再报吧。我总不能因为等你一个人耽误整个滨大,这次你赶不上了。明年你早些准备,肯定行。"小黄连连解释。

一听这话,姚力文像被抽取了脊梁骨,顿时浑身瘫软。"天呐,完了,完了!"念叨了几句,他只觉得心跳骤然加快,快得让他上气不接下气,身子也紧跟着发冷,眼前金星乱蹿,整个脑袋眩晕不已,似乎有一种无比强大的力量,在攫取着他的知觉,他努力抗争,但哪里能抗争过去?只觉得身体越来越虚弱,越来越被吸干了。"哎呀!"他忍不住叫了声,眼前便团团漆黑。

一阵风吹来,姚力文的身子摇了摇,像枯树干一样,颓然倒在人事处门口的地面上。"快来人啊!"小黄惊呼起来,连声说,"姚老师,你先别急,我马上让科研处其他老师回来给你签字盖章。特事特办,领导有专门的签名章,你还赶得上的,赶得上。"姚力文老师手里拿着职称报表,朝空中疯狂乱抓,面色也蜡黄得可怕,虽然不断嗫嚅,却言不成词,因为嘴角溢满口水,耳鼻也开始流血。尽管小黄不断安慰,但他哪里还能听得进去?! 当家人跑来的时候,已经重度昏迷的姚力文,依然用微弱的声音呼喊:

"教授,教授。"

二十分钟后,救护车赶到,医生经过一番努力,当场宣布了死因:

长期劳累焦虑导致猝发性的心肌梗死。

转　　正

从图书馆回来,张懿恒在行政楼的公示栏里,看到了程怡雪的名字。校办刚刚下发了红头文件,给予一批教工由聘任转为在编,程怡雪名列其中。"看见了吧?人家的付出就有回报,有的人就是终南捷径捷足先登。"旁边的庄焕明哼哼唧唧,张懿恒倒是一声不吭。

其实程怡雪到了校办之后,她的事情很快就传开了,就像这次转正,事先已经传言,得力于有人在校长办公会上的竭力提名,说是为了照顾特殊人才的需要。传言归传言,尽管已看到正式文件,张懿恒还是心情复杂。自己给予不了的,程怡雪最终通过个人努力得到了。她总算出人头地,在很多硕士研究生都是聘任的时候,她一个本科生却已经堂而皇之以正式在编人员调入,解决了工作问题。这个其实他早该预料到,但就是不愿面对。

第二天,两人见面的时候,张懿恒赶快表示祝贺。"祝贺?恐怕你言不由衷吧?"程怡雪冷笑起来。"怎么个言不由衷?你不要胡思乱想,谁的成功不付出代价?"张懿恒反问道。"那当然,这个代价别人想付还付不出呢。不错,很多人得知我转正,都深感不平,谩骂嘲讽,什么难听话都有,脏水铺天盖地向我泼来。哼,让他们嫉妒去吧,让他们都气死吧!我就是要定格一种积极的人生状态,他们管得着吗?"程怡雪细长的眉毛高高扬起,红润的嘴唇愈发上翘,几天不见,她妆容愈发浓厚花艳,让张懿恒看起来十分陌生,禁不住后退几步。等回过神来的时候,但见眼前高楼鳞次栉比,各色车辆来来往往,人流滚滚,不辨东西,哪里还有程怡雪的影子?

喧嚣中,张懿恒反而很快平静下来。天上云彩密布,群鸟急急乱飞,他知道,这个女人已和他彻底分道扬镳,走上了一条不归路,对此他只能懒得计较,也不必计较,因为他很清楚:程怡雪现在已经不属于他了,他们之间原本就不应该看重什么,反倒是自己认真对待,险些违背了游戏规则。

四月的晚上,小南风温暖宜人。张懿恒到了街上,逛着逛着,发现一家画廊,就走了进去,满墙的画他左看右看,没有一张满意的。正看着,一个人从里屋出来,双手抱拳:"欢迎欢迎,难得兄弟来我这里。"

"原来这就是你开的画廊啊?"

"我这个画廊属于那种不上不下的类型。"郑宇智邀请张懿恒坐下来喝茶。

滨江运河边上有很多画廊,有高中下之分。开画廊的老板一般都能画两下子,多少也算个画家。好画都追求艺术性,体现文化品位。滨江的画家有三类,一类是自己在家里画的,比如滨江当地的几位名画家,身在体制外,他们和画廊签了协议,每年交付多少画,以协议价售出,具体怎么卖就由画廊打理了。这类画家往往是职业的画家,画作很有名气。每年都有好几个展览,都是画廊组织的,目的是包装、宣传甚至炒作画家,方便出售画作。职业画家一旦和画廊签订了协议,就不能再随便给其他地方卖画了,要卖的话也应该一视同仁,以和画廊一样外售的市场价出售给各方,而不能有友情价优惠价什么的。因为如果给画廊一个价,给其他人一个价,画廊的生意就没法做了,这是个契约的问题。所以这些画家对于求画者,往往是一句:"我的画画廊打理,你要画,就直接和画廊联系吧。"

第二类是滨江画院的画家,这类画家一般都有国家一级二级美术师的职称,每年是有创作任务的。按照要求,他们定期要画一些作品给市里,由市里统一管理,届时作为礼品送给各方面人士。市里要画院画家的作品从来不付钱,因为画院是市府的职能部门,由市里出钱供养,画家的工资都由市里统发。当然,这些画家的画也不是不能出售,在完成每年市里创作任务的同时,这类画家也售画,但很少通过画廊售卖,都是朋友之间的介绍,做些熟客生意。当然也有通过画廊代售的,但也遵循严格的协议,价位不能随意变动。因为艺术品就是商品,是商品就要遵循市场流通的原则,特别是在这个信息时代。

还有一类画家,这些人一边办培训班上课,一边画画,当然有画得好的,也有画得不好的。画得好的,画廊主动找上门签约。画得不好的,都没有几个熟人求画,更别说画廊上门求购了,这就催生了江湖画家。

江湖画家是最底层的画家,说是画家,那是自欺欺人,其实顶多算会描摹几笔的美术爱好者。人不值钱,画就不值钱,一两百块钱就能买一幅。当然,也有一些刚入道的画院画师和学校的美术教师,画艺术画累了,就随便画些行画,署个假名,以很便宜的价格送给画廊代售。

画廊有高下之分,行画也只能去那些最下等的画廊。所谓行画,就是那些很俗很大众化的画,这些画没有个性,千篇一律。对画者来说,一张四尺整纸铺在面前,不用思考,不用润色,因为构图、技法、设色,都是约定俗成的,几个人按照惯例,你画几笔,他画几笔,哗哗哗很快就完了,或者一个人习惯性从头到尾画到底,也是哗哗哗不到二十分钟就画完了。快的话,这样的画一个人每天可以画几十张甚至近百张。因为具体怎么画,画什么,都是固定的,从来不需要思考,所有的画都一个模样,一个品位。比如常见的那些几百块一张的《花开富贵》《竹报平安》等等,红红绿绿,艳丽甜媚,都是固定的造型固定的用笔固定的色彩。这样画画,其实就不是创作了,简直等同于彩印,好像工匠流水作业一样,产品批量化。又好像是快餐,厨师用不着精细处理,直接看锅下料应付一下就是了,反正是临时性的快餐,模式化大众化的口味,没有人去认真对待。

行画虽然是流水线产品,很俗很甜媚,没有艺术价值,但是老百姓喜欢,喜欢的原因主要是买得起,三五百块钱买一张大大的《花开富贵》《富贵年年》《山长水流》《大吉大利》,大家都开心。因此行画虽然正经的画家不会去画,但卖得特好,这就带红了一些下等的画廊,也吸引了一些原本自认为高尚的画家去画,像庄焕明就画了好多行画,成了公认的江湖画家,邹金贤为此不止一次流露出不屑。

"你要不要画两张,来我这里试卖下?"郑宇智问。

"如果是行画,我还不如不画!"张懿恒说。

"你先画出来再说。到时候我尽量卖个好价,而且一分钱提成不要,画款全归你。"郑宇智鼓动道。

两个星期后,张懿恒送画的时候,郑宇智看了看说:"功力不错,这样吧,我先按略低于方禄光的价位销售这张画,以后卖高了再给你补上,如何?"方禄光是滨江一个挺有名的画家,国家二级美术师,听说还是滨江画院的院长。张懿恒知道这个人,想了想就答应了。"你知道吧?程怡雪转正了。"郑宇智有些欲言又止。"这关我什么事?"张懿恒面无表情。"哦,我还以为你们……""不是一路人,不进一家门!"张懿恒自嘲地一笑,"程怡雪那么高贵的人,怎么可能和我有交往呢?"

郑宇智邀请张懿恒坐下来喝功夫茶,几杯清茶下肚,话就多起来。这个平日对单位冷漠不已的人,也有了牢骚,说他好歹也是个海归,学历高,工作年限也不短,到现在仍然上不去。而程怡雪一个本科生,素无业绩,现在竟堂而皇之转为在编人员了。程怡雪有资本,貌美如花。她的美貌和本事,都是家传的!这个学校真是混乱不堪!领导就会公器私用。

"你不知道吧?她妈当年也是美女,十二岁就参加歌舞团,在演艺界混了多年,生下程怡雪就离婚,来滨江后一直未嫁,虽然未嫁,但她生活中的男人,特别是当领导的男人多了。"郑宇智声音冷峻。

"真的吗,你怎么知道?可不敢乱说。"张懿恒想起之前程怡雪说到自己家庭的时候,总是语焉不详闪烁其词的。

"什么乱说?我阿姨和她妈一个单位,对其了如指掌。她妈前年还要开个人演唱会,被人一封举报信告到文联,演唱会就取消了。告发者是文化局一个退休多年的副局长,是她妈的众多情夫之一。朱丽茵的丈夫在市政府当副处长,对此也清楚得很。"郑宇智将杯盏掷在精美的根雕茶桌上,口气充满肯定。

"我和程怡雪是有过来往,但也只是吃过两次饭,浅尝辄止而已,没有任何实质性的内容,因为程怡雪从来只属于她自己!"看看窗外的人流,张懿恒一字一句地说。

"算了吧,你还忘不了她?这种女人不适合你,你也养不起,你就当她是生活中的一个匆匆过客吧!"郑宇智说着看看张懿恒,他隐隐感到,这个看起来两耳不闻窗外事的同事似乎话还没说完,还有什么不愿多谈的。果然,等再泡下一壶功夫茶,张懿恒询问起国外生活的一些经历。漫谈开始,直到茶壶上的水气悠

悠飘起,脉脉茶香开始醒目清心,郑宇智最后才听到张懿恒平静如水的声音:

"你错了,我从来没把她当回事,她其实就是我生活中的一个普通异性朋友,你别想歪了。"

财　神

"可怜啊,老婆女儿哭成一团。""英年早逝,底层知识分子的悲哀。""老浦你可怜什么呢,你不是报了德育的副教授吗?别担心,德育系列的好评。""哪里,哪里。我最近都不想职称了,还是习诗练字好,修养身心。"老浦到办公室的时候,正赶上系里组织给姚老师捐款。

老浦最近忙开了。前段时间,肖子业和他谈话,要求配合工作。老浦说:"配合工作倒没问题,只是我一来年纪大,二来职称低,只是个讲师,恐怕心有余而力——"话未说完,就被肖子业劝说先报上去,好歹还有几篇论文。老浦想了想又问,艺术系的领导班子是谁说了算?肖子业心说这人是真不知道还是假不知道,揣着明白装糊涂吧,于是直接回答王副书记有提名权,最后再上校行政会讨论决定,说着便摊开两手,"别看只是个代主任,但什么都压在我身上。林亭芝正在办理退休手续,现在什么都懒得管。王副书记批评了艺术系好几次,我压力很大。"接着又提到过几天要到省里开会,会上有些专家就是省高评委的,滨大有些人从上学期就开始活动了。

老浦其实并不看好肖子业,这个人当副职几年,就没见有什么作为,现在怎么又招兵买马了?咳,这年头谁能顾上谁?都是自己的事情要紧!尽管这样想着,他还是跟着去了趟省里。

从省里回来,老浦觉得有必要拜会下王副书记。礼多人不怪,拜会时当然不能空手,但送什么好呢?想来想去他觉得送钱最好,但又不知具体送多少好。送十万觉得少,送三十万觉得多,特别是万一事情不成怎么办?听说王副书记不像强校长,强校长是事情不成了钱会退回的,而王副书记是一条鱼一桶油都要收的,收了无论如何都不会退回。想到这里老浦纠结不已,好几天吃不下饭,晚上更是彻夜难眠,天亮时刚刚合上眼,丁雄伟就打电话说校党委组织部要举办青年马克思主义培训班,艺术系只有两个名额,现在已经有五个人报,问如何处理。

老浦当下一拍大腿:"先把我们两个报上。"

"这个是青年马克思主义培训班,你年龄大了,恐怕不合适吧?再说这两个名额,肖主任初步推荐张懿恒和我,你要去,就把人家张博士给顶下来了。"

"没关系的,年龄大了难道就不能学习啦?这不正体现出诚意吗?活到老,学到老,你只管报,组织部的事情我来搞定。张懿恒那边你先别说。"

老浦来到组织部,组织部的李科长笑问:"你个老同志凑什么青年培训的热闹,该不是想跟年轻人抢饭吃吧?"老浦当下脸上挂不住,但还是极力解释,又是低头,又是弯腰,苦苦哀求,搞得旁边的人都看不下去,最后李科长被缠得没法,于是给他报了名。

三天后青马班开课,老浦进了教室,发现在座的都是些头发乌黑的小年轻,自己夹在中间的确别扭。"老师好!""老师好!"周围的小年轻纷纷过来打招呼,看来他们以为授课老师来了,哪里知道自己也是学员呢。老浦头上冷汗直冒,正不知道如何回复,上课铃声响了,王副书记从门口走了进来。老浦突然脑洞大开,一下子不知哪来的力气,推开小年轻,几个箭步就蹿到讲台下最前排正中位置坐下,然后整理好衣服,打开笔记本,拿出钢笔,戴上老花镜,端端正正,目不斜视,专注着前方讲台。

王副书记走上讲台,看见台下正对着自己的显眼位置,有个面孔似曾相识的人在听讲。王副书记再环顾四周,发现台下都是乌发俊颜的年轻教师,唯独这个人华发苍苍,满脸皱纹,不断注视着自己,还不时咳嗽一声,显然带病听课,特别突出,特别亮眼,简直是鹤立鸡群,当然,也是鸡立鹤群了。王副书记随口讲了几句,发现这个人毕恭毕敬坐着,端正个花白脑袋,竖着昏黄的耳朵,嘴唇紧闭,双目放光,时而全神贯注认真听讲,眼睛都不眨一下,时而若有所悟抬抬眼镜,在笔记本上飞快记录,每一句讲话都不放过,俨然虚心受教、一丝不苟、乐在其中的样子。王副书记心里动了下,他终于想起来这是艺术系的一个老教师。

王副书记讲完课,接着是李副校长讲,李副校长讲完了,是组织部杨部长讲,这样先后培训了将近一个月。老浦每次上课都坐在最前排中间位置,每次上课都认真听讲,课堂讨论的时候,他也总是首先发言积极发言,甚至抢着发言。这就引起了大家的谈论,同班听课的林和兵看不下去,找到好友张懿恒问:"你怎么不去和他吵?要是我知道自己被顶包,非要把他拉下来。"张懿恒扔下画笔,搓搓布满颜料的双手道:"算了,青马班是培养后备干部的,老浦那年龄还是后备干部吗?我懒得和他计较。会有人和他计较的,我们系现在比较复杂。""你傻啊,滨大哪个院系不复杂?"林和兵的水貂眼眨了眨。

一个多月下来,伴随着讨论次数增多,老浦的发言渐渐有了力度、高度和深度,这就引起了各位授课领导的注意。领导们在一起的时候,偶尔也说起老浦。终于,在一次内部讨论艺术系党总支副书记人选的时候,本来老浦已经被淘汰了,因为有反映他学历、年龄和人品等问题,但主管组织人事的王副书记看到老浦的名字,叹口气,心里终觉不忍,又让人把老浦的材料放了回去。

青马班结业了,老浦忙着填表,等把职称材料报送上去之后,姚力文紧跟着去世,老浦协助肖子业处理后事,王副书记等校领导过来吊唁时,看到老浦正忙得跑前跑后,这样他们又有了几次亲密接触的机会。

丧事处理完毕,老浦又和肖子业去了趟省里。回来的路上,肖子业又提到了艺术系。老浦陪专家喝多了,迷迷糊糊中听肖子业在讲,只是连连点头,直到回到家,一觉醒来,突然想起肖子业的话:"艺术系现在钩心斗角,人才发展青黄不接,校领导要我撑住,你说我咋撑呢,我不是超人,能有什么好办法?校领导心里也急。你看姚力文死了,关教授老了,娄教授不中用,老刘也整天打哈哈,虚不务实的,张懿恒他们几个年轻人也不牢靠。王副书记要艺术系自己提名副书记人选,你考虑下吧。我其实不擅长行政,一心一意做学问多好,哪像现在骑虎难下的。而且我又不是党员,以后的系副书记实际上就主持全部党务工作,算是正职了。学校有规定,主持工作的副书记行使书记职务,可以领正处岗位的津贴,这就比教授工资还高。"

老浦感觉肖子业说这话虽不乏真诚,但最终行不行?真令他犯难。老金肯定是一去不复返了,自己没有必要愚忠,没必要为一棵枯死的老树殉葬!但肖子业最终如何也很难说。

换届在即,老浦认为无论如何该去拜访王副书记了,于是拿了二十万元,装在大大的茶叶盒里,趁天黑来到了校内那几栋专家楼。老浦知道这种事只能去领导家里,坚决不能到办公室。专家楼是滨大校内盖得最早最好的楼栋,最高层都是复式建筑,住的都是校领导。王副书记家在十楼,当然是最高层。老浦手捂着茶叶盒,路上怕人看见,只是躲闪着拣黑处走,到了楼下,站在下面一眼望去,更觉得高不可攀。停顿了几秒钟,咬咬牙正要上去,忽然看见顶楼王副书记家里灯光通明,似乎有客人来往。老浦只得在楼下树丛中等,不一会儿,蚊子飞过来,嗡嗡乱咬,老浦忍耐不住,正寻思着要不要把茶叶盒放地上,腾出手打蚊子,楼梯口的玻璃门一开,一男一女下来了。

"妈的,杀人不见血,吃鱼不吐刺,二十万元也不客套一下,很不经意就收下了。"

"行了,行了,别说了。"

老浦听出来,是政法系的汪棚茛两口子在嘀咕。

"小声点,小声点。你不要激动。""我怎么不激动,二十万元,你以为挣得容易啊?送人钱,等于割自己身上的肉。一个狗屁政法系的书记岗位,也值二十万?要是系主任,五十万我也愿意送。""书记怎么了?好歹也是个官,就艺术系党总支副书记这个职位,听说好几个人竞争呢!组织部干部二科的洪俊荣,一次就送了二十三万,还有中华烟茅台酒等。""我们还是要再来打点,人无我有,人有我优,送多了才保险。"汪棚茛两口子边抱怨边商量。

老浦猛然回过神来,觉得自己如果送二十万,还不如一分钱都不送!于是回到家又想了想,最后忍不住和老婆说了。老浦原以为老婆肯定不愿意给他出钱,没想到老婆欣然同意,两人把家底取了出来,又很快向亲戚借了八万,总共三十万,一叠叠码好了,换了个更大的茶叶盒,全部放进去。临出门时,老婆又喊:"等等——你不是有块祖传的田黄吗?"一听说田黄,老浦心里咯噔起来,那可是他的心爱之物啊,是晚上抱着睡觉的命根子!"可是万一——"看见老浦犹豫不决的,老婆干脆给了他一脚:"什么万一?是人为东西服务,还是东西为人服务?舍得,舍得,没有舍哪有得?亏你还是个教书的。"老浦想想也对,便皱着眉头,用锦盒包好田黄,匆匆出了门。

一见老浦进来,王副书记的老婆闪身进了里屋。老浦看见客厅南墙上贴着伟人像,两旁写着对联:为有牺牲多壮志,敢教日月换新天。看见老浦手中大大的茶叶盒,王副书记寒暄几句,就领他进了书房,书房挺大,一尘不染,墙角放着发财树,枝繁叶茂,青绿怡人。墙面是一排暗红色的实木书柜,书柜上方显眼处陈列着中央领导的系列著作,可下方死角处也有什么《厚黑学》《登龙术》之类的书籍。老浦不禁一乐,感觉书记家并非真的高不可攀。再一抬头,看见书柜对面的墙壁上贴着大大的佛像,佛像两边还有对联:

果有因因有果有果有因种甚因结甚果;
心即佛佛即心即心即佛欲求佛先求心。

老浦读了,再想起大堂的伟人像,觉得有些不伦不类,正疑惑间,一转眼看见书房墙角不起眼处,有一个大大的神龛,神龛前的白铜炉香烟缭绕,神龛里供奉着赵公明的巍巍坐像。"您家也供奉这个?"话刚出口,看见王副书记面色不悦,老浦赶紧说:"天上金玉主,人间福禄寿。应该的,应该的。我也拜一拜财神爷。"于是就躬下身子,双膝着地,磕了几个头。

"老浦,你开什么玩笑?太性情化了,见神就拜。"王副书记笑了笑,简单聊了几句,想起那封句句落实的举报信,正要说什么,只见老浦弯腰道:"听说孩子要去留学,我这个做叔叔的,给孩子送些好茶叶,带到美国都能喝。"说着便双手捧上茶叶盒。不用问,王副书记就知道是什么,也大概能猜出多少。"上次庆七一大会,你那歌唱得好。"王副书记说。"首长过奖了,过奖了。那还是那个年代学的,唱得虽然不好,但我是用真心唱的,唱出了自己的感恩之心。"老浦脸突然红了,毕竟是上了年纪的人,上次他唱了一半,就觉得上气不接下气,简直要出洋相了,今天王副书记突然提起,不知是赞扬还是揶揄。

那个大会有意思,本来节目都安排好了,大家也都按部就班,但老浦却自告奋勇要上台唱歌,搞得晚会总导演很不高兴,可是老浦找组织部,找宣传部,找工会,到处说自己要唱歌,要体现真挚感情。总导演,也就是校工会的副主席,只得把另外一个节目换了下来,为此听说还得罪了演员呢。老浦倒也认真,事先在家里练了半个月,真的就上场了。上场唱了一半,突然就哑然失声,幸亏这时下面不知谁带头鼓起掌来。

掌声中,老浦才算过了关,等唱完回到座位上的时候,他满头大汗,脸也花了,见人就拱手:"献丑了,献丑了,今天发挥不理想。"大家照例客气地赞扬,赞叹声中,老浦和大家逐一握手。老浦的脸可真有意思,不仅修了眉,戴了假睫毛,而且满脸涂了厚厚的油彩,连嘴上都抹了口红。男人还有抹口红的?张懿恒很惊讶,再一看,老浦的口红不仅抹得很浓很艳,而且抹得很夸张,都摸到嘴唇外围去了,跟个妖怪似的,他顿时阵阵恐惧和恶心。

领导的时间宝贵,交谈了几句,王副书记很快直奔主题:"艺术系这几年工作没做好,教师队伍也不争气,像上次搞签名信运动,既愚蠢又可恶,明显是给组织施压,影响极坏。校领导交换过意见,这次艺术系新领导班子的建立,坚决不听取群众意见。"老浦嗯嗯着,站起来说道:"我不给组织添麻烦,不给王书记您添麻烦。不管岗位如何调配,就是做一名没有任何职务的普通教师,我都要全力配合安排,把工作搞好。"说着便把胸脯拍得啪啪响,"请组织放心。我来到滨大二十多年了,算是老教师了。一个快要退休的人,真是觉得名利乃身外物,所以我知道什么叫责任和担当,也知道什么叫奉献和牺牲。"

老浦说完,从心里长吁一口气,接着又有些不好意思,没想到台面上的话,自己这么快就说出口了,还说得美丽动听。

看见老浦的满头白发,王副书记心里一软,正想说什么,只听得外面有人敲门。老浦有些意犹未尽,还想继续表态,王副书记一个眼色,老浦醒悟过来,立刻闪身进了卫生间。

进了卫生间,老浦趴在地上,透过门板上的百叶,看见李光头也走了进来,手里拿着一个黑色的皮包。"书记您好,听说咱侄女下个月要去美国留学,我过来看看。"李光头说着就把皮包捧上去,然后说自己是一名党员老师,无论如何都要教书育人好好工作。看到李光头的皮包比自己的茶叶盒小,老浦紧绷的心霎时放松,禁不住嘲笑李光头开着好几个厂,身价过千万了,该出手时还这么吝啬小气的,看来大老板的为人还不如自己这个工薪阶层。笑毕又暗自庆幸,佩服老婆的先见之明,佩服自己关键时候的果断之举。李光头说完正要走,又有人敲门,李光头没法,只得进了另一个卫生间。

老浦只得继续待在卫生间里,很快看见来人是后勤集团的老蔡,也是拿着皮包,说是为王副书记的女儿送行,说着同样的话。老浦知道,这人是来谋求后勤集团总经理位置的。老蔡刚刚下楼,学校饭堂的李焕义也来了,就这样迎来送往,好几个人都拿着皮包为王副书记的女儿送行,前面的人想多表态两句,后面的人接踵而来,老浦庆幸自己先占了个卫生间,这下那些人想藏都没地方了。客人们想是看到王副书记家两个卫生间都关着门,知道有情况,也就不便多待,陆续放下东西就走了。

老浦在卫生间待了一个多小时,实在扛不住了。这时听到隔壁卫生间门打开,李光头说着千恩万谢不断表态的话和王副书记告别了。好不容易等到王副书记迎来送往结束,老浦从卫生间出来,往身上摸了摸,心一横,尖着脑袋凑上前,"不好意思,刚刚我都忘记了。"笑着便捧上一个小锦盒,打开层层包裹的绿绸红绸,最后露出那方田黄,那田黄温润光亮,看来确实与众不同。"这个是家里传下来的,听老先人说是道光年间的。您是专家,真真假假,就留着慢慢鉴定吧。"老浦说完,王副书记只是简单"哦"了声。

老浦心说我这个田黄可是比法门寺的秘色瓷还要美啊,这个老家伙怎么一句话都没有!稍停留几秒钟,就觉得没有必要再说下去了,于是起身离开。出门的时候,王副书记伸出手相握,老浦觉得王副书记的手很大很有力,但想起那三十万元和那个田黄,不禁胸脯怦怦直跳。"这个老狐狸,始终不表态,万一事情不成怎么办?会不会退回田黄给我?"心里尽管这样想着,但他满脸还是感谢和恭顺的笑容,嘴里念叨:"听说教师村的安居工程要开建了,大家都佩服王副书记,都感念要不是您来,这楼不知烂尾到猴年马月了。"说着就深深鞠了一躬,顺便挡住领导那礼节性象征性的送行。

见王副书记什么话也不说,老浦还是不甘心,眼睛的余光一扫,忽然发现王副书记和神龛里手抓元宝的财神爷何等相似!都是河口海目,都是那么方方正正的大胖脸,只是财神爷的脸已经被熏黑一片,不知是谁搞笑,想是嫌嘴巴也熏黑了,还给涂了口红。王副书记在门口挥手告别。老浦赶紧欠着身子,连声说:"晚安,晚安。"心里却在嘀咕:我家里其实也应该供奉一个财神像,只是不应该涂口红,不然血淋淋的,笑相比吃相还难看!老浦鞠着躬,屁股朝前,就这样一步步出了门。等到下楼的时候,老浦忽然想起王副书记的名字叫铁金,而财神像两边的对联也很有意思:

　　铁面扬威能点铁;
　　金鞭耀武自堆金。

101

老浦回到家,老婆急问他情况如何。"山下旌旗在望,山头鼓角相闻。"老浦哼唱着,就很快入睡了。

师　　门

张懿恒想起上次的差旅费需要报销。他贴好单据,就给老黄打了电话,问是不是可以直接送给财务处。老黄说:"原来我直接盖印就可以了,现在有了新规定,你现在要先找丁主任审核签字才行。"一个丁主任把张懿恒蒙住了。"就是丁雄伟啊!"老黄一说,张懿恒才想起丁雄伟现在已经是系办副主任了。

到了系办,看见丁雄伟一个人占着个大办公室,正低头玩手机。正要说话,几个学生急匆匆抢在他前面进去,张懿恒只得等着。丁雄伟看看送上来的表单,和学生说了几句,就拍着桌子大声训斥:"真是笨死了,怎么进大学的嘛,一个表格都不会填,走走走,填好了再来找我!"等学生离开了,张懿恒说:"不错啊,你都有自己的办公室了,我们这些任课老师都是共用一间办公室。"丁雄伟立刻笑起来,两个大龅牙更为突出:"哪里,哪里,我这里过几天就有人搬进来,什么主任,都是干杂活的。你以后要多多支持兄弟,多多支持,把工作做好。单位是咱家,努力靠大家。"张懿恒心说才上任几天,就称兄道弟,满嘴官腔。

"你和程怡雪是不是有一腿?"丁雄伟签完字,探过枣核脑袋问。"你难道没看见吗?"张懿恒断然否认。"可是有人看见你们出去过。"丁雄伟的眼睛直愣愣盯着。窗外几只小鸟飞过,张懿恒猛然想起那天的风雨,知道丁雄伟话里有话,于是调侃道:"是出去吃过一次饭。雄伟你厚道惯了,但我们系有些人多心了,我和她就是普通的同事关系。就吃饭来讲,你们出去吃的次数更多,不信的话,可以问程怡雪本人。"

"哎呀,我信,我信。"丁雄伟歪嘴一笑,"人家最近在校办可红了。已经以学校的名义,被推荐读研究生了,在职的。""人往高处走,你也可以走这条路。"张懿恒说。"那是,要向博士看齐啊。"丁雄伟握住他的手,然后拿出厚厚一摞材料,"我们系办培训班了,第二学历的,你要想法多动员社会人士报名参加,想期末多发钱,多发福利,只能这样子,当然不要在外面讲是内部创收。你把这些广告先散发出去。"正说着进来个摩登女郎,浓妆艳抹,衣着华丽,等走近了,张懿恒才发现是程怡雪,几个月不见,她好像又变了个人。"小张老师,你好啊!"程怡雪大大方方握住他的手。"你好,程老师。"张懿恒轻轻握握程怡雪白皙冰凉的手,随即很快放下,就下楼了。

"看见丁雄伟的做派了吧?当官没几天,马上有了独立的大办公室,讲话就牛起来了。办公室副主任,是一个你看不上又当不上的官。"回来的路上,常华明一见到他就诉说不停。张懿恒知道这个人和庄焕明有些相似,都是典型的嘴巴多动症患者。停了停,便问出版画册的事情。常华明说他确实出版了一本画册,但是出版了又咋样?人已开始衰老,画得再好还不是靠边站?虎落平川被犬欺,脱毛凤凰不如鸡。这个学校把人害惨了,来这里没法上进,大好才华全被浪费。多年蹉跎,学问、职称、官衔,一样事都没干成,到现在还是个破讲师,真要混到庄焕明那种地步还真不如死了。张懿恒赶紧安慰:"常老师,你还是有学问,有水准的,你看你画得多好,连裘老都给你欣然题字了。职称你可以再努力。"

"你傻啊?真以为裘老会'欣然'题字?给钱人家才'欣然'呢,我给了七万块,人家就写了六个字,若是写个二三百字的短序,则需要十几万元,这个价位,经纪人都和我谈过了。当然你也可以找领导批些出版经费。学校现在不是扶持新人嘛!"常华明接着提到肖子业评研究员了,老浦也报了副教授,结果这几天公布。时间正赶上学校中层领导换届。

两人就这样聊了会儿,一男一女两个光鲜的身影闪过来。"看看我的新车!"丁雄伟按按遥控,红色的流线型小车发出两声猫叫,他笑着打开车门,一闪身坐在主驾上。"哇,好靓啊!"程怡雪提起裙子,露出雪白的大腿,钻进副驾,立刻大喊,"哎哎,张老师常老师,你们要不要也过来坐?哈哈!"

"我要去画画。下月师门聚会。"看到丁雄伟的手摸到程怡雪的后背,张懿恒很快回绝。

离开滨江,回到博士就读的学校,张懿恒一下子有了农民进城的感觉。师门聚会,同学们天南地北,聚在一起有说不完的话,各自诉说各自的烦恼。张懿恒发现大家的烦恼都是相同的。单位、同事和领导,房子、工资和工作,都是绕不开的话题,张懿恒提到姚力文之死,大家都没什么特别的惊讶,倒是杨鸣鹤师兄和他说了一些情况,告诉他工作室顺利建成,墨锭也做得很成功。"师兄,墨锭能不能给我留两个,到拍卖时我赶过去竞拍。"张懿恒嘿嘿直乐。"你这人真会说话,想让我送你就明说。"杨鸣鹤云里雾里说了一阵子,便问还记得和徐松云的雅集吗?老师问:"鸣鹤、懿恒,你们还有君子之约,是赏梅吗?"鸣鹤笑而不语,张懿恒答道:"草堂欲作梅花梦,忽忆南阳有卧龙。""好,无论如何,专业不能放松,科研一定要努力!懿恒啊,画是无声诗,诗是有声画。你们有空多学学诗文,加强文化功底,功夫在画外。"老师招呼大家展开近作互相评论。

轮到张懿恒的时候,老师还是那句话:"功夫不到家,你的笔墨还欠功夫。"张懿恒抱怨道:"老师啊,回到那种学校,专业不是很对口,什么课都要上。我一个学山水的,现在人物、花鸟课都派给我上。还有其他什么素描实训、造型设计等,我感觉自己成了万金油了。"

"不要上课太多,当心拉磨一年,世间无缘千里马。"杨鸣鹤说。

"你成了救火队队长了,多些历练,倒也是好事,工作不要偏执一念。"老师说着便提到要搞一个国家社科基金重大项目,这几天正在撰写申请书。张懿恒马上表达了加入的意愿,老师说鸣鹤正在协助工作,具体你和他说就行,下面有好几个子项目。

趁着杨鸣鹤上卫生间的工夫,张懿恒跟进去,表达了诉求,杨鸣鹤断然摇头:"这个项目好几个同门都想进来,没有那么多名额。我都不一定能进去,排在前面的都是学界那些大腕大咖,重大项目需要这些人撑门面,这些人虽然不干活,但只要有名气,项目就能拿下来。"张懿恒想到单位上老金和肖子业正轰轰烈烈地明争暗斗,丁雄伟四处逢迎,程怡雪在校办春风得意,自己一个博士是不是靠边站了?于是跟着杨鸣鹤走出来,走了几步,又拉住杨鸣鹤的手说:"师兄,能不能少写几个大咖,把真正干活的多写几个?我排在后面,行不行?"杨鸣鹤"嘿嘿"着一脸苦笑:"不行啊,学阀学霸谁能躲得过?我们天生都是给人卖命的,我能不能成为子项目负责人都难说!你不要让师兄为难好不好?以后我要是自己申请国家项目了,肯定把你作为第一参与人写进去。""赶快吃菜吃菜。懿恒啊,下次聚会你要把新娘带过来,大家都说你傻人有傻福,肯定会找个娇滴滴的小媳妇!"师母一张口,大家就嘻嘻笑。笑声中,师母瞅瞅旁边的漂亮师妹章婉婷,朝张懿恒挤挤眼。

第五章　出息

加　菜

　　赤日炎炎,朱丽茵赶到学校,一见老黄就嚷嚷:"糟了糟了,一群学生等着我,今天的视唱课算是迟到了。这鬼天气,晒死人了。"说着就按电梯,按着又喊:"这咋回事,没反应?"老黄说电梯坏了。朱丽茵无法,只得撩起裙子爬楼梯,刚爬了几步,庄焕明不知从哪儿跟了上来。朱丽茵一回头,立刻哇哇大叫:"哎哎哎,你跟在我后面干啥?要上你先上!""什么干啥,你当我是小偷?"庄焕明愣了愣,随之也讪笑道,"咋了嘛?你人胖容易摔,我走在后面,万一你摔下来还有个垫背的,咱这是为你好啊?"朱丽茵的脸顿时涨得通红,连声呼唤老黄快来。

　　张懿恒上前拿些龙眼让大家吃。吃了几个龙眼,看到朱丽茵走远了,庄焕明便抛出一句:"自作多情,以为谁稀罕她那屁股!"刚说完,一辆车停在艺术楼下,老浦下了车,头发梳得纹丝不乱,满脸严肃,上身穿考究的粉色短袖,下身穿着米黄的休闲长裤,手里夹着公文包,看见张懿恒他们,眼睛一抬就上楼了。

　　"听说他评上副教授啦?"老黄问。

　　"评上了也照样狗屁不如!前几天还训我呢。要我不要给人说校长讲话稿错误百出的事情,说我不务正业,爱管闲事。你说这咋是闲事呢?"不待说完,庄焕明就狠狠吐了口龙眼核。

　　张懿恒进了教研室,丁雄伟和几个人正给老浦道喜。"这次肯定没问题,能评上。""吃饭!""吃饭!""老浦要请客!"大家一致喊起来。"哪里,哪里,我只是参评而已,最终结果还不晓得。"老浦还想推开,但异口同声要吃饭,他躲避不过,只得被簇拥着去了家饭店。不待酒菜上来,大家的话匣子已经打开:"老浦,你别装了,我有个朋友就是评委,他前几天就告诉我,你评上了。""哎呀,老浦,都是自己人,你就别客气了。大家都是为你好的。""其实都已经内定好了,研究讨论只是个形式。听说这几天就要网上公布了。""咳咳,别听人乱说,没有内定,评上评不上,那可不一定。"老浦连连解释,毕竟结果未公布,一切还悬着呢,但他一张嘴哪里抵得上悠悠众口,只能劝大家多吃菜。

上了几个菜,满桌人正吃得高兴,忽然发现菜不够了,老黄看着盘子叫道:"雄伟,加菜加菜。""加什么菜?得向肖主任请示下。"丁雄伟很快拿起手机,拨打了一会儿,说没有回复,大家稍等。等了十几分钟,菜还上不来,老黄敲敲杯盏:"加菜,加菜,快上菜。"丁雄伟看看手机说:"再等等,听候领导指示。"

五十多岁的老黄挨了软钉子,腹中又饥饿,当下脸上挂不住,摔下筷子道:"加加加,我都饿了,多此一举的,个把菜还请示什么?我自己用工会的钱报。"老浦也挥挥手:"加加加,冲着大家的情谊,无论职称上不上,这顿饭我请。"

说到职称,大家都叹息起来。

"咳,一个职称害死人,这几年职称越来越难评了。"

"我论文够了,前年又说没项目,去年项目有了,结果又说著作不过关,反正评审条件年年变化,你无论如何努力,上面总有卡你的理由。"

"学生评教是否优秀,也是职称评审的必备条件之一,就凭这一条,就可以把你卡住。"

"咳咳,越是教学认真的老师,越难让学生评教优秀。我们的学生——"方希妍苦笑不已。

"学生总归是学生,正因为是学生,有很多地方才不成熟不懂事。"她的话被随后赶来的关教授打断了,"我是从'文革'中走过来的人,什么没见过?教育是国家的良心,没有教师,哪来教育啊?"林亭芝扶着关教授坐下,也接着话茬道:"没错,我姑奶奶是归国华侨,非常敬业的好老师,对学生要求非常严格。可是'文革'中,她被自己的学生,也就是那群红卫兵小将,一群十八九岁的女学生,活活打死后抛尸荒野。到现在四十多年了,尸首都找不着。"林亭芝看看关教授,说了一会儿下乡的故事,忍不住又笑道,"关教授也真有意思,'文革'那么艰苦的岁月,她下乡时上午脚踩在泥塘里,晚上回去了还唱昆曲!""劳动间隙,我还把铁锹放在蜂窝煤炉子上,最终烤出了风味十足的奶酪面包!"关教授也笑了。"哎呀,岁月都烂成团团乱麻了,关教授也能悠悠抽出线丝,绣出一朵妩媚的花来。""这就叫风采,这就叫情调。"大家赞叹不已。张懿恒心想到底是一代名媛,花落还开,水流不断,关教授干什么都泰然若素,就像她笔下的仕女,不求工致娇艳,但都清秀淡雅!滨大要是多几个关教授这样的人就好了。

"那些学生,现在也是白发苍苍的人了,针对当年的暴行,他们有没有道歉,有没有忏悔意识?"张懿恒问。

"忏悔?你去问他吧!永远认为自己正确的人会忏悔吗?"看着老浦上卫生间的背影,酒已上头的庄焕明红着脸,哼哼中充满不屑。

丁雄伟赶紧说:"吃菜,吃菜。"

吃着说着,话题转到换届上面来。廖慈志说这次换届,不少教授去竞聘处长,一个教务处处长的岗位,好几个硕导教授都去竞聘了。常华明说就是后勤集团总经理,也已经有五个教授报名竞聘。庄焕明说:"是我也去了,教授有什么好?后勤集团总经理才是个肥缺。"方希妍说那当然,只要当了正处,就可以享受待遇,什么岗位津贴,交通补助,凉茶费等等,算下来比教授的酬薪还高,还不算其他收入!老陈也肯定了这个政策,说学校按官位发补贴,就是助教当了正处,一样享受好待遇。张懿恒说:"话是这样讲,像我们系党总支书记这样的职务,还是要个副教授当才说得过去,不至于让讲师当吧?"几句话说到老浦心里,他想着职称,心里不禁揪紧了。

"大家都看好你,老浦!你只要评上副教授了,副书记的职务非你莫属。你就带着大家好好干吧,艺术系将打开新局面,迎来新纪元。"看见老浦有些沉默,胖子老刘赶快敬酒。"咳,那个副书记我才不稀罕,不稀罕。滨江大学的官位值得我上心吗?我就是当了又能怎样?!都五十大几,棺材瓢子了。"老浦侧侧身子。

酒桌是放松的时刻,大家边喝边吃,酒足饭饱,一看关教授和林亭芝已经先

107

撤了,庄焕明站起来,摸摸油光光的嘴唇,突然问:

"有个女人光屁股坐在石头上,你们猜猜,怎么回事?"

"怎么啦?"

"因小失大。"

哄笑中,李光头抹抹自己的大脑壳:"哎,哎,我们这些人都老了,只有嘴上的功夫了。"说着抓住张懿恒的手,"年轻人,赶快找对象,到了我们这个年纪说不行就不行。""嗨,年轻又怎样?我整天搞办公室的事情,满脑子都是文件和报表,忙得要死,感觉身体都要报废了。"丁雄伟不以为然。"老李,莫说这话,老了又怎么样?老了还有第二春,老牛吃嫩草呢。"庄焕明嬉皮笑脸,看看朱丽茵,又看看李光头,"正因为老了,才要抓紧搞,你不是整天研究《玉女真经》,有什么秘诀吗?""这个啊,哎,这个啊……"李光头挺挺身子,刚说了几句,朱丽茵便大叫:"行了,李光头,你在高教研究所工作几年,原来就研究这个啊?当心女生投诉你上课诲淫诲盗。"说着脸一沉上了卫生间。

大家又是哈哈,说话更加无拘无束。"小张,他们都在瞎掰,你可以找对象,但千万不要急着结婚,人生有限,先玩玩再说。"李光头说着,拿起桌上一个油腻腻的东西亲了亲,"奶奶的,娇妻美妾,谁不向往?"廖慈志顿时嚷嚷:"老李,你亲什么亲?这是鸡屁股,你当成娇妻美妾的小嫩脸蛋了。"崔美丽扑哧着喷出了鼻涕,程怡雪更是笑得弯下腰去。

李光头说:"我就喜欢这个小脸蛋。"廖慈志赶紧推开道:"你眼花还是心花?人鸡不分了。"大家更加乐不可支,于是段子一个比一个黄,一个比一个多。张懿恒心说离开滨大不过几年,同事怎么都成了这个样子?提起学生叹不绝口,见到好菜吃不绝口,侃起黄段子赞不绝口,哪里还像高校教师的格调和情趣?再看程怡雪倒是若无其事笑在其中的样子,于是明白她到校办后出入饭局多,见的场面更多,今天算是大巫见小巫了,肯定不当回事。正想着,听见廖慈志说:"老浦,你幽默风趣,真诚淳厚,若是这次职称搞定,再当个领导,真是大家的幸运啊!""哪里,哪里。"老浦嘴上推辞着,心里反倒沉重起来,忐忑不安,焦灼难耐,于是喝了几口闷酒。

出　息

　　一直低头看手机的丁雄伟突然叫起来："公布了，网上已经公布了，职称结果出来了。我们肖主任评上研究员了。哎呀，老浦你也中了，评上德育副教授了！"一听这话，大家纷纷鼓掌。老浦当下站起来，拿过手机一看，顿时嘻嘻哈哈大笑不止，还操着油乎乎的嘴，顺便亲了丁雄伟的脸颊，丁雄伟猛然躲开，喊了声老花痴。老浦正要说什么，大家凑上来敬酒，满是热情的祝贺的话。老浦摇晃着身子，来回走动，逐一碰杯，嘴里念叨着"谢谢"，笑得说不出话来。"老浦，金榜题名时，可喜可贺。你最近不是学作诗嘛，要不就现场抒情一首？"廖慈志说完，老陈、方希妍又连敬三大杯酒。几杯烧酒下肚，老浦突然嘿嘿笑道："你们不知道，哎呀，我那个老婆，人虽然长得肥一点，粗笨些……"说着说着眼睛发红，舌头也不利索了，一张口就满嘴酒气，熏得方希妍直捂鼻子。

　　"我老婆虽然长得胖，但是把她抱在怀里，我开心啊。"老浦结结巴巴说完，就眨起眼睛。

　　老陈、方希妍互相努努嘴。张懿恒明白了，看来刚才的敬酒充满诡谲，故意耍老浦呢。

　　丁雄伟看着手机，禁不住"哟"了声，眼睛瞪得溜圆，又叫道："不好意思，我看错了，名字太像了。你是浦光辉，他是浦光晖。我迷糊了，原来职称公示表上没你的名字。""什么？"老浦的笑容顿时僵住了，拿过手机，看了一眼不放心，又看了一眼，顿时脸色大变，手臂激烈颤抖起来。丁雄伟赶紧夺过，连声劝慰："不要激动，不要激动。这是我的手机，五千多块钱呢，你千万别摔！"

　　想着职称无望，书记无望，老浦心里骤然失落，拿起大半瓶白酒，不待别人来敬，自己先呼呼猛灌。等到酒灌完了，脸上的肌肉也跟着抽搐了几下，老浦一屁股坐在地上，拍着双脚，嗷嗷着哭起来，哭得白发乱颤，两个肩膀一抖一抖的，一边哭一边骂评委，一边骂省教育厅，一边骂专家。

　　眼看老浦伤心痛哭，大家面面相觑，不知所措，只有庄焕明看也不看，坐在椅子上继续海吃。就这样僵持了几分钟，"都有谁中了？我也看看。"娄静斋戴上老花镜,打开手机看了几遍,突然拍着大腿喊,"哎呀,老浦,你是中了,名单太长,你的名字在最下面,不好找,但确实有你的名字。"大家围上来看过,都不断说:"是真的,是真的。""老浦,确实有你的名字!""确定吗?"老浦停住哭泣,嘴巴张得老大,眼睛也傻怔怔的。"确定确定,千真万确,不信你自己看。"大家连连点头。

老浦爬起来,先是看到"浦光辉"的名字,心里猛跳不已,还是怀疑有同名同姓的人,再看到后面的单位:滨江大学,眼睛有了一丝亮光,不过还是不放心,于是抖动着双手,揉揉眼睛,背靠着墙壁,抓紧手机,又仔细看了三遍,这才长吁一口气,放下手机,边揉胸口,边对周围的人哦哦直叫。老陈、方希妍又上来敬酒。老浦推辞不过,就这样又被灌了几杯,过了会儿就嘿嘿傻笑着,突然一把搂紧正在呷汤的胖子老刘。

"哎呀,老浦,你怎么搞的,我不是你老婆,也不是美女。求求你,快放开我。"紧喊慢喊,老刘手里的汤还是溅了一身。"妈的,这次总算评上了!老刘,你别激动,我给你写字。我的书法大大的好,哈哈哈。"老浦说着就发出一阵歇斯底里的狂笑,众人吓得纷纷后退,没想到老浦笑了几声,倒在椅子上又大哭起来。高一声低一声,像孀妇悲号死去的丈夫,像难民倾诉悲惨的生活,鼻涕加眼泪,一会儿跳起,一会儿坐下,哭天抢地,狂笑响遏行云,哭得衣服散乱,笑得满头大汗,两只鞋也掉了,但还光着脚哭哭笑笑,号叫不断,身子不断扭动,裤链很快大开。

大家心里都酸酸的,劝也不是,不劝也不是。老浦就这样哭了会儿,站起来喝杯茶,皱皱眉头,四下看看,又清醒了几分,马上想到职称搞定了,这官位到底如何?官位当然比职称更要紧,特别是那三十万会不会打水漂?王副书记从来是骨头里榨油、狗屎里捡豆的货,想着想着心里又咯噔发紧了。

众人不断安慰,但老浦看看吊灯,看看座椅,想着官位,愈发心如乱麻阵阵抽紧,又不好说出口,就这样眼睛发痴,傻呆呆地一言不发,只顾低头喝闷酒。旁边的庄焕明伸出五指在他眼前晃了晃,老浦毫无反应。"完了,八成老年痴呆了。"众人寻思着赶快把他送回家。手机又呱呱响起来,廖慈志喊道:"哎呀,老浦,你要当书记了。""哪里来的消息?"老浦眼睛动了动,鼻子微微一抽,这才有了活物的样子。"组织部老汪,人事处的老邓,刚刚给我发微信呢,领导今天开会都决定了。"廖慈志说完,大家都高喊双喜临门!

想想许是王副书记那边落到了实处,老浦慢慢站起来,脸色和悦了许多。没想到廖慈志看着又喊:"这微信多的,哎呀老浦,我刚看错了,原来你只是被列入考察对象,被列入考察对象的有好几个人呢,我和李新旺也在其中。"大家顿时问题多多:"我也被领导谈过话,询问过人事安排,你看看,有没有被列入考察对象?""是啊,有你的名字,哎呀,也有我的名字,这些校领导怎么搞的?只有一个职位,怎么安排这么多考察对象?原来在搞差额推选!"老浦顿时浑身发凉,额头冷汗涔涔。

"完了,完了,那三十万,特别是那宝贝田黄,算白送了。这狗日的王八羔子,把我的命拿去了!"老浦心里猛地一坠,双手抖了抖,想起自己这辈子怎么就上不去了,不觉眼前发昏,浑身像散了架,一屁股坐在地上又放声痛哭,两个肩膀抖得更厉害了,哭着突然一声惨叫:"哎呀,我眼睛怎么看不见东西了?"声音又尖又细又惊恐。大家看到老浦两眼黯淡,好像两个无底黑洞,虚空得吓人,边哭边在地上打滚,一会儿缩成一团,一会儿脑袋撞地,一会儿站起,一会儿又跪下,捶胸跺脚,号啕大哭,撕心裂肺,椎心泣血。"快叫家属。"娄静斋叹口气,放下筷子。方希妍拿起纸巾擦脸,崔美丽和朱丽茵渐渐眼圈发红,老刘依旧慢慢品茶,庄焕明还在猛吃,常华明已准备打包走人。

张懿恒想笑又不敢笑,庄焕明凑过来道:"看老浦那熊样子,都没有眼泪了,还拼命干嚎,嚎得鼻涕都成了白沫了。"再看廖慈志,也是诡秘地一笑,那眼神分明是:不就是个支部副书记嘛,不当还能死人?"这把人折磨得,一阵哭一阵笑,快成神经病了,是我也受不了!""听说老浦为当官活动了大半年,都快精神失常了,晚上睡梦中都在喊:上上上!""都怪滨大这个干部任免制度,非要和职称挂一起,非要和待遇绑在一起,起起落落,耍猴呢,真能折腾人。""到底消息如何?我也很焦虑很忧愁很压抑。别说老浦,我也要疯了。"大家正议论着,门一开,肖子业急急忙忙走进来。一看见有望转任主任的新进教授来了,大家纷纷起立,围上来热情搭话。

肖子业很快明白了怎么回事,走到老浦身旁说:"先不要灰心,昨天领导还找我谈话呢。艺术系需要你这样稳重踏实的老同志,你现在已经评上副教授了,还怕啥?派个外行过来,如何配合工作?我们艺术系要赶快稳下来,可不敢再折腾了,只有稳定才能发展!""真的吗?可是刚刚——"老浦的眼睛转了转。"到底以谁为准?组织部刚才下达的公告是差额,这把人搞得一上一下,谁撑得住?就是耍猴,猴也被耍死了。""领导班子要早日公布了,大家才能安心干活。不然这样反反复复,乱糟糟一团,我们不被折磨得精神分裂才怪。"老陈和廖慈志这么一说,大家大眼瞪小眼,纷纷表示赞同。肖子业也觉得有理,拿起手机,在外面说了几句,马上转回来道:"你自己给王副书记打个电话吧。"

老浦满脸的鼻涕眼泪还未擦干,想着长痛不如短痛,于是心一横,颤抖着手拨通手机,刚叫了声:"王副书记好!"对方的声音就传来:"你的事行了,组织程序已经完成。"老浦"哦哦"着放下手机,双眼痴呆呆的,整个人瘫了般一动不动,嘴巴傻傻大张着,口水不断流出,想说什么就是说不出,只是沉浸在半信半疑中,一言不发。

庄焕明、李光头还在打包剩菜剩汤,朱丽茵和方希妍窃窃私语,娄静斋和老刘对视不语,老黄买单去了,肖子业和廖慈志开始商量如何叫车。"别迷糊了,你已经当副书记了!这是新出的干部任免名单,刚刚在行政楼通告栏公布了,他们传给我的。"丁雄伟这么一说,老浦猛然惊醒,接过手机仔细看,先看到自己的名字,再看到副书记的字样,等看到名单下面鲜红的大印时,这才喃喃着叫出声:"哎呀妈呀,是真的,是真的!"

老浦朝天望了几望,双手高高举起道:"啊,成了,我当官了,有出息了,这辈子没白活啊,哈哈,哈哈哈哈!向前向前向前!"他喊着唱着,双眼便像盗墓贼发现了金元宝,光芒四射,很快又摇头晃脑,手舞足蹈,扭动着屁股,边唱边脱衣服,眼看要拉下裤链,朱丽茵叫一声"这酒也太邪乎了",便飞身离开,显然,她早已忍无可忍。

"成了,当官了,有尊严了,出人头地了!"老浦把鼻涕抹在脸上,正嘻嘻哈哈着,突然就倒在地上,口吐白沫,连滚带爬,继而又翻过来仰面大躺,手脚乱抓,四肢像狗一样蜷缩又伸展,伸展又蜷缩。渐渐地嘴角歪斜,浑身抽搐,"哎哟哎哟"几声,就不省人事。

"天啊,这该不是突发精神病吧?""快让他平躺下来。""快打120,快催家属。"大家当下慌了手脚。白洁清叫道："程怡雪,你不是学过护理嘛,赶快做人工呼吸。""不好意思,我这几天口腔溃疡呢。"程怡雪嘬着嘴走开了。这一来大家看着老浦,更慌了。

人命关天,大家有的掐人中,有的压胸口。有的在耳旁连续呼唤老浦的名字。手忙脚乱辛苦半天,但老浦依然死死躺在地上,毫无反应。"完了完了,看来组织要头疼了。"号脉的邹金贤摇头叹息,娄静斋也瞥了一眼,准备离开。丁雄伟问救护车怎么还不来呢?话刚说完,在外面打电话的程怡雪匆匆走进来,说刚跟120又联系了,路上遇到个酒驾,救护车被撞,出了车祸,医生自己受伤,怕是一时半会儿赶不来了。就算另换救护车,绕路过来,也得个二十分钟。

一听这话,大家既失望又着急,庄焕明感叹可怜啊,竹篮打水一场空。方希妍看了一眼老浦,露出掩饰不住的鄙夷神色。张懿恒心说老浦上次还对青年教师讲宠辱不惊,难道他就这点出息?范进复活了!角落里娄静斋对李光头也小声说:"就老浦还学诗习字呢,他那字擦屁股我都嫌脏呢!他哪里是写字,简直是描字呢?谁稀罕要?!"

"可能是暂时性的休克。救人要紧,雄伟你出去拦个出租过来。"肖子业一声令下,大家又开始行动了,掐人中的掐人中,号脉的号脉。李光头摸摸脑袋:"老浦该不是魂丢了吧?我们叫魂试试。我小时候被鬼吓着了,也发过这样的癔症,我奶奶说她叫了三次才把我叫回来的。"说完就嘿嘿笑起来,大家也都跟着笑笑。老陈许是受不了,干脆退出人群,跷起二郎腿,坐在大靠椅上,又品茶去了。老黄着急道:"死马也要当活马医,我们总不能在这里死等吧,不然他那老婆过来见谁跟谁急。"这么一说大家又恐慌起来。

来　劲

争论了几下,李光头首先上场,凑近老浦的大肥耳朵,慢悠悠说:

"我们看了好几遍,老浦,你的正式任命书下来了,已经发到了艺术系,盖着鲜红的公章呢!从现在起,你就是名正言顺的、大权在握的、主持工作的艺术系党总支副书记了。我们接到通知,后天召开全系教师大会,王副书记亲自过来宣布你的任命。"

老浦没有反应。

"老浦,好多女学生暗恋你呢,都向我打听你什么时候离婚,准备哭着喊着嫁你呢!"

老黄说完,老浦依然没有反应。

程怡雪走上前,一看见老浦的裤链大开,露出里面的红内裤,不觉脸色一变,扭头想走,但被大家簇拥着走上前,于是也努努嘴:

"老浦,有好几家拍卖公司要拍卖你的书法作品,要拍卖你的画。你这几年炉火纯青,作品行情见涨,拍卖公司争得不可开交,都说你的作品堪称国宝,能卖个好价钱!"

"快快,继续,老浦的眼皮转动了一下。"崔美丽这么一叫,大家兴奋起来,好像哥伦布发现了新大陆。"快快,还有什么好说的?"肖子业催道。"哪里还有什么好说的?能说的能想的都说了,想不到的也说到了。急死人了!"大家说着便看向水嘴庄焕明,这家伙点子一贯多。"哎,别看我,我真的没点子了,谁骗你们不是人!"庄焕明连连跺脚。

"老浦,告诉你一个不幸的消息,你要挺住啊!嗯哈,你的好老婆——死啦。"老陈凑了上去。

大家心头直乐,但又不敢出声,程怡雪忍不住捂住嘴巴,飞快奔到墙角去了。老陈清清嗓子,大方脸一沉,娓娓道来:"刚刚因为停放电动车,被人家保安说了几句,你老婆二话不说上去就打人家。谁知这次的保安不是上次的那个软蛋。这个保安虽然是男的,但更能吵,你老婆上去扇人家耳光,被一拳推开,你老婆再破口大骂,结果人家比你老婆更能骂。"老浦的老婆是出了名的泼妇,上次确实动手打了保安,还被通报批评了。听到这里,大家更加忍俊不禁,娄静斋赶紧伸出手指头嘘了声。于是大家拼命咬住嘴唇,只见老陈的声音变得缓慢低沉,语调也随之惋惜伤心:

"唉唉,你老婆打不过,骂不过,当下气得突发心肌梗死。救护车还在半路,但人已经毙命,校医院通知你快去收尸!"

话刚说完,邹金贤就掐老浦的人中,老黄不失时机给灌进几口姜汤,庄焕明

114

也拍打老浦的脸庞。几番摆弄,老浦的眼皮慢慢睁开,看看众人,弱弱地问:"我这不是在做梦吧?"大家身子一松,你看我,我看你,想笑又不敢笑,于是赶紧起哄:"是真的,不是在做梦。""你当官了,千真万确,确凿无疑,铁板上钉钉子。"老浦听罢,腾地从地上弹起,突然伸出食指狠狠咬去,眼看着一缕鲜血从口角流出。"哎呀,是真的,是真的。"老浦双手叉腰,大呼小叫,"我要作诗,快快快,笔墨伺候。"

干黄脸红润异常,双眼像饿狼看见了血腥,绿光莹莹。老浦挥舞着大手,连连下令,一副急不可耐的样子。丁雄伟气喘吁吁跑上来,一看这样子,很快明白了怎么回事,让人把担架又抬了下去。

服务员拿来笔墨宣纸,众人围上来,有的收拾桌子,有的摆板凳,有的倒墨,有的镇纸,有的压边角。大家环拱着老浦,大气都不敢出。

老浦掠掠头发,抖抖衣领,挺直腰杆,迈着方步,蹬蹬蹬走上前,一把抓起斗笔写起来,边写边吟:

葡萄美酒夜光杯,金钱美女一大堆。
升官发财老婆死,人生得意我高飞!

老浦写完,大家看看书法,又看看诗歌,都是大眼瞪小眼,哭笑不得,想说什么又不好说什么。僵持了一会儿,庄焕明很快打破冷场:"浦书记真是性情中人啊!"大家反应过来,也跟着议论:"人生嘛,谁不需要调侃下。""对对对,真性情真诗歌!""打油诗也是诗,艺术性很高的。""字也雅俗共赏,很有风范。"张懿恒看到有给老浦端茶的,有给梳头的,有给整理衣服的,有给捶背擦手的,有呼唤服务员拿毛巾的。程怡雪也开始沏茶,一低头,露出雪白的乳沟,猛然发现丁雄伟在身边偷窥,正要发作,却见丁雄伟一溜小跑,拿过纸巾给老浦擦汗去了。

"老浦老浦,我救驾有功吧?所以你的墨宝,我也求一幅字。"李光头拿着几张宣纸,屁颠着跑上来。"我也要。""我也要。"大家都跟着嚷起来。

老浦正挥毫起兴,"啪"的一声,门被踢开了。"咋啦嘛,要紧不?"伴随着震耳欲聋的声音,一个高胖女人风风火火闯了进来。"嫂子嫂子,浦书记没事儿,您费心了。"丁雄伟赶紧靠近了解释。张懿恒发现这女人真是大块头,面孔也歪斜狰狞,猛一看仿佛《西游记》里的黑熊精穿帮了。女人一进来,房间顿时变得狭小了,而丁雄伟这么一靠近,就像靠近高耸入云的黑铁塔。当然,丁雄伟刚开口,就红着脸退后几步。原来老浦老婆没穿乳罩,薄衬衫下,两个肥硕的冬瓜似的乳房来回晃荡,更令人难堪的是她的裤子拉链还大开着。

众人围上来,又是倒水,又是让座,又是劝说。女人喘口气,一杯茶水下肚,看到桌上的墨迹,顿时变了脸色,将整个茶杯就打出去,茶杯碎了,茶水四溢,老浦的墨宝很快变成地图,黑水四流,大家连连后退。庄焕明躲闪不及,黑水溅了他一身,他正要不满地喊叫,只听得噼啪两声脆响,两个耳光狠狠打在了老浦脸上。

"你个狗杂种,让谁死?"

女人震颤着,浑身的横肉恨不得都飞出去,呼呼喘着粗气,脸色涨红,不断抚摸着胸口。张懿恒知道她气坏了,正害怕她像姚力文一样,也犯高血压或者心肌梗死什么的。不料那女人稍停息几秒,便冲上前去,将那墨宝撕得粉碎。

"老浦,你放你娘的屁。奶奶的,我真是想弄死你!"

"黑熊精"气冲冲走了,场子又冷下来。

"浦书记。""浦书记。"

虽然明知是副书记,但大家还是故意说成了书记。转换之快,事先都不用商量,不用照会,其实这本身就没什么好商量的,因为彼此心知肚明,不约而同。就好像几年之后有人专门为老浦发明了一个称呼:浦书院。这个专称大家也都很快认同。"今晚我请大家唱歌,兰桂坊。"老浦憋了一肚子气,冲着老婆远去的背影,耻笑道,"让她滚远点,一个没文化的货,我见了就恶心。"

老浦确实请大家唱了歌,都是豪情壮志的红歌。当然,刚到房间的时候,突然唰唰唰涌进来十多个美艳女郎,很快排成一排,等着被挑选。"注意形象,我们不需要这个。"老浦赶紧推着女郎出门,庄焕明顿时很扫兴。走在后面的一个女孩叫起来,老浦解释说是关门被夹着了,但庄焕明清楚看见老浦其实狠狠摸了人家一把。

张懿恒也看见了,女孩没怎么化妆,看起来十分清秀,于是想起初遇程怡雪的情景。

按照庄焕明的说法，老浦回家后，看到老婆正在啃甘蔗，甘蔗皮把嘴角划烂了。老浦本来没好气，可是看着老婆滴血的红嘴唇，不知怎么就有了兴致，猛扑上去，一次次意犹未尽，正欢畅着，冷不防光屁股上挨了几巴掌：

"你他妈是不是吃了给猪配种的药，咋这么来劲？也不看看自己的老骨头，能撑几天？"

雄　伟

唱歌散了场，大家看着老浦得意忘形的样子，议论了几句，也就回去了。丁雄伟开了车，张懿恒想搭车，一看副驾上有个美艳女郎，不禁尴尬起来。"要送你回家吗？上车吧。"丁雄伟一招呼，张懿恒上了后座，这才发现美艳女郎原来是程怡雪。"酒多菜多，吃得撑，回去了也睡不着。"丁雄伟说道，新升职办公室副主任的他显然兴致颇高，嚷嚷着要请大家洗脚，顺便休息下。车子三拐两拐，就进了街边一家沐足店。张懿恒有些犯困，丁雄伟开了间房，房间又大又干净舒适，里面一字摆开十几个长长的沙发，那沙发上盖着厚厚的床单，拉起来是沙发，放下去就是舒适的床铺，可以坐，也可以躺。

"我们先休息一会儿，半个小时后你再安排技师进来。"丁雄伟显然是常客了，他吩咐迎上来的客户经理。经理连连点头，看得出他们非常熟悉。张懿恒很累，找了最靠里边的沙发，很快就躺下了。"你喝多了吧？我们离你远点，不影响休息。"丁雄伟问，张懿恒含糊着应了声，本来就不胜酒力，此刻他更迷糊。丁雄伟关门关灯，房间里顿时幽暗下来。"妈的老浦，说是他私人请大家吃饭唱歌，吃完饭还不忘把发票交给我，这不明显让我报销嘛！还有救护车、出租车，都让人家回去了，但钱还得单位出。""公款私用，那你要给他报销吗？""人家是新任领导，我能咋样？反正都是花公家的钱，何必那么认真！凭什么要我得罪人？"丁雄伟和程怡雪谈论着，张懿恒很快就睡着了。

张懿恒睡得很甜，甚至打起了鼾声。不知什么时候，一只蚊子飞过来嗡嗡不停，朦胧中，他看到远处沙发上有两个黑影在蠕动。

"干什么呀？"

117

"快快,我想!"

"张懿恒在旁边呢!"

"那呆子被我灌了几杯酒,早睡成死猪了。你听鼾声。"

"不行不行。放开我。"

"我撑得难受啊,求求你了!"

"你不是说荷尔蒙不分泌了吗?"

"谁说不分泌了?我一碰到你的脚就分泌了。"

两个黑影很快就连在一起,渐渐地,沙发上传出阵阵好似狗爬坡的声音。

这声音和动作,让张懿恒十分不自然,搞得他也有一种强烈的膨胀的欲望。"这两个二货,不知什么时候勾搭在一起了?"张懿恒困惑不已,想想程怡雪曾经说丁雄伟是癞蛤蟆是黑猪的话,他从心里叹息一声,最终无奈地背过身去,侧着身子睡下,但眼睛却始终睁着,他根本无法入睡!旁边的蠕动还在继续,似乎越来越勇猛。可怜的张懿恒,半边身子都压得麻木了,也不敢翻身,耳朵更是阵阵发疼,心里像猫抓一样难受,却还要发出如雷的熟睡鼾声。

"你有完没完?"程怡雪很不耐烦。

"我也想快点啊,可是这生蚝的后劲儿太大了。"

——丁雄伟觉得自己很憋。

早上,张懿恒刚刚抬起画笔,就听见走廊里传来声音:"昨晚我喝多了,酒醉失态,很不好意思!"老浦见人连连解释。"哪里哪里,人之常情。"大家哈哈笑着表示理解。新任副书记开始在各个科室巡视了,尽管都是熟人,老浦还是照样走走看看,发表些意见。

"小张,你年轻,好好干,我们这些人迟早要退出历史舞台,以后的世界是你们的,你们是早上八九点钟的太阳,前途无量。"走到画室的时候,老浦说着就问:"你还没有对象吧?听说你现在还经常梦遗呢!哎哎,我看在眼里,急在心里,痛在身上!——行了,行了,你不用解释了,要赶快找对象结婚呢。早日让梦遗遗到该遗的地方。"

看到张懿恒连耳根都红了,老浦拉住他的手:"你嫌老哥粗鲁了是不?老哥难道说的是假话?这样吧,组织给你介绍一个电视台的主播,叫牛婷。形象好,气质佳,素质特高。……人家虽说比你大,但北京大学毕业,又出身名门,配你绰绰有余。你已经不小了,再不抓紧,就要步入大龄剩男的队伍,看看我们滨大,有多少这样的孤魂幽鬼?!整天说不找对象,说这辈子梅妻鹤子,可是见了美女学生,就像饿狼似的,看着都让人害怕。你赶快努力,早日脱单成家,不然就和他们一个下场。"走廊里传来庄焕明的喧哗,老浦顿时叹息起来,前几天他收到好几个投诉,说庄焕明看女学生色眯眯的,有不轨企图,让人惶惶不安。这样的老师现在已经成了单位的负担!搞得领导压力很大。

老浦是个热心人,张懿恒无可否认,正要张口,丁雄伟进来说系里要组织出版老师的画册,主任让大家好好准备下。

"主任发话了,你那个画册还是要找名人题字!"丁雄伟看看张懿恒。

"找谁题?"张懿恒问。

"如果要请裘老题字的话,至少六万。"丁雄伟说。

"这么贵?"

"行了,谁让人家雄伟咱们卑微呢?一般人给再多的钱,裘老还不题呢。裘老是国学大师,上次回乡,亏得我们学校出面招待,这才好开口求字,价格也是最优惠的。博士,你就认了吧,该花的钱就要花,钱是用来消费的。这年头谁不拉起虎皮做大旗?你嫌贵,别人可是求都求不来,谁让裘老是大名人呢!当初老金的字不照样有人求嘛。"

听到老金,老浦面色一怔,丁雄伟赶快转换话题:"艺术行情你又不是不知道。像上次滨江首富给儿子举办婚礼,请了那么多的明星,都是钱烧出来的。只要一给钱,明星就像饿狗看见了骨头,就像禽兽闻见了血腥味,一下子全涌到滨江了!"说的都是实情,但张懿恒能怎样,几个月才能挣六万元?

"哎呀,博士,裘老的题字费你就忍痛挨吧!说不定因为这几个题字,你以后会得到更大的回报,我都被你甩在后面了。"丁雄伟变得能说会道了,他现在顺风顺水,升了办公室副主任,迎来送往,公关合作,场面见了不少,对行情颇为了解,思考问题也上了一个档次,近来实际上取代了老黄的工作,老黄尽管有所不满,又有什么办法呢?

第六章 拿捏

负 担

大清早的,张懿恒还没睡醒,就被计算机学院的林和兵一个电话叫醒,说已经在单身公寓楼下等着。张懿恒推辞不过,只得上了电动车。来到一家酒楼,林和兵点了蒜蓉生菜、白灼菜心、三根油条,又点了两碗白粥。张懿恒刚要说这点的什么啊?滨大饭堂都比这酒楼菜式丰富。林和兵先笑笑:"连日油腻,咱们今天吃素些,好不好?"张懿恒只得打住,一碗粥喝完,林和兵问见过化环学院郑教授的女儿吧?张懿恒想起了那个文静纤弱的女孩,据说刚从国外留学回来,目前在国际交流处工作。

林和兵眼睛眨了眨:"郑教授放出话来,要在滨大内部挑女婿。要求身高一米七五以上,家境殷实,品貌端正,当然重要的是具有博士学位,最好能担任一官半职,学术行政一肩挑,无限能耐潜力股。就目前来看,你已经入外围了。"张懿恒说:"前后两个条件我都达不到,就这样还进外围了,我怎么不知道?"林和兵呵呵道:"世上自有好事人。自你回来的第一天,就有人不断打听、推荐你,就你蒙在鼓里!"张懿恒说:"你也是博士,怎么没进外围呢?"林和兵说:"我们硕士一起进来,但去年你已经博士毕业,今年我才考上博士,现在还在读。"张懿恒说:"你博士毕业也是早晚的事。"林和兵说:"咱这个博士交钱多,水分大,和你不敢比。你近水楼台,肯定捷足先登,郑教授和我是老乡,我会在他面前大大美言你的,放心吧,这事包在我身上。"接着说他新房子装修好了,请张懿恒画幅画。

张懿恒说上次不是已经给你画了一张嘛,林和兵说上次那张斗方太小,不适合在客厅悬挂,要求画个六尺整纸的。张懿恒腻烦这人怎么贪得无厌,屡次求画不仅一分钱润笔不给,连顿饭也舍不得好好请。"我只是理论学的博士,绘画实践还不行!"张懿恒说完就要走,林和兵拉住他的手连连高叫:"不要紧,博士永远是博士,只要你坚持不懈,你的画绝对会升值!""吃饭也不叫我啊?"有个人在后面招呼。"哎呀!当年单身楼无话不谈的狐朋狗友,今天总算聚一块了。"林和兵赶紧招呼郑宇智坐下,"来来来,重回锵锵三人行,今天我买单。"说着加个葱油饼,生滚白粥,清炒油麦菜,都是很小的碗碟。

当年他们三人一起来滨大,那可是青春燃烧的岁月,风华正茂,指点江山,激扬文字,弹指间往往挥斥方遒。只要郑宇智一个电话,张懿恒和林和兵召之即来,在筒子楼楼道里,就着一盆番薯汤,一碗炒河粉,也能彻夜长谈,谈出了锵锵三人行!那时候新校区刚开建,周边一片荒凉,郑宇智经常说,卤阳湖里别说女人了,连蚊子都是公的,处处雄性的尿骚味,年轻人都闷得慌。有一次林和兵牵头,三人去摘野荔枝,结果月黑风高,迷失在卤阳湖里,险些出不来。如今五六年过去,学校建设方兴未艾,党委书记都换了三个。

"听说姓王的要转正了,看来还是地方干部有优势。……就拿咱们来说,张懿恒博士毕业,正当光彩时。和兵老兄房子都买了好几套了,越炒越上劲。就我这个老板越当越小。"聊了会儿,郑宇智看看满桌的空碗空碟,再看看林和兵,那意思分明是等着买单。岂料林和兵拿起手机说要出去打电话,让张懿恒帮忙看看包。张懿恒问,没什么重要东西吧?"也就装了二三十万元,没事的,丢了就丢了!"林和兵说完立刻跑了出去,在外面叽叽喳喳个不停,等了半天,不见回来,张懿恒正要买单,就被郑宇智挡住了。刚刚买过单,林和兵就回来了,欠着身子连连赔笑:"不好意思,电话打得太久了,来来来,服务员,买单买单!""行了,你还是攒钱炒房吧!"郑宇智扬扬账单,一巴掌拍过去,林和兵的肩膀顿时软了下去。

周末,郑宇智约张懿恒去美术馆看画,郑宇智说林和兵也来索画,他答复可以画,但要按市场价打九折,六尺整纸给个友情价,林和兵立刻一声不吭。"我们系庄焕明吝啬小气是出了名的,没想到林和兵也这么吝啬小气,请吃饭都那样,还想无偿索画。""不!"郑宇智一摇头,"林和兵绝不吝啬小气,他是学计算机的,很会精打细算,比庄焕明聪明多了!"

两人刚出学校北门,正碰上大巴停在路口,有个人走了下来,满头乌发梳得油光,戴着银丝眼镜,一身休闲西装,手提公文包,皮鞋锃亮,活像个刚出关的港商。等到走近了,来人拿下油亮的假发,露出明显的锅圈,熟悉的标志暴露无遗。郑宇智哼哼道:"说曹操曹操到,这家伙肯定又去相亲了。"于是上前几步,握住来人的手连声赞叹:"焕明兄,你这排场派头,该不是出席什么重要会议,省委书记接见吧?或者是客串大明星,巡回演出?"庄焕明本想回避,但架不住追问,很快晃动着白胖身子,又是咧嘴,又是叹息,一脸懊丧。

"去广州见了一个女的,真是惨不忍睹!"

"夸张了吧,怎么个惨不忍睹?"

"事先看过照片,网聊也都挺好的,非常有感觉。谁知一见面就令人大失所望,身高不到一米五,肤色苍黄黑瘦,毛孔又特别粗大,柿饼脸,冲天鼻,走路还是个大八字,摇摇摆摆……"

"你受骗了?"

"岂止受骗,还破财了!"庄焕明狠狠朝地上吐了口,"见面不到三分钟,就要我请吃饭,我推辞不过,只得答应。本来在中山大学周边吃个简餐就行了,可是人家女的不愿意,非要去二沙岛的高档港餐厅。结果从新港西路到二沙岛,来回光打的就花了一百多,加上吃饭和买礼物,都上千块了!"郑宇智说当时就应该婉拒吃饭。一看不对劲,找理由开溜。庄焕明感叹当老师的面情软,就是拉不下脸,早知道确实该坚决拒绝,这不,一顿饭下来,亏大了。张懿恒说算了,一顿饭不要放在心上。"什么算了?那不行!跑那么远过去,凭什么要我请吃饭?我难道欠她的饭了?"庄焕明呼哧呼哧喘着气,额头上热汗直流,"以后再也不能初见面就请吃饭,初见面就让人请吃饭的女人能是什么好东西?"

"可惜我没遇到过。你不是说再也不相亲了,怎么又……"郑宇智揶揄道。

"狗屁,老子才不稀罕那破铜烂铁!""水嘴"气呼呼离开了。

……水嘴虽然是水嘴,可是他的生活一点也不顺风顺水。十多年前,他也是响当当的名牌大学毕业生,只不过是本科生。但那个时候滨江缺人,本科生也吃香,庄焕明就这样来到了滨大。他不是没有风光过,但几年过去,研究生招考越来越热,硕士博士满天飞,滨大招聘条件也水涨船高,新人越来越多,渐渐地,他就没优势了,学历低,年龄日益偏大,一切停滞不前甚至落伍了。

落寞中,他对系内外的活动没了兴趣,整天沉湎于网络,平日仅仅例行上课了事,上完课就立刻走人,办公室是不愿多踏一步。除了聚餐,像开会等他是能躲就躲。特别是近几年,同学聚会他也不参加了。同学聚会说是聚会,其实就是攀比,他一参加,大家都以为他是从沿海发达地方过去的,财大气粗,顿顿饭都要他买单。其实他捉襟见肘,一无所有。刚毕业时,他在同学面前确实有优越感、自豪感,可是近几年,随着内地经济的崛起,同学中兴旺发达的也多了起来,不少人都买了车,买了别墅。他却只有教师村小区的一个单元房,还是小产权,自惭形秽,在同学面前不敢提说,更不好邀同学来家里做客。更要命的是,他现在年近四十,还没有对象。聚会时别人都拖家带口,而他却形单影只。为此近几年他连家都不愿意回了。

他的家在乡下,乡下本来就传统,前几年他一回家,家里人,包括所有的亲戚,一见面就催他结婚结婚结婚,劝说加怒骂更加哭泣,他听得耳朵都起茧子了。除了逼婚,更让他受不了的是很多穷亲戚动不动就找上门来要帮衬,一张口就是两万三万。庄焕明如果拒绝的话,亲戚们就堵在门口不走,马上就是一堆六亲不认忘恩负义的数落。

一腔滚烫的血,两行酸楚的泪。庄焕明不是没努力过,但时势弄人,一切到了他这里,就好像倒了霉。他考了好几次研究生,都失败了;他开过店,从书店到美术培训中心,也失败了;他也相了很多次亲,至今没有一次成功。

"要求身高一米六三以上,年龄要二十六岁以下;要研究生以上学历,要工作稳定,最好是公务员、大学教师、医生或者歌舞团的首席演员等;要身心健康,清纯如水,无性经历;要肤白细腻,貌美如花,腰细腿长,胸脯丰满又不能太丰满,笑容妩媚又不能太妩媚;要嗓音甜美又不能太甜美,要勤劳贤惠温柔淑秀,要上得厅堂入得厨房;要出门像个外交家,经济上像个银行家,厨房里像个营养学家,生活上像个护理学家,对孩子像个教育家。更重要的是——"

对于对象,早先时候的庄焕明说到这里大手一挥,声调也情不自禁提高:

"还要对我有百分百的温顺和服从意识！"

众里寻她千百度，无论是网上认识的，朋友介绍的，还是家里推荐的，庄焕明相亲总以失败告终。渐渐地他的要求降低了，变成了身高一米六一以上，本科学历，年龄三十岁以下；身材瘦削高挑，皮肤较白，性格温柔，会做饭，会疼人；有较正式体面的工作，能较顺从男方，身体健康，不能有地中海、贫血之类的遗传性疾病。后来又降到身高一米六〇以上，三十二岁以下；本科学历，温柔体贴，身材偏瘦，相貌清秀；不会做饭也可以，没工作也可以，是否处女更不计较。再到后来，他甚至放言自己已经没有要求了，对方只要是个女人就行了，其他都好说。

说来也怪，虽然条件不断降低，但仍见一个失败一个，失败一个见一个，又失败一个。要么他看不上对方，要么对方看不上他。要么互相有感觉，但是交往不到一个月就分手。他见过的，先是律师，医生，海关科员，政府机关的副科长，银行经理，歌舞团的提琴手，中学教师，公司白领；后来是政府机关的办事员，医院的护士，银行的聘员，小学教师，幼儿园教师，铁路的票务员；再后来就是乡村小学的代课老师，画廊的小店主，企业的蓝领，工厂的厂妹，饭店的传菜员，学校后勤集团的宿管员、水电员等。他也找过自己的女学生，前后找了好几个，但没有一个成功的。用他的话说："唉，那些女的，一个个给脸不要脸，都是吃饭可以，其他不行！"

当然，这期间有热心人士找到滨大的几个单身女老师，张罗着要给庄焕明撮合，结果人家一听是庄焕明就摇头，有个叫陈香萍的更放出话："那人太过吝啬小气，我恶心。"消息传到庄焕明这边，他当即在教研室破口大骂："陈香萍那种货色，一个滨大留校的大专生，身材矮胖得不像泡菜坛子，也像猪肉罐头，就这样一个超级大龄的剩货，踩在地上没人要的破烂菜叶，也配这样讲话？谁恶心谁明摆着！"

胖子老刘劝他说话收敛些，否则传出去不好，但庄焕明骂得更凶："什么臭婊子臭三八，我才不待见呢。什么东西，以为男人都爱恋暗恋她啊？"骂着又在微信圈公开声明："我就是要求再低，也对陈香萍没欲望。"一时舆论哗然。

不少人说庄焕明从农村小地方来，舍不得花钱，吝啬小气，才没有女孩子跟他，据说这话是从艺术系办公室传出来的。庄焕明当下从教研室跑到办公室，指着老黄鼻子,跺着脚大骂:"谁说我吝啬小气啦?有本事正大光明地说,不要在背后嚼舌头。张口闭口我吝啬小气,是怕我不给你送礼吧?放心,你是要避孕套还是要骨灰盒?老子绝对慷慨解囊大方出手!"……

"你可不要学他,什么都没有,还要求高,唯美得不行。"工会主席老黄一见到张懿恒,总提起庄焕明,说着说着感叹不已。常华明过来送报表,老黄当场就发挥特长:"常老师,问问你们家崔美丽,有没有优质女孩给小张介绍?哎呀,你不是和庄焕明好嘛,也该劝劝他,已经老大难,将就下算了!"

"小张的事情不急,至于庄某人,我和他好?哪里来的说法?简直胡说八道!我坚决不和那种人同流合污!"常华明的眉头拧成了疙瘩,老黄一时尴尬,后来问胖子老刘怎么回事,得到的都是哈哈哈。

关于常华明和庄焕明的事情还是传开了。原来前不久,外面培训班上课,一节课八十元钱,课程本来排给了庄焕明,结果不知怎么的,后来又给了常华明。当天夜里,庄焕明找到常华明,质问为何断他财源。常华明说排课的事情他不知道,庄焕明哪里肯信,两人为此激烈争吵,据说还动起手来。尽管领导最后做了调解,但其实谁都知道,这两人的矛盾还是结下了。

拿　捏

伴随着学校中层干部换届结束,以肖子业为首的艺术系领导班子很快就搭建完毕。组织部召开了全系教师大会,不出所料,肖子业研究员为艺术系主任,全面主持工作。因为他不是党员,不能党政一肩挑,组织就任命浦光辉副教授为艺术系党支部副书记,负责具体的党务工作,还给艺术系配备了一名副主任冯志学,听说是从邻省调来的副教授。组织部部长要求大家团结一心,真抓实干,把工作做好,爱岗敬业,为建设特色鲜明的应用型地方大学而努力。肖子业、浦光辉、冯志学也纷纷做了表态发言,表示要不负众望,精诚团结,和衷共济,老师们也纷纷表态,表示要拥护新班子,搞好本职工作,让滨江大学艺术系更大更强更出色。

工作就这样展开了。

丁雄伟走进主任办公室的时候,看见肖子业在电脑前忙着写什么材料,就情不自禁喊了声:"师兄!"正要开口说什么,看见墙角沙发上还坐着老浦,就打住了。肖子业转过身:"跟你说过多少次了,以后不要叫我师兄。一个单位的,你这样叫别人会怎么想?要注意影响呢,不然我以后如何开展工作?"丁雄伟不知如何回答,只得简单地嗯嗯两声。老浦欠欠身子:"小丁也是一片好心嘛,他感谢你的知遇之恩呀!你不是要推荐他读研究生吗?以后雄伟和你一个学校一个专业,按理说,你确实是他的师兄,他这样叫说明年轻人有情义啊。"肖子业的脸色缓和多了,就问什么事,见丁雄伟欲言又止,又鼓励道:"你说吧,没事,都是自己人,我们都是在谈工作。"

丁雄伟迟疑道:"我的工作很难开展,老黄她……"说罢就低下头。

……新官上任三把火。老黄当了办公室主任,丁雄伟当了办公室副主任。在找老黄谈话的时候,肖子业说年轻人需要历练,让老黄悠着点,凡事尽可能交给丁雄伟办理。很快,系里的节日礼品采购、日常差旅报销、来宾接待、会议安排、饭局筹划等,统统由丁雄伟负责,凡事直接向肖子业汇报。"我才五十二,还没到退休的年纪啊?!"老黄一下子就失落起来,寻思来寻思去,总觉得自己被闲置了。想当初,担任办公室副主任的时候,她就和主任老陈分工明确。身为副主任、系工会主席兼财务会计,各个老师的日常差旅报销,每年的学术会议补助费、探亲费,名目繁多的交通补贴、伙食补贴,哪个不经过她的手?当准备好各种发票收据的时候,哪个老师不对她躬下身子,把报销单小心翼翼呈递上来,笑脸尽力绽放,用极其亲切而谦恭的声音来一句:"黄姐,就等着你核对后往财务处送了。"

老黄对此习以为常。参加工作三十年,见多识广,她知道对这些老师办事不能太干脆利落,太立竿见影。只有下足了功夫,把简单的事情复杂化,把这些自以为是的知识分子的胃口吊足了,把他们的心情煎熬够了,他们才会明白:原来不仅仅是教书的工作重要,办公室工作也重要也累人啊!老师们只知道在讲台上呱呱呱,怎么可能体会到她这个办公室工作人员的难处呢?老黄工作多年,她太了解这些知识分子了。

知识分子个个清高孤傲爱面子,看起来温文尔雅,实际上斤斤计较;看起来高谈阔论风度翩翩,实际上低俗世故功利势利可怜得要死。就像庄焕明,几顿饭都舍不得,就去追人家朱丽茵,结果碰了一鼻子灰,她不看笑话才怪呢!就像娄静斋,能画几笔好画,却抠得要死,倔得惊人,几毛钱的工会费也要算清,几十年的同事了,也不给她送张画!就像廖慈志,好吃好喝好玩乐,就是怕干活怕担当,一见布置工作任务就溜之大吉!就像李光头,整天和庄焕明一样,骂体制,骂单位,骂领导,但精打细算,体制内的任何利益都在乎,单位上的什么好处都不放过!就像程怡雪,爱慕虚荣好出风头,自以为很聪明,其实是小聪明!就像张懿恒,说是个博士,但智商情商很低,整天就知道爬格子伏画案,人情世故差得可怜。

　　一切都被老黄看在眼里,笑在心里!老师们往往上完课就拍屁股走人,都是唯我独尊的样子,没事是不会找自己这个贬值美女的。老师们守着三尺讲台当地球,总以为办公室人员的工作是喝茶聊天看报纸,总以为只有当老师才无比光荣无比骄傲,以文化源泉自居,好教育别人,说起什么来都是一套一套的,要人人都尊重他们,顺服他们,仿佛地球都围着老师转似的!老黄既可怜又憎恨这些老师,她深知只有把和老师相关的细碎小事充分扩大化、困难化乃至漫长化,这些一贯穷酸虚伪小肚鸡肠而且自视清高高高在上的老师才会打心眼里畏惧你感激你。因此面对着老师们的一再请求,面对着老师们恨不能立刻报销的焦急心态,老黄就开始了充分的拿捏,当然,她也就这个时候才有机会拿捏,这个机会她必须把握住!

　　"啊?""嗯。""哦哦!"老黄嘴里回应着,这里翻翻,那里摸摸,慢悠悠戴上老花镜,以很认真负责的样子看了又看,然后缓缓说道:"你这个票据背后没有签名,住宿也只有发票没有清单,还是拿回去重新填写吧。"看着老师不耐烦,老黄耸耸肩,口气很无奈:"唉,财务报账现在可严了,我这里就是给你签了字,到最后财务查出问题不给你报销,你不也是前功尽弃啊?!其实我也嫌财务烦,但不能不为你好啊,你说是不是?"老师再把一切重新准备好的时候,"啊?""嗯。""哦哦!"老黄又戴上老花镜,把单据看了正面看反面,看了上面看下面,一张张都慢慢看过了,于是拿着计算器逐个审核完毕,端端正正签上自己的名字,最后盖上艺术系的红印,很高兴地说:"没问题,我让学生助理立刻就给你送到财务处。

你的事不能耽误,越快越好!我也知道,钱到了手里才是自己的。"

这安排让老师的心里像石头落了地,但没过几天,老黄的电话又打过来:"哎呀,老师啊,你前几天的报表,怎么缺少行程单?财务的人刚刚把我狠狠骂了一顿,说我把关不严,现在要你火速过来,补办行程单呢。"老师一听就慌了,报个账还这么麻烦,两个多星期都搞不定,不知要来回跑几次?心里这样想着,嘴上却在说:"那我现在就去财务处,再做行程单。"电话那边的老黄停顿了几秒钟,显然在思考。终于,老黄唉唉唉起来,声音充满怜悯和温情:

"算了算了,来回重新填单制表的,还要耽误多久啊?一个星期都搞不定,财务真是折磨人!再说,这么热的天,三十八度九呐,亲啊,你从城区跑到这荒山野岭的卤阳湖校本部,来回一百多公里呢,跑来跑去累病了怎么办,以后怎么上课?这样吧,我这边加班加点,给你开个行程证明,我现在就和财务沟通。——唉,财务那些人真够烦的,我都被训了好几次了,他们总刁难咱们。"

过了几天,老黄的电话又来了:"哎呀,你的事情总算搞定了,报销成功,钱已经返回到你公务卡上,你现在可以查收了。——咳,说什么感谢呢,不用客气了。财务报销本来就苛刻,我已经被折磨得精神崩溃了,早都不想干了。一个单位的,为你这个报销,我费尽口舌费尽九牛二虎之力是应该的,都是工作嘛!"

晚上,老师到了老黄家里,一见面就满嘴感谢:"黄姐你辛苦了,没想到报个账这么多程序!"这感谢不仅说在嘴上,更写在脸上,"黄姐,你真的太辛苦了,没想到你工作这么不容易,夹在老师和财务中间两头受气,我真是打心眼里感谢你。"老黄知道自己拿捏成功了,这些看起来很有智慧很有尊严很有气质的知识分子,因为一次小小的差旅报销,就对自己千恩万谢,说话由当初的无比生硬变得无比温软。老黄心里阵阵慊意,再看到对方提的水果糕点各式特产等,身子就抖了抖,但仍然很淡定地说:"报账销账都是分内之事,是我排除万难应该做的。大伙的事就是我的事,你何必在意呢?不要这么客气了,一客气就见外了!"

至于节日补助、福利发放、公务接待及来宾应酬等,老黄更是驾轻就熟。五一国际劳动节教师节国庆节,每年的三节慰问,早在礼品采购的前一两个月,外面超市的销售经理、网店的老板及各类推销员,就把老黄的手机打爆了。三四十个人的大系,每年礼品采购要好几次,总额也得七八万元,这可是个大客户,谁敢放过？老黄对此再明白不过，所以推销越是热情，她越拿捏开吊：

"哎呀，你们这些人，礼品还没采购呢，整天骚扰我烦不烦？我又不是校长书记，连个九品芝麻官都算不上！你们为什么揪住我不放呢？"

"哎呀，黄姐，谁说你什么都不是？你在我心中可是南海观世音菩萨，大慈大悲大善大爱啊，我晚上找你，陪你散心如何？"

外面的销售经理越是请求乞求甚至哀求，老黄越是拿捏越是开吊越是感到极度的陶醉和满足。到最后拿捏够了，推辞不过的时候，老黄才"嗯嗯"着，以一种于心不忍的态势答应销售方的不迭邀请，开始享受请吃请喝的风光，大包小包的礼品馈赠，少则三百多则上千的各类红包！当然，还有各种各样女性喜欢的美容养颜、洗头洗脚按摩等时髦服务。财务报账要求严不假，但怎么采购还是有猫腻的，老黄深知销售方的胃口被吊足，双方各取所需双赢互利，才会有下一年、下下一年的关系。销售经理那些人嘴上说得比蜜甜，其实还不是奸商，一见你手中没权无利可图了，马上和你拜拜，说不定背后还要骂你，因此越是临近退休，老黄的危机感就越强，越把办公室副主任这个位置看得紧，看得重。

丁雄伟刚被安排为办公室副主任的时候，老黄还没在意。想想一个小年轻，这么快就被提拔为副主任，本已惹人不满，如果再从副主任升为主任，按照常理至少也得三五年，到那时自己早退休了，无所谓，所以不用担心，这几年自己这个有职有权的办公室主任肯定稳稳当当的。可是没想到自己虽被提拔为办公室主任，管的事却少了，领导说是为了照顾她年龄大，身体不好，让年轻人多分担，于是什么事都直接联系丁雄伟。这下很多原来找老黄的现在都转向丁雄伟，盈耳的甜言蜜语没有了，电话问候没有了，饭局宴请没有了，大包小包的进贡更没有了，老黄哪受得了，很快就埋怨："这么快就搞明升暗降，让我靠边站？"

不过，老黄才不怕，在滨大混了几十年，从单纯无知的小女孩到逢迎八方的黄脸婆婆，久经打磨，她早已技高一筹。老黄可不是那些可怜的自命清高的老师，遇到不愉快的人事，张口闭口"我鄙视他"就完了，这种自我安慰的精神胜利法救不了自己，也惩戒不了别人，只能使自己越来越隔绝于世俗，到头来还不是受气受累！别看滨大是个高校，是象牙塔，但在老黄眼里，其实也是菜市场，是骡马会，是土山寨！来来往往，争争斗斗，老黄什么没见过，什么对策没有？反正无官一身轻,反正丁雄伟爱干,就由他去吧,年轻人一贯急功近利、心性浮躁,这种货,不拉臭狗屎才怪呢!

果不其然,丁雄伟毕竟是丁雄伟,两三个月下来就撑不住,艺术系办公室的工作成了众矢之的。财务处的人打电话给肖子业:"你们艺术系怎么搞的?丁雄伟办事连个起码的程序都不知道,送上来的单据不是缺这就是缺那的。"教务处副处长也埋怨老浦:"你们的丁雄伟说话办事跟个孩子似的。一个起码的评估材料和教改项目汇总表都不能及时呈送,丢三落四的,送上来还满纸错别字,让人咋读?"更有甚者,校工会吕主席在全校工会主席会议上公开批评艺术系工作不力:文娱活动偏少,歌咏比赛倒数第一,礼品发放投诉最多。特别是上个月,滨江大学和滨江职业技术学院组织学术交流和单身教工联谊活动,直到活动都开始了,也不见艺术系一个人参与。事后经调查才得知,艺术系根本就没有通知到位。

种种批评、指责和埋怨汇集得越多,老黄越是得意。丁雄伟拿着报表拿着材料,一会儿请她过目,一会儿让她签字盖印。老黄只顾低头看手机,张口没空,闭口不归我管。终于,当校人事处质问艺术系为何没有及时下发相关通知时,丁雄伟问:"老黄,那个通知不是前两个星期都下发了吗?你怎么没有及时传达?"老黄说:"通知我是看到了,但领导并没有说让我具体落实啊,所以这不关我的事。"丁雄伟说:"老黄你不是系工会主席吗?又主管妇联工作,这种事往年不是都由你牵头。现在校工会说我工作不力,庄焕明说我耽误他,老浦批评我工作疏忽,都把罪责推到我头上。这明明是你的工作不力嘛!"老黄说:"往年是往年,今年是今年,你不要偷换概念……总之今年这些事和我无关,怪不到我头上。"

"你不是最喜欢给人牵线搭桥做红娘当媒婆嘛,这次怎么就偏偏忘记了呢,恐怕另有原因吧?""我虽然是办公室主任,但领导已经和我谈过话了,所以什么该管什么不该管,难道我没有自知之明?校工会的通知,人家第一时间是发给你的,没有发给我啊,你说要我负什么责任?什么另有原因,这又和爱给别人介绍对象有什么联系?你有理找领导说去,不要找我,我正忙呢。""老黄,你平时对这些可上心了,一说起男男女女嘴巴就像发报机,怎么这次就偏偏躲开,恐怕是有意不管吧,该不会嫌办公室主任有职无权,不服气咋的?"丁雄伟说着便跳前一步,伸出手指大叫:"遇事推诿扯皮,把自己撇个一干二净!你这态度就不对,缺乏勇于担当的工作精神,简直耍老赖,你整天倚老卖老。"听了这话,看看眼前歪斜脑袋、瞪着眼睛的丁雄伟,老黄放下手机,一拍桌子吼道:"丁雄伟,我年龄比你妈还大,若是在街上,你应该叫我婆婆了。你这样讲话什么意思,究竟谁耍赖皮?你先掂量掂量自己吧!老黄也是你该叫的吗?再说什么叫不服气,什么叫推诿扯皮?"一想到丁雄伟说自己老,老黄就更来气了,"到底是谁的过错,可以让纪委让工会让妇联让人事处层层追查,用不着你来劈头盖脸批判我。我干了几十年的办公室工作,过的桥比你走的路还多,吃的盐比你吃的面还多,撒的尿比你喝的汤还多。因此比你更知道如何行事做人!你看看天,看看地,还轮不到你教训我!"

丁雄伟恰好喝了几杯酒,老黄这么一说,他更上头了,歪斜着小脑袋哇哇大叫:"我年轻怎么了?我年轻有为,已经是办公室副主任了!迟早要取代你当正主任。我怕谁?我以后上升空间还很大的,还要当书记,还要当市长,你算个屁?你就是下属,就是听我使唤的,为什么不能教训你?你嫌我说你老,可你就是个老妖婆老虔婆,是《水浒传》里的老王婆。"啪的一声,老黄摔碎手中的茶杯,往前走了几步。"丁雄伟,你听着,你妈见了我都恭恭敬敬叫姐呢,你小子老实点,少狐假虎威仗势欺人,拿个鸡毛当令箭使!"看见办公室外面围上来几个人,老黄感到机会来了,于是双手叉腰,口水四射,嗓门大起来,大得赛过电视台的促销广告:

"老娘我虽然也有缺点,可终究堂堂正正玉树临风花枝俏,我一个教授夫人主任太太,多年来有思想有灵魂,活得是自个的人。我没你那么下贱,你屁股上的屎还没擦干净,也来教训姑奶奶。年轻人,你有了靠山是不是?少拿着稻草当金拐杖招摇,当心鸡屎蒙眼站错队投错人!庄焕明说你上位才几天就快把人活成狗了。不,我看你已经是一条狗了!……"

听完丁雄伟的诉说,肖子业皱皱眉头:"老黄还这么大情绪?组织本是一片好意,还不是为了照顾她年高体迈嘛,而且谈话时她也是同意的啊!不过,话说回来,雄伟你说话确实没大没小,太张狂了些!"老浦说:"办公室主任其实是个费力不讨好的差使,她看得这么重,感觉大权旁落,处处都拿捏!"丁雄伟把文件报表往桌子上一摔:"她爱当就让她当吧,我这就辞职,做好我的普通秘书就行。""雄伟,你这是干什么,又给我添乱是不是?你先稳住,工作还是要有人做的!来日方长,你要掂量下。"肖子业慌忙安慰。

"老黄这个样子不好,影响艺术系的发展呢,得让她好好配合小丁的工作才是。"老浦说。肖子业求助地看过来道:"你有没有什么好的办法,或者找她再谈谈?做做思想工作,艺术系不能乱。你看计算机学院,现在被封弘道搅成胡辣汤了,领导人人自危。"老浦嗯嗯道:"肖主任你说得对,我完全赞同你的意见。"

三个人商量了半天,老浦摸摸屁股,最后一拍脑袋:"过几天结业生回校考试,就安排老黄和冯志学副主任一起监考吧。好歹给个事做,省得大神闲得无聊,胡闹成精。"

考　试

老黄进了考场,发现陆陆续续已经坐了十几个考生,有的在翻书,有的在看手机,有的在交头接耳嬉笑,有的还在门口打电话。老黄心说,距离考试只剩下十几分钟了,这些学生还如此懒散?等打了几个电话,刷了一会儿微信,老黄发现距离开考已经剩下五六分钟了,就走上讲台说:"我们这个是结业生回校考试,按照学校要求,不得夹带,不得作弊,请大家好自为之。因为是闭卷,现在请大家把所有的物品都放到前排来。"嘴里说着,心里纳闷这么大的考场,怎么就我一个人监考,不是安排了冯志学一起监考吗,他怎么还不来?

左等右等,眼看着考生已经坐好,开考时间快到了,但冯志学还没出现,老黄只得开始发放试卷。试卷刚刚发放完毕,考试铃声就响起,她松了口气,正要坐下,有学生举手提问,原来"大学英语"试卷有好几道题没印上去,有一页是大面积空白,学生困惑不已。老黄赶紧通过微信上报给肖子业,上报给教务处,肖子业让她先把学生稳住。老黄不是教英语的,也不是出题人。学生纷纷询问,三句两句就把她问得张口结舌。

"大学英语"试卷刚应付完毕,那边又有好几个学生举手,"艺术概论"不知谁出的试卷,一道题目前后两次重复出现,使得卷面满分一百分成了一百二十分。老黄又赶紧给肖子业和老浦汇报,老浦也让她先把学生稳住,事情随后解决。接着又有其他几个科目的试卷也出现了问题,学生七嘴八舌,又是举手,又是发问,考场骚动不安起来。偌大个教室、十几个科目、十几种试卷、几十名考生聚在一起,老黄扭动着肥胖的身躯来回走动,一会儿安抚学生,一会儿维持秩序,一会儿请示领导。无论是教务处、试卷文印室还是命题老师最后都回复:先把学生稳住,事情正在解决。

考试可是大事啊!学生疑问不断,情绪骚动,老黄急得脸色涨红,额头也大汗淋漓,再想想满是要求自己"稳住"的回复后,不禁生气:老师出错考题,系主任审错考卷,教务处印错考卷,这么多人咋把关的?滨大坏就坏在这些混蛋手中。难怪学生对学校意见很大!正恼怒的时候,冯志学来了,手里端着水杯,神色从容,步履悠闲。老黄瞪了他一眼,嗔怪道:"这都开考四五十分钟了,你怎么才来?把我都快难死了。"冯志学撇撇嘴,示意她保持镇静,事情马上解决。老黄看着正在答卷的考生,也只得忍住了。

考试进行到一个半小时的时候,在前排昏昏欲睡的老黄被叫醒了。冯志学说:"我已经巡视了很久了。你简单走动下,谨防有人作弊。"老黄走了两圈,发现角落有个女生在偷看什么,于是就过去故意咳嗽了两声。走开几步后,发现那女生依然不顾警告在偷看。于是老黄返回去,小声说:"注意遵守考试纪律,不要因小失大前功尽弃。"那女生头也不抬地说:"你离我远一点好不好?离这么近,影响我答题呢。"老黄说:"我站在走道里,哪里离你近了?你这孩子说话怎么这样,我怎么影响你了呢?我是监考老师,难道没有提醒学生的权力?"还想再说什么,看到前后的考生都回过头来看,只得走远了。

想着反正是结业生回校清考,算了算了,睁一只眼闭一只眼,让她作弊吧,反正学生中什么人都有,生气的话把自己气死了怎么办?老黄就这样走了两圈,走第一圈的时候,路过女生身边,发现她还在偷看什么。看到老黄走过来,那女生还用力瞪了瞪眼。老黄不愉快起来,咳嗽了一声,也就走过去了。

十多分钟后,老黄提醒考试时间,又走了两圈,结果发现那女生明目张胆拿什么看着,还和前面的考生交头接耳,声音明显大起来。老黄忍无可忍,一个箭步冲上去,女生还想掩盖,但老黄眼疾手快,一把推开试卷,从下面拿出掩藏的手机来。"这就是作弊的工具。考试期间翻看手机,通过网络查找答案,你真够大胆的!"

看着老黄高扬着手机怒斥,女生脸涨得紫红,拍着桌子号叫:"我只是用手机看时间,你凭什么就断定我作弊?我看时间难道不行吗?""有你那样藏着掖着看时间吗?再说按照学校规定,考生凡携带手机进入考场者,一律以作弊论处,试卷作废。"老黄说着就翻看女生的手机,发现已经被锁屏了,便知道这考生肯定不会说出密码让自己检查浏览记录,于是就敦促交卷走人,那女生一边反驳一边坐在座位上不肯离开。

过了一会儿铃声响起,其他考生纷纷交卷走人了,那女生还在低头答卷。老黄敦促她快交卷,不然对其他考生很不公平!女生按住答题卡,边填涂边嘟囔道:"催什么啊,我哪里得罪你了?为人师表,你配不配当老师?"未等考生说完,老黄脸色一沉,顺手就从学生手中抽走试卷。学生哇的一声哭了,哭得撕心裂肺,在前面整理试卷的冯志学回过头来说:"学生可怜。这次不过下次就没机会了,就再给她延长五分钟。"老黄顿时火冒三丈,因为还有其他几个学生在场,她就不好和冯志学争吵,这点素养老黄还是有的。没想到女生听完冯志学的话,突然跳将起来,从老黄手中一把夺过试卷,边飞速答题边质问:"你为什么总刁难我?你这么坏,难道不怕报应吗?"

一听这话,再想起冯志学的当面拆台,老黄的血压顿时升高了,这位长期做办公室工作而缺乏学生工作经验的更年期女人,飞快从学生手中再次收回试卷,大声吼道:"谁刁难你了?"学生脸色大变,披散着头发,扑上来就抢试卷。老黄三躲两躲,被学生抓了手臂,抓了肚皮,但就是紧攥试卷不放手。女生抢夺不到,就狠狠推过来。老黄打个趔趄,身上某个部位突然砰的一声脆响,她顿时失去重心,肥胖的身躯向后栽了下去。

老黄住院的消息惊动了整个学校,老师们纷纷感慨学生的狂妄。刚刚由副转正的党委王书记和学校强校长纷纷表示要严惩肇事学生,维护老师权益,并对老黄进行表扬和慰问。教务处、学生处和团委的相关领导,带着书记校长的深情关切到医院看望老黄,问长问短,悉心抚慰,纷纷表示要严肃处理,给老师一个公道,给当事学生一个惩罚。艺术系领导更先后看望了好几次,当着老黄的面,在严肃批评了冯志学之后,肖子业说:"黄老师你好好养伤,一切不用操心。"

正说着,丁雄伟手捧鲜花进来了,一见面就抱住老黄泣不成声:"黄姨,我对不起你,我出言不逊,我缺少礼教,我不知天高地厚,我不是人啊！肖主任已经重重批评我了,连我妈也骂我了。""我还没批评够呢,黄老师工作多年,劳苦功高德高望重,你应该好好向她赔礼道歉,不但如此,以后还要好好向她学习,艺术系的工作离不开她的指导。"肖子业说完,老浦也张开大口:"对啊,对啊,我们不搞一朝天子一朝臣,不搞过河拆桥卸磨杀驴的缺德事。要知道,老同志是我们的宝贵财富！"

几句话说得老黄心里热乎乎的,再看看丁雄伟的鲜花和礼品,她突然感动起来,想着该去的终归会去。终于,在被丁雄伟看望了好几次后,老黄向领导提出要求:"雄伟毕竟年轻,要允许年轻人犯错误。我的事情就算过去了,不要再提了。我现在伤筋动骨一百天,工作是想干也没法干,这样吧,一切都交给雄伟,他刚开始是生疏毛糙,容易出岔子,但慢慢做就顺手了,人都是这样过来的。我建议丁雄伟担任艺术系工会主席,小丁年富力强脑子灵活,完全可以身兼多职大显身手。"拍着打满石膏的双腿,老黄说着鼻子就酸了,"还有,听说上次推我那个女生有严重的心理疾病,院系都巴不得她早点滚。既然如此,那就不要计较了,不要给什么处分了！说来说去,咱和自己的学生有什么过不去的呢？万一她闹自杀,这对学校岂不是大麻烦?!——唉,算了算了,我这三个多月的坐骨断裂算是白挨了！"

正因为不知如何处理学生而犯难的老浦心里一热,紧紧握住老黄的手:"大姐,你真是我的好同志好大姐。你的境界高,高,就是高啊！"

老黄养好病,回到艺术系发现自己完全被闲置了。丁雄伟经过几个月的历练,再加上冯志学的指点,真的轻车熟路了。再说不就是财务报表、材料呈送、通知下达、项目汇总以及礼品采购之类的杂活儿嘛,有什么难的呢？放给谁也会习以为常、游刃有余了。看着丁雄伟贴好一张张单据签字盖章,看着丁雄伟在楼下大声指挥销售员配送物品,看着丁雄伟熟练指挥学生助理给老师们发放节日礼物,老黄真觉得自己没用了。"真倒霉,要不是监考,老娘还能给他们再添堵添乱呢！"老黄气上心头却又无可奈何,恰好丈夫老马外出培训学习回来,老黄就

详细诉说了自己的遭遇,老马听着听着问:

"是你自己申请监考的吗?"

老黄断然回答:"不是!"

"是系里再没有其他教师可以监考了吗?"

"不是!"

"是出题命题的老师都没空吗?"

"不是!"

"是教务处安排你监考吗?"

"也不是!"

老马很不高兴:"人家那么多专任老师都闲着,为什么安排你一个办公室人员去监考?你山猪一样扑上前,逞什么能?"老黄愣住了,老马进一步数落,"滨大什么时候出现过不安排教务人员而安排行政人员监考的事情?你都不想想,结业生考试哪年不出事?这些结业生年年科目补考,年年不及格。压力大,怨气重,对学校充满仇恨,总想着要发泄报复。上次开会我们院长说要大家注意,试题能简单就简单,尽量让学生过了,不要再抓重修。因为考试屡次不及格,学生暴戾之气一旦爆发,谁也挡不住。"老黄若有所悟,突然想起辅导员小徐提到去年毕业宴会上,滨大学生中有摔酒瓶子的,有发疯撞墙的,有趴在地上哭号撒泼的,还有打骂老师的,影响很坏,搞得现在都没老师敢去参加学生的毕业典礼了。

"这里的学生也就这样了,人家那么多老师唯恐躲避不及,都不愿去监考,就你个傻逼货,不假思索冲在前面。不但去监考,而且监考极为严格认真,结果给人当肉盾了!"老马数落着,再看看老黄的河马脸、犀牛腰、大象腿,气得骂了句,"你真笨得跟狗熊似的,简直自找罪受呢!"老黄顿时哭道:"我又没自己申请监考,都是他们安排的。"老马又骂:"安排你去监考你就去监考,安排你死你怎么不去死呢?"老马骂毕,老黄左想右想,忽然想起教务处处长在考务会上确实也说过类似的话,让监考老师注意些,谨防考生闹情绪打人。老浦作为系里主管党务和教学的领导,出席过这个会。

"系里那么多人闲着,偏偏派我这个不懂教务的老太婆去监考,难不成在下套?这老浦到底是不是人生出来的,咋这么坏?"老黄想不过,又很不甘心,当下就打电话给老浦。"是我考虑不周,考虑不周。都是为了工作,什么存心报复?黄姐你言重了,言重了!你有啥要我报复的嘛,我忙得哪有空报复谁啊?当时确实是不好找人……唉唉,别说了,负责系里教务工作半年多,教务处骂我,老师骂我,学生骂我,我真烦死了,早都不想当这个破副书记了。"老浦放下电话,就对肖子业发起牢骚,"奶奶的老黄,屁大个事就上纲上线的,扯那么远,用得着吗?不就是监考期间和学生起冲突嘛,值得埋怨我?!"老浦觉得自己很公心很正确但又很委屈。正在这时学校人事处处长来电话,责问上次年度考核优秀,艺术系没公示咋的?推选的两个人选,群众意见很大,有个叫庄焕明的已经投诉了三次,怒斥评选不公,艺术系暗箱操作,还说要进一步上告。校领导最近烦得很,计算机学院的封弘道到处上告,已搞得鸡飞狗跳,单位乱成一锅粥。现在又出现个庄焕明,你们艺术系这次的优秀人选到底有没有问题?

老浦当下就火了,想着一波未平一波又起,自己上台才几天,艺术系的二货就禁不住冒泡了,给人下马威咋的?这庄焕明好像憋着天大的气似的,怎么屡屡投诉,难道他忘记自己屁股下那堆屎了?

开　会

每周一次的全系教工大会,肖子业做了一些工作安排,传达校领导关于严肃考风考纪、狠抓教学工作的指示,对艺术系的教学做了相应部署。老浦照例谈了学生工作,要求老师爱护学生,因为学生现在问题很多,老师不仅要教好学生专业知识,还要把学生安全送出校门,保证在滨大的四年不出事。丁雄伟也谈了办公室的工作,就下个月的节日慰问和礼品发放做了一些说明。出席会议的各位老师也都没说什么,本身也没什么好说的。

眼看着就要散会,郑宇智已经不耐烦地玩起了微信,画廊有几个客人过来,等着谈生意。邹金贤和白洁清看着手机,不断掐算时间,小孩要放学,该去接了。胖子老刘和娄静斋交头接耳,商量着吃饭喝酒,今天他们滨大五老聚餐。张懿恒看看窗外,想着赶去画室,一张浅绛的《白云流溪图》还没完稿呢。大家都扭动着身子,只等散会就纷纷离开。老浦也知道大家的心思,刚要开口,没想到庄焕

明突然站起来,把手机往桌子上一摔,大声咆哮道:

"老浦,你们对我什么意思?有学生到教务处投诉我,说我偷看她换衣服。你都没找我问清楚,就到处给人说我道德败坏,品质恶劣,对女生行为不端。你说我怎么不端啦?我道德败坏是不是跑你家,找你黄脸老婆啦?法院判决案件,都有个三角定性的问题,原告、被告和证人,缺一不可。你们倒好,随便听学生几句说辞,就断定我违法乱纪,难听话一大堆。你们没有经过认真调查就如此武断,忘记了别人是怎么说你们的?你们净干见不得人的勾当。"说着就双手一扬,嗓门提高了八度,"上台才几天,你们就结成牢固的利益群体,欺上瞒下,巧取豪夺,利益均沾,外面公司给的实习费,本来已经发到学生手中了,你让丁雄伟又从学生手中收回。可怜,一个学生三百块的实习费,你们都不放过!"

"你少血口喷人,你把话说清楚,谁欺上瞒下,巧取豪夺了?你说话要负责呢。还有,谁说你道德败坏啦?你自己师生关系没处理好,怎么都扯到别人头上?"丁雄伟一愣,很快就反应过来,早几天就听说庄焕明要开炮,看来今天动真格了,这种场合,他不回击是不行的。老浦也满脸涨红,正要说什么,却被肖子业一个眼神给制止住了。

"我当然要负责任!实习费的事情,我没有调查,岂敢发言?"庄焕明的喉结一上一下抖动着,怒火中烧,势不可当,他显然有备而来,一张口就是连珠炮,"你们简直太过分了,以艺术系名义搞创收,故意搞个糊涂账,不给系里提留一分钱。和文化馆搞合作,和下面的镇区搞春苗计划,人家给的劳务费,你们花到哪儿去了,普通老师一无所知。还有上次的评奖评优,丁雄伟当办公室副主任几天,你们就给了个年度考核优秀,奖金三千块。我辛辛苦苦上课,一周十五节课,上了七八年了,才是个合格。你们凭什么这样做?"

听到这里,大家的心里一沉,年度考核优秀,艺术系推选出三个候选人:朱丽茵、丁雄伟和胖子老刘,领导号召大家在微信群里投票。三个人很快都在私下拉票。"投我一票,到时候请你洗脚。"丁雄伟这样给张懿恒打招呼,程怡雪也动员他投票给丁雄伟。结果投来投去,三个人票数相同,搞得领导很为难,最后干脆开会研究解决,把胖子老刘和丁雄伟定为优秀,但庄焕明听说后很不满意。

"庄老师你有什么都可以找纪委,不要在这里乱吵,我们办事有没有程序,你可以去查。"冯志学还想说什么,就被老浦在桌子下踢了一脚。看着老浦脸色涨红却不说什么,看着肖子业脸色平静一言不发,庄焕明更加激动:

"狼走千里吃肉,狗走千里吃屎。你们以艺术系的名义在外面办培训班,钱都到哪里去了,怎么不分给大家?老浦你出个画册,系里一次性批了六万八千块钱。我出一本作品选,三万元的经费,申请了五次,你都不批,总是说经费紧张。丁雄伟是工会主席,每次节日礼品采购和福利发放,都吃回扣、坑同事,这样的事情,你们真好意思做啊?"

丁雄伟噘着嘴站起来,双手比画着说:"庄老师你讲话可要负责任呢!有意见可以找上级申诉,甚至可以通过司法程序解决。造谣诬陷泼脏水,可不是文化人的修为。""我当然要找。我要找校纪委、市纪委,找教育厅党工委,还要在网上公开举报,材料都写好了。"庄焕明扬扬手中的材料,"我当然要上告,现在就先发给大家看。"说着拿出厚厚的一叠材料逐个散发。"老肖,我真看错了你,才上台几天,你就这么坏,对我这么残酷,该不是怕我勾引你老婆楚涓涓吧?放心,我虽然是大龄剩男,比你家楚涓涓还要大,但还没有到吃剩饭、找二手货的地步!所以你大可不必对我打压,因为我是不会勾引你家楚涓涓这样的黄脸婆的。"发到系主任肖子业的时候,庄焕明故意提高声调。

面对散发的材料,在座的老师精神高度紧张,想接又不能接,勉强接了又不能打开看,只是互相推辞躲避,越是这个时候,越要绷紧脸不说什么,可是庄焕明一提到楚涓涓,大家都乐了。再一看旁边的楚涓涓,这位系主任的夫人兼同事脸上红一阵白一阵的,显然,她气坏了。肖子业当了主任后,按照学校的内部政策,楚涓涓很快就从旁边的滨江中学调到滨江大学,安排在艺术系工作,夫妻一个单位,本来就有很多不便,庄焕明这么一发飙,大家更觉得不便,正尴尬间,冷不防有个人也站起来道:"老肖,排课的问题你们要负责任。上次我和庄焕明闹得很不愉快,后来想想完全是你们的错。排课撤课,事先不征求我们的意见,你们想怎么排就怎么排,太随心所欲了!"

常华明个子不高,身材短壮,和庄焕明的白胖不同,他是黑胖,平日里也阴沉着脸,一肚子对现实不满。张懿恒疑惑这个常老师到底是独斗还是帮腔?怎么今天突然来了这么一下子,该不是嫌上次的经费没给他报销吧?没想到这么快

139

就和庄焕明化敌为友了。常华明说完,大家的目光齐刷刷转向角落,都在等待崔美丽的反映。崔美丽是常华明的妻子,两人在大学时是同班同学,恋爱结婚,现在又在一个教研室工作。果不其然,常华明刚刚说完,一向说话细声慢气的崔美丽脸色通红,大声问道:"你有病啊?"

"庄老师,常老师,你们讲话要注意分寸呢!都是人民教师,要有组织观念,要讲党性,说话更要注意自己的身份。"老浦的话音刚落,庄焕明就问,党的一大是什么时候召开的?老浦眼睛一瞪:"你不会上网查吗?这不是考我嘛!""你不回答,难道是像我一样不知道吗?你不是天天喊着要学习要上党课要教育人吗?"庄焕明连连发问,老浦被逼得没法,略一思索便说:"我当然知道,党的一大召开时间是1937年。"也许是气愤不过,他显得有些语无伦次,"不对不对,是1945年?哦,记得是1938年。对对,就那个时候。"

大家非常惊愕,只有庄焕明放肆地大笑起来。

会议开成这个样子,大家都不说话了,朱丽茵的表情也不自然起来。

庄焕明几次考研名落孙山,论文投稿石沉大海,上课又被学生告了几次,特别是相亲处对象,钱花了不少,但都以失败告终。"人言不足恤,是非不可量,天命不可违!"伴随着这个口头禅,工作中庄焕明渐渐不上进,只求按时领工资了事。刚开始单位的人还经常谈论他,关注他,到后来就是偶尔提起他,叹息他,再到后来连偶尔的提起和叹息都没有了,他成了一个被遗忘的人,成了一个边缘群体的边缘人。干啥都不行,他也就在这个被遗忘的边缘中一天天老去,对什么都没有了兴趣,用他的话说,现在见了美女就跟见了泥巴一样,没冲动了。

"老天爷啊,你为什么和我过不去?难道非要像关教授,学问那么好,一辈子不嫁人,家产带进棺材吗?"投资股票失败的那个晚上,庄焕明跪在阳台上,仰天长叹。

庄焕明现在成为典型的体制内的浪子,对什么都愤世嫉俗骂不绝口,戾气越来越重,他的微信圈,转发的从来都是负面消息,无论说历史还是现实,都没有一句好话,从来都是十足的揭露、批判和斥责,字里行间充满讽刺和漫骂,每个标点符号都是血淋淋的。庄焕明也自诩绣口一吐,骂遍整个滨大。其实他不仅骂滨大,还骂体制,骂生活,骂社会,骂单位,骂领导,骂女人。老金早就说过庄焕明偏执狂妄难管教,只要一开口,就让现实的阴暗面无限放大,让历史的伤痕屡屡再现,真让人头疼。周宗儒也说庄焕明有问题,要求学校加强渗透与反渗透的教育,庄焕明则说周宗儒被奴化,可怜可悲不可救药,成了装在套子里的人。

"庄老师、常老师,先不要激动,我们这届班子上任不久,工作肯定有不周到的地方,有问题可以向上级组织反应,这是大家的权利,我们也愿意接受组织的考察,愿意接受同志们的监督。都是为了工作嘛!"

肖子业终于发话了,刚开始听到庄焕明说楚涓涓的时候,他只是笑而不语,可是现在,会议的气氛已经不容他不表态了。庄焕明比起中文系的赵驰青算好多了,庄焕明是公开骂,赵驰青评上教授之后,两面三刀,公开不骂,但背地里骂得更厉害!

窗外的阳光斜斜照着,眼看时间已经不早,肖子业抬抬眼镜,面孔还是那样平静,平静中甚至有着几分怯弱,他的声音很低沉缓慢,但又很清晰:"系主任和书记更多的是服务岗位而不是管理岗位,随时愿从善如流。不管怎么样,让我们放下包袱,摒弃偏见,查找研究解决问题,最终团结起来,把事情做好,把工作做好,行吗?说来说去大家还不是为了这个艺术系嘛!"

庄焕明的申诉材料送到了人事处,送到了校办,送到了校领导手中。人事处和纪委通过核查,发现艺术系报送的两个人选确实有问题。胖子老刘虽然是教授,但多年没一篇论文,科研工作量为零,上课时漏洞百出,除了爱吹嘘自己外,一些基本点都出错,比如把黄公望和黄宾虹混为一谈,上课经常给学生播放视频,而自己在旁边稍一坐下,便打盹睡觉,一堂课常常就这样混过去了。学生意见很大,好几次强烈要求更换老师。而丁雄伟身为办公室人员,其实就是个打杂跑腿的,日常工作也就是联络交流,填单报账,忙的都是职责所在,业绩平平,并无出色之处。人事处于是通知艺术系:两人的年度考核优秀取消,全部改为合格。肖子业想着再另换人选,但人事处回复已经过期,最终,胖子老刘没上,丁雄伟没上,当然庄焕明更没上,艺术系今年的两个优秀指标就算作废了。

消息传到庄焕明耳边,他开怀大笑。"何必把脸撕破呢?你这次评不上,下次还可以再评嘛!都在一个单位,何必搞得大家都不愉快?肖主任处事还是比较公正的,他说了照顾到每一个人的利益。这次没有的,下次可以补上。"面对劝告,庄焕明一扬脖子:"我等不到下次,凭什么要忍声吞气,说什么来日方长?老金时代我就被压,现在难道要再受压?第一炮如果被他们压下去,以后二炮三炮就会被他们打惨。我就要一鼓作气一招制胜!"说着就跺跺脚,"反正已经这样了,我是烂娃我怕什么?破罐破摔,我闹一闹,他们还能把我开除咋的?才几天工夫,他们就给我穿小鞋。你等着,我和他们势不两立,要完大家一起完,谁也脱不了干系!"

有些会是公开的,有些会是不能公开的。庄焕明得意扬扬到处放话的时候,老浦几个人很快聚在了一起。下半年的培训班要开班了,宣传动员工作需要一笔经费。搞好培训班,单位才有创收,创收是重中之重。滨大是清水衙门,要钱没钱,系里现在人心不稳,工作很不好做,只有搞好创收,才能把大家凝聚起来。"皇瑰酒店的扈老板想挂名咱们的展厅,办成他们的家族陈列馆。年租金十五万,租期三年,问可不可以?"冯志学说完,肖子业怔了下就苦笑道:"学校不给艺术系一分钱办学经费,还要我们自主办学,做大做强!你说我们该不该同意老板的挂名?"大家都笑了。肖子业摊开两手,说他这个系主任夹在中间两头受气,现在是鸡蛋上跳舞,刀山上采药。丁雄伟提到有几个朋友的小孩想进滨大,但分数差了不少,他们愿意学费出高些,问能不能照顾下本地学子?老浦一拍手:"学校刚刚给了我们自主招生的权限,今年有三十五个名额。到时就说报名情况火爆,想办法多录几个。""这?"肖子业一愣,探询的目光转向身边的冯志学。冯志学心说,这个肖子业怎么总优柔寡断没主意,想了想便问:"申请点招可以吗?"肖子业点点头。

末了的时候,丁雄伟说庄焕明上次在会上公开发难,搞得艺术系的两个优秀指标白白浪费,这几天还要去市纪委告,说是要乘胜追击,再揭露艺术系黑幕什么的,嚷嚷着要在网上发布材料。老浦也说庄焕明任性妄为,自私自利,没有全局观念,集体意识淡漠,到处胡说八道,从老金时代就是难缠的货。"明明他自己不对,又拒不承认,还胡搅蛮缠,张口闭口天不怕地不怕的!""我怕啊,他歪理正说破罐破摔,把自己摔碎了,把我再摔碎了怎么办?我还想多活几天呢。"听完丁雄伟和老浦的议论,冯志学道:"这人一贯成事不足败事有余,是需要好好想个办法,不然我们以后如何工作?"

"那还用想办法?"肖子业弹弹手中的烟灰,眼看着一缕轻烟散尽,他哂笑道,"一顿便饭足矣!"

课　堂

这个学期还是由张懿恒上"中国绘画史",要知道,当年这门课他可是极力抗拒的,因为理论性太强,内容又庞杂,老师难教,学生难学,但最后排给了他,还是不得不上。因为备课,张懿恒最近把美术史又重新梳理了一遍,对一些重点画家的经历和作品做了深入了解,特别是向霍启然请教了一些古代画论文论的问题,就有了新的感受。读本科时听别人上课,如今教本科给别人上课,这个感受是完全不同的,习惯成自然,张懿恒想着这门课必须上好,也能够上好。

这两节课主要讲宋元绘画,重点是院体画和文人画的区别。为方便学生学习,备课时张懿恒找杨鸣鹤要了最清晰的图片,这样就把《千里江山图》《溪山行旅图》《雪景寒林图》《雪树寒禽图》《牧归图》《潇湘图》《富春山居图》等名画全部纳进课件,图文并茂。"历代画家,特别是山水画家,都是人与自然、人与社会关系的探索者、思考者和表现者。范宽常居山林之间,终日优游,早晚观察云烟惨淡、风月阴霁的景色,虽风寒月冷,也不停止。黄公望宁愿终老江湖,也不愿入朝为官,不把现实的荣华富贵看成人生的最高价值。宋元以后,文人画蔚为大观,佳作喷涌,在数量和质量上都超过了院画,成为画坛的主流,这一现象值得深思。"张懿恒边讲解边分析,学生听得津津有味。

讲到最后,一看距离下课还有七八分钟,就问学生有问题没有。学生摇摇头,但张懿恒从眼神里看出他们欲言又止,就点了一个学生的名字:"尹柯。"一个男生应声而起道:"老师,你说了半天,我还是没搞明白,院体画和文人画哪个更能体现画家的情感追求,更能代表中国文化的精神?"张懿恒说宋代以前,基本是院画的天下,顾恺之、吴道子、阎立本、徐熙、黄荃这些人,基本上都是院派画家,生活优越,地位崇高,作品中有着浓厚的写实气息。宋元以后,当然也包括宋代,随着士大夫阶层的形成,文人画日益兴盛,更强调作品的格调和品位,追求性灵精神,也就是常说的画外之旨。尹柯问老师能否说得再明白些。张懿恒说院体画家写真求实,追求形似,作品的装饰感较强;文人画则更多清新野逸,标榜士气和逸品,两相比较很难说谁优谁劣。"就我个人而言,文人画抒发画家真情实感,思悟辩理,探求人与自然的关系,更能体现中国的哲学思想。"尹柯问为什么。好在张懿恒早有准备,赶紧背了一段《赤壁赋》:

  盖将自其变者而观之,则天地曾不能以一瞬;自其不变者而观之,则物与我皆无尽也,而又何羡乎?且夫天地之间,物各有主,苟非吾之所有,虽一毫而莫取。惟江上之清风,与山间之明月,耳得之而为声,目遇之而成色,取之无禁,用之不竭,是造物者之无尽藏也,而吾与子之所共适。……

  尹柯说:"我查过了,的确是苏轼最早提出'士人画'的概念,这对文人画体系的形成起了决定作用。可是苏轼这样一个达观睿智的人,为什么一辈子非要生活在体制内?难道他不能像黄公望、王冕那样,漂流江湖,做一个纯粹的文人画家吗?"学生的问题张懿恒还真没思考过,但这么一问,他分明感到自己的智商受到了挑战,迟疑了一下,便解释说文人画和体制内体制外没有关系,关键是看画家本人的精神状态和品位追求。人品、学问、才情和思想,具此四者,才能谈得上文人之画。苏轼虽然生活在体制内,但他的精神是自由的。他具有超越的智慧,独特的领悟力,坚忍不拔的意志和高尚纯正的灵魂,这种不受拘束、行云流水、即使身不自由而心灵始终追寻自由的思想促成了苏轼作品浓郁的人文气息,对后世影响很大。接着提到乌台诗案:"当多少人还在为生活为命运惴惴不安纠结不已的时候,苏轼已经看清了历史前进的变与不变,生命历程的短暂与永恒,并将这种思悟付诸文艺创作,这就拓宽了文人的心灵,也开拓了中国画的生命自由境界。"

  张懿恒打开课件,让学生再次欣赏苏轼的《枯木怪石图》和文同的《墨竹图》。

  "人活在世上,总有这样那样的无奈,像苏轼遭受的坎坷比我们的都多,但他始终在坚守,坚守文人的道德底线和行为操守,坚守乐观自由的生活心态和积极向上的创作精神。所以说文人画其实是文人关于人生真谛的体现,表现文人独特的情感诉求和价值取向。范宽、苏轼等人身处逆境,以苦为乐,敝衣疏食,未尝改操。不向小人妥协,不以人格为交换,他们的人格取向和道德情操不但高于世俗生命,而且早已超越历史,震古烁今,为中国文化树立了一个伟大的精神高标,这是他们作为画家留给后人的宝贵遗产。"

张懿恒正讲着,学生中有人高喊:"如果范宽和苏轼活在当下怎么办?面对购房难,就业难,婚恋难,他们还会那么达观乐观,还会创作出不朽名作吗?"话音刚落,有个戴眼镜的男生也问:"为什么宋代以后,越是大画家,个性就越突出,越不为世俗所容,所以生活就越坎坷不幸?"一个女生也举手说还要看看前面的《果熟来禽图》。张懿恒翻过来,女生问这具体画的是什么鸟?张懿恒回答说是棕头鸦雀。又问《琵琶山鸟图》画的是什么鸟?回答说是绣眼鸟。女生问为什么不画鸨鸟?这一问把张懿恒问住了,尹柯笑道:"那个鸟不吉利,没人愿意画那个鸟。霍启然老师讲过,在古人眼中,这个鸟最下贱,它不分彼此,和什么鸟都乱交配。"女生说明白了,怪不得有个行业的头子叫老鸨。

"鸨鸟和任何鸟都交配,我有个很好奇的学术问题。"女生说着又问,"从遗传学的角度讲,它和麻雀交配,会生下什么鸟?和乌鸦交配,会生下什么鸟?和公鸡和野鸭和猫头鹰交配,又会——"话未说完,戴眼镜的男生就站起来道:"腹有诗书愁如海,腰缠万贯气自华。从社会学的角度讲,这个严肃的学术性问题,应该问鸨先生本身了。"其他同学顿时笑得前仰后合。现在的孩子太可爱,张懿恒哭笑不得。

下课了,那个戴眼镜的男生走上来说:"老师,您今天把文人画讲得那么好,把创作自由和人文精神讲得那么好,可是我还是很不理解。"张懿恒问不理解什么?"为什么自古越是有才的人,越是追求创作自由与灵魂释放的人最终命运都那么凄惨呢?像屈原、陶渊明、李白、杜甫、曹雪芹自不论,就拿咱们画画的人来说,哪一个不是千秋万岁名,寂寞身后事?像王希孟、张择端、范宽、黄公望、王冕这些人画史上都没有多少记载,而八大山人、吴镇这些人生活也不好,写《梅花九首》的高启被腰斩,书丹《七姬权厝志》的宋克投水自杀,开创泼墨写意的徐渭更是屡遭迫害,最后上吊了,民国时的于非闇为生活所迫甚至卖掉了一百多年的祖屋。越是有才华有品格的文人下场往往越惨,这样你还说他们为后世文人树立了精神标尺。"说到最后男生顿了顿,脸色半信半疑,终于问道,"我一直困惑,您到底说的是真话还是假话?"

张懿恒一时语塞,没想到学生考虑问题比老师还深刻。"我当然讲的是真话。没有真正的个性,那就不叫艺术家,凡是有才华的人,往往追求独立健全的人格,宁为玉碎不为瓦全。这就是常说的画如其人。没有人品就没有画品。"刚回答完,男生又问:"为什么现在的画家再怎么画,都画不出古画那种宁静致远的境界呢?"张懿恒微微一笑:"中国传统文人所走的道路,注定是寂寞之途。不管在朝在野,文人在心灵上往往是孤独寂寞的。这种寂寞反映在艺术上,就是追求空灵悠远、静穆幽深的境界。时代不一样了,现在画家所处的环境和古人不一样。"

尹柯也插话问:"刚才讲到自由人好,那老师您为什么不从滨大辞职走人,脱离体制,像黄公望、王冕那样,做一个真正的自由的文人画家呢?"没想到学生什么都能想到,什么都能问,张懿恒一愣,顿时感到自己的知识储备受到了质疑,略一思索,他很快就反问:"志于道,据于德,依于仁,游于艺,你觉得一个活在体制内的人和一个活在体制外的人,谁追求自由更容易?"尹柯说当然是活在体制外的人。张懿恒解释说:"我活在体制内,是因为我喜欢老师这个职业,可以得天下英才而教育之,这和追求自由坚守人格底线并不矛盾。""老师您说得对,相比于体制外的人,活在体制内的人在追求自由、坚守人格方面更需要勇气和毅力。"尹柯说完鞠个躬走了。

没想到今天这个课上得这么累,张懿恒如释重负嘘口气。"老师,您今天这个课上得真好,我都听得入迷了。"有个女生从旁边闪了过来。以为又是来提问的,他不禁有些紧张。女生上前一步:"老师,我不是学国画的,但很喜欢国画,请问能加您微信吗?"见张懿恒有些迟疑,女生怯生生道:"以后有问题了想向老师请教,老师若不方便就算了。"声音很甜很温润,张懿恒一看是个清秀的女孩,眼神也很纯净,就答应了。

"我叫万悦儿。"女孩笑了,露出洁白如玉的牙齿。

小　宴

"焕明,我们有空聊聊好吗?"老浦开口了。当看到这个令他极其鄙视的人走过来的时候,庄焕明一阵本能的恶心。贵者虽自贵,视之若尘埃。贱者虽自贱,重之若千钧。庄焕明自认为内心还是清高的,还是狂傲的,还是有气节的。"我们之间有什么好谈的,我不和你交流!评奖评优你爱给谁就给谁,一切自有天雷报。"一想到举报起了作用,庄焕明心里乐开花,底气十足地又开炮了。

"小庄,不就是聊天交流,改进工作嘛,看你——"未等老浦说完,庄焕明早已不耐烦:"不就是不甘心吗,不就是自以为是吗,不就是对我兴师问罪吗?评奖是你们评的。我一个老师有权向上级反映相关情况。你们觉得不满,完全可以打击报复,来吧,你们现在就可以开除我。""扯那么远干什么,什么打击报复兴师问罪的,我只是找你说说话,交流而已。你不愿意咱们可以不说。""什么话?""后天咱们吃个饭吧?滨江宾馆。"滨江宾馆可是滨江最好的饭店,说是宾馆,其实五星大酒店的菜都比不上这里的。这家宾馆是滨江市委市政府的定点招待单位。王书记、强校长请客,也是经常让滨江宾馆送菜过来的。一想到去这么高档的地方吃饭,庄焕明很快问:"谁请?""你只管来吃饭。"老浦笑容可掬。

当到了滨江宾馆的时候,发现肖子业、老浦、冯志学和丁雄伟都在,庄焕明禁不住一愣:从系主任到党总支书记,到系副主任再到办公室主任,党政领导一应俱全,这哪里是请自己吃饭,简直是四对一的鸿门宴!如果这样,那还有什么好谈的呢?正犹豫间,老浦走过来又是招手又是握手。肖子业也站起来,欠欠身子说:"小庄,快来坐下,大家等着你的好酒量呢!"庄焕明顿时有些松动,不就一顿饭吗,有什么好怕的?再想想诸葛亮舌战群儒,他突然就有了勇气,心说前脚已经迈进大门,后脚何必再迈出大门。

一个"小庄",一个"大家",突然使得庄焕明有了似曾相识的亲切感。未等他反应过来,丁雄伟已经点了满满一桌子菜,都是庄焕明爱吃的:铁板牛肉,菌菇汤,白切鸡,清蒸鲈鱼,咕噜肉,沙漠羊排,清炒菜心,小竹笋炒腊肉等。看见好菜,庄焕明眼睛顿时发亮,胃口极好的他,常常一到饭桌上就疯掉了,拿起筷子就像拿起大刀长矛,风卷残云势不可当。郑宇智有次请客,看见庄焕明海吃的样子,当下就对张懿恒讲以后吃饭再也不叫这种人了,一口气吞了九个大虾,吃相太差!

大家很快吃起来,肖子业不断给庄焕明夹菜,丁雄伟、老浦则不断劝酒敬酒,渐渐说起了各自的不易。肖子业谈起了这个主任的难当,谈起了学科建设、教师队伍接力和新艺术楼筹建的诸多问题;老浦谈起支部工作难做、教师党员良莠不齐、政治方向不正的问题;丁雄伟谈起财务报账、办公室材料整理和公务接待等问题。一句一句,说得确实没错,他们的工作不好做,但都和庄焕明告发艺术系的事情无关,他们到底要说什么,其实这才是庄焕明想要听的。

当然,就是说了庄焕明也不怕,他来滨大十五年了,罗教授在任,没有重用过他;金主任在任,没有重用过他。这几年学生也不喜欢他,连找他指导学年论文、毕业论文的都没有。时光弄人,庄焕明教学不行,连续多年学生评教总打最低分;科研不行,参加工作以来没有申报过任何项目,也没发过几篇像样的论文。日常生活中也不团结同事,和朱丽茵、廖慈志、老黄等都吵过架,人家现在都不待见他。但庄焕明对此满不在乎,其实他早已想好:单位人事本来就复杂,去他的,只要有份工作就行了,眼看着混个一二十年,也就退休了。

鸿门宴也是宴,庄焕明不管那么多,菜来了他就吃,酒来了他就喝。直到饭局结束的时候,老浦才问了句:"小庄,有个姓谭的婆婆你认识吧?"老浦的话,貌似漫不经心,但听起来字字清晰。"你……你问这个干什么?什么谭婆婆,我不认识。"庄焕明猛然一惊,手中的筷子落在地上,表情很不自然。"谭婆婆和她侄女这几天正到行政楼找校长找书记呢,校领导说这事影响很恶劣,下令让我们调查,提出严肃的处理意见。"冯志学也开口了,说着就面有难色,"你说我们该怎么调查处理呢,又怎么严肃呢?风声这么紧,全国有好几个老师都被开除了,有的还被法办了。"

冯志学说话的语调很轻很平静,声音也细细小小的,充满无奈充满难堪,但庄焕明听着听着额头冷汗直冒,脸色也陡然发白,嘴巴想说什么,但就是支支吾吾口齿不清,两条腿也情不自禁发抖。

"教育部已经下文,要求加强高校老师的师德师风建设。"看看已经软瘫的

"水嘴",老浦和肖子业、冯志学交换了眼色,停顿了一会儿,便敲敲大理石桌面,以很不在意而又郑重严肃的口吻说道,"唉,算了,胖子老刘和丁雄伟的事情就算过去了。谭婆婆那边你自己搞定,我们最终就以年轻人闹小别扭、家长乱掺和的情况上报,息事宁人,不要求学校处理。"老浦的声音低沉缓慢,看似不值一提,不当回事,但句句都落在庄焕明心上。

"对对对,男男女女来来往往,本来就要磨合融合!现在的媒体太过分了,动不动对老师进行道德绑架!"丁雄伟也连连附和。"焕明啊,你做了工作,确实辛苦了,但丁雄伟为系里也做了很多工作,也很辛苦,不过是你没看到而已。以前没评上你的优秀,下次给你补上就是了,真的英雄,谁会在乎一时一地的得失?"老浦也插了进来,一会儿夹菜,一会儿碰杯,最后又用自己的双手紧握住庄焕明的一只手,声音既亲切又真诚,"你也为系里分担一下,好不好?丁雄伟现在是工会主席了,他很忙,具体工作顾不上,你就担任主持实际工作的工会副主席吧。艺术系是我们大家的,你也该出来做事了,英雄要有用武之地,你先不要嫌官小,慢慢来嘛。时光不等人,不然真把自己浪费了!"

老浦和丁雄伟说话的时候,肖子业始终一言不发,看不出任何表情变化。庄焕明心想老浦当了副书记后,听说被肖子业当作智囊,干什么都要咨询讨教。肖子业真是一介文弱书生,缺乏领导艺术,学生都说他上课松松垮垮的,经常照着教材直接读,看来是个不中用的货!都什么人啊,难不成来威胁我?

老浦说完了,肖子业把手放在庄焕明的肩膀上,慢悠悠问道:

"家和万事兴,大家一起干,怎么样?"

第七章 结婚

解　决

丁雄伟走在路上,看见他妈正和一个扫地的老年妇女聊什么,那妇女身材矮小,身穿破旧的环卫服,头发凌乱,面孔黝黑,嘴唇十分干瘪。"妈,和一个清洁工有什么好说的,也不看看自己的身份?"一进家门,丁雄伟就气恼不已。"清洁工怎么啦?人家谭婆婆在校外开地种菜,自食其力,你吃的青菜,好几次都是谭婆婆送的。"他妈很不服气。

谭婆婆是教师村小区物业的清洁工,每天清晨都早早起来,借着打扫卫生的机会,逐一清理各个楼栋的垃圾桶,清理出矿泉水瓶,清理出废旧的纸板,清理出电线铜丝等,等积攒得多了,便用三轮车拉到废品收购站去卖钱。谭婆婆见谁都笑眯眯的,脸上总挂着谦恭真诚的笑容,因为所有住户在谭婆婆眼中都是老师,都是先生,都是受她尊敬的高尚的文化人。

谭婆婆自己没读多少书,她的几个儿女也没读多少书,初中未毕业就早早出来打工,所以她特别尊敬这些读了很多书的老师,老师们有文化有知识!每天早上,她看见老师们华服衣冠,容光焕发,出门后个个腰板挺直,皮鞋锃亮,背着电脑包,人还未到车旁,就远远启动遥控,各色豪车此起彼伏,伴随着响亮的鸣叫声,车灯也闪闪发亮,好像鸟儿眨巴着眼睛,欢迎自己的主人。在彼此的招呼声中,老师们打开车门,一屁股坐在主驾上,油门轻踩,豪车便腾云驾雾地涌向教室,涌向饭堂,涌向四面八方。老师们有的去上课,有的去吃早餐,有的去应酬,一个个悠闲自得,占尽风光。

文化人就是不一样!看着老师们出门上车进门下车,看着小区里各色豪车开出开进,谭婆婆很羡慕,特别是看见老师们走在校园里,被一群学生叫着"老师好""老师好"时,她也跟着叫起来。不管老师对自己这个清洁工老太婆如何反应,不管他们看不看理不理,谭婆婆见了谁都躬下身子,堆起满脸笑容来一声:老师好!

物业里有七八个清洁工,都是乡下来的妇女,有的还是业主介绍来的亲戚。谭婆婆除了承担物业的清洁,还到一些老师家里做钟点工,时间一长,老师们把穿旧的衣服,吃不完的水果,快过期的食用油和大米,濒临淘汰的电风扇电饭锅等都给了她。几年下来,别的清洁工或病或走,或调或离,只有谭婆婆成了物业里干得最久,也最受大家欢迎的老员工。谭婆婆不仅和物业的保安、收银台的小妹熟悉,就是和住户们也熟悉起来。住户中经常有老师的家属,特别是那些和谭婆婆年纪相仿的阿姨大娘喜欢和她搭讪,同龄人在一起,话匣子一打开就收不住,渐渐地,谭婆婆对这个小区的情况了然于心。

谁家是处长,谁家是教授;谁家孩子在国外留学,谁家经常有人送礼;谁家经常吃海鲜,谁家的菜盘是银制的;谁家男人包二奶,谁家女人是小三,谁家孩子是私生;谁家男人没老婆,但经常有女人出没;谁家男人炒股发了,跑外面彻夜不归;谁家女人昨晚挨了家暴,一大早又化了艳妆赶着去上课;谁家老女人大白天撒泼骂娘,谁家老男人三更半夜和保姆吵架……谭婆婆对此清楚得很。尽管如此,谭婆婆见了教师村小区的每个人,脸上还是堆满真诚谦恭的笑容,老远就甜蜜蜜一声:"老师好!"

庄焕明就这样认识了谭婆婆,当然,谭婆婆也认识了庄焕明。

庄焕明出身农村,乡下亲戚朋友一大堆。到现在为止,还不断有亲戚找他介绍工作,找他借钱,找他给孩子转学,在乡邻眼中,庄焕明成了他们的摇钱树,成了他们的救星。参加工作后,有人先后给庄焕明介绍了好几个女孩儿,有中学老师,有市政府的公务员,有外贸公司的经理,几次相处下来,均不欢而散。

事实上滨江这里凡相亲必吃饭,吃饭一定是男方买单。相亲的成功率是很低的,但又不能不相亲。庄焕明相亲见到的女孩,在吃饭问题上从不含糊,从不拒绝,都是赶到饭点见面,一吃饭都是高档的茶餐厅酒店之类,而且相亲时女方总是带好多人。最多一次是和一个叫潘潇的女孩,潘潇的父母弟妹,介绍人两口子和他们的孩子,加上庄焕明自己,一共坐了九个人,一顿饭花了七八百块钱。当然,庄焕明也曾经尝试着不在饭局上相亲,但介绍人在照例把女孩吹得天花乱坠之后,就来两句:"不吃饭怎么见面?你好歹是个男人,不就一顿饭嘛,难道吃饭的钱让人家女孩出?传出去谁还敢给你介绍对象?"庄焕明就这样见了不少女孩,见到的女孩都把这种吃饭当作一种常态,把这种随意花男人的钱当作一种理所当然。

就像那个潘潇,见了两次面,虽然看起来很白净文静,按理说父亲是企业的白领,母亲是中学教师,家庭教育比较好,但潘潇每次见面都让庄焕明先请吃饭,饭后就拜拜走人。事后庄焕明给她写了三封信,但潘潇一封都不回,一句话都不说。庄焕明忍无可忍,再写了一封,在信中他狠狠骂了潘潇,还说要去单位找她吵,吵个满城风雨。这下潘潇托媒人回复了,说是要退还那两顿饭钱。庄焕明当然拒绝了,身为大学老师,这点素养还是有的,其实他要的不是钱,要的是潘潇的回复。

农村生活的习气,在庄焕明身上难以完全消散,他省吃俭用,不修边幅,一件百十元的外套,从本科穿到现在,十几年了也舍不得换掉,吃饭每顿也总是不到十块钱一份的快餐。这就引起了很多人的嘲笑,特别是女人。流光容易把人抛,方方面面一事无成,使得他逐渐消沉下来,人也变得颓唐,开始有一些稀里糊涂神经兮兮的言行。很快,有女生举报了庄焕明,举报庄老师上课时,总爱走近她的身边,居高临下,偷窥她的胸脯,举报庄老师讲话时拍过她的肩膀,一直举报到校办校团委。老金为此严厉批评了庄焕明,庄焕明也进行了辩解和反驳,但无论如何,这种事情也无法解释清楚。

学生告老师,特别是女学生告男老师,公众舆论总是很容易同情学生,老师的任何辩解都显得苍白无力。在被领导狠狠训诫之后,庄焕明满心憋屈,回到宿舍,身子依然瑟瑟发抖。洗脸的时候,他突然发现,自己的头上有了一根白发,对着镜子再找,第二根、第三根……当天晚上,庄焕明失眠了,看着窗外孤零零的月光,他时而站起,时而躺下,时而又在房间里徘徊,经过激烈的思想斗争,最终还是去了一个他从来就很鄙视的地方,找了一个他从来都很鄙视的从业人员,完成了他作为男人的第一次。此后,每个月等不到发工资,他都要去几次。就这样,无论生活还是工作,他都沉沦了,连续多年,他的业绩都是全系倒数第一。日常生活中放浪形骸,什么都看不惯,经常牢骚满腹,一张嘴变得愤世嫉俗、油腔滑调、刻薄恶毒起来,对什么都要发表议论,看见什么就骂什么,想到哪里就骂到哪里!特别是逢滨大必痛骂,逢领导必痛骂!谁劝他也听不进去,谁也拿他没办法!庄焕明对此也满不在乎:反正已这样了,谁爱头疼就头疼吧!

再也没有人给他介绍对象。这几年来,也许是因为不节制地乱搞,也许是因为作息没规律,也许是因为年龄确实偏大,他的身体走了下坡路。不用好事者询问,庄焕明也到处放言:"我的身体不行了,看见美女就像见了石头,没有任何感觉了。我现在已经不想女人,也不需要女人,这辈子就奉行独身主义了。"

庄焕明现在唯一的爱好就是睡觉,他一天要睡四次觉。早上睡醒后,吃过早餐,眯会儿;醒来后上网打游戏,午饭后再是雷打不动的两个小时午休;午休后再上网,直至晚饭后,七点到九点,照例还要再睡两个小时;晚饭后起来走走,品品茶,上上网,到了十点半,又上床睡觉了。一年三百六十五天,除了例行上课,他就这样吃了睡、睡了吃,天天活在自我的世界里,身体于是变得雪白,成了腰围三尺的一个大白胖子,头发也秃了。除了吃饭睡觉,庄焕明还经常喝酒抽烟,经常深更半夜狂呼乱叫。

有一天,当把家里的啤酒瓶子、矿泉水瓶子和空油桶踢到一起的时候,庄焕明突然想到,这些应该送给谭婆婆。因为有一次他醉倒在路边,是谭婆婆发现了,立刻叫来物业经理,一起扶着他回家。谭婆婆当时还帮他清扫呕吐物,给他家拖了地。

庄焕明左手提着个大塑料袋,里面装满了啤酒瓶和矿泉水瓶,右手拿着几张纸板和一个空油桶。"扔个垃圾怎么跑那么远?出门就是垃圾桶嘛!"丁雄伟和他打招呼。庄焕明"嗯""嗯"搭讪着,走进物业服务中心的地下一层,他知道谭婆婆在这里住。谭婆婆站起来,很惊讶这个老师怎么找她来了。当明白怎么回事后,很感动地搓着双手请他坐下,再三邀请他留下来吃饭。看着堆满垃圾的小屋,庄焕明正要坚决离开,谭婆婆喊了声:"小薇,赶快洗菜。"这时有个女孩端了篮豇豆出来,谭婆婆抓过豇豆择起来。

"我们这些人,什么活没干过!"谭婆婆叹口气,她的手粗糙干瘪,布满蛛网似的青筋,但一旦动作起来,就灵动自如,娴熟无比,有节奏地翻个不停。庄焕明看到菜篮里谭婆婆的手,看到嫩绿的豇豆角,看到通红的豇豆粒儿,很快又看到另一双手,好白嫩柔细的手啊,和谭婆婆青筋密布老脉纵横的榆树皮手形成鲜明对比!再顺着细嫩水滑的手看上去,是一张年轻的脸庞,没有丝毫的油滑高傲和忸怩作态,无比纯洁朴实无比清秀稚嫩,明显是初出茅庐的乡村少女!一种很奇妙的感觉涌上来,庄焕明的目光情不自禁落在少女花瓣一样萌动的嘴唇上,他的嗓子顿时发干,喉结动了几动。少女看见面前的男人呆呆看她,突然低下头去,脸上腾起两朵红晕,甩动着瀑布般的油黑长发,低头跑进屋子,身姿像春天的黄鹂鸟在含羞蹦跳。庄焕明眼前骤然发亮,双手发烫,心潮震颤,脑袋里砰砰直叫:老天啊,这多年没有的感觉,怎么又来了?

谭婆婆是个明白人,看见这个男人眼睛发直,直愣愣向着里屋方向,喉结上下抖动,好像在吞咽着什么,她心里发笑但装作什么都不知道,继续择菜。等到篮里的豇豆都快择光了,看到庄焕明脸上的红晕还没消失,舔舔嘴唇,想说什么,但始终没说出口,谭婆婆仍一声不吭。直到豇豆都择洗完毕,沥干水分了,庄焕明依然不走,想问的话依然不愿问出口,谭婆婆看自己真的该做饭了,只得叹口气,眨眨眼睛,对庄焕明说:"那是我侄女,刚从乡下来的,家里虽然穷点,但人很好。洗洗涮涮,里里外外,可能干了。"

三天后,谭婆婆的侄女跑到庄焕明家中送饭,庄焕明没有拒绝,两人就这样接触多了起来。一个星期后,当酒后的庄焕明把女孩按倒在沙发上的时候,教师村小区很快就多了条花边新闻。

庄焕明多少有些得意,看来谭婆婆是愿意把侄女交给他的,但几番交往下来,他的心情很复杂,这种复杂在庄焕明和女孩发生关系的前后表现得更明显。冲动来了时,庄焕明根本顾不了那么多,但完事之后,他多少有些懊悔,伴随着新鲜感的消失,这种懊悔越来越强烈。"自己的这一辈子,就这么算了吗?"庄焕明心里很纠结,自己一个受过高等教育的大学老师,就这么找一个初中学历不到的乡下打工妹做老婆？

婚配是人生大事，庄焕明觉得不能再瞎混了，必须把这事尽快解决。很快，老乡给他介绍了隔壁卤阳湖实验小学的老师叶武燕。叶武燕长相偏黑，皮肤粗糙，鼻大口阔，身高不到一米五六，是不漂亮，但她是滨阳师范大学的全日制本科毕业生，工作也过得去，是正式在编老师。交往了两三个月，叶武燕找了庄焕明好几次，就说她什么也不图，也不嫌他年龄大，就图嫁个文化人，三观一致好生活。面对投怀送抱的叶武燕，庄焕明想来想去，还是觉得不能找打工妹，至少不能找谭婆婆的侄女，因为谭婆婆侄女家里兄弟姐妹七八个，没有一个读书的，都在耕田打工摆地摊。庄焕明知道一旦和这类人沾亲带故，迟早要把自己拖累死，因为他自己就是从农村出来的，他比谁都了解农村。他再是单位的边缘人，好歹还是大学老师，他必须活得体面些。叶武燕虽然丑点，但再不行也大学毕业，也是个学校老师，英语早过四级了，这样的女人将来能给孩子很好的家庭教育，至于丑，女人嘛，只要闭上眼睛，丑和不丑都一样。至于谭婆婆的侄女，尽管已经怀孕了，庄焕明想了想，觉得其实也好办，她们不就是图个钱吗？多给些就是，要一万咱给两万得了！像谭婆婆那种人，你给几张纸皮给几个矿泉水瓶子都眉开眼笑，恨不得跪在地上叫你爷爷，给两三万肯定就没话说了。

谭婆婆正在推糯米丸子，水烧开了，她满是糯米粉的手白花花的，揉来滚去，忙得不可开交。一听庄焕明说完来意，谭婆婆变脸失色，端起开水锅，直接就朝他泼去。庄焕明一闪，滚烫的热水泼在地下一只奔跑的小鸭子身上，小鸭子惨叫着滚了两滚，当下就死了。

"你说得轻巧，两万元就让我侄女打胎，亏你想得出也说得出口？你难道不是出身农村？农村人就不是人了？农村人就这么作践农村人？你好歹还是个教书的，满肚子文墨，但心思咋这么狠毒，还有没有起码的良心？一个黄花闺女，嫩得水葱似的，被你搞大了肚子，现在说不要就不要，她还不到十八岁啊，你让她以后怎……"谭婆婆突然哭起来，老泪纵横，号啕不止，眼看着就要坐在地上。

庄焕明搓着两手，赶紧说："不是真心喜欢，勉强在一起对男女双方都是枷锁，这样对谁都不好！我和你侄女之间还是不合适，根本不般配。就是凑合在一起了，也不会有好结果的，我这是为她的长远着想。至于过去发生的，我会补偿的,你如果觉得两万不行,那就三万吧,或者四万也可以。"

"呸!你少推个一干二净,有什么般配不般配,有了娃娃不就什么都好了?你把我们当什么人啦?凭什么说要就要,说不要就不要,以为我们好欺负是不是?"谭婆婆狠狠朝地上啐了口,猛然直起身,抄起双手,连声大吼,"告诉你,我不是好惹的。你早已经臭大街了,别以为谁不知道你。我若不是看你可怜,才懒得管你的破事呢。现在倒好,好端端个闺女被你糟蹋了,事情完毕,你屁股一拍,甩下两万元就想走人,休想!"说着就连哭带骂,庄焕明这才知道谭婆婆年轻时被下乡知青欺骗过,到头来在农村苦了一辈子。

"你们狗男人,没一个好东西!告诉你,你休想撇下我侄女,我受过的苦,决不能让侄女再受!我们不要你一分钱,就是不走,就是不打胎,拖都要拖死你。我们不要你一分钱,不要你一分钱,我们不稀罕钱,不稀罕你的臭钱!"面对谭婆婆的斥责,庄焕明打断道:"你先不要激动。还是要理性地看待问题。你想想吧,要不我多给你些,家底全给你吧,给你——"说着就咬咬牙,跺跺脚,"给你十万吧,一次付清,绝不含糊!"这已经是他的所有积蓄了,他急于摆脱,也必须摆脱。没想到一贯见人低声下气、未曾开言就三分傻笑的谭婆婆今天反应如此激烈,大大超过他的预料。往日她不是总自觉矮三分嘛,今天倒成顶天立地的人了。

"哼!"谭婆婆手扶着门框,大喊大叫,"我们是不稀罕钱的,不要你一分钱,就图个名分。我们就那么贱,就那么让得你小看?……话说回来,你真要打发,那就两百万吧。不多不少两百万,我们就走,走得远远的,和你永远扯清关系。"谭婆婆拍着胸脯一口气说完,边连连冷笑,边等着庄焕明的回答。

庄焕明蒙了,这不仅击中了他的要害,也远远超出了他的能力,真要拿出来两百万,依他的收入,恐怕要不吃不喝二十年之后了。谭婆婆歇口气,还在不断咬牙切齿絮叨着,还在指手画脚叫骂着,骂完后,拉过小侄女,侄女在一旁哭哭啼啼。谭婆婆吁口气:"我们也不是为难你,你好歹是个人,是人难道就没有良心?你都四十多了,现在还这样一个人,谁看了不指指点点说三道四,我们村里像你这么大的,都当爷爷了。你还不赶快成家,娶了她?"说着就搂住侄女,声音也温和下来,"她家里姊妹多,但不要你一分钱,她没文化,但给你缝缝补补洗洗涮涮,给你带孩子。再说以后她也可以自己找工作自己挣钱,现在社会好,哪个女人不能自己养活自己?反正你也老大不小了,就将就着过吧。"

"我不愿将就。"庄焕明毅然决然地说道,他感觉自己在被下套。

"你不愿意也好。要么两百万,要么——"谭婆婆扬起脑袋,手指晃了晃,"她的肚子已经显怀了,你也看见了。这样吧,我豁出去我的老脸不要了,到处找人——你放心,我对你们这个校园可熟悉了,角角落落,花花草草,我熟悉得连学生在哪儿扔避孕套都知道。"说着就拉紧侄女的手,"我们一老一少,找领导,找媒体,找法院,到处上访申诉,我们随时准备碰死在你的办公室,吊死在滨江大学校门前,摔死在教学大楼前。让大家都看看,滨大的老师是怎么欺负人的,是怎么糟蹋良家妇女的!"

庄焕明有些发愣,他没想到谭婆婆一旦发起火来,挺吓人的,说话也是一套一套的。"我天天搞卫生,从教师村垃圾桶里扒拉的都是些什么啊?带血的月经带,粘着黄屎的尿布,腥臊恶心的避孕套,你看我都干些啥活,你们老师们的破事我哪个不晓得?我就想看看,世上还有没有王法,还有没有天理?"谭婆婆往前冲了两步,尖细的声音像铁蒺藜一样刺过来,"干了伤天害理的事情,把我们害死了,你也活不成。我们就是要缠死你,拖死你,磨死你,你休想脱得了干系!"

谭婆婆说到做到,随后她带着大肚子的侄女,先到了学校行政大楼,口口声声要见校长见书记。保安赶她不走,领导避而不见,但谭婆婆早有准备,带了铺盖卷,就直接睡在校长办公室门口,一守就是整夜。早上起来,谭婆婆和大肚子侄女跪在地上,跪在行政楼的走廊上,向着来来往往的人,逢人便哭,逢人便诉,哭诉她们的遭遇,哭诉滨大老师的罪恶。谭婆婆矮瘦的身子颤抖着,花白的头发飞扬着,枯瘦的双手比画着,哭声凄厉无比,又声言要到市府广场,到信访局,到市人民代表大会去上告。她的哭诉和声言随着南来北往的风四下传播,很快引来无数关注者。刚开始是那些清洁工,后来是各类教工家属,再后来是教工本人,这其中包括很多认识庄焕明的同事和朋友。当然,后面这些人起初都装作视而不见,避而远之,但最终都情不自禁明里暗里地倾听打探。比如老黄,当着众人的面远远躲开,从不参与议论,但一回到办公室一回家,水没顾得上喝,就急急给行政楼的朋友又打电话又发微信,打探事情进展。

谭婆婆的哭声传得飞快,让人惨不忍闻又想闻,到最后听到的人无不动容,校工会的副主席、校医院的几个医生,还有一些阿姨等,当下就红了眼圈,就连许多学生也在微信朋友圈配了图片,纷纷转发。不知谁还向媒体爆了料,在付了两百元的爆料费之后,《滨阳日报》、滨江广播电视台、《滨江日报》、滨江网的记者很快整装待发,要来校园深入采访了。

于是学校下令彻查此事。

当然,这件事最终被一顿饭解决了。饭局是人事的最高体现,酒杯一端,放宽放宽;筷子一举,可以可以。餐桌上,看得出政治的精髓,艺术系最终以男女恋爱风波为由,向上级报告了此事。原告被告双方也很快达成和解,一切也就不了了之。丁雄伟还真说对了:男欢女爱,吵吵闹闹,老师个人的私事儿,难道也要组织管吗?

结　　婚

世上没有完全相同的两片树叶,但有完全相同的烦恼。就在老浦他们为了庄焕明烦恼的时候,计算机学院的领导也因为封弘道而烦恼,不知哪里得罪了这个老教授,封弘道现在到处上告,像锥子一样刺得人生疼,上次得知副院长有篇论文抄袭,他当下发文怒斥,副院长已经被逼得辞了职,现在他又说学院党总支书记的入党时间有问题,准备再出手。领导们坐不住了,但无论如何做工作,封弘道就是不听。最后有人出主意,派林和兵找老头子谈谈,他们是一个地方来的,据说林和兵能进滨大,还是封弘道举荐的。封弘道上次打球崴了脚,林和兵就去医院看望了三次。

"不行,为什么要偃旗息鼓?我一个多年的高校老师,难道没有起码的是非观?我就是看不惯有些人掌权后胡作非为贪婪无耻,就是忍不下一口气。堂堂滨大,高校圣洁之地,文化荟萃之地,现在被搞得乌七八糟混乱不堪。有人多年没一篇论文,却混迹讲台,以名教授自居,有的人也就一两篇象征性的论文,依然张扬不已,更有甚者,有的人既当教授又当领导,却论文造假、著作造假、证件造假甚至职称造假,贪赃枉法公器私用,蝇营狗苟欺世盗名,这种人怎么能站在讲台上教书育人?"带着领导的嘱托,林和兵刚小心翼翼说了几句,就被封弘道喝止了。

"封叔,你咋这么固执呢?是人就有缺点,是单位就有纷争,退一步海阔天空,何必固执己见呢?"林和兵耐着性子,想着如何晓之以理动之以情,"你这样何苦呢?把自己搞得很累,损人也不利己。再说你找的都是些鸡毛蒜皮无关痛痒的材料,对人无法构成硬伤,你看你现在得罪了多少人,如果你退一步,说不定对你也有好处,这不,滨大的教授要评级了,你多年的四级教授难道不希望转为三级二级?"

"不不不!小林,你年轻,路还长,不要和某些人一样,守着个山寨当匪巢!贪官污吏都是党内败类,败类迟早要被清除。他们说我疯狗乱咬人,不错,我就是要咬,但咬的不是人,而是恶狼,人再弱也不能怕狼!我不能眼睁睁看着滨大毁在这群败类手中,难道滨江大学没好人?""都要退休的人了,你到底图啥呢?你能改变整个滨大吗,能改变整个教育界吗?人不为己天诛地灭,哪个朝代没贪官?封叔,还是过好自己的小日子要紧!"眼前的林和兵还在不断劝说,封弘道听着听着猛然惊醒,他没想到当年自己看好的憨厚老实的后生娃,今天也这个样子讲话。听说这个年轻人现在精打细算不断炒房炒股,已经赚了不少,真是岁月不饶人,男大十八变啊!林和兵还想再说几句,但被封弘道打断了:

"轮不到你教训我,你以为每个人都像你一样,一肚子投机心理?我就是焦大!就是大闹天宫的孙悟空!我什么也不图,就是要让人看看大学老师还有没有起码的良心!"封弘道拂袖而去,走了几步又返回来,对着不知所措的林和兵,一咬牙撂下两句话:

"娃啊,你年轻,路还长着呢,千万不要被名利遮蔽了双眼,要走也要走正路!国家培养一个大学老师不容易,你一定要有独立的人格,可不要为人所用,切莫帮人打人最终被人打!"

"完了,完了!"回来的路上,林和兵一脸懊丧,碰见张懿恒的时候,没说几句,就情不自禁哭了起来,"画呢,你答应送我的画呢?"林和兵边哭边问。"那明晚你来拿吧,我画个白云幽石给你!""不不,你还是画个节节高升的竹子吧!"第二天郑宇智来了,一见面就说林和兵在他面前哭过好几次,说自己家庭出身不好,学历低,社会关系差,不像我们还可以适当卖画贴补家用。林和兵放言必须要上,不然在那个复杂的单位就混不下去。到最后郑宇智慨叹当年红火的锵锵三人行如今曲终人散,林和兵这小子有恒心,说不定将来混得比其他人都好! 张懿恒说:"但愿吧。"其实他早已感到林和兵和丁雄伟是同路人,挤破脑袋,一心往行政的路子上钻。

名来利往苦追求,滨大现在越来越行政化了。前几省天教育厅发文,给滨大的校长和书记明确了正厅级职别。"哈哈,有好戏看了,这些年市里一直不同意给滨大的领导定级别,校领导往省里部里跑了好多次,什么关系都动用上了,现在总算定了级别,可以和市领导同起并坐了。""听说这也把市里给得罪了,因为以后不好监管滨大了。""滨大发展早已信马由缰了。"文件发出的当天,各种议论满天飞。连张懿恒也不明白,整天喊着去行政化,但实际上行政化官本位化这几年越来越盛行,很多老师不安心学问,整天想着当官升官。

"哎呀,庄焕明结婚了!微信群里祝贺的消息已经刷屏了!"郑宇智扬起手机,说着就问赶来拿画的林和兵,"你不是给张博士介绍教授的女儿嘛,怎么总不见行动,要不把手机号码发过来,让他俩直接联系,省得你夹在中间难受?""哎,不不不,这样不好,先别急,教授女儿不是随随便便就能见人的。好菜不怕晚,回头我再努力撮合。"林和兵笑着,眼睛眯成一条缝。

庄焕明结婚的消息,像一阵无形的风,很快就传开了,比他当了工会副主席的消息更令人惊奇,先是从教师村小区的清洁工嘴边,传到办公室老黄的耳朵,再由老黄传到其他几个人,随之就满世界飞了。大家都没想到庄焕明能结婚,也想不到他最终会结婚。周四的例会,一见面大家就纷纷祝贺他新婚快乐,接着故意询问为何不设宴摆酒?庄焕明脸色发红,很快找个借口出去了。他一走,大家的议论反而热烈起来。廖慈志看看张懿恒道:"你还不抓紧?人家庄焕明都结婚了。"

一阵风吹来,窗外的凤尾竹摇摆不定,惊得湖边的白鹭纷纷起飞,飞向渺茫的天空。张懿恒想起了程怡雪,听说她现在从校办到团委了,工作很好,已经拿了市教育科学项目和校立德树人重大项目。张懿恒知道,这一切已和他无关,他现在也顾不上程怡雪,市级校级项目他根本看不上,他看上的是导师说的国家社科基金重大项目。前不久,他再次联系杨鸣鹤,表达加入的愿望,但杨鸣鹤不置可否,只是让他脚踏实地,安心工作,有空多回母校团聚。张懿恒又说那个祖传技艺的墨锭,什么时候让人见识?给钱都行。杨鸣鹤说不是钱不钱的问题,墨锭已经被几个书画家定制了,订单一直排到后年,现在忙得做不过来,何况老师这边又一堆事情。张懿恒最后问:"师兄,你真的不肯拉我一把?""你比我好,我现在已经陷入泥潭了。"杨鸣鹤的语气很快复杂起来。

"庄焕明确实不想要打工妹,可人家也不是吃素的,拖着个大肚子,直接往行政楼一跪,旁边的谭婆婆哭天抢地,下面几个人还敲锣击鼓打横幅,发传单,保安拦都拦不住,正在接待校外交流团的领导急了。他没辙,只能先要了,但好像觉得丢人似的,虽然登记了,但不摆酒,也不带老婆出来见人。"老黄摇动着肥大的屁股,和几个人讲得正带劲。

"普通老师不是红尘猎艳的大款,找对象本来就不容易。"

"干得好不如嫁得好,前几天我和几个毕业多年的学生聚会,当年班里最漂亮的女生曾鲜媚,就是这样告诉我的。身为昔日的班长班花,现在嫁了一个老板,做全职家庭主妇,带孩子,自己觉得也快活的。她告诉我,总觉得滨大的老师是外地人,而且有一种职业性的腐儒气,她受不了。"

男男女女总是惹人议论。林和兵也常常感叹来到滨大,学问没法做,对象难找,感叹滨江是一片文化贬值、金钱至上、名利漫天的文化沙漠,感叹身处一个势利世俗、奔走逢迎、欲望膨胀的社会!郑宇智也说滨大有些女学生,大二大三起,就出去援交,其他稍有姿色的,也不安心读书,满脑子想着赶快找个老板嫁了,豪车别墅好风光。至于丁雄伟,消息更广,他说校内学生生活区一条街的洪都西餐厅,老板是个初中毕业的打工仔,因为开了好几家店,整天一身好行头,豪车来豪车去,很多女生都很仰慕,据说老板已经睡了好几个了。张懿恒为此专门去了一趟这家餐厅,发现里面漂亮女孩确实很多,有几个还是自己班上的学生。

"宁嫁老板不嫁老师,人家女生的选择也没错,刘项原来不读书!"胖子老刘放下手中的教材,少有地表明观点。他知道建筑系的老罗教授就这样找来找去,最后不得已娶了个农村媳妇,安排在行政楼上班,穿着灰白的劳动服,整天爬上爬下,拖地,扫楼梯,冲洗厕所,擦洗玻璃。老刘感叹自己辛辛苦苦读了一辈子书,最后还是个教书匠!钱没多少,家没多好,人也没多发达!如果再有选择,他绝对不当老师!

"我们从小为了脱离农村,努力读书学习,好不容易考上大学,考上研究生,结果呢?"常华明摊开两手不断叫喊,说他苦苦奋斗二十年,来到滨大后,发现又回到小农村了。因为滨大的新校区地处荒山野岭,离市区太远,房子买在这里,工作在这里,生活在这里,进进出出都要绕过农民的稻田和鱼塘,买个菜就要坐二三十分钟的公交车,回一趟市里等于农民进城了。

张懿恒也觉得窝心,滨大怎么选了这样一个地方?搞得师生们干什么都不方便,仿佛在孤岛上生活,交通闭塞,与世隔绝。上个月因为母亲生病,他刚刚回了趟老家,回到那个宁静荒凉的山村照顾母亲。现在上课下课,其实还是在另一个小农村,来来去去,简直兜了一个圈。

正议论着,庄焕明走进来,大家赶快换了笑脸,再次祝贺他新婚快乐,闹着要他请客。"加油加油,老婆什么时候生啊?"老黄一问,庄焕明的神色不自然,往前走了几步才提到,五一节慰问,工会给大家准备了礼物,等下记得去会议室拿,说完匆匆离开了。过了会儿,朱丽茵来了,一来就高门大嗓:"我刚从会议室领完工会节日福利。你们看看!"说着倾倒手中的纸袋,哗啦啦滚出几包绿豆、红豆和几个粽子。"六百块的工会费,就发几包绿豆了事?"朱丽茵说完,常华明也气呼呼直叫:"新学期开学,别的学院开门红五百块现金,我们是二斤绿豆,三斤黑豆,十个豆沙包。这次节日慰问,别的院系是六百块的购物卡,让老师直接到超市购物,我们倒好,还是二斤绿豆,三斤红豆,四斤粽子。都是朝夕相处的同事,当工会副主席才几天,就玩东诳西骗,连几百块的工会福利都不放过,真能做得出来啊?"

气　质

清晨,下着蒙蒙细雨,张懿恒刚到饭堂前,就发现楼前几株蔷薇花在静静开放,雨中的蔷薇,别有一番风致。

"小张,小张!"一个满头华发但气质优雅的女士放下油纸伞,微笑着看着他。

"关教授您好!"张懿恒立刻上前。

关继鸿教授出身名门,祖爷爷是前清翰林,祖母是早期赴法勤工俭学的中国留学生,父亲据说是徐悲鸿的学生,这从关教授的名字就可以看出。关教授的亲属,如今很多都分居海外,有在巴黎的,有在伦敦的,也有在纽约和多伦多的,很多都是著名的华侨领袖,张懿恒曾经看过中央电视台的《文化名人》节目,里面有对关教授的专访。

"你来这里还习惯吧?"

"还行。我经常喝凉茶。"

"美术理论课不好上吧?"

"是的,这个课理论性太强,我上起来很吃力,学生也不喜欢。可是理论毕竟要加强啊!圣人含道映物,澄怀味象,中国美术有着自己的理论,而且这个理论源远流长,绵绵不断,最终蔚为大观,学生必须学好理论课这一关。"

关教授虽为名门之后,却没有架子,她高华脱俗,雍容和雅,很会关心人,特别是对青年教师。张懿恒记得,自己和程怡雪来滨大后的第一顿饭,就是关教授请的,那顿饭使他永生难忘。当然,关教授真正出名的不是她的家世,而是她的画。据说关教授七岁时就随父亲学画,打下扎实的专业功底,后来她进入中央美院,受业于诸多名师。"那是一个群星璀璨的时代!"关教授回忆起来总是很激动,"徐悲鸿、刘奎龄、于非闇、蒋兆和、陈少梅这些大师都给我们上过课,那时候的老师对学生也真好!"关教授年轻时画工笔,现在年纪大了,工笔画画得很少,如今主画写意。她的画曾作为滨阳省唯一的入选作品,连续两次参加全国美术作品展览,也就是业界经常说的国展,这是国家美术展览的最高档次。

关教授德高望重,学养厚朴,虽然早已退休,但依然担任全国高校美术学科指导委员会委员等职。多年前,关教授被当作特殊人才,从北京一所著名高校引进滨大。她本身也是滨江人,说是引进,其实就是落叶归根。如今的关教授已经年近七十,还坚持给学生上课。尽管一再推辞,但鉴于关教授名气实在大,很多地方都需要她,所以老教授曾经担任过省政协委员、省政府参事室参事、省美术家协会副主席等职,到现在还是滨阳省高级职称评审委员会美术学科评审组副组长,中国工笔画学会副会长,国家一级画家,滨江画院特聘画家。正因为她人好画更好,很多人都向她要画,包括滨大的校长书记,但最终都碰了钉子,这也导致对她不满的人很多,然而关教授名气毕竟大,又有如此显赫的地位、头衔和家世,谁也奈何不得。现在省长、副省长、教育厅厅长过来滨江检查工作,第一个要接见的老干部、老专家,就是关教授。

"关教授,听说您是艺术系建系的第一任主任？"张懿恒问。

"那时候和现在不能比！"老教授笑笑,退休多年的老人,一说到如今的事务,就闭口不言。一切已成过往,自关教授退休后,艺术系的主任就换了三个。关教授如今早已不问政事,但仍在坚持上课,以藻绘翰墨为乐。前几天文化馆有活动邀请,但一听是商业性质的,她立马就拒绝了,按照她的脾气,只出席公益性的活动。这么多年来,关教授一直活跃于讲台,以培养学生为己任,对于校外的上门求教者,她也从不拒绝,所以她的弟子很多,当然,对于学生的求教,她从来不计报酬,不计得失,只求把老祖先的技艺传承下去。

关教授热情善良又气质超群,大家都说她是滨大的一道风景。天生丽质难自弃,关教授大家闺秀,一代名媛,参加工作多年,虽然时光纷扰,心态却一直很好,加上皮肤美白,保养得宜,出门又爱穿旗袍,湖蓝的、紫红的、墨绿的、藏青的,各色旗袍配上不同的丝巾,雪白的、杏黄的、梅红的,显得特别得体,满头白发盘得也特有型,整个人显得十分高贵典雅雍容大气。大家都说在关教授身上,很难看出岁月的沧桑,以至于走在街上,一般人都以为她只有四五十岁,回头率颇高。无论下不下雨,关教授出门总打着油纸伞,这就使得回头率更高了。

乱世黄金,盛世收藏,滨大很多人都喜欢收藏,像老金喜欢收藏砚台,王书记喜欢收藏茅台酒,强校长喜欢收藏菩萨像,肖子业喜欢收藏字画,关教授则喜欢收藏油纸伞。她不知从哪里的渠道,订购了很多油纸伞,自己在上面上色、作画。朱丽茵总是啧啧不已:只要出门,关教授就要打油纸伞,天青的、月白的、瓦蓝的、暗红的、黄褐的、螺纹的、单边的、环目的,各色油纸伞轮番撑开。的确,关教授走在校园里,一袭苏绣的旗袍,衬着素雅的油纸伞,走过幽幽花径,走在竹林深处,古典气质特浓,常惹起阵阵惊为天人的感叹。大家都说她从画中、从历史深处走来！

"关教授,您从哪儿找的油纸伞？现在谁还打这种伞,早都不时兴了。"张懿恒说。

"你不喜欢油纸伞吗？是不是觉得我一打油纸伞就成出土文物啦？"关教授说。

"不不不,我觉得很美,一看见您打着油纸伞,我就想起《雨巷》。"张懿恒说。

"你碰见一位老太婆,失望了吧？"关教授笑起来。

"不不不,滨大所有教师中,您是最具有艺术气质的一个,具有真正的古典魅力,就是最后的贵族,就是末代公主。"张懿恒说。

"哎呀,你什么时候也变得油嘴滑舌了？……其实大家都看好你,你刚来时腼腆憨厚,说话还有些羞涩,大家都说你是《五朵金花》里的阿鹏。"关教授说着话题一转,"你也该解决个人问题了。有没有人给你介绍对象？要处对象了,找个人照顾你的生活,一加一大于二。我听见的议论里说你有病的都有。"

张懿恒支支吾吾起来,脸也红了。他看看关教授,关教授的目光平和而慈祥,和她的画作一样,充满着温润的母爱的光辉。

关教授什么都好,但大家都说她是个怪人。艺术界本来就多怪人,这也不足为奇,可关教授也太怪了。张懿恒好几次看见她吃馒头要剥皮,穿鞋要穿绣花鞋,走路总喜欢走直路。更怪的是,老太太一直独居,只有从乡下来的保姆定期给她打理家务,除了保姆,家里从来不允许外人进去。每年学校办公室和老干处的人看望她,关教授站在门口招招手就算了事,据说厅长省长来了,也是如此。至于礼物慰问品等,从来也是放在门口,不让拿进去。

滨江盛行房门上挂牌匾,关教授取个"冰玉堂"的名字,写成瘦牌匾挂在门楣上,特别醒目。张懿恒好几次给关教授送工会发的食用油和大米等,本想着要直接送进她家厨房,但关教授在门口就朝他摆手,保姆拿进去,随即就关了门。关教授一辈子无儿无女,却十分爱猫,家里养了一群猫咪,人们以"猫奶奶"来形容她的生活。按说关教授年轻时候肯定是美女,这从她现在的风度和气韵可以看出,可是她至今不婚,常年一个人生活,成为滨大头号女神。别人不好问,也不敢问,张懿恒更不能问,但他隐隐约约听人说关教授年轻时当知青,也谈过恋爱,但因为轻信于人,受骗上当,一怒之下就终身不嫁,成为典型的独身主义者。滨江这里旧社会就有自梳女的习俗,关教授独身多年,和自梳女无异,可就这么一个人,突然关心起自己的感情婚姻了,张懿恒一下子不知道说什么好。

吃了几口肠粉,看着窗外的鸽子飞来飞去,张懿恒说了老黄因为监考而住院的事情。关教授表示她早已置身事外,艺术系的工作自有人做。"小张,你忠厚天真,本质很好,但可不能像刚来时一样傻傻的,凡事要留个心眼,讲话不能直来直去想说什么就说什么!"窗外落英缤纷,关教授的声音像花朵一样娴静,像湖水一样清淡。直到最后,仿佛浪里淘沙似的,她又轻叹两句:"女人就是嘴巴不好,爱说长道短的。可是男人表面上不说什么,实际上报复心最强。"

关教授总是像慈母一样关心自己,听她讲话,让人感觉像是清清的泉水在流淌,流进人的心田。张懿恒感念之余,不禁想到这么好的一个老师,为什么学生还会投诉呢?于是又想起大家都反映这里的学生太不好教,学习太过功利化。

"商业发达的地方,学风是差点,我们的学生告状是出了名的。"关教授提到去年她让学生背中国古代画论,背中国古代经典诗词,复习背诵的内容多了一些,学生不仅评教时大骂,还告到校长书记那里去,有的还告到教育部,"校长找我谈话了,我当下就声明:他们就是告到天王老子那里,告到国家主席那里去,我该怎么考试还怎么考试!"关教授神色从容,说话的声音平和淡定。

"您做得对,关教授,这里的学生的确……"

"不!"关教授打断张懿恒,说话掷地有声,"学生永远是学生,不值得计较!老师也千万不要和学生计较!"

张懿恒"嗯嗯"着,正要听关教授讲下去,只见旁边一个人,衣衫不整,蓬头垢面,脚上的袜子都破了洞,左手提着菜篮子,右手拉着大肚子老婆,风尘仆仆走向窗口准备买早餐,背后有个老年妇女,跟在后面不断絮叨。

"你千万不要和他一样。"关教授瞥了一眼匆匆过去的庄焕明。

张懿恒顿时无语,人啊人,人是最复杂的。庄焕明已经变了,脱胎换骨,变得如此快,真令人想不到。他的嘴巴没那么刻薄恶毒了,现在一心扑在工作上,除了家里,整天都和丁雄伟在一起忙这忙那的,见了熟人招呼也不打,更别说嬉笑调侃。"水嘴"不水了,郑宇智说他从一个面孔走向另外一个面孔,在和丁雄伟打得火热的同时,很快冷却了普通老师。常华明也说庄焕明现在孤僻得近乎病态,好像一没见过女人,二没当过官。当然,一想到上千块的工会费,一提起工会发的礼物,常华明就来气:"每次都发些豆子粽子,要不就是几个叉烧包一包腊肠,这能值一千块钱?上任才几天,就盘剥同事,大鱼吃小鱼!"张懿恒好几次碰见庄焕明,也感觉无话可说,再也恢复不到以前的畅所欲言了。

停了停,张懿恒提到了自己的事情。这几天他很痛苦,国家社科基金重大项目的事他念念不忘,给导师说了,又给杨鸣鹤反复恳请,好几次表达强烈愿望,最终导师答应了,杨鸣鹤也让他撰写了部分论证材料。张懿恒写得很辛苦,但等到前几天项目立项公示的时候,才赫然发现自己并未名列其中。项目主持人当然是老师,子项目负责人是杨鸣鹤和其他几个人,每个子项目下面的成员也依次排开,但从头到尾,都没有张懿恒的名字。他原以为自己好歹可以是子项目的第二参与人!"师兄,你们把肉吃了,给我留碗残汤总可以吧?"张懿恒当下就质问杨鸣鹤。

痛苦归痛苦,他现在关心的依然是如何把画画好,把技艺提高,有所作为,当然,他也只能这样了。当向关教授请教的时候,这位母亲一样慈祥的老人反复强调要他多出去看画展,多学诗作文。

"不能急,不能急,画画是高尚的艺术。你年轻,切忌急功近利,要慢慢来!画者,寂寞之道也。你的画我看过了,还欠些火候,晕染不足,张力不够,造型质实而不够空灵,笔墨线条也有不少问题,一切还需要多历练,就好像你的人一样,需要生活的再打磨。记住,孩子,为人作画要博大精深、浑厚华滋!"离开的时候,关教授撑着油纸伞已经走了几步,突然又回过身来,目光纯澈而温柔,"你和小程还能挽回吗,要不要我做做她的工作?"

吃 亏

再见到程怡雪,已是庄焕明结婚后的大半年。张懿恒没想到程怡雪会主动约他,更不知道这个和他两年来形同陌路的女人葫芦里卖的什么药。

晚饭后,张懿恒看见半路上有个身穿金丝绒旗袍的女人下了车,一个男人跟在身后。快到教师村小区门口的时候,树荫下的女人一回头,趁着黑暗,男人的手顺便拍在她屁股上。张懿恒赶快躲开,等女人走过去了,才发现是方希妍,而那个男人正是廖慈志。

"满天云雾湿轻裳,如在银河碧汉旁。缥缈春情何处傍?一汀烟月不胜凉!"高楼上有人在唱京剧,深情婉婉,很显然是关教授的声音。张懿恒正想多听几句,一辆墨绿色的小车开过来,程怡雪让他上车,两人很快出了滨大校园,离开卤阳湖新区。一个小时后,车开进市中心的一个小区。张懿恒一眼就看出,这个小区地段很好,周边商铺、超市、公园和学校等一应俱全。小区里的保安个个年轻英俊,身高都在一米七五以上,制服缎带,衣着十分讲究,见到程怡雪的车开进来,都主动敬礼。车子七拐八拐,绕过栋栋豪华的别墅,绕过栋栋高楼,最终程怡雪带他进了一栋单元房。

"你买的吗?"张懿恒问。一进门他发现这房子装修很豪华,客厅做了吊顶,生动别致,墙上贴着暗花的壁纸,地上铺着天蓝色的地毯,沙发都是真皮的。程怡雪开了灯,大大小小的灯饰灿灿发光,房间顿时充满神秘的放纵感。"别人送的。"程怡雪肩膀一耸。"哦!谁送你这么好的房子?"张懿恒有些惊异。不用说,凭程怡雪的收入,肯定买不起这么好的房子!但未等他问完,就被回了句:"你少管!"

程怡雪走进房间,换了一字型斜肩长裙出来,她依然是那么迷人,头发乌黑明亮,云彩一样松松地垂着,身材凹凸有致,连体长裙颜色雪白,衬托得她的皮肤更雪白了,从头到尾一个冰雪美人。张懿恒从来没见过程怡雪如此装扮,阴寒的天气,偌大的房间,只有他们两人,房子好久没人住了,张懿恒感到发冷,再看程怡雪,虽然是一袭白裙,但没有任何亭亭玉立出水芙蓉的感觉,反而让人感到恐怖。

"关教授刚才唱的什么?"

"《洛神》。"

"是宓妃吗?"

"嗯。"

"是曹子建写过,顾恺之画过的那个吗?"

张懿恒还想再问什么,一阵冷风吹来,白衣飘飘的程怡雪突然抱住他说:

"我要回艺术系,校办和团委我待不下去!""为什么?凡有血气,皆有争心。你现在不是很风光吗?"张懿恒问完,程怡雪脸色一变:"没想到你讽刺起人来也挺尖刻的!别人不理解我,你也不理解我。"张懿恒无言以对。"风光个鬼!表面现象只能骗得了一时,校办接待特多,整天喝酒唱歌应酬不停,我都快累死了。早上梳头,发现头发都掉了不少。"程怡雪说着便像个小孩子一样,把头埋在张懿恒怀里,紧跟着喊了声:郁闷!

滨大这几年发展快,社会力量不断涌入,校办总是有这样那样的接待,程怡雪总是有出席不完的饭局。而每逢饭局,必要她喝酒唱歌。领导们的酒量惊人,程怡雪疲于应付,以至于她不得不事先吞服两块黄油垫底,喝着喝着,便到卫生间呕吐一番,然后回来又开始一轮又一轮地陪酒。生活就这样一天天过去。

张懿恒第一次听说黄油垫底能催吐,正想问个明白,没想到程怡雪来了句:"春花秋月何时了?春风秋月等闲度!"说着便把头伏在他的肩上,很疲惫的样子。张懿恒摸了摸她的头发,发现程怡雪沧桑了不少,尽管刻意化妆,可是她明显发胖,特别是双腿,而原来那紧绷的笔直修长的双腿是多么令人着迷啊!再往上看,程怡雪已经有了下垂的眼袋,眼角也出现了细密的鱼尾纹。

"庄焕明结婚的事情,你知道吗?"程怡雪问。

"庄焕明对我说过,他准备等孩子生下来之后再离婚,所以就答应结婚了。说这话的时候,他哭了。"张懿恒答道。

"你会娶一个清嫩漂亮而无工作无学历的农村打工妹做老婆吗?"程怡雪问。

"绝对不会。"

"那你什么时候结婚啊?"

"不知道。你要破镜重圆吗?"

"少臭美,谁和你破镜重圆?"程怡雪抬起头来大喊,"我要结婚。""哦,你要嫁给谁?"张懿恒睁大双眼。"哼,你着急了吧?我爱嫁谁就嫁谁,反正不嫁你。"程怡雪说着就坐起来,开始捶打张懿恒,捶打了几下就泪流满面。

他尚未明白过来,她突然就骑在他的身上。他有些害怕,想坐起来,但她反而更加猛烈,最终边撩裙子,边用炽热迷离的声音说:"我要让你亏欠我一辈子。"

冷若冰霜视若仇敌的痴男怨女一旦重逢,三句话不到,稍有肢体接触,人的自然性就战胜了社会性,满脑子就剩下原始的驱动力。张懿恒多少还有道义的抗拒,但程怡雪疯狂不已,两只胳膊箍紧了,动作越来越急切,力气越来越大,手指掐进他的肉里。窘迫中,张懿恒转过头去,看见墙上的一幅书法:

彩袖殷勤捧玉钟。当年拚却醉颜红。舞低杨柳楼心月,歌尽桃花扇底风。

从别后,忆相逢。几回魂梦与君同。今宵剩把银釭照,犹恐相逢是梦中。

正看着,肩上被狠狠咬了一口。"哎哟!"随着张懿恒的惨叫,程怡雪突然放声痛哭:

"过几天我结婚,你来不来?"

张懿恒猛然惊醒:原来自己博士毕业已三年多了。

撒　尿

周末,郑宇智请张懿恒喝茶,茶喝了一半,郑宇智问:"丁雄伟没让你写材料吧?"

"写什么?"

"写评估材料。"

"找了,我给他说正忙着修改论文,没时间写。"

"他也找了我好几次,后来老浦也打电话要我写,我拒绝了。老浦又让我当班主任,让我带学生出去实习,我也拒绝了。店里事多,现在忙不过来。"

"丁雄伟一个办公室副主任,又不是系主任,有什么资格命令我们写东西?"

"他现在是领导身边的红人,小人得志,牛逼轰轰,以领导的名义到处指派老师干活,张口闭口都是为了系里的工作。"郑宇智把弄着茶盏,说话的声音和卤阳湖一样冷峻深沉,"丁雄伟这个人年纪轻轻,有眼光,看来下对赌注了,他现在像叫驴一样干得正猛。我们拒绝了他,说不定没好日子过。不过话说回来,我是不想搞科研了,你还有干劲,我是连干劲都没了。单位上的破事不值得我上心,我就想落个冷眼看人。人家林和兵是炒房,咱现在是看店,各有各的忙法!""你不搞可以,大家都说你是贵公子,瘦死的骆驼比马大,可是我就不行了,一天不搞,饭都没得吃。"张懿恒说。"什么贵公子?"郑宇智掠掠长长的浪人头发,"我就是没有你坐冷板凳的恒心。"

郑宇智也是名人,响当当的名人。父亲是有名的企业家,当年手下好几家公司,家境殷实,出身豪富,郑宇智自高中起就被送到国外学习,最终在牛津大学拿了艺术史的硕士研究生学位。当初他留洋归来,在整个滨江都是一件新闻。滨江大学也确实把他当特殊稀缺人才引进,市委书记亲自接见,校长还请他吃过饭。当时大家也普遍看好这位前程远大的年轻人,据说有好几位教授都准备把女儿嫁给他,但郑宇智最终还是和一个市人大常委会副主任的女儿结了婚。荣耀归荣耀,时间长了,也就泯然众人矣。这几年他除了例行上课,只考过一次博士,失败后就没有再考,也没写过一篇论文,没申报过一个项目,别说国家级项目、省部级项目,就是市级、校级项目,他也懒得去报。和他同来的很多人,如今都是博士、副教授了,只有他学历止于硕士,职称依旧讲师。光环褪尽,时光弄人,人们都说这位昔日的明星如今成了流星。但郑宇智也有他的过人之处,这么多年来他专心做生意,先是开了家面包店,专营英法口味的面包,他的牛角面包是滨江一绝,后来又在运河边开了两家画廊,代理名人字画,生意挺好的。

"系里这次又点你名了,说你绩效排名倒数第一,这样下去工资将打折扣。""管他的。倒数第一又怎么样,绩效差又怎么样?他们爱扣工资就扣吧,我不在乎那些钱。学生现在对我评教也是倒数第一,那又有什么?只要学校不开除我,那就没关系,反正我不在乎学校的那份收入。"郑宇智轻轻抖去手中的烟灰,目光里满是嘲讽和自得。"可是有人会对你有意见。""放心,我不是庄焕明那个外强中干的货,很容易被降服!我不写论文、不搞科研,也不想评职称。主要是我从心底对职称评审很不屑,对官本位更不屑。"张懿恒想到近来郑宇智经常这样议论,以此讥笑林和兵的精打细算投机钻营,便赞赏道:"你有这样的底气,我不敢像你一样超脱,谁让你出身豪门,又娶了高干媳妇!""呵!"郑宇智大波浪头发一甩,"全艺术系的人都知道了,就你蒙在鼓里,我已经离婚了,以后不要再提什么高干。"

第二天,张懿恒进了艺术楼卫生间,看见庄焕明正朝老浦打招呼,老浦只是简单"嗯"了声,随即高昂起花白脑袋,眼睛向着天花板,双手叉在腰间,大肚皮前挺,龙头居高临下地直直冲射。"哎呀,你和别人不一样啊?"庄焕明挤眉弄眼,嘴巴也努了努。老浦没好气地问:"撒尿有什么好看的,简直大惊小怪?!""水嘴"赶快叫道:"飞流直下三千尺,疑是银河落九天!还是挺好看的!"说着又冲张懿恒笑笑。张懿恒知道,庄焕明嘴上在笑,其实心里肯定在骂:"什么东西?当官才几天,连撒泡尿也变得趾高气扬、威风八面,摆什么臭架子呢?!"

老浦是变了,当官之后,大家都说他的心态不一样了。原来当普通老师的时候,老浦动不动就说他身体不行了,张口闭口要退休,混混就到头了。那个时候他看着也确实不行了,不说花白的胡须,不说皱纹密布的核桃脸,也不说咳嗽不断的破锣嗓音,就说那身形吧,瘦瘦的干瘪的,特别是那腰和背,见了谁都是弯着驼着。老浦本来就不高,这一弯腰驼背,好像比人矮半尺似的,看人总是仰视,别人看他也是先看到驼背和驼背下面干瘦的脑袋,用常华明的话说:"不熟悉的人一低头,看见老浦还以为是个成精的大黑蜗牛来了。"老浦当时拖着沉重的脚步,腰背几乎蜷缩成笼圈,偶尔动一下,像个病虾般半死不活的,走几步就停下来,捶捶腰捶捶背,不断咳嗽着感叹:

"这老腰,他奶奶的!"

自从当了主持工作的副书记,老浦工作努力,确实做得不错。就拿去年来说,先后有好几个学生家长找上门,请吃请喝送礼,要求对孩子在评奖入党方面多加照顾,老浦立马严词拒绝,饭不吃,礼退回,事不办,事后又嗤之以鼻:"真是异想天开,把我当啥人了?"此事很快传开,大家都赞扬老浦坚持了正义,维护了原则。而日常中这样的好事老浦还有不少,特别是因为资助困难学生,被评为德育先进分子,受到市委书记的接见,后来又在市内外做了不少报告。这样不到两年工夫,老浦的干瘦脑袋就变得红光满面,说话也底气十足,声音洪亮无比,走路更是四平八稳。当然,最明显的是他的腰身,腰身是一个人的精神,是灵魂,是形象。朱丽茵早就窃笑老浦现在讲话经常双肩高耸,腰板挺直,手指挥来挥去,全然领导风度。娄静斋经过比较,发现无论什么时候,只要是针对下属讲话,老浦就条件反射,腰身像电线杆一样峭拔端直,刚硬坚挺。老黄更惊异,因为她发现老浦原来的弯腰驼背,不知什么时候竟不治自愈了,现在笔直端挺,想再驼下去都难,于是缠着老浦要灵丹妙药。老浦总是笑而不语,搞得老黄埋怨道:"这货,还待价而沽咋的?"老浦最近衣着考究,肤色红润,说话昂首挺胸,腰杆里像竖了钢筋,巍然高挺,威风凛凛,特别是撒尿的时候,也那么威武强势,气场十足。其实不光张懿恒看见了,很多人都看见了,大家都在议论老浦变化之快,议论到最后,廖慈志拍拍脑袋:看来权力不仅是最好的春药,也是最好的健身和美容品!

今天是每周一次的例会,会议开始,肖子业讲完后,老浦寒暄几句,就开讲了,照例是思想意识要加强,政治学习不放松之类,说着眼皮扫了扫,瘦脸一沉:"我们有人不务正业,天天在外面做生意发财。一心二用,名利思想严重。结果严重耽误本职工作,教学效果差,这对得起滨江大学吗?对得起党和人民的重托吗?"刚开始大家没在意,以为是泛泛而谈,"个人主义至上,对组织分派的任务推三阻四,集体意识淡漠,工作不积极,思想觉悟低,需要好好教育改造。"等老浦说到这里时,张懿恒就明白在说谁了,于是下意识看看郑宇智,只见这位名士正低头摆弄手机,原来他根本不当回事。老浦讲了几句,看见下属漫不经心的样子,便喊道:

"郑宇智你在干什么,你什么态度嘛,有没有听我讲话?放下手机,专心点,认真点!"

不等众人的目光齐刷刷瞥来,郑宇智很快站起,用冷峻的神色问:"你说我什么态度,你什么态度?"

"我是书记,我现在代表党和你讲话,你要听话,要和我保持一致!"

"官腔吓不倒人。老浦,你的所作所为能代表党?"

"怎么不能代表?再说一遍,我是书记,我就是党,就是组织,有权教育你。"说这话的时候,张懿恒看到老浦腰板发硬,理直气壮,声调也跟着很快提高。

出了一个庄焕明,现在又冒上来个郑宇智。个个都会开炮,这怎么行?老浦恼怒不已,工作难做,下属难管,他这个书记说话没人听,以后怎么办?他看看会

173

场,突然想到被人管和管别人,这感觉真不一样,自己应该有个书记的架势。于是四下看看,决定今天使尽全力也要弹压下去。"责任重于泰山,我们不能一心二用,首先要端正自己的三观,价值取向要明确,反对金钱至上,反对歪风邪气,讲原则,守规矩,清正廉洁,大公无私,保持大学老师的良好修为,讲道德讲政治,堂堂正正,光明磊落,做一个高尚的人、纯粹的人、一个脱离了低级趣味的人。"老浦敲着桌子,正训得口水四射,啪的一声,郑宇智合起手机盖,众目睽睽之下,腰板挺直,旁若无人,打开门很快扬长而去。风吹起他的衣襟,飘飘悠悠,冷酷无比,响亮的皮鞋声回荡在门外走廊上,也回荡在会议室每个人的心里。

艺术人个个有特性,像庄焕明、常华明这种愤世嫉俗口无遮拦的狂士,从课外骂到课内,上课经常批评学生,甚至怒斥学生,所以投诉不少。唯独郑宇智倒好,这个人上完课就走人,和学生从不交流。学生加他的QQ、微信,他一概拒绝。对系里的事务,他也漠不关心,俨然局外人,来去一身轻。

"你和小牛同志见过了吗?"会议结束后,老浦问。

"还没有,忙得顾不上!"张懿恒说。

"你要努力呢,也到了该结婚生子的年龄了,行不行先见见,若是别人,我还不替他操这个心呢!人家小牛同志可是北京大学的高才生,形象好,气质佳,德艺双馨,工作也很出色,配你绝对没问题。"老浦说着拍拍张懿恒的肩膀,"程怡雪比你小,可是人家都要结婚了。以后我们说不定要成立艺术学院,要成立音乐系,她还要回系里工作。"

"她嫁给谁了?"张懿恒很快问。

"回头学生助理会封好请柬,发给每一位老师。"老浦头也不回地说。显然,他被郑宇智怼了几句,余怒未消,不愿多讲话。

婚 礼

程怡雪要结婚,新郎是谁?校长?丁雄伟?还是别的什么男人?这个问题一直萦绕在张懿恒心头,但是又不好公开打探。他早就明白程怡雪可不是一般的女孩,她身边从来不缺男人,和她交往的,也不是一般的男人。朱丽茵早就说过每个成功男人的背后,都有几个女人,程怡雪虽然没有成功,可背后仍围着一大群男人!

去的去了,来的来了,这个世界的男女关系从来就丰富多彩,人与人之间也从来都花开花落花落花开。张懿恒不知道自己究竟是程怡雪感情历程中的第几站,但终点站今天就要到了。接到请柬,他犹豫了好久,刚开始想着不送礼不出席,后来又想到托老黄送个二百块钱的红包,人就不去了。无论如何,他觉得出席这个婚礼对自己都是折磨。"你还是去吧,不出席绝对不好!"郑宇智仿佛看出了他的心思,提醒道。张懿恒想来想去,也觉得出席不好,不出席更不好。艺术系本来就是个是非之地,不出席别人还真以为自己和程怡雪有什么过节呢。而程怡雪告诉他结婚的事情,又大大方方发请柬,就说明了她的淡定从容,说明了一切。张懿恒最后决定出席婚礼。

一上车,的士司机得知去维斯纳纳酒店,就说那可是我们滨江最好的酒店了,近两年风头赛过滨江宾馆,好几个国家元首、国际影星都下榻过。说起维斯纳纳的海鲜多好吃,美女如何多,客房如何豪华等,司机如数家珍,但张懿恒哪里听得进去?一路上他都在想,程怡雪到底嫁了个什么人,能在如此高大上的酒店举行婚礼?是高官,是港商,是闪闪发光的富二代?是明星,是天王,是高富帅的男神?

出租车开到几座哥特式建筑的大楼前停了下来,张懿恒抬眼一看,果然不同凡响。三栋高楼鳞次栉比连在一起,高大巍峨,金碧辉煌,恐怕欧洲本土都没有如此华美灿烂的新古典主义建筑,真是青出于蓝而胜于蓝!酒店大门两旁矗立着精美的罗马柱,摆着名贵的景泰蓝花瓶,花瓶里红红绿绿的花儿开得正艳丽,地面上厚厚的红毯,沿着层层台阶逐次铺开,铺得很长很红火!地毯两旁,齐刷刷站立着很多女郎,全都紧身黑裙,扭动着细腰长腿,露出粉面玉臂,脉脉含笑,个个美艳性感。

看见张懿恒进来,女郎们扬起妩媚的妆容,齐刷刷排成左右两列长队,一字儿弯腰鞠躬,用甜美诱人的声音,异口同声高喊:"先生晚上好,欢迎光临!"晚妆初了明肌雪,春殿嫔娥鱼贯列。张懿恒哪里受过如此礼遇,一下子飘飘然,有了皇帝登基、御阅春色的感觉!"哎哟!"他禁不住叫起来,心里惋惜自己这个皇帝还没有皇后,而曾经一厢情愿的皇后程怡雪要另觅高枝了,不知她嫁的是哪国君主? 当然,答案将在今晚揭晓。但无论如何,张懿恒都没机会了,他不行了,可是如果行,他宁愿把今晚的婚宴当作自己的选美大赛,当作册封皇后昭告天下的大典,当作风光无限此乐何极的丽景!

喧闹声中,张懿恒走进维斯纳纳酒店的大厅。的确,这是运河边的一家豪华酒店,隔着玻璃窗,可以看见对岸的高楼此起彼伏,华灯璀璨。婚宴在二楼举行,楼梯已经堵塞了,人们你前我后,排成长长的队伍,等着送礼金。万头攒动,张懿恒被堵在下面,他隐约看见楼上程怡雪身着洁白的婚纱,旁边似乎有个男子一袭花格子礼服,两人并排站着,低头接受来宾逐个敬献的红包,每接收一个,程怡雪就把红包放在旁边的红宝箱里,本能地说:"谢谢,谢谢。"

程怡雪到底嫁了谁,怎么这么气派,送礼的人这么多? 张懿恒着急起来,新郎到底是哪位大神? 他想看清,但队伍太长太堵,前面的人也想往前凑,晃来晃去,身影移动,他根本看不清。等了半天,送红包的人还是那么多,前面的队伍移动又太慢,大家都情不自禁着急起来,议论声也大起来:"这婚礼太高档了,听说我们的校长都出席了。""对,我刚才看见校长从车里出来,你看,他现在就坐在贵宾席上。""哈哈,我们就是普通席了。""哟呵,这酒店怎么起了这个名字? 崇洋媚外,怪里怪气。听着让人就不舒服。""嗨,这可是滨江最好的酒店了,超五星级呢! 滨江好点的酒店,名字都很让人难忘,比如皇瑰酒店、帝都酒店和帝皇酒店等。""小程真有福气,嫁个好老公,能在这么高档的酒店结婚,堪称世纪婚礼了!"

谢天谢地,前面的人陆续移动,总算轮到张懿恒上前,这下他看清了。程怡雪一身新娘盛装,头戴花冠,身穿锦袍,洁白的婚纱从上拖到下,占据了大半个红毯。高贵典雅,风姿绰约,毫无疑问,她是今晚最光彩的女人,赛王妃,赛公主,赛皇后! 张懿恒突然想起自己那个神秘的梦,想到了梦中拉他上船的月光女郎,再看旁边的新郎,顿时有了一种别样的感觉。

没错,张懿恒一眼看出新郎尽管穿着增高鞋,但依然掩饰不住矮小的身材,再看相貌:尖脑袋,小眼睛,皮肤黑干,鼻梁特别扁平,一讲话露出满嘴的黄牙。不知新郎哪里的口音,总把"谢谢"说成"赛赛",把"你好"说成"雷吼",接红包时,窄溜肩膀更是神经质一耸一耸。等到近距离接触握手时,张懿恒感到像被什么扎了一下,再细看,其实不仅仅是手,新郎似乎浑身都毛茸茸的,脸上满是瘢痕,汗毛又粗又多,扁平的鼻梁、大大的嘴巴边也长满汗毛,密集得好像红毛丹,张懿恒猛然有靠近黑猩猩的感觉,他屁股发麻,双腿发抖,不可遏制的恐怖感很快袭来。"虽然其貌不扬,甚至可以说形容猥琐,但人不可貌相,人家或许特别有钱有势吧!程怡雪可不是傻子,不会自取其辱嫁一般男人。"张懿恒想着,走上前去送上红包,正要说些什么,但程怡雪欠欠身子,似乎有意躲开他的目光,只接过红包,说声谢谢,又忙着开始迎接下个人的红包。这一来张懿恒多少有些失望,但随即也感觉轻松了,于是找个地方坐下,周围的人他不认识,但大家都互相寒暄,交谈渐渐多起来。旁边的客人更是议论纷纷:

"这程怡雪怎么搞的?找来找去,找了个司机老公?"

"滨大这么多在编老师,这么多行政人员,她都不找,偏偏找了后勤集团的司机。"

"听说只是个临时工,不到初中文化。"

张懿恒一下子愣了,毛发倒竖,浑身的血管也狂跳起来,他怀疑自己听错了,但议论持续不断:"新郎就是司机,给校长开车,我认识他好几年了,确实是临时工,以前在外面的工厂上班呢!""哎呀,这真是鲜花插在……""小程是不是吃错药了?太可惜了,唉唉!""行了,行了,我们是来贺喜的,是吃饭的,你看校长都要讲话了。"张懿恒感觉自己胸口发紧,再看新郎,发现好像在哪儿见过,记得几年前去隔壁一个学院考察,就是那人开的车。当然,那时他还不是校长的专用司机,只是校车队的普通司机。张懿恒怀疑自己看错了,又看几眼,没错,的确是那个司机。于是他的脑袋开始发涨,坐了几分钟,看着旁边来来往往的人,觉得很不舒服,就赶紧凑到老浦身旁,假装谈天说地谈笑风生,心里却阵阵波涛汹涌翻江倒海。

觥筹交错,人声鼎沸,婚礼进入高潮,大家彼此欢声笑语,台上主持人更妙语连珠,逗乐不断,台下笑得乐不可支,喝彩连连。张懿恒喝了几杯酒,头有点儿晕,但也识相地鼓掌,跟着哈哈起来。"新郎新娘秀恩爱啦!"司仪喊罢,顿时礼乐齐奏,鞭炮响起,大家的目光纷纷转向舞台中央,只见黑矮的新郎顿了顿,随即踮起脚尖,紧紧拉住程怡雪的手,两人面对面笑了笑,就抱在一起激吻起来。宾客们的掌声热烈响起,随着动作的变换,时间的持续,特别是姿态花样的轮番显示,新郎新娘忘情的亲吻激起宾客阵阵惊叹,掌声也此起彼伏,欢呼声一浪高过一浪:"好好!""精彩啊精彩!"有人打起口哨来。

喧闹声中,张懿恒心底的浪潮再次被唤起。黑猩猩、白雪公主;白雪公主、黑猩猩!他感到五脏六腑都在颤抖都在震动都在翻腾着,像滚水一样汩汩滔滔。自己、丁雄伟、校长、司机,或许还有其他的无名者,一个个人物在张懿恒眼前映射着。看见热吻中的程怡雪好像很快乐很陶醉的样子,他突然想起前不久的交合,那种恶心的不自在的感觉很快从心头涌起。伴随着身边的阵阵掌声,阵阵欢呼声,那种感觉越来越强烈,好像惊涛骇浪,好像山呼海啸,好像雪崩地震,不断奔袭而来,猛烈冲击着撞打着撕扯着他的心胸他的灵魂他的意志。咚咚咚!张懿恒感觉胸膛好像在打鼓在充气在潮涌,脑袋更是阵阵剧烈的疼痛和震颤,一切仿佛要喷薄要呐喊要爆炸!他终于按捺不住,飞身离开座位。"你怎么啦?"丁雄伟问。"拉肚子!"张懿恒头也不回,很快踉踉跄跄下楼,拦住一辆出租车。

"往哪儿开?"司机问。

"随便!"

张懿恒不假思索地说。

车子开到郊外的公园,张懿恒甩下一百元给司机,"不用找!"他撂下一句,就匆匆忙忙爬上山顶,那是一座他再也熟悉不过的山坡,那是一条他再也熟悉不过的小路。云里雾里,他又来到了那棵凤凰树下,树儿旺盛生长着,花儿开得依旧灿烂。等扶住树身站稳了,他想起就在这棵树下,程怡雪曾打开一本诗集让他读:"我记得那美妙的一瞬:在我的面前出现了你,昙花一现的幻影,纯洁之美的精灵!"想着想着就远远地往下一望,望向维斯纳纳酒店的方向。

山下传来悠悠歌声:"干妹子你好来实在好,哥哥早就把你看中了。灯碗碗花儿就地开,你把你的白脸脸调过来。二道道韭菜扎把把,我看妹子胜过了兰花花。你不嫌臊我不害羞,咱们二人手拉手一搭里走!"张懿恒听了两句突然觉得天旋地转,再看树上树下,满是红红的花瓣,这花瓣灿烂盛开着,又无声坠落着,像鲜血,像泪滴,充满悲叹、嘲讽和自伤。"究竟谁是幻影,谁是精灵?谁是天使,谁是魔鬼?"刚念叨了几句,他心口憋闷,脑袋开始急速膨胀,眼前阵阵发黑,胸中的浪潮更是翻江倒海,渐行渐高,渐高渐怒,奔腾奔腾,炸裂炸裂,一切都要崩溃和毁灭。"啊!"他终于支撑不住,哇哇呕吐起来。

张懿恒不知道,程怡雪结婚的时候,还有一个人在痛心。

刚开始听说程怡雪结婚,关教授还挺高兴的,然而当得知程怡雪嫁的不是张懿恒,而是嫁了一个临时工性质的校车队司机时,她当下就惊住了。后来程怡雪打扮一新,坐着彩车从校园出发,伴随着送亲车队浩浩荡荡去往酒店,关教授正在阳台上浇花,目睹了这一切,她心里还是禁不住颤抖,啪的一声,水壶从手中滑落,重重摔在地上。直到车队驶出学校大门,关教授才醒悟过来,她心里猛然抽紧,立刻离开阳台,转身回了房间,可是不久她就从客厅走到卧室,又从卧室走到客厅,一会儿坐在沙发上,一会儿又站起来,望着阳台,不断唉声叹气。最终,老人躺倒在床上,拿出镜框,一遍又一遍翻看当年系里的集体照,目光落在张懿恒和程怡雪身上,久久不忍离去,看着看着,老教授突然百感交集。

关继鸿教授至今未婚,无儿无女,一个人就这样过了大半辈子,很多表现都异于常人,比如她脾气很大,批评学生毫不留情;她从不畏惧领导,动不动就和校领导吵起来;她是滨大公认的女神,据说年轻时追她的人很多,可她却终身不嫁,也不收养孩子,谁也不敢问,大家都说她是个怪物。可就这么一个公认的老怪女人,竟然对张懿恒的事情尤其上心。其实,张懿恒一进校,关教授就关注起这位青年教师,这不仅仅是因为她当年下过乡插过队,对农村有感情,也不仅仅是张懿恒身上独有的淳厚气息与上进精神吸引了以培养人才为己任的老画家。关键的关键,是第一眼看到张懿恒那纯净灿烂的面庞,关教授内心就涌动起强烈的母爱!因为早在几十年前她下乡的时候,曾经生过一个儿子,后来却不幸夭折,而那儿子如果活着,也差不多和张懿恒一般大了。不思量,自难忘,当张懿恒出现的时候,关教授惊讶地发现,这个来自农村的年轻人,竟然和自己的儿子有几分相像,她一下子就有了别样的感觉,可是,这是女人的秘密,她不能说出来。

看到张懿恒和程怡雪好上了,关教授十分高兴,想着两个孩子来来往往,缠缠绵绵,眼看着就要在一起了,她更心花怒放,甚至准备画幅多年不画的工笔鸳鸯,送给他们做新婚纪念。万万想不到,这两个孩子最终竟是这样一个结局!多年前自己的不幸遭遇,竟然在年轻人身上重演了。爱情爱情,本来是幸福的爱情,为什么却如此痛苦？这位画了一辈子仕女的老教授从客厅走到储藏室,打开密封的画轴,画面上孟姜女、刘兰芝、江采萍、花蕊夫人、祝英台、崔莺莺、杜丽娘,个个低眉垂袖,璎珞矜严,分明优雅恬静,脉脉情深！人生易老梦偏痴,梦里相寻千百度,不用说,这都是她的心血之作。看着看着,老教授感慨万千,又走回书房,思前想后,越想越伤心,目光最后落向墙上悬挂的瘦金体对联:

潇洒送日月;
寂寞向时人。

年近古稀的老人,像孩子一样,倒在沙发上呜呜痛哭起来。

第八章 浮躁

女 胎

上完课回来,路过小桥的时候,张懿恒碰见庄焕明远远走来。他知道这位工会副主席正干得风生水起,大家都说现在再也不见庄焕明动不动就破口大骂,再也不见他隔三岔五地写什么举报信、投诉信了,艺术系风平浪静了不少。"老浦给你介绍什么人?不会是个老油条吧?你要当心。"庄焕明一见面就问。"哦,你有预感?"张懿恒闻到浓浓的酒气,就后退一步,问他近来忙什么?"忙什么,工会的事情算个屁,什么都要听丁雄伟的!他比我还小十多岁,你说我岂能受他摆布?"庄焕明的小眼睛放着光,水嘴又活泛了。

张懿恒这才知道庄焕明最近发了,迷上了博彩、基金、股票、赌球,甚至六合彩什么的,什么都玩,已经沉浸其中,整天忙得不亦乐乎。"要不我给你介绍个吧?学历虽然低些,但感觉好!切记文工团的演员、电视台的主持、演艺公司的模特,统统不能要;年龄大的、职位高的、经历多的,也不能要,都是老江湖老油条,脾气古怪、好吃懒做、贪图享受、功利势利、低俗肤浅、挥霍无度又攀比成性,特别自信自恋自负的女人,连声音都是装出来的!还有,头回见面都要你请吃请喝,迫不及待要你买单,潘潇、陈湫萍就是这路货色。"水嘴很热情,一看周围很安静,便拉着张懿恒的手呶呶不休。

"哦,你是不是又搞上啦?家里娇妻一个,外面美妾万千。我恐怕没有你那福气！"

张懿恒这么一打趣，庄焕明马上卡壳，停了停，等桥头没人了，才小声问："你在人民医院是不是有同学？""不是我，是郑宇智的同学，他朋友多，上次是他介绍我去医院挂的专家号。怎么，你要挂专家号？""不不，没事，我只是随便问问，随便问问。"庄焕明急急忙忙走远了。

两天后，郑宇智见到张懿恒，三句话不到，这位贵公子一改往日悠闲淡定的名士风度，劈头盖脸就骂："一个大学老师，怎么还满脑子愚昧落后思想？这种事我怎么好意思向朋友开口？"

原来是庄焕明的老婆快生了，他想要男孩，就想让郑宇智找医院的朋友帮忙检查下，如果是女胎的话，他就坚决不要，直接打掉。郑宇智推辞说他朋友不是妇产科的，没法帮，但庄焕明反复恳请，说他家三代单传，不能在他这里绝后，等等。郑宇智反复讲了男女一样的道理，也说这不是送多少红包就能解决的问题，可庄焕明就是不听，电话里唠叨了一个多小时，苦苦哀求，还说准备当晚来家拜访。郑宇智没法，最后给了医生朋友的电话，让庄焕明自己联系。

"简直造孽，天打五雷轰的事情他也干得出来。"郑宇智说着掷下画笔，搓着满是油彩的双手。

"这不违背医德操守吗？最后怎么办？"张懿恒问。

"我那医生朋友也很聪明，你猜他怎么回答庄某人的？"

"怎么回答？"

"对不起，我信基督。"

"这种人我真鄙视，你看看，原来他愤世嫉俗大骂大刺，一副傲岸正义的样子，可现在整天被丁雄伟呼来喝去不说，一个工会副主席也当得怨声载道，几百块的采购经费都要吃回扣。"郑宇智说着就耻笑。

张懿恒想起了庄焕明一贯的大义凛然骂不绝口。这个世界从来都不缺异类，滨大除了庄焕明，还有其他一些老师，整天举世皆浊我独清，整天都在骂，骂体制、骂学校、骂领导、骂社会，特别是揪住历史和现实的问题不放，像开膛的大炮一样，火力十足，极尽嘲讽、挖苦、奚落、谩骂，咬牙切齿骂不绝口。其中骂得最凶的，是那几个拿着国家特殊津贴、享受体制好处、担任相当职务的名教授。刚刚林和兵还提到前几天赵驰青教授又发博客了。哎呀,那些人可不得了,常常酒入肥肠,三分酿成乌云,七分化成戾气,血口一吐,就骂个天昏地暗。

"要知道,别看庄焕明平时邋遢不已,但只要是去那种地方,每次都要先美容美发一番,然后西装领带,皮鞋也擦得锃亮,仿佛出席什么高档的选美大赛似的。那种地方别人一般都是躺着或者趴着,可庄焕明倒好,去了就要挺直腰杆站着。他说就喜欢那种自己高高站着、对方低头跪着服务的情景,感觉特爽特满足。"郑宇智说完,张懿恒问什么地方。"你说什么地方?"郑宇智反问一句,眼神就很不屑,张懿恒愣了愣,很快明白过来,随即一声叹息。"背离初心,投靠权奸,沉瀣一气,苟合求荣,只怕庄某人以后的可悲可恶、可怜可憎,比起今天有过之而无不及!"郑宇智呸了口,"这话是他曾经的亲密战友常华明说的,他们两个人现在已经断交了。"说着便问,"你脸色好像不好?""我——我昨晚没睡好。"张懿恒低下头。

……导师的重大项目立项,张懿恒明白团队成员已经开始忙活,但自己是被晾在一边了。想到那个子项目负责人,他就意难平:还是杨鸣鹤厉害,近水楼台先得月,什么好事都成就他一个人。"从头到尾就我被蒙在鼓里,看来师兄是怕我抢他的饭碗啊! 放心,我不会和师兄争宠的!"在和徐松云通信时,张懿恒禁不住直言。渐渐地,当断定杨鸣鹤不会给自己送墨锭之后,张懿恒开始本能地拒绝师门的一切。杨鸣鹤打了好几次电话,张懿恒不接,来了好几封信,他不回。乃至杨鸣鹤前段时间说要看望他,他也婉拒了,此后连续好几次师门聚会,他都借故不参加,剪不断理还乱,他就是不想见到那些人……

廖慈志过来,听了郑宇智的谈论,微微一笑:"那不一定,庄焕明肯定不会罢休的,他还有别的办法。昨天我还看到他和赵驰青在一起喝酒。"

庄焕明当然有办法,"钱能搞定的事情,都不算事"。这句话他以前只是听过,现在却体会到了,他遗憾的是以前没有多花钱,娶到更好的女人,最终只能娶到眼下这个乡下丫头。娶到了就要生孩子,所以刚刚下课,庄焕明就急忙忙赶回家。上午他有课,没法陪老婆去医院,好在事先他都活动过,老婆去了不用挂号,不用排队,直接进检查室就是了。

"女的咯?"

庄焕明回到家,看看老婆红肿的眼睛,马上就预感到了结果,又拿过检查单,仔细看了看,仅存的一丝希望彻底破灭,他满脸愤怒,把化验单狠狠摔在地上,很快背过身去,大手一挥,用斩钉截铁的口气命令:"打!"

老婆"哇"地哭了,哭声悲戚而哀痛。老婆年龄小,文化程度低,又没工作,一切都要听他的。庄焕明的心软了,他靠在门槛上,双手抱头,十指渐渐抠紧头发,身子摇晃着,也是欲哭无泪。谁能明白他的苦衷呢?和丁雄伟大操大办的婚礼不一样,庄焕明的婚礼悄无声息,谁也没告诉,就是简单把家当凑一起了事。不用说,娶了这么一个不般配的老婆,他不好意思见人。

造化弄人,命运压人,时势逼人,晚婚晚育也就算了,找了农村来的厂妹也就算了,庄焕明多么希望老婆尽快给他生个白胖儿子,生个白胖儿子!老婆怀第一胎的时候,他到处请吃请喝送红包,最后才得以检查,得知怀的是女儿,他二话不说,马上让老婆打胎。可这次怀第二胎,原来的医生朋友调走,郑宇智的朋友不愿接,他再费了番工夫,同样又是求人又是送红包,但检查出来又是女儿。

"我们学校很多领导为了生儿子,包二奶三奶,甚至网上代孕。你总不至于让我这么做吧?"

"这……这已经是我第二次怀孕了,医生说如果再打胎,以后就不能生育了。求求你,让我把这个孩子生下来,我自己养活,好不好?求求你。"

"这家里你说了算,还是我说了算?"不等老婆说完,庄焕明就吼叫起来,看着老婆哭哭啼啼,他眼角渗出几滴泪珠,停顿了几分钟,最后还是站起身来,咬咬牙,一扭头甩出两千块钱,"不行,我说过打胎就必须打胎,一定要怀上男的再生,去,你打胎吧!"

眼泪是滚烫的,声音是冰冷的。庄焕明再次让老婆打胎的消息很快传开,相当多的人表示了惊异和鄙夷。议论纷纭,庄焕明表面上充耳不闻,心里却怒骂不已:"你们算个屁,还不是伪君子、伪善者,欺软怕硬,难道没看见魏副校长二婚生了五胞胎,出来遛娃男男女女全部一字儿排开,整个校道都排满了,那是何等的气派?"

纸　巾

和牛婷会面约在晚上,这样安排,张懿恒是有所考虑的。他故意把时间拖得很晚,是想避开饭点。因为以前相过几次亲,不管是和介绍人一起见女孩,还是和女孩单独见面,总是在饭点,这样的话无论上午下午,都得请人家吃饭,而每次吃饭少则三五人,多则七八个人,有好几次女孩、女孩父母、介绍人和介绍人的家属等都来了,满桌子坐一大堆,搞得张懿恒很不自在。请吃饭倒是其次,问题是只要在饭局上相亲,要么就是女孩看不上他,要么就是他看不上女孩,一顿饭吃完就各自拜拜。当然,这种事,无论如何,都是作为男方的张懿恒买单。买了好几次单之后,他觉得自己亏了!自那以后,他对相亲吃饭很是反感,所以为了这次和牛婷的会面,他思考了一番,先推说有事,故意避开饭点,然后说自己只有晚上七点钟以后才有空。"晚点没关系的,到时候我去找你。"电话那头的牛婷,说起话来倒是落落大方,嗓音悦耳,听起来就很有亲和力。

七点半左右,牛婷到了滨江大学。"你好,欢迎欢迎,打的来的吗?"张懿恒问。"哪里啊,我坐了两个小时公交,还没吃饭呢,饿死了。"到底是播音员出身,张口就是很标准的普通话,腔调甜美,穿个银灰色的羊绒外套,腰身挺拔,头发烫着个波浪卷,脸上虽然有些许痘痘,但扑了脂粉,不细看是看不出来的。张懿恒到了学生饭堂,正准备打饭,牛婷耸耸鼻子:"你们校内没有西餐厅吗?"

张懿恒知道牛婷不愿意在学校饭堂吃,只得带着她去了生活服务中心的一条街,找了家西餐厅坐好。牛婷说她喜欢这里的环境,高雅温馨上档次,不像学生饭堂乱哄哄的。张懿恒心说我平时都和学生一起吃饭的,西餐厅是校外老板开的,外表看起来干净,其实后厨很脏。学生饭堂几万人用餐,虽然是大锅菜,但厨房很干净卫生,光那个活性炭洗菜机,滨大一次性就购买了六台。

牛婷点了牛蛙炒姜片、黑椒牛扒、孜然羊排和一钵鸽子汤,兴许怕不饱,又加了好几个大闸蟹,菜上来,就狼吞虎咽吃起来。眼看着快结账了,牛婷突然说这里还有炸牛奶,太好了,打个包来。服务员说这个菜比较名贵,做起来很费劲!牛婷说没关系,可以等。最后张懿恒买了单,发现光一个炸牛奶就一百八,再加上其他菜,这顿饭都七八百块钱了,心里有些不快。"我北大毕业就在电视台工作,既是主播,又是主持人,还是记者,工作很辛苦。当年当校花,现在当台柱子,真不好当,这么晚了还要过来看你,更不容易。"牛婷说着拿出一张折叠的彩色纸片,张懿恒接过纸片,发现是一个文艺晚会的宣传单,主持人栏目确实也写着牛婷两个字。

牛婷上卫生间的时候,服务员小妹给张懿恒端上一杯茶,悄声问:"老师,那个女的是给你介绍的对象吗?"一看是万悦儿,张懿恒的脸腾地红了。万悦儿扮个鬼脸:"老师,你好老实啊,连撒谎都不会。"正要说什么,牛婷来了。眼看得进来的学生多了,张懿恒便离开餐厅,牛婷跟在后面。"你有一米六〇吧?"张懿恒回头问。"哪里啊,我净身高一米六三的。"牛婷扬扬头。

在滨江这个地方,能碰到身高一米六〇的女孩,都算高个子了。男人毕竟是男人,张懿恒瞥了一眼,就发现牛婷尽管腰板挺得笔直,脑袋高高扬起,但脚下明显穿着高跟鞋,鞋跟足有六七厘米高,于是熟练地判断出,如果减去那双高跟鞋,牛婷的净身高,绝对没有一米六三,也就是一米五七、五八的样子。看来牛婷虽然是北方人,但个子并不高,并没有他心目中那种亭亭玉立高挑挺拔的形象。张懿恒失望了,他是喜欢瘦高的女人,至少像程怡雪那样,有个一米六五以上,双腿修长而笔直,不能罗圈也不能大八叉,走路步子不能太小,又不能迈得过大。

初次见面,总是无话找话,好在牛婷倒不是吃了饭就拜拜的女人。于是张懿恒带她去了教研室,牛婷一进去就说:

"你们办公室这么简陋的?"

"我们教研室平时就是备课、改作业什么的,设施一般,你看除了空调、电脑、桌椅等,就没有其他的了,连个座机都不装,所以其他人都不来,就我一个人常来,这现在成了我的专用教研室了,倒也自在。"张懿恒回答。

教研室是有些乱,像张懿恒这种生活中都不修边幅的男人,更懒得打理。他把前几天发的纸巾和洗衣液拿开,清空了靠椅,牛婷就坐了下来。张懿恒给她看了自己的毕业证书,看了工作证,看了户口本,再看了出版的小画册。"你真逗,浦叔都给我说了,岂能有假?"牛婷笑了。"那不一定,你亲眼看了才放心。真的假不了,假的真不了。"张懿恒解释着。看见他一本正经的样子,牛婷扑哧一声:

"你这人,真是书生气十足!"

到底是当老师的人,三句话不离本行,张懿恒很快聊到了学历问题。

"你是北京大学毕业?"

牛婷仰起脖子,笑而不语,显然很自得。

"你真牛!"张懿恒肃然起敬,就从北京大学的饭堂说到西校门,从未名湖说到博雅塔,再从琉璃厂说到荣宝斋。说着说着,他发现自己在讲这个的时候,牛婷好像并不在意,甚至有些茫然,于是问:"你读书时北京大学校长是谁?""关心那些当官的干什么?学习最终还不是为了工作和生活?"牛婷有些不自在。

当初很多人都南下来到滨江这座沿海开放城市,捞取了第一桶金。直到现在,孔雀依旧东南飞,滨江再不好,工资都比北方高数倍。有的人来了就乐不思蜀,不仅如此,还纷纷介绍亲朋过来。比如李光头,来了到处给人讲:"哎呀,滨江这个地方太好了,声色犬马,锦衣玉食,我算是找对地方了。"朱丽茵也说滨江好,工资高,实惠多,她都买了好几套房了。当然,也有人是来了不久就回去了,就像滨大当初花重金聘了几个学者,但人家来了不到半年还是回原单位了,因为整体科研团队建不起来,实验室配套不完善,学者来了没法工作,最后不得不回。

"你家里几口人,都干什么工作?"

"你一个月挣多少钱?"

"你买了几套房?"

牛婷连连发问,看见张懿恒颇显惊诧,她莞尔一笑:"别介意,我可是很认真的!"说着竟含羞带露,眼睛湿润起来,接着又东拉西扯侃侃而谈,从单位上的人事谈起,很快无限扩展,一会儿是明星的绯闻,一会儿是政治家的私生活,一会儿是大老板的博弈。云里雾里,山里海里。张懿恒听得有些发蒙,看来牛婷的口才和社交能力非同一般。相比之下,他长期固守象牙塔,两耳不闻窗外事,一心只读圣贤书,太封闭了。牛婷的出现,仿佛给他打开了另外一扇窗。

"哦,这么多纸巾,还有那红豆和阿胶,别人送的吧,你一个人用不完好浪费呀。"看到教研室角落堆放的物件,牛婷禁不住问。这一问张懿恒就来气。那纸巾和红豆是庄焕明采购的,不值什么钱,但也当作工会福利发放了。多少人为此骂艺术系工会给人发这些,还不如不发呢,学校每年几百块的福利费,难道就值

187

几包纸巾和红豆?!

牛婷围着纸巾绕来绕去,好像发现宝贝似的,好久不离开。张懿恒心说她该不是稀罕这些纸巾吧,于是就问她想要吗,喜欢就拿去吧。牛婷立刻回答说:"客气了客气了!"过了会儿,牛婷起身要走,张懿恒就送她下楼,离开教研室都一百多米了,牛婷突然回头问纸巾、红豆和阿胶呢。"哦哦,你看,我都忘了。"张懿恒其实没有忘,那个阿胶是他从楼下捡的,捡回来才发现早已过期,正想趁着没人的时候再扔掉。"我累了,不想动,房间钥匙给你,要不你上去开门自己拿吧。"张懿恒说。"嗯,好的。"牛婷大大方方,接过钥匙直接就上了楼。

上车的时候,牛婷手里大包小包拿着纸巾、红豆和阿胶,看着张懿恒预付完车费,便问:

"我漂亮吗?"

出租车远去了,张懿恒回到家冲了凉,看了会儿《唐诗三百首》,又练了会儿字。上床之前,进厕所的时候,他要扯纸巾,突然想起牛婷,心里就涌起别样的感觉。

两天后,老浦打来电话:"小张,祝贺你啊,人家小牛对你印象很好,愿意和你交往,你好好把握吧。"张懿恒不知道该怎么回答,正好郑宇智约他去看画,看完画,他把牛婷的情况说了,郑宇智不吭气。直到回来的路上,郑宇智才摇下车窗,指外面那些白色的建筑物。

"看见了吧,那是我们教师村的二期住宅楼。滨大六年内换了三任书记,两任校长,二期住宅楼都快成烂尾楼了。王书记到底是滨江地方官员出身,人脉广,办事得力,担任一把手不到两年,教师村二期工程就顺利完工。我们很快就可以选房了,你也要告别单身公寓了。"郑宇智说着塞给他一袋香蕉,这才言归正传,"很难驾驭又怎么样,你没好感又怎么样?先不要随便拒绝,一拒绝就显得你的不是了。否则老浦嘴上说没什么,心里还是会在乎的,那种人我太了解了。所以既然认识了,就先交往,反正是个女人,只要是女人,你都能找到乐子。"张懿恒问能找到什么乐子?"老油条也是油条,凑合着也能当早餐。这年头,谁不需要谁啊?你三十多了,行不行先享受再说,就算深入生活。"说到最后,郑宇智好像想起了什么,看看黄昏落日,声音变得阴沉冷峭:"听说艺术系丢失了几幅藏画,学校正在调查。"

"怎么又丢失啦?上次不是已经加强保管了吗?"张懿恒头皮一紧,声音也很惊诧。

工会副主席

藏画又丢失了,上次不是已经立案调查了吗?怎么一波未平一波又起,到底是谁这么大胆,接二连三地盗取名画呢?张懿恒一路思索着,恰好朱丽茵过来,一见面就叫苦不迭。

好不容易赶上一次学术会议,朱丽茵坐飞机到杭州开会,来回时间计算准确,机票也早预订好,赶回来上课不成问题。结果人算不如天算,回来时碰上大暴雨,飞机延误,朱丽茵一看情况不对,赶紧联系主管教学的副主任冯志学,说是上课赶不及了。冯志学让她找个人先顶下。朱丽茵逐一联系,最后找到崔美丽,答应替她顶课。谁知到了上课时间,学生在教室等来等去就是不见任课老师,朱丽茵得知后,立刻催崔美丽,回答说忘记了。后来等崔美丽赶到教室时已经大半节课过去,而且教务处已经知晓。教务处处长是个刚上任的新官,声言要严肃处理此事,最轻也要给个四级教学事故处分。

"我们这个系乱得很,乌七八糟的,混蛋太多。像崔美丽就是个肉货,上课叽叽歪歪,学生意见大得很。她和常华明都不是什么好东西。"朱丽茵烦躁不已,张懿恒的手机突然响起,一听是庄焕明的声音,朱丽茵又是皱眉又是咧嘴。

"兄弟,你有两千块借我吗?"张懿恒刚刚走到画室,庄焕明跑过来,说完就站着不走。

"怎么搞的,你一个月工资比我还多,两千块钱也要借?"张懿恒腻烦这人怎么这样子,上次借的一万元还没还呢,这次又好意思来借。

"我把谭婆子打了,人家要我赔两千块钱医疗费,不然就报警。"庄焕明搔搔脑袋。

"哦?"张懿恒心里跳起来,"你怎么敢打丈母娘?"

庄焕明的事情在滨大传得沸沸扬扬,比他结婚的事情传得还快,风头早已压过廖慈志的绯闻了,连学校的清洁工都在后面指指点点。老黄前几天就大发议论,疑惑庄焕明是吃了什么药,看起来白白净净的一个斯文人,怎么能下手打丈母娘?都是一家人,有什么深仇大恨的,非要动手不可?

"你放心,我给你打借条。我知道你对我动手打人不满意,但是——不打实在不行了!每月收入全部上交,三张工资卡,一分不少都给她们管,外面兼职上课的课酬也要及时掏出,买包烟都要向谭婆子要钱。就这不算,她还打了我好几次,每次都连打带骂,又是扇耳光,又是捶后背。"庄焕明说着挽起袖子,亮出手臂上的斑斑伤痕,声言也充满凄楚,"张口闭口都是我把她侄女害了,把一个黄花闺女糟蹋了,整天骂我,从早骂到晚,晚上睡觉都不让我们夫妻同床。那天早上我实在忍无可忍,她冲上来动手的时候,我就直接还击。"

张懿恒没结婚,不知道婚后夫妻生活财产如何分配。庄焕明每月工资都上交,交得一分不剩,现在连两千块的医疗费都拿不出来,这他还是第一次听说。不过,庄焕明说的是真的吗?他的生活真狼狈到如此地步吗?

"别人打我,屁事没有。可是我一动手,现在就里外不是人!"庄焕明说着就低下头。张懿恒赫然发现,庄焕明最近苍老了很多!面色枯黄,形容消瘦,一张脸憔悴不堪,额头的白发隐隐可见,走路也开始弯腰驼背,活像个讨饭的难民!和谁结婚不都是结婚嘛,一样的养家糊口,庄焕明怎么成这个样子?!

"真是后悔娶了个打工妹,简直惹祸上身。谭婆子一进屋,就成主人了,什么事都要听她的,挥三喝四,大喊大叫,脾气坏得很,每天早上起来就开骂,骂这个,骂那个,骂个不停,挨骂现在是我的必修课。"

张懿恒没有办法,只得再借了两千元。庄焕明倒也爽快,不待他推辞,当场就写了借条。

不幸的家庭总是不幸的。这边庄焕明向张懿恒借钱的时候,那边的谭婆婆鼻青脸肿,拖着侄女,抱着孩子,一路哭喊着,直奔向艺术楼,未到艺术楼,先放声痛哭。"老天爷啊,我造孽了,我造孽了!"谭婆婆哭喊着从每一个办公室门前经过,哭声随风飘扬,吸引着来来往往的人。肖子业闻声正要离开,但被谭婆婆堵在门口。"主任,你要给我做主啊!"谭婆婆拉着侄女,两个人哭成一团,哭声凄厉无比。肖子业的脑袋顿时变大了,他急忙"老黄""老黄"地喊起来,但半天不见老黄的人影。

谭婆婆痛哭不止,边哭边说、边说边骂,骂庄焕明懒得要死,一回到家就吃饭睡觉、睡觉吃饭,一天要睡四五次觉。"那次让洗个碗,他说累得浑身无力。我说你就上几天课,累个什么?人家眼睛一瞪:'你们进行的是体力劳动,我进行的是脑力劳动,比你们更累!'平时也是动不动说我们亏了他,吃他的喝他的,占他便宜了,拖累他了!原以为找个老师,找个读书人,能好些,谁料想,抠门得要死。"说着甩出一大撂小条,"每次买菜买米,我都记了账的。他说我们亏他了,你查查账吧,哪一次买菜买米我多花钱了?我老了,也不怕丢人。你说我不管行不行?年过四十的人了,还每天早上起来一次,晚上冲完凉再来一次。哪家男人都像他,喝了三碗鸡血似的,成天把我侄女折磨得睡不好。完事后,他呼呼睡去了,我们光床单都洗不过来,第二天干什么都没精神。"

肖子业刚开始不知道谭婆婆说的什么"来一次",等听明白后,禁不住乐了,可是又不能表现出来。其实教师村早已流传庄焕明性欲多么强的笑话,据说连散步的清洁工都听见他老婆深更半夜在哼哼。谭婆婆为此吵了很多次,最后没法,干脆让侄女和庄焕明分开睡。

等到丁雄伟拉着老黄过来的时候,肖子业赶快说你们先聊,我去开会了,说完丝毫不理会老黄抱怨的目光,匆匆离开了。

下楼的时候,丁雄伟说这老婆子什么都管,连人家夫妻床上的事儿都管!肖子业不吭气,他面对的事情实在太多了,系主任简直就是管家婆,学校饭堂服务差、质量差,刚刚艺术系的学生投诉到学生处,处长要他做好学生的安抚工作。有人给校纪委投举报信,举报艺术系招生有问题,纪委要他做出解释。祸起萧墙,他怀疑是副主任冯志学告的,冯志学是个野心勃勃的人,他们合作不到半年,就有了诸多不愉快,现在矛盾越来越深了,面和心不和,彼此都很窝火。

"和太子酒楼的老板已经说好,下个月礼品采购可以开发票,具体让庄焕明去跑腿。他现在很努力,简直像变了个人,估计是被老板请吃请送了几次,尝到甜头了,现在工会工作只要我说东,他就不敢往西。只要我们一句话,一个想法,他就二话不说,积极跑腿,服服帖帖,从不问为什么。"丁雄伟一提起庄焕明,就禁不住得意扬扬,到最后更大加耻笑,"庄焕明原来到处给人讲我是一条狗!他

191

比我大十几岁,可是我就要让大家看看,谁才真的是一条狗!"肖子业当下板起面孔:"雄伟,你说话太张狂了,都是同事,不能这样子!"

一幅画画完,张懿恒挂在画室的墙上反复观看,廖慈志、邹金贤和朱丽茵进来了。张懿恒这才知道学校要把图书馆的珍品室单独分离出来,和艺术系资料室合并,成立滨江大学美术馆,说是为了更好地开发资源,实行数字化管理。得知张懿恒借钱给庄焕明,邹金贤说那种人就不该借钱给他,人民工会为人民,再苦不能苦教师,再坑不能坑同事,庄焕明当工会副主席一两年,给大家搞的什么福利?艺术系每年人均上千块的工会费,学校也有经费下拨,人家化环系是直接发购物卡,计算机学院则组织大家外出旅游,就艺术系每次发几包红豆、绿豆、粽子、木耳了事。方希妍也过来插话:"我问了,丁雄伟说这是绿色原生态食品,所以比较贵。一斤绿豆都六十元钱,还说这已经是折扣价了。"

朱丽茵一跺脚:"我难道没有农村亲戚?这些红豆绿豆不打药,不施化肥,再纯天然原生态,也卖不到六七十元一斤。每斤八元钱我都可以给你收购几万斤,而且你可以到农村的田间地头去看,看是不是真正的原生态无公害食品。"廖慈志拍着大脑袋叹道:"庄焕明就像晚年的元稹,放弃了一贯坚守的理想,从一个极端走向另一个极端。""哎哟,你真的以为他是闲云野鹤边缘群体?他现在穷疯了,穷凶极恶了。"朱丽茵说着看看丁雄伟的办公室,嗓子也大起来,"系工会巧取豪夺,什么便宜都要占,什么回扣都要吃,一分钱的利都不放过!有人不想背这个黑锅,就推出他。他现在成了一条狗,主人给块骨头,他就当大餐了。"

朱丽茵比张懿恒大几岁,学歌唱出身,嫁了公务员,丈夫现在是市委的副处长了。仗着这一点,本身脾气急躁的朱丽茵更天不怕地不怕,和老浦、丁雄伟都吵过。前几天她还抱怨上周文艺演出,自己的风头被压下了,因为楚涓涓登台演唱叫了六十个学生伴舞,搞得跟女皇出场似的,光彩夺目,而她只有十几个学生伴舞。

老黄走了过来,大家询问怎么处理的,老黄一抹汗水:"你说怎么处理?别人拉下的屎凭什么要我擦屁股?我还嫌脏手呢。"看来她也憋了一肚子气。"谭婆婆被我安慰一番,打发走了,家庭问题自己解决,我只是调解而已,咱总不能建议人家离婚。"在详细描述一番庄焕明的家长里短之后,老黄最后兴奋而又无奈地摊开双手。

"你做得对,老大姐,你一世清白,马上退休了,可千万不要给人拿捏,给个烂绳就当金腰带使!"朱丽茵狡黠一笑,声音骤然洪亮,"过河拆桥,卸磨杀驴,凭什么说让你上就上,让你下就下,家庭纠纷这么难的事为何要你出面?""哼!"两句话勾起老黄的复杂情感,她挺挺脑袋,大肥屁股扭动着,尽情释放自我,"谁拿捏我,我拿捏谁?你看原来我当工会主席、当出纳的时候,财务管理多规范,咱清清白白做事,明明白白做人,我什么时候贪污过大家一分钱?""没错,没错。可现在……"朱丽茵把粽子往地下狠狠一摔,"这叫什么玩意儿啊?坑来坑去坑同志,真好意思啊?"

"现在哪能和我那会儿比?"老黄心满意足叹口气,嘴角高高扬起,然后说前几天她打电话给丁雄伟,刚要提工会发绿豆的事,电话就被挂断了。给程怡雪打电话,回答说正妊娠期,心里烦。给胖子老刘打电话,刚说了两句对工会福利很不满意,老刘就连声哈哈,到最后老黄问得急了,老刘干脆说,你能不能聊点别的?方希妍也提到庄焕明嫌会多纪律多党费多,就决定退党,已经写了申请。"哎呀!这更令我……"老黄正叫着,只见庄焕明夹着账本走来了。

"庄焕明,你这个工会副主席怎么当的,几百块的工会费,发这点绿豆了事,昧良心的事你也敢干?克扣同事,是谁让工会这么做的,你拿了什么好处?""老黄,少扣帽子好不好?说话要负责任,丁主席可是你推荐的,当心胡说八道,搞得自己肥得像阉鸡。"庄焕明一怼,老黄顿时噎住了。邹金贤说上次发的橙子,给大家说是四百八十元一箱,结果我在网上查,同样的橙子,每箱售价五十元,还包邮。"什么一样,怎么能一样?"庄焕明的锅圈脑袋一晃一晃,身子挺得很硬,"一分价钱一分货,我采购的是特供品,贵是贵,但不打药,不施肥,纯天然,从产地直发,吃着特放心!"方希妍拍着手大叫:"特供个鬼!那橙子明明就是一个厂家的,我都打听过了,什么特供,就是普通橙子。"庄焕明还想再说什么,但朱丽茵手指着他的鼻尖,尖厉的声音震得空气都发颤:"这事情你必须给大家说清楚,礼品发放关系到每一个人的利益,你好几次这样发绿豆红豆,为什么?你把详细的采购流程,特别是发票拿出来,我们到校纪委那里论理。"庞运美、崔美丽、白洁清也来帮腔,几个人把庄焕明围住,吵吵嚷嚷乱糟糟一团。正激烈的时候,冯志学过来劝开了。

副主席

庄焕明看到冯志学的时候,还有些惊讶,两个人平时来往并不多啊!但冯志学很热情,非要邀请他去吃饭。"冯主任你找我又下什么套呀?世上有免费的午餐吗,我被你们害得还不苦吗,你看我活得还像个人吗?"庄焕明吞了几口烧酒,就把手中的账本往地上一摔。

冯志学一时语塞,看着眼前这个被生活压垮的大学老师,他不觉凄然,可是又不能表现出来。滨大好几个老师都娶了农村或工厂的妹子,老婆虽然没工作,生完孩子后成了家庭主妇,可人家都过得挺好,不像庄焕明狼狈成这样子!他也知道庄焕明心底还有抗争的怒火,可是为人又很主观,执念难舍,干什么都不从自身找原因。

"焕明,我知道你很苦很累,我完全理解!可是工会的事情从不归我管。我只是个有名无实的副主任。"冯志学缓缓开口了。

"你理解个屁!你和肖子业他们有矛盾,关我什么事?"

庄焕明从心里骂了声,他知道冯志学当了系副主任之后主管科研,可是艺术系的人现在都不搞科研,副主任实际上被架空了,现在什么事情基本都是老肖一个人说了算,冯志学心里多少有些不平衡。这两年正副主任之间裂痕毕现,众所周知。当然庄焕明也清楚,冯志学还是很有想法的,绝对不会屈居人下。想到这里,庄焕明警惕起来,当下就冷着脸问:"冯老师,你今天不会是为吃饭请我吃饭吧?"

"你觉得我要害你吗?"冯志学也很不客气。

"你想怎么样?"庄焕明再问。

"你说对了,我还真不是为了请你吃饭而吃饭的!"冯志学慢慢说起来,从老金下台说到肖子业的上台,从艺术系这两年的进人说到福利发放,从自主招生说到评奖评优,从经费使用说到基地建设,每个字都很有分量。庄焕明想起去年他写了退党申请,党支部经过研究,最终开会投票决定,冯志学是唯一投反对票的人。

"我说这些是害你还是帮你,你自己掂量吧!"冯志学最后撂下一句。

庄焕明就这样和冯志学暗地里搭上了,交流日渐密切。两个月后,当省委巡视组进驻滨大的时候,冯志学找到庄焕明:"别的院系找巡视组反映情况都反映疯了,这几天巡视组接待室人多得排队。咱们为什么不行动起来,给自己争取机会?"说着甩出厚厚的一封信,"举报信我都写好了,你看哪里还需要补充?"庄焕明看看举报信,上面逐一列举了肖子业担任艺术系主任以来的种种不良表现,包括搞团团伙伙、工作一言堂、招生黑幕、瓜分系内资产、账目开支不清、借培训班的机会大搞灰色收入等,每一条都有鼻子有眼,比庄焕明知道的还清楚,也不知从哪儿整出这么翔实的材料?!"你真是个神探!"庄焕明惊叹道。冯志学笑笑:"我知道你也有些材料,比如那些绿豆、粽子等,实际上是替丁雄伟的亲戚代售,低价进高价出,中间的利润并没归你。把这些加进来吧!"

又是一封联名举报信。肖子业会不会成为第二个老金,冯志学有肖子业当初的运气吗?庄焕明很犹豫。的确,冯志学经历丰富,当过副县长,后来弃政从教,辗转了几个高校才来到滨大。经历归经历,但能不能成功则是另外一回事。巡视组到来,滨大确实也乱哄哄,封弘道上次告倒了副院长,听说这几天正在收集材料,准备告院长。庄焕明还在瞻前顾后,冯志学朗笑几声:

"你害怕他们吗,担心事情不会成功吗?放心,一加一大于二!一定会成功的。上次艺术系几幅名家字画失窃,人人怀疑是老金动的手脚。这次又丢失了几张,这么大的事情,我就不信肖子业能脱得了干系,至少也是个监管不力呢!不把他们打倒在地,你怎么可能翻身,怎么会有做人的尊严呢?……墙倒众人推,把别人搞下来就是自己上,男人总是要有血性的,你难道不想洗白自己?"

风乍起,吹皱一池春水。谁都知道滨大艺术系失窃了几张藏画,据说还是外面一个专家来参观时发现的。馆藏潘天寿的《清荷图》,专家一眼就看出是假画,是典型的赝品,笔墨极其拙劣,真画哪里去了?竟然不得而知,全世界的拍卖行和私人藏家都没有消息。市里的领导得知此事后纷纷过问,滨大为此成立了追查小组。关教授更是大声呼号:这可是我父亲捐赠的啊!

三天后,庄焕明拿着自己收集的材料找到冯志学,一起在举报信上签了名,同时签名的,还有老金和方希妍他们。

靠背椅

"你学诗学得怎么样啦？"上完课休息的时候，廖慈志走过来，一见面就问。"正在学，诗到用时方恨少。"听张懿恒说着，廖慈志呵呵直笑："我现在什么也不学，没想到也享受校领导的待遇。""怎么？你当什么官了？"张懿恒这么一问，廖慈志更加自得，眼睛笑成一条缝，很快就带张懿恒去了行政楼。

廖慈志是滨江大学在岗在编的正式教师，多年来只上"人体结构与动态"这门课，评上副教授后，他就放弃了科研，平时不写论文不报课题，上完课就走人，是典型的逍遥客。据说他的父亲是滨大的元老，虽然去世多年，但仍有一定的影响。冲着这点，校领导对廖慈志敬三分。这个人平时看起来万事不理，其实是著名的百事通，全校什么事情，大到校长更换，小到教学楼卫生间堵塞，他都能第一时间知晓。"这是我的办公室。学校和法国一家高校联合办学，我被借调到行政楼，专门负责联合办学的交流事宜。"到了行政楼五楼的一个房间，廖慈志打开门，"你先坐这个椅子。"说着拉过张懿恒，按在一张椅子上。

那椅子从上到下都是真皮包装，油光锃亮，亮得真叫华贵，款式和设计也不同凡响，高高的靠背，雕龙的扶手，柔软的坐垫，看着就很高大上。张懿恒一坐上去就连连赞叹。廖慈志开了空调，泡好茶，看着他坐稳了，突然就走过来，抓住椅背轻轻一摇，连人带椅就旋转起来。"哎哟，好舒服啊！"张懿恒禁不住叫起来。这座椅靠背柔软，角度适中，坐垫绵厚又富有弹性，便于人体伸展，更神奇的是还能自由旋转，如同观音菩萨的莲花宝座，腾云驾雾，灵动自如。

这样的大靠背椅子标价一万块，只有校长、书记和排名第一的副校长才能享受。前几天廖慈志到资产后勤管理处，看上了这把椅子，就说要拿一个，不能拿的话自己出钱买也行。结果人家说这是定额配置，按级别享受，不能买卖，给钱也不行。廖慈志气得和他们吵了一架。三天后资产后勤管理处的副处长打电话过来："廖教授，你看上的那个椅子，同样款式，但有点旧，要不要？严副校长走了，他的大靠背椅子回收了。现在闲置不用，你不要的话就直接报废处理了。"

廖慈志说完，张懿恒问为什么要闲置，怎么不给新来的赫副校长用，这样可以减少开支,避免铺张浪费啊!

"咳,你就是太老实太天真,把什么都想得简单!敢给领导用别人用过的东西,不怕挨损啊?像那种大靠背椅子,前任领导就是坐了一分钟也算坐过了,也算旧货,就要按报废处理。真要继续使用的话,是对领导的极不尊重。要知道领导们绝不要二手货。再说严副校长被双规了,他用过的东西,给别人用,特别是给继任领导用,多晦气!"廖慈志说着拍拍靠背椅,大脑袋油亮发光,"怎么样?够气派吧?这实质就是新的。后勤处副处长带着我到了库房。我一看有好多好多椅子,每个都跟新的一样,都等着报废呢。我问严副校长那把椅子坐了多久,副处长说坐了不到一个月。我二话不说,表示同意。副处长立刻就让保安把这个椅子给我扛到办公室。"

"你又不是领导,不怕晦气。""我当然不怕,我又不是领导,我怕什么?你不知道现在滨大的领导一个个如坐针毡,很多中层更是火烧眉毛了。滨大比靠背椅更奢侈的事情还少吗?你看巡视组进校后,那些头头们紧张得好像吃了硫黄。"廖慈志呵呵起来。

一个靠背椅,哪怕别人用过一天,其他领导都不愿再用,因为领导怕晦气,但越是怕什么就越会有什么。像这次巡视组一进学校,很多领导表面镇静自若,实际坐卧不宁。因为滨大很多教职员工都行动起来,送材料的,揭露问题的,告状的,巡视组的同志应接不暇,信箱被塞满了,电话被打爆了,门槛被踩断了。整个校园现在是万众瞩目,巡视组的一切,都牵动着大家的神经。艺术系看似一团死水风平浪静,但自从冯志学出动后,大家都感觉其实也掩藏不住真正的波涛汹涌,越是死水越有问题。"你和他们在一起,比我清楚他们的问题。他们为什么这样对你?还不是拿你当枪使!"听说冯志学找庄焕明的时候,说了这样的话。

两个多星期后,在巡视组离开的当天,滨江大学召开欢送会,校领导表示,一定要按照巡视组提供的线索,严肃处理相关责任人,绝不手软。几天后,滨江大学召开了全校中层以上领导干部会议,冯志学参加了会议。会上,王书记和强校长针对群众反映强烈的问题做了说明,顺便撤了几个中层干部的职务,这其中就包括成人教育学院院长,听说是和校外的企业主有不正当往来,另外几个干部则受到点名批评,有的还给予党内警告处分。至于肖子业,王书记也指出他主持艺术系工作两年来,主体责任意识差,管理松懈,工作不力,致使艺术系在招生和专业建设方面出现系列问题,最后宣布免去肖子业的系主任职务,也给予老浦点名批评。

"内幕多多,但你先要请我吃饭啊!"几天后再碰面,廖慈志对着张懿恒诡秘一笑。

"我们艺术系真是翻云覆雨、前赴后继啊。领导任免看来要走马灯了。"张懿恒说。

"那不一定!"廖慈志撇撇嘴,"书记只是点了肖子业的名,并没有做出什么严肃处理。肖子业已经从艺术系调到校图书馆当副馆长去了,听说负责美术馆的筹建。"

冯志学的举报信虽然写得很翔实,但经过调查,信中所告都是些很难定性的事情。比如丁雄伟和老浦各自带着家人去旅游,回来后拿着旅行社的发票,以学术考察的名义通过系里报销经费,这件事被捅出后,老师们的意见很大,也都佩服庄焕明提供的材料。但丁雄伟和老浦后来很快就退回了这笔钱,并且向学校做出说明,说当时为方便起见,确实是由旅行社安排的学术考察,旅行社也出具了相关证明,证明确实是学术考察,只不过当时在账单上没有写清楚,被同志误解成个人旅游了。调查来调查去,三五千块钱的事情,很难说清楚,再说丁雄伟他们退回了经费,学校只能批评了事。至于工会礼品发放,因为绿豆、黄豆、黑豆、粽子等或者早已送人,或者早熬为糖水,沦为腹中餐,一切查无实证,难以核对具体质量及价目,更没法处理。

"咳!"廖慈志摊开两手,"据说纪委的人为此还挺烦躁,私下里对一些人讲:'艺术系的这些老师,为了几百几千块钱也去告人,真是小儿科!'"张懿恒心想肖子业调离,冯志学该满意了,下一步也许是他当代主任。"冯志学这个人,莽撞有余,误判形势,他以为自己能上,以为肖子业是老金,谁知道……"一阵风吹来,窗外几只麻雀喳喳飞过,行政楼的车辆来来往往,廖慈志看看楼下,很世故地嘿嘿了几句,最后撂下一摞文件,"校领导点了那么多人的名,其实是保护他们——嗨,这下艺术系好看了。当然,政法学院那里更乱。"

廖慈志个子不高,但脑袋大,大家都说里面充满哲人的智慧,廖慈志对此也

198

毫不谦让,颇有以智者自居的意思。张懿恒知道廖老师的爱人陶兰青就在政法学院工作,听说也是个能人,嘴巴比朱丽茵还厉害。

肖子业调走后的一个星期,学校发了通知,由学校翟副校长兼任艺术系主任,全面主持系务工作。

两个月后,张懿恒在艺术楼碰见了老浦。阳光明媚,空气清新,两人天南地北侃了几句,老浦就捧腹大笑:"教育产业化,全国高校大发展,一切既要向前看,又要向钱看。滨大第一轮机构设置和调整开始,咱们的艺术系要变成艺术学院了,其他很多系也要改建学院。前几天校长办公室已经明确:滨大要向着高水平大学迈进,要向世界看齐。"刚刚聚餐回来,喝了几杯酒,再加上灿烂的太阳,老浦显然谈兴很浓,一张口就收不住,很多鼓舞人心的词喷泻而出:"三年内滨大要再招一百名博士,要再成立十三个二级学院,要大力引进高人。高人就是旗帜,高人就是砥柱。春风浩荡啊浩荡春风,高建的号角已经吹响,咱们要大步流星,跃进发展,你看学校为此成立了专门的办公室,小程在高建办工作卖力,领导很满意。"张懿恒说,是啊,他也没想到程怡雪这么能干!上个月学校颁布特殊贡献奖,每人奖金十万元,八个校领导中就有七个获奖,只有一个获奖者是普通老师,这人就是程怡雪。

"春潮滚滚,艳阳万里,咱们艺术系要步入黄金时代了,前途一片光明。"叽里呱啦说到最后,老浦搂住张懿恒的肩膀,面容严肃又亲切,"你和小牛怎么样?男人要主动呢,女人就怕追和捧。哎呀呀,听老哥的,没错!"

两天后,牛婷就来找张懿恒了。

寒号鸟

单位归单位,生活是生活。张懿恒和牛婷交往不久,渐渐地分歧多多,但两人还维持着某种说不清的关系。到底要找什么样的人?张懿恒的理想是贤惠温柔,会做饭会持家,要勤俭节约美丽可亲,还要有文化,至少英语要好,将来孩子能有良好的家庭教育。因为自己整天忙着画画,对孩子的教育是顾不上了。当然,找老婆还不能找女汉子。第一次见面,他就觉得牛婷显然不符合自己的理想,所以交往不能说没有别扭,偶尔也会争吵,但有一次牛婷的妈妈给他打电话:"小张,我们家婷婷从小娇生惯养,你要忍着点,男人嘛,要胸怀宽广些,女孩子要会哄才行。"张懿恒想,自己和牛婷的事情八字没一撇呢,她妈怎么知道?肯定是牛婷或者老浦告诉的。

牛婷有个朋友叫刘志科。饭局上,牛婷把这个朋友介绍给张懿恒,两人加了微信,也留了电话。事后张懿恒给刘志科打了电话,简单聊了几句,但第二天见面,牛婷很快就问:"你给我的朋友打电话什么意思,是不是求我朋友帮你忙追我?""少自作多情了。"张懿恒正想拂袖而去,但牛婷拉住了他。两人继续逛街,看到旁边卖青菜的,张懿恒忍不住说滨江收入高,但物价也高,像这种小青菜,在我家乡卖五毛钱一斤,在这里最少都要三块。牛婷当下就翻白眼:"你一个男人,应该放眼高远,能不能关心宏大的问题?整天关注这些柴米油盐菜篮子,细碎琐屑,一看就没出息。"张懿恒反唇相讥:"你一个北大毕业的人,来乡镇这一级的文广中心干什么,你真是北大毕业的吗?"牛婷双手一摊,高高扬起脑袋:

"北大毕业又怎样?越是北大的人,越要扎根基层,服务社会呢。北大的人既可以当国务院总理,也可以摆摊卖猪肉。既可以获诺贝尔奖,也可以来小乡镇当记者当主播!"

毋庸讳言,见面次数多了,人熟了,说话也就不再迂回曲折。牛婷的嘴闲不住,每次饭前饭后,把单位上的人骂个遍。骂领导,骂同事,骂朋友,骂潜规则,骂吃喝玩乐,骂吃拿卡要,骂欺上瞒下。又把她认识的男人骂个遍,骂吝啬小气,骂偷鸡摸狗,骂色胆包天。张懿恒听多了觉得十分恐怖,采取各种借口拒绝见面,但牛婷时不时来找他。

张懿恒不知道,牛婷烦的不仅仅是工作。

这一天,走出演播室的时候,想到好久没和张懿恒联系了,牛婷禁不住从心里骂一声:"这个憨货,也不知道来看望我!"

人是分档次的,从参加工作起,牛婷就在电视台、文广中心、文化站这样的单位混,十多年来,她不知吃过多少上档次的饭,采访过多少明星、老板和官员,见过多少大人物,这些人物所有的优点汇聚起来,在她的心目中渐渐形成一个人物形象,一个伟大偶像和完美模板,每天做梦她都想着要在上流社会钓个这样的金龟婿,可是多年过去,她还是没有找到。梦想很美好,现实总残酷。作为一个女人,每当看到别的女孩身边都有男人陪伴,卿卿我我来来往往,她是多么的羡慕,特别是每天晚上,她独自一个人回到宿舍,房子里空荡荡孤凄凄,黑灯瞎火冰锅冷灶,这种羡慕就更强烈了!

每天晚上冲完凉后,牛婷都睡不着觉,躺在床上翻来覆去,直到又坐起来,打亮所有灯光,一个人坐在床上,面对着墙上的大镜子,看着自己的裸体,她多么希望有个男人亲热自己,于是一遍又一遍自我抚摸,充满爱恋充满憧憬充满渴盼,呆呆的,半天不说话。等到抚摸结束躺下的时候,她想着算了算了,年纪已大,不敢再挑了,还是找个普通男人算了!可是当早上醒来,时不时懒起画蛾眉,弄妆梳洗迟,接触现实生活的时候,她情不自禁又开始以偶像和模板去构建心目中的男人,沉浸在美好的想象中。这么多年了,她相过不少亲,吃过不少饭,但最终是对这个没感觉,对那个没感觉,交往时间一长,总觉得每个男人都有她难以接受的缺点。至于逢场作戏的男人,她倒不计较的,可是一旦想到要谈婚论嫁,她又变得无比认真无比挑剔乃至苛刻。一天天蕉窗夜雨,一年年雁阵惊寒,日久天长,她就成寒号鸟了。晚上独处的时候夜不能寐,经常烦躁,特别是过年前后,倍加寂寞难耐痛不欲生。

尽管夜里总想着将就下,不要再挑了,算了算了赶快嫁了,可是白天一醒来,走入红尘滚滚的街市,她又开始想着还是要找个感觉好的男人,不能含糊不能将就。年年失望年年望,望穿秋水无人来。相亲对她来说,已经成为儿戏,成为不抱希望的例行饭局,相亲时她有意无意总以心中的模板去衡量,所以要么别人看不上她,要么她看不上别人,这就使得她对相亲既充满渴望又充满恐惧。她也知道单位里的人对她评价很差,已经没人再给她介绍对象,可是她不在乎,因为她从小就很自我。当然,她也做过魅力试验,吃饭无比认真,交往蜻蜓点水,一旦发现男人真的有点意思时,立马倍感陶醉屁股一拍走人。

渐渐地,牛婷变得古怪起来。凡是日常生活中的男人,她总看不顺眼,总能找到无法接受的毛病来。她看张懿恒就是这样,刚开始一听说是博士,是大学老师,她甚至觉得自己高攀了,配不上人家,可是一见面接触,她就觉得自己过虑了。电视里小说里的大学老师一个个风度翩翩气质不凡,但现实中的张懿恒,给她的感觉也就和农民工差不多。仪表，形象，行头，特别是出手，没一点能让她满意，所以才认识张懿恒几天，她就嚷个不停：

"能不能穿时髦一点，上档次一点？好歹是个大学老师，怎么吃饭穿衣这么不讲究，连农民工都不如！"

"你们学校肖子业的画卖得多好，现在他已经成滨江著名画家了，冲着教授的头衔，又是领导，哪个藏家不动心？这个人我见过，谦虚斯文，风度翩翩，典型的实干文人，成功文人，人家的钱肯定多得花不完，哪像你穷巴巴的。我知道他很能干，他当系主任的时候，你们艺术系的创收是整个滨大二级学院里面最高的，就此一点，你有何话说？钱才是硬通货，领导只要能给下属多发钱，就是好领导。你们一群坏蛋，硬告人家，把人家赶走了。"

到底是记者，消息灵通，牛婷提到滨大如数家珍。张懿恒也说是金子总要发光，肖子业当主任的时候，确实温和儒雅，谦谦君子，勤劳能干。最近学校在酝酿成立艺术学院，人员来自合并后的滨大艺术系和滨江师范，也进了一批新人，都是名校的研究生，人员扩充，队伍壮大，成立典礼下月就举行，但院长人选还没定好，有的说是从外面引进高人，有的说是校内选拔。

"不管别人，你的画何时能开售？"牛婷问。

"这个——"张懿恒语塞了，他的画还不到火候，订单时有时无，还远远达不到肖子业那样的高度。

"我十几岁就出来参加工作，一直很努力很上进。我在学校时就是优秀学生，经常代表市里面参加比赛，北大毕业后又到中国传媒大学深造，领导和同事都夸我专业功底深厚，他们甚至嫉妒我。我现在卤阳湖镇电视台，既当记者，当播音员，又担任日常节目的主持，这个电视台几乎就是靠我在撑着，其他那些人的水平好差的，差得让人不值一提。"牛婷讲了几句，张懿恒马上问："你这么优秀，这么出色，怎么不上《非诚勿扰》？""你怎么不上？"牛婷愣了愣，立刻反问。"我哪里顾得上？没有那闲情逸致！整天的教学科研，忙得连静下来的工夫都没有。"张懿恒迟疑着说。听着这话不是讥诮，再看眼前的男人一脸朴实真诚、老实巴交的样子，牛婷站起身，不禁感情丰富起来：

"你想想，像我知名度这么高的人，出门粉丝多得都围堵了。要是上了《非诚勿扰》,岂不是爆炸性新闻?王婆卖瓜,难道连自己都卖?哪有主持人在节目上推销自己的,角色定位都混乱了。我岂能连基本的职业常识节目敏感度都没有?我为什么要那么高调,我的尾巴为什么要翘上天?你是真不懂还是假不懂?"

牛婷一张嘴就喋喋不休,张懿恒心说看来北大毕业的人就是不一样啊!

一个细雨蒙蒙的中午,两人爬完山累得不行,便找个地方休息。进门的时候,牛婷回过头来问:"今天我漂亮吗?"见张懿恒默不吭声,牛婷骂了声"木头"就扑过来要捶打,顺便靠在张懿恒的身上。过了会儿,牛婷进去洗澡,张懿恒正要离开,忽听得里面阵阵尖叫,等进里屋一看,原来一只壁虎探头探脑贴在墙上。"快,它咬人的。"牛婷正指挥张懿恒打开窗户,突然那壁虎又爬动起来,爬向牛婷。"哇!快赶走它。"牛婷惊恐地大叫,手这么一抖,浴巾就落地了。张懿恒猛然发现,牛婷的乳房极其干瘪,仿佛两个死面烙饼平展展贴在胸脯上,乳晕昏暗,周围满是密密麻麻苍蝇屎似的雀斑,再看乳头却非常的大,松松下垂,发涩发干,其中一个还有伤痕,仿佛烂掉的黑葡萄,歪歪的裂口了。刚开始他以为自己看错了,再看了两眼,没错,的确就是如此。

张懿恒顿时一惊,心里既失望又不悦。

这反应没有逃过牛婷敏锐老练的眼睛,她脸一拉,挺着两个黑瘪的葡萄干乳头,很快问:

"你怎么回事?老实交代。"

牛婷的目光充满杀气,言语也非常严厉。张懿恒不知说什么好,他原来见过程怡雪的乳房,圆鼓鼓紧绷绷,柔滑细腻,鲜红嫩白,像翘在枝头的水蜜桃。

壁虎赶走了,牛婷也镇静了,等明白怎么回事的时候,她满脸青黄,当下拿起枕头打过来。"告诉你,前几天我参加市里的朗诵比赛,又获奖了,是一等奖,这种奖我拿到手软了。世所公认,我现在已经是滨江市响当当的朗诵艺术家,顶呱呱的人类高品质女性。……自十七岁起,我就参加工作,阅人无数,见到的大人物可多了,老板、高官、明星,那魄力,那风度,那阵势,那气派,你和人家比起来,一点气质都没有!这么多年来,我拒绝官二代、富二代,拒绝那些老板权贵的追求,眼睛都不眨一下。你们臭男人没一个好东西,我统统鄙夷不屑!"牛婷云里雾里天花乱坠,张懿恒很不高兴,禁不住问:"你说这些干什么?""我今天就是要教训你!"牛婷说话的声音像从高天上泼下来。

张懿恒看看眼前的牛婷,忽然想起一句话:世界上最优秀的男人在校外,而最优秀的女人在校内。于是又问:"你见了那么多男人,到底要找怎样的对象,有什么要求?"牛婷脱口而出:"要你们男人经济上银行家,出门外交家,进门内政家,还要厨房营养学家,床上性学家。"张懿恒想起这话怎么这么耳熟,好像庄焕明当年就这么讲女人的,于是回道:"我们男人要你出门贞妇,进门良妇,床上淫妇。""哼!"牛婷拧着身子,脑袋一耸一耸,"我偏要出门淫妇,进门贞妇,床上泼妇,床下贵妇。我现在年轻貌美,姑娘十八一枝花,我才二十五岁,有这个资本。实话告诉你,我出来见你,总是心有余悸。因为我只要一上街,到处都是求合影求签名求请吃饭的,群众一热情,对我如此崇拜,人流密集交通拥堵,搞不好引发踩踏事件,太恐怖了,和戴安娜王妃出门一样。"

张懿恒一阵反胃。

艺术学院

艺术学院的成立庆典上,校领导要出席,老浦西装革履,特意把头发染黑,把眉毛也染黑了。染眉毛的时候,旁边的理发师大感不解:"人家一般都染头发,谁还染眉毛呢,您这是?""咳,没事,染吧!""眉毛比较短,可是很难染的,万一染发剂流到眼睛里,可不好!""不要紧,我眼睛紧闭上。我这灰眉毛必须染黑,准备和老婆拍婚纱照呢!"老黄也来理发,看到老浦不断纠缠理发师,觉得不可思议,直到后来看到老浦染黑了眉毛,刮净了下巴,许是怕下巴的白胡茬刮不干净,又缠着理发师刮了三遍,临走的时候,又窜回椅子上,说鼻毛还是白的,要处理下。理发师明显不快,旁边等待的顾客忍无可忍,老黄更是看不下去,心说有本事你把鼻毛也染了。没想到老浦最后缠着理发师又修又剪,真的把白鼻毛一根根处理好,才离开了。

经过一番装扮,老浦确实年轻了许多。尽管如此,当坐到主席台上的时候,他发现坐在身旁的肖子业明显更为年轻。"唉,没办法的事情!好在自己还是书记!"老浦从心里感叹一声。虽然事先已得知相关人事变动,但从系书记升成院书记,老浦今天还是颇为激动,反正酒店的早餐不要钱,他就多吃了些,先是吃了两个香蕉,吃了一个蒸土豆,又喝了三碗豆浆,最后看见冰镇西瓜上来,又耐不住吞了四块,因此没坐多久,就觉得肚子不舒服。一个庆典仪式能有多久?老浦想着忍忍就过去了。万万没想到,等坐到主席台上之后,王书记来了,组织部部长宣布成立大会开始,几个礼炮响过,老浦肚子也打炮了,卫生间虽然近在咫尺,但他不能离开,王书记正讲得热情洋溢呢!王书记回顾滨江的经济发展,哗哗哗铺陈排比,说到滨大的发展,再从滨大的发展谈到艺术学院的成立:"我们以后要建设高水平大学,什么是高水平大学?具体到滨大而言,就是高水平校园有高楼,高水平课堂有高人,高水平杂志有文章,高水平学会有位置,高水平会议有声音,高水平排名有座次。所以接下来我们要快马加鞭,成立更多的二级学院,加快学科建设,服务地方发展。时不我待,我们要以只争朝夕的精神,扩招扩建,做大做强,让滨江大学向着更好更高的目标迈进。"

王书记的话语铿锵有力。老浦看看台下,程怡雪拿着手机当镜子,正抹口红。郑宇智低头看信息。胖子老刘显然昏昏欲睡了,不断打盹,鼻涕、口水流到了娄静斋的后背上,而前排低头玩微信的娄静斋对此浑然不觉。离会场不远处,不知谁家的几只宠物狗在嬉闹,其中一只公狗已经爬到了另一只母狗的屁股上,三个保安在旁边嘻嘻哈哈看热闹。很快,不等仪式结束,几个清洁工就开始抢夺地上的矿泉水瓶子了,有个中年女清洁工,竟然当众挠痒痒,搓起了污垢,挠着搓着,就露出大半个灰黄肥大的乳房。老浦很不高兴:"这么严肃的场合,怎么如此行动?"他感到心里发闷,肚子也咕噜咕噜作响,急需排放一下。

王书记还在激情洋溢,老浦想上卫生间,看看前后左右都是人,再看看台下也是黑压压的师生,就知道自己要是起身,势必牵一发动全身,影响形象,他高高在上,好不容易有这个机会,必须把握好,不能轻易下台。"你算个屁?不就比我高两级嘛!"看看正在主席台上侃侃而谈的王书记,老浦突然来了劲,于是再坚持一会儿,但不久肚子又咕噜咕噜作响,屁股也禁不住抽搐起来,好不容易等到王书记讲完,老浦赶紧起身,这时强校长匆匆赶来,老浦只得再坐定。

校长高声宣布:"祝贺滨江大学艺术学院成立。"大家纷纷鼓起掌来,老浦抓紧机会放了一个响屁,顿觉轻松了很多,但一个屁一放,后面的屁跟着就来了,校长讲完,市文联、滨江画院的来宾都纷纷讲话,领导讲话一个接一个,老浦忍耐不住,就趁着领导讲话的当儿,再放了几个屁,几个屁下来,他身边的肖子业就皱起眉头,王书记也愠怒地回看了他几眼。老浦不敢乱动了,想着还是王书记厉害,上次硬是活生生逼走省教育厅下派的苏书记,强龙难斗地头蛇啊!

"滨江师范和滨江大学艺术系合并,成立滨江大学艺术学院,这是滨江教育史上的一件大事,功在当代,利在千秋!滨江大学以后要乘着高建的东风,三年一小变,五年一大变,赶上哈佛大学,比肩牛津大学,超过剑桥大学。"老浦没想到今天的领导讲话怎么这么多,还一个比一个长!先是滨江主管文艺的副市长讲话,副市长讲了二十多分钟,老浦感到下身有个大秤砣垂落,浑身要炸裂似的。谢天谢地,副市长讲完了,市委宣传部部长又讲了十多分钟。宣传部部长讲完话,老浦想着按照议程一切该结束了,只等主持典礼的孙处长说成立仪式到此结束,他就立刻冲向卫生间,没想到这时王书记突然拿过话筒:"我来补充几句!艺术学院的成立是学校反复论证反复酝酿的结果,是高水平大学发展的需要。"王书记显然兴致颇浓,一开口就收不住,一套一套的,讲着讲着就浑身摇动手势不断。老浦心说完了,这王书记咋这么能讲?就跟封弘道能告状一样,找到门道就收不住,现在越来越猛,成了著名的钉子户!

渐渐地老浦脑袋嘣嘣直跳,眼前金星乱迸,屁股也阵阵疼痛,但还强忍着。谁想王书记说着说着,突然激动地一拍桌子,老浦受了惊,头顶像被猛击了一下,终于支撑不住,一股热流从体内喷泻而出,他顿时如释重负,浑身也轻松无比。"怎么啦?"旁边的肖子业看着他,突然就捂起鼻子。老浦不知如何解释,看看王书记还在滔滔不绝,心想他娘的反正已经这样了,无论如何都要撑到底,于是拿过桌上的茶杯,借着喝茶,将满杯茶水朝自己的大腿倒上去。

"咳,茶水溅到腿上了。"老浦嘟囔着,看看台下的老师,心里不禁感慨,"我一个中专生,现在管你们这些名校毕业的高才生,管你们这些博士、硕士,管你们这些教授、副教授。你们曾经看不起我,嘲笑我,可我还是把你们踩在脚下了,哈哈。管他的,反正当了官,就是装也要装得像回事。"老浦想着想着,突然腰板挺直,坐得更端正了。最后轮到院长讲话的时候,老浦抖落着裤管上的尿水,心里还是十分复杂:奶奶的搞来搞去,还是肖子业回来主政。看来这人有两下子,以后艺术学院搞不好就是他的天下了!

悔过书

"你们也由系变院了,好!"

"滨大到处在设立改系设学院,很多人都官升一级了。"

"这么一合并,滨江师范那些人服不服?听说他们嚷嚷这哪里是合并,简直是吞并!"

"原来告肖子业的那些人怎么样,是不是灰头灰脸的?"

艺术学院成立不到一个星期,来自各方面的议论询问搞得张懿恒不知如何回答。他一个普通老师哪里管得了这么多?博士毕业三四年了,他始终觉得自己是一个看客,单位里发生的一切,不影响他钻研业务和平静生活。当然,张懿恒也知道树欲静而风不止。艺术学院的成立是一件大事,而领导班子的变动更是大事中的大事。其实在那天的成立大会上,艺术学院新班子一亮相,很多人就惊诧:不是声言由别的学校引进院长嘛,怎么……?冯志学坐不住了,庄焕明更坐不住了,告状信上签名的老师都坐不住了,一时间各种猜测和议论,甚至看笑话的风声到处传播。

肖子业回到艺术学院,办公室还是原来的办公室,见了人他不怎么讲话,只是微微一笑,但有些人普遍感到脊背发凉。肖子业越是温和无语,微笑连连,某些人越有一种"哈哈,我胡汉三又回来了"的感觉,于是冯志学的阵营迅速瓦解,不到一个星期的工夫,找肖子业叙旧的、请吃的、送礼的、求情的、办事的就挤满了办公室。"好的,好的,我一定好好支持您的工作。"每个人都这样在新任院长面前表忠心。当然,忠心不是挂在嘴上的,也不是笑在脸上的,而是体现在腿上的。丁雄伟就跑来跑去,找了庄焕明好几次,不知说些什么。随之在全院教师大会上,张懿恒目睹了自己参加工作以来最震惊和叹惋的一幕。

"我声明,我上次是受人挑唆,在举报信上签了自己的名,现在看来是完全错误的,我痛心疾首懊悔莫及。"会上,老浦讲完话后,庄焕明第一个站起来发言,说着眼圈便红了,众目睽睽之下,他突然扇起了自己的耳光,但很快被丁雄伟拉住。"今天当着大家的面,我要把事情说清楚。回想起来我吃里爬外,十足的助纣为虐陷害忠良。"庄焕明用拳头捶打着桌子,指着对面的冯志学,满脸激愤,"都是他挑动我签名的,我当初瞎眼了。这次组织能派肖子业同志回艺术学院当院长,证明组织明察秋毫,当初对肖子业的举报都是不实之词,我对我的作为表示深刻忏悔,表示真诚道歉。"庄焕明说着,向肖子业深深鞠了一躬。

"下面,我开始读我的悔过书。"尽管会场寂静无比,但庄焕明还是特意清清嗓子,掏出一张纸放声朗读,"尊敬的肖子业院长,您是一个好人,我很对不起您,我有罪。"刚念了几句,就双腿发抖,似乎要下跪,张懿恒心里咯噔一下,他看到朱丽茵、方希妍、韩灵光等人惊讶地伸出舌头。"哎哎哎,庄老师你怎么啦?什么忏悔道歉,说得过头了。"肖子业赶快站起来,夺过庄焕明手中的悔过书撕个粉碎,大声说,"都是一个单位的同事,闹些风波很正常,犯不着记在心里,说什么忏悔道歉,你太过分了。"老浦也说:"行了行了,焕明,你过虑了,子业同志从来没把这些放在心上,哪个单位没有风风雨雨,风雨过后是彩虹呢,好汉不打不相识呢!"庄焕明还想再念叨几句,肖子业面露不悦再次打断道:"庄老师,你不要再说了好不好?其实这都不算事,你如果要真的道歉,再读什么悔过书,这才是给我出难题呢!无论如何,都是一家人,让我们抛弃前嫌,和衷共济努力工作好不好?你先坐回座位上去。"

庄焕明啜泣不语。肖子业四下看看说:"其实投诉也罢举报也罢,本来就不算个事,特别是对我个人,从来都不算什么。说真的,还是感谢同志们的意见,让我有则改之无则加勉。刚才焕明老师激动了,可能还有其他几位同志也想对我说什么,都不用了,误会归误会,工作归工作。工作就像过日子,谁家过日子没有个小插曲?渡尽劫波兄弟在,相逢一笑泯恩仇。"老浦也敲敲桌子:"大家都不要再提以前的事情,让误会统统过去,把不愉快一笔勾销。艺术学院的一切靠大家,现在工作要紧。"肖子业又站起来道:"在这里,我郑重声明,以后绝对不揪辫子,不打棍子,请大家监督我。让我们精诚团结和衷共济,把艺术学院搞好!咱们单位决不能出现封弘道那样乱咬人的疯狗,走到哪里告到哪里,把计算机学院的领导班子毁了,现在调到电子学院,又把电子学院搞得乌烟瘴气。"说到"精诚团结和衷共济"的时候,肖子业加重了语气,大家明白,他说的是真心话,也确该如此,艺术学院不能再内耗了。

"学校发展步入关键期,艺术学院要在三五年内上大台阶。关起门来,自己人说自己话。我们的任务很艰巨,工作很难做,但再难也要做,一切先从眼前做起。"肖子业说完,目光落向冯志学,大家也看着冯志学,冯志学虽面无表情,倒也鼓起掌来。会议就这样结束了,会后照例举行工作聚餐,大家轮流给院长、书记敬酒,都说些祝福表态的话。肖子业书生本色不改,一一和大家碰杯,言行谦和温良,老浦喝了几十杯,很快就洋相百出,惹得大家直喷笑。

同事们

肖子业说到做到,上任院长后先趁着合并的春风,融合滨江师范的师资,新组建了几个系,扩大了艺术学院的编制,接着又招进不少年轻老师,比如谭景明、齐思宁、彭凌杉、凌宇飞等。其他工作也都相继展开,在用人方面,冯志学还是被委任为新成立的美术系副主任,而原滨大艺术系的人马,则被适当分流了。艺术学院虽然新成立,但很快归于平静,并没有像外界猜测的那样会内讧闹事。

退党之后的庄焕明,很快又申请加入了民主党派,出去考察,吃喝玩乐了几次,非常开心。一个多星期后,张懿恒碰见了郑宇智和林和兵,说起院里的变化,郑宇智认为老金当年太张狂,就是不行。人家肖子业其实是对的,看来组织选对人了!林和兵说你们院长这招真好,一个改组重建,实际上是推恩令,分流瓦解,把冯志学那帮人彻底打下去了。张懿恒也说肖子业表现确实不错,校领导都夸奖他解决了多年的难题。"这庄焕明怎么搞的?当初他到处说丁雄伟活成一条狗了,结果现在他自己比狗还狗,好歹也是个男人,做了就做了,还搞什么悔过书呢!"郑宇智最后耻笑道。

江湖再也不是原来的江湖,艺术学院新任书记兼副院长老浦工作千头万绪,这几天他和肖子业又都当上了滨江市社科联的常委,更忙得不可开交,熟人之间往往不用客气,往办公室一聚,交流就直接起来,刚说了两句,有人进来了。"领导,我真的很不好意思,上次……"庄焕明说着双腿又瑟瑟发抖,好像要下跪的样子。肖子业连忙扶住说:"你怎么回事?别说了,检讨了就是好同志!"庄焕明低下头去,抽噎道:"我觉得上次意犹未尽,态度还不够真诚!""哎呀,你这不是为难我嘛!太客气了就是虚伪,你看我现在多忙。"肖子业显然很难堪,在和老浦交换了眼神之后,这位新任院长拉住庄焕明的手说:"过去了就过去了,谁人生路上不翻跟头?现在工作要紧,要和衷共济一切向前看。我们商量过了,你继续担任工会副主席,还有,艺术学院资料室的工作,你以后也负责。""院长,您大人大量!"庄焕明泪流满面。

等庄焕明走了之后,肖子业提到艺术学院新成立,千头万绪,他一个人忙不过来,要老浦分管教学,老浦连连答应。肖子业又说:"市书法家协会的工作以后会挂靠到咱们学院,前几天文联领导找我谈话,让推选一位副主席,我已推荐了你,这几天学校正在考虑。没问题,你准行!还有那个名家工作室和精品课程建设,你赶快申请,申请了就有经费。"

老浦看看肖子业,心里说不出是感动还是惊讶,这个人今天说话直来直去,不加掩饰,显然把什么都考虑好了,没有一句商量的余地,和往日的谦恭客套形成鲜明对比。老浦想到当初王书记找他谈话时,就征求对艺术学院院长的意见,他当时不知如何回答,其实他想得更多的不是谁当院长,而是自己能不能再当书记,再继续享受正处级的工资待遇。"除了肖子业,现在已经没有合适的人选了,只能他上了!你要全力配合他的工作,把艺术学院搞好。"面对王书记的嘱托,老浦当下表示同意。在艺术学院成立庆典的前一天,肖子业和老浦再次拜见了王书记。"感谢组织信任,感谢领导重托,五年内我保证拿下硕士点,让艺术学院有大的改观,否则就主动请辞。"肖子业立军令状的时候,老浦弓着身子连连点头,不过,听到最后要拿下硕士点的话,他还是从心里哼了声:拿个屁!

学院教师队伍青黄不接,连院长在内,教授也就三四个,像老金和娄静斋他们已快退休,老金肯定不会支持肖子业的。副教授虽说有六七个,但都浑浑噩噩不干事,剩下的年轻人要职称没职称,要成果没成果。艺术系多年内斗频繁,早已元气大伤,现在更加人心不稳。至于合并进来的滨江师范那些人,安于中等师范的专业水平教学,也是人浮于事,不学无术。现在整个艺术学院五六十个人,没有一个国家项目,仅有的几本象征性著作都是简单的个人画册,质量太差,难以示人。像样的论文也没有,演播室建设遥遥无期,图书资料极度欠缺,去年的教育部教学评估也没过,师生作品没有一个能在省级展览中获奖。

没办法,历史遗留问题太多,多年的底子不正啊!不光老浦,其实很多人都觉得院长在做白日梦,议论也纷至沓来:"人家阳曲大学艺术学院成立多年,光博士就有七八个,教授六七个,国家项目三个,无论科研实力还是师资配备,或者教学质量,都是滨大艺术学院的好几倍。一个花灯制作的硕士点,申请了六年都没有批下来。你一个刚成立的滨大艺术学院,凭什么就在五年之内拿下硕士点?""真是大言不惭,肖子业你就等着主动请辞吧!""不用请辞,即使拿不下来硕士点,他的一届院长到头,也该下台了。"

有意见归意见,老浦还是尽力做好自己的事,作为书记,他得主持各种各样的会议,组织老师们学习讨论。"同志们,迎世、遗精、品晚,"周四下午,老浦照例开口了,"会,今天我们来探讨,这个会如何办好。""哎呀,书记,你臊死我了!"在明白是怎么回事之后,朱丽茵红着脸叫道:"不就是个迎世遗精品晚会,看你说得难受的!"大家笑起来,肖子业也笑了,老浦的语言表述是有问题,上理论课经常笑话百出,把王羲之说成王义之,把董其昌说成董其冒,课件也不会制作,经常照着教材读,就这样读着读着也读不下去,一堂课往往只讲十几分钟,剩下时间就让同学自修,上书法实践课连基本的悬腕用笔、藏锋露锋都做不好,更别说什么示范效应了。一瓶子不响半瓶子晃荡,老浦就是个半瓶子,肚里没货还爱晃荡,上课洋相多,学生早已很有意见,老师们也说老浦上课和做人高度契合,一个字:水!肖子业对此当然了然于心,但又怎么样呢,院长总不能批评书记啊!

半个月后,老浦顺利当选市书法家协会的副主席,有了自己专门的工作室,又兼任几家学校的课外书法教师,经常以专家的名义参加市内的各项评奖,出席各种会议,发表各类评论。半年后,老浦又顺利当选滨阳省书法家协会理事,他很快红起来了,作品也很快出现在滨江的市面上,卖得挺火。直到这时,原本想混混看的他才想起肖子业的那些话并非敷衍之词。

第九章 师者

宝贝

周三,张懿恒给学生上"中外美术史论研究"。开讲几分钟后,张懿恒看到后排进来个老先生,头发花白,面容清瘦,戴着厚厚的眼镜,一看就是高度近视那种,穿一身蓝色的中山装,洗得很干净,就是略显发白。中山装从上到下,扣子扣得很整齐,连领口上的风纪扣都扣得很端正。张懿恒心说现在很少看见有人如此穿戴,正要招呼,只见老先生已经摸索着坐在后排了,双手放在桌面上,面容严肃,身姿正直,边听讲边做笔记,时不时抬抬厚厚的宽边眼镜,听着听着就脑袋前倾,目光里充满孩童式的认真,时不时还扶住耳朵,生怕漏掉听讲的每一个字,看得出他全神贯注一丝不苟。这下搞得张懿恒多少有些不自在,等到课程结束走到后排,才发现这位老先生是周宗儒。

周老师说他退休两年多了,现在是教学督导,按照学校安排,专门来听课的。张懿恒说:"怪不得这两年没见到您,都认不出了。欢迎周老师听课,您很敬业,请多指教。"周宗儒说:"哪里哪里,我只是来奉命听课的。说起来,我们都是人民教师,要本着对人民负责的精神,忠诚党的教育事业,一心一意搞好教学,为滨江的发展,为学校建设高水平大学而努力奋斗。你年轻,更要努力上进。"张懿恒说,是的是的。老先生站了起来,拍着他的肩膀,口气非常严肃:"党和政府培养了我们,现在正是我们回报和感恩的好机会。上次开会我参加了,领导的讲话很好，绘蓝图，鼓人心，这几年我们学校形势一片大好，进入快车道了，我很激动。老牛自知夕阳晚，不待扬鞭自奋蹄。趁着这浩荡的东风，我要拼搏奋进，为学校建设增砖添瓦，把有限的生命投入无限的壮丽事业中去！我受组织多年的培养，这点觉悟还是有的。"

张懿恒心想周老师已经退休了，怎么一开口还是这个样子，跟领导做报告似的，一套一套的，满是标语口号式的语言，赛过大刊大报的社论，但嘴上还是恳切道："周老师你说得对，所以我讲课有什么不足，请毫不客气地指出来。"周老师想了想，打开笔记本看了看说："你上课很有激情，很投入，可是讲到宋代院画的时候明显没收住，对宋徽宗讲了很多，赞誉过度，这就太过于高抬封建文化了。后来又讲到唐伯虎科考作弊，画春宫图什么的，这就更偏向了，这样宣扬封建社会落后腐朽的文化可不好，会毒害青少年的心灵，把孩子们教坏的。有些东西可以不讲或者少讲的，比如两宋是历史上最软弱无能的朝代！"

说到这里，周宗儒往前走了几步，眉毛一抖一抖，声调也提高了。"自古以来，封建统治阶级只顾自己享乐，剥削人民，玩物丧志，其罪恶罄竹难书，他们从来不顾人民死活，从来没有对人民让过步。所以对于封建的历史和文化要全面地、辩证地、客观地看待。封建统治阶级的文化从来都是假大空的，具有很强的欺骗性和麻痹性，从来不是为劳动人民服务的，没有任何教育意义，政治性太差，思想性不强。"周老师咳嗽了两声，面色十分激动，"所以小张同志啊，你上课，还是要选择那些对人民有利的，对学生有深刻教育意义的东西去讲，不要太在乎什么艺术审美性，要注重思想性政治性，还是那句话，要把坚定正确的政治方向放在第一位。"

张懿恒后退了一步道："周老师，您说得很有道理！可是我讲的也是历史事实，学生有权利知道这些：中国美术史不仅是劳动大众的历史，更是文人士大夫的历史。就以社会分期来说吧，春秋战国以前，普遍奉行封邦建国分而治之的政策，那真是封建制。自秦始皇统一中国之后，加强中央集权，推行郡县制，中国历史步入了新时代，所以现在学术界普遍认为自秦汉以来，中国已不是封建社会，通行的观点是自公元前221年以后，中国就进入大一统的君主专制时代了。"

周老师睁着眼睛，张着嘴巴发出"啊""啊"的惊叹声，末了又问："真有这样的理论?"看得出他疑惑不定,张懿恒说:"是的是的,学术就是在争论中发展的,因此有些分歧很正常。欢迎周老师继续听课,咱们多交流。"周宗儒"哦哦"着,又看看笔记本说:"小张啊,你讲了太多人性了,其实啊,人性论属于资产阶级的一套,你不能被其迷惑了。文艺为谁服务的问题首先要弄清楚,立场不能含糊,阶级差别不能混淆。"张懿恒刚说了句"古代士大夫文化是中国文化的四维之一",周老师就摆动着手中的笔记本道:"我不和你们这些小同志争论,我只是遵照领导的指示来听课的,要不折不扣把领导指示贯彻好,落实好。领导给了我这个重担,我要不负重托,全心全意按照领导的要求去做,这是我的工作,其他的就不关我的事。"

周老师最终如何给教务处汇报的,张懿恒不知道,他只是觉得这个督导挺有趣的。

过了几天,张懿恒正在图书馆看书,后面有个人走过来。"小张同志,没想到你是学校教代会的代表,我都看到你的发言了。"周老师上前和张懿恒握了手,聊了几句,张懿恒感到他好像有什么话要说,就请他在旁边的沙发上坐下。周老师说了几句,眉头就皱起来,心事重重的样子,经再三追问,才吞吞吐吐道:"小张同志,你既然是代表,能不能为民请命,仗义执言?"张懿恒问:"什么事情?一般都可以的。"周老师想了会儿,拿出几张发票,红着脸,低下头,哼哧哼哧半天,小声说:"我上次开了一次学术会,两千块的差旅费,系里不给报,既然你是代表,能否帮我想想办法,把这个差旅费给报了?"说完就躲开张懿恒,眼睛看着别的地方。张懿恒颇感好笑:"周老师,我还以为什么天大的事情,不就两千块的会议差旅费吗?你开学术会是光明正大的好事情,有什么不好报,你为难什么?好歹你还是校教学督导呢,领导难道这点面子都不给?"

"小点声,小点声!"周老师四下看看,抖动着手掌,感叹督导只是个名义,没有什么用的,又说他来滨大三十多年了,就开了这一次学术会,会议紧急,临时接到通知,没来得及向领导请示。张懿恒说:"这多好啊,领导有什么不能报的?看把你不好意思的,没必要嘛!""唉唉,我们学院管理特严格。"周老师说着就一脸苦恼,"领导说我未经系里开会研究,未经批准私自外出开会,目无组织目无尊长,所以坚决不给报销。""老师外出开会难道还要系部党政联席会议研究?

等研究来研究去,学术会都结束了。你要敢于和领导说理,咱有恃无恐。"张懿恒有些不解。

"不行啊,领导是领导,我说多了,领导就会严肃批评。"周老师说着就摆动着双手,嘴唇发颤,脸色也惊恐起来,"再说我确实是私自外出的,没跟领导请假。"张懿恒连声问:"谁管你们督导?他算个什么,哪有这样当领导的?你要据理力争,天下乌鸦一般黑,半个月前,我还跟教务处的人吵了一架,就吵了又能怎么样,难道他们能开除我?此地不留爷,自有留爷处。""唉,领导难讲话啊!我……"周老师说着又低下头去。张懿恒安慰道:"领导有什么好怕的,你千万不要把领导高看了,你们领导到底是谁啊?""我们领导叫赵驰青,特讲政治,管理特严格。哎哟,小声点,小声点。就当我没说……"周老师说了一半突然就捂住自己的嘴巴,又拉住张懿恒的手,示意他别讲了。

周老师的手不仅在瑟瑟发抖,而且掌心越来越凉,额头也渗出滴滴汗珠,张懿恒惊讶这人怎么如此胆小。"小张,你是小同志,年轻气盛的,有些事情不懂。千万不要议论领导,小心隔墙有耳。千万不要得罪领导,在咱们这里,领导就是王法,就是一切,可不得了!我都是吃过亏的人了,你太年轻了,唉唉……"看见周老师畏畏缩缩的样子,张懿恒不知道说什么好,停了好一会儿,还是禁不住开口道:"周老师,咱不怕,领导算个啥,现在什么年代了?堂堂大学老师,为什么这么怕领导?领导是人,我们也是人啊!我还准备再找领导呢,我不信滨大之大,连个说理的地方都没有,真理越辩越明!自古肉食者鄙,多少人都说滨大的领导是衣冠禽兽伪君子!""哎呀,小张你吓死我了。差旅费你能帮报销就报销,报不了就算了。算了算了,不报了,就当我没找你。和领导吵架,找领导理论,你不要连累我呀!"周老师说着转身就走,刚走几步,就痛苦地"哦"了声,倒在了沙发上,脸色阵阵发白,口吐涎水,双手也胡乱抖着。这下把张懿恒吓坏了,旁边的一位中年保安很快过来。"周老师经常来图书馆,他一紧张就这样,我已经见惯了。"保安说着就摸摸周老师的中山装口袋,掏出一小瓶速效救心丸,让张懿恒倒了杯热水给周老师服下。过了一会儿,周老师醒来了,眼眶里溢满泪水,显然惊魂未定。张懿恒顿时心酸,便说那个差旅费是小意思,他会想办法帮忙报销,请周老师别担心。

张懿恒知道郑宇智被借调到国际交流处了,国际交流处本身就挂在校办名下,处长由校办一个副主任兼任。国际交流处迎来送往,招待多,当然经费更多,郑宇智因此和校办的人很熟。众所周知,校办可是个要害部门。张懿恒于是找了郑宇智,郑宇智一看发票就很不屑:"区区两千块算个什么,值得老先生求爷爷告奶奶跑来跑去的,好像天大的事似的?行了,你不用找系部领导去说了,找了也没用。"然后说他找校办给报销,校办如果报销不了,他就找高建办的程怡雪给报,那里赞助多,经费经常花不完。张懿恒叮嘱尽量给老先生报了。反正现在年底,各处经费清零,大家都在找发票抓紧报销。

过了几天,郑宇智打来电话说程怡雪已经给报了。张懿恒说:"好啊,现在让周老师找你去拿钱吧。"郑宇智说:"算了,我们还是把钱送到他家里,他不会主动上门来取的,他的为人我还是知道的,说起来我该叫他世叔,他是我爸爸的老同学了。"

跟着郑宇智走过教学楼,绕过水塘,走过后勤集团大楼,又经过一段弯弯曲曲的沙石路,最后来到几栋老旧的楼栋前,张懿恒说这些房子好旧啊,都快成出土文物了,郑宇智说这是滨大最早的教师公寓,有些年头了,现在很少有人住这里,因为没有电梯,能搬的都搬走了。两人走进靠马路的楼栋,一步步爬上八楼,都气喘吁吁,张懿恒看到这栋楼层没有廊灯,又被包围在其他楼栋之间,大白天楼梯口都黑洞洞的,又不通风,闷热无比。

郑宇智敲敲门,一个阿姨面无表情,一声不吭开了门就背过身去。周老师从里屋走出来,晃着花白的干瘦脑袋,领着他们向最里面的房间走去。"我的房间在这里!"周老师介绍着。张懿恒发现这个小单元房竟然有两个卫生间,最里面的木房门外面还有一层防盗的栅栏门,紧紧锁着,旁边的卫生间也锁住了,于是问:"自己家的住宅楼,房间里面还要再加栅栏门,连卫生间都要锁上?"刚问完郑宇智就给他使眼色。

"哎呀,这么快?小张、小郑同志,你们帮了我大忙了,谢谢,谢谢啊!"接过两千块钱现金的时候,周老师又是鞠躬又是作揖,花白的枯草脑袋晃动着,长眉毛一抖一抖,嘴巴笑得半天都合不上,左手拉住郑宇智,右手拉住张懿恒,半天都不放,好像报销对他来说是丰功伟绩似的,他越这样千恩万谢,张懿恒越感到丝丝心酸。末了周老师说:"我家里还有一些藏品,平时是秘不示人的,你们既然来了,就看看吧。"说着拿着钥匙,先打开栅栏门的锁,再打开木房门的锁,开了门,一股霉臭味迎面而来。张懿恒看到房间里很多箱子柜子,靠前的书柜里满是书,线装的盒装的,很多都发黄发黑了,地上也是书。

周老师拉开抽屉,里面也是很多书,除了几本四书五经,其他都是早期的领导讲话汇编及文集等,很多书的红塑料皮已经烂掉了。张懿恒随便拿起一本,发现书名是《五伦全备记》,里面已经被批注得密密麻麻。"那是我读了千百遍的好书,每读一次,都写心得体会。"周老师说着又拿起钥匙,打开两个樟木箱子,里面是满满的各类纪念章、胸牌、徽章和伟人像章等,金光闪闪一大堆!"这才是我真正的宝贝,比我的命还宝贵!"周老师一一介绍他的收藏,张懿恒一眼就看出这些纪念章和像章很多都是假的,因为他和郑宇智在地摊淘宝的时候,见得太多了。张懿恒真不明白,为什么周老师一个过来人就看不出呢,还买了满满两箱子。再看墙上,也贴着一些世界著名领导人的画像,都是早期的革命领袖。

"我永远怀念那个年代,一看见这些我仿佛又回到那段火红的岁月。我们那时候真是好啊!青春壮丽,世界革命风起潮涌,社会上人爱人人帮人,大家都是革命同志,不分彼此,处处都是甜蜜的相处。那个时候人心向善,没有金钱思想,没有官本位意识。哪像现在啊,唉唉,知识分子满脑子都是钱钱钱,满脑子都想着当官,跑官要官卖官鬻爵的,太可怕了。现在对领导的称呼不叫同志,张口闭口都是老板,或者直接叫官衔,就是学校里的研究生也把自己的导师称作老板了,多低俗势利啊,现在人的思想普遍有问题,思想一旦滑坡了,行动就可怕了。"

周老师说着,提了一个已故领导人的名字,"他老人家离开我们多年了,说起来我们都是他的学生,但对不起他!拜金主义、享乐主义、极端个人主义横行,名来利往、自私自利,现在社会风气成这个样子,我们有愧于他的教导,将来九泉之下有何面目见他老人家?你们年轻同志要特别注意呢,千万不要被灯红酒绿冲昏了头脑,要坚持坚定正确的政治方向。越是年轻同志,越要经得起诱惑,经得住风吹浪打。我们那时候思想多高尚,行为多纯正,因为把领袖的教导落到了实处,而现在是人心不古、今非昔比,这太可怕了!"周老师说着说着就老泪纵横。

房间里的味道越来越重,张懿恒受不了,就和郑宇智交换了眼色起身告辞。周老师依旧锁好木箱子,锁好房间的木门,锁好木门外的栅栏门,说什么也要送张懿恒他们下楼。客厅里阿姨和一个青年男子正在吃饭,看见三人走出来,眼睛抬也不抬,依旧一声不吭。张懿恒很疑惑,郑宇智拉拉他的衣袖:"走,我们请周老师吃个饭吧。"

到了街上的海月楼,周老师一看店面就不抬步了。"这么高档的地方,也太贵了吧,我们要不换个地方,一人一碗鸭血粉丝汤就行了。"他哆嗦着身子想转身。郑宇智扶住他说:"不不,周叔,鸭血粉丝汤怎么能行?您好歹是我爸爸的同学,我爸爸在世的时候,经常念叨您呢。"三个人进了海月楼,找个包间坐下,郑宇智把菜单给了周老师,让点菜,但周老师退缩着连连摇手:"我没在这里吃过,不了解,不敢乱点,不敢乱点。"郑宇智于是点了松鼠鳜鱼、白切鸡、芹菜百合、酿豆腐,外配生地猪骨汤。周老师连声说好了好了太多了,太多了浪费钱。

饭吃到一半,郑宇智说周叔您退休了,该出去旅游散心了。要是到美国去,我有朋友,可以接待您。说起来您教了一辈子西方美学,也该去西方走走了,增加些感性体会。"说得对,我教了一辈子西方美学,迄今为止确实没去过西方,是个老土鳖。"周老师说着又激动起来,眉毛一抖一抖,脸色也涨红了,"我虽然没去过西方,但因为经常看书读报,对西方还是了解的。资本主义社会充满荒淫奢侈、尔虞我诈和蝇营狗苟,资产阶级更是罪恶无比,每个毛孔都沾着血和肮脏的东西。资本家个个都是吸血鬼和寄生虫,从来不顾劳苦大众的死活,只顾赚钱,谋求个人利益的最大化。"

郑宇智"嗯嗯"着劝大家多吃菜。吃到最后的时候,郑宇智说:"周叔,我朋友家里有一本族谱,说是老祖先传下来的,但朋友还是存疑,想请您给看一下,您研究宗族学多年,是鉴定专家了。"周老师想了想说可以。临别的时候郑宇智又点了几个菜,要周老师打包回去,但周老师说什么也不肯,他只愿意把吃剩下的菜打包拿回去。于是两人送周老师到了他住的公寓楼下。郑宇智不由分说,把所有的餐盒都拿给了周老师,送他上了楼。

等下来的时候,张懿恒问郑宇智打那么多菜干什么?放到第二天吃不了浪费,难道周老师家里不做饭?郑宇智说:"你没看见吗?咱们进门出门时,那旁若无人的一女一男,就是周老师的老婆儿子。他们一家人分灶而食几十年了,早已不是秘密。周老师吃饭都是自己解决,一般是去学生饭堂,遇到下雨,就干脆不去吃了,所以总饥一顿饱一顿的。"张懿恒叹道:"周老师住的地方像山洞似的,阴森恐怖,这怎么生活啊?还有,他讲话怎么跟老浦一个腔调,怀旧意味太浓了,说话理论性很强,一切好像不食人间烟火的样子,永远沉迷在过去!"

"不!"郑宇智很认真地看着张懿恒,"老浦的一切都是假大空,假得很真;但周老师是真的,言行是发自内心的真诚,真得很假。他当了一辈子普通老师,听说顺事,是那种领导放个屁就当天塌下来的人!"张懿恒问怎么会如此?"我爸爸说他从年轻时就这样,从学生起就很听话,性格怯懦,思维单一,干什么都中规中矩的,没有任何过错,胆小怕事,唯唯诺诺,参加工作后更谨小慎微战战兢兢,很容易被唬住,所以是领导眼中的良民,是学生心目中的好老师。我爸爸劝过他多次,但他就是不改,也改不了。"郑宇智看看窗外的浮云,面色颇显无奈。

不　卖

一个月后,张懿恒到学生饭堂,正和老黄对坐着吃午饭,看见周老师慢慢走来,还是穿着那身边角发毛的中山装,趴在售卖窗口上,看了半天,最后要了二两米饭,要了一个青菜,打饭的阿姨说:"老师,你攒那么多钱干什么?人老了爱生病,你要多注意营养的。每次都吃得很节约,这样对身体不好,把钱都给医院了。""咳,咳,我有什么钱?"周老师开始摇头晃脑,"余单家孤子,寸田尺宅,无以治生。老弱之命,悬于十指。一从操翰,数更府主。俯仰异趣,哀乐由人。如黄祖之腹中,在本初之弦上。修养难而沦落易,在山泉水清,出山泉水浊,正所谓'士修于家,而坏于天子之庭'。"

饭堂的阿姨们交换着眼色笑了,后面的学生也笑了。周老师吟诵完,把餐盘放在角落的餐桌上,又慢慢走到汤锅前,等着打免费汤。学生队伍排成一长排,周老师满头白发,伛偻着腰,穿着洗得发白的老式中山装,夹在黑发红颜衣着光鲜的学生队伍中分外刺眼。其实售菜窗口有的是原盅炖汤,三元钱一盅,但他就是不肯买。

"那是个迂老夫子。刚开始的时候,还当过一个研究中心的副主任,但只干了两个月,就做了几件令人哭笑不得的事情。"老黄说有一次学校开会,校长在上面讲课,周老师参会,听着听着就睡着了,鼾声如雷。别人把他叫醒,他醒来一看领导已经讲完话了,就赶紧鼓掌,连声说好好。结果发现周围的人面面相觑,不仅没一个人跟着鼓掌,反而都躲避他,原来校长在批评另外一个领导呢。"跟错风,表错态,搞得别人都跟着尴尬。"老黄说着就感叹周老师倒是个好人,但书生气太重,不适合搞行政,所以仅仅两个月,干的可笑事情就一堆,最终不得不辞职。"好在担任普通教师多年,学校对他还算好,退休后给了教学督导当。市里好几个领导都是他的学生,知道他的家庭状况,帮忙照顾着。"廖慈志过来插了两句。

正吃着,张懿恒感到背后有什么动静,回头发现一个老阿姨走上来,却欲言又止。张懿恒认出她就是那天在周老师家里见到的阿姨,于是叫了声阿姨好,还买了两碗肠粉、一杯豆浆给她。吃完饭,阿姨的面色红润起来,斜坐着说:"你们是老周的同事吧?可要好好劝劝他。脑筋要开窍,这个家他到底还顾不顾?你看当初买房子,明明六百块钱一平方。当时没钱,但他又不肯贷款,张口闭口把钱攒够了再买,这就错过了机会。别人当初按揭的,现在手中都三五套房,都发财了。我们还是那套老房子,如今更买不起了。现在谁买房子还一次性付清?连我这个老太婆都明白了。"

张懿恒说:"是的,从市场营销规律而言,按揭最划算,因为攒钱的速度远赶不上房价的涨幅,所以尽快付清首付,以后按揭就可以了。我们新来的老师都这样,有人空手套白狼,现在手中都好几套房子了,也没见到有什么山大的经济压力,过得很滋润。"他正想以林和兵为例再说几句,但感到老黄在踩脚,就打住了。阿姨说:"还有什么好机会,你们也给老周留意点,让他多照顾家里。我一辈子没工作,孩子又没上大学,现在是个水电工。你看老周教了一辈子书,教来教去对家里有什么用呀?跟着他遭了一辈子罪。连孩子都不待见,你说生气不生气?"正说着,一个青年男子走过来,说声"不提也罢",就搀扶着她离开了。

张懿恒给郑宇智打电话,要他想想办法,让周老师多挣些钱,解决家庭问题,"他好歹是你世叔呢!"最后又强调道。个把星期后,郑宇智找到张懿恒,一见面

220

就摇头:"这个人的迂腐超出了你我的想象。"

"我朋友那个族谱,周老师看过了,确定是古书无误。朋友很高兴,就想感谢。听说他家里经济情况不好,朋友便拿出自己的一本诗集,请周老师以滨江大学老教授的名义写个序言,说好给三万元润笔费。此外还邀请他当公司的文化顾问,每个月有五六千块钱的收入。可老头子死活不写,声言他不参与任何商业活动,说什么有辱斯文自毁清誉,不愿为五斗米折腰,等等。朋友退而求其次,说不写序也可以,就给诗集题个字,给两万元的润笔。老头子也坚决拒绝了,张口闭口他的字丑,羞于示人,又说什么志士不饮盗泉之水,廉者不受嗟来之食。说起来倒是一套一套的,谁也劝不进去。"

郑宇智解释完毕,张懿恒问周老师固守清贫,这是士人的坚守吧?郑宇智摇头道:"什么士人?是的话就好了,他是被吓怕了。"张懿恒这才知道以前周老师上课时,不知哪里说错了,被人举报过,后来的退休典礼上,几个学生小记者过来采访,刚把话筒递过去,他就吓得哆哆嗦嗦,一看到三五个人围着自己,又怕说错话,怕被录像录音,怕上镜头,就死活不肯发言了。市里曾推荐他当政协委员,说起来也就举举手拍拍手的事情,但周老师认为委员责任重于泰山,多少双眼睛在盯着,怕担当不起,怕万一有个闪失,一句话说错了,不仅影响个人,而且影响整个组织,怕对不起单位,对不起领导,最终还是拒绝了。

"领导是他的学生,很可怜他,后来一看没办法,就给他介绍了个民办院校,一个星期上三节课,说好了车接车送,每节课三百元,老头子都答应了,可是最后在上课的时间上发生了争执,按照常规,一节课是四十五分钟的,可是周老师提出,他一节课只上二十分钟足矣。"郑宇智说。

"为什么?"张懿恒很纳闷,"二十分钟都上了,再多上二十多分钟还不是一样的,混混就过去了。"

"周老师认真得不行,才不上满四十五分钟呢。他认为自己的二十分钟是精华,其他人的四十五分钟有水分,所以他死活一节课按二十分钟计算,毫不让步,很自负。""这人在其他事情上很胆小,在上课事情上又很执拗,也不懂得变通。和钱有仇咋的?""那怎么办?人家不可能为了他一人修改上下课时间吧?他又不愿意让步,这事情就算黄了。没办法,他就那样,我爸爸说过他一辈子都改变不了，难怪和家人搞成仇敌，没救了。"

张懿恒说那也不能看着老先生穷困潦倒吧？郑宇智说别人看上了他那些收藏，说好了一次性给二十万，家人也说只要他卖掉这些，就重归于好，照料他的生活，谁料想交货的时候，老头子突然变了主意。"为什么改变主意？"张懿恒还想多问几句，郑宇智撇下一句"你想象吧"，就不耐烦了。

……"不卖，打死我也不卖。"一看这些金光灿灿的图章纪念章要离他而去，周宗儒老师那天突然就舍不得了，干瘦的脸庞顿时涨红，一副九头牛也拉不回来的样子。郑宇智把他拉到旁边劝道："周叔，生活要紧，你的很多书都霉变了，图章纪念章也已经生锈了。滨江天气潮湿，不利于保存，再不卖的话，就全部报废了。卖给别人，就当给了这些物件一个好的去处。"周宗儒看看窗外，再看看满屋子的书籍图章，睁大眼睛说这些藏品非常珍贵，是他千辛万苦收藏来的宝贝，比他的命还金贵，不卖！郑宇智心想这人咋这么倔，真是不见棺材不掉泪，于是咬咬牙道："周叔，再别提什么命不命的了，话说出来你别在意啊，你还是赶紧卖了，卖了对你好。""为什么？""您难道没看出吗？那些藏品很多都是水货，根本不是那个年代的原产品，这样的仿制品复制品，一百块我都能给你买一大包。""你少忽悠我，我不信。自己的东西，自己才是真正的鉴赏家，自己最有发言权。"周老师断然摇头。

夜里，周宗儒回到房间，将樟木箱子打开，开始逐一盘点他的宝贝。昏黄的灯光下，周老师先将书籍一本本整理好，再将图章像章纪念章一个个擦拭干净，末了又小心翼翼放回去，然后锁好箱子，看看墙上的伟人像，最终紧紧抱住箱子，从心里坚持道：

——不卖，不卖！

评 教

月末的一天，方希妍找张懿恒，一会儿说要给他介绍对象，一会儿说要请他吃饭，绕来绕去，到最后才说她要排音乐剧，问能不能搞个舞台设计。想想也是老同事了，张懿恒就答应了，但要求先看了音乐剧再定。方希妍说："行，明天让学生给你预演,你观摩好了再好好设计。"第二天张懿恒来到小礼堂,发现学生们已经准备停当。方希妍正忙着指挥这指挥那,见他进来,赶紧高声喊:"欢迎张老师,我们艺术学院唯一的博士,也是钻石王老五。"学生们齐声拍掌叫好,寒暄几句,方希妍一声令下,学生们就开演起来。张懿恒才知道这剧叫《哥送阿妹上大学》,说的是一对贫困山区的兄妹,生活非常困苦,但哥哥宁愿放弃学业,自己到外面打工也要供养妹妹读大学。看着看着,张懿恒就觉得不对劲,剧情简单粗糙,人物对话没有语境,唱词也跟顺口溜似的,缺乏文采,而音乐的整体编排更差劲,于是问:"这谁编剧,谁谱曲?"方希妍说:"曲子是我谱的,编剧是另外一个人。"又问是谁,方希妍只是说看剧看剧。张懿恒这时发现,台上演阿妹的女生正注视着自己。

排演完毕,方希妍说咱们这个剧要好好排,要当作政治任务去完成。现在编剧好,谱曲好,再加上我们的大博士加盟,舞台设计会更好,所以大家要努力,这个剧一旦排好了,就赛过《阿诗玛》。学生又是一阵欢呼喝彩。散场的时候,有个女生走上前:"老师,很高兴再次见到你。"声音甜甜的,张懿恒一下子认出是刚刚在台上演阿妹的女生,再一细看,更面熟了,原来是万悦儿,稍一上妆,就挺好看的。

张懿恒拿了剧本,给朋友霍启然看,霍启然看了两眼就鄙夷不屑:"这叫什么剧本,简直太差劲了,剧情拖沓,人物简单,唱词更是语病百出!就这怎么能排演呢,难道要贻笑大方?"张懿恒说:"我这非中文专业的人都看不下去,何况你中文科班的人。"第二天问方希妍剧本到底是谁写的,为什么要排这个。"哈哈哈。你就别问了,管他谁写的,反正是剧本,只要排了就行。"再问,方希妍依旧打哈哈,始终不说谁写的。

回来的路上碰到万悦儿,聊了几句,看到万悦儿很饿的样子,张懿恒就带她到校园北门的生活一条街吃了饭。"老师,你真好,回头我请你吃冰激凌。"万悦儿吃完饭叫起来。"不不不,不用了。"张懿恒连忙推辞。"哎呀,不就吃个冰激凌嘛,学生的一片心意,给个面子吧。"万悦儿拉着张懿恒的胳膊,竟然撒起娇来,半边身子一靠近,很柔软冰凉的感觉,小女生特有的芳香气息使人禁不住波动。

凉风一吹,张懿恒赶快说:"高考是独木桥,你进了大学,就要好好学习。"万悦儿扮个鬼脸,调皮一笑:"哎呀,那当然了,我已经够好了,我可爱学习了。我们很多女同学,每到晚上就打扮得漂漂亮亮,衣服穿得很清凉,不到黄昏,校外有些车就来接了。人家都说是——""别人是别人,你是你,父母亲把你送进大学不容易,还是要好好读书,对得起这四年。"说这话的时候,张懿恒看见万悦儿的眉头抖动了一下,似乎有些不自然。

看到万悦儿书包里有东西,张懿恒以为是教材,结果拿出来一看,原来是彩印的那个音乐剧本,就问:"这个编剧署名列彦,他到底是谁,是滨江文联还是省歌剧院的专家?"万悦儿撇撇嘴:"哪里啊,这就是我们强校长写的。校长的东西很抢手,好几个老师都争着要排。方老师说这剧本是她费了好大劲才抢到手的,要我们好好排练,做强校长的好学生,把强校长的作品排好,为学校争光。"张懿恒一下子就明白过来,心说方希妍你一个副教授,一个快退休的教师了,抱这大腿干什么?再说强某人的口碑谁又不晓得,你一个老太婆了,还献什么媚?于是就找个理由推辞了舞台设计的工作。

过了几天,方希妍又来联系,说有事要他帮忙。张懿恒问什么事,方希妍吞吞吐吐半天,张懿恒才知道,原来方老师想让他在课堂上旁敲侧击下学生,期末测评给她打个高分。张懿恒问:"方老师,为什么要我给学生说呢?我一不是班主任,二不是辅导员,只是个任课老师,你通过班主任冯志学老师或者辅导员小徐表达诉求,不是更好吗?""我打听过了,你给这个班上'色彩学'课,上得很好,学生都很喜欢你,你说话他们爱听。我自己当然不方便直接出面。"方希妍回答。

"现在的学生精得很,我这样一提醒,岂不是落下诱导的嫌疑,于我于你都不利,好事办成坏事了谁负责?何况学生评教是人家的自由,我咋干涉?万一……"张懿恒还没说完,方希妍就让他千万不要把学生当回事,不要对学生动真感情,说现在的学生坏得很,特别是滨大的学生,评教从来不公正理性。老师如果认真教,要求严格,期末教学评价就给打低分。老师如果放宽些,要求低些,考试简单些,马上就给打高分。方老师还说她真傻,去年连续两个学期,因为要求严格,复习范围广阔,结果学生给她打了全院最低分,而且留言都是一片挖苦谩骂,什么难听的话都有。

"可是学生毕竟是学生,学生如果都好的话还要老师教吗?"张懿恒问。

"哎呀,小张你不要感情用事。我来这里几十年,对滨江可了解了。刚开始这里的人一听见普通话都很反感,说是很不舒服,很恶心。你说排外不排外?学生基础差还不好学,一写论文就满篇的错别字,病句百出不说,还爱用滨江本地的土话和自己乱造的生僻词语,我现在最怕的就是批改学生作业。你知道为什么学生给我打分低,因为我上课讲国家通用语言,书写国家通用汉字,但有的校领导讲滨江本地话,学生写作业也爱用滨江本地方言字词,我说这是地方土语,作业中不能用。结果学生对我群起而攻之,说我要毁灭滨江本土文化,还告到校长、市长那里去。简直烦死了!搞得我上学期痛苦不堪。"方老师说着就哭起来,看得出,她对学生很有情绪。

"我太了解滨大了,这里的学生不能高看,可也不能低看。上学期有学生为了考试能过关,带了三斤杧果,进门就直接摆在我办公室。我婉拒后,学生缠着我不放,一会儿说要请我吃饭,一会儿又说要请我洗脚。后来我干脆说成绩已经提交到教务处,更改不了。学生马上拿起三斤杧果跑教务处了!"见方希妍还想唠叨下去,张懿恒说大家都理解你,但是话说回来,学生毕竟未成年。方希妍叫起来:"哎呀,小张,你就当帮帮大姐吧!"然后提到她都要快退休了,明年就这一次机会申报教授,学校职称评审条件很苛刻,非要四次学生评教优秀才能参评。她已经优秀三次了,就差这一次,还是要张懿恒做做学生的工作。张懿恒很为难,他知道评教很敏感,己所不欲勿施于人,这种事一旦传出去,落一个为难学生的嫌疑,首先对方老师不好。

"哎呀,没什么为难的。你说我一个单身女人,边带孩子边努力工作,一星期上二十多节课,来滨大这么多年,没有功劳也有苦劳吧?碰上这群学生还净欺负人。"方希妍说着就泣不成声,"这个学期可不能这样了,机不可失时不再来。这次一定要帮帮大姐,让学生打分打高些,评上优秀。校长大人也发话了,我是老黄牛了,一旦这次学生评教优秀,上教授就十拿九稳了。你说大姐快退休的人,难道不能追求功德圆满?你这次帮了大姐,以后我也会帮你的。"张懿恒问:"评教授至少要有个省部级项目,这几年没听说你有项目啊?"方希妍说:"谁说我没有?我有个省级教改项目,杠杠的。"张懿恒说:"我现在也想报个省级项

225

目,那个项目申报书能不能给我看看？沾些喜气。"

　　第二天到了教研室,方希妍早在等着,看看四周没人,便拿出一摞材料说都在这里,你好好看,好好参考,争取下半年也报个省级项目,顺利冲刺副高。张懿恒想要接过,哪知道方希妍手里攥着不放,说话的语调郑重而又亲切："只许过目,不能拍照,不能复印。我这项目尚未结题,放给别人,我还不给看呢,比如说冯志学。"张懿恒刚看了两眼,方希妍就迫不及待收了回去,最后又叮嘱道,"行了,你赶快做学生工作,咱们互相帮忙。我好歹是你大姐呢,回头再请你吃饭,介绍滨江画院的院长给你认识。"

　　想想方老师也不容易,张懿恒就分别找了班上几个学生,询问上学期为什么给方老师评教打分低。"方老师上课经常放视频给大家看,几乎就不怎么讲课,放完视频就走人。""她的课让高年级同学给低年级学生示范,自己就在一边看,简单说几句。上了一个学期,基本上都是高年级同学教低年级同学。""她脾气坏,上课经常骂学生,提到滨大就没一句好话。学期末为了取悦我们,让我们打高分,又临时泄漏考题,引起一部分同学强烈不满。""她经常让学生干活,比如说让学生给她撰写教案,给她制作课件,还把学生招到家里搞家务,给她儿子补课等,事后都不给一分钱。"再问万悦儿,也是这么说的,说她们都很讨厌方老师,因为那人虚伪又小气,自己想讨好领导,却拿学生当投名状,非要排那狗屁不如的音乐剧,真是累死人。张懿恒心里有了底,于是告诉方希妍,学生工作实在不好做,自己左右不了他们,不好意思,帮不上忙。

　　原以为就这样撇开了,哪知道过了一星期,方希妍电话又来了,要张懿恒出面约请学生吃个饭,通过班上的学生干部再做工作,还是要把评教分数提高,最后强调她人虽不出面,但饭钱当然是她来出。张懿恒说这不是花钱不花钱的问题,是事情本身真的不好做。"哎呀呀,谁说不好做？现在的学生从来不管学到什么,进大学只是为了学分,为了早点毕业,滨大男生更想着早点赚钱当老板,女生想着早点嫁老板当富婆。我们学生从来都是很功利势利的,满脑子都是钱,知识和文化从来都是让位于物质利益的。有老师就通过请吃送礼获取学生的评教高分,今天带奶糖,明天带瓜子,学生喜欢得很。我真傻,早知道以前这样做就好了。唉,我真傻,真的。"方希妍又开始了唠叨,张懿恒赶快说自己还忙,明天有好几节课要上。

过了两天,方希妍又打电话来,提出不请吃饭也行,她备些礼物,让张懿恒转送给学生干部,请他们多多美言,做做班上同学的工作,还是要把分数打高。张懿恒心想这人是不是疯了,一个大学老师,为什么要讨好逢迎学生呢,师道尊严一颠倒,以后咋活人!于是问:"方老师,这事你怎么不找别人,光找我呢?""哎呀呀,我想来想去,你是最合适的人选,你不知道,那些学生对你可崇拜了,听说你是博士,可喜欢你了,对你印象特好。你一贯淳朴厚道,为人善良,你说我不找你找谁啊?"张懿恒知道这人揪住自己不放了,马上就问:"方老师,咱好歹是个老师,是大学老师,为什么要自降身份低声下气求学生,老师岂能没有基本的职业道德和人格操守?"

话说完,电话那头沉默了一会儿,但最终还是又来了:"哎呀呀,小张,话不能这么讲,这不是职业道德和人格操守的问题,是维护自我权益和幸福的问题,滨大乱成这样,谁在乎过老师的尊严?你看我们这个学校师生关系多紧张,学校政策多差劲!学生动不动就告老师,动不动教学评价骂老师。上个学期有老师和学生探讨四大发明,结果不知哪里说错了,被学生举报,老师最后被开除了。所以我们的老师现在见了学生都一味讨好,你看丁雄伟和学生打得火热,学生多喜欢他,这几年他就评高分。而我们这些人都吃亏了。"张懿恒又问:"学生是学生,老师是老师。老师如果一味屈尊自己,献媚和拉拢学生,这就自己把自己不当老师,以后怎么上讲台?"

"哎呀,你思想还没拐弯,还在钻牛角尖。你不知道滨大的学生可任性妄为了,学生从来不把学习当回事,他们心中从来只想着赚钱,也从不把老师当回事,他们心底里认为老师们来了滨大,就是赚他们钱的,学生总是想着法子欺负老师。现在滨大的老师,对学生都是爱学不爱学拉倒。原来认真的,吃了几次亏,转变观念都不认真了,原来不认真的,更加不认真了。我算摸透了,在滨大教书,越是认真负责就越受欺负。哎呀我真傻,真的,早知道这样就好了。你看现在我被欺负成啥了!"张懿恒听了几句就感到不寒而栗,头皮也开始发麻,于是赶快喊道:"别人是别人,我是我。我不能忘记自己的身份和修为。"然后不待对方张口,他就借口有急事挂断了电话。

从画室出来,张懿恒碰见了小徐。一见面小徐就说有个老师脸皮真厚,自己不愿意干的事,总是揪住别人不放,整天祥林嫂似的唠叨。张懿恒问什么事,小徐说有老师放着校本部的课不好好上,却整天去新成立的城市学院上课挣钱,搞得学生意见很大,现在眼看期末了,又缠住他这个辅导员,非要他给学生做工作,让评教时给她打高分。张懿恒问是不是还要托你请学生吃饭,给学生送礼,小徐反问道:"你怎么知道?"张懿恒说人不能急,急则有失,怒则无智,也许她思维错乱了。小徐说他给冯志学老师汇报了,冯老师说这是犯错误。

正说着,有个轻捷的身影飞来,远远喊声:"老师好!"原来是万悦儿。"老师什么时候有空,学生请你吃冰激凌啊?"万悦儿说着就拉住张懿恒的胳膊摇晃起来。聊了会儿,等万悦儿走远了,小徐看看她的背影,再看看张懿恒,声音忽高忽低:"张老师,没想到你艳福不浅。看得出,那女生似乎有点——"说着就嘻嘻笑了。张懿恒正想说什么,老黄在楼上招招手,叽喳的声音像喜鹊在叫:

"要选房了,大家做好准备。"

首　付

周四的全院会议上,丁雄伟一进会场,就大声吆喝:"选房开始了——"

分房是大事。滨大校园网主页上,资产后勤管理处事先发了通知,说是教师村小区新建楼栋已经竣工,所有楼栋验收合格。通知附件里发了各个楼栋的房屋结构和户型面积,要大家做好选房购房的准备,又特意强调这次选房,教师村小区的房屋均价不超过滨江市公务员的标准。这个预通知一出,顿时议论喧天。有人很快通过不同渠道得知,滨江市公务员的小区住房销售面积是八千元一平米。通知所言不高于公务员标准,那么滨江大学教师村小区的住房单价也就是八千元以内。果不其然,一个星期后,学校下发了正式通知,教师村小区住房售价八千元一平米,都有产权的,鼓励老师积极选购。

选房的通知一公布,大家众口一词:首先感谢王书记,没有王书记,这个小区的后期楼盘不会顺利完工。感谢完毕,随着信息的不断汇集,大家又有了不满,认为价位偏高了些,八千块钱一平米和市价相差无几,而教师村小区地处偏远的卤阳湖,四周荒山野岭,和市区繁华地段的公务员小区怎么能同等价位呢?再说老师是单纯的工薪阶层,和政府机关神通广大的公务员也不能比。抱怨归抱怨,行动归行动。老师们开始频繁出入教师村小区的各个楼栋,争先恐后查看户型的时候,也开始了暗自的计算和对比。有的老师甚至将自己看中的户型发在朋友圈共享,公开探讨哪个楼栋的户型最好,哪个单元的门窗向阳。热切的议论中,老师们都坚信自己可以公平选房,因为学校通知声明:按照市场竞争原则,让广大教工自由选购住房。张懿恒也参与了选择,他看中了八楼向着湖面的那套房,面对碧波,一览无余,鸟雀呼晴,正好入画。他找到林和兵,刚兴冲冲说了两句,就被林和兵喝道:

"别想了,那样的房子是轮不到我们的!学校说是自由选购,其实肯定要论资排辈的。要明白,官越大,越具有优先权,选的房子越好。"

果不其然,几天后,学校公布第一批选房人员的名单。名单上,书记、校长、副书记和副校长依次排开,接下来是各个部处的领导和二级学院的领导,都分别按照行政级别、工龄、职称和来滨大的时间等计算好综合分,再按照综合分的高低,逐一排好名,不用说,谁名字排在前面,谁选择的余地就大。等到第一批、第二批人员选房结束,学校接着公布了第三批选房人员名单,都是普通老师,张懿恒发现自己和郑宇智在列,当然,等到他们选房的时候,那些临湖的楼栋早已被选完,就是那些不临湖的楼栋以及好一点的户型,比如顶楼的复式建筑,每栋的高层单元房,也已经被选完了。留给张懿恒他们的,也就那几个有限的选项了。

张懿恒最终选了一套二楼的单元房,随之就为三十万元的首付陷入了苦恼。

三十万的首付,再加上装修,没有五十万是拿不下来的。他哪有这么多钱?整整五十万啊,对于张懿恒这种无依无靠刚参加工作的年轻人来说,无疑压力山大。他靠谁,他啃谁?他有靠有啃的话,程怡雪会弃他而去吗?他又向谁借,大家都这样了,他向谁张口?想来想去,张懿恒几天觉都睡不好,郑宇智催着要画,他干脆推辞了,哪有心情画画?要房不要房都烦。再加上丁雄伟时不时还问一句:"那房子,你不要的话让给我算了!"这就让他更烦。

张懿恒躺在宿舍里辗转反侧,郑宇智走了进来,一进门就问怎么打电话半天不接,说好的画怎么还不送来?"我就是画了也卖不了几个钱!"张懿恒没好气地来一句,回身又躺下。"行啦,别苦恼了,你抱着金饭碗还要讨饭？没事的。"郑宇智音色平和,显然,他早已把情况摸清楚了。"什么金饭碗？""我有朋友做中介的,专门做一本万利的生意。只要你愿意,很快就会发财,不必像现在这样辛苦了！""什么生意？"张懿恒立刻坐了起来。"机遇稍纵即逝,危机危机,危就是机,只要你拉下脸,狠下心,一切就不是难题,关键看你的观念能否转变,思维能否赶上时代,这种生意最适合你,就看你当不当回事。"郑宇智含而不发。"哎哟,你卖什么关子呢,到底什么生意,你就直说快说嘛,这不是折磨我吗？"张懿恒走下床,急切地看着郑宇智。

郑宇智在钓鱼,在充分展开前奏,他知道对付这种人,可不能一下子暴露无遗,越是这个时候,越要吊足对方胃口,否则他不仅下不了台,而且会面目全非,最终破坏自己的良好形象。他太了解张懿恒了,这个艺术学院唯一的博士,敦厚平和,呆傻执着,一心扑在专业上,看似散淡闲适,心里其实还是有着相当的锐气,有时候甚至敏感细腻,韧劲十足,清高孤傲,脑子里还不乏正人君子的思想,乃至执拗冷逸。郑宇智知道,不等到对方山穷水尽寻死觅活的时候,自己是万万不能说出口的,否则反倒成了要挟别人干坏事了,因此必须充分拿捏,精准把握。郑宇智可是个聪明人,他懂得如何保护自己,也懂得如何利用别人。就这样绕了半天,果然,等看到张懿恒急不可耐了,郑宇智咬咬嘴唇:"说了,你怪我给你出馊主意怎么办,自古好心被当成驴肝肺的事情还少吗？""你说吧,兄弟我的心胸没那么狭窄,但说无妨。我不怪你。"看看郑宇智满面愁容欲言又止的样子,张懿恒脸上淌下汗来,"你再不说出来,那才是为难我,煎熬我。"

窗外林和兵悠悠走过,哼哼着小曲,一脸的春风得意。

"你首付准备一次性交清？"郑宇智问。"那当然,好在这几年兄弟有所准备！买房首付不费啥。这房子一定要拿下,学区房,绝对会增值。如果有机会,我都想多选几套呢！你们谁不想要了转手给我。"林和兵刚回答完毕,"哎哟"一声,张懿恒就躺在了床上。看着林和兵远去的身影,郑宇智冷笑道:"人比人,气死人。这个人虽然吝啬小气,但精明能干,比我们都强,现在事实验证了吧？……房子你到底要不要？""要！有什么主意,你快说啊！"张懿恒捶捶床板。"是这个样子,嗯嗯……"郑宇智看着窗外的榕树,停了好一会儿,才慢悠悠开口道,

"我有个朋友的朋友,是做中介的,就是网上那种中介,你懂的,手中如果有论文的话,我可以帮你问问他,看能不能给个好价钱。"说到最后又加了一句,"一切你自己把握,不要把我扯进去。"

该表露的已经表露了,一切点到为止,接下来,就看对方的表现了。其实对方的表现不外乎两种,郑宇智早有预料,也做了充分的准备。

"哦?"张懿恒猛然从床上弹跳起来,他总算明白了,原来郑宇智哼哈半天,说的是这个,他还以为是什么神秘的主意呢!其实这个也不算神秘,他读书多年,岂能不知?尽管如此,张懿恒还是大声叫道:"你这是让我当枪手?!不不不,卖论文等于出卖灵魂,等于卖自己的亲骨肉,我不,坚决不。""你呀,可不要这样讲话,是你让我但说无妨的,我可没让你当枪手。"郑宇智啧啧道,"你不是卖画嘛,卖画算不算出卖灵魂,卖劳动成果算不算卖亲骨肉?""卖画是署自己名字的,可谓名利双收。而卖论文是署别人名字的,和卖画不是一回事。卖论文等同于卖色相卖灵魂了,我不做那种事。"看到张懿恒如此坚决,郑宇智突然想起周宗儒,他觉得这一老一少,在某种程度上何其相似,都是那种九头牛拉不回来的人,不见棺材不掉泪,不到黄河心不死!正想说什么,手机铃声响起,一个消息传来:周宗儒老师去世了。

上个星期下雨,周宗儒老师因为要吃鸭血粉丝汤,出门不提防摔了一跤,当下就住了院。住院那几天家里没人,等周老师出院的时候,回来发现整个家里被洗劫一空,地上乱糟糟一团,自己的房间更是被偷了个遍,书柜里的珍贵藏书不见了,樟木箱子被撬开,里面的各类像章、图章、纪念章不翼而飞,老头子当下就晕了过去。邻居报了警,保卫处迅速出动,派出所也立案了。案件很快水落石出,派出所所长亲自找他谈话:"周老师,这是我们校内一个学生作的案。学生已经被抓获,据交代,他偷的那些纪念章像章等,本以为能卖好多钱,结果拿去店里一看,说是假的。学生很生气,当下就一一砸碎,顺便当废铜烂铁卖了。听说现在已经回炉,偷的书也被扔进河里。损失已无法挽回,您想开吧!"尽管保卫处处长和派出所所长再三安慰,但周宗儒老师还是伤心得不行,自己辛辛苦苦收集了大半辈子的东西,怎么会是假的呢?他甚至怀疑派出所和学校合起来蒙他呢。

大热的天,周宗儒从派出所赶回家。"假的,假的!"一看见空荡荡的樟木箱子,他心里念叨着,禁不住放声痛哭,哭着便躺在了地上。等醒来后,已经是第二天早上,听到楼下有人在唱老歌,他心里顿时热乎乎的。"周老师,我已经知道了,你那都是假货,丢了就丢了,应该庆幸才是,所以别计较了。身体才是革命的本钱。人生在世,只有家庭才是最重要的。"老邻居敲开门,一边安慰,一边端来一碗豆花给他当早餐。"嗯,不计较,不计较!"周老师连声说着,吃完豆花,听着老歌,心里充实了很多。可是等送走邻居,他看看楼下,儿子穿着破烂的工作服,骑着破自行车出去上班了;再看家里,老妻弯着腰在清理地面,满头的白发缕缕垂落,一阵风尘过来,她猛烈咳嗽了几声。"你去医院看看吧。"周老师说了句。"扛一扛就过去了,土都壅到脖子了,花那冤枉钱干啥?!"老妻嘟囔着,咳嗽得越来越厉害。

周老师鼻子一酸,心里顿时揪紧了,马上回到自己的房间,一进门看到墙上地上空荡荡的,想起昔日的收藏荡然无存,又开始伤心。"假的,不计较!假的,不计较!"他嘴里念叨着,摸摸樟木箱子,一遍遍打开,又一遍遍合上,心里就这样起起落落,反复不定。过了一会儿,周老师坐在地上,头靠着箱子,透过门缝看到家里四壁萧条,老妻一脸病容了,依然耷拉着白发,弯下身子费力揉面。揉面完毕,她一边忍着剧烈的咳嗽,一边抖动着瘦削的双手淘米择菜,准备简单的晚饭。周老师看着看着心如刀绞,眼里禁不住呛出热泪来。

当天晚上,周宗儒夜不能寐,辗转反侧。一个上午过去了,他的房间没有任何声响。当家人和小区保安撬开房门的时候,发现老先生躺在床上,枕头旁放着安眠药瓶子,怀里还抱着樟木箱子,整个人已经毫无知觉。救护车很快赶来,医生在抢救无效后宣布了死因:因过量服用安眠药引起的心源性死亡。家人在整理遗物的时候,发现周老师的书桌前放着一团撕碎的纸屑,等把纸屑拼凑好,从署名和落款上看,明显是周老师亲笔写的,只是表述令人费解,因为上面的字虽然端端正正,但内容残缺不全:

"……必将胜利。"

张懿恒从外面回来,一进宿舍就呕吐起来,连续上了三个星期,每星期二十节课,一节课四十块钱,成教学院说好上满一个月,就给三千二百块钱,但上到第三个星期,他已感觉撑不住了。果不其然,今天上午刚上完课,他就嗓子发干,眼前阵阵发黑,没有倒在教室已经算万幸了。"当老师的,也就只能上课了。但靠上课能挣个什么钱?靠一点课时费能发财吗?靠上课挣钱,但其实是越穷越上,越上越穷,和超生游击队是一样的。"胖子老刘上前扶住他,感慨不已,"一个月三千二百块钱的课时费,要上满二十节,这课除了你,还有谁愿意接?你不要把自己命都搭进去了。一万块我都不上。"张懿恒苦笑道:"刘教授,我要是到了你这个地位,也不用上课了。我现在投稿的几篇论文发不出去,画的画也卖不出去。首付催得又紧,只能多上课,挣点课时费了。这几天忙得都没时间临摹《朝元仙仗图》。"老刘说卖画的人都是以画养画的,你连这个都不懂?这几天大家都纷纷抛售画作了,听说老肖、老浦他们卖了好多张字画,因为购房首付的日期快到了。按照学校通知,首付如果不能在限定时间内交清,学校将取消名额,留给下一批老师遴选。

真是说曹操曹操就到,张懿恒的手机马上响起来,刚刚接通,丁雄伟就嚷道:"哎呀,张博,你那套房到底还要不要?你要知道,有很多人还眼巴巴等着选房呢,就教师村这房子,多少人想选还选不到呢。你不要的话就转户给我吧,我是聘任的,想要房却不够格。你不要的话及早告诉我,我都给你说了好几次了。"丁雄伟刚刚说完,廖慈志也来电话:"过了这个村没了那个店,这房子你不要,去市区买的话更贵,而且地段偏远,上班不方便。首付也更多。实在不想要的话就转给我。"两个电话放下没多久,老黄也来催:"哎呀,张博,全院就你一个还没想好要不要买,后勤集团这边问了好几次。你这边解决了,下一批选房就可以开始了,你要还是不要?早点给我答复,我也好交差。不要让大姐为难啊!"

正在此时,郑宇智过来问明天要不要出席周宗儒老师的葬礼,去的话到时和图书馆的闵东青博士一起来。第二天,参加完周宗儒老师的告别仪式,郑宇智做东,请张懿恒和闵东青简单吃了饭,饭后逛街,逛着逛着不知怎么就进了一条小街,小街僻静,进去没几步,旁边美容店里传出个娇媚的声音:"帅哥!"话音刚落,有个女郎闪到他们身边,眼神迷离,衣着性感,身子往前扭了扭,展开满脸职业化的妩媚笑容,柔柔问道:"要不要享受啊?"一听这话,张懿恒刚开始没反应过来,等反应过来的时候,他突然觉得,这个女郎怎么和牛婷一样,妆化得那么浓？牛婷这几天缠着他要请吃饭,要买化妆品,张懿恒拒绝了,他告诉牛婷这几天他身体不好,再加上首付的事情,正烦呢！其实一想起牛婷,他更烦！

小街弯弯,张懿恒发现自己和郑宇智已往前走了好几步,身边却不见了闵东青。回头看去,闵东青一动不动在原地站着,嘴巴傻呆呆合合张张,满头大汗直淌,就是说不出话来。"哟,一声召唤,你看他那个样子！"郑宇智说着就问,"走啊,还愣什么呢？"闵东青面色通红,似乎毫无反应。"糟了,他丢魂了！"郑宇智略一思索,便和张懿恒走过去,一拍闵东青的腮帮,大声喝道:"你是想玩怎么地,不和我们一起啦？"闵东青身子摇了摇,双腿一抖,突然哭出声来:"那个骚货,听得人浑身发麻,再加上又往身上一靠,我就失去知觉了。"张懿恒笑道:"走吧,你还站着干什么？"闵东青摇着身子惊叫:"哎呀,你们拉拉我。我的脚怎么抬不起来了？"张懿恒闻到刺鼻的尿臊气,再一看闵东青的裤腿已经湿了,赶紧捂起鼻子问:"你怕什么？又没人吃你。""不不不,我不怕,只是本能联想到艾滋病、梅毒和摇头丸之类的,心里就咚咚咚！"闵东青显然情绪失控,擦着眼泪大呼小叫。

"张博士,不要打趣了。闵老师一世清白,迄今为止没谈过恋爱,没碰过女人,异性什么样子,他根本没感受过,不像你我身经百战,见多不怪了。"郑宇智说着就和张懿恒架着闵东青往前走,走了几步,闵东青说好了好了,他可以走路了。三人刚刚走出小街,闵东青就开始东张西望,喊着尿急！郑宇智说刚刚不是都尿了嘛,这才几分钟,怎么又来了？"又不行了。你们等等我。"闵东青说着捂住小腹,飞跑而去。

看着闵东青提着湿漉漉的裤腿往公厕跑,张懿恒说:"就这点出息？一个美容健身房的广告女,就把他吓成这样,真成腐儒了。""不！腐儒的时代已经结束了。"郑宇智抖抖毛呢外套的领子,看着闵东青的背影,冷冷说了句,"他会成为犬儒！"张懿恒提起首付的事情。"心动不如行动,光这样愁眉不展有什么用？"郑宇智刚说了一句手机就响了,显然又是生意上的往来。张懿恒想起郑宇智曾说过他们家好几代人经商,自诩经常同各类人物打交道,见多识广,对人性很了解,于是就问他现在忙什么业务。郑宇智说还是上次那个中介朋友来电话。张懿恒说你见钱就赚,现在又想拉我当枪手。

"其实我那个朋友第一次卖论文的时候,是一篇写得不成样子的读书报告,但恰恰一位成教生要答辩,找到他苦苦哀求。我朋友没有办法,就把那个读书报告简单修改后拿给学生,结果学生拿去答辩,顺利通过了。学生后来请我朋友美美吃了一顿,还就给了两千元的红包。朋友很高兴。"郑宇智说着诡秘一笑,"一篇瞎凑合的论文,帮了别人大忙,自己又能有两千元的回报,何乐而不为呢?双赢互利,皆大欢喜,这和你第一次卖画是一样的。"张懿恒说:"士先器识而后文艺。买卖论文这是作假,作假可不好,自欺又欺人。对学术来讲这是大忌,我心何安啊?"

"你和钱有仇咋的?人家林和兵现在都好几套房子,当起了租公,坐享其成,听说又在努力谋官职了。"郑宇智嘘口气,"又不是你作假,是那些花钱买论文的人作假,你有什么好为难的呢!你只是销售出自己的文化产品而已,至于产品如何发挥功能,那就看买家了。"张懿恒哼了声,不再言语了。

几天后丁雄伟来电话,说学校对于教师村住房首付,已经在催了,要张懿恒快点决断。恰好家中母亲生病住院,侄子也等着要学费,一夜未眠的张懿恒坐不住了,大清早就跑到画廊问生钱发财的事情。郑宇智说现在是淡季,朋友那里现在论文堆积如山,都卖不出去。"你就是有些迂,有些清高,要是早开窍明白事理就好了!当初如果答应我,草就几篇论文,包你解决问题。现在我也无能为力!我自己也要选购住房,没钱借给你,大家都这样了。"郑宇智说着就摊开双手。

回来的路上,张懿恒远远看见一个人,白衣如雪,飘悠如仙,走近才发现是卫风之。闲聊几句后,卫风之问:"选房了吗,你好像心事重重的?"张懿恒说:"卫老师,我们这一辈人压力太大。苦海无边!"卫风之说:"什么苦海无边,这点坎算什么?"张懿恒抹抹头上的汗:"你总是那么闲云野鹤,名士风度,从来不解人间疾苦。"卫风之呵呵道:"非无慷慨志,潇洒对日月。我现在退休了,还是凡事看淡,保命要紧。江汉思归客,乾坤一腐儒。"张懿恒赶紧说:"哪里哪里,你不是腐儒,是宿儒。""天意君须会,人间有好诗。"卫风之挥挥衣袖,"天以百凶成就一词人,你学古诗词学得如何了?老杜有几首题画诗,什么时候我们来讨论下吧,或者切磋太极也行。"

枪　手

房款的事情,丁雄伟他们来了好几个电话,说是只有个把月的付款期限。催得越紧,张懿恒心里越乱,首付加装修,至少五十万,如果贷款,几年之后光利息就要十多万了。而现在首付的钱他都拿不出,家里又处处要钱,连日的纠结让他痛苦不堪。当断不断反受其乱,张懿恒想了想,决定退掉这个房子,就在他拿出手机,准备明确告知丁雄伟放弃选房的时候,宿舍里座机响了:"你房子没退掉吧?""要退了!""先别退!""为什么不退?我已经走投无路了。"张懿恒哀叹起来,郑宇智急叫道:"千万别退,你快来旺旺烧鹅店。"

进了烧鹅店,发现郑宇智正在等他。不等坐下,张懿恒就开门见山:"找我有事吗?"郑宇智笑而不语,只是招呼先吃菜。张懿恒哪里吃得下,咕嘟咕嘟喝了两杯茶水。

"知道吧,封弘道上次告倒了电子学院的书记和院长,这次又去告学校,告学校克扣他工资,听说告赢了,学校已经输了。滨江人民法院的判决已经生效,要求滨江大学给滨江大学教授封弘道正式道歉。这个封弘道虽说臭名昭著,但走到哪里就能揪出几个问题领导来,真成战神了。"等到一个烧鹅腿啃完,又吃了一盘炒鹅肠,呷了碗老鸭汤,郑宇智才慢慢开口了。

"你能不能转入正题?快说快说。"张懿恒坐也不坐,直愣愣站着问。

"我从来不说题外话。"郑宇智摸摸肚皮,打个饱嗝。

"你今天到底要说什么呢?"

"现在有一笔好生意你做不做?"

"什么好生意?"

"别人的论文,你只要愿意修改,对方就可以付劳务费,或许可解你燃眉之急。"

"难度大吗?"

"有个学生考进了省直机关的公务员,你知道,像我们这种学校,有学生能考进省直机关当公务员,那真是破天荒了,所以学校、学院,特别是学生家长都很开心,但是——"郑宇智顿了顿,"学生的毕业论文还没有写出来,家里很着急,学校也很着急,要求无论如何确保这个学生顺利毕业,因为这个学生一旦进入省直机关,那就是滨大莫大的光荣。从学校的副书记到班主任,再到辅导员,现在都围着学生的毕业头疼,因为学生现在还没提交论文,没有毕业证书。"

郑宇智还想再解释,张懿恒说不就是论文答辩,答辩了就可以顺利毕业了,拿到学士学位,就可以去报到了嘛。"可是论文怎么办?只有三天时间了,写论文不是爆米花呢,别说滨大的学生了,就是北大的学生也给难倒了。"郑宇智反问道。

张懿恒一下子明白怎么回事了,他知道接下来要发生什么。

郑宇智喝完茶,看看一声不吭的张懿恒,伸出两个肥胖的指头晃了晃,声音果断有力:"我知道你能写论文,也急需钱,这个好机会给你。学生的论文草稿你务必认真修改,再好好打磨下,两天半时间,保证学生答辩顺利。"张懿恒接过论文看了,马上说这哪里是论文,别说立意了,首先错别字病句满纸,简直连个课堂作业都不如!修改费力气,简直让人折寿!郑宇智说好的话还找人干什么,实在不行就当给学生直接写篇论文算了,糊弄下。张懿恒跳起来道:"怎么糊弄?我一个大学老师,一个博士研究生写的论文,冒名顶替拿去当本科生的论文参加答辩,这也太自我贬值了吧?我成什么人啦?"郑宇智哼哼道:"你只是在给别人修改论文!""什么修改?简直是重写了!这可是作假啊,传出去,我们如何为人师表呢?"张懿恒显然不情愿。"别迂腐了,张博,我是在帮你,放给别人我还懒得操这个心呢。我是看你可怜,于心不忍。你已经挨过穷,难道一辈子要当个穷人,像周老师一样抱残守缺自甘潦倒吗?"郑宇智看看脑袋发抖的张懿恒,又伸出手指,做出一个诱惑性的动作,冷笑道:"一篇文章能这个数,已经很不错了,我第一次卖论文,才五百块。学生家里有的是钱,愿意好好感谢。过了这个村,没了那个店,机会稍纵即逝,你想好。这个钱你不挣,别人就会挣的。"

"是哪个学生要用?"张懿恒问。

"这个我也不知道,是别人托我找的。不知道具体买家,对谁都好。这是行规。你实在不愿意就算了,他们会另找卖家的。天下这么大,撑死胆大的饿死胆小的。唉,看你眼睛都红了,却还要这样死要面子活受罪!真是……"郑宇智叹叹气。

重赏之下必有勇夫,当张懿恒熬了两个通宵,把论文精心修改好,交给郑宇智的时候,心里还在想学生家长能否如约给报酬。五天后,郑宇智很快给他转了三万元,说学生已顺利通过答辩,准备去省直机关报到了,家长乐坏了,学校也很开心。家长千恩万谢要请吃饭。"我坚决拒绝了,肯定不能见他们。"郑宇智强调道。

张懿恒就这样攫取了当枪手的第一桶金。但是也只有三万元啊,首付还差二十多万呢。一个星期后,张懿恒还在苦恼的时候,郑宇智来电话了,不用客套,不用寒暄,这次直奔主题:"你小子一入道就好运连连啊。我朋友说有个人要评职称,和你专业很近,急需要两篇代表作。代表作论文你知道,是给同行专家看的,不比那些凑数的一般性论文,所以质量一定要过硬。无论如何你都要写好,写得比一般性论文要好好几倍,殚精竭虑,精益求精,当然价位方面,朋友说可以提高。"八天后,张懿恒把论文发过去的时候,特意声明:"这次不比上次,上次尽管很累,但毕竟是修改别人的论文,而这次是真的在卖心头肉了。两篇论文都是从我博士论文里汲取的,我本来想留给自己评职称用的,现在熬了好几个通宵改出来,先应急吧。买家要是价位低,我就不卖了。"郑宇智想了会儿说:"我把朋友的联系方式给你,你自己和他联系吧,他是编辑,也兼职论文中介,你们直接联系,省得我夹在中间传话难受。"

天刚亮,郑宇智的中介朋友就打电话打来,说对方比较满意,要求论文再适当修改下,问五万元一篇可以吗。张懿恒顿时眼前发亮,但还是强忍心跳呐喊:"这两篇论文是看家的,我写得多辛苦,三年博士论文的心血和精华啊。三年的辛苦难道就值五万吗?卖论文等于卖掌心肉卖孩子,九万元一篇,少一个子儿都不行,嫌贵了让他另外找,我就留着自己用,过两年我也可以申报副教授了。"口气充满委屈不容商量,等放下手机的时候,连张懿恒自己都感到惊讶,是不是开得太高了?万一对方真的不要了,自己又如何回旋呢?没想到就在他忐忑不安的时候,中介很快回电话:"两篇您别说十八万了,十七万行的话,咱就成交,买家那边我再去做工作。你让一点,他让一点,我夹在中间好歹也有个喝茶的钱。"

张懿恒很快挣到了十七万元,郑宇智赞扬他金枪小试,一出道就是几单好生意,很快又给他介绍了几笔。张懿恒找了几篇屡投屡被退稿的论文,想想反正写得不好,也就顺势出手了。等到把钱凑齐,顺利交清首付的时候,张懿恒松了口气:有惊无险,总算有了自己的住房!

代　表

五一节过后的一个周四,细雨连绵中,丁雄伟通知开会。到了会议室,张懿恒发现大家都一言不发玩手机,神情各异。"院长在外面出差,事情紧急,委托我主持会议,下下周学校要召开教代会,学院要赶快选出代表报上去。按照学校的文件,我们有六个代表的指标。"老浦说着,丁雄伟给每人发了纸片,于是大家开始写选票。"这种代表不当也罢,都是给领导擦屁股的,听说是要举手表决绩效工资改革方案的。得罪人的差事我坚决不干。""大家别选我,千万别选我。我年纪大,不顶事。"朱丽茵和胖子老刘这么一说,大家都停止了写票。

丁雄伟把票收上去,当众唱票,拆开第一张,看了看说:"空白票。"顺手扔过一边,再拆开一张,愣了愣,又赶快扔掉,拆开第三张,再一愣,再拆,再扔,再拆,等到票拆了三分之二了,丁雄伟笑了,大家也笑起来,原来都是空白票。老浦和丁雄伟交换了眼色,最后说那就公开提议代表吧,大家举手表决,学校的任务总得交差。不用说,书记、院长、办公室主任,都是既定的人选,选也是他们,不选也是他们,所以一提到肖子业、浦光辉、丁雄伟的名字,大家齐声叫好,纷纷举手表决通过。提到老黄的名字,她正站起来念叨着要推辞,但被热烈的掌声打断了,辅导员小徐也是这样被推成代表了。

"还有一个名额。"老浦看看台下,号召大家再提议,于是韩灵光和白洁清提了李光头,崔美丽提了郑宇智,大家正想着快举手通过,谁料李光头笑呵呵道:"感谢大家的好意,我下下周有个重要的学术会议要参加,还是另提他人。"说着很快用手势制止了大家的掌声。郑宇智也站起来,脸色冷酷得像冰窖,一副不行不行就是不行的样子。大家想了想,又提了庞运美,谁知庞运美一阵尖叫:"我也不行,家里老人身体不好,孩子小,走不开,老公和我闹离婚,这个代表我当不了。"说着说着竟然哭起来。这下大家不说话了，看来看去不知推举谁了。"老浦，这个会能不能快点？不就是个代表嘛，耗得太久了，大家都等着回家呢。"李光头这么一叫，大家纷纷喊，是啊，是啊！"没办法，只要选好代表，我们立即散会。"老浦干笑起来。过了一会儿，胖子老刘说大家干脆推选小张算了，人年轻，学历高，没有家庭负担，努力上进，去年还发了一篇论文。丁雄伟也说对啊对啊，再合适不过的人选了。

"不不，我已经当过一次了。"张懿恒站起来连连推辞，但老浦很快带头鼓起掌来，大家也鼓起掌来，热烈的掌声淹没了他的推辞，于是张懿恒当了艺术学院出席学校教代会的代表。临出门的时候，张懿恒听见庄焕明对郑宇智说绩效改革，害人害己，方案一旦通过，大家就处境惟危了。朱丽茵也说教代会和院系的党政联席会议一样，其实只是个形式，行不行都在于领导一句话。

两个星期后，张懿恒去参会，路上看见好多人身穿西装，戴着校徽，边走边议论，一看就是代表。张懿恒赶快回家，换了西装，戴了校徽，匆匆赶向会场。走到会场不远处，听见喧哗声，原来有几个人拉起横幅，横幅上写着："胡闹害人，折腾毁校。"白色的横幅，黑色的大字，十分显眼。还有人在喊口号："要实干，反蛮干，反压迫，反剥削，反内损。""团结起来，捍卫教师权益。"张懿恒刚刚上了台阶，就有个人迎上来，一身皂衣，神情肃穆，搞得他猛然一惊，再看原来是庄焕明，就问："怎么穿成这个样子？"庄焕明不说话，只是板着脸，递过来一摞材料，又指指礼堂门口，张懿恒发现身穿皂衣的人突然多了起来，都在散发材料，常华明打着横幅更来回走动。

老黄跟了上来，悄声说那些人是最反对绩效改革的，因为他们多年来业绩差，担心成为绩效方案实行后的首批挨刀者，前几天在群里都骂疯了。"反对也没用，学校肯定要整理整顿。"丁雄伟也跟上来，拿了材料正想放进包里，前面的老浦一个眼色，张懿恒看见丁雄伟的手抖了抖，顺手就把材料扔进了垃圾箱。

进入会场，张懿恒看见参会代表显然经过精心挑选，除了各位校领导，其余大都是行政楼的各个处长、副处长、科长，再有就是二级学院的院长、书记、副院长、系部主任、副主任等，像他这样的普通专任老师只占极少数。张懿恒正探头探脑找座位，忽然看见林和兵朝他招手："来来，你在我旁边。"张懿恒坐下后，发现前后左右都是熟人。

会议开始了,校长开始做报告,果不其然,报告中讲了学校的发展,讲了绩效改革的紧迫性。校长说着放下手中的稿子,掷地有声:"我们滨江大学和周边的一些高校相比,科研成果实在太差了,像我们很多教授,长期都不做学问,知网上查不到任何科研成果,或者只有一两篇象征性的论文。这样下去怎么得了?建设高水平地方性大学的任务十分艰巨。归根结底,学科建设靠科研说话,所以绩效改革势在必行,改革的目的就是优胜劣汰,奖惩分明。"张懿恒本来昏昏欲睡,一听见校长讲这些就清醒了几分。校长讲完,是几个副校长讲,都是强调绩效改革的。其实绩效从两年前就开始实行了,但影响不大,所以今年要实行新的绩效方案,具体下发到二级学院,从年底开始实行。

"绩效工资改革下发到各个二级学院,由二级学院自行核算老师的绩效,这不乱套了吗?""前段时间学校新调整了一些二级学院的领导班子,听说就是为了配合绩效改革方案的。""这个方案也真够猛的,一旦实行,肯定要损害一批人的利益。""外面那么多人在抗议!我们要为民请命!""抗议个屁,保安一过来,那些人都被赶跑了。秀才造反,十年不成,你不要把老师高看了。"

台下一片热议,张懿恒摸摸手中的材料,想起了庄焕明的一身皂衣,想起了常华明的横幅。谁都知道艺术学院这么多年来科研排名一直靠后,肖子业早就很窝火,但又有什么办法?常华明就代表了一批人,安于现状,不思进取,习惯于吃大锅饭,上课得过且过,牢骚特多,对既得利益看得很重,是院里出了名的反对派。教代会召开期间又自建微信群,挑动大家反对绩效改革,到礼堂外面抗议,后来又在网上发布反对绩效改革的帖子。常华明、庄焕明、郑宇智自不用说,像胖子老刘、娄静斋和廖慈志这些人长年也是没有科研成果的,他们肯定是激烈反对绩效工资改革的。至于新来的谭景明等年轻人,更没成果了。"唉唉,算了算了,胳膊拧不过大腿,叫我们来当代表,其实就是举手通过的。"林和兵对张懿恒这么一唉唉,大家都跟着唉唉起来。绩效工资改革方案经过校教代会的讨论,尽管不少人激烈反对,最终还是圆满通过了。

三叶草

　　清晨,在去画室的路上,张懿恒发现不知什么时候,这里郁郁葱葱一片生机。小叶榕亭亭玉立,俨然已经成林,乌鸫鸟飞来飞去,空气中弥漫着动人的气息,山坡上绿意盎然,不时有三三两两的行人上上下下,鞋上沾满露珠。早餐的时间到了,绿道上的学生渐渐变多,走路的时候,大家都小心翼翼,就连张懿恒也尽量往路中间踩。这是一条充满诗意的绿道,两旁的三叶草着实令人爱恋。那三叶草长得密密麻麻蓬蓬勃勃,地下白色的根茎上方,顶出片片绿色的椭圆叶子,密密的叶子罅隙,就是粉色的花朵,花和叶子互相簇拥互相偎依,朝着各自的方向不断生长绵延,绵延在校道两旁,红的、白的、绿的,三叶草带着新鲜的泥土清香,带着芳华的生命激情,渐行渐远,渐远还生,成为绿道旁美丽的风景。

　　"还你钱,还你钱。"庄焕明一过来就赶紧塞钱。张懿恒嘴里说着客气,但还是把钱接在手中,问最近忙什么。

　　"嗨! 还不是单位那些杂活,领导交代过的,岂能马虎? 这不又要去行政楼送表格,咱就是个跑腿的。"庄焕明擦擦满头的热汗,扬扬手中的报表,"这个学校整天破事不断,领导都是搞形式主义的官僚,能干什么正事呢? 领导都不要脸,要脸的也当不了领导。领导能有几个好东西? 我这辈子只见过不要脸的领导,还没见过不要钱的领导。你看滨大从头到脚都乱成啥啦,尸位素餐,沐猴而冠,男盗女娼。行政楼现在很多年轻人,都是领导干部的子弟,说是公开招聘,实际上是照顾性安排的,那些年轻人办事啊,简直不敢恭维……"庄焕明又开始了无休止的谩骂,一张嘴就收不住,他越是骂得带劲,张懿恒越是不寒而栗,恨不得把耳朵塞上。

　　"别说了。""怕什么啊,我不会再向你借钱了。""不是借钱,你能不能说些正面的消息?""放心,不会有事的,和你说话是最安全的,因为你这个人是个木头,从不在人前人后论人短长,更不乱传话。单位的是是非非派别之争,你都避而远之。你整天画画上课,不介入任何矛盾斗争,你是最没有历史遗留问题的人,和单位上的人没有任何瓜葛,人际关系最清白。所以和你说话我最放心,最能敞开,我整天忙死了,一个狗屁工会副主席,活干好了,是领导的政绩,干得不好,是自己的失职。咱就是个电灯泡。你说累不累,苦不苦?"

庄焕明还是一说起来就汹涌澎湃,由艺术系工会副主席升为艺术学院工会副主席,他很满足。肖子业以德报怨,比如对冯志学,并没有像别人想的搞什么整肃,而是依然给了个副主任的职务,现在连外人都说肖院长和气待人,大气处事。

"学院下周举行联谊活动,你去不去?很多美女呢。"

"联谊?是相亲那个吗?"

"是的,多好的事啊。是咱们肖院长提出的,为了关心青年教工的生活问题,院长到处联络,说只有家庭生活问题解决了,才能安居乐业,院长看得真高啊!这几天他正为了教学评估的事情忙碌,没日没夜组织人员填表格、写材料。院长真能干,你看他上任不到半年,滨江市的几个协会,咱们艺术学院就占了关键位置,老浦的市书法家协会副主席,娄静斋的市文艺评论家协会副主席,都是院长推送的。院长马上就是新一届市美术家协会主席了。"庄焕明说着,丁雄伟也走过来连连拍手:"今年福利好啊,我们艺术学院办了好几个校外辅导班,招生好,创收肯定好,院长早说过,一个单位没有创收就没有凝聚力。放心,我们今年奖金会多好几千块,明年当然会更好。""这只是其中的一笔。目前皇瑰酒店的老板正和我们洽谈,要建立什么培训基地。新的艺术大楼一旦盖好,马上就有几个大的展出,光场地租赁费一场就七八万呢,这都会进入学院的账上。好领导赶上好年头,哈哈,艺术学院的发展进入快车道了。"庄焕明笑起来。

前进总是伴随着辛苦,肖子业这大半年来的工作有目共睹,身为院长,他整天东奔西跑,写材料,跑资金,拉人脉,忙学科,身体消瘦了很多,头发日渐稀落,上次院里聚餐,肖子业说了两句就累倒在桌子上。"院长是个干实事的人,为了艺术学院,他现在拼出去了,雄伟现在也锻炼得出色了。"近来只要一提起院长,一提起丁雄伟,庄焕明马上换了口气,双眼放光,常常赞不绝口,一副士为知己者死的样子。不过这态势令张懿恒有些恐惧,他总觉得庄焕明的眼睛空洞洞的,缺乏实质的东西。

正笑着,冯志学从身边经过,庄焕明马上变了脸色,横眉怒目不再言语。

众所周知,就在上次开会表态后不久,他们两人吵了一架。

"他算盘打错了,错误估计形势,搞得现在多狼狈,整个艺术学院没人敢和他说话了。"提到冯志学,庄焕明就禁不住得意。"听说今年的职称申报开始了?好几个人都跃跃欲试。"张懿恒问。"冯志学肯定上不了。"庄焕明嘟哝几句,末了又催问,"你报了吗?赶快上啊,压死姓冯的。你是新生力量,后来居上。听说上个月你还送画到市里,是参加市展吗?"问完不待回答就掉头离开。张懿恒点点手中的钱,发现只有两千块,想起还有一万元没还呢,正要说什么,发现庄焕明已经走远了。

材　料

丁雄伟让领职称申报表,张懿恒才知道今年艺术学院有五个名额,两个副高,三个正高,就问都有谁报。丁雄伟说冯志学、李新旺都领了申报表,白洁清好像也要报副高,但条件不够,正犹豫呢。方希妍过来拿了教授申报表,想说什么,看见张懿恒在场,嘴角一翘,拉着丝瓜脸走了。丁雄伟笑笑:"你是不是得罪她了?"张懿恒说那是她的事。丁雄伟说那女人背后说了你很多坏话,什么骄傲自满目中无人,什么自以为是冥顽不化等等。张懿恒想到前几天程怡雪也这样告诉他,正想说几句,白洁清进来了,看看停停,停停看看,便苦笑道:"小张,你年轻,又有博士学位,专业计算机和英语都免考了,真是近水楼台。我不敢跟你比。"张懿恒鼓励她也报,白洁清身子一歪,唉声叹气:"唉,条件太差,报了也名落孙山,这几年我给人垫背都习惯了,对评职称早已心灰意冷。"

张懿恒知道白老师不容易,评了好几次都被刷下来,为此她没少跟爱人,也就是同在艺术学院的邹金贤老师吵架。过了两天,张懿恒交报表的时候,看见白洁清还在办公室,就问她报了没有,白洁清还是苦笑,说先等等看。张懿恒说还等什么,人家方老师都报正高了。白洁清说她不是没有项目吗?张懿恒就说有的,有个省级教改项目。

第二天,白洁清打电话说有事要谈,张懿恒说那我去办公室吧。"不不不!"白洁清断然拒绝,又提了几个地方,还是说不行。张懿恒急了,问到底什么事情,白洁清坚决不说,再三强调只能面谈。当天晚上,张懿恒到了校园生活一条街的快餐店,发现白洁清已经在等着。里面人来人往,声音很吵,张懿恒说要不换个地方吧,白洁清坚持说这里最好,寒暄几句,便言归正传:"按照规定,一个项目只能用一次,方希妍那个省级教改项目,评副高时就已经用过了,她现在评正高又要用,说不过去。"然后问张懿恒见过项目申报书、立项书、结题书没有。张懿恒说只见过申报书。又问记得具体申报时间吗,张懿恒说只简单看了看,不记得了。白洁清说时间都可以去科研处查,当年的副高申报书也可以去人事处查,一旦确定方希妍的省级教改项目已经用过,那就能断定她这次评正高想瞒天过海打擦边球,这绝对不行。张懿恒说不用担心,这次报职称先要经过科研处的审查,科研处一旦发现职称报表里一个项目重复使用,肯定会被刷下来。

"审查个鬼,科研处人事处都是走流程,那么厚的申报材料,材料里那么多表格文字,谁会一一去核对,都是走马观花,大致扫一眼就盖印。我当过科研秘书,太了解了。"白洁清说着便伤心起来,"小张,我是不想评了,就是报这次也只是个陪衬,上不上已经无所谓,反正过几年就退休了,但你不能放弃,你必须有所作为,现在方希妍到处说你坏话,说你不近人情不给人帮忙,说你故作清高假装正直,甚至说你这么大了不结婚,性取向有问题。我都听不下去。对这种人你难道要听之任之?"张懿恒说我再想想。

过了几天,白洁清又来问行动了没有,有没有向上级反映问题?"方希妍现在正散布谣言,说你师德师风有问题,和女学生关系不正常,等等,一旦传出去,你职称评审连学校那一关都过不了。这种小人太可恨,你难道要坐以待毙?我要是有她的项目材料,直接往上一送,她就完了,这不成全了你。"听白洁清这么一说,张懿恒很纳闷:"方老师报正高,我报副高,按理说冯志学、李新旺才是她的竞争对手,我和她没什么冲突啊?"

"嗨!防人之心不可无。方希妍那人是狐狸投胎的,贼精,心胸又狭窄,只要一有过节,她就和你没完。她早就放言,有她在,你这辈子别想顺当当评副高。"看张懿恒若有所思的样子,白洁清的声音非常温存,"赠人玫瑰,手留余香。当然我和你没有竞争,副高有两个名额,就咱两个人报,不存在谁死谁活,再说我本身就不行,只是个陪衬,早就准备名落孙山,反正报了好几年,已不抱希望,就当玩呢。"张懿恒想想也对。

经过一个晚上的思索,第二天早上,张懿恒决定到科研处人事处看情况,路上远远看到一个女孩在假山下踱步,原来是万悦儿,看得出,她脸色很不好。"老师!"万悦儿一开口就哭起来,张懿恒问怎么啦,万悦儿低下头去,问了好几次,最后才吞吞吐吐道:"老师,你……能不能……借我……五万元?"说完扭过头去,扶住茉莉花枝不说话。

张懿恒一下子愣住了,学生突然开口向老师借钱,他还没经过这事,再想到最近和学生似乎走得近了,而且已经有了风言风语,他就有了一丝警惕。但凭感觉,这个学生真有什么难处。脚正不怕鞋歪,张懿恒决定问个究竟。他正要张口,万悦儿又哭道:"老师,你不愿意就算了,就当我没借你,你也不要给人讲。"张懿恒问:"你家里怎么样,父母亲戚都好吗?"万悦儿一句不答就哭着跑开了。

想到丁雄伟前几天说办公室招学生助理,也就是勤工助学岗位,每个月可以有八百一千的补助。张懿恒立刻打电话,丁雄伟回复说已经招满了,让他再看看别的部门。张懿恒又问了几个,也说招满了。联系尹柯,回答说万悦儿正在宿舍哭呢,听说她家境不好,这几天要退学。张懿恒于是去辅导员办公室找了小徐,小徐拿出学生的登记表和家庭信息来给他看,张懿恒这才明白:因为是女孩,万悦儿从小就被亲生父母抛弃了,是养父母把她养大。好不容易考上大学,但这几年火锅店生意不好,家里没钱了,前年养父去世了,养母又多病,现在已经没人供养她了,去年和今年的学杂费等等都还欠着呢。

过了几天,想起万悦儿愁苦不堪的面孔,张懿恒总是放心不下,于是拿出三万元,又向郑宇智借了两万,让小徐以校外企业家的名义赞助万悦儿。"切记,不要说出我的名字,不要让她知道具体赞助人是谁。""为什么,为什么?"小徐接过钱,但大惑不解,"人家滨江本土的老板只要捐献,就要冠名。你看我们那几栋教学楼,说是捐献,实质是谈判,学校这边先谈好冠名,那边老板才把钱打过来。你这是——""咱是老师,不是老板。"张懿恒摇摇头,"记住,千万不要提到我的名字,否则——"

"否则什么,否则会引起男老师和女学生的是非口舌?大哥,你多虑了。你又没结婚,怕什么?再说那女生确实对你有意思。"小徐挤挤眼,又咧咧嘴,"我知道,你一直单着,那女生像翠鸟一样光鲜可爱,我看着都动心!反正过两年她就毕业了,正好发展起来。你学历高,品貌好,身体又特棒,听说连痔疮都没有,不够优秀吗?现在这年头,谁不爱博士?我要是女学生,也梦想着嫁你。别装了,我知道你喜欢她,学生都说西餐厅那个牛什么的,一看就是水货,根本配不上你。"小徐还想说什么,但被张懿恒制止了。

回来的路上,白洁清在遛狗,看见他就问行动了没有,张懿恒说忙得顾不上。"哎呀,你这小伙子真傻,咋考上博士的呢?我难道会害你?皇帝不急太监急,你说我这样是为了谁?还不是看不惯她的作为,为你打抱不平。"白洁清说着甩下狗绳,声音痛切起来,"放给别人,我才不上心呢!算了算了,一切听天由命吧。你看现在别人都活动成啥了,光方希妍一个人往省里就跑了不下五次了,就你不把职称当回事。"

世间荣落重逡巡,我独丘园坐四春。张懿恒管不了别人,但管得了自己,经过一番紧张的忙碌,当他把副教授职称申报表交到肖子业院长手中签字的时候,不忘怯生生说句:"请多关照。"说这话的时候,张懿恒觉得很不好意思,感觉似乎跑官要官借人钱似的。好在肖子业微微一笑就给他签了字,领导当然明白这话的含义。

果如白洁清所言,对于职称申报材料,科研处人事处都是看个大概就盖公章,一路绿灯一路顺利,申报表经过学校推荐,最终送到了省里。两个多星期后,张懿恒的手机响了,刚刚接通,有个声音就怒气冲天:"张懿恒,我以为你是君子,没想到你是小人,十足的小人。不帮人就算了,怎么还害人!"电话那头,方希妍吼得让人迅雷不及掩耳。张懿恒问怎么啦?"怎么啦你知道,堂堂一个博士,净干些下作卑鄙的勾当,出阴招损人,我他妈被你害惨了。早有人让我不要搭理你,看来我真是大意了,错把小人当君子。"方希妍声泪俱下。张懿恒说方老师你先不要这么激动,到底发生什么啦?

"你少揣着明白装糊涂,有人给省里的高评委又发传真又发电邮,说我申报材料有问题,科研项目不合格,现在省里已经把我的材料撤下来了。你说除了你还有谁还会这么坏?背后捅人一刀,材料都到省上了,还给我使绊子。"

"方老师,我真的没干过这事,没有告过你。你想想,我和你评职称没有竞争,凭什么要害你整你,真的没必要告你。"

"可是只有你看过我那个项目申报书,了解里面内容。除了你,还有谁晓得这事?你要不会干还有谁会干?你要没告我,恐怕猪上树,狗跳舞,鬼推磨了。而且你那天讲话什么意思?难道就你高尚正直有气节,我就没有职业道德,没有人格操守?告诉你,要想在滨大混,说话行事之前可得把尾巴夹紧了。我很快就退休了,这次算是完了,副教授到底了,但你还没完。我一个单身女人,天不怕地不怕,恨似高山仇似海,千年的仇要报,万年的怨要伸。你等着!"

张懿恒还想解释几句,但方希妍不待他开口就挂断了电话。

张懿恒迷惑不解,到底谁告了方老师?冯志学、李新旺,不可能,今年职称名额充足,互相够不上竞争,不像去年为了一个教授名额挣得头破血流的,再说就是有竞争,凭冯志学和李新旺的人品和实力,也不屑于去告方希妍这样一个很水的副教授。然而项目的知情人就他和白洁清,他没告,难道白洁清去告的?但想了想,又觉得不对。无论是他还是方希妍,都对白洁清够不上威胁,不可能,绝不可能是白洁清去告,白洁清也没必要去告,丁雄伟都说她的材料差得要死,成果更看不过去。老黄也嘲笑说如果白洁清上了副高,那真是太阳从西边出来了。正想着,小徐进了画室,一张口就笑嘻嘻:"事情搞定了,万悦儿拿了钱,交了学费,这几天不哭了。"张懿恒说,好,难怪这几天她没再来找我。

一个多月后,程怡雪从校办打电话:"小道消息,职称评审结果要公布了,冯志学、李新旺、方希妍的正高都没上。你的副高也没上。"张懿恒很失望,马上问为什么?"因为方希妍早往省里写了材料,告了包括你在内的几个人。""完了,方希妍这个疯子,害得艺术学院全军覆没了。"不待程怡雪说完,张懿恒就扔下电话。

一个星期后,职称结果公布了,正如程怡雪所言,包括张懿恒在内的几个人都没上,但唯独一个人上了,就是白洁清。

黑 夜

原来早有人玩一箭双雕,鹬蚌相争渔翁得利。他怎么就没看出来呢?张懿恒越想越烦,就往操场去跑步,黑乎乎的跑道,不知跑了多少圈,跑着跑着就和一个人撞了个满怀。再一看,都乐了。

"老师?"

"万悦儿?"

"真是有缘!"

"没想到在这里又见了。"

"老师,上次徐老师给我了五万元,说是一个企业家资助的。"

万悦儿不由分说,挽住他的胳膊就绕着操场走圈圈。张懿恒说现在没有压力了,就好好学习,无论如何要拿到学士学位,顺利毕业。万悦儿表示同意,走了几步又说这个资助的人她其实很想认识,但对方似乎不愿面对。

"别乱猜,你只管学习就是。"

"真的不是你?"万悦儿转过身来,凝眸深望。

"这个很重要吗?"张懿恒小声说。

"好的,你不愿意,我就不勉强了。我真的希望是你。我从小就是个弃儿,缺少关爱,我成长在没有文化的家庭,但我喜欢有文化的人。"万悦儿的声音很温柔,一会儿问滨大老师待遇好吧,一会儿问房子装修如何了。星光闪烁,夜空寂静,张懿恒心里咚咚跳,因为他知道接下来女生想说什么,一个他既想面对又不想面对的情景出现了。

"老师,你觉得我怎么样?"女孩的眼睛像黑夜里的星星一闪一闪,声音也异常温柔。

听到弃儿两字的时候,张懿恒心里颤抖起来,他感到眼睛发潮。"老师,从第一眼起,我就觉得你是个好人。嫁就要嫁博士,现在在校大学生都可以结婚了。"万悦儿说着就伸出双手,从后面抱过来,把身子靠在他的肩膀上,震颤不已。

张懿恒情不自禁荡漾起来。夜色迷茫,思绪紊乱,情绪又不稳定,其实刚刚看到万悦儿一身清凉的时候,他就有些波动,而现在这么一贴紧,他大脑更是阵阵空白,一种男人本能的原始的感觉迅猛袭来,他的嗓子发干,全身皮层很快激荡,激荡起千万个冲动的小鹿,这么美丽可爱的女生,要说不想亲近,那是假的。不过,等走到路灯下的时候,他发现那是一张稚气未脱的脸庞,毕竟还是个学生,是个孩子啊!这样想着,他心里就涌起复杂的感觉,于是轻轻地,轻轻地推开了万悦儿。

"老师,你对我没感觉吗?"万悦儿泪眼迷蒙。

"我看能不能先给你找个勤工助学的岗位。"张懿恒答非所问。

张懿恒没想到,这一推一答,不仅害了他,也害了万悦儿。可怜的女生,此后走向了痛苦的深渊。早知如此,他其实应该抛弃顾虑,把女孩纳入怀中。

"昨晚你和女生在一起?"第二天,郑宇智见了面就问。

"你是侦探还是狗仔队队长?"张懿恒面若寒霜。

"别瞒了,我都看见了,我知道你好久没碰女人了,憋得难受。不过——"郑宇智的眼神充满调侃,声音既诡异又严肃,"你做得对,做老师要有老师的底线。像我,无论如何玩,就是不玩自己的学生。千万不要碰学生,这是个原则问题。何况现在又抓得紧。"

张懿恒对此是认可的。他知道那一刻双方都痛苦,但他不得不这么做。

"当然,也要择机行事。那女生是不错,连我看了也动心。"郑宇智挠挠腮帮。

"她是我妹妹,也可以是我女儿!"张懿恒说。

"真的吗?"郑宇智问。

"至少目前是这样!"张懿恒扬起眉毛,"谁敢伤害她,我就和谁没完!"

"咳,你还为职称的事情生气?我听说评委也很为难,总不能一个都不上吧,照顾来照顾去,最后照顾了姓白的。算了算了,别伤心了,下一年还可以再报。朋友说你表现不错,优质高产。"郑宇智说着就问:"那几篇论文你到底怎么写出来的?""怎么写?还不是硬着头皮写,天下文章一大抄,看你会抄不会抄。"张懿恒的声音凄然。宁静的操场,郑宇智一看四下无人,便说王书记也发表论文了,知网能查到,都是高大上的核心期刊论文。张懿恒愣了愣,两人互相看了看,就呵呵起来。

"给多少钱就提供多少服务。卖论文就等于卖画,订购写意的一个价格;订购工笔的一个价格;订购斗方扇面小品的一个价格;至于那些四尺整纸八尺整纸和丈二尺幅的,构图难度大,又是一个价格。所以论文看什么人用,什么时候用,相机报价,是钱就要赚。至于那些成教的自考生的论文,要求不那么高,就当画个小品赠人,随便应付就能过得去,何必认真?如果碰上几个高端客户,就要好好打磨,一旦出手就能赚大钱,好几年都不用领工资了。"

"早就看出来你是个掮客,还故意深藏不露的,这下不打自招了。"

"我原来在英国留学的时候,其实也给人写过毕业论文,不然怎么生活啊?不过咱写的都是些很低层次的论文,高大上的咱也写不了。"

"我是能写都不写了,想想都心疼。""你真傻!怎么还有学究气?现在什么都是假的,只有赚钱是真的,千里奔波,为的吃穿。钱最要紧。所以我早金盆洗手,不写论文不搞科研了,说来说去我就是个生意人!""我被拉下水了!说,你到底吃了多少回扣?""难道你不该感谢我吗?你算运气好了,一出道就碰见个大客户。官员的钱最好赚,我曾经碰见好几个官员需要硕士博士论文,都是我委托朋友搞定的,朋友因为这个发财了,发财了也没有请我吃几顿大餐。就像上次,你写代表作论文,听朋友说也是买家急着评职称用,所以价位就高些,买家经营好几个公司,有的是钱,所以你赚了,朋友也赚了。"

郑宇智这么一交底,张懿恒说这种好事就一两次,咱总不能守株待兔。

"嗯,我知道,行情如此,放给我,如果急着要用,也愿意用高几倍的价钱买论文。比如说现在能给我一个副教授当,要三五十万我都愿意,因为一旦评上副教授,三四年的工资就挣回来了,走正常的渠道,你看多难!论文、著作和项目,要一年年地凑,到最后申报时,光各类表格都要填死人,所以还不如一次性拿钱搞定省时省力。现在老板官员买论文买学历买职称的还少吗?我们滨江皇瑰酒店的老板,一个摆地摊的小学毕业生,居然也混了个光南师范大学的硕士生,到处宣称自己是儒商。这年头,什么作不了假?"

郑宇智今晚不知受了什么刺激,简直成话痨了。张懿恒越听心里越乱,心说学术造假会不会和人工美容是同等性质?他想起了牛婷那令他败兴的乳房,突然一阵恶心。

几天后,当张懿恒在网络上看到一则新闻的时候,马上联系了郑宇智。"我正要和你通气呢。东窗事发,中介已经从编辑部辞职,逃到国外去了,我现在都联系不上了。幸亏没见过面,不然把你我也牵连进去了。论文这事以后就烂在咱们肚子里了。"郑宇智的声音又冷酷起来。

第十章 师尊

忙碌

时光纷扰,各人都有各人的忙碌,一晃张懿恒博士毕业已快五年。老浦当了主管教学的副院长兼党总支书记。丁雄伟还任办公室主任,又换了一辆车。程怡雪在高建办的工作也是风生水起,她已经升格成了母亲。郑宇智的画廊不景气,但面包店开得越来越好,滨大现在很多会务接待,其中的茶点水果都由他的面包店负责。朱丽茵的公务员丈夫升官了,她嚷嚷自己又买了一套房。李光头的工厂业务翻了番,订单又多了。胖子老刘和廖慈志吃吃喝喝,近来又胖了不少,就连娄静斋和邹金贤也被拉去陪了好几次酒。

忙忙碌碌苦追求,寒寒暖暖度春秋。

张懿恒干了一件事,搞得自己有口难言。

期末阅到一份试卷的时候,他看看卷子,发现答得很一般,就评了68分,整理成绩的时候,发现这个68分的试卷写的是金美的名字,于是就把试卷拿出来,再从头到尾看了一遍,发现答得确实一般,成绩评阅没错,就放了进去。等到登分的时候,他想着金美身为班级学习委员,平时跑前跑后收作业,比较辛苦,于是又把她的试卷拿出来,看了看,心里总觉不忍,在论述题那里加了2分,把总成绩写成70分,最终在教务处的成绩系统上传了。

第二天,张懿恒正在画室勾线,门开了,一个人咚咚咚跑了进来。

"老师,为什么我得不到90分?"原来是金美,进门就直接发问。张懿恒说成绩评定老师反复看了几遍,都是公平的。金美问那为什么一个宿舍的,有的同学得90多分,有的同学得80多分,她才70分?张懿恒愣住了,他想说那同一个高中的,为什么有的考到北大清华了,有的考上滨大这样的学校,有的还落榜啦!但说不出口,于是停了停,就耐心解释起来。刚说了两句,金美就喊道:"70分太少了,我事先给你说过要加分的,都说了好几次了。你看我当学委,跑前跑后多辛苦。结果你一分都不加,这样太伤学生的心了。"

想起金美当时确实说过要加分的话,但他没放在心上。没想到金美为此找上门来了。张懿恒顿时语塞,他不知如何解释,既不能明言已经照顾她给她加分了,也不能说老师没看到她的辛苦。金美又问:"老师你能不能把分数撤回来,给我多加些分数,加到90多分,然后再重新上传?我要申请出国留学的,分数低了不好。"张懿恒说不行,成绩单领导都签字了。金美说领导可以重新签字。张懿恒不悦道:"哪有你想得那么简单,你怎么总不相信老师?"金美顶了句:"我没有你这样的老师。"张懿恒火了:"那你以后不要说是我的学生,就当我没教过你。"金美大哭起来,拍桌子,碰门板,从门外跑到走廊,又从走廊跑到卫生间,时而啊啊唉唉,时而嗨嗨嗷嗷,哭得声震屋瓦,拉都拉不住。

庄焕明和老黄出来看,当下就明白了怎么回事,后来通过辅导员小徐,总算把学生劝回去了,但老黄留给张懿恒的话是:和学生讲话可要注意呢,你看那女生哭得像被黑猩猩轮奸了,口口声声受了天大的委屈。人家已经上告,家长都找院长质问了。

"这是我刚刚洽购的,怎么样?"周五晚上,林和兵拿个条幅过来问。张懿恒看了,正是老浦的江湖体书法,心说这种字怎么也揽入怀?!就问要钱吗,林和兵跺跺脚:"人家是滨江著名书法家,担任着市书法家协会副主席,省书协理事等要职,求字的人一堆。幸亏托了丁雄伟说话,才给写了一幅,打八折。就这样也挺贵的。"张懿恒笑而不语。"其实我拿这字也是准备送人的,计算机学院能人多,我早憋得不行了,这次豁出去都要上位。"林和兵接着说他要结婚摆酒了,请张懿恒和郑宇智出席。

"下来帮忙搬东西了!"郑宇智在楼下喊起来。搬完茶点饮料,郑宇智看看

253

地面疯长的三叶草,说咱们三个人,结婚的、离异的、未婚的;从政的、从商的、从学的,现在占全了。停了停又问:"上次不是说教授选女婿,你竭力推荐张博士,现在结果如何啦?"林和兵脸色有些不自然,但很快就恢复了镇静。"教授说他到艺术学院打听了,张博士人倒挺好,就是单位人反映……""反映什么?""说出来你别介意,教授说他打听了,艺术学院好几个人都说你吝啬小气,他就觉得不合适。"郑宇智咂咂舌,说男人都一样,都喜欢年轻的。郑教授女儿他见过,其实是个著名的活宝,嘴大眼小,身材干瘪,明明是个太平公主,就这样见了好多个男的还都没看上,声言找对象大她三岁不行,大六岁不行,大九岁也不行,因为属相会犯冲;她还一定要找本地的,再三强调父母亲不能接受讲普通话的外地人!张懿恒很不解:"说起来还是个教授女儿,怎么这么多奇奇怪怪的要求,跟古墓里爬出来的老骷髅精似的,简直白受了高等教育!""但是人家出身好,家里特有钱!光房产就好几套。"林和兵说着双手挥向天空。

"三位老师好,这是我们学院新来的博士教师。"丁雄伟走过来,指指身边一个白净男子。

张懿恒一眼就认出,这不就是上次女郎一句话就吓得尿裤子那位嘛!

"招兵买马,筑巢引凤,艺术学院大前进了!"郑宇智嘴里说着,眼睛却看向不远处的烂泥。

前进的步伐一旦迈开,真是踏浪逐星。艺术学院人事不断变动,最近从滨江中学进了陆芙蓉、夏雨清等几个老师,也公开招聘进了一批新人,有博士、有硕士、也有本科生。伴随着师资的加强,美术系、广告系、音乐系分别整合成立,也很快配齐了领导,胖子老刘、娄静斋等被任命为系主任,谭景明、齐思宁等新人被提拔为教研室主任,凌宇飞也是新人,这次直接被任命为系副主任。尽管其他人对此不乏议论,但眼下迎评促建要紧,一切都是为了工作。肖子业院长工作最辛苦,经常到傍晚了,他的办公室还亮着灯,还在和一群人开会研讨,忙着整理报表、审核材料、布置任务。

艺术学院现在很重视老师的科研,这关系到学院的实力,关系到教学评估,关系到硕士点的申报,领导比谁都着急。"赶快,赶快,丛书要尽快出,论文要尽快发表。我们现在科研不够,要想尽一切办法改进。高水平大学建设迫在眉睫,校领导一再要求大家千方百计多出成果。成果就是生命,成果就是脸面。"院务会议上,肖子业再三强调。

院长说罢,台下有人高叫:"李教授,你这几年科研成果丰富,快传传经,大家等着学习呢。"李光头呵呵着,眼睛眯成一线天,只是低头泡罗汉果,显然,他不想说什么,但丁雄伟哪里肯依,廖慈志也不断吆喝,李光头被逼不过,才哼哼唧唧道:"这有什么好说的?只要努力就行了,最好认识些人。"

"说具体点,认识谁?"

"这几年你一边开厂赚钱,一边搞学问,不到五年时间,连出六七本专著,又发了几十篇论文,一心二用,成果大大,快说,到底怎么做到的?"

"唉,我认识的编辑已经退休,到国外定居了。"面对起哄,李光头只是哼哈。

离开会场的时候,李光头在张懿恒后头嘀咕:"你没跟着起哄是对的,那么多人要我传经,经有那么好传的吗?把我当傻瓜了。"张懿恒说:"李老师,我也考虑出专著,但是一直很纠结,没有创新点怎么办,老生常谈的东西出了有什么意义呢?"李光头哼哼道:"画不可轻送,经岂能轻传?你该请我吃饭了!"

张懿恒带他到了校外的神仙居酒楼,几杯酒下肚,李光头就问:"你是真傻还是装傻?"然后说这年头大家都忙着赚钱,谁还搞学问?钱是拿来享受的,学问是拿来骗人的!如果真的要搞学问,一定要坚持人云亦云原则,不要想着标新立异的事儿。越创新,越容易引起争议,这难道不是找骂吗?张懿恒说:"古人的书不知是怎么写出来的,我们现在写书为什么这么难?""唉,我们现在写书就是为了写书,为了所谓的成果,千万不要和立说联系起来,不然你一辈子都没有成果了。"看看眼前这位已经明显驼背的博士,想想他博士毕业好几年还是个讲师,李光头说着就叹口气:"兄弟啊,做人不能太较真,学圆熟一点。写书作文时最好多引用著名同行,也就是当世学霸学阀的论点,这就容易形成良好的学术人脉。我有好几个朋友就是这样拿到重大项目的。你若是实在想着要创新,要赶超,忍不住想说点儿不同,也一定要注明是浅见或抛砖引玉。"

其实李光头说的这些张懿恒都明白,如今学术也功利化了。但也有人不屑于此,比如娄静斋,近年好几个核心期刊都给他来了用稿通知,声明只要缴纳六千块钱的版面费,论文就会安排发表,但他死活不愿意交版面费,老浦都劝他交,说如今能花钱发表论文都不错了,但娄静斋很固执:"不,我坚决不交,交了岂不是助长学术界金钱至上的不良之风?"五年过去了,娄静斋到处投稿,结果论文迟迟发不出来,好在他是教授,不发论文不影响职称,但个人绩效就大打折扣。这几年教授也分了等级,实行末位淘汰制,连续三年没有科研成果的将高职低聘。道理娄静斋明白,但就是思想转不过弯,他是出了名的迂老夫子倔老头子。而李光头比他会转弯,开始走市场化道路,这几年李光头想开了,花钱发论文,花钱出著作,花钱评奖,只要出了钱,一切就会成。

"现在没人在乎你说了什么,只在乎你说了没有,只要书店到处是你主编的什么新论、什么论丛、什么大全,你不想'著名'都不行。你看我们院长,上任一年多,手中已经在编好几套丛书了,三个月就可以搞定,不信你看。"李光头说完就嘻嘻大笑,张懿恒说:"李老师,你也很有学问,画也画得好,下半年赶快报教授吧!"

说别人其实是在敦促自己,好在张懿恒这几年一直在积累。校级、市级课题他看不上也得不到,索性就放弃申报了,但论文他好歹凑了几篇。画册上次经丁雄伟联络,也算出了一本。徐松云去年申请了一个教育部项目,把他作为第一参与人写上了。至于其他,因为职称评审文件里说市展获奖,也算业绩成果的附加条件之一,张懿恒于是画了一幅画,通过丁雄伟报到了市里。市级美展获奖,他认为不在话下,这个奖项虽然档次不高,但作为业绩成果,凑数还是没问题。算来算去,张懿恒觉得自己的条件够了,去年没上,今年绝对没问题。

听说他要再报副教授,牛婷很热心,找了他好几次,当面给老浦打电话,要求多关照。"你赶快评上副教授,评上了就好了。不要说什么加工资,就冲着那头衔就好。"牛婷总是敦促张懿恒要努力,抓住机会上副高。

只要努力,一切都有可能成为现实。艺术学院这段时间顺风顺水,请了不少专家来讲座,请了不少权威期刊的编辑过来开会,张懿恒他们都觉得有干劲有奔头了。而市里也开了好几次常委会,决定下大力气发展滨江大学,准备一次性拨款十五亿,支持滨大发展高水平大学。市委书记放话:如果申报硕士点成功,再追加两个亿,博士点申报成功,再追加十五个亿。滨大人振奋不已:有了钱就有了动力,滨大是滨江唯一的高校,市里无论如何,都是要资助的,但像这么大手笔的资助,还是第一次啊!

"滨大这次坐上快车了!"

"连你们艺术学院在内,听说滨江大学要在三年内一次性申报八个硕士点。"

"滨大这个门面,市里是一定要支撑的。"

热议声中,张懿恒凑齐材料,填好表格,准备报副教授的职称。和他一起准备的还有冯志学和李光头,他们都要报教授。冯志学有次碰到张懿恒,刚说几句就怒气冲冲:"老子评上教授就离开滨大,一刻也不多待。"

职称申报材料送上去后,张懿恒想起了万悦儿,就联系小徐,询问托付的事情解决了没有。小徐放声大笑:"放心吧,上次交了学费之后,我带她找丁雄伟主任说明欠费补交情况。丁主任一看人,双眼立刻放光,马上就给安排了办公室学生助理的岗位。万悦儿很开心,这几天忙得不可开交。前天还说丁老师对她很好,每个月给的补助费比别人都多,还带她出去吃了好几次饭,又送礼物。"张懿恒说怪不得这几个月都没见到她人。"咳,现在的学生,玩性都很大。你千万别当回事。"小徐刚劝了一句,张懿恒就冷下脸来:"那不见得,那女生可是个可怜的孩子,谁要把她玩了,我废了他。"小徐马上嚷嚷:"哎呀,张博,这话你应该给丁雄伟讲。"

副教授

等待的日子是无聊的,张懿恒只能老老实实上他的课,画他的画,在自己的一亩三分地里耕耘着,两耳不闻窗外事,一心只读圣贤书。领导似乎也知道他木讷,有事很少找他,反正已经有了新入职的年轻人,用起来更方便。就这样,次年轻的张懿恒过着简单而纯洁的生活。牛婷不时来找她,每次见面从开始到结束,都会问:

"我美吗?"

张懿恒总是一句"还行"。又问,就是"可以"。牛婷拉住他的手,盯住他的脸,一迭声再问:"怎么个美,哪里美?你说清楚啊,具体点。"见张懿恒不说话,

牛婷双目直视,提高声调说:"你抬起头,看着我认真回答。我漂亮吗,我妩媚吗,气质高雅吗?"僵持了几分钟,张懿恒哼一声:

"你自己照镜子。"

牛婷一甩袖子:"你这人真是个憨货,人家想听赞歌,你都不会唱,哪个女人不爱听好听的,不爱让男人说自己美?母牛都喜欢被人夸成豆芽菜呢。你既然说我美,还不给我买意大利的服装,买法国的化妆品,买德国的餐具,买日本的马桶盖?快快快,我等着要用,上好妆就录制节目呢。""哦?"张懿恒顾左右而言他。"张口还行,闭口可以。能这样讲话说明你还是比较真诚的。看来你心里还是有我的,不然也不会这么坦率。你能不能先给我画一幅画?"一听要画,张懿恒直接拒绝了。画家见过的人多了,对于那种动辄求画的人,自有办法对付。画是艺术品,草稿三千,才得成品一张。"画是我的命,钱是你的命,以命换命,难道不行?"这已是业界的共识,就像肖子业院长的画,现在都不送人了,因为市场行情已经看好。

"上次那个学生的事情,最后怎么处理的?"牛婷问。

"肯定不能加分。"张懿恒知道她说的是金美。说起来这个还是要感谢肖子业,家长确实质问了肖子业,想必肖子业做了解释,事后也没有对张懿恒做出任何批评,只是告诫:"算了,那女生没有自杀都算好了。小张你以后要注意呢。"

"哎,你这个人啊,好事做了,委屈也受了。真是笨笨笨,笨死了!"牛婷紧跟着又来一句:"听单位好几个人反映你虽然是个博士,但干啥啥不行,惹事最能行。"

"你那画画得不好。看看人家老浦,随便写个字,哗哗哗,白花花的银子就到手了。哎呀,你是没和老浦接触过,人家老浦上课可有水平了,很多学生喜欢呢。不过你们院长更加风光,年轻有为,到处讲学开讲座,一个讲座也上万了,随便一张画都十几万。你好歹还是个博士,怎么画不出人家那样的水平呢?钱也还没有人家挣得多,你说说你有什么呀?你要是能画出齐白石、徐悲鸿的水平就好了,那多值钱。"牛婷说肖子业既是教授又是院长,是市里领导的座上宾,无论在什么圈子,都显得颇有优势,整个滨大的人对他评价颇高,连校外那些艺术家、老板和官员都看好,肖子业发表过不少采访类的文章,都是关于大家名家的,浏览量很大。听说肖子业采访那些大艺术家,一出手就是两三万的采访费。这样的话,那些艺术家不乐意和他合作才怪呢?

"你说他哪儿来那么多钱,你能不能学学人家?"牛婷说完,张懿恒跟了句:"我们院长有本事。"

肖子业当了院长后,的确干了好几件实事,工作很有起色,比如治住了一帮人,管好了一帮人,也带动了一帮人,去年非遗基地的成功申报,今年的迎评促建,特别是教学评估顺利通过,艺术学院的工作获得专家一致好评,大家干劲十足,都说肖子业务实能干业绩好。

"你刚才说的是齐白石、徐悲鸿。还有……"未等张懿恒说罢,牛婷就打断道:"哎呀,管那么多干什么,隔行如隔山!"接着问张懿恒上次到底怎么回事。"什么怎么回事?""哼!"牛婷嘴噘脸吊,眼睛里突然闪出一道瘆人的寒光,很快大声质问:

"你以前性经历究竟如何?今天必须把话说清楚!"

张懿恒感到自己的心被什么顶了一下,他很快戏谑道:"你想我有怎么经历,就有怎么经历。咋,你有处男情结?""真恶心,谁稀罕你?"牛婷头一扭,接着又嚷嚷:"你不老实,上次想玩我。咱们走着瞧,我什么没见过。"

张懿恒哭笑不得。

牛婷给张懿恒展示了很另类的女人形象,他觉得自己在深入生活了。半个月后的一天,张懿恒推辞说要画画,但牛婷又来找,而且说车已经开到教师村楼下了。张懿恒没办法,只得开门。牛婷进来就高喊烦死了,然后又是一堆叽叽歪歪的事,看得出她很压抑郁闷。

手机铃声响起,一看是院长的号码,张懿恒赶紧就接。

"喂,小张啊,今天上午学校评委会开会了。职称的事情,争吵了半天。"院长的声音慢悠悠的,但张懿恒着急不已,他等待的是结果。"唉,今年名额紧张,我们艺术学院报教授、副教授的,一个都没上。有人说艺术学院去年闹得太凶影响坏,所以学校今年就没给咱们名额,说是下一年……"

"这么说,没评上?"张懿恒的手颤抖起来。

"不好意思,没帮上你忙。尽管我据理力争,力排众议,但是不行,我说话没人听。学校十三个评审委员,八个都是理工科的,文科的只有五个,艺术学科只有我一个人,我人微言轻,起不了决定作用。别说省里了,学校这关就先刷人。算了,下一年你再努力。只要坚持就有回报,我的副高也是评了三次才评上的,你还年轻,机会大。"

院长后面再说的时候,张懿恒早已没了兴致,坐着一动不动。牛婷推了推他,喊了声:"喂?"张懿恒浑身发软,看看旁边的女人,看清她腰长腿短的身材,看清她扁平下垂的屁股,目光落在她胸脯上时,又下意识想起那溃烂的不对称的乳头,他立刻背过身穿鞋。

"你是不是有病啊?没用的货!"牛婷很快明白了怎么回事。

张懿恒也很懊恼,太难了,太难了,他实在提不起兴趣。解不开的乱麻,脱不开的工作,这段时间太忙了,写论文,熬著作,报项目,上课备课,填表报表,协助系里整理评估材料,经常是回到家里来不及冲凉倒头便睡。"这段时间画画累,工作压力大。"他给自己找了台阶,话说完一抬头,就发现牛婷脸上的粉刺原来如此突出,而且粉刺周边的皱纹也非常明显!哦,原来刚刚她上卫生间去了,来不及补妆。等明白过来的时候,张懿恒感到一桶冷水从头浇到脚,失望、败兴和恶心,什么感觉都有。

"你是不是又没评上副教授?"

见张懿恒不言语,牛婷站了起来,连声叹息道:"算了算了,我听得很清楚了。没见过你这样的男人,太令我失望了。"说着就一脸轻蔑。

牛婷太失望了,一开始听说要介绍个博士,她都觉得自己配不上。可接触了一段时间,她就失望透顶。原以为博士就是博视博市,走到哪里都是风度翩翩气度超群,好像明星般闪闪发光令她眼前一亮,结果见了面发现博士文弱寒酸,有气无力,一副不堪重压的囧相!

"其实自认识起我就对你没感觉,一看就是小农村来的,习气太重,缺少魅力和气场。貌似严谨认真,实质死板凝滞。你看看,所有人都比你好。你没有人家老浦那样的指挥若定,言语富于政治家的魅力;没有人家肖院长那样高大英俊、风度翩翩、气质超群;没有人家丁雄伟那样会穿衣服会装扮,走到哪里都像个港商。你说你有什么呀?"

一听这话,张懿恒头皮阵阵爆裂,脑袋里有股遏制不住的怒气要喷涌,但牛婷没意识到这些,依然在发挥电视主播的长处,一张嘴就像机关枪,把不满与失望尽情扫射:"闪闪发光、魅力四射、让人崇拜,这些你一点都不沾边。我理想的配偶是长得高大英俊像演员,身材健壮像运动员,资产储存像银行的高级职员,对我体贴伺候像服务员。——行行行,我就是这样要求的,你爱怎么说就怎么说,反正你达不到。你没有这些起码的生活指数都不说了,一个博士,参加工作好几年了,竟连个副教授都评不上,每次都名落孙山。哼,跟着你有什么指望,有什么出息呢?你没评上,肯定是吝啬小气的原因,你有没有给领导送礼,请领导吃饭,让领导开心?我太了解你了,你就是吝啬小气,舍不得花钱,不然的话你早就评上了。你现在浑身上下找不到任何让我动心的光彩!得得得,和你在一起,让人连一点盼头都没有!"

"少胡说八道,我怎么就吝啬小气了,怎么就不大方了?"张懿恒捶捶墙壁。

"——你别辩解了,反正你消费不大方。你们男人没一个好东西,像你这样的男人真令我失望。第一次见面时,直觉就告诉我,你很吝啬小气。后来果然不出我的所料,你请我吃饭要去什么学生饭堂,大锅菜有什么好吃的?简直喂猪呢!我爷爷是资本家,我爸爸妈妈都是省里的高级公务员,我出身也算名门望族吧,这么一个高档高贵优秀优雅的淑女,堂堂北京大学毕业的才女,怎么能去那种地方?你们当老师的,是不是都爱精打细算斤斤计较,对钱对数字特别敏感?"

"你不要职业歧视。"

"我碰见的男人多了,官员、老板、华侨,哪个对我不是一掷千金,阔绰至极?真没见过你这样的男人,要不是我坚持,你肯定就学生餐把我打发了事。好不容易去了西餐厅,你要点便宜菜对付我。要知道,我在电视台是顶级台柱,是一枝花,是领导倚重的重点对象。多少下属崇拜我,羡慕我,把我当作模范典型,要向我学习呢!别人请我吃饭,随便点几个菜,都是燕窝、海参、鲍鱼等。你们当老师的,都这么抠门吗?简直是披着人皮的吝啬鬼。"

张懿恒惊愕不已,看来牛婷对吃饭耿耿于怀啊!这倒提醒了他:为了一顿饭,那晚牛婷从五点挨到近八点,真能耐啊!吃饭时又专门点贵的菜,她是不是和官员、医生一样,白吃别人的饭吃习惯了！头一次见面,十块钱不到的几卷劣质纸巾,垃圾阿胶,都稀罕从别人家里直接拿,特别是回去区区十几元钱的车费,还要自己预付给司机。几件事情归纳在一起,张懿恒想起市场上那些喷了防腐剂的李子,外表鲜红清嫩,里面却腐烂酸臭。

"我真没想到大学老师竟然是这个样子！你不给我买化妆品,不给我买衣服,不给我买车。你太不了解女人了。你看看你这个样子,不修边幅,不想着升官发财,特别是穿衣服不高大上,走在街上回头率肯定是零。平时讲话也直来直去,一点水准也没有。笨死了,平时不知道是怎么给学生上课的。唉！"看着张懿恒闷声不响,牛婷得意了,脑袋往前探了探,进一步趾高气扬,"怎么,我说错了吗？我可是个高贵优雅的知性美女,从小就大家闺秀,见多识广。你们当老师的,表面温文尔雅实则市侩小人,都这样精打细算斤斤计较吝啬小气,一个子儿看得比命还贵重,我见多了！"

张懿恒感到眼前有个绿头苍蝇在飞来飞去,他顿了顿,禁不住反问:

"你这样的女人,是不是自己吃饭总让别人买单啊？"

世上怎么还有这样的女人,第一次见面,既然没感觉,那就明说嘛。不好意思说看不上,那就好意思让人家请吃饭？真好意思吃啊,当然若是学校饭堂的简餐也就罢了,还非要去吃价格不菲的西餐牛排,一个人一口气就吃了四五个肉菜,还要再打包。难道女人天生就有优越感？如果有,法律怎么没规定女性犯罪可从轻从宽处理？吃了人家的饭,花了人家的钱,拿了人家的礼,还好意思再说人家吝啬小气,一说起来就上纲上线个没完。张懿恒越想越气,手指着牛婷,发了一顿男人的义正词严:

"怎么这个样子讲话,以为自己了不起？张口闭口别人吝啬小气,你不觉得你贪婪无耻吗？你没想想你值几个钱,配别人慷慨大方、一掷千金吗？告诉你,我们当老师的,就是这样过日子的。礼尚往来,来而不往非礼也。你说什么叫慷慨大方？大把大把给你花钱就叫大方,那满街的男人,你去找吧！你把院长、老浦和丁雄伟,把所有男人的优点集中起来,然后按此标本,到街上去配对吧！"

"那又怎么样？好女不愁嫁,我就是不要抖腿的男人,不要猥琐的男人,不要吝啬小气的男人。我要男人心疼我宠我,能毫不犹豫为我大把大把花钱。我要那种一看就让我细胞兴奋的,有强烈刺激感的男人,要那种肩宽腰细、高大阳光、眼睛特别明亮的男人,尤其重要的是——"牛婷可不是一般女人,她知道越是这个时候越不能示弱,越不能退缩,越要展现自己的才华、魅力与傲气。哦噢两声,她便清清嗓子,用着朗诵艺术家的声调大声抒发:"我理想中的男人举手投足要有明星一样的光彩,有天使一般的魅力,有领袖一般的英姿,有皇帝一般的财富。走到哪里都前呼后拥光芒万丈,处处显示出伟大的成功男人的气度,让我仰慕让我崇拜让我颤抖!"

听了这话,张懿恒的第一反应是庄焕明说得没错,电视台的老女人真不是什么好货色,电视台那些有姿色的女人,都成各级领导的后宫了。听说庄焕明原来就是被人介绍了几个这样的女人,留下了心理阴影,以后才誓不相亲的。张懿恒想起庄焕明前几天又来借钱,开口就是六千块,本来不想借给,但看他那个痛苦不已的样子,又不好不借。临出门的时候,张懿恒忍不住说:"哎呀,大哥,上次你……你看现在院内外说长道短的,我都听不下去。""谢谢你。我当然知道,可是我没法在乎了!"庄焕明眼里涌出泪花,口气也不失自嘲,"就当演戏吧,人生如戏戏如人生!"

"人家老浦学历不高,但是官当大了,讲课这几年可真有水平啊,他的思想道德修养是滨江大学的一绝,是精品课程。你看看你这个样子,平时怎么讲课呢? 也不学学老浦。你要是有老浦的魅力就好了。你看看你现在要啥没啥的,你风光吗,你荣耀吗,你灿烂吗? 你真笨、真傻、真迂腐,不会给我唱赞歌,不会宠我疼我,不会给我大把大把花钱。你连你们院长千万分之一都不如,你连老浦万分之一都不如……"牛婷站在床头,身子跳了几跳,声音更加居高临下,"实话告诉你,我堂堂北大毕业的高才生,北大校花,出身书香豪门,现在身为电视台的著名记者、当红主播、文广中心的著名朗诵艺术家,就是看不上你,从第一次见面就对你没感觉。现在我更加鄙弃你,更加恶心你。我有崇高的理想和伟大的追求,要找一个闪闪发光的、令我眼前一亮的、让我崇拜的、能为我大把大把花钱的男神。"

"你讲这些是认真的吗?"张懿恒惊讶地问。他想起朱丽茵曾说牛婷一张脸早苍老得成烂皮球了,仔细一看,确实如此。

"谁有心思和你开玩笑？我当然认真了。我是公认的响当当的台柱子,在北大读书时就是校辩论队队长,就是万人着迷的当红校花。才貌双全,色艺俱佳,像我这样的人类高品质女性,能出来见你就是很给面子了。以我的水平,别说滨江市电视台,就是进省电视台、中央电视台都没有任何问题。我是滨江十大优秀青年之一,是滨江的名人。很多记者都采访过我,有一本书是专门写我的。现在我走在街上,总有很多人兴奋得狂呼乱喊,搞得交通堵塞,要惊动警察过来维持秩序。说实在的,这几次出来见你,走在街上我都很担心。"

"担心什么?"

"担心粉丝围住我求签名求合影,让我无法脱身。像我这样的偶像派当红名人,社会关注度高,走到哪里都粉丝多,动不动带来交通隐患,真烦人。"牛婷撇撇嘴,脸也拉长了。

张懿恒恍然大悟:希望越大失望越大,长期的不满与压抑一旦宣泄,就什么也不顾了。牛婷的本性暴露无遗。

果然,等穿好衣服化好妆之后,牛婷看看天花板,又长叹道:

"唉,你看看你有什么啊?小农村来的,要情调没情调,要感觉没感觉。花钱吝啬,处事木讷。不能呼风唤雨,不能左右逢源;不能奔走往来,不能游说活动。你看你那仪表那形象,白长了一米八的个子,穿衣服连起码的档次都没有,整天就知道在画室闷头画画,跟木头似的!既不幽默风趣,也不谈吐脱俗。"张懿恒忍不住问:"那你怎么三番五次来找我?""谁找你?"牛婷白眼一翻,手舞足蹈,声音也变得尖细,"你穷你傻你笨你呆你没出息,你就是个废物,是个窝囊鬼,你真把博士白读了,我都没想到大学老师会这个样子。你把大学两个字糟蹋了,你把文化两个字玷污了,你把老师两个字寒酸了。你太令我失望了,你太令我寒碜了,你太令我鄙夷不屑了。你在我眼中一钱不值。和你在一起,简直是鲜花插在牛粪上。我就是爱慕那种很成功的男人,告诉你,我每天晚上搂着刘德华亲着周润发的照片睡觉呢,我做梦都在陪马云马化腾一起跳舞喝酒欢爱呢。你和人家相比,相差千里万里,你算个什么呀?我才看不上你呢!"

到底是当过记者,在电视台工作多年,在社会上混了多年,牛婷一张嘴就汹涌澎湃汩汩滔滔,让人应接不暇,播音艺术家甜美的嗓音换了频率,张懿恒耳边响起电锯切割硬物的噪音。他已经疲软的神经饱受刺激,等回过神来,他的第一反驳是:"怎么着,你以为我对你爱得要死,会跪下来向你求婚吗?行,你爱干吗就干吗!快去找什么明星大腕,快往人家床上爬嘛!"

张懿恒刚说完,牛婷的嘴巴就歪翘起来,这样的话她以前不是没听过,所以早有准备,何况在博士面前,她更不能服输。

"张懿恒张大博士张老师,我恶心你鄙视你。你们男人没一个好东西,滨大的男人都是坏东西。你们当老师的,个个猥琐不堪虚伪成性,从第一次见面我就觉得你吝啬小气小气吝啬满身小农气息,你以为我愿意嫁农民啊?多少个男人跪在我脚下向我求婚,多少个老板大款苦苦追求我,我拒绝他们时,眼睛都不眨一下,不然我就不姓牛了。那些我看不上的老板官员和你相比,就是一个在天,一个在地,你就不算个什么。我生活中遇到的任何男人都比你强,比你好,比你光彩,比你荣耀!你简直把博士活成博屎了。"牛婷一会儿从床上跳到地下,一会儿又从地下跳到床上,跳上跳下,指手画脚,展开咄咄攻势,把积累了一肚子的火气汹涌喷射,"我随便一招手,身边就一大把高富帅男人,都是社会上的精英名流大腕大咖,个个都比你强十万八千倍。……我这就走——你算什么?你有什么?找了你图什么?我凭什么找你?你有什么值得我依靠的?要什么没什么,你会耽误我的,会埋没我的,会拖累我的。我这辈子不想再见到你,我就是随便找,找到的任何男人也比你强。"

牛婷对自己很有信心,一说话就底气十足气势汹涌。等高潮到来的时候,她又长吸一口气,亮出比外交部发言人更激越的态势,严正声明:

"世上自古有剩下的光棍,没有剩下的美女。女人怎么着都能嫁出去,告诉你,姓张的,我这辈子就是嫁一条狗,一头猪,嫁给一个僵尸,也不愿嫁给你这样的窝囊废、可怜虫和大傻瓜。"

力拔山兮气盖世,北大辩论队队长大放异彩,豪门神女舌战博士。虽然没上过战场,但张懿恒感觉见到了威力无边的榴弹炮,更见到了势不可当的火焰喷射器,他连连后退。不用说,和这个女人就算完了,牛婷根本不适合自己。当然,他也不适合她。

刚刚回到学校,丁雄伟就来电话:"你的那个画市里经过审议,决定不予送评，现在要你拿回来呢。"张懿恒倍感无奈：人倒霉了喝口凉水都塞牙，一个小小的市级展览都进不了，真想不到啊！几天后，老浦在校道里碰见了他，远远就问他和牛婷怎么回事。看到张懿恒不吭气，老浦道："现在的女孩要求都很高，我没办法。算了，你另找吧，牛婷说你太令她失望了，她没想到大学老师会是这个样子。哦，对了，她还再三强调你太过吝啬小气了。""哦，她说了我一大堆啊？"张懿恒看也不看就撇下一句，"感谢领导好意，我不会要个思想病态人格扭曲精神残缺心理阴暗的自恋狂。"

道德文章

年后二月底，新学期开始，院里照例忙了起来。张懿恒这几天没心情画画，前几天卫风之邀请他聚会，结果去了才知道是滨大五老雅集，都是谈诗论道的，最后还有人问他韩幹《照夜白图》上那六个题字，到底是不是李煜的真迹？张懿恒感到自己搭不上话，回来就翻看《历代名画记》和《石渠宝笈》。

教研室韩灵光过来，聊了几句便问老浦布置任务了吗，张懿恒回答没有。韩灵光说艺术学院做了心理测试，很多学生都有心理问题，拉了红色警报，老浦要求严肃对待，要求老师找学生一一谈话，搞帮扶对象。"你是班主任，我不是班主任，所以没得忙。"张懿恒说着就去画室了，韩灵光在后面又嘀咕：早知道就不当这个班主任，补贴没多少，还忙得要死。

老浦没找张懿恒谈话，院长找张懿恒谈话了，和张懿恒一起的，还有博士闵东青。闵东青读的是古文献专业，也辅修过艺术考古学，来到艺术学院不几天，又被转调到文学与传媒学院工作，因为业余爱好书画，经常找肖子业院长交流，关系不错，所以就被聘请，给艺术学院学生开了一门写作课。"是这样的，现在发论文难，我们学院科研上不去，以后申请硕士点都成问题，你们是学校少有的博士，在科研方面要努力，为学院加把劲。"招呼两人坐下之后，肖子业院长开口了。"这是应该的。"张懿恒看看闵东青，两人齐声表态。肖子业说现在机会来了，图书馆馆长老房有资源，而且是大大的资源，能发优质的核心期刊，就看论文你们愿不愿意写了。"这么好的机会，为什么不写呢？"闵东青当下睁大眼睛。

肖子业笑容可掬："我推荐了你们两个,去找老房吧。论文最好写出来,不管怎么样,先发出来再说。文章总是有人写的。"张懿恒还想问什么,院长摆摆手,两个人就走了出来。

图书馆距离艺术楼不远,一会儿就走到了。找到老房的时候,老房正拿着《滨江日报》查阅什么,看见张懿恒和闵东青进来,就放下报纸。"你们院长给我说了。"欢迎一番之后,老房熟练地烧水洗杯,然后抬抬老花镜,说辛姓是个大姓,自古以来人才辈出,这在历史上都是有明确记载的。现在各地都在发掘历史文化资源,到处修族谱、编家谱,等等。家族史现在是学术界的热点,自古以来,历史上的名人后裔都是到处流散的,像郭子仪、张巡的后代都跑到海外去了。可以说世界各地都有名人后裔,更重要的是,很多名人后裔现在还在一些岗位上辛勤工作着,青出于蓝而胜于蓝,这是光宗耀祖的好事,值得我们挖掘,大做文章,做大文章,我们应该充分行动起来。

听到这里,张懿恒和闵东青都觉得纳闷:这个老房,绕来绕去,葫芦里到底卖的什么药?张懿恒忍不住问："房馆长,你不是说有好的资源发论文吗?怎么讲起家族史了,又做什么大文章?"老房不吭气,一边聊,一边呵呵,直到张懿恒屁股都坐麻了,老房才拿出几本厚厚的族谱,那族谱发黄发旧,看起来倒是古物。"你们都是饱读诗书的博士,在文学、艺术学方面颇有研究,应该发挥特长研究家族史,特别是地方名人资源,这样就可以大显身手。"水开了,凤凰单丛泡下之后,整个房间都是工夫茶的脉脉清香,老房的声音也缕缕飘散,"辛义强你们听说过吧?你们看看这个族谱,可以写几篇论文,谈谈辛姓的发展演变,最好和历史上的名人挂钩。"老房双手捧着族谱,好像捧着什么珍贵的宝贝似的。张懿恒正疑惑辛义强是谁,只见老房拍住闵东青的手臂,晃动着脑袋高声叮嘱："论文写好了来找我,绝对发表在高大上的核心期刊上。""哪家核心期刊?"张懿恒立刻就问。老房嘿嘿道："肖院长原来也在图书馆工作,他是个好同志,和我私交甚笃,所以我才告诉他这个信息。放给别人,这个机会我还不给呢。"张懿恒还想再问,老房只说先写出来再谈。张懿恒感觉老房似乎有什么难言之隐,甚至不乏无可奈何和迫不得已的意思,但又明显是装出来的。

"您为什么不写一篇论文,和辛姓有点关系?"闵东青问。

"我早已经是研究员了,不用评职称了,还要论文干什么?机会还是留给你们年轻人。"老房耸耸肩膀,"反正你爱写不写都行,这个都是自愿的。"看见张懿恒和闵东青有些犹豫,老房最后又提高声调,"再说一遍,正因为你们是肖院长推荐的人,我才把机会让出。放给别人我才不操这个心呢。"

回来的路上,张懿恒说有个副省长叫辛义强,不知老房说的是不是这个人?"真是天方夜谭,开什么国际玩笑,是的话又怎样?副省长不是我爹,我凭什么拍他马屁?"闵东青的神色充满鄙夷不屑和孤高傲岸,说着就问张懿恒:"这种文章你写不写?"路旁的木棉花开得正繁盛,漫天的花伴着漫天的云,恣意生长,那花朵红红的,像火炬一样熊熊燃烧。"木棉树被称为英雄树吧?"张懿恒问。"是的!"闵东青很快回答。几只布谷鸟飞过,张懿恒捡起地下的木棉花,用宣纸包好了,然后看着闵东青,语气坚决而果断:"你放心,我就是不发论文,不评职称,这种文章我也不写。"

"为什么?"

"平安二字值千金。"张懿恒摇摇头,枪手的经历令他痛苦不堪懊悔不迭,他已发誓金盆洗手了。

"嗯,就是,简直逼良为娼呢,咱们都是写道德文章的人。"闵东青说着就面色愠怒,"老房这人滑得很,凭什么要拉我们写?肖院长也是糊涂,不明就里就让我们找老房。这种文章写出来遗臭万年,我们读了这么多年博士,好歹还有气节,不能把书读到屁股上,咱们说好,坚决不写,看他怎么着?!"张懿恒嗯嗯着问,认识卫风之老师吧?听说也是中文出身。闵东青反问道:"怎么,你和他关系好吗?"张懿恒说就吃过饭而已。"不,他是学社会学的,能写几首古诗,但孤傲得很,跟陶靖节、林和靖一样,是个奇人怪人,一个没人搭理的糟老头子。现在滨大中文系最著名的教授非赵驰青莫属,响当当的国学大师,人家那才叫学问。"闵东青答复完毕,张懿恒想到卫风之后来还邀请他雅集论诗,他参加了几次就退出了,因为都是老年人,他夹在中间不自在。

"哎呀,真气人。"朱丽茵过来,一见面就哇哇叫,说"中国音乐史"这门课她上了好几年,好不容易上顺了,谁知又被排给了崔美丽,崔美丽上了两个学期,学生评教差,现在又一句话不说打回来。别人不愿上的课都给她,来回也不说一声。朱丽茵很生气,为此去找老浦,说这课她也不愿上,老浦很快就龇牙咧嘴:"不行,坚决不行,无论如何这课你一定要上,要上到退休。这是个纪律问题,制度问题。任何人不能逾越纪律的。如果都这样想上就上,想撤就撤,那还得了?都成甩锅掌柜,我这个书记怎么当?!"

"办事如此简单粗暴,当什么主管教学的副院长?老浦简直是个王八精。"朱丽茵又提到楚涓涓仗着是院长夫人,张狂得很。张懿恒知道这两个女老师前几天吵了一架,孰是孰非很难说清。至于老浦,虽然众所周知简单粗暴,动辄耍官威,训人骂人,搞得老师很难堪,但老浦事后见了人远远就热情招呼,一副"这事就算过去了"的样子。搞得很多老师都感叹老浦虽然脾气不好,训人难听,但事后不记仇不怀恨,对同事一如既往的友善,这样当面锣对面鼓的人当领导,是我们的福气。林和兵也说艺术学院领导都算好多了,不给人穿小鞋,不背地里损人整人。

"这几年进人多,你看咱们艺术学院都近百名老师了,老浦许是忙不过来,忘记给你打招呼了。"老黄从后面上来不断劝慰。"他忙个屁?昨天我还看见他在市府旁边的酒店和一帮人喝得酩酊大醉。"朱丽茵显然气愤难平。老黄一看情形不对,很快问张懿恒和闵东青:"你二位都没有对象吧?赶紧解决。前几天还有人托我介绍对象呢。你不知道咱们滨大可是好单位,多少女孩想嫁过来。我也是整天被人咨询,烦死了。这不,前几天还有人推荐这个优秀女孩。"说着打开手机。"嗨,还不错,挺上镜头的。"闵东青连连叫好,张懿恒一看,顿时愣住了,正不知如何表态,旁边的朱丽茵像吃了苍蝇似的叫起来:

"哎呀,黄姐你可别害人家小张小闵。这不是卤阳湖镇文广中心那位大名人嘛?前几天她还找我四处给她介绍对象呢。这个女的我认识几年了,还是比较了解的,也算滨江一个名人。到处给人说自己是北大毕业,其实就是个水货。你看都满脸粉刺老态毕现了,找对象要求还高得不行。我原来给她介绍过一个市府的公务员,结果人家最后都鄙弃她了。我后来发现这女的心理确实有问题,性格也有缺陷,可以说狂妄偏执、厚颜无耻。"

张懿恒问怎么个水货,朱丽茵"呸"了一口,特有的高音喇叭嗓门清亮无比:"一个身处偏远小乡镇文化站的底层职员,一个来自普通下岗工人家庭的贫寒

269

子女,一个艺校毕业的中专生,一个已经满脸粉刺、身材干瘪的老剩女,还以为自己是央视一姐当红主播超级名模,张口闭口要找闪闪发光眼前一亮,为她大把大把花钱的高大上男人。"闵东青惊讶道:"真有这样的女人?哪里是找配偶,明是在找金山!""咳,这世上啥人没有?滨江就是个游乐场。"朱丽茵的大波浪头发摇个不停,一边摇一边嚷嚷,全然不顾老黄的反应。"姓牛的大言不惭,动不动以高贵的女皇自居,盛气凌人目空一切颐指气使,笑这个训斥那个,特别是爱在人面前摆谱充大炫耀吹嘘,我以前在酒桌上见到男人喜欢乱吹,没想到牛某这样的女人也喜欢吹,而且吹得不知天高地厚,爱花别人钱都不说了,就说话那态势,人家公务员哪受得了?就这样她还沾沾自喜洋洋得意,还一直在挑、一直在选,还想着高上再高地找男人。虚荣虚伪,无德无耻,花起别人钱来毫不手软,到处骗饭吃,十足的饭油子!经常吃着碗里,看着锅里,干什么都贪婪无耻。"老黄吐吐舌头,变脸失色地走了,但找到发泄口的朱丽茵显然意犹未尽:

"……我就说了,老黄她爱听不听拉倒,反正牛婷低俗肤浅、愚蠢任性、贪婪无耻、自恋自负,明明都成残羹冷炙,成洗脚水了,什么鸡嫌狗不爱的垃圾,还以为自己是鲜活的一朵花。听说单位上有人骂她牛婊子!前几天她又跑来找我,我说已经没资源了。对了,牛婷好像还和我们学校曾叶林老师的什么亲戚处过对象,结果没处好,人家早就扬言要教训她了!认识这样的女人真是我的耻辱,我以后再不给人介绍对象了。咱总不能去害人。"

等朱丽茵炮火开尽走远了,张懿恒又说起论文的事情。"不不不,我坚决不写,没得商量。咱们就这样约定了。"闵东青的脑袋激烈摇晃起来,还是那副断然拒绝的样子。张懿恒知道这个人虽然呆,但也呆得可爱,有着自己的追求。闵东青常常把"士不可不弘毅"挂在嘴边,这几乎成了他的口头禅和座右铭了,和张懿恒一样,他也出身农村,都是靠苦学一步步上来。板凳要坐十年冷,文章不写一句空。古典文献学专业本来就需要在青灯黄卷中跋涉,寻章摘句,校勘查对,归纳考证,是个冷门专业。闵东青很刻苦,也很上进,平日读书上课吃饭三点一线。滨大有两个人最勤奋,一个是张懿恒,弃杂念,远俗务,经常在画室里练笔,沉浸在自己的丹青世界中。另一个就是闵东青,天天在文科楼的教研室里爬格子,求索于书山文海之间。每夜深人静,张懿恒从画室里走出,拖动着疲乏的身子,回单身公寓楼的时候,还看到文科楼四层窗户上,一个弯腰驼背的身影在伏案劳作,不用说,那一定是闵东青,全文传学院,除了他,没有第二个人把公共教研室当家的。

清明节后的一天,张懿恒上了文科楼,叫闵东青一起回去休息。两人说着说着就提到现在发论文的困难。张懿恒说现在手中有好几篇论文积压着都发不出去。闵东青说他参加工作几年来,也是写来写去,写了改,改了写,挑出几篇自己满意的,又仔细做了注解,但投稿后都石沉大海无消息。"哎呀,太难了,我们这个学校平台低,很多刊物编辑,比如一些重点大学的学报编辑给我回复说,他们只发比自己高档的学校老师的论文,滨江大学根本就不算什么。我前两次评职称失败,重要原因就是论文档次太低,缺少权威期刊的论文。"张懿恒说着心里难受。闵东青也连连叹息:"唉,都一样,现在的编辑都很势利,发论文看人也看单位。这几年我心灰意冷,都懒得写论文。"张懿恒问是不是上次有个好刊物,说只要交五千块钱版面费就给你发?闵东青说是的。"这种机会我想有都没有,要不你还是交了钱发吧,你看现在发论文多难!"张懿恒好言相劝。"不不不,我坚决不交版面费,我这辈子就是不评奖,不上职称,不当官,也坚决不发那种论文,简直败坏学风,有辱斯文!"闵东青说着就立刻站定身子,眉毛倒竖,语气决绝。

一阵风吹来,窗外的木棉树叶子哗哗作响。张懿恒想起已故的周宗儒,再看看身旁闵东青坚定执着的样子,心里便感叹:我已经够孤高倔强了,怎么还有比我更孤高倔强的呢?

行走的荷尔蒙

回到艺术楼的时候,张懿恒看见楼上橱窗里贴满了公告,阳台上也打满横幅,都是让人热血沸腾的文字,他知道这是丁雄伟按照学校要求统一张贴,全校现在充满了这样的宣传。去年省里领导视察后做出指示,滨大要建成高水平大学,滨江市委当下就拨了十个亿,校领导高兴得一个星期睡不着觉。今年省里又要求滨大要建成高水平大学的标杆,滨江市又许诺三年内投资三十五个亿,以便五年之内滨大进入全国二十强。这几天滨大校园到处机器轰隆,人声鼎沸,校园环境大改观,人才队伍大建设。光艺术学院现在都近百老师了,当然理工科进人更猛,一个计算机学院,短短两年,师资就从三十人猛增到一百八十人。

"扩建,扩招,扩充,滨大步入了快车道。这下好了,校领导恨不得跑步进入共产主义,大步流星高水平呢!""有钱好办事!""正如廖兄所言,扩建,扩招,扩充,这几十亿会成就滨大的美名,也会肥领导的腰包。""听说封弘道又上告了,告校领导乱花钱。滨大因为高建问题挨批了。"廖慈志、李光头、韩灵光一见面就聊起来。李光头说滨江著名的皇瑰酒店,服务到位,功夫一流,校领导是常客,这几年领导碍于议论,不亲自光顾了,但老板很快改变模式,直接对特殊顾客特殊服务。韩灵光问怎么个特殊服务?李光头在一棵桉树下站定,说:"那还不简单,直接送货上门嘛!"廖慈志呵呵道:"老李你怎么净把假话当真话传播?好歹是个高校教师!"

看见张懿恒,三人哼哈着正要说什么,郑宇智过来了,在送给大家一人一瓶饮料后,这位生意人招呼道:"今天是程怡雪的个人演唱会,我们去捧场吧。"

学校大礼堂里座无虚席。舞台上方横幅高挂,横幅上"青年音乐家程怡雪演唱会"几个字分外醒目。音乐响起,紫红色的天鹅绒大幕缓缓拉开,程怡雪走上舞台中央,领首微笑,手臂伸展,她的礼服亮眼,她的身姿有致,像花朵盛开在舞台中央,全场掌声雷鸣。张懿恒看看台上,简直不敢直视。程怡雪这几年大红大紫了,年纪轻轻就是滨江大学优秀教师、滨江市青联副主席、市音乐家协会副主席、市青年音乐家协会主席等,走到哪里都是掌声一片鲜花一片。音乐会共上下两场,演唱的都是她的拿手曲目,比如《圣洁的阿依达》《饮酒歌》《善变的女人》《在这暗无天日的地方》《复仇的火焰在我心中燃烧》等,几年过去了,程怡雪的嗓音还是那么甜媚动人,唱花腔时,依然高宽厚亮,让人陶醉不已。音乐会结束,观众仍然掌声不断,久久不肯离去,程怡雪又临时加唱了三首:《星光灿烂》《为了艺术为了爱情》和《奇妙的和谐》。演出无疑是精彩的,闭幕的时候,市长、校长、副校长、艺术学院肖院长、院党总支浦书记都依次走上台去,笑吟吟握着程怡雪细长白皙的手,口里念叨着同样的话语:"小程啊,领导好选,但艺术家难得,祝你艺术之树常青!"话未说完,程怡雪就哭起来,感动的泪花像清泉一样纵情喷泻。

看到这里,郑宇智对张懿恒说:"走吧,作为同事,我们也算尽了人情了。"出来的时候,车开了好一阵子,两人都不说话,最终还是郑宇智打破沉默,看看窗外闪烁的霓虹灯,他突然问张懿恒:"程怡雪现在光焰万丈,势头早已压过了我们,可是你觉得她现在幸福吗?"

程怡雪能不幸福吗?演唱会获得圆满成功,整个演出中高潮迭起掌声不断,那么多的领导都亲临祝贺。不用说,明天的《滨江日报》、滨江电视台、滨江网等都会重点报道的。张懿恒正想回答,忽然看到郑宇智的眼神怪怪的,于是就说台上一分钟,台下十年功,程怡雪确实付出了辛苦努力。郑宇智又问:"别哪壶不开提哪壶,我是问你她现在幸福吗?"再次听到幸福这个词,张懿恒下意识想起程怡雪的司机丈夫,听说那人好酒成性家暴不断,于是心里像被什么咬了下,但还是克制着说:"还可以吧!程怡雪向往高贵,她总算高贵了,你看,今天多风光,市长都来了……""她高贵个屁,那是装出来的高贵!"郑宇智猛然提高声调,眼睛盯着张懿恒,紧跟着又问,"你们似乎有过交往,睡过好几次吧?"

张懿恒觉得郑宇智今天情绪不对劲,是他邀请自己给程怡雪捧场的,当然也确实捧场了,他们都看到了程怡雪的高光时刻,但一出来郑宇智怎么这种反应啊?连续问了几个让他摸不着头脑的问题!当感觉到对方话中有话时,张懿恒很快冷静下来,漠然一笑,随之就反问:"简单交往岂能没有?但话说回来,你觉得程怡雪会和我睡觉吗?"郑宇智停下车子,夜色一如既往的安静,面前这个男人也一如既往的平庸简朴呆气十足,他再熟悉不过了!的确,按照常理,张懿恒这样的人肯定不会入程怡雪的法眼。郑宇智摸摸方向盘,紧跟着就说了句:

"她和我睡过觉。"

张懿恒后背一凉,不知该说些什么,突然想到郑宇智和程怡雪都爱唱歌,当初的迎新会上就好好表现了一把。夜色迷蒙,星光隐隐,张懿恒简单哦哦两声,随之把头转向天边,显得很不感兴趣的样子。郑宇智倒是不吐不快:"是她主动找上门来的,你想不到吧?她一参加工作,就先找的我。她知道我家世代经商,也知道我刚从国外回来,以为我家很有钱,其实我家那时已经破败了。……我经的女人多了,还没发现这么有心机的女孩。她不适合我,不会给我带来幸福,所以睡了几次,就很快拜拜了。不过,我看得没错,这种女人很快就上位了。"

郑宇智身材壮硕,再加上长长的浪人头发,又很会穿衣服,使得他颇有艺术家气质,特别是走路腰板挺直,不紧不慢,眼神冷峻而犀利,更令他比名模还名模。据说郑宇智刚到滨大的时候,很多老师都被惊呆了,背地里都喊他是行走的荷尔蒙,据传至今仍有很多女老师暗恋他。形象英俊又花钱大方,郑宇智也的确很讨女人喜欢,他有很多女朋友,这其中包括跟着他学油画的女弟子,但郑宇智有个原则,从不在滨大校内乱来,这与丁雄伟不同,丁雄伟和女学生的关系总充满暧昧,为此没少挨老浦的批评。

郑宇智看着茫茫夜色,声音冰冷得像三九的寒风。"真没想到,我经过的女人丁雄伟都愿意,校长也愿意,看来他们都喜欢吃剩饭喝泔水。"张懿恒心里复杂至极,每根头发都在跳动,想笑却笑不出口,他知道此时郑宇智的心情不仅仅是愤怒和嘲讽,还很复杂很诡谲。

"上周我出席林和兵的婚礼,新娘我想不到,你更想不到。"

"谁啊?"张懿恒问。

"就是那个郑教授的老怪女儿。"郑宇智很快就感叹林和兵心眼不是一般的多,戒心太重,怪不得当初不让你们直接联系。他现在炒房发家,政治上又备受重用,一切顺风顺水,整个人重新投胎了。

张懿恒赶快转换话题,说起了庄焕明借钱的事情,最后转述了朱丽茵的评论:

"哎呀,如今的庄焕明已经被拿捏住了。没想到,一个小小的工会副主席的名分,就把堂堂大学老师变成了一个马仔,一个小喽啰,一条摇尾乞怜的哈巴狗。自从读了悔过书之后,他就像换了个人,工作特积极,见了领导就跟见了救命恩人似的,别说对肖子业,就是对老浦、对丁雄伟,都是鞍前马后任劳任怨的。现在只要人家一个眼色,庄焕明马上就像狗一样汪汪奔跑,可忠勇往前了。"

"没错,穷人永远是穷人!"郑宇智不屑地哼一声。

第二天早晨,空气中满是茉莉花的清香,经过教学楼的时候,张懿恒看见图书馆前面的草地上,卫风之一袭白衣,正在打太极,招式沉稳又不失飘逸洒脱。正想多欣赏一会儿,不远的行政楼里,忽然传来激烈的声音,不一会儿,有个西装革履的人下来，看背影像是封弘道。张懿恒明白了几分，便说滨大这几年越来越热闹了，谁想置身事外都难。卫风之说："纨绔不饿死，儒冠多误身。你们年轻人需要历练，我老了，已退休好几年，早遁身桃源，身体平素就不好，现在能保命就不错了。""我很羡慕你云中君的生活。"张懿恒说着就一个弹跳。

几个保安骑着摩托车飞奔过来，一人手里一个大棒，张懿恒问怎么了，保安回答说教室里跑进一只流浪狗，正准备打死了炖狗肉呢。一听这话，卫风之跟着上去了。几分钟后，几个保安簇拥着卫风之下来，边下楼边叫喊："卫老师，你真是菩萨心肠，连打狗都看不下去。"等保安走远了，卫风之说给了他们三百块钱，让把狗放了。"卫老师温软如绵，柔净如水。别说亲自动手，就是看别人下手都不忍，太慈悲了。"张懿恒赞不绝口。卫风之呵呵两声，说听见动物哀号的声音，他心里就难受，接着就问最近学诗如何啦？说着非要拉他去喝早茶。

早茶店里人来人往，恰好碰见霍启然，三人就一起坐下。前台经理过来，叫了声老师好。张懿恒顿时乐了，原来是尹柯。尹柯说这酒楼是他家开的，让随便点菜，不要钱。张懿恒哪里肯依，正争执着，卫风之指指前台桌子上一块石头，吟道："爱此一拳石，玲珑出自然。溯源应太古，堕世又何年？有志归完璞，无才去补天。不求邀众赏，潇洒做顽仙。"然后说这是曹雪芹的《题自画石》，问能不能画出来？张懿恒说可以试试。

尹柯拿来宣纸笔墨，张懿恒当下就画起来。这一画，食客就围拢过来，各种议论都有。卫风之正要收画，尹柯问这幅画能不能给他，张懿恒正犹豫，卫风之挥手说喜欢就拿去吧。然后问最近如何，张懿恒回答说活得很累，于是说了房贷的事情。霍启然也是一肚子苦水，说他这几年很压抑，早就想辞职了。张懿恒问找好单位了没有。"找了好几个，都是比滨大还差的学校。你说咋办呢？"霍启然嗓音低沉。

"兰之猗猗，扬扬其香。不采而佩，于兰何伤。"卫风之笑笑，又吟道，"南轩有孤松，柯叶自绵幂。清风无闲时，潇洒终日夕。阴生古苔绿，色染秋烟碧。何当凌云霄，直上数千尺。"张懿恒说这诗好，他很喜欢，卫风之问为什么喜欢，张懿恒说反正就是感觉好。卫风之说这是李白的《南轩松》，问能不能再画，张懿恒说改天吧。尹柯过来，说了两句突然从背后抱住张懿恒的脖颈道："老师，帮帮忙吧!"

尹柯说要评助学金了,希望老师帮忙,到时候考试多打几分,期末好评助学金。"我家里情况其实不好,你别看这个酒楼很大,其实亏损好久了。家里都指望这个助学金呢。"这么一说,张懿恒顿时僵住了,他没想到学生能这样讲话。卫风之赶快打岔:"小张,你刚才那个画法是学黄宾虹吧,黑乎乎一团,普通人是不喜欢的。"霍启然也神色忧伤道:"张博,你和方希妍的事情我都知道了,你们单位没有人说你是坚持原则,反而说你不近人情,把学生看得太重,其实大可不必,你看这几年滨大的师生矛盾越来越严重了。"一听这话,尹柯马上走了。

卫风之问:"一要生存,二要温饱,三要发展。这是鲁迅先生的人生观。你们怎么看?"张懿恒想了想说:"在今天的我们看来,生存不是问题。但生存不是活命,不是鲁迅先生批评的'苟活',发展也不是放任自己的欲望,而必须守护'活着'的尊严和心灵的信仰。所以我认为人还是要坚持一定的信仰和修行。"霍启然看看他笑道:"鲁迅先生也说《三国演义》欲显刘备之长厚而似伪,状诸葛之多智而近妖。我看还得再加上一句,尽关羽之忠义而像愚。""迥若千仞峰,孤危不盈尺。早晚他山来,犹带烟雨迹。贞坚自有分,不乱和氏璧。"卫风之呵呵着又吟诗。

尹柯半天不来,张懿恒去买单,这才发现后面桌子上一男一女,坐得很近很亲昵,原来是丁雄伟,那个女的呢,好像刚睡醒的样子,仔细一看,原来是万悦儿。张懿恒本想打个招呼,但万悦儿似乎发现了什么,脸一红,很快闪过身去,明显在躲避他。

回来的路上,经过一片小树林,远远听见一阵乐器声,走近才发现湖边乌桕树下,有个人麻衣如雪,抱着个中阮弹得正欢畅。卫风之连连拍手:"哎呀,老兄,没想到你还有心情弹这个?""我的心情一直很好!"弹者转过身来,目光和湖水一样平静。

"刚刚我看见有个人从行政楼下来,是你吧?听说……"

"没错,正是在下。你不用听说,就是事实。刚刚行政楼对我开批斗会呢。纪委书记拍着桌子对我严厉斥责,扬起厚厚的一叠材料,说都是举报我的。我这人行为恶劣,影响太坏,学校为此已经开过专门会了,要处理我。我现在已经被停职停课了。"

"怎么处理？"

"纪委的人说对我的审查已经告一段落,初步处理意见是要么留校察看,要么开除公职,给我五天时间思考,如果认错态度好,能做出深刻检讨,可暂不开除公职。"

卫风之笑起来："你现在臭名昭著声名远播了。"封弘道也笑起来："他们这几天还组织了校学术委员会的一帮人,说是要开会投票,剥夺我的教授职称。""这可是大事,那你怎么办？""怎么办？学校还下令各二级学院各个部处开会批判我呢！就是要批臭我,打倒我,让我成为过街老鼠。"封弘道仰天长啸,顺便拿起手中的中阮拨了下,张懿恒顿时听见丝弦断裂的声音。卫风之抚阮轻叹："说什么宠辱不惊,老封,其实你早已身不由己了。"

批判会

和其他学院一样,艺术学院也召开了全院教师大会。"封弘道目无组织,告状成瘾,不从学校团结发展大计出发,反而张口打黑,闭口打假,实际是诬陷和祸害。他现在已经成为十足的疯狗,到处乱咬人。很多师生呼吁将此人开除出滨大,组织上现在也收到关于他的很多举报材料,经过学校严格审查,封弘道本人的问题是严重的,主要表现在……"在照本宣科讲了几个问题后,老浦看看大家,板起面孔道,"遵照校领导的指示精神,我们召开全院大会,深入批判封弘道的错误行径,就此引以为戒。"

"封弘道怎么啦？我原以为那人是个祸害精,是个到处拉屎的苍蝇,可是现在人家告了一个又一个当官的,都赢了,连滨江市中级人民法院都判决了！"

"为什么？"

"苍蝇不叮无缝的蛋,人家封弘道告得有理有据,材料都是确凿的。滨大这几年选拔干部一个比一个有问题,那些院长、处长本身就不干净,封弘道只是拉开了潘多拉盒子。"

"学校这几年对外宣称博士年薪二十万,教授年薪四十万,可实际发到手里的不到一半,什么待遇啊?老师们在两个校区来回上课,去年的车补到现在都没兑现。往返班车也时有时无,好几次我在老校区上课,晚上还要自己打的回来,车费一百多块,谁给我报过?"

"滨大这几年占山为王,自成一统,干什么都无法无天,好不容易出了个勇敢的封弘道,就说人家违法乱纪,还要以行政手段整人害人,这叫什么话,哪有这样办大学的?!"

青年教师彭凌杉首先发言之后,老师们纷纷附议,一发言就收不住,钟教授高声说句:"批判封弘道,依法治校!"满会议室的人热烈鼓掌大笑。老浦也笑了,赶紧转换话题。

老浦提到打铁还需自身硬,别的暂且不论,先要把艺术学院自己的事情办好,特别要加强师风师德建设,现在很多老师不负责任,上课敷衍塞责。上次学院搞了个问卷调查,结果发现学生对老师很不满意,提了很多意见,一些勇敢的学生已经开始投诉,除了学院这里,还投诉到校党委、学生处、团委和组织部等。老浦说着就敲敲桌子,要老师爱岗敬业,谨言慎行,努力上好课,不然的话学生还要进一步投诉上告,说着就让丁雄伟把学生的意见发给老师传阅。

学生的意见当然是针对各个授课老师的,尽管具体哪个老师都被丁雄伟匿名了,但汇总后的意见在艺术学院微信群里发过后,明眼人一看都知道学生说的是谁谁谁,而且所谓意见,全都是说老师的不对,张懿恒感觉气氛陡然紧张起来,果然,很快有人发言了。

"老浦,你讲这个话,本身就有问题。在座的哪个老师敢不负责任,敢不爱岗敬业?拿了这份工资,就要对得起这份工作。教师其实是天底下最老实最诚恳最无私的工作者,这是由职业决定,也是由知识结构决定,不是由人格素养决定。因为老师天生承担着传承祖国文化、培养接班人的重任,谁敢不踏实勤奋备课上课,谁敢不尽职尽责完成任务,谁敢不厚生爱民善待学生?不要动不动把问题归到老师身上,固然要管好老师,但也要管好引导好学生。"

邹金贤说完,大家都嗯嗯不已。邹老师上课认真负责,对学生要求很高,批改作业一丝不苟,工作执着努力,因而年年评教名列第一,是院内外公认的优秀教师,是艺术人的骄傲,但是偶尔也大大咧咧,不拘小节,自诩有北大血统。那天他光着膀子独自在教研室,结果被几个打扫卫生的女生发现了,尽管他很快穿上衣服说了两句,但女学生还是相互簇拥着,很快告到老黄老浦那里,说邹金贤师德师风有问题。张懿恒经过艺术楼的时候,远远听到邹金贤跟老浦理论,不用说,他在为自己申辩呢。

"我们学院政策导向有问题,现在每个班都安排监察员、安全员和信息员,动不动就组织学生给老师提意见。教务处每个学期又组织课堂教学评价,让学生再给老师提意见评分。因为是匿名的,学生基本都乱提意见,特别是那些女生,提到老师,没一句好话。""朱大姐你怎么知道?你张口闭口女生爱提意见,该不是有性别歧视吧?"庄焕明说完,朱丽茵立刻反驳:"什么性别歧视?你不要胡扯。我们的学生小小年纪也知道拈轻怕重,一旦给领导提意见,没一句坏话;一旦给老师提意见,就没一句好话。你忘记你自己了吗?"

"小朱说得对,我们的学生素来有事没事,都要投诉老师,告老师的状,给老师提意见,这个风气很不好。"娄静斋也有意见。上次他没吃早餐,课间休息的时候,就跑到教室外面,赶紧吃个苹果充饥。结果被学生看见了,马上告到教务处,说他上课吃苹果,行为很不雅,最后还告到校党委、校办去,强校长为此找他谈话,要他注意影响。"我在课间休息时吃个苹果怎么了?哪里不雅了?我不吃苹果,这么大年纪,一旦血糖偏低晕倒了怎么办?学生不是咱爹咱娘,凭什么他们说啥就是啥?"娄静斋委屈地叫起来。

钟教授也说学校要转变观念呢,不是说学生不能对老师有意见,但问题是行政部门要学会正确引导学生,他感叹自己在内陆高校多年,从来没见过滨大这个样子。这几年虽然不断发展,但也积累了很多问题,比如说管理混乱,治校落后,选人用人没个准,政策又朝令夕改,老师的怨气大!光是教师村的房子质量就很差,入住才两年,墙皮就不断脱落!

"学校纪委平日收到干部的投诉信告状信,只要是匿名的,从来都不予受理,而学生告老师,不管匿名不匿名,领导都批示要严肃处理,下面的人也如获至宝,一律认真对待,追查不休。你说搞什么双标啊?咱们到底在助长学生怎样的行为啊?好好的孩子,被教成什么样子了?"朱丽茵说完,彭凌杉也进一步举例,说滨大每个学期都组织学生给老师提意见,通过开座谈会、班会,组织课堂教学评价和问卷调查等,方式应有尽有,目的就是严查老师的不当言行,可是怎么不组织任课老师给学生、给校行政楼的官员提意见？然后说他写了很多信,投诉教务处排课不科学,投诉网络中心服务意识差,投诉后勤集团热水供应有问题,别说如何处理了,学校至今都没任何回复。

"学校这样做,其实是在鼓励、怂恿和助长学生的行为。一个高校,到底是行政管理人员重要还是老师重要？如果没有这么多上课的老师,就凭那些行政人员,大学能办下去吗？"邹金贤站了起来。

老浦赶快敲敲桌子："邹老师,你这话说得不对。另外学生作为公民,有权对教师的错误言行进行检举。这个不应该责难学生。"

"是不应责难学生,但你混淆了检举与告密两个概念。检举是向司法机关或其他国家机关揭发违法犯罪行为。告密一般是告密者利用同属于一个系统或团体人员之间的信任关系,为达到自己的个人私利而将信息外露或上报,给对方造成不利的行为,告密的内容往往不一定是违法犯罪行为,所以说,告密有时也叫'出卖'。照本宣科的老师是庸才,真正的老师上课往往比较个性化,因为尽信书则不如无书,好老师往往注意启迪学生的独立思考能力和思辨意识,但如果随便几句天南海北的谈论就被学生断章取义地告密,这是不道德的,甚至可以说是大逆不道。"

邹金贤刚说了几句,白洁清就赶快阻止："我觉得老师本身也有问题,能不能先检查自身？"但她很快被邹金贤打断了。

"之所以说学生告密是大逆不道,首先,它从根本上伤害了'师道尊严'。我们中华民族之所以伟大,是因为从古以来都传承着尊师重教的光荣传统。'凡学之道,严师为难,师严然后道尊,道尊然后民知敬学。'教育兴则国家兴,故有一日为师,终身为父之说。老师的培育之恩不认,恩将仇报,则禽兽不如。老师即使偶尔讲错话,请注意我说的是偶尔,学生如果有良知,会善意提醒老师,而不是举报。就像前面几个老师说的,滨大现在搞什么信息员、监察员,这种不确定性会使人处于恐惧和焦虑的状态中。一个经常有人'打小报告'的班级,气氛一定紧张不安,同学间、师生间一定疏远戒备,甚至互相猜忌和仇恨。其次,大学之道,在明明德,在亲民,在止于至善。教育本来是为了培养好人、真人、善人、贤人,但如果有意安排学生窃听和告密,这就使得学生之间相互仿效,因为既然告老师的密可以获利,那同学的密当然也可以告,同学之情就会因告密而消亡,当然也会销蚀老师的真诚与善良。因为既然学生是来监视老师的,那老师就战战兢兢如履薄冰,生怕一句话不慎,就被学生找碴寻衅,甚至上纲上线到政治的高度。这样的话哪个老师还会在课堂上循循善诱举一反三,还会诲人不倦教而不厌?长此以往,老师们见了学生如同见了间谍,上课还会真情洋溢吗?不用说,都会装模作样巧言令色,都会照本宣科浅尝辄止,都会假话套话空话大话连篇,追求应付差事得过且过,甚至还会'以恶制恶',同样监视和告发学生。培养来培养去,师生都成了犹大。试想这还是教育吗,还能为国家和民族培养出合格的建设者与接班人吗?"演讲到最后,邹金贤发出雷霆万钧的呼号:

"——当然不能,因为这是教育的彻底异化、彻底失败。一个跪着的老师怎能教出站着的学生?"

大家纷纷鼓掌,一石激起千层浪,邹金贤今天大放光彩,他这炮开得好。邹老师脾气急躁了些,人却没的说,虽然职称没上去,但专业功底好,上课更是公认的严肃认真,日常工作中淡泊名利,什么好处都让给年轻人。邹老师爱教书爱育人,为人行事爱憎分明,疾恶如仇,当仁不让,对学生充满父辈的关爱和倾注,平常再苦再累,只要一走上讲台就精神焕发。张懿恒好几次看到他上午和白洁清吵架了,但下午上课依然笑容满面神采飞扬。"来滨大学问虽然没有了,但当老师的良心还是要有的。"邹老师是这么说的,也是这么做的,因而赢得不少尊重,大家都说他厚道真淳,有一种老学究似的执着和坚强,不像庄焕明那么水,那么贫。

老浦脸色阴沉不吭声,庄焕明看看张懿恒,不断挤眉弄眼。其实不用他提示,张懿恒也明白:滨大官多,不说别人,老浦现在自我感觉越来越好了。比如在师生关系上,当普通老师的时候,老浦原来一提起学生就摇头,到处讲给学生上课是喂猪呢,可是当了领导后他不这样讲了,处处以学生的代言人自居,按理说这也无可厚非,但现在只要听到学生针对老师的任何意见,老浦就觉得来劲,据说他曾和同僚交流心得:以此为据,可更好管控老师。肖子业简单总结了两句,就赶紧说散会。

眼看着大家都要下楼了,老浦突然想起了什么,急忙招呼:"等等,党员老师回来,我还有几句话要补充!"等到老师们不情愿地折回会议室。老浦没说几句,忽然"噔噔噔"冲进一个人,甩出一张表格,朝老浦厉声喝问:"为什么不让我返聘?"大家一看就乐了。

返　聘

老金退休了,但还是想着要返聘,前几天已经交了返聘申请,就等着领导签字。往年是只要填个申请表,由教务处处长签字同意就可以了,但今年学校新出台了规定,返聘申请表要先经过主管人事的学院书记签字,再经过院长签字后,方可交给教务处。刚刚丁雄伟通知老金说学院经过讨论,认为课程老师已满员,不再返聘了。老金顺道就来了艺术楼。艺术楼是一栋白色的苏式建筑,老金对此再熟悉不过,他在里面主政将近十年,临到功成身退的时候,突然就被免职,想起来至今都生气。等上了三楼的会议室,看见老浦正在主持会议,老金顿时就有了别样的感觉,要知道,这个位置,原来坐的不是别人,正是他金秉章教授。

"哦?"正在讲话的老浦说了句,"你好,嗯,这个嘛,组织已经研究过了,今年你的课没人选,所以就没有返聘。我们正在开会,你先……"其实一看见老金进来,老浦就知道怎么回事,也知道怎么回答。求别人和被人求的感觉是不一样的,他们彼此非常了解,只不过现在角色转换了。

"谁说没人选?那么多学生都来问我。"老金又问。

"哦,这个嘛,嗯,嗯哼。"被邹金贤将了一顿,现在又碰上个老金。老浦的心情很复杂。他临到退休,才捞了个书记当,也算是正处级干部了。尽管这个正处级滨江市委不承认,但好歹是滨江大学任命的,所以老浦现在一出去,名片上都印着著名书法家、滨江大学艺术学院党总支书记、国家书画协会高级会员等字样。至于单位上,他平时只管党务,党务事情本就不多,再说年纪大了,他也不想做事情。现在院长的权力越来越大,而丁雄伟的势头也越来越猛,什么事情都要插手,老浦也明白,但他不在乎这个,丁雄伟爱咋就咋,反正有院长管着呢!当然,对该在乎的,老浦还会在乎,比如对老金的返聘申请,他就觉得这个签字权必须拿捏好。

"怎么去年不经过学院我就能返聘,今年一经过二级学院,我就返聘不了啦?学校不是有文件吗,像我这样的名老教授,可以延长返聘的。"

"返聘不返聘,要看学校的需要,我个人无法决断。"

"我再问一句,这个返聘申请,你签还是不签?"

"你咋这样讲话呢?简直不可理喻。"老浦知道自己必须把架子摆好,把气势拿足,这样才能把失去的尊严找回来。三十年河东三十年河西,多年的媳妇熬成婆,当了官,就要有个官样,何况自己这个官已经当了好几年,今天又适逢开会,当着这么多下属的面,更要拿捏好。老浦想着,腰板就挺得笔直了。

时值五月,太阳灼热,空气中弥漫着一种难挨的气息。老金感到脑子嗡嗡乱响,刚刚吃了剁椒鱼头的他正辣得火烧火燎。而老浦的态势又加剧了这种火烧火燎。老金感到血液流动加快了,剁椒的味道也借着闷热的天气,迅速上升,从胃部到头部,一阵阵刺激着他的神经。

"学生已经选好课,我也准备好课件了,你如果不签,这门课就算作废了。"

"这个学院已经研究过了,组织决定,我岂能违背?!"

老浦面无表情,看也不看老金,就直挥手:"我们正在开严肃的党员会呢!你先请便。雄伟,雄伟,你过来下。"显然,他在下逐客令。

对于一个退休的人来说,是不可能对领导唯唯诺诺的,特别是行伍出身的老金。"放你妈的狗屁,少装蒜!什么研究过?其实就是你个人决断!别以为我不知道。"老金吼着手指便刺向老浦的鼻尖,老浦急忙挥手去挡。"哎呀,你怎么动手打人啦?"老金话音未落就奋勇反击。

老浦被扇个耳光,脸上顿时留下五个血红的指印,像老虎的花斑纹一样醒目,他急忙招架。"妈的,不就是为了工作嘛,龟儿子你就这么小气。"老金叫着一拳又打过去。老浦的眼镜掉在地下,慌乱中,他拿起茶杯扔过去,旁边的老师纷纷躲避。"你以为你是什么东西?无耻的官痞,把党的脸都丢尽了。"老金骂着又顺手一推,老浦连人带椅子都摔在了地上,满身脏兮兮的,真成泥狗泥猪了。

听到会议室噼里啪啦的声音,隔壁老黄跑过来,发现老浦已经从地上爬起来,很快和老金扭打在一起,旁边的老师劝都劝不住。老黄吓得连连尖叫:"快,快来人啊,报警啊!"但闻声而至的肖子业一个眼神就把她制止了。

——两个教授打架也挺好玩的。老师们都没想到艺术学院的批判会开成了擂台赛,会议室也成角斗场了。

一直到几天后,林和兵还在不断追问张懿恒事情的具体经过,要他把现场经过具体描述一遍,但现场的目击者显然不止张懿恒一个,其实大家关心的并不是怎么打架,而是事情最终怎么解决。一个星期后,当张懿恒再到教研室的时候,大家显然谈兴正浓,当然,领导挨揍尽管人人皆知,但可不是该谈论的内容。

"这几年扩招,什么人都进了高校。学生一多问题也就来了,现在的老师不好当啊。"

"让老师安心工作是个问题,现在新校区地处荒山野岭,交通不便,年轻老师找对象是个难题。贫穷并不可怕,但孤独会把人压垮!"

"咳,找对象可别找滨江人。吃喝特别讲究,一天到晚连续三顿白米饭,每顿饭都要有鸡鸭鱼肉,有虾有汤,一顿不吃肉都不行,此外还三天一海鲜,五天一烧烤,咱这小农的胃口,哪里受得了?上午吃了肉,下午我都消化不了。我说吃肉次数不要那么频繁,隔开两顿吃行不行?结果人家一顿臭骂,张口闭口都是我吝啬小气。"

邹金贤刚说完,白洁清就从旁边闪出来,脸色突变,直接冲到门口,噔噔噔下楼了。大家都不吭气了。谁都知道,邹金贤和白洁清最近在闹家务纠纷。

黄昏的时候,廖慈志吃完晚饭,散步时碰见了张懿恒,就小声问:"你知道邹金贤这几天为什么频频放炮?"张懿恒说不知道,其实他隐约听说了邹金贤被学生投诉的事情。别的学校都在精简机构,唯独滨大却不断扩展,臃肿化办学,不就是为了多安排职务多提拔些官员嘛!邹金贤上课讲了这几句,很快被学生录音,告到教务处告到院长告到校长那里去了,盛传学校已经开会研究过,马上要进行通报批评。

一阵热风吹来,廖慈志擦擦额头的汗水,说学生其实有权利反映问题,就看方式是否合适。张懿恒也提到谁都有说气话的时候,很多老师都是刀子嘴豆腐心。其实就算邹老师说过头这话,学生提醒一下就是了,何必处处上告?搞得人压力很大。"这年头,老师不好当啊,搞不好我们都有邹老师的那一天!"交流到

284

最后,廖慈志摇摇大脑袋,来了句:"白洁清现在是副主任了,邹金贤要归她管,也真有意思。"

"学生值得你当回事吗?只要上课不点名,考试不认真,登分时全班通过,一切就皆大欢喜。"庄焕明过来了,嬉笑几句,就挥挥衣袖,指指远处的行政楼,"说正事吧。校党委已经开会研究过了,以十个亿的价格,把滨大城市学院卖给莫氏集团了,现在莫家人正招兵买马另起炉灶,以后城市学院和滨江大学就脱离干系了。听说莫家人现在打着教育兴学的幌子,正在找地方盖校舍呢。"廖慈志也跟着笑起来:"公立学校弄权,私立学校赚钱。上次的三十五个亿很快花光,现在城市学院又卖给莫氏家族,这下滨大说不清了。"

尽管已接近傍晚,但天气依然炎热,没有一丝凉爽的感觉。风停了,空气似乎凝结了,很快,大家有一种捂在棉被里的郁闷感觉,四周静悄悄的,蛐蛐停止了歌唱,连蚊子也无踪无影,只有远处的桉树在肆意疯长着。

第十一章 黑夜

嫡 孙

两个教授打架的事情闹得沸沸扬扬，轰动了整个滨江教育界。老金最后还是没有被返聘，但学校给他另安排了工作。在校领导和肖子业院长的调解下，老金和老浦最终以协商的方式解决纠纷，两人互相承认过激之处，各自赔偿医疗费，事情就这样平息了。大家纷纷谈论：幸亏没有报警，没有诉诸法庭，不然麻烦就大了。老黄也说肖院长当时就指示：报什么警？家丑不可外扬，人民内部矛盾内部解决。"还是院长站位高远！"老黄最后赞叹。

尽管如此，艺术学院、老浦老金、教授打架，这几个关键词还是成为他人茶余饭后的谈资。面对外人的询问，艺术学院的人对此或笑而不语或避而不谈，生活很快平静下来，直到有一天郑宇智上完课来画室。"院长现在也改画国画了，卖得挺好，我也画国画了。说起来咱们学院那么多人，只有你是真正的执着。我看着都于心不忍！最近又在画什么？""临摹《秋山问道图》《庐山高》《桃源仙境图》十几遍了，这几天又背《春夜宴桃李园序》，累得很。"张懿恒答着便揉起了颈椎。各人的辛苦不一样，林和兵炒股发了，但也整天喊累。丁雄伟当官发了，但整天哭穷卖惨。朱丽茵牢骚不断，嫌绩效工资少，整天喊工作没意思，但照样和楚涓涓明争暗斗。画室里只有他们两个人，说到最后郑宇智话题一转："你可能还不知道吧？尿裤子的那位大发了。"

"不写,那样的论文我坚决不写!"

君子一言,驷马难追。自从和张懿恒约定后,闵东青博士确实也认真践行了他的诺言。他本就是个不善俗务的人,厌客套、弃应酬,平日里除了上课,基本上就是青灯黄卷,在故纸堆里忙活。他也确实喜欢古文献学,满脑子"岁寒,然后知松柏之后凋也"的思想。时光不等人,博士毕业六七年了,和他一起的同门、同龄人,很多都是副教授,甚至好几个都是科长处长了,而闵东青还是个小讲师,但他不在乎这些。众皆竞进以贪婪兮,凭不厌乎求索。那些人越是上得快,闵东青心里越是鄙视。渐渐地,他对周围人、对学界的不良之风日加排斥,别人如何相劝,他都听不进去,因为一开口,闵东青就自觉不自觉地拒绝写学术论文,拒绝报项目,拒绝参加各类会议。

"民生各有所乐兮,余独好修以为常。"每天一大早,闵东青起床后先背两句《离骚》,然后在操场跑两圈,吃过早餐,就背着包去教室,上完课再回教研室,到了饭点去饭堂吃教工餐。晚饭后,一般老师都在散步、聊天或者聚会了,只有闵东青依然会再去教研室或者图书馆,读读书,上上网,备备课,或者吟风弄月写点自己的小笔记,或者查找典籍阅览古书,一直泡到管理员敲门关灯的时候。静中得味何须道,稳处安身更莫疑。日子一天天过去,闵东青愈加生冷硬倔,他不交际,少宴游,不烟不酒,不抽不赌,也不谈恋爱不找对象,俨然躲进小楼成一统,不管春夏与秋冬。

朝朝暮暮,天长日久,书卷多情似故人,晨昏忧乐每相亲。闵东青整天读书备课泡古书,来回都在教室饭堂图书馆之间,过着三点一线的单纯生活。每当他从校园里经过,总有人指指点点:"看,这就是滨大的独特一景。"消息传到闵东青耳边,他依然我行我素,一副"世溷浊而莫余知兮,吾将高驰而不顾"的样子。学校毕竟是学校,包容性强,渐渐地,大家也就习惯了他。

暖阳高照,有一天闵东青在图书馆看书,忽然间阵阵喧哗,只见胖胖的强校长和老房他们簇拥着一个大腹便便的人走了过来,一群人边走边热烈交谈。闵东青知道又是什么领导来视察了。"背绳墨以追曲兮,竞周容以为度。那些人关我屁事,还不是来走过场,搞假大空那一套。"这样想着,他就继续低头看书。正看着,脚步声近了,等他抬起头时,那些人已经前呼后拥走到他跟前,中间被众星捧月的那位男子穿着高档藏青色西装,皮肤润滑,红光满面,大背头很有型,身材丰伟,腰板又挺得笔直,目光里透露出雍容持重、不怒自威的魅力。伴随着老房的介绍,男子走走看看,举手投足安稳康泰,偶尔插句话,发出几句指示性话语,身旁的人不断低头,拿出纸笔边聆听边做笔记,脸上堆满幸福的笑容,时刻不忘保持四十五度的仰视神情,这就越发衬托出男子的居高临下、气度惊人。

"这是辛副省长,这是我们的小闵老师,年轻人爱岗敬业,周末还加班备课呢!"不等老房介绍完毕,高大的辛副省长就伸出手,叫了声:"小同志,你辛苦了。"话音未落,旁边的人纷纷鼓起掌来,掌声热烈而响亮。闵东青一下子愣住了,眼前仿佛出现了巍巍高山,出现了浩浩大河,他心里顿时打起鼓来,下意识握住对方的手。辛副省长慈祥和蔼,声音浑厚有力,如钟鸣鼎振般动听悦耳,特别是他的手,又大又软和,握着很舒服。一种从未有过的幸福感瞬间传遍全身,闵东青像被电流击中了般,大脑一片空白,只是傻笑着,激动得不知说什么好。辛副省长关心地询问起他来,问生活,问工作,问长问短,随之说了一些鼓励的话语,"咔嚓咔嚓",旁边的记者不失时机地拍着照。

辛副省长来滨大视察的消息第二天就见了报。《滨江日报》头版头条不仅重点报道,而且配发了辛副省长和滨江大学青年教师握手的照片,不用说,被握的人就是闵东青。老浦看了报道,当下就吩咐丁雄伟:"丁主任,这个报纸要好好收藏,辛副省长视察的消息是我校的光荣,要载入校史的。"

和领导握手,说不上什么恩遇。尽管老浦十分激动,闵东青倒没觉得什么。和往常一样,他回到宿舍,想想这几天旁人无聊的打趣和祝贺,便在心里嘲笑:"一群吃不上葡萄的酸货,净瞎起哄!"嘴里骂着,还是忍不住拿起报纸翻看,目光最终停留在照片上。看着看着,不觉心里一动,咬咬牙,用拳头捶捶自己的脑门。等到第二天,他满脑子都是辛副省长那高大轩昂的身影,再想起老房的话,心里兔子般跃跃欲试。到了第三天,半宿未眠的闵东青天不亮就起身,反复看着报纸,又拿来族谱,忽然间就脑洞大开,有了创作的冲动。

选题一旦确定,闵东青到处查找材料,准备写论文。刚开始动笔时,他觉得文理狗屁不通,论证生搬硬套,简直是说马非马指鹿为马,后来抱着试试看的想法,他上知网,找读秀,查史志,力求把材料堆砌得丰富些。"开弓没有回头箭,既然这个题目没人写过,无论如何我都要写下去。"闵东青就这样硬着头皮写了一篇论文。"不敢说多好,但至少还能唬人,就是凑合,也像那么回事。"完稿时,他先把自己安慰了一番。刚开始,他想投给《滨江大学学报》,后来觉得这是搬起石头砸自己的脚,就没敢投,于是想着随便投个低等刊物算了,但翻来覆去,终觉不忍,最后想到解铃还须系铃人,就大着胆子,将论文给了老房。

闵东青没想到,一篇连自己都不敢回看的论文,仅仅两个星期后,老房就给他来了电话:"哎呀,你那篇论文《辛弃疾带湖后裔考论》选题很好,很有创意,也很务实,很接地气,审稿专家赞不绝口,编辑也很喜欢,一致认为考据扎实,资料详尽,论证周密,解决了辛弃疾后裔的分布问题,是篇难得的佳作。要你以后多多支持刊物,继续来稿,刊物会优稿优待。编辑原话如此。"闵东青赶紧问是哪个刊物的编辑,老房说是《学术前沿》的编辑。闵东青怀疑自己听错了,又问了两遍,老房大声回答:"没错,是《学术前沿》,《学术前沿》!"

"万岁!"闵东青高叫一声,一股遏制不住的甜蜜感觉,突然就从耳根传到脑袋,再从脑袋传遍全身,双腿像点了火的原子弹,禁不住腾空弹起,他的心跳骤然加速,浑身血液迅速沸腾。《学术前沿》是国家一级刊物,北大、南大公认的核心,要知道,整个滨阳省就这么一家好刊物!省会两所985、211大学的教授博导想在上面发论文,都难上加难,而自己一个小讲师,随便拼凑的一篇拙作,怎么这么快就发了,真是天上掉馅饼!

以前闵东青曾把博士论文的精华部分,以超水平发挥的精神提炼成两三篇论文,投给《学术前沿》,结果杳无音信,甚至连个退稿的回复都没有。但这次随随便便一篇稿子,没想到如此受优待。按照正常程序,投稿一般要两三个月才能收到回复,要一年后才能刊出。这次搭了老房的中介,《学术前沿》不到三个星期就回复了,说可以采用,而且说尽快安排,安排在两个月后发表。

"看看,你的论文已经发出了。"两个月后,老房拿着刊物找到闵东青。闵东青当下拉着老房去吃饭,还邀请彭凌杉作陪。席间闵东青问老房能不能介绍多发几篇论文。老房说看写什么论文了,现在哪个刊物不是论文积压如山,优先发表的都是合乎刊物选题方向的。"东青啊,你现在总算明白了,要想出人头地,论文不能不写,也不得不写。"喝着喝着老房的舌头直了,讲话也无拘无束,"主编私下给我说了,你这样的论文只能投在辛副省长的地盘上发表。当然,这次能这么快发表,还因为杂志要发一期专栏,里面有辛副省长的稿子,把你的稿子和辛副省长的稿子放在一起发表,别人都知道什么意思。……啊哈哈,干杯干杯,能和副省长一期发文,你真是有幸啊!"听了这话,彭凌杉才知道原来发论文还有这么多偶然因素,他看看闵东青,不知是因为喝酒还是被老房说得高兴,闵东青的脸红红的,红得好像抹了猪血。

一篇论文只要选对了题,真是时来运转风生水起。之后,这篇论文通过滨江大学的推荐,通过市委宣传部的审核,参加滨阳省第八届哲学社会科学优秀成果奖的评选,果不其然,获得了优秀论文奖。当闵东青领奖回来的时候,整个滨大赞誉不断,叫好连连。彭凌杉也觉得该祝贺一下,就约了谭景明去看望,说是要回请吃饭,但闵东青坚决拒绝了。彭凌杉央求道:"别客气了,大家都替你高兴。今年滨江大学只有你一人获得省哲学社会科学优秀成果奖,师兄你太牛了。我和谭景明、齐思宁现在为了院里的横向课题,整天忙得要死,每人要写几十万字呢。你有空带带我,好吗?"谭景明也说他都没见过省级奖励证书,好歹拿出来让人沾沾喜气。

闵东青推辞不过,只得打开奖状,彭凌杉抚摸着上面的大红印章,睁大眼睛不断赞叹,又请求闵东青把杂志拿出来让他拜读。正说着,猛然感到闵东青神色不对。原来他们越是赞叹,闵东青越是眉头紧皱。彭凌杉心里惊愕,但嘴上还是不断赞扬。"别说了,别说了!"闵东青突然夺过奖状,刷刷刷撕得粉碎,又从谭景明手中夺过那本《学术前沿》,直接扔到地下。"辛他妈的鬼,这种折寿的文章再也不写了。人还有气节呢!"闵东青蹲在地下,双手抱头啜泣起来。这一下把彭凌杉搞得十分不解,于是问怎么回事。但闵东青只是泪如雨下,始终不说什么,也不愿意出去吃饭,尴尬之余,彭凌杉和谭景明只得安慰一番,悻悻地离开了。

白纸黑字,论文一旦发出,别人就知道什么意思,闵东青更知道什么意思!辛弃疾姓辛,辛副省长姓辛,辛弃疾晚年退居带湖,而辛副省长的祖居也是濒临带湖。两者有什么联系?不怕,没有联系也要有联系,说有联系就有联系,无论如何都要有联系,就看如何说了!学术论文是靠材料说话的,一切推断只能建立在充分占有材料的基础上。可是材料哪里来?不要紧,一旦主题先行了,考据、索隐、论证的材料对闵东青来说都不难,材料可以找可以凑甚至可以编造嘛!闵东青就这样从假设到真实,不断索隐、考据和推论,大胆假设,周密堆砌,精心求证,最终得出一个结论:

——辛副省长是大诗人辛弃疾的第七十八代嫡孙!

几天后,张懿恒很快知道了怎么回事,就向郑宇智提起闵东青的哭泣,最后又问:"这人是不是太看重名节了?如果真到了志士不饮盗泉之水的地步,我们以后和他都不好交往了。"郑宇智从鼻孔里哼道:"那不一定,说不定过几天闵东青又回心转意了。"张懿恒问为什么?郑宇智眯缝起嘲弄的眼睛反问道:"傻子尝到了甜头,都不会罢休,更何况闵东青还是比较正常的人呢。别忘了,他可是博士。"

郑宇智说得没错,其实不用过几天,当天晚上,等彭凌杉他们走后,闵东青大哭痛哭了一场,哭完后又站起身,慢慢捡起踩在脚下的《学术前沿》,很快又一会儿蹲下,一会儿趴下,一会儿跪下,在地下摸索半天,终于从墙角地缝里找出已成纸屑的奖状,然后一点点揉开抚平,细细拼接好,用黄绫包着揣在怀里,连夜找了全市最好的装裱师傅,嘱咐要不惜代价精心装裱,镶边要用最名贵的黄花梨木。等到师傅费了很大力气装裱好,闵东青把奖状迎回来,看看装帧的确精美,这才挂在房间里最醒目的位置,左看右看,最终三鞠躬,边鞠躬边从心里祈祷:"兄弟保佑啊,以后就看你的了。"

闵东青就这样开始了他的努力。

思想一旦解放,什么都好办。闵东青充分发挥考据和索隐的特长,从命题策划到立意谋篇,从义理考据的铺排罗列到辞章结构的起承转合,假设假设,论证论证,大胆大胆,精心精心,每每电光石火,文思泉涌,论文写起来得心应手,也很快发表。半年后,闵东青的项目《辛弃疾家世研究——以带湖族群为中心》经过专家的评审,获得了滨阳省第十二届哲学社会科学规划项目立项,十万元的项目经费一次性划拨到账。紧接着,滨江大学又按照一比一的比例,给配套了十万元。二十万元的科研经费一旦到手,小伙子开会调研真如鱼得水,因为差旅都在项目预算中,费用可以任意报销。以前从没坐过飞机的他,现在飞机随便坐,想飞哪里就飞哪里;从没住过酒店的他,现在的四星五星酒店随便住,雪白的床单搞脏了,一个电话打过去,服务员马上就跑过来更换。闵东青现在出门必住高档酒店,吃饭必去高档餐厅,反正一切费用都可当作项目调研费用来报销,此外每天还有一百八十元的交通餐饮补贴。

潮平两岸阔,风正一帆悬。闵东青的项目立项不到三个月,文传学院院长赵驰青教授就找他谈话。"我代表组织向你郑重宣布——"院长的笑容比任何时候都甜美,"组织决定任命你担任中文系主任职务,具体工作你也可以先不用管。你现在的任务,就是配合学校的安排,比如——"赵院长顿了顿,"比如辛副省长的家谱撰写、回忆录撰写,学校让我们推荐一个人才,经过研究,我们一致认为你是最合适的人选,你的文笔好,辛副省长的事情,非你莫属。当然,辛副省长本人很低调,多少专业作家想写,都被他婉拒了,他就想找一个年轻的、有培养前途的、受过正规高等教育的同志参与撰写。"

这天夜里,闵东青住进了市里最好的五星酒店,包了间最贵的套房。酒宴完毕回到房间,雪白的床单上,他一手搂着靓女,一手玩着手机,倒也其乐融融。等到美女睡着,手机玩累了,闵东青全身彻底放松,于是靠在沙发上,细细回想了一遍大半年来的人生变化,最后,这位新晋的系主任从心里感叹:

"时运交移,做学问也要求真务实,这个地气算是接对了。以前太要脸才会伤脸,真是早知今日何必当初。——咿呀,古今情理,如可言乎?"

绩　　效

新的工资方案实行了。

学院公布了绩效得分排名,张懿恒发现院长、老浦、丁雄伟几个人排名都靠前,无论是教学还是科研,分数都远远超过其他老师很多。一个月后,他再看自己的工资单,发现少了五六千块钱,顿时傻了眼。

张懿恒去办公室,本想找丁雄伟咨询绩效的事情,可是远远就听到震耳欲聋的斥责声:"你们怎么比猪还笨,比猪还笨?"进去后看到丁雄伟正在拍着桌子骂,几个女生在旁边低头垂泪,等了几分钟,发现骂得更凶了,他就转身离开了。下楼时碰见一个女孩,远远就叫老师,等走近一看,原来是万悦儿。张懿恒问她怎么浓妆艳抹的,小小年纪的学生,又不是社会人士,打扮得像什么样子!万悦儿嗔怪道:"哎呀,老师你说话好伤人啊,这都是工作需要嘛!"半年不见,她的体形神态、腰肢身段,特别是走路的样子,显然发生了变化。

"老师,你是我最亲最敬的人,你说,丁老师会不会骗我?"

万悦儿问毕,张懿恒正要开口,朱丽茵过来,车没停好就叽里呱啦:"没想到国外留学经历也可以买卖!"然后说她去校办找了一个从俄语国家留学回来的博士,想拜师学俄语,但拿了歌谱,博士一看就蒙了,再让翻译一段文字,更是愣怔半天,"我以为人家俄语顶呱呱,结果都是打哈哈,一问三不知。你说什么海归呢,连外语都不会,咋留学六年呢?"张懿恒问在哪里留学,朱丽茵说了一个国名就咧嘴直笑。

一看老师们有事,万悦儿就走了。彭凌杉过来说他刚去了办公室,见到丁雄伟在骂学生。朱丽茵嘴一撇:"态度不好又怎么样?你不知道,多少女学生都暗恋丁雄伟呢!上课提起丁老师赞不绝口,那个眼神啊……"说着说着就唠叨起绩效。彭凌杉说这几天他听到的都是怨声载道、骂声一片。朱丽茵说一下子少了那么多钱,谁不心疼?钱都分配到公共课老师的腰包了,人家每周三四十节课,一年一千多节课。张懿恒惊讶道:"一周三四十节课,不可能吧?咋上呢?""哎呀!"朱丽茵说着就带他们去了大操场,操场上音乐喧天,黑压压一片学生在跳舞,中间有个老师在走走看看。"这种大班课上起来特容易,一堂课上百名学生,老师都是放音乐,哗哗哗,让大家跟着做动作。这种课人数多,算的课时多,绩效就高。我们上专业课,都是小班,一节课只有两三名学生,还要从头唱到尾示范,你说累不累?就这样课时还打折扣。"朱丽茵像水鸭子一样高叫起来,抱怨她一年上那么多课,又开了两场音乐会,可排名现在都到了丁雄伟后面。当然,最可怜的是庄焕明。彭凌杉也说排名有问题,人家肖院长成果丰富,连续两年绩效排名第一,对此他没意见,可是其他人他就有话要说。"哎呀,你们还执迷不悟的,钟教授是副院长,是新引进的高人,成果更丰富,在中华书局都出著作了,可是排名也不靠前,现在一块蛋糕分到学院了,各学院如何再分就自己决定了,你是揣着明白当糊涂咋的?"常华明过来也是大发牢骚,张懿恒想起前几天韩灵光也嘟囔天天喊着改革发展,但如今官本位越来越严重,抱着旧皇历能发展个屁。

晚上,上弦月挂在空中。张懿恒送画的时候,郑宇智说接完这个,以后画廊就不开了。张懿恒问为什么?"生意做遍,不如卖饭。这几年艺术品市场下滑,画廊倒闭了不少。我这个也难以为继了。准备开个茶餐厅。"郑宇智指指外面的高楼群,"李光头也是开了好多家店才把生意做大的。"张懿恒说他能做多大?不就两个小工厂嘛,资产也就两三百万。"你小看人家了,全院估计就你一个人蒙在鼓里。李光头早就资产上亿了,手下好几个工厂呢,日进斗金。"郑宇智说可怜有些老师年薪十万多还沾沾自喜,拼到一个校级项目,区区两万元的经费,就洋洋得意,这就是做生意和做学问的区别。然后提到连续几年他绩效排名靠后,工资少了很多,早无心工作,教书就是应付差事而已。张懿恒这才知道原来郑宇智被扣得更多,学院里这几天也有人不断找肖子业理论。

"学校把烫手的山芋交给各个二级学院,让二级学院自行核算绩效工资。领导当然按照对自己有利的方法分。滨大所有的二级学院,领导的积分都是最高的,排名总是第一。你说这样算谁能没意见?"郑宇智说罢,张懿恒感叹各个学院都在上演《双城记》!郑宇智说最精彩的还不是这个,近来学校正在商讨处理封弘道,林和兵说那个没良心的货处处给领导添乱,搞得鸡飞狗跳,学校要下决心处理了。张懿恒问上次不是准备要开除公职吗,怎么迟迟不见动静?正说着,只见马路对面人声喧哗,几个人从酒楼走出来,摇摇晃晃边走边笑。"这家伙,又陪领导喝酒去了,我把他拉过来。"郑宇智立刻出门上了天桥。

几分钟后,郑宇智架着一个人进来。"近来交流多,都是没办法的事情,工作需要。"林和兵一张口就满嘴酒气,天南地北侃了起来。郑宇智问:"你们单位绩效核算排名,也是领导靠前吧?"林和兵点点头。张懿恒问没见领导多发几篇论文,怎么排名都靠前了?林和兵说领导虽然上课少,但有个服务工作量,谁都比不过!张懿恒提到李光头的成果不错,可排名不是第一,这几天意见很大。林和兵说那人一贯虚假,嘴上标榜宁静致远,其实早已活动成精,现在为了评教授到处找人。眼看得林和兵已经说得舌头打卷,郑宇智问:"你的事怎么样啦?这么久也没见提拔?"林和兵眼珠转了转,立刻含笑不语。"你要是当了官,我第一个请你喝酒!"郑宇智最后说。

绩效的事情持续发酵,常华明最终联系了一批老师,写了联名信,要求再次改革绩效工资分配,实现同工同酬,很多老师都在上面签了名,联名信很快在校内传播,风声四起,呼声甚高,滨大很快掀起了一阵狂潮。校领导看了大发雷霆,把老浦、老肖狠狠批评了一顿,说是管教下属不力,要求好好整顿。艺术学院为此迅速开会,老浦找常华明谈了好几次话,学校又三番五次派了校办、人事处和保卫处的人过来做工作,提出了一些完善措施,针对绩效工资改革的呼声算是被压了下去。

诉求无果而终,但抱怨无休无止。

"绩效核算太乱了。都说文科的钱跑理工科去了,一样上课人家就拿好多,可是我看理工科的老师也在骂呢,说是钱都跑到行政人员手里去了。""行政楼的人没骂。""你看学校这几年多乱? 领导们满脑子有钱就能办好大学的思维。说是教授治校,其实是官痞治校。滨大是国家公立大学,不是煤老板的山寨大学。可滨大如今比山寨还匪气十足,特别是后勤集团,更是黑得要死,学校也从没见整顿过,整个乌烟瘴气。""政法学院的人能闹,再次写了联名信给学校,控诉绩效分配不公,但还是被压下来了。政法学院的人现在意见很大,有的人已经和封弘道通气,准备从别的方面找领导碴呢!""别说了。那些老师哄闹一阵,最后还不是乖乖回去上课了。咳!"

相比而言,滨大校本部比城市学院好多了。常华明说城院的老师,日子过得那才叫可怜,因为城院已由原来的国有控股变为民营控股了。关于城市学院的改制过程,普通老师毫不知情,但盛传滨大在没有对原城市学院资产进行任何评估的情况下,就将城市学院低价贱卖给私人,中间未经任何公开竞标程序,一切完全由利益相关人圈定。的确,城市学院现在成莫氏集团的了。成为滨江大学城市学院的新股东后,莫氏集团打着和滨大联合办学的招牌,很快向市政府申请了一千二百亩的低价政府用地,之后又以这块地做抵押向银行贷款十亿元,随之便成为城市学院的控股方,最终将城市学院据为己有,现在正大发教育财。

议论激烈的时候,程怡雪走了过来,彭凌杉高喊:"怡雪姐,你在高建办工作,接触领导比较多,要给大家代言呢,你看现在绩效……""你真可爱,我早不在高建办工作,现在都被发配到后勤集团了,整天围着砖头瓦块打交道,半年都见不了校领导的面,哪里还提什么代言?"程怡雪很快笑着离开了。

走到饭堂的时候,程怡雪远远听到后面有人叫她,原来是齐思宁。"怡雪姐,你怎么又到后勤集团了?""我在高建办太郁闷,就被转岗到后勤集团,但人事关系还在艺术学院,目前还给学生上课。""在后勤集团还开心吧?听说那里特复杂!""都是一群人渣,我才去了半年,已经和办公室的几个人吵了起来。你看搞了个校园景观工程,未经科学论证仓促上马,而且后勤集团的老总副总一人负责一段,整体缺乏规划,修得不伦不类的。还有近期那个生活区一条街的店面招租,说是要公开招标,但到现在都没拿出个具体方案来。""咱们的后勤集团早被人骂死了!"

两人正说着,不知从哪里窜出一条大狼狗,耳朵尖竖,獠牙外露,号叫着直扑过来。"哎呀!"齐思宁的一张娃娃脸顿时变了颜色,双腿也直摇摆。程怡雪眼疾手快,赶快拉住他跑,跑了几步,发现齐思宁根本跑不动,而那狗已经扑了上来。"噢噢!"程怡雪突然就转过身去,冲着恶狗把时髦的长发往前一甩,遮挡住半个脸庞,只露出两个大墨镜片和一个血红嘴唇,又顺势撩起黑风衣,前身俯地,后身撅起,低着个蓬乱的长毛脑袋往前冲了几冲,不断狂呼乱叫。对峙了几秒,那恶狗后退几步,一扭身夹住尾巴,耷拉着耳朵飞快逃窜,三窜两窜,窜到饭堂前停车场的一个小车底下,"呜呜"几声,便没了动静。等程怡雪带着保安跑到车前的时候,发现无论如何都叫不出来,仔细一看,原来那狼狗早已四肢冰凉气绝身亡了。

"起来了,思宁,你看你这个样子!"程怡雪拉拉软瘫在地的胖小伙,过了半天,齐思宁才回过神来,又揉胸口又揉鼻子,最后哭道:"哎呀,姐,我服了你。你那个样子说变就变,人不人,鬼不鬼,张牙舞爪,凶神恶煞的,别说是狗,我一个老爷们都被你吓死了。""你以为姐还是那个单纯的小女孩啊,狗再可怕,也没有人可怕,一条狗如果都能吓到我,那我不知道死了多少回了。"程怡雪音容淡定。

"嗯嗯,滨大这地方乱糟糟,怪人怪事特多。一到冬天,学生宿舍连热水都不能正常供应,洗澡时水管里总能流出红虫子,学生对后勤集团意见很大。"齐思宁提到了艺术学院的事情。

  刚参加工作的小齐处处为难,对教研室主任这个职务烦透了。娄静斋仗着能画两笔,特自以为是,又倔强又高傲,三句话不说就拍桌子骂娘,前几天小齐就看见他因生活琐事冲几个小孩大发脾气。廖慈志也说老娄和人吃饭,一言不合就把酒桌给掀翻了,搞得现在没人敢和他上桌了。上次院长让画几幅画,说是学校贵宾室要用,娄静斋回复可以画,但要求按市价付钱,否则一张不画。一点集体荣誉感都没有,搞得院长很生气又无奈。胖子老刘也上课少,吃饭多,遇事整天打哈哈。这些人评了教授后,对工作都高高挂起,属于那种枕着职称证书呼呼睡大觉的人。冯志学和方希妍现在正闹得水火不容。这几天方希妍还把以前微信聊天时冯志学骂领导的话截图给老浦看。常华明和崔美丽夫妻关系不和谐,影响工作。院长和楚涓涓刚刚离婚了,听说邹金贤和白洁清也要离婚了。到最后齐思宁再次提到有些人为老不尊,越老越差劲,只挂名不干活,都成老驴头,一个比一个难对付,日常工作根本无法展开。看着这位心直口快的小老乡,程怡雪不知如何安慰,暮色中,她只是劝慰:"绩效优胜劣汰,学校就是要刷一批人,听说领导这几天正找庄焕明谈话呢!小齐,你年轻,一定要努力啊,可不能学他。"

  周三上午,课间休息的时候,常华明一见面就说单位太烂了!绩效乱,城院改制乱。特别是上次资料室的名画失窃案,一会儿是老金,一会儿是庄焕明,嫌疑人到底是谁?神神秘秘,人心惶惶,拖到现在都没个下落。张懿恒说前几天见到庄焕明,整个状态很差,张口闭口都是狗日的生活!让人无法安慰。"他就那样了,见谁都这样说。现在我老远看见他,浑身都起鸡皮疙瘩。"常华明说着就把手中的茶杯一掷,声音异常烦躁。

转 聘

  "行了行了,院长,不用解释了,我都知道了。转聘就转聘,不给领导添麻烦。"庄焕明看了眼对面的肖子业,就不愿意再多说什么。他知道院长最近忙于官司,前妻和他离婚后,为了家产分割的事情,闹得不可开交。他也知道肖子业虽为院长,其实很弱势,很多情况下只是无可奈何奉命行事。公道正派,清正廉洁,关爱同志,特别是待人接物温和儒雅,文质彬彬好说话,肖子业上任几年,谁不说好?放给老浦那骄横强势的作态,庄焕明没理由也要吵几句。

两个彼此都烦的人是不想多交谈的,言语对他们来说是多余的。看看庄焕明脸上的瘀青,肖子业感到心里一阵酸楚,但说不出话来。不知是因为熬夜还是家庭纠纷,庄焕明近来脸色不好,两颊经常出现一些抓痕,手臂上也有烫伤。肖子业一眼就看出,那是烟头烫伤的印记。谁都知道,"狗日的生活"现在成为庄焕明的口头禅,成为大家睥睨的笑资,但平心而论,庄焕明这几年做了不少工作,特别是一些他不好出面的,丁雄伟不好出面的,老浦不好出面的,庄焕明都顶了。比如说工会的工作,艺术学院资料室的工作,都是庄焕明在听说顺事,也没有出什么问题,这令他很满意。

人生真是令人感慨!想当年庄焕明可是有名的一张利嘴,刚来时意气风发气宇轩昂,被人一致看好,听说有不少女生喜欢他。那时候,庄焕明快人快语,性格耿直,天不怕地不怕,以疾恶如仇笑傲江湖的侠客自居,稍不如意,就嬉笑怒骂,骂滨江的治安,骂校领导的贪腐,骂某些教授通奸小保姆。滨江大学的反腐斗士有两个:一个是封弘道的笔,另一个就是庄焕明的嘴。当肖子业还是系副主任的时候,一次排课没有遂庄焕明的意,庄焕明立刻快意恩仇,在会场上拍着桌子大骂,骂肖子业做事和稀泥,骂他软弱无能,骂他工作缺少魄力被老金当枪使。不但如此,会后庄焕明还到处发牢骚,讲他的坏话,会前会后骂个不停。别看庄焕明读过大学,但骂起人来,可不比街上的泼妇差,从肖子业的祖宗八代骂到老婆孩子,从肖子业的油画水平骂到交际能力,骂得有鼻子有眼。偏偏那个时候肖子业确实也窝囊,要处处看老金的眼色行事。

老浦曾说庄焕明对领导有刻骨仇恨,镇住一个庄焕明,就能镇住好多人,杀一儆百,政治需要。当然事后好多人都说艺术系领导有本事,一顿饭就解决了庄焕明。不可否认,庄焕明后来又反扑了,可惜跟错人,冯志学失败了,肖子业赢了,但是赢得很辛苦。

面对纪委一次又一次的调查,面对工作人员一次又一次的质询,肖子业尽管内心极为无奈和烦躁,但不得不耐心解释。艺术学院历史遗留问题多,现实困难又大,谁都知道是个烂摊子,安安心心做学问多好,为什么要当这个院长?教育学院的潘院长,仅仅当了一届,就辞职做了普通老师。这个肖子业不是没有考虑到,他其实也想做一个有学问的人,但最终还是选择了留职。身为一院之长,他比谁都清楚,一旦上路了就不能退,不能下,只能前进,因为多少人需要他。

庄焕明看看眼前的肖子业,心里也复杂起来。这人文气十足,貌似不适合从政,但一旦当上领导,真是运气好啊!特别是这几年屡经反复,院长位置稳固后,干什么就成什么,越发得心应手顺风顺水了。大家能想到的,院长搞定了,想不到的,院长居然也搞定了。教学评估的顺利通过,滨江市艺术学研究重点基地、滨阳省社会科学研究基地、教育部产学合作协同育人研究基地,各类基地申报成功,人才建设专项资金顺利下拨,随之艺术学院的招生规模也顺利扩大。谁都知道,只要多招一个学生,市里就按人头拨款,多批给学校三万元。肖子业为此跑前跑后,人瘦了一圈,听说以前滴酒不沾的他,因为应酬各级领导,现在也学会了抽烟喝酒。院长工作忙,但专业也没放松,这几年他的油画国画越发有名,很多老客户等了几年都拿不到作品,越是这样他的订单越多,各类社会头衔也多!庄焕明没想到,一个院长当得肖子业这么快就发达起来。当然,文人毕竟是文人,尽管已成显贵,肖子业待人接物还是那样温文尔雅虚怀若谷。大家都说院长一贯保持谦恭友善的好本色,不像老浦,上任才几天就摆架子,动不动官腔十足,举手投足威风凛凛,真比某些官员还官员。

"小庄,你的情况我们比较了解,所以每年的困难补助都给了你。现在学校开始整治教工队伍。你长期生病,教学工作量很少,无科研成果,上课学生投诉也多,我这边实在不好应付。去年你的事不知被谁捅到人事处,人事处几次发话,要艺术学院做出情况说明。"肖子业说了几句,嘱咐庄焕明把家庭问题处理好,然后抬抬眼镜,拿出几张打印好的材料,"绩效工资改革,我压力本来就大,你看前段时间的联名信……这一次学校又强下通知,末位淘汰势在必行,我这边也很为难。你——看看吧!"说到这里,肖子业声音悲怆了。庄焕明前几天摔了一跤,刚从医院出来。肖子业明白确实不该在这个时候谈工作,他很不愿意谈,从心里而言,他宁愿庄焕明活成堂堂正正的人,活成堂堂正正的知识分子。

庄焕明接过材料,发现校办下发的红头文件上,抬头就是几个大大的黑体字:滨江大学关于清理不合格教职员工的通知。再往下看,内容尽管他已有预感,但看着还是颇为震惊。文件里说长期无科研、完不成教学工作量、学生意见大的教师将由在编转为聘任,聘任三年,期满不合格者,学校将不予续聘,建议转岗。再往下看,附件里的清理人员名单,第一个写的就是自己。

滨大这几年同工不同酬的问题很突出,导致养了很多闲人,老师们的收入也参差不齐,于是一些人嚷嚷着要走,一些人慢慢消沉。在认真比较市内公务员与滨大教工的工资单之后,新来的学科带头人兼艺术学院副院长钟教授愤愤不平:这不行,现在市里一个处长,年薪都比我们教授高,还不算其他的。滨江口口声声说发展教育尊重知识尊重人才,可事实上滨大行政楼一个科长都比教学战线的博士收入多,这个滨江真是小气,我要呼吁改进奖惩机制!钟教授在教授会上,在知识分子联谊会上,在政协会议上大声疾呼改善一线老师待遇,甚至还写了提案,认为不能让公务员收入高过教师,至少也应该是平等的。市里领导回复:收到。当然,仅此二字,就再无下文。"老师怎么如此简单幼稚!我们滨江就是这样的,处长就是比教授收入高啊,要不然谁干活呢?你嫌不高,可以走嘛,反正来我们滨江求职的人大把大把的,我这里的简历都堆成山了。旧人不走,新人哪能来啊?"据说市府一帮局长看着钟教授的提案,纷纷嘲笑。

庄焕明就是那种想走又没走成的人,不过,走还是不走,走哪里?现在他已经没有优势了。

肖子业看着庄焕明,面对这位曾经入党,后来退党,现在又要重新入党的工会副主席,正想着好好说些什么。庄焕明摆摆手:"不用为难,组织该怎么办就怎么办。还有,资料室几幅藏画失窃,我是保管员,我有责任,后天给大家采购好工会礼品,我立马就引咎辞职。"说罢就甩下文件,扭着个瘸腿,一拐一拐走了。

黑蝴蝶

庄焕明现在已顾不了那么多,转为聘任是大势所趋,其实不用院长给他看文件,风声早在两个星期前已经传出:转岗实际上就是解聘,逼着老师走人,自行找工作。他也早有了心理准备。不准备有什么办法呢?以后只能教学科研多努力了,等家庭关系理顺,就有峰回路转的那一天。他现在想的是自己有几笔账该理了,人欠他的,他欠人的,都到时候了,应该拆了西墙补东墙。家家都有难念的经,这几年来,庄焕明的经济捉襟见肘,按理说娶个老婆,养个孩子也不至于这样,因为高校老师工资属于稳定的中上阶层,平时要是在外面兼几节课,收入也不少,可他总入不敷出,整天吃了这月盼下月。钱钱钱,他现在最缺的就是钱。

钱总不够花,当然庄焕明也不是没有努力过,他进行过各种创收,可惜炒股亏损,玩基金亏损,办书画培训班亏损,最后投资快餐店也亏损,所有的生意,没一样做成。屋漏偏逢连阴雨,后来他又迷上了六合彩,迷上了直播打赏,迷上了网络赌球。渐渐地,人就有些疯癫,经常独自在校园里漫步,自言自语,神神道道,竟至彻夜不归,更有甚者,走着走着,他时而笑,时而哭,突然就脸色突变,顺手扬起巴掌,朝自己脸上暴打起来,搞得周围的人非常惊讶,这样的情景张懿恒和郑宇智看见过好几次。

家贫穷难耐凄凉,眼看年关了,庄焕明想了想,觉得该咬紧牙关讨债了,谁都需要钱,欠的钱总是要还的,尽管知道这钱不好要,但还是一定要讨的。讨债现在成为一种艺术了,以前要了好几次,都没要成功,但这一次,他不得不再要了。庄焕明想到了他的表哥,想到了他的堂弟,想到了他的小学同学。这些人或多或少无一例外都借着他的钱,从几千到几万,已经借了好几年。

"那六万元我是没得还你了,别忘了,是谁当年辛辛苦苦供你读书,你还有没有良心?都是亲人啊,初中、高中难道我没给过你钱?现在你尾巴翘起来了,一点屁钱,就看得比什么都重!……要钱没有,也就是这个人,要命有一条,你看着办吧!"

果不其然,这次又没要成功。让庄焕明没想到的是,电话那边借钱多年不还的表哥,前几次还能低声下气,求他宽限些时日,这一次,不仅不还,而且暴怒无比,比他更理直气壮。

再联系其他亲戚,都和表哥一样回复。"借出去的钱,怎么这么难要?"庄焕明靠在路边的榕树上,眼睛望着天空,脑袋阵阵发晕,半天说不出一句话。在亲戚眼中,他是富人;可是在同事眼中,他又是穷人。单位上所有人都借过钱给他,每年的贫困救济、节日慰问等,也总先照顾他。这几年他也不断在外面上课,兼职不断,特别是当了工会副主席后,利用节假日礼品采购及日常办公费用报销的机会,他也中饱私囊,捞了不少,可是最后生活依然没有起色。混来混去,他成了单位上最让大家叹息的人,成了一个废人,一个多余的人,一个公认的可怜可悲之人。庄焕明也知道,刚开始人们提起他就摇头,骂他是狗腿子和家奴,可这几年人们都不说不骂了,也不提说了,俨然司空见惯,熟视无睹,朱丽茵早就放言:"原来看见他像看见吊死鬼,吓得我老远就捂着鼻子躲。现在我权当没有这个人!"

夜色苍茫,庄焕明靠在路旁的树上,迷迷糊糊不知过了多久,突然手机铃声响了,看到熟悉的来电号码,他心里顿时发紧。

"吃饭了吧?"庄焕明回到家,老婆小心翼翼地问。

庄焕明不吭气,进门就倒在沙发上躺平了,儿子蹦跳着过来叫"狗操的",他爱理不理扭过头去。看看房子,他更加郁闷。当初选房时有一百三十平米的大房子,但他没钱,就选了一个七十平米的套间,算是教师村小区里面积最小的房子,简单装修就入住了。近几年随着卤阳湖的开发,公交开通了,地铁要修了,周边楼盘风起潮涌,教师村小区的房价一下子猛涨,从原来的每平米三千块涨到了三万块。庄焕明望望顶楼的豪宅,那些豪宅都是两层复式建筑,面积最少的也有一百九十平米。

"领导就是有眼光,超前思维,选房都选大面积,这下发美了!"

庄焕明心里骂着,想起了肖子业家里的花梨木家具,院长是个收藏家,收藏了不少高档家具,听说还有不少秘不示人的古字画;想起了老浦的豪车,那是一辆黑色的越野车,车内后备厢总是堆满各类名酒名烟;想起了丁雄伟刚买的幸福花园的房子,那地段一平米四万多,丁雄伟一口气就交了一百五十万,人家现在可牛了,身上的西装全是两三万的名牌,往往穿半年就扔了。庄焕明纳闷不已:一样的工薪阶层,在高校有着一官半职的人怎么都这么有钱?

再看看老婆,庄焕明不禁心烦意乱。乡下的女人,哪里会打扮?更何况二次打胎后生了儿子!看着老婆穿着厂服跑来跑去,他不知说什么好。这女人当初是他看中的,也是谭婆婆促成这件婚事的,那是一个多么淳朴的女孩,对他百依百顺。可是因为学历太低,学校不能安排工作,老婆不得不又去工厂打工。回到家他们之间唯一的交流就是那种事,可是时间一长,特别是年岁渐长,那种事越来越没意思。如今的老婆因为奶孩子,常常头发披散,衣衫不整,面色蜡黄,浑身肌肉松垮垮,活脱脱一个农妇模样。庄焕明看着,突然心里一阵悲哀。

"你能不能上档次一些?能不能有些气质?我好歹也是个大学老师,也是个体面的人,你知道别人怎么说我的吗?我处处受歧视,在单位上孤独,在家里也孤独,疲于奔命又疲于生活。"

闷热的天气,难挨的氛围,庄焕明发起火来。虽然担任着工会副主席,但平日工作中老浦对他指手画脚,总以官腔压人,连比他小十几岁的小瘪三丁雄伟,凭着官高一级,也高高在上,盛气凌人。就教学来说,每年从学年论文到毕业论文,艺术学院没有一个学生选他做指导老师,他开的选修课也没人选。走在路上学生对他不理不睬,一个招呼都不打。更让他生气的是昨天到办公室打印教学周历,几个学生助理都推说要上课,飞快跑开了!

老婆这边家里也是兄弟姐妹一大堆,三天两头借钱,到现在借出去的钱一分都要不回来。钱要不回来,人也得罪了。

"挣的钱再多,都堵不住这个无底洞!哪个男人有我压力这么大,活得这么累,你们还让人活不活啦,我哪里比人差?"

庄焕明骂的时候,老婆刚开始还想说两句,可是好几次都被他压下去了。终于,老实懦弱的女人放声痛哭。正哭着,门开了,谭婆婆买菜回来了。

……又是一顿震耳欲聋昏天暗地的争吵叫骂。

家家家,这叫什么家啊?"狗日的生活,狗日的生活!"庄焕明咒骂着,刚刚倒在沙发上,突然传来阵阵敲门声,声音紧促有力,听起来十分强劲霸道。庄焕明打个冷战,他知道,这个时刻终于来了。

"庄先生,你上次借的八万元已经到期了,怎么还不还呢?"几个身穿黑衣,上身有着明显刺青的人走进来,直接堵在门口,其中一个短平头的胖子更是叫嚣:"你还要不要脸,借人钱怎么不还?好歹是个有文化的人,刚刚打了几十个电话,你不回也不接,什么意思?"追债人显然有备而来。庄焕明不知如何应付,这几年来他干什么都是赢了输,输了赢,赢了又输,结果越赔越多,越多越赔,深陷其中不能自拔,其间找过私人的借贷公司。

303

"我下月工资发了还吧。"

"哼！每次都说要还总还不了。老子都听烦了。"

"我这里还有祖传的一套《康熙字典》，可以拍卖个十几万，几十万的。"

"工资发了还，你能还多少？你个破书是真是假，到底能值多少钱你自己知道。你现在赶快筹款，限一个星期还清。"黑胖子说话的时候，满脸横肉都在哆嗦，"你的贷款已经到期了，再不还的话，利滚利，利加利，你想想吧。实在还不起，就用房产做抵押。咱们到时走法律途径。"

"要钱没有，要命一条。"庄焕明终于按捺不住，高声叫起来。"你想赖账不还啊？"人群中一个戴金项链的扑上来。"你们干什么？干什么？"老婆也哭叫着扑上来。

争执中，庄焕明喊了声："我还要用电脑备课呢！"但光天化日之下，一伙人还是抢过他的电脑和《康熙字典》，扬长而去。

月牙五更，一天纷扰下来，滨江大学教师村小区住户都进入甜蜜的梦乡，唯独有一家灯光，一会儿亮着，一会儿黑着，一会儿又亮着，反反复复。

万家灯火，幸福的家庭是幸福的，不幸的家庭各有各的不幸。

这一夜，庄焕明失眠了，他时而坐下，时而又站起，走来走去，辗转反侧，后来到书房拿出珍藏多年的影集。影集上一张张照片历历在目，个人照、小组照、集体照，照片上的人是那么英姿勃勃，阳光帅气！当年从小学到中学再到大学，他一直是学霸，是佼佼者，是整个班级整个学校的骄傲，至今他的毕业照还贴在当地中学的墙壁上，被当作学习榜样宣传呢。可如今……人生沉沦感不禁！看着看着，庄焕明将影集撕得粉碎，从柜子里拿出一瓶白酒。夜色沉沉，酒入愁肠，他似乎想起了什么，在灯下奋笔疾书。写完后看看黑漆漆的天空，他愈加烦躁不安，只是一口一口地猛灌酒。

黎明的时候，星月惨淡，晓雾凄凉。一个黑影摇摇晃晃爬上七楼天顶，缓缓身子，张开手臂，一头栽了下去。

夜空中，他像只黑色的蝴蝶，乘风而去了。

下午时分，张懿恒走到院办，看见邹金贤、胖子老刘和廖慈志正掏钱，前面还有好几个老师在登记。恰好丁雄伟也在，一见面就问他要不要捐款。

"怎么啦?"

"庄焕明老师昨晚坠楼身亡,留下孤儿寡母,生活困难。院里正号召师生捐款呢。"丁雄伟说完,大家"唉唉"着纷纷叹息。"哦?"张懿恒很快反应过来,"完了,完了。"借的那一万块钱是有去无回了。

朱丽茵和陆芙蓉进来,一听见要捐款就面露不悦。冯志学也来了,进门二话不说,直接甩出厚厚两摞百元人民币在丁雄伟面前。陆芙蓉惊呼道:"冯老师,这都是你捐的,少说也有十万吧?"冯志学微微一点头,眼睛眨也不眨就离开了。

张懿恒最终捐了六百块钱。

庄焕明的丧事办得极为隆重。殡仪馆里,很多人看见孤儿寡母都热泪长流。追悼会由老浦亲自主持,致悼词时,肖子业几次哽咽难语,边致辞边含泪声明:捐出一个月的工资约一万八千元给庄焕明家属,来宾都感动得哭了。哭声中,老浦最后宣布:经艺术学院党政联席会议决定,追授庄焕明为先进教师、爱岗敬业模范和优秀教育工作者。在随后召开的全校教工大会上,校领导表扬了艺术学院,说艺术学院的领导班子对同志有感情,真诚待人,团结同志,关心爱护,同事友谊超过了骨肉亲情,这是个很好的表率,我们就是要把这个感情带到单位上,带到工作上,精诚团结,为高水平大学的建设而努力。校领导最后点了庄焕明的名字,决定让后勤集团给其家属安排工作。

……庄焕明没想到,自己能给单位带来这么好的荣誉。

艺术学院藏画失窃的事情很快有了答案。在破获一起盗窃案时,公安机关顺藤摸瓜,从私人藏家手中发现了几幅字画,经鉴定正是滨大艺术学院资料室丢失的。至于具体的偷盗者,随着案情的进一步进展,所有的疑虑都转向一个人:庄焕明。这在后来庄焕明留下的认罪信中也得到了证明。在信中,庄焕明一再认罪悔罪,说那几幅字画是他当保管员时趁监管不严盗换的,也详细叙说了盗取经过,至于换来的钱,他说已经用来还赌债和花在家庭消费上,总之处处都有填不满的窟窿。

认罪信是咬破手指头,用鲜血写的。这封血书经过庄焕明家属之手,转给肖院长,转给学校相关部门,再经过公安机关的鉴定,最终传遍滨大。一切再明白不过了,人们纷纷感叹:这个庄焕明,真是死有余辜!

藏品追回之后,学校立刻加强对馆内藏品的管理。肖子业院长也做了沉痛检讨,说自己这个国宝守护人的责任没尽到,为表示弥补,他捐出自己收藏的一些字画和青铜器,又几经努力,利用亲戚关系,动员海内外的一些藏家,再捐献了一批名家字画,包括金陵画派、岭南画派的精品。这么一来,被盗出的藏画收回了,新的捐赠又接二连三,滨大艺术学院资料室的馆藏,实际上更丰富了,而肖子业院长作为国宝守护人的形象也尽人皆知。课间休息时,闵东青在张懿恒面前竖起大拇指:"桃李不言,下自成蹊,你们院长好样的。"

两个月后,滨江大学决定,将校美术馆和艺术学院资料室合并,成立新的滨江大学美术馆,划归艺术学院管理。"多好啊,专业对口,统筹兼顾,合并是为了更好地利用。藏宝本来就要示之于民,用之于民,滨大的诸多珍贵藏品,这下物尽其宜了。"卫风之闻讯也赞叹不已。

发射器

"告诉大家一个好消息!"周四下午,照例学院聚餐,菜尚未上齐,老浦就吆喝起来,看着大家好奇的样子,他一乐,故意停了停,才开腔道:"我们的肖子业院长,在刚刚召开的滨阳省美术家协会第七次代表大会上,顺利当选副主席了。"于是大家纷纷举杯祝贺,丁雄伟不断招呼加菜,号召多吃多喝。这顿饭吃得很喜庆,大家纷纷赞扬菜点得好,丁雄伟客气道:"哪里哪里,不敢说多好,但我就会点菜,就是个吃货!""他岂止是吃货,还是个日货!"郑宇智小声对张懿恒说。饭后大家都有些醉了,程怡雪脸颊红扑扑的,像腾起熊熊的烈焰,走路也摇摇晃晃,临上车的时候,丁雄伟伸出手想搀扶,冷不防程怡雪打了他一个耳光,"啪"的一声,在夜空中分外响亮,未等旁人反应过来,一团浑浊的呕吐物就从程怡雪口中喷射而出,直接喷在丁雄伟那标志性的类人猿脸上。

"你这个骗子,这个猪狗不如的东西。"

看见程怡雪手指着丁雄伟,咬牙切齿大骂!众人都扭过头去,明白不明白,很快就离开了。直到几天后的一个早上,丁雄伟刚出教师村,就看见有人走到小区门口的树丛里,摘下墨镜不断擦泪,脸上满是瘀血,黑一块又红一块的。

"你怎么又摔伤了？可要小心点哦。"丁雄伟说。

"你少黄鼠狼给鸡拜年。"程怡雪怼道。

丁雄伟其实明知故问。这几年,程怡雪和丈夫的吵闹声传遍了整个教师村小区,越是夜晚,声音越响。沉默几分钟之后,丁雄伟没话找话说了一堆滨大的人和事,最后说学校很多老师都离婚了,院长离婚了,邹金贤老师也离婚了。

世上几多无奈事,人间无数伤心人。滨大这几年离婚率高了,很多夫妻,当年读书时都是热恋不已的师兄师妹,结果还是逃不脱七年之痒。不过,离婚毕竟是个人感情的事情,和道德品质无关,大家对此也习以为常。身为办公室主任和新晋的党总支副书记,丁雄伟对院里的人事了如指掌,他还想再拉扯些别的八卦,但程怡雪显然没兴趣,直到走出树丛,戴好墨镜,才大声应道："别人是别人,我是我。我嫁了谁就是谁,为了家庭,我坚决不离婚。"

"得了吧你,你还想做个好女人？看看脸上的伤痕就知道了,不要自欺欺人了！"丁雄伟忍不住揶揄,"你何苦为难自己呢？当然这些话不中听,但我也是为你好,放别人我才不说呢。好歹我们——"

程怡雪的嘴唇动了动,想说什么却说不出口。儿是娘的心头肉,她现在宁愿为难自己,也不愿为难孩子。她实在不想让孩子重蹈自己的覆辙,无论如何,她决意要把这桩婚姻维持下去。为了让孩子有一声"爸爸"叫,这几年来,她总是心甘情愿承受着一切。夜里,酗酒的丈夫一回到家就直接在客厅大小便,便后摇晃着身子,瞪着发红的眼睛,一蹦三尺高,对她不停地大骂,骂她是破鞋,骂她是化粪池,骂她是公共汽车,甚至还反复追问孩子是谁的。骂着骂着就开始摔风扇,摔板凳,摔锅碗瓢盆,打砸洗衣机,骂着摔着就对她拳脚相向。

家暴对程怡雪来说已经成了家常便饭,可无论丈夫如何辱骂暴打,她总是骂不还口打不还手。等丈夫骂完了打累了气泄了,她顾不得擦净自己脸上的血污,又开始清理整个屋子。她先把酒鬼丈夫扶到卫生间,给他冲完凉,擦洗好身体,换上干净衣服,扶到卧室里躺下,然后再到客厅,深深弯下腰,甚至跪在地上,用抹布,用清水,用拖把,一遍遍清理丈夫的大小便和呕吐物,清理完客厅,清理完卧室,她再清理卫生间,甚至清理门外的走廊。等把丈夫的脏衣服清洗干净的时候,常常已经是深夜了。而当酒鬼丈夫一觉醒来,就发现家里已焕然一新,自己浑身上下也干干净净，阳台上晾晒着昨晚的脏衣服，厨房里传来鲫鱼汤的鲜香，晨光中，一个熟悉的身影正忙着洗菜切菜。

"老婆，你是天下最好的女人，对不起，昨晚我犯浑了！"清醒过来的男人禁不住抱住程怡雪，说着就懊丧地低下头。

程怡雪看看身边的丁雄伟，山不转水转，当年的小结巴已今非昔比，何况又当了办公室主任兼副书记，形象上越来越有派头，说话也从小结巴变得油嘴滑舌了。想到昨天见到丁雄伟和一个漂亮女生坐在车里，程怡雪就讥讽："怎么样，最近扫黄打非，风声这么紧，你也敢活动啊？""你这叫什么话？"丁雄伟脸色突变，攥紧了手机。

"你做的什么事情自己知道，当心身体吃不消！"

"我做什么事情啦？学生工作吃力不讨好，我推都推不开，能做什么事情？"丁雄伟一脸的烦不胜烦。

太阳升起，几只乌鸦从树丛中飞过，飞向远方的山坡，山坡上层层红土裸露，风一吹，便扬起浑浊的尘雾，惹得行人纷纷捂住鼻子。程怡雪知道丁雄伟现在胆子越来越大，当了副书记后更锻炼得能说会道，和学生接触特多。学院办公室经常招聘学生助理，学生会团总支每年都在招新，借着招聘办公室助理和团学干部的名义，丁雄伟遴选漂亮女生招进院办，招进学生会和团委的各个部门，然后慢慢发展。每年的奖学金评定、优秀学生干部评定和三好学生评定，每年发展党员、推选先进及各类评奖评优等，除了依据学生考试的原始成绩，还有一项日常操行表现的附加分，这分由丁雄伟来掌握，想怎么给就怎么给。有权不用，过期作废，已婚的他就以此做诱饵，不知不觉玩弄了很多女生。能被丁雄伟看上的，都是清纯如水超萌超新鲜的小女生，一进校门就被瞄上了。用他自己的话说："不管直路弯路，我就要猛干出路，咱就是个发射器！"当然，也不是所有女生都会上钩，但是丁雄伟办法多，据说关键时刻，他会像黄鼬或者狐狸释放臊腺一样，施展出自己的独特手段，威逼利诱，最终蛊惑性灵，迷魂致幻，逼得那些漂亮小女生投怀送抱乖乖就范。以至于有一次院里吃饭，老浦喝醉了，摸着丁雄伟的类人猿脑袋连连感叹：

"哎呀，你这辈子采阴补阳，没有白活啊！"

这种事情早晚都是要传开的,不能说对他没有影响,但谁让人家是丁雄伟呢？滨江大学有好几个身处教学一线的男老师和女学生恋爱不成,反被告发,最终男老师不得不辞职走人。据说肖子业院长也因此严厉警告丁雄伟："你小子小心点,不要弄出麻烦,否则我开除你！"但丁雄伟始终没碰上麻烦,他的能耐可不一般,他没有那些只会上课做学问的老师那么笨,那么痴,那么纯真！他会来事,会哄人,手段又很高明,干什么都游刃有余而又不违背游戏规则。艺术学院年轻男老师中,只有他最懂得女人的心,会拿捏,能摆平,玩弄了多少女生都风平浪静,以至于被大家称作"摧花专业户",用郑宇智的话说："只要见了美女学生,丁雄伟就能不断杀出血路,尽管采花泛滥御女无数,但最终都双赢互利。"虽然有些人也义愤填膺,然而几年过去,丁雄伟还是丁雄伟,在办公室主任和主管学生工作的副书记岗位上稳如泰山。

　　八点半过后,看着小区门口人员开始稀少,程怡雪松口气,她知道上班高峰已经结束,便用眼睛的余光一瞥,发现丁雄伟还在旁边不走,于是更清楚这个人今天有话要说。其实丁雄伟一出现在门口,程怡雪就知道他今天肯定有事来找,肯定有所需求。她太了解丁雄伟了,可以说,丁雄伟嘴巴一张,屁股一抬,她就知道这货又要贪得无厌了。

　　果不其然,丁雄伟打开一瓶可乐递过来,然后笑眯眯说："我们来谈笔交易怎么样？"

　　"什么交易？"

　　"你不是有朋友吗？帮我联系下网络发射器投票。"

　　"你想干什么？"

　　"想参评滨江最美老师。整个滨大只有一个名额,竞争激烈,所以我不得不有所行动,最终也是给学院争光啊！"

　　"呸！"程怡雪啐了一口,"凭你丁雄伟还想评最美教师？明明要徇私舞弊,还把自己说得很无辜似的,真是脸皮比城墙还厚,当了婊子还想立贞节牌坊！你没看看自己几斤几两,有什么资格,有什么成果？一个大专留校生,花钱买个硕士文凭,混进高校后不务正业,备课复制网上的内容,上课要么放视频,要么照本宣科死读教材。生活中吃喝嫖赌,坑蒙拐骗；工作中巧取豪夺,玩弄女学生无数,现在还想评最美教师,真是恬不知耻异想天开!"

机械工程学院的秦学勇,学富五车著作等身,整天在实验室钻研,上课认真,对学生循循善诱,是全校学生公认的好老师,SCI论文一年发好几篇,引起国际关注,市委书记都专门来校看望过。信息工程学院的齐欢欣,专业水平高,治学严谨,主持了好几项国家课题,备课上课极为负责,三十年如一日热爱学生关心学生,义务辅导学生考研究生,又贴补自己的工资,资助家庭困难学生完成学业,被学生称为齐妈妈。外语系的王颖老师,不顾腰椎间盘突出的痛苦,每天坚持提前进教室,义务辅导学生早读,使得所在班级的大学英语四级六级通过率超过全国平均水平,又多次拿出自己的积蓄,设立上百万元的校级奖学金,奖励优秀学生。网络中心的卢思琪主任,服务周到,任劳任怨,只要发生了网络故障,一个电话打来,即使深更半夜,也二话不说从热被窝里爬起,捂着哮喘的胸口就出门维修了。文传学院的袁秀妹,生活中待人热情善良,工作也极为认真负责。同事生病了,她跑到医院送汤送饭。自己腿摔坏了也不请假不病休,让家属推着轮椅,背着扶着进教室,坚持给学生上课,学生说她长得丑,教学评价留言嘲笑她,但秀妹老师从不放在心上,依然爱岗敬业专心教学。肖子业院长这几年在申报非遗基地,建设新专业,改进滨江大学美术馆建设方面工作出色,哪个不说院长能干?肖子业已经成为校内外知名专家和学者型官员。李光头、邱博厚、邹金贤这几年为了学科建设也出力不少。

一听说丁雄伟要评优秀教师,程怡雪的第一反应就是利令智昏异想天开,等到再把心目中的人选一一过了遍之后,她更觉得丁雄伟简直痴心妄想丧心病狂了,于是禁不住又怒斥:"这些人的资历、年龄、学问、成果,特别是道德品质、科研能力,哪一个不比你强十万八千倍?你也有脸去跟人家竞争滨江市最美教师,真是不自量力,不知羞耻,癞蛤蟆想吃天鹅肉!别说你和人家竞争了,你的名字排在人家后面,都是辱没贤良,让人看着恶心!还有,你杀人不见血,欠了庄焕明一条命!"

丁雄伟看也不看,直接发出一声奸笑:"那又怎么样?"

程怡雪嗤了声,看着车外,不吭气了。丁雄伟的小眼睛眨巴着,大嘴巴张了张,狠狠来了句:"癞蛤蟆为什么不能吃天鹅肉,你这个天鹅不是照样拜在我这个癞蛤蟆胯下了吗?"眼见程怡雪气得花容失色,抽下旁边的芭蕉叶子打过来,丁雄伟边躲闪边皮笑肉不笑:"我有办法的。我想上最美教师,就要上,也一定能上,现在已经十拿九稳了。我今天来就是和你谈这个交易的。没有金刚钻,我也不敢揽这个瓷器活儿。"说着声音就变得诡异了,"怎么样?你那个会网络发射器的朋友给我引荐下吧,听说你和他有一腿,恰好用下,你只要给他说说就可以了。听说他能一次性投好几万选票,当然我不让你白推荐。"

"人家是开公司的,要收钱的。"程怡雪说。

"可以啊,我给钱。有你程大美女穿针引线,可以给我打八折吧?"丁雄伟不假思索。

程怡雪连连冷笑:"我就知道你没安好心,现在你原形毕露了,你不就是想花钱买选票,拉票贿选吗?你真会算计,算得可真精。当心偷鸡不成反蚀一把米。要是让人给捅上去,你把老本儿都赔光了!""行了行了。齐天大圣没有金箍棒,也敢打白骨精?成不成是我的事,放心,我有办法的。你只管推荐你的朋友,互相帮忙吧。"丁雄伟挤挤眼,伸手就想摸程怡雪,但被一把推开。

"还是帮帮忙吧?""你怎么感谢我?""学校北门生活一条街那些铺位,现在不是公开招标嘛!我知道你很想开一个店,但去年你让亲戚去投标,结果输给别人了。这样吧,你看中哪个铺面就告诉我。开完宗族恳亲会后,我找人给你搞定一个铺面。""少利诱我。我自己就在后勤集团,难道还搞不定?哼,既然你有资格参评最美教师,我也有资格参评,反正艺术学院上谁都一样,反正我的人事关系还在艺术学院,这几年我一直在上课。你别臭美了,我如果上不了,就是拖也要把你拖下来。"

"行了,我知道你在后勤集团不怎么样,他们都排挤你。你如今靠谁?你的那个——"丁雄伟知道程怡雪在打嘴仗了,这个女人从来都是嘴上的不甘心。不过他见的女人多了,自有办法。想想这几年校办进的漂亮女孩越来越多,还有滨大校内宾馆也招了不少漂亮女孩,程怡雪早就成了淘汰品,丁雄伟便努努嘴:"我们的强校长很快要离开滨江大学了。""你是不是王八投胎的,贼黑贼精!少胡扯什么校长!告诉你丁雄伟,你有个屁,又算个屁?你除了靠院长,还能靠谁?"程怡雪手指着丁雄伟的鼻子骂起来,"你已经是著名的获奖专业户,这几年得了那么多奖还不罢休？要知道大家早已拿屁股嘲笑你，陆芙蓉她们背后更把你骂死了。你还嫌不够吗？你要活，别人也要活，你不怕那么多奖塌下来砸死你?!""得了吧，程美女，你该不会是嫉妒我吧？"丁雄伟尖着嗓子高叫，"礼多人不怪，钱多不累人，奖多不压人。我的一切都是我挣来的，既然世界上有发财的专业户，他们说我是获奖专业户又怎么样？有本事他们自己去挣嘛！奉劝一句，琴房装修工程验收单，你最好还是签字！晚签不如早签，省得浪费时间。"

闷热无比，腐草的气味越来越浓，程怡雪捂捂鼻子，看看远处滨大的建筑群，心里禁不住发凉。丁雄伟话不多，但很有分量。她知道，这个人现在背靠大树好乘凉，又要开始运作了。才几年过去，丁雄伟表现突出，能耐出乎所有人的预料。大家纷纷感叹一个滨大留校的大专生，能爬得这么快，混得这么好！连邹金贤都惊呼："当初那个签名信，我原以为是愚蠢幼稚之举。说起来，我还是丁雄伟的科任老师，要知道那时他学习可笨了，每年好几门课不及格，班里同学都叫他重修大王。没想到这家伙挺聪明，参加工作后很快时来运转了。"

客观而言，丁雄伟这几年也干了很多好事，比如学院办公室及教研室的桌椅配置、艺术楼的灯管更换，报到资产后勤管理处，之前好几年都拖拖拉拉解决不了，丁雄伟不知使了什么门道，接手之后不到半个月就解决了，而且价格远比学校报价便宜。滨江大剧院的重要演出，常常一票难求，连票贩子都抢不到，但丁雄伟总是在第一时间给大家分好票，而且全部免费。以至于庞运美有一次抱着他的后腰连连媚笑："雄伟，你太能干了，以后这样的芭蕾舞票，记得多留几张给我啊！"

最美教师

全院教师大会上，在谈了教学及科研的一些问题后，老浦说这次滨江市最美教师人选，学校给了艺术学院一个名额，艺术学院符合条件的有三个人，经过学院党政班子综合考虑，决定推荐丁雄伟同志为艺术学院滨江市最美教师人选。当然，其他两位同志成绩也很好，比如邱博厚和李新旺同志，这几年科研很出色，发了不少论文，连出两本专著。程怡雪同志从高建办到后勤集团，一直勤奋努力,恪尽职守,为艺术学院争了光,目前还在音乐系兼课,低调做人,踏实做事,干得也很出色。张懿恒同志这几年也很努力,成果不少。这时下面一阵唏嘘。老浦看看大家,很快摆起手来。

按照老浦的解释,学院把各种因素都考虑到了。比教学、科研和行政管理的话,邱博厚、李新旺科研很突出,程怡雪代表学院在外面也做了不少工作,但是汇总了一下,这几个人的科研成果、教学能力还是比不过机械工程学院、计算机学院、网络中心那几个推荐的人选。那些博士、教授每人一年发十几篇核心期刊的论文,而滨大人文学科的老师一年能发两篇论文都不错了,至于教学更不要说,艺术学院所有的老师都被学生投诉过,有的不仅投诉到教务处,还投诉到人事处以及校领导那里。院里仔细研究了近几年滨江市的最美教师,发现就缺学工战线的人员,恰好丁雄伟这几年学生工作做得好,这是别人没有的优势。再说滨江市最美教师的评选,按照逻辑,这次轮都该轮到学工战线的同志了,再不然这条线就不稳定了,所以艺术学院决定从这个缺口打上去,推出丁雄伟。还有就是学校那边也建议艺术学院不要报教学科研方面的同志,因为是拼不过理工科那几个高人教授的,这就是为什么没有推出李新旺等人的原因。

老浦说完看看肖子业,肖子业说如果大家觉得丁雄伟不行,那还有谁可以上?时间紧,早点提名。人选如果不早点决定下来,名额作废,那艺术学院可就吃亏了。

台下争论一片,大家提了好几个人选,但都被互相推辞否定了。哄乱中,老浦敲敲桌子:"同志们啊,吵来吵去不是好办法,我们现在好不容易有了一个比较合适的人选。大家再这样纠缠不休的话,就是自毁家门了!的确,丁雄伟同志有这样那样的不足,但人无完人。雄伟毕竟年轻,人越是年轻,就越会做事不周,所以才需要磨砺锻炼。大家都看到了吧?"说着拍拍手中的文件,"雄伟同志几年来如一日,什么时候躺平过?"老浦讲到,每天早上六点半,别人还在热被窝的时候,丁雄伟就早早起床,带领学生在操场晨练,冬练三九,夏练三伏,练习朗读英语,练习健身健美,这个有目共睹,校内媒体都做了报道,现在成了艺术学院的名片了,成了滨江大学的著名风景线了。

"就冲这一点,岂能吹毛求疵?雄伟现在已经是最合适的人选了,所以无论如何我们也要让他上,这不是他一个人的事情,而是整个艺术学院的事情。如果丁雄伟上不去,整个艺术学院就上不去。"老浦很激动,手势连打不断,"我们拼科研实力拼不过理工科的学院,拼挑战杯拼文创产品拼不过管理学院、文传学院,拼教育培训拼不过师范学院、成教学院,所以对于这次滨江市最美教师,我们既然有了恰当资源,就一定要拼一拼,要创造条件让雄伟上,这是事关大局的事情。要当成政治任务完成。无论如何,死马要当活马医,行不行都要打造一下,为艺术学院争光。"

陆芙蓉高举着手站起来,说她同意让丁雄伟报优秀教师,但是先把问题解决了。艺术楼装修后,琴房甲醛超标的问题,反映了很多次都没解决,现在大家都在这里,该研究解决了。既然要当优秀教师,就要给大家办实事吧。把问题解决了,大家一致同意推选也不迟。话音未落,其他几个老师也纷纷举手同意。

丁雄伟也站起来:"大家误会了,甲醛没有超标,新装修的房子,多少都有气味的,过段时间就好了。大家推选不推选我无所谓,我在这里只是把情况说明,咱凭良心干事。""丁雄伟,你少嘴硬!这样吧,你来琴房上课试试,你只要能待一天,我就能待一星期。"夏雨清娇小玲珑,温婉可爱,或许是仗着丈夫在省城工作,她说话一向很冲。"琴房没事的,老师们请不要小题大做。"丁雄伟还在辩解不休,但夏雨清很快手指着他的鼻子大叫:"琴房是你负责装修的。墙壁贴板甲醛超标的事情,别以为我不知道。你做的勾当,骗得了别人,骗不过我。你不就依仗那个黑老大,扯个虎皮做大旗!"

丁雄伟脸色陡然变了,嘴唇翘了翘,想说什么,却说不出话来。夏雨清此言一出,台下老师很快交头接耳。滨江大学艺术学院琴房装修好没几个月,就投入使用。上课的师生一进去就发现很不对劲,因为琴房里散发着一股刺鼻的味道,刚开始大家只是食欲不振,有一点不适,但后来待久了,就被熏得双眼流泪、咳嗽不断,而且阵阵胸闷。问了后勤集团,后勤集团说是艺术学院负责装修的,工程具体负责人为丁雄伟。师生们找到丁雄伟,丁雄伟答复说装修用的新工艺新材料,都含有甲醛等,刚装修的房子一般都会有这种味道,过段时间就好了。师生们也就没在意,反正上课时间也就那么一会儿,上完课就离开了。

渐渐地,陆芙蓉她们几个年轻女老师,发现身体不对劲,总是流产,常常是怀孕一两个月就开始滑胎或者自动坏死了,看了很多医院总不见好。一些女学生也反映在琴房待久了,头晕恶心,四肢乏力,严重的甚至出现心律不齐、月经紊乱、疼痛难忍等。学生们没有办法,就自己带了很多柚子皮和陈醋到琴房,想除去异味,但还是不行,去问丁雄伟,答复总是等等就好了。大半年过去,刺鼻的味道依旧,反映越来越激烈,于是陆芙蓉和夏雨清牵头,组织师生写了联名信给学校,举报艺术楼琴房装修材料有问题,三聚氰胺板质量差,甲醛严重超标,投诉负责装修的副书记丁雄伟漠视群众关切,对师生敷衍塞责,要求学校派人调查艺术楼琴房的装修,尽快解决相关问题。

晚上,张懿恒和廖慈志打完球,情不自禁议论起会上的事情。廖慈志说琴房装修是有问题,程怡雪早就不满,因为她也要上课,所以迟迟不在工程合格验收单上签字,程怡雪现在在后勤集团管基建,有这个权力,何况两人原来又有过瓜葛。张懿恒说夏雨清陆芙蓉也有后台,丁雄伟搞不好这次吃不了兜着走。"那不见得,你不要把他小看了,女流之辈根本不是他的对手。"廖慈志把玩着手中的乒乓球,直到球发出咯吱咯吱的声音,才不屑地哼道,"平日里就知道大呼小叫瞎嚷嚷,她们的后台不值一提,夏雨清的丈夫只是远在省城当副处长,不顶事。滨江这地方,强龙难斗地头蛇,本土派自古都成事。你还记得去年的丁氏宗族恳亲会吧,副省长都出席了。在滨江,丁氏家族可是南霸天。"

举报信递上去,学校迟迟不见处理结果。陆芙蓉和夏雨清两个女老师等不及,便通过关系,找了滨江本地媒体,希望媒体介入。真是凑巧,就在滨江网、《滨江晚报》等准备过来采访的时候,夏雨清她们接到滨江大学校办工作人员的电话,联名信领导已经收到,并且认真看过了。工作人员特意指出:身在外地的王书记和新来的梁校长都在举报信上做了认真批示,要求彻查此事,本着对人民生命安全的考虑,给师生们一个交代。校领导经过认真研究,决定派出联合调查组来艺术学院,一旦发现有违法行为,将严肃处理有关责任人,从快从重处理,决不姑息,请你们耐心等待,要相信组织,相信学校,爱护学校的声誉。

学校调查组很快进入艺术学院,邀请市环保局、建筑设计院的专业人员携带专业的检测设备,对艺术楼的每间琴房都进行认真全面的检测。几天后,检测结果公布:装修材料完全符合国家标准,三聚氰胺板质量合格,甲醛含量并未超标。

调查组又针对师生反映的丁雄伟其他问题做了调查,结果相当多的学生认为丁雄伟是一位爱岗敬业、忠于职守、工作积极努力的好老师。学生普遍反映丁老师对学生无比爱护,对工作认真负责,特别是他担任班主任的实验班学生,异口同声说丁老师经常嘘寒问暖,关心学生的日常生活,送花送礼,待她们很亲。学生有头疼脑热,不管白天黑夜,只要电话打过去,丁老师有求必应,即使在冷风瑟瑟的寒冬凌晨,也一脚蹬开热乎乎的被窝,迅速披衣起床,及时开车把学生送到医院救治。遇到困难学生,丁老师甚至用自己的工资给学生支付医药费。有的学生住院,一个多星期不能来校上课,丁老师还亲自送饭送汤到床前,给学生讲故事,陪学生聊天。总之只要有时间,丁老师就去宿舍看望学生,送去各类水果点心,让大家好好学习。特别令人感动的是,丁老师几年来利用自己的人脉,联系了外面的好多老板,动员他们慷慨解囊,资助贫困学生完成学业。提到丁老师,学生都交口称赞,一些女生说着竟热泪长流。

调查组最后也了解到丁雄伟每个学期都组织学生会团委的同学,深入敬老院和福利院等,看望老人、孤儿,培养学生的公德意识。丁雄伟也多次带头充当志愿者,戴上小红帽,穿上黄马甲,举着大红旗,走上街头,参与各种社会活动,服务人民群众,还经常自掏腰包,给孤寡老人送去油米面等生活物资。

调查组前脚离开,艺术学院后脚就再次召开会议。"感谢组织,调查来调查去,给我们调查出这样一个很好的同志。没有调查就没有发言权,上级的调查结论是公正的,这也证明我们当时的选择没有错。我们要坚决贯彻上级的文件,不能让好人吃亏,不能让老实人吃亏。"肖子业说完,老浦又敲桌子又拍水杯:"同志们,事实胜于雄辩,艺术学院再有谁,不推出丁雄伟怎么办?如果还揪住雄伟的某些失误不放,这个名额就浪费了,艺术学院难道要自暴自弃?让我们和衷共济团结一致,艺术学院是我家,努力靠大家。雄伟的事情就是大家伙儿的事情。这几天学校将确定人选,很快就开始投票了,我们要紧密行动起来,群策群力,创新投票方式,不然拼不过那几个高人选手。"老浦说着清清嗓子,开始布置任务。

十天后,投票结果显示丁雄伟票数最高,学校随之宣布:滨江大学艺术学院丁雄伟老师作为唯一候选人,由学校推荐,进入滨江市最美教师的评选。

丁雄伟最终顺利当选滨江市最美教师。颁奖仪式在市人民礼堂举行,市五套班子领导出席。领奖回来,丁雄伟身穿一身考究的西装,披着大红绶带,拿着金光闪闪的奖杯,把受到市委书记接见的照片到处散发,又跑到各个教研室,和老师们一一握手,说是要请大家吃饭。"好啊,好啊,你这奖众望所归,实至名归!是该请大家吃饭了。"老师们纷纷拍手祝贺。张懿恒从画室回来,看见谭景明、齐思宁、应志武他们几个簇拥着上了豪车。丁雄伟坐在主驾上,一手接电话,一脚踩在刹车上,等到都坐好了,就放下手机,关上车门,一按喇叭,豪车像黑色的旋风,载着几个人飞快离开,轻烟过处,留下阵阵响亮的大笑。

"如愿以偿,他们又去喝酒了。"郑宇智幽灵般闪过来。"丁雄伟没找你拉票?"张懿恒问。"当然找过,我都没想到,那人脸皮厚,能找我这个和他平时不来往的人。我也就应付着投了他几张票。平时虽不待见,但面子上还要过得去。"郑宇智看看张懿恒,不解地问:"好像你没反应。微信群里热火朝天,别人都在起哄吃喝着拉票,互相推荐用发红包的方式拉票。你怎么没任何表示?"

老浦在会上不但要求艺术学院全体老师都要投票,而且要求老师们动员学生投丁雄伟的票。此外老浦还在艺术学院的微信群里公开指令:谭景明,你联系下本科同学,搞定三千张选票。齐思宁,在朋友圈互相转发下,搞定六千张选票了我请吃饭。朴鹏福,你正在读博士,给你的研究生同学做做工作,人传人,人帮人,也可以搞定五千张选票的。小徐,你是辅导员,更要动员所有学生,包括已毕业的学生广泛投票。

得到领导的指令后,很多老师,特别是新来的年轻人都积极行动,在微信群里广泛转发,一传十,十传百,竞相为丁雄伟拉票。刚开始,大家回复说虽然做了工作,但艺术学院学生投丁雄伟的积极性不高,不出所料,都投给秦学勇他们那些名教授了。"看来学生还是有选择的,不能勉强他们!"大家感叹工作难做。但很快,年轻的谭景明说他在同学群里发了一个红包,不到一分钟时间就被抢光,接着把丁雄伟等人的评选链接发到微信群里,号召同学投丁雄伟的票,得了红包的人于是很快投票。

谭景明又在不同的微信群里发红包,结果红包也很快一抢而光,参与投票的人随之多了起来。"这真是个好办法,见效特快!"谭景明兴奋不已。"这个办法确实好,高效刺激又好玩!"齐思宁也连连称好,不断微信截屏,说他已经广撒红

317

包,发动很多人成功投票了。于是大家纷纷仿效,好多老师都在不同的微信群里抛撒红包,恳请大家支持滨江大学艺术学院。老师们发红包发到手软,收了红包的人踊跃投票,投完票又广泛转发,好像滚雪球一般,于是丁雄伟的票数迅速飙升。老师们,特别是那些新来的年轻老师顿时脑洞大开,一个个咂嘴赞叹:

"通过发红包的方式拉票,来得就是快啊!"

对于艺术学院火得冲天的红包拉票,张懿恒始终不参与、不表态。在他看来,自己没必要掺和这个,尽管老浦打过电话,但他当下就拒绝了。

"我们已经不年轻了,但年轻人比我们都能表现!"张懿恒的嘴唇动了动。年轻老师如何做他管不着,但他清楚自己没必要向一个奴才,向一个狗腿子献媚投好。好歹是一个博士,是一个堂堂正正的大学老师,岂能向一条狗低头哈腰,为了狗的利益奔波操劳?狗再张狂也是狗,人再难过也是人,人总不能向狗俯首讨好吧!

"算了,谁都知道他们很假,现在做的一切都是假大空,钟教授早给我说过,整个滨江大学就是皇帝的新装,但是谁捅破这个谁得死!有的人嫌没往上捅,冯志学不是捅了一次,结果怎么样?整个学院都没几个人和他讲话了。现在谁还愿意站出来,充当那个讲真话的小孩儿呢?"郑宇智的声音充满嘲弄和讥诮,"你可能不知道吧,发红包贿选的钱,院里都通过经费补助的方式还给谭景明他们了。这样既讨好了领导,又不用自己破费,何乐而不为?有人亲口告诉我的。"

"我一直都不明白,琴房装修,丁雄伟吃工程回扣的事情尽人皆知,作假的手段并不高明,资产后勤管理处的游工也早在背后把他骂得体无完肤!可明明装修材料低劣,油漆中的甲醛含量超标,怎么市里来的专业检测团队,说是达标了?检验报告白纸黑字,怎么瞒天过海的,难道仪器失灵了?"张懿恒踢踢脚下的石头。

"这还不简单?"郑宇智的脸色异常冷漠,"继续作假,假到极处就成真。"

……市里检测团队来的前几天晚上,有人跑到艺术楼,临时更换了一些板材,又把每一间琴房的门打开,窗户打开,空调风扇都打开,能打开的都打开,还喷了不少空气清新剂等,恰好当天刮大风,一夜吹得里面的味道消散很快。等到市里检测团队到来前的几分钟,有人又很快跑到琴房,把每间琴房的门窗关上,使之恢复到密闭的状态。这样无论如何检测甲醛气味,都是达标的……

"他还做了别的什么手脚我不知道,但偷偷打开门窗,喷射相关水剂和涂料,又让大风猛吹,这是我所知道的手脚之一。当然,肯定有其他高科技的蒙蔽手段。""通过发红包的方式,公开贿选拉票,这已经违法乱纪了,也没有人去上告?""王书记作为艺术学院的联络领导,就在我们群里。为了丁雄伟,红包发得火光熊熊,他岂能不知?但他一声不吭,谁还愿意去告?再说了,就凭这个能告倒丁雄伟吗?大不了就是个诫勉谈话的处理,不足以把他拉下马。所以只有傻子才去上告。""看来我们的女老师又要继续流产,女学生又要继续饱受妇科病折磨了。"张懿恒接过郑宇智的话,说着便折断了一根树枝。

"什么继续?其实调查组来的时候,夏雨清、陆芙蓉她们几个已经准备写辞职信,调查结果一公布,她们就上交了辞职信。听说这几天,她们不顾学校挽留,正在办辞职手续呢。看来人家女流之辈,倒也有先见之明!"

"陆芙蓉要走?难怪前几天她和丁雄伟拍桌子猛吵了一顿。"

"吵了又能有什么用?丁雄伟现在蒸蒸日上了。听说这几天学校正在酝酿,准备推举丁雄伟作为滨江大学省级优秀教师人选,毕竟已是市级最美老师,成果在那儿,别人比不上。丁雄伟现在不仅是艺术学院的副书记,而且兼任共青团滨江市委副书记,是省千百十工程重点培养对象,是组织部备案的优秀青年干部,现在比我们高好几个台阶。如果不出意外,下半年他就是省里的优秀教师,明年就是全国的优秀教师了。芝麻开花节节高!听说林和兵现在也要高升了。"说到最后,郑宇智拉住张懿恒的手,声音也变得微妙起来,"江河日下,我就这样了,但你也不去北京活动活动?预则立不预则废,你这个博士还是有生机的!"

"我和师门好几年都不联系了,他们的什么活动我都拒绝。"看着空荡荡的前方,张懿恒的眉毛蹙了蹙。

远处,灰蒙蒙的天,灰蒙蒙的地,空气里弥漫着难闻的阴霾气息。两人久立无语,感到胸口憋闷,浑身潮腻。

第十二章 学院

武术学院

早春的一天,张懿恒在饭堂吃早餐,一碗皮蛋瘦肉粥喝了一半,就看见程怡雪和她的丈夫走过来,两人穿着墨绿色的情侣装,手挽着手,倒也相亲相爱。窗外的伯劳鸟叫了几声,张懿恒心里说,有剩下的爷,没有剩下的婆,程怡雪再不好,照样也嫁了,可自己还孑然一身。坐在一旁的老黄好像看出了他的心思,小声说:"你也不小了,该成家了,多一个人给你出谋划策,有什么不好?你看程怡雪,家里再反对,可是她还是嫁了。如今有了孩子,也挺幸福的。咱们的肖子业,当了院长后离婚又结婚,越活越潇洒!"张懿恒知道院长和楚涓涓离婚后,很快找了一个年轻女孩结婚,当然,这没有引起什么波澜,因为对一个艺术家来说,这是再正常不过了。

老黄又说彭凌杉和齐思宁闹矛盾,彭凌杉给人说小齐的字太差,他用脚写的字比小齐用手写的字好,话传到小齐耳朵里,当下前去质问,两人为此打了一架。"还有那个凌宇飞,参加工作没几天,就要开个人演唱会,为了筹资,前几天专门找了个老板,一口一个干爹,叫得可亲了。哎哟,现在的年轻人,我都看不下去。"老黄不断叨叨,张懿恒有些如坐针毡。"哈哈,滨江大学就是小,吃个早餐就好比开全院大会呢,艺术学院的人都到齐了。"胖子老刘、娄静斋、谭景明、丁雄伟也过来了。娄静斋问张懿恒要不要去图书馆看画,胖子老刘哈哈道:"别晕了,图书馆的画早移交给校美术馆了。"张懿恒赶紧给他打杯豆浆,老刘说藏画统一归结到校美术馆,优化整合,多好啊!丁雄伟说那当然,美术馆划归艺术学院管理,专业很对口,更便利师生了。

大家说着笑着吃完早餐,正下台阶,碰上肖子业院长和他的新婚妻子。"院长好,院长好!"丁雄伟和谭景明带头打起招呼。"昨天您那个讲话真好,把大家的劲儿都调动起来了。""以后都跟着您好好干,学院就是我们的家。""院长学问好,人品好,就是我们的榜样,是我们的带路人。"大家嘴里说着,眼睛却不由自主看向院长身边的女人,那女人娇美异常,一看就是个嫩模。两人走在一起,肖子业戴着棕色的方框眼镜,身穿米黄色休闲西装,目光温和、神清气闲又风度翩翩,娇妻则一袭粉色的绣花长裙,面容白皙,眉眼清纯,宛如童话里的白雪公主。招呼声中,肖子业向大家微笑致意,娇妻挽着他的胳膊,紧紧偎依在身边,小鸟依人亲密无间。伴随着声声赞叹,大家主动让路,站成两排,目送院长夫妇离开。

肖子业和娇妻缓缓走下台阶,走向校园的绿道。微风吹拂,几朵花瓣悠悠飘落,飘落在两人的头发上衣襟上。"好浪漫啊,太富有诗意了!""听说院长新娶了自己刚毕业的学生。""好恩爱的一对啊!""你们艺术学院就是有艺术,走出来的人气质都不一样,想想我们文传学院那些老师,一个个跟腐儒似的。"艳羡声中,不知谁叫道:"快拍视频,做个快闪。""好啊!"大家纷纷鼓掌,院长夫妇也不禁回头,朝大家一个亲民的回眸笑。

正笑着,忽然冲出一个十六七岁的男孩,抓住肖子业的衣襟,砰砰几拳,先是打掉他的眼镜,接着打得他的头发乱了起来,高档西装也被摔在地上。紧跟着一个中年女人也冲上来,"打,打,打死这俩狗男女,打死那个小妖精。"女人骂着便扑到院长脸上,狠狠扇个耳光,接着又揪住娇妻的头发,在脸上乱撕。娇妻尖叫一声,捂着脸跑开了。肖子业推搡着大叫:"你们干什么?光天化日的,有本事靠法律解决。""我就打你,谁让你不要我妈,谁让你当陈世美?"小男孩说着冲上去又是拳打脚踢。肖子业回击了两下,但他哪对付得了?围观的人越来越多,肖子业招架不住,一手提鞋,一手扶住残损的眼镜,像狗一样满地跑着,转了几圈,就赶紧向饭堂前面跑来。

321

当看清打艺术学院肖子业院长的女人不是别人,正是其前妻,如今艺术学院的楚涓涓老师时,刚刚还在观赏赞叹的老师们一下子愣住了。程怡雪打开手机本来要摄像做快闪,一看打架就赶快关起手机,扭过头开溜了。胖子老刘早已溜得不知去向,谭景明、齐思宁兔子般闪进后墙根,李光头飞一般跑回饭堂继续吃早餐了,韩灵光、廖慈志都爬上二楼不下来。其余的也纷纷转向后门,都假装没看见。老师们不是傻瓜,这种事是万万不能看的,就是看到了,以后也要在院长面前假装不知道。所以院长挨打,就剩下一群吃完早餐的学生在傻傻看,最终还是几个学生劝开架,把肖子业扶上车。楚涓涓坐在地上放声痛哭,边哭边骂边诉说,诉说肖子业的不忠,诉说肖子业的腐化,真真假假谁也分不清。男孩倒是十分勇敢,从地上捡起砖石瓦块继续朝肖子业打来。

张懿恒坐在郑宇智的车里,目睹了一切,还没等他开口。后座上,林和兵先一乐:

"好个活生生的好莱坞大片。前面个老金老浦,中间个小齐小彭,现在个老肖老楚,你们艺术学院真成武术学院了!"

新　贵

三个人聚在一起,林和兵提到信息工程学院,也是一肚子气,说他新调到这个学院,才知道苟教授稳坐院长宝座,已经十几年了,尽管很多人有意见,人家照样稳如泰山。"都说学文科的人心思缜密,但理工科的人也不能小看。"郑宇智提到滨大化环学院那几个实验室,如今斗得也很厉害。一个高倍显微镜,宁愿放坏,也不愿互相借着用。张懿恒说学校上次不是要处理封弘道吗,现在也悄无声息了。林和兵轻蔑一笑:"上次是给他一个机会,结果他拒不检讨。这次学校要动真格了,不说其他诸多老师呼吁,学院现在也收到许多学生的控告信,都是控告封弘道课堂教学有问题的,经过调查件件坐实。学校还要召开学术委员会,就封弘道的师德师风和学术水平做出研究,这些已经提上校长办公会议程!开除他是早晚的事。"郑宇智嗯嗯道:"老封这几年伤人太多,听说连小孩子都义愤不已,看来学校要痛下杀手了!"想起上次封弘道说他家房门的锁眼近来屡屡被用泥巴和木屑堵上,车停在私家车位,但一开出来就爆胎。张懿恒正想问是不是小孩子干的,"啪"的一声,只见林和兵挥拳捶在方向盘上,然后阴森森笑道:"姓封的这次死定了!"

张懿恒知道郑宇智和林和兵一个做生意,一个囤房,都发达了,而自己这几年原地踏步,现在母亲又生病,前段时间他回家照料,但病情依然不见起色,想到此处心里不禁凄然。林和兵好像看出了他的心思,安慰他不要害怕,反正有科研成果支撑,扣也扣不了多少钱。郑宇智说老林你更不怕,虽然没有科研成果,但好几套房子,没钱了卖一套就是!"你以为房子那么容易升值啊?好几套房子摆在那里,每套都要按揭。一个人的工资,哪里应付得了?我现在是恨不得鸡屁股掏蛋!"林和兵晃动着干瘦脑袋,说着就不断搔后脑勺的白发,"唉,房奴真苦啊!每月挖东墙补西墙,入不敷出。千怕万怕,就怕银行的电话。你看这几年我老了多少?""你不是娶了教授女儿嘛,听说有个好陪嫁,光房子拆迁款就有几十万。这不更好给你供楼?""咳,别提了,我真后悔结婚!"林和兵说着额头的青筋根根暴露,眼圈也发红。郑宇智问为什么,但林和兵死活不说,只是闭上眼不断摸鼻子,好像有难言之隐。

回来的路上,张懿恒去院办领月饼,还没进门就听见里面在叫:"黄老师,你把我的名字写错了,不是朱治贵,是朱紫贵。学问勤中得,文章可立身。满朝朱紫贵,尽是读书人!"一个男子向着老黄摇头晃脑,吟诵完毕转过身来,原来是个老年男性,年龄五旬开外,小平头,脸色干黄,戴着茶色镜,让人看不清眼睛。老黄笑笑,向张懿恒介绍说这是新来的高人老师,艺术学院唯一的博士后。"幸会,幸会,初来乍到,多关照多关照。"朱紫贵朝张懿恒抱拳作揖,他身材虽然矮小,但穿件紫色的唐装,肚皮腆起,一晃动身子,前胸后背四个大金龙十分突出,显得举手投足很有精气神,一副古君子风采。张懿恒感到这人真有型,细看眼神也怪怪的,特像鬼谷子。

邹金贤进来了,满脸无奈,说他刚刚找了院长,院长又让找科研处解决。"你看我苦不苦?一个市级项目,用经费买几本书都不能报销,财务处的人说书要归校图书馆所有才能报销。我现在真想撤掉这个项目。"说着就很生气,张懿恒知道邹金贤这几天为了报销的事情很窝火,众所周知,财务处有多少奇奇怪怪的规定,比如报销个项目经费,层层审批,程序复杂,老师们早已不厌其烦,邹金贤这几天就跑得风风火火。很多部门宁要媚上有术的草,不要体下无虚的苗。行政楼把老师当万能补丁了,不管有什么事,都是老师假期多,时间充足,应该多担当,多干活,整天发通知,而且通知朝令夕改。这几天大家一会儿写教学大纲,一会儿写金课方案,忙得气都喘不过来。"财务处是混蛋,教务处更是恶棍,你看一个教学大纲每个学期都要老师重新写,每次的格式都不一样。教学大纲好比国家宪法,必须要有长期的稳定性,教务处把大纲当儿戏,每每要求重写,还张口制度闭口程序,咱们这些底层老师没一刻能安生!"邹金贤汗流浃背。

张懿恒知道邹老师头脑简单急躁,对人很容易畅所欲言,痛浇心中块垒,就安慰了几句。出门的时候,邹金贤说学校新的职称评审文件下来了,除了论文和项目外,今年的职称评审还强调班主任工作经历,以前都没这个要求。然后说他已经副教授了,评不评无所谓。"小张你不比我,你年轻,职称还是要评的。我知道你这几年专注科研,可是恰恰没班主任工作经历,这点基本的条件都达不到,怎么评啊?听大哥的,你还要努力,不然真成了庄焕明了。"邹金贤热情勉励,张懿恒说他原来还抱有希望,以为科研好绩效就好,结果刚刚在院办看了积分排名,发现科研再好都排不到第一,领导的积分永远靠前。邹金贤笑言领导永远都有优势。张懿恒说可是没见领导干多少活,像老浦要论文没论文,要项目没项目,除了会耍官腔还有什么?给学生上课不懂装懂笑话百出,把八大山人说成是隐居深山的八个老人,把行书说成篆书它妈,这种人能上讲台,到处以滨江著名书法家自居,也够奇葩了。"滨大哪有说理的地方,你没看新出台的文件吗?"邹金贤感叹一声。

张懿恒这才知道学校有规定,领导是不用上课的。只要上课,马上按超教学工作量计算,不仅如此,还有个服务工作量。领导的积分是二级学院算一部分,学校再给算一部分,加起来工作量总超,一年积分三千多,这样三算两算,普通老师就是上课再多,就是上得累死,也没有领导的工作量多。无论怎么折算,领导的工作量总是多,积分也排第一。搞了半天,绩效总是向领导倾斜的,因为政策的制定者就是政策的执行者和监督者。

"唉,左手监督右手,这些人既当教练员又当裁判员,要不然怎么叫领导呢?! 现在校园里牛看门,狗上课,鼠成精,咱们都边缘化了。这里的学生太难教,我来了几十年,青春消逝,一把辛酸的泪。要是能早日离开这破地方,真是三生有幸。"说了几句,邹金贤就匆匆离开了。

　　细读了新的职称评审文件,张懿恒发现邹金贤说得没错,于是着急起来。明年就要评职称了,到时候填申报表,学生处会核查盖印的,所以班主任工作经历不能乱编,想想现在完善经历,明年申报还来得及,他就马上打电话给丁雄伟,说了自己想当班主任的事情,丁雄伟笑道:"很好,我给老浦汇报下就行了,这事准行,反正现在都没几个人愿当班主任!"等了几天不见回复,再问,丁雄伟竟哼哼哈哈起来。张懿恒想想不如自己先落实好班主任,到时再给丁雄伟说,岂不更便捷?恰好上课回来碰见谭景明,小谭现在既当教研室主任,又当系采购办公室的副主任,还当班主任,带的班级多,经常忙不过来,张懿恒想着和他分担下,应该不难,谁知刚张口说明来意,谭景明立马笑了,笑得很谦恭,很温文尔雅,但态度也很坚决:"不好意思,张哥,领导让我当班主任,就是再多再忙,不经批准,我岂敢随便拱手相让?不要为难兄弟了,我爱莫能助,呵呵,你还是找领导吧!"

　　谭景明说话的腔调让他很不舒服,院长调教出来的年轻人,时间长了,都一个面孔,见人总谦谦君子笑眯眯,说话更温和无比,连拒绝别人都很有礼貌,像齐思宁见谁都细声慢气,软语怡人,学生背地里都叫他齐公公。张懿恒问朱丽茵,回复说和学生感情深,舍不得这班学生。想着夏雨清调走了,该有班主任空缺,一问才知道,那个班主任已经由别人接手了。最后又问邹金贤,邹金贤说有学生和他较劲,他这几天正怄气,所以这个学年他决不能退出,等把学生处理好了再说。张懿恒心说这些人整天喊工作累,压力大,学生屁事特多,怎么一说班主任工作都婉拒呢?再联系丁雄伟,想问安排了没有,岂料从上午到下午,打了好几个电话,都不接也不回。

　　走到二饭堂的时候,看见庞运美抱个小孩跑过来。张懿恒打个招呼,搭讪了两句,庞运美就抱怨,说她早餐没吃就开车从市区赶往学校,因为怕误了上课。孩子拉肚子已经两天了,她现在一个人既要跑教室,又要跑医院。孩子高烧还没退呢,母亲又摔伤了,正在医院忙得要死,丁雄伟打电话说班上一男一女恋爱,女生怀孕了,家里现在找到学校,闹得不可开交。老浦也催促她赶回来处理。领导、家长、学生,压力重重,班主任工作挣不到一分钱,屁事特多,早知道她就不当这个班主任了。说到最后庞运美浑身发抖:"真气人。我刚刚找了领导,想辞去班主任的工作,你猜人家怎么说?""怎么说?"张懿恒问。庞运美抹起了眼泪:"老浦可凶了,眼睛一瞪:'中途撒手不管,这担子撂给谁?'"

天赐良机,张懿恒很快说起自己想当班主任的事情。"行行行,太好了,反正我死活不想当班主任。"庞运美如释重负嘘口气,擦干眼泪一边跳跃一边欢叫,"你自己去找老浦说吧,顺便交接下。放心,老浦再笨再蠢再简单粗暴再不要脸,这件事他都会答应,双赢互利,都是为了工作嘛,何乐而不为?"

班主任

办公室里,老浦正和丁雄伟正在谈论什么。张懿恒说明来意,老浦面无表情。丁雄伟笑道:"张老师,你不要误会,我们这几年不安排你做班主任,是为了给你创造一个专心治学的好机会,不然会打扰你宝贵的科研时间。"张懿恒心想这货倒会讲话,几年来对人故意冷落,现在遇事先给自己脸上贴金。"行吧,你们还要考虑多久?我何时可以接替庞老师?""组织再研究下。"面对询问,老浦只是哼哼。张懿恒心里顿时不快:咋这么啰唆,我和小庞都已谈妥,只等你顺水推船了,这等小事还有什么研究的?当还是不当,不就你们一句话嘛,都是男人,能不能痛快点?好几天过去,班主任的事情还没下落,张懿恒打电话,丁雄伟避而不提,联系老浦,也是不接不回。他按捺不住,直接去了老浦的办公室,再次诉说。

"不行,这是违背原则的事情。"老浦大手一挥,断然拒绝了。其实当张懿恒进来的那一刻,老浦就知道这次再不把话挑明,这个人会接二连三地找他。

"违背什么原则?不行怎么不早说,拖人这么久?原因何在?"张懿恒问。

"班主任是早就安排好的,不能中途想换就换,不然成何体统?以后都这样随随便便自以为是,岂不乱套?我这个书记还有什么权威,还有什么尊严?——行了行了,你不要坚持了,我还是那句话:人人都这么想当班主任就当,想不当就不当,那我这个领导怎么当?"老浦说着直起腰,双手背在身后,满脸严肃。

张懿恒惊讶异常,不就是当个班主任嘛,老浦怎么会想得这么复杂,这么严重?

"周总理讲过,做事就要有原则性,又有灵活性,特殊情况特殊分析。何况火线还可以入党呢!小庞带孩子辛苦,她实在当不下去,而我正想当,多好的事情啊,两全其美……"想着老浦好歹也是个人,张懿恒往前走了一步,再次请求。

"这是两码事,我要坚持原则。申请班主任已经过期,你就是当不了。我岂能越权对你特批?"

"书记,这和越权没关系,我申请当班主任不算额外要求吧?"

"是不额外,但时机不对。"

"现在难道不是时机吗,难道非要等到明年吗?"

"你不要胡搅蛮缠,你这人一贯政治落后,原则性问题我岿然不动的,别忘了,我现在代表党和你讲话,我是滨江市优秀党员,是学校模范教育工作者,是最有党性,最讲原则的。"老浦又开始卖弄起来,说他资助过贫困学生,说他被电视台采访过,说他受过市委书记的表扬。

"书记,你放心,我比你更加爱党爱国,而且是真爱。什么政治落后?你恐怕上纲上线了吧,申请个班主任,违背什么原则?这样吧,你拿出学校文件来,我要看看关于班主任工作的条文,学文件长知识。"张懿恒认真起来。

"你什么意思?不行不行不行,就凭这样讲话你就不能当班主任。"老浦站了起来,声调高亢,手指挥舞,"你一贯不关心集体,漠视领导,对党不忠诚,不老实,特别是日常工作中经常妄议中央,非议组织,恶毒攻击丁主席,否定党的领导,这是严重的政治问题。"

张懿恒紧张起来,他想了好一阵子,想不到有哪个中央领导姓丁,赶紧问是哪个丁主席,什么严重的政治问题。"就是院工会丁雄伟主席,你不该在背后非议他。"老浦答完,张懿恒哎哟了一声,想笑又笑不出来。

"张老师,我要教训你几句。你早干什么去了?一听说为了评职称才想当班主任,明显动机不纯,目的不好。你做事一贯功利性太强,思想有问题,政治又特别落后,这是革命的大忌。我以党的名义告诫你:要好好学习改造自己,洗心革面,痛改前非,重新做人。"老浦手敲着桌面,说话中气十足。

张懿恒的脑袋嗡嗡作响,几年过去了,原来这个人既不能高看,也不能小看。

"浦老师,你恐怕忙糊涂了吧?就算是为了评职称申请当班主任,我也是为了工作,而不是为了跑官要官买官。"僵持了几秒钟,张懿恒说道。

老浦的脸唰地涨红了,或许意识到自己刚才言语不妥,他重新坐回靠背椅上,搔搔花白脑袋,脸色和缓了些,说话也很有腔调:"革命是要有原则性,也要有灵活性。为了工作申请当班主任当然是好事,我深表理解,深表赞赏,但是安排当班主任是一件大事,不是儿戏,我一个人说了不算,要按严格的组织程序来:首先要个人申请,其次组织提名,再者要综合考察群众意见和集体讨论,最后要学院党政联席会议研究才行。我这个书记也要按制度办事。你打报告了没有?先打个报告上来,一步步走流程。"张懿恒说,现在找你,难道不是按程序办事吗?张口程序闭口程序,把简单问题复杂化,大家都很累啊。"哎呀,你不要再说了,我是最讲组织原则和级别程序的。安排班主任岂能当儿戏?组织要慎重研究决定。行了行了,你不要再天真幼稚想当然了,凭什么你想当就能当?再说了,你评职称又关我什么事?我坚持原则,哪里有错?"老浦再次挺直腰身,这一挺直,老浦忽然感到自己高大了很多。

张懿恒心说这老浦的腰也太硬了,但再硬的腰,迟早都会垮下来,也必须使他垮下来,想着又问:"我为什么不能当?再严肃重大,也是人干的。""你就是不能当班主任,安排班主任是非常严肃重大的政治问题,我是党员,是组织任命的领导,所以是最讲原则性的。原则问题岂能讨价还价?谁是领导,谁是下属,你先摆正自己位置。"老浦的脖子扭动起来,发出啪啪的脆响,那态势明显是不容置疑不容商量。"我就是个党员老师,申请当班主任,怎么个严肃重大啦?请你给我说法。你说违背原则,请问违背什么原则?学校有什么文件说中途不能调换班主任,你依据何在?拿出来给我看,如果确实有相关规定,我立马就走。""你怎么如此讲话,心中还有没有党?别忘了,我是代表党的,是你的领导。你要识相点,到底谁是官,谁是民,谁什么级别,谁必须服从谁?""书记大人,信仰要坚定在心里,不是标榜在嘴上的。"张懿恒身子往前倾了倾,真想把口水吐在衣冠楚楚的老浦脸上。

好歹也是个博士,怎么如此倔强执拗,解释半天都解释不通,老浦想着突然

再次站起身来,双手叉腰连连咆哮:

"行了行了,我是个大老粗,但也是个有原则的党性强的大老粗。说来说去你就是不能当班主任,有本事你去找校长、书记告我。告诉你,你若再这样无理取闹纠缠不休,当心我收拾你!你少自以为是,我这里有很多女学生的投诉信,都是告你言行不检点的。知识越多越反动,现在学校要求加强师德师风建设,你要老实点,我是书记,是响当当的领导,有权处理老师,有权收拾你们这些道德败坏自命清高的臭老九。"

说到收拾几个字的时候,老浦狠狠拉下脸,猛拍着桌子,声音震得天花板哗哗响。

揪辫子、扣帽子、打棍子,接二连三的威胁,搞得张懿恒不知所措,再看面前的老浦,满脸横肉已经暴起,鼻子不断抽搐,就这样依然腆着大肚子,居高临下,指手画脚。

"主席,你不是要给我赠字吗,咋还不兑现呢?"一个三十多岁的男子风风火火走进来。

"没问题,你要写什么?"老浦问。

"你上次不是要我准备一首古诗吗?满口答应给我写。"来人说着亮出抄写的一首古诗。张懿恒认得,这是网络安全研究院的曾叶林,雅好书画,性格直爽,平时也找他聊聊收藏。小伙子人不错,就是脾气有些坏。

"哎呀,你这首诗生字太多,写出来不好看。"

"那我另找一首,你答应写吗?"

"没问题,我一定会给你写的,而且好好写。你先回去吧。"

曾叶林走了几步,很快又转了回来。"写《登鹳雀楼》可以吧?这首诗里的字连小学生都认识。"他显然知道老浦在敷衍塞责,说完就站在门口不走了。

"今天忙,给你写个'学而不厌'!"老浦知道躲不过了,只得挥毫。

"很多老板苦苦求我给他题字,一个字两万块我都不写,哪有工夫啊?这几天市里的公务员来滨大培训,等会儿我还要给他们搞讲座呢。"老浦写完了,左右看看,长吁短叹,"我给你写了四个字,至少损失了六万元,换作别人我才不写呢。——哎呀,这字我就算白送你了,你可不要告诉别人,要好好珍惜。我一贯慷慨大方,这次就当白送你六万元,六万元呢!"

走出艺术大楼的时候,曾叶林问,这字值六万元吗?

眼见得张懿恒面如凝霜,曾叶林将老浦的书法撕得粉碎,看也不看,直接扔进旁边的垃圾桶。

张懿恒的手机嘟嘟响起来,刚一接通,庞运美就骂:"张老师,你怎么这么幼稚?随便就在老浦面前说我不愿意当班主任。老浦刚把我批了一顿,说我目无组织,工作不力,拿班主任工作当儿戏,当作个人交换的工具。你真笨死了,一点心眼都没有!我一心一意为你,你事没办成,把我还出卖了。你被人不待见,还要连累我,行了,你以后不要再招惹我了……"

张懿恒说你们不要我当班主任,我偏要当。他想起了肖子业,身为院长的肖子业专业知识扎实,日常工作中口碑也好,大家都说他很能干,对同事很热情,干什么好说话,肖院长肯定会同意他当班主任的,老浦再愚蠢,院长的面子还是应该给的。

第二天趁着在饭堂吃早餐的机会,张懿恒给院长说了当班主任的事情,果不其然,院长欣然同意,连声说:"好事,好事,都是为了工作嘛。"下午,张懿恒又去找老浦。"我已经知道了,你就是不能当班主任,还是那句话:都这样谁想当就当,谁不想当就不当,我这个书记怎么当?你找了院长也不行。你把党的位置往哪里摆,你对党什么态度?再警告一次:当心我收拾你。"老浦依然强势决绝,张懿恒气得又打院长电话,不等他讲完,肖子业说了句:"你要我和书记吵架吗?"随之就挂断了电话。

没想到申请个班主任,还复杂成这个样子?!职称是知识分子的命根,用庄焕明的话说就是睾丸。可现在班主任经历、论文、项目、著作,张懿恒一个都不占优势。怀帝阍而不见,奉宣室以何年?十有九人堪白眼,百无一用是书生。用漆金体写完这两句诗,他感到气力不支,正靠到墙上喘息的时候,廖慈志打来电话:"怎么搞的,听说老浦和院长对你很有意见,领导你也敢开罪?现在院里到处风言风语,都说你有问题,连学生都检举你了。方希妍更是声言这辈子饶不了你。"

放下手机,张懿恒不知说什么好,顿了顿,看见夜空中有几颗星星,便忍不住给导师拨了电话,刚说几句,导师就打断他道:"懿恒,你也是个好学的孩子,可是毕业几年你有什么啊?晃晃悠悠,画作没长进,论文档次不够,你的学问呢?再这样下去,以后不要说是我的学生。"

张懿恒眼前发黑,浑身颤抖不已。家庭,事业,他现在要什么没什么,连个班主任都当不上!迷茫中,他想起自己已很久没有梦遗了,看来身体真的出了毛病。"一味清高孤傲,不努力,不上进,脱离尘世,不懂人情世故,谁都嫌弃你。"他禁不住自言自语。

手机铃声又响起,一接通就是老黄的大嗓门:"刚刚文联通知,你那个画落选了。你怎么搞的,好歹是个博士,连续三次,一个市级展览都进不了?连丁雄伟都不如,人家的画好几次都在市里获奖。"老黄话音刚落,家里大哥又来电话,声音哀伤而暴躁:"老娘昨晚病故了,临终前还念叨你什么时候带媳妇回家呢。这么多年了,你以为你给些生活费就能尽孝?""母亲!"张懿恒的气力急速衰竭,很快天旋地转倒了下去。

滨江的天气,说变就变,伴随着骤降的气温,不知从哪里刮来阵阵狂风,挟带着雨点,奔袭而来。湖面上很快激起沸腾的动荡的波浪,天地一片混沌,人们急急忙忙往屋里奔跑,打伞的、没打伞的、掉鞋的、赤脚的、摔倒的、惊叫的,全然狼狈不堪。天色越来越暗,半空中乌云滚滚,惊雷大作,鸟儿惊慌失措,拍打着湿漉漉的翅膀来回乱飞。伴随着风雨的呼啸,大大小小的树枝不断坠落,不远处的竹林里,更传来棵棵竹子折断的清晰声音。

夜深了,程怡雪回来了,这位后勤集团的工作人员,心里挂念着有招标材料要赶写,因为近来盖楼多,工程任务重,需要不断加班。风雨交加,程怡雪匆匆来到艺术楼,准备上楼拿电脑,忽然阵阵奇怪的声音传来,像孤魂野鬼的呐喊,她心里发怵,正想喊保安,仔细听又仿佛是人声,还带着几分熟悉,于是她定定神,循着声音,大着胆子走了上去。映在面前的男人,头发散乱,眼神呆滞,时而怒骂,时而疯语,浑身哆嗦着,像风雨中的金竹。渐渐地他似乎精神崩溃了,一遍又一遍自言自语,甚至打自己耳光,打得满嘴流血了都不知道,还在那里机械地重复着,边打边呐喊,最后冲上艺术楼的天台,眼看着就要跳下去。

一夜风欺竹,连江雨送秋。

学术委员会

奔丧回来,张懿恒觉得应该和卫风之交流下。黄昏的时候,他带着两箱橙子,进门刚一说班主任的事情,卫风之就打断他道:"我在滨江大学是三无教授,无岗位,无名分,无工作,就是滨大养的一个闲人。飘飘何所似,天地一沙鸥。论诗可以,其他你恐怕找错地方了!"张懿恒想起大家都说卫风之有美国绿卡,一会儿中国,一会儿美国,来去如同坐公交车一般方便,听说他是为了照顾老母亲,才来到滨大的。但是不知为什么,学校给他发工资,给他在行政楼配备单人办公室,就是没有给他安排工作。于是等了等,又恳切道:"没错,我是专门来拜谒您的。老师松月清流,蔼如金风,和您说几句话,我心里都纯净透亮了很多。"

卫风之说:"永忆江湖归白发,欲回天地入扁舟。我早已不问世事,刚才你怎么一见面就先论人短长,能不能迂回些?"张懿恒说:"卫老师,我年轻,有些事不懂。而您虽是闲云野鹤,但交游广泛,信息灵通,看问题又有高度,我当局者迷,您旁观者清,以后请您多指教,就当为国家培养后学吧。而且我保证,你我之间的交流我绝对不会告诉第三个人。"卫风之沉吟了下说好吧,两人就这样闲聊了会儿,谈的还是诗。

交流了好几次,渐渐熟稔。过了几天,卫风之邀请张懿恒去他家,一见面就说:"感谢你上次送来的橙子,我妈喜欢吃。"然后带他进入书房,指着几本古籍和一个人说:"这是给你推荐的书目,再给你介绍一位朋友。"张懿恒突然发现冯志学也在,不禁一惊,就准备打个招呼离开,岂料冯志学先开口道:"你想说什么,其实我都知道。申请当班主任,这和动机不纯、功利思想严重有什么关系?放心,老浦他们我一贯鄙视的,不会出卖你。"张懿恒不吭气,冯志学说老浦也很蠢,算什么屁事,又不是割他心头肉,说话做事都上纲上线的!就是为了评职称申请当班主任,那也是为了工作,何况学校并没有出台具体文件,说中途不能更换班主任。卫风之问是不是有什么地方得罪领导啦,张懿恒含糊道:"也许吧。调换班主任,我也问老浦违背学校具体什么规定,有什么文件可查,他说不上来,只是一味坚持我就是不能当班主任。"话说完,马上联想到牛婷,可是觉得那根本不算回事,于是又提到肖子业已经同意的事情。卫风之"哦哦"道:"你也真傻,先将了书记一军,书记不同意,怎么又去找院长呢?"张懿恒说原以为老浦会看在院长的面子上同意。"小张你太天真。老浦话都说出去了,会为你一个普通老师买院长的账?"冯志学说着放下手中的茶杯,"你这样肯定把院长搞得也很生气,人家是一伙的,以后千万不要干这种傻事了。他们挨过领导批评,情绪极坏,你真不应该在那个时候去找。"

卫风之问参加工作多年,张懿恒是否到领导家里拜访过,回答说没有。"逢年过节都没去?""没有。""一次都没去?""没去。"卫风之笑而不语,冯志学忍不住说:"小张你太清高了,比你年轻的谭景明、应志武他们,别说逢年过节,就是日常都时不时往领导家里跑,一会儿帮打扫卫生,一会儿买菜送菜,跑得可勤了。"张懿恒说:"冯老师,你知道我在艺术学院上课够多了吧,就是匹马,拉了这么多年的磨,也该给把草料,何况我申请的连草料都不如。""上课再多,不如去领导家里拜访一次。你肯定什么地方惹他们不满,只是你不知道。"卫风之拍拍手中的《红与黑》,"你们那个院长,我知道其实很斯文,整天忙着抓大放小,仁心仁政,好人好官。""这不关院长的事,估计老浦是嫌小张挑战他的权威,嫌平时没进贡,或者嫌单身,怕当了班主任勾引女学生。"冯志学也拿起一本《悲惨世界》,翻了翻道:"话说回来,不让小张当班主任,不给他评职称提供方便,领导会明说吗?欲加之罪,何患无辞?领导给下属穿个小鞋都是冠冕堂皇的。要知道,小张为此很痛苦。"卫风之问:"听说你差点跳楼?""卫老师,读书人要有信仰和追求,说来说去是个操守和希望问题,哪怕是一点点都行,可为什么,我这可怜的一点点操守,一点点希望,都快被毁灭殆尽?"张懿恒说着就喉头酸痛,把头转向窗外。

……痛苦万分的时候,他喝光了一瓶烈酒,摇晃着身子走向天台,突然感觉有人从背后一把抱住他。醒来后,他已经在医院了。几天后的一个晚上,斜月沉沉,病房的门轻轻开了,一个人影闪进来。迷蒙中的张懿恒觉得有云彩降落在自己身边,久违的脚步声更使他疑惑。"谁啊?"他问。黑暗中,来人不说话,只是捧出一个东西让他摸。张懿恒循着香味,摸到了两个墨锭,再摸到锭端精美的云鹤图案,刚叫了声:"师兄!"便痛楚难语。"留校工作,子项目负责人,你嫌我抢了你的饭碗吧?好几年搞同门相残,不相往来!"杨鸣鹤的声音清冷而峻切。

"师兄,你怎么来啦?""你以为跟着老板有多好?告诉你,那个项目有问题,现在教育部、国家社科办正在调查。幸亏你没有陷进去,我是跟错人了,好在当初就预感有风险,所以才把你踢开了。"绷着纱布的张懿恒看不到杨鸣鹤的脸,但分明感到杨鸣鹤句句真诚:"房价高,工资低,考核严苛,非升即走,生活压力大都不说了。我工作几年,都是给别人打工。成功了是别人的,失败了是自己的。原以为留在老板身边,能多享受太阳的光辉,现在看来处处都是掣肘和掌控,这几年我始终生活在别人的阴影下,没有自己的空间。"几句话说得张懿恒心乱如麻。

"你身体如何?""不要紧,梅尼埃病,就是眩晕恶心呕吐,医生说是精神压力大引起的,要我好好休息些时日!"听张懿恒说完,杨鸣鹤给他掖好被角,接着把两个墨锭递到他手里:"这是专门给你做的,一直说见面给你,结果你迟迟不来。你难,我比你更难。你的这些挫折真不算什么!小地方也有小地方的好,好歹你比我自由,所以不要放弃,不要沉沦。大处着眼小处着手,群居守口独居守心。努力努力再努力,自强不息,厚德载物。师兄等着你的好消息。别忘了我们的君子之约,徐松云、管小清整天念叨你呢。"

"咚咚咚",封弘道进来了,手里拿着一串干红辣椒,直接塞了一个到张懿恒嘴里,张懿恒咀嚼了几下,便辣得吐出舌头。封弘道不吭气,拿起一把干辣椒直接往自己嘴里送,送的时候,他面不改色,仿佛享受什么无限的美味,直到手中的干辣椒咀嚼完了,看看张懿恒惊讶不已的样子,他才双手一拍:"看见了吧?你遇见那些辣根本不算什么!记住,无论损人利己还是不利己,自古整人害人的人,没有一个有好下场。人生不是百米短跑,不是三千米中长跑,而是万米的马拉松。只要你坚持下去,不懈努力,你一定会得到你想要的东西。你最终也会发现,那些损你害你整你的人,失去的永远比你多,得到的永远比你少,谁笑到最后,谁才会最开心。"

"前段时间校领导不是绞尽脑汁要开除封弘道吗,你看现在封老师多好!"

卫风之笑笑。

"这么多年,我们班的同学聚会我从不参加。当年我们五个来自同个省份的学生到外省去读书,我当了班长。结果到最后,因为一件琐事,其中几个同乡联合外省的同学把我狠狠整了一回,你没见他们得逞的时候,笑得那个幸灾乐祸眉飞色舞忘乎所以的样子!当时我很生气,可是我现在都不生气了。人说置之死地而后生,因为我后来辞了班长,专心向学,结果后来我们那个班只有我一个考上了名牌大学的研究生。我那几个牵头整人的同乡同学,他们后来又互相闹翻了,找工作时进厂的进厂,进中学的进中学,进报社的进报社,现在大学毕业二三十年了,他们的工作和生活都很一般或者狼狈。有的失业了,有的沉沦下僚,有的伤病缠身。你说我是要仰视他们还是鄙视他们?所以小张,千万不要悲观失望,不要颓废沦陷,要把坏事当好事看,振作起来。"

封弘道说完,卫风之看看张懿恒,也说人生其实不在乎你得到什么,而在于你经历什么。中国历史有个自然规律,不管当时权势有多大,来头有多猛,但到最后,该算的账一定会算清。记住,时间在你这一边,机会也在你这一边,你的路还长着呢。"咱们革命者永远不怕辣嫌不辣辣不怕!他们那么多人要整我,结果怎样?一个个跟龟孙子似的,因为我捏住了他们的睾丸!看谁还敢朝我下手?一个学术委员会全是自欺欺人。"封弘道说着就笑了,冯志学赞叹道:"封老师,你那叫四两拨千斤。你看学校对你的处理现在都不了了之,因为校学术委员会被你搅乱了,那些人如芒在背又无可奈何。"

看到张懿恒迷惑不解,卫风之说:"你可能还不知道吧?学校召开学术委员会,准备剥夺封老师的教授职称。结果会上,十一个学术委员,八个激烈反对,两个弃权,三次投票最终都无法通过关于剥夺封弘道教授职称的提议,弄得王书记下不来台。"张懿恒问为什么,冯志学朗声大笑:"因为封老师在会议召开的前天晚上,给其中的十个学术委员一一打电话:你们如果敢投同意票,剥夺我教授职称,开除我的公职,苟向彪就是你们的下场!你们自己干的勾当,别以为我没调查取证!"

张懿恒顿时明白过来,苟向彪的事情他还是知道的。两个月前,学校刚刚处理了这位院长,原因在于学校不断收到关于他的举报,举报其隐瞒高校教师身份,以校外公司人员身份虚报信息,违规参加全国注册土木工程师职业资格考试并取得相关证书,并以此在校外公司兼职赚钱。滨阳省住房和城乡建设厅在接到举报信后,经过调查发现苟向彪在报考时确实隐瞒了其滨江大学在职教师的身份,为此向举报者发了专门函件,说明苟向彪伪造工作经历骗取报名资格的违法行为属实,厅里正和上级联系,最终将按法定程序撤销其注册土木工程师的资格证书。这一函件被举报者发布到网上,一时间传得沸沸扬扬,大家都说"违法"二字的定性很重。滨大也很快宣布撤销苟向彪校学术委员会委员资格,免去其信息工程学院院长职务,调离教学岗位,至于其违法行为,依照法律程序交由相关部门处理。苟向彪教授身败名裂,听说现在正面临法律指控!

冯志学说:"小张你现在清楚了吧?封老师就是那个坚强的举报者!""封老师,看来十个学术委员都有问题,都被你拿捏了!"张懿恒惊叹不已,封弘道嗤之以鼻:"说来说去,谁让他们自己不争气?! 一旦被我逮住,我就打得一拳开,免得百拳来。"卫风之笑道:"老封你现在就是一面照妖镜,走到哪里哪里的妖魔鬼怪都瑟瑟发抖!"张懿恒也点赞:"对啊,封老师原来说自己是焦大,我看早已是钟馗了。""我其实就是一个老共产党员,这么多年没有忘记自己入党时的宣誓。"封弘道声音非常平静。

冯志学问:"封老师,你怎么这么会斗争,能否谈些经验?"封弘道回答说他在政府机关待过,也在企业里待过,经历过许多复杂的人事冲突,懂得如何保护自己,说来说去还是伟大领袖那句教导:只要自己拥有核武器,才不怕敌人的核讹诈! 冯志学又问具体怎么知道对手的盲区,又是如何取证的,封弘道说他考过律师证,差点考上了。来滨大多年,他就是要让人看看,什么才是真正的党员。"老封,听说你过几天就退休,小张特意给你画了一幅《胡杨图》,君子之谊。"卫风之说完,封弘道呵呵道:"好,中国画是中华文化的优秀代表,我很喜欢。"出门的时候,卫风之拍着张懿恒的后背,悄声说:"送东西要投其所好,封弘道在我面前说过你的画不错。过几天他还乡定居,你赶快送,送到车站,说不定他会对你面授机宜。"

几天后,送完封弘道回来,卫风之和冯志学问情况如何,张懿恒说封弘道叮嘱先解决职称,说完又提到和老浦的冲突。卫风之想了想说:"这种事再普遍不过了,年轻人都要磨炼的。你也不要生气,上帝给你关闭了一扇门,就会给你打开一扇窗。我来给你解决。信息工程学院的常云辉副书记你认识不?听说他那里招不到班主任,你先问问看。"接着提醒张懿恒以前和老浦他们关系不和谐,今后也应该注意下。冯志学说:"我本来也要帮你。但班主任的事情,既然卫老师先开了口,他就一定能解决。"卫风之问:"志学,你是不是要报教授?"冯志学说第三次报了,这次应该十拿九稳。张懿恒问:"冯老师,评上了你真的要离开滨大?""我现在的任务是先评上!"冯志学说着便话题一转,"院里盛传你一个博士的画,进不了市展,你知道原因何在?"张懿恒说不知道。冯志学又问:"人家方禄光的画参加省评,都要四处打点,你怎么就不打点呢?还有,你知道方禄光和方希妍什么关系?"张懿恒说方禄光是滨江画院的院长,又是滨江文联的副主席,但其他就不知道了。冯志学说方希妍是方禄光的表姐,得罪了方希妍,就等于得罪了方禄光,画作能进入市评才怪呢。

张懿恒这才想起丁雄伟有次把他甩在路边,直接开车进入滨江画院,大包小包扛上楼,半天才出来,于是提起这件事,感叹层层打点,步步进贡,大鱼吃小鱼。冯志学笑着问:"你现在才晓得。方希妍早对你恨之入骨了。你不想法整治下?"张懿恒知道冯志学和方希妍曾争斗过,心说人人都说冯志学城府深,看来没错。卫风之上卫生间的时候,冯志学看看张懿恒道:"卫老师说他观察你好几年了,对你印象较好。"张懿恒言不由衷道:"什么时候大家有空出来吃个饭吧?"冯志学说:"我有事情忙,你先请卫老师吧,礼多人不怪。"

保健药

张懿恒找了常云辉,这一次他没说评职称的事,只说自己上完课没事做,闲得无聊,想当班主任,加强师生关系,服务学校建设。常云辉问:"你们学院不能安排吗?""我申请晚了,这个学期不能安排。"张懿恒回答道。常云辉略一沉吟:"卫老师和我相交多年,已经介绍过你了。这样吧,肖慧娟老师前几天说她身体不好,不想当班主任,回头我给你联系下。"三天后常云辉打来电话:"成了,你就接手计算机科学三班的班主任,我和肖老师已经说好了。你等会儿来我们学院办公室,在辅导员小冉那里填个表就行了,小冉会很快报到校学生处。以后有班主任工作例会,你要按时参加。"张懿恒连声说好。

个把星期后,一切手续办妥,张懿恒请常云辉和卫风之吃饭,顺便说了老浦的事情。"哦?原来你还留了一手!"常云辉有些惊讶,张懿恒赶紧敬酒。"不过,你放心,冲着卫老师的介绍,你就算事先说了老浦作梗的事,我这边也肯定会给你安排的。一个班主任,老浦都看得那么严重,以为要和他争夺书记当呢。我们学院求老师当班主任人家都不愿意,我整天祷告上苍多来几个班主任老师,帮忙分担学生工作。"常云辉说到最后就叫起苦来,张懿恒问为什么。"现在的学生哪个老师愿意管,哪个敢管学生?"常云辉满脸无奈。

卫风之笑笑,说冯志学这几天正忙着填报职称申报表,叮嘱张懿恒也把职称当回事。"感谢二位仗义。他们一直压我,借安排班主任只不过是向我打耳光。"张懿恒话音刚落,卫风之就说:"你好好干,到时耳光打在谁脸上,谁自己清楚。"常云辉说老浦现在怎么变成这样,哪个书记像他那样颐指气使的,两天不摆官威,屁股就拉不出屎来!卫风之说不怕神一样的对手,就怕猪一样的领导。武大郎开店,见不得个高的。也许老浦怕小张早日评上副高,威胁到他们,忍剪凌云一片心?真不该这样对待年轻人啊!常云辉说老浦拉了一帮人成立了滨江市朗诵艺术协会,自任会长,现在热衷于在外面办什么书法朗诵培训,据说挺火的,然后提到老浦跑官买官、开会撒尿、红包拉票,特别是洗尿裤洗月经带的事情中层干部尽人皆知,早为人所看不起。大家感叹这种人当了书记,真是组织的耻辱。"老浦现在锻炼得油腔滑调,每次开会都慷慨激昂滔滔不绝,好几次都被王书记当场打断,你说丢人不丢人?还有那个结巴丁雄伟,也成了我们中层干部的笑料,就这样你们艺术学院为什么把他推选为优秀教育工作者、滨江最美教师,你们艺术学院是不是没人了?"听常云辉不断反问,张懿恒说人家都是特殊人才!"硬是把我们学院的齐欢欣给压下去了,齐老师多好的人哪,她才是真正的最美教师!"常云辉说着就很愤慨,"为此我写了申诉材料给学校,但都不顶用,你们丁雄伟还真有能耐。"

卫风之又提起苟向彪的事,常云辉马上乐了:"那是我们前院长,是个狠人。"

为了根除封弘道这个大患,苟向彪这几年想了很多办法,但都不奏效,最后找到林和兵,让组织几个学生,举报封弘道师德师风的问题,比如上课有严重政治错误等,准备一劳永逸开除封弘道,让其永世不得翻身,答应事成之后提拔林和兵当副院长。林和兵也是很用心,不负重托,找好几个来往亲密的学生,分别录音录视频,最后又签名按指印,整了厚厚的材料上告。上级随之开展认真调查。可到关键时刻,学生听警察说做伪证要负法律责任,吓得纷纷变卦,要求撤回上告。和林和兵谈好的交易崩了,苟向彪本人没少挨上级斥责。

"苟也是不争气,当年虚造身份考取注册工程师。撕破脸,斗到底,机关算尽,他还是栽了!"常云辉说完,卫风之笑道那是因为封弘道更狠!"林和兵年轻人,也太势利了,满脑子都想着不择手段往上爬!搞不好以后真要当我们学院的副院长。"常云辉看看卫风之,又看看张懿恒,"行了,你以后就好好当班主任吧!我们理科的学生都算好多了,脚踏实地不多事。你们文科的学生,特别是女生,心思阴柔,整天小动作不断,搞得我们学院几个老师都不愿意给她们上选修课了。"散席后,卫风之拉住张懿恒的手:"这件事我给你办成了。明天我家有事,你也来。"张懿恒问什么事,卫风之微微一笑:"小事,你就当看戏,必要时也可以上场。"

第二天上午,卫风之开着黑色越野车,载着张懿恒一溜烟进了城区,拐进一个大院子。"这是我们滨大的老校区,你熟悉吧?"卫风之问。"当然,刚参加工作时,我来这里上过一年课。"张懿恒点点头。车子停到大院东门的几处住宅楼下,两人进了一栋单元房。"这是我妈的住房。我父亲去世后,这房子就是我妈和保姆住。我一般都在卤阳湖校区,没事不来这里。"卫风之正说着,保姆搀着一个老太太出来了,张懿恒问了好,几分钟后,一个娇小的中年妇女也进来了,张懿恒认得这是校医院的大夫姚薇敏。

几个人在客厅坐好,卫风之说:"回国多年我都忍声吞气,学闲云野鹤,可是今天你看看老哥的真面目,看看咱是不是逆来顺受的人?!"说着让老太太打个电话:"喂,小王啊,我们几个老人都在家等你呢,你什么时候到?哦,哦,十五分钟后?好的,好的,你把药带好,这边都给你准备好了。"卫风之让保姆扶老太太进了里屋,随即对张懿恒说:"他们快来了,咱准备行动。"张懿恒忙问如何行动,卫风之只是笑。

老太太快九十了,前个月上街,碰见一男一女两个年轻人,自称是医学院的研究生,张口就说老太太气色不好,要给她免费诊疗。老太太虽然是个管理学的副教授,但退休几十年,早已平民化,于是被忽悠住了,跟两个年轻人到了一栋大楼里。里面一个身穿白大褂、戴着近视眼镜的老头看了看,说有这病那病,俩年轻人说这是他们的老师,医学院著名的老教授老专家,曾经当过中央领导的保健医生。老太太被说得晕头转向,就买了些药。卫风之回来一看,就是两小盒保健药,花了五千块钱。当下就骂了一顿,报到派出所,回复说这种骗钱的事情太多,不好处理。卫风之想想算了,就当交了生活的学费。结果一个星期前,老太太又被骗了一次,还是两小盒保健药,这次是八千块钱。想想再骂已经没有用了,卫风之于是精心谋划,先让保姆打电话给骗子,说老太太吃了药很见效,身体好多了,三天后再让老太太亲自打,说是药很好,对身体特管用。过了几天又让老太太的伙伴们打,说是看见老太太吃了药见效好,她们也想买这个药。骗子刚开始不置可否,但后来老太太和她的姐妹多次打电话恳请,说自己年高体迈行动不便,又再三强调儿女也不在身边,请求约时间送药上门,照价付款。昨天骗子终于被说动了,答应今天来送药。

"退了钱还好说,若是不退钱,老子就要狠狠教训这帮骗子。"卫风之说着,摸摸花白脑袋,"咱岂是被人愚弄的人?绝不能善罢甘休。听说你在乡下练过几手拳脚,必要时助我一臂之力。"张懿恒心想这个老滑头,原来要我当打手,他身体这个样子,走路都不利索,还能教训骗子?净会说大话。门铃响了,卫风之小声说:"骗子到了,我去开门。你先热热身,必要时就打,打死了有我呢,保你到美国定居。"旁边姚薇敏立刻颤声道:"老卫你是不是要疯了,真出了人命谁走得脱?"说罢使个眼色,于是趁卫风之开门的工夫,张懿恒给保卫处打个紧急电话。

一男一女两个年轻人走了进来,倒也儒雅清秀,有几分学生模样。"妈,你出来下。"卫风之一喊,老太太应声而出。"没错,没错,是他们,是他们。"老太太说完,卫风之嘱咐保姆:"扶我妈进房间休息,门关好。无论外面有什么动静,都不要开门,我叫你们出来再出来。"等到老太太进房了,卫风之问两个年轻人:

"你们是干什么的?""我们是广雅医科大学的研究生,硕士在读,研二了。""学什么专业?""我们学的是临床医学。"女生回答说。"让我看看你的学生证。""老师好,我们走得匆忙,没有带。"男生说。

"你们广雅医科大学校长是谁?"姚薇敏的声音柔弱无力。

"不知道。"

"你们学校有没有一个叫项望隆的院士?"

"你们的导师叫什么名字?"

"你说卫老太太具体有什么病症,因何原因引起的?"

三句两句,男生女生被问得答不上话。姚薇敏愠怒道:"基本的病理都不懂,就这样子还出来冒充医学研究生?我在广雅医科大学上了五年学,又在附属医院工作了二十年,那里的人哪个我不认识?"卫风之拿出那两盒药,"啪"地摔在前面:"把钱拿出来。否则今天你们走不出这个门。"说着就脱掉大衣,露出里面的迷彩服。男生扬扬脖子:"售出商品,一概不退。"卫风之瞪起眼睛:"怎么着,你想赖账不成?你骗得了我妈,骗不过我!你不要敬酒不吃吃罚酒。"女生翻看了药盒说这个药已经吃了几片了,就是不能退。话未说完,只见卫风之飞起一脚,女生顿时跌坐在地上。卫风之手指着又骂道:"吃了几片咋了?我妈吃了你几片药,身体很不舒服,我还没追究医疗费呢。你一个臭婊子也在我面前摆谱?别以为你是女的,老子就不敢动手。"张懿恒心说这个卫风之半老头了,出手还挺快的,骂人也挺难听,怎么以前都没看出来。"你怎么还打起人来啦?"男生说着就站起来,撸起袖子要动手。

"老子打的就是你,今天就是要为民除害。"卫风之说着就上去给了男生两个耳光。男生正要反抗,早被张懿恒按住胳膊。"八千块钱一分不少拿出来,你们就走人。拿不出来,今天老子就废了你们。"卫风之骂着正要再打,一阵敲门声,姚薇敏开了门,几个穿制服的保安进来了,走在后面穿西装的,张懿恒认识,是滨大保卫处一个副科长,实际上是保安队的队长。"我让他们过来的。"张懿恒说。"好,很好。"卫风之叫道。

科长显然知晓一切,他让男生女生拿出身份证,等保安登记好了,便问:"你们到底想交钱走人,还是想继续待下去?如果想耗,我马上派人把你们扭送到派出所,先拘留半个月再说。"女生说她们只是下线,上面还有管理层的。退不退钱她们不能决定。"联系你们上线,让他派人来。"卫风之怒吼道。男生拨通手机,用了大家都听不懂的方言土语喋喋不休,卫风之冲上来,一把夺过手机:"喂,你们的人现在被我扣押着,老子进了几次班房了,什么都不怕。你快把八千块钱送过来,否则我废了你两个马仔。你现在是要钱还是要人?"说完把手机递给科长,科长声音阴沉:"喂,我是滨大保卫处的科长,你们两个手下犯了事在我这里,你先过来,看看怎么处理。"对方明显在拖延,推推搡搡,僵持了几分钟,卫风之又在旁边狠狠打了几拳:"再不来先开打。"听见有人惨叫,对方终于回道:"那等等,我们有人过去。"

"人家上级领导来了,我得准备下。"卫风之说着进了里屋。不一会儿又出来,扎着刺眼的蓝色领带,西装革履,头发梳得纹丝不乱,把人都吓了一跳。张懿恒想笑又不敢笑。十几分钟后,门开了,进来个青年男子,一袭黑色运动装,短平头,脸上几块刀疤,体格壮实,裸露的胳膊上手上满是刺青,浑身肌肉块块凸起,两眼更是充满杀气,一看就受过特殊训练。

卫风之迎上前握手:"兄弟你好,你好,幸会幸会。""老板让我来看看咋回事。"刀疤在沙发上大方落座,说着就面如黑铁。"咋回事,你早都知道了。"卫风之满脸堆笑,"挣钱难,江湖上大家都不容易。出来混,早晚要还的。你们骗了我妈两次,第一次就算了,第二次的八千块钱,你还不还?"刀疤头一仰:"哪有吃了一半的药还退全款的道理? 不还。"卫风之问:"真的不还?"刀疤拍拍胸脯:"要钱一分钱没有,要命有一条。你看着办。"姚薇敏面色如土后退几步,科长也变了脸。

"怎么着,你还硬起来了,咱看看究竟谁是老子!"卫风之高叫一声就飞脚猛踢。刀疤闪身躲开,双手接住踢来的飞脚,轻轻一扭,卫风之就倒了下去,要不是张懿恒在身边扶住,恐怕早摔地上了。"哟呵,你还真有两手啊! 放心,老子不是被吓大的。"卫风之活动活动膀子,脱掉西装上衣,甩掉领带,冲上前,直接和刀疤打在一起。科长一个眼色,两边的保安扑上前,嘴里喊着"别打了,别打了",纷纷按住刀疤不放。卫风之很快来了劲,甩开膀子,照着刀疤的两腮噼里啪啦打起来。"叫你硬,叫你硬,也不看看谁的地盘!"卫风之左右开弓打了几十下，看看刀疤嘴角已经流出血，感到自己双手也麻了，便问："钱还不还？""不还。"刀疤一口拒绝。

"好，很好。"卫风之从厨房里拿出两把菜刀，用刀背照着刀疤的脑袋砰砰砰打了十几下，然后又拿出个猪蹄放在桌子上，啪的一刀剁下去，那猪蹄早断成零散的几块。卫风之狞笑一声，将刀疤的手指平按在茶几上，晃晃明亮的刀刃道："不还钱也好，老子不缺这八千块。那么你十个手指，一个手指一千块，我就剁掉这八个手指。猪蹄就是你的下场。"卫风之说着，咬咬牙，憋着气，扬起利刃。

张懿恒原以为霜刃如雪刀尖见红，姚薇敏吓得早瘫软在地，没想到角落里人家正悠然自得嗑瓜子，见他过来，努努嘴说："那些骗子，就该狠狠教训才是。老娘恨不得把他们都砍死。"再看卫风之拿着菜刀，确实要铆足劲猛砍下去。张懿恒知道时机到了，赶紧挡过卫风之，对刀疤说："你是要留钱，还是要手指？现在砍了你的手指，马上就喂狗。你放聪明点，钱是能再挣还是手指能再长？"见刀疤还不吭气，卫风之大吼一声："和他啰唆个屁，你看好了，老子……"说着就把两把菜刀一碰，发出恐怖的金属撞击声，然后握紧菜刀，把锋刃对准骗子的手指高高扬起，牙关紧咬，用力"嗨"了一声。瘆人的寒光掠过头顶，眼看菜刀就要剁下，刀疤忽然浑身哆嗦道："别别别，我退钱。"

姚薇敏给广雅医科大学的朋友打了电话。"这些东西以广雅医大的名义招摇撞骗，朋友也深表愤慨，他说广雅有规定，凡是抓到行骗者，直接扭送至学校的都有奖励，起价三千。"姚薇敏说着看看大家，"你们谁愿意押送这几个骗子去广雅？我朋友现场接待，愿意的话，我现在就派车。"卫风之接了刀疤掏出的八千块钱，一一数过，对姚薇敏说不用了，让他们走吧。三个骗子下楼的时候，卫风之在门口高声招呼："欢迎你们再上门，我随时奉陪。"等到三人走远了，卫风之看也不看，拿出一沓钱，大手一挥："走，我请兄弟们吃饭。"

野猪林

半个小时后，到了滨大老校区对面的酒楼，一看见招牌，大家都乐了，原来店名叫野猪林。进了包间，卫风之坐主位，科长居左，张懿恒居右，随后其余的几个保安换了便装,也纷纷赶了过来。"就我们几个人,姚薇敏说她家里有事不来了,也行,她一个女人来了,我们反而不好讲话。"卫风之呵呵着。科长说:"卫老师,你太客气了,我们等会儿也有事,咱们简单聚下好不好,要不我先走,留下你们聊。"卫风之拉住科长的手:"自己人,兄弟相逢一碗酒。你怎么从刚才到现在一直都推辞。别客气了,坐下了就是兄弟。在这里没有什么教授科长知识分子,都是男人。"张懿恒说,对对,兄弟相逢一碗酒,风风火火闯九州,该出手时就出手,出手前后要喝酒。科长看看大家,就嘿嘿起来。

粉蒸肉、白切鸡、清蒸鲈鱼、苦瓜牛肉、艾叶鸡蛋、醉鸭、蒜蓉菜心、排骨汤等,摆了一桌子,卫风之又加了一个明炉烧鹅,一个白灼大虾,一个糖醋里脊。几杯酒下肚,科长笑道:"这几个小毛贼,刚开始还挺强硬的,最后还不是被唬住了。"卫风之呷口酒:"其实我那时候是想真砍下去,我一旦做了,就不计后果。"科长嘿嘿直乐:"这种事情我以前也处理过,一旦把骗子扭送过去,都是关上灯,黑灯瞎火打一顿。你看我表面上给人说要走法律程序,其实我自己都嫌走程序麻烦,像你这样最痛快!"

张懿恒说:"卫老师,看你平时温柔敦厚万事不理,见到蚂蚁都躲得老远,一旦下起手来还这么狠!出拳飞快生猛赛过小伙子,我真是有眼不识泰山!""我在那个流氓无赖的国家待了十年,什么场面没见过?早就身经百战了。我这个博士不仅是读出来的,也是打出来的。"卫风之说他早先练过散打和拳击,后来在美国校园里打架出了名,和日本学生打,和越南学生打,和印度学生打,和土耳其学生打。最奇特的是有一年,他走出校园刚来到一家餐馆,就碰上美国的匪帮在打群架,两个黑人也趁机搅了进来,浑水摸鱼要抢劫,他二话不说,抄起旁边的木棍就打上去,别看两个黑人比他高,比他壮,照样被他打得落荒而逃。科长笑道:"真没想到卫老师还有这两下子,平日温文尔雅深藏不露的。""这和温文尔雅没关系,兄弟我岂是叫人欺负的人?当老师的,凭什么对谁都温良恭俭让?太温良恭俭让就没尊严了,自古尊严都是打斗出来的,不是谈来的,更不是等靠要来的,仁者必有勇!"卫风之说着便和大家碰杯。

正聊得美,一个保安问科长:"昨天的那个保安,已经是第三次申请辞职了,这个月的工资到底还发不?""暂时不发,等他回来上班了再发不迟。"科长说着看看卫风之,"咳,尽给我出难题。"卫风之正要问怎么回事,忽然一个女人踢开门直闯进来,肥壮的身子一靠近,张懿恒感到空间陡然逼仄压抑起来。

女人伸着手指号叫:"科长,那个邱老师打人,怎么还不抓起来?你到底是不是滨大的干部?是的话,怎么不维护员工利益?"科长笑眯眯道,正在协商,正在研究。"告诉你,你不从重从快处理,我连你一块告上去。我会跟进的,就像刚才我在隔壁吃饭,一听见你的声音就跑来了。"女人的嗓音高亢刺耳,"孩子现在美国读书,爱人工作不顾家,你说我一个女人,咋这么受人欺负?"说完就咚咚咚走了。一会儿,隔壁房间又传来欢声笑语的宴饮声。

"隔壁是滨大后勤集团的人在聚会。"一个保安出去看了看说。卫风之放下筷子道:"后勤集团的人多牛,自己主管主办学校的饭堂,可是他们自己吃饭,都不在校内吃,非要跑到外面的酒楼。"科长感叹饭堂的问题由来已久,从来都是财务不清,假账多多。餐饮部经常虚开发票,低价进,高价出,饭菜质量差,肥了个人,苦了学生。整个饭堂上下都在搞钱,前几天就有校内厨师把油米面偷出去卖的,被保卫处抓住了。张懿恒问:"你怎么知道?""我在饭堂还没有几个内线了?"科长嘿嘿直笑,"我们几个保安的老婆就在饭堂工作,滨大饭堂现在还是集体建制,不允许外来资本涌入,就是要由学校后勤集团垄断,可是他们办的饭堂,质差价贵,钱多量少,学生们叫苦连天。这几天正大骂饭堂呢,舆情很强烈,搞不好会出事。"卫风之问,刚刚那个女的怎么回事?"怎么回事?还不是无理取闹,拿脸当屁股蹭。"科长说着放下筷子。

前几天有个人把车停在校道上,说是办了事就走,结果一停半个多小时。这下可好,交通堵塞了,赶着上课的学生过不去,来往的老师也过不去。有个邱垂子老师就敲敲车窗看了看,刚问句:"这谁的车,怎么半天不走?"话未说完,后脑勺就挨了一巴掌,一个黑熊似的高大胖女人冲上来:"这是老娘的车,怎么啦?碍你什么事了?我在滨大几十年,我怕过谁?"说着就打过来,保安上去劝,也挨了几下。没想到敲窗的邱老师看起来虽然矮小,但反应迅速,很快上去拳打脚踢,女人就倒在了地上。后来她挣扎着爬起来,当下就报了警。警察把两人都带走了,保卫科科长也赶了过去。警察一看都是滨大的人,干脆让内部调解。现在这个女的张口闭口自己受伤了,要赔五万元给她。

"问题是她先动手打人的。"张懿恒说。"女的说自己正当防卫呢,她以为是小偷想偷车内财物。当然,那个邱垂子老师穿着便装,探头探脑的,确实像个小偷。"科长说邱老师也坚持自己是正当防卫,死活不愿意出五万元。警察让保安作证,小保安刚从农村来,就傻乎乎跟着去了。回来后那女的非说保安收了好处做伪证,还说保安摸过她屁股,缠着要把这保安开除法办。怎么敢开除保安?学校现在只给三十个保安的名额,事实上却需要至少五十名保安。一个月两千块的低工资,本身都招不到人,好不容易招到保安,还多是老大爷辈的,三十人要干五十个人的活,保卫处怎么敢随便放人?所以那个要辞职的年轻保安,先拖着工资再说,就是不让他走。

"嗨,近来学校事多得很,我们几个保安根本忙不过来。两个老师打架的事情,你说咋调解?老师挺难说话的,我们谁都不敢惹!"一个中年保安接过话茬。

卫风之说学校宁愿很多人吃空饷,就是不增加安保岗位。吃空饷的都是行政楼那些领导的孩子,比如财务处刘处、人事处杨处的女儿大学毕业,参加工作不到半年,就去外国留学,留学三年尚未回国,而滨大这边早已给安排好工作,还是正式在编的。人常年在国外,虽然不上班,但学校一分不少给发工资。中年保安说现在大家都各顾各,懒得理睬别人。刚刚那个女的就是后勤集团副经理,霸道得很,整天开着豪车来往行政楼。像这样的女人,只是其中之一。科长感叹行政楼的大姐,很多都是领导家属,那些贵妇人,保卫处惹不起。

吃完饭,卫风之拉住张懿恒的手问,今天的事情看到了吧?张懿恒赶紧说:"没想到老师是个百事通。说起来,这顿饭应该我来请。""我说的不是那个。"卫风之脑袋一扬,"你可能没想到我会出手打人吧?如果不这样,那就是忍声吞气作践自己。"接着就说他来滨大二十年,好歹是个留美博士,说是以教授待遇引进,但现在其实还是个讲师,想起来都窝囊。

"凭什么要逆来顺受,打落牙齿和血吞?对某些人必须以其人之道还治其人之身。你年轻,一定要好好把握,千万不要想着什么置身事外,一心向学。破山中贼易,破心中贼难。社会是最好的大学,行事是最好的学问。转变思想,强大自身,创造机会,实现江湖逆袭,这才不愧真的男人、真的博士。"未等卫风之说完,张懿恒脱口而出:"我现在不想当老师,只想当狙击手!"出门的时候,肥壮女人再次冲上来大吵大闹,嚷嚷着要处理保安。张懿恒看清了,这女的原来是老浦的老婆!

竞　聘

　　都说滨江四季常春,但今年的冬天来得格外早,也格外冷。十一月初的一天,白天艳阳高照,温暖如夏,大家都穿着单衣单裤,大风很快呼呼刮起,到后半夜的时候,气温骤降,寒潮四起,仿佛一下子从烘炉转到冰窟,很多人被冻醒了,不得不撤掉凉席,临时取出被子盖上。第二天早上,寒风更加凛冽,大家纷纷换上厚厚的羽绒服防寒服,戴上手套和帽子,就这样还是觉得很冷。这是那种特有的湿寒阴冷,一冷就冷入齿缝冷入骨髓,几天过去,人们的鼻尖、脚趾和脸颊都冻得生疼,走路情不自禁打冷战。

　　尽管穿上多年不穿的冬衣,张懿恒还是觉得跟没穿一样。寒风呼啸,阴冷逼人,很快,他的手背皲裂了,脸颊皲裂了,脚跟皲裂了,耳朵也冻硬了,就这样他仍然坚持画画,直到画完一个四尺整张的《竹梅双清》,看来看去,觉得不满意,正要撕,后面一声喊:"不要撕。"原来是程怡雪抱着小孩来了。

　　"谢谢你那晚救我,要不然我真的就死了。当时真的是骆驼背上的最后一根稻草,山穷水尽、绝人之路!"张懿恒说着心情就复杂起来。"你这人身子死沉,费了好大劲才把你拉住,送你下楼去医院的时候,我都摔了一跤。"程怡雪用拳头捶打着他。张懿恒连连感谢,说要请吃饭,但被拒绝了。

　　"怎么样,你现在病好了吧?"

　　"好了。"

　　"无论如何你要振作起来。丁雄伟原来在我面前多次说过他仰慕你,后来说防备你,现在又说简直看不起你。再不努力,你就真成庄焕明第二了。艺术学院的水越来越浑了。"

　　"庄焕明其实比我好,至少人家也轰轰烈烈过。"

　　"你这叫什么话?抬起头来,眼睛看着我。"张懿恒不敢直视,程怡雪说着就面容痛切,"人必自辱,然后人辱之。再这样下去,你丢的不仅是博士的脸,也是男人的脸,总有一天会尊严扫地,人尽唾面。"张懿恒心里像翻起了惊涛骇浪,但还是苦笑道:"我现在哪里还有尊严啊?""张懿恒你还是男人不? 是男人就该有血性。"程怡雪柳眉倒竖,说着声调就激越高亢,"别忘了,凡有血气,皆有争心。这句话可是你说过的,我希望你以后能活出精神上的博士来。世事洞明皆学问,人情练达即文章,高中生都懂的对联,难道你不懂? 自古哪有现实向人低头? 来日方长,你若再清高下去,只能自甘沉沦,必然和庄焕明一个下场!"然后问他是否认识一个姓牛的乡镇记者,张懿恒说认识。程怡雪怨怒道:"那种女人怎么也给你介绍! 简直是扔垃圾呢。"张懿恒这才知道程怡雪上次到文联开会,牛婷认识她不到三分钟就迫不及待要求她给自己介绍对象。"我一打听,原来是个有着严重心理疾病的货! 你看她满脸粉刺,个子也不高,明明丑陋不堪的下脚料,还自恋自大得不行,嘲笑别人吹嘘自我,优越感强得令人恶心! 难怪单位都说她不是正常人。"程怡雪正说着,邹金贤来了,一见面就大大咧咧:"职称评审结果公布了。这下没评上的人更烦了!"

张懿恒看了职称评审通过人员的名单,里面没有他,也没有冯志学。自己的副教授没评上,还可以再评,但冯志学的教授没评上,张懿恒知道这对冯志学是一次重大打击。早在几年前,经历了官场动荡的冯志学心灰意冷,声言要辞去系副主任一职,不问仕途,醉心学问。他这几年确实也很努力,取得不少成果,报了好几次教授,没想到这次依然没评上。

几天后,一个人迎面走来,肤色干黄,蓬头垢面,简直不成人样。看到这位被职称折磨得憔悴不堪的同行,张懿恒情不自禁想到姚力文,寒暄了几句就问:

"事先你去找老肖了吗?"

"当然找过。为了职称,我还不是硬着头皮找?"

"怎么说?"

"老肖倒也好,说他也只有一票,可以投给我,但毕竟名额只有一个,推荐谁,最终只能由学术委员会决定,不是他一个人说了算。结果下来大家都拉票,学术委员会的几个人被纠缠不休,说他们要退出这个委员会,人事处最后没办法,决定抓阄,李光头抓了一个上的阄儿,我和邱博厚都抓了下的阄儿,只能下了。"

"真荒唐,评教授这么严肃的事情,怎么能抓阄决定?"张懿恒不平则鸣。其实他知道自己鸣了也没用,但冯志学现在需要这话。凭冯志学的为人,就是抓阄中了,也会被拿下。因为有人早已放话:"有我在,他冯志学这一辈子都别想评教授。给谁都可以评教授,就是冯志学不能评教授。"这话可不是闹着玩的,某些人虽然不是教授,但现在已有权有势有活动能力了。

"滨江大学对不起我,我已经是十年的副教授了,前年去年评,我没机会上,今年职称评审权下放给学校,学校就两年合成一年评,结果我还是没机会上。"冯志学说着,张懿恒想起了肖子业那温良恭俭的面容,相由心生,院长给人的形象一贯内敛弱势,就是一个文静书生。老肖人确实不错,身为院长,又逢学科建设的关键时期,谁不愿意自己的学院多上几个教授?但这次评职称,关键的关键在于学校层面的名额压缩了,滨大这几年进了很多高人,编制都满了。市里给的教授指标很少。没有指标,成果再好都没用。文传学院的徐思温副教授,六篇A类期刊的论文,三个省部级项目,四本论著,一本书还是中华书局出版的,五十二万字,够牛了吧?结果还是没评上,因为学校今年实际没有文科教授的指标。全校七十多个人报教授,最终只上了七个,全都是理工科,李光头也不容易,评教授评了八次,照样没上。张懿恒知道他现在也很郁闷。

"哦,对了,如果要说上的话,文科最终上了一个研究员,也算教授,就是咱们的王书记,破格评上的。借着高建的东风,王书记从讲师一跃成为研究员,自己给自己破格。他的秘书,就是和你一起来的宁荣华,现在高教研究所工作的那个,这次也破格评上了副研究员。"

冯志学说完,张懿恒问:"那你下来怎么办?"

"还能怎么样?算了,我已经放弃职称了。新一轮干部竞聘要开始了,我想竞聘教师发展中心主任,我实在不想在艺术学院待,也待不下去了。人挪活,树挪死,换个环境会好些。"冯志学的声音平静,眼神淡漠,一副泰然处之的样子。张懿恒知道这种泰然是装出来的,半途而废,前功尽弃,冯志学表面潇洒,实则悲怆无奈。

"还有一点,我现在成了怪物,成了某些人的眼中钉肉中刺,他们巴不得我早日离开艺术学院,借此机会,我也算是给自己找个台阶下。""知己知彼,百战不殆,祝你成功。我现在整日望春风。遥闻相访频逢雪,一醉寒宵谁与同?"眼见得张懿恒面如清霜,冯志学笑笑:"卫风之说得没错,你现在学诗进步了,说话文采斐然。他要我再转告你,行事还是要迂回些,不可太直。凡事留个心眼,你要是有丁雄伟八面玲珑的万分之一就好了。"

一个月后,新一轮干部竞聘开始,学校在网站公开发布通告,各二级学院也纷纷传达,鼓励大家踊跃竞聘。经过一系列繁忙的填表、申报、考察、答辩、笔试、面试,最终在由校内外专家组成的评审委员会的严格选拔下,冯志学过五关斩六将,大显身手。果不其然,在所有竞聘校教师发展中心主任的人员当中,无论面试还是笔试,他的分数都排名第一。一个星期后,学校行政楼的橱窗里,张贴着由校党委组织部下发的干部考察公示:冯志学同志拟任滨江大学教师发展中心副主任(主持工作)一职,现予以考察,公示期五天,若有不同意见,欢迎大家来电来信或以其他方式向组织反映情况,匿名信概不受理。

不言而喻,一目了然。冯志学已经被内定好,只等着公示期一过就走马上任。笔试面试第一,这职务舍他其谁?再蠢的人也不会在这个节骨眼上向组织部提出不同意见,就算是和冯志学有过节的某些人,其实也巴不得他离开艺术学院,用他们自己的话说:"对于瘟神,眼不见为净,早日送走才好。"组织部的任命可谓投其所好正中下怀。

和冯志学来往的人多了起来,很多人一反常态,公开和他热情握手言欢,韩灵光、常华明去了冯志学家里好几趟,李光头和廖慈志也不避嫌疑,一改原来躲得老远的态度,整天嚷嚷着要冯志学请吃饭喝酒。冯志学倒好,对所有的拜访都来者不拒,对所有的宴请大加欢迎。"可以,可以,谢谢。不就是个副主任嘛,有什么好祝贺的?!"冯志学大声接着电话,见人就高谈阔论,走路也腰板挺直。路过领导办公室的时候,更春风满面昂首挺胸,又是咳嗽又是喧哗,故意多停留几分钟。

一个晚上,寒风凛冽,张懿恒带着别人送他的两瓶酒去找廖慈志。廖慈志说前几天钟教授过来拜访,憋了一肚子怨气,直言艺术学院是活死人墓,而肖子业是典型的白衣秀士王伦。张懿恒说:"人家一个院长,一个院学术委员会主席,矛盾由来已久。自古一山不容二虎,咱们无法评判错对。"廖慈志嘿嘿道:"有人跑来问我,钟和肖吵,到底是狗咬狗,还是狗咬人?"张懿恒笑了:"这个还真不好说,咱们普通老师,哪里管得了人家教授们的事情,不过,肖子业温和儒雅,一切好说话,我听到对他的好评如潮。"说着便提到现在学院每个教工过生日,都会收到肖子业院长亲笔签名的贺卡,也会收到一个大大的红包。廖慈志晃晃大脑袋:"好评不假,钟教授虽然是副院长,但学术能力远在肖子业之上,不然怎么会当上艺术学院学术委员会主席?几篇高质量的论文不说,你看他那本中华书局出版的著作,学界反响多好,学校也是把他当高人引进的,刚进来就给了个副院长当,其实明摆的,是要取代肖子业的,然而按照学院二级负责制的架构,系主任直接向院长汇报工作,钟教授事实上被架空了。"

钟教授是院学术委员会主席,听起来高大上,但艺术学院什么事都靠党政联席会议裁决,肖子业是院学术委员会副主席,更是主管一切的院长,对这个当然有话语权。钟教授只是个副院长,外出开会都要找肖子业签字批准。身为学术委员会主席,学术上当然钟教授说了算,但学术委员会矛盾百出,常年不开会,有名无实,钟教授就失去了决断权。他抱怨自己一个堂堂博导,为了两千块钱的票据要看领导脸色,要粘贴各种报销票据,要到财务处跑来跑去,再看那群官太太的脸色。

"这在好点的大学怎么可能发生?早有手下的研究生给老师办好了,一个博导,整天精力放在贴单据、跑腿报账上,真是浪费!不过,钟教授来到这里,没有自己的团队,也难怪如此。"廖慈志说着就叹惋:"所以他的结果可以预料,依钟教授那性子,岂能甘居人下?这真叫娶了媳妇,气死婆婆。"张懿恒说前几天管理学院逼走了一个教授,软刀子杀人不见血,那帮人有实力,硬是排挤走一个长江学者。廖慈志说是人家长江学者自己要走的,和排挤没多大关系。张懿恒问钟教授会走吗,廖慈志想了想,哼哼着道:"宁交双脚跳,不交眯眯笑。自古伪善者多,有的人你还真不要小看了。谁外强中干是纸老虎,谁是真正的老虎,好戏还在后头呢。"张懿恒最后问:"你觉得冯志学怎样?"廖慈志还是答非所问:"谁有没有城府,我其实看不出,但我知道沉不住气的人很难成事!"

半个月后,组织部发布了正式的干部职务任命通告,校教师发展中心副主任不是冯志学。

学校的确已经内定冯志学当主持工作的教师发展中心副主任,而且办公室及下属人员已经给配好。新来的梁校长作为这次干部公开招聘的主导者,找冯志学谈过话,对他的表现很满意,学校组织部也把正式任命的文稿拟好了,就等着时间一到发文。但就在干部任用公示结束最后一天的下午,学校党委组织部、宣传部、党办、校办、校长、副校长、书记、副书记以及各个部处的领导,均收到艺术学院出具的单位意见书,意见书逐一列举了冯志学的诸多问题:师德师风问题,上课言语随便,举止轻佻,态度极不严肃极不庄重,和女生讲话故意离得很近,屡屡被学生举报;政治纪律问题,无论课内课外都有反动言论,不注意传播正能量,上课闲话太多,扯得太远,特别是在艺术学院的院务会议等公众场合,多次顶撞领导,散布一些不利于安定团结的偏激言论;工作作风问题,脾气暴躁,自由散漫,自私自利,对集体事务不热心,不安心教学科研,不务正业,个人名利思想严重,工作懈怠,爱搞形式主义,敬业意识差,唯我独尊,缺乏团队精神,和同事关系处理不好,先后多次被同事投诉。意见书认为冯志学很不适合担任教师发展中心副主任一职,落款是滨江大学艺术学院,在诸多领导联合签名之后,还赫然加盖了鲜红的学院大印。

不管意见书列举的情况是真是假,是夸大其词还是据理相争,这次都把冯志学给毁了。事实上组织部当天就找了冯志学谈话,表示群众意见这么大,尽管组织部认为他很优秀,但也只能深表惋惜。

"这个意见书我不知道,我相信很多普通老师其实都不知道。动不动以学院名义发文,盗用民意,这是某些人的惯用手段。老肖太软了,就会做老好人,也不阻止老浦。很多人都说老浦门道多,套路深,肖子业经常无能为力。"面对张懿恒的劝慰,冯志学哼了声:"你真傻!"

竞聘上岗的事情不能耽误,学校组织部最终任命笔试面试综合成绩排名第二的莫克萱顶替冯志学担任教师发展中心副主任。因为艺术学院的意见书,冯志学从公认的不二人选到最终功亏一篑。当然,刚开始冯志学还抱有希望,向组织部提出即使教师发展中心副主任当不上,到其他部门任职也好。听说他甚至想屈尊当个副科长什么的,只要能离开艺术学院就行,但意见书的作用太大了,他成了烫手的山芋,没有哪个部门敢接纳。在纷纷议论中,冯志学最后不得不回到艺术学院继续工作,继续当普通老师。

第十三章 斯文

硕士点

冬去春来。

都说春雨贵似油,然而滨江今年春雨特别丰裕,从年后二月起便细雨霏霏,梅雨,雷雨,阴雨,连日的雨,使得到处都是恼人的迷雾,天上、地上、室内、室外,到处都弥漫着湿漉漉的气息。三四月份,潮湿尚未结束,又很快闷热起来,这就造成滨江特有的怪现象。屋外太阳高照,但屋内潮气肆虐,明明室外是温暖的,但回到屋内就湿冷无比,搞得人们急急脱下短袖换上外套。到后来虽然不下雨,但连日无风无太阳,经月的潮气不散,空气里散发着难闻的腐臭味道,天空也更加灰蒙蒙,大白天看着跟黄昏似的。连日累月都是浓得化不开的阴霾,湿得赶不走的潮气。湿湿湿,潮潮潮,人们走在室外,经常感觉身上发痒发疼,而回到室内,仿佛住进无声的水帘洞,门上、墙上、地上到处都在渗水,窗玻璃更是水蒙蒙的,地板也是湿漉漉的,无论如何擦拭都擦不干,连床上的被褥摸着都黏糊糊的,打开柜子,里面的衣服已经长出团团绿毛,生出块块霉斑。

"你看家里渗水不说,就连楼梯的走廊过道里也渗满水,上下班都像蹚小河!""办公室的电脑刚一打开,就烧坏了,这几天都无法办公!""这回南天也持续太久了,一两个月天不放晴,整天湿雾迷蒙,我家里每天都能渗出几桶水。"

"别说衣服发霉,我的心也潮湿发霉了,天天烦得要死,昨天还和老婆吵了一架。""对对,很烦很郁闷,我现在浑身发痒,肚皮胀痛,头发不断地掉,感觉浑身都要炸裂,精神已无法自控,今天开车过来,险些和人撞车。""都一样,我也很憋闷,简直想把头往墙上撞,恨不得把天拉开个口子,让阳光照射进来!""这鬼天气,要人命呢!""老天不让人活了。"

咒骂纷纷,但潮湿的天气挡不住前进的脚步,申报硕士点开始了,全院迅速行动,所有老师紧锣密鼓投入战斗,找数据,写材料,整理文件,制作表格,拍摄视频,实验室建设,图书档案整理,大家个个都忙,教研室的灯光经常通宵达旦亮着。两个月下来,张懿恒觉得自己有气无力,思维混乱不堪,上课总容易犯困,讲着讲着就前言不搭后语,再看同事们,都是这种状态,于是大家怨声载道。可当大家发现领头干活的肖子业院长已瘦了一圈,双眼布满血丝,嗓子也沙哑了,就不好再埋怨什么,只是心中的弦绷得越来越紧。

材料好不容易整理齐备,紧跟着又要迎接专家评估。按照要求,申报硕士点,必须要有过硬的师资条件,科研成果更要丰富。提起科研,大家都头疼,张懿恒知道院长肯定也很头疼。果不其然,几天后肖子业把艺术学院几个教授、副教授和博士召集到一起开会,研讨国家项目申报的事情。院长讲完,李光头说:"钟教授不是有项目有大著嘛,又在《中国社会科学》上发论文了,让他给大家传授经验啊!""对啊对啊。"众人纷纷附和,这才发现钟教授没参会。丁雄伟苦笑道:"钟教授倒是有国家项目,但是他死活不同意写进去,坚持说来滨大前自己的项目已经结题,现在用不上。"张懿恒看看冯志学,冯志学低头不语。肖子业敲敲桌子,指出艺术学院现在没有一个国家项目,这是个软肋,凭这个申硕,肯定要被专家一票否决。群策群力,自力更生,还是要在项目上下功夫,努力申报,实现零的突破,最后又强调滨江大学成立几十年了,还没有一个正经的国家社科基金项目,高人带来的肯定说不过去,无论如何要搞个国家社科基金项目,不然今后学院无法立足,更别谈申报硕士点了,当务之急是多出快出科研成果,成果关乎绩效,成果是发展之本。

院长这么一说,大家面面相觑。张懿恒说:"国家社科基金项目,我连报三次,每次选题和论证都挺好,但均以失败告终。"李光头说:"小张你有恒心,我报了一次没中,都不想报了。"邱博厚哭丧着脸道:"院长,我们都努力过,但滨大平台太低,一切谈何容易?机会面前人人平等。一旦报上去,说是听天由命,其实都由评委说了算。人为刀俎,我为鱼肉,有什么办法呢?"邱博厚这么一说,其他老师也纷纷叫苦。"不要急,要有信心,要有信心。"院长说着让丁雄伟在屏幕上打开几张课件,"这是国家社科项目评审的权威专家名单,和我们这个学科相关。我费尽千辛万苦才找到专家的联系方式,现在就提供给大家,我们一起努力。"接着又强调项目的事情老师们自己搞定,谋事在人成事在天,要想尽一切办法联系专家,动用一切关系做工作。电话费找丁雄伟报销。院长特别指出学校即将发文鼓励项目申报,人事处已经在拟制文件,规定从今年起,教工凡获得一个国家项目,学校将按一比二的比例再配套。也就是说国家社科基金项目一旦立项,除了项目本身的二十万元经费,学校会再给你四十万的科研奖励。这四十万不扣税,一次性划到个人银行账户,绝不拖泥带水。

  大家纷纷叫好,廖慈志说奖励鼓舞人心,可国家项目评审是匿名的,那么多专家,是不是都参与评审很难说。所以怎么找,又具体找谁去?"那就一个一个找,无论如何,碰都要碰上专家。发短信、打电话、发邮件,通过同学、朋友及各种熟人联系,只要搞好关系,能怎样活动就怎样活动,能怎样打点就怎样打点。只要能搞定项目,一切在所不惜。"肖子业大手一挥,口气急迫而果断,然后提到他评正高时那个省级项目,也是一个个找专家,先后打了两百多个电话,一一排查,最后总算联系上那几个评审专家,项目就批准立项了。"同志们啊,切记事在人为,专家也是人,也要吃饭喝酒呢。"院长说着,大家笑了,张懿恒心说肖子业一改文质彬彬谦谦君子的形象,难得今天这样讲话,倒和老浦有几分相似。

  晚上,丁雄伟请吃饭,再次提说项目申报。"我受院长委托,请大家吃饭,多少钱都能报销。希望项目申报诸位加把劲,学院是我家,发展靠大家。你们都是优秀教师,就当帮帮艺术学院。"丁雄伟说着,一个个作揖。这时上来七八个菜,有红烧肥牛肉、沙漠羊排、澳洲龙虾等。谭景明每道菜只尝了几口,就冲着服务员大呼小叫:"难吃死了,撤下去,换菜,换菜!"于是重新点了好多个大菜。直到桌子摆满了,他才招呼大家:"人生在世,吃喝二字,男要吃,女要睡。趁着年轻先抓紧享受。快,开吃了。"等吃得差不多了,谭景明又举起酒杯:"我们的院长越来越能干了,胆子大,主意多,魄力超群,思维超前,对下属又无比关心,冲着这么好的院长,我们都要竭忠尽智。"

菜香四溢,热气腾腾,看看个个喝得面孔成了火烧云,丁雄伟站起来和大家一一碰杯,反复叮嘱:"领导就是领导,我们只要紧跟着干就是了,不要问、也不能问为什么。领导肯定比我们考虑得长远。领导的大脑比我们健全,要不怎么是领导呢?我们只要听话办事就行了。"又强调其他的不要操心,总之项目下来,好处大大的。张懿恒看看桌子,五六个人,却点了二十多个菜,绝大部分都剩下了。再看谭景明,已经吃得揉起了肚子。小谭刚来时说话细声慢语,吃东西很羞怯,看得出很忌口的样子,但现在特能吃喝,据他说因为工作需要,经常是一个星期七天,天天都要应酬吃饭,吃得回到宿舍倒头便睡,一觉便是大天亮。当然小谭能耐也大,听说他很会交女朋友,在同一时间内周旋于好几个女朋友之间,常常得心应手游刃有余,也不知怎么应付的!

"兄弟们一心教学,多轻松。我真羡慕你们,别以为我这个副书记当得多风光!"出门的时候,丁雄伟说着就埋怨某些人光表态不干活,整天说大话,唱官腔,吹牛皮,学院工作都是他这个老黄牛卖力气,不仅有汗水,还有泪水!院党委说是推荐,其实就是命令,以后要下放他当镇长助理,院长给的任务是加强镇区合作、校企合作,拿个一百万的横向课题回来。"你说,我该怎么办呢?"丁雄伟一脸愁容,谭景明赶紧安慰,说项目毕竟要紧,别说艺术学院了,其他学院都一样,院长们都发狠话了。两个年轻人说着竟然抱头痛哭。

项目申报材料交上去之后,院里趁热打铁,邀请了好几个专家来讲学,讲学之后便是搞特聘双聘教授、合作办学、联合培养研究生等等。"学院好,大家好,一切为了硕士点,为了学院的发展。只要大家有资源,无论是教授博导、长江学者,还是核心期刊的编辑、社科基金评审的专家,只要有身份和头衔的,都可以请,要我亲自邀请都没问题。大家只管找资源,一切费用不要担心,艺术学院再没钱,但事关学科建设的钱还是可以挤出来的,好钢用在刀刃上,越有名的专家越要多请,劳务费我们可以成倍来出。"院长这么一发话,张懿恒想到了自己的老师,马上问正在读博的师弟,师弟说老师现在国外,怎么可能去你们那种地方讲学?几天后丁雄伟突然来电话,说有个国家顶级专家要来讲课,所有老师届时务必和学生一起夹道欢迎。丁雄伟特意提到老浦书记做了重要指示:组织活动时,务必选取妖娆性感的美女学生,排在欢迎队伍最前列。

艺术学院立刻行动起来,认真到专家的每一步行动,每一分钟的时间安排,都做了详细规划。至于谁给专家提包、谁开车、谁搀扶、谁陪酒、谁陪唱陪舞,更有周密的分配。为慎重起见,事先还做了演练,老浦假扮专家,被两个学生扶着上车下车,走路故意老态龙钟咳嗽不断,一副人来疯的样子,惹得大家笑声不断。专家要来的前一天,大家如临大敌,纷纷提前进入角色。程怡雪对着镜子仔细化妆,院里事先通过内部渠道,打听到专家喜欢听的小曲,让她连夜练唱。作为形象大使,程怡雪不仅要给专家唱歌,还要全程陪同专家,负责导游和讲解。负责饮食的谭景明亲自跑到菜场,监督活鱼鲜虾的采购。邱博厚、张懿恒等,则负责在办公室恭候专家的专业性提问。连老黄这样的临退休人员,也被委派负责欢迎横幅的布设和学生队伍的排练。

一大早起来,大家就进入岗位,忙活了一上午,临近中午十二点还不见专家的影子。老黄摸摸脑袋:"哎呀,我忙得没吃早餐,现在血糖低了,头晕得不行!"这么一叫,其他人也支撑不住,纷纷叫苦连天。在现场指挥的老浦也觉得压不下去。正着急的时候,肖子业陪着专家来了。专家个子不高,头皮油光,眼圈肥厚,嘴巴周围满是大胡子,走路肚皮前倾,旁边有位美艳女郎给提着包。专家这里听听汇报,那里提提意见,颇有大腕风范。随后便是特聘教授的聘任仪式,仪式结束,刚刚成为滨江大学特聘教授的专家开始讲座,讲座后肖子业带领专家参观滨大美术馆,看着藏品,专家啧啧赞叹,随后又到艺术楼,参观老师的工作室,逐一点评各位老师的画。说到肖子业的时候,专家建议在表现本土历史人物题材上再下功夫,创作更多主旋律作品。"好的,好的。"院长握着专家的手,欠着身子连连感谢。

就这样陪前陪后,好不容易等到专家上卫生间了,肖子业揉揉发红的眼圈,摇晃着身子,一屁股坐在椅子上,手捂着胸口,脸色突然变得枯黄,紧跟着就吐出一口鲜血来。大家顿时手忙脚乱,正要打医院电话,肖子业伸手阻止了,只是用疲惫的嗓音喊:"热水,热水。"胖子老刘向大家感叹院长上个月出去招人才,拼师资,拉项目,凑成果,为了学科建设、为了申硕,都快把腿跑断了。齐思宁也说院长昨晚整夜赶材料,早上又连续开了三个会,现在还接待专家,已经好几天没有睡好觉!学校下了硬指标,艺术学科要在三年内成为省级一流专业,五年内成为国家一流专业。"现在专家的检查一个接一个,我比院长年轻二十岁,都撑不住这样的操劳!"齐思宁说着就哽咽了。白洁清站出来道:"院长,要不我来接待,您先休息吧!"但肖子业坚决拒绝了。一杯热水喝下,他似乎感到专家快出来了,强撑着坐直身子说:"雄伟,快给我咖啡糖。"程怡雪想伸手搀扶,但被齐思宁挡开了。

专家从卫生间出来,吃了咖啡糖的肖子业很快红光满面,又开始前前后后陪同专家。看着肖子业奔波忙碌的身影,谭景明、齐思宁、凌宇飞等几个年轻人叫了声:"院长!"就擦起了眼泪。

肖子业院长确实比大家都辛苦。学校要求跨越式大发展,各个二级学院院长的担子很重,而一些理工学科院长的担子更重,因为他们还肩负着申报博士点的任务,这就涉及人才引进、专业规划、学科建设、实验室发展等问题。这年头,领导的确不好当!艺术学院都算好多了,无论做人还是做事,肖子业不仅勤恳,而且清廉,听说前几天他还找李光头借了八十万,给孩子买房呢!尽管如此,接待完毕后,院里聚餐会上,角落里还是有人嘀咕:"前方吃紧,后方紧吃。难怪滨大越来越差劲,没看什么人在位嘛!"

就这样前后接待了好几个专家,大家个个累得要命,当然最累的还是肖子业院长,接待任务完成后,他就住进了医院。六月底,一个特大喜讯传来,滨江大学艺术学院有两个项目喜获立项,一个是肖子业院长主持的滨阳省哲学社会科学规划项目,一个是张懿恒博士主持的国家社科基金一般项目。这个消息轰动全校,大家都说申硕有望了。时间不等人,肖子业院长刚开始还在医院打吊针,一听说项目立项,立刻自己动手拔掉身上的针头,直接从医院赶回办公室,召集一帮人安排工作。人心齐,泰山移,有了夯实的科研项目做基础,艺术学院很快马不停蹄展开申报硕士点工作,分分秒秒,只争朝夕,又是让人窒息的忙碌。

势　头

"艺术学院这几年发展快,经费比其他二级学院都多,外面的捐款也多。"

"肖院长有本事,为了拉赞助费尽心思。上面要批硕士点,校领导很高兴,要知道,全国这样的硕士点都没几个!"

"滨江本地的彩灯制作技艺,市委早在十几年前就想推出去,但一直没成。十几年的事情,老肖三四年就搞定了,硕士点和彩灯设计与制作挂钩,一次性顺利申报。你说市里能不高兴?听说很快要成立滨江大学艺术学院彩灯学院了。"

诚如斯言,可喜可贺!半年后,硕士点最终成功获批,大家也一致看好肖子业院长,认为艺术学院大步流星进入黄金期。很快,借着高建的机会,学校给艺术学院批了六百万元,要求好好建设硕士点。院长抓住这个机会,以市政协委员的身份写了提案,请求建设滨江大学新的艺术大楼,市里很快同意,一次性批复了三千万。经费下拨之后,学校按照程序进行了工程招标。一年后,艺术学院新大楼顺利竣工了。来参观的人都说修建得豪华气派上档次。

金秋十月,学校召开教师节大会,除了化环和机械工程学院,文科院系里面,学校唯一隆重表彰的就是艺术学院。肖子业上台的时候,大家纷纷起立鼓掌。面对台下黑压压的人群,肖子业连连鞠躬,聚光灯打过来,他的身影显得分外清瘦憔悴。"短短几年时间,能把艺术学院发展这么好,老肖确实功不可没!"林和兵对张懿恒连连赞叹,感叹肖子业温文尔雅,随和待人,通情达理,谦虚低调,做事尽善尽美,对人锦上添花,工作中绝不颐指气使,没有任何官气,是个公认的好领导。张懿恒嗯嗯着表示肯定,谁都知道肖子业院长是专家,是学者,是名教授,更是领导,是官员,像这样行政与业务双突出的人比较少见。艺术学院这几年发展确实也很好,拿下硕士点后,很快新开了几个专业,招生规模扩大,又将滨江师范那帮人管得服服帖帖。从文弱书生到颇有作为的院长,肖子业现在已经和艺术学院融为一体了,提起他,谁不竖大拇指?特别是新来的一些年轻老师,都把院长当成人生偶像和楷模了!

"你们院长那么优秀的人,怎么和老浦这种货搭班子呢?"林和兵问罢,张懿恒顺口回答肖院长是无党派人士,两人井水不犯河水。艺术学院现在最令人讨厌的是老浦,动不动要官腔摆架子,很多人都被他骂,只有一个人他不骂,这就是丁雄伟,因为丁雄伟的事,就是院长的事,老浦从来都特事特办。其实不光林和兵疑惑,张懿恒也很疑惑,院长清正廉洁勤劳能干,老浦蛮横无理务虚不务实,两人如何搭班子?而且搭得那样好。三五年过去,别的二级学院院长和书记之间都多少闹出些矛盾,只有艺术学院风平浪静、一片团结和谐的景象,没听说老浦和肖子业有任何过节。

领完奖的肖子业回到办公室,丁雄伟敲敲门进来了。"我正想找你呢,你找个大房间,成立个专门的展览室。"肖子业说着把手中的锦旗奖牌等一一展开,"这几年来我们积累了不少这样的东西,还有诸多的领导巡察照片、专家题词等,都需要装裱好,悬挂起来,好好展示下。展览室的装潢一定要高大上。我们现在有了新的艺术大楼,必须利用起来。""我好好照办。"丁雄伟脑袋有节奏地点着。肖子业又布置了一些工作,看着丁雄伟言听计从的样子,他把身子往后一靠,满意地嘘口气。艺术学院这几年发展势头之好,谁都没料到,肖子业也没想到自己的运气这么好,当院长后一切顺风顺水。当然,他也知道丁雄伟学历低,专业差,但这人也有可用之处,一些事情自己不便出面的,丁雄伟出面了,自己没时间经办的,丁雄伟给跑腿了。单位上是是非非,人多心杂,真正有知识有文化的个个自命不凡,年纪大的倚老卖老,年纪轻的浮躁无比,都难用得很,只有丁雄伟当初死心塌地跟紧了自己。

林子大了,什么鸟都有,这中间他不是没想到培养其他人选,比如张懿恒,学历、专业、知识和品行都没问题,早有人提说推荐过,但想来想去,肖子业还是觉得他太过书生气,不如丁雄伟会来事。最终,在和一些人聊天的时候,肖子业叹息说,张懿恒博士以后也就是专事上课画画写论文,只能在专业方面发展了。几年过去,博士张懿恒还是个普通教师,而大专生丁雄伟已经是蒸蒸日上的副书记了,肖子业有时候也觉得可惜,甚至过意不去,但转念一想,毕竟还是工作要紧。时局从来弄人,古来圣贤皆寂寞,真正有文化的人都这样,清高孤傲偏执狂狷,自己不努力,又怪谁呢?滨大这几年像张懿恒这样高学历高文化高知识的"三高"人士越来越多,而真正上去的都是丁雄伟这类低学历低文化低专业基础的"三低"人士。

"上次那个老板,和我们合作办了一次画展,这次想再捐五百万给我们,但要求艺术大楼冠上他的名字,还要成为艺术学院的兼职教授。牵线人是作协的花主席,也要求成为兼职教授。"丁雄伟汇报完毕,肖子业眉头跳了下,显然他很不乐意。这年头利来利往,各有所求,各有所需。不光有人想成为滨江大学的特聘教授,即使是兼职教授,很多人也趋之若鹜。滨大也确实特聘了外面的很多专家,包括一些著名大学的校长,一些科研机构退休的负责人,一些院士等。像上次新成立的几个二级学院,都聘请著名专家当院长,尽管专家们一年或者几年才来一次滨大,来了做一两次讲座就离开,但这已经不重要了。用校长的话说:"高建在即,滨大需要柔性引进人才。"这一柔性,滨大就拥有了诸多高人,朝着高水平大学靠近了。

"老板的事情,八百万可以考虑。这样吧,咱不急,先让他组织一次笔会。"肖子业略一沉吟,便拿起几支毛笔让丁雄伟去洗。

丁雄伟点头谄笑,凭感觉,他相信会组织一次成功的笔会。

笔　会

张懿恒上车的时候,发现大家都到了。胖子老刘、李光头、冯志学都穿戴整齐,坐在中排位置。毋庸讳言,前排空位是给肖子业、老浦留着的。张懿恒很识趣地坐到最后面位置。等了几分钟,肖子业一上来,车子就立刻出发,行驶了两个多小时,进了市郊的一处大庄园,庄园里山清水秀,几栋酒店依山傍水,金光闪闪,大家纷纷赞叹这里真好,远离闹市,没有喧嚣,酒店盖得超豪华了。廖慈志说老板有眼光,十五年前就拿了这块地投资酒店,现在早赚得盆满钵满。李光头也说老板原来是个农民,洗脚上田后,摆地摊、卖袜子、开按摩院、搞走私,什么生意都做过,现在早成滨江巨富了。"只要胆子大,就能成老板。整个滨江都是靠走私越货暴发的,不然一个落后的小渔村,怎么可能短短三十年就成为沿海发达城市!""院长,你要狠狠敲他一笔啊,否则咱们那个大楼白盖了。"议论声中,肖子业只是呵呵。

老板早已在酒店大堂迎接,自称姓黎,形体高大清瘦,一身高档的休闲西装,头发虽然稀疏,但纹丝不乱,说话彬彬有礼。大家纷纷赞叹老板有儒商风范,黎老板笑着招呼:"来到我这里,大家随便吃、随便喝,其他设施也很周全,洗脚按摩,只要报房号就行了。都是贵客,我会好好招待,请大家放心。"

午餐的饭菜满满一桌子,很丰盛,很多菜张懿恒都没见过。等到快吃完了,老板一一介绍:这边孔雀肉、鳄鱼肉、燕窝、老虎肉、熊掌、红烧猴头,那边清蒸锦鸡、炭烧娃娃鱼、清炖果子狸、烤竹鼠、牙签水獭,所有的食材都从缅甸、泰国、孟加拉国运来。"真造孽啊,都是国家保护动物,说是从国外运来,你信吗?骗鬼都骗不过!"邹金贤踩踩张懿恒的脚,小声嘀咕。"晚上再改善一下,我请大家吃火锅。浦书记专门点了,要吃猫肉火锅。"老板逐个给大家敬酒。张懿恒总觉得老板一开口,这声音怎么似曾相识。正想着,忽然一阵笑声:"兄弟来晚了,兄弟来晚了。"笑声由远及近,像电波一样高低起伏,像鸟叫一样咿咿呀呀,不断刺激着人的神经,大家顿时放下筷子,朱丽茵甚至揉起了胸口。

伴随着浪笑,一个身材肥胖、身穿花格子衫的人走了进来,脑袋油光,胡须长长,大腹便便,胸前挂着几串长长的金项链。"兄弟花子媚!"来人说着往张懿恒身边一坐,大大地叉开两腿,顺势将长辫子甩在脑后。张懿恒浑身不自在,心说这名咋这么怪呢,是女人也就罢了,偏偏是个五大三粗的男人。黎老板介绍道:"欢迎花子媚先生,他可是中国著名作家,当代著名诗人,滨江首屈一指的文化大家。""他奶奶的,老子今天和人撞车了。我路上正在构思新诗,结果没注意,和人追尾了,对方要我赔付两万,不然就报警。"花子媚刚说罢,黎老板就笑道:"这对你来说小菜一碟。"

"这不是敲诈吗,大爷我岂能上当?警察还没来呢,我一个电话,几个朋友就过来,三下两下就唬住了对方。等到警察到来的时候,我说我们已经和解了。"花子媚说着将一个大螃蟹腿吞进肚里,"哈哈,我那几个朋友,在江湖混了多年,处理这类碰瓷的事情很有经验。一出场,满身刺青,全身黑衣,拿着警棍,把对方就吓软了,最后一分钱不要就跑了。""作家,你是黑白通吃、翻云覆雨,不愧滨江的文化伟人。"黎老板说完,老浦也点头高叫:"对对对,我和花先生认识多年,他是当代著名文豪,著名诗圣,著名画圣!大家都晓得。"张懿恒听得脑袋阵阵发晕,喝了酒的花子媚又是几声浪笑:"上次我的诗作还拿了两个省级金奖呢,《滨江日报》有对我的专访。"肖子业说:"现在算是滨江文艺大联欢,文豪写的什么好诗,能否给大家分享下?"

"可以,我刚刚创作了一首。"花子媚咂咂油光光的嘴,张开双臂开始呼号,"啊,伟大的光荣的亲爱的……"话未说完,黎老板赶快大叫:"别别别,你读这个我就赶紧堵耳朵,还是来点别的吧,新鲜的,酸甜的。"花子媚嘿嘿直乐:"你这个家伙,总喜欢小调。行,前几天刚有佳作问世。"大家都催着快读。"兄弟我就献丑了。"花子媚嬉笑着抱抱拳,然后清清嗓子唱道,"唧唧复唧唧,木兰当户日。不闻机杼声,但闻女喘息……"声音尖尖细细,甚至带着几分娘娘腔,一边唱着,一边扭动肥胖的腰肢,目光分明落在程怡雪身上。一首诗尚未唱完,周围的人咪咪笑,肖子业眯着眼睛,也是笑而不语。花子媚唱完,黎老板带头鼓起掌来,也是几声浪笑。张懿恒感到房间里的落地灯淫声浪气摇摆不停,满桌子的残羹冷炙腥臊无比,他恨不得把耳朵塞起来,再看程怡雪和朱丽茵,都早已低下头去。

"我出了三部小说、十几本诗集,早就是省作协的理事,去年又获得市里的百花文艺奖。市作协主席当了十年,早烦得不想干了。他娘的风云变幻,世事看淡,我现在真想一个人静静读书写作。"花子媚连喝三杯酒,正慢悠悠说着,手机铃声响起来,"不好意思,我接个电话。"花子媚接了几句,眉头就皱了起来,顺势跑到外面去了,声音也压低了,显然他不想旁人听到。尽管如此,但还是被出门上卫生间的张懿恒听到了。

"换届换届,我觉得自己也是合适人选,凭什么要下?我身体很好,精力充沛,经验丰富,成果迭出,再说有谁比我更了解滨江,热爱滨江呢?——他赵驰青算个屁,也来和我竞争?这么多年过去,我辛苦耕耘,成果有目共睹。更重要的是人脉广,我北上广的朋友很多,接下来还可以给滨江文化再造势!滨江成立文学艺术院,完全可以交给作协打理,我甘愿挑大梁!"

花子媚接完电话进来的时候,老浦笑道:"我们刚刚在网上搜索了你的简历,果然成果非凡。当今滨阳省,像你这样有突出贡献的作家没几个。"

"我今年又要出三本大作。估计明年还要获奖,身为广受欢迎的著名作家,不努力不行啊,操,谁让咱是作协的领头雁呢。"

"好啊,好啊,现在不是要弘扬本土文化嘛!小谭小齐,这几天学生论文选题,你们要让学生多研究我们本土的这位大作家。"

看着花子媚和老浦紧紧抱在一起,彭凌杉朝张懿恒努努嘴。肖子业和丁雄伟都面无表情,只是在和老板碰杯时偶尔笑笑,而胖子老刘、李光头则低头吃菜,程怡雪对着手机当镜子,正整理头发,只有朱丽茵一脸的不屑。果然,张懿恒再上卫生间的时候,刚打了个照面,朱丽茵就嚷嚷:"哎呀,我今天算是见世面了!一说话脏话连篇,黄段子迭出,吹捧与自我吹捧,这样的人也配称人类灵魂工程师,也配称作家,也配当作协主席?就好像会画两笔的人,都敢称自己是画家?真是恬不知耻的婊子——噢,叫婊子把这些人都高抬了,他们其实连婊子都不如!"张懿恒笑了,朱丽茵一贯心直口快大喇叭,笑起来整个六层楼的人都能听到。其实他心里也感叹:这个滨江真大啊,有花先生这样的作家;这个滨江真小啊,怎么都是牛某一类人!

午饭后就是笔会,在各自画了几张斗方和小品之后,大家龙飞凤舞合作了一张丈二大画,其中肖子业画了崖石溪瀑,胖子老刘画了牡丹锦鸡,郑宇智画了山石枫树,李光头画了松树猴子,张懿恒画了红叶白鹇,老浦最后题写了"紫气东来,红运当头"八个字。

晚上黎老板再请吃饭,不用说,是安排好的猫肉火锅,张懿恒吃不下去,就不断夹青菜。饭局上花子媚给大家不断敬酒,又拿着出版的作品逐一分发。张懿恒接过来看,花花绿绿的又是诗歌小说集,又是画册和论编,倒也厚厚一摞。"花主席,您又出新作品了。哎呀,好啊好啊,我已经蠢蠢欲动了,回去后马上写论文,赶紧研究你,也让更多学生研究你。"老浦叫罢,黎老板也拍着手说:"是值得研究,很值得研究。花主席和我相识多年,成果丰硕,为人低调,像我这样没文化的人,和花主席这样的大文豪大作家坐一起都是三生有幸。""咳咳!"花子媚又浪笑起来,"我有什么好研究的?一个屡获大奖、图书畅销、为人民崇拜的普通作家而已,如今还不是过着清贫淡泊的生活。"

花主席不知哪里人,说话口音很重,把人民说成淫民,把生活说成僧佛。张懿恒听得毛骨悚然,再看朱紫贵,眼睛眯缝,活像个猫头鹰,也似笑非笑。老浦紧紧握住花子媚的手说:"哎哎,豆腐生前也穷困潦倒。今年恰好我带的几个学生的毕业论文,选题就围绕你新出版的作品。你是我们滨江本土的著名作家,著名画家,一代儒商,值得好好研究。""什么豆腐,哪个豆腐?"花主席愣了,眨着眼发问。"就是唐代大西人豆腐嘛!"老浦结结巴巴回答。"哦?"花主席明白了,原来老浦说话口音也很重,把"诗人"说成"西人",把"杜甫"说成"豆腐"。"花主席,你这书出得好,填补了滨江打工文学的空白,也奠定了滨江画派的基础,确实值得研究。"肖子业一发话,其他人也都"好啊,好啊"叫着,纷纷举杯。谭景明、齐思宁、凌宇飞几个年轻人更鼓起掌来。

饭局漫长而无聊,但聊天总是热烈而兴奋的,说着说着大家聊到当今出书难的问题,于是纷纷叫苦:要么批不下经费,要么找不到像样的出版社。"这有何难?滨江市每年都有文艺精品立项的。只要评选通过,每部作品补助五万元的出版基金。你们都是老师,写的书质量肯定没问题。评选对你们来说,也只是走过场。"花主席哇哇叫起来,"我们滨江文学艺术院有很多签约作家,作家自己既搞创作,也联系出版社帮忙大家出书,他们做出书中介赚的钱,远远超过每年的工资收入和创作补贴。"张懿恒问能找到什么出版社。"你要什么出版社就能联系到什么出版社,只要肯出钱,任何出版社的书号都能给你买到。"花主席嗨了声,拍拍胸脯。"真的吗?像人民文艺出版社、人民学术出版社、中国书局的,能买到吗?"彭凌杉一口气说出这几个高大上的出版社。要知道,这可是全国顶级的出版社。比如前年,中国书局百年诞辰的时候,国家领导人都去视察了。能在中国书局出书的,都是全国一流的学者画家。肖子业院长那么厉害,这几年也只是在省级的滨江美术出版社出版了作品集。

花主席指指南墙:"你看看这些书柜的陈列,黎老板这里有我的书,凡是我的书,他全都收藏了。"几个老师站起来,看到书柜里最显眼的地方都是花主席的著作,其中中国书局的、人民艺术出版社的有好几本,于是纷纷赞叹。"出书这个,说难不难,说不难也难,就跟赌博下注一样,只要你瞅准时机找对门路,高大上的出版社又怎么样?编辑也是人,是人就可以做工作。"花主席说前几年他寻机把出版社的领导请到滨江吃喝玩乐一番,这才知道出版行业的猫腻。原来那些出版社貌似高大上,非名流一流顶级学者的著作不出,可是还有个规定,每年的书号中有个别是留给中青年学者的,算是鼓励后进。如此质量就没有那么严格了,他就钻了这个空子,多给钱多使银子就出了几本书。

"比方说吧,他们这些出版社一年内出版了一百本著作,九十九本都是高精准的著作,质量确实好,但就有那么一本,质量一般般,你说会影响声誉吗?无关紧要的。这就是时机。"花主席说完,肖子业感慨发表论文也一样,《中国艺术研究》上十篇论文九篇都是名家手笔,那写得真叫好,但偶尔也有一两篇是一般般,比如人情稿普通稿等,这个是避免不了的,无关大碍,影响不到刊物的声誉。廖慈志说可是这一个人情稿上了,就不知有多少正常的稿件被拿下了。花主席笑言这就是行规,自古哪个监狱里没有几个冤死鬼?然后看看大家:"你们以后出书,都可以找我帮忙。兄弟们的事,就是我的事。就像咱们黎老板,也准备出版自己的画册了。"

又上来几个菜,大家聊着聊着就纷纷叫好。丁雄伟一手拿个大酒瓶子,一手拿个酒杯,开始笑嘻嘻走圈子,很快,他的脸便涨得紫红。

"工作永远第一,干劲永远第一。"肖子业给黎老板不断敬酒,三句两句,就谈成了校外产学研基地、文艺采风基地、学生实习基地,大家顿时热烈鼓掌。"来来来,快伸出大拇指点赞,快拍几张合影,多拍几张,发在通知群里,发给宣传部备案,也发给其他学院看看。对对对,一定要让大家知道,我们这次笔会名流云集,雅士众多,活动丰富,是一次团结的、成功的、胜利的大会。"老浦激动得大叫。

"滨江水头迎贵客,花红柳绿自得意。名士雅集世无双,千古风流在今夕。"作家戴着个大花头巾,又摇头晃脑吟诗,一个比一个来劲。音乐响起,老板哼哼着跳起舞来,扭肩跷腿,动作很夸张。朱紫贵眉飞色舞,又是看手,又是摸骨,给人算起命来。廖慈志、朱丽茵和娄静斋高谈阔论,韩灵光、常华明、齐思宁等人玩起了斗地主。

"上次那个打鼓的女生真漂亮,长得胸脯是胸脯,脸蛋是脸蛋。关键时候,嘿嘿……"

"不,有个新来的更漂亮,走起路来,腰身迷死人。"

丁雄伟、谭景明和应志武说起了各自的艳遇经历,又竞相提到哪个女生漂亮,上下比画,双手挥舞个不停,渐渐地他们搂肩搭背,抱在一起又笑又骂,谭景明更是笑得嘴巴快咧到耳朵后面去了。韩灵光的眼睛本来一只大一只小,此刻那眼睛大的更大,小的更小了,常华明的酒糟鼻子也更加红了。朱紫贵每卜一卦,旁边便传出阵阵叫好声,廖慈志这边更不甘示弱,说着说着就从椅子上站起来,大脑门亮得赛过头上的吊灯。

"一条龙,哥俩好,三星照。"

"老板,你的画画得好,超过梵高、莫奈,毕加索都甘拜下风了。"

"作家,你的诗写得好,不愧是大诗圣大文豪!"

"老浦,你这官当得好,两袖清风,领导有方啊!"

"四喜财,五魁首,六六六,发发发。"

"艺术学院越来越发达,跑步赶超世界顶级艺术院校。"

"恭喜发财,旺旺旺。"

"七连巧,八匹马,九大运,十全美。"

斗酒声,猜拳声,小曲声,麻将声,调笑声,到最后都汇聚成谈论男女关系的段子声,浪潮一阵比一阵高。张懿恒感到天花板要被这声音捅破了,他借着接电话,很快推门而去。

外面,月亮不知哪里去了,天空中只剩下一片混沌黑暗。

第二天中午酒饭完毕,旁边的大房间已经准备好了几张画案,笔墨纸砚一应俱全,不用说,老板又要大家画画了。"各位画家,大画只有一张,大家如果还有兴趣,就再留下翰墨,以志纪念。"黎老板笑一笑,他还是不甘心大家画小品。看到张懿恒有些犹豫不决,廖慈志凑近了小声说:"笔会的作品,都是应酬性的,不要在意。"老师们一商量,决定再画张丈二的。院长主笔画了桃花白鹭,胖子老刘画了梅花鹿松树,郑宇智画了溪流鸽子,张懿恒和冯志学画了云石竹子,其他人有的画牡丹,有的画鹦鹉,有的画公鸡,李光头补了几笔灵芝,最后老浦题款,画完后合影留念。茶歇的时候,黎老板手一挥,旁边的小妹端着个盘子呈上来,黎老板拿着盘子里的红包,逐一发放。"感谢老师们的付出,一点小意思,请笑纳,笑纳。"红包发放完毕,黎老板说大画刚刚已经送给花主席了,还剩些扇面小品之类的小画,老师们看看要不要带回去?如果不愿带回,留给酒店收藏的,他照价付款。

此话一出,院长连声说不用了不用了,几张小画,就当赠送了,车已经到门口,大家还要赶着回去呢。黎老板哈哈笑着,又吩咐下属搬出些礼盒,说是今年新鲜的荔枝和腊肉,馈赠各位老师。于是大家左手拿着大大的荔枝盒,右手拿着大大的腊肉盒,纷纷上了大巴车,准备回去。唯独李光头和家人避开众人不上车,在下面还在和黎老板说着什么。酷热的太阳,大家等得焦急,院长下令丁雄伟下去看看怎么回事,车都要开了。丁雄伟下去,过了一会儿上来,满脸气恼:"李老师说他那两幅画无法赠送,正在向老板要润格呢。老板显然不高兴。"肖子业问要多少。"一张斗方,一个扇面,总共要价两万八。李光头坚持说他一个名画家的画,不能随便给人,给多了就不值钱了。"丁雄伟说罢,大家都炸锅了,有的说大热的天,气都喘不过来,让这么多人等他一个人,真好意思啊?有的说李光头那屁画,平日卖都卖不出去,也自认为值这么多钱?有的说这次大家都是单个来,唯独李光头带着老婆孩子和老爸。一大家人在这里好吃好喝好玩一个星期,都是人家黎老板破费,他自己一分钱不出,两张小画给了就算了,临走的时候还要润笔?说着便骂李光头开了好几家工厂,年收入好几千万,咋这么锱铢必较死扣硬扣;骂李光头一贯爱占便宜,虽是大老板,但平日里恨不得屎里拣豆吃,骨头里也要榨油。

叫嚷纷纷,肖子业自始至终一言不发,张懿恒疑惑不解,琢磨着肖子业是院长,是组织者,按理应该出去协调两句。过了几分钟,李光头带着家人上车了,大家纷纷打趣:"怎么慢悠悠的,老板是不是额外挽留你?""没有,没有,老板邀请我以后来这里再创作,所以多说了两句话。不好意思,耽误大家了。"李光头的脑门油光锃亮,笑眯眯向大家颔首致意,显然他拿钱归来喜上眉梢。司机正要关窗,肖子业突然下了车,大家看着李光头,又议论起来,正说着,酒店里忽然传出阵阵吵闹:

"他妈的你算个屁?你小子当年摆地摊,后来靠走私靠色情业发家。你看你这几栋酒店,满滨江谁不知道是怎么盖起来的?!""你才算个屁!老子这里这么多美女,你连妈咪都睡了,还到处给人吹自己滴酒不沾好色不淫是什么当代柳下惠!""你对外自称儒商,你儒雅个鬼,骗谁也骗不过老子。上次蔚蓝星湖那片地,要不是你走后门找到了冷市长,不然就成老子的了。你现在低价进,高价出,囤聚套现,发地产财了。一个双手血淋淋的暴发户,还要我以作协主席的名义给你写传记,整理家谱,组织写作班子写文章吹捧你。""你初中没毕业,十六岁进工厂,就是一个小混混,如今也人模狗样成了作家。你那些书还不是雇人写的,你自己有个屁水平？你的奖，你的作协主席还不是花钱买的！你以为你值多少钱？我自己找人写书，不就挂你个名，你张口就要三十万。上次为了一个店面，雇佣黑社会来砸人场子，别以为我不知道？"

明显是花主席和黎老板的声音，他们似乎在耍酒疯。大家互相看看，再看看老浦，老浦却充耳不闻低头打盹。从卫生间回来的肖子业飞快上了大巴，面无表情说声"出发"，司机紧踩油门，大巴车就一溜烟离开酒店。路上，张懿恒回想着吵闹，心里总感觉黎老板的声音有些熟悉，这人好像在哪儿见过！

兼职教授

一年一度的毕业论文选题，大家开会讨论，朱丽茵说上次那个作家的诗集和画册她看了，水平惨不忍睹，让学生把他作为研究对象恐怕会闹笑话。邹金贤说："你还有心思看，我翻了两页都翻不下去。"大家都哈哈起来，老浦也哈哈起来，但最后还是说这年头放屁都有人写成了论文，难道滨江一个本土的艺术家不能研究？花作家再不好，也是滨江的作家，现在的四流五流，甚至不入流，再过几百年，也就成了名人乡贤了。上个月《滨江日报》发专栏介绍花作家，新修的《滨江市志》也收录了，所以值得研究。会后，老浦找张懿恒、彭凌杉谈话，刚说了几句青年教师培训的事情，有几个学生进来报告："浦老师，上次那个论文选题没法写。花作家的底细我们镇的人都知道，初中没毕业就在街上混，曾经因调戏妇女被判过刑，后来靠盗卖倒卖发家，开了几家公司后，不知怎么就成了作家。""老百姓早骂死他了，都说他挂着人大代表的皮，实际上是当地的黑社会老大，什么坏事都干。"老浦听了，看也不看学生，摇晃着脑袋说他近来很忙，没时间指导，让学生的论文选题跟张懿恒、郑宇智和彭凌杉老师做。

当晚，郑宇智打来电话："老浦这个混账，把球踢给我们。你说咋研究？一个初中没读完的街头小混混，三十年前还在摆地摊。进厂混成老板后，花钱找人代笔，花钱出小说，花钱出诗集，又花钱买市里省里的文学奖，花钱评上国家二级作家、一级作家，这种人也配称作家，也配研究？老浦是掩耳盗铃呢，明知姓花的来路不正，还要让我们指导学生写论文研究赞誉，他好从中渔利。"张懿恒说：

"小彭也联系过我,我和你的心情一样!"郑宇智说滨大盛传歌谣:文教产业化,为钱多可怕?灵魂全不要,铜臭你我他。张懿恒提到学校新出台了政策,老师在指导学生完成毕业论文的同时,必须保证其就业,要求早日签订就业三方协议,否则就扣除老师当月绩效工资,然后说老师又不是学生的爹妈,咋能管人家就业呢?郑宇智说抱怨没用,难道等着学校收回命令?别做梦了,赶快行动,就业率是可以做假的,很多老师都付诸实施了。张懿恒最后说那个黎老板怎么有些面熟,好像在哪儿见过?郑宇智说他也有这种感觉,停了会儿,又说艺术学院最近事情多,过几天还有好戏看。

兼职教授聘任典礼上,大家都来了。因为按照通知,艺术学院所有老师都要出席,不出席则扣除绩效一次。朱丽茵见到张懿恒就嘟嘟囔囔,埋怨一个破仪式还要她大老远从城区过来,路上险些和人撞车。张懿恒说可以请假。"老浦说我请假次数太多了,坚决不批。肖子业也说这次活动重要,要我来。你说谁愿意来?但一次不来就扣绩效,这样扣来扣去日积月累,我绩效工资都负增长了。"朱丽茵刚发完牢骚,朱紫贵就劝道:"算了算了。咱们这些人都是来捧场的。领导放个屁,都要说成火树银花春雷阵阵!"礼乐响起,嘉宾走上主席台,各自就位后,肖子业站起来朝大家鞠个躬。

"各位嘉宾,各位老师,大家好。今天是艺术学院发展史上的一个重要日子。"

肖子业身穿名牌西装,面色温和,头发梳得很整齐,眼镜灿灿发光,而镜片下的目光更是深邃睿智,不愧是院长,形象雍容得体,装扮超凡脱俗。掌声响起来,他一张口就气场十足,说话有条不紊,脸上堆满儒雅亲善温和谦恭的微笑,教授的气质,儒帅的神采,艺术家的潇洒,在肖子业身上三位一体。众所周知,他这几年干得确实出色,院内外知名度很高。讲话虽然不长,但很有政治高度,而肖子业举手投足风度翩翩气质非凡,一看就是教授群体中出类拔萃的人物,院长层次中的优秀分子。台下不少学生,特别是女生,一看到院长上台,眼神就充满仰慕和崇拜。"男神!""男神!"很多女生激动地叫嚷着,纷纷拍照。廖慈志感叹咱们领导这几年锻炼得越发优秀,别人敢干的能干的事情,他干了;别人想干而不敢干的事情,他干了;别人想都不敢想的事情,他也真的就干了。艺术学院发展好啊！老黄嘘了声,示意大家专心听讲。

台下早已请了礼仪公司来助兴。"我们今天隆重举行仪式,敬聘滨江著名实业家、著名的儒商,也是著名艺术家的黎鸿光等先生为滨江大学艺术学院兼职教授,这是滨江的光荣,也是我们滨江大学的光荣。黎鸿光先生等人的加盟,将有利于学校的大发展。下面举行敬聘仪式。"讲话完毕,肖子业院长宣布兼职教授典礼正式开始,话音刚落,砰的一声,礼花四射,彩旗飘飘。伴随着欢快的礼乐声,几个西装革履的人走上前去,依次接过兼职教授的证书后,和肖子业院长握手拥抱,合影留念。"哦,我还以为是谁呢？原来是他啊。真是沐猴而冠,有辱斯文！"邹金贤突然叫起来。老黄问:"怎么啦,说谁啊？""这个黎老板,不就是当年痛哭流涕跪在程怡雪脚下,要求陪睡的那个暴发户嘛？"邹金贤说朱紫贵教授见第一眼,就断定那人面相有问题！郑宇智也挤挤眼,示意往台上看,待看见黎老板脸上那几个瘢痕,张懿恒顿时恍然大悟,原来郑宇智早就认出来了！

娄静斋说确实是那个人,一个开排档的烂仔,转眼鸠占鹊巢,成大学教授了。"那种人也能当教授？我们学画画的,应该先学做人,再事丹青。"邹金贤颇为愤慨,可又毫无办法,谁让人家有钱,一捐就是五百万,又动员其他几个老板捐了三百万,就被聘为兼职教授了。现在权力下放,艺术学院作为滨大的二级学院,有资格发放兼职教授的聘书。过几天还要请更多的客座教授、名誉教授和特聘教授。

"我们辛辛苦苦耗费几十年评的职称,人家不到一天就拿到了。"钟教授看看胖子老刘和娄静斋,不断叹息。

花作家代表滨江大学艺术学院的新晋教授代表讲话。听了不到五分钟,邹金贤就笑道:"不到十五个字的句子,作家就读了三个错别字,文理不通,病句十足,你说那么多书怎么出的嘛？该不是找我们滨大的学生给写的吧？"朱丽茵也嘀咕说肖院长这么好的一个人,文科院系里评价最高的领导,如今为了五斗米也折腰,让人不可思议。张懿恒心说对啊对啊,肖子业一个清流文人,怎么和这些蝇营狗苟沽名钓誉的人在一起,真是自降身份！"唉,算了算了,有些事肖子业其实也没办法。他常常身不由己,因为现在的院长不好当,要到处拉赞助！"听到老黄劝慰邹金贤,廖慈志凑到张懿恒耳边:"其实这个世界是荒诞的,你必须以荒诞的游戏的方式去对待。一味认真的话,受气吃亏的,只能是你自己。"张懿恒抬抬眼,看到艺术大楼前面有块风景石,石头上刻着"斯文在兹"四个字,听说为了这四个字,文传学院和艺术学院还闹过纠纷,因为文传学院认为这四个字应该刻在他们楼前,但艺术学院不知用什么办法,把文传学院那帮夫子压下去了。廖慈志说着碰碰张懿恒的胳膊,又努努嘴,两人一起看看艺术楼前"斯文在兹"四个灿灿发光的大字,再看看台上正在举行的兼职教授聘任典礼,不禁相视一笑。

晚上,张懿恒找邹金贤借《三坟记》拓片,邹金贤说现在艺术学院总算找到一条轻松的敛财路子,利用招牌,开始批发教授了,接下来一个学期,艺术学院要接连特聘十几个兼职教授、客座教授,都是外面的官员和老板。这些人只要肯捐钱给艺术学院,学院就给他们教授的称号。现在想当教授的老板多得很,把老肖的手机都打爆了。至于市里的那几个局长,来做个讲座,一般也都能得到滨江大学讲习教授的头衔。张懿恒问这样会不会出事,邹金贤反问:"你指谁,肖子业吗?"又提到最近娄静斋和钟教授颇有微词:旧大楼虽是苏式风格,但坚固耐用,质量上乘,五十多年了没有出过任何问题,怎么说拆就拆,劳民伤财的。现在又到处批发教授,艺术学院成菜市场了。

两人谈论半天,邹金贤最后叹口气:咱们学院选个好领导不容易!

周五早上,丁雄伟找到张懿恒:"听说你最近缺钱,不是要卖画吗?我给你介绍一笔业务如何?"第二天就过来接他。上车的时候,张懿恒发现副驾上有个漂亮女生。"你坐后排吧!"说话的时候,丁雄伟满面红光,身上明显有着香水味,不用说他刚刚打靶归来喜洋洋。三人到了市郊的一家工厂,进入接待厅,张懿恒看到一个秃顶大肚子的男人迈着大八字步走来,光葫芦脑袋,戴着墨镜,脖子上戴着一串串的金项链,上身穿着花短袖,露出臂膀上显眼的刺青。"这位是买家,金大全先生!"丁雄伟介绍道。张懿恒认出这是前几天和花主席、黎老板一起受聘的艺术学院兼职教授,难道他要买画?

"张老师,都是同事了,以后多来往。"金大全说话的时候,跷着二郎腿,而且自始至终都戴着墨镜,这种态势让张懿恒很不舒服。丁雄伟介绍说金大全是市美协的会员,也雅好书画。金大全随之站起来,带领两人进了另一个房间。房间很大,大得出乎张懿恒的想象,但更出乎他想象的,是房间里的装饰,地下铺着厚厚的牡丹花图案的地毯,这种地毯,张懿恒只在《新闻联播》里中央领导接待外宾的镜头中见过;靠着北墙,是一个大大的办公桌,办公桌后面的背景墙,则是整个天安门。"你们坐。"金大全说着往背景墙前面一站。眼前仿佛中央最高领导在天安门城楼上挥手,张懿恒惊诧不已:一个小地方的老板,怎么把办公室搞成这样?!

丁雄伟赞扬这个办公室真气派!金大全笑声冲天:"我就喜欢这种感觉。"笑着便一挥手,进来两个美女下属,打开柜门,取出几个黄绸包裹的卷轴,再抬出几个楠木盒,一一打开。张懿恒看到都是些青铜器和字画等等。"我从事收藏已经好多年了。"金大全谈了会儿字画之后,就看看张懿恒,"上次参观艺术学院工作室,那幅《清溪独钓》我很喜欢,听说是张老师的,不知有意出售吗?""这……"张懿恒刚说了一个字,丁雄伟就呵呵道:"张老师,金先生真喜欢你的画,想收藏呢,不是开玩笑!""那幅画上次作协花主席已经预定了,而且是通过肖院长预定的,订金已交。我现在没法再卖,不然如何面对他们?"眼见张懿恒面有难色,丁雄伟笑道,那再画一张不就成了吗?"不不!同样的画我不会画第二张,不然就成行画了。"张懿恒的声音坚定有力,丁雄伟顿时一愣,不知说些什么,空气一下子凝固了。

"呵呵,我以为什么大事呢,太好了!"金大全朗笑声声,很快挽住张懿恒的胳膊,"这个你放心,院长和主席那边我来搞定。"两天后丁雄伟来电话,说金大全已经做好工作,院长和花主席也欣然同意。张懿恒和他们一一通了电话,确认无误后,经过一番简单的讨价还价,最终以十万元的润格将那幅《清溪独钓》卖给了金大全。对于价格,张懿恒还是满意的,这是自己有史以来卖得最好的一幅画,当然,这幅画他画得很辛苦。

半年后,滨江大学兼职教授金大全的画册出版了,还送给艺术学院老师人手一册。张懿恒翻翻画册,发现封面上写着中国当代著名画家的字样,出版社确实也很权威。再看里面,他发现有张画很眼熟,仔细看,正是自己卖出去的那幅《清溪独钓》!只是落款处有明显的挖补痕迹,当然,最终的署名和钤印成金大全了,画页旁边的空白处还特别注明:省企业家书画大赛金奖作品。

"这个骗子！自古哪有藏家把画家的名字挖掉，补上自己名字再出版的?!这种拙劣的把戏也玩得出来?!"在找丁雄伟质问未果之后，张懿恒又找郑宇智协商。"算了,事已至此,你告他剽窃也没有用,而且这些人你也告不赢的。"郑宇智一听就明白怎么回事。"早知道我就不署名了,这样可以把价位抬高些！"

"咳,这种事我也经过,和卖文章是一样的,你何必较真？较真只能害了自己。金大全财大气粗,是滨江著名的房地产商,现在又和学校领导如胶似漆。"郑宇智解释了几句,张懿恒不甘心地问:"黎老板金老板莫老板都是大老板,他们谁更有钱？""他们是有钱,其中黎的财富还在金之上,当然姓莫的更有钱。但他们都算个屁,比起人家丁老板是九牛一毛。滨江最有钱的是姓丁的那位。上次丁氏家族恳亲会,你知道吧？省人大常委会副主任、副省长都出席了。历届滨江市委书记上任,做的第一件事就是先拜访丁老板,再拜访老干部。因为姓丁的跺跺脚,滨江的大地就要抖三抖。"看张懿恒还想问什么,郑宇智倒掉一杯剩茶,看看墙上的《明皇幸蜀图》,连声说算了算了,有些事待到水落石出之时,才能看清它的荒唐。

"和你讨论下,我们学了这么多年艺术,又教了这么多年艺术,你说艺术是什么？"郑宇智最后问。

"钟教授已有高论。"未等张懿恒回答,郑宇智先冷笑道:

"艺术是一个美丽的梦幻,是一种快乐的折磨。艺术是有去无回的冒险,是九死一生的淘金。艺术是上帝,是天使,是娼妓,更是混混。艺术是高大上是臭狗屎,是工具是机器是灵丹妙药,是政治是经济是万花筒,是峨冠博带、招摇撞骗、自欺欺人,是望尘莫及、狗屁不如、送去拿来,艺术是甜美的梦幻,是鲜艳的罂粟花,是醉人的鸩酒。艺术什么都是,什么都不是！狗日的艺术！"

高　建

从画室回来的路上,张懿恒碰见了廖慈志。廖慈志说他又回艺术学院上课了。张懿恒知道这位哲人在行政楼兼职几年,辛辛苦苦谋副处没谋上,现在打道回府重操旧业了。搭讪了几句,教水粉的年轻老师谢思飞走了过来,"院长不给我签字,不给我签字。"说着就呜呜直哭。张懿恒三问两问,才知道小谢要离职,跑了很多部门,都是推来推去,最后推到肖子业那里,首先要院长签字同意放人。小谢找了很多次,说了很多好话,就差下跪了,但院长无论如何就是不签字,不说同意也不说不同意,总是说等研究了再说。就这样推着推着,一个学期过去,那边接收的学校催了好几次,眼看报到期限都过了。小谢忍不住,刚刚又找院长吵了几句。

"小谢,你辞职走人,要想好啊,可不要盲动,按理说既来之则安之,听说你要去的学校也是个三本,平台很低。"张懿恒劝道。

"那也比这里强,那是我家乡的师范学院,我有归属感。在滨大三年太压抑了,人间地狱,滨大到处都是腐败,很多人花国家的钱给自己捞好处,我也看不下去。"

"领导不同意,那你现在怎么办?还要继续辞职吗?"张懿恒问。

"那当然,家乡再穷也是家乡,我再也不在滨大待了,在这里真是度日如年生不如死。"谢思飞说她快得抑郁症了。

"明天我请你吃个饭吧,就当为你饯行,把彭凌杉也叫上!"

"不不不,你若叫上彭凌杉,我就不去了。"谢思飞从包里拿出个做工精致的烤瓷小天鹅,"张老师,麻烦你把这个转交给他吧!……哎呀,你别问了,总之我不想见他。"不等说完,小谢红着脸飞快跑开了。

廖慈志咳嗽着道:"小张,你这个人工作好几年了,看问题怎么还如此简单?没看看什么风头了,还敢为她饯行,真是自找祸端呢!"张懿恒说要走就让走嘛,为什么压着不放人呢,人心难道不是肉长的?"你还不了解局势吗?肯定不放人,特别是在这个关头。"廖慈志看看远处正在兴建的学校大门,又是耸肩膀又是揉鼻子。

市里一口气批了四十个亿给滨江大学,要求大量招人引人,实现跨越式发展,现在学校下拨到各个二级学院的经费,每年都有上千万了,院长的经费支配权大大增加,每年光组织院系晚会,就可以一次性报销二三十万,至于日常的引人招人,那就更大手笔了。比如上次那个专家,来滨大走走看看,就做了几十分钟的报告,当下就给了三万元的劳务费,又签了个特聘教授的协议,年薪六十万,一签就是三年。专家来滨大不到半小时,就写了几十平方尺的字,每平方尺的润格两万块,很快都卖光了。谁出钱买?还不是滨大出钱?有的赠送给相关领导,有的则收购到校美术馆珍藏!

"学校出钱,专家收钱,我在旁边看得清清楚楚。整个流程我都经手了。"廖慈志一说,张懿恒这才明白一个不起眼的滨江大学,为何请得动国家美协副主席这样的重量级人物。"有钱谁不来?世上能用钱搞定的事情,那还叫事?大专家又怎么样,难道不是人了,和钱有仇?"廖慈志说给他月薪五万,他也能成优秀的社会活动家,整天和领导一样,忙着迎来送往,忙着洽谈合作,忙着授旗签约。官职没捞上,但内幕消息收获不少,廖慈志知道滨大请了国家软件科学院的副院长做特聘教授,说是参与项目研究,其实就是挂个名,但每年要给二百多万元的薪金。那个副院长这几天在滨江到处拜会下面各个镇的镇长书记。张懿恒感叹一个国家科学院的副院长,一个国家顶级大学的前任校长,当然也是个院士,现在到处拜会滨江市各个镇的镇长书记,说是为了校地合作,其实是自降身份,自取其辱,简直让人不齿!"咳,反正学校有钱,那么多经费,每年进进出出,花了就花了。放到谁手里花不是花?再说了,你就是给滨大省一百万,有人说你是活雷锋吗?领导比我们更聪明。"在行政楼兼职几年,廖慈志什么都看开了。

为了学科建设,为了学校排名,为了科研成果,为了硕士点博士点建设,现在滨大拼命拉人才,本校的人才不够,或者说来不及用上,又大力外聘。这几年学校频繁请院士专家讲学讲座,一场讲学讲座下来,就立刻引进不少高人,光双聘、特聘的院士就十几个,学校的官方网站上已经把这些高人的照片和简历挂上去了,写明是滨大的特聘教授和学术团队负责人。当然,很多老师都有意见:高人高人,这些高人都是遍地开花到处游走的,三五年就换个单位,不知把自己卖了多少次了,越卖价越高!这样与其把钱花在引进外来的人才上,不如花在培养本校的人才上,难道只有外来的和尚会念经?现在滨大很多年轻博士哪个不是985或者211高校毕业,很多还是海归呢,就地取材,难道不值得培养?

"意见归意见,滨大现在是跨越式发展,已经迈向'大跃进'的新时代。利来利往,如鱼得水;权谋权势,彼此效力。谁能把这做到极致?就看各人的本事了,滨大这几年好戏连台,花钱买排名,花钱买荣誉,花钱买高人!"廖慈志说着就哈哈笑,张懿恒提到大家都抱怨,抱怨高人都是高卖自己,而滨大给自己老师的年薪赶不上给校外高人的零头,纷纷喊着要等贵贱均贫富!"这就是滨大特色,你看现在校园里到处机器隆隆,大楼林立,基建工程一个个,高建项目多又多,而高人更是来来往往,每隔三五年就换一批。校园里最近流传一首歌,你知道吧?"廖慈志指指远处的行政大楼,正说着突然豪车飞驰:"二位都在啊,告诉个好消息。"丁雄伟车还没停好就大喊大叫,"我校在大学排名中再创新高,连续三年雄踞全省应用型大学第一名,学校网站主页都发新闻稿了!""哎呀,太好了,滨大真是迈开了跃进的步伐,一步赛过别人一万步!""我们的高建成果大大的!"旁边的谭景明、齐思宁跟着也叫起来,个个喜形于色兴奋不已,叫好声一浪接过一浪。

晚上,张懿恒拿着新创作的一首诗,拜访卫风之,看到"诗心每遇太行路,戏语一惊滨阳天"的句子,卫风之笑了,讲了一会儿玄言诗,便问张懿恒有没有临摹过《读碑窠石图》《寒林平野图》。谈了两句碑文化,卫风之提到冯志学前几天过来,说了不少艺术学院的内幕,还说准备辞去系副主任一职,问为什么,回答说干着没意思,因为就是个形式上的副主任,实在当不下去了,再问为什么,就一言不发。"很多人都说你们肖院长务实能干,有超前思维有开拓精神有魄力,近几年更是蒸蒸日上锐不可当。你觉得如何?"听卫风之这样问,张懿恒便说到冯志学和院长的过节。"其实身为二级学院的院长,也应该有这样的超前思维和务实精神。像上次国家美协副主席来滨大开讲座,新闻一报道,滨大知名度更广了,校领导很满意,公开表扬了你们院长。"卫风之说完,张懿恒抿着嘴,说不出话,其实上次专家来,也有个别老师有意见,说肖子业是给自己拉资源,因为专家离开后不久,在美术界那家顶级的刊物上,肖子业一连发了两篇论文。常华明当下就拿了刊物摔在张懿恒面前:"你看,肖子业没忘记肥自己。他发论文的这家刊物主编,就是上次来讲座的那个大专家,名字写在扉页上,白底黑字,清清楚楚。看来版面早都给老肖留好了。不行,我要到人事处反映情况。"

张懿恒说了常华明的事情,卫风之说这个他也知道了,问题是常华明本人这些年都不写不发论文,这样咬别人真是损人不利己!张懿恒又问艺术学院下一步还要邀请谁,卫风之说估计还要把国家艺术委员会的主任委员,把国家美协主席、国家画院的院长都请来。"躲进小楼成一统,你真以为滨大是象牙塔?"卫风之说着翻翻手中的《宋诗选注》,"这几天滨大很多领导都找我,要我帮他们孩子联系出国留学的事情。恰好我有个朋友在广州专门负责这个,我就给他们牵线搭桥。留学国外,一年好几十万啊,但是领导们眼都不眨一下。像你们院长的儿子、书记的儿子,都到国外留学去了。"

正说着,手机铃声响了,卫风之看了看便满脸不屑:"又是一条垃圾信息,说是请吃饭,实际上在打探人事消息。""忧劳兴国,逸豫亡身。话是这么说的,可是有几个人愿意忧劳呢?就好像当爹的,谁愿意让孩子吃苦呢?滨大领导的孩子基本都在国外,洋气十足,只有像我这样的人,苦苦读书,读出来一个土鳖博士。"张懿恒说完就不言语。"我正在城楼观山景,耳听得城外乱纷纷。"卫风之哼着京剧,看看窗外的车流,等了一会儿说,"乱云飞渡仍从容。别人爱干吗干吗,小张你可要把握好自己!你是有专业的人,出身奇特,良知未泯,千万不要忘记本心初心。冯志学找我谈了好几次,他对你印象不错。"张懿恒心说初心在哪里?是仅仅为了脱离山村,考上大学吗?是为了读完书,谋个稳定工作,过衣食无忧的生活吗?是为了不问是非,不辨黑白,简单上几次课,或者画几张画,就这样混到退休吗?想着便感叹:"我现在不成边缘人了嘛!矮子爬得比我都快。"卫风之笑道:"这么说你好像对领导有意见?"张懿恒反问:"奋斗在个人,和领导有什么关系?"随之又很快声明,"领导是领导,我是我,谈不上意见。夜里想着千条路,天亮还是卖豆腐。冯志学和我没关系!"

高校老师上完课往往就走人,除非开会,否则一般很少见到领导,老师平时没事也不会主动找领导。凡是领导,总有人说不好,总有人说好,张懿恒不想掺和那些事。草原虽然广阔,但道路总是狭窄的。身为大学老师,从博士毕业到现在,这几年他的精力都放在了教学科研上,能把自己的事处理好就不错了,哪有心思关注别人呢?学院发展自有领导操心。肖子业担任院长以来,处事公正,工作得力,为人也端庄大气、温和友善。朱丽茵说院长是本质的内在的儒雅,而某人表面上看很高尚、正统和严肃,骨子里其实很低俗很肤浅,很简单粗暴,很肮脏恶心,是彻头彻尾的一个下流货色。不用说,这某人指的就是和她有过矛盾的老浦。话传过去,据说老浦哈哈直笑:"那又如何,我不照样当官了?"

群众的眼睛是雪亮的,较之于老浦,肖子业院长在院内外的口碑都很好。曾叶林说他开会见到过几次肖子业,谈吐不俗,能力非凡,的确很有领导范儿。当了信息工程学院副院长的林和兵也感叹别人当官几年就吃成肥猪,肖院长却依然颀长清瘦,鼻梁上架一副宽边眼镜,面孔白净,言行斯文,和人说话从不起高声,脸上是在充满平静和煦的微笑,君子本色,真是儒士形象。其他人提到艺术学院,提到肖子业也都竖大拇指,赞誉声声,张懿恒听得耳朵都长毛了。随着二级学院院长负责制的加强,肖子业的能力日益凸显,高建工作蒸蒸日上。新艺术大楼建成,金石堂建成,大型展厅建成,演播室建成,各类项目到手,硕士点申报成功,省级重点基地获批,特别是连续三年超水平举办学校大型文艺汇演,再加上外面培训班不断开办,单位创收提高,年末奖金多发,老师们个个兴高采烈,都说比老金在位时的一潭死水强多了,艺术学院真是变了天。当然,这其中偶尔也有些不同看法乃至微词,但瑕不掩瑜,那些微词最终都被赞扬肖子业的滚滚洪流淹没了。

工作量

今年的工作量一公布,再次引起轰动。

"院长一个人独得三千多分,丁雄伟八百多分,老浦也有六百多分。谭景明、齐思宁和我一起来的,他们这几年专心当副主任,而且一周只上三节小课,可最终也六百多分,怎么算出来的?除了院长,知网上查不到那些人的一篇论文,至于项目、著作更说不上,就这样分数排名还靠前。我拼死拼活,一年上了六百多节课,是他们的三倍还多,但总工作量偏低,还是高不过他们的积分。"

彭凌杉找到韩灵光的时候,韩灵光也是牢骚满腹。"都一样,你看看我们这些人辛辛苦苦上课,教学工作量也不高。你看看院长、副院长,还有各个系部的主任,一年也就上些专业实践、教学实习、创意设计、就业指导等课程,其实那些课他们就是挂个名,更多是让学生自学。像文案写作,我看见他们就是把一些学生叫到办公室了,谈了不到十分钟话,就算课程结束了。他们的教学工作量每年都顺利完成,并且是超额完成,所以绩效积分就很高。……醒醒吧,那些轻松的课轮不到我们上,那些课就是为行政楼的领导开的。没有那些课,领导怎么会完成工作量呢?"到底是五十多岁的老讲师,韩灵光说着很快就心平气和,"有行政职务的领导,不管上任何课,无论上多上少,每年都是超额完成工作量。我老了,混混就退休了,可你还年轻!"

"来日方长,我岂能任人宰割?"

"你要出人头地积分靠前,除非你当领导。"

"为什么不行?你看谭景明、齐思宁和我一起来的,爬得多快!"

"你要当领导,我坚决支持你,随时请你吃饭。我们这个单位啊……听说冯志学已经告到了纪委,还要继续上告。张懿恒也准备找院长问工作量计算的事情。"韩灵光嘿嘿起来,年轻的彭凌杉立刻有了底气。

滨大各个二级学院评奖评优,现在越来越集中在少数几个人身上,而且连续多年总是那几个人。老浦在上次党政联席会上说自己快要退休了,这几年担任书记工作辛苦,主动提出要组织给他个优秀教师的称号,以便光荣退休。这么一公开提出,其他几个人就不好说什么了,肖子业只能顺水推船,老浦就如愿以偿,后来获得优秀教师、优秀党务工作者、学校十佳党总支书记等称号。至于丁雄伟,早已经是著名的获奖专业户,人虽然在下面镇上担任镇长助理,但依然被学院评为先进。这几年他积累了不少奖项,什么先进教育工作者、先进教师、年度考核优秀、优秀教师、艺术学院最受学生欢迎的教师等等,多得数不过来。要知道,光一个优秀教师的称号,学校一次性就奖励两万块。

想着想着,彭凌杉就有些疑惑:老浦整天屁事不干,除了会摆架子、耍官威之外,别无长处,这样一个人还能获奖?一个缺少公平的单位,又如何开展工作呢?领导原来说没有创收就没有凝聚力,可是现在有了创收,还是没有凝聚力。

"你和张懿恒一样,都是好青年,可就是还缺少处世之道,对行政的认识很肤浅。人和人总有差别,大浪淘沙,高学历和高能力是两回事,谭景明、齐思宁确实不如你,但如今都走在你前面了,你没想想为什么?时间无情,生活公正,该争取的一定要争取!不然光埋怨有什么用?"韩灵光正劝说着,突然就缄默不语,原来有人过来了。

看着来人匆匆远离的背影,韩灵光扮个鬼脸,压低声音:"知道吗?她男人闹着和她离婚。"

"啊?"彭凌杉吃了一惊,"他们不是很恩爱吗?她一心一意想当个好女人,想过平静的生活。这么多年了,她不是一直在忍受,一直在努力?""强某人一走,司机丈夫就不要她了。人家才不愿意忍受呢,最终还是找了个年轻貌美的厂妹。朱丽茵说起这个比谁都开心!唉,那些女人啊,听说她们前两天为此还吵了一架。"韩灵光虽是个男人,但说起家长里短比老娘们儿更带劲,最后又不忘深情嘱咐:

"小彭,你一定要争取你的利益!我肯定支持你,成功了请你吃饭。"

张懿恒没有找,但彭凌杉耐不住怂恿,直接找了院长,质问他这几年为何没有评上奖,为何积分排名靠后。肖子业听了一半就明白了,院里如今像小彭这样简单执拗、年轻气盛的青年老师太多,追名逐利在所难免,但毕竟他是一百多个人的院长,不是一个人的院长,上上下下方方面面要维持好,很不容易。"我理解你的心情,但世上没有绝对的公平。谭景明、齐思宁这两年和下面的镇街合作,拿了三个横向课题,虽然连市级项目都算不上,但经费多,绩点高,一下子为学院拉了几千分值。再说评奖本身要综合衡量,涉及方方面面。我们有的老师虽然教学工作量突出,但服务工作量不够,今后在搞好个人业务的同时,还要关心集体事务,增强大局意识。评奖评优,是你的就是你的,这次没评上,下次轮都该轮到你了。学院肯定要把一碗水端平,都是受过高等教育的人,真的英雄,会计较一时一地的得失吗?"肖子业对小彭这样解释,随后在学院会议上,也这样解释。

"看到了吧?找了也白找。他们总很有理由。你说不过他们的,幸亏没去找。"会议结束,邹金贤和娄静斋约张懿恒喝茶,喝着喝着就禁不住嘲笑,"韩灵光这个世故精,挑动小彭去找领导,自己躲在后面看热闹,鬼得很。"

踢 球

又是六月,荔枝快成熟的时候,毕业季到了,艺术学院发了通知,要求任课老师赶到南门,和毕业班同学合影。看到通知的时候,已经是下午五点,张懿恒知道合影早结束了,于是给尹柯打个电话,说很抱歉,但尹柯非要他参加班级聚餐。聚餐是在学校饭堂三楼的一个餐厅举行的。四年学习到此为止,学生们情绪高涨,啤酒杯碰得砰砰响,气球也不断抛向空中。饭吃到一半,男生女生有的拥抱,有的痛哭,很多学生拉着张懿恒拍照。喧闹中,一个女孩出现了。"不好意思,我来晚了,来晚了。"女孩连连道歉。"万悦儿,罚唱三首!"下面有人喊起来。

"今夜无眠,今夜无眠。当欢乐穿越时空,激荡豪情无限。来吧亲爱的朋友,来吧亲爱的伙伴,让我们为相约举杯祝愿。舞翩翩月也无眠,爱在天上人间。"万悦儿一开口,张懿恒就惊住了,这是他多么喜欢的一首歌啊,当年程怡雪就是靠这首歌在滨大走红的。过门的时候,万悦儿说了句:"我把这首歌献给敬爱的张懿恒老师。"台下纷纷鼓起掌来,唱歌完毕,万悦儿泪流满面张开双臂,上来就拥抱,其他学生受了感染,也纷纷上来拥抱。就这样里里外外,以张懿恒和万悦儿为中心,抱成了一个重叠大圈。张懿恒激动起来,想起了自己当年毕业的情景。

学生们开始狂欢,高呼声,歌舞声,呐喊声,一声比一声欢快。

下楼的时候,张懿恒问万悦儿毕业后去哪里。回答说找了个民办学校,先混着。看着其他学生都走远了,张懿恒想了想,又问:"悦儿,你和丁……""老师你别说了,反正已经过去了。"万悦儿蹙蹙眉,但很快就一脸平静,"算了,人生本来就是要面对痛苦并且承受痛苦的,我已经习惯了。我出身不好,从小就没有享受过真爱,结果……老师,你要早点结婚啊,女人其实比男人还急。"

时光匆匆,花开花落,张懿恒博士毕业已过五年。

万悦儿算了,但他能算了吗?还有那么多刚入学的清秀清纯小女生,而丁雄伟有特长,想怎么样就一定能怎么样!"相鼠有齿,人而无止!人而无止,不死何俟?"想到这里,再加上前不久被骗卖画作的耻辱,当天晚上,张懿恒一拳打在白粉墙上。

热风吹拂,湖水荡漾,几天的工夫,荔枝就成熟了。远远望去,校园的荔枝林红彤彤一片,像云像霞又像火焰,招引着来来往往的人们。

几棵老荔枝树下,一个女人带着小孩学走路。阳光透过树丛照下来,照在鲜红的荔枝上,照在碧绿的草地上,光影斑驳,荔枝飘香,母子俩都很兴奋,孩子更是蹦蹦跳跳,亮晶晶的眼睛,红扑扑的笑脸,人见人喜,人见人爱。

"是你啊?"

"是你啊？"

"我来写生。"

"我带孩子来玩。"

"你怎么这么憔悴？"

"你能不能说些好听的？"

程怡雪脸一沉，张懿恒笑了，赶紧抱住扑上来的孩子。

……

"行了，好几个女生都因为丁雄伟打胎，你知道的只是其一。"程怡雪说了两句就面色恬静，声音也变得冰冷，"滨大本来就是藏污纳垢的地方，怪事多得很，你能怎么样？很多人刚来时都咽不下这口气，最后还不是都咽下了！"

时光纷扰，程怡雪显然比张懿恒更司空见惯成熟老练。结婚几年，尽管矛盾不断，家暴不断，离婚对她不失为一种解脱，可千忍万忍，程怡雪都在拼命维持自己名存实亡的婚姻，都在维持这个家庭，连她也不清楚为什么。为了孩子，为了面子，为了名声，无论为了什么，她就是不愿离婚。酒鬼丈夫经常三更半夜醉醺醺地回到家，一进门就发酒疯，摔桌子砸板凳，打人骂人，这对程怡雪来说已是逆来顺受的痛苦的家常便饭。但真正让她痛苦的还不是这个，尽管夫妻感情早已破裂，男人却时不时就要来一次。不管她有多累，不管她是否来月经，酒鬼男人只要一回到家里，顾不得冲凉洗澡，往往打着骂着，突然就劲头上来，有时候甚至将熟睡中的程怡雪拉起来，直接在客厅的地板上，在厨房的洗手池边，在卫生间的马桶上，就开始了。程怡雪哪里肯依，苦苦挣扎反抗，但男人身强力壮，有的是蛮力，对付她就像老鹰抓小鸡，很快，夜空中传来阵阵抑制不住的凄厉哭声。后来男人几次提出要离婚，可程怡雪依然坚决不离。老黄经常伤叹程怡雪为了孩子，拖也要拖死酒鬼男人，所以无论男人在外面如何，她都不愿意离婚，就是装，都要装下去。

男人给了她冷暴力，虽然没办离婚手续，但谁都知道程怡雪现在一个人带孩子生活。当然，正因为一个人带孩子，她变得强悍起来。

家庭归家庭，工作归工作。程怡雪一到办公室，一到工地，正如齐思宁看到的，那就像变了个人。

一大早,程怡雪踩着摩托车到达学校北门,只见游工指挥着一群工人,砌花坛的砌花坛,种草的种草,搬砖的搬砖,就是没人栽树。程怡雪这里看看,那里看看。走到几棵香樟树旁,便问这树怎么连续三天还没栽好,游工说工人吃饭去了,程怡雪转了几圈,回来后发现还是没有工人来,又问游工,游工支支吾吾的,再问包工头,也是欲言又止,前后问了几个人,程怡雪明白了,当下打电话问绿化科的老洪,刚说了几句,老洪就叫道:"树的问题你别管了,蔡总不签字,谁也不敢下拨款子。我是听你的话还是听蔡总的话?"程怡雪纳闷这个绿化工程,领导刚交代了由我分管,怎么一接手还有这么多事情?便问老洪滨阳省这么大,到处都是苗木市场,难道买不下几棵香樟树?跑到江苏去买,舍近求远,到底怎么回事?老洪回答是按蔡总指示办的!程怡雪立刻说看采购合同。老洪说就这几棵树,没有立项,没有竞标,所以没有采购合同。"这么大的绿化工程,栽树买树,领导怎么能随便拍脑袋决策?"程怡雪挂断手机。

"唉,算了算了。怡雪,你这段时间负责校庆节目,对景观工程这块不了解,这个项目上马仓促,没怎么竞标,到现在工程实际造价已经远远超过估算价了。"游工上前一劝说,程怡雪这才知道原来这个绿化工程早被拆分了,项目拆分得越细越小,越不需要走严格的招标程序,往往是几个领导一协商就决定采购了,这样就有了空子可钻。今天这里栽几棵树,明天那里砌几个花坛,后天那里建几个亭子,领导总是交给熟悉的老板去做,这样零零散散的,看起来毫不显眼,但最后所有的小工程加下来,付给老板的工程款,一笔笔加起来就多了。

"巧取豪夺,都在吃制度的漏洞!"游工叹口气,指着一块风景石说是校友赠送的,从福建买来,值好几十万呢,领导都赞扬纹路好,明显的龙凤呈祥。程怡雪看到前方一块很大的赭石,上方刻着"好学不厌"四个行楷字,下面的全用赵楷刻就,起首三个字是"滨大赋",接着便是几行文白夹杂的文字,落款写着"赵驰青撰"。读了几句,程怡雪想起这个《滨大赋》前段时间在校园里广为流行,校庆晚会时赵驰青教授带了几个学生也朗诵过,朗诵得口水四射,事后还把这篇文章到处疯传。

"这个赵驰青,烦得很。"游工指指落款上的名字,"原来说不要钱,可是现在硬缠着要六万元,说是风景石上刻了他的文章,就要付润笔费。""赵驰青不是说这篇文章是为学校义务写的,不要一分钱稿费吗?""咳,他现在可有理了,说在晚会上朗读不要钱,但是刻在石头上,就要给他润笔费,否则就是侵权。整天来闹,蔡总被他闹得都躲起来了。"一听游工这么说,程怡雪顿时从心里骂:还有这回事,蔡总交代工作时咋不说呢? 这些混蛋领导,棘手的事情都推给我!

几天后,程怡雪在办公室正和游工谈业务,"咚咚咚"进来个人。"你好,老蔡要我来找你拿钱,请快些办理,我还要去超市买书呢。"来人开门见山,话音未落,就自动坐在程怡雪办公桌对面的大沙发上。一见这个样子,游工找个借口出去了。程怡雪看看来人,身材矮瘦,白净面皮,端正的鼻梁上架着一副圆框眼镜,讲话慢条斯理,形象温润儒雅,甚至有几分像大才子徐志摩。

程怡雪知道,不请自到,来者不善,善者不来。赵驰青教授是文传学院院长,是滨大少有的几个享受国务院政府特殊津贴的学者之一。赵教授文采出众,经常写些文章在朋友圈分享,被誉为国学大师,而他也以此自居。像前段时间,为了迎接校庆专门写了《滨大赋》,又是朗诵又是转发,搞得挺轰动的。当然,后来这篇文章被刻在风景石上时,就更轰动了。来来往往的客人都对这篇文章品头论足。

程怡雪略一思索,问:"赵教授,你这篇文章要多少润笔费?"

"给咱学校自己写的,要六万吧,要是放在外面,至少都要十八万了。"

"我手中没有这么多钱,不就几行字吗,你要的也太贵了吧?"

"隔行如隔山,小程,你要知道现在全国能写古文的已经没几个人了,我是硕果仅存。这篇文章简直是无价之宝,你看遣词造句多优美,校内外反响多好,这些都是用金钱难以衡量的! 大家都说我这大作足以与范仲淹的《岳阳楼记》媲美,我适当要些润笔费总不过分吧?"

"事先你为什么不说要润笔费呢? 字都刻在石头上了,你才提起润笔费的事情。"说到这里,程怡雪就来气。文章采用的时候,事先征求过赵教授的意见。"没问题,你们大胆采用,为学校工作,我义不容辞,绝对不要一分钱。"赵教授当着一干人的面慷慨应允,话音过处,大家纷纷鼓掌。

"没错,我是说给学校写文章,一分钱不要。可是我没说过文章刻在石头上不要一分钱,这是两码事。你想想,你们都给刻工劳务费了,难道不该给我润笔费?"赵教授敲敲桌子。

程怡雪心里一惊:糟了,这个确实事先没料到,早知道签个书面合同。

"我来了好多次,简直烦不胜烦!这次你们一定要解决,人要讲道理嘛!用了别人的东西就要付报酬,这是天经地义的事情,你们对一个国务院政府特殊津贴专家是什么态度?该给的一定要给,一分都不能少,歌手舞姬都有个出场费坐台费呢,我一个大教授,字斟句酌,辛辛苦苦写了三个星期,难道一分钱都不给?"赵教授得理不饶人,程怡雪越来越清楚:今天碰上癞皮狗了!其实在赵教授一开口的时候,她就很不舒服,这个中文教授,一开口就把"超市"说成"操死",把"十八"说成"吸发",把"石头"说成"鸡嗦",如此浓重的口音,如此蹩脚的普通话,怎么还是中文教授呢,而且是教语言学的,有着一级甲等的普通话证书。

"赵教授,你来了好几次了,就是为了这六万元。你说要我怎么处理?你看学校现在资金紧张,一个绿化工程都断断续续的。当初刻字是资产后勤处负责的,现在你却来后勤集团要钱。而且刻碑时,你从头看到尾,确实没说不要一分钱,但是也没说过要钱!等文章刻好了,却来喊着要钱,你说后勤集团哪有这样的预算啊?"说这话的时候,程怡雪叹口气,眉头也皱了起来。她确实很难,手中现在没多少经费可支。当然她也知道,赵驰青教授不一定领情。

赵驰青这么多年来一直以清风明月自诩,他家书房醒目处,高挂着"上善若水""人淡如菊"的匾额,明眼人一看就知道这是老赵的座右铭。实际上,虽然成为领导后项目等身、荣誉等身、补贴等身,但赵驰青还是一分钱的利益都看得很重。前几年,他和花子媚为了争着当作协主席,两人互相攻讦,各自揭对方的老底,在滨江传为笑谈。当了多年院长,赵驰青捞了不少,但还是捞不够,为了一两千块钱的校级项目,一个先进称号,一个校外讲座,也要和人竞争。很多二级学院都主动把机会让给年轻人,比如艺术学院肖子业就放言:"我们这些人职称有了,官位有了,年龄也大了,什么都看开了。而年轻人不容易,应该多让机会给他们。"肖子业是这么说的,也是这么做的,但赵驰青不,尽管已经是院长了,他还是什么都不放过,院内院外的评奖评优、补助补贴和学术资助等,各种好处他都要优先占有,有时候为了多领一张奖状,少领一包月饼,他都有意见。当然,最终谁也竞争不过他,一切都还是他老赵的。

"赵教授,要不就算了吧,钱财乃身外之物,都是一个学校的,何必认那么真呢?再说这次大家都有责任,事先都没说清楚。下次我一定提前给你算好报价。"程怡雪起身,敬了一杯清茶给赵驰青,茶色清亮,茶香四溢,满屋子好像进入了春天的山野,让人心神爽净。程怡雪冷静了下来,她知道人都是要讲理的,何况是一个单位的同事,一个有着显赫身份和地位的领导,情绪归情绪,最终还是要讲理的。

"谁没说清楚?我已经说清楚了。我不管下次,我就要这次的钱,资产后勤处已经分流了,我不找你们后勤集团找谁要?你们不要推诿扯皮,想拖欠吗?今天我就堵在你办公室不走了。你们必须给钱,否则我不仅要去法院告你们侵犯著作权,还要带人把石头砸碎,至少也要磨平。"赵教授说着激动起来,指指戳戳,声音又急又快,也越来越理直气壮,咄咄逼人。

旁边的几个小年轻吓坏了,程怡雪喝了几口茶,心里愈加沉稳。世事纷扰不由人,她早已不是小女孩了,在后勤集团工作以来,历练多多,什么难听的话没听过,什么难缠的人没见过?而对赵教授的一切,她渐渐成竹在胸。反正蔡总已经把球踢过来了,她知道,棘手的事情再不处理好,以后会越来越棘手。所以今天这个机会必须把握好,当断不断反受其乱。赵教授是个大名人,是个领导都不敢得罪的地方名人,可是今天她程怡雪必须出手,必须果断出手。领导都是滑头,故意把这个难缠的球踢给她,想让她一败涂地,备受难堪。而程怡雪不是傻瓜,她早就想好了,兵来将挡水来土掩,已经没有回旋的余地,今天这个球她不是再踢走的问题,而是要把这个烂球踢碎踢破,踢得再也不能烦去烦来。否则,她自己也会像球一样,被人乱踢一气。要知道,高建办几年,她干不下去,想回艺术学院又阻力重重,现在到了后勤集团,也是鸡嫌狗不爱的,所以今天她必须踢个漂亮球,踢出自己的风采和定位。

"你们凭什么这么对我?一而再再而三地拖欠润笔费,你们还讲不讲道理啦?我是国务院政府特殊津贴专家,是著名的文化专家、时事评论家,更是著名的国学大师、文章泰斗,常常出口成章,挥笔成文,一字千金!你看我在微信圈发文,很快就一呼百应,多少人转发,多少人点赞!"

赵教授不断质问,程怡雪也越来越清楚。赵教授不但是滨江大学文传学院院长,是国务院政府特殊津贴专家,还是著名的博主,著名的网络大V。他经常写文章,抓住历史和现实的问题,攻其一点不及其余,极尽嘲讽、挖苦和讽刺。近年来,赵教授总以公民代言人自居,张口闭口要站在公正的立场上,要有独立的思考,要揭开历史的真相,还公众一个公道和清白,不断对历史上的一些人士进行探讨和质疑。滨大有两个骂什么都骂得最厉害的人,一个是庄焕明,一个就是赵驰青,提到单位,提到体制,都没一句好话。庄焕明生前给人透露,赵驰青带他开了眼界。庄焕明已经死了,死无对证,但赵驰青还在,而且官越当越大。越是官大,他越是骂得凶,文章也发得越猛,近几年更大行其道,屡受热捧。

当然,他这个样子,也不是没有人去向上级反映,要求对他批评教育甚至撤职等,但最终都不了了之。

人总是有头脑的,这样的人好言相劝应该可以吧,然而程怡雪刚说了两句,赵教授便拍着桌子大叫:"我是为民请命呢,长太息以掩弟分,哀民生之多限!我是中国的脊梁!咱清清白白做人,堂堂正正活着,绝不奴颜婢膝。我是滨大的象征,是当代知识分子的象征!全国像我这样有高尚道德情操的能有几个?"

程怡雪好半天才反应过来,原来赵教授把"掩涕兮"说成"掩弟分",把"多艰"说成"多限"。好歹还是个中文教授,怎么满嘴错别字?!就好像他那些作品一样,说是律诗,其实就是快板和顺口溜,说是文言文,其实不伦不类,早有人诟病不已。"你们就这样对待一个大专家吗,这叫什么态度,还有没有对文化人起码的尊重?"赵教授继续义正词严自我标榜,程怡雪只是发笑。以前只是道听途说,可是现在她总算明白了,原来人并非越有文化,就越谦恭有礼修养好;并非年龄越大,就越淡泊名利素质高。当然,她也知道对付某些人,说是说不过的,论理只能甘拜下风。这类人就像皮球,你越踢他,激起的反弹越大。

风风雨雨几多年,是是非非云遮月。程怡雪可不是吃素的,她已经历练成熟了,知道什么时候不该出手,什么时候该出手,又该如何出手。就像今天她必须果断出手,否则她将永无宁日,要知道,现在多少人等着看她的笑话呢!果然,赵教授还想狮子开口意气风发下去,程怡雪嗯了声,甩出几张照片,然后看看对方,故意用心不在焉的口吻问:"教授,皇瑰酒店的两个小妹你认识吧?"

"认识不认识又怎样,你想给我制造无耻的桃色新闻吗?"赵教授看着照片,尽管镇静自若,质问连连,但目光里还是闪过一丝不易觉察的慌乱。当然,这慌乱没有逃过程怡雪的眼睛。事实上,赵教授越是气焰嚣张咄咄逼人,她越是开心。

"两个普通小妹,你怎么一口就咬定桃色了?"程怡雪说着便晃晃手机,视频里出现一个男人挽着两个性感小妹进房间的动作。

"什么小妹,我不认识!告诉你,少给我来这老一套,想用生活作风问题打倒一个人,过时了。历史将证明我是清白无辜的,是一个高尚的脱离了低级趣味的人!"

"你先看了视频再说!"

"你真无耻,管起了别人的私生活,你到底想怎么样?我难道不能谈恋爱,不能交女朋友了?红袖添香夜读书,和朋友交往难道违背社会公德吗?人天生自由,人权不可侵犯。"赵教授看了看视频,突然就满脸通红,头上也渗出了热汗,但不愧是教授,他很快就镇静下来,说起话来有条不紊,一套一套的,让人很难招架。

"大教授,你想多了,我没说你高尚不高尚,没说你追求低级趣味,没想过制造什么桃色新闻,更没想过用生活作风问题打倒谁。你说得对,你的文章很有影响力,你也确实有权和任何人交往,当然包括各种行业的女孩子,包括任何关系的发生,但我知道你现在还没离婚。而且……"程怡雪压低了声音,长睫毛下的眼睛轻轻一瞥,她知道四两拨千斤、柔弱胜刚强的时候到了,人人都说赵驰青是伪君子,其实在她看来,这人更是个瘾君子。

"不知哪里乱发的视频,我刚刚才收到。放心吧,我不会乱传播的。只是从酒店传来风声,说那两个女孩患有恶性传染性疾病,这几天凡是光顾过那家酒店,凡是和那两个女孩有过亲密接触的男顾客,都纷纷跑去医院检查了,你还不知道吗?哎呀,有的男人一次就玩两个女孩,真行啊。……行行行,你别解释别强辩了,我又没说是你。视频上的男人我也不认识是谁。当然,长得像你,但也不一定就是你。我只是知道有这个消息。咱都是为人好呢,总不能害人嘛!我只是想着该治病的要去好好治病,省得再传染。"程怡雪说着就满面愁容,声音也充满忧伤,"唉,你真的还念念不忘那六万元,吵着闹着要那六万元,你就闹吧！我知道你是名教授有脾气有气节，那个风景石谁爱砸就去砸，只不过一切费用，包括人工费、机器费、垃圾清运费都要自理。还有，砸了后还要再买个新的风景石给竖起来，否则学校就以破坏公物论处。该说的都说了，请谅解，其他我就无能为力了，我有什么资格管别人呢？唉，我一个女人，一个被领导挥来喝去的小人物，真的很累很累，做梦都不敢跟你们大教授比。"

未等程怡雪唉声叹气完毕，赵教授就像泄气的皮球，渐渐瘫软下来，最后结结巴巴道："咳，咳，怡雪，你说得对，对对对！不好意思，我刚刚酒喝多了，稀里糊涂的，有些话过头了。咱们有话好好说，行不行？"

程怡雪心里一松，其实她很想转述别人的议论："教授先生，院长同志，你吃国家的饭，享受体制的种种好处，却又把国家和体制骂得那么凶，能不能少些骂，多些实干？真有本事，你就辞去体制内的一切职务，放弃体制内的一切好处，这才让人服呢！"当然，这些话她想了想，还是窝在心里，没有说出口。

赵教授就此偃旗息鼓，再也没有讨要那六万元。一个星期后，领导请程怡雪吃了饭。一个月后，领导又陆陆续续交给她一些棘手的事情，程怡雪不负重托，最终都较好解决了，她的工作越来越顺手。一年后，在领导的竭力推荐下，程怡雪如愿以偿当上了后勤集团的副总经理。

金教授

回教师村的时候，下着雨，路面湿滑，张懿恒远远看见前面楼下有个老人，伛偻着背，手拿着小棍子，在垃圾桶里不断翻看，最后找出些纸皮捆扎好，就挑着慢慢上台阶。张懿恒知道这肯定是某个教工的家属，因为小区里现在经常有老人在捡拾纸皮，而收破烂的三轮车也时不时开进来直接收购，听说一斤纸皮能卖七毛钱。雨渐渐大起来，前面的老人步履蹒跚，挑着纸皮走了几步就"哎呦"一声摔倒了，捆好的纸皮散乱一地，老人爬了几下，便呻吟起来，看得出他很痛苦。张懿恒走上前，不由分说伸手搀扶。老人缓缓转过头来，露出破草帽下那双熟悉的面孔，张懿恒顿时愣住了。"哦，是小张啊，谢谢你，你赶快回去吧。我是闲着没事，找两张纸皮垫桌子呢！"金教授连连解释，声音颤巍巍的，脸上满是遮掩不住的羞涩和难堪。"金教授,你摔成这个样子,天又下着雨,怎么办呢?我还是把你送回家吧。""不不不,不能这样。"金教授压压帽檐,穿着废旧中山装的身子哆嗦着,很坚决地说:"你年轻,以后还要在艺术学院工作,和我多说两句话,别人都会看见的,都会传到现任领导耳朵中去,这对你很不好,会影响你的前程。我已经退休了,人贵有自知之明,不能拖累你。你能扶我起来,已经很感谢了。"说着四下看看,"你——你快走吧。"

张懿恒没想到昔日威风凛凛的金教授能这样讲话,禁不住心里发酸。德高望重的关继鸿教授去了国外,现在艺术系老资格的就剩下金教授了。金教授身居高位的时候,和他说句话都难,没想到现在竟如此凄惨。看看雨下大了,金教授的额头已经渗出血来,张懿恒心里更阵阵抽紧,便说:"金教授,我是你招进来的,也是你看着成长的,我现在不要什么前程,别人爱咋样就咋样。我现在只想要做人的本分,做人的良心。不然真把书读到屁股上去了。"说罢就背起金教授,送他回了家,又打了120,直到救护车到来,看着把金教授送上车后,这才放心地走了。伤筋动骨一百天,金教授治疗期间,张懿恒探望过几次,偶尔也谈及艺术学院的一些情况。过了一段时间,金教授出院了,要请吃饭,张懿恒婉拒了。又过了一段时间,金教授再三邀请去他家坐坐,张懿恒想了想,就答应了。

金教授是著名的收藏家,他拿出自己的藏品,一一让张懿恒看。看过了端砚,看过了徽墨,看过了青花瓷,面对着一幅书法作品,张懿恒说:"金教授,您这个启功的书法,确实很美,但不会是假的吧?您一贯心眼实诚,待人厚道,可是现在收藏界水分太多……"金教授说这作品是八十年代从启老的学生手中买的,不会有假。张懿恒说好啊,现在升值几百倍了。"唉,我的字如今无人问津,只能每天看着这些藏品度日了,精神胜利吧!"金教授说着就满脸沮丧,张懿恒不知说什么好。

金教授当初是系主任和书协主席的时候,确实很多人求字,润笔费也被炒得很高,尽管如此,滨江很多酒店场馆都找他题字,据说他的很多藏品就是靠卖字淘来的。自从被罢免系主任后,金教授就很快落选书协主席,随之没人找他求字买字了。一些社会活动,比如市里书法大赛的评委、文化馆的讲座、老年大学的培训等等,也没人邀请他。校内艺术学院的任何活动都没人通知他,平日里也少有人看望,渐渐地,他成了一个被遗忘的退休老人,这几年更深居简出,过起了留守生活。其实不光艺术学院,就是滨大其他成立几十年的院系,前后几任主任和院长之间,现在都成仇敌似的割裂状态,新老领导互相不搭理不走动。无论从哪个角度看,院系建设和学科发展都没有继往开来薪火传承的样子。钟教授提起来就摇头:这哪像个高校啊?!

"我给你泡壶好茶!"金教授说着起身找茶叶,张懿恒突然发现几年不见,金教授变化如此之快:满头白发,脸上已经有好多老年斑,眼眶塌陷,腰驼腿弯,走路蹒跚着脚步,身体大不如前。张懿恒突然想起自己去世的父亲,心中不忍,赶紧转换话题说:"金教授,还是您有眼力,看东西看得准,收藏的都是精品!""有眼力又怎样?"金教授将头靠在沙发上,悠悠叹口气,"还不是看人看走眼了,你没看我提拔的那些人,都成白眼狼了!"

一听这话,张懿恒不知该如何回答,他知道金教授说的是谁。就像上次的作协花主席,拿到兼职教授的名分后,闹着要来滨大工作,尽管人事处没有同意,不办理调入手续,但花主席处处以大学教授自居,最终还是堂而皇之地给艺术学院的学生讲课了,讲课错误百出,学生投诉了好多次。当有的老师开始非议的时候,更多的人选择了缄默,因为人事问题从来都很敏感,可是纸里毕竟包不住火,最终当议论的人越来越多,变成吵闹不休的争执的时候,冯志学站出来,一语定乾坤:

"哎呀,别吵了,骂谁都没用。你们不知道,学校层面是党委领导下的校长负责制,书记大于校长。但学校下面的二级学院则是院长负责制,院长大于书记。比如人事权、财政审批权,特别是签单权,全部由院长一个人说了算,而书记就没有。书记也就是开会讲政策,唱唱高调而已,所以院长负责制最终成了院长垄断制、院长包办制。"

梅花

Plum Blossom

徐海容 著

下

陕西新华出版
陕西人民出版社

第十四章 学问

去行政化

周五的教研室,大家正吃着荔枝,外面一阵叽叽喳喳的叫声,接着是急匆匆的脚步。"哎呀,那个庸女人又来了!"凌宇飞眉头皱了皱,撇撇嘴。"你们都吃开了?"朱丽茵跟在田娟后面走进来,脸涨得通红,一开口就像小鞭炮,"哎呀,最近烦得要死,前天把我爸送进敬老院,昨天就犯病,昨天一天都在医院,今天又和保姆吵架,我把她辞退了。""正当用人之际,怎么就轻易辞退啦?你没看现在滨江用工荒嘛。"老黄说着挤挤眼,大家知道,她是故意引朱丽茵的话呢。谁都知道朱丽茵是个絮叨不已的人,整天都是一堆琐事,提起来就牢骚不断,仿佛满世界都对不起她,说是个教美声的大学老师,但说话大大咧咧,口无遮拦,怨这个怨那个,和街头的大妈没啥两样,几句话不到就呼哧呼哧喘气,大家背后给她起了个外号:老气儿。

"嗨,别提了。"朱丽茵横眉竖眼,痛不欲生的样子。

"我妈前年走了,她知道我那大姐二姐不顶屁用,所以临终前拉着我的手泪流满面,托付我照顾老年痴呆的父亲。等我安葬了母亲后,就把老父亲从南阳接过来,住到我这里,专门请了个小保姆伺候。保姆倒也聪明能干,家里家外收拾得挺干净,照顾我爸也尽心尽力,就是两个月下来,光买菜就花了一万多块钱。

我心里很纳闷儿,保姆到了我家,干活勤快,而且特别会做饭,整天不是吃龙虾就是炖鸡汤,每次做菜都配好多名贵药材。比如炖汤吧,要放瑶柱虫草高丽参什么的,说是给我爸补身子的。贵就贵点吧,我也没在意,反正孝敬老人呢,但是每月四五千的菜钱,也太多了吧?我就暗暗观察,发现小保姆每次做饭都做得很多,明显超量,而且每次都要把好菜靓汤先捋出来,说是留着晚上给我爸吃。我问我爸,我爸说他晚上从不吃饭。前几天我就留了个心眼,发现她吃完饭后,说是出去找朋友,实际在楼下露天车库待着。过了一会儿,就看见我家小保姆打扮得花枝招展,手里拎着粉红色的大饭盒和汤罐,小屁股三扭两扭,就进了小区门口的岗亭,回来时饭盒汤罐就不见了,原来她给人家岗亭里面的保安送饭去了。不但如此,好几次深夜,我听见隔壁房里她在梦中大喊大叫:'常胜常胜。'一开始我以为是喊她老公,后来到物业一打听,常胜是个保安的名字。几次追踪打探,我就明白了,原来她追那个叫常胜的小保安呢,但人家不喜欢她。——哼,你看我们家这个保姆多有心计,每次在我家烧汤做饭,都拣好吃的给保安送过去。三番五次,就把保安给俘获了。那保安我专门去看过,唇红齿白、肩宽腰细、眼睛又大又明亮,哎哟,长得那可真是像明星!我终于忍无可忍,有一次趁她下楼,就直接堵在家门口,问她带这么多饭菜干什么,能吃这么多吗?'嗨呀!'小保姆马上冲我翻白眼,'不是说包吃包住吗?老师,你怎么说话不算话?'我一听生气地说:'你吃得未免太高档了,比主人吃得还好,你都忘记自己的身份了。'你猜人家怎么着?小保姆马上扔下饭盒号啕大哭,满脸委屈,哭得那个伤心哟,一把鼻涕一把泪地向我哭诉:'老师,我老公不要我了,说我——''说你什么?''说我性—冷——淡。'"

"咳,就说她一个二十多岁的小保姆,"朱丽茵说着摇摇身子,彩旦似的转起来,"一看就是个嫌不够怕不够不怕够的货,怎么会性冷淡呢?!"

"你们家保姆那个性冷淡,正需要这样的保安治疗呢。"廖慈志插科打诨。

"哈哈哈!"满屋子的哄堂大笑,朱丽茵更成了笑星,末了问:"滨大现在大发展大飞跃,红脸黑脸都出来露脸了,咱学校那些事情,恐怕比保安保姆更精彩吧?"胖子老刘只是哈哈,廖慈志的眼睛瞄着刚刚进来的钟教授,钟教授显然吃得正美,等到发现大家都在看他,于是抓把妃子笑,一边剥皮,一边呵呵:"咳,故事多得简直没法说。比如财务处那些人,办起了选美赛,现在搞得如火如荼,已经风靡了整个行政楼,接下来估计要流行到下面的各个二级学院了。"大家不约而同问怎么个选美?钟教授四下看看,等到洁白的妃子笑果肉咽进肚里,这才呷口茶,慢悠悠道:

"有一次我去财务处。你知道的,财务处可是一群官太太,谁也得罪不起。我赔着笑,把要报销的表格资料呈上去,结果半天没人理睬。我正生气,一个堂堂教授,怎么被冷落至此!结果快下班的时候,有几个女人过来,高跟鞋咯噔咯噔响。我找了那个主管报销的何婧婷,人家匆匆一瞥,就说我的单据一来顺序乱,二来票据缺少签名,给我打回重新办理。过了两天我第二次跑去,人家又说发票贴得不规范,所有票据要从头到尾,按顺序排列,贴成一目了然的鱼鳞状才算好。我又跑回去重贴,结果第三次跑过去时已经快下午五点了。一进门,就看见几个女人围坐在一起嬉笑。因为我跑了几次,彼此都熟了,人家也不避嫌,很快就给我办好了报销手续。快离开时,我看见其中一个浓妆艳抹的女人,手中拿着根红绳子晃来晃去,就好奇地问她做什么呀,是不是排演《白毛女》中的喜儿呢?'哈哈哈,'女人一阵浪笑,'喜儿,你觉得像喜儿吗?'说着扬扬手中的红头绳,马上就唱起来:'北风吹,雪花飘,年来到。'这时旁边一个女的不耐烦地打断道:'快快正事儿,办正事儿。'只见拿红头绳的女人量了量旁边女人的腰身,报道:'二尺九。'有人马上记下来,又量了后面女人的腰身,报道:'三尺一。'又记下来。量完腰身又量大腿,都记下来。我开始纳闷,她们量腰身大腿干什么,莫不是要定做服装?这时后排那个胖女人笑道:'人家行,我落选了。'我问什么落选了,胖女人嘻嘻哈哈起来:'哎哟哟,你不明白啊?她们在举行选美比赛呢!拿着红头绳量谁的腰细腿长,谁就是冠军,今年的三八红旗手就归谁。'"

钟教授说完,大家纷纷叹息。

朱丽茵感叹机关部处人浮于事,选人用人走后门,说是公开招聘,其实都是关系户。廖慈志也说他认识国际交流处几个新进的年轻人,虽然都有国外留学背景,但外语都有问题,除了几句简单的日常用语,根本不能熟练使用外语进行交流。

"这哪里是海归,分明是海龟。"郑宇智一脸不屑。

大家正说着,有人进来了。

"破事特多,动不动就要开会,传达这,传达那的,上次滨江市的一号文件也要我们传达,我一看这文件是关于农业的,你说咋传达学习嘛?就这样很多人都对我有意见,其实我这个书记很不好做,早就不想干了。"老浦摔下一摞文件,看看旁边的肖子业,说:"要不现在就组织大家现场学习吧,雄伟你注意拍几张好照片,等会就发到群里,再写个报道,交给组织部备案算了。"

郑宇智看看张懿恒,张懿恒知道他的意思。这几年大学越想摆脱行政化,越是不得不行政化。看看滨大就是例子:首先行政人员严重超编。学生不到一千人的一个二级学院,光辅导员就配备了五个,还有专管学生工作的副书记,还有书记和组织员,又有三个教务秘书,一个科研秘书。除了一个院长和三个副院长外,院办还有三个编制,一个主任丁雄伟,一个财务秘书老黄,一个办事员小文。其次按照职务高低,滨大自己确定行政级别,学校下了红头文件,校级领导为正厅副厅,下面的部处和二级学院领导为正处副处,再下面的是正科副科。前天朱丽茵一进艺术楼,发现整个办公室都在忙,老浦说是学习党史,其实在看网络电影,老黄在电脑前玩扑克,小文看着手机目不转睛打游戏,丁雄伟低头玩微信,组织员老方在走廊外打电话,一打就是半个多小时,只有几个学生助理在忙活。朱丽茵等了二十多分钟都没人理,就走过去直接问丁雄伟教学大纲提交什么时候截止,丁雄伟一直低头玩微信,直到朱丽茵问第三遍,这才心不在焉抬起头。朱丽茵很生气,大声质问:"丁雄伟你到底是在工作还是在玩手机?"丁雄伟歪嘴笑道:"我玩微信也是为了工作,现在的会议通知、信息传递和文件下达等都通过微信解决。你不懂就不要乱说。"朱丽茵转个身就在张懿恒面前骂:"什么鸡毛蒜皮的,一个人的活分成三个人干,都是占着茅坑不拉屎的货!丁雄伟说是院办主任,其实就是院长的专职秘书,就这样还搞了个院长助理谭景明,而凌宇飞也成了老浦的书记助理,其实他们自己从不干活,因为每个手下都有学生助理,活都让学生干了。"

"大学行政化衙门化,事难办,脸难看,哎呀,难难难!我真的早都不想干了,这个书记没什么好当的。"老浦发了几句牢骚,肖子业脸色也不好,心说尾大不掉,怎么个去行政化?滨大这几年乱七八糟的,干什么都虎头蛇尾,除了会要钱花钱会假大空,还会干什么?市里早就有意见了。

滨江大学近来和市委关系不好。这次市政协换届,本来市委要留出一个副主席职位给滨江大学,因为这是滨江唯一的大学,里面知识分子比较多,比如市里八大民主党派的领导,其中五个就在滨江大学。结果一听说要从校内提名市政协副主席,滨大几个教授,也就是那几个民主党派的主委互相攻讦,拉帮结派,跑官要官,你争我抢,整天缠着市委统战部,听说官司一直闹到省委,有的人还跑到北京走关系。这可把市委气坏了,干脆一个也不给,最终这次市政协换届,滨大没有一个民主党派的领导人当选副主席,名额全给了外面的人士。

"到手的鸭子又飞了,市委知道滨大的毛病,故意放了这招!"了解内情的人都这么评判。

一波未平一波又起,新校区对面的那五百亩地,滨大要了好几年,报告不知写了多少次,但市里就是拖着不给,搞得校领导很烦。当然肖子业也烦。去年绩效排名艺术学院全校倒数第一,他很不开心,而冯志学最近又开始上告,搞得他更不开心。

傍晚时分,张懿恒拜访卫风之,卫风之问他学画学得如何,张懿恒说多年无长进,再加上平时破事多,压力大,心里很烦,然后就提到了行政化的问题。卫风之笑道:"咱们滨大,从厅级到科级,等级森严,级别分明。别人都在去行政化呢,我们这里却搞什么行政级别。"然后说滨大刚建校的时候还没有级别,后来经过不断运作,这几年书记、校长都明确为正厅级别了,这就造成滨江大学和滨江市属平级单位。滨江本地党政机关对滨大是"看得见,管不着",而省里的教育厅高工委对滨大则是"管得着,看不见",一个是有心无力,一个是鞭长莫及。滨大夹在这样的空间中,俨然藩镇割据。

张懿恒定定神。前些年的三十五个亿,不到三年就花光了,上次又是十五个亿,开始高水平大学建设,可是几年过去了,滨大除了假大空的楼盘建设,还有什么高水平?听说市里早都不满,要不是教育厅压着,市委早都收回款项了。近几年来,仗着山高皇帝远,滨大校内无论是纪检监察部门还是审计部门,越来越缺乏应有的独立性,其监督属典型的内部监督。廖慈志早就说过:再锋利的刀刃,也砍不了自己的刀把。去年市里想派个人当校党委副书记,都被滨大拒绝了。

这几年尽管滨大发文,明确校级以下的部处及二级学院领导为正处副处级别,但市委组织部从不承认不备案,同个地盘上,各封其官,各唱其戏,这在整个中国是独一无二的。老浦说他身为滨大的中层干部,每次到市里开会办事,都备受冷遇,但又能怎么办？市里就是不买账！当然,滨大的中层干部意见其实也很大,他们现在拿的是滨大自己配给的正处级工资,等到一旦不当领导了,只能按职称发放工资。滨大很多中层单位的领导都是讲师职称,当领导时是正处津贴,也就相当或略高于教授的薪金,可一旦退休或者换届不当领导,马上就是讲师工资,每个月少了将近一半！

"你说中层干部能好受吗？他们专业职称上不去,行政级别上不去,怨气很大,暗地里也在骂学校,也就造成了工作的懈怠懒政！我知道有些二级学院更是乌烟瘴气的,像你们学院都算好多了。肖子业既是教授又是院长,专业特长与管理能力兼备。"说到最后,卫风之问,"听说他清廉能干,品行不错？"

张懿恒点点头。肖子业虽然无党无派,但现在已经是公认的政绩突出官员、社会贤达人士,用丁雄伟的话说："谁不说咱老大好？"艺术学院在肖子业的领导下,这几年确实发展很好。申报硕士点成功之后,艺术学院的荣誉接踵而来,收获了包括滨阳省实验教学示范中心、滨阳省非物质文化遗产研究基地、中国书法之乡、中国美协创作基地等一堆金字招牌,使得滨大在国内外知名度扩大了。这几年不断有海内外的专家学者及各级领导来滨江大学考察,专家不断地来访,肖子业不断地接待,他这个院长成了专职的社会活动家。说来奇怪,最近几年,学校和市委搞不定的事情,经常要委托肖子业找广州的朋友,找北京的朋友,甚至找其他的企业家老板等出面协调。据说校长的国家自然科学基金重大项目,就是肖子业找朋友的朋友,托了关系的关系,最终把几个院士请来,又是讲学又是做报告,又搞了特聘教授的头衔,最终项目顺利到手,这是滨江大学有史以来第一个国家重大项目。

"值！"梁校长宴请肖子业吃饭的时候,打了一个大大的响指,称赞肖子业能力出众,工作卓有成效,是一位优秀的中层干部。肖子业很快成为无党派人士的优秀代表,出席市里省里的各项活动,经常建言献策。他确实也给市里帮了不少忙。因为历史遗留问题,滨江的厂矿比较多,水质污染严重,生态环保部为此严厉通报过好几次,而最严厉的就是上个月,生态环保部都准备约见副市长呢。但肖子业不知有什么关系,打通了北京的关节,最终在新一次的例行检查中,生态环保部只是找市委谈话了事,央视也撤销了对滨江水质问题的曝光。

"虽然是特聘教授,听说学校一年要给专家上百万的薪酬?"卫风之问。

"没办法啊!"张懿恒想起肖子业的那一声长叹。学院要经费要项目要知名度,而专家就是渠道就是招牌就是口碑。一会儿接待国外的专家领导,一会儿接待国内的领导专家,渐渐地,肖子业的人脉广,名气大,成就突出,已经和滨大艺术学院融为一体,到了"天下谁人不识君"的地步。

领导的屁股

一园红艳醉坡陀,自地连梢簇蒨罗。新学期开学了,人间二月,又是一年杜鹃花开。琴房里,朱丽茵刚下课,后面有人叫了声"姐",原来是田娟走了过来。看着这个活泼开朗的女孩,朱丽茵心头一热,田娟弹得一手好琵琶,是自己介绍来滨大的,来了三年,至今还是个代课老师,连聘任都不是。小女孩倒是蛮上进,考了好几年硕士,但总是卡在外语上。音乐系现在进人多,朱丽茵牢骚太盛是非口舌的性格很多人不喜欢,唯一和她交流多的就是田娟,时间久了,两人就以姐妹相称。

"气死人,上周说是有个研究生来应聘声乐老师,要我参加专业面试,结果你说怎么样?"朱丽茵一张口就是不满。

"怎么样?"

"连基本的视唱乐理知识都不懂,五线谱唱错了,好几个音都跑调,就这样还是国外留学回来的高才生,我也不知高到哪里去,我一个不懂音乐的人都觉得有问题,旁边的程怡雪更是摇头。"

"那你投反对票了吗?"田娟问。

"投了又怎么样?听说领导和人事处协商好,已经同意要了。我后来找程怡雪,程怡雪说没办法,都是领导打了招呼的,不要不行。唉,你看这几年我们都进来些什么人啊?进来的仇香香,说是古筝老师,其实连学生的水平都不如。一个《临安遗恨》,学生都比她弹得好。还有那个邱垂子,说是从政法学院内聘到艺术学院,兼职教学生小提琴。实际上也就是会拉个《梁祝》,水平一般,课时费还虚高得不行,经常抱着狗进琴房。我有次直接问肖院长怎么办,院长摊开两手,很坦率地说:'不是我想要这些人!'看来他也无可奈何。艺术学院现在成收容所了。"

朱丽茵一说起来就没完,田娟赶快拉住她的手臂:"姐,你别说了。你已经得罪了很多人。邱垂子和李光头,是咱们学院两个爱狗如命的人,都不好惹。"

"两位,后天下午开会,记得不要缺席,还有,上次会议的学习材料你们写好了没有?过几天上级会检查的!"谭景明过来了,嘴里说着话,眼睛却笑眯眯看着田娟,这一看,田娟禁不住身子发抖。

等到谭景明一溜烟跑开了,朱丽茵鄙夷道:"他算个屁,不就一个狗腿子嘛!你看我们学院的团队变成团伙了!领导层都是见人未曾开口先三分笑,不就催咱们干活嘛,还故意装作不忍心。"田娟也说谭景明、齐思宁那些人年纪不大,架子不小,整天自己不干活,就会这通知,那通知,只想着命令别人,一到会场大呼小叫的人来疯。提到开会,朱丽茵就气不打一处来。这两年的会越来越多了,政治学习会,教学评估会,党员会,学校高水平大学建设会,纪律教育会……每次会前要签到,会后要写学习材料。党中央三令五申要把老师从文山会海中解放出来,但事实上,老师们却越陷越深,大量时间都花在各种会务及会后的填表报表上,备课上课倒真是疲于应付。

本学期的政治学习,人家别的学院是每两周一次,可是老浦非要搞成每周两次,每次都兴师动众,强调会议重要,不得请假,一定要老师们当场签到并聆听他的长篇大论,会议还未结束又让丁雄伟上传照片发会议报道等大造声势,最后实在没啥可学了,就拿出滨江市财政局的年度工作报告给大家读。上个星期又发紧急通知,说是有重要文件要学习,声明是滨江市新出台的一号文件,让老师务必参会,结果等大家急急忙忙到会场,才发现新出台的滨江市一号文件是关于工商业的,和教育毫不沾边。朱丽茵当下就朝老浦质问起来,其他老师也有意见,直接告到组织部去了。听说连肖子业也很不高兴,背地里对丁雄伟说:老浦这个混蛋,真是老而昏聩!

上学期朱丽茵课多,又拿了个省级课题,满心想着要评个年度优秀教师。谭景明在会上也说自己已经得了好多奖,不好意思再拿奖,今年一定要放弃,朱丽茵当下就写了申报表。结果等到评奖结果公布的时候,还是谭景明获奖。一打听,原来谭景明确实要放弃评奖,但一听说今年学校的先进教师,奖金提高到两万五千块,马上又要求参评,当然最终他和丁雄伟一样如愿以偿。朱丽茵当下就骂:"与民争利,厚颜无耻!"骂归骂,肖院长安慰之后,朱丽茵又报了学校的教育教学成果奖,她认为自己条件过硬,至少也能评个二等奖,结果等评奖结果公布之后,发现自己确实获奖了,但获的是最末流的三等奖,至于一等奖二等奖获得者,全是各个二级学院的院长书记及机关的处长等。朱丽茵当下就写了申诉信到省里,学校答应复核,但最终还是不了了之。

"不光我,还有人和他们没完。"朱丽茵最后眼睛一瞪,脸上充满幸灾乐祸的讥笑。

周四下午,全院教工大会,肖子业做报告,总结硕士点建设的经验,解释绩效工资改革,最后说刘教授、娄教授年纪大了,他们都多次提出辞去系主任的职务。眼下艺术学院的工作很多,担子很重,因此要大力培养接班人,领导班子要适当调整,前几天党政联席会议已经讨论过了。随之由老浦代表组织,宣布了人事任免结果,几个系主任、副主任走马上任,除了白洁清,其他都是新来的小年轻,比如谭景明、齐思宁都荣升为系副主任。直到宣读完名单,都没听到冯志学的名字。不用说,谁都知道怎么回事,前几天就传出风来,借着这次整合,真正的大清洗开始了,有人肯定要下。廖慈志前几天就告诉张懿恒:"看吧,下次会上,肯定是老浦宣布具体的人事任免。"

果不其然,老浦刚刚宣布完,冯志学就站起来问:"人事任免,怎么事先都不给我打个招呼,搞突然袭击?上次党政联席会议,都不通知我这个时任系副主任参加。老浦,你们这不是在京西宾馆开黑会吧?你对人说用就用,说不用就不用,有没有起码的规章制度?""你先不要激动,说话不要随心所欲,有意见会后再交流。"老浦说罢,便示意丁雄伟也劝阻冯志学。但冯志学根本不吃这一套,推开丁雄伟的手,站直身子连声质问:"为什么要会后交流,做贼心虚吗?现在为什么不能说清?难道我不光明正大?老浦,你算什么东西?狐假虎威,拿着鸡毛当令箭,凭什么满嘴的仁义道德?——你少阻止我,少在我面前装腔作势,你算什么东西,不就是个公认的痞子嘛!"老浦几次想打断冯志学,想躲开质问,无奈冯志学一浪高过一浪,他压不下去,再看肖子业,却始终面色清淡,默不作声。老浦被逼得没法,拍着桌子大叫:"冯志学你要注意,这是严肃的会议场合,你这样讲话什么意思?你是书记还是我是书记?我代表党的,你对党什么态度?你有没有良心,是谁给你饭吃?"

"有没有良心,配不配当书记,你自己知道。上学期末全院联欢会的抽奖,艺术学院有一百零四个教师,其中二十八名教师没到场。按说抽奖时没到场的人就没抽奖资格,可你和丁雄伟照样领了一百零四张选票,把剩下的二十八张拿在自己手中。轮到抽奖时,把二十八张选票一张一张撕开,核对中奖号码,结果头等奖、二等奖全被你们抽中了。老浦你说说,你家里的两台高档笔记本电脑,丁雄伟家的豪华电视机,还有那么多的购物卡加油卡,怎么来的?吃拿卡要,你总把好处先往自己怀里揽,干了多少缺德事!"冯志学显然有备而来,声音高亢清晰,话语激越昂扬,一句句如弹丸喷射,接二连三,抛击迅猛,让人猝不及防。大家大眼瞪小眼,既想知道个明白,又不敢知道个明白。"你胡说些什么?没有那回事。你少血口喷人,有问题你可以去纪委告嘛,告诉你——"尽管脸色已经涨红,老浦还是把手放在胸口上,"我是受过市委表彰的优秀党员,市委书记都和我握过手。我现在代表党组织对你提出警告。你好自为之,不要妄议组织,不要乱咬人。"

"啪"的一声,冯志学推开门,腰板挺直,高昂着头走了,走到门口的时候,又回头怒斥:"真是自命不凡,老浦你能代表党?你德不配位,就是个狗官,你们就是一群恶棍,比黑社会还黑。——我当然要告,要继续告。"声音高亢明亮,像刺耳的警铃,像迅猛的炸雷,像惊天的霹雳,瞬间充满整个会议室,回荡在长长的走廊里,敲击着每个人的心房。

朱丽茵看看张懿恒,张懿恒看看郑宇智,大家虽然面无表情,沉默不语,但彼此的眼神再明白不过了。这个时候,无论谁出来说话,无论说什么话,都有可能惹祸上身。钟教授、常华明、韩灵光这些平常对领导骂不绝口的人此刻都抬头看天花板,一副事不关己高高挂起的样子。看看一个个呆若木鸡静如石雕的同事,看看冯志学远去的孤独背影,张懿恒心里不觉黯然。他知道,这个时候大家最好的选择就是刻意回避,要么充耳不闻,要么置若罔闻,和平日讲台上的愤世嫉俗慷慨陈词大相径庭。

凌宇飞走上前去,给老浦倒了一杯水。

会议继续进行,老浦镇静自若,继续唱起高调。正讲着,只见丁雄伟拿着手机很快走出去又很快走进来:"宣传部何部长找你,有急事。"老浦接过手机,只听了几句,脸色就骤然发青,随即飞速离开了会场。

辅导员

何部长早已在办公室等着,看见老浦过来,直接甩出一份材料,紧接着就责备道:"看吧,这么大的学校,被你们毁掉了!"老浦接过材料,立刻明白了怎么回事。滨大现在处于风口浪尖上!网络暴力真可怕,各种留言已经把滨大骂了个狗血喷头,光何部长这里的电话就应接不暇,很多都是滨大校友的质问,还有好几个记者要来采访,都被学校挡回去了。

"滨大年年都有学生自杀,惨案层出不穷,校领导为此压力很大,千方百计要求我们把学生工作做好。你能不能把工作落实,把自家的人看好?现在专家组马上要进校了,在这个节骨眼上,你们艺术学院的女生自杀,还在网上发遗言,你看影响多恶劣?"何部长说话一点都不客气,"学校现在大发展,好不容易闯出名声,这不,因为一个学生就给毁了,一个老鼠害了一锅汤。行了,你不用解释了,等等王书记找你谈话呢。"一听到王书记,老浦顿时脊背发凉,王书记骂起人来,可是够狠够难听。果不其然,他刚刚走出何部长房间,电话就打来了:

"老浦,你他妈怎么搞的?不就学生入党的事情吗,你看现在影响多坏!自从你当了书记,全校就你们艺术学院破事多。你到底能不能摆平?摆不平了就早点滚,反正很多人都说你是庸才蠢材!这个书记你当不了,我这里能当的大把的,随便拉出一个都比你强千百倍!"

电话里的王书记不断斥责,老浦连连赔笑,身子都弯了。接完电话,恰好胖子老刘和娄静斋过来,几个人就一起去饭堂,远远走来个人。

"刘教授好,娄教授好。"郑宇智嘴里打着招呼,眼睛只看胖子老刘他们。老浦等了几分钟,发现郑宇智的目光始终不看自己,便忍无可忍叫骂道:"郑宇智你想干什么?我是你的上级,比你大几十岁,是杠杠的优秀干部,好几次了你为什么这样对我?你心里还有没有党,有没有领导?老子我怕过谁?当心我收拾你。"

任凭老浦骂得口干舌燥,郑宇智依旧看也不看地走了。

"他骂得越上头,我越开心。和那种人搭一句话都是我的耻辱。"晚上,郑宇智找到张懿恒,说起了他故意让老浦难堪的一幕。"反正我也不想评奖评优上职称,他还能怎么拿捏?有本事开除我。"到最后,这位冷面郎君又来了一句,"就是站在学生的角度,我也永远鄙视他。"

艺术学院女生自杀的事情一闹大,老浦挨骂很快被行政楼的人传为笑谈。原因在于艺术学院发展学生党员时,本来已经开会确定好名单,并且报给学校待批,但不知怎么回事,公示的时候,其中一个女生被换掉了,顶替她的是同班另一个女生。有学生议论说换上去的这个女生,家中背景显赫,父亲就在市里任要职。被顶的女生气不过,在宿舍里哭了一个通宵,第二天就在网站发帖子留遗言,列举了一堆艺术学院发展学生党员的黑幕,说往往学生家长们一顿饭和几个礼包下来,就能把艺术学院的领导搞定,让他家的孩子成为预备党员。女生哭诉自己家境贫寒,无论学习成绩如何优秀,学生会工作如何出色,最终还是被换掉,就是因为没有给学院相关领导请吃送礼云云。

女生注册了很多网站,疯狂发完帖子就割腕自杀。幸亏被舍友及时发现并送到医院,虽然被抢救过来,但事情却传得沸沸扬扬,网帖的点击量,微信圈的转播量,半小时之内就上万了。校内外的网友留言,没有一个不骂艺术学院的。

其实早在新生入学时,老浦和丁雄伟就逐一检查过学生的家庭档案,对那些出身非富即贵的学生非常照顾。廖慈志就说过学生现在无论学习还是入党,都不乏功利和势利。因为滨江的很多村子,都有年终分红的措施,而只要是党员,分的红利就更多,所以滨大很多本地学生家长千方百计找到班主任,有关系的当然直接找学院领导,要求让他们的孩子早日入党。

"老浦不知道收了学生家长多少好处,在他的手中,办成了不少学生党员。

有的学生毕业后就直接告诉我:'冲着每年村子里分的那些红,我也要感谢浦老师。'老浦运用权力,已经娴熟自如了,像这次的女生被替换,只是万分之一,不幸被抖了出来而已。世上有不要脸的学生,那是因为先有不要脸的老师。"第二天,邹金贤一见面就这样告诉张懿恒。

两人手拿着拓片走出画室,刚说了几句,忽然有人"老师老师"地叫,一个身穿连帽卫衣的小伙子奔了过来,看看他们,说了几句就哭起来。"哎呀,先不要激动,有话慢慢说。"邹金贤赶快劝慰,拿出纸巾给擦眼泪。张懿恒也扶住小伙子的手臂,连声叫"小鱼,小鱼"。小鱼说他忙了一天,到现在还没吃饭呢,张懿恒马上带他去了西门一家安静的小饭馆。"学生工作太辛苦了。老浦把一切都推给我,说我工作简单粗暴,失于疏漏。校办、团委和学生处的领导把我狠狠批评了一顿,骂我把关不严,工作没有做好,说学校被自己的学生打了耳光,影响恶劣,学生处的彭处长让我做出深刻检查,否则就离职走人!"小鱼说完突然就把脑袋往墙上碰,还想再碰,就被张懿恒拉住了。

小鱼呜呜哭起来。

小鱼是滨大的学生,前年才毕业留校当辅导员,直接在老浦和丁雄伟手下工作。张懿恒给小鱼那个班上过课,后来又当他的毕业论文指导老师,关系比一般的师生要亲近些。参加工作后小鱼见了他像见到亲人,什么事都要来找他诉说。

张懿恒问:"那你怎么办?"

"我坚决不写,我为什么要写?又不是我的错。"小鱼擦擦汗,嗓门也高亢了,"我已经向学生处说明了情况。"

本来确实要上那个家境贫寒、学习优秀的女生,名单都已经送给组织部了,但老浦当天晚上给小鱼打电话,命令无论如何把那个女生换下来,上另一个女生,并且再三强调换上去的这个女生,她父亲是市公安局副局长,和滨江大学来往比较多,学校工作离不开这位副局长的支持。老浦强调他已经给校领导、学生处和组织部等打过招呼,让小鱼只管换人就可以了。其实这位公安局副局长的女儿小鱼认识,也了解。除了个子高、打扮入时之外,学习很差,其他表现也很不好,方方面面难以达到学生党员的标准。推荐学生党员人选时,班里同学第一个否决的就是她。小鱼再三说明情况,告诉老浦临时换上换下不好,成就了一个学生,但愧对一群学生,无法交代,但老浦就是不听,还说王书记已经答应了那个副局长,一定让他女儿尽快入党,让小鱼无论如何把这件事情办成,老浦说着还吼起来:"你先想想如何对王书记交代!"小鱼最后只好照办了。

说到最后,小鱼双手抱头蹲了下去,泣不成声:"你看现在学生一发帖子,一自杀,新闻媒体一报道,最后事情都压给我,一切都要我负责。两头受气,真难死人!"

张懿恒不知该怎么表态,越是这个时候他越要谨言慎行,看着小鱼痛苦的样子,他不知如何安慰。其实类似事情自己也遇见过不少,作为专任老师,每学期期末常常接到电话:"小张啊,有个别学生的成绩你照顾下,都是领导的孩子,尽量酌情处理,不要搞得挂科了。"张懿恒还想争辩几句,但电话那边的老浦似乎比他还为难,"哎呀,算了算了,滨大的学生就这样子了,学风如何,校风如何,大家都知道的,你再认真都没用。听我的,你就手松一点,让学生成绩及格顺利毕业,赶快送走了事,咱何必给自己找麻烦?"这样的电话,丁雄伟也常常打,除了张懿恒,他们给其他老师也打,好几个老师说起来就苦笑,邹金贤更是痛心不已:"滨大早就形成恶性循环,我们的老师很照顾学生,顺水推船,一切放宽,学风不逐年败坏才怪呢!"张懿恒也知道这几年校内外对滨大学生评价越来越差,而学风越差,学生越难管理,辅导员的工作也就越难做。常云辉说近来校外很多单位招聘,一看是滨大毕业生的求职材料,直接就拒绝了。

手机铃声响起,小鱼哭着接了电话,又很快站起来忙去了。邹金贤叹口气:"他毕竟还是个孩子,工作不出问题才怪呢!"接着就问张懿恒最近生活如何,张懿恒说画画多年没进展,导师那边远水解不了近渴,滨大又是这个样子,他心里很苦闷。邹金贤说关教授回来了,建议他多向关教授请教。"老太太真是把画画当生命了,随着年事渐高,总感念薪火传承的危机。你要是想学,我给你说合,让她收下你这个徒弟。"邹金贤很热情,张懿恒想到金教授其实也说过这些,也劝他向关教授学艺。"我早有此意,就是担心……"张懿恒说着就面有难色。"担心什么?担心老太太脾气怪,一口把你回绝了?担心画风转型难度大?担心老太太的冰玉堂不让男性进?"邹金贤的言语和性格一样爽直,"放心吧,只要你愿意学,就一定能成。你再不学,艺术学院真的就成一摊烂泥了。"

远山含黛,碧波荡漾,春天已经到来,空气里弥漫着清新的气息。黄昏时分,太阳落山了,卤阳湖变得静谧异常,晚风阵阵吹来,渐渐地湖面上荡起一圈又一圈涟漪,泛起一波波跃动的星光。

　　饭后,张懿恒看见朱紫贵和岑萍萍拉着手散步,就打了个招呼。只羡鸳鸯不羡仙,朱紫贵和岑萍萍可是大家公认的最恩爱的一对,他们相亲相依、拉手散步的身影被学生拍成照片到处传扬。和邱博厚一样,朱紫贵也是滨大近年引进的优秀人才,据说他大学毕业分配到一所师范学院时,可是著名的青年才俊,崇拜爱慕他的女学生很多,于是他从中挑选了一个最温柔怡人的加以培养,这就是岑萍萍。他们的恋爱红极一时,成为众所周知的佳话。结婚后两人不离不弃,举案齐眉,相敬如宾,朱博后走到哪里都把岑萍萍带上。在杭州做博士后时,朱紫贵吃不惯饭堂的大锅菜,岑萍萍于是毅然辞去教职,像照顾孩子一样照顾他,一边陪读,一边精心做饭,这才使得朱紫贵顺利完成学业,以博士后的身份进入滨大,安家费一次性就给了八十万。来到滨大后,他们夫妇迅速成为大家艳羡的才子佳人,甚至被推选为滨大乃至整个滨江的幸福家庭代表,频频出现在校内外的媒体上,广受追捧。朱紫贵出口成章,言行幽默风趣,深具名士风度,而岑萍萍对他几十年崇拜如初,至今都"先生""先生"地叫,也承担着一切家务。朱丽茵逢人便说朱紫贵有福气,因为每次回家都有热汤热饭伺候,吃完饭就撒手不管,离家之前,岑萍萍又把衣服给朱紫贵熨烫好,皮鞋也擦得油光锃亮。

　　幸福的家庭总是让人称赞,以至于老黄见了张懿恒,好几次都拍手大叫:"你能不能学学朱博后,培养个女学生?师生恋又怎么啦,你看人家如今谁不说好?!"而朱丽茵更有趣,每逢开会人多,一见到岑萍萍就高门大嗓:"萍萍,你老师找你来了!"说到"老师"的时候,故意把这两个字说得很重很认真,正说着朱紫贵就来了,一屁股坐在岑萍萍身边,大家互相看看,都乐不可支。当然,每逢看到朱紫贵夫妇的身影,张懿恒心情就很复杂,为什么这师生恋如此成功?

　　九点多了,辅导员办公室还亮着灯。小鱼在里面走来走去,一会儿在电脑前忙碌,一会儿打电话,一会儿又找学生谈话。张懿恒进来问处理好了吗,小鱼说只能剿抚兼施,先稳住学生,让删了帖子,等事态逐渐淡化。张懿恒说:"那就好,学生工作本来就难。你看现在找工作多不容易。浦书记当初力主你留校,那么多学生干部,他就留了你一个,是多么看好你!""哼!敬爱的张老师,您真是一叶障目,以为老浦真的看好我啊?其实是看好我父母给的三十万元!"小鱼说着就不胜烦躁,脸上也多了几分稚气,"凭什么要对他感恩戴德?您还记得以前的辅导员小徐吧?人家临走前,早在我面前把老浦骂了个狗血喷头,骂他是典型的虚伪无耻不要脸。我真羡慕你们做老师的,上完课就屁股一抬走人,平日里专心做学问,不介入任何乌七八糟的事情。你看我,净给领导擦屁股了。""只怕这样的屁股你要多擦几次。"张懿恒从心里叹道。

学 术

想起长时间没见到廖慈志了,张懿恒刚拨通电话,廖慈志就呵呵:"你这个电话打得真巧,快来,我这里正摆龙门阵呢,就差你了。"赶到的时候,发现里面已经坐了好几个人,钟教授、娄静斋、邱博厚、邹金贤、朱紫贵、郑宇智等都在,一看见张懿恒进来,钟教授说:"来来,我们讨论得正热烈。"

几杯清茶下肚,大家的话就多起来。邹金贤问张懿恒今年发了几篇论文,张懿恒说一篇都没发出来,都是退稿信。钟教授说:"嗨,小张,整个艺术学院估计就剩下你还在拼学问,你看我,说是个学术带头人,早就不做学问了。"娄静斋感叹来到这里还做什么学问,滨大本身就是个养老院,真要做学问就不来这种地方了。钟教授说他在南京是二级教授,在这里虽然也是二级教授,可是根本没有发挥的平台,没法做学问,如今想回南京也回不去了,学问就像茅台酒,再好的酿酒师,一离开茅台镇这个地理环境,酿的酒就变味了,因为首先整个空气氛围不一样,发酵都成问题!朱紫贵嘿嘿道:"我是博士后,现在也没法做学问了。学问能值几个钱?我出去随便给人看个相,都比发篇核心期刊的收入多好几倍!一篇论文字斟句酌,要写大半年,发出来有几个人看?一个讲座一个相面我也就乱侃一通,侃得那些人五体投地。现在饭局多得烦死人,好几个高报酬的讲座都要我去做,推都推不过来,我何乐而不为?滨江就是个声色犬马的地方,太美了。只要评上教授,我就要赶快享受!"

钟教授一拍大腿:"这就对了,你看现在谁还做学问,谁还认真创作?说起来我原来还做学问,发过几篇令人羡慕的权威期刊的论文。但那些论文除了我看编辑看,还有谁看?基本上都束之高阁,最终被老鼠当成磨牙的废纸了。现在写论文发论文不是为了兴趣,而是为了功利,纯粹自欺欺人,自恋自虐自慰,所以这几年我都没心情搞科研了。唉,现在整个风气太差。连我们的肖院长都感叹整个滨江的文艺界,已经乌七八糟得不成样子了!说来也是,这年头学阀学霸大行其道,干什么都有亲疏之分,都要论资排辈,现行的学术机制使得大多数普通学者都沦为佃户!你不觉得我们老师其实很可怜,是不折不扣的弱势群体?我们都是人梯,都是被人踩着上位的牺牲品,都在金字塔的底层。"张懿恒恳求道:"钟教授饱汉不知饿汉饥,您那些优质论文到底如何写出来的,传授些真经吧!"

钟教授哈哈大笑:"其实天下的论文是最好写的。我总结出来几条规律,姑妄言之。前人曾说学问有三境界:昨夜西风凋碧树,独上高楼,望尽天涯路;衣带渐宽终不悔,为伊消得人憔悴;蓦然回首,那人却在灯火阑珊处。其实,学术造假亦有几个境界。第一叫无中生有,俗称剽窃。这个很简单,即直接从已发表的文章中复制粘贴,简单整合一番,然后附上自己的名字投稿发表。随着现在对学术诚信的日益重视,这种造假方式近乎绝迹,不过捉不净的虱子,挣不完的钱,学术圈很快又有了新的对策,这就是我要讲的第二个方法:借鸡生蛋……第三叫指鹿为马……第四叫移花接木……"

听钟教授说完,张懿恒很不平衡,心想文章千古事,得失寸心知,面对一篇篇如法炮制、公开发表的论文,身为当代学人,我们还有没有起码的学术良知,还能否无悔地说:我的文章有相当的真知灼见,能拓展人类的认知边界,能推动社会生产力的进步?其实肖子业院长也讲过:艺术家是一个神圣的称谓,来不得半点吹嘘,那些爱吹的都是江湖骗子。当今,在各种名头、权力、金钱包装下的文艺界,急需回归用作品说话的良性局面,需以公平、公正、公开的原则来衡量艺术水平的高低。

一提到写论文大家都嘻嘻哈哈,纷纷说起市里一些知名书画家的丑闻。廖慈志摇着头说:"现在那些书画家的作品我基本都不看。我爷爷当初变卖家产,投身革命,在延安时和石鲁都是好朋友。那个年代的画家首先追求的是精神,是做人的气节。像徐悲鸿画《田横五百士》,蒋兆和画《流民图》,这些人哪一个没有操守和气节？而现在书画家热衷于搞人身依附,你说靠关系、靠权力、靠金钱来衡量艺术水平的高低,合情合理吗？艺术是神圣的,艺术家到底该用作品说话还是用炒作说话？"邱博厚说艺术最终拼的是艺术家的艺术哲思与艺术创造力,拼的是艺术家的人格、品德与品位作,拼的是一张张具有鲜活生命力的作品。一切不用作品说话的艺术家,其实就是大忽悠！真正的大师不屑于名头;在乎名头的,从来都成不了大师！"对对对！"钟教授连连附和,说书画好不好,最终要经得起历史的考验,人民的考验,这就要靠作品本身说话,而不是靠作品之外的名头说话。用作品说话,才是真正对艺术负责,对自己负责,才是真正的书画家。如果一辈子只靠名头,或打着大师的子弟或后裔等旗号吃饭,作品没有个性,千篇一律,乱涂乱抹,又夜郎自大到处吹嘘,这样的人一旦走上讲台,绝对是误人子弟,遗毒千古！

讨论热烈起来,张懿恒几乎插不上话,这时有人敲门。郑宇智扶着一位老人进来,介绍说这是滨江画院的韩老师。韩老师六十开外,头发花白,面容清瘦,眉宇间有着显著的斑纹,一看就是位郁郁不得志的普通美术工作者。郑宇智点了半只烤羊,几份砂锅粥,大家边吃边谈,一提到书画创作,一说到学术追求,话就多了。

"真正的书画家,是在书法、绘画或其他艺术领域有一定的成就和特色。内含传统,外师造化,中得心源,作品有广泛的美感及独特的个性,有思想智慧、哲学精神乃至生命灵魂的具体呈现。关教授的画就如此。"

"艺术归根结底还是要靠作品说话。用作品说话,才是对艺术家的真正认可。如今艺术圈各种裙带关系、江湖关系、圈子关系,再加上自我吹捧与相互吹捧,艺术家简直成了社会活动家了！温水煮青蛙,艺术家若沉溺于此等'仙法'中,必然毫无成就可言。书画家有名头,固然是好事,但前提是你的作品要撑得起这个名头。如果一个书画家,没有撑得起名头的作品,终不过昙花一现。看看历史就知道了,真正的书画家,留下的是艺术作品,而不是官位、职衔等名头。"

"我们的老浦书记现在有了名头,整天忙着写字卖字,早已经视粪土如金钱,家里捞了一堆粪土了！"

讨论到这里,角落里一个人忽然站起来:"大家都谈得热烈,我也即兴一曲与诸君。"说着就拿起提琴拉起来,张懿恒看见他年纪也就是四十多,大背头,面容白皙,拉琴的时候眼睛时开时闭,清瘦的身材前后抖动,看得出很用心,旋律过处,果然令人如痴如醉,连身旁的宠物狗都垂着耳朵,一动不动静静倾听。一曲奏毕,大家纷纷鼓起掌来,朱紫贵连声叫好:"邱老师,你真不愧是当年的乐团首席啊!"邹金贤也说:"垂子老师专业是民法,业余又雅好小提琴,拉得比专业演员还好,看来我们艺术学院是请对人了。"

赞誉声中,邱垂子盖好琴盒,浅浅一笑:"我们算是清流吧,视名利如粪土,像我从来没说自己是大学老师,是著名的小提琴表演艺术家,可是很多人就不这么看了,把头衔看得比脸面还重,因为头衔和利益相关。"说着用手指掠掠头发,张懿恒看到他的手指特别白皙修长,再想想拉琴时那手指扣着琴弦上下挪移,时而像拧紧的发条,时而像温润的软玉,柔滑优美,灵动至极,顿时联想到程怡雪,程怡雪也会拉小提琴。"邱兄所言极是,现在很多头衔都可以买卖。真的可以买卖,假的也可以买卖,那些打着美协、书协会员的幌子到处搞展览到处骗钱的,其艺术水平就是创造艺术垃圾。"廖慈志说完,韩老师也抬起头:"还真说对了。上次省书法家协会的换届选举你们都知道了吧?搞了一个主席、六十八个副主席,真是闹笑话,现在网上骂声一片。""这次换届已成热点了。六十八个副主席,真是书法界的耻辱!会写不会写的,随便什么人都来书法界乱蹭。"邹金贤说着就激愤地走来走去。"听说那六十八个副主席,都具有国家美协会员、书协会员的证书?""韩老师,您在现场,肯定知道得比我们详细。那六十八个副主席都什么来头?"大家纷纷发问。

当然大有来头。是国家美协、书协会员不假,但具有显赫官商背景更不假,都是这个厅那个公司的领导和老板,那些人随便会写两笔,都以书法家自居,都要当书协副主席,当然最后都选上了。资源占尽,好处享尽,升官发财两不误,节妇淫妇一起当,既要利益滚滚,又要清名飞扬。这就是滨阳省书法家协会换届一下子出现六十八个副主席的新闻,选举结果一出,文艺界当下就炸圈了,至今还议论纷纷。

"你们老浦和我都在现场。"韩老师继续解释着,"他说了一句话,我印象很深刻。"

"什么话?"郑宇智问。

韩老师一脸严肃地坐定身子,学着老浦的样子摇头晃脑:"他奶奶的,怎么还有比滨大更不要脸的?!"

满屋子顿时爆笑,笑声中,张懿恒问韩老师:"老浦那书法您见过吗?"

"现在书法家遍地都是,我学了几十年的字,怀疑自己都白学了,比如老浦的字,除了他自己认识,其他人都不认识,我为此专门问过他,老浦回答说他是写给后世的研究者用的。"韩老师说着,大家又笑起来。"现在都这样了,我们画院也有花钱买奖,买中书协会员证的。"韩老师感叹不已,最后问,"你们要不要我帮忙也买个中书协会员?这样作品很快就升值了。""韩老师您先去找我们单位的谭景明吧,前几天他还不断让我给他投票呢。"郑宇智这么一答,邹金贤提到小谭也找过他,接着便说这年轻人怎么跟乞丐似的让人瞧不起,作品真要是好的话,还需要每天苦逼兮兮搞这些?大家互相看看,哦哦着又笑了。

谭景明把单位上的人都找遍了,他一天到晚都在微信上拉票,一天能刷上百条:"我是谭景明,正在参加网络投票大赛,各位亲,帮我转发、投票吧!"他不仅每天拼命拉票,还不断刷朋友圈:"杂志刊发我的作品""电视台为我拍摄专题片""我和苟大师、范主席合影""我和周局长一起吃饭"。他已经建立了名师工作室,以优秀青年画家自居,以肖子业院长的学生为荣。现在院里以谭景明为代表的那些人表现很积极,前几天肖子业的第三任妻子宫外孕大出血,丁雄伟、谭景明、齐思宁、应志武几个年轻人很快跑到医院,"师母,师母"哭个不停,争先恐后,纷纷撸起袖子献血,听说他们最后还赶走护工,竞相躬身伺候"师母"了。

娄静斋叹口气:"我们这代人受的教育比较传统,始终认为艺术作品和创作者的道德情操、个人品位、价值取向等紧密相关,也和现实社会密切相关。我前段时间还帮人鉴宝呢,现在都不鉴了,水太深。小谭、小齐啊,年轻人,咳咳……"一听这个大家都乐了,停了一会儿,张懿恒说:"自由之精神,独立之思想。真正做到让艺术作品而不是靠头衔、官位、人脉关系等说话的,才是好画家!名头终会随风而去,唯有作品才是艺术家安身立命传之后世的根本。""没想到好几年过去了,你还这么执着,或者说迂腐吧,你难道以为学问好做,作品好出?"旁边的廖慈志拍拍他的后脑勺,"小张啊小张,你生活在什么年代啊?我碰见的认识你的人,提到你没有一个不摇头的,大家都说你倔强,倔强得近乎愚蠢。你别忘了,孔子的学问不是宅出来的,而是周游列国游出来的。""黄公望、吴镇、王冕这些人都是一介布衣。"张懿恒有些不服气。"咳咳!"廖慈志晃晃大脑袋,油亮的哲学家额头闪闪发光,"行了,年代不同了。你还是这样执迷不悟,我就无话可说了,事实上,放眼高校,知识分子的第一选择不是做学问而是从政。"

"从政就是要当官,当了官就有话语权,就可以坐学术会议的主席台,谈几点谦称为个人意见的指示,台下昔日的老师和同窗仰望着你,为你是专家型官员而自豪,很快就有人写文章研究你。世上哪有真正独立的学问?学问都是跟着政治跟着形势走的,屁股决定脑袋,其实屁股也决定学问。现在很多官员都拥有博士学位,还出书立说,但他们的学问经得起查吗?"廖慈志接着就提到现在的滨江市副市长是他同班同学,当初是班里学习最差的一个,但工作后三年内一边干行政,一边拿到了硕士学位和博士学位。三年内同时攻读硕士和博士,最后同时拿到硕士博士学位。

"你觉得可能吗?但人家就是混得比我好,这些人在官员群里是学者,在学者群里是官员,无论何时何地,都有优越感。看清了吧?学问跟着级别长,学而优则仕,仕而优则学。其实,不用学优,只要官当到厅级以上,你就有学问,而且你的手下通常会感觉你的学问盖过了诸位学科前辈。"廖慈志说到这里,大家只是发笑。

"那第二选择呢?"张懿恒问。

"第二当然选挣钱。当大富豪或大商人,银子多到懒得数,拿点出来设个研究基金或课题,重赏之下必有勇夫,自然会有人按时拿出你要求的成果,在成果扉页上鸣谢你这位大商人。学术跟着银子走,只要捐出一个亿,你想要哪个学院姓你的姓,随你挑。只要肯出钱,想让谁给你写论文写著作,都随便挑,代笔的难道还少吗?你没看我们滨大的教学大楼,都冠上了酒店的大名,叫作太子教学大楼,你听名字不觉得别扭吗?其实谁都觉得别扭,但谁都不愿说破,谁让人家太子酒店有钱呢?除非滨大不要人家的钱,教学大楼就可以免去冠名了。"

张懿恒听着一乐,艺术学院这样的事情还少吗?每层楼都分别冠了不同老板的名字,连一个小小的学生活动中心,也冠名了。

"没能耐从政和挣钱,只能选择第三,这就是去大学教书。混二十年,当个名义上与副厅平起平坐、实际上常被教务处小科长修理的教授不成问题。"廖慈志说着,一挥手中的大蒲扇,"但这有点窝囊,不如费点劲,争取当个实至名归的著名教授。只要是著名教授,一切都好办了,论文约稿,著作约稿,讲座约请,自会有人求你的,还用得着你四处求人啊?当然,只有著名大学才能产生著名教授。滨大就免了吧!人人都有成佛的慧根,当著名教授一靠努力,二靠方法。在确定了努力的方向以后,方法就是决定的因素。"

教 授

廖慈志说完,大家纷纷鼓掌。邹金贤说:"哎呀老廖,我今天如沐春风深受教育,你真不愧是哲人和智者啊!但别把小张教坏了。小张可是个真淳的人,你看上次,为了一张名画,宁愿自己省吃俭用,都要把名画回购。""别说了,你看我们历经历史浩劫,毁灭的文物不计其数!"廖慈志不停摆手,大脑门又开始油亮闪光,"实际上,文物流失到国外也是好事。话说回来,文物何必放国内,放哪儿不是保管呢?反正一样都是保管,因为只要是文物,就属于全人类,属于全世界。""老廖,你这话我不能同意,你逻辑很有问题,我不能苟同。"邹金贤激动得站了起来,"照你这么推理,你家的钱怎么不放在别人家保管呢?你老婆晚上怎么不来我家睡觉呢?反正在哪儿睡觉都是睡觉,都是一样陪男人。因为只要是女人,就属于男权社会,属于全部男人!"说着看看廖慈志的大脑袋,"嘿嘿,所以文物还是要物归原主回流好,尽量消弭历史的伤口。文化无国界,文物有故乡。文物只有回归它的母体,才能彰显出价值。那个卢芹斋,还有那个姓翁的真是数典忘祖,民族奸贼!"

廖慈志脸色突变,很快躲开邹金贤的手臂,坐到钟教授旁边嘀咕:"邹金贤这个二百五性格,说话口不择言,迟早要出事!"钟教授赶紧打岔:"别说著名教授了,就是普通老师,这几年都难当。你看现在舆论对老师都围攻了,对老师都道德绑架了。一提起老师,张口闭口都是为人师表,师道尊严。把老师都当圣人神人伟人了,越来越苛刻化扭曲化。你做得好一点,他们说身为人民教师,那是应该的。你稍微有点失误,他们就会说,你看,还是人民教师呢!"钟教授抱怨有的人总是把老师当演员,要求唱功和做功都要十全十美,凭什么平常人能干的事情,老师就不能干?然后举例他上次出去买菜,讨价还价了几句,人家菜贩马上就翻白眼:看你戴着眼镜文质彬彬,好歹是个读书人,怎么还和我讲价?你一个老师,太自降身份了!

"对着呢,对着呢。"朱紫贵也伸出双手,"其实老师也是人,是普通人。在整体浮躁的时代,人们对老师神圣化,也标签化了,动辄以圣人完人的标准要求老师。新闻舆论也推波助澜,老板官员干的事情,只要老师略有染指,马上就是铺天盖地的漫骂和声讨。事实上,教师是职业标称而不是道德象征。"邱博厚笑着摇头:"这几年老板官员干的勾当,公众都习以为常,反应平平。可是老师干了什么,舆论很快一边倒,发动马力狠狠骂。""我们的单副校长不是娶了自己的女学生,我们的雷副书记不是娶了自己的保姆?"郑宇智说完,廖慈志赶紧声明:"人家那叫有本事,就是不娶,女生和保姆也都争着往床上爬呢。"娄静斋马上反对道:"不不,这有个师德师风的问题,女生就是往我床上爬,我也不能接受,也不敢接受。这个嘛……老师和学生之间有着天然的鸿沟,不可逾越。老师永远是老师,学生永远是学生。"大家七嘴八舌,一说起滨大的学风,很快又热烈起来。

"得了吧,你又在那里摆什么一日为师终身为父,讲什么圯桥进履。现在的学生根本不吃这一套。现在的师生关系就是普通的合作伙伴关系。事情结束,各自走人。你千万不要把师生关系上升到过去言传身教的师徒关系了。你还在渴望学生对你报恩呢,别做梦了,老兄。我来滨大二十年,别说学生毕业,就是没毕业,只要课程结束,这边分数一提交,那边学生马上就和我拜拜。昨天还打招呼,今天一见面冷若冰霜,好像大街上见了陌生人,都装作不认识。"

"你嫂子整天和我吵,嫌我不上进。可是你看怎么上进啊?"

"廖老师,陶老师是爱你,才和你吵。"

"陶兰青爱怎样是她的事。这里学风太差,官风太盛,有学生亲口告诉我毕业后要当官,而且要当大贪官。"廖慈志讲起故事来,他的故事总是很多。

有家小学招聘老师,廖慈志被请去当评委,恰好滨大文传学院中文系的一个

415

毕业生去应聘。众目睽睽之下,校长让她当场背诵五首唐诗,学生背了两首就结结巴巴了,廖慈志当下就犯了难。他知道现在很多这样的滨大学生,都进入滨江市的各个中小学,站在讲台上教书了。当然能进政府机关当公务员,能进中小学当在编老师,多少还是有后台有办法的。曾经有学生亲口告诉廖慈志,家里花了三十万,让她进了公办小学当老师。

"学生的事,我们最好别管。"韩灵光说。

"那不行,该严厉管教的还是要严厉管教。"是邹金贤的声音。

议论一浪高过一浪,邱博厚最后唉声叹气:"著名教授都在著名大学,像我们滨大,你想成为著名教授,真是天方夜谭。"

"那不见得!"一直翻看手机的朱紫贵仰起头,"同声相应,同气相求,我刚刚又研究了会儿《易经》,君子藏器于身,待时而动。知进退存亡,而不失其正者,其唯圣人乎?"朱博后矮小的身子挺得笔直,猫头鹰似的眼睛幽光闪闪,说话时不时摸摸唐装上绣的大金龙,"坤至柔而动也刚,至静而德方。康德一辈子没有离开他的小院,但也完成了不朽名著,成了著名学者,所以做学问也不一定非要去著名大学,你不就是苦恼图书馆和文献资料那些吗?现在都互联网时代了,电脑写作,信息传播很快捷的。滨大也可以成就著名教授,如果你定下当著名教授的远大志向,应该熟识以下三招。"大家齐声问哪三招?朱博后嘴巴一翘:"这可是我最新的研究成果:学问登龙术。眼下正准备在一个精英集团的高端讲座上公布呢。"邹金贤带头鼓掌道:"哎呀,博后,快别卖关子了,大家都等着听你的高见呢。"

朱博后诡秘一笑,点起一根香烟,呷口清茶,开始了汩汩滔滔:

第一:搏命著书,绝不立说。

现在从讲师到副教授到教授,一路晋升,全靠科研。"没有数量就没有质量"已演变为"数量就是质量"。没有一大堆的书和文章,一般评不上教授;没有一麻袋以上的书和文章,绝对不可能是著名教授,所以在尽可能短的时间内出尽可能多的书和文章,就能尽快当上教授。当上了教授,就可以招当牛当马的研究生,指挥他们来编更多的书和文章,多出快出成果。当然,成果中千万不要有创新,越创新越容易引起同行的嫉恨,说是商榷,其实是各种攻击,这就导致你的教授地位不保,所以为了教授,你可以拼命著书,人云亦云他云我云,但绝不立新说。

除了科研,你还要会忽悠,这就是第二招:难得糊涂。这是东方哲学的最高境界。我们滨大的学生一进校门就关心什么时候能顺利毕业,能早点找个好工作,甚至在学校时就开始想方设法兼职赚钱了。男生满脑子想着赚钱,女生满脑子想着嫁老板,都在混课堂,混学分,混毕业,你说如何讲课?真要讲,就要稀里糊涂,将简单的问题讲得复杂到学生找不到北,讲主观说、客观说、折中说,故弄玄虚,绕弯卖关,哗众取宠,再穿插些著名学者的花絮或八卦,如此就能显示学问的博大精深。试试看,哪个学生的眼神不对你流露出崇拜?本科生会崇拜你学富五车,研究生会崇拜你记忆过人。学生听得云里雾里,就会到处显摆听过有学问的课,慢慢地你就声名远播,雕虫成龙了!

当然,如果有论坛或沙龙请你讲座,一定要去,不讲条件——成了著名教授后才可以与邀请方讨论出场费讲座费问题,像我现在虽然只是滨大的特聘教授,但外面的邀请也不绝如缕。我知道,每一次讲座都是积累知名度的机会。讲座中小骂一下现行体制可以显示你的独立和勇气,表现你忧国忧民的伟大情怀,因为不骂不足以显示个性和气节,不狠批著名同行的学问不足以显示你的勇气与真知灼见,这就能使你的演讲跌宕起伏,激起阵阵赞叹的掌声。你看如今两个人互相吹捧,一般是领导;两个人自我吹捧,一般是商人;而两个人互相攻击,一般是学者,特别是著名学者。所以啊,要想做个万民敬仰的公共知识分子,必须做出愤世嫉俗仗义执言的态势,哪怕是无中生有,断章取义,攻其一点不及其余,也要愤世嫉俗,大义凛然,以理论的先驱自居,以智慧的火炬自骄!

最后,还有最重要的一点,就是成为著名教授的第三招:出国镀金,进京扬名。别说北大清华这样的著名高校,就是我们滨大这样的不入流学校,这几年招聘教师,不仅要有博士学位,还要有海归博士学位,还强调第一学历为211或985大学。你说像小张一个学国画的,像闵东青这样学中国古典文献学的,为了博士学位,难道要跑到国外学习?可是事实就是如此,不去国外学习,别人就说你是土鳖,才识有限,缺乏前瞻的视域和宏大的学养。你看我们娄静斋老师,因为没留过洋,没去北京进修过,画画得那么好,可就是出不了滨江,价位也就是中上水平。所以现在各高校招人进人，纷纷强调留学的海归背景，只看背景不看实质。出国留学这个词的重音在"留"而不在"学"，"留"就是溜达的意思。出国留学的最佳时间也就一年左右，前半年熟悉当地的风土人情美女美食，后半年就收拾行李准备打道回府。你看我们滨大新进的许多海归，都是这个经历。难怪和他们一交流，基本的外语都说不好，要是当专业翻译，个个屁滚尿流了！

……

手中的烟雾与口中的玄理交合又分散，分散又交合，一会儿高飞绕梁，一会儿低回盈耳，让人分不清哪是玄理，哪是烟雾。

朱紫贵说完，大家都呆若木鸡，待清醒过来后，便是热烈的掌声，连邱垂子身旁的宠物狗也摇起了尾巴。韩灵光拊掌大叫："太好了，朱老师具有演说家的风度、哲学家的深思，又具有社会学家的精辟，滨江名士，非君莫属！"娄静斋睁大眼睛道："真知灼见，警世警心，我受教了。朱博后学问高名声响，近来在外面讲学多多，百忙之中能和我们座谈，真是我等的荣幸啊。"钟教授也赞叹："博后到底是博后，谈玄说理，不谄不渎，就是比我们见解深刻，听君一席话，胜读十年书，廖先生朱先生可以当我们清流领袖了！"张懿恒问："朱博后，您到底以研究什么为主？看简历说学过机械工程，怎么对易学教育学也这么精通？"朱紫贵扭扭身子，再次亮出唐装上的大金龙，那金龙灿灿生光，几欲奔腾而出。

"我本科学机械工程，研究生时修了好几个学位，有教育学的，有哲学的，有社会学的。博士读了神学，博士后又读了艺术学，业余又钻研管理学。中国的好大学我读遍了，北大、北师大、复旦、南大、中科大都不在话下，来滨大教'艺术美育'可谓小菜一碟，你看我每学期学生评教分数多高，院长都赶不上我。"朱紫贵口吐莲花，张懿恒脑袋嗡嗡响。郑宇智道："朱博后你读书真好，我读了硕士就不想再读了，难得你读那么多书，有那么多成果，真是高人，名不虚传。"朱紫贵晃晃脑袋，跷着二郎腿道："我这个研究成果很高端很先进吧？目前很多高校发出邀请，要我去讲学，好几个老板给我二十万，我都没有透露。今天是和在座的诸君交心，我才略显身手。"正说着，忽然有人敲门，岑萍萍走了进来，娇嗔不已："哎呀先生，车已经开到楼下了，人家等您做讲座呢。"朱紫贵看看时间，着急地叫起来："哎呀，外面有个讲座，我要去参加了，失陪，失陪。"张懿恒看见朱博后走在前面,岑萍萍老师低眉顺手给他整理衣服,梳好头发,拿着水杯,依依不舍送到车上。邹金贤不断赞叹:"都这么大的人了,还是如此恩爱,夫妻生活还像初恋一样美丽,朱紫贵有福啊!"

清谈结束,等到大家最后离开的时候,郑宇智跟在张懿恒后面问:"你觉得朱紫贵如何?"张懿恒一怔:"他可是我们学院唯一的博士后,现在是特聘教授,以后就要评正式教授了,学历之高,众所周知。学校把他当高人引进,好几年了。""这个谁都知道!"看着张懿恒迷惑的样子,郑宇智屑笑道:"那人过两天让我送他到机场。你来看看吧!"

配　　种

早上起来,张懿恒在小区门口碰见邱垂子牵着一只大宠物狗溜达,两人打个招呼,刚说了几句,那狗就号叫起来,身子不断扭曲。"没办法,这几天它发情了。"邱垂子晃动着眼珠四下看看,声音颇显着急,"这是边牧,血统高贵,品种难得,近来给它找了好几个对象,都不相配,怕混杂成串串,生了狗仔就不值钱了。"张懿恒说李新旺廖慈志家里都养狗,不知是不是边牧?正说着,一个女人牵着狗出来了,女人眯着细长的近视眼,上身墨绿羊毛衫,下身牛仔裤,身材干瘦,但整个人很精神,牵的狗更是毛色光亮,眼神灵动。"你好,你好,我是老廖的好友!"邱垂子一看到女人手中的狗,立刻凑上前去,眼睛成了聚光灯。张懿恒认得这女人是廖慈志的爱人陶兰青。"你这狗不错,一看就是名贵品种。"邱垂子说着就放开缰绳。陶兰青一看邱垂子手中的母狗跑过来,尾根滴血,屁股扭曲,立即明白怎么回事,变脸失色就想走,不料手中的狗突然狂叫着脱缰而去。"完了完了,我家的边牧不能配种的。"陶兰青紧喊慢喊,但两条狗很快凑在一起,你追我赶跑远了。

郑宇智开车过来接了张懿恒,到酒店门口时已经九点半,车刚停稳,有个人就从大堂里走了出来,身穿考究的花格子西装,鼻梁上架着圆框玳瑁眼镜,眉飞色舞,大腹便便,一边嘻嘻哈哈高谈阔论,一边和送行的人握手告别,嗓音里明显带着烟酒过度的沙哑。张懿恒刚开始看那肥胖的身子还感到陌生,待来人走近,看到那熟悉的白净面容时才发现原来是闵东青,就对郑宇智说,几年不见,这人怎么吃成这样?一个副院长当得,寒士发成活佛了!"人家现在坐上了直升机,量子式跃进啊,活得多潇洒!"郑宇智的声音虽然冷酷,但又难掩嫉妒和讽刺。"潇洒又怎样?那种文章我坚决不写,他的路我绝对不走。"张懿恒声若洪钟。

坐上了直升机的闵东青,现在变得很强势了,面对别人的非议,动不动就扬头扬眉,说起话来有条不紊:"我的论文怎么啦,写了又怎么样?有本事你们也写去。反正历史是任人打扮的小姑娘。你说现在中国人信仰什么?都信仰金钱和官位,所谓的理想和节操,都是皇帝的新装。在整个浮躁功利的大环境下,我怎么退避三舍,又退到哪里去?何不策高足,先据要路津?"张懿恒知道,粪土当年万户侯的书生闵东青已经变了,变得不可理喻,变得无比自我,现在应该是万户侯视他如粪土了。程怡雪早说过其实干什么都要放开,一旦放开,什么都好办了,闵东青换了活法,青云直上,丁雄伟跟对了人,混得也风生水起,虽然无才无学,但备受重用,现在是艺术学院稳当当的副书记了。张懿恒经常看到丁雄伟出门动辄豪车开路,来来去去一阵风,类人猿似的脸上掩藏不住春风得意。当大家都夸奖他车好人勤时,已经习惯了这种夸奖的丁雄伟伸出头来,用满足至极又故作无奈的腔调哼一句:"都是为了工作。"

"近水楼台先得月,向阳花木易为春。那小子一贯心眼多。"郑宇智说着就和张懿恒下了车,突然一个奔驰飞到面前,溅了郑宇智一身泥水,郑宇智很生气,正准备叫保安过来。"二位,不好意思,不好意思。我送学生上课,急了点。"车玻璃很快摇下,原来是丁雄伟,操着个油光光的蛤蟆嘴连连赔笑。副驾上还坐着一个女生,涂脂抹粉,显然刚洗浴结束。

"做贼心虚欲盖弥彰,哪里是上课,明明就是带女生到酒店过夜!"看着丁雄伟疾驰而去的背影,郑宇智骂起来。"他换车这么勤?"张懿恒问。郑宇智恼怒道:"岂止换车,换女生换得更勤,那家伙整天说忙啊累啊没精神,一接触漂亮女生,就比叫驴还强劲。"张懿恒说刚才那女生他认识,是个班花,也是学校模特队的领班,经常带队到外面兼职挣钱。郑宇智说外面商演机会多,很多都是丁雄伟给介绍的!

停了会儿,张懿恒说庄焕明拍了几次女学生肩膀,就被告到校办那里说是图谋不轨;小彭年轻,说话一着急爱拍女生手臂,就这样也被学生投诉了好几次。而丁雄伟……"丁雄伟不知换了多少女生,怎么都平安无事?"未等他说完,郑宇智就直接抢过话头:"道不同不相为谋。这种事咱们干不来,想都不能想。老师有老师的红线,你忘记了庄焕明的那句话吗?话粗但理正!"张懿恒说罢,郑宇智想起庄焕明确实说过"女学生就是脱了裤子给咱,咱也不能上"的话,沉默了几分钟,看看远处的闵东青,便对张懿恒冷言冷语:"你这个人啊,还是那么孤高倔强。当初老金不待见你,如今院领导也不待见你,一个国家项目,贡献够大吧?可人家什么奖励都没给你,你被拒班主任的事情现在尽人皆知。谭景明、齐思宁举办了好几次画展书法展,出了好几本专著,你一个都没有。一个参加工作好几年的博士,别说不如谭景明这些本科生,你都不如丁雄伟一个大专生!林和兵也说你太过迂腐!"

张懿恒想起林和兵自从当了副院长,好久也不和自己来往了,便说:"传道授业解惑,我们就是老师,老师就是教书的,把书教好就行了,管那么多干什么?!人和人不能比。别人是别人,我是我。知趣,乐道,安贫!"

言为心声。工作多年,张懿恒深深体会到做学问本来就是冷清而寂寥的,而教师本来就是孤独而卑微、宁静又淡泊的职业,广种薄收,终生围着毛孩子转。但尽管如此,他也要教书育人,恪尽职守。庄焕明的教训使他明白,身为男老师,确实该有自知之明,不要和学生,特别是女生有肢体接触,更不要和女生开轻薄的玩笑。如果女生有所反映,也是应该的。他原来不注意这方面,但现在都注意了。至于丁雄伟和女生,那是人家的本事!一个愿打,一个愿挨,两相情愿,谁都管不着,丁雄伟本来就有他的优势。人生在世,有些事别人可以做,但自己不能做,张懿恒对此很清楚。

郑宇智说他也没想到丁雄伟这几年像坐上了过山车,处处发达,越发人模狗样金枪勇猛。不过也难怪,人家丁氏家族本来就厉害,现在大半个滨江,都是丁某人的天下,要怪只能怪咱们不接地气。张懿恒问,哪个丁某人?"大家都知道的滨江首富,就你不知道。"听郑宇智说着,张懿恒若有所悟地问:"原来就是做酒店业的那个,听说他是滨江市政协的副主席?"

"也是滨江最大的黑社会头目,整个滨江都有他的产业!这个家族的人控制了整个滨江,势力已经渗透到下面的很多村镇区。"郑宇智说话的面色和声音一样冷酷无比。

　　看见张懿恒他们,闵东青简单嗯了声,下颌微微一点,高昂着头,目不斜视走过去了,皮鞋踩得地面啪啪响。"神气个屁,别看他现在走路眼睛只看天不看地,忘了他当初是怎么尿裤子的!"郑宇智说闵东青现在以优秀青年学者自居,到处做报告,已经跑遍了滨江的各个中小学,前几天又作为滨大优秀青年教师代表,给新进教职工讲课。张懿恒笑了笑道:"你接哪个贵客,怎么半天都不出来?"

　　郑宇智打了个电话,过了会儿,远远看到有个戴茶色眼镜的男子从酒店门口走出来。男子身材虽然矮小,但是走路腰板笔直,头戴宽边礼帽,肩挎棕红色的公文包,雪白的高领衬衫配着深灰色的高档西装,脖子扎着鲜红的领结,手里再拿个文明棍,皮鞋油而不光,走路脚步纡徐从容,十足的绅士风度。几个女人跟在他身后,又是献花,又是拥抱,间或发出阵阵兴奋的尖叫。张懿恒看得眼花缭乱,郑宇智说:"这死鬼磨蹭什么呢?你去看看吧。"

　　走了几步,张懿恒看见那男子放下鲜花,一溜烟跑到柱子后面和一个女人拥抱接吻。张懿恒纳闷年龄这么大的人怎么还这样?再一看,那男子原来是朱紫贵,于是跑回车上,恶心得说不出话。郑宇智笑着按按喇叭。

　　朱紫贵上了车,郑宇智问:"朱博后,你出来讲座,怎么不叫你爱人岑萍萍老师一起?"朱紫贵哼哼道:"叫她干什么?她正忙呢,没空。""墙内开花墙外香,博后你在外面讲座那么多,那么火,真是网红了。我刚刚看见很多女粉丝围住你不放,有几个都是王母娘娘。"郑宇智这么一说,朱博后猛然发怔,似乎想起了什么,马上拿起纸巾抹去嘴边残余的一丝口红,停顿了几秒,随即闭起眼睛,眉头紧皱,用很无奈很漠然的声音感叹:"咳,人怕出名猪怕壮!有几个女老板,对我很崇拜,整天纠缠不休,真烦死人,骂都骂不走!"说着将整个身子靠在后座,不断揉双鬓,俨然不胜其累不堪其扰。

　　郑宇智看看张懿恒,眼神里充满耻笑和睥睨。

　　车开了,张懿恒把身子往后一靠,车轮滚滚,两旁的楼盘很快被抛到后面。红红绿绿,人生纷纭;白驹过隙,街市匆匆。张懿恒突然感到自己的孤独和无助,世事碌碌,众生营营,他还能做什么呢?只有在丹青世界中寻找美了,确实该向关教授拜师学艺,无论如何,还是多获取专业知识再说。画者,寂寞之道也。这条路他以前也走过,因为没有进展就动摇彷徨停顿了,为此招了程怡雪不少骂,现在看来还是要再走下去,因为也没有其他路适合他走了。

第十五章 师生

薪　火

清晨,阳光洒满整个校园,布谷鸟声声叫着,空气中传来沁人心脾的春泥清香。

一路芳树一路花。张懿恒在绿道上奔跑,昨天晚上和卫风之聊中华文化的问题,睡得晚了。眼看着和关教授约好的时间到了,他很着急。关教授可是个非常严肃的人,时间观念一向很强,批评学生从来不留情面,要知道,多少人向她拜师,学了一半就被劝退了。

校园里的学生三三两两,有的在晨读,有的在操练,有的背着书包匆匆赶去教室和图书馆。道路上,草地上,山坡上,满是风铃木、紫荆树,以及黄白红紫的花朵,也满是学子缤纷灿烂的面孔。学校永远是学校,只要太阳一出来,只要鸟儿跃上枝头,满校园就涌动着希望,涌动着年轻的学子。

跑到校园东南角的时候,张懿恒看着一排米黄色的小楼,心里紧张起来,这些小楼是学校专门为那些德高望重的老教授修建的。高山仰止,景行行止。以前张懿恒路过这些建筑的时候,只是充满仰慕的目光,想都不敢想能进去参观。

但是今天,他要进入这座尊贵的小楼,拜访敬爱的老师了。

进入画室的时候,他看到关教授正在勾线,就不说话,屏息静气在一旁观看。

那线条钉头鼠尾,飘逸灵动,一会儿兰叶,一会儿铁线,细若游丝,劲若藤条,行云流水,曲折顿挫,极尽缥缈变幻圆转流美。

"来,你也勾个梅花给我看看。"关教授把手中的紫毫笔给了张懿恒。

简洁明了,没有丝毫的絮语,没有丝毫的客套,张懿恒原以为老教授还要说些别的什么,但没想到第一节课竟是这样开始的。

就好像他初次进入老教授的冰玉堂一样,在来之前,他以为里面很神秘莫测,结果一进去就发现和自己想象的完全不一样,堂内窗明几净,陈设非常简单,除了一些基本的生活用品外别无他物。而画室更为简单,里面除了一张大大的画案,一些基本的笔墨纸砚外,再也没有什么,不是他猜想的大画家的画室定是琳琅满目浩繁丰富那样。唯一让他惊讶的是里面满是书,墙上的书柜,地下的空地上,放着很多书。

张懿恒拿出几幅准备好的习作给关教授看,老教授看着微微一笑,又让他在梅花旁补了小鸟山石。

"你的执笔我总算看清了。切记中锋悬腕,执笔如壮士,磨墨若病夫。"关教授说着亲手垂范,破笔枯墨,连点带刷,画了几根翎毛,非常生动活泼。张懿恒看出这是点垛法,本是写意花鸟画法,关教授运用得如此娴熟自如,真让他大开眼界。"骨气形似,皆本于立意。意在笔先。线条是中国画的灵魂。"从用笔的皴法到山石的点苔,从兰草的线描到竹子的平尖,关教授指出张懿恒画作的一些毛病,特别让他注意不同状态下,鸟的眸子和爪子的关系变化。接着又拿出些朱砂花青,教张懿恒如何研漂配制。

"就石青而言,头青、二青、三青的运用是不同的,石绿也是如此。"阳光照进来,关教授的声音温润平和,像母亲深情地教导,像春蚕炽热地吐丝。"图画者,有国之鸿宝,理乱之纪纲。中国画源远流长,早在一万两千年前的旧石器时代,我们的祖先就在劳动中创造了质朴的原始绘画,此后又有新石器时代的上古彩陶,夏商周的青铜器纹饰和春秋战国的壁画帛画。西安、长沙、武汉、北京等地的博物馆就藏有此类实物。就此而言,中国绘画是走在世界前列的。迨至汉代,随着绢和纸的大量出现,中国书画兴盛发展。魏晋以降,更是蔚为大观,名家辈出,名作迭出。"关教授强调唐宋绘画是中华文化的重要组成部分。由唐而宋,文化不断转变,而绘画日臻高峰,无论山水、花鸟还是人物,都在世界文化史上留下重要的一笔,特别是宋画,具有里程碑的意义。

"绘事功殊绝,幽襟兴激昂。唐宋绘画尽广大,至精微,可惜的是元明以后,文人多逸笔草草不求形似,这就导致唐宋以来的工笔画法逐渐衰微。工笔画是中国绘画的优秀传统,学画画的,一定要加强严谨工细的造型训练,只有打好这个基础,才能不断提升境界,造境炼境,艺术的境界要反复锤炼。"关教授说着拿出自己的作品,张懿恒心想这样一个历经沧桑的老人,按理说画中该多展现个性化的隐逸气、出世味,但是恰恰相反,从关教授的作品中,他看到一片明丽、和煦、温暖的气息,感受到大自然的蓬勃生机和新时代的昂扬诗情。

繁盛欢乐、光彩照人、典雅秀丽、风流蕴藉,关教授的画和她的人一样,活泼天真、雍容豁达,笔墨间充满对大自然的讴歌,对生活的赞颂,对美和爱的咏叹。张懿恒想起了小时候的劳动场景,花香鸟语,春华秋实,人在其中,美不可言。他知道大自然是我们的母亲,一个热爱生活、热爱劳动、热爱乡土、热爱祖国的画家,表现的总是高尚的感情,传达的总是健康向上的信息。

"老师,您这梅花画得非常好。我一直画山水,马远用画山水的方法写梅写溪,写群凫在水里的动态,马麟画白梅的冷香,笔法也很刚健。他们以山水画花鸟,都富有创造性,效果非常好。可是我学起来怎么这么难,画出的梅花总是没精神。"看到一幅画的时候,张懿恒很惊讶地发问。画面的主体虽然是仕女,但旁边的梅花画得非常精神,虽然是传统的双勾填色,但也明显用了西方的比例解剖透视法,造型生动传神,有一种呼之欲出的感觉。

"画画笔法当然重要,但更重要的是学识才思,才生思,思生调,调生格。格调和情操高尚了,意境自然就超凡脱俗。"老教授拈管弄色,提粉点染,不一会儿,纸上就出现了几朵生机勃勃的梅花。

张懿恒跟着也画了两笔。这时保姆进来端上两杯清茶。

"标举兴会,发引性灵;出神入化,冲淡天真。画画要用最大的功力打进去,用最大的勇气打出来。工笔应该有写意的活泼,写意应该有工笔的严谨。生活中应该有千点云峰半篙澄绿,漫赢得一襟诗思十里梅花。"关教授说着便吟诵起来,"玉骨那愁瘴雾,冰姿自有仙风。海仙时遣探芳丛,倒挂绿毛幺凤。……高情已逐晓云空,不与梨花同梦。"

看得出关教授对梅花情有独钟,尽管是用乡音吟诵的,张懿恒听得似懂非懂,但他依旧觉得很美,平声字悠长深远,入声字短促有力,很有清寒淡远的意境。"画梅花难,难在逸、神、妙、能的意境格调。世事多艰,我们这一代人很不容易,但即使在最困难的时候,也没有放弃对生活的热爱,对祖国文化的学习,一个民族没有自己的优秀文化怎么行呢?一个人没有一定的理想追求怎么行呢?说来说去,人应该保持一种美好的、前进的、积极向上向善的操守。自古画如其人,心正则笔正,笔正则画正。心中若能容丘壑,下笔方能汇山河。无论山水、仕女还是花鸟,留白是很重要的,实中有虚,虚中留白,如一灿之光,通室皆明。古人说诗言志歌咏言,其实画也是言志的,是志之致也。当年我老师就是这样教我的。人生代代无穷已,艺术家任何时候都不要忘记自己的使命和信念,中华文化一定要传承下去。"

泉流涓涓,清露滴滴,一堂课听完,张懿恒如醍醐灌顶,一旁的保姆也如痴如醉。

阳光照耀,窗外的辛夷花开得正精神,繁盛的紫色的花朵绽放在枝头,格外明媚美丽。草色葱茏,万木繁盛,小鸟飞来飞去不断鸣叫,声音清脆响亮,回响在蓝色的天空,回响在洁白的云端。远处的小河不断上涨,春天的潮水闪着金光,一波波欢腾涌动着。

教研室

因为通知集体备课,大家都往教研室赶。谭景明过来,看见一辆白色的敞篷越野车,老远就问,这谁的车?豪华大气,太有范儿了!丁雄伟从楼上下来,两男两女四个辅导员前呼后拥跟着,其中小鱼给提着毛呢外套,小封给拿着水杯。丁雄伟远远一按遥控,豪车发出响亮的回应,四个车灯立刻变得雪白明亮。"哎呀,伟哥,你一出场,雄赳赳气昂昂,再加上豪车,真是领袖气质、统帅风度!"谭景明刚说完,朱紫贵哈哈道:"雄伟人年轻,又能干,青年才俊,一出场就喝令三山五岳开道。""你看,那头猪又乱叫了,算什么高人啊!"朱丽茵在后面一嘀咕,彭凌杉就跟着提到在这儿总有外地人的感觉：水土不服，营养不良。校园又远离市区，交通不便。这荒山野岭待着太憋屈，跟囚笼似的！人寂寞得都要疯掉了。"嗨！"朱丽茵一乐，嗓门随之大起来，"前几天文传学院的老师议论卤阳湖把健康人变成病人，滨大更把病人变成厉鬼！我其实早成囚徒了。"

"我也是被引进过来的，可是你看见了吧？"钟教授指指身旁的大树。张懿恒看见艺术楼前几棵大树，尽管身上挂着好几包营养液，但也就几片绿叶，长得也歪歪斜斜，要不是周围有铁支架撑着，恐怕早倒下去了。他知道这几棵大树移植好几年了。"那些就地栽的小树，如今已郁郁葱葱成林了。而移植过来的这几棵大树，就像我这样的人，一直半死不活苟延残喘！"钟教授说着便叹息，"早知如此，其实就该直接培养小树，大树离开了它固有的土壤，走到哪里都难成活！当然，小树长得快，但如果不加强养护，也会扭曲方向的。"张懿恒连连安慰，说着就到了教研室。

围绕着全校公选课的开设，大家集体讨论。朱丽茵说了大学音乐，凌宇飞说了健美操，廖慈志说了雕塑艺术，李光头说了西方美学。看看大家都很热烈，张懿恒建议开个"碑帖学"的选修课，或者搞个讲座也好，这是他前几天和卫风交流的结果。

"我表示支持。"郑宇智很快附议，近来他正临摹《张黑女墓志》《多宝塔碑》《玄秘塔碑》，一提起金石碑刻就来劲，"碑文化博大精深，是中华文化的重要组成部分。没有碑刻，就没有中国书法的传承，西安碑林博物馆里碑刻如林，碑志如海，我一去就激动，特别是看见昭陵六骏，更禁不住泪如泉涌。"

"煽情了吧，为什么泪如泉涌？"胖子老刘哈哈道。

"昭陵六骏剩下四骏了，还被砸得残缺不全，另外两骏民国时被奸商盗卖到国外去了。我去过大英博物馆，里面很多都是从中国抢来的国宝。如今收不回来，我更感到屈辱和痛惜！"郑宇智回答。

"到底年轻，你嫌国宝流失了，你痛骂汉奸。可是能收回来吗？算了，放在国外也是好事！"李光头刚说完，郑宇智就回道："李教授，你这思维有问题，收不回来也要收，咱不能无所作为吧？文物还是回流好。因为艺术虽无国界，但艺术品和艺术家还是有国界的。"

"那你怎么不回收一件文物呢？"李光头瞪起眼睛。

"可以啊，你口口声声自称爱国知识分子，你开了好几个厂，总资产好几个亿，只要你捐出财产的一半，我就愿意捐出全部家产。我们联手让海外的朋友找藏家，促成文物回流。"郑宇智一脸严肃。

"你？"李光头当下脸色不悦，借口上厕所，拂袖而去。

郑宇智从鼻孔里哼了一声。张懿恒知道冷面郎君今天专门将人呢。上个月李光头打电话要郑宇智给一个学生改成绩，张口闭口这是一个老朋友的孩子，要多照顾，郑宇智很不愿意，李光头最后恼羞成怒："不就改个成绩嘛，有什么为难的？难道你是学术权威？摆什么谱，有什么了不起！"滨大老师每个学期都会遇到类似情况，当然人和人不一样，像老浦丁雄伟的课学生最喜欢，因为分数太好得，学生倍感轻松。但也有老师坚持原则，比如娄静斋，对学生从来不会照顾，考试成绩五十九分，绝不写成六十分。他也放言这辈子从来不讨好学生，更不会讨好学生家长。

"娄教授，要是人人都像您这样清正就好了。李光头就爱正路不走走邪路，上次为了一点经费的事情，他还和钟教授吵架呢。"常华明一说，大家都笑起来。李光头这个人就是爱斤斤计较，当初他死缠硬缠，要进钟教授的科研团队，结果进去了不干活，还要多拿钱，有一次带家人外出旅游，回来了自己制作报表，又假冒钟教授签字，以学术考察的名义去财务处报销经费，财务后来发现了问题，勒令退回经费。两人为此闹得很不愉快。

提到钟教授，大家都不吭气了。钟教授刚来时是高人，现在简直成了庸人俗人。他有本中华书局的著作，业内评价很好，上次报省第九届哲学社会科学优秀成果奖，大家都认为获一等奖势在必行，但最终不仅一等奖没评上，二等奖没评上，连三等奖也没评上。"省里的评奖说是公平公正，其实是都是各个学校在巧取豪夺，各自打各自的小算盘。很多人自己都没在中华书局出过书，却人模狗样当评委，都是一群和稀泥搞平衡的势利小人。"钟教授颇有情绪。

"当普通老师太难了，没个一官半职，别说评奖难，就是日常也被上面的人压，更被下面的学生压。滨大的学生为什么爱投诉老师而不见投诉领导？就是因为咱们普通老师书生气浓，软弱好欺。我们的学生可聪明了，要是真进了社会,他们才不会动不动告经理和老总的状,不会动不动告处长科长的状。学生在校很功利,出校很势利。我每学期上第一节课一结束,学生就纷纷围上来问这课怎么考试,考些什么,如何才能及格,从来不问能学到什么。"常华明说是安慰钟教授,其实是在发自己的牢骚,前几天他又被学生投诉了。

"说什么老师难,学生难,其实只要是人,都难。做学问就像踢足球,老师踢,学生看,踢的人很累,看的人也很累,其实踢的人是为了看球人而踢的。我们的学生从来就自认了不起,把滨大当球场,认为自己是花钱买票进场的观众,是要享受的上帝!"门外几声京剧,邹金贤走了进来。

备课快结束的时候,彭凌杉打开手机,说是一个学生给他发的作业:"一个人相信什么,他未来的人生就会靠近什么。相信钱规则潜规则,就会发现钱规则潜规则。相信不公平,就会看到无数不公平,并且会身不由己卷入不公平。而相信努力,就会发现努力真有回报。相信美好,就会发现生活处处有美好。""得了吧,恐怕是你的高见吧?"廖慈志感叹当老师多年,他现在已经不再相信了,不相信规则能战胜潜规则,不相信学场有别于官场,不相信学术不等于权术,不相信风骨远胜于媚骨。因为追求级别的越来越多,追求真理的越来越少;讲待遇的越来越多,讲理想的越来越少;大官越来越多,大师越来越少。

"现在谁相信谁?"朱丽茵一张口,常华明就笑了,他知道滨大现在是老师不相信学生,学生不相信老师。学生这几年搞录音录像,搞小报告,搞网上发帖,搞联名信,动不动发泄对老师的不满。前几天中文系的杨老师,看了学生的期末评教留言,悲愤交加,当场晕了过去。期末评教反正是匿名的,学生抓住机会,能骂就骂,把一切难听话都用上了。上学期还有学生在毕业酒会上揪住老师脖子打的,搞得崔美丽回到家连连捂胸口:"真是吓死人!幸亏我离得远,不然我也要挨打了。"

"学校饭堂外卖,因为有饭盒,就加收了五毛钱,结果我们的学生投诉到市消费者协会,搞得人家打电话过来,说我们压榨学生,小鱼解释了半天才算过去。"彭凌杉刚说完,邹金贤就面容严肃地道:"所以我们的学生必须严肃地教育,老师还是要越认真越好。"廖慈志刚凑近张懿恒的耳朵,丁雄伟就来电话:"张老师,书记找你。"

张懿恒走进书记办公室,发现肖子业和丁雄伟都在,老浦坐在中间。"我现在代表学院找你谈话,对你提出严厉警告!你必须接受组织严肃的批评再教育。"老浦面容肃杀,说话声音时高时低,"你怎么能不经允许,私自在网上发布关于滨江大学的帖子呢?王书记都知道了,我现在代表党,对你这种目无组织、严重个人主义的行为提出严肃批评。"老浦说着甩出一张打印好的文件,张懿恒立刻明白了怎么回事,立刻反问:"没这么严重吧?"

那天备完课他信步走到校园东南处,再往前,发现还有一片偏僻的湿地。茂林修竹,水流蜿蜒,池塘脉脉而人迹罕至,难得滨大有这么清静的地方!张懿恒当下就开始写生,画竹林,画流水,画对面的草树,画得陶醉其中,不知不觉忘记了一切。突然草丛里一声响动,两只白鹭凌空飞起,掠过宁静的水面,激起圈圈涟漪,掠过嫩绿的树梢,引来阵阵轻风,飞了几圈之后,很快脚趾上蹬,身体平直,双翅像扇面一样伸展开来,伴随着气流的摩擦,伸展在悠悠碧波上,伸展在蔚蓝的天空里。阳光灿烂,浮云娴静,鹭鸟伴随着鸣叫上下起伏,脖颈高昂,素羽迎风,黑喙向天,洁白的身影来回变换,修长的腿肢向后不断伸长,整个身体舒展、舒展、尽情舒展。它们忽高忽低,时快时慢,纵一羽之所如,凌万顷之茫然,俨然在阳光下沐浴,在长空中搏击,在水面上冲浪。

艺术本来就是要寻找美、发现美和创造美的,此后每天经过图书馆的时候,张懿恒都要来这里观看,观看那两只白鹭。渐渐地,他发现塘边的水鸟多了起来,有野鸭,有鹧鸪,有鹩哥,有珍珠鸟。更令他惊奇的是,最近竟在塘边发现另几只鸟儿,前几次他看不清楚,等到约了彭凌杉,用了高倍的望远镜才看清,那鸟儿三三两两,雌雄不一,其中一只大鸟身姿尤为矫健,金黄的冠羽耸立头顶,后颈和上背的正羽则蓝紫亮绿,像披肩一样柔滑蓬松,又像盔甲一样刚强威武,而腹部的毛羽深红柔软,更像天鹅绒一样细密温润,最让人惊叹的是那几根尾羽,满缀鲜亮的桂花色花斑,时而翘起,时而下垂,翘起时宛若缤纷艳丽的彩虹,下垂时恰似深情脉脉的飞瀑。全身羽毛五彩斑斓光彩夺目,机警时两只黑眼睛闪来闪去灵气十足,走路时脖颈富有弹性地一动一动,静立时冠羽高昂腿肢修长,恬然逸然云淡风轻柳暗花明,特别是那尾巴,伴随着声声鸣叫,高低起伏,聚散自如,像兰叶般清润秀颀,又像弓箭般张弛有力,怎么看都高贵。

"锦鸡,锦鸡!"两人惊呼起来,"这可是国家一级保护动物!"

张懿恒告诉了关教授,关教授很兴奋。锦鸡出现,按照古人的说法,是天降祥瑞!老教授像孩子一样激动,说也要去写生。万万没想到,当一个月后再经过的时候,张懿恒发现池塘边人声吵嚷,原来几个保安和清洁工正拉着鸟网,网上套着白鹭和锦鸡。不用说,是抓住了要吃的,滨江这地方吃野味一贯很火。"别抓了,野生动物最容易携带病毒,其传播速度又极快。"张懿恒和彭凌杉立刻想方设法阻止了,为以防万一,他们还把过程拍了视频,发布到网上。为了引起大家对鹭鸟的关爱,张懿恒配了这样的文字:白鹭闲适自若,顾盼神飞,像夏花一样静美,像秋叶一样灵动;滑翔遨游,无休无止,比和风更轻盈,比云朵更自由;酣畅淋漓,婀娜多姿,尽显生命的芭蕾,青春的礼赞,自然的旋律!

听张懿恒解释完,丁雄伟"哎"了声,肖子业只是简单笑笑,始终不说话。也许觉得自己刚才的批评过头了,老浦最后和肖子业交换了眼色,看看张懿恒,这才慢悠悠说道:"爱鸟护鸟,当然是一片好心,但学校工作无小事,当老师的要谨言慎行。我这里收到好几个女学生对你的投诉,无论如何你要注意呢!千万不要像邹金贤那样让人为难。唉,现在这些学生啊!"

炸药包

周五,张懿恒约了郑宇智,两人出去跑步。"他们算个屁,咱不吃那一套!咱岂是让人能捏到短处的人!"听张懿恒说完网帖的事情,郑宇智骂了声。跑到校门口,两人正待右拐,忽然传来阵阵刺耳的喇叭声,只见一辆油光锃亮的黑色豪车直接冲来,眼看着就要撞上,张懿恒急忙躲避。最终在距离两人身体不到两厘米的地方,一个猛刹,黑色豪车戛然停下。车门一开,副驾上的人下了车,外面穿着崭新的燕尾服,里面白衬衣上的领结红艳艳,衣襟处镶着金边,胸前佩戴着红花,头发油光可鉴。来人嘻嘻哈哈,一张涂满防晒霜的大白脸暴露无遗,原来是朱紫贵。张懿恒惊魂未定,正气恼着要说话,只见主驾上下来个女的,浓妆艳抹,珠光宝气,捧束鲜花献过去,两人拉拉扯扯,声音也像公鸡母鸡样尖叫,明显很亲昵。

"什么东西！要是陌生人,我早就上去给两拳。"郑宇智背过身就骂。张懿恒说:"明明看见我们了,车还开那么猛,停那么近,姓朱的眼瞎了咋的?"郑宇智说:"眼没瞎,估计是心瞎了,没看近来交往的,都什么人啊?!"说着两人就笑。和朱紫贵在一起的女人,近来他们看见好几个了,没有一个不是灭绝师奶!就像刚才献花拥抱那位,尽管打扮得花枝招展,但身材臃肿声音苍老,一看就上了年纪。张懿恒疑惑老朱是没见过女人咋的,开洋荤也不至于这样?!"男人都喜欢清嫩的,可朱教授就这么重口味。"郑宇智说着就一脸讥嘲。

突然又是阵阵刺耳的声音,几辆警车呼啸着驶进校门,学校的诸多领导和保安也跟在后面,一个个神色紧张。

教学楼周边已经远远拉起警戒线。保安们一手拿对讲机,一手拿大喇叭,正在招呼老师和学生尽快撤离,老肖、老浦、丁雄伟和几个辅导员也帮忙疏散行人,空中的无人机飞来飞去,显然在不断航拍,而楼上楼下全是警察,连过道也站满了。高大的警车前,警察和校领导正在商讨什么,显然这里是指挥中心。几分钟后,一些特警头戴钢盔,荷枪实弹,很快占据了教学楼的制高点,场面活像警匪大片。

"哎呀,还不躲远点？邹金贤闯祸啦!"看见张懿恒和郑宇智过来,程怡雪惊恐着嗓子喊。

一个月后,张懿恒在白千层树下写生的时候,迎面走来一个人。"邹老师!"他停下画笔叫了一声,心里不禁酸楚。这才几天工夫,邹金贤就大变样了,脸色干黄,头发大半已经灰白,身形枯瘦如柴,好像一下子老了几十岁。

"走,老哥请你吃个饭。"邹金贤不由分说,就拉住张懿恒的胳膊。

邹金贤现在已成全校的热点,成为大家饭前饭后的谈资,无论走到哪里,都有人在背后指指点点,但见了面却纷纷躲着他。白洁清当了系主任后,他们夫妇的裂痕越来越大,最终不得不离婚。离婚影响了邹金贤的心情,当然这只是影响之一。学生投诉多,尽管邹金贤提出不想上课,但经过学院做工作,他还是回去重新上课。上了不到两星期,学生写了联名信,告到校办、学生处、教务处,强烈要求更换任课教师,搞得校长在全校中层干部会上公开点名。邹金贤终于没能控制好自己的心情,针对几个学生作业抄袭的事情,在课堂上进行了严厉批评。结果第二天,有个被批评的男生就拿个大包裹冲进课堂。"邹老师,这是学生孝敬你的礼物。"男生说着撕开大包裹,一些黄色的粉末露了出来,男生又顺便拉开引线,拿出打火机。"哎呀,炸药包!"台下的学生变脸失色慌作一团,几个信息员都吓得呆若木鸡,女生们阵阵尖叫,哭喊着哆嗦着纷纷往外跑。

还是邹金贤有经验,一边周旋,一边示意跑出去的学生报警。很快,保卫处出动了,学生处出动了,特警出动了,教学楼紧急停课,紧急疏散。市委书记、市长和公安局局长都急忙赶来。一场震惊滨江的行动开始了,各路心理学家、谈判专家、防爆专家云集滨大,当特警费尽精力,找到突破口,最终进入教室制服学生后,防爆专家立刻冲进去,不顾高温酷暑,边挥汗如雨,边小心翼翼剪断引线。出乎专家意料的是:直到最后全部打开炸药包,才发现里面装的是石灰粉!

学生带炸药包进教室,是整个中国乃至世界教育界少有的事情,但偏偏发生在滨大,发生在艺术学院的课堂上。教工的愤怒惊讶,学生的恐惧不安,使得整个校园都轰动起来,支持和反对邹金贤的人很快展开辩论。众口喧嚣,说来说去谁都有理,学校最终如何处理不得而知,大家都在等待。毕竟这件事情,已经严重影响了滨大的声誉,很多海外校友都来电询问。张懿恒也关心这事,但自从特警出动之后,他就再也没见到邹金贤,大家都说邹老师人间蒸发了,至于"人体泥塑写生与具象雕塑研究"这门课程,学院雷厉风行,在出事的当天就决定由外聘老师上。

两人走进一家饭馆,在靠墙的一个小桌子旁坐下。在说了些礼貌的抚慰性话语后,张懿恒禁不住问:"怎么样,领导没有批评你吧?""哈哈哈!"邹金贤放声大笑,"急什么?这么耐不住,先点菜吃菜。"血鸭、腊鱼、小龙虾、回锅肉、清炒藕片、上汤豆苗,菜很快上来,两人吃着吃着,外面下起了小雨。

邹金贤问:"你知道吗?娄静斋死了。"

"听说是病死的。"张懿恒想起了那个很倔的老头子。刚参加工作时,他慕名向娄静斋咨询蛤粉的配制,后来又去讨教从蓝靛到花青的汲取,但每次都被婉拒,后来才得知娄静斋教授保守成性,无论对谁的请教都不搭理,还劝别人向他学习,做到秘籍独传,不把金针度于人,张懿恒当时就觉得这个老先生格局怎么和老浦一样狭小。

"病死?"

邹金贤"哼"了声,放下筷子。

娄静斋教授一直过着鳏夫的生活,老伴前些年去世了,儿子结婚后就另外买了房子,和他分开过,只是每星期来看望他一次。娄静斋教了一辈子书,当初投出去的论文,好几家权威核心刊物都说可以采用,但要交数量不等的版面费,他一听就拒绝了。后来他安心画画,从不找人包装推销,拒绝一切无聊的应酬,整天就上课下课,自生自灭。好在他的画还可以,在市里也算有名气,但因为性格孤僻交际少,周围没几个朋友,一直生活在自我的世界中,渐渐地一切停滞不前了,可是去年肖子业的话点燃了他的希望。

"娄老师,你的画在市内外名气好,但不至于自我埋没、拿着四级教授的证书退休吧?现在学校要实行竞争上岗,长期没成果的老师,都要降级使用,三级教授成为四级教授,四级教授转为五级副教授。当然有成果的话,三级教授可以转为二级教授,四级教授可以转为三级教授。您还是很有学问的,而且画画得又这么好。所以我建议您努力下,至少转为三级教授再退休,好吗?"

娄静斋一愣:"我年纪大了,科研成果……""不不不,"肖子业打断他的话,口吻非常谦恭温和,"我刚刚从省里开会回来,你还有优势,一两年内上个三级教授没问题,赶快写两篇论文发表,我这边有个省级项目要结题,先把您名字挂上,排名第二。"肖子业说着就拉住他的手。看着这位大家公认的好领导,想想他平时一贯的温和儒雅,低调谦逊,热情待人,对下属确实很关爱,娄静斋心里热乎乎的,院长说得很对,职称方面总不能坐以待毙吧?!于是又是上课,又是讲学,晚上回到家又熬夜写作,娄静斋从此积极行动。说来也巧,十多年不写论文的他,厚积薄发,说写就写,很快就发表了两篇,其中一篇还被人大复印资料全文转载了。学术上他奋起直追,一时成了名教授,画作也迅速升值。这时有人找上门来。

来人是他从前的学生,现在是一家公司的老总,再三恳求请他吃饭。娄静斋如约前往,到了才发现是一家高级会所。"娄老,娄老,久仰大名啊!"他一进门,早有几个人站起来躬身相迎,原来都是老总的朋友。房间装修很豪华,天顶吊着大大的五彩琉璃灯,门窗都是上等金丝楠木,镂空雕着五子登科的图案,进门左手边竖着大大的圆形博古架,架上陈列着翡翠玉如意、紫铜熏炉、景泰蓝珐琅彩瓶等,最上面则是匣装古书。茶香袅袅,琴师弹起了古筝,角落里雾气缭绕,水流潺潺,原来还有个小溶洞,里面是各色的钟乳石,或斜或直,或挺立或吊挂,个个光亮温润,玲珑剔透,令人宛入幻境。一个皮肤柔滑衣着考究的男子出现了,大家都知道他是这家会所的老总。谈着谈着,老总带大家穿过溶洞,进入另一个大房间,装修同样豪华。"这是我的储藏室。"老总说着吩咐手下打开几个樟木箱子,摆出拈花微笑的世尊佛,摆出海兽葡萄纹的铜镜,摆出长颈高足的四羊方尊,摆出九龙戏水的和田玉雕,摆出日月同辉的金镶玉漆盘,最后慢慢摆出几幅卷轴在画案上。"怎么样,帮忙鉴定下,是真的吗?"老总笑着问。

几张小画难不倒娄静斋,他很快断定了真假。"哎呀,真厉害!和北京的专家说得一模一样!"老总握住娄静斋的手连连高呼,"上菜上菜上好菜!"

出门的时候,一个秘书模样的漂亮女人跟上来塞过个皮包,娄静斋正想推辞,但女秘书拉住他的袖子不放:"娄老,这是我们老总的心意。老总说学生无论如何感谢老师,都不算感谢,再说本来就该给您车马费劳务费的。"

回去打开包一看,娄静斋惊了:整整三十万啊!

就这样鉴定了几次,娄静斋最终被请到了电视台,担任鉴宝节目的评审专家。刚开始鉴了几次宝,倒也顺风顺水。到第三期节目开始,有个藏家拿上来一张画,娄静斋发现是居廉的《藕节图》,画功不错,的确是真品,就表了态,接着强调专家不是行家,鉴定意见仅供参考。滨江画院的几位专家也纷纷说是真品,台下一阵掌声,藏家很快请求估价。娄静斋心说画得确实不错,但尺幅小了些,用笔也随意,应该算是画家的应酬之作,按照行规,七八十万能转手已经算高价了,正想开口,旁边有人咳嗽几声,一个姓孟的专家说:"这幅画是居廉的精品,画幅虽小,但画得很精细,刚刚我们几个专家合计了一下,这个画至少价值两百万。"说着就看看娄静斋,"我们给的价格应该还是最低的,如果这张画进入市场流通,还有很大的增值空间。"孟专家说完,台下再次响起热烈的掌声。看看身旁的专家都在颔首致意,娄静斋想说什么却说不出口,只得鼓起掌来。藏家拿着画,向台上深深鞠了一躬。

接下来有个人拿张《玉兰芳菲图》上来,娄静斋一眼认出这是于非闇的真迹,尺幅大,笔法精,设色考究,用的宣纸和油烟墨等都是清宫旧藏,其中的藤黄、蛤粉和宝石红,明显就是市面上早已绝迹的古矿物质颜料,仅从上面大大小小的印章来看,就明白不知道转手多少藏家了,按照目前的行情,大师的这幅精品力作,少说也要七八百万了。娄静斋正要拍案惊叹,感觉有人在踩他的脚。"这是张假画,假得跟真的一样。要是真的可就值大钱了。""确实,是个摹品,可惜了。"专家纷纷开口,孟专家更是深表叹息:"这幅画的问题确实很明显,咱们做鉴定的,只要发现一处问题,哪怕是小小的问题,都要认真对待……"娄静斋刚要开口,突然有服务员上来倒水,挡住他的视线,他只得打住,不知怎么就想起刚刚在贵宾室休息的时候,有专家提议:"鉴宝是鉴宝,有些情况咱们还是要多协商,要保持一致。""对啊,对啊,不能让人看笑话。"其他几个专家也纷纷附和。

"这幅画,你看黄鹂鸟尾巴上那一笔,线条拙劣,粗细不一,一看就是赝品,于老怎么会犯如此低级的错误呢?"孟专家还在侃侃而谈,娄静斋已经不好说什么了。接下来,有时明示,有时暗示,一会儿低估价,一会儿高估价,像古玩市场常见的几百块钱的工艺品,也被鉴定成明代古董,估价上百万。退场的时候,老总赶上来,和孟专家连连握手,娄静斋突然想起今天鉴定时专家估价奇高的那几件藏品,自己好像在老总的储藏室里见过,渐渐地他恍然大悟:原来老总和姓孟的,才是真正的操盘手!

听到这里,张懿恒笑了,他知道有人曾经针对滨大教授热衷鉴宝的事情去问肖子业,院长很无奈地声明:"这不代表滨大教师的主流。"

热风刮来,天气有些闷热,张懿恒给邹金贤盛好一碗汤,便问:"后来呢?"

邹金贤笑了。

老总的那几件高估价藏品,最后高价转手了,娄静斋很快退出鉴宝队伍,决定过清静无为的退休生活,但是因为参与了几次鉴宝,还是惹得沸沸扬扬,网上把包括娄静斋在内的那几个专家骂得铺天盖地,有人还扬言要打官司,娄静斋很生气。这时有校外的两个女人来找他,说是看他孤单,要给他洗衣做饭,其实就是要同居。娄静斋当下就拒绝了,说儿子会经常来看他,但那两个女人三天两头来缠,娄静斋没办法,只得找儿子商量,原以为儿子要阻止他,结果儿子反倒一阵数落:"有什么问题?白送上门的便宜还不要?爸爸,你又不是领导干部,又不是明星人物,还在乎什么作风问题?有两个女人主动投怀送抱,给你洗衣做饭给你打扫房间,多好啊!我现在两个小孩,整天忙得晕头转向,哪有时间再照顾你?天上掉馅饼的事情,你为什么要推辞?别人说什么由他去。"

没有了后顾之忧,娄静斋茅塞顿开,很快过起了"妻妾成双"的生活。万万没想到,同居后,两个女人看上了他的画,三天两头催促他画画卖钱,后来干脆把他的一切都包办了,连印章都藏了起来。画的画不经过她们手,就不给钤印。娄静斋哪受得了?就吵了几架,一架吵得他气上加气气血上涌,就死掉了。

这之前孟专家私下找到《玉兰芳菲图》的藏家,说虽然是早期的摹品,但功力不错,还是有一定价值,如果转手,他可以帮忙。藏家也许是急着用钱,就以三十万的价格卖给了孟专家,结果过了三个月,孟专家就把这幅画拿去拍卖,卖了八百多万,藏家后来得知消息,怒斥鉴宝专家都是骗子,还诉诸公堂,官司打得不可开交。娄静斋一死,专家都把责任往他身上推,说是德高望重的娄老在场,他们也不敢多发表意见,专家特别强调鉴宝本身就是一个科学认识、逐渐认识的过程,谁也不可能没有走眼的时候,还说只要文物不上市场,他们的鉴定意见就谈不上风险,这是学术自由,学术本身就是在争议中发展的。

"娄老一生不把金针度于人,金针最终被带进了棺材。"邹金贤说完长叹一声。

关于娄静斋之死有好几个版本,邹金贤现在又细说了一个,当然还有其他版本,韩灵光就说六十岁的老人,身体哪受得了?仿佛要补偿逝去的青春似的,娄静斋夜夜新郎,想着一树梨花压海棠,没想到最终海棠压梨花。滨大的人是最爱传播这类桃色新闻的,但这一切张懿恒没法断定真假,只是劝邹金贤多吃菜,顺便说:"邹老师,事情过去了就过去了,学生无知,咱不必放在心上。""无知?"邹金贤突然站起来仰天大笑,这笑声让张懿恒听起来很陌生很恐怖。"放在心上?"伴随着反问,"啪"的一声,邹金贤将拎包摔在桌面上,然后掏出一叠文件,推到张懿恒面前。

"你不是很关心事情的处理结果吗？请看——"

邹金贤写了两份报告，一份是写给公安机关的，希望看在那学生毕竟是个孩子的分上，从轻处理，不然拘留判刑，这个孩子的一生就完了。一份是写给学校的，说自己长期水土不服、身体多病、上课状态差等，最后郑重提出辞职。

"看清了吧？这是副本，正本已经上交，领导都研究决定了。"邹金贤拍拍报告，又是一阵仰天长笑，俨然轻松至极。

"其实我早该走了！这么多年，从小农村奋斗到小农村，各类村霸土匪地痞流氓，你看在滨大都复活了。庙小妖风大，池浅王八多。仅仅因为会上和领导吵了几句，他们就对我怀恨在心。你看我业务再好，年年评优评奖都没有份儿，都是他们当领导的垄断了所有奖项。当初我就不想来这里，可是白洁清非要回来，没办法，我跟着来了，来到这个教师村，结果学问荒废了，职称上不去，人事也黄了，家庭矛盾由此激化。我承认，那几天我情绪不稳定，上课话说过头了。"

张懿恒一时无语，滨大教工住宅小区，光教师村这个名字就为人诟病，听说前段时间酝酿改名，要把"村"字去掉，有提议叫文津苑的，有提议叫韶华园的，但改来改去，最终还是改成教师屯，校长办公会都通过了，但是大家还是习惯说成教师村。"不，你没错。学生长期旷课，作业抄袭，放给我也会严厉批评的，只不过暂时没碰上。"张懿恒大声说道。他知道邹金贤现在需要安慰。事实上，看着这位被学生称为四大名捕的同行，他不知道该如何安慰，对学生要求严格难道错了吗？当老师的，若不是对学生爱之愈深，谁会对他们做出恨之弥切、教之愈烈的严肃批评呢？

"人生哪能多如意，万事只求半称心。我已经想明白了，走到哪里都一样！——肇事学生的家长跑来，一大家人，包括八十多岁的老奶奶，一见面就双膝下跪，痛哭不止，求我可怜可怜孩子，求我放孩子一马。你说我能怎么样？咱们当老师的，其实哪个不心慈手软？老师又不是社会上的人，和学生能有什么过节，有什么深仇大恨？所以没必要对人下狠手。当然，除了学生的家长，学生本人也向我多次悔罪认罪，痛哭流涕。你说我还能怎么样？话说回来，如果我固执己见，拒绝和解，学生被判刑几年放出来，肯定充满仇恨要报复。你以为我在滨江就平安无事？别忘了，这是谁的地盘。学生整个的家族势力一大堆人呢，人家

439

那么多人盯着我一个人,你说我能有好日子过?还是得饶人处且饶人,给自己留条后路。"看看窗外阴沉沉的天空,邹金贤的声音苍凉无比。

"那领导呢,领导如何要求你?"

"领导嘴上说不参与不介入,由双方自己了断,但其实他们才巴不得和解,巴不得息事宁人。老浦劝我不要在乎这件事,不要有任何压力,放下包袱,安心工作,句句都是艺术学院会一如既往对你好的。我上交辞职报告的时候,老浦也极力劝解和挽留,其实都是假惺惺的,连小孩都骗不过。那些人恨不得我死,恨不得我早日离开,我心知肚明。这么多年来,我太了解他们了,老浦就是石敬瑭,就是奕劻……"

"那你现在想好了吧,去哪儿?"张懿恒问。

乌云汇聚,天色突变,窗外下起了瓢泼的大雨,雨水打得玻璃窗啪啪作响。邹金贤看看窗外,夹块血鸭吞进口中,红红的汁液顺着嘴角流下来,分明是缕缕鲜血。"我现在是打掉牙齿吞进肚里!"他说着凄然一笑,"去哪儿?我暂未想好。长痛不如短痛,人挪活,树挪死!反正孩子已经判给白洁清了,以后我会给他生活费的。""邹老师,其实大家对你印象都挺好,你虽然脾气不好,但待人热情坦率,不虚伪不做作,为人处世正义感特强。其实大多数学生都是好的,就像这次,很多学生和老师都给领导写联名信,要求无论如何挽留你。……你这一走,真可惜艺术学院了。"张懿恒说着心里就发酸。

"不可惜,不可惜,我算什么啊?"邹金贤站了起来,灰白的头发乱抖着,"我来滨大二十年,现在已成甘蔗渣了。尽管肖子业院长屡屡好言相劝,但我已经想开。走了好,走了好。"嘴上虽然说着走了好,但眼里却分明呛出热泪来。看见张懿恒已经买了单,他也就不再争执,只是慢慢诉说:

"说起来,我真的挺爱教书这个行业,而且随着年龄增长,越来越珍视教书育人这个工作,尽管学生不理解我,不喜欢我,我的信念还是传道授业解惑,我在大学教书基于两个原因:一是传承家父的学统,他老人家虽然只是个小学教师,但他有理念,就是我们家代代要有人从事教书这一德业,不废家学。二是我本身的求知求真意愿。我和家人从小幽闭于乡村,视野狭窄,认知有限,可以说愚昧无知。而在大学从教必然逼迫我求知求学,见大世面获大知识。我有两个信念:

一是真实生活在现实世界;二是以我的方式求证我的存在。说来惭愧,我并没有在大学活得多么荣光,反而一身伤病。当然,我现在已经不存在实现人生目标理想的问题,如今我只有一个态度:无怨无悔。如果哪一天社会抛弃了我,不让我教书了,我还会以苦为乐,绝不后悔既往!"

风声雨声,掩藏不住邹金贤的心声。两个当老师的人在一起,总是有很多行业性话题。

"我的房子已经卖掉,明天客户就入住了。以后我可能去一家中等技术学校。兄弟,你别嫌弃大哥找的单位不好,别嫌弃大哥每况愈下。你先多保重,切记和领导不能硬拼,还是要斗智斗勇。"邹老师说着就面色忧伤,声音也很沉重,"唉,恕我多言,我知道你很憋屈,但冯志学比你更憋屈,自从上次竞聘教师发展中心主任失败后,他对艺术学院恨之入骨,早想着把老浦他们拉下马。可是时运不济,咱们是斗不过领导的,至少现在斗不过。继续待在滨大,说不定你和我最终一样的下场,好在你还年轻,时间在你这一边。老天总有开眼的一天。"

邹金贤哽咽起来,张懿恒眼前浮现出肖子业那温存友善、儒雅和蔼的脸庞来,那张脸是多么具有知识分子的清气啊,和老浦的满脸横肉形成鲜明对比!对肖院长的工作作风,大家过去还有些议论,现在不知什么原因,连起码的议论都没有了,都是众口一词的赞誉。上个月,肖院长又动员几个校友出资回购珍贵名画,最终捐给滨大美术馆。省电视台为此还做了一期节目,是关于他的专访。面对着镜头,肖子业高谈阔论,谁也不能否认,他作为国宝守护人的形象大放光彩,整个滨大都在传颂:艺术学院工作好,肖子业是滨大自己培养的优秀干部!干劲和成果其实早赛过那些引进的高人能人了!

"我现在被领导整,被学生整,香如故不敢说,但的确零落成泥碾作尘了。其实也没什么,钟教授学问比我们都好,放着滨大学科带头人不当,前几天也辞职了,找肖子业签字的时候,两人闹得还不愉快。别忘了,他们还是师生关系呢。老钟是老肖的研究生导师。"听到这里,张懿恒惊讶地"哦"了声,随即问,钟教授去哪里了?邹金贤说广州一家什么学校!然后感叹钟教授的确有学问,著作写得好,皇皇六十多万字,厚重扎实,论证得力!中华书局出品,也必为精品,可是偏偏没评上省哲学社会科学优秀成果奖,这对他是个耻辱。

"你看评上的都是些什么东西?! 省里的评奖会,实际上就是那几个重点大学重点人士的分赃会垄断会。哪里没有学阀学霸,没有获奖专业户? 钟教授来几年都入不了人家那个圈子,所以成果再好都获不了奖! 省上这次把人家亏了,那些评委真不要脸,个个搞门户私计!……唉,说来说去还是滨大平台太低,越往上越被不屑一顾。咱们这些人太可怜!"风雨越来越大,路面一片水洼,邹金贤的语调愈加苍凉凄楚,"钟教授说艺术学院是武大郎开店,见不得个高的! 说领导似有韬略,或无大才! 唉,院长负责制的权力支配下,学术委员名存实亡,他感到被闲置了。上次换届,又竞争教务处长不成,他也伤心透了。当然,他和老肖谁是谁非很难说,但钟教授现在到处给人讲他灰头灰脸,其实我早觉得他没头没脸。"说这话的时候,邹金贤手指在桌面上用力敲击,看得出他字字戳心。

天地一片苍茫,暴雨如注,张懿恒心里像这天气一样,也是雨蒙蒙的。停顿了一会儿,他大声说:"青山永在,绿水长流,天下这么大,邹老师,你们走得好。这一走,高翔入云,漫天飞舞。纵被春风吹作雪,绝胜南陌碾成尘。"

"你古诗词功底不错,近来学画怎么样?"邹金贤问。

跟着关教授确实学了不少东西,以前张懿恒画画都是直接买的颜料,但关教授教他从头做起,自己研磨配制颜料,工序虽然繁杂,但掌握了不少技艺,有些技艺只是在古书里读过,没想到关教授现在给还原了。按照约定,现在他每周都要拜访关教授两次,学画雷打不动。老教授教画很认真,常常口传心授,躬身垂范,她最反对熬夜创作,强调早上是人精力最充沛的时候,在自然光下作画,更容易得心应手。前几天关教授还给他布置作业,以"江碧鸟逾白,山青花欲燃"为题作一幅画。

"应物象形,随类赋彩,跟着关教授还是挺有长进的。"张懿恒说着就提到了南北派的山水画。

"北派雄健,南派秀润,你现在跟着关教授,可谓南北融合了,由山水而花鸟人物,我知道这一过程不容易,但相信你能克服,只有拓宽画路,才能有所成就。事实上,像关教授这样的好老师已经不多了,老太太整天操心后继无人,现在幸亏遇到你这个有志者。无论如何,中华文化的薪火不能断绝。"邹金贤为笑。他知道关教授上课是免费的,张懿恒好几次拿出课酬,都被关教授骂回去了。

"著书都为稻粱谋,人生从来难由己。来滨大这么多年,我也没想到这学校这样子。关教授可惜了,普通老师太可怜了,咱们这些人其实就是风筝,飞得再高再远还不是一样受人控制?!因为咱们不是放风筝的,风筝线不在自己手中。咱们是被放的,人家让你怎么飞就怎么飞,需要你高飞了,绳子松一点,需要你低飞了,绳子就收紧一点。真正能飞多高多远,由得了你吗?所以飞得越高越远的风筝,越有随时坠落的可能。人家要你什么时候坠落,就什么时候坠落。"邹金贤说到最后加重语气,紧紧握住张懿恒的手,"你要当心,滨大像一艘航行在大海里的游轮,表面豪华辉煌,实则腐朽不堪,随时都有触礁沉没的可能。像上次强校长离开,带走了九千万,留下一屁股烂账和十几个情妇。……哦,对了,钟教授临走的时候还说滨大美术馆的藏画有问题,他觉得好几张都是赝品。我老了,但你要学学那些高人,职称上了之后,就不断卖自己,每五年卖一次,成果完成就一走了之,人往高处走。"

告别的时候,张懿恒扶着邹金贤一步步下台阶。邹金贤坚持要自己回去,张懿恒只能目送。腰背伛偻,脚步迟缓,灰白头发又缕缕飘动,邹金贤真像秋风中的枯草,一晃一晃慢慢飘远,最终消失在茫茫暮色中。张懿恒突然想到人是多么需要稳定!年轻人可以跳来跳去,不断换工作,像邹金贤这样知天命的人,为滨大贡献了大半辈子,青春耗尽,家庭破碎。却突然连工作都没了,还要另寻出路,真让人难过!他纵是有些地方做得不好,也不算什么大问题吧。

学　问

卫风之联系张懿恒,说针对滨大最近发生的事,要张懿恒写首诗给他。"可堪朋辈成新鬼,孰向刀丛觅小诗?就中沦落不过我,花开花落两由之!"张懿恒写好后通过微信发过去,卫风之很快打电话约他面谈。晚上,张懿恒来到卫风之家里。喝了一会儿茶,卫风之说诗作看过了,无论化用还是集句,都挺有意思,但格律还是不严整,心情也太过忧郁。"新鬼烦怨旧鬼哭,付与逝川共滔滔。岂有人歌付鬼愁?浩宇从来天日高。"吟诵完毕,卫风之说这首诗是回赠张懿恒的。

吃了几个核桃,卫风之提到他最近碰见好几个滨大引进的名教授,都说其实还是留在原单位带博士好,来了滨大,固然工资比以前多,但几年过去,最终发现得不偿失。又说前几天他遇到一个人,明显情绪不好,他劝那人想开些,不当主任就算了,就是不当主任,月薪都有一两万,还愁啥呢?打铁还需自身硬,他劝那人咬定青山不放松,反败为胜,早日解决职称,不要闹情绪了,但好说歹说,人家好像等不及。张懿恒嗯嗯着,他知道说的是冯志学,冯志学如今也只能走这条路了,这也是最好的路。说着说着,两人就谈到了滨大的学风、教风和校风。

"生则谨养,死则敬祭,此所以尊师也。但现在学生都是爷,老师是孙子!上次政法学院的一个老师,因为微信和学生聊了几句禅让制,结果被学生截图举报,说有文化虚无主义倾向,老师于是被停职了。"一提到邹金贤,张懿恒语调更沉痛了。

"那你现在和学生微信聊天吗?"

"早都不聊了,除了学委,一般学生要加我微信好友,我都拒绝。"

"教书育人,学生永远是学生,老师永远是老师,老师应该有自己的修为,如果和学生怄气斗气,那真是愚蠢至极。优秀的老师最终教会学生理性地看待问题,激发启迪学生的辨析能力。"

卫风之说完又问什么是大学教育?张懿恒想起教育一词最早见于《孟子·尽心上》:"得天下英才而教育之。"《说文解字》进一步解释:"教,上所施,下所效也;育,养子使作善也。"钟教授也说过大学是社会的希望,培养人才是大学的根本使命;学术创新是大学水平的根本标志;为社会服务是大学的基本职能;提高教育教学质量是大学永恒的主题;追求真理、追求自由、追求进步、追求至善是大学的灵魂和精神。

"文化人的使命在于传承文化,没有文化就没有国家和民族的认同,就没有进一步的发展兴盛。化民成俗,其必由学。现在看来你对中国文化的理解还是一知半解。秦汉是中华文化的形成期,如日东升,蒸蒸日上。到了唐宋,中华文化就发展成熟了,繁荣兴盛,影响到全世界。这其中还有个唐宋文化的转型问题。正因为这个转型,造成了中华文化的传承与维新。有人说宋亡以后无华夏,明亡以后无中国。你怎么看待这个观点?"卫风之问。

眼见得张懿恒有些结巴,卫风之指指书架上的一些线装书:"中国的碑文化浩如烟海,你先好好了解下。"张懿恒一看,原来是《金石萃编》《金石录》,心说卫风之怎么和邹金贤一个口气,邹老师走的时候,送了他很多碑刻拓片,还说这些都属于冷门绝学。

告别卫风之,走到校园绿道中没几步,黑暗中忽然有个人从后面抱过来,把头贴在他背上连声哭喊:"大哥,我不行了,愁死了!""你失恋了?听说有人把小谢介绍给你了,你和她?"张懿恒转过头问。"不,那算个屁事!"在读博士彭凌杉的声音像暗夜中的泉流在幽咽,"唉,博士好考,但毕业论文难写啊!我现在整天忙学院的横向课题,这个月要写十几万字的可行性报告呢,忙得连轴转!哪有时间写博士论文?估计滨大最终只剩下那些会写报告的机器人!……这两年我待在滨大,太压抑了,跟被囚禁似的,学业全被耽误了!"说着就泣不成声。

天下文章一大抄,看你会抄不会抄。滨大这几年出书井喷了,光肖子业院长一人就出了十六套丛书,每本书署名是编著,其实就是编而不著。现在艺术学院所有的人出书,都要找肖院长,关于滨江文化系列的书,他都是主编,都要挂第一作者。当然,这不能怪肖子业,因为经费确实不好下拨,学校科研处的人划拨出版经费,从来先看编著者的名头和地位。

夜色迷茫,四野一片死寂。张懿恒想起了庄焕明,想起了邹金贤,顿感不寒而栗。

钉子户

"刚刚我下车,老浦也下车,你没见他那个样子啊,趾高气扬,目不斜视,仿佛天帝下凡龙王出水了!我听见他亲口给丁雄伟传授经验:'越是有人对你不满,你越要自信,越要高高在上保持威严,这样才能显示出内心的强大,才能压制他们。'"半路上,朱丽茵一见田娟,就开始吐槽。燥热的天气,人人心里像燃着火。同样,一见到张懿恒,韩灵光也是不吐不快:"上不完的课,填不完的表,开不完的会,干不完的活,整天越来越忙越来越累,但都没见什么实效,都是些鸡毛蒜皮的破事。"

会议室里,有几个老师已经开聊。

"上学期有几个学生不断找我,说他们班干部工作辛苦,说他们以后要出国留学,无论如何要我登记成绩时多照顾,额外多加些分数。"

"又是找老师加分,那你怎么处理的?"

"我直接回复:不要让我鄙视你。"

"你真刚正不阿。我不敢这样讲,怕又带个炸药包炸我。"朱紫贵哈哈笑起来,猫头鹰眼睛眯成一条缝,"上个月也有学生找我,又是送烟又是送酒,直接提出要让他考试顺利过关,后来家长也上门联系,说要请吃饭,我都婉拒了。本是青山不归客,只因浊酒恋红尘。我现在保命要紧,和学生尽量走远。"

朱紫贵这么一说,大家嘻嘻哈哈。只有张懿恒面色宁静,昨天和卫风之刚刚探讨过这个问题。不敢管教学生,不敢批评学生,显然是教师的不幸,更是整个社会的不幸和悲哀。当然老师不是完美无缺的圣人,也有这样那样的不足。但大多数老师都是在岗位上尽职尽责的普通人,如果老师都成了惊弓之鸟,教育还有未来吗?

"建国君民,教学为先。"在社会发展中,教师是知识的继承者和传播者;对学生来说,又是学生智力的开发者和个性的塑造者,因此社会把"人类灵魂工程师"的崇高称号给予人民教师。教师和医生一样,是太阳底下最光辉的职业。"小时候,认为你很神奇,很高尚,很伟大,领着一群小鸟飞来飞去。"张懿恒是听着这首歌长大的。板子底下出秀才,小时候他作业不好好做,挨老师训的时候,是流了眼泪的,但从来没想到要让家长去找老师算账,家长也没有那个观念!从小学到大学,张懿恒也觉得老师们都挺好,都很敬业,还没发现有哪个老师不好好上课,也没觉得哪个老师道德品质有问题!读大学时,张懿恒和他的同学从没对老师进行监听投诉举报等。当时有师生恋的见闻,但没有什么老师骚扰女生的丑闻,那个时候的师生关系似乎都很纯正。直到研究生毕业,参加工作以后,他才觉得整个社会风气已经变了,高校更是复杂起来。

肖子业、老浦和丁雄伟走进来,议论戛然而止。会议很快开始,肖子业照例强调学期末的纪律,要老师们注意考试的严肃性,加强考务管理。"我们有的老师学历还是需要提升,学生已经投诉到教务处去了,对本科生教本科生的课堂教学很有意见。学生会人肉搜索啊!"肖子业说着把目光投向了齐思宁和蒋媚媚等人。齐思宁不敢对视,赶紧低下头。老浦很快提起期末教工疗养的事情,大家活跃起来,有的说去南昆山,有的说去桂林,有的说去韶关,一时间气氛热烈。丁雄伟插话道:"各位老师,先不急讨论,疗养的事等下再说。告诉大家个好消息,艺术学院党总支升格为党委了,学校都发文了,以后二级学院党总支一律称作党委。"接着又汇报了学生工作,要老师注意监考注意阅卷,挂科率控制在百分之十以内。"一个班千万不能挂得太多!"丁雄伟说前几天经管学院有个学生作弊,被监考老师当场发现并上报,教务处立刻就做出全校通报,并第一时间通知学生家长。电话中家长连声表示感谢学校,表示要好好教育孩子,辅导员也找学生谈话,严肃指出他的错误,也告诉学生不要有压力,并且安慰说下次还可以重考,学生当时并没什么异常,但回宿舍后,当天晚上就跳楼自杀了。学生家长当下就带上一帮亲戚赶到学校,找这个领导,找那个领导,又哭又闹,喊着要赔偿。

"经管学院的书记和院长这几天快被堵死了!"丁雄伟说话的口气慢悠悠滑溜溜。

"唉,算了,这年头的学生……反正学校教不了的,自有社会去教!咱不蹚这个浑水!"韩灵光一开口就明达世故,其他几个老师也跟着唉唉叹息。

"为什么?为什么?对学生严格些有什么不好,老师为什么要讨好学生?我们凭什么被学生扭着鼻子走,为什么要给那些不爱学习的学生惯毛病?难道都要像邹金贤老师那样被迫辞职吗?"角落里,年轻气盛的彭凌杉连声质问,然后提到学生现在根本不好学,不到周五,就争先恐后回家,搞得教室里听课的人稀稀落落,而每到课后,教室里自修学生的数量还没有灯管的数量多,图书馆更是人少得可怜。彭凌杉说完,郑宇智、常华明也说学生难教课难上。

"难上的课给我上好不好?难缠的学生由我教育,当着大家的面,我现在就向组织提出要求,我要求工作,我要求有正常的工作。"久不作声的冯志学突然站起来,看看大家,面向肖子业大声陈词。他这一说,大家都不吭气了,谁都知道上学期他上"民间美术基础",上了一半突然就被停课了。

"冯老师,你的课中途停上,原因你自己知道,组织已经对你很照顾了。"丁雄伟愣了愣,在和老肖老浦交换了眼色之后,很快反应过来。

"住口,轮不到你在我面前张口组织,闭口组织,居高临下盛气凌人。"冯志学盯住丁雄伟,眼睛一瞪,怒火喷薄而出,"学生都是受教育者,他们这样对老师,还不是你们领导层没管好?说,你们凭什么不给我排课,我要求工作有什么不对?去年年度考核,你们几个人全都是优秀,其他老师是合格,唯独我一人是待定。明知道下年要评教授,但就是不给我排课,想以教学工作量不够直接卡死我,想用'待定'来拖死我,软刀子杀人,这点居心以为我不知道?!"

"冯志学同志,这是全院的教工大会,是严肃庄重的场合。你的事会后再说,你现在要遵守纪律,安心开会。"老浦说完,冯志学正要反击,肖子业赶紧嗯嗯道:"冯老师,请先不要激动。您误会了,从来没有人要整您害您,请您相信。艺术学院是我家,发展靠大家。我们是谈工作的,不是吵架的……"话未说完,冯志学便直接冲上前,指着老浦的鼻子骂:"你现在还以那种高高在上教训人的口气和我讲话,你算个屁,你有个屁!你当狗还当出人样来啦?为什么不给我排课,为什么给我'待定',这几天你们不是研究要解聘我吗?你们给组织部写信,阻止我当教师发展中心主任不够,现在还要把人打翻在地,彻底不得翻身!你人性都没有,岂能有党性?!"

冯志学骂得越发难听,老浦按捺不住,一拍桌子也站了起来,双手叉腰,连声吼叫:"冯志学,你有意见去找组织部,任命不任命我们没权力。这里是公共场合,你不要扭转会议方向,阻止会议议程。你再这样胡闹,我马上就叫保安,我是书记,我有这个权力。告诉你,去年你在课堂上发表不当言论,我们是录了视频的,早都记录在案。你要再胡闹,我会后就解聘你。""哈哈哈!明明是个幽灵,还把自己当真神。又来唬人了,你以为我是庄焕明?你现在就可以收拾,老子不吃你那一套,我都死过一回了,还怕谁?"冯志学笑声震天,"你不是在班上安排了学生,整天上课监视我,时时刻刻打开手机,录制我的一言一行?贪污腐败,结党营私,奢侈浪费,巧取豪夺,瓜分国家资财,中饱私囊,你们把好端端的艺术学院弄成了什么样子,别以为我不知道!你们这些无法无天的恶魔强盗臭流氓,天怒,天怒!"

肖子业的脸色唰地变了,正想说什么,没想到冯志学冷不防呸了老浦一口,顺手拉开公文包,拿出厚厚的几摞材料朝周围撒去,纸片像飞雪一样缓缓飘落,飘落在每个参会老师的身上,常华明扫了一眼,纸片上的文字密密麻麻,都是揭露领导问题的。"看吧,这就是你们的罪证!"冯志学双眼通红,冲上来就要动手,老浦和丁雄伟连连后躲,几个平日寸步不离领导的年轻人吓得变脸失色,谭景明、齐思宁更跑得不知去向。

其他老师都惊慌失措的时候,一个人很快清醒并走了过去:"冯老师,您冷静下。有话好说,最终不就是为了解决问题嘛?都是讲道理的人,先交流沟通。"说着就去拉冯志学的手,但被躲开了,于是他拦在前面,再次拉住冯志学的胳膊,想着要把这个人劝离会场,必须先给个台阶下,便放低声音道,"冯老师您咋这么大的酒气,又喝醉了?咱们学艺术的总被人说太过感性。艺术学院发展到今天不容易,大家每个人都不容易。咱换位思考,好吗?"

眼看着张懿恒拉着冯志学往外走,肖子业和老浦松了一口气,没想到冯志学走了几步又猛然挣脱,把张懿恒推了一个趔趄,靠在门框上。"你算老几,你和我什么关系?少拦我,少卖乖。你和我不是一路人。少管老子,否则我连你一起废了。"冯志学骂着,几个保安很快走进来,老浦赶紧说散会散会,话刚刚说完,大家就往外跑。突然电闪雷鸣,风雨大作。"哦,大台风来了!"大家惊叹着又纷纷跑回会议室,关门关窗,躲避风雨。唯独冯志学一个人冲到门外,面对着狂风暴雨大声呼号:

"风!你咆哮吧!咆哮吧!尽力地咆哮吧!在这暗无天日的时候,一切都睡着,都沉在梦里,都死了的时候,正是你应该咆哮的时候,应该尽力咆哮的时候!……炸裂呀,我的身体!炸裂呀,宇宙!让那赤条条的火滚动起来,像这风一样,像那海一样,滚动起来,把一切的有形,一切的污秽,烧毁了吧!烧毁了吧!把这包含着一切罪恶的黑暗烧毁了吧!……鼓动吧,风!咆哮吧,雷!闪耀吧,电!把一切沉睡在黑暗怀里的东西,毁灭,毁灭,毁灭呀!"

第十六章 本色

本　色

　　周三,一大早老浦就在楼下等候,前天就接到校办通知,上级领导要来艺术学院检查工作,让他好好准备。时间到了,一辆中巴缓缓驶到艺术大楼门口,老浦立刻迎上前去,欠下身子,和下车的领导们一一握手。"欢迎欢迎。欢迎领导指导工作。"老浦满面笑容,头皮油光可鉴,名牌西装配着金色领带,胸前佩戴的徽章更让人眼前一亮。"这是我们艺术学院的成果展示。"老浦一边介绍,一边带领领导们参观宣传栏、广告牌和海报等。走到三楼,在参观了艺术学院会议室、党员活动室后,老浦指着前面的书记办公室:"我严格遵守八项规定,这个办公室面积没有超过二十四平米,欢迎领导检查。"老浦的办公室确实很简朴,连空调都没有,就放着一个旧落地风扇,一个旧藤椅,藤椅前面是个旧办公桌,桌上插着鲜红的旗帜,后面是大大的书柜,里面堆满了中央领导人的选集和各类文件汇编。对面的墙上悬挂着《兰亭集序》,一看就是老浦的手笔。

　　闷热的天气,狭小的办公室,领导们显然待不住,看了几分钟便走出来,老浦也跟着走出来,站在办公室门口,昂首挺胸,壮语震天:

　　"一切都要按照规章制度来。担任艺术学院书记多年,我处处维护党的形象,以高标准严要求开展工作,爱岗敬业,恪尽职守,清正廉洁,明镜高悬,没有干过任何欺上瞒下的事情,对得起组织的培养,对得起群众的监督。"

讲了几句,老浦觉得领导们眼神不对,有几位甚至忍不住窃笑。老浦不明就里,上下看看,自己从头到脚西装皮鞋穿得整整齐齐,扣子没有扣错,裤链并未拉开,皮鞋也油光锃亮,于是怀疑是不是鼻屎没擦干净,正纳闷着,丁雄伟走上前指指门框,歪嘴斜眼示意他停止说话赶快离开。老浦疑惑地回过头,这才发现不知什么时候,自己办公室门外贴了一副对联,对联用标准的宋体,白纸黑字写得清清楚楚:

党棍官痞伪君子;
奸贼佞幸真小人。

再看门楣的横批,也是清清楚楚——"牛逼冲天"!

老浦当下脑袋一震,感觉阵阵黑血往头上翻滚,肺也要炸了,但老浦毕竟是老浦,他干笑两声,很快恢复了镇静自若、若无其事的态势。"丹心映日,我把一切献给党了,以后更要正气凛然,继续为党奉献,为人民服务,泰山压顶不弯腰,不惧流言蜚语,不怕诬陷打击,坚持原则,追求实效,自觉抵制各种歪风邪气。"老浦面不改色,边说边继续带领导们参观。等到领导们吃喝完毕离去了,老浦走到肖子业办公室,刚说了两句,就禁不住脸色发青,老泪纵横。

"不要紧,不要紧。我都知道了,那算个屁事,是领导就要被人骂的。"肖子业连连安慰。老浦捶胸顿足道:"不知谁这么损我,肯定是冯志学这个二货。其实老子早都不想干了,我这就写辞职报告。""不不不!"肖子业摆摆手,坚决阻止他。

真的假不了,假的真不了。合作多年,肖子业太了解老浦了,这个人口口声声说自己是大老粗,但其实一点也不老粗。说不老粗,身为高校老师,老浦有时又很让人耻笑。说起来,书记和院长一个管党务,一个管行政,井水不犯河水,身处知识分子群体中,说话做事是需要一定文化水平的。毕竟知识分子最看重的是一张脸面,只要受到尊重,有时候几句话就把问题解决了,但老浦却偏偏缺少这种技巧。肖子业听到不少关于老浦工作的非议:态度简单粗暴,作风强势生硬,动不动唱调子、摆架子、拍桌子,张口闭口要收拾别人,明显是当年"革委会"头头的做派!这么多年来,老浦屁股越坐越稳,存在感越来越强,脾气越来越大,官威也越来越突出,动不动就训人骂人,很多时候甚至飞扬跋扈,蛮横无理。他得罪过的同事,艺术学院谁不知晓?金秉章、方希妍、冯志学、郑宇智、朱丽茵、朱紫贵,或许还有张懿恒,对联究竟是谁贴的,可想而知!对联很快传开,由滨大的家喻户晓传到校外,传得沸沸扬扬,大家都说老浦这次显摆可显美了。当然也有很多人问肖子业:你们那个老浦到底是不是如对联所言?肖子业没法回答也不能回答,他知道老浦这个人看似简单粗暴,实则口是心非,绝对不会因为一副对联就主动辞职。

话说回来,老浦也并非一无是处,还是干了不少事情,维持了书记的良好形象。比如说在对青年教师的纪律教育方面,在日常的学生工作方面,在学院的集体活动方面,老浦没少费力气。市里的慈善动员会上,老浦主动要求带领艺术学院文艺队去托儿所敬老院等进行慰问演出。校运动会上,老浦身先士卒,带头参加多项运动项目,书记这么一表率,很多原本撒手不干的青年教师也纷纷报名参加了,艺术学院成绩斐然。特别是那次校外的几个小混混进来闹事,对女学生纠缠不休,老浦上前严厉批评,小混混们恼羞成怒,上来就动手动脚,别人都吓跑了,老浦依然坚持怒斥,最终在学校保安的配合下将小混混们移交给派出所,一时被传为美谈。当然,肖子业也知道,老浦这样做到底是为了谁!无论如何,老浦主持工作几年来,本该最容易出事的艺术学院风平浪静,没出什么事。肖子业院长为此省心不少,当然肖子业更明白,尽管以前合作有过不愉快,但近期老浦好像也认识到自己的不足,思路也转变了,工作中处处维护大局,和自己这个院长配合很好。只要是人,谁没有缺点呢?工作难做,只要当领导,只要做事,哪个不被骂呢?何况艺术学院的人本来就个性突出,品行复杂!

"是非自有公论,人言本不足恤。越是这个时候,你越是要当书记,而且要当好,不到退休不下台,因为艺术学院离不开你。不是有人骂你吗?下周学院开党政联席会议,到时再给你一个优秀教师的称号,连续三年了,今年照样给你。由他们去骂吧。——你不要推辞了,这个我说了算。还有,下周我们以艺术学院的名义,拜会梁校长。"肖子业知道老浦需要这些话,"坚决不能辞职,愤而辞职才被人耻笑。你要是不愿干事,那就保留书记职务,让雄伟替你干活都行。"

肖子业的眼睛紧紧盯着老浦,一边说着,一边用签字笔敲桌子,声音铿锵有力。老浦一下子明白过来,原来肖子业早有考虑了,于是迟疑着问:"梁校长不是要离开滨大了吗?""他已经被内定为市人大常委会副主任,离开滨大但不离开滨江。我们先说好,到时请他当我们的名誉院长,如何?""哦,哦!"老浦望着肖子业白净儒雅的书生面孔,不禁连连点头,肖子业的消息比他灵通,考虑问题比他长远周到,真是没有想到!老浦知道自己现在也别无选择了,其实他早已深深感到,肖子业这个人不怒自威,深不可测,能耐远在自己之上,内心更远比自己强大,今天又见识了一回!就像当初艺术学院成立,校领导找肖子业谈话,本来要安排他当副院长,但肖子业当场一口拒绝:"咱是出来做事不是做官的,艺术学院现在这个样子,要当,我就要当正院长,否则怎么做事?"事实上,艺术学院成立的那一天,老浦就知道肖子业这次站稳脚跟,肯定要大干一场了。

老浦正想着,朱紫贵走了进来,直接摆出厚厚的一摞材料。老浦看到材料顿时一惊,待听到对方开口后才舒口气。"领导,我现在已经是著名教授了,校外很多单位都邀请我搞讲座,讲易卦讲养生讲阴阳调和,场场爆满,现在关于我的报道都铺天盖地。"朱紫贵说着翻开材料,老浦看见上面关于朱紫贵的称呼都是国学泰斗、堪舆大师、世界著名易卦专家等。"为了促进新文科建设,当然也是填补我校在易卦方面的研究空白,扩大我校的知名度,我想了想……"朱紫贵清清嗓子,将材料推到肖子业面前,猫头鹰眼睛猛一张开,"建议成立滨江大学堪舆学研究所,报告我都写好了,只等批准成立相关机构,很快就可以投入研究,为学校建设高水平大学锦上添花!"

艺术学院不出事则已,一出事就接二连三。正当肖子业和老浦为如何打发朱紫贵而苦恼的时候,一份举报材料很快在滨大传播开来,材料是告艺术学院的,从院领导一直告到校领导。具体内容不用看大家都知道,因为举报人事先通过博客、微信圈等全部公布了,包括领导班子私设小金库,搞团团伙伙,在艺术大楼的建设、演播室的装修、美术馆藏品策展方面有重大问题,材料有鼻子有眼,据说已经上报给市委。举报人也到处放言:人活一口气,我早豁出去了。

这个举报人就是冯志学,当然,在举报之前,很多人都劝过他,特别是韩灵光,简直苦口婆心:"兄弟,我求求你,你性格太刚烈了,而且又缺乏斗争艺术。你太心急了,我们是斗不过领导的,你能不能等一等?忍一忍就过去了,不要做无谓的牺牲了。你斗来斗去,耗的还是你自己,而且,你也耗不过领导的,你那些材料不过硬,根本告不倒领导。"韩灵光以李光头为例,说原来和肖子业吵过架,现在不还是在一起其乐融融,李光头已经是艺术学院非物质文化遗产中心的咨询专家,还有一间豪华办公室。韩灵光说得口干舌燥,到最后都骂起来了,可是冯志学仍断然拒绝,他利用各种资源查找领导的问题,也向上不断信访举报,告来告去,如今人们见了他都躲得远远的,不敢搭一句话,特别是原来有过交往的朋友,对他更形同陌路,生怕惹祸上身。

"我说不通,九头牛都拉不回来。一眼看富贵,两眼断死生。这个偏执狂已无可救药了!"韩灵光感叹不已。

"自从上次邱垂子逗引我家宝宝,给他家的母狗配种之后,我那宝宝就跟疯了一样,整天闹着要往外跑,深更半夜叫个不停。后来我没办法,就把宝宝强行拴起来,禁闭了半个月,原以为过了这个发情期,宝宝就能好些。谁想前段时间我和老廖回老家,把宝宝托付邻居看管,回来后才发现宝宝已经死了,估计是活活压抑死的。"小区里,陶兰青看见老黄,三句话不到,就气不打一处来。"哎呀,邱垂子家的边牧,上个月刚刚下了一窝狗崽,可漂亮了,听说宠物店老板这几天不断打电话要上门收购!边牧可是好品种,一只要卖好几千块钱!"老黄刚说完,前面就有人拉狗出来溜达,牵着狗绳的手指柔滑修长,洁白如玉,老黄挤挤眼,原来正是邱垂子。陶兰青立刻上前问什么时候给她狗崽,邱垂子的手抖了抖,哼哼哈哈,顾左右而言他。

"别忘了,当初配种后,你说过给我留一个的。没有我家的边牧配种,你家的母狗哪能下这么多崽?"眼看着邱垂子要溜,陶兰青着急地叫起来。"什么配种,我什么时候又说过给你留个狗崽?我家的狗崽早已被预订一空。"理论了几句,邱垂子还在推三阻四,陶兰青更急了:"咋?一个单位的,低头不见抬头见,难道你说话不算话?当初我赶到你家质问你家的狗为何引诱我家宝宝,你满脸赔笑,说是如果怀孕了,下的狗崽任我挑选一个。为了你家的狗,我家宝宝已经死了。现在我不朝你要,朝谁要?"

"陶教授,你说话可要有依据。当初是你家的把我家的强奸了,我没有找你理论就不错了,你怎么这样胡搅蛮缠?什么送你一个狗崽,白送你三千块钱你敢要吗?"

"什么强奸?分明是你在诱奸!当初说好的送狗崽,你想翻脸不认账是不是?少给我耍赖!"

"什么诱奸?分明是你在强奸嘛!究竟谁耍赖大家都来看看。陶兰青,我知道你一个法学女教授能言善辩,现在你该不是向我要初夜权的费用吧?其实我家的狗崽到底是谁的种,我自己都不清楚。咋,你要做亲子鉴定?"

"邱垂子,你流氓、骗子又赖皮,真名不虚传!你把小提琴都糟蹋了,你把艺术都玷污了,你把狗看得比脸面还重,迟早要毁在上面!"

眼看着两人激烈争吵起来,老黄溜了,只有随后路过的张懿恒劝开了陶兰青。

是是非非何日了,烦烦恼恼几时休?张懿恒已经习惯了,生活从来就丰富多彩,大势所趋,很多教育别人的教育者,传播知识的知识分子已经变得自私势利,变得世俗庸俗。学校里各种人事层出不穷,比外面的社会还热闹。前几天和卫风之聊,才知道上次人事处开会,处长和几个副处长竟然当众吵闹推搡。后勤集团更是有意思,为了几个自动售货机的摆卖,领导之间僵持了三年都没解决。最近又有人爆料,校园绿化工程光化肥就花了十五万,但买的化肥是假的,栽树用的营养液也是假的。一年年山重水复,滨大蝇营狗苟的事情不少,身为知识分子的老师已很难独善其身。利益扭曲人的灵魂,玷污人的心理;派性改变人的独立性,腐蚀人的灵魂。梁校长就是这样被排挤走的。聊到最后,卫风之问:"你最近可有什么好诗句?"

"雪落偏怜树,花明可是梅?"张懿恒看看窗外。这几天,他在关教授的指导下,正临摹李迪的《雪树寒禽图》《枫鹰雉鸡图》,心里正澹静简远。

周六上午,张懿恒看到林和兵和闵东青西装革履从理发店出来,大步流星,精气神十足。"我们闵教授已是重点培养的青年才俊了,下次换届搞不好就是文传学院院长。"林和兵热情介绍。"你们都是。"张懿恒呵呵一笑,他知道林和兵也荣升了。

"还要不要再写论文?看在老朋友的分上,我帮你发表。"闵东青眯眯眼睛。

455

"你文史功底好,考据到位。我是学画画的,不敢和你比。"张懿恒说。

"咳,什么考据,东拉西扯就行了。咱们这些人没有什么好背景,一切只能靠自己!"闵东青感慨学术现实化功利化,论文写作公式化套路化。一篇论文前引言,后结语,中间的正文罗列演绎和归纳,多拼凑些古人论述就行了。说是要有探讨问题的意识,其实只要能反方向思考就行了,越是反方向的论文,越好发表。还说他写这个已经很顺手了。

"那你这不写成八股文了?"张懿恒后退了一步。

"可是我发表了一篇又一篇,得了很多奖呢。"闵东青笑起来。

"闵教授,闵教授,您好!请教您这个中文大教授两句诗。"霍启然跑过来。听见被叫成大教授,闵东青倒也不谦让,只是微微颔首。

"大漠孤烟直,长河落日圆。为什么这烟是直的?我搞不明白。还有这句,寻章摘句老雕虫,晓月当帘挂玉弓。这个雕虫是什么意思?为什么是玉弓不是铁弓?"

闵东青一愣,但很快就把头高高扬起,一脸不屑的神色:"不要钻牛角尖,这类无名小卒的作品,不值得我解析。"

"不是无名小卒,是王右丞和李义山的名句。"霍启然一说,闵东青顿时满脸疑惑,愣怔着问:"谁是王右丞,谁是李义山,清朝还是明朝的作家?"霍启然顿时惊愕,但很快笑道:"是外国作家,还有《哈姆雷特》《战争与和平》《静静的顿河》《老人与海》《一个陌生女人的来信》……不知是不是和王右丞同时代的作品?"
"咳,那些我从没读过,我是研究中国古典文献学的,又不研究文学。"闵东青捂起耳朵,看着天空,说话眼皮一动也不动,"我现在只关注和我专业相关的东西,要读也是读和我研究领域契合的学术论文,文学作品一概不读。文学不能当饭吃。"

"但是文学让人有灵魂!"霍启然看着张懿恒,挤挤眼,嘿嘿直乐。

几个人说着就去大礼堂,五一前夕,学校开大会。

开完会,张懿恒正准备去画室,有人在前面拦住他。

"你好,张博士。"

"你好,冯老师,我现在有事。"

"为什么要躲着我呀,我有那么可怕吗?放心,我就是死了,也不会连累任何人。"冯志学双脚迈开,直接堵在前路上。

"冯老师,我真的有事要外出。"

"我就说几句话,这以后你永远和我不讲话都行。"

"请讲。"

"你来一个地方,位置我等下微信发你。到时就我们两个人,具体干什么,你来就知道了。放心,对你绝对有利无弊。"冯志学说完立刻飞身离开了,身影像一只孤独而迅猛的苍鹰。

碧翠湖

三天后,张懿恒如约来到碧翠湖。湖边古木苍苍,曲径连绵,他绕着湖堤走了好一会儿,无论如何打手机都没人接,正想着往哪里去,只听得前面竹林里阵阵鸟叫,有个人背对着他,身披蓑衣头戴斗笠正在垂钓。青山巍巍,水波万里,偌大的湖面,唯独一人一笠一钓而已。

"你来了!"眼看着张懿恒走近,蓑衣人开口了。

"哦,冯老师真会寻去处,我找了半天才到这儿,太偏僻了。"张懿恒看看竹林,再看看渔夫打扮的冯志学。

"这是一个朋友的山庄。今天他谢绝了所有的宾客,专门把空间留给你和我了。"正说着浮漂抖动,冯志学拉起钓竿,一条银白色的花鲢跃出水面,但最终他又把花鲢放回湖里,重新垂钓。

看到冯志学这样反反复复,张懿恒问:"这样钓了放,放了又钓,是折磨鱼呢,还是折磨人?可怜的鱼呀,为了这点钓饵。"冯志学说着把钓竿递过来。张懿恒甩下钓竿,半天却钓不上来一条鱼。有几次明明看见鱼露头了,但钓竿稍一用力,那鱼就脱钩了。"知道你为什么钓不上来吗?因为你下的钓饵太多,鱼一次吃不进去,刚刚吃了外围,正想吃里面的,结果正赶上你拉钩,鱼马上就脱钩了。"冯志学说完,张懿恒问:"子非鱼,焉知鱼?""子非我,焉知我不知鱼?"冯志学接着就教张懿恒钓鱼,说钓鱼就像钓人,刚开始的时候,钓饵不能下得太重,否

457

则适得其反。要一点点、一点点地加多,好比温水煮青蛙,温度一点点提高,等鱼放松警惕,到最后完全麻痹的时候再拉钩,这样就没有一条鱼能脱钩。

来到一处水榭,冯志学撒出几把饵料,鱼儿都跃出水面争抢,黄白黑紫五彩斑斓,非常好看。张懿恒赞道:"没想到冯老师也深谙养鱼之道。""养鱼之道?今天叫你来可不是为了这个。"冯志学沉下脸来,声音陡然变得阴寒,"和我这样的人交往,是要有勇气的,你能来,就说明有勇气,不过,今天我不给你灌汤,我是叫你来吃鱼的。"

茫茫青山,幽幽碧湖,几只白鸥飞过,张懿恒看见湖边有个草亭,草亭木柱上挂着一副对联:

名乎利乎道路奔波休碌碌;
来者往者溪山清静且停停。

张懿恒看了连声叫好,冯志学邀请他坐下吃火锅。雪白的粥油烧开,鱼片下锅,张懿恒吃了两口就赞叹不已:"鲜嫩爽滑,人间美味!""这是你刚刚看到的湖中的鱼。这种鱼生活在漩涡附近,水流鱼游,常年运动,体形偏瘦,味道自然鲜美。"冯志学说着又倒下一盘生鱼片,下锅煮熟后捞上来。张懿恒刚吃一口便忍不住大叫:"这是什么鱼?难吃死了!"

"可这也是鱼!"看着张懿恒痛苦的面色,冯志学的声音非常冷酷,"张博士,这就是你刚刚看到的那些五彩斑斓的观赏鱼,养尊处优,习惯等靠要饵料,人来摇尾,料来张口,常年处于死水中,缺少运动历练。"张懿恒放下筷子:"冯老师,你到底要说什么?"冯志学也放下筷子:"你不觉得艺术学院这几年来培养了不少观赏鱼吗?""死水厚饵,名缰利锁,浑浑噩噩,不思进取,滨大本来就是培养观赏鱼的地方。""可是不能全怪水,关键还是鱼自身的选择。"停顿了几秒钟,冯志学眯缝起草原狼一样的眼睛,突然阴森森来了句:

"老浦门口那副对联是你贴的吧?"

张懿恒一惊,正要说什么,不料冯志学站起来道:"行了,不用解释了。老浦之流本来就利欲熏心、德不配位。书记和院长同级,本来互相制约互相监督,可老浦却被掌控被拿捏,心甘情愿当儿皇帝当傀儡。为什么?因为他知道自己能力低下,水平低下,能当上书记已很不容易,所以什么都不争究,他在乎的只是官衔,只要有这个官衔,他就可以保住市书法家协会副主席的头衔,保住滨大内部正处级行政待遇等等。"

"冯老师你能不能说些别的?"张懿恒立刻打断。尽管他知道事情早已传开,朱丽茵也这样说过,老浦听后只是哈哈大笑:"儿皇帝也是皇帝啊!反正我这辈子也够本了。"张懿恒上个月还拜访过一位老同志,他对此看得很透。

……金教授退休几年,早已门前冷落鞍马稀。出院之后,他好几次邀请张懿恒来家里坐,还一再强调他会守口如瓶,不会让第三个人知道他们之间的来往。张懿恒去了好几次,渐渐地就熟起来。谈起近来的变化,金教授感叹整个滨大现在到处都是假大空,到处都在吹牛放屁讲排场,改进制度重要,但选人用人更重要。一个领导爱用什么人,他自己就是什么人。张懿恒也深感普通老师,特别是奋战在教学科研一线的专职老师,简直是天下最可怜的人!方方面面的压力,压得人快成肉饼了。

"前几天有人告诉我,老浦他们现在课上得很少,可是绩效总是排名靠前。我当初看错了人,真是大意失荆州!"金教授说上次城市文艺创作研究基地申报成功,三十万的奖金,艺术学院几个领导平分了,过年看望学校的王书记,也是顺手一个二十万的红包。这几年艺术学院搞了那么多项目那么多课题,但王书记的名字总放在最前面。王书记不做任何工作却名利双收,每年从艺术学院拿走的钱有上百万,而且拿得名正言顺、正大光明,因为人家也是项目参与人,有权有资格参与项目经费报销。前年的校庆晚会,老浦请他一个朋友吹了五分钟的萨克斯,又做了不到半小时的讲座,就以专家劳务费的形式报销了一万八千块钱。"你说什么狗屁专家,值这么多吗?有没有回扣,你自己可以想象。家贼难防,我虽然退休了,但还没有到瞎子傻子的地步,别以为我不知道!"金教授说着就激愤地揪住自己的头发。

张懿恒头皮发麻,其实这些他还真不知道,领导讲话老说是财务公开,但是他们每年的经费开支,普通老师哪能参与?丁雄伟身为学院党委副书记、工会主席兼出纳,整天都在忙着填表粘贴各种票据报销,这些票据张懿恒他们都是看不到的,也不让看。老金在位的时候,每年给各个老师还有一千块的差旅补助,现在连这个也没有了。钱去哪儿啦?只有领导知道,就这样他们整天还在喊经费紧张。其实大家也纳闷:每年好几百万的专业建设费、学科建设费、教研室建设费,不知怎么花的,怎么就紧张了?用朱丽茵的话说:"领导花钱,只有领导清楚。"

提起兼职教授,金教授更是不屑:"沆瀣一气,有辱斯文,都是些什么东西?这样下去教授就成一张废纸了。"其实有意见的何止金教授一个人?郑宇智也说院领导越来越有手腕,这么多年来一直培养自己的人!"你们的老浦表面上看很左,实际上很右,表面上强势,实际上很弱势,现在大家都知道你们学院谁主持一切,谁只是个摆设!"常云辉也告诉张懿恒上次艺术学院党委副书记人选,学校本来要从机关下派一个,结果艺术学院说内部已经有了优秀合适人选,让其双肩挑更利于艺术学院的发展,结果硬把校党委下派的人选顶了回去,这样丁雄伟就上了。

"校党委派的人,都能退回去。我早看出了,他就是要上自己的走狗,这么一来,艺术学院干什么都一个人说了算,更加肆无忌惮了。这么多年来,他栽培丁雄伟,培训老浦,实际上也把那两人掌控了。有人说他是白衣秀士王伦,其实不是,他是秀才加流氓。秀才和流氓各有弱点,但是集秀才与流氓于一身就可怕了。"张懿恒知道金教授这样讲是因为有情绪,这种情绪其他人也有,上次清流聚会廖慈志就感叹来滨大二十多年,经历了好几任领导,当年流氓真君子,如今君子真流氓。末了又强调如今流氓也艺术化,文艺流氓遍地走!话未说完就被朱紫贵阻止道:"领导的事儿,只可意会不可言传,咱们都是普通人,不要因言获罪。莫谈国事,再谈我退群。"后来还真有人针对艺术学院选拔干部等问题写信给组织部,组织部也做过调查,但不了了之。

固然有些非议,领导的能干却是不容置疑的,以至于老浦后来在一次全院教师大会上公开发问:"有人说我们任人唯亲,拉帮结派,可是用人就需要用自己信得过的人。自古用人不疑,疑人不用,难道我们要任人唯疏不成?"说着就捶打起桌子,声音慷慨激越,"我们这几年的工作大家有目共睹,试问有哪个学院能在短短三四年内拿下硕士点?有哪个同类学校的二级学院每年给教师分红达两三万,有这么好的创收?有哪个学院能在几年内拿下这么多的项目,出这么多的著作,科研上大台阶?连北京的专家看了都竖起大拇指!——这都是子业同志领导的结果。子业是我们的领路人,他的领导能力和工作业绩大家有目共睹,艺术学院要发展,必须有一个团结稳定的领导班子。事实证明,子业是我们的领袖,是我们的核心,我们要爱戴、要拥护。

谭景明一帮年轻人正要激动地鼓掌,被肖子业厉声打断:"错了错了,核心的说法不能层层套用。"话刚说完,老浦就接着说道:"学校要发展,二级学院工作首先要做好。一切院长负责制,子业同志现在担子很重,好在他精力充沛,年富力强,比我能干。我老了,要好好配合他,只有好好配合,艺术学院才能大发展,大家才能多发钱。没有配合,就没有发展。按照子业同志的规划,艺术学院一定会发展成为强大的艺术帝国。……"

听张懿恒说完,金教授高声骂:"真是不知羞耻!表忠心也不至于这样。众目睽睽之下,老浦身为党的书记这样讲话,丢的就不仅仅是自个的脸了。他现在自己把自己搞成龟孙子,搞成活脱脱的太监和奴才,这哪里有党性啊?连起码的人性人格都没有!我当了几年领导,就是干得再不好,再不要脸,也不至于这么不要脸!肖有个屁!你看平日讲话都傻里吧唧的,做事胆小懦弱,不就是个早晚换届会被换下来的院长嘛,又不是终身制的皇帝,有什么好怕的?"接着问肖子业反应如何,张懿恒说老浦说了这话,大家都面面相觑惊讶不已。肖子业当然立即阻止,再三声明他不是领路人,更不是核心,还生气地说老浦喝醉了,口出谰言混淆视听。肖子业反复强调只有党的领导才是第一位的。金教授问周围的人怎么看,张懿恒回答说廖慈志他们认为老狐狸到底是老狐狸,老浦这样讲其实是推卸工作责任,对肖子业不是棒杀就是捧杀。因为艺术学院近来问题多,有人又告到学校了。当然,老浦本人事后也极力否认自己说过什么核心、君臣之分的话。……

"你那个对联我很赞赏。知道吧?老浦气得咬牙切齿。"冯志学大笑起来。

老浦为此事寝食难安,几天睡不着觉。他找了保卫处葛处长,把艺术楼的监控都看遍了,硬是查不出是谁贴的对联,因为连日暴雨,电路损坏监控失灵,屏幕

461

上模糊一团,全是水迹,再者对联书写用的是标准的宋体,更没法查笔迹。查来查去查不到,老浦就越来越生气。他越生气,就有人越高兴。

"兄弟,我服了你了,你贴——得——好!我知道你非常恨老浦,非常鄙视他们。借刀杀人也是应该的,如果我这把刀能为你所用,真是我的荣幸。他们的心理是阴暗的,灵魂是扭曲的,人格是残缺的,精神是自卑的,他们是最大的蠹虫,好像白蚁般一点点地吞噬着我们的肌体,毁灭着我们的形象。祸起萧墙,他们才是我们真正的敌对势力,是掘墓人……"冯志学正说着,张懿恒看也不看冯志学,绷着脸问:"冯老师,你处处主观臆断。今天叫我来该不是发泄牢骚吧?生活中多少人事是不值一提的!""是不值一提,可是事关学院发展。"冯志学看看天,看看地,逐一指出艺术学院的现状:胖子老刘疲于应付、遇事只打哈哈,朱紫贵热衷于占卜算卦,廖慈志整天空谈误国,丁雄伟投机钻营、满脑子想着往上爬,郑宇智一心扑在生意上,谭景明、齐思宁等,本来都是有志青年,可是参加工作几年忙于横向课题,忙于开会写材料填表格,忙于给领导跑腿洗鞋擦屁股,蝇营狗苟几年下来,也成观赏鱼了。大家都浑浑噩噩,上课越来越差,专业水平江河日下,整个艺术学院没有一个人的作品能走出滨江,能入选国家级的展览。

当局者迷旁观者清,艺术学院发展到今天,成也萧何败也萧何,院内院外早有评价,谁人不知?尽管如此,张懿恒还是面如静波。诱于势利,急于速成。年轻人本就没什么好说的,而现在滨大哪个学院又没有获奖专业户?

"对领导来说,把年轻人培养成庸才蠢材,最后培养成奴才,是再顺手不过了。毕竟奴才也是才。但是——你该不是嫉妒他们吧?这么多年了,你就像一只飞向太阳的鸟儿,翅膀都快被烤焦了,还在那里扑腾着,用沙哑的喉咙歌唱……"冯志学话未说完,张懿恒就笑道:"我的翅膀还在。我就是不评职称,不当官,不走领导路线,也死不了。大不了我就回到我家乡的师范学院,虽然贫穷落后些,但是很温情,有归属感。"

铸　剑

亭子外下起了迷蒙的小雨,天地渐渐一片苍茫。潮湿的雨天,人最容易烦闷,也最容易躁动。冯志学知道在放手一搏之前,自己必须把一切安排好。人天生能有多好多坏？一个人品质的好与坏、行事的正与邪都取决于后天的影响。冯志学今天就想把粗糙的砂岩石磨成璞玉,时光不等人,他必须把握好这次机会。

"你说我们学院这么多人颓废,这么多人变异,原因在哪？"

"在于他们自己不争气,不努力,不上进。"

"你还记得庄焕明吧？"

"当然!"

事实上,庄焕明家的吵嚷声刚刚响起,住在对面不到一百米的丁雄伟就被惊动了,他迅速拿起高倍望远镜观看,尽管明白了一切,但自始至终都没有出面。这期间他请示领导怎么办,得到的答复是听之任之,由他去吧。"这话说得够酷吧？"冯志学接着提到,庄焕明一顿饭就被拉下水,最终自杀;邹金贤、钟教授被逼走了;老浦被踩成臭狗屎;丁雄伟被拿捏成马仔;老金成了废人;中年辈的李光头、胖老刘被慑服成聋哑人;青年辈的谭景明、齐思宁、应志武被培训成狗腿子。可怜这些年轻人越来越堕落变质自暴自弃,还感恩戴德感激涕零,整天把领导当成人生导师,当成奋斗楷模救命恩人!这几年领导一手遮天无法无天,已经把艺术学院搞成一个唯我独尊的独立王国,连学校也要让三分。艺术学院早已拥兵自重藩镇割据了,现在院里大小事,领导只要表个态,就算放个屁,下面的老师都一团附和叫好,没人敢说个不字!

万马齐喑究可哀!好人的过度沉默可以让坏人做尽所有的坏事!领导层的绩效为什么那么高？每年的青年教师基本功考核补助、技能竞赛活动工作人员补贴、艺体美等专业测试改卷补助、新生开学报名补助等,都加在领导头上,光这几项每年就要比普通老师多领七万多元。领导平时根本不上课,稍一上课,便增加工作量津贴等。去年的公务员培训班,老浦根本没有进行授课,但也以授课名义领取劳务费。其间请王书记做了不到半个小时的讲话,实际上就是闲聊,最后就给了两万元。

冯志学愤懑不已,张懿恒缄默无语,领导层之间的攻讦斗争,谁是谁非本身就很难说清,轮不到他这个小人物上心。所以冯志学越是把领导说得一无是处十恶不赦,他越是觉得此人醉翁之意不在酒,甚至用心险恶。"冯老师,你这一年来到处检举告发,结果呢?人家稳如泰山,你自己却形单影只狼狈不堪,很多人都说你被仇恨冲昏了头脑,变成言行可怕的恐怖分子,唯恐避之不及。当然也有人觉得你对,可最终还是主动站在领导一边。"这些话在张懿恒心里涌动着,好几次滚到嘴边,又被咽了下去。

"冯老师,你说这些干什么?我只是一介书生,木讷老实,身单力薄,能干好自己的事情都不错了,其他一切无能为力!我还忙,你没别的事我就先离开了。"张懿恒起身告辞。

"你忍心眼睁睁看着艺术学院就这样完了吗?学院一旦完了,你自己还能生存吗?别忘了,雪崩的时候,没有一片雪花能避免。难道还要逆来顺受忍气吞声任人宰割吗?与其这样坐以待毙不如奋起抗争,正义也许会迟到,但永远不会缺席!"冯志学折断钓竿,声音像眼前的风雨一样冷酷。

湖面上荡起阵阵波涛,张懿恒心里一震。

……

"金教授,很多人都怀念你当政的时候!大家都说你清正廉洁,卸任之际没有把钱卷入自己腰包,而是给大家平分了,这才叫两袖清风。"上次拜访,张懿恒有意这样说,说完就看对方的反应。"为官为人都应该懂得吉凶祸福有来由,我是有缺点,工作也有过失,但无论如何,艺术系这份家业总不能眼睁睁看着被毁掉。"果不其然,金教授的眼睛很快湿润了,"公道自在人心。我们这些老家伙还没死呢!这样吧,小张,以后方便了你多找我交流,我当过兵,是从死人堆里爬出来的。我一个六十多岁的老教授,人生经验还是丰富的,或许能给你一些指导和帮助。"张懿恒知道金教授其实想让自己多给他汇报,提供信息,赶紧站起来说:"没问题,金教授,是应该向您学习如何做人做学问。"和金教授的交流很快多了起来,张懿恒把院里的情况都及时告诉他。直到前几天,金教授突然问:"小张,你手中有好的论文吧?先发过来给我看下。恰好有个编辑朋友组稿呢,其实就是我表弟。"张懿恒顿时心里一热,这几天他正为项目结题论文发表愁苦呢。

交论文的时候,金教授拉住他的手:"小张,咱们有言在先,你可千万不要学某些王八蛋,过河拆桥卸磨杀驴啊!俗话说仗义……"说着就噎住了,张懿恒知道他很担忧,就朗声道:"金教授,我是您招来的,也是您看着成长的。仗义每从屠狗辈,负心多是读书人。话是这么说,但这么多年来,我是什么样的人,我说什么都没有用,只有您看才有用。""我了解你,这么多年了,你不容易,一直在坚守,不偏不倚。"金教授看看张懿恒,又看看墙上的《三友图》,"咱们学国画的,其实应该像梅花一样高洁,至少也要像菊花一样清雅,其他都是身外之物。看尽人间兴废事,不曾富贵不曾穷。退休几年,清静无为,我现在大彻大悟:人其实还是要保持高尚的灵魂!"张懿恒知道这是关教授说过的话,便说:"金教授您说得对。我们不仅要像梅花一样高洁,不要人夸颜色好,只留清气满乾坤;要像菊花一样清雅,宁可枝头抱香死,不随黄叶舞秋风;还要像松树一样坚贞,凌风知劲节,岁寒见贞心;像竹子一样挺拔,千锤万击还坚劲,任尔东西南北风。这都是您原来给我讲过的。""好好,你这几年文学功底夯实了,画艺自然会很快提高的。听说'宋画临摹''白描花卉'这些课你现在上得都很好。我支持你向关教授学画,赶快长进,不然咱们这个艺术学院真完了。"金教授非常感动,又拿出些藏品给他欣赏。过了几个月,张懿恒的两篇论文顺利发表在两家核心刊物上。……

"冯老师,你今天叫我来,痛骂怒斥,浇胸中块垒,够了吗?别忘了,你是你,我是我。"乌云汇聚,张懿恒看看天边,又看看冯志学。

"你觉得我能扳倒他吗?"冯志学咬咬嘴唇。

"不要做无谓的牺牲了,你——不——行。"

听到这不假思索的一字一句的回答,冯志学笑问,你觉得谁行?张懿恒想了想,也笑了。

"吴副院长?"

"假大空的骗子,巧取豪夺,贪婪成性。"

"云艺副教授?"

"一样的无才无德,干什么都顺水推船,不足成事。"

"胖子老刘?"

"虽然是教授,但自私自利胆小怕事,不值一提。"

"廖慈志？"

"有背景但眼高手低，除了爱吃爱喝爱大侃，其他别无长处。"

张懿恒又说了几个名字，冯志学都一一摇头，亭外漫天乌云，湖面上暗波横生，两人最后都不说话了。张懿恒明白冯志学从来优秀而偏激，这种人一旦火气冲天发了狂，什么话都说得出来，什么事都干得出来，于是打破冷场道："龙城飞将已不在。大势如此，谁也改变不了，还是顺应现实吧！""不！艺术学院还有人。"冯志学抬起头来。天边猛然雷声轰轰霹雳阵阵，发出如同撕裂般的刺耳声音，冯志学的目光如同闪电，亮得让人不忍直视，张懿恒心里发慌，想到绝不能蠢到当庄焕明第二，他的声音立刻变得生硬："冯老师你和领导的私人恩怨，与我何干？你爱怎样就怎样，我不掺和，不蹚你们这趟浑水。恕不奉陪，我有事先走了。"

"别装了，张博士。我早就看出来了。艺术学院多年来有意无意冷落你，压迫你！从刚开始的联合签名，领导就对你失去兴趣。之后你专心业务，按理说你有项目，而且是国家项目，比院长都厉害！你也有论文，画也画得越来越好，可历年的评优评奖和各种先进称号都没你的份，朱丽茵叫嚷轮都该轮到你了，肖院长也为你感到可惜！你却笑眯眯一句：我不在乎虚名。连肖子业都觉得你是真不在乎，这一辈子也就努力科研，心甘情愿做边缘人了。"冯志学刚开始还细声慢气，说到后面嗓门便提高了，"艺术学院风云际会，你不掺和不介入，冷静旁观，看起来闲云野鹤，实际上藏巧于拙、韬光养晦。我知道你蔑视鄙视仇视他们，不甘平庸，不甘欺凌，不动声色，蛰伏潜伏，明里恭顺谦虚，暗里四下活动，你小子你骗倒了别人骗不过我。"

"冯老师你这些帽子我可戴不起！我只想做一个自由人，画几张画。滨大再不好，还有那么多的名画，馆藏名画就是我的宝贵资源。我已经定型了，这辈子也就以传承文化为己任。除了这个，我没别的本事。承蒙错爱，你和领导的恩怨，我无能为力。你说那么大的单位，我算什么啊？无家无室，无能无为，自己的事都处理不好，哪有工夫蹚别人的浑水？"张懿恒说着就要离开，但被冯志学按住肩膀：

"别提画了。兄弟，你真傻！你曾抱怨丁雄伟水平太差，早被人报告给老浦他们了。你忘了申请班主任的耻辱了吗？世事纷纭，江湖诡谲，你以为不偏不倚，走中间道路就能躲得开吗？你以为那些名家字画真是庄焕明盗取的吗？不，他只是替罪羊，只是三道贩子。在他之前，滨大馆藏的名家字画不知被盗换过几次了。真正查出的，只是一少部分。"

惊雷过处，乌云滚滚，又是一阵霹雳，黑压压的天空闪出几道恐怖的电光。冯志学的话比电光更迅猛恐怖，霎时在张懿恒脑海中劈开一个豁口。停顿了几秒，他才颤抖着问："真品不是经过专家鉴定，已经归还美术馆了吗？"冯志学一跺脚："专家也是人，是人难道不会放屁？我有朋友在拍卖行，对这个一清二楚。拍卖行请了顶级专家看，说那几件字画大多都是假的，而我们学校也请了专家，鉴定后说那几件字画是真的，于是就回流了。"张懿恒再问："你是说案子破了后，从私人藏家手中，从拍卖行追回的那几幅馆藏名家字画，依然是赝品，依然是偷梁换柱之作？""不敢说每件是这样，但至少有一半是赝品。"冯志学说着便拿出一幅画来，慢慢打开卷轴。张懿恒愣怔道："这个是曾鲸的《屈原投江》，我在校美术馆临摹过的，怎么到了你手上？""哼！"冯志学看也不看，直接将画轴扔进火炉中。张懿恒赶紧去抢，但哪里抢得过来，火光熊熊，画作很快化为灰烬。"哎呀！"他攥着拳头大叫，"你疯了？这么珍贵的名画，你……""张博士，睁大眼睛看清了。"冯志学连连冷笑，"这是一幅假画，一幅校美术馆收藏的赝品，真画早已被盗了。"

张懿恒呆住了，直觉告诉他，冯志学没说假话。看来庄焕明用摹品调包的那几件馆藏名画，本身就已经是赝品，庄焕明不明就里，还在以假换假！如此说来，滨大美术馆的馆藏珍品，事先不知有多少已被调包盗换了！那么这个神秘的大盗，这个真正的窃贼又是谁呢？

看见张懿恒的眼睛充满思悟，冯志学俯下身去，拉紧他的手："兄弟，你的本质很好，这几年业务也出色，大家都这么认为的，可你为什么要以一种高傲孤独抗拒的方式工作呢？你的画和你的人一样，虽然清新，但是冷逸，太冷逸了。远离群体，只想着业精于勤，不管岁月风云，只求清淡散远、孤寒高寂，这样救不了你自己，也救不了整个艺术学院！毕竟你还年轻，再这么下去也不是办法。"

骤雨初歇，空气一阵透凉，微风吹来，芭蕉叶上的水珠纷纷掉落，滴滴答答，时而雄壮有力,时而温软婉曲,像战斗的鼓点,悲壮激昂;又像掏心的絮语,深情脉脉。

"笔墨当随时代,人生敢立潮头。要入世不要避世。你真要干事,就不要学我,还是要讲究策略。我急躁了点,高兴太早了点,我当初的成功不是我个人努力的结果,而是滨江大学内部的政治需要,是暂时性的调停。君子报仇,十年不晚,我用了不到一年就想解决,看来太天真了,你用个五年总可以吧?记住老哥一句话,你先要强大自己,还是要多积累,越是幽于粪土,越要等待时机。……他们一定会拉你入伙,需要一个面貌清白的人撑门面。因为这几天有人告他们拉帮结派,用人选人任人唯亲。切记,他们拉你入伙,你千万不要拒绝,要借此上位。不入虎穴,焉得虎子?只有深入了解他们掌握他们,你才能转变策略,克敌制胜。自古邪不压正,如果邪压了正,我们人类社会早都不发展了。君子不器。你也该出山历练了,做个真正的男人!"

想到自己的时间已经不多了,冯志学眼里涌出泪花来,说着就朝张懿恒深深鞠了一躬:"开弓没有回头箭!真的勇士,敢于直面惨淡的人生,敢于正视淋漓的鲜血。大哥和他们不共戴天,不日后将有大动作!环顾国内外,有哪家高校像我们滨大乱成这样子?气球总有胀破的一天,艺术学院不能就此毁灭。管理要正常化,人才培养要入正轨。教育是国家的良心,学校是公民的乐土,而知识分子是民族的灵魂。良心没了,乐土污了,灵魂倒了,国家和民族还有未来吗?无论如何,学生都是无辜的,普通老师都是可怜的。你找准机会出手,救救孩子,救救艺术学院,救救滨江百姓,行吗?就算大哥求你。——拜托了,切记到时见机行事,不能书生意气,不能低估敌人。只有斗智斗勇,才能事半功倍!要坚信苍天在上。天作孽,犹可违;人作孽,不可活!"

代主任

六月,临近期末考试的一天,肖子业院长打电话让张懿恒来办公室。张懿恒到了后,院长很客气地请他坐在对面,还给他沏了茶。闲聊了几句,便提到这几天有几个朋友,其实就是张懿恒班上的学生家长,纷纷要求照顾孩子的期末考试成绩。这些家长已经通过校领导开始打招呼,院长的电话都快被打爆了。张懿恒问了那几个学生的名字,心里有了底,安慰院长不要为难。两周后他告诉院长学生成绩都登好了,个个及格。其实按照卷面成绩,这几个学生的成绩都是62、63分,完全可以过关,但不知为何,学生总要托关系。张懿恒最后说:"我们并没有徇私舞弊,关键是学生本人不自信,还到处活动,搞得成绩一公布,好像老师屈于人情,弄虚作假似的。""是的!"肖子业倒在沙发椅上,不断地揉太阳穴,看得出他很疲惫。"我们何曾愧对良心,当老师的岂能在分数面前含糊?但是每学期总有这样的人情电话,我应接不暇,都是有来头的学生家长。你做得对,到时再给学生把情况讲明,不然咱们就背黑锅了。知识分子还有气节呢,我支持你!"院长说着便握住张懿恒的手。

过了一个星期,肖子业又让丁雄伟联系张懿恒,说是帮忙写教学评估材料。张懿恒写好材料交上去,丁雄伟很快反馈说他文笔不错,院长挺满意的,以后多担当。此后张懿恒又奉命陆陆续续干活,都是协助处理院系的事务。就这样过了一段时间,七月中旬的一天,张懿恒发现自己位列艺术学院年度优秀教师名单,当天晚上,丁雄伟打来电话:"张博,告诉你个秘密,恭喜啊,你要高升了。"第二天下午,张懿恒被肖子业叫到了家里。

这么多年了,张懿恒还是第一次踏进院长家门,房子是上下两层复式结构,南北通透,朝向很好,屋内清一色的仿古家具,一看就是上等的黄花梨木。客厅南墙被书柜占据了,里面放满书,中间桌子上也翻开着几本书,其中的《汉书》正翻到《王莽传》。书旁熏香袅袅,北墙上挂着几幅名人字画,墙角钢琴边放着一盆绿色的巴西木,长得郁郁葱葱,真不愧是滨江著名学者之家,充满浓厚的文化气息。

寒暄了几句,张懿恒说:"艺术学院是我家,努力靠大家。我上次表现不好,没有拦住冯老师。这么大的单位,工作不好做,您太不容易了,听说看材料累得您视网膜都脱落了,上个月还住院了。"肖子业悠悠呷茶,等张懿恒无话可说了,才开口道:"不,你表现很好。满堂之诺诺,不如一士之谔谔。关键时刻,还是你敢于发声亮剑。你这几年科研很好,全院只有你在《艺术研究》上发表了论文。上次教代会,你写的提案《关于滨江大学学生心理危机干预方案的建议》,校长看了很赞赏,都打电话问我呢。"说着便给张懿恒又是沏茶又是剥水果。"其实组织早关注你了。这么多年来你甘于坐冷板凳,敦厚木讷,但大事从不糊涂!这样吧,全省的画展要开始了,这是国展的前奏。你好好准备,画张画,先参加市里、省里的选拔赛,到时我给他们说说。你年轻,只要好好干,前途无量。"听肖子业说着,张懿恒又想起冯志学的话,事到如今,他不知道该相信谁了。

"还有,美术教育系谭景明当了两年系副主任,业务上还是不行,群众意见大,恰好刘教授也不想干了。从下个学期起,你就直接担任系代主任一职。既然是院长负责制,我有权利有义务把艺术学院的班子搭配好。我和老浦、丁雄伟都交流过了,他们都说你表现良好,完成任务出色,经得起考验,一致赞同你担任这一职务。"张懿恒听着心里咯噔一下,其实他知道后面的是客套之词。院长一发话,老浦、丁雄伟敢不赞同吗?"仰仗老师栽培,其实这都是分内之事,我做得还不够,今后要更加支持您的工作,好好干。"在把"院长"叫成"老师"的时候,张懿恒有意加重了语气,这样变换称呼的含义,肖子业当然很清楚。

过了几天,程怡雪见到他,也是恭喜个不停,张懿恒勉强笑道:"何喜之有?郑宇智都说我变节了,是祸躲不过!"于是说了丁雄伟事先透露消息的情况,程怡雪撇撇嘴:"这个姓丁的真狡猾,想邀功请赏咋的?什么是祸躲不过?别忘了和珅跌倒,嘉庆吃饱呢!"张懿恒马上说:"你这个后勤集团副总没白当啊,看问题深刻,说话也越来越有文采了!"程怡雪咯咯一笑:"今晚有饭局,你来蹭饭吧!"接着就向他咨询校内景观墙的美术设计,张懿恒谈了几点建议,程怡雪马上记下来,很快打电话让手下过来就地改进,说话口气坚决果断,举手投足干练十足。张懿恒知道程怡雪现在呼风唤雨长袖善舞,吃饭对她早已是小事了,有些饭局是老板苦苦哀求,求了不知多少次,她才答应出席的。后勤集团项目多,工程多,和社会上的人来往也多,应酬是免不了的,好在程怡雪经过几年历练,早已驾轻就熟,她知道饭局可不是吃饭那么简单。

下课后,张懿恒和郑宇智坐着程怡雪的车子驶出教师村小区,下高速后拐了几拐,便进入一个花园。早有老板在门口迎接,双手合十,嘴里喊着欢迎,欢迎!程怡雪介绍说这是侯总,负责建筑工地的。张懿恒原以为包工头都粗鲁不堪,一打量侯总倒也文质彬彬,头发灰白,目光柔和,身穿米黄色的休闲西装,除了皮肤黝黑外,言谈举止和普通老师没有什么区别。几个人跟着侯总走过绿油油的竹林,走过弯弯曲曲的游廊,又走过几段鹅卵石铺就的绵延小径,才来到一处小木屋前。四个服务员垂首恭立,全都笑脸相迎。木屋外表不起眼,但走进去却令人叹为观止,屋内一色实木装修,屋顶吊着金黄的宫灯,四周的粉墙上绘着《韩熙载夜宴图》,桌面上燃着悠悠莞香,墙角摆着四个落地红纱灯,再往里走,就是独立的卫生间。

"这是一家高级会所,一般人进不来。老板有能耐,这么大一片地都是他的。除了餐饮,整个昌平镇的工程,包括五金水暖、道路交通、酒店餐饮等,都是他一个人做,这几年越做越大了。"侯总说着便招呼大家点菜,张懿恒和郑宇智都推开了,侯总便和程怡雪点了几个菜。菜很快上来,清蒸大螃蟹、蒜蓉丝瓜、干贝粉丝、清炒花甲、家乡醉鹅和黄骨鱼炖山药等,张懿恒发现虽然不是什么名菜,但做得很好,特别是服务很到位。他们四个人,一人身边一个美女服务员,服务员穿着洁白的制服,面含微笑,声音温柔,先是给大家铺好台布,然后清洗杯盏,沏茶看茶,汤上来后又打汤。就连客人吃菜时,服务员也是拿着盘子恭立身后须臾不离,显然在随时听候差遣。张懿恒他们吐出的鱼刺、骨头渣等,都吐在小碟上,一旦小碟将满,服务员马上另外拿出小碟更换,时刻保持餐桌干净整洁。吃螃蟹的时候,服务员拿出银光闪闪的刮刀、锤子、钳子等,将螃蟹一一熟练敲开,抽出金红的蟹黄和洁白的蟹肉,盛在精致的小盏里,双手端给客人,整个过程非常敏捷麻利。可以说在这里吃饭,全是一对一服务,客人们什么都不用操心,只管张嘴就行了。

"这几年多亏程老师,要不是你,我们这一大批人,真是要讨饭吃了。滨江大学可是个大客户!贵校的项目一个接一个,多得做不过来。我们手下的兄弟,一提起程老师,都像提到了活菩萨,因为你给了他们饭吃!要知道,我手下的兄弟,像那些泥工瓦工搬运工等,都是农村来的,一个月能挣个五六千块,他们就已经很高兴了,总比种地强!"

侯总诉说起来,都是感激之辞。张懿恒听明白了,高建浪潮下,滨江大学项目特多,像近期搞的开放式校园,本来是前几年借着公寓楼建设,一次性就可以搞好的,但直到最近才开始,为什么?因为上有政策,下有对策,擅长拆分已经成

471

为滨大的强项。市里有规定,三百万以下的项目,滨大可以自行招标施工,超过三百万,就需经过市政府批准,由市发改委和城建局负责招标。为了避免市里插手,滨大总是把大项目拆成小项目,把本该一次性完成的,分成好几次完成,把该一年竣工的,分成好几年竣工。这样就方便滨大自己负责,领导也好插手。比如上次三百万的公寓楼外墙装饰工程,说是公开招标,其实最终哪家公司能中标,都是领导说了算,这几年为了避嫌,滨大委托中介公司负责招标,但最终还是领导想让哪家公司中标,哪家公司就能中标。"不用说,领导的办法多着呢!要不然市里好几次调王书记过去,人家都不走!"前几天常华明说起这个就念叨高建项目上得好,钱多谁不心发烧?肥了领导,红了草包。公权滥用水平高,挥金如土仙人跳。玩了蛮腰,气了闷骚,妙妙!

饭吃到最后的时候,侯总凑近程怡雪,嘴唇动了动,眼睛却看看旁边。郑宇智递个眼色给张懿恒,于是两人借口抽烟,就走出木屋。"进门时你看到了吗?这是黑老大的地盘。让人家发吧!"走到远处的一片竹林时,郑宇智小声说。

看见二人走出门外,程怡雪也不阻拦,只是低头呷汤,侯总凑上前,不断给她加汤加菜,说了些要注意身体美容养生之类的话,说着说着,侯总突然就拿出个大手提包呈上来。"程老师,有个朋友的小孩,想考咱们艺术学院,但是平时学习又不好。不知有没有办法帮忙,朋友问十五万行不行?""不行,你把我当什么人了,这种事谁能帮忙?高考录取,提档调档都透明化了,你难道不上网吗?"程怡雪拉下脸,声调提得老高。"我知道,我知道,您先别急。多吃些菜,看还要不要再加几个?"老板连连赔笑,"我是说到时候专业课面试,能否做做工作?我知道,招生办那边你有人,看能不能给孩子的分数打高些,这样录取的机会大一些。再穷不能穷教育,再苦不能苦孩子!朋友说为了孩子,他愿意多出些钱,只要事能成!"

"也不行,我做不了!那么多评委老师,如何做工作?违法乱纪、弄虚作假的事情谁敢干?"程怡雪说着,看见老板还是不甘心,还在不断哀求,于是转身把电视开了,让音量开到最大,大得房间内只剩下电视的声音后,才用小得不能再小的声音叹道:"这个瓷器活不好干啊,高考录取这么大的事情,区区十五万元就想搞定,你是小看自己还是小看别人?"

程怡雪说完便不再吭气,只是低头呷汤。汤味鲜美,一直美到她的心里。作为一个过来人,她知道对方此刻比她更急,但她一定要拿捏好,坚决不能透露自己的底线。水至清则无鱼,人太急则无智。程怡雪很平静,静得能听见空气的流动,她知道此刻自己再说一个字都是多余的,就看对方如何加码了。

电视的声音超过了一切,根本听不到木屋里面在谈什么,但最终还是谈成了,当然,对程怡雪来说,这已经不是第一桶金了。

肖子业让张懿恒画了几张画,说是要送给学校一些领导。交画的时候,院长很满意,看到张懿恒注视自己办公室挂着的对联:能与诸贤齐品月,不将业故系情怀。便笑笑道:"我学油画出身,这几年才练国画,书法更不好。你有空的话可以写一幅字,写成你擅长的魏碑。"张懿恒嗯嗯着,临出门时说:"老师,既然是自己人了,我就应该为学院分忧解难。冯志学的事情恐怕还是要好好处理下,看能不能内部化解,不然挺麻烦的。""那当然!"肖子业的声音毫不迟疑,"这几天老浦他们正在筹划,先组织谈话,看能否挽救,当然要尽量挽救,我们工作要以人为本,毕竟都是自己同志嘛!"然后问他职称的事情。张懿恒说现在越来越难了。评审权一下放,滨大借口政策制定需要时间,好几年都不评职称,前两年好不容易开评,结果全校只评了一个文科正高,就是王书记。老王一直是个讲师,省评的时候,报副教授连续三年都没评上。等到滨大自己评,老王一下子就从讲师直接评为研究员,破格评的,为此也惹得大家非议。

其实张懿恒不说肖子业也知道,老王原本是公社兽医站的兽医,卫校出身。不知怎么的,来到滨大后几年工夫,他的高教水平就突飞猛进,火箭式提升。前年刚破格评上研究员,按照评聘结合的原则,不到两个月,就被学校直接聘为二级教授。要知道,二级教授滨大没几个,除了那几个高人博导。当年的职称评审条件,就是专门为老王量身定做的,滨大高教研究所那帮人,专门为书记写论文发论文,每年的经费好几百万呢!但话说回来,王书记还是能干,自从他当书记,很快评上教育学的研究员,又很快在滨大成立了教育学专业,不到三年,就被评为省级一流专业,这个专业的第一届本科生还没毕业,又被评为国家一流专业。硕士点刚刚批下来,王书记就成了研究生导师,听说报考的人扎堆,王书记老婆原来是市教育局的一个打字员,现在也成了滨大的特聘教授。

"不管怎么说,你还是要努力!"肖子业正勉励张懿恒,外面有人敲门,姜素英老师走了进来,三句话不到,就呜呜直哭:"当初为了解决两地分居,我辞了滨大的正式工作专门去读博士,为的就是和丈夫在一起,没想到几年后博士毕业了,婚也离了。我带着孩子,不得不再回滨大,回来后就成了聘任的,到现在还没转正。早知道就不去读博士了,当初我还是在编呢。"

周末,张懿恒带了一盒茶叶去看卫风之,卫风之哂笑道:"听说你当官了?""咳!"张懿恒只是屑笑,"那也算官?不值一提!"卫风之说这个位置先占着,有了平台就有了机会,危难时刻可显身手,不然就虚负凌云万丈才,一生襟抱未曾开!张懿恒想到冯志学也说过类似的话。聊了一会儿,卫风之突然问最近诗学得如何,能否来一首?张懿恒看着外面的小山坡,略一思索,便吟道:"兵戈犹在眼,儒术岂谋身?共被微官缚,低头愧野人。"卫风之拊掌大笑:"好好,灯花何太喜,酒绿正相亲。你从老杜那里找到共鸣了,真是'醉里从为客,诗成觉有神'啊!"说着让画幅画给他,张懿恒答应了。

几天后张懿恒过去送画,卫风之看了画说笔墨不错,千山万水,画意诗情,一说到诗歌他就收不住,问张懿恒:"文学史素有唐诗宋词之说,其实宋诗也好。你知道唐宋诗的区别吧?""唐诗多以风神情韵擅长,宋诗多以筋骨思理见胜。唐诗如同初放的花朵,朝气蓬勃;宋诗如同经霜的红叶,思虑深沉。"张懿恒说完,刚想解释几句,卫风之很快接道:"唐诗以韵胜,故浑雅,而贵蕴藉空灵;宋诗以意胜,故精能,而贵深析透辟。唐诗之美在情辞,故丰腴;宋诗之美在气骨,故瘦劲。唐诗如芍药海棠,秾华繁采;宋诗如寒梅秋菊,幽韵冷香。……譬诸游山水,唐诗则如高峰远望,意气浩然;宋诗则如曲涧寻幽,情境冷峭。唐宋诗之别,实际上是唐宋文化转型的产物。唐文化雄浑博大,外放性包容性很强,宋承唐而来,但文化上转向精省内敛,特别是士大夫阶层和理学的兴起,使得精英文化、雅文化全面发展。唐宋文化双峰并峙,伟岸壮丽,是中华民族文化发展的重要时期。你跟关教授学画,对此肯定了解更深。"张懿恒笑道:"卫老师,还是您说得更具体。唐宋以后的元明清时代,中华文化交汇融通,传承发展,逐渐进入集大成时期,比如明清的诗歌也很好。就此而言,宋亡以后无华夏、明亡以后无中国完全是别有用心的谬论。"张懿恒说着顿了顿,提到关教授已出国的事情。

"我只是引用先贤的妙论罢了。白头趋幕府,深觉愧平生。……前几天冯志学来找我,谈了一个晚上,他满脑子愤世嫉俗苦大仇深的思想,提起领导就骂不绝口。"眼见得卫风之有些伤感,张懿恒赶紧说愤世嫉俗是文人的特性,滨大的优点很突出,缺点也很突出,看你怎么看了。

"这个学校要么培养人精,要么培养人渣,就是培养不出人杰!"卫风之嘘口气,"冯志学说他这几天就离婚,准备把老婆孩子送到美国,为的是免除后顾之忧,这个疯货,也不知道要干什么。说话的口气好像荆轲刺秦王似的,听得我有一种风萧萧兮易水寒,壮士一去兮不复返的感觉。"张懿恒嗯嗯道:"他比较偏执,一旦决定什么事,九头牛都拉不回来。"卫风之蹙蹙眉:"不过他讲得也对,现在下面很多二级学院,被经营得水泼不进针扎不进,完全成独立王国了,学校的政策一出行政楼就变味。"张懿恒笑道:"卫老师不是爱对联吗?最近我看到我们领导办公室有副对联:发上等愿,结中等缘,享下等福;择高处立,寻平处住,向宽处行。写得真好啊!"卫风之也笑道:"上次开会,王书记也读了一副对联:居心似水,若受贿贪财,使一个抱屈者,神诛鬼灭;执法如山,倘通情畏势,有一事不公者,男盗女娼。你说哪个写得不好啊?"

啸　风

谁也没想到,艺术学院出了个冯志学,竟然真的鸡犬不宁了。

无课可上的他逢人就讲要当滨大的"搅屎棍",要打开潘多拉的盒子。他也真的开始行动了,走群众路线,到处散发举报材料制造舆论;走上层路线,不断跑到艺术楼和行政楼,找院长找校长找书记找处长,逐一理论,发展到最后是破口大骂吵闹不休。他更开始了漫漫上告,他的举报信把滨江大学各个教工的信箱都塞满了,他还给滨江市的各个村委会主任、各个镇长镇委书记、各个区长区委书记,给滨江市的市委书记、市长、人大常委会主任、纪委书记、督查室和信访办公室寄举报信,不但如此,他还给省市的各个人大代表、政协委员,给省委、省政府、省纪委、省教工委的领导写上访信。

从村镇到中央,所有相关部门,所有相关人士,他都不遗余力一遍又一遍投送材料。上级的批示,舆论的质问,群众的议论,方方面面最终都汇聚到滨江大学,冯志学成为让领导最头疼的人,网上更有人议论:"前赴后继闹革命,一代新人胜旧人。滨大又出了个'封弘道'!"

一个星期后,在学校行政楼四楼王书记办公室,冯志学被领导以约请谈话的方式召见。进去的时候,他发现说是领导谈话,但王书记宽大豪华的办公室里坐了七八个人,有艺术学院的老肖老浦丁雄伟,有学校纪委监察处的处长副处长,还有校保卫处的处长和干事,八个人对一个人,这也叫谈话?情形显然不对,但冯志学很快镇静下来。

"冯老师,你好!"王书记大大方方和他握了手,"你的材料层层上报,领导都做了严肃批示,最终都转回学校。学校党委已经数次开会研究你的情况。今天我受学校党委委托,当着艺术学院领导的面,专门谈你的问题。"王书记夸奖冯志学有文采,投诉程序有理有节,举报信文辞流畅,论证严密,上次竞聘,评委对他印象很好,组织这么多年来其实一直在关注他。"你上课也好,学生评价很高,没有任何不良反馈,组织都认真调查过了,你是个人才。"王书记说话的时候,旁边的一帮人不断俯首帖耳,但冯志学紧绷着脸,一言不发。"我的工作没做好,让你受委屈了,真对不起。但请你相信组织相信学校,你的问题一定会解决,而且会很快解决,请你给我时间好不好?"王书记说着,就让人给冯志学沏茶。

校级领导亲自出面接见,又当着那么多人这样讲话,这不是道歉吗?要知道,自古领导向下属道歉,何其难哉?冯志学心里砰的一声,想起自己的历历艰辛,他有些心软了,其实他就等着这两句话,就等着这一声道歉,哪怕是委婉的道歉!正想着如何回答,旁边有人站起来。"冯老师,我代表艺术学院党政班子给你道歉,以前我们的工作没做好,对你安排不周。同事关系搞成这个样子,我们心里也很痛苦,说来说去还是我们工作方式有问题。的确,像同志们给我的评价一样,我有些事情处理得简单粗暴了,所以这次希望我们能好好协商下,内部问题内部解决。"老浦说完,肖子业也说了几句,随后看看丁雄伟,三人一齐向冯志学低下头,深深鞠了个躬。

冯志学的心情复杂起来,但最终还是转过头,看也不看老浦。他再清楚不过,这已经是艺术学院领导第二次道歉了。

……上一次,当冯志学踏进包厢的那一刻,不光老浦惊呆了,丁雄伟惊呆了,就连稍后赶来的肖子业也惊呆了。

头发齐整,西装笔挺,红色领带鲜艳夺目,皮鞋更油光锃亮,浑身上下都是名牌。冯志学就这样腰板挺直,气宇轩昂,一看见老浦,就说道:

"你好!"

老浦张大了嘴巴,他没想到冯志学衣着打扮如此庄重得体,整个人阳光灿烂器宇轩昂,和平素不上课时的民工模样大相径庭。冯志学今天仿佛不是出席学院的饭局,而是代表政府出席重大的外事谈判。

老浦想得没错,在冯志学看来,这就是谈判,这就是不战而屈人之兵的艺术。其实他也很累,不想再这样耗下去,长时间的举报上诉,持续的高度紧张,搞得他疲惫不堪。但毕竟是读过名牌大学的,在高校混了几十年,冯志学知道,越在这个时候他越要精神抖擞,容光焕发,首先在气场上不能输给别人。这一年来,他前前后后告了滨江大学艺术学院领导班子几十次,尽管劳而无功,疲惫至极,可是他绝不认输,绝不后退。他在心理上必须强大起来,不能怯场不能懦弱。好在首先发出和谈声明的是老浦他们,这顿饭局就是他们约的,而且定了市里最好酒店的最好包厢,用意不言而喻。既然是鸿门宴,就要勇于出席,冯志学特意打扮一番,先去理了发,又买了一套三万元的西装,用他自己的话说:结婚都没有穿过这么好的衣服!

看着冯志学坐下来,几个人开始行动。丁雄伟忙着洗餐具,老浦开始点菜,肖子业给冯志学沏大红袍。菜吃了一半之后,看看老浦讲得差不多了,肖子业才开口道:"冯老师,感谢你的到来。你能来就说明是自己同志,这个态度非常好。不是一家人不进一家门。我们在艺术学院工作好多年了,其实就是一家人。既然是一家人,有什么不可以坐下来谈,难道要斗个头破血流?这对谁都没有好处。家和万事兴,和则两利,斗则两败。今天我们书记、院长和副书记都在,扪心自问——"看到丁雄伟知趣地上卫生间了,肖子业提高声调,"有些事情首先是我这个院长做得不好,处事不够大气,对同志关心不够,缺乏通盘处理问题的能力,所以很多方面还是有失误,甚至可以说,相当程度上你是对的,我是错的。"肖子业说话的声音缓慢柔和,腔调散淡却又不失庄重严肃,边说边给给冯志学夹菜,丁雄伟也很快回到座位上。

"当然,今天聚在这里,为的就是和你好好谈一谈。交流沟通是解决问题的最佳途径,我们这些人过几年就退休了,什么没经过?身体最重要,健康最重要,心态最重要,都是讲理的人,有什么话不能说呢?话说回来,就是有天大的矛盾,也没有以后的工作生活重要!今天咱们就好好谈谈,行吗?"肖子业说完,老浦立刻站起来,握紧冯志学的手道,"冯老师,以前我考虑不周,做事简单粗暴,特别是在你应聘教师发展中心主任一事上,我一时糊涂没有处理好,原则性太过,灵活性欠缺。在这里我代表学院党政班子向你道歉,向你诚恳道歉。"老浦说着,看看旁边,肖子业点点头,丁雄伟也点点头,三人拿起酒杯,要给冯志学敬酒。显然,这个道歉,是他们事先商量好的。

任凭老浦说得如何真诚,冯志学面色沉静,只是大口大口吃菜,看得出他对这菜很满意。肖子业手中的酒杯,几次举起放下,放下又举起。僵持了一会儿,吃得红光满面的冯志学用纸巾抹抹脑门,擦擦嘴,然后问:"你说完了?"老浦嗯嗯道:"我们已经给你道歉了,希望这事就算过去了,你以后不要再闹了,艺术学院发展到现在不容易,安定团结比什么都重要。"冯志学又问怎么个安定团结?老浦和肖子业交换了一下眼神,这才拿捏起缓慢而镇静的口吻说:"只要你以后安心工作,既往不咎,你需要什么,就向组织提出,我以党性向你担保,对你有求必应……"话未说完,就被冯志学拿起桌上酒杯,狠泼在脸上。

"姓浦的,你真是狗眼看人低,我不是庄焕明,一顿饭就被你们放倒了。你看你讲话那个腔调,张口一个'闹',闭口一个'既往不咎',说得好像我是什么罪犯似的,犯了弥天大错!你少在老子面前装蒜,你一个党棍官痞伪君子,奸贼狗奴臭流氓,也配在我面前摆谱耍大,动不动以党的名义教训我?你凭什么说我闹?我一个党员,有义务有权利向上级机关检举揭发,这是党章规定的。你凭什么要威逼利诱我?"

冯志学大声怒斥，丁雄伟赶快上前拉住道："冯老师，息怒息怒，有话好好说嘛，浦书记言语不当，何必计较呢？他有口无心。"肖子业也赶紧劝道："算了，算了，以前有些事情学院确实做得不对。刚刚书记已经道歉了。只要你不计前嫌，大家一起干怎么样？我会提名你当系主任，当副院长，有职有权的副院长，王书记那边我会做工作，没问题的。"

冯志学知道，领导向他摊牌了，真正的谈判开始了，这岂止是鸿门宴，简直是招安宴了。其实肖子业最初那句"有些事情首先是我这个院长做得不好，处事不够大气"已使他怦然心动，话都说到这个份上，他还有什么好计较的呢？他也知道肖子业的话绝对是真的，不是敷衍之辞。

事实上，他的事情，肖子业并没有多少责任，比如当初在反对他出任教师发展中心主任的联名信上，肖子业就没有签名！肖院长这个人其实不错，无论个人品性还是工作能力，都没有什么明显的劣迹，相反，这几年勤勤恳恳，工作努力，政绩十分突出，突出得惊人。冯志学也明白肖子业的本色就是一个文人，一个身兼行政职务的文化学者，平时会上会下话都不多，今天能说这么多，已经一反常态很不容易。看来对手经过精心策划，决意向他伸出橄榄枝了。当然，自己当不当副院长其实都行，但只要当了，就等于接受高度的荣誉和表彰，会使他在学校的臭名骤然改变。

冯志学半天不说话，老浦心里渐渐有数，他知道这个人开始动摇了，没有人比他更了解对手的心理。沉默中，他在等待，在含笑看着冯志学，慢慢地，他举起酒杯。他知道，只要酒杯碰在一起，一切就将过去。

"哈哈！我就猜到你们会这么说。一个副院长就能把我放倒？真是狗眼看人低！我要是当了，那真叫与豺狼共舞，助纣为虐，我不做那种辱没自身的事情！"

"你——?"老浦万万没想到冯志学会这么答复，连肖子业也惊得说不出话，儒雅的书生脸顿时变成猪肝色，眼镜也跌落下来……

"冯老师，他们已经向你道歉了。"王书记说，冯志学哦了声，表示自己听明白了。对方能这么做已经付出了很大勇气，要知道道歉需要认真的思考，何况是二次道歉！可冯志学心里有数,今天这个会为他一人而开。他在整个滨大,现在已成过街老鼠,已成臭大街的公众人物,走到这一步,连他也不知道前路何在,后路何在,可是突然间对手就求和认怂摊牌招安,原因何在,双方都很清楚。想到这里他顿了顿,看看窗外的天空,然后看看老浦和肖子业,突然瞪起眼睛问:"你们好,我这两条腿还在。一条作价五万,是不是太便宜了?"肖子业一怔,老浦也脸色突变,眼睛看着别处,开始支支吾吾。丁雄伟微笑道:"冯老师,谈正事好吗?你说的腿什么的,我们不懂。""是男人敢做就敢当,花钱让黑社会打我,敢说不是你们干的?"冯志学像狂飙一样怒吼起来,"今天你把话说清楚,到底是谁雇用打手的?不说清楚我不罢休。"

两个多月前,就是那次饭局后不久,冯志学上街走到一个僻静处,突然从树丛里窜出两个陌生男子,直接扑上来就对他一顿猛打。冯志学奋力反抗,边回击边质问为什么。"少废话,有人花十万元买断你两条腿。"男子边狞笑边拿起棍子往冯志学腿上打。冯志学顿时明白了怎么回事,他拼命挣脱,迅速往人多的地方跑,并且不顾一切大声呼救。好在有巡警出现,冯志学当下就报了案,但嫌疑人迟迟没有抓住,问了几次都说正在稽查,要他耐心等待。

沉默了几秒钟,老浦开口道:"一码归一码,冯老师,先不要无端猜测,昧良心的事我们从来不做。……无论如何,让我们不要再做有损学校声誉的事情好不好?斗来斗去对谁都不好,让我们一起安心工作,为了学校的发展,为了集体的荣誉,抛弃前嫌!"老浦说话的时候,肖子业只是偶尔微微颔首,始终一言不发,旁边两个处长也这个态势,都低头不说话。冯志学正想骂两句,忽然发现角落里的保卫处处长和干事,不知什么时候已打开摄像机,正对着他。冯志学顿时清醒,今天这个谈话显然是精心准备早有预谋的,他的任何言行,都会被分毫不差记录下来,都将成为证据。

天空中乌云翻滚,好像团团浓得化不开的黑墨,尽管开着空调,但室内依旧闷热。冯志学对着窗户吸了几口气,心里很不平静。几声迅雷响过,他看看窗外,对面楼层闪耀着一行鲜红的大字:不忘初心,牢记使命。这大字迎面而来,冲击着他的胸膛,叩问着他的灵魂。冯志学盯着这些大字,看了足足好几分钟,再想想前几天自己新搜集到的材料,顿时拿定了主意。

"陈华朗花二十万元买了个科研处长,庞伟清用了一个多星期亲自押车去贵州拉回两车茅台酒,当了后勤集团总经理。老浦你这个书记是怎么当上的,你自己最清楚,别以为我不知道。馆藏名画,你们有没有做手脚,又拿了几张送领导,我也知道。"眼见得冯志学正对着摄像机大声怒斥,老浦当下扬起脑袋咆哮:"冯志学,你好歹是个大学老师,怎么乱咬人了呢?别人如何上位,那些捕风捉影的问题,我不会回答,但是你不要对我血口喷人诬陷中伤。馆藏名画的事情,公安局已经结案。自从我上任后,监管更加严格,珍品库前后门都锁得很紧,只有三个管理员同时在场才能打开,每次借画收画都有专人把关,我自己都要严格按程序来,肖院长更是如此!你讲话做事可要负责任,不能随心所欲对人诬蔑!"

"咳。"王书记朝肖子业一挥手,"都走吧!"看到还有保卫处的人在摄像记录,王书记略一思索,以不容置疑的口气命令道,"不用了,你们也走吧。"

血 性

"志学,现在真是闭门会议。"看看屋子里只剩下三个人,王书记微微一笑,"还有什么不甘心的,还有什么想不明白的,你我都放开说,一切为了解决问题。"王书记其实是个和蔼可亲的人,面试教师发展中心主任的时候,就是他代表组织找冯志学谈话,当天晚上还一起喝过酒,两人私交不错。

"整了我这么久,岂能一个道歉了结?不能这么简单处理。"

"嗯嗯,我们现在就是来谈这个的,问题总归要解决。"

"谁动用公安机关的力量,对我进行通信监控,对我进行人身监控?谁又买通打手,想在半路上结果我?""砰"的一声,冯志学的拳头砸在桌子上。

"冯志学,你要老实点。告诉你,你的问题很大,滨大有一万个理由开除你,要不是王书记力排众议,你早被抓起来判刑了。你现在要乖乖听从学校安排,咱们一切好说。"监察处长开口了,这一开口,冯志学就涌起本能的恶心和鄙视。

"我有什么问题?你说啊!你现在就可以抓我,就可以开除我。宪法哪一条、党纪哪一条规定公民不能有申诉权、上访权?你们花钱雇黑社会打我,又对

481

我进行人身监控,真能做得出来!你们这群衣冠禽兽,把高校搞成法外之地!滨大艺术学院、后勤集团、采购中心那么大的问题,你们怎么不去查?你们到处搜罗我的材料,动用一切手段,对我电话监听,微信监控,出门走到哪里都有人跟踪监视。"

监察处长听了这话,张着嘴巴还想说什么,但被冯志学很快打断了:"所有和我交谈的人,都要定期向你们汇报情况,甚至我住院的病历,你们都能很快拿到。在滨江市,无论是高铁站、机场还是火车站,你们费尽心力密布人马,只要我一出现,马上就会被遣返。害得我声名狼藉,害得我家破人亡,害得我疾病缠身!你们现在才知道道歉了,早干什么去了?若是你们早日良知未泯找我谈话,或许我还可以妥协。现在听说省教工委要进入滨大,听说中央打黑除恶专项工作组要来滨江,听说巡视组要杀回马枪了,你们才着急了,胆怯了,害怕了,才找我谈话协商。这种迷魂阵,休想瞒我!"

说到这里,冯志学突然悲怆难语。他看看眼前的监察处长,这位滨江本土籍人士又矮又小,又黑又瘦,说个话都结结巴巴语无伦次,第一学历是滨江大学成人教育学院在职大专,但就这样还被当作优秀后备干部培养,不到五六年的工夫,就由科员到科长到副处长再到监察处长,听说原因在于背景好,所以如鱼得水步步高升。当然,在提拔他的时候,很多人提出异议,但被领导以一句"不能以结巴对人搞人身攻击"给否决了。如今他当了监察处长,因为讲话经常读错字,念错句子,办事又洋相百出,早已成为滨大的笑资。"滨大啊滨大,怎么总提拔这些奇葩?看来该反一反地方主义了。"冯志学心里嘲笑道。

监察处长还要说什么,但王书记一个眼神,就让他离开了。

"志学,冷静些好吗?先不要这么情绪化,乱骂乱嚷解决不了问题。——你的心情我完全理解。我知道你吃苦了。当然,我没有阻止的意思。的确,你有权利去上告去控诉,可是你这样做,材料送到省委,送到中纪委,送到中央领导那里,又发微博发帖子,搞得满城风雨,网络上对滨大骂声一片。"王书记说着就烦不胜烦,现在全中国都在关注滨大。很多国外的校友都来电询问滨大到底怎么了,校领导被骚扰得痛苦不堪,滨大被搞得鸡犬不宁。为了冯志学,校领导多次挨批受训。滨大现在处于风口浪尖上,就在上个星期,省教工委、市委还质问要不要给滨大派驻工作组,校领导好说歹说才给顶了回去。而这几天冯志学又到处活动,因为巡视组要来了。

"你想过没有？巡视组只巡视但不解决问题,最终还是要报到省教工委那里,教工委还不是把问题推给学校！志学,你何苦呢？你连年累月跟踪校领导的行动,你调查老浦的党建经费收支,调查肖子业的房产,但是到头来那些材料乌七八糟子虚乌有,没有一个能站得住脚,没有一个能形成有力的指控。你累不累？杀人一千自损八百,你何苦要当始作俑者呢？……你是滨大的老员工了,滨大建校几十年,闯出个名声不容易,让我们一起维护滨大的良好声誉好不好？"

到底当过副市长,王书记真会讲话,晓之以理动之以情,刚柔并济又娓娓道来,中间更不失高层领导的魅力和魄力,看得出,他今天是决心要解决问题了。

"很多人都说你偏执,可我始终认为你是好同志。你反映的问题属于人民内部矛盾,一家人不说两家话,咱们内部问题内部解决。你到底想要怎样？想当官,我马上安排你,艺术学院党委书记兼副院长,或者去其他学院,比如信息工程学院的党委书记,或者资产后勤处,你去了就是主持工作的副处长,再不行我安排你去图书馆当馆长,都有职有权。嫌钱少,嫌没有签单权？我这就安排老肖他们给你分一些经费。只要你愿意,以前的不愉快一笔勾销,大家以后和谐工作,幸福生活……"王书记还在苦口婆心,但冯志学听了一半就叫道:"王书记,你这么说是对我的侮辱,什么要官要钱？这人丢大了！谁是始作俑者？你们不去抓小偷,还拉我去分赃,以为我也是无耻之徒?!"

"唉唉,恕我失言,不管怎么说,一切都好说好商量。滨大的招牌不能被自己人砸,不然你我就犯下千古大罪了。老浦是德不配位,能力低下,品质恶劣,老肖或许也有问题,可是你能不能给我时间,给学校充分的时间？上一个人下一个人,不是吃快餐那么简单,新旧交替总需要机会。你放心,这几个人迟早要拿下来,只是你能否等等？先不要这么广造舆论四下张扬,好吗？"王书记很焦虑,冯志学现在到处举报上访,外界都说他现在成杨乃武,说滨大成余杭县衙了,比晚清政府还不如！滨大是一所建校数十年的高校,是省里大树特树的新型高水平大学,马上要冲击全国百强了,不能自毁形象！

除了冯志学,滨大近来其他方面的问题也层出不穷。前年谈好的几个高人,说好了柔性引进特聘三年,滨大每人给六千万科研经费,但高人等六千万一到手,挂名不到两年,就直接到广州几家高校当院长了。下面的二级学院更多此类情况,好几个高人钱捞够都一走了之,现在剩下的几个都是些水货。很多教工对此也不满,纷纷闹情绪闹待遇。而后勤集团更是事多,饭堂问题层出不穷,学生意见很大,也在四处投诉。特别是前些年莫氏集团通过玩空手套拿到低价政府用地,再从银行贷款,掠夺优良国有资产,买走滨大城市学院,这些交易都和学校有关。现在很多旧账被翻出来,网上骂的很多,城市学院的老师酝酿着要抗争。一切问题汇聚在一起,上面马上要来人调查了。

刚进门的时候,冯志学还准备舌战群儒,可是现在他觉得自己多虑了,省里的工作组都能顶回去,滨大某些人贼胆逆天,根本不配他舌战!短短几年工夫,这些人很快互相绑架起来,像榕树根一样蔓延生长,最终盘根错节错综复杂,形成一个牢不可破无比强大的利益团体和保护网。滨大的水太浑了,浑的原因在于滨大具有特殊的隐藏性,领导们又很厉害。除了艺术学院,滨大其他部门的物资采购、项目基建、选人用人、拆地卖地,特别是这几年搞工程,园林景观工程、拆迁工程、开放式校园建设工程,到处都是形象工程建设。偌大的高校,项目上马,机器轰隆,建设繁忙,高楼林立,校内外老板和领导密切往来,互相利益分配,早有人给冯志学提供材料了。

"学校发展到今天不容易,我们的教工加学生有三万人,实在经不起折腾。千万不能搞亲者痛仇者快,斗则两伤,合作双赢。说吧,现在只有你和我,有什么要求,都统统提出来,我现在就给你解决,要啥给啥!"王书记挺直身子,一脸郑重认真。

冯志学从心底涌起阵阵排斥和讽刺,都说某些政府机关是衙门,可是他觉得滨大比一些地方的黑衙门还黑!看看窗外,高大的木棉树蓬勃生长,红色的花朵正在怒放。

"坚定不移推进打黑除恶专项斗争的深入展开!"当目光最终落在这行标语上时,冯志学很快冷静下来,看来对方比他还迫不及待!但越是这个时候,他越不能松懈,稍不留神,便会功亏一篑贻误终身。想到这里,一个大胆的计划涌上心头。反正已经这样了,自己决不能退,一旦退后,一旦和解,反而会给滨大带来更大损失,所以不能停息,不能妥协,只能前进,一定要让世人看看这些占山为王的匪寇能匪到什么程度!看看什么叫罪恶,什么叫疯狂!看看人性之恶,究竟能恶到什么地步!冯志学想着,心里越来越踏实,也越来越紧迫,因为来日无多,时间对他太宝贵了。他什么都可以耗,耗工作,耗家庭,耗收入,耗精力,就是耗不起时间。

王书记还想再说什么,但冯志学回了句:"我回去想想吧!"就看也不看,很快大踏步离开了。

几天后的一个大清早,空气燥热难耐。有个人头戴遮阳帽,身穿迷彩服,背着大挎包,来到滨江大学行政办公大楼。他知道省教工委在这里开现场会,布置相关工作,于是大嚷着要见省教工委的领导,但在一楼保安室就被拦住了。恰好这时老肖、老浦要上行政楼参会,来人眼睛顿时红了,简单争吵几句后,便大吼着拿出一把刀刺过去,肖子业侥幸逃脱,老浦因为年龄大,身手迟缓,很快被劫持了。几个保安慌忙围上来,冷不防来人从包裹里掏出一个物件,"啪啪"放了两声。"枪?他有枪!"保卫处长吓得飞身就跑,跌跤后下巴磕出了血,假牙也甩得老远,最终连滚带爬,就近躲进收发室,其他保安也是面如土色,连鞋子都跑掉了。

来人从挎包里掏出厚厚的一叠举报信,朝上用力撒去。眼看着举报信雪花般漫天散落,他仰天长笑,顺手拿起刀捅向老浦,很快又往自己的胸腔猛刺几下,停顿了几秒,就倒了下去。鲜血从他身上流出来,层层渲染,染红了张张举报信,染红了地面。洁白的纸张,黑色的文字,怒睁的双目,不屈的手势,伴着鲜血浸透的地面,最终交合在一起,交合成一幅巨大的血色山水,而那痛苦扭曲的身体,恰似血色山水中一个浓重的问号,惊诧着每个观者,也叩问着他们的灵魂!

个把星期后,警方结了案,事情的起因全在于死者冯志学一人。面对校外媒体铺天盖地的报道,滨江大学都不予理睬不予评论,同时也下令全校师生不要谈论此事,更不要接受任何媒体的采访,否则后果自负。

第十七章 宝贝

国　宝

时光匆匆,滨大又进入一个新的学年。

绿道旁,传来丝丝桂花的清香,张懿恒刚刚晨练完毕,忽听得背后有人"小张、小张"地叫,回头一看,原来是岑萍萍老师。"我已经看你好久了,你太极打得真好,水穷云起的。"岑老师声音怯生生的,说着就垂下头,"下周就要排新课了,你能不能给我多排些课?我怕工作量不够,扣工资。"张懿恒心说岑老师四五十岁的人了,说话还像小女孩一样柔弱,朱紫贵怎么把她宠成这样!就答应了,顺便问:"朱老师现在——""别提了,他已经不要我了!"岑萍萍突然脸色哀戚,手扶着小榕树泪如雨下。张懿恒正尴尬得不知如何安慰,程怡雪走了过来。

"真笨,他们上月离婚了你不知道?还傻傻地问,这不是往岑老师伤口上撒盐嘛!""岑老师不是挺好的吗?他们当年可是轰动一时的师生恋啊,听说后来岑萍萍对朱博后的外遇采取了容忍态度,怎么还——""你们男人有几个好东西?岑老师太傻了,要是我一刀就砍死那头猪。"看着岑萍萍掩面走远的身影,张懿恒说了她要求多排课的事情。"这么多年来,她一直靠姓朱的,人家不要她了,钱也就没了。现在她只能多上课挣钱,要不然几年后以普通工人身份退休,每月只有两三千块钱。前几天她一夜白头。"听程怡雪说着,张懿恒想起好久没见岑老师,今天一见明显憔悴了很多,人瘦了一圈,说话也有气无力,头发虽然乌黑,但一看就是染过的,神态哪里还有什么水莲花不胜凉风的娇羞,分明已是落地的残荷。

其实前几天方希妍也找过他,说她儿子要竞聘艺术学院的课室管理员,请求张懿恒帮忙说说话。

"那你同意了吗?"

"我毫不犹豫就答应了。"

"你忘记当初她怎样对你的了吗?"程怡雪有些愠怒。

"没忘!"张懿恒顿了顿,声音变得低沉了,"她现在整个人比岑萍萍更憔悴不堪,想想她一个单身女人,这么多年带孩子不容易,再说当年的事她已向我说不好意思了。"

"哎,你们都在啊。"朱丽茵扭着屁股跑过来,"我不在学校住,下学期我的课尽量集中些,省得多跑几次,那个'插花艺术',我上了两年都上顺了,去年怎么给了凌宇飞,这几天凌宇飞不想上了,又排给我上,我凭什么要上?一门课你们说拿走就拿走,说退回就退回,给我招呼也不打,怎么能这样做事?"张懿恒赶紧说排课是丁雄伟在总负责,自己只有建议权。"年年课都排这么乱!排什么课要征求老师的意见嘛,不能没人上的课都踢给我,光让老实人吃亏,好几次把我当垫脚石了。学校现在有事没事都拿老师开刀,干什么都要老师先上,全乱套了!"朱丽茵又开始吐槽了,张懿恒正想着如何脱身,突然喇叭乱响,一辆白色豪车开过来,直停在三人身旁。车窗摇下,主驾位上露出一张中老年男子似曾相识的白脸来,旁边还有一个满头珠翠浓妆艳抹的贵妇,当然无论如何珠翠和浓妆,都是肌肉松弛老态毕露。

"小张,这是我的年度考核表,已经填好签字了,现在就交给你。"男子从车窗里挥挥手,递出一张表格,看着张懿恒有些发愣的样子,就不耐烦地跳下车,直接塞到他手中。"朱博,你怎么跟换了个人似的?年轻了二十岁!"程怡雪一叫,张懿恒顿时醒悟过来。朱紫贵的头发齐齐向后梳拢,身穿双排扣银灰色西装,左胸的口袋花鲜红欲滴,脚下皮鞋更明光闪闪,浑身上下像出席盛大典礼似的。"我本来就年轻,是吧,宝贝儿?咳,这几天很多人不远千里万里,从北上广,甚

487

至从海外飞来,就为了见我一面。盛情难却,我现在的饭局都排到明年了,小费更是多得推都推不开!"朱紫贵说着瞟眼身边的贵妇,摇摆着长头发浪笑起来,阳光照在他的脸上,显得皮肤雪白。

"哎哟,这货怎么反人类反人道反人性,都搞些老菜叶。"朱丽茵看着贵妇嘟囔两句,突然跳上去问:"朱博后,你好歹是有学问的人,整天道德追求不离口,为何要做这样的选择?""咳咳,我已经是教授,达到人生的顶峰了。来这里学问不要了,市场总不能不要吧?"朱紫贵脸色颇显得意,说话的腔调也飘飘然,"五十多岁的人了,再不享受更待几时?来滨大就是享受的,不享受不来滨大。行了,我这辈子也就到此为止,反正再努力也成不了博导、长江学者和大画家!……"话未说完,便被朱丽茵打断道:"我说的不是那个,我说的是你又不缺钱,岑老师也贤妻良母的,但你为什么要另做选择?"朱紫贵猛然一怔,看看身旁,贵妇已经妆容失色,把头扭向一边。"这有什么好说的?岑对我已经不崇拜了!"朱紫贵说着就一踩油门,豪车风驰电掣地跑了。

"牛逼哄哄个屁!人家岑萍萍那么好的,他非要抛弃!听说他现在以著名教授和风水大师的身份到处捞钱,捞得可美了!不就是个江湖骗子嘛,迟早要栽倒。当初肖子业就不同意他来艺术学院,是市领导硬塞进来的。"朱丽茵叽叽喳喳,老黄也跟着说朱紫贵刚从国外美容回来,皮肤都漂白了。近来他缠着院长要成立什么堪舆学研究所,院长不理睬,他又去缠校领导,还拉着校外的富婆造势,说是只要成立这个研究所,只要他当所长,马上就有人捐助资金。

"我真不明白,他这个样子,怎么当上教授的?听说学生很喜欢他的课,每次评教都打高分。"朱丽茵说。

"让学生喜欢还不容易?多请吃吃喝喝就行了。"

老黄一解释,朱丽茵拍着手大叫:"哎呀,我总算开眼界了,这世上有小白脸卖身求荣,没想到还有老白脸卖身求荣的!"

"人家小白脸是为钱,可是朱一个年薪几十万的内聘教授,按理说不缺钱,怎么老了老了还要傍富婆,他图什么呢?""图豪车,图别墅,图风光。前几天他还对人讲总算过上了体面的生活。""男人一般都喜欢小女孩,可是他倒好,偏偏找什么老大妈,这么重口味,我都看不下去。""你错了,他也喜欢小女孩,可小女孩不仅没钱,还要花他的钱,只有那些大妈年纪的富婆才会给他贴钱。"

"奶奶的,他那个对联应该改改。"朱丽茵和老黄正聊得美,丁雄伟也过来凑热闹,学着朱紫贵的腔调摇头晃脑,"本是金山不足客,更因春药恋风尘。"众人纷纷大笑。眼看得议论无尽无休,张懿恒很快离开了,因为赶着创作,他要去校美术馆看画,汲取灵感。

走到韵湖的时候,眼前一只天鹅飞过,湖边玉兰芳菲,几棵红豆杉巍然挺立,有人在树下朝他微笑,张懿恒赶紧迎上前:"老师,您回来了!"

堤岸杂花生树,湖面碧波悠悠,沿着静静的绿道,关教授缓缓走来,紫色的云锦旗袍,洁白的真丝披肩,最让人惊叹的是满头华发,纹丝不乱,简净素雅又堂皇气派!白发如丝日日新,多少年世事纷纭人生沧桑,但岁月从不败美人,撷来芳华成至真!在关教授身上看不出一丝沧桑,反而给人一种严谨的、一丝不苟的、超凡脱俗的感觉,这就使得她像天池一样含蓄宁静,像水晶一样超脱通透,像白云像青竹一样飘逸秀雅。翩若惊鸿,婉若游龙;荣曜秋菊,华茂春松;明澄通达,静若止水,这样的话用来描述关教授再恰当不过,因为她身上处处透露出一个老艺术家的清奇厚朴与雍容淡泊。正如大家说的,如果脱下旗袍穿洋装,那绝对是奥黛丽·赫本再生。

远而望之,皎若太阳升朝霞;迫而察之,灼若芙蕖出渌波。关教授永远都是那么温润爽净,典雅高华,风采惊人。人们都说她冷漠孤高,眼睛里闪着清澈的冷峻的寒光,但当张懿恒握住她的手看到他的眼睛时,感到那双手白皙温润,那冰冷的目光充满无限柔情。一种母性的暖流沁入心田,张懿恒敞开心扉,说了自己近来的情况,告诉关教授他要去校美术馆看画,为即将到来的画展做准备。"好啊,人应该有情怀有追求。"看看张懿恒毕恭毕敬如痴如醉,关教授点点他的鼻子,说话声音平和温婉,"你年轻,路还很长,要珍重自己,珍重自己的希望、理想和操行,不要介入太多的现实人事纠纷,不要在人生旅途中迷失自己。做好自己的学术研究,精研业务比什么都重要。"说着便提到滨大美术馆是个宝库,馆藏名画不亚于北京的一些博物馆,还说她观察过那几只锦鸡,确实很好。张懿恒答应着,顺手拿出几张作品求教,这其实是关教授出国前给他布置的作业。

"形神兼备,以神为上,注重气韵的表达,这是中国画的最大特点。按照老祖先的说法,诗情画意,画贵在有雅气。雅之大略有五……"关教授指出他的画笔墨拘谨,收放还是不够自如,在应物象形、骨法用笔和意境雅致方面需要再提高,线条也弱了些。又提到大道至简,越是简单的东西越要用心画,比如竹子,要"举头忽见不似画,低耳静听疑有声",画花朵要让人感到花香,画水画鸟要让人感觉有声音,还有小鸟的羽毛,翎要劲健,毛要柔软,特别要注意脚趾的张力,注意比例和重心的把握,注意整体的起承转合。

"图绘者,莫不明劝诫,著升沉,千载寂寥,披图可鉴。中国绘画在历史上经历了彩陶文化、青铜文化、画像石、画像砖、壁画、院体画、文人画等不同阶段,是中华民族五千年灿烂文化的重要组成部分。丹青之兴,既可用来愉悦性情,聊写胸中逸气,也可用来比雅颂之述作,美大业之馨香。……和西画追求绝对真实不同,中国画强调散点透视,移步换景,以大观小,凸显天人合一的生命境界,这是中国画的特色,也是中华文化的特色。圣贤映于绝代,万趣融其神思。余复何为哉?畅神而已。自古诗书画文史哲相通,心变化,笔墨随之。万物有灵,图绘当表现性灵世界,应会感神,神超理得,所以说法无定法,画到最后就不是技法而是文化功底的展现了。"

青青菩提树,宝相庄严处。和风吹过,关教授的话语,伴随着菩提的阵阵清香,沁人心脾。虽然只是几句散淡的谈画论艺,张懿恒却感到一种思接千载视通万里的宏阔与洒脱,当然,这种超迈的境界,只有关教授才拥有。仿佛兮若轻云之蔽月,飘飘兮若流风之回雪。其实远远看到那熟悉的油纸伞、素净旗袍的身影的时候,他就感到,走来的不是关教授本人,而是蔡文姬、谢道韫、李清照、朱淑真、管道昇等。

滨江大学美术馆是在滨江学院图书馆的基础上成立的,别看原来叫滨江学院图书馆,藏品可不少。美术馆成立后,接管了图书馆的馆藏,此后又和艺术学院资料室合二为一,实现了强强联合。新的美术馆划归艺术学院管理后,可谓变化巨大,首先是展厅经过整修,更加恢宏大气,而相关配套设施也更加齐全。其次是在保持原有藏品的基础上,经过肖子业院长的奔走努力,又接受了社会的一些捐赠,馆藏更丰富了。滨江大学美术馆因此成为省内外著名美术馆,成为师生学习创作的丰富资源,关教授就经常勉励学子:"我们这些人都经历了好几个时代了,见过旧中国的黑暗腐朽,见过新中国的光荣诞生,也经历了前进道路上的艰辛探索,最终才迎来了改革开放的春天。要爱国,爱中华民族的传统文化。说实在的,你们现在的条件比我们那时候好多了,光咱们滨大自己的书画收藏,就够你们好好学习的了。"

关教授说得没错,滨大美术馆的馆藏名画是全国一流。

虽然是个小小的滨江,到现在也不过是个地级市,但地处沿海,交通便利,历史上四大名园之一的畅园就位于滨江,畅园的主人张熙修为清代翰林,辞官归隐后,在家乡建立了畅园,召集文人雅士共襄绘事。其中最著名的是画家居巢、居廉父子,他们在畅园生活十几年,首创撞粉撞水画法,留下不少佳作。民国时期,这里成立了美术专科学校,很多画家来滨江采风考察,游历讲学,比如吴昌硕、齐白石、徐悲鸿、于非闇、陈之佛等。文人雅士们在此往来酬唱,鹿鸣雅集,会文会友,以画相酬,也留下不少画作。这些作品,连同张熙修的个人收藏,大多被捐给当时的滨江美术专科学校。新中国成立后,滨江美术专科学校被改为滨江师范专科学校。以陈晋昌教授为代表的一批老师,针对当时书画行情低迷的态势,积极奔走,从国内外搜集收购了一批古代名家画作,如八大山人、徐渭、罗聘的画作,就是这一时期收藏入库的,而张大千、吴湖帆、高剑父的作品,更是用粮票从藏家手中换购的。此外学校还专门派人到北京、上海等地,订购了一批著名画家的作品。订购白石老人的作品时,陈晋昌特意恳求:"白老,这个是给学生的示范作品,您老可要画得精一些。"

搜集,收购,换取,订购,这些画后来都成为滨江师专的藏品。改革开放后,又有社会人士主动捐赠了一些藏品,包括几幅珍贵的宋画,比如李迪的《霁月图》、李椿的《芭蕉琵琶图》、李成的《雪树寒鸦图》等。再后来岭南画派日受重视,关山月、黎雄才等人的作品也被广泛收藏。陆陆续续的藏品构成滨江师专丰富而珍贵的馆藏。十多年前,乘着全国院校大合并的东风,滨江师范专科学校升格为滨江学院,后来又成为滨江大学。滨江大学虽然是一个地处偏远的五流高校,但凭这些藏品,合并后的校美术馆在国内却首屈一指,无形中增加了滨江大学的名气。张懿恒曾经问丁雄伟:"听说省博物馆要从滨大调拨一批藏品,但滨江市坚决不同意,为此双方闹得不愉快?""当然了,那些名家字画越来越值钱了,谁不喜欢?"丁雄伟说得没错,这些年省内外领导来滨江考察必来滨大,而来滨大,必来滨大美术馆。馆内藏画是领导们必看的,也是他们津津乐道、引以为荣的国宝。

乱世黄金盛世收藏,这几年随着书画市场的升温,各地都加强了对馆藏文物的保护,滨江大学更不例外,特别是庄焕明的事情后,学校从各方面完善措施,管理极其严格。比如校美术馆的馆藏名画,外来人员,即便是再尊贵的客人,也只能定期在馆内的展览厅看画,就是校内人士看画,也需经过一系列审批。常常是在经过层层审批层层安检,经过工作人员的连续盘查之后,师生才可进入书画珍品库。珍品库有三道大铁门,三把不同的门钥匙分别由三名管理员保管。在仔细查看领导批示后,三名管理员最终要同时在场,三把钥匙依次打开,三道铁门同时开启,才能取出一件藏画。尽管是挂在展柜里,隔着玻璃观看,但也足以让师生观赏学习了。有的师生为了节省时间,通常是带了干粮,在美术馆一临摹就是老半天,直到工作人员再三催促再三检查,直到眼看着藏画被收回入库,才放下画笔依依不舍地离开。遇到个别师生心怀不满抱怨时,管理人员总要解释几句:

"这么珍贵的藏品,随便一幅就价值上百上千万呢!肯定只能给你们馆内限时观看,而且当天拿出,当天就要收回,绝不过夜。我们每次从库房取画,都有三道严格的审批程序,国家领导人来了也不例外,请理解!"

管理人员说得没错,做得也没错。可是大家都不知道,对某人来讲,这个规则实际上形同虚设,他早就开始了疯狂的盗宝行动。

好几年了,每当深夜,一个人就悄悄从八楼潜入五楼,用钥匙打开美术馆的大门。第一道,第二道,第三道,因为有事先偷配好的所有钥匙,所以他打开珍品库的铁门不费吹灰之力。在挑出自己满意的一两幅作品后,他直接带回家精心临摹,然后仿古做旧,几天后,再偷偷将自己的摹品放回美术馆珍品库。反正珍品库十天才开放一次,他这样以假乱真以次充好,时间很充裕,因为一切都是精心计算过的。他总是赶在珍品库闭馆的当天晚上盗出真画,而在珍品库开放的前一天晚上放回自己的摹品。十天的间隔期,一切完全来得及。

当然,对于临摹难度大的作品,比如岭南画派的,他从不下手,因为师生对岭南画派太熟悉了,那些作品稍不留神便会被发现是赝品。他调换的,都是那些大家不熟悉的,比如八大山人、六如居士、恽南田和潘天寿等人的作品,很容易临摹,也很容易乱真。当管理员打开库房拿出画作的时候,并不知道这是赝品,当借阅者观赏的时候,也很难发现这是赝品。因为管理员都是校内的教工家属,都是照顾性安排工作的大妈阿姨。她们没多少文化,不懂画,对于馆藏作品的借出收回,从来就只会点数,不怀疑真假,也没法怀疑,而借阅者大多是本科生和研究生,他们基本上都是头一次见名画真迹,更难发现是赝品。

管理员和学生都不是藏家,更不是鉴定专家,收画看画分不清真假,这就形成监管的漏洞。天长日久,真画一件件被调换,而假画一件件被放回。真画被拿出后,一部分被窃贼自己收藏,一部分流入私人藏家手中,当然,也有被送给领导和其他要人的。时光流逝,随着名画一件件被私藏被转手被馈赠,窃贼从第一桶金开始,逐渐积累起巨额的财富:步步高升的官位,闪闪发光的名片,巍峨辉煌的别墅,别墅里的黄金马桶,别墅里的美艳情妇,别墅里的珍贵古玩……

——他就是这样发达的。

第一次,他只是抱着好玩的试试看的念头,调包了一幅吴昌硕的《兰菊图》,虽然只是不到两平尺的写意小品,但转手就是三十多万,这大大刺激了他。从那时起,他一发不可收,这几年陆陆续续调包了一百多幅馆藏名画。

水　平

老黄正带领几个学生助理打扫卫生,一见张懿恒过来,马上喊:"主任好,这信箱已经很旧了,你看看有无信件?没有的话我就处理了,院里马上要给老师换新的。"张懿恒拉开信箱,发现里面堆积了很多信件,都是些工资通知、出书广告之类,就直接抓了扔向垃圾箱。纷杂中,一个白纸信封赫然映入眼帘,信封上所有的字都是打印的黑宋体,收信人那一栏写着:滨江大学艺术学院美术系张懿恒,寄信人那一栏却是空白,只在信封最下方简单附了两个字:内详。"这不符合常规啊,谁寄的信呢?"张懿恒疑惑着拆掉信封,打开里面的信笺,不待读完,他顿时浑身发冷,不由分说离开了艺术大楼。

今天是校园血案发生的一周年,按照风俗,是冯志学的忌日。张懿恒久久沉默,眼前一片雾蒙蒙黑沉沉,闷热过处,空气里弥漫着草叶腐烂的气息。想起刚刚看过的那些画那封信,他耳边突然回响起别人说过的话:哪有什么岁月静好?只不过有人在替你负重前行。我们不是生活在一个和平的世界,而是生活在一个和平的国家。

说这话的不是别人,正是程怡雪。她在后勤集团风头正盛,一会儿跑城建局,一会儿跑发改委,这几年很多项目,比如开放式校园规划、园林景观工程、校外公寓楼建设等,总有她忙碌的身影。滨大校园网的建设,几年都搞不好,师生们怨声载道,到程怡雪经手的时候,不知使了什么招,一个星期就让网络中心和校外公司谈妥,校园网使用很畅通无阻,而且没有流量限制。教师村小区中心位置的大土包,坟头一样高高耸立,老师们看着很碍眼,强烈要求铲平,资产管理处也答应解决,但拖了好几年都没动工。老师们忍无可忍,纷纷跑去质问。

"哎呀,这个真不好办,我们和卤阳湖管委会沟通过好多次了,资金不是问题,但是——"秦处长搓着两手,面色很为难,"教师村的地势本来就低,这么个大土包,不铲平的话有碍观瞻,使得有些楼层不见阳光,但就地铲平后,这么多的土往哪儿运啊?运到田里吧,农民说是毁坏农田,运到塘里吧,现在池塘都承包了,渔民有意见。所以这个土包动工不难,难的是把这么多的废土往哪儿放,这才是大问题!现在不是强调保护环境嘛,我找遍卤阳湖,都找不到能放这么多废土的地方。"

棘手的问题最终还是推给了程怡雪,她多方筹划打探,联系上一家砖瓦厂,于是教师村小区泥头车整日进进出出,而砖瓦厂则加班加点烧砖烧瓦,猛赚了一笔。土越取越多,大土包变成了大土壕,正当大家又有意见的时候,程怡雪和砖瓦厂的老板交涉,让老板栽树种花,铺草建亭,低洼处修建池塘,高平处盖游廊和健身场,到最后假山池沼都建起来了。原来人见人厌的大土包变成了美丽的中心花园,鸟语花香,流水潺潺,而从头到尾滨大并没投资一分钱,大家提起程怡雪纷纷竖大拇指。

桃花依旧笑春风,程怡雪走到哪里红到哪里,使得后勤集团声誉鹊起。当然,也有声音说她实际上捞了不少好处。

展览临近了,张懿恒开始创作,他知道这幅参展的画必须画好,于是先征求肖子业的意见,确定好题材内容,又暗地里拜访金教授,金教授给他出了很多主意,还托北京和杭州的专家朋友给他指点,当然,自关教授一回国,他又抓紧机会向关教授学习提高画艺。时间就像海绵里的水,只要愿挤,总还是有的。尽管杂事缠身,但张懿恒坚持画画不间断,就这样创作修改修改创作,其间博导老师也给了他诸多建议。三个多月后,他终于搁笔,到市文联交了画作,又顺便拜会画院的韩老师,请韩老师吃了饭。两个多星期后,肖子业打电话说画作已顺利通过市里的评审,很快要送到省里参评了。

　　"冯志学死了,听说省教工委狠狠训诫了滨大,老浦他们被诫勉谈话了?"周末拜访金教授,一见面金教授就迫不及待地问。张懿恒回答说是这样,老浦没被捅死,伤好后依旧在位,据说经过调查,冯志学的指控还是缺乏实据。金教授说没想到他们运气这么好,总能化险为夷,又问现在艺术学院少了一个咬狼的狗,接下来会怎么样呢?张懿恒知道单位上风风雨雨,现在很多老师心都散了,巴不得斗得越猛越好,学院缺乏凝聚力,肖子业的院长不好当,最近心情很不好,儿子从美国回来后,不学无术,整天和他怄气,于是就说了院长的可怜。金教授哈哈一笑:"你恐怕不知道吧?他儿子前几天在马路上飙车,被撞死了。"张懿恒顿时一惊,金教授说这是李光头告诉他的,人死当天,李光头就请他去吃捞面,一吃一大碗,开心极了。张懿恒随之想起丁雄伟前几天提到李光头评上教授后就翅膀硬了,几次找院长理论,要报教书育人优秀成果奖,要评先进教师。肖子业没有同意,两人闹得很不愉快。

　　一个多月后,郑宇智来学校送成绩单,远远看到彭凌杉过来,小彭一见面就说早上上课,批评了学生几句,几个学生当众顶撞,搞得他很生气,课都没心情上。"哎呀,可喜可贺,张懿恒老师的画通过省里评审了,院长都在群里夸呢。"忽然一阵喧哗,廖慈志满面春风走进教研室。郑宇智问真的吗?廖慈志亮亮手机:"岂能有假?微信圈都传开了,省展入选名单已经公布,张懿恒赫然在列。""省里这次动作比较快,距离上次市评不到两个月就出结果。这下有机会参评国展了。""要是能进入国展,那真是破天荒!要知道咱们院长的画都没有进入过国展呢。"几个人正议论着,张懿恒背着电脑进来了。廖慈志马上喊叫道:

"快,你该请客了。""咱只能尽力去画。国展进不进已经无所谓,反正本身就难,我不痴人说梦。"张懿恒很快知道了怎么回事,其实这几天他想得最多的是关教授的指点:"传统中国画,纸上笔墨,胸中丘壑,合二为一,心源丰沛,笔墨就自然灵动,气韵亦随之雄健。要真正领会古人笔下那种高华的气韵并化为己出,点石成金,脱胎换骨,就非得要有超凡脱俗的胸襟和宠辱不惊的气度不可。"博导老师也说过类似的话。

"哎呀,兄弟,你不要这么低调了。谁都知道国展难进,因为那是国家最高级别的展览,很多教授博导终其一生都进不了,但话说回来,你就是进不了国展,冲着这次顺利进入省展,就已经很了不起,真的该请老哥喝酒了。""哦,有饭吃了,好啊!"廖慈志话音刚落,旁边的小年轻凌宇飞和仇香香也拍着手叫起来。张懿恒揉揉耳朵,他知道请吃饭的话廖老师说了好多次,院里很多老师的生活现在就剩下喝酒吃肉了,其中廖慈志最突出,四十多岁的人,按理说年富力强,正当上进,但就是多年躺平,职称、官位、事业,什么都放弃了,整天戏谑闲聊,吃喝玩乐,一副看破世俗的智者风范。当然廖老师也很有意思,大家都知道关教授把上课当绣花,但廖慈志这几年越发把上课当赶鸭,对学生像放羊,好几次外面的人问他做什么工作,他都眯眯一笑:"在湖里掏粪呢!"

"对啊对啊,大家都等着你的喜酒呢!大姐我等得浑身都起痱子了。"老黄也过来帮腔,拍着双手,嗓门高得震天响,"你的画真要进入国展,找你的女孩子就排长队了,纷纷哭着喊着跪着求着要嫁你。"不等她说完,廖慈志和彭凌杉已嘿嘿乐个不停。正乐着,手机响起,老黄接听了几句就脸色突变:"哎哟妈呀,学生家长闹事了。我去看看。"

滨大行政楼前,尽管有保安不断劝告驱赶,但来往的师生们还是禁不住驻足观看,因为这个场面太令人震惊了。

一群人披麻戴孝,聚在行政大楼前的广场上,人群中间是一个黑色的大棺材,棺材旁插着高高的灵幡,挂着长长的标语,而靠近棺材的几个白衣人,对着棺材上的遗像,一边烧着黄纸,一边放声痛哭。哭声凄厉,显然,不到痛彻心扉的时候,人是不会这样哭的,伴随着哭声,满天的纸钱正四下飘扬散落。

"政法学院的学生跳楼死在学校,这已经是家长第四次过来祭拜了。说到底还是个赔偿金的问题,学校也很为难。"郑宇智说。

"我们学校的学生真可怜,动不动就自杀!"张懿恒提到现在各个二级学院有主管学生工作的书记,书记下面有副书记,副书记下面有班主任,班主任下面有辅导员,辅导员下面有助理班主任,然后还有班长、团支书、信息员、安全员、宿舍舍长等,可以说层层设计,把学生管得够严密。就这样滨大每年仍有不少学生自杀,坠楼的,跳湖的,撞车的,不一而足,仅去年一年就有十个学生自杀,老师们想起来就伤心。

"辅导员都是滨大毕业留校的本科生,比学生大不了几岁,学生管学生,不出事才怪呢?"邱博厚只是苦笑。

"别的不说,现在每学期学生报到,后勤集团都强令学生购买校内配置的凉席、枕头、蚊帐和洗衣桶等,价格其实都比外面贵很多!你看宿管科那个办事员小胡,上次把几万元的学生住宿费据为己有,不到半年就挥霍一空!这叫什么高校啊?滨大以后肯定会出事!"彭凌杉还是那样年轻气盛。

"别看了,我们后院也起火了。"小鱼走过来,面色凝重。

楼下哭声震天,楼上领导们正在开会。老浦一见领导,正待汇报,就被呵责道:"行了,不用解释了。"王书记说着就伸过手指,指着他的鼻子大骂,"你怎么是个十足的混货,成心给我添乱是不是?政法学院学生家长来闹事,事情还未解决,现在你们的学生又发帖子。你怎么比猪还笨,屁事接二连三?再处理不好,老子随时让你滚。"老浦双腿哆嗦,头上冷汗直冒,连气也不敢出。

其实事情本身也不复杂,老浦不过故伎重演罢了。上月艺术学院评选国家奖学金,本来已经确定好一名品学兼优的学生,按理说这学生确实也该拿奖,张懿恒给他上过"色彩与构图"课,对她印象深刻。该生家境贫寒,很早就死了父亲,寡母一手拉扯她长大,而其本身也很刻苦努力,前两年都拿了国家奖学金,这次凭着优秀的成绩,有实力继续拿国家奖学金,班级同学也一致认为此奖非她莫属。但名额报到艺术学院的时候,却被老浦刷下,换了另一名女生。个中原因,老浦给小鱼解释说这个学生已连续两年拿国家奖学金,好处都集中在她一人身上,其他同学会有意见,所以这次平衡下。换上这个学生对学院发展也好。

已经学聪明了的小鱼马上查阅学生档案,发现新换上的女生家境不一般,其父亲是滨江市教育局副局长,而这个女生从小学到中学虽都上的市里最好的学校,但学习一直平平,高考分数连三本都没上,最后被录取到民办的滨江城市学院。然而进入城市学院后不到一个学期,就被安排到公办的滨江大学艺术学院上课了。为此遭受不少同学质疑:"她怎么和我们一起上课呢?"也有学生直接问班主任谭景明:"如果都这样的话,我们这些考进滨大的学生,是不是应该都被安排到清华北大学习?"

和上次一样,小鱼预感到学生会出事。果不其然,和前几年发展党员的风波一样,没评上奖的学生在哭了两个晚上之后,很快发帖子说要自杀,网络舆情中心紧急反馈,已成惊弓之鸟的学校下令审慎处理,谨防学生再出事。

"学生总是防不胜防,现在我压力很大,领导总批评工作不到位!"小鱼叫苦连天。张懿恒小声提醒:"给别人擦屁股,别脏自己的手。""我肯定不会那么蠢!"小鱼跳了起来,"都在踢皮球。动不动叫家长过来,还不是想推卸责任,简单化处理?校领导发话,艺术学院的事情自己解决,否则追究相关人员的责任。国家奖学金报表是老浦签的字,关我什么事?"

朱丽茵说老浦真是个十足的蠢货,一贯业务白痴、政治流氓!为什么非要替换掉那个女生?既然王书记发话了要照顾,那就多申请一个名额,两个一起上,这样既照顾到领导的孩子,又不用刷掉那个优秀的女生,两全其美多好啊!张懿恒也连连称是,但被人否决道:"一半一半和稀泥,典型的庸人做法。老浦肯定考虑过,但绝对不会这么干。屁股决定脑袋,你想想,如果真是两个一起上,这不显得顺手牵羊太容易了吗?只有强行拉下来一个,推上去另外一个,才能显示出迎难而上的突出表现,也才能显现出对领导的耿耿忠心!"

郑宇智洞若观火。

"这次他还是为了表忠心吗?"就在大家疑惑的时候,老浦已经回到艺术大楼,看着堵在办公室门口的学生家长衣衫褴褛,明显没见过世面的样子,心中就有数了。礼貌性寒暄几句,老浦扬扬手中一张盖着红色印章的表格,满脸严肃地说:"我正要告诉你们,经过心理中心测试,孩子心理有障碍,搞不好是间歇性精神分裂,行为处于失控状态,因此学校建议先休学。"

老浦真不愧是老浦,从心理中心柳教授那边搞来一份心理测试表,立马就把学生家长唬住了,接下来他又是请吃饭,又是让地方的街道办居委会等出面,终于做通了学生家长的工作。紧接着又和学生不断谈话,让小鱼很快给安排个勤工助学岗位,实际上光领劳务费而不干活,学期末又给学生几个荣誉称号,什么社会实践优秀分子、读书会先进个人、写作比赛一等奖等等,另外还牵线一个校外老板对口支援,说好每年给学生八千块钱贫困补助,直到毕业为止。事情圆满解决,学生和家长都很满意,还写了感谢信,感谢滨大教育有方。老浦的作为赢得了校领导的高度赞誉,赞誉他以极小的代价换取了极大的成果,不像政法学院学生家长几次过来闹事,搞得学校最终赔了一百万。

小鱼告诉张懿恒,艺术学院后来请吃饭,王书记当场夸奖老浦处理得当,还让其他二级学院都学习,老浦鼻子都笑红了,最后喷着满嘴酒气道:"还是王书记说得对:工作量就是酒量,摆平就是水平!"

红裙子

六月,荔枝快熟的时候,一个消息迅速火遍整个滨大,也火遍整个滨江文艺界:张懿恒的画作一路过关斩将,最终顺利进入国展,成为进京参展作品了。

"真是破天荒!咱们滨大建校六七十年,咱们滨江市这么大,但从来没有谁的作品能进入国展!这么富的滨阳,口口声声说是文化大省,今年也就两个人的作品进入国展,你是其中之一,给咱滨大争光了,了不起啊!"网上消息刚一公布,肖子业院长就赞不绝口,对张懿恒连声说后来居上,要他继续努力。丁雄伟也很快跑到画室,拉住张懿恒沾满颜料的手拥抱,张哥张哥叫个不停,显得比张懿恒本人还激动。丁雄伟说话的时候,口里一股浓浓的腥味,等说到最后,他打开水杯,张懿恒才发现杯子里不是茶水,而是红红的血液一样的东西,便知道又是什么特殊补品。

"你是潜力股,后劲十足,年轻有为,前途无量。小伙子,要再接再厉,奋发有为,奋斗不息,我老了,以后学院的发展要靠你们了!"老浦也是又握手又拍肩膀,热情勉励,最后还关心地问:"你和小牛怎么样?""唉!不是一路人,她早就不和我来往了。"张懿恒的声音很慢很低沉,显得无可奈何花落去,因为他清楚老浦明知故问。"哎呀,不要情绪化。人与人交往,闹点小别扭再正常不过了。我和你大嫂吵了几十年,甚至还打过架,还不是照样过来了?!你们年轻人就是爱闹个情情调调的。要不要我再给你们撮合?"老浦笑了。

不,坚决不见了,前几天老黄和丁雄伟要给他介绍对象,他也毫不犹豫拒绝,老黄当下就惊讶得张大嘴巴,但张懿恒却不是开玩笑,他说的是真话。学校好成果,老师多累死。几年过去,忙着写论文,忙着报项目,忙着画画参赛,忙着备课上课,忙着开这个会那个会,忙着应付这个通知那个表格,他已经是公认的艺术学院最勤奋忙碌的人。勤能补拙,一旦认真投入,每天早上醒来,符号线条文字表格等就在脑海中蹦蹦跳跳,欢腾喧闹,呼之欲出,张懿恒知道自己进入状态了,这是一天中思维最活跃的时候。所以吃过简单的早餐,他就匆匆往画室往图书馆赶,趁着灵感到来抓紧时机努力创作。

一年三百六十五日,画不完的画,写不完的论文,填不完的表格,应付不完的琐事,每天饭堂、画室和教室三点一线,刚开始张懿恒说等等看,先把男女之事放一边,结果伴随着无限期的忙碌,不知不觉,他对此越来越不上心,最后干脆淡漠了。因为一听说介绍对象,从心理到生理,他就情不自禁想起牛婷的形象,本能的条件反射让他充满恐惧和排斥。渐渐地,他感到除了维持基本的温饱生存外,其他什么欲望都没有,简直成为科研机器了。

"兄弟,长期没得搞怎么行?东西都生锈了,可不敢再拖了!"郑宇智不断劝说。程怡雪见了也常常叹息。但忙忙忙,怕怕怕,张懿恒精力分散,锐气尽消,身体早没有以前强壮了。晚上回家,他常常累得倒头就睡,根本没有心思去想这想那的。偶尔回味起和程怡雪的点点滴滴,再望望窗外漆黑的天空,心里充满悲愤。他知道程怡雪现在很了不起,这个女人远远在他之上,几年来呼风唤雨,早已成为女中豪强。"人家有本事呗,你看老板见了她都跟见了姑奶奶似的!哼,我早看出来了,那个姓程的能干更能贪,后勤集团的人早对她有意见了!"朱丽茵一嘀咕起来就没完,好像程怡雪是她前世仇人似的。

无论如何谦虚推辞,这几天还是有很多人找,张懿恒常常接手机接到手软,刚下课就有学生记者跑过来,自称奉校党委命令来采访。市委宣传部、市文化局和滨江画院的电话也打给校长,打给校办,最后又打给他,三番五次邀请他去讲学。滨江电视台、《滨江日报》也纷纷联系,要对他进行专访。外面的几个企业家也说要订购他的作品,价位高点不要紧,只要画得精细。几家高档画廊也问他要不要代售画作。对于这一切,张懿恒毫不犹豫拒绝了,尽管他也爱钱,和钱无冤无仇,尽管他也想订单如雪片般飞来。生活在俗世中的他固然不能免俗,但毕竟这么多年的冷板凳都坐了,还有什么耐不住性子的呢?满瓶子不响,半瓶子晃荡。他坚信自己的画作还不够火候,在笔墨方面还有不少问题,还不足以回馈社会,更不用说推向市场了,因此务必低调,忌讳炒作和包装,否则在这个残酷激烈的艺术市场上,后果不堪设想,历来一个奖项毁掉一个人的事例太多了。

"你呀,真迂腐!"郑宇智找过来,一见面就劈头盖脸数落,"尽早把作品推向市场,对你是一种促进,这有什么不好?怎能说是急功近利?你和我不一样,你还要借助这些机会上进,以便转换平台,我是完全不需要了。时不我待,你以为突破自己,成为一代名家那么容易?你又能等到什么时候?别忘了熬字下面四滴泪,忍字心上一把刀。"

面对劝解,张懿恒只能含糊答复,这几天他实在太忙了,根本没时间去考虑以后的事情。国展获奖使他陷入连续的活动中,一切好像变了天一样。画院的讲座和媒体的专访,他可以谢绝,但自己学校的活动,他总要面对。老浦现在逢人就说自己麾下出了个人才,校长亲自接见了张懿恒,勉励他好好工作。当然校长上午接见,当天下午老肖和老浦又接见,毫不吝惜赞美之词。"今年的年度考核优秀、先进教师称号、优秀党员的荣誉,院里已经确定给你了,也非你莫属,这是民心所向众望所归,组织不会亏待老实人的。"老浦当着院长的面既赞扬又命令,"你这次进国展很不容易,是学院的光荣也是学校的光荣,我们的学生纷纷提出要求,请你做专题讲座。这样的讲座你要多做几次,传授心得体会,为学院发展多做贡献,组织需要你。""媒体的专访,建议你还是不要拒绝,这是一个宣传滨大、宣传艺术学院的好机会。"肖子业院长很客气也很郑重地说。

张懿恒知道此时纵有三头六臂,也无法左右自己了,因为领导们爱这些,也需要这些。他倒是想低调些,自己能进入国展,固然有实力,但也得到过诸多帮助,如此不低调怎么行呢?在向导师深表感谢之余,张懿恒问起了杨鸣鹤,导师

501

语焉不详。又问其他同门，都说杨鸣鹤停职后无影无踪，谁也联系不上。再问徐松云，也说没有消息，他还想问仔细点，但徐松云似乎有难言之隐，简单说了一句就很快挂断电话。

在经过了领导接见记者采访学生献花之后，按照学院安排，张懿恒开始在校内做讲座，讲座是在教学楼一个大教室举行，人山人海，座无虚席，很多老师都来听，包括近来常和他探讨书法的曾叶林。学生社团为此专门全程录像，搞得口才平平的张懿恒十分紧张，生怕哪句话说错了。画家是靠画笔来吃饭的，他本就是一个埋头画室的人，画画是他的生命寄托，教书是他的职业所在，埋头苦干是他的一贯修为。若不是生活所迫，谁愿把自己弄得一身才华？好在讲座只是散讲，张懿恒从中国绘画史说起，讲了谢赫的六法，讲了神品和逸品，讲了张彦远的《历代名画记》，讲了项元汴的天籁阁和《蕉窗九录》，甚至讲到回流不久的张先的《十咏图》。开讲时前排坐满大一大二的女生，面孔清秀清纯，眼神纯净柔和，大腿纤细修长，搞得他有些分心，中间连谢赫的原话都说不清。幸亏后面回答学生提问时进行了弥补。学生的问题，都是他事先考虑过的，程怡雪也教他如何应对。因此针对提问，早有准备的张懿恒经典论述信手拈来，解析问题深入浅出，妙语连珠。最后当主持人宣布讲座结束时，教室里发出阵阵雷鸣般的掌声，张懿恒鞠躬致谢，也从心里如释重负地感叹：活动总算结束了，我可以回到画室画画了。

正当收拾课件准备离开的时候，一群学生围上来，手中拿着张懿恒新出的画册，用小鸟一样纯净清脆的声音喊道："老师给我签名，给我签名。"

签名之后，还有几个学生不愿离开，簇拥着他走出教室。"噔噔噔"，忽然一阵响亮的皮鞋声传来，十分刺耳十分强势，打断了师生们的交谈。疑惑间，张懿恒耳边很快飘来一声奇怪的召唤："宝贝儿，想你了。"

刚开始他以为是学生之间这样叫，就没在意，但紧跟着这声音凑近他的耳边，又叫了一句，甜得好像抹了蜂蜜的奶油面包，柔滑油滑，妩媚妖媚。没错，叫的不是别人，正是他本人！反应过来的张懿恒浑身哆嗦，头皮随之发紧了，长这么大，还没被人叫过宝贝啊！等到定下神来站稳身子，左看看，右看看，最后一回头，才发现身后有个女人朝他咧着嘴笑。

女人烫着大波浪头发,头发上斜插着个大红花,睫毛又黑又厚,脸上涂着雪白的脂粉,而脖子以下,就是连衣裙了,想必是为了极力衬托身材,裙摆一直拖到脚跟,裙子颜色上下一体,火红火红的,十分显眼!"这谁啊?"张懿恒顿时愣住了,看着那张浓妆艳抹的粉脸儿,他不知所措。

皮鞋声有节奏地响着,粉脸女人扭扭屁股,很快笑媚媚问道:"哟,宝贝,这么快就把我忘了?""怎么……你?"张懿恒终于醒悟过来,那是一张他再也熟悉不过的面孔。"哎哟!"女人的粉脸动了动,腰肢水蛇般左右扭动,妖娆得让人不忍直视。

"嗯哼,果然不出所料,我就知道你在这里。"女人浪声一笑。

"你——来了?!"张懿恒擦擦汗,脸色有些茫然。

"我咋不能来?!上车吧。"众目睽睽之下,女人再靠前一步,半边身子一靠,顺势要挽住他的胳膊,"嘻嘻,大画家获奖了,要请我吃饭吃饭吃饭!"说着就哆起来。

张懿恒顿时明白:好几年过去了,这女人还是老样子!

没错,她是来找张懿恒的,当然不是吃饭那么简单。一听说张懿恒的画进了国展,她就开始有了心思。三十六七岁的女人,还以为自己是一朵花吗?就算年轻貌美一朵花,可是千朵花万朵花到最后还不是要落土成渣。张懿恒有学历有工作有才华有形象,不抽烟不喝酒不嫖不赌,虽然看起来像个木头,厌弃社交,不事应酬,整天埋头画画,对吃喝玩乐没有浓厚的兴趣,物质追求显然偏低,甚至一个月不吃肉也觉得挺好,但平心而论,还是个好青年好同志,是个值得依赖的忠厚男人。至于常年不修的边幅,她相信随着自己的调教,张懿恒很快就会变得风度翩翩气质非凡,唯一不好变的是他吝啬小气的性格。

哎,不管是不是吝啬小气,高尚的学历,体面的工作,不俗的才华,稳定的收入,忠厚的性格,像张懿恒这样的男人如今都难再找,又上哪儿找?这是她比较来比较去的结论。当然,更重要的是她现在已经没有机会再找了。时间不等人,她寻寻觅觅,冷冷清清,凄凄惨惨戚戚,从十七岁到现在,寻觅了二十年,也挑选了二十年。同事牵线,网络交友,婚介服务,在线征婚,什么都试过了,钱交了不少,到头来还是一场空,搞得她满肚子辛酸,早酸成腌菜缸了。

茕茕孑立形影相吊,进门无与言,出门无所对,这种生活太恐怖了,尽管嘴上对人说不急不急,但实际上忧似高山愁似海,她做梦都在想把自己早日嫁出去。所以这次一听说张懿恒画作进了国展,她就失眠了来劲了,翻来覆去,选来选去,思忖着该见好就收。"自己已经不是极品了,而张懿恒多少也是个潜力股。掐指算来,那么多美女同学同事同行,纷纷嫁官员嫁老板嫁演员,到头来还不是一场空一场苦。咳,这年头当个教授夫人比什么都好,出入上流社会,过着公主生活,倒也天上人间!"想来想去,远在天边近在眼前,她决定主动出击。男追女,隔堵墙;女追男,隔层纱。她知道,像张懿恒这样的老实男人,常常死要面子活受罪,干什么都不好意思说出口。这种男人,常常都是等着女人追的,其实不用费多大工夫,只要一句温存的话语,一个不经意的动作,或者一杯甜美的小酒,很容易就能征服。

　　至于中专生,中专生又怎么啦？她比谁都明白,世上的男人找女人,看重的都是美貌都是风情,真正学历高的女人才嫁不出去呢！中专生照样可以玩倒一个博士。滨江市现任文化馆馆长,中专毕业时就在镇街上教大妈跳广场舞,如今人家凭着"群文之星"的称号和老公的显赫后台,照样堂而皇之当了正处级干部,多少大学生研究生都在她手下干活,整天被指挥来指挥去的。滨江这地方,只要你努力,总会有收获。人有多大胆,就有多大产。不怕不多产,就怕不能干。只要放开干,就能手撑天。女人是这么想的,现在也准备这么干。

　　看张懿恒有些迟疑,女人撒起娇来:"哎呀,宝贝,快快快,请我吃饭。你怎么跟那个庄什么似的!"略一迟疑,看见学生都已离开,她终于脱口而出,"请我吃个饭都磨叽,是不是你们当老师的都吝啬小气？快啊,请我吃饭吃饭,人家都等你好久了。"

　　"原来把你也给庄焕明介绍过,你吃过人家的饭,和人家处过对象？"

　　"什么把我给他介绍,好像我成了处理品促销品似的？是把他给我介绍。我才不和他处对象呢!"牛婷扬扬眉毛,大红嘴唇往上一翘,"走吧,快请我吃饭,车在下面呢。放心,车是我的,不让你出油费。"说完瞟瞟张懿恒,她知道这个男人好久没碰女人了,是根一触即燃的干柴。

　　"你有什么事吗？"令牛婷没想到的是,面对再三催促,张懿恒没有正眼看她,始终原地站着,非常淡漠非常冷静。

"人家就是来找你的嘛!"牛婷的粉脸拉了拉,声音尽量显得轻松悦耳娇滴滴,手臂一甩,腰肢也扭了扭,这一扭,更加显示出她松垮的屁股。

"我很忙很累。"

"我没有对你好好照顾。"

"我和你没关系。"

"我以前不是很了解你,所以冷落你了。"

再傻的男人也是人,说不清是高兴、愤怒还是甜蜜、恶心,总之什么都有!男人的血性奔腾着,张懿恒心里翻江倒海掀巨澜。看看面前的女人:大热天,骄阳似火,还穿个火红的绸缎连衣裙,那裙子飘摆不已,好像画画的曙红一团团没有化开,充满脏兮兮的燥气。两颊的白粉也没有涂匀,露出颗颗粗壮的粉刺,搞得一张脸既像波罗蜜又像大蜂巢。八字沟下的嘴唇,尽管抹了不少口红,但依然显得干瘪。这色彩对比,这妆容,让懂得艺术美的张懿恒左看右看阵阵发晕。青春已经从脸上明显消逝了,她还要装扮得跟嫩葱似的,可是再装扮,也是东施效颦。张懿恒浑身发抖,当初女人谩骂辱没自己的话很快回响在他耳边,他很想把眼前的女人回骂几句。但男人毕竟是男人,博士毕竟是博士,大学老师毕竟是大学老师,话到嘴边,张懿恒又咽下去了。凭着这个女人今天主动来找他,他已经觉得值了,骂了反而显得自己档次低,再说骂不骂还要看有没有感情。想到这里,张懿恒心里涌起一阵讽刺的快感,淡定而又不失揶揄地问:"你不是要找闪闪发光眼前一亮让你崇拜的男人吗?不是天天做梦都在和明星大佬睡觉吗?……"

"行了。"不等张懿恒说完,牛婷就高仰起头,"我出身名门望族,又是北大毕业,是著名朗诵艺术家,著名记者,当红主播,我最闪闪发光眼前一亮,我只崇拜我自己,我永远是人类高品质女性!"或许是觉得不妥,她随即堆起满脸嬉笑,上来就要搂张懿恒的肩膀,并且用一种很撩人的口吻嗲道,,我已经买房了,饭后看看我的新房。好好休息!"

牛婷的屁股又扭了扭,红裙子的下摆水波一样飘着,飘得张懿恒脑袋发麻,他不明白,滨江这地方,女孩穿衣服一般简单而纯洁,颜色清爽而赏心悦目,唯独

505

这个自认为高贵脱俗的牛婷,这么热的天非要穿闪光缎的大红裙子,头上还戴着大红花结。一身上下,从头红到底,再加上烫过的大波浪卷发,俨然灼热火焰,阵阵冲天袭人,想想牛婷的话中有话,张懿恒更恐怖不已。

"你仔细看看,今天我美吗?漂亮吗?高贵吗?"牛婷提着红裙子的下摆,摇摇荡荡又往前扭捏了几步,显然,她要让自己婀娜多姿!张懿恒从心里感叹:真想不到啊,这人怎么总不自省?还以为自己是绝代佳人旷世名媛!

"宝贝儿,能不能亲切些,叫我婷婷、小婷、小牛牛好不好?张口你闭口你的,叫得多生分。嗯啊!"牛婷又嗲起来,张懿恒不知如何回答,面对女人一而再再而三的娇滴滴甜蜜蜜,他后退两步,"哦"了一声。

一个"哦"字出去,连张懿恒自己都觉得很有水平。惊讶、恐惧、喜悦、得意、满足、鄙夷、嘲讽、庆幸、厌恶、憎恨、愤怒……这么多年过去了,该怎么称呼呢?牛闪闪、牛发光、牛记者、牛演员、牛主播、牛小姐、牛老师、牛婷、婷婷、牛女士、牛烂脏、牛低俗、牛肤浅、牛大炮、牛大擂、牛大吹、牛吹大、牛无耻、牛虚伪、牛贱货、牛明星、牛艺术、牛高贵、牛婊子?这些称号在他脑子里嗡嗡作响,都想喷出口,又不能喷出口,只能含糊地"哦"了声。这一"哦",含而不露,不卑不亢;把握到位,不瘟不火,礼貌得体而分寸十足!

"我还有事,先回去休息了。"张懿恒看着前方,撇下女人大步流星走开了。楼层的走廊宽敞而深长,他腰板挺直,脚步声很响很亮,一直往前走着,旁若无人,目不斜视。当然,不用回看他也知道,牛婷在楼下学生的偷窥中,孤零零一个人被撇得越来越远,看来这次她真的失望了。

卫生巾

天气炎热,霍启然上完课的时候,碰见了常云辉。

"支教活动开始了。今年是去新疆和西藏。"

"报名的人数多吗?"

"我们学院暂无一个老师报名,都嫌条件艰苦。"

"那怎么办?总得有人去啊。"

两个好朋友说着就走向湖边,忽然传来救命的声音,湖面上几个孩子在不断哭喊。

霍启然马上打电话叫人,常云辉来不及脱衣服就跳入水中,下水后他才发现这塘比他想象的要深,正犹豫着,扑通一声响,树丛里扔下一个救生圈,紧跟着有人跳了下来。

一连救了五个落水的孩子,三个老师都累得气喘吁吁,常云辉和张懿恒两个下水的党员老师更是躺在地上,脸色阵阵发白。

一辆小车开过来,霍启然赶紧爬起来问:"把孩子送到医院好吗?""我还要去学校接女儿。"车窗摇下,谭景明简单看了看,很快像蚊子一样飞走了。

"什么东西!"霍启然气得骂了一声。

几天后的教研室,常华明一见张懿恒进来就问他,为什么要拒绝表彰?"没有为什么,我就觉得那是人之本性,换成你也会那么做的。"张懿恒说着看看窗外。落花无言,他整个人比落花更宁静,其实这几天很多人都来问,但他和常云辉、霍启然说好了,就当没这回事。"不不不,我不会游泳。"常华明身子一缩,又问:"难道你不怕死?跳之前没想过什么?""没有,行动也就是一刹那,根本来不及多想。"张懿恒刚解释了两句,朱丽茵跟着程怡雪进来了,一见面就高门大嗓:"听说有人哭着求着吵着闹着要嫁你?这样的好事我怎么没有呢!"张懿恒只是苦笑,说随后几天牛婷给他不断发短信打电话,可是他不为所动,根本不理不睬。

"你要冷处理吗?"程怡雪问。

"那天她来找你,我也见到了,你们的故事这几天被传得沸沸扬扬。我也没想到世上有这样的女人!当初讽刺辱没破口大骂离你而去,现在听说你获奖了出息了又闹着重归于好,还在大庭广众之下要亲热,低俗肤浅狂妄愚蠢,自私自利贪婪势利,不要脸得超乎我的想象。"未等张懿恒回答,朱丽茵先叽叽呱呱。

"那女人等不及了,就像一只仓皇奔跑的老母狗,急不可待地找窝呢。"常华明说着就嘲笑,"士可杀不可辱。她当我们张博士是什么呀?想来就来,想走就走,是把自己当垃圾还是把别人当垃圾?"

程怡雪也疑惑牛婷咋还这么自恋?言谈举止总把自己当花中蕊鸟中凤人中魁,张口都是自己血统高贵条件好,摆什么贵族气势。然后提到牛婷在滨江也算小有名气,朗诵也算有两下子,获了不少奖,这几年她每年都找领导,要求把她当作先进人物优秀典型去宣传,还要求组织发文发通知,让全市人民向她学习,领导被她缠得烦不胜烦。

朱丽茵拍拍手:这么不要脸的女人我还是头一回见到,不仅形象看着令人恶心,而且无德无耻无知无智。哎哟,我算大开眼界啊!""无知无智?恐怕不见得吧?"程怡雪冷笑道。"啊,对呀对呀!"朱丽茵吐吐舌头,"典型的老江湖老油条,应该很有心计。"正说着,教研室的门被一脚踢开,伴随着"咚咚咚"的脚步声,有个女人大摇大摆进来了,这声音让人再熟悉不过。

"你来干什么?"张懿恒问。

牛婷不答话,只是阴沉着脸,冷冷瞪过来。一张脸本来像风干了的苦瓜,干枯瘦长又粗糙不平,此刻又涂得雪白,白得不见一丝血色,嘴唇也抹得血红血红,更令人恐怖的是,她的眼神游离不定又炽热愤懑,明显充满内分泌失调的焦灼火燥。张懿恒心里直发毛:这莫不是白骨精现形了,等着吃唐僧肉吧?

"你以为我来追你缠你哭喊着要嫁你?少自作多情,我一个堂堂北京大学毕业的高才生,还没那么下贱!"牛婷双手叉腰堵在门口,突然一声晴空霹雳的大吼。

想起来她已不知第几次提到北京大学了,张懿恒很好奇地问:"你到底在北京大学学了几年,学的什么专业?"牛婷翻翻白眼:"关你什么事?"张懿恒一脸正色:"我就想弄个明白,我对北大人一向很仰慕。""这个嘛,具体我也不清楚。"牛婷结巴起来,但很快又恢复了夸夸其谈的态势,"……好像是语言文学吧,反正已经交钱了。我都算很努力了,马上就毕业了。我们单位就我一个有北大学历,其他几个连函授都不是,自考几年都没考上。他们都是低学历,唯有我是高学历,同事都很羡慕我,他们才中专学历。我平日都看不起的。""哦,证书写的是什么类型的学士?"知识分子就这么些爱好,张懿恒首先关注的是学历,学历低了一切免谈,他知道庄焕明就因此吃亏了。

"什么学士?学士是什么啊?"牛婷眨眨眼,大波浪头发甩动着,"反正有付出就有回报,北大的证书花了大钱也值得,现在干什么不花钱?我们家族才不缺钱。我爷爷是银行家,我爸爸妈妈都是省里的高级公务员,我姑父姑妈都是大学教授,我们家族都很厉害的,我一个北大才女,一个豪门秀女,往这儿一站,配谁都绰绰有余,绝对体面。"牛婷打个响指,说着便坐到走廊的椅子上,二郎腿跷得老高。

长期的怀疑得到证实,仅存的客气也很快破灭,张懿恒终于明白了。看来这个女人假得太厉害,假胸围、假睫毛、假粉面、假腮红,至于身高、年龄,特别是大学学历就更假得离谱了。不过想想也对,一个北京大学毕业的学生,去乡镇一级的电台干什么,这不是自毁前程嘛?至于那个不断标榜的豪门出身,三下两下,张懿恒就更清楚了。牛婷出身小市民家庭,父母亲戚都是下岗职工,她初中没读完就上了一家艺术学校,毕业后南下,辗转多地,后来到卤阳湖镇文广中心当记者,时不时也客串村镇文艺晚会的主持人。明白这些之后,张懿恒心里轻松得像石头落了地,他很快笑道:"你才女秀女和我没关系,我现在不想恋爱,更不想和你恋爱结婚。"

听了这话,牛婷立刻挺直身子,双手按在椅子上,眉毛高高扬起,狠狠瞪着张懿恒,最终从牙缝里挤出几个字:

"那——不——行——"

"怎么不行?"张懿恒很惊讶。

"哼!"牛婷从手提包里拿出个东西,冷笑着在他面前甩了甩,眼中更是寒光凛凛。

"大博士,你睁大眼睛瞧瞧吧!"

张懿恒看清了,眼前是一条卫生巾,上面有明显的黄色污迹,斑斑点点,好像没洗净似的。

"这是你欺负我的证据,你看清了,上面有你的精斑,可以DNA检验的。"

"你凭什么说这是我的?"

"哈,果然不出我的所料,幸亏早有预防。"牛婷拍拍廊椅的扶手,接着从挎包里掏出一个U盘,高高举在手中,"这是你强奸我的音频和视频,铁证如山,你赖得了吗?"

张懿恒脸色通红,飞手夺过U盘,一脚踢个老远。

"哈哈哈!"牛婷浪笑不止,声音骄傲而放肆,笑得身体前后摇摆,脸上的白粉四面飞扬,颗颗粉刺都快要跳出来了,"你踩吧,尽情地踩吧,一个光碟五块钱,我不在乎。你踩个够吧,我再给你几百几千几万张。你踩了我还可以再刻录,反正电脑里已经存档了。哈哈哈!"伴随着笑声的,是她那高冷、阴柔和邪魅的讥讽,"博士啊,你的智商怎么如此低?你以为简单踩踩就能毁灭证据?有本事做,没本事承担,你还算不算男人,算不算好汉?"

煞气逼人,一切好像窒息了似的,连空气都凝固了,张懿恒不寒而栗,背上直冒冷汗,头皮也发麻发紧,看来这个女人的厉害远在他的预料之外。

"这能说明什么,你到底要怎么样?"张懿恒指指光碟,看看卫生巾。

"我告诉你!"牛婷往前一步,血红嘴唇翘动着,眉毛倒竖,眼神凌厉得让人望而生畏。

"只要你对我好,从了我,这就一笔勾销。若是你不想和我登记结婚,我就拿着这东西,去找老浦,找纪委,找你们各级领导哭诉上告检举,让大家看看,高校老师是怎么人面兽心玩弄无知少女的,是怎么为人师表的。我还要在网上举报,我要发视频,我要上传堕胎记录,总之我要把你的滔天罪恶公布到互联网上,大造声势,给你形成舆论压力,要让你臭大街。纵横新闻战线十几年,没有人比我更知道媒体的力量。告诉你,我闯江湖一二十年,在滨江人脉广得没法说,很多朋友都在公检法工作。"

牛婷双手叉腰,双脚并立,操着刺耳的电锯嗓音,说话时不时扭动腰肢,渐渐地头发披散,眼袋膨胀,厚厚的假睫毛快要掉出来了,尽管如此,她涂得血红的大嘴还在努力翕张,张牙舞爪,口水乱飞,嘴边腮旁颧部的颗颗粉刺因为剧烈的动作而迅速红肿和胀大,时刻都有一触即发爆炸溃烂的危险,搞得张懿恒不敢直视。

牛婷越来越疯狂,火焰喷射器大显神威了。

咳,有什么办法呢?这个女人的自负狂妄远超他的想象,这个女人的老谋深算也远超他的想象。事已至此,只能坦然面对了,她现在不就是急不可耐要名分要婚配嘛,一个女人要嫁人也是好事!张懿恒这样想着,越来越沉着冷静了。

不管风吹浪打,胜似闲庭信步。任凭牛婷喋喋不休地狂轰滥炸,张懿恒看看门外,顺手摸出一包黄鹤楼香烟。走廊上的禾雀花串串斜下来,绽放出朵朵白花,微风过处,传来阵阵清香,他嘴角抿笑,深深吸口花香,然后仰起头,将黄鹤楼夹在手中,吐起了烟圈。那烟圈从他口中悠悠飞出,很快形成一个浮动的椭圆,规整柔和,气定神闲,由近及远,一个个慢慢叠加着飞翔着,像灰色的蝴蝶,像柔软的羽毛,像舞动的落叶,轻盈优美,逍遥自在,不断缥缈在遥远的天空。许久许久,张懿恒不知吐了多少个烟圈,最后感到牛婷这边已经没了声响,就轻轻问道:

"完了?"

"哼!"牛婷脸上阴云密布,目光既仇恨又期待。

"快答应我,只要马上登记结婚,咱们一切好说。我也不会找你们任何领导投诉的。而且,你的那个——"她掠掠头发,"我有很优秀的医生朋友,可以给你调理身体的。我现在就有一个偏方,从古墓里挖出来的,已经给四十七个男人用过,其中四十六个都灵验了,真是棒棒哒。你肯定行的,我会让你牛!"牛婷说着扬扬手中的一张黄表纸,上面密密麻麻写满了字迹,看来是有来历的灵丹妙药。

"什么那个?"张懿恒愣了愣,随之反应过来,立刻涌起释然而嘲讽的微笑。很显然,女人不顾自食其言,早已精心设计好一切。她已被生活折磨得恐惧了,疲惫了,或者说奄奄一息了。看到牛婷头顶,特别是靠近天灵盖那个地方,已经有明显的缕缕白发,这就印证了张懿恒的猜想。当然,他也知道,牛婷比他还大几岁。

见张懿恒不作声,牛婷有些得意,看来这个男人被她吓怕了诱住了,于是心里一乐,乐得像小孩子。这样想着,她将卫生巾和药方放回包里,又口若悬河:

"只要你答应了我,咱们一切好说。我今天来找你,是看得起你,是对你的顾惜、怜悯和恩赐。这么多年,我守身如玉为了谁?咱们从头开始,好好生活吧。请放一百个心,凭我响当当亮闪闪色艺双绝的盖滨江口碑,我会很贤惠会好好打理家务的。我会真诚支持你评教授的,我会全力当好教授夫人的。当然,你每月的收入必须全部上交给我,我给你管钱。因为我很勤劳能干,我会一心一意支持你当大画家,我会把家里收拾得很干净,我会上得厅堂入得厨房,我会洗洗涮涮精打细算操持一切。我会善解人意,我会温柔无比,我会光彩十足,我会相夫教子,我会做你坚实的后盾,我会是个极为优秀的好母亲好妻子好贤内助好媳妇,我会把我们的家打理成全国五好家庭文明家庭模范家庭。

"我如果爱你,绝不像攀缘的凌霄花,借你的高枝炫耀自己。好花不怕夸,左邻右舍,你没打听打听,那么多人仰慕我赞美我崇拜我,我多么优秀多么光彩,我是有口皆碑的,你看我先后获得了多少滨江市的荣誉称号先进奖励!优秀记者、优秀演员、优秀主持人、十佳青年、三八红旗手、形象大使、市朗诵大赛金奖等等,多得数不过来。要知道有多少个英俊伟男五体投地拜倒在我脚下,哭着喊着磨着求着要给我服务,像上次出国,几个美国将军见了我,都喜欢得不得了,到现在一天还给我写八封求爱信,我都断然拒绝了。女明星摇身一变,也是贤妻良母。我可懂你们男人了,放心吧,只要有我在,你会很幸福的!想当年我也是响当当的北大校花,以后肯定会成为世界上最温柔厚道质朴可爱的女人、最伟大光荣贤明高尚的妻子、最勤奋持家美丽动人的母亲!……"

牛婷还要滔滔不绝卖下去,被张懿恒一声喝止:"如果我不答应呢?"

累累累,他不想和这种女人纠缠了,牛婷语不惊人死不休,不说这个还好,一说这个,他就浑身发抖。

"哦哟!"在墙外偷窥的朱丽茵连连咋舌:形象上明明是个贱婢,心理上却总以贵族自居,听这个女人讲话脏耳,看这个女人形象恶心,好几年过去了,没想到她还是这么自恋自狂自负自大,还陶醉在自我膨胀的迷雾中,还想着闭月羞花沉鱼落雁芳华绝代!说起话来一套套的,特能吹能忽悠,当然,一切吹得比唱得都好,吹得比想得都好,真不愧姓牛啊!看来她吹嘘炫耀招摇撞骗的本性还没改,还是靠这个过日子的。眼下都到什么时候了,还在以圣母救世主自居,以天使驯兽师自恋,还生活在个人主观的感觉中,以为自己倾国倾城貌,盖世惊世才,以为满世界的男人都会跪下来向她求爱!可是张懿恒多少有些大男子主义,当年和程怡雪好的时候,他都没想到要下跪求爱,行的话一起过,相依为命就是了,哪可能下跪呢? 松生青石上,泉落白云间。青石漠漠常风寒。张懿恒博士一贯孤高傲岸,他的膝盖没那么软。

"呦?"牛婷略一思索,"不答应也可以,那就给我写论文,给我评上一级播音员、主任播音员,或者主任记者、高级记者,然后再画几张画给我。"

"画多少张?"

"画十五张大画,每张都要六尺整纸以上。青绿的、金碧的、浅绛的,画成丈二山水,各三张,其他的画成花鸟,而且不要写意,小写意也不行,全都要一丝不苟的工笔。要画玉兰孔雀,画芙蓉锦鸡,画百鸟朝凤,画金玉满堂、玉堂富贵、花开富贵、荣华富贵、大富大贵、富贵年年、节节高升,艺术性要高,不能是应酬性的画作,无论构图还是设色每张都不能有丝毫的雷同,全部要精品要力作,要展览获大奖的水准。反正我要收藏升值呢。"牛婷一口气说完,看看张懿恒默不应声,便停了停,摇着脑袋感叹道:

"本来想让你画三十张,但看在你我相好一场的分上,唉,我就算了。"牛婷的声音低沉苍凉,仿佛良心发现于心不忍的样子。的确,她心情很复杂,有时候她也觉得自己脾气怪,言行不正常,可是在涉及自我利益的事情上,一旦计较起来,又觉得自己很正常。

十五张大画,全都要工笔,而且不能有任何重复。二百多个平方尺,精笔细彩,三矾九染,这样的作品画家就是不吃不喝,三年都画不出来,更别说什么写论文评职称了。就这样,还一个"看在",一个"算了",把自己说得跟活菩萨似的,干什么都显得自己伟大光明正确,显得理直气壮,言行也总是占据道德高地。哎呀,这高地站得真好,算盘也打得真精!我可以是徐悲鸿,你也配以蒋碧薇自居?蒋碧薇是徐悲鸿的初恋,后来陪伴徐多年,给徐悲鸿生了两个孩子,而你有什么,你算什么?程怡雪都从来没向我要过画。你现在却气势汹汹过来谈判叫板,漫天要价?张懿恒想来想去,终于忍无可忍,向着这个学历品相连地摊货都不如而又自命不凡的人物,高声喝道:

"我不画!"

"你敢?我这就去告你,我要上传各种音频视频资料,要充分发动舆论战,在网上揭露你,找领导检举你,去法院控告你。我好端端一个清纯无知的妙龄玉女,饱受你的摧残,你岂能不负责任?你欺负了我,毁灭了我的如花似玉情窦初开,想拍拍屁股走人,没那么简单。正义在我一边,告诉你,我不是吃素的,我不是好惹的,你必须赔付我的青春,否则我和你没完,我要把你打倒在地,永世不得翻身!"牛婷说着就号啕大哭,但很快她又擦干眼泪,双手叉腰,连哭带叫狂呼乱骂起来,声音比电锯还电锯。

火焰喷射器的火焰越喷越猛,灼热阵阵冲天,张懿恒感到半个天空都红了。

513

"牛婷,你怎么撒泼撒到滨大来了?你原来不是说很爱我表哥吗?怎么又溜了?吃了我表哥那么多饭,收了那么多礼,什么时候还钱?你一个下三烂的演艺界混混,一个狗屁中专毕业生,一个普通小乡镇的电台记者,一个超大龄剩货,也敢吹嘘显摆,到处招摇撞骗,你还在吹自己是盖滨江,是响当当的头朵花吗?你这个臭不要脸的,早点滚,少在这儿讹人。"

曾叶林话音未落,有个阿姨冲上去,也是拍着手大叫:

"牛婷,你真是个婊子,叫婊子其实都高抬你了,也不看看自己的颜值和卖相,就这样还坐地起价漫天要价?——天下哪个男人狗屎蒙眼,愿意和你这种女人有接触?你肌肉干瘪嘴唇灰白褶子密布皱纹满脸,你皮肤松弛声音苍老牙齿发黄,你脸上色斑蝴蝶斑老年斑让人惨不忍睹。十里远闻见你的狐臭,就好像闻见了僵尸的气味,我儿子早恶心够了,听见你的声音都要呕吐。"

张懿恒一乐,看来自己这段时间教曾叶林书画,没有白教啊!曾叶林虽然脾气暴躁,但关键时候还是挺帮人的。

"我算看清了,你和潘潋、陈漱萍、于嘉哲一样,好吃懒做贪图享受,都是心理肮脏思想低下灵魂丑恶人格卑污的老痞女!一群无德无耻的死臭狐狸精,有手有脚的,怎么自己吃饭总让别人买单?没脸没皮的东西,你躲远点,我表哥就是一辈子打光棍,也不找你这个母夜叉。世上最让人恶心的有三种人:骗子、无赖和痞子,你什么都是,什么都不是,和你碰个手都辱没先人!"

"花了别人的钱,不仅屁股一扭走开,还要把别人乱骂一通,动不动别人都吝啬小气,就你完美得连屁眼也不长!一张脸长得跟牛魔王似的,真该撒泡尿把自己照照,看看你算个屁!说,你当初是怎么纠缠我儿子的,花了我儿子多少钱?今天必须还,还钱还钱还钱!"

眼见得曾叶林和他阿姨骂得差不多了,张懿恒斜着眼做出一个动作:"你走吧!"

"我凭什么走,我有什么好怕的?就吃个饭,难道天会塌下来?爱花钱请吃饭是你自找的,关我什么事?告诉你,我一个著名记者著名主持人著名朗诵艺术家,能去见谁就已经很给面子了,几顿饭算个屁!多少人花高价要请我吃饭跟我握手跟我合影,姑奶奶我还不待见呢。对你们这帮鸟人,没要出场费就不错了!

咋啦,你们是不是串通好来损我?什么幺蛾子,三个对一个,要欺负人吗?我不是被吓大的!你们想干什么?"在反击了曾叶林和他阿姨之后,牛婷还是把矛头转过来,"不行,张懿恒,你今天必须把话说清楚,这么多人在这里,你必须赔偿我的青春损失,必须把画画的事情明确了。否则——"

看来今天碰上难缠的了,尽管如此,张懿恒还是笑笑:"看到了吧,你伤害的人够多了,谁还会为你的贪婪和诓骗买单?你快走吧,我不想揍你。"想想牛婷曾说过吃过很多男人的饭,花过很多男人的钱,但最终一笑了之扬长而去的话,他有些怒不可遏。

"那你上来打啊,来啊,朝这儿打啊!"牛婷昂头走上一步,手指着自己的粉脸,"我就在这儿站着,你敢吗?你有这个胆吗?"

张懿恒气得脸色发白。

"哈哈哈,你生气的样子倒挺可爱的!"牛婷连连狂笑,笑得腰都弯了,脸上涂得厚厚的白粉斑块也快要迸裂,露出里面的紫红脸膛,那脸膛粗糙不平,活像个发育不全的老石榴。"张博士,不要再自欺欺人了,不要再情绪化了,不要在我面前装了。实话告诉你,我这几天正月经不调呢,今天对你这样好脾气,已经算很照顾了。"牛婷笑罢便长吁短叹,"唉,我知道像你这种年龄的男人,特别想女人,也特别需要女人。你读了这么多年书,是博士又怎么样,博士就好找老婆?你看你们滨江大学多少剩男剩女。高学历高职称高收入,一个个都还孤单着。就是因为太过讲究太过理想化,都没找到老婆,你不也找来找去,没找到嘛!还不是证明你没能耐。"

"那也和你无关。"张懿恒不胜其烦。

"行了,你见好就收吧,不然看看你单位的人把你都说成啥了!我早已对生活有正确深刻的理解。事到如今,咱们俩谁都不要嫌弃谁了,就凑合着一起过吧。不在乎曾经拥有,只在乎后来长久。没有爱情而结合的例子还少吗?最终有了亲情,不照样幸福?你没看见我天生的旺夫鼻吗?多少人美容都没有这个效果。所以你要知足,有我在,你以后一定会飞黄腾达的。"高品质人物说着便凑近了,鼻子一耸一耸,哼哼唧唧还想大卖,但被张懿恒很快怒斥道:"谁和你凑合?你太恬不知耻了。"

台上真善美,台下假恶丑。……面对这个心灵比外形更加丑陋,让他生理心理双重污染的女人,张懿恒再也抑制不住本能的恶心发呕,狠狠抛了句:"你滚开!"

"你——?"

牛婷脸色一会儿白一会儿红,终于,厚厚的粉斑脸庞爆炸了,很快变成斑驳开裂的老石榴皮,而密集的粉刺更像石榴籽儿般迅速膨胀、溃烂、溃烂成凹凸不平的蜂巢。她号叫一声,顺手将手中的挎包扔过来,张懿恒身后的茶杯顿时被砸得粉碎。牛婷又嗷嗷咆哮着,张牙舞爪,扑过来要打人,但张懿恒轻轻一躲,她顿时趴在了地上。"啪啪啪",牛婷往自己脸上打了几个耳光,顺势往地下一躺,连哭带骂,声音像电钻钻进坚硬的砧铁:"姓张的,你要不答应,我马上报警,告你对我暴力,告你侵犯人权。我现在被你气得宫颈糜烂了。"电台主播平时悦耳动听的声音,早变成强烈的噪音污染,刺激得张懿恒阵阵眩晕。伴随着野兽般的号叫,牛婷嘴角也流出几缕鲜血,脸上的血痕更像蚯蚓在爬来爬去,看来她朝自己打的那几个耳光,下手真够重的。

旁边不断有人围拢上来,张懿恒感到耳朵嗡嗡作响,头发也根根竖立,他情不自禁倒吸了一口凉气,这凉气一直寒透到他的牙缝他的指尖,使得整个走廊都阴森寒冷起来。他知道,此时此刻艺术大楼楼上楼下,各个房间各个办公室,肯定有很多人,即使没有露头出面,也一定耳朵贴紧墙壁,脑袋贴紧门缝,眼睛睁得老大,都兴趣万丈,仔细观察聆听着自己的一举一动。

"我要报警,我要跳楼,我要吊死在你办公室门前。"牛婷还在悲哭惨闹大造声势,张懿恒突然明白:其实一旦私欲得不到满足,一旦撕破脸了,贵妇贱妇淫妇很快就成为泼妇,而人越多,泼妇越能大显身手。

张懿恒也不是什么场面没见过的人,年年岁岁,滨江大学出了多少人事,让他慢慢练达了。他知道越是这个时候,越需要沉着冷静,秀才遇见兵,有理说不清,更何况是个泼妇呢？息事宁人不能解决问题,因为稍有退让,泼妇便能得逞,所以此时此刻坚决不能流露出儒雅软弱的书生本性,听说肖子业院长就是因为这个被李光头缠得够呛,气得干瞪眼又没办法。张懿恒看看地下,伴随着不断的狂呼乱骂,牛婷又在地上滚了几滚,很快就头发脏乱,衣衫不整,厚厚的睫毛掉了,厚厚的脂粉掉了,高高的鞋跟也掉了。等所有的妆容掉落褪却后,她恐怖的面孔就暴露无遗。

假睫毛、假乳房、假身高、假学历、假优雅,这个女人什么都是假的,只有不要脸是真的。可是一旦不要脸,一旦原形毕露后,有时候反而好办了。张懿恒稍一思索,便指指墙角:"你想干什么?撒泼吗?讹诈吗?你要报警你就报啊,欢迎欢迎热烈欢迎,是谁先动手的?"他知道,虽然牛婷已经倒在地下了,但必须再狠狠压住,铆足劲,冷静冷静再冷静,万万不可动手,只有以静制动,才能四两拨千斤,才能不被套住,不然就会成为笑柄。当明白这些之后,他更加胸有成竹。

"你不仅肤浅,而且低俗,又特别势利贪婪,心灵比形象更加丑恶。我从来没碰过你,你手中的卫生巾到底怎么来的,又究竟是哪个男人搞的,你自己想清楚,反正和我无关。你也尽可以去告,去找各级领导申诉,去网上公布录音录像。这对扩大你的知名度,让粉丝了解你追捧你岂不更好吗?你也看清楚,这墙角有监控的,你的一举一动全都被摄像了。究竟谁才是公众人物,谁才怕不良影响?你不是在外面以著名主持人的身份办培训班学习班,以形象大使的身份到处打广告吗?你现在就可以报警,警察来了也要看监控,监控能说明一切,如果有需要,也会有人发到网上。"张懿恒的声音不大,但字字清晰。

尽管有气无力了,牛婷还是母狼般挣扎着,声音分外锐利刺耳:

"我不是好惹的,缠也要缠死你,你等着瞧,我要让你不得安生!"

小广告

一个星期后,老浦把张懿恒叫到办公室:"小张,你和牛婷怎么回事?要注意形象呢,不要情绪化。"说着摔出厚厚的一叠材料,"这些材料不仅到了我这里,也到了校领导那边,都是揭露你玩弄女性的。卤阳湖镇文广中心主任好几次来电询问,校办的电话都被打爆了。你和小牛已经不是两个人的问题,而是两个单位的问题。现在对高校教师师德师风抓得多严,生活作风是大事,多少老师因为这个都被开除了。我劝你……"张懿恒马上明白过来,看来牛婷真去告状了。

晚上,张懿恒请程怡雪和郑宇智出来吃饭,郑宇智说昨天见到他和一个外教聊得挺美。张懿恒说院长让他开发艺术大楼前的几个空房间,他想了很久不知该怎么办,还是外教的一番话给了他启发。郑宇智问什么启发,"外教说中华民族的文化是世界上唯一没有断代的文化,他很喜欢中华文化。"张懿恒看看餐厅墙上的《曲水流觞图》,"这句话使我茅塞顿开,我马上有了想法。""先不说那些,我只关心牛某人那个,你是怎么答复老浦的?"程怡雪问。"我只说了一句。"张懿恒挺挺脑袋,"书记,都什么年代了,年轻人的合合分分你也要管?你不会要安排我和牛婷再扮夫妻闹革命吧?"

"马善被人骑,人善被人欺。你不怕老浦报复啊?谁都知道老浦一句话都能记恨十几年的,你忘了安排班主任的事情了?还不是因为你在他面前骂过牛婷。"

"一个马上要换届下台的纸老虎,我怕他什么?再说这么多年他也没对我好过。至于牛婷,上次我话虽然说得粗了点,但事没做错。咱岂能让一个泼妇给拿捏住?"

看着张懿恒刚硬的样子,郑宇智笑道:"你还是不够聪明,姓牛的那种女人,先狠狠干她几次,然后再一脚踢开,说性格实在不合,这样就好糊弄老浦。你看你饭请吃了,钱花了,礼送了,还落了一肚子不是,真划不来。""你真有心情开玩笑!"张懿恒很没好气。程怡雪笑得喷饭了,郑宇智突然提高声调:"那也不行,那女的是个吸血鬼,以后继续为非作歹坑害男人怎么办?既然她玩世不恭坑蒙讹诈,咱就应该来个以其人之道还治其人之身。你看她吹嘘自己多厉害,辱骂别人多难听!她吃过的、骂过的男人可不是一个两个了,你应该为民除大害!"程怡雪说是啊是啊,大家都等着看你的笑话,现在艺术学院正逢多事之秋,冯志学虽然死了,但阴魂不散,李光头蠢蠢欲动,丁雄伟还要再上位,小彭和女学生闹得沸沸扬扬,关教授对艺术学院的工作不满意,在听说馆藏名画的问题后,尤其生气,质问了肖院长好几次,这两天你的事更像长了翅膀般地飞速传播。

"姓牛的可不寻常,你到底怎么打算?"郑宇智问。"我鄙视她。"张懿恒答道。"光鄙视其实不行,不然你就成阿Q了。这种女人绝非省油的灯,肯定不会善罢甘休。"郑宇智狞笑起来。

"我唱歌在省里获了好多次奖,都没敢说自己盖滨江。就姓牛的一个中专毕业生,一个乡镇文化站的基层工作者,也敢吹自己是盖滨江。呸!教你一招,先骗骗,然后再狠狠耍耍她,女人最怕哄和骗。你要出手就要一剑封喉。"

夜空中,程怡雪的眼睛萤火虫般闪着暗光,声音充满阴鸷和乖戾。

张懿恒一怔,但又很快平静下来,程怡雪到底是程怡雪,能这样讲话不足奇。炙手可热势绝伦,程怡雪早已在各种博弈中不断取胜,成为稳扎稳打的实权派,她如今在后勤集团,把很多人治得服服帖帖,比当年在高建办还风光。关于她的各种议论,近来也是多得数不清。"哪里哪里,何苦要拿别人的愚蠢来痛苦自己?跟这种女人不值得计较!"张懿恒嘴上断然拒绝,心里却想着该请曾叶林吃饭了,小曾和他一样出身草莽,但是人家人脉广,门道多,听说江湖朋友更多。

"你在后勤集团多好啊,日进斗金的,干吗又要回艺术学院?"饭吃到最后,郑宇智突然调转方向来了一句。

夜里,关教授正在作画,一个人敲门进来,扑通一声就跪在地下,匍匐了几步就放声痛哭。

"老奶奶,快救救我吧,我活不下去了。"

"为什么?"

"后勤集团太黑了。这几天我连连做梦,做的梦既奇怪又可怕,一会儿是大观园里的王熙凤,一会儿是奥林匹斯山上的赫拉,到了晚上就来找我,说的话都一模一样,让我不要做脂粉堆里的英雄,不要逞强好胜。说什么月满则亏水满则溢,世上没有永远的富贵,没有万年的幸运幸福,登高必跌重,吃多必撑肚。世上的钱是挣不完的,钱是催命鬼。说人的命运就像河沟里的水,总有干涸的时候。"

"还说什么啦?梦中真有人这样说话?"

"是的,还说人是为了自己的希望而活着的,人的希望可以实现,但欲望却永远无法满足。说太阳不可能总是停留在东方,人能带走的最终都是肉体。人最悲哀的是看不到真实的自己。人类从历史中学到的唯一的教训,就是没有从历史中吸取到任何教训。还说一个追求大成就的人,必须知道限制自己。什么事都想做、什么欲望都要满足的人,什么事都不能做,什么欲望都不能实现,一切都终将归于失败!"来人哭诉声声,眼神充满迷茫和恐惧,整个身体都在战栗。

"我现在高度紧张,晚上都不敢睡觉了,一旦睡着了就有这样的梦幻和话语出现,要我适可而止见好就收。我怀疑自己是不是得了强迫症,不知哪里做错了,上天要惩罚我!这几个月我经常被各种各样的噩梦惊醒,惊醒后浑身都湿透了。近来更是失眠多梦,大便秘结,头疼心悸,看了好几个医生都不顶用,我真怕脑子里这根弦断了,剩下孩子托付给谁?"

"可怜的孩子,那你就适可而止迷途知返吧!功名富贵若常在,汉水亦应西北流。"老教授抚摸着程怡雪颤抖的肩膀,抚摸着她蓬松的头发,最终拉起她的手,为这个迷乱不堪的人擦去满脸忏悔的泪水。

文广中心的主播牛婷很烦。大龄剩女的,婚配难,压力大不说,最近阴差阳错,总接到许多陌生电话,来电话的都是男人,而且询问的都是同一个问题:"喂,是牛小姐吗?""您好,哪位啊?"牛婷还以为是哪位粉丝要求见她呢,声音马上变得甜媚诱人。"过来服务吧,太子酒店帝豪套房。""您哪位啊,服什么务?""装什么纯洁?废话少说,快来服务,钱少不了你的。"

见多识广的江湖人士牛婷霎时明白了怎么回事,当下挂断手机。然而不到两分钟,手机又响了,又是同样的询问和召唤。好几个陌生号码接下来,这位经常上镜的小镇公众人物就被从梦中吵醒了,后来这样的电话越来越多,她被骚扰得昼夜不安,刚开始还能破口大骂,后来连骂的力气都没有了。

睡眠不好,吃喝不好,工作状态很差,牛婷被领导找去谈了好几次话,回到办公室,同事又都是窃笑戏弄甚至幸灾乐祸的目光,因为一贯高傲矫情的她,素来在单位人际关系不佳。"这些个臭男人怎么知道我的手机号码?"牛婷迷惑不解,直到有一天去逛街,她才发现原来在镇区的不少地方,比如超市卫生间的墙壁,街道的电线杆,公园的座椅,公共阅报栏的橱窗,甚至马路天桥的栏杆上,都赫然张贴着许多花花绿绿的小卡片小广告,上面无一例外都写着相同的广告文字,下面的联系电话就是她的手机号码。

尽管很快换了手机号码,但连续的烦躁影响到心态,她的脸色越来越差,工作中经常出错,被投诉了好几次,很快,牛婷离开前台位置,被调去其他部门,不知怎么搞的,最后又被迫辞职了。

第十八章 罪恶

师　风

早上，张懿恒晨练的时候，一个人远远走过来。

"上次救过的那几个孩子，家长不知怎么找到我了，说是要请吃饭，你去不去？"

"不去。"

"家长一定要过来看望咱们，说不看望他们良心上过不去。"

"你想办法拒绝。"

"还有，市里新闻媒体要过来采访，这几天相关单位也不断联系，要给我们一个见义勇为的奖励。"

"不是说好了不张扬不宣传，拒绝一切新闻报道和荣誉表彰？这还是你这个书记提议的，难道忘了？"

"是有这回事。你不知道，我这几天门槛都被人踩断了。你们老浦见了面就问我为何要拒绝采访，这难道不是一个宣传学校宣传自我的好机会？"常云辉笑笑。

"人和人不一样。"张懿恒断然回答。他知道老浦曾怒斥和驱赶过调戏女生的小混混，当然是当着校内诸多保安的面行动的；也曾资助过学生，尽管只资助了一个学生,而且还不是自己出钱。这些也算他作为老师的高尚之处,但后来他以此为资本,到处做报告做讲座,热衷于自我卖弄和宣扬,又是他作为干部的庸俗低下之处。

"你好像有些不高兴?"常云辉问。

院长交代开发艺术楼空置房间的事情,张懿恒在和外教交流时受到启发,决定办个书院或国学社,以弘扬传统文化为宗旨。和肖子业说了后,院长答应可以试试,反正房子空着也是空着,但声明办书院的费用由张懿恒自己解决。"艺术学院最缺的就是钱。你自己拉赞助!"院长摊开双手,张懿恒表示理解,接着便去找老浦和丁雄伟。"不行不行不行,我们的中小学教育已经很完善了,你办书院纯粹多此一举,又没有商业收益,简直乱弹琴。"老浦一听就断然拒绝。丁雄伟也说这几间房子他准备拿来当学生活动中心,不能征用。

"霍启然,郑宇智,特别是关教授都支持我办。"张懿恒最后说。

"好,我虽然学理工,但也热爱传统文化。"常云辉伸出手,"我这边也有空房间,场地不成问题,至于经费,也不是完全没有办法,只要你弘扬国学,我全力支持你。"接着要张懿恒熟悉流程,先写个报告或者方案,然后多组织些人,人多力量大,要办就一定要办好。

"你真要干成这事,必须在老浦和丁雄伟之间打个楔子,让他们狗咬狗。"常云辉指指前方的艺术大楼。张懿恒嘴唇动了动,想说什么却没有说出口。

半个多月后,丁雄伟出事了。

最先知道这则消息的是李光头,刚评上职称的他近来活跃得很。"懿恒,给我申报表,我要填写三年来的科研成果。"李光头人未到声先到,一路喜颠颠跑来,跑得满头大汗。春风得意马蹄疾,谁都知道这个新晋教授在故意张扬呢!学院要申报省文联的创作基地,要求各位老师填报近三年的成果。李新旺这几年也确实有成果。当初钟教授走了后,为了弥补空缺当副院长,他到处活动,据说光请吃送礼就花了十几万,但最后还是老吴上了副院长。李光头很生气,于是发愤著书,还真做出成果了,现在积攒起两个省级项目,出了五本著作,也发表了不少论文,科研在学院也是数一数二的。

看着李新旺认真填表,一低头,光葫芦脑袋油光锃亮,朱丽茵打趣道:"好好填写,你的成果首屈一指。申报成功了,说不定能给你个基地主任当当。""哪里哪里,什么主任不主任,一官半职的,我不稀罕,咱是普通老师,只管上课就行了。"李光头连连否认。等他离开办公室走远了,朱丽茵很快朝张懿恒嘀咕:"肯定又去找院长要官了。"

没错,李光头确实想当官,几年来生意红红火火,教授又终成正果,要是再有个一官半职,他的儒商梦就实现了!面见院长之前,李光头反复考虑如何提出他的诉求。艺术学院现在青黄不接,走的走了,退的退了,死的死了,真正有学问的人没几个。上次冯志学出事后,学院的领导班子搭配一直被人诟病。自古能者上,庸者下。在李光头看来,肖子业已经兼任了很多职位,根本忙不过来,这次创作基地如若申报成功,主任人选,轮也该轮到他李新旺了,即使当个副主任,他还可以再进一步发展。要知道这个基地很重要,学校声明按正处级别配置,挂靠艺术学院。李光头现在有钱有成果有职称,就差职位了,而这次基地申报对他就是个上位的好机会。近来他表现比谁都积极,鞍前马后跑得很勤快,用常华明的话说:"就差当龟奴,把院长架在脖子上公开行走了。"

其实李光头这几年也憋着气,他压抑已久,早对领导不满了,但憋气是憋气,表现是表现,最终都是为了成事!肖子业不是一般人,但李光头也不傻,教授评定后,他就开始考虑个人的进退,想着和领导说话的言辞,字斟句酌了好久,最后决定趁着送申报表的机会,把该说的说清楚,否则就没机会了。"忍气吞声十几年,这次评上教授,一定要扬眉吐气,活出个人样来!决不能逆来顺受夹尾巴了。"李光头这样想着,就上了艺术大楼八楼。

拐角就是院长办公室,李光头整整衣领,挺挺胸脯,正琢磨着进门如何开口,忽然从里面传来阵阵训斥。听得出,不到非常生气的时候,院长是不会如此高声的。当听清楚事由之后,李光头立刻掉头折回,尽管碰了墙柱,但还是遏制不住心花怒放:哎呀,太好了!

"……你做的好事,现在惹祸上身了!"肖子业一见丁雄伟进来,就满腔怒火,一改往日的儒雅作风,既不让丁雄伟坐,也不寒暄,甚至不正眼看他,就直接吼起来,"真是愚蠢至极,一万元都给了,三万元就舍不得?你看现在影响多恶劣,我这里的质问电话接都接不完。"肖子业气愤不已,骂着骂着便把桌上的一叠材料摔在地上。

一个星期前,学校接到举报,举报艺术学院主管学生工作的党委副书记丁雄伟老师,在个人已婚的情况下,以恋爱为由,先后和多名在校女生发生关系。有个女生怀孕后被骗着去打胎,事先说好给三万元的补偿费,但打胎半年了,迟迟不见付款,经反复讨要,丁雄伟只给了一万元,剩下的两万元就是拖着不给,原来说好的离婚结婚的事情也不见动静。女生一怒之下就举报了。学校对此很重视,已经约谈了肖子业和老浦,要求认真调查严肃处理。

"你太胆大妄为了,好几个学生已经联名举报,你看现在怎么收拾?"老浦紧跟着骂了几句,丁雄伟忍耐不住反驳:"滨大哪个男老师不是这样,谁屁股下没有狗屎?""行了行了,你先把自己屁股下的屎擦干净。"肖子业显然比老浦更窝火,"举报信已经放在王书记案头,学生家长来了好几次。有人说艺术学院成了淫窝,说我监管不力。这几年单位的破事还少吗?一个冯志学本来就影响恶劣,没想到你又增堵添乱,连累了整个班子,搞不好大家都得完。我和老浦至少要下一个,组织部已经在考虑新的人选了。有人提议李新旺,人家职称资历有的是。""行了,你就等着被开除吧。"老浦说着就面如死灰,示意丁雄伟离开。

"我的事情,我来处理,不连累别人。"丁雄伟显然不服气……

"哈哈哈!"回到家里的李光头,想起今天在办公室外听到的一幕,禁不住放声大笑。从饭前笑到饭后,从黄昏笑到夜晚。一会儿站起来,一会儿坐下去,嘿嘿呵呵又哈哈,笑个不停,搞得老婆不禁诧异:"死鬼你是不是精神失常啦?股票大发也没见你这样!"没想到这么一骂,李光头前后摇摆,笑得更厉害了。老婆懂个屁?风水轮流转,今年到咱家。人一旦时来运转,那真是挡都挡不住啊,今天就是天赐良机,天机不可泄漏。想想丁雄伟一贯的做派,李光头更加笑逐颜开:你小子麻烦大了,还口出狂言的!

过了几天,迟迟不见组织部找自己谈话,李光头放心不下,有些寝食难安。老婆明白了怎么回事,当下给他出主意:"要不去问一卦?听说外面有个大师,算得可灵了。"李光头拒绝了,但被老婆数落道:"你神魂颠倒的,还不如去碰碰运气。人家大师可灵了,后勤集团那个老蔡,当老总多年,你看黑成啥了,但每次都能化险为夷,还不是有大师给出谋划策?他老婆亲口告诉我的,岂能有假?还有那个人事处的老唐,身为处长,也是经常请大师作法,一下班就跑回家里念经。"李光头禁不住怂恿,最终跟着老婆上了街。到了一家店铺,只见门面当中画着大大的阴阳鱼图案,外圈环绕着长长短短的八卦符号,左边写着"周易风水",右边写着"阴阳八卦"。推门进去,马上有个自称前台接待的女子上来,说大师外出了,问卦需要预约才行,预约费两千元。

"两千块真的不算什么了,我们大师很火的,两千元给他茶水费都不够。你想想这几年他为很多官员指正仕途,为很多老板招算生意,一招一个好,一算一个准,很多人见到他就泪流满面双膝下跪,国内外的一些明星也来找我们老板,来了就百万千万地给善款。"李光头看着满墙稀奇古怪的图案,再听接待吹得正美,顿时心里发躁要离开,忽然门外豪车一停,一男两女走了进来。走在前面的男士昂首挺胸,长长的胡子分外显眼,跟在后面的两个美女一个给拿提包,一个给拿大衣,低眉顺眼,前后照应,越发衬托得白胡子男士气度不凡。李光头定睛一看,心说这人咋这么面熟!"大师,您回来了,客户等您好久了!"接待一边赶上去搀扶,一边高声叫喊。

朱紫贵整整衣领道:"我刚才去找院长签字,门都锁着,找丁副书记,结果门也锁着。今天算是白去了,浪费时间。"一听这话,李光头心里直乐,刚说句:"你恐怕很难再见到他们了。"旁边的老婆就叽喳道:"哇呀,朱教授,好久不见,没想到你现在都是大师了。最近又去哪里讲学了?哎哟,你这西装真高贵,怕是要三万块钱一套吧?""岂止三万?十万都有了。其实也不算什么,我一般穿不到三天就扔了。旧的不去,新的不来嘛!"朱紫贵捋捋胡子,说话时身边的美女一个给梳头发,一个给熨烫衣服。李光头谄笑道:"朱教授,你看你穿得堂皇气派的,该不是要当领导吧?恭喜恭喜……""咳,我哪有工夫?"朱博后的大波浪头发翩翩起舞,脸色一会儿兴奋一会儿苦恼,"人怕出名猪怕壮,当个易学大师真辛苦!我现在忙死了,讲学不断,招算不断,整天要点石成金,指山开路。你不知道,每天有好多大老板,远的近的,男的女的,排长队苦苦等待求见我呢,赶都赶不走,其实也没什么要紧事,就为见我一面,请我吃个饭合个影。甚至还有咱们滨大的一些干部,整天缠着我给他们招算官运,指点迷津。咳,你说那些人啊,精神真空虚得可怜!"

"哦,都谁找你?"李光头想塞起自己的耳朵,但还强忍着,心说找这家伙的领导不少,或许能套出点什么消息来。结果等了半天,发现朱紫贵说的都是众所周知的老掉牙的事情,对于领导班子的变动更含糊其词。

马　蜂

听说廖慈志扭伤脚住院了,张懿恒去看望,顺便咨询开课排课的事情。"哎呀,你可真有心,病了这么久,整个学院就你一个人来看望我。"廖慈志接过水果和花篮,显然有些感动,对课程安排和书院筹办表示全力支持,又问院里其他事情。张懿恒提到女生举报丁雄伟的事情最终不了了之,因为当事人自己后来撤回了申诉,不愿再接受学校的任何询问调查。民不举,官不究,这样一来事情反而好办,一切风平浪静了。至于丁雄伟背后是否动了手脚,大家都不清楚。"听说那女生姓万。"廖慈志说着就叹口气,"刚开始时,丁雄伟什么都不如你,但这么多年来,他混得比你们任何人都好,你真的没思考过吗?"

二级学院的院长负责制越来越明确,每年单位的财务报账、个人考核评价等其实都是肖子业一支笔一句话了事。不知为何,他现在很多事情都交给丁雄伟去做,丁雄伟是院党委副书记、院办主任和工会主席,什么都要管。比如院里的评奖评优、采购报销、教务教学等,很多事情都是两个副院长做的,但丁雄伟总要以院长的名义过问一下,渐渐地两个副院长被架空了。艺术学院现在真正的管事者是丁雄伟,除了院长下来就是他,他是真正的一人之下百人之上,党务其实也没多少工作,老浦基本上不管事,丁雄伟才是真正的实权派,真正的二把手。"人生就是这样,有人拼尽全力,有人轻而易举;有人劳而无功,有人一步登天。不是你不努力,而是你没选对方向。"说到后面这两句,廖慈志脸上满是智者的自矜和超脱。

"虽然我从没嫉妒过丁雄伟,但现在愿闻其详。"知道廖慈志话中有话,张懿恒赶快给他剥个橘子。

"小张你知道滨江首富吧?"

"好像是莫氏集团的那位老板?听说开了很多酒店。"

"错,那在滨江富豪群里只是个毫毛。真正的首富手上可不止几家酒店,事实上大半个滨江都是他的产业。住院以来,我都了解清楚了。你看这家医院。"廖慈志敲敲床板,又指指外面的栋栋高楼,"——这是滨江最好的医院,赛过公立的滨江人民医院。就这还只是老板产业的百分之一,我们都是给人家送钱的。"说着拿起一本杂志给张懿恒,杂志封面是一个中老年男人神采奕奕的照片。

"就是他,真正的滨江首富,资产好几百个亿了!头衔闪闪发光一大堆,什么优秀企业家、劳动模范、滨阳好人等等,但最流行的一个头衔是'滨江市委地下组织部部长'。你想不到吧?这么一个大商人,几十年来办医院,开酒店,开工厂,开博物馆,投资房地产,投资石油,投资餐饮,投资保险,现在还卖官鬻爵呢,手只要伸到哪里,就能抓到什么,黑白通吃通发!人家是响当当的滨江市政协副主席,和高级领导常来常往,有着超常的利益输送关系,所以滨江很多官员的任免,只要他一句话就行了。我也是最近才知道,不然认识下这个首富。"廖慈志的拐棍不断敲击着。想起郑宇智也曾说过类似的话,再看照片上的首富和丁雄伟有几分相似,张懿恒顿时明白了几分。

"他也姓丁,同镇同族的,丁雄伟叫堂伯呢。丁氏家族以首富为核心,很多人都经商,也都有人大代表、政协委员的身份,当然,在政府机关干事的也不少,这才是真正的南霸天!"廖慈志拍拍杂志封面的首富照片,最终讥笑道,"李光头做梦都以为自己要高升了,狗屁。说来说去,给人家姓丁的擦鞋都轮不到他!"

李光头行不行不知道,但丁雄伟很能行,这么多年来官运亨通,色运美美,即使遇到风浪,每次都能化险为夷,就像这次面对女生的举报,面对老浦的一再质问,丁雄伟最后还是坚持只给了一万元。事情再明白不过,他早已羽翼渐丰,再加上有背景有靠山,社会关系复杂,所以通过各种手段软硬兼施,压制个女学生,对他来说易如反掌。

但丁雄伟没想到,就在这次摆平女学生之后,他突然就遭受了一场劫难。

那天从院长手里领了文件,丁雄伟就赶去行政楼呈送。从艺术大楼到行政楼,他原来都是直接开车去,但最近发现一条较近的小路,就改为步行了。走了一会,太阳渐渐高升,天气热起来,丁雄伟赶紧加快步伐朝阴凉处走,走到小路入口的时候,他有意放慢脚步。两旁竹林遮天,挡住炎炎烈日,不远处湖水悠悠,风送幽香,三伏天都凉爽如秋。近来他有事没事都要走这条捷径,因为正适合他,树草茂盛,鸟语花香,前面不远就直通行政大楼。

衬衫洁白耀眼,领带鲜红亮眼,头上也特意喷了进口的香水。丁雄伟现在比任何时候都注意形象,更何况是去行政楼!想着和领导们已经混得很熟,再看看曲径通幽,花香怡人,他就得意扬扬哼起了小曲。小曲哼了两首,小路也走了一半,正哼得美,忽然脚下一绊,他站立不稳打个趔趄,手里不知抓到了什么,搞得四周的树枝纷纷震动,枝上有个圆球似的东西顿时摇摇欲坠。丁雄伟下意识一看,像是个波罗蜜,就没放在心上,可走了几步,又觉得不对劲,耳边也很快响起阵阵势不可当的可怕声音。"妈呀!"丁雄伟看清了,无数个虫子扇动着翅膀,从那个波罗蜜似的窝巢里飞出,黑旋风一般朝自己扑来,嗡嗡嗡,嗡嗡嗡,声音犀利而愤怒,动作迅猛而刚烈。

——马蜂,马蜂,惹上马蜂了。

丁雄伟赶紧就跑,竹林里小路蜿蜒,地面湿滑,他跑了几步就摔倒在地,随即被追上来的马蜂围住。马蜂们从不同方向团团聚集,上下飞舞,不断拍打着翅膀,用它们长长的毒螯针,狠狠刺着这个破坏了它们领地,毁坏了它们巢穴的入侵者。丁雄伟赶紧就躲,但哪里躲得开呀,眼前黑压压一片,像潮水像阴雾一样不断涌动着汇集着,密密麻麻,铺天盖地,全是疯狂复仇的马蜂。很快,他的脸、脖子和胳膊,全暴起红肿的斑块,整个脑袋都变成了血红气球。

要不是张懿恒过来,用随身的衣物包住副书记的头赶快逃离,丁雄伟搞不好就死在马蜂窝下了。

金　枫

一个月后,省里的名单公布,创作基地成功获批。庆祝大会上,学校宣布了基地领导班子成员。主任由肖院长兼任,副主任是老浦和丁雄伟,秘书长谭景明,其他人都是普通成员。朱紫贵正在创建个人公众号的时候,李光头找过来,一见面就怒气冲天:"这帮狗娘养的,用了老子的成果,结果连残羹冷炙都不给老子分一勺。不行,成果不能白享受,说什么也要给我个交代。"真是想飙车就有人给加油。正当李光头恼火的时候,五年一轮的中层干部换届开始了。校长在教授会上当场宣布:要加强人才治校,人才强校,引进一百名著名教授,一百名优秀青年博士,行政管理队伍也要加强引进,以后连辅导员队伍都要博士化了。滨大现在没有退路,只能不断前进做大做强,不能缩手缩脚步步后退,学校要发展,机构重组是大事。针对这次换届,学校很快下发了专门文件,声明要严格符合党政干部交流政策,连续在一个岗位上担任正职两届以上的干部,不得继续在原单位任职。几天后滨大在校园网发布通告,面向海内外招聘部分二级学院院长和相关部处领导。

"招聘公告很明确,艺术学院、政法学院、行政管理学院的院长都要换。看来学校决心输入新鲜血液,肖子业下台已成定局。"李光头心花怒放,立即找到素来和肖子业不和的云艺副院长,后来也找了张懿恒,尽管话说得委婉,但谁都明白,小老板按捺不住了。

"要换届了,我们几个人只要有所行动,这天下就有咱们一份。"当张懿恒把李光头这些话说了后,程怡雪当下啐了一口:"你以为李光头是什么好东西?他玩弄了一个女生,这女生是我班上的,从小就家境不好。李光头答应毕业后给人家安排工作,所以要拼命当官。"接着又嗤之以鼻,"他太高估自己了,学校只是打广告而已。"说到最后,程怡雪眼睛一闪,加重语气道,"形势紧迫,你赶快给肖子业报告,越早越好。"

张懿恒很快赶到肖子业家里,说了李光头的事情,肖子业只是微笑,很快就问起书院筹备的事情,张懿恒说资金有些困难,现在赞助不好拉,老浦那边也一直不同意。正说着,手机响了,肖子业一接通就有人叫道:"院长我支持你,李光头这人阴谋篡权,现在到处活动。"原来是云艺副院长在报告,过了一会儿手机又响了,是吴副院长的声音,也是报告李光头串联的。看着肖子业安然若素的样子,张懿恒猛然惊醒:幸亏自己赶得早,李光头必定败北。

"不要紧,李老师有情绪很正常。"肖子业一一安慰报告着,面色静如深潭。话刚说完,老浦就来电话问今年的年度考核优秀名额如何分配,肖子业眼睛一瞥,张懿恒知道院长的意思,说了声:"谢谢,还是给更需要的老师吧。"肖子业问他接下来有什么打算,张懿恒说现在学校鼓励大家去新疆、西藏支教,艺术学院迄今为止没有一个人报名,他想报名支教。肖子业刚开始有些惊讶,还想说有些工作需要人做,但看张懿恒非常诚恳,又提到关教授也建议他西游支教,只得同意了。第二天,张懿恒又去找老浦谈支教的事情,出乎意料的是,老浦这次欣然应允。

两个星期后,按照学校统一安排,张懿恒踏上了西去的列车。一上车,他发现秦学勇、齐欢欣、卢思琪等老师都在车上,另外还有很多学生。熟人相见,分外高兴,大家很快就热情开聊。激情洋溢,人声鼎沸,车轮滚滚,壮心烈烈。对这批热爱支教的师生来说,一个新的广阔天地就在眼前。

张懿恒可以放下年度考核优秀的奖励,但有的人却不,田娟就去找老浦争吵了。田娟是个泼辣能干的姑娘,来到滨大后,一直耻居人后,为了多拿几个年度考核优秀,为了转正,简直把命都搭进去了。比如今年,超额完成两百多个教学工作量,参与基地申报的材料写作,校运会田径比赛取得了二等奖,担任两个班的班主任,又指导学生在"挑战杯"中屡屡获奖,辛辛苦苦几年,累得没日没夜,人也黑瘦了很多,搞得大家都于心不忍,就连一贯尖刻的朱丽茵也说:"给她个考核优秀吧,我让出都行,你看小姑娘多可怜!"当然,田娟也认为自己该得优秀。但万万没想到,一正式上会,她就被刷下来了,只给了考核合格。回来的路上,她碰见了李光头,当下质问为何没有给她评优秀?"小田,你工作勤奋,干的活比谁都多。我看在眼里,记在心里。院务会议上,有些事情我为你大声呼吁,可以说力排众议仗义执言,甚至拍了桌子,但不行啊!唉,我虽为教授,说话也没用。"李光头这么一说,田娟掉头就进了书记办公室,看见老浦正戴着老花镜篆刻印章,怒火在胸的小姑娘话说了不到三句就激动起来。

田娟找领导理论的事情大家都知道了,看热闹的人都说是李光头用心歹毒,一箭双雕,把田娟当枪使,但也有人说李光头没错,自冯志学死后,艺术学院平静太久,也该有人搅搅风浪了。漫天议论中,李光头还是那么镇静自若,整日牵着大黄狗遛来遛去,但表面现象瞒不住人,很快传出他没捞上一官半职而心灰意冷的消息。几天后,外面的房地产中介打起广告,代售教师村小区的某套住房。客户一联系,原来卖家是李光头。

周末的一天,李光头从外面上完课回来,老婆说客户们过来,一看房子,都打退堂鼓,嫌地处一层,空气不流通,室内太过阴暗潮湿。"这房子你到底卖不卖?"老婆最后问。"卖,为什么不卖?晚卖不如早卖,咱把教师村的破房子卖了住外面,以后再也不来这乌烟瘴气的文人窝,眼不见为净!"李光头很没好气。"你看看那几棵大树,客户很有意见,不仅影响采光,还影响房子的价位。"听老婆这么一嚷嚷,再看看那几棵大树,确实是把自己家房子罩得严严实实,不见阳光。李光头心里不爽,又请风水师过来,风水师看了也说那几棵树确实不好,树大根深就阴气沉沉,阴气过重就避财招灾。最后问朱紫贵,也是这么说。

"怪不得这几年交华盖运,根子原来在这几棵树上,真晦气!"李光头一拍大腿,当下就叫来几个民工,准备砍树。"李教授,你要干什么?"楼上五层窗户里伸出一个脑袋,滨江中学的何老师厉声质问,"这几棵树给我们高楼遮风挡雨,再说树又不是你家的,你为什么要砍?"李光头一拧脖子:"不是我家的,可也不是你家的。这树挡了我的财路,阻了我的官运,我就要砍,关你什么事?""真蛮横无理,你征得物业同意了吗?那枫树是关老师的命根子,你真把树砍了,不怕关教授回来找你算账?"何老师当下变了脸色。

李光头心说关教授不就住我楼上嘛,一个退休多年的老婆子,有什么好怕的?于是不顾劝阻,站在台阶上叉着双手,大呼小叫,挥三喝四,指挥着雇来的民工快速行动。不到几分钟,那几棵上百年的参天大树,包括一棵樟树、两棵金枫全被砍伐了,可怜的大树不仅瞬间折倾在地,还塌坏了地上的许多花朵。

李光头砍树的消息震动了整个教师村,何老师很快报告给学校。关教授也很快赶回来,猛然发现楼栋周边好像发生了大地震似的面目全非,好好的几棵大树全倒在地上,枝干断裂,绿叶凋零,鲜艳的郁金香也被压碎,汁液像痛哭人的眼泪,流到了地上,地上一片惨不忍睹的狼藉,俨然植物世界的大灾难。校工会主席来看了现场,用"触目惊心、气愤不已"八个字形容,当下表态要严肃处理。关教授更气愤不已,准备找李光头问个明白,但李光头两口子躲起来了,几天不闪面。五楼何老师主动站出来,和关教授结成牢固的统一战线,两个人准备告李光头,让学校狠狠教训这个二货。当然,有人劝阻道:"关教授,您老了,体力不支,告状怕是吃不消。再说,滨大自古怪事多,你恐怕告不赢啊。""我老了?谁说我老了?我能干得很。"关教授一仰头,女强人的风范暴露无遗。

大热的太阳,七十多岁的关教授风尘仆仆,和何老师先找到物业,物业推说没有执法权,需要到卤阳湖管委会执法大队立案才行,二人于是到卤阳湖管委会执法大队报案。执法大队问明情况,对李光头私自砍树深表愤慨。"我们是有执法权,但是,但是——"执法队的一个小伙子,自称滨大的毕业生,说话很客气,"我们执法大队只管公共设施保护,比如公共交通道路上的花草树木,谁砍了这里的树,我们就要管,就要诉诸公检法。——但是小区里的树,特别是滨江大学校园的树,我们没有权力管。"关教授找到园林环保局,环保局的人当下表态:"市里所有的树,特别是古树名木,确实在保护之列。"在认真查了档案之后,态度又变了,"但是滨江大学的古树,当初我们勘查时,学校说要自己负责,所以我们这边就没有备案。教师村小区的古树不在我们保护之列,老师,这事恐怕还得贵校自己处理。"

关教授又找到校长,校长热情接待了老教授,转身交代让后勤集团负责管理。关教授找到后勤集团,后勤集团总经理老蔡推说自己要出差,让副总经理老单处理。千呼万唤中,老单不得不接见关教授,接见时脸冷得像僵尸,比僵尸脸更冷的是他的话语:"关老师,你找这个找那个,最后都推给我。你找我,我找谁啊?教师村的物业管理是公开招标的,一切都是他们公司全权负责。你说我们后勤集团有什么权力责罚一个大学教授?物业公司是业委会投票招标的,人家才是真正的管理方,我们有什么权力插手?"

关教授再去找物业经理,物业经理躲着不见,关教授铁了心,堵在物业办公室门口,一连堵了三天,物业经理,一个比李光头还光头的胖子最终出现了。"尊敬的老师,事情我们都知道了,可还是那句话:我们不是执法机关,没有执法权。现在我们所能做的,就是根据业主委员会的请求,责成李教授赔偿砍树造成的损失。"物业经理说完,过几天就联系不上了。关教授跑去一问,才知道这个经理已经调离。

物业公司处于新旧交接期,砍树的事情自然没法处理。关教授急了,又去找校领导,层层推诿,最后还是到了后勤集团。关教授递上材料,说是以业委会的名义正式控告,控告李光头私自砍树,破坏公共财产。老单看也不看材料,只是不断搔脑袋:"唉唉唉,别提业委会了,业委会是不合法的,选举时确实召集了很多人,但是在节骨眼上,在最终选举组成人员的时候,没有请卤阳湖管委会的同志过来现场监督,所以对于这个业委会,管委会一直不承认不批准,没有批准就不合法。一个不合法的机构还能干成什么事?……得得得,关老师您别生气了,我现在很忙,马上要开办公会去了。这个砍树的事情还得物业公司自己处理。"

关教授又找了物业,物业公司这时已经有了新经理,新经理答复说已经和李教授沟通过,也转达了其他住户的意见,坚决要求赔偿损失。关教授不断催促,物业经理没法,于是派了保安队长,出车直接把李教授请到园林公司,还帮他讲好几棵大树的价钱,但李光头只拉回几棵便宜的小树,算是补栽上了。关教授哪里肯依?又去找物业,物业经理左右为难,干脆辞职了之。等了几个星期,关教授眼见还无人处理,直接对何老师说:"我就不信治不了一个毁坏古树的恶贼,小何你联系好新闻媒体,明天我们自己行动。"

第二天早上,正当关教授在家里等记者来访的时候,后勤集团总经理老蔡出面了,一见到她就叫苦连天:"关教授,我的大姨啊,你让我怎么管啊?教师村一个物业委员会都迟迟成立不起来。树已经砍了,我总不能把李光头再砍了吧?求求您,别再揪着不放了,我给您下跪好吗?哦,您问当初树木为什么没有申报古树名木?当初这片地是要开发的,谁也没想到这几棵树要保护,都以为是要砍掉的。我当时要勘察要挂保护牌,钟书记说不用多此一举,这里马上要开发楼盘了,要重新绿化。后来钟书记调走,这楼盘前后几任老板,没一个赚了钱,跑的跑,抓的抓,死的死,教师村的房子成了烂尾楼,一直拖到前些年王书记上台,这房子才算勉强建好,当时谁还顾得上那几棵树?等到要勘查的时候,才发现已经过了市里古树名木的申报期。"

老蔡说着摊开双手,声音委屈得像驴在叫槽:"当然,为了这几棵树,我没少挨骂,物业也已经换了三任经理。大家都怕老师,知道老师难讲话,所以不想管理教师村的事务。您看咱们的物业连续换了好几个公司,却越做越差,眼下都没公司敢再接手了。您让我找谁去?得饶人处且饶人嘛,何必撕破脸呢?"眼看着老蔡要得过且过息事宁人,关教授气得浑身发抖:"你这么说好像我无理是不是?两棵上百年的金枫,怎么能说砍就砍?砍了又补栽个小桉树来搪塞,我这么做难道是为了我?——等等,学校不管,那就让新闻媒体出面吧,让全世界的人看看堂堂滨江大学多么无能,连一个自己的员工都管教不了!"

老蔡前脚走,宣传部部长和保卫处处长又来敲门,关教授心说这些部长处长平时再怎么找都找不见,一打电话不是开会就是出差,今天怎么都扎堆闪面了,好像向我求画似的!"关教授,您是德高望重的老教授、老滨大了,又是滨江本地人。学校发展到今天不容易,被新闻媒体一曝光就毁了,什么事都没有学校的事重要!现在正在建设高水平大学,越是在这个关键时刻,我们越是要像爱护自己的眼睛一样爱护学校的声誉,容不得半点差池。您能否给我们做个榜样?不要再追究了,好不好?"部长说完,处长也接着鞠躬弯腰说起来,都是一样的言辞,正说着,墙角座机响了起来,关教授一看号码乐了。

"喂,小何,我等你好久了,怎么还不来,不是说好了一起见记者的嘛!你快来吧,我家里都成大轰炸了……""教授,不好意思,我临时有事见不了记者。我家里最近很忙,砍树这件事我也不想再搭理了,反正我们就是见了新闻记者,最终还得推回给学校处理。……不不,我没有受到威胁,没有谁威胁我,只是我不想管了,请原谅。""喂,喂,你别哭了,到底怎么了,谁怎么你了?"关教授还想问几句,对方"啪"地挂断了电话。

等了半天,新闻记者也没来,老教授最终一个人站在门前树坑边。阳光暴晒下来,她的身影越来越孤独瘦小,渐渐被满地的狼藉吞没了。

关教授告状失败的事情很快传开,大家都觉得可惜,原以为老将出手一个顶仨,没想到李光头不仅没栽跟头,反倒洋洋得意了。

"学校处理事情根本没有公理和正义,只有面子和利益。在滨大,正义本来就得不到伸张。再说我们的老师本来就一团散沙,比市侩还市侩。"

"李光头确实不算什么,关教授是女强人是前任系领导是名教授更不假,可她现在无职无权,县官不如现管,谁还认她?李光头砍树确实不应该,我都恨不得他被千刀万剐早点死,可请神容易送神难。"

"学校有些领导痛恨李光头,可又没办法,谁让把柄让人家捏着呢?所以只能由着他这个搅屎棍!都是起哄看热闹的多,真正付诸正义的少。"

"我们滨大就这么有意思,明明引狼入室了,还遮遮掩掩的,说当初政策没错,对于校内的怪事往往睁一只眼闭一只眼,都在和稀泥。"

不断的交流议论中,大家逐渐知道李光头当初花钱才进了滨大工作,后来又帮助冯志学跟踪过校领导,哪个领导几套房,哪个领导爱进高级会所,他们都了如指掌,后来冯志学又到处揭黑幕,比如网上爆料的滨大十大牛事,其中之一就是校领导派车队不远千里去贵州拉茅台酒,被捅出来后,骂声一片,这其实都是李光头捣的鬼。

过了半个多月,关教授走过小区桥头的岗亭,准备回家弹钢琴。忽然看见李光头两口子下了车,大摇大摆在小区里走,见人就高声打招呼,嘻嘻哈哈谈笑风生。关教授立刻转身去了饭堂,到饭堂后看见窗口有很多人,于是跟着排起了队。正排着,猛听得后面一阵喧嚣,李光头夫妇进来了,手里牵着两条大大的狼狗。那狼狗耳朵直竖,尾巴翘动,吐着长长的血红舌头,不断吼叫奔跑,一会儿跑到排队的学生中间,一会儿又跑到饭堂前台。素来怕狗的关教授身子一抖,正要扭头离开,只见李光头越过长长的学生队伍,直接冲向最前排位置高喊:"给我来两个面包。"话音未落,他大半个肥硕的脑袋就伸进窗口,旁边的大狼狗也跟着跳起来,两个前蹄扒在餐台上,看着近在咫尺的面包,汪汪叫了两声,毕竟是狗,这一叫便满嘴獠牙外露,涎水也跟着喷射出来。卖饭的阿姨吓得连连后躲,学生队伍中也是一阵惊呼。

关教授忍不住质问:"你这是干什么?加塞不说,还把狗带进饭堂,多恶心人!""不好意思,我马上离开。"李光头满脸堆笑,"就一会儿,就一会儿。"嘴里说着,眼睛又看起了其他点心,探头探脑还想再买什么。就这样看了好几分钟,还是不肯离开餐台,不断向卖饭阿姨吵道:"我是老师,是教授,应该让让我,我要赶着上课呢。"

听见这话,素有洁癖的关教授更生气了:"你有什么课,哪有赶着上课还牵狗的?别装了,我知道你今天没课。这里是公共饭堂,你把狗带进来,又肮脏又恶心!还讲不讲文明?餐厅重地,被你搞得狗毛乱飞,不怕传播病菌吗?"未等她把话说完,李光头脑袋一晃:"你怎么总站在自己立场上看问题?狗是人类最忠诚最亲密的伙伴,是最通人性的。你自己不喜欢狗就算了,怎么能这样讲话呢?身为教育工作者,你还有没有起码的爱心?""不晓得谁才恶心呢?我们家的狗是最可爱最讲文明礼貌的。每天我都给它刷牙洗澡,晚上和我们一起睡觉,

比宝宝还亲。"一见李光头老婆也插嘴,关教授心说这一条狗咬不过,两条狗就合起来咬,于是再问:

"不就是条狗,还成了精了?你家的狗扒到售卖窗口,多恶心,多肮脏!你们还讲不讲社会公德?"

关教授话音未落,李光头便狠狠把手中的面包往地上一摔,两个大狼狗立刻围上来,摇着尾巴纷纷乱舔。伴随着狗叫声,李光头的声音也变得尖细刺耳,简直赛过狗叫:"关老师,你讲话要负责任呢,可不能随便乱说。我们家的狗比某些人还讲卫生。你不要信口雌黄,蔑视生灵,知识分子要有仁慈之德。爱护动物就是爱护我们人类自身,万物有灵才能天人合一。"关教授气得眼前发黑,她定定神,看看周围还有很多学生,便机智地反驳道:"狗既然比人还干净,你怎么不和狗同锅吃饭呢?"

"呦呵!"李光头的眼睛瞪得像铜铃,嘴巴虽然抽歪了,但还是高叫着来了句,"你不信是不是?"说着俯下身去,众目睽睽之下,从两个大狼狗嘴边抢起半块面包,看也不看就塞进自己嘴里,狼吞虎咽了下去。"看见了吧?什么肮脏,什么传播病菌,什么恶心人?我以身作则,一个教授,一个高级知识分子都不怕,您老怕什么?"李光头抹抹嘴唇,在确认连地上的面包渣也吞吃干净之后,便一跺脚,挺直身子,朝关教授高声叫嚷起来。

"天哪?!"关教授惊呆了。她活了一辈子,还没见到世上有如此的人干如此的事!"啊,你……你……"老教授跟跄几步,手指着李光头,喃喃着说不出话,只感到胃里翻江倒海,脑部也是气血上涌。很快,她的眼前天旋地转一团漆黑。就像那棵被拦腰砍断的金枫一样,这位七旬老人晃了几晃,最终还是重重倒了下去,倒在学生们的尖叫声中。

第十九章 师德

官本位

"你最近忙什么,忙上课吗?"晚饭后散步的时候,卫风之碰到了霍启然。

"这几年滨大在职称评审、岗位评定、评先评优上设计了一系列激励甚至强制教师多拿课题、拿大课题的机制,我的精力都花在申报项目精心论证上了,科研压力很大。"霍启然苦笑现在哪有心思认真备课上课?很多老师现在都不备课了,上课都是胡乱应付,也没有精力批改学生作业。学生的作业都是网上复制粘贴的,老师一般简单浏览下内容就打分,反正学生作业的问题都一样。

整天都是项目。这几年从校长到院长,都要求教师们要尽一切努力把课题做多、做大,每年下发的项目申报通知有上百个,从校级到国家级,都在动员甚至催促大家申报。闵东青在会上不断强调每个老师都要申报,不要因为一个人不申报影响了整个集体的绩效分值,又在群里对没有按时提交项目申报书的老师公开点名,催命鬼一般。实际上大家都知道申报项目是自欺欺人。滨大好几年都中不了一个国家项目,像张懿恒那个项目中标真是天上掉馅饼。当然现在我们的老师也学聪明了,一旦学校下通知申报项目,大家就旧瓶装新酒,把去年的项目换个名称,重新填写一下,接着申报,反正应付差事,省得领导整天在群里催促。

霍启然说起项目就头疼。政法学院的孟兴仁挎着背包匆匆忙忙过来,一碰面也是满脸苦恼。他前年报了一个校级课题,本来一万五千元就可以结项了,可到最后,论证来论证去,一会儿跑领导追加经费,一会儿到财务处进行预算,一会儿到市内镇区再调研,向市内打了报告,要求追加经费,本来只是试一试,没想到很快就追加了三万元,后来又是五万元,拖到现在八万元的资金都投进去了。就这样,上次开会,还得到院长赞扬,说是高投入才有高回报。当然,陶兰青的课题更多,经费更多,那可是个牛人,院长都要敬她三分。

　　"这就像看病,本来十块钱的药就能看好病,但病人主动要给医生一百元的医药费,太便宜了反而不放心医生。"霍启然笑了,看看卫风之,很快赞叹孟兴仁是唯一有两个省级项目的人,这下可以在政法学院一言九鼎了。趁着这次换届,说不定可以再前进一步,和闵东青一样升副院长呢。

　　"换届换届,怎么换都轮不到我,要轮也是轮到陶兰青那样的名教授。"孟兴仁身子动了动。霍启然赫然看到他手臂上打着石膏,缠着厚厚的绷带。"文件是写给外人看的。真这样的话,很多正处都要下了,你把这些人往哪儿摆?人家没犯错误,凭什么就要下?滨大是最论资排辈的,我来政法学院才几天啊?你问问陶兰青就知道了!"说到最后孟兴仁惨然一笑,"你惊讶我手臂受伤吧?放心,不是摔倒的,是被我那学行政管理的博士老婆用菜刀砍的,一共缝了七针,花了五六千块了。"

　　两个系主任聚在一起,交流了几句就各奔东西。

　　"嗟余听鼓应官去,走马兰台类转蓬。"卫风之在背后吟道。

　　过了两天,霍启然见到了陶兰青,赶紧提前祝贺这位老乡。"哎呀,你从哪里得到的消息,什么高升?"陶兰青很不以为然。"陶姐,大家都说你这几年学问好,人品好,风头正劲,确实该被委以重任。认识这么多年,我还是很了解大姐的。""人贵有自知之明,风头正劲不假,但成不了气候。要我当副院长?哼,给人跑腿的事情,我坚决不干!你以为我是老浦,只要有官做,把老婆贡献给领导都愿意!如果在北上广,姐早都是博导了,但来这里窝囊好几年,亏大了!老廖死鬼自己不上进,还把我连累了。滨大早已烂透了,选人用人从来没个准。你说我在政法学院算什么？别人可是树大根深。"到底是法学教授，刚说了两句，陶兰青就警惕地转换了话题，"我们还是避开具体的人吧。党政机关干部任用有严格的任期，但滨大早就乱糟糟一团暗无天日，自评职称，自定行政级别，自定领导待遇，至于干部任用有没有变相的终身制世袭制？我不知道！"

霍启然知道陶兰青说的是政法学院的翟永冠。老翟从三十五岁开始，就当主持工作的法学系副主任，这期间他评了正高，很快担任了主任，干满了两届，虽然没什么政绩，但也平稳。大家都以为他要下了，结果赶上法学系与政教系合并成立政法学院，老翟当了新成立的政法学院院长，这一干又是两届。后来学校又让他担任政法学院党委书记，现任院长其实是老翟一手提拔起来的，当初就是老翟看中的学生，毕业留校后老翟给他介绍对象，介绍他读自己的研究生，帮他报项目评职称……院长一上任就请老翟担任政法学院学术委员会主席，所以政法学院现在还是老翟说了算，一切得他点头才行。孟兴仁早就感叹："政法学院要发展，除非老翟死了，或者把他们全部调离，不这样重新洗牌，政法学院永远是老翟的天下。"

滨大很多二级学院都是这种情况，选人用人尾大不掉。曾叶林所在的网络安全研究院，前身是网络工程系，甄武池三十六岁时担任系副主任，后来在副主任位置上评上了正高，当时只有三十八岁。按学校教授治校的说法，可以当主任了，但学校不放心，怕他年轻，治不住系里那群老家伙，想派另一位德高望重的老教授过来当主任，但甄武池给组织部的人说本地和尚更会念经，网络工程系不欢迎外来和尚，他要当就当方丈，不当账房，否则没法工作。好在那时候网络工程系人比较少，好管理，学校也就最终同意他当主任。可后来进的人越来越多，网络工程系变成了电子学院，甄武池当院长，后来院系合并，电子学院变成了网络安全研究院，还是甄武池当院长，就这样十六年过去了，滨江市长书记都换了好几届，甄武池在院长的宝座上却稳如泰山，雷打不动。现在虽有两个教授当副院长，但基本都被架空了，所有事情都由甄武池把握。很多事情甄武池都推给自己提拔的副书记苟英尔。书记是个濒临退休的人，也懒得管事。就这样从系主任到工会主席到系党支部书记，都是甄武池授意，苟英尔提名，然后再开会，说是学院党政联席会议讨论决定，其实都是甄武池一人说了算，说是民主会议，但往往是甄武池说什么,大家都点头附和,没人说个不字,开会只是走过场。

"很多老师看不下去,辞职走了,但又有新的老师来了,新老师来得越多,学校反而觉得更需要甄武池这样熟悉情况的老同志把住阵脚,所以他官越当越稳。后来学校也觉得有问题,调了几次甄武池,都调不动,人家根本不愿意离开。现在计算机学科带头人、创业基地主任、网络安全研究院执行院长等职位,甄武池一个人全担任,算是甄天下了!"

几天后,曾叶林在操场碰到了霍启然,一说起来就愤慨不平。

"这有什么好说的,滨大早已不得了了。市里几次想安排人过来,滨大都以岗位不够为由拒绝了。上次一个副书记岗位,听说教育厅做了好几次工作,才安插了一个人进来。"廖慈志也来锻炼,脚疾好了的他昨天又参加清谈,获得一堆信息。

"哪儿来的?"霍启然问。

"省妇联的一个处长,人家是滨江本地人,这下叶落归根了。"廖慈志说着伸伸手,弯弯腰,"好好,滨大成了养老院了。越是养老院,钱越花不完。"

高校经费来源已从过去的单一渠道转化为多渠道、多方位的筹资。滨江大学近年来就广泛建立校友基金会,每隔两年都要组织校友回校参观,各个院系都组织了校友会。学校稍有活动,就邀请校友参加,为的就是给基金会捐款。这几年伴随着教育改革的春风,滨大在工程建设、设备物资采购、招生录取等方面拥有的自主权越来越大,成为巨大的经济实体,领导班子掌握的财力财权早已向实权部门的政府官员看齐,但受到的制约却未必多。所以近两年很多政府官员都愿意来滨大谋职。去年到任的于副书记就是这样来的,之前他是市环保局局长。

"滨江市委市政府的领导,说起来权力够大的,但现在见了滨大的领导,也要敬三分,因为滨大太强了,能升天能入地,滨江大学吼一吼,滨江大地抖三抖。当然滨大这几年也在改革,也在高呼去行政化去市场化,但因为基本的权力架构并没有改变,这种内部的半市场化管理和运作就带来相当程度的腐败,造成滨大内部严重的官本位。"廖慈志谈到这里,霍启然便提到现在滨大很多教授都放着好好的教学岗位不干,准备趁着这次换届去竞聘什么处长副处长,工商管理学院、化环学院几个博导都去竞聘后勤集团总经理的职位,有好几个青年博士也去竞聘保卫处的副科长了。最后反问："博导竞聘个教务处长我都没啥说的,去竞聘后勤集团总经理,你说是不是自取其辱?"

"什么自取其辱?你到底是真不懂还是装不懂?后勤集团可是个肥缺,博导也是人。来滨大不就是为钱嘛,谁见了钱不动心?现在每年的自主招生、基建工程、项目采购、干部任免,都是领导们大发洋财的时候。"廖慈志大脑袋的亮光一闪一闪,全然智者风采,"像上次文传学院党建活动,三十个人去滨大旁边不到一百公里的梅州市,就住了一晚,吃了两顿饭,参观了几个免费的景点,苏书记找人和旅行社联络,虚开发票,最终报了十八万元的活动经费。呵呵,估计一半都入了他私人腰包了。"

"但他也被骂死了。如果人人都想当官,国家还有希望吗?"霍启然说。

"咳!"廖慈志笑而不语,身后的邱博厚接过话茬说骂的人整天都在骂,被骂的人才不怕骂。现在单位就像围城,体制就像山洞,管理就像笼子。多少人挤破脑袋,甚至出卖屁股贱卖灵魂想进来,进来了又觉得不好,整天骂爹骂娘闷得慌,可是又没有勇气出去,日积月累,就这样在漫骂中混日子,今朝有酒今朝醉,不知何处是他乡!接着又感叹滨大现在从上到下,从管理岗到教学岗,都越来越混乱不堪,行政的人满脑子升官发财,教书的人不安心教书,大家都在想方设法上位,而越是这样,还越注意形象化,前不久理工科那边还成立了表面工程委员会,一个副校长亲自担任这个委员会的主任。

几个人正侃得美,忽然有声音"廖老师""邱老师"地高叫,有个人远远跑来,不由分说就发请柬。

"我要举办个人作品研讨会,欢迎大家来。"来人一头金色卷毛长发,从脑袋一直垂到屁股。脸上唇上满是浓密的胡须,那胡须真有型,从耳朵长到下巴,又粗又长,虬曲盘卷,连同满头长发,高高飘扬,要不是鼻梁上架着一副显眼的金丝眼镜,霍启然他们还以为是非洲草原上一只金毛"狮王"来了。

"记得到时来捧场!""狮王"一开口,邱博厚率先明白过来,原来是齐思宁。

"小齐,你怎么……好好的娃娃脸,干净灿烂的,咋突然成猛兽了?"廖慈志问。

"咳,老成点好,都是工作需要。你们都在编,我这个聘任的,只能拼命挣钱了。"小齐的笑声狡黠又自得。他现在一家文化公司担任投资顾问,负责艺术品的鉴定工作,大半时间都在外面跑,只有上课才回校。"公司和市电视台合作办了几期栏目,都是艺术品的鉴定和投资,深受观众欢迎。你们愿意进来不?收入不菲呦,每次光市民报名费都要两千块,专家出场费就不用说了!"小齐做个手势,"现在好几个老师都让我介绍,要加入这个顾问团队。"

"你现在鉴定什么?"

"当然是书画了。"小齐递上一张名片,上面印着滨江大学资深教师、著名青年书法家、张旭书法第八十一代传人等字样,"咱这个都算低调了,你看滨江书画院那几个人,都写着著名书画大师、国家一级鉴定师、故宫博物院特约研究员、大英博物馆首席客座教授等。"小齐还在不断介绍,邱博厚心说年轻人什么时候也成著名书法家,也敢作为专家出席鉴定节目了?小齐确实学的是书法专业,平时只写狂草,写的字除了他认识,其他谁都不认识,当然,有时候小齐本人也不认识,就这样润笔还虚高得不行。参加工作三四年,小齐就迫不及待办了两次个人作品展,每次都要叫一大帮媒体人士来造势,这次又要搞齐思宁书法艺术研讨会。

"霍老师,你也加入好不好?你来了我们团队就多个博士。"小齐盛情邀请。

"哎呀,我愿意。"未等霍启然开口,凌宇飞像麻雀一样飞上来,挽着齐思宁的胳膊,"叫我也见见世面吧,好歹能蹭几顿大餐。你不知道,我可喜欢你们那个节目了,天天都在电视前看,我现在无师自通,也快成专家了。"

"怎么样,要不要加入?"看着两个年轻人嘻嘻哈哈走远了,廖慈志最后问。

邱博厚只是笑,霍启然久久无语,他想起如果张懿恒在,会不会来一句:"公可记娄静斋之事乎?"

半年后,当张懿恒支教结束回到滨大的时候,滨大二级学院领导班子换届早已结束,肖子业连任艺术学院院长,这个没有出乎大家的意料,但书记还是老浦,这个就出乎大家的意料了,谁都没想到他还能继续当书记,当然,副书记依旧是丁雄伟,其他几个系的主任副主任也保持不变。这次换届,整体而言,艺术学院最平稳,不像其他学院多少还闹出些风波,校领导为此专门表扬了艺术学院,消息传来,大家都很高兴,只是后来系主任齐思宁简历公布的时候,很多人颇感不平。他的底细大家都知道,就是个普通本科生,参加工作后一直在滨大工作,从没见外出学习过,但不知什么时候他的学历变了,任职公示上堂而皇之写着博士研究生。"哎呀,学历晋升是工作需要啊!你没看咱们的浦书记,早从中专生变为研究生了。"面对质询,齐思宁嗓音尖尖细细,一张口解释就露出参差不齐的牙齿,提到老浦,他突然捂起了嘴巴。

公　道

张懿恒回来了。

"我知道你被缠得难受,想避开滨江,等一切慢慢淡化。"支教期间,和他同在西藏的秦学勇这样说。张懿恒笑了,的确,滨大太浮躁太杂乱了,他想着换个环境心情会好些。但没想到,一旦投入支教,他的心情会如此好。他也是穷山村出来的学生,一看到支教学校的孩子,孩子们那纯洁的眼神、灿烂的笑容,特别是响亮的读书声,他很快有一种亲切感,热情很快被激发出来。条件虽然艰苦,但大家彼此齐心合力,互相关爱互相帮助,很快就克服了生活上的困难,认真投入支教工作。用秦学勇的话说:"人活在世上,总得奉献些什么!"在这种精神感召下,大家都努力工作,很快和当地师生打成一片,彼此学到很多东西。更重要的是,老师的教学水平和孩子们的学习成绩得到很大提高,到最后支教结束的时候,双方都很感动,场景不是一个洒泪话别能说完的。

支教的间隙,张懿恒完成了一次考察。"宣物莫大于言,存形莫善丁画",关教授早就说过壁画是中国美术的优秀遗产,是当之无愧的瑰宝,学美术的都应该去观赏和临摹壁画。张懿恒第一站先到了陕西,看了诸多古墓中的壁画,然后又到甘肃,在敦煌一待就是半个多月,观赏并临摹敦煌壁画。在壁画中,他不仅发现了青山绿水,发现了卫风之提到的诸多古人生活场景,还发现了飞天和胡旋舞,发现了奔马和九色鹿,这让他十分激动。在考察了莫高窟、榆林窟和千佛洞之后,他又走向克孜尔石窟。秦学勇和齐欢欣听说他去考察,要委托当地的几个朋友接待,但他婉拒了,他宁愿多花些钱,也不愿麻烦别人,特别是他喜欢一个人自由自在无拘无束。从陕西、甘肃到新疆,从茫茫大漠到青藏高原,他就这样一路风尘一路考察,一路浩歌一路西游,当然也是一路李广杏一路驴肉黄面,一路白兰瓜一路哈密瓜。高原如歌,山色如诗。馨澄心以凝思,眇众虑而为言。笼天地于形内,挫万物于笔端。他画汲水的少女,画割草的大哥,画赶毛驴的大爷,画骑骆驼的孩子,画袅袅的炊烟,画流动的羊群,画湛蓝的天空,画洁白的云朵。青草绵绵,河流弯弯,藏羚羊成群跳出;长空万里,峰岭逶迤,苍鹰只只飞来。还有那牦牛马鹿雪兔金雕,都让他欲罢不能,看到什么就画什么。

回来了,该面对的终将面对。

走到艺术楼的时候,张懿恒碰到程怡雪,刚说了几句,就看见两个妇女迎面走来。前面的老年妇女面色憔悴,满头白发枯草一样乱飘。"给我公道,还我正义!"她嘴里喃喃自语,说几句身子就不断摇晃,尽管挂着拐棍,但还是要靠旁边保姆模样的中年妇女的帮助才能行走。

关教授年龄大,博物馆名画失窃的事情,她本就很揪心,后来为了李光头砍树,又来回奔波三个月,不仅劳而无功,反而遭遇不少敷衍塞责、冷遇慢待乃至白眼钉子,前前后后怄这么多气,老太太终于撑不住了。渐渐地,她开始在校园、在小区里逢人诉说自己的愤怒,诉说李光头砍树的恶劣和饭堂吃狗食的恶心,诉说领导们踢皮球,末了老教授总抱怨:"叫天天不应,叫地地不灵,到处都在推诿扯皮!滨大好歹是个组织严密的大学,怎么连个砍树贼都管不了?没一个人能主持正义,这叫什么世道,这叫什么领导?"

刚开始大家见了她老远就打招呼,也很快围上来,耐心听她诉说,不迭声地安慰,并且跟着愤怒地骂李光头几句,有的人甚至流下同情的泪水,但当听到她骂领导,大家脸色惊恐,很快便停止交谈离开了。关教授的诉说和抱怨日益为人熟悉,发展到最后,无论是在小区还是在校园,往往不等关教授走近,认识或不认识她的人,特别是领导们,都纷纷加快脚步,个个躲得老远。

"偌大的地方,不仅没人听我诉说,甚至连招呼都不敢打了?"这位终身未婚、无儿无女的老教授疑惑不已,脾气也越来越古怪,变得有些疯癫了,经常一个人走在校园里自言自语:"怎能这样对待我?"夜深人静的时候,她更加痛苦难眠,撑着孤独的身子在小区游来晃去,晃着晃着就发出一声凄厉的呼号:

"我是教授,给我尊严;我是教授,给我说法!"

"关教授,关教授!"张懿恒拉住她的双手,轻轻叫了两声,但老教授毫无反应,她的双手冰冷,眼睛也失去了往日的光彩,眸子浑浊得让人不忍直视。张懿恒再叫了几声,老教授愣了半晌,双手突然在空中一阵乱挥,很快神经质地大喊:"给我公道,给我说法。"喊着嘴角便有涎水流出,程怡雪当下溢出泪来。

显然,关教授已经严重老年痴呆了。

尽管支教期间也听说了滨大的相关情况,但现在亲眼见到关教授这个样子,张懿恒还是很伤心。

走到学术交流中心的时候,程怡雪说:"关教授好可怜啊,好好的一位绝代名媛,现在怎么成祥林嫂了。这个杂种李光头,真该天打五雷轰!"又提到李光头没当上领导,对女生的承诺无法实现,便玩了一招,把女生介绍给他儿子,说要让女生当他儿媳妇。张懿恒说那女学生也蠢得可怜,迟早要被踢开的。"太残酷了,我真想不到,关教授一生关爱学生,被学生誉为用生命在课堂上舞蹈,这么好的一个人,怎落得如此下场?听说前几天她家里失火,珍藏的很多油纸伞都被烧了。"程怡雪不断抹泪。张懿恒寻思着回到了滨大,到处依旧一潭死水,一潭污浊的死水,这几年更加峣峣者易折,皎皎者易污。程怡雪好像看出了他的心思,说了句:"死水也该有微澜!""只要有人行动,那就不是微澜了,翻江倒海掀巨澜!"张懿恒冷笑道。

"你到底要说什么?"看见张懿恒的脸色很奇怪,程怡雪正想再问,"啪"的一声,张懿恒把路旁一根树枝折断了。"行了,你是想给关教授报仇咋的?得了吧你!"程怡雪哼了声,她太了解眼前这个男人了,多年书斋画室的单纯生活,已经让他变得温和恬淡了。

"原以为后勤集团乱,可是我错了,你看艺术学院现在成什么样子了?仇香香整天在外面上课,在校外经营自己的录音棚,校内上课差得学生投诉一大堆,就这样还评上了优秀教师!丁雄伟和谭景明出差,说是执行公务,其实是游山玩水,一路吃喝,两个人点个烤全羊,吃了没几口就扔了,回来后费用全部报销,光一个烤全羊就两三千块呢!齐思宁明明比我来得晚,怎么短短几年工夫,就成博士啦?他不是考了几次都没考上吗?咋一下子就人模狗样,跑到我前面去了?真是的!"走了几步,程怡雪感慨连连。"小谭、小齐这几年爬得快,自然仕而优

545

则学。功利化的路子是职业所在,非功利化的路子取决于个人兴趣。"张懿恒知道程怡雪多少有些嫉妒,但他只能这么回答,谁让他们现在隔着一层呢? 今非昔比,一个带孩子的已婚女人,无论如何他都不能走得太近了,特别是程怡雪个性强,到后勤集团,得罪了不少人,听说这几天还有人告她,告她吃项目回扣,告她和外面公司有勾结,告她采购手续不清,贪污建设资金等。

太阳升起来,路旁的橄榄树和朴树还是那样高大坚挺绿叶攒动。张懿恒说到最后的时候,程怡雪突然发现这个人有些不一样了,皮肤粗糙,脸上泛起高原红,五官刚毅,眼神也多了些让她难以琢磨的地方。

黄昏,天空中游动着一片片绯红的火烧云,远处的草坡上吹来阵阵熏风,把盛开的荔枝花的清香送到校园的各个角落,卤阳湖一如既往静谧迷人,湖边草丛中,水鸭子不停鸣叫,伴随着凉风,绵亘的茂密的芦苇像绿浪一样起伏翻腾,沙沙作响,湖面上的白色浪潮更是忽而涌向南方,忽而涌向西方,宛若游子的脚步,飘忽不定,随波逐流。

吃过晚饭,张懿恒正要去图书馆,就听见背后有人叫他,原来是常云辉和郑宇智走了过来。说起关教授的情况,大家都很无奈。张懿恒说他刚刚去找了肖子业,肖院长也很伤心,还以组织的名义让他多照顾关教授。常云辉感叹世事难料,他也没想到关教授会这样,然后提到书院筹备,说已经联系好老板投资。张懿恒说太好了。想起好久没有林和兵的消息,就问了两句。郑宇智说那人有两下子,趁着换届的春风,从信息工程学院的副院长调到政法学院当代院长去了。"他一个学计算机的,跑去政法学院……"张懿恒话未说完,常云辉就解释说林和兵修过双学位,有个法律硕士的文凭,到政法学院,专业也算说得过去。

"政法学院的根深蒂固谁不知道? 那些老家伙能容下他才算怪呢! 他就是不听劝。"郑宇智冷笑起来。

机　会

郑宇智说得没错,林和兵到政法学院工作不久,就遭遇了人生的滑铁卢。

"院长,上次你跑去听我的课,事后给教务处说我上课照本宣科,知识创新不够,在思政结合方面有问题,是不是有这回事?上次学院开会,我迟到了五分钟,你马上让秘书记录在案,还说要在会上提出严肃批评。前几天艺术学院要和我续签代课合同,让我继续教小提琴,你一个电话就给阻止了。为什么?"当天下午,林和兵到办公室,拉过大靠背椅正要坐下,邱垂子就气势汹汹冲了进来。

林和兵很不高兴,但很快忍住了。他知道邱垂子虽然在乐团待过,也去国外学过行政管理,但其实课上得很差,处事又很自我,不然也不会因为狗种和陶兰青闹得扬名四海。"邱老师,我还要去行政楼开会,你有问题先问书记。"林和兵笑呵呵说着就要离开,但邱垂子堵在办公室门口,大喊大叫:"你少油腔滑调糊弄我,我早看过通知了,今天学校没有会议通知。我是来找你讲理的,不是来挑事的,今天请你把话说清楚,把事理摆明!"

邱垂子显然有备而来。躲得过初一,躲不过十五,看来今天不直面是不行了。上任前,林和兵就听说政法学院向来比较复杂,但他没太在意,滨大哪个二级学院不复杂嘛!所以他还是来了。工作不到两个月,他现在感到政法学院的复杂远远超出想象!说来说去嫌他是外来户,欺生!

"邱老师,你言重了,我身为院长,有权听老师们的课,也有权向上级汇报工作。"林和兵知道邱垂子能来找自己质问,肯定是受了别人的挑拨,书记早告诉他单位有几个牛人,恃才放旷,一贯目无领导,该好好整顿了。

"你在会上说我不务正业,不安心本职工作,一个政法学院教行政管理的老师,跑去艺术学院兼职教小提琴,明显对本职工作漫不经心。有无此事?"

林和兵正要解释,但很快被邱垂子打断:"你把我的选修课拿下来,就是以此为据吗?你来政法学院才几天,张狂成啥啦?"

"这和张狂没关系,我只是在工作,在履职尽责。"

"年轻人,我不想跟你计较,可你要有自知之明,少在我面前打官腔耍威风。"

一见邱垂子手指着自己吼起来,林和兵很生气,这一生气便有些冲动,冲动是魔鬼,面对着邱垂子的连声斥责,林和兵吼了一声:"请把你的手拿开。"但邱垂子不仅没有拿开,反而向前一步,叫骂怒斥,手指逼得更近了。林和兵哪里肯依？情急之下,他伸手去挡邱垂子。噼里啪啦中,两人很快就推搡起来。

邱垂子和林和兵从里面打到外面,最终在走廊上推来推去大吵大闹。隔壁办公室的几个年轻人听到声音,想出去劝架,但被陶兰青一个眼神阻止了。

陶兰青和林和兵的矛盾也是暗流汹涌。说起来林和兵也算个博士,但正因为是花钱买的水博士,所以没多少学问,一个学位论文写了五六年,也只有七八万字,用了大号字体印刷出版后,还是显得很单薄。就这样的专著,加上两篇小论文,竟然评上了副教授,后来又以同乡的名义,加上法律硕士的擦边球文凭,找王书记走上层路线,最终当了政法学院的代院长,上任不久就指点这个呵斥那个,让副院长陶兰青很不服气。陶兰青虽然是个硕士,可是成果丰富,有专著有项目有论文,又是个教授,可最终只当个副院长,连书记都没捞上。当然,林和兵也知道陶兰青不服气,他的下马威就威在陶兰青头上。

三个星期前,林和兵找着机会,借口陶兰青提前一分钟下课,直接汇报给巡察的教务处领导,最终给陶兰青内部通报不说,还扣了两千多元的奖金。这一个下马威下得狠,陶兰青气得几天睡不着觉,可是又没法理论,因为理亏的是自己,身为授课老师,就是提前一秒钟下课也说不过去。但陶兰青也不是好惹的!六岁那年她死了父亲,寡母拉扯三个孩子,日子过得紧巴巴,头上扎着小辫子的陶兰青,不得不挎着竹篮走乡串户卖糖豆,从小到大没少被欺负,磨难使她变得刚强泼辣。十七岁那年,街上一个半大小子趁着陶兰青称糖豆的机会,伸手摸了她的脸,陶兰青暴跳如雷,当下手持秤盘一路追赶,直追到那小子家里,又是哭又是闹,咬牙切齿,骂不绝口,骂遍半条街,骂遍小子的祖宗十八代不算,还砸碗甩锅说她不想活了,到最后竟把脑袋往人家门上撞,直撞得满头鲜血。男孩父母不得不双双认错,并且答应让出店面前的摊位,给陶兰青娘儿仨卖酸辣粉。

邱垂子和林和兵动手的时候,陶兰青感到自己的机会来了。敌人的敌人就是自己的朋友,尽管邱垂子是个混货,否则怎么会和林和兵打起来,但混货也是货,出手也有价值。眼看着林和兵报了警,陶兰青知道一旦邱垂子被拘留,就有可能被开除公职,而林和兵少了一个敌人,那可就更得意扬扬为所欲为了。陶兰青想了想,赶紧找个没人的地方拨通手机:

"邱老师,你回到家了吧,有没有受伤?作为主管教学的副院长,我过问一下,因为明天你还有课呢。"

陶兰青这么一问,邱垂子突然发愣:这个女人怎么关心起人来了?自从狗崽的事情后,她可是对人不理不睬啊!"你好,谢谢。我正在家里躺着呢。"邱垂子狐疑着回了句。"林院长眼睛受伤,他已经报警了。林院长是修过刑法专业的博士,他会通过法律维护自己的权益,而且能够做得很好,所以我问你情况如何。如果你受伤了,警察也可以上门录口供。就民事诉讼来讲,谁先动手打人,过错方就是谁!"陶兰青的声音不大,但非常清晰,邱垂子还想多问几句,但对方借口信号不好就挂断了电话,再打过去就没人接了。

问　责

政法学院领导和同事打架的事情很快传开。林和兵报警后,邱垂子第二天也报了警。警察来了,发现邱垂子伤情很重,双眼乌青,手臂又缠绷带又打石膏,走路也一瘸一拐。"我这个样子,怎么敢动手打人呢?何况人家又是领导呢!领导是爷啊,人家林院长三十多岁,一米八的个子,比我高比我壮,又练过拳击,正血气方刚。我五十多了,身高一米六二,体重不到一百斤,就这个样子,怎么敢出手打人家?我这么大岁数了,什么事没看开,有必要和年轻人动手吗?我再笨也知道'寻死'两个字咋写呢!到底是谁打谁,你们看看,看清了再处理不迟。"面对警察的询问,邱垂子痛哭流涕,哭着便摔出厚厚的一叠材料,病历、化验单、CT片什么的都有,其中诊疗单上写着:因外力导致的手指粉碎性骨折。

"这些单子都盖了市人民医院的红印,市人民医院可是滨江最权威的医院,三甲呢!"邱垂子不但这样回答警察,又拄着双拐,迈着蹒跚的脚步,一遍遍敲响校长的门,找了校长又找书记,找副校长、副书记、纪委书记,又找政法学院的每个老师。

"就这个样子,我咋成先动手打人了,恶人有没有先告状?一切让事实说话,看看谁是过错方!"邱垂子逢人便讲逢人便说,说着就抬了抬打着石膏的双手,"你们看我这手被打成啥了?我是拉小提琴的,手指平日注意养护,连水果刀都不敢拿,连拔河绳都不敢碰。就这咱咋敢动手打人呢?到底谁把谁打了,大

549

家都来看看,看清楚了!"

当然,林和兵反说邱垂子是赖皮,搞自残讹诈,林和兵不断找警察找领导说自己也挨打了,只不过是内伤,又坚持说先动手打人的是邱垂子,应该承担主要责任。到底是学过法律的博士,他的理由很充分,每一条说辞都有法律依据。警察很为难,领导也很为难,双方都不敢怠慢,请法医做鉴定,最终确认两人的伤都是外力导致,不是自残;又调取监控,结果发现探头年久失修,无法查证具体打架场面;寻找目击证人,办公室的几个小年轻都说虽然听到推搡谩骂的声音,但谁打谁真的没看见,建议询问陶兰青老师,她当时坐在办公室最前排,离走廊最近。

"是的,我当时确实是坐在最前面的办公桌,一抬眼就能看到外面。"面对调查,陶兰青的回答很认真严肃而又无比畅快,"但因为当时正忙着填表签字,我一直低头,哪有工夫关注外面?他们打架是在外面,等我填表完毕出去看的时候,发现他们两人已在走廊上打疯了,林和兵的眼镜掉在了地上,邱垂子靠在墙上喘气,紧接着书记就来了。"陶兰青这么一说,领导立刻找她谈话:"陶老师,你是唯一的目击证人,一定要仗义执言敢于发声。要如实说清,到底谁先动手?""我就是不晓得谁先动手嘛,你看我这个八百多度的近视眼,能看见个啥?咱学法律的,总不能作假吧?!"来来回回,陶兰青都是这句话。

林和兵的诊疗单上写的是轻伤。他虽然口口声声说是邱垂子先动的手,但找不到任何证据,警察无法判定谁该承担主要责任,于是便不予立案,由学校自行处理。舆论很快倒向邱垂子这边,连学校的保安都在议论邱老师年龄大,身材瘦小,肯定不会先动手,小林院长到底年轻,身强力壮火气旺,出手特快,但下手也太狠了。林和兵很窝火,拒不接受调停,僵持了两个星期,王书记发话道:"行了,人家邱垂子比你更委屈,还要上告呢!你要有觉悟,这件事最好不了了之。"

两个月后的一天,政法学院院长兼书记陶兰青正在办公,对面走过来一个人,西装笔挺,皮鞋油光,刚进门就把厚厚的一摞材料摔在她面前:"我今天来一是感谢你,二是问责你。"听声音就知道来者不善善者不来,陶兰青对此人再熟悉不过了。

"你感谢什么?问责什么?"

"我本来没事,你一个电话我就有事了,第二天全副武装,成了十足的病号了。"

"病号不病号,与我何干?你做了什么手脚你自己知道,离开办公室的时候分明毫发无损,怎么第二天就浑身是伤了!"陶兰青心里乐得直冒泡,但依旧头也不抬,面不改色。

"还不是你那个宝贵的电话提醒的,我马上开始了自救,虽然受了皮肉之苦,但也躲过一劫,不然被人活埋了都不知道。看来真要感谢你啊!那个电话既及时又狡猾,从头到尾看不出你的态度,仔细回味却又暗示着什么。"邱垂子哈哈笑着打开材料,"你看,从中央到地方,我都投递了,咱就要死缠硬缠。""哎哎,不要说了,我都知道了。你如今成滨大的名人了。我知道你这个材料,题目叫《一个归国留学人员的痛苦遭遇》,写了两三万字。"陶兰青抬抬眼镜,双手按住桌面发问,"你不仅到处发博客微信,还把材料投递给各级领导,连滨大普通老师的信箱都塞满了,你是准备搞风搅雪咋的?""没错,我就是到处叮人的蚊子,叮都要叮死姓林的,到处上告是个好方法,咱这是跟学生学的,和冯志学没关系。"邱垂子摸摸胸脯,柔滑的手指晃了几晃,"我给最高领导写信的时候,很多人都劝阻我说人家日理万机,你的信他不一定能够看到。但我还是照写不停,因为最高领导虽然看不到,但他的秘书,秘书的秘书,总会看到我的信,会做出批示,并且会逐级传达的。"

……岁岁年年人不同。世上的事情就是奇怪。冯志学没有那么好的运气,但邱垂子就有。不知是上级领导真看到信做了批示,还是有人把问题反映给了巡视组,最终滨江大学连夜开会,撤销了林和兵的一切职务,降为普通教师。"我就是死了,也要找个垫背的!"林和兵岂能罢休,到处扬言要猛烈反击,但很快,学校在年度审计中,查出他贪污挪用办公经费的问题,接着拔出萝卜带出泥,查出了更多问题……

邱垂子擦擦满头的汗,拉长脸问:"四两拨千斤,憨货一敌仨,现在滨大人人都说我二,你看我二不二?"

陶兰青笑了笑,眨巴着近视眼问:"你究竟要问责我什么呢?"

"你原来不是到处声言不想当领导嘛!张口闭口领导难领导苦,你怕被人烦死、气死、累死又骂死,结果你最后还是当上了!"

"你是要问责这个吗?"

邱垂子看看材料,冷森森笑了几声,伸出洁白修长的手指道:

"我现在总算明白了,搞来搞去,我辛辛苦苦,做的一切全是为了你。林和兵当代院长后,受人指使要整你,有次你出科目试题,被发现错了个标点符号,他命令你务必赶来亲自修改提交,还说试题机密,不得由他人代为修改,否则以失职论处,年度考核记为不合格。就为修改试题上的一个标点符号,那么热的天,你从城区开两个小时的车赶到滨大,路上还撞了人,赔钱又受气,你大半年郁闷在心又无可奈何,后来中暑住了院。结果我一出手,你很快当上政法学院书记兼院长,螳螂捕蝉黄雀在后,你这套下得真厉害,一箭双雕、扬眉吐气,连我都成了你的走狗了!你说该不该问责?"

陶兰青脑袋一斜,轻轻拨开他的手指,口吻清晰又坚定:"邱老师我不懂你什么意思,有人当初威逼我做证,非说我亲眼看见你先动手打人。"邱垂子眨眨眼:"那你看见了没有?"陶兰青也眨眨眼,压低声音:"我坐在前排,你说看见了没有?就是因为我拒不做证,为此也惹怒了相关领导,比如说前任院长和书记,找我好几次要求做证,他们坚信我目睹了你先打林和兵。"邱垂子也压低声音:"那么你看清了,到底谁先动的手?"陶兰青从鼻孔里哼一声,声音辣得像泡椒:"你现在一战成名,名利双收,难道不应该感谢我?姜还是老的辣,我真没看出来,你不仅是个赖皮是个戏精还是个骗子,连警察都能被你玩弄于股掌之间,至于刑法博士,活该他倒霉。""好好好!"邱垂子笑得大嘴张开,眼睛很快眯成一条缝。

……真人不露相,露相不真人。邱垂子虽然个子矮,但动作快,洁白柔滑的手指一旦攥紧了,就成虎虎生威的铁拳,一拳就打得林和兵的近视眼镜摔在地上,接着又朝肚子打了几拳,打得林和兵踉跄着后退几步,最后林和兵拉过邱垂子的双手,连推带揉逼到墙角。正当林和兵要下手的时候,走廊里来了几个人,很快拉开了他们。邱垂子带着胜利者的喜悦回家呼呼大睡,正睡着就接到了那个耐人寻味的电话……

"我厉害,洋鬼子斗倒了土老鳖,可是你更厉害,花大姐玩弄了洋鬼子!哈哈,滨江大学藏污纳垢,可也藏龙卧虎。"笑声中,邱垂子伸出手来,向陶兰青发出热情邀请:"老翟的时代结束了,走,咱吃酸辣粉去。为滨大更糟更乱加油!"

不愧是小提琴演奏家,那个伸手的动作真艺术!

后　学

朱丽茵和田娟来拿五一节慰问品,张懿恒顺便帮她们拿到车上,田娟说:"张老师,你还不买车吗?整个艺术学院你是唯一没车的。"张懿恒说暂不想买,不到风光的时候。朱丽茵嘿嘿道:"整个滨大的教工,就你一个没车,这样咋找对象呢?""这不是风光的问题,观念要转变呢,买了车你的生活质量就提升了,至少先能找到个好对象。"田娟说着就提到市里要成立滨江学研究中心,现在卤阳湖管委会也要跟着成立卤阳湖学研究中心,说是要大力发掘本土历史文化资源。"卤阳湖几百年来都是一片荒地,鸟不拉屎的地方,怎么挖掘文化啊?"田娟刚说完,朱丽茵就触电般地哇哇叫:"对对对,那个会议我坚决不参加,滨江是个文化沙漠,有什么好研究的!"

一个人迈着大八字步走来,满面油光,鼻梁上架着金丝眼镜,名牌西装,名牌皮鞋,从头到脚都是名牌,走路昂首挺胸目不斜视。"余果仕,新来的余大博士,光彩照人啊!"田娟叽叽喳喳打招呼,"你是要出席高端论坛吗?是要参加舞会吗?是去相亲吗?""哪里哪里,这几天领导找我谈话,是关于会议论文的事情。我告诉他们,自己学生物出身,和历史文化沾不上边。"余博士整整西装和领带,和大家一一握手,派头宛如大领导接见下属。

"哦,学生物的。你论文做的什么?"田娟问。

"硕士论文《从生理到心理——关于屁的双重性研究》,博士论文《母兔月经周期研究》。"余果仕话一出口,张懿恒顿时惊愕不语,田娟忍不住笑出了声,她一笑,大家都接着笑了。余博士倒十分认真,马上例证理证起来:

"诸位发笑,是因为心里都疑惑屁有什么好研究的,对不对?其实刚开始,我也没想到这个题目。自古做论文,无非是材料、观点和方法,前者后者咱是无法超越的,所以只能在观点上下功夫。只要观点有创新,就可以在学术界打响。"

553

余果仕说他开始选了好几个题目,都被导师批评观念陈旧选题俗套,直接否决了。后来他又去查知网,发现能想到的题目这几年都被人研究过了,真是郁闷!直到走在街上,到了一家宠物市场,听到几声狗叫,他突然想到有人做过鹤鸣狗吠意象的研究,于是灵机一动,想到了中国古人的骑驴。结果上图书馆知网一查,骑驴这个题目也已经有人做过了。正当失望的时候,旁边有人放了一个响屁,余果仕立刻捂住鼻子,结果放屁人立刻瞪眼反驳:"放屁怎么了?难道放屁不是自然现象?好歹我这还是人屁,比狗屁强。"

"哎呀,我一下就来了灵感,想到中国人耳熟能详的狗屁、驴屁、马屁、牛屁、鸭屁的称呼,想到放屁、滚屁、屁精、屁颠、响屁、闷屁这样的说法,想到拍马屁、跟屁虫、屁塞、屁事、屁话、狗屁不通、屁滚尿流这样的常用语。特别是这两年网络流行语的想屁吃、彩虹屁等等,我顿时茅塞顿开信心倍增,当下就向老师汇报。老师经我这么一说,也允许我先写写看。学术本来就是要创新,标新立异,新见迭出,观点、材料和方法,只要有其中一新就可以了,占有材料和论证方法,咱比不过那些老先生,所以咱只能在观点上突破了……"余果仕沉浸在甜蜜的回忆中,说起话来摇头晃脑,声音忽高忽低。

"你的论文摘要呢?"田娟忍不住打断他,问道。

余果仕仰着干瘦脑袋,打开手机找了一会儿,便大声读起来:"人人都需要放屁,人人都会放屁,屁并不单纯是一种生理现象,同时也是一种社会现象。放屁既具有普遍性,又具有特殊性。人类放屁由来已久……"他读得很兴奋,似乎要做出领袖演讲的态势,但张懿恒左看右看都觉得他像娄阿鼠,说话时声音聚集在鼻尖,一张口就好像蚊子在嗡嗡叫。

"我准备写本关于吹牛的论著。经过调查研究,我发现吹牛和放屁一样,既是生理本能,也是心理需要。放屁是通过屁股的,吹牛是通过嘴巴的。无论是放屁还是吹牛,可以使人上下通畅,获得内外的双重快感,进而减压解负,展现人性之需,从而促进社会的和谐发展。"余果仕海口滔滔,张懿恒立刻联想到老浦和牛婷,禁不住条件反射地眩晕,幸好田娟的话语让他清醒过来。"哎呀,大博士,你这个立论很新颖,也很大胆。苟富贵,勿相忘。"田娟拉住余博士的手臂,说可以从中先抽取几篇单独发表,以后就可以参评市里的百花文艺奖了。"哦哦,美女,亲亲,你还真说对了。"余果仕说着眼睛滴溜溜看着田娟,显然,眼前的女孩让他很陶醉,他禁不住从心里到嘴上都荡漾起来,"这几年滨江大力弘扬本土文化,为扩大城市影响力,一会儿申报世界历史文化名城,一会儿打造国家文明城市。滨江大学不甘落后,积极响应市里的号召,成立了滨江历史文化研究会,这几天正打算筹备一场高端学术论坛,议题便是大同世界与滨江。领导找了我,也找了彭凌杉博士,但彭博士当场就拒绝了,我没好意思当场拒绝,只说考虑考虑。"

其实余果仕不说,大家也知道现在各地都在宣扬自己的本土文化,滨江市早在几年前就提出重视本土资源、打造文化大滨江的口号。校领导早把这个任务下放到各个二级学院,滨江大学政法学院、滨江社会发展研究院、文学与传媒学院和艺术学院等已经陆续发力,纷纷组织相关人员编书写文章,大力宣扬滨江本土文化。上周肖子业院长也强调要响应市里号召,加强区域文化的研究,促进地方文明的形成。院长刚说完,大家就纷纷议论,但肖子业要求顾全大局,老浦也强调这是政治任务,人人必须参与。

"什么区域文化,都是大中华了,干吗要强调和夸大差异性的区域文化?文化认同是国家和民族的命脉所在,自古周边一些小国能从中国分裂出去,就是因为有了自己独特的地方文化,最终差异性颠覆了国家大一统的共同性。领导真是夜郎自大,不怕国家分崩离析咋的?这种论文我坚决不写。"彭凌杉会后找到张懿恒,一张口就激愤不已。

张懿恒猜想如果庄焕明、邹金贤在,其实也会这么讲的。小彭讲话直来直去,做事一根筋,脾气也不小,来滨大时间不长就得罪了不少人,其实彭凌杉和余果仕一起,都是按照学校的百名博士计划引进的,听说小彭来的时候还是在读博士,这几年他都忙忙碌碌,但没见什么成果。前几天张懿恒在画室画画,彭凌杉一进来就拉住他的手:"大哥,论文论文,我写不出论文,为谁辛苦为谁甜?博士恐怕毕不了业啊!"说着竟泣不成声。张懿恒知道小彭参加工作以来,在院长的带领下,陆续做了好几个横向课题,做过企业的宣传文化方案、单位的各种创意设计和下面镇区的艺术培训等,整天忙来忙去,虽然换来不少收入,却总远离学术,博士读了六七年,但一直没拿到学位,而学校的考核越来越严了。

"余博士,你还考虑什么?其实早已经有人做了。政法学院已经有好几个老教授提出中华文化源于滨江的观点,认为滨江是中华海洋文化的中心,论文已经发表在《滨江大学学报》今年第二期上。滨江社会发展研究院、滨江大学艺术学院也联合推出了一套丛书,题目就是《中西文化,以中为宗,宗在滨江》。"田娟说完,张懿恒就笑了。有轰动就有效应,这套丛书一出,学术界大哗,但是来滨江旅游考察的人却多了起来,很多都是外国人,据说领导很满意。

"对啊,对啊,咱们学院前几天还开会专门研讨这个事情。"朱丽茵提到滨大下个月要召集海内外专家,借着丛书出版及研究会成立的时机,开一次专门的学术研讨盛会,主题是滨江与世界:文明的迸射。在会上将宣布滨江学研究中心正式成立,市府和学校把此会当成大事来抓,专门下拨一大笔经费,集中展示近几年的研究成果。

"对,这几天我们院长找我谈话,要我发挥优秀后学的力量,也写一篇论文提交大会,要求能石破天惊,一鸣惊人,一定要和滨江本土紧密联系。"余果仕扭扭身子,"院长说为了宣传地方,把地方文化做大做强,这个会必须开,也必须开好,因为王书记指示了,学术也要政治挂帅,论文更要当成政治任务完成。"张懿恒问:"那你考虑好了吗?参会论文还是关于'吹牛''放屁'的吗?"余果仕一怔,看看张懿恒不像是揶揄,就说这几天他已经想了好几个题目,也和文传学院的闵东青认真交流过了,闵院长颇有指点。

"闵院长到底专业深厚,讲起话来高屋建瓴,他指出《李白滨江漫游考论》《杜甫诗歌中的滨江指向》这题目其实都可以写。李杜虽然没来过滨江,难道就没想象过滨江吗?范仲淹的《岳阳楼记》不也是没去过实地,看了滕子京的书信图纸才写的嘛!有人写文章说唐僧和孙悟空是夫妻关系,甚至说孙悟空的金箍棒是男性阳具的象征,为什么呀?因为唐僧本质上就是个女人嘛!你看他心慈面白,不近女色的。人家能比较论证,我们为什么不能?这就好比孔子和颜回虽然是师生关系,但也可以假设为夫妻关系,或者父子关系,莎士比亚也可以是同性恋嘛,就看你怎么论证了,这样的观点一出,肯定会轰动学术界的。"

余果仕说着就很快挥舞起双手,兴奋不已:"闵院长说他想来想去,准备写一篇《〈西游记〉中的滨江因素考论》。你们别笑,这和政治性的应时应景没关系,闵院长不是御用文人,他仔细研究了,《西游记》中的很多场景,比如水帘洞花果山,都是典型的水乡特征,咱们滨江恰好吻合,还有书中写到荔枝、香蕉和龙眼等,明显都是滨江的特产。所以闵院长说他考证出《西游记》作者祖籍可能是滨江,至少可能来滨江旅游过,这并不难,反正国内关于吴承恩的确切材料还很少,还不够精准,咱就大胆假设,精心求证。材料不够,可以现编,就说有新发现的碑志墓铭族谱等佐证,反正新发现的材料,本身难辨真假!闵院长这么一说,我茅塞顿开,顿时想出了好几个题目,都和滨江本土有关。形势紧迫,先根据需要写出再说,赶论文要紧。现在每年毕业的博士十几万,光滨大引进的博士就已上千了,咱不创新前进咋办呢?我已经想好了,以后还要出本专著:《中国壮阳学研究》……"

余果仕叽叽呱呱个不停,张懿恒突然想起前几天还见过闵东青,尝到政治甜头的闵东青越来越厉害,事事都紧跟形势超前行动,去年还中了个大项目:《曹一航法制思想研究》,张懿恒刚开始以为曹一航是个已故的什么著名学人,彭凌杉说闵东青研究的曹一航是当今的一个大领导,主管全国政法工作。张懿恒不相信,亲自到科研处查看项目申报书,结果发现确实如此。

赶时髦的越来越时髦了。望着余果仕远去的背影,田娟扮个鬼脸:"什么优秀青年博士,我们都叫他——兔——阴——博——士!"

仙　人

有史以来,张懿恒还是第一次见识这样的学术会议。会前肖子业院长让他写一篇关于岭南画派源于滨江的论文。写了几天,他交上去给院长看。没想到院长看后很不满意,批评了几句,最后说应该向文传学院的闵东青学学,人家论文写得多及时,这几年发展多快,虽然有人讥笑他把学问做成羊肠小道了。到会议快召开的时候,院长果然自己写出了论文,还事先发给他看。张懿恒找了郑宇智,郑宇智看也不看论文,只是邀请他喝茶,顺便提到林和兵的官职来得快,去得更快,一个小阴沟就翻船了!"他精明而不聪明,依我看,派他到政法学院当代院长,说不定是上层故意耍他呢!他傻得拿个纸棍当尚方宝剑了。……听说他现在像变了个人,整天研读佛经。"正说着有人进来了,二话不说就吩咐道:"有个知名人物,院长说那个会议还是要邀请下,麻烦你们二位亲自跑一趟吧,那人架子大!"

一见丁雄伟说话不断搔脑袋,张懿恒心里直乐,想笑又不能笑。

自从上次被蜂蛰了以后,丁雄伟先是住院治疗,后又在家修养,可很长时间过去了,他还是会不时头痒,令他气愤不已。

"屌,采了这么多年的蜂,没想到这次被蜂蜇了!"出院后的丁雄伟懊恼不已,他不明白,这条小路走了好几个月,闭上眼都知道树木怎么生长,小路怎么延伸,怎么突然就撞上马蜂了呢?他去现场看了几次,都看不到什么,因为现场早已被破坏。——就在他被蜇后,市里的消防队很快出动,清理路障,放烟放火,最终摘掉蜂窝,消除了隐患。

丁雄伟直到后来入了班房也不知道,那个蜂窝是有人故意给他准备的。

和注意馆藏名画一样,他的一切也早被人盯上了,就在他频繁经过那条小路的时候,有人经过连日观察,算好他经过的具体时间,总结出他走路的势和规律,特别是了解到他总爱往头上喷香水,就在小路上做了手脚。路面的落叶蔓草,路旁的竹枝藤萝看似柔软不堪,实际上都被连了起来。丁雄伟一脚踩上去——即使这只脚不踩,那只脚也要踩,只要一踩,就踩着了环环相生的机关,牵动了隐藏在草叶下的根根引线,最终惊动那个可怕的蜂窝。这个机关做得很高明,不是在山林里生活多年的老猎人,是做不出也看不出的。

第二天,张懿恒坐着郑宇智的车,刚到一家店门口,马上有两个靓女迎上来。"你们是找大师的吧?我们是他的助理,大师现在正忙,请等等。"靓女笑盈盈招呼他们坐下,又是端茶又是送水。等了半天,听见里屋有响动,郑宇智刚张口叫了声:"朱……""不!"马上有声音喝道,随之从里屋走出几个人来,中间的老者手持龙头拐杖,脑袋上戴着金色瓜皮帽,身上穿着金黄色的暗花丝绸长袍,外罩云龙纹锦缎大马褂,也是金黄色,一走路,三缕长须飘飘悠悠,大麻花辫子甩来甩去,辫梢的红穗特别显眼。

张懿恒一下子蒙了,老者鼻梁上的茶色镜又大又模糊,让人看不清是谁。

咕噜咕噜吸了几口水烟,又看了会眼前袅袅升起的烟雾,老者缓缓张口道:

"我改随母姓了,是名正言顺的爱新觉罗的后裔。"说着就坐在太师椅上,两个靓女助理很快围上来,一个给量血压,一个给捶背。

存在的就是现实的,现实的就是合理的。朱紫贵的店铺没开几天就门庭若市,最近生意更火爆。岁末很多人装修房子准备入住,纷纷找他咨询家具的摆放位置、风水墙的修饰、财神像的迎请日期等。而朱紫贵确实也有两下子,针对来者的求神问财,他消灾安吉,一说一个准,真比菩萨还菩萨,于是求者日多,而朱紫贵日进斗金,掐算收入远远超过了校内工资。

果不其然,当张懿恒询问关于参会的事情后,朱紫贵连连摇手:"我不管,我不管,那个会我没兴趣,不要问我。我已经是桃源中人,不知有汉,无论魏晋。"郑宇智说,外面盛传大师能仙人指路。"什么仙人指路?简直是助纣为虐逼良为娼!"朱紫贵甩甩大辫子,"我现在红包接到手软,这年头要是多生两只手就好了。大家都说我是骗子,其实我也知道这个卦纯粹是骗人的,但那些老板啊富婆啊爱被骗,这钱怎么如此好挣啊!万万没想到,滨大自己人都跑来我这里算卦了。"正说着,门外有个人探头探脑,朱紫贵一乐,看看张懿恒和郑宇智道:"你们先躲到后面去,看我要要这个贪官。"

"哎呀,大师啊!这几天脑子很乱,乱成一锅粥了。"来人一进来就双手抱头叫苦连天。

"阮处,人生在世,还不是孩子、妻子、房子、车子、位子、票子、女子,七子之歌,你准备怎么唱?"朱紫贵的猫头鹰眼睛半睁半眯,他知道阮处大有来头。

"咳,前几天纪委找我谈话,要我说清滨大内部吃空饷的问题,你说这么多人吃空饷,我又不是时任领导,手续不是我办的,我怎么说清?过几天上面还有人要来,追查电子大楼的工程招标,还有那个塑胶跑道的质量问题,我这几天愁得吃不下睡不着。"阮处说着就抓耳挠腮,要朱紫贵给他算一卦。朱紫贵慢悠悠拿出一把蓍草撒在桌面上,阮处睁大着眼睛,不断催问:"怎么样,怎么样,吉还是凶?"朱紫贵拿出一根蓍草不知说了什么,阮处突然软瘫在地,抓住朱紫贵的手痛哭流涕。待看见神龛里的关公像时,阮处很快匍匐着跪倒在地,头深深低下,屁股撅得老高,脑袋叩得像捣蒜,嘴里哭喊:"关爷爷,显显灵吧!"

朱紫贵又撒了一次蓍草,到最后三说两说,阮处眉开眼笑走了,临走时不忘放下一个大大的红包。

"关爷爷,保佑我们家大宝二宝升官发财!"阮处走了几步折回来,又拜在关公面前,三跪九叩,到最后五体投地,嘴里不断念叨。

阮处刚走几分钟,突然又有一个人闯进来,一见朱紫贵也扑通一声跪在地上。

"大师,救救我啊!"来人痛哭流涕。

张懿恒非常惊讶,原来是谭景明。

小谭哭哭啼啼半天,张懿恒才明白,原来小谭结婚又再婚,现在两个老婆闹得不可开交,大老婆给小老婆下蛊,小老婆找人打大老婆,小谭如今很发愁如何让两个老婆相安无事,让自己化险为夷。

"还有,去国外读博士值不值,国内到时不承认怎么办?"小谭说着就要朱紫贵赶快卜卦。

"这个……"朱紫贵面有难色。这个卦可不好算啊,谁都知道滨大现在大招博士,这就对校内很多非博士老师形成压力,很多老师连考几年都考不上国内的正规博士,不知谁得到消息,东南亚一些小国家的博士考试难度特小,而且读的时间特短,基本上几个月时间就能拿到博士学位,只是学费特高。有老师经过查询,发现确实如此。于是很多学中国哲学、中国文学和中国美术的,决定去考这些国家的博士。

"大师,你就给我算算吧,你看我考了好几年都考不上,不知这次能不能考上?"眼见得朱紫贵无动于衷,小谭跪在地上苦苦哀求。

朱紫贵撒了一把竹签在桌上,最后又伸出一个手指晃了晃,小谭不解其意,朱紫贵又说了四个字,小谭如获至宝磕个头就走了。

打发完几个顾客,朱紫贵让郑宇智写"紫气东来"给他,郑宇智问刚刚怎样给小谭算卦的。"这样的野鸡大学还来问我要不要考,能不能考上?"朱紫贵说着就满脸戏谑,"非要逼着我指点迷津,我就伸出一个手指头晃晃。""你这个'一'的含义太丰富了。"张懿恒接着又问给小谭说了什么如获至宝的字。

"事——在——人——为!"

朱紫贵说完,三人齐声大笑。"其实齐思宁也找我算过同样的卦。年轻人啊,现在不管学到学不到东西,只图先有个博士学位风光,唉唉!"朱紫贵说完,郑宇智赶快赞道:"大师啊,你这个卦有良心,有水准!难怪你那个公众号'堪舆大师说堪舆'创建不到半小时,点击量就过万。""我现在不仅开了公众号,还录制视频在网上发布,没想到浏览量猛增,还有人不断给我打赏,粉丝现在都四五十万了,看来这个堪舆学真是大受欢迎啊!"朱紫贵感慨自己老了竟成网红,最后问,"小张,要不你也录制几期节目?讲什么都行,只要有噱头有爆料,我给你在网上发布。保准几天之内点击量上百万,你小子赚得盆满钵满的。"

张懿恒毫不犹豫婉拒了。

中心论

一个星期后,张懿恒赶到会场的时候,发现会议从排场上看很隆重大气。以往的会议都在滨江大学招待所召开,名义上是招待所,但其实比市区有些酒店还奢华,这是王书记当年力主的工程。滨大每逢开会,便把市里最好的厨师请来,连同食材、厨具等一路浩浩荡荡拉到招待所现做,所以滨江大学举办了多少会,招待了多少专家,就吃喝住行来讲,没有一个专家不满意。张懿恒去过一次校内招待所,真是叹为观止。而这次开会,吃饭在滨大招待所,住宿却在市区的皇瑰酒店,每天早上学校三辆大巴车,把专家从皇瑰酒店接来。"为什么这样折腾来折腾去?住校内招待所不就完了?""嗨,刚开始准备安排住校内,但专家反映这么多天的会,校内住久了会审美疲劳,都想换个地方住,于是学校就换到了皇瑰酒店。""皇瑰酒店是市里最好的酒店之一,说是五星级,其实都超五星了,里面服务周到,这是我们招待所比不上的。"议论声中,张懿恒明白了怎么回事,心说这些年滨江的酒店,什么太子、公主、丽妃、伯爵、帝京、帝豪、皇瑰,一个赛一个,名字起得真有意思!

会议场地在酒店的会议厅,里面金碧辉煌,主席台上挂着醒目的大横幅,看看横幅上"滨江文化暨大同世界学术研讨会"的字样,再一看台上的桌签,张懿恒顿时叫出声来,名片上有不少都是著名大学的著名教授,其中好几个还是学界熟悉的长江学者。这些人平时只能在电视上见,今天实地近距离感受,张懿恒不禁肃然起敬。当他斜着身子坐下的时候，发现闵东青、霍启然、彭凌杉和郑宇智也在里面。

"感谢大家出席这个会，这是一场关于滨江历史文化的盛会。我爱我的家乡，我们滨江是世界文化的中心和发源地，也是中华文化的中心。有人说，滨江是文化沙漠，可是我非要把沙漠变成绿洲。大家知道，近年来三星堆考古实物大量出土，学术界对三星堆文化的玉器陶片有很多解读。比较这些研究成果，我发现，这些器物上面有很多神秘的符号文字，和古希伯来文有异曲同工之妙。由此，我深信，耶稣基督文化的源头就在我们滨江地区。"掌声中，一个头发花白、戴着黑宽边眼镜的老专家发言了。张懿恒认得这是滨江大学社科研究中心的老主任，姓香，算是滨江本土名人了，作为市战略咨询专家委员会的委员，他经常在各种场合闪面，主讲本土历史文化，被誉为滨江文史泰斗。

"我的著作《人类文明源头与滨江》提出了英语源于滨江语系的思想理论，其实不光英语，德语亦起源于滨江地区。首先，古代滨江不是叫英德郡吗？随着不断地向海外移民，古英德郡的人逐渐迁移到西方，建立了英国和德国，而取名为英国和德国，就是为纪念自己的母地英德郡。近年来滨江地区挖掘了许多古墓，上面的人物图像和当今英国人非常相似，这些都是有力的实物证明！其次，从宗教习俗和家族谱系上看，我们滨江巫风盛行，英国德国不是有万圣节吗？其实就是滨江的鬼节。英语德语的发音，和滨江本地话多么的相似，如 mother，滨江话叫穆萨，这明显是同根同源嘛，你看滨江话现在都快成全世界的通用语了。滨江人爱吃海鲜，而外国人也爱吃，这一切都证明英国人德国人就是滨江人的后裔。我哪里是异想天开纸上谈兵？从历史地理学的角度看，古英德郡的人中有费氏、偃氏、嬴氏、季氏等家族，这些家族中有一些人逐步移民到欧洲，变成欧洲的英国人、德国人，所以现在欧洲人依然有古代滨江人的血统。接下来，我将继续著书立说，将古滨江的家族谱系与其在国外的传承关系讲清楚，讲清楚英国人德国人法国人都源于大滨江地区的道理。真理越辩越明，我从小到大就生活在滨江，一辈子爱家乡爱滨江，今生注定要为亲爱的滨江挥洒热血！"

香专家说完，下面掌声雷动，市府领导上前拥抱了他。香专家的眼里涌出泪花，白发乱颤，面色潮红，看得出他十分动容。之后陆续有几个人发言，有滨江文联的,有滨江社科联的,也有市政协和人大的,分别提出农耕文化的中心在滨江、中国改革开放的中心在滨江、世界商业的起源在滨江等观点。"香教授说得对,世界文明的起源在滨江,什么尼罗河、底格里斯河、幼发拉底河、爱琴海的都不算。"滨江发展研究院的一位专家开讲了,"其实人类起源也在滨江,我为此进行过专门的田野调查。"话音未落,下面有人问:"你怎么调查的?""我跟着旅行团去国外调查了半个月。"专家说完,下面一阵呵呵。接着有几个专家也宣读论文,包括《滨江文化是世界优秀文化》《滨江语是世界伟大语种》《滨江人是全世界人的祖先》《粤菜的中心在滨江》等,肖子业最后发言,他的论文是《岭南画派源于滨江新论》。

张懿恒很好笑:粤菜的中心明明在广州,岭南画派也是在广州形成的,怎么都成滨江的了?正想着,只见台下窃窃私语,会场骚动起来,突然有人冲上台挥臂高呼:"我来补充几句!听了大家的发言,我很振奋,学术研究要有新思路,要结合地方的发展。我们办这个会本身就有争议,而我们的理论一出,学术界也肯定会有不同意见,这个在意料之中。但不管什么谩骂、质疑和嘲讽,不管如何炮轰我,炮轰我们这个学术团队,我都坚定不移。不管前面是地雷阵还是刀山火海,我都将一如既往,坚持自己伟大的滨江学研究,为真理为学术贡献终生。"

眼见得会场顿时寂静,香专家身子不断扭动,说着说着竟涕泪长流,台下很快有人鼓起掌来,这一鼓掌老专家更眉飞色舞:"我为滨江鼓与呼,拼上这把老骨头,为家乡的建设增光添彩,我甘愿鞠躬尽瘁死而后已!"不知哪里飞来一只蚊子,一边飞一边嗡嗡叫,围着他不断盘旋,香专家一手拿着讲稿,一手左右开弓,想把蚊子赶走,但那蚊子绕来绕去,就是不离开。香专家很不耐烦,嘴里滔滔不绝,眼睛却看着蚊子,终于找准机会,一个巴掌打过去,"啪"的一声,脸上血痕顿起,蚊子终遭毁灭。香专家顾不得擦去血痕,又继续慷慨陈词,讲了几分钟,又有只苍蝇飞过来,一会儿落在他头上,一会儿落在他脸上。

"我的声音肯定要压过这只苍蝇!"香专家奇痒难忍,又挥舞起有力的手掌,一方面给自己打气,一方面也想拍死苍蝇,那苍蝇躲躲闪闪,更加四下跳动。"我知道,我们的学术观点一出,将会引起很多嘲笑和谩骂,但我前脚迈出大门,后脚就不会再退回去,敢为人先,在所不惜。我不下地狱谁下地狱?虽千万人吾往矣！让我们充分发扬愚公移山的精神,发扬精卫填海的精神,揪住滨江是世界文明起源中心这个基本点,弘扬地方文化,把滨江学做大做强……"香专家兴致勃勃,伴随着讲演,他更加激动地浑身扭动,手掌挥来舞去,大嘴巴不断张开,口若悬河,豪情赛过东江水,没提防那苍蝇倏的一下,仿佛找到防空洞似的,猛然就飞进他慷慨激昂的大嘴里。

出来的时候,霍启然拉住张懿恒的袖子:"滨江几百几千年来,都是个小渔村小城镇,海盗多如牛毛。改革开放三十年,靠走私攫取了第一桶金,这才快速发展为城市,本身就没有历史文化的沉淀,哪有学问可言？现在非要弄出个滨江学让人研究,你说怎么去研究？刚刚那些人还说把论文汇编成册,再加紧出套关于滨江学的丛书,占据学术高地,迅速扩大影响,服务地方发展。"张懿恒看也不看会场,往前走了几步道:"我们落伍了吧？老家伙现在都冲在前面了。经济搭台,文化唱戏,给钱就唱,要唱多好就能唱多好。闵东青不是刚刚也读论文了嘛,你看多带劲!"霍启然嘿嘿道:"一从大地起风雷,便有精生白骨堆。僧是愚氓犹可训,妖为鬼蜮必成灾。"接着又问,"张博士你什么时候也变得尖刻了？""人有病,天知否？透视学这门课你学得比我好。"张懿恒横眉一笑。

几天后,张懿恒来到艺术大楼,正碰上彭凌杉出来。"我辞职了,刚刚找院长签了字。老师这碗饭咱吃不了!"小彭说着扬扬手中的文件。张懿恒赶紧问以后去哪儿。"去哪儿都不和这群学术阿Q在一起,夜郎自大,指鹿为马,坐井观天,痴人说梦,真是寡廉鲜耻。"彭凌杉仰仰身子,声音充满烦躁和不屑。年年岁岁花相似,一看见彭博士,张懿恒就想起当年的自己。这么多年来,其实他也屡屡想过自己的去留,前几天钟教授还给他打电话:"人挪活,树挪死。我现在过得很好,已经是这个职业技术学院的领导了,我们这个学校坐落在青秀山下。欢迎你来应聘,我们现在正招人呢,安家费三十万,一次性付清,绝不含糊。"

小彭说他来了几年,感觉这个单位上上下下乱得很,哪像个高校?!学生难教,老师难当,前几天滨大有个新闻系的老师自杀了！学生经常在老师面前说他们累成狗,可是最底层的老师,奔走在教学一线的青年教师,过的是狗都不如的日子。"近来总感觉人生没希望没干劲,但即使我没有理想的未来,也不能在这里等死吧!"这是小彭最后的抱怨。其实这几年研究生就业也不怎么样,高不成低不就,道路越来越窄了,霍启然说他好几个同门都去民办院校了。张懿恒也知道有的老师辞职离开滨大,但后来又闹着要回来,结果学校坚决不要。

办公室里,肖子业正在电脑前写什么,一见到张懿恒就问:"小彭的话,你如何看待?""人各有志。"张懿恒回答。"唉!"肖子业停下手中的键盘,"其实小彭说的是对的,你看网络上把前几天那个滨江学的会议骂得狗血喷头。膨胀的欲望,产生膨胀的思想;扭曲的灵魂,催生扭曲的学术!但是那个会我不参加不行,不表态更不行,就像那篇论文……"肖子业说着就说不下去,张懿恒知道他心里很痛苦。月光光,照地堂。全地球人都知道岭南画派的中心在广州,这是事实,也是常识,可是老肖非要反其道而行之,谁让他是院长呢?院长不好当,搞不好皇帝的新装要穿到底了!就像去年文传学院出了本通识课教材《中国古代经典诗歌鉴赏》,编纂的时候,非要把王书记写的一篇短文编进去,很多老师明明知道这篇短文思维混乱,逻辑不通,文辞更粗俗不堪,但就是沉默不语,有的还连连赞叹,最终这篇短文作为经典篇章,被全校学子认真学习。

北大水平

年去年来,栀子花开。

时光风风火火,工作总是紧张。

滨大校园里又少了几块绿地,多了几座高楼。

卤阳湖的水还是那样缓缓流动,波平如镜,但湖旁的滨大校园却充满喧嚣与骚动。

学校这几年大手笔大动作,但办校理念千变万化,又操之过急,整体软件设施太差,管理跟不上,校领导也觉得到了瓶颈期,而老师们就更有意见了。回到滨大不久,张懿恒就发现现在教育最大的问题就是大家都不读书了,老师要读也只读教学参考书,学生完全只读和应试相关的书,整个学校已经没有自由阅读的空间和时间。他很担忧,因为这样苦的是学生,害的是百姓,从更长远来说,伤害的将是整个高校改革和建立现代大学的进程。但当和霍启然交流时,霍启然有些不以为然,他认为学风建设中存在的问题,学生和老师固然有一部分责任,但主要责任在各部门的领导,在于相关评价体制和管理体制。"你看现在很多官员和明星的学历多水?有的甚至同一时间在不同学校拿到双学位。你说怎么回事,他们难道是学霸?我们小小的滨大,现在评学年奖学金和国家奖学金,也是学生干部优先,这就让其他学生很难努力学习!"霍启然说着就很痛心。

和其他二级学院一样,艺术学院这几年的绩效排名,领导年年都是第一,评优评奖,领导也是每年必得,而且有时一年得好几个奖。像领导挂名的"中国绘画史"课程,几年前就被院里申报学校的质量工程项目,最终还得了奖,当然,获奖人不是张懿恒,虽然他是主讲教师。扪心自问,"中国绘画史"这门课他觉得自己上得还挺好,他的博士论文就是关于美术史的流变,既有个案研究又有整体研究。为上好这门课,他把博士论文拿出来读了好几遍,对一些重要的部分反复把握,后来又是快递礼物,又是面访,动用了各种关系,终于把北京大学、清华大学、中央美术学院和中国美术学院相关名师的课件讨了过来,再结合滨大学生的水平重新备课,最终做到课件制作的精深浑厚。每天上课之前,张懿恒总是提前半个小时到教学楼,先在空地上打一遍太极,然后再泡一杯清茶,当学生陆陆续续进入教室时,张懿恒也全身脉络贯通,血液循环加速,一走进教室,浑身的细胞都处于兴奋状态,这是人精气神最好的时候。

这个学期,张懿恒觉得自己上课很卖力很严谨很投入,但万万没想到,快期末的时候,他被呛住了。

铃声响了,张懿恒走进教室,刚讲了几句,就发现教室里的学生,有的在玩手机,有的在打电话,其余的不是嬉笑,就是在聊天,但没有一个认真听讲的,后面几个女生还拿着手机当镜子,抹口红的抹口红,涂脂粉的涂脂粉。他正想说什么,突然刺鼻的味道传来,前排进来几个女学生,不待坐下就打开饭盒,酸辣粉、炒面、叉烧包都有,女生张开油光光的嘴唇,旁若无人,吃得越来越带劲。这时三三两两又进来几个学生,进来后闷声不响就坐在椅子上看手机。张懿恒简单说了两句就继续讲课,讲着讲着发现陆陆续续还不断有学生进来,都懒懒散散,有从前门进的,有从后门进的,进了教室就坐下,很快歪倒在桌子上,没一个正经坐相。渐渐地好像得了传染病似的,台下大部分学生都开始玩手机,打游戏的打游戏,聊微信的聊微信,睡觉的睡觉,东倒西歪精神萎靡。张懿恒很不高兴,回头再看黑板也是脏兮兮的,当下就问学委呢?问了几声,台下才有人回答说学委今天痛经,没来上课。"那班长呢?黑板该擦了。"话音刚落,马上有个男生站起来道:"老师,我们是交了钱给滨大的,是消费者,所以来滨大是接受服务的,没有给老师擦黑板的义务,要擦你让清洁工过来。"

张懿恒如鲠在喉,看看下面的学生都若无其事嘻嘻哈哈,依旧在看视频、聊微信、打游戏,有几个男女学生坐在一起还勾肩搭背卿卿我我,动作十分亲昵。再看地下,不知谁扔了几个快餐盒,红红的辣椒油从盒边溢出,伴随着黄色的豆瓣和黑色的酱料,种种液体流出来,刺鼻的气味到处弥散,地面越来越脏。张懿恒禁不住说道:"注意讲卫生讲文明礼貌,做人要有起码的社会公德,就像我们平时坐公交,该给老人孕妇让座一样。"话刚说完,台下一阵嘘声,有个黑矮干瘦的女生马上站起来说:"老师,我不同意你的观点。不让座有什么错吗?座位是我花钱买的,凭什么要让给别人?除非他给我钱。"张懿恒回道:"你这思维这心态就有问题,如果人人都这样,等你老了,不是没人给你让座了?""不会的,我不需要别人让位,因为我有私家车,再不行就打的,何来需要别人让位之说?"女生敲敲桌子,声音洪亮无比,她说完其他同学附和着纷纷鼓掌。

顿了顿,张懿恒又开讲,讲了一半的时候,看见一些学生交头接耳,就强调了几句,但学生似乎满不在乎,有几个女生依然低头看手机,张懿恒忍无可忍,操着沙哑的嗓子又强调这课件是从北大老师那里借来的,拿北大的课件上课,大家难道还不珍惜还不认真听讲?

"拿北大课件给我们上课没错,可是你有北大老师的水平吗?有的话怎么在滨大呢?"黑瘦女生又站了起来,嗓门依旧洪亮。

张懿恒一下子噎住了,他原以为自己苦口婆心,循循善诱,以为学生会知耻后勇认真听讲,没想到学生却是这种态度。"那你有北大学生的水平吗?有的话怎么在滨大呢?"张懿恒很想如此反击,但最终还是忍住了。"你说我有什么水平,我就有什么水平!"说完面如止水。

不愉快归不愉快,张懿恒教书多年,深知当老师的不值得跟学生计较,再说生活中总难免有这样那样的插曲,因此他就没当回事。直到最后一节课,给学生认真讲完期末复习内容和考试技巧,铃声响起时,他才松了一口气:这门使他战战兢兢如履薄冰的"中国绘画史"总算结束了,接下来就是考试和登分了。出考试题时,他反复查看,觉得还是很简单。想当年自己上大学,复习和考试的内容比例可谓大海捞针,那才叫累才叫难才叫多!当然,虽然辛苦得上穷碧落下黄泉,但也真的学到东西了,不然他怎么一步一步从本科考到硕士再考到博士呢?!

第二十章 师道

投 诉

过了几天,张懿恒觉得有必要找陆晓琳谈谈,了解同学的学习状况。陆晓琳从大一起就担任班长,大二时就入了党,大三时担任院学生会主席。她形象好,气质佳,年年考试成绩名列前茅,多次获得国家奖学金,作为学生代表,经常抛头露面,接受外界的采访。滨江电视台、广播电台和《滨江日报》都报道过她,学院也把她作为重点培养对象,院长亲口告诉张懿恒:"这孩子是滨大艺术学院的一个形象,一个标兵,现在她要考研,你可要重点辅导。"

"晓琳,今年怎么只有你一人选我当毕业论文指导老师?"周三上午,张懿恒约了陆晓琳到教研室,就论文的问题提出意见,看着学生都认真记下,就情不自禁多聊了几句。

"同学说不喜欢理论性太强的课程,太枯燥乏味,他们更喜欢新潮的东西,比如'视觉传达''产品设计'和'数字媒体艺术'等,所以就没选您。"

"理论功底也要加强啊,'中国绘画史''中国古代画论'是专业传统课程,基础性很强,大家都不写这方面的论文,该不会是觉得老师没水平吧?"

"不不不,不是那个原因……大家觉得您太严肃,没有其他老师的阳光和朝气,还有,同学都说您发表的论文他们都在知网查了,引经据典,古文一大堆。他们说您自己论文都写成那样子,跟着您写论文很肯定也得旁征博引,需要看很多书,这样太累了！我们同学都喜欢那种短平快的写作,所以没选您。"

"晓琳,你是老师们一致看好的优秀学生,听说你要考研,不知学校确定了没有？没确定的话我推荐你去首都读硕士研究生,怎么样？我同学现在是研究生导师了,我可以给他说下。"张懿恒很快转换话题。

"北京吗？"学生问。

"嗯,读书首选还是要去北京,人文荟萃的地方,能学到很多东西。"张懿恒觉得后面那句都是画蛇添足。

"哦哦,我不去。"陆晓琳却连连摇头。

学生的反应出乎张懿恒的意料,但他很快明白过来。

"哦,你怕北京学校难考？……选了其他地方,也行。"

"不不,我不是怕考不上北京的学校,就是考上了我也不去。其他地方我也没选,反正就是不去外地。我是滨江人,就在滨大读,不离开滨江。"陆晓琳的态度很坚决。

"这和读书没关系吧？"

"你看我们滨江多好,经济发达,生活幸福,美食丰富。我已经在滨江大学读了快四年,每年各类奖项多得拿不过来,光国家奖学金就拿了两次。在滨江,一切我都有优势,学校干什么总是优先考虑我,我也能得到意想不到的收获！如果继续在滨大,那么一切还将是我的,我会得到更多好处！可是一旦去了外地,白手起家,人生地不熟的,我能得到什么啊？"

看着学生很有想法的样子,张懿恒笑一笑,又问起了她毕业后的打算。回答说是要当官,当就要当大官。"我才不喜欢当老师,当老师太可怜了,我家里几个亲戚当老师,受气受累,年薪还赶不上一个社区主任每月的灰色收入。"学生说了一堆当官的好处,张懿恒顿感无语,其实尹柯也曾这么说过,他毕业后去了一家房地产公司。

"老师,你要注意,班里同学对你有意见啊！"离开的时候,陆晓琳提醒道。

一个星期后,张懿恒刚到教研室,老黄便走过来说:"小张啊……我有话和

570

你说。说出来你可不要怪罪大姐啊。""既然是大姐,直说无妨,尽管放开说。"张懿恒知道老黄一张嘴,挑动长江发大水。"怎么搞的?很多学生都去投诉你了!而且这已不是第一次投诉你,丁雄伟和老浦他们正商量如何处理呢。"老黄说着,身后便阵阵喧哗,一堆学生从前面丁雄伟的办公室出来,见到张懿恒,老远就笑眯眯打招呼:"老师好!"张懿恒认得这些都是自己班上的学生。老黄还想再说什么,丁雄伟来电话:"张老师你快来。"张懿恒到了办公室,丁雄伟坐在桌前,一看见他就说:"张博,你和学生到底有什么不愉快?这么多女生三番五次投诉你,有的女生还泪流满面,很伤心的样子。学生告自己的老师,处理不处理,如何处理?搞得我很为难。"

张懿恒问,学生投诉什么了?"这几天好几批学生过来投诉,说你'中国绘画史'的课程考试复习范围太大,搞题海战术,搞大轰炸,学生觉得太难了,个个苦不堪言。有的学生因为复习紧张,吓得整天在宿舍哭,都失眠了。现在这个班的同学意见很大,纷纷投诉告状,已经告到教务处和校长那里去了,我这边压力很大!另外——"丁雄伟说着脸色顿了顿,"女生还告你这个男老师什么?你想想!"

老浦也走了进来,一脸疲倦烦躁,张口便说:"我们的学生就那个样子了,要照顾下,不要为难学生,多替学生着想,能过都让她们过算了。早日把瘟神送走,我们工作就算完成了,皆大欢喜。""浦书记,教书育人,爱岗敬业,可是你一贯教育我们的。上个月,你还传达学校领导指示,要求这次考试严肃认真,试题难易适中,不能让我们的学生把考试当儿戏,要提高滨江大学毕业证的含金量。现在我到底该怎么办呢?试题都上交教务处了,总不能再撤回来重新出题吧?"张懿恒说完,老浦停了停便道:"话是那样说的,但学生事情无小事,这里的学生你是了解的,特别是女生,敏感自我,多疑多事。你还是把复习内容缩减下,减轻学生负担。"张懿恒回答复习内容已经很精简了,和试卷中好几道题目都相似,再精简的话就等于直接泄漏考题了,到时出了教学事故怎么办?

"算了算了,我以主管教学副院长和党委书记的名义,指令你回应学生诉求,把复习内容缩减下,就算抹平了,那些女生你何必招惹她们呢?你不知道,人家已经找了我好几次,每次都告你一大堆,搞得我不胜其烦。"眼看劝说无果,老浦有些不耐烦。

"我们那时上大学,连个课件都没有。每当期末考试复习,就是一本厚厚的《中国绘画史》教材,再加上老师那比教材还厚的讲义,你说我们怎么复习?当年都是把教材和讲义从头背到尾,复习考试都是这样过来的,从来没有感到内容多。现在的学生,考试复习从不看教材,上课下课纷纷拷贝老师的课件,其实课件已经很精简了!就这样学生还嫌不够,还不断投诉老师!把一切责任都推到老师身上。"张懿恒早上吃了辣椒,肚子本身就燥得难受,说完这些后觉得意犹未尽,直接问老浦,"学生不懂事,你们当领导的难道不懂事吗?"说着他便想起了卫风之的话:"十年树木,百年树人。一人有庆,兆民赖之。当老师要有基本的良心,还是要把课上好。教书育人,咱总不能教书害人吧?"

"哥,算了算了,你别认真了,我们的学生也就这个水平,和他们计较个什么呀!咱退一步,把复习内容缩减一下,好不好?"丁雄伟不断劝说,张懿恒还是断然摇头:"没有必要,我不给学生惯任性妄为自以为是的毛病,凭什么学生想怎么样,老师就要跟着怎么样?!老师要有老师的底线,我绝不讨好学生。"老浦笑道:"我理解你的心情,但是这个班级的学生你要当心,很多人心理有问题,前几天有个学生来找我,要我给她补考成绩过关,否则就跳楼自杀。"张懿恒想了想便说:"不能任由学生胡来,如果他们都以此要挟老师,我们以后还怎么站在讲台上?师道尊而后学立,我坚决不缩减复习内容。"

老浦腾地涨红了脸,大声吼道:"你还是识相点,我已经对你很客气了。老实告诉你,好几个女生都告你生活作风有问题,要不是我护着你,你早都完了。你要明白,那个班好几个学生家长都是市里的局长、处长,都是我们的校友,大有来头的。你不要对抗组织,今天必须缩减复习内容,服从党的领导。""学生家长是学生家长,这和考试有什么关系?我不至于把学生培养成高衙内吧?"张懿恒有了情绪,声音清晰有力,"不错,我是党员,现在你是代表你自己还是代表党组织跟我讲话?如果是后者的话,你找出要我缩减的条文依据来,我照章办事,遵守党的规矩。"

老浦一时语塞。丁雄伟拉住张懿恒的手,时而堆笑时而严肃:"张博,你说的当然很有道理,但具体工作中咱谁都不能任性!事关大局,关乎艺术学院的绩效,关乎学院的声誉。说真的,学生这样不断上告,搞不好会给你记教学事故的,我们这是为你好!"老浦也沉下脸:"张老师你怎么做我不管,任课老师有任课老师的权利,但是我警告你,不要让学生出事,否则我就收拾你。我坚决不护犊子,直接上报学校处理。"张懿恒心说学生动不动就投诉闹事,还不是你们这些领导没做好工作?于是也跟着来了句:"学生爱告由他们告,我可以与之对质,甚至走法律程序。""你?"老浦挺直了脖子,"你这不是在把事情闹大吗?嫌我这个书记没累死咋的?别以为我不敢收拾你。"

"张博,你太单纯了。"丁雄伟赶紧拉过张懿恒,"如今的学生搞社会上的一套比我们这些老师还熟练!庄焕明当年就被女生投诉说是偷看她们洗澡,偷看她们换衣服,最终闹得满城风雨的,影响了找对象。这几天先后有好几个女生投诉你,都告到团委学生处了。说你的眼神色眯眯的,告你拍过她们肩膀,碰过她们手臂,有肢体接触。浦书记其实一直在保护你,要不是我们压着,学校早就调查你了。生活作风问题是最容易打到人的,也是最难说清的,现在师德师风抓得很严。你知道,全国都开除了好几个老师了。"

张懿恒实在想不起来自己什么时候不怀好意拍过女生的肩膀,就问:"雄伟,你看哪个女学生漂亮,值得我色眯眯肢体接触?如果真有此事,属于误会的,我解释清楚,属于犯罪的,我自动投案。"未等他说完,老浦就很不耐烦打断道:"不要强辩了,人家女生认为自己很漂亮,不管你有没有碰人家,好几个女生来告,总不至于无中生有吧?我这里关于你的材料早都厚厚一摞了,说来说去还是你有问题。你怎么总惹事?人家丁雄伟、谭景明等都比你年轻,怎么没有被女生告过状?"张懿恒没想到领导会这样讲话,再想起老浦已经不知多少次提到有女生投诉,不知多少次提到手中有厚厚的材料,于是看看老浦,再看看丁雄伟,朗声说道:"让学生来吧,她们告我强奸都可以,我可以与之对质,甚至打官司都行,反正大家都有法可依!"

师生们

谈话不欢而散,张懿恒走进教研室,一杯水还没喝下,就进来两个女生。张懿恒认得走在前面的是陆晓琳,后面那个胖女孩是班级学习委员。"老师好!"两个女生齐齐喊了一声,就把两条烟、一箱水果放在办公桌上。"老师,同学们普遍认为复习内容太多太难了,大家倍感吃力叫苦连天,都希望您能够把复习内容缩减一下,让我们考试顺利过关,复习的内容还是越少越好。"学委说完,陆晓琳也说是啊是啊,有的同学在宿舍里哭得睡不着觉,说老师为难她们呢。

"我和学生无冤无仇的,你说我为什么要为难他们?"张懿恒说着心里就一阵冷一阵热,"你们好歹还是班干部,同学说老师为难就是为难?我也读过大学,如果真要说为难,那我们当年怎么过来的?都是大学生,你们是不是差人一等?考试复习内容真的已经很精简了,还要老师怎么解释,你们能不能做做同学的工作?""老师,我们不是差人一等,就是想顺利通过考试,早点毕业找工作挣钱。老师啊,你要认真考虑我们的诉求,现在期末各科复习内容都很多,同学压力很大,很容易闹情绪。"学委正说着,张懿恒的手机响了,一个陌生的号码不断打来,刚接通就有个女生连珠炮般说起话来,要求缩减复习内容。"您好,是哪位同学?请报上名来。"张懿恒问罢,手机那头的女声变得又尖又细:"就不告诉你,怕你知道名字打击报复,克扣我的分数。"张懿恒感到自己的人格受到了侮辱,"我不和陌生人通话。"他说着立刻挂断手机,把狗眼看人低这句话咽进肚里。

天气闷热无比,张懿恒喝了杯水,看看桌上的香烟水果,心里像有一条火蛇在乱窜。"你们把这些拿走,试卷已经交给教务处文印室了,复习内容也已经公布了,考试该怎么着,我就怎么着。"他缓缓神,把香烟水果推回到两个女生面前。"老师,你还是考虑一下我们的诉求,好不好?我们班有些同学意见很大,搞不好会出事的。她们扬言如果你不让步,就会继续告你,告到校长、书记那里去,告到市教育局、省教育厅,告到党中央、国务院那里去。你不害怕吗?"学委说罢,张懿恒一愣,随之就呵斥道:"让暴风雨来得更猛烈些吧!谁告我,告到哪里我都欢迎,我奉陪到底。"

"老师你先不要激动好不好?我们并没有威胁您的意思。建议老师务实一些,灵活处理,适当调整复习内容,给同学一颗定心丸,我们这边回去也好做同学的工作,让她们期末评教全给老师打最高分,保证老师这次评教优秀。听说老师们评职称要学生评教连续四次优秀才行,我们愿意努力成全老师。不然,同学们闹情绪给老师乱评教,我们很不好做工作,到时老师痛苦,事情也不好收场。"陆晓琳说完,学委也连连跟进道:"对啊对啊,现在学校很重视学生意见,我们还可以给校长写信表扬您爱岗敬业,给老师送锦旗送金匾。"张懿恒苦笑起来,学生真会讲话,小小年纪就学会软中带硬,这要是放在当初刚参加工作,他肯定二话不说拍着桌子怒斥学生,不过,毕竟教书多年,年龄也三十大几了,他顿了顿,便反问:"晓琳,你们班每次都有十几个同学旷课,长期不来上课,现在期末又要求缩减复习内容,对老师纠缠不休,真好意思啊?""我们班同学就这样子的。"陆晓琳说。

手机又响了,肖子业要他适当考虑学生的诉求,不要固执不要较真。"院长,你也是有学问的人,对学生认真有什么不好,你说老师哪里错了?"张懿恒刚说两句,就被打断道:"行了行了,不要解释了,此一时彼一时,你还有没有主任的头脑?"显然老浦和丁雄伟已经给院长汇报过。"有十几个学生已经告到学校了,有的还在网上发帖,说你故意为难学生,考试题出得很难。还说了你平日看女生色眯眯,爱拍女生肩膀,笑声诡异,师德师风有问题等。现在帖子点击量已经上千了,舆情监控中心的同志很紧张,王书记做了紧急批示,校办要求艺术学院做出答复。不就是复习考试嘛,算个什么鸡毛蒜皮的?学生现在群情汹涌,不达目的不罢休,你赶快摆平,千万不要出事!"肖子业的声音有些恼怒,张懿恒想了想说:"院长,这门课你下次排给谁上都可以,可是这学期课是我上的,让我负责到底吧!"

山雨欲来,天气潮湿燥热,张懿恒的心如乱云般起伏不定,他觉得自己仿佛走在刚刚挂果的芭蕉林里,尽管左找右找,但林深叶茂,半天都找不到出路,而密密麻麻的巨大的芭蕉叶更是打得他手臂发疼。"老师,你看院长都发话了,要不你还是缩减下,方方面面都好交代。"陆晓琳说罢,张懿恒问:"你们认为复习范围太广太多?究竟哪里多?我们就地解决。"学委回答说:"首先是名词解释实在太多了,脑子都记乱了。"说着就打开手机一个一个读了起来。张懿恒解释说A、B两套试卷,一共十个名词解释。刚刚读了要复习的三十六个名词解释,在复习的这三十六个名词解释里,有十个题目就会被考到,这样算下来,复习与考试的内容比例为3.6∶1,而且所复习的名词解释,很多都是可以用来回答填空题、选择题、判断题、简答题和论述题的,可谓一举多得,这样再算下来,复习与考试的内容基本为2∶1了。

张懿恒禁不住提高声调:"将心比心,这样你们觉得复习内容很多吗?有没有想一想,你们与其把时间放在到处告老师的状上,放在哭泣上,放在和老师无休止的纠缠上,不如把时间用在复习上。现在你们不知已经浪费了多少宝贵的时间了?!"看着陆晓琳和学委不再吭气,他的语调也随之温和,"你们先下去吧,把礼物拿回去,有什么事情还可以再来找我谈。老师先休息下。"

说完这话,再看看窗外,张懿恒有些困惑:今天怎么如此遭罪了?上上下下都是对自己的狂轰滥炸,扪心自问,也许自己确实没做好,考试内容真的多了,看来是要好好调整下,适当缩小复习内容,或者阅卷时尽量宽松些。老浦和丁雄伟其实说得也对,这里的学生有特点,不就是怕学习怕考试,不就是想简单复习,考试轻松过关吗?!来了好几年,自己又不是不知道。

面前两个女生还没有走,门外陆陆续续又进来一群学生,有二三十名,看得出都在自己教过的那个班级,而且都是女生,神色愤怒,欲言又止。张懿恒说:"同学们好,老师已经解释了好几遍了,大家还有意见吗?这么多人围上来干什么?"学生队伍里有人高呼:"我们要求压缩复习内容,考试简单些。你不要为难我们好不好?""同学,请理解老师,就算考试难了,你们说我是为了谁?老师难道是在整你们害你们吗?"张懿恒说着就想起这个班六十八个同学,每个同学的作业他都逐个批阅过,每篇论文都要上百个字的评语,要知道那是批阅整整六十八份论文啊!认认真真地阅读,密密麻麻地批注,老师的辛苦谁能知晓?他真想喊一句:"明师之恩,诚为过于天地。"

"少胡扯,碰上我们这群学生算你倒霉,你的课程复习范围我们就是不满意,不满意!"学生的声音又响起来。

张懿恒好不容易压下的火气又蹿了上来:"怎么才算满意?老师总不能直接把考试题告诉你们吧。算了,还是回去好好复习吧,不要耽误时间。""你在奴役我们,在压迫我们。"人群里有个黑瘦女生冲上来,挥臂大喊,"同学们,我们唱歌吧!""起来,不愿受压迫的人们,把我们的血肉……"学生们突然唱不下去了,赶快翻开手机上网查询。张懿恒心里很惊诧,终于忍无可忍道:"行了,连国歌都不会唱,还来和老师叫板?先回去好好学习,想想你们到底是怎么进大学的吧!"

话音刚落,黑瘦女生便冲上前来,手指着他连连狂吼:"这么多人给你做工作,你为什么还执迷不悟?简直敬酒不吃吃罚酒,连起码的道理都不懂!复习内容太多太难,大家都痛苦不堪,很多同学在宿舍哭得都失眠了,有的女生例假都紊乱了。你是成心害人咋的?身为老师,你不可怜我们学生,还逼迫我们干违背自己意愿的事情,这分明就是侵犯人权,分明就是强奸我们。"

女生的声音异常尖细,像工地上金属切割机在持续运作,既锐利又刺耳,很快响彻了整个艺术大楼。伴随着吼声,外面又接二连三围上来十几个学生。张懿恒愣住了,愤怒、恐惧、恶心、惊讶、悲哀、失望,各种感情交织在一起,使他无语凝噎。没想到辛辛苦苦上了一个学期的课,学生会这样对待老师,会说出这样的话来?!震惊之余,张懿恒原以为女生说了这话,旁边会有其他同学上来阻止,但反观其他学生,不仅没有一个人吭气,反而都很快紧密排成两三排,把那黑瘦女生围在中间,里三层外三层,仿佛拥护伟大领袖似的,围得非常坚实牢靠,个个理直气壮热血沸腾。

张懿恒眼冒金星,长这么大,他还是第一次被人说强奸,强奸这个极具感情色彩和定罪性质的词,被一个女学生用来指控自己的老师,指控他这个年轻的单身男人,该有多大的杀伤力!他浑身哆嗦,怒火要冲出胸膛。外面有人咳嗽了一声。看到郑宇智不断摇手,张懿恒冷静了。人生是条河,参加工作这么多年,特别是经过和老浦、丁雄伟及牛婷的交往,他已有所历练,变得冷静成熟了。张懿恒不是田娟,被学生气得在课堂上大哭;不是姜素英,被学生气得几天睡不着觉;也不是邹金贤,被学生群起而攻之,最后被迫辞职走人。

微风吹起,阵阵樟树的香气传来,张懿恒看看楼下,再看看学生们的眼神,那眼神虽然仇恨,但更多的是茫然无知和空洞愚昧!他深深吸口气,愈加冷静和镇定,他知道越是这个时候自己越不能怯场,现在他必须掌握话语的主动权,必须把握气场,在道义上和精神上压倒这群自以为是的毛孩子,因为如果此刻稍加退让,他这个老师以后就没法当了,他会变得连狗都不如!这么一想,张懿恒就有

577

底气了,于是合上手中的书本,将水果、香烟摔在地下,手指着黑瘦女生批评道:

"同学,你张口我侵犯你的人权,闭口我强奸你。如果按你的逻辑,任何违背个人意愿的事情都算侵犯人权都算强奸的话,你想一想,从小到大,你哭着闹着要玩不要学习,结果被你爸爸打着骂着逼着送到幼儿园送到学校,这都违背你的意愿吧?这样算来的话,你不知被你爸爸侵犯人权强奸了多少次?过马路的时候,红灯阻止了你的前进,违背了你前进的意愿,那你不知被红灯强奸了多少次?高考的时候,你想上名校,结果北大清华没录取你,你该不会认为自己被北大清华强奸了吧?来到滨大以后住集体宿舍,你想早点关灯睡觉,而其他舍友还想继续开灯看书,如此说来,你不知道被她们强奸多少次了?每次上课,你打游戏玩微信看网络,一秒钟也不离开手机,还时不时和同学交头接耳嬉笑不已,结果被老师训斥不已,课后你又光想着睡觉,不想写作业不想复习功课,被家人批评……这些人和事都违背了你的意愿,是不是都千百次侵犯了你的人权,千百次强奸了你?"

张懿恒说完,忽然意识到自己是不是情绪失控,话说得过头了?搞不好把学生惹得羞愧不已放声痛哭,这就不好收场了,毕竟她们都是孩子嘛!令他惊讶的是,黑瘦女生听完,脸不红心不跳,面不改色,挺直矮小的身板,高扬着手机大叫:"老师要为人师表!你这样讲话果然不出我的所料,我们已经用手机录音了。你这样骂我,骂一个可怜的涉世未深单纯无知的女学生,分明是在逼我跳楼嘛!我现在就可以死给你看,当然死之前,我要在网上发帖,发布长文,向全世界告知你是怎么侮辱我们的,我还要把你骂我的音频一并附上,让全世界的人看看我们这些孩子是胡说八道还是证据确凿!苍天作证,学生是可怜的,孩子是无辜的,救救孩子!"

学生的厉害远远超乎他的预想,张懿恒头皮发麻,血管也嘣嘣直跳。"真恬不知耻,你来吧,想怎么样就怎么样!"这几个字在他脑海里喷薄欲出,但博士毕竟是博士,还没有蠢到把心里话随便说出来的地步。略一迟疑,他便沉下脸道:"想不到你们在下套,在威胁老师?我就不信没有公理了。"原以为说了这话,学生会知趣地离开,自己也好收场。委曲求全吧,退一步海阔天空!尽管他心里不愿意,但无论如何真的该考虑缩减复习内容了,他实在不想和学生消耗下去,太浪费时间了!

"怎么,你要报警吗?要报就赶快报!"说强奸的黑瘦女生冲上来这么一喊,其他学生围得更紧了,有些想离开的学生也收回脚步。"哼!"黑瘦女生的矮小身板挺得笔直,简直比老浦还笔直,她伸出手指在张懿恒面前晃了晃,又大着嗓门狂吼:

"别忘了,这里是滨江,谁的地盘你先搞清楚!告诉你,我爸就是公安局局长,我姨妈是副市长,我舅舅是滨江市政法委书记和维稳办主任!你要报就赶快报吧,老子我怕谁?"

张懿恒的背上出汗了,看来丁雄伟、老浦和院长是对的,他们对这里的学生认识太深刻了,学生早已成为精致的利己主义者!只有可怜的普通老师还被蒙在鼓里,还自以为认真负责地呵护花朵成长呢!而领导们早已看穿,只不过没有点破,领导就是高,高啊!

学生们叫嚣不已,张懿恒默然了,《送东阳马生序》他还是学过的,古代学生对老师"或遇其叱咄,色愈恭,礼愈至,不敢出一言以复"。教师是一种职业,如果无法担负起管教孩子的责任,那还有什么职业良知呢?这样输的是老师,赢的是家长,害的是孩子!张懿恒小时候也被老师严厉批评或者教训过,当时心里也满是委屈和不服,但当他走上了社会,回首老师的批评就全是感激。因为这个世界上,除了父母,只有老师才会不厌其烦地教育你。如今他当了老师更明白,老师终生耕耘在讲台上,写下的是真理,擦去的是功利;举起的是别人,奉献的是自己。春蚕到死丝方尽,蜡炬成灰泪始干。老师们奋斗一生,求什么呢?其实不求别的,只求一点尊重和认同。因为老师天生是文化的使者,是知识的播种者!燃烧自己,照亮别人!职责和使命决定了老师终生只能操劳于文教,倾其所有,毫无保留地传授知识。

张懿恒他们这一批人,苦学出身,读大学时老老实实,恪守一日为师终身为父的古训,从来没有想过给老师提什么不良意见,搞什么综合测评。张懿恒至今对待老师,就像过去徒弟对师傅一样恭敬与虔诚。他认为老师训斥他两句,是他的福气!张懿恒甚至想过,将来导师病倒了,他都愿意执弟子之礼,给老师洗脚擦身,端屎端尿,给老师养老送终,尽管老师有儿有女,但是张懿恒觉得这是自己应该做的,谁让老师在那么多的考生中,录取了自己呢?!不过,当告别学生时代,来到滨大几年后,张懿恒就觉得自己的想法完全行不通,因为师生关系已经变了。

想到这里,面对堵在前面叫嚣的学生,张懿恒笑道:"哦,这么厉害?"说完这些他知道自己不能再说什么了,和学生僵持下去,真的没有任何意义。

空气中传来难闻的青草腐烂的气息,楼下湖面上,几只鹭鸟飞过,落在水边干枯的树桩上。鹭鸟闪动着身子,一拍翅膀,树桩便支撑不住,歪歪地折了下去,原来那早就是朽木啊!张懿恒看着心里就一空,他觉得自己真傻,简直太傻了!其实从一开始,他就不应该和学生说什么,甚至对陆晓琳和学委的解释都多余。

"你们去问学校吧,老师是按学校要求出题的,是按规章制度办事的。"他完全可以用这些话推开。他辛辛苦苦上课,认认真真解释,苦口婆心劝说,可是落得了怎样的结果?以前听同事议论、抱怨和嘲笑学生,他还有些不以为然,觉得同事偏激乖戾又冷酷,对学生缺乏起码的爱心。然而同事所说的一切,而今都到眼前来。我本将心向明月,奈何明月照沟渠。到现在他才认识到这样的学生,真的不值得自己认真去教,不值得自己卖命上课!可是他不能再说什么,再多说任何一个字,只能使自己更下不了台。眼看学生堵住办公室不走,张懿恒有些发愁了,尽管如此,他还是禁不住痛苦地反问自己:

究竟哪里出了问题,学生怎么如此冷血?

锦　　鸡

"同学们,你们这是干什么?有话好好说嘛。什么侵犯人权强奸什么的,多可怕。"陶兰青和廖慈志走上前来。叫了几个学生干部的名字之后,廖慈志很快笑眯眯以点带面:"同学们的心情是可以理解的,但毕竟还没有考试,还没有阅卷登分嘛!要有耐心,任何事物的改进都需要时间。将心比心,我相信我们的同学都是有文化有教养的一代,现在是高素质的天之骄子,将来都要成为时代栋梁,成为党和国家领导人的。""对啊对啊,什么跳楼自杀发帖发文等,完全没必要。高考那么难都过来了,期末考试算个啥!"女人最懂女人的心思,到底是院长,陶兰青配合廖慈志,几句话就把学生劝回去了。

第二天,张懿恒拨通陶兰青的电话,刚说了句感谢大姐解围,陶兰青就笑开了,说她教书多年什么没见过,送礼物,录视频,闹自杀,滨大的学生真厉害,把社会上的一套提前用上了。张懿恒说这对我是个历练,陶兰青说更大的历练还在后面。张懿恒问,过几天请大姐夫妇吃个饭怎么样?陶兰青爽快答应,但一听还有其他人,就推辞了,张懿恒再三邀请,陶兰青最后说有老廖就行了。

回到学校的时候,迎面走来胖子老刘、常华明和朱丽茵三人。"哎呀,你的事情我都知道啦,滨大的学生如此不要脸,不要脸得超过我的预料,我真是大开眼界。当然,学生大部分都是好的,可是每年每学期都有几个十几个这样的学生,日积月累,长此以往,你说烦不烦人?我现在一看见学生就害怕,你说谁把我们逼到刀山火海上?"朱丽茵正冲张懿恒念叨,小鱼匆匆跑来。

"学生宿舍昨晚突发情况,我昨晚没睡好觉。"小鱼擦擦汗。

几个女生在校园里拍照的时候,发现了野鸡,就兴高采烈告诉了同班的男生,于是学生们去捉,捉了几次没捉到。后来不知谁想出个妙招,从网上下载了雌野鸡的叫声,又买了网套,然后带着手机和音箱,蹲守在灌木丛里,把音箱调到最大音量,不断播放雌野鸡的叫声,结果还真的引来了好几只野鸡,雄的雌的都有。学生们张开网套,一网打尽,拿回宿舍就直接在电饭煲里煮了吃。毕竟是野味,燥火大,毒性强,当下有一个学生吃得昏迷过去,另两个口鼻流血,胃里像火烧一样,喝了三瓶冰冻果汁都压不下去,其他几个也纷纷闹肚子。正在酣睡的小鱼被紧急叫醒,连夜把学生送到医院。明白怎么回事之后,医生遏制不住愤怒:"小小年纪真能吃啊,真敢吃啊!很多野味都是有毒的,这毒性就是动物的自我保护工具。社会进化几千年,就是因为有毒性不能吃,这些动物们才幸存到现在。能吃的话,老祖先早就吃了,你们以为老祖先都是傻子?可是你们非要想尽办法去吃,不中毒才怪!"

"这次学生抓野鸡之前,还拍了照片,我手机里有。"小鱼说完,张懿恒连忙看照片,这一看,看得他暗暗叫苦,又跑到湖边树丛里检查,最后确定学生吃的那几只野鸡,正是他发现并写生过的,其中那只美丽可爱的红腹锦鸡,他已经写生了好多次,非常熟悉!可是这样的国家一级保护动物,如今被学生咀嚼成残

581

渣了。

锦鸡被吃的事情最终传到关教授耳边,这位时而糊涂时而清醒的老人潸然泪下:

——作孽啊!

救救孩子

张懿恒约了几个人到酒楼,刚一坐下,田娟就说昨天的事情大家都知道了,张老师做得很对,就是不能退让!那些学生鲜廉寡耻,有和你三番五次纠缠的工夫,不知都复习了多少题了!对老师软硬兼施威逼利诱,真能做得出来?

"话说回来,张博你这个人也太直太真诚了!要是我,面对学生的诉求,就笑嘻嘻来几句:'可以,你们的意见很有道理,我从善如流全部采纳。这样吧,复习题就先不变动,但阅卷时老师尽力宽松宽松再宽松,照顾照顾再照顾,所以亲爱的孩子,你们不用担心的。'"邱博厚一开口就很有气度,声音也逐渐高亢,"我嘴里这样应付过去,阅卷登分时实际严格严格再严格,狠狠抓学生挂科重修,特别是那几个起头闹事的,要狠抓猛抓特抓!不但如此,还要和其他任课老师通气,让其他老师阅卷时也狠抓大抓,让这些爱起头闹事的学生成为挂科专业户。老子就是要软刀子杀人,这些刁蛮学生,也配跟我斗?先把屁股上的屎擦干净再说。"

"邱老师你这不失为良计,但是兄弟我习惯了当面锣对面鼓,要来就明着来,从来不说一套,做一套。"张懿恒刚说完,朱丽茵就在桌下踢了他一脚,赶快说这些女生真要小聪明,以为两条烟一箱水果能把我们老师放倒?真是异想天开自轻自贱。"什么贱啊,张博士你太不近人情了!"廖慈志说那两条烟完全可以收下,自己不抽送给别人抽,多好啊!邱博厚也笑道大家都可以替张博享受,香烟销魂水果养心!"大哥,别调侃了,要抽烟回头我给你们买两条送过去。"张懿恒抱起脑袋。

"欢迎欢迎,我就等着你这句话呢,无功不受禄,我昨天可给你解围了。"廖慈志一开口,大脑门亮光闪闪,智者的风采尽情显现,"唉,按说你也够不聪明的,为了一个考试复习,被学生捅上天。整个行政楼的人都在议论,学生家长更是疯狂投诉你。你简直是给自己挖坑,最后落个费力不讨好,里外不是人,早知道的话就顺了他们,缩减复习内容算了。"田娟说那个班里有几个女生到处起头,煽风点火可厉害了,上个学期,把人家外语系的李萌老师当堂气哭了,现在那个班只有学委而没有班长。张懿恒问为什么,小鱼说还不是因为班风太差,没有人愿意当班长,所以现在采取轮流制,每人当一个星期的班长,依次下去,熬到毕业,也只能这样了。霍启然说你们艺术学院的学生都算好多了,文传学院女生多,敏感多疑又多事,骂老师的话更难听,如今课都没法上了。田娟问怎么没法上?霍启然说大三的学生了,连三顾茅庐、草船借箭、踏雪寻梅等这样的典故都不知道,上课的眼神经常傻呆呆的。他下来一调查,像四大名著这样的经典,学生别说读三遍五遍了,一遍都没读过,要读也是个别简单的章节。不过有一次让学生分小组讲《红楼梦》,学生课件做得很漂亮,讲得也有条理,一问,全是网上复制粘贴的研究资料,照样没从基础的文本阅读入手。

"学生作业我最头疼,期末写个小论文,起码的文辞通顺都成问题,我批评了几次,学生很快告到校长那里去,说了一堆难听话,如今我都不敢批评学生了。即使话说过头了,可是老师批评的出发点是为了谁,难道是为了我们自己吗?"霍启然叹息不已。张懿恒说自己昨天也没控制好情绪,不该那么激动。其实邱兄的话有道理,应该先稳住她们。如果说些软话,以静制动,找个理由搪塞,早打发她们走,肯定就没有后来的围攻了。邱博厚乐呵呵道:"你现在总算明白了,看来没有白吃亏啊!你那当面锣对面鼓的话搞得我都很尴尬。好在你现在转弯了,吃一堑长一智。"然后说他有次上课批评了学生几句,学生下课直接过来质问:"老师,你知道美国有多少核弹头,中国有多少核弹头?"这下把他问住了,学生马上讥笑:"连这都不知道,怎么给我们当老师?"

"从那以后我就不批评学生了,上课常常赞不绝口:'孩子们啊,你们都是国家的栋梁,都是民族的希望,以后要当国家主席,当国务院总理,最差也要当大老板!'学生的作业我从来不认真看,也不敢认真看,满纸的错别字、病句,我一看血压就升高了。对学生早放弃治疗了。"邱博厚说完,朱丽茵也叫道:"他们就不是那块料,给他们上课就像水流进了大沙漠,管他呢,反正这里的学生早已无可救药了。我们该放弃就放弃，何必自寻烦恼?! 你看高考差那么几分还真有道理，那些分数高的、素质好的、尊师好学的孩子，能来滨大吗？咱们当老师的，命苦又苦命！这辈子也只能围着滨大这个三尺讲台转了！"霍启然连连苦笑："我们一线老师其实是弱势群体。领导的管制，职称的折磨，以及学生吹毛求疵的投诉，是压在我们头上的三座大山。滨大处处波诡云谲尘土飞扬，我们都成吸尘器了。"田娟说学生告老师其实都是些鸡毛蒜皮的小事，事后学生自己都不在意了，可领导偏偏揪住不放，以此作为管制老师的辫子，搞得老师两头受气。廖慈志笑道，要不怎么叫领导呢？有人最会玩这手！张懿恒知道他说的是老浦。郑宇智早就指出现在上课得小心些，每个班都有学生信息员，上次彭凌杉一句话说漏了，马上被信息员录了音，老浦都存档了。"话是这么说，但如果有机会，我坚决支持小张整治学生中的祸害，给咱老师出气。"邱博厚这么一表态，张懿恒顿时感到不是来劲而是警惕了。

邱博厚发表了演讲，这位视觉艺术博士戴着个大眼镜，平日话不多，一副木讷迟钝的样子，人们都叫他老面南瓜，但今天一进入话题就汩汩滔滔，语出惊人：

"你以为老师高尚吗？那是自欺欺人！咱们和搬砖的、掏粪的、拉板车的其实没区别，只不过工作场合不一样罢了。外面有人问我的工作，我从来都说是在卤阳湖喂猪呢，可是即使是喂猪，猪不咬人，但学生还咬人的。都说为人师表，可既然有师表，为什么没有官表，没有医表，没有艺表和商表？当老师是低人一等还是高人一等，难道活该饱受苛责？身为普通老师，要是没有个一官半职，在滨大实在太可怜了，连学生都看不起你。我打听了下，凡是学生评分高的，都是会讨好学生、会哄学生的老师，考试全班没有一个人挂科，平时上课看视频，期末成绩皆大欢喜，这样的老师学生最欢迎！其实整个滨大都这样，各个院系都存在这种情况。像关教授学问顶呱呱，谁都认同，可当年就是没学生选她为毕业论文指导老师，为什么？还不是嫌她要求严格！我班上的学委是个女生，几次上课不来。我就催问，女生一会儿说家里表姐结婚，一会儿说表侄子过百天呢，我很纳闷:表姐结婚，你就三天不上课？女生当下就翻起白眼:老师，请注意你的言行，不要对学生太过关心啊，我们只是师生关系！"

廖慈志也感叹师生关系成敌我，现在的老师不能太认真，越认真越吃亏。学生肯定是有问题的,没有问题怎么叫学生呢?问题是学校收拾不了,老师何必自找苦吃?学校收拾不了的,老师教育不了的,让社会去收拾,让校外去教育。

提到教研室,大家也一肚子意见,让集体备课,结果备出来的课千篇一律,每个老师讲课都中规中矩,没有任何阐发。张懿恒强调毕竟是大学老师,教书要有个性化,如果一味照本宣科,死搬教材,那是真正的教书匠,教出来的学生不是学者、科学家或艺术家,而是只会流水线操作的匠人。田娟说这样把老师也搞成流水线教学了。霍启然感叹底层老师太可怜,而学生又不理解,搞得文传学院很多老师课程结束都不闭卷考试了,全都采用开卷,说是学生强烈要求这样。其实老师也巴不得开卷呢,开卷考试基本都是写篇小论文,阅卷时老师就不用一道一道细看答案,看个大概字数就给分。学生也不用复习背诵,全部网上复制粘贴,几分钟工夫就糊弄出一篇小论文。这样双方都很轻松,得过且过都能过。如果是闭卷,肯定有学生重修,老师开学后百忙中还要再出考试题,再阅卷登分,又苦又累又不被学生理解!

"滨大的学生什么时候理解过老师?如果理解老师的话,学风能到这一步?"

"现在批评学生是自讨苦吃,为什么要认真负责?真要认真负责,每年那么多学生,我不知累死几百回了。"

"这几年老师被学生害得丢了工作,被学生打得头破血流的事情还少吗?滨大上个月不是有老师说了几句题外话,被学生举报,最后逼得转岗辞职了?学生这个样子让人咋教?什么诲人不倦,我早倦了。"

"你说我们这些可怜的一线教育工作者,连学生微信都拒绝加的小字辈老师,敢有什么违法乱纪的言行呢?我现在一看到学生就如同看到间谍似的,战战兢兢不寒而栗。走进课堂就高度紧张,生怕被学生抓住把柄!"

"我也是,感觉上课成上坟了!"

"说来说去滨大对学生缺乏人文关怀,缺乏生命教育,所以我们的学生被掏空心灵,掏空情感,掏空思想,一切以自我为中心,缺乏换位思考,缺乏对人生和社会的深层理解。我给他们上过整整一年的课,可是到头来仅仅一句口误,人家十几个学生就联名到老浦那里告我,仿佛我犯了什么严重罪行似的!"朱丽茵一

585

说起就来气。

"老浦他们把负责学生问题的信息员变成监视老师的东厂西厂,把学生培养成周兴和来俊臣了,这就搞颠倒了。我们的学生小小年纪就要当酷吏。"邱博厚提到兼容并包学术自由,老师其实都是讲秩序讲礼貌的人,备课上课一般都按要求来,上完课就走人。真正和学生接触也就课堂上的四十五分钟,这么短的时间,老师能有什么过分的言行?大家也都认为当老师的平日上课多少都有些即兴发挥,若是每一句话都事先想好再说,那多累啊!老师上课总不能照着事先写好的四平八稳的讲稿读吧?霍启然更是感慨这样严格管控,不知要把教育拉回到什么年代?老师越来越成高危行业和弱势群体了。

一提到锦鸡,田娟很心痛,好好的锦鸡被吃了,看来我们的学生真牛,学习不中用,吃起来个个都是大神。

"不,我们的学生很好的,个个都是三好学生。"小鱼摇摇头。

"啊?"

"好吃懒做,好高骛远,好逸恶劳。"邱博厚笑笑。他知道现在外面很多单位招人,一看是滨大学生的求职简历,直接就扔一边了。

"还有另外三好,搞得老师应接不暇。"胖子老刘接过话题。

"哪三好?"

"——好投诉,好告密,好作弊!"

胖子老刘说完,大家拍手称快。

"我们的学生虽然受过高等教育,头脑清晰,但情感冷漠,一切以工具理性作为自己的行动指南,让人没法教啊!"

"长大后我就成了你,师生关系咋变质成这样?原来是亲如父子的师徒,现在是互不信任的仇敌?救救孩子,滨大的学生都二十岁左右了,还是孩子吗?"

"就是的,学生这样对老师,我看着都寒心,好在我已经老了。我认真,没人给我涨工资发奖金。我不认真,工资一分不少照样拿!小张的事情我也算受教了,滨大这样子,值得我们卖命吗?嘻,咱只要吃好喝好就行了。"

朱丽茵提到滨大氛围不好,偏居一隅,自我封闭,把学生搞成坐井观天了,学生其实也可怜。胖子老刘说学生的往事想起来都烦人,好在他要退休,可以放下一切了。霍启然感叹人家好学校是不努力不行,滨大是再努力都不行,再努力都没用!张懿恒也很无奈,他知道多少孩子因为考不上大学而痛苦,但考上大学的又有多少在刻苦攻读?就像滨大,对学生越是课好上,试好考,分好得,这样的老师越受到学生的欢迎!这几年选修老浦、丁雄伟和齐思宁等老师课程的学生越来越多了。

"一代不如一代,让老师怎么努力?由他去吧。学生不就是为了学分,老师不就是为了工资嘛!滨大一向管理差,学风不好,我们也改变不了,改变不了的就入乡随俗努力适应!学生爱学不爱学,关我们屁事?我才不操那闲心!一切让领导去考虑吧,领导自有过人之处,领导的脑袋从来比我们发达,咱普通人想多了累!咱只管照本宣科,听说顺从,上完课就行。"说到最后,廖慈志站起来,挥着双手直呵呵,"反正现在的学生就这样了,又不是咱自己的孩子,何必认真负责呢?上课就是打发时间,反正都这样了,随大流吧。混,双赢互利,大家满意,咱就这样混下去。管他娘的,混!"

"混?"

"混!"

"混!"

大家互相看着,纷纷点头。

"混了好,我们的学生对老师普遍有意见,其实他们也活该在这样的学校,面对这样的老师,接受这样的教育!"朱丽茵"咿呀"一声,很快用花腔唱法咏叹道:

"这次第,就一个混字——了——得!"

唱着便提起裙摆扭扭捏捏走起台步,掌声中,大家爆笑起来。

时钟响了一下,张懿恒猛然一惊,心想教育对社会发展的作用,是通过培养人才来实现的,自古'师严然后道尊',一个教师不能管、不敢管、也不愿管学生的社会有文明吗?一个教师得不到尊重的社会有未来吗?近来他不断探望关教授,老教授一旦清醒过来,说得最多的还是画画的事情,要他无论如何都要把画学好,把学问做好,千万不要和学生计较。卫风之也提到他年轻时被学生投诉过,可是前几天,一个曾向领导告过他的女学生,回到学校,一见面就扑在他怀里

587

放声大哭,张口闭口要忏悔,说当年她太过分。张懿恒刚说了两句,就被朱丽茵敲敲脑袋:"博士醒醒吧,别傻了。再这样下去邹金贤就是你的下场。"

窗外的北斗星隐隐约约,张懿恒想起了小时候仰望天空的情景,他也曾经是那个数星星的孩子!

……

饭后大家扶着喝得醉醺醺的廖慈志上了车,小鱼在后面拉拉张懿恒的袖子,小声说不收学生的礼物是对的,千万不要收。有人不长记性,上次收了学生的两箱水果,答应给学生补考及格,结果还是没及格,学生都告到校长那里去了。张懿恒在下面关好车门,随之后退几步,看着其他人坐车已走远了,才慢慢转身对小鱼说:

"我倒不是什么高大上的君子,我也食人间烟火,是个普通老师,可是学生犯贱,咱就是再普通,都不能跟着学生一起犯贱。"

扇　面

两个星期后,张懿恒拿着画好的一幅扇面拜访陶兰青,陶兰青很高兴,问事情最终如何处理。张懿恒说他还是坚持没缩减复习内容,现在卷子阅完了,分数也录了,正因为严格,同学普遍认真复习备考,考卷整体答得很好,全班只有一个同学不及格。分数公布后,他准备好那些学生再来找麻烦,但奇怪的是,始终没有一个学生来找,小鱼那边也没反馈什么。"你真是个好老师,其实对学生认真负责,是好事也是坏事。也许有些学生现在已经后悔和你吵了,但他们不会再找各级领导收回投诉信的,你这个锅算背到底了。"感叹到最后,陶兰青说她有个侄子想考国画系的研究生,让给辅导下,张懿恒立刻答应了。

提到滨大的学生,陶兰青只是苦笑,然后说真要做学问,何必选择滨大?滨大已经把人葬送了!张懿恒说你不已经是院长了吗?"什么院长不院长,我亏大了!"陶兰青直哼哼。

在陶兰青的大学同学中,那些当年学习一般的,现在已经有两个厅级干部,四五个博导,三个长江学者,而陶兰青就是个普通教授,就是个市委组织部不承认的滨江大学下属二级学院的院长,要知道当年她可是班里学习最好的,是著名的学霸。人比人气死人,一想到这个,陶兰青就郁闷,逮住个机会抱怨不止:"你看滨大现在谁还在认真读书教书,早知道我来这里干什么?你不知道,我们学院的学生也是一堆问题,搞得老师们人心惶惶,没法上课了。都说老师误人子弟,要误也不是我们误,是学生自己误自己!真要说我们误人子弟,那谁误了我们?领导满以为有钱就能办好大学,就这样的思路能发展滨大?学校现在应该先把老师的工作状态生存状态抢救过来再说。教风不正学风如何正?别看是个院长,其实我也懒得管这些,我现在一门心思就是我的老公和孩子,学校的屁事,我才懒得管呢,天塌下来轮不到我们顶!"

在问了一些张懿恒的基本情况后,陶兰青眨眨眼:"你觉得田娟怎么样?"张懿恒当下就明白了怎么回事,心想小女孩人倒挺好,可就是太土气,穿衣服也老套,有时候还花里胡哨的,人比名字更一般,田娟要是有程怡雪的一丝妩媚就好了。"我现在哪顾得上个人问题?都心如槁木了。"看到张懿恒面色平静,陶兰青笑道:"姐有心给你介绍,你看你这人,想必是心理受伤了。唉,做学问也累,整天对着电脑写作,真是伤脑又伤肾,我好几个同学年纪轻轻身体都不行了,你可不能掉以轻心。"末了又说要注意呢,艺术学院的人特爱在背后嚼舌头。张懿恒叹道,现在自己职称都没解决,哪有工夫顾及别人!

"你简单质朴,没有城府,对人缺少戒心,你们学院的人可复杂了,关于你的是非口舌早都传到我这里来了,都是你们学院的人说出来的。抓住学生的投诉都对你嘲笑不已,可是见了你还要装作什么都不知道的样子。我曾经给有些人说:小张有什么不对,你们可以当面提醒啊,这也利于他的成长。在背后乱说反而影响不好,毕竟他还年轻。你猜人家怎么说?"

"怎么说?"

"人家都眯眯笑:'这种事怎能当面提醒呢?关系没到那个份上。'但是他们在背后说你更来劲了,一说起你,个个都一堆材料,三天三夜讲不完似的,都传到行政楼去了,可怜就你一人蒙在鼓里。哎哟呀,我教书多年,什么没见过?当年你们的庄焕明上课讲了几句三言二拍的妓女,讲了古代的春宫图,就被学生投诉到教务处,说是上课传播淫秽色情。唉,庄焕明好可怜啊,他当时没有孩子,对女

589

生总有种女儿的感觉,但学生不这么认为!我就经常给我们的年轻老师提醒呢!"

"我年轻时轻狂无知,和学生交往确有言行不当之处。不过,大姐你到底要说什么呢?唠叨这么多,恐怕话中有话吧?"张懿恒这么一自责,陶兰青嘿嘿笑着又问他想不想上位,张懿恒说当个系主任整天马前马后跑,都快累死了,已在考虑写辞职信了。"你好傻啊!只专意于绘画,极少参加社会活动,人际交往能力欠缺,始终保持着一种儿童般的单纯与憨直个性。难道吃的亏还少吗?"陶兰青拍拍大腿。

学生围堵张懿恒的时候,陶兰青正在肖子业的办公室里谈事情,听到外面的争吵,肖子业很快就关上门窗。等到谈论结束的时候,肖子业开门送走陶兰青,又很快关紧门窗,显然,他听到了也装作没听到,看见了也不愿意面对。同样,隔壁的老浦和丁雄伟,也不约而同关紧门窗,仿佛不知道外面张懿恒和学生的对峙。三个人的心思一致:这个倔驴执迷不悟,由他去吧,事情闹得越大越好!陶兰青目睹了这一切,再加上廖慈志的解释,她最终从心里叹口气:"艺术学院啊!"

"别执拗了,听姐的,你还是努力往上爬!当老师可怜,一辈子围着三尺讲台围着毛孩子转,活动范围受限,工作环境受限,交际能力受限,前进平台受限,才力施展更有限,这样一个思维单纯、工作单纯、接触面单纯的职业,能让咱有什么出息?"陶兰青劝罢,张懿恒说对啊,单纯的生活环境,单纯的工作氛围,单纯的交流群体,长此以往,老师们与世隔离,缺少复杂的社会历练,最后锐气销尽,个个都成老范进了,而奔波在教学一线的普通老师就更可怜。

"我原来当教授的时候,为了几百块钱的教材选购,还要看小科员的脸色,所以没有一官半职不行。只有上了位,你才不被别人欺负。枪把子在自己手中,到时你想打谁就打谁!滨江这地方,当官弄权才是硬道理。"陶兰青说着拿出个水果刀切橙子,手起刀落,切得又快又狠。

"你以为那些人会进一步提拔我吗?自知者明,那个系主任其实就是跑腿的,何况还是个代……"张懿恒说着就想起了林和兵。

未等张懿恒说完,陶兰青就着急起来:"辞职信先不要写。你一定要上位,只有上去了,才能不被欺压。滨大太乱了,哪个学院不是团团伙伙,搞利益群体?你们学院我更了解,就领导层而言,有的可怜可悲不值一提,有的狐假虎威外强中干,有的更是人面兽心专横霸道,貌似温文恬静淡泊名利,其实贼胆包天利欲熏心,这不刚刚获得全国五一劳动奖章,坐稳宝座后,绝对不允许出现第二个权力中心。你只有成为他的人,才能得到你想要的。"然后说到学校现在要把各个二级学院合并,成立学部,艺术学院领导基础牢靠神通广大,听说接下来要当新成立的人文学部主任,估计以后还要再蒸蒸日上,一般的文科院长很难竞争过他。

其实郑宇智也说过类似的话,但陶兰青更不是一般女人,说着说着就神神秘秘:"李光头这个人很阴,早先他就偷偷联手冯志学搞过你们领导,现在评上教授后更虎视眈眈,到处放言你们美术馆藏画有问题——哎呀,你别打岔了,先不管李光头说得对不对,反正他已经和你们领导闹崩,领导对他恨得要死。你只要想办法搞掉李光头,取得领导的充分信任,到时我这边再通过老廖给上层做工作,你绝对一举两得。"

张懿恒一怔,就问:"你究竟要说什么呢?"

陶兰青沏杯茶给张懿恒,看着他喝了几口,便问还记得小飞子吗?张懿恒说当然记得,教过他素描的,不是到国外留学去了嘛。陶兰青叹口气:"我就这么一个儿子,前年毕业后到你们艺术学院应聘,结果面试时你们那些老师给打了最低分。"张懿恒说你不是有个已经参加工作的女儿嘛,什么时候又冒出个儿子来?"他从小不在我身边生活,怕被人举报。"陶兰青说着说着眼圈红了,"没有办法,他现在到外省去工作了,我一年和他也见不了几次面。还有个小玲,也是我的心头肉。"张懿恒终于明白,原来陶兰青多年前就偷生超生了,于是赶紧说应聘的事情真不知道,院里的引人进人面试,丁雄伟从来没通知过他。

"你看现在滨大那些处长部长,人还没退休,都先拼命安排自己的亲属。我再不抓紧,就没机会了。我们家老廖是个狗屁不如的人,整天都想着喝酒,每天下午就死鬼一般在阳台上转悠,一会儿看手机,一会儿看路面,等着有人接他出去吃吃喝喝侃大山,就是不思进取。嗐,气死人了,我和他整天吵架不断。凡是我碰见的人,提到他没有不摇头叹息的!高校老师拼的是学问,没学问是被人看不起的,可是滨大很多人现在没学问还要装得很有学问,一群什么货啊!"陶兰青感叹艺术学院那些人不求上进,就张懿恒一个还在做学问还在固守清静,生活中不烟不酒不赌不婚不娶,少应酬,断凡尘,绝庸俗,简直成了孜孜以求的殉道者和苦行僧了。然后又说韩灵光好笑得很,每次和老廖去散步总捂着肚子,进了学校就四处找厕所,刚开始廖慈志以为他有胃病,后来才知道他就是憋着一泡屎尿,非要上学校的公厕,因为公厕冲水不花钱。至于邱博厚,其实就是个酒鬼,整天迷迷糊糊睡不醒,以前理发时就爱打盹,前几天给学生讲课,中途一个厕所上得半天回不了教室,学生以为老师高血压犯了,结果未到卫生间就听见里面鼾声如雷,原来邱老师坐在马桶上正呼呼大睡呢。

"谁人背后不骂人,谁人背后不被骂?提起你们艺术学院我就来气,简直把我男人带坏了。当然肖子业院长倒也不错,人挺正派的,你看他年年述职和审计,年年都没有问题。但凡当领导,总是要被骂的!"陶兰青还在东拉西扯,张懿恒想问李光头怎么放言美术馆藏画有问题,但手机响起来,陶兰青一接就叽呱个不停,他就告辞离开了。

天气阴沉,雨丝漫天,沿着运河路走来走去,张懿恒脑子里乱哄哄的,一会儿是冯志学的信,一会儿是庄焕明的泪,一会儿又是陶兰青和程怡雪的话。这些人说的又对又不对,到底该怎么办呢?他漫无目的地走着,不断思考和徘徊,仿佛走在雨后的田埂上,黏泥横生,寸步难行,弯弯曲曲望不到尽头,又好像走在三月份春寒料峭的河面上,河面看似平坦,但到处都是薄厚不一的冰层,稍不留神,便会坠落下去。黄昏来临了,路灯发出黯淡的迷茫的光芒,短短的不到二里的运河路,张懿恒来来回回走了两个多钟头,迷茫、忧愁又惊骇。渐渐地,他想起了小时候生的篝火,荒原一片篝火红,那熊熊的篝火,带着噼里啪啦的声响,闪耀在漆黑的夜空中,像火树一样,温暖了他成长的心;像天灯一样,照亮了他上学的路;像礼花一样,瑰丽了他求知的梦。他就这样在雨雾中走啊走,直到快回学校的时候,霍启然又来找他。

自从上次滨江中心论的会议之后,霍启然和他来往多了起来,经常约他一起吃饭聊天。聊到最后没话题了,霍启然提议背诵学过的古典诗文名篇。两人搜肠刮肚,把小学到中学的语文课本背了个遍,背《梦游天姥吟留别》《茅屋为秋风所破歌》《长恨歌》《琵琶行》,背《过秦论》《出师表》《捕蛇者说》《阿房宫赋》《醉翁亭记》《岳阳楼记》,到最后又扩展到课外的《北征》《自京赴奉先县咏怀五百字》《进学解》《送李愿归盘谷序》《西南联大纪念碑文》等,背着背着,霍启然就慨然流涕。

葬　礼

周六晚上,张懿恒约了卫风之散步,两人一起临风而立。张懿恒提到近期学校关于教育教学大讨论的事情,说了师生间的一些不愉快。卫风之不待听完就哂笑:"这个还值得讨论吗？你看前段时间搞个以本为本的专题会,光题目就把人搞晕了。高建几年,整个滨大太浮躁了,连塘边的苍蝇都嗡嗡着想上位,一个人人都削尖脑袋想当官的学校是没指望的!"谈及书院筹办,卫风之表示支持,说常云辉刚刚升任书记,是个干实事的领导,为人也很大气。然后提到滨大美术馆的藏画,说冯志学生前也认为藏画有问题,但这牵一发而动全身,他太着急了,运气也不好,最终落个以卵击石!卫风之说着就问:"他是不是给你留了一封信？"接着又惊诧道,"你怎么脸色不好？"

夜色迷茫,张懿恒揉着眼睛不说话。

关教授去世了。

这位爱教育胜过生命的老人走完了她的一生。

后期的关教授已经病得起不了床,思维也含糊不清,可是只要张懿恒一来,一跟她谈到画,谈到艺术,奇迹就出现了,老教授精神焕发,就像换了个人。她一遍一遍、不厌其烦地指导张懿恒创作。关教授画了一辈子画,最担心的是薪火赓续的问题,很显然,她现在已把张懿恒当作自己的衣钵传人。"一个民族没有自己的优秀文化怎么行？老祖先的东西不能丢。中国画在宋代以后写意勃兴,而工笔技法几欲断代,我不能看着老祖先的东西失传。"一旦清醒过来,老教授总是不断念叨,张懿恒对此也心知肚明,尽着自己最大努力虚心学习。而老教授也拼着劲,把自己的技艺悉心传授。一旦讲起画来,一旦谈论起艺术,她就兴奋异常,经常奇迹般站起来,亲手示范用笔,亲手示范调色,在生命的黄昏大放光彩。张懿恒的技法也进一步长进,原来他画松树画禽鸟,松针总是画得虚浮无力,鸟羽总是呆板生硬,画出来跟标本一样,怎么看都缺乏生机。而在关教授的调教下,现在他画松针一看就有扎手的感觉,而鸟羽也时而蓬松柔软,时而紧密刚强,随着具体姿态变化而变化。特别是画山石背景,反复用矿物质颜料,吸取岩彩的技法,比如堆染积染等,这样使画面质感比较浑厚。更重要的是,关教授还教会他两面晕染和写像传真传神的技法,这是一门绝学,于非闇老人都曾感叹失传了。

在关教授生命的最后岁月里,根据领导指派,当然也是个人的意愿,张懿恒一有空就赶到老教授身边,协助保姆,尽心尽力服侍长期卧床的老人,反正他无家室拖累,有的是时间,实在忙不开的时候,程怡雪会过来替换他。事非经过不知难,张懿恒也亲眼见证了学校对老教授的关心。在医院下达病危通知书的第一时间内,滨江市委、市政府、市人大和政协的领导,滨江文联的各位要人,特别是滨江大学的各级领导都纷纷来医院看望,海内外的一些校友也纷纷来电来函,表达对老教授的关切。王书记发话,要不惜一切代价,挽留老教授的生命,肖子业院长更是三番五次探望,一进医院就趴在病床前,久久不肯离去。"她可是我们的国宝啊!一生德艺双馨,连遗嘱中也倾其所有,把什么都捐献了,角膜捐献,器官捐献,整个身体都捐献了!"肖子业眼含热泪,声音哽咽,苦苦哀求医生设法挽救关教授的生命,可惜关教授都听不到了,严重的帕金森病,持续一年之久的卧床,使她已经失去了全部记忆,成为毫无知觉的植物人。

领导们的关怀确实很真诚很到位,医院也全力抢救,但毕竟自然规律难以抵抗,老教授最终还是不幸离世了。学校随即成立治丧委员会,为老教授举办了高规格的葬礼。葬礼在市殡仪馆举行,馆外花圈如山,馆内人潮涌动,滨江市的诸多领导出席不说,就是省政协、省文联也派人赶来。葬礼由校长亲自主持,王书记含泪致悼词,提到德高望重的关教授,王书记热泪盈眶,几次泣不成声,他说不下去的时候,台下就一阵哭声,站在前排的老浦和肖子业更是泪不能禁,老浦甚至还痛哭失声,让人看了十分感动。

万万没想到,葬礼快结束的时候。李光头出现了。

李光头戴着墨镜,黑西装,黑领带,黑皮鞋,从头到脚一身黑,只有头皮锃亮。几个戴墨镜的年轻男子,也是从头到脚一身黑,跟着李光头直接走到人群前面。看到这一幕,大家都觉得像是警匪片里的老大出场了,程怡雪禁不住浑身发抖,朱丽茵脸色煞白,快要晕倒在地,田娟更是张大眼睛,"啊啊"的惊呼声脱口而出。李光头目不斜视,也不和人搭话,眉头紧锁,面色阴冷,面对着关教授的遗像,献了一束白菊花,然后一鞠躬二鞠躬三鞠躬,鞠躬完毕,他嘴唇紧闭,神色冷如冰霜,看也不看周围,带着身后的保镖扬长而去。

　　"听说关教授给你留了礼物?"葬礼结束,人流涌出,程怡雪跟在后面悄悄问张懿恒。她知道关教授上了那么多课,从来没要过学生一分钱报酬,学生主动给,她也坚决推辞。

　　玉兰芳菲,洁白的花朵开满枝头。张懿恒走到花树下,看看远处的隐隐青山。

　　……在关教授生命的最后一刻,张懿恒及时赶到,也许是有所感应,老人浑浊的双眼突然发出一丝残存的亮光,干瘪的嘴唇一张一翕,似乎要说什么,但苦于失去语言表达能力,她只是涕泪纵横,口水直流,让人看着痛苦不已。当张懿恒给她轻轻擦去口水的时候,老教授拉住他的手不放,似乎在顽强示意着什么。最终,当保姆从老人枕头下拿出一个长长的黄绸包,当面交给张懿恒的时候,老教授的脸色才算和缓下来。张懿恒打开层层包裹的黄绸绿缎,发现里面是一把褐色的油纸伞,伞坠下有一枚玉佩,那玉佩通体都是云龙造型,雅致精美,颜色也黄中透红,温雅柔润,一看就是有来历的古玉。老教授紧紧拉住他的手,嘴唇努力张着,却始终说不出话,张懿恒难过得直捶胸脯,直到大家都纷纷凑近了,这位从教一生的老教授竟神奇地吐出一句:"课——比——天——大!"看得出这几个字费尽了她全身的力气。最后她虽然停止了呼吸,但声音依然在延续。

　　黄钟大吕,金声玉振,关教授的话像一道彩虹,穿出整个病房,穿出整个楼栋,穿出美丽的滨大校园,飞过漫漫大地,飞过蜿蜒的河流,飞过连绵的青山,飞过茫茫的迷雾,飞过如海的林巅,飞过厚厚的云层,雷霆万钧,振聋发聩,最终响彻万里天空,响彻张懿恒的脑际,令他又想起了小时候上学路上的篝火……

　　"君子如玉,万世师表。关教授才是真正的才女,她住在冰玉堂里,终生不婚不嫁,可是唱起《红莓花儿开》的时候,她总是禁不住满眼湿润。"程怡雪说着便不断抹眼泪,最后问李光头今天是来道歉还是来洗白自己?

"如果他真的给关教授下跪磕几个头,我反倒能原谅他!"张懿恒踩着脚下的泥土,咬咬嘴唇。

"可惜没有!"程怡雪咬咬牙,"你还不知道吧,那个女学生屡遭玩弄,已经被他抛弃了。——你要真除了他,我才服你。"

想起曾向关教授学习撞水撞粉画法的情景,张懿恒看看远方的天空,声音短促如鼓点:"知难不难!"

回到学校的时候,程怡雪刚下车,马上有个中年男子窜过来,个子不高,额头上缠着大花头巾,面皮白净,脑袋半秃,嘴巴有些歪斜,说话像高高低低的鸟叫:"哎呀,怡雪,好久不见,你更美丽可爱了!什么时候出来吃个饭?赏个脸吧,我都约你好多次了!"男子说着眼睛眯成一条缝,伸手要拉程怡雪,但被很快躲开,男子嬉笑着还要再说什么,忽然看见张懿恒从副驾上出来,便一溜烟跑开了。

"那谁啊,怎么打扮得跟鬼子似的?"张懿恒问。

"心理中心的柳教授!"程怡雪明显没好气。

周围的人慢慢散去,夜色降临,程怡雪看看黯淡的星空,再看看身旁水蒙蒙的鸡蛋花。

"采购中心早黑成无底洞了,学校很混,搞个资产管理处,又搞个后勤集团,一件事分成两个部门来管理,简直是人浮于事,两个部门除了扯皮捣蛋,就是互相攻击。秦处长和蔡总积怨已久,现在更加水火不容。围绕着学生公寓楼的建设,近来风声很紧,听说前几天有人在网上公开举报秦处长,就是蔡总指使的,而秦处长也已经给省里投递了好几封控告材料了,都是告蔡总的。他们领导闹矛盾,搞得我们下面这些人很难做事。"程怡雪的声音像黑夜里的河流,越到最后越凄清寒凉:"我早都不想干了,要是自由自在当个普通老师多好,可惜艺术学院现在已经没有我的位置了。"

张懿恒不说话,他知道程怡雪现在不好过,虽然当了后勤集团副总经理,但也是屡受排挤,和同事关系很差。前几天朱丽茵还说程怡雪闹着要回艺术学院当副院长,但就是不被接纳,因为音乐系凌宇飞、仇香香那些人给肖院长写联名信,说如果程怡雪回来,他们就集体辞职。

"妈妈,妈妈!"一个小孩蹦蹦跳跳跑过来。张懿恒看着孩子笑了。夜色深沉,周围寂静无人,程怡雪把孩子递到他怀里。"看你很爱他,就干脆给你吧,反正这孩子天生和你亲。"说着便伸出两只蛇一样冰凉的胳膊从后面抱住张懿恒,还把头紧紧埋在他的背上。

"某些人算个屁,原来的美女,现在也成黄脸婆了。你看她原来在高建办时多风光,可树倒猢狲散,姓强的一走,她就被赶到后勤集团去了!哼,这么多年了,我就不信她能干净到哪里去?后勤那些人从来是黑吃黑!"朱丽茵说起来就叽里呱啦一大堆,而且逢人便说,话传到张懿恒耳朵的时候,早已经是旧闻了,唯有最后几句还是有些意思:"原来她还说我是庸女人呢,我再庸,也是个干干净净的女人。她看起来再高尚,也是个马桶,就是用黄金做的,那也是马桶。我真不明白,这样的女人,心理中心的柳院长咋还追呢,要追也该来追我!"

风　景

朱丽茵一贯说话煽风点火真真假假,唯独这次说得没错,程怡雪现在确实正被人追,而且追得挺紧。外出会议间隙,她刚回到酒店房间,有个男人就跟了进来,当然,这个男人算是滨大的高人名人了。

"怡雪,我求求你了,答应我吧!我会用一辈子对你好的。"一跪在脚下,柳教授总这样开头,随之张口闭口他也是个苦命的人。

"你怎么知道我在这里?"

"我当初为了照顾老娘,娶了现在这个老婆,婚前感觉很好,照顾病瘫的老娘,她整天端屎端尿贤惠能干,可婚后就原形毕露。你看看我身上的伤,就是被那臭婆娘用水果刀刺伤的。只要家里来客人,无论谈什么事情,她都不知道回避,经常坐在旁边听,还时不时插嘴询问。她还是个醋坛子,只要我和别的女人说几句话,她就和我大吵大闹,难听话一大堆,甚至上来扇我的耳光。"柳教授把胸脯拍得啪啪响,"我愿意和那臭婆娘离婚,愿意和你在一起。我好歹是著名教授,是知行学院的院长。"他跪着往前挪了几步,说着竟声泪俱下。

"你怎么能追到这里来？快起来,快出去!"程怡雪非常惊讶。

"你不答应,我就不起来。"柳教授说着又往前扑。

程怡雪下意识去推,柳教授顺手一拉就把她揽入怀中,疯狂亲吻起来。"咚"的一声门被撞开了,几个人冲进房间,为首的胖女人上来就扇了程怡雪一个耳光。程怡雪可不是吃素的,顺手就开始还击。眼见得两人打骂在一起,柳教授捡起眼镜飞快溜了。胖女人追到门口,一屁股坐在地上,边擦鼻涕边抹泪,哭声震天:

"自从十九岁跟了你,我过得比保姆还辛苦,把人间屈辱都熬尽,就希望你功成名就,没想到熬出你个白眼狼。你带着推销员上了我的床,我忍了;你跟学校的女研究生发生关系,我忍了;你跟有夫之妇多次开房,我还是忍了。你骗取国家经费被举报,在原单位待不下去,借着引进高人的机会,来到了滨大,我忍着跟你一起来了,可你狗改不了吃屎,一次次把我往绝路上逼。"

不知道柳教授怎么处理家庭纠纷的,第二天,胖女人爬上行政楼八楼楼顶,一会儿哭,一会儿笑,在楼边走来走去。"出大事了,出大事了。"师生纷纷跑到行政楼看热闹,还拍了照片转发。学校保卫处立即出动,甚至请了心理医生和谈判专家,要跳楼的女人最终被制服,事情很快平息,但她配了图片的遗书却在滨大师生的朋友圈转发得热火朝天,不同的人带着相同的浓厚兴趣纷纷阅读。

程怡雪这次是说不清了。尽管分居多年,司机丈夫依然对她一顿毒打,边打边骂:"你不是口口声声说要做个好女人吗,你不是口口声声要对我好吗？说一套做一套,把老子当猴耍! 说,这孩子到底是谁的？"

一个星期后,柳教授没有离婚,但程怡雪离婚了。

程怡雪现在成了校园的风景,只要她一出场,总是伴随着无数的目光,无数的指指戳戳和议论嘲笑。以前她的穿戴很时髦,衣服爱选浅红、草绿和鹅黄的颜色,装扮也很年轻,现在她虽然依旧好打扮,可是穿戴不比以往了。她现在经常一身黑衣,夏天是黑色的宽边遮阳帽,黑长裙,冬天则是黑羊毛衫,黑打底裤,黑风衣,浑身上下都是黑色的,只有脸庞是白的,嘴唇则涂得血红。尽管有人给她家门前偷偷泼油漆、泼猪粪,在她的车上留下刮痕,甚至想方设法用泥巴用木屑堵塞她家的锁眼,可程怡雪依旧我行我素。"来是空言去绝踪,月斜楼上五更钟。"平日里程怡雪不苟言笑,只是偶尔吟唱这两句诗,目光深邃高冷,面孔美艳寒冷,见谁都不打招呼,来无影,去无踪,出入如同黑色的闪电,如同刺目的彗星,飘忽不定,行踪诡秘,猛一闪面,就五官锋利,妆容惨淡,特别是夜晚,她冷不丁就从树影里、楼梯口或者门廊角落里闪出,把小区的孩子吓得连连哭喊。

两个月后,一个消息不胫而走,程怡雪失联了,很多人都说她是畏罪潜逃了,因为这几天关于她被举报的消息正在疯传,有好几家报刊、网站都发了文章,历数身为滨江大学后勤集团副总经理的程怡雪,在出席饭局时收取公司贵重礼物,在验收工程项目时敲竹杠,享受美容服务,在竞标招标时故意泄露相关信息等。紧接着,从后勤集团传来风声,程怡雪确实是携款潜逃,贪污的款项有百万之巨。

第二十一章 定力

弱势群体

四月,天气雾蒙蒙的,艺术大楼又开始了忙碌。三楼的公共教研室外面,站着一堆等待的学生,教研室里,朱丽茵正和学生一对一谈心,张懿恒进来看了看就离开了。

午饭的时候,朱丽茵急急忙忙爬上饭堂门口的台阶,满脸通红,一头热汗,一见到张懿恒就说今天忙学生的事,耽误你备课了。张懿恒说没事没事,你工作认真。"认真个鬼!我才不愿意呢。"朱丽茵扬扬手中的材料,"一个班六十名学生,四十多名学生心理都有问题。老浦要求班主任按照花名册,一个个找学生谈话。我累了整整三天,下午还要接着谈。"张懿恒问哪有这么多问题学生,这结果咋测出来的?"咳!"朱丽茵翻翻白眼,"还不是那个柳教授搞的,不知怎么设计的问卷,一个心理测试表,测出全班百分之七八十的学生都有自杀倾向,搞得人心惶惶!"张懿恒想起柳教授一上讲台就说自己的心理测试经验如何丰富,外出开会一句话就把别的专家说得哑口无言,听说他换了好几个高校,越卖越值钱。

"你不在艺术学院当班主任是对的!上次有两个男生在宿舍打架,家长过来骂得天翻地覆,老浦这狗娘养的,给人说我管教不力!你说咋管教,总不能整天和学生睡在一起,总不能把学生拴在裤带上?"朱丽茵正说着,凌宇飞走过来,也是一脸苦恼:"邱垂子出事了,具体问他怎么啦,却死活不说,只说他无论如何不在艺术学院任教了。院里让我赶快另找老师顶上,眼下上哪儿去找合适的小提琴老师?"

邱垂子出什么事了?世上自有是非人,一切瞒不过朱丽茵。

上周下着小雨,小提琴手邱垂子打着花伞,牵着心爱的边牧出去溜达。走到绿道的时候,他放开狗绳,手中的边牧便撒欢似的往前猛跑。马路上一个衣着破旧的人正把三轮车踩得飞快,突然迎面驶来一辆汽车,三轮车夫慌忙拐向路边,这一拐就将三轮车驶到人行道上,看见邱垂子时已躲闪不及,一刹那间就碾压过去。那边牧惨叫一声,在地上滚了两滚就死了。邱垂子本身对车夫的逆行就很不高兴,一看见边牧死了,更勃然大怒。车夫倒也好,当下提出要赔钱,但小提琴手伸出洁白的手指,指着车夫黝黑的鼻尖,连声大吼:

"赔钱你赔得起吗?我不稀罕你的钱,我就要狗。狗是我的命,那狗是我儿子,比你值钱多了,你死了都赶不上我的狗。"

说着非要拉着车夫去交警队,这一来车夫吓得连连求饶,说那三轮没有牌照,到了交警队,肯定会被扣留的!

邱垂子来了劲,非要车夫给狗磕头,还说自己是好说话的文化人,已经算简单处理了。车夫刚从农村来,本身就没见过世面,再加上有点智障,竟然真的照办了。临走的时候,邱垂子又逼着车夫拿出二百元钱,说是要给爱狗买棺材寿衣。车夫回去后想着不对,就在家里哭。后来被记者知道,马上做了报道,记者又支持车夫起诉,法院传票都下来了。邱垂子非常害怕,这几天正求车夫求记者,准备拿出两万元息事宁人。

说到最后,廖慈志开怀大笑:"这个老赖,赖来赖去把自己赖进粪坑了!"

这年头稀奇古怪的事情太多了,滨大越来越有意思。花儿还有重开日,人生没有再少年。年年游子惜余春,春归不解招游子。转眼间,张懿恒博士毕业已快九年,九年了!多少次他都在怀疑自己,当初为什么要拼死拼活读博士?人是为了自己的希望而活着的,忍辱负重,负重前行,究竟为了什么?连他自己也说不清。他能做的是管好自己,不饱食于终日,不弃功于寸阴,岭海经年,孤光自照,肝肺皆冰雪,可是得到与付出的大不匹配,他还有心情静静地画画吗?

单位热闹非凡,丁雄伟、谭景明、齐思宁、应志武这些人比他年轻,但奔走逢迎,圆融通达,事业如日中天,赚钱越来越多,五陵衣马自轻肥。郑宇智好几次都说张懿恒落伍了,太脱节于现实。霍启然甚至劝他离开,越早越好。鸡栖于桀,日之夕矣,羊牛下括。每每到了黄昏的时候,他就痛苦郁闷,近段时间他都没有找卫风之论诗,没有找韩老师聊画,他不想见任何人,系里的工作能推就推,日常生活中,他像发狂一般奔波于图书馆和画室中,临摹写生创作,只有在丹青世界中,他才能忘记一切,感到生命的真正存在。他知道黄公望就是终日在荒山乱石丛树深林静坐,又每往河道通海处,看急流轰浪,虽风雨骤至而不顾,所以作品沉郁变化,几与造化争奇!可是,他再努力,还能成为黄公望那样的大画家吗?不知为什么,近来他经常想起故乡的原野,想起那个攀摘彩云的梦。悲离居之劳心兮,情悁悁而思归。随着年龄增长,这种想念就越来越强烈。就是在睡梦中,也能听到原野上清露滚动的声音,闻到原野上泥土蒸腾的气息,而那碧绿的草地、洁白的羊群,像涌动的浪花,像飘扬的云彩,屡屡飞进他的梦里,温暖了他寂寞的心灵。

日出而作,日入而息。凿井而饮,耕田而食。帝力于我何有哉?他经常想起在干爽的六月,小南风吹来,绿色的原野几天之间就变得灿烂芬芳,麦浪像金色的无边的波涛在奔腾起伏着,像节奏鲜明的动人的旋律在跃动着,他手持镰刀,挥汗如雨,嚓嚓嚓,劳动的身影过处,迎来麦穗成熟炸裂的甜香。丰收的原野,无垠的麦浪,他收割着,收割着,就有鹌鹑尖叫着跑出来,毛茸茸一团,很快钻进前面更广阔的金黄麦浪中。

从图书馆回来的路上,张懿恒看到有个人从榕树下走来,目光迷离,神色怪异,嘴里自言自语,仔细看原来是林和兵,就想问他近况如何。谁知林和兵什么也不说,见了他很快后退两步,只是不断念叨:"有人谤你、欺你、辱你、笑你、轻你、贱你、骗你,你如何处之?只要忍他、让他、避他、由他、耐他,不要理他,再过几年,你且看他!"念叨着便双手合十,喊声"阿弥陀佛"走远了。

"他就这样了,算了!"陶兰青从山坡上走下来,脸色平静得像一池清水,她手里拈着两根蒲公英,鼓起腮帮一吹,那白色的松软的花朵就倏地飞远,飘飘悠悠,不知所踪。

聪明反被聪明误,林和兵当初结婚,是他死皮赖脸追人家郑教授女儿的,他房贷多,压力大,而郑教授早就放言,谁成为他的乘龙快婿,老家房子的拆迁费就归谁!林和兵为此蹬掉原来的同居女友,想尽一切办法讨好郑教授的女儿。结婚后,林和兵满以为能分些拆迁费还房贷,没想到房子迟迟不见拆迁,说好的费用也无着落。更让林和兵意料不到的是,郑教授的女儿还有性病,一路瞒天过海,瞒过了双方父母,瞒过了亲朋好友,瞒过了婚检,直到婚后一段时间林和兵才发现了问题,当然也被折磨得住院好久。盛怒之下,他要离婚,但女方就是拖着不离,几年来夫妻俩冷战热战,文斗武斗,三天一大吵,五天一大闹,家暴更是频频,彼此元气大伤,虽已势同水火,但依然没有离婚,就这样一直悬着,直到上次他被免去政法学院代院长后,女方才在离婚协议上签了字。经此一役,林和兵心灰意冷,离婚后他变卖了所有家产,将所得款项都捐资助学,也开始潜心研读佛经,渐渐地,就成了这个样子。

——心似已灰之木,身如不系之舟!他现在彻悟了!

说到最后,陶兰青看看远方的湖水,把手里的苦艾叶拿起来闻闻,笑道:"贪财取危,贪权取竭,滨大杀人不见血,等退休了我也学佛去!"

第二天,郑宇智来找张懿恒,两句话不到,就转入正题:"别人混可以,我们要不要再混下去?"

张懿恒知道,郑宇智是话中有话,这个一贯的冷面郎君,万事不理的局外人,从去年开始,也有些躁动了。

几个月前,老浦公布了上个学期的综合测评结果,全院一百二十个教师,郑宇智的分数排名倒数第一。这就意味着从这一年起,他的绩效工资将会受较大影响,每个月将被扣除三四千块钱。因为按照学校规定,绩效工资直接和测评结果挂钩,学生意见大、评教分数低的任课老师,绩效工资必然就低。

郑宇智当下变了脸色,找老浦看了结果,没错,确实是倒数第一,因为他的评教得分只有 56 分,连 60 分的院平均分都达不到。郑宇智又去教务处,发现就是上学期教的那个班给自己评分最低,一下子就把他的总分拉下来了,不但如此,学生还在留言栏里对他进行了各种谩骂。郑宇智想不明白,上学期末,他是采取小论文的方式进行课程结业,尽管发现不少学生的作业是复制粘贴的,可他还是打了60分以上,所以这个班成绩全部通过,然而没想到学生不领这个情。后来通过小鱼问学生为什么评分这么低,小鱼说学生反馈上课根本听不懂你在讲什么。"我是滨大少有的几个全程用英语授课的老师,他们听不懂?听不懂为什么不通过学委给老师提建议?我可以中英文兼用嘛!结果他们一声不吭,非要等到学期末给老师打最低分?"郑宇智很生气。

前几天体育系的冯老师找郑宇智,也是一肚子苦水,因为上个学期上体育课,一些女学生上课不来,来了又不运动,一会儿说痛经,一会儿说头晕。还有几个女生体能测试作假,有找人代跑的,有骑电动车代替跑步得,被冯老师揪住后狠狠训了一顿,结果那几个女生怀恨在心,跑去院长那边告状不说,还合起来在班里挑唆,最后那个班评教全给冯老师打最低分,害得她绩效大打折扣!

"滨大目前的体制,形成了一个怪圈:学生怕学习,家长怕老师,老师怕学生。怕来怕去,还是回到原点上了。"郑宇智的神情充满嘲讽。

张懿恒想起那个著名的笑话。从前有人养了一只猫,他觉得自己的猫长得很威风,就想给它起一个最响亮的名字,想来想去,决定叫"虎猫"。有一天,他家里来了很多客人,一个客人说老虎确实很勇猛,但是不如龙那么神奇,龙能飞,比虎还要厉害,这猫不如就叫"龙猫"。这个人听后连说有理,可另一个客人却说龙虽然比老虎厉害,但龙必须靠云托起才能飞,没有云龙就飞不了,不如叫它"云猫"。这个人想想也对,刚要说话,另一个人又说云虽然能托起龙,但风一吹,云就散了,可见风比云厉害。不如叫"风猫"更好。"风是厉害,可是一堵墙就把它挡住了,还不如叫'墙猫'。""墙虽然坚固,可是老鼠却可以在上面打洞,洞打多了,再坚固的墙也会垮掉,墙不是老鼠的对手,还是叫'鼠猫'吧!"客人们七嘴八舌地议论不休。邻居家的一位老人笑道:"老鼠怕猫,还是猫厉害,这只猫该叫'猫猫'。"

"其实说来说去,学生还是要老师去教。学校教育是重要的一环,是学生基本的人生观价值观的培养阶段。教师的任务就是引导、帮助和促进学生的成长。

课比天大,尊师才能重教,可滨大现在反其道而行之,这样下去——"张懿恒还想继续往下说,但被郑宇智打断了:

"这样下去,滨大永远发展不起来,因为跪着的老师教不出站着的学生。都说教育是国家的良心,我们这些当老师的,出门谦恭谦让,因为不想与市井小人一般见识。回校备课上课,因为不想辜负国家的工资,咱们总算对得起良心吧!可是碰上老浦这样的领导,我们的学生什么时候才能成长为正常的、健康的、善良的人?你还真以为自己是辛勤的园丁,是人类灵魂工程师,是太阳底下最光辉的职业?别自恋别自作多情了,醒来吧,那是你一厢情愿!我早看透了。滨大什么时候拿我们老师当人,学生什么时候拿我们当人看?什么一日为师终身为父,那是自欺自人的迂腐之谈。别傻了!"

在郑宇智看来,现在的老师就等于摆渡人,就等于公交车司机,拉着学生一站又一站,到站了让他们下车,再迎接下一批乘客,师生之间早已不是旧社会那种言传身教亲如父子的师徒关系。男怕入错行,女怕嫁错郎,教师其实是高危职业和弱势群体。年复一年,日复一日,铁打的校园流水的学生,老师们在重复着平庸和无聊!

张懿恒详细说了上个学期的事情,说了田娟的眼泪,说了因抑郁症停课的姜素英。郑宇智问:"为首的那个黑瘦女生叫卓君君吧?就是认为不让位有理的那个,我早领教了。"说着就眉睫一动,"我查证过了,期末给我一堆差评,并且留言谩骂的,就是她。这个女生在班内挺有煽动力,是个名人。"

过了几天,郑宇智又来找,一见面就说已经搞清楚了,那个卓君君,正是老浦安插在班里的信息员。这个女生虽然连年考试成绩排名全班倒数第一,但告起老师来十分卖力,先后告廖慈志上课太爱晃脑壳;告彭凌杉说话难听,阅卷故意压低她分数;告田娟穿衣服不好看,上课爱说闲话;告邱博厚上课过于严肃,作业布置太多,对学生不够耐心。此外,这个班的其他同学也有问题,比如参加传销活动的,推广小额贷款的,打架斗殴的,聚众赌博的……尽管如此,这个班马上要被评为艺术学院优秀班集体了。张懿恒问凭什么?郑宇智皱皱眉头,说估计是矮子里面挑将军,这个班目前大学英语四级考试只有一个人过了,但已经算艺术学院比较好的班级了,其他的比这还差。

"在滨大这种地方,我们能生存真不容易!冯志学够厉害吧,结果怎么样?咱虽然斗不过领导,但绝不能让学生在咱头上拉屎拉尿。"郑宇智的口气越来越冷峭,张懿恒正想问你难道要和学生过不去?但郑宇智话锋一转,很快提到关教授的葬礼,末了问:"你觉得李光头真的悔罪吗?"

"不,司马昭之心,路人皆知!"张懿恒眉毛一扬,声调陡然高亢。

"那你怎么办?"

轰隆隆的雷声响过,不待张懿恒回答,郑宇智一脚踏实脚下的泥土,狠狠踩了几踩,然后低声说:"以其人之道,还治其人之身,扣钱谁不心疼?我的事情我来处理。关教授的事情你来处理!"张懿恒咬咬牙,顺手折断了路旁的小树枝。郑宇智知道这个人心里在说:"咱们分头行动,牛刀小试!"

定　力

"张博,快来搬东西,现在活多,人手不够啊!"

丁雄伟来电话不断催,张懿恒只得和几个同事到了大礼堂。礼堂里,早有一帮人忙开了,拉横幅的拉横幅,布置道具的布置道具,搬箱子的搬箱子。一见张懿恒他们过来,丁雄伟又是握手又是拥抱,说没办法,辛苦各位了,过几天要举办院庆晚会,现在学生都上课去了,找不到人,只能叫老师搭手了。张懿恒知道这次院庆晚会非同寻常,早在三四个月前就开始筹备了。撰写活动方案,提交领导审阅,修改后再给专家研讨论证,一直到近期的编排节目、服装租赁、道具运送和场景陈设等,丁雄伟早忙得焦头烂额,人也黑瘦了不少。其实不光他一个人忙,整个艺术学院的师生都忙碌起来了,毕竟这是一个大型的院庆晚会,院长指示一定要办好,办出艺术学院的特色,打响艺术学院的名声,要知道,整个滨大的二级学院,办院庆晚会的,艺术学院是头一个啊!

一群老师随着丁雄伟的指挥,打扫卫生的打扫卫生,检查服装的检查服装,抬箱子的抬箱子,快到十二点的时候,大家纷纷嚷着要去饭堂吃饭。"哎,算了,我已经让饭堂送包子过来了,大家简单吃点吧,饭后还有很多活要干。下次有空再请大家吃堂食,今天就凑合下吧,时间实在太紧了。学院是我家,辛苦靠大家!"丁雄伟连连鞠躬,声音沙哑,眼圈发红,看见他劳累成这样子,大家也就不好说什么,只有朱丽茵噘着嘴。

肖子业院长和老浦书记上完课,也很快加入干活队伍,花盆摆到一半的时候,学校饭堂的师傅踩着三轮车来了。"刚蒸好的牛肉包子,快来吃!"没等师傅吆喝完毕,几个老师迅速放下手中的花盆,奔向三轮车。忙碌了一个上午,谁不是又累又饿?很多人连早餐都没吃呢,所以师傅刚把锅盖揭开,早有手掌争先恐后伸进去抓包子。"哎,还没洗手呢!我这手刚搬花盆,还有泥巴呢!""嗐,这里没水龙头,到哪儿洗手呢?谁的手没沾泥巴,你把手拍拍不就完了嘛!不干不净,吃了没病!"议论声中,大家纷纷拿起包子,朱丽茵本来还四处找水龙头,但一看锅里包子已经不多了,也顾不得洗手,很快拿了两个包子吃起来。

牛肉包子确实好吃,张懿恒一口气吃了六个,丁雄伟和廖慈志吃得更多,大家都夸奖这包子蒸得好,说下次再多来几个。但是到第二天,张懿恒觉得不舒服,刚开始他以为是自己一个人不舒服,结果一交流,其他几个人也不舒服,但是彼此都不能声张,因为人家肖院长和浦书记都在场,和大家一起吃饭,领导都没说什么,其他人哪敢吱声?一直到了第三天,在大礼堂进行彩排的时候,大家个个觉得很不舒服,但都强忍着,想着等等就好了,反正这个不舒服让人难以启齿。丁雄伟似乎也不舒服,尽管如此,他还是安慰说过了这段时间就不忙了,今天的午饭还是就地解决,等师傅送包子过来,大家先忍着点!

话音未落,有人一个箭步蹿上前,冲着丁雄伟大声叫喊:"咋啊,还想让人吃包子,你想害人咋的?我这几天都难受,全是被你那顿包子害的。现在更痒得厉害,估计发炎了。告诉你,我要是住院了,和你没完!"朱丽茵说着屁股便不由自主扭动,扭得夸张而激烈,她这么一扭,仿佛得了传染病似的,大家的屁股也跟着扭动,三扭两扭,痒得就更厉害了。"丁雄伟,你那包子到底咋回事?"有几个老师嗷嗷叫起来。张懿恒这才明白,原来大家的肛周都瘙痒无比,只不过朱丽茵今天给捅破了。

"冤枉啊,我难道给大家下毒不成?我自己一口气都吃了十二个包子呢!这几天不知为何,也痒得难受,屁股眼好像被虫子咬似的,想着过了今天就去看医生。"丁雄伟苦叫着连连解释,但奇痒无比的众人都围上来质问,他哪里解释得清？正吵成一团的时候，廖慈志走了上来，大家很快就明白了。

"估计是摆弄花盆时手上沾了泥巴，这里的泥巴里有蛲虫卵呢！大家没洗手，肯定把虫卵吃进去了，现在感染了蛲虫病。我那天吃包子之前，用水杯里的水把手洗干净了，所以没事。先不用去医院了，咱们这里距离医院太远，很费事。这样吧，我家里有些使君子，很管用！"廖慈志这么一说，老浦赶快差丁雄伟去拿。这个使君子跟花生一样，炒熟后微带甜味，酥香可口，挺好吃的。大家洗了手，尝过后纷纷抓着吃，到最后一直不吭声的肖子业院长也走上来，抓了一把默默开吃。张懿恒不禁一乐，原来院长的屁股也痒着呢，只不过一直不表态不声张，看来领导的定力就是比普通人高啊！

这使君子还真灵验，当天晚上，大家就从肚子里打下不少白色的小虫子，持续吃了两天的使君子之后，没有人再嚷嚷瘙痒，看来都舒服多了，蔓延艺术学院的这场传染病被彻底消灭，在领导的带领下，大家又全副精力投入院庆晚会的排练中。

舞翩翩，歌悠悠，韵依依，滨江大学艺术学院院庆晚会在大礼堂隆重举行，整个晚会隆重而热烈，不仅校领导出席，就连市里、省里的一些领导和社会名流也纷纷赶来。晚会节目经过精心打造，全院师生轮番上场，除了朱丽茵、凌宇飞、仇香香等院内老师大放光彩外，还邀请了几位国内著名艺术家来表演。精湛的表演，喜庆的场面，欢快的氛围，整台晚会给来宾留下了美好的印象，省里的一些领导向王书记感叹："没想到你们一个普通二级学院的晚会，水平如此之高，简直和央视的文艺庆典不差上下！"市里的领导也直接问："你们如何把国家一流的明星演艺家请到的？我们平时联系都联系不上，你们牵线搭桥，下次让这些明星参加市里的晚会好不好？"

欢声笑语，红红火火，歌如海花如潮舞如河，晚会始终充满着祥和安乐的气氛，而在节目串烧中，随着艺术学院辉煌成就的不断展示，人们的热情一浪高过一浪，叫好声欢呼声此起彼伏。到最后，在震耳欲聋的喝彩中，肖子业院长走向舞台中央，向出席晚会的所有嘉宾鞠躬致谢。"滨江大学艺术学院以后要更大更强，不仅要冲刺国家一流重点学科，而且要冲刺世界一流学科，让滨江大学艺术学院成为全世界学子的向往，成为全世界艺术家的向往，成为全世界人民仰慕的艺术天堂。"聚光灯下,肖子业神采逼人,伴随着讲话,大屏幕上展现出他担任院长以来辛苦工作的张张照片,台上台下掌声雷动,很多师生都流出激动的泪水。

聚光灯越来越亮,屏幕上霓虹闪烁,而舞台中央的肖子业院长更是红光满面光芒万丈,整个人显得气度傲岸丰伟无比,学生们都兴奋起来。渐渐地,伴随着震天的掌声和口号声,无数的鲜花,无数的欢呼,无数的激情都飞向舞台中央。张懿恒突然惊醒:先是预算二十万,后来追加到四十万,到现在听说已经花了八九十万了,搞来搞去,这台晚会怎么像是为一个人举办的?场面越是热闹繁华,张懿恒越是心乱如麻。走出礼堂的时候,望着黑漆漆的天空,他情不自禁想起来一个人。曾是寂寥金烬暗,断无消息石榴红。程怡雪到底去哪儿啦?她要是还在滨大,肯定也会上台演出的,风头绝对压过朱丽茵、凌宇飞那些人。

砸　锅

雨蒙蒙的早晨,肖子业正在办公室忙活。张懿恒很有礼貌地走进来,稍寒暄几句,就报告了网上有人举报艺术学院教授论文造假的事情。肖子业非常惊讶,在问清楚怎么回事之后,当下就拍着桌子吩咐:"我现在以院长的名义指令你,把这个人发表的所有论文比对一遍,有问题的,直接拿来给我。"

张懿恒没想到,时来运转,整治个李光头会这么容易!

李光头没想到,人在家中坐,祸从天上来。辛辛苦苦二十年,一夜回到解放前!

李光头是老师,更是老板,他不怕花钱,因为他有的是钱。他摆过地摊,开过小店,后来又办画廊,开培训学校,设立文艺公司,接着炒股,投资玩具工厂,赚得越来越多。渐渐地,他忘记了专业,把精力全放在赚外快上了,专业对他来说,就是上课而已,上完课他立即走人,回到自己的工厂。滨江大学艺术学院教师对他来说,只是一个头衔,工资对他来说,更是九牛一毛。他可以不要工资,但头衔不能放弃,他还要当儒商呢!所以尽管十多年来他不写一篇论文,不报一个项目,不写一本书,甚至课都不备了,但照样活得自在!反正系里那些课也好上,照本宣科就行了,而学生也只管考试只管学分,只管尽快毕业工作,而不管能学到什么。李光头对此早已了然于心,他一门心思扑在个人的工厂上,而工厂这几年也风生水起日进斗金!钱对他来说真的是小意思了,只要出钱,自然有人与他合作,所以他也发表了不少论文,出了好几本书,申报了市里的社科优秀成果奖,还获了奖,当然最后也评上了教授。

月有阴晴圆缺,人有旦夕祸福,新晋教授的瘾还没过够,李光头后院起火,很快就栽了个鼻青脸肿。

网上有人公开举报他学术造假,滨江大学很快展开调查,结果发现,这么多年来,李光头所发表的论文,很多都高度重合,不仅和别人的重合,而且和他自己的也高度重合,好几篇论文查重率都超过百分之五十,完全是一篇论文换了题目后简单改改,便发在不同的刊物上。在随后的校长办公会上,艺术学院院长兼学术委员会主席肖子业,拍着厚厚的一叠材料,向校领导汇报:"我们都依据知网一一比对了,这些都是他论文抄袭著作剽窃的实证,请大家过目。"汇报完毕,肖子业接着又力陈学术造假的危害,"再假不能假学问,再骗不能骗学校。外面对此也议论纷纷,都说滨大藏污纳垢,不正之风何时了?!"不用说,高建工作如火如荼,网上舆论铺天盖地,滨大比任何时候都注意自己的形象,校长办公会很快做出处理,决定给予李新旺党内严重警告、行政记过处分,取消教授职称,将其调离教学科研岗位,终止职务聘任合同,并报请上级撤销其相关奖项和教师资格。

李光头的事情炸了锅,谁都没想到,滨大办事如此雷厉风行,也没想到李光头这么快就被打回原形。消息公布的时候,朱丽茵当下就笑出声来,郑宇智见了张懿恒,只是发问:"听说他后来找你了?"

满腔愤怒的李光头带了一帮人找到张懿恒。"李老师,请你想清楚,我到底是不是你的敌人?"张懿恒早有准备,面色恬静清平,说话语调散淡而耐人寻味。李光头一愣,怒吼了几句回身就走。或许是他想想也对,过了几天,又给张懿恒打电话,说那天情绪冲动,得罪了。

郑宇智嗤笑道:"他倒是个爽快人,其实也是可用之才,只是没想到跌得这么惨!"

踏破铁鞋无觅处,得来全不费工夫。浏览知网的时候,张懿恒发现李光头确实有好多论文,其中几篇论文的选题竟然和自己的研究方向很近,于是就下载了认真看,看完全文就暗暗叫苦,原来自己前几年辛辛苦苦写的论文,买家就是李光头,特别是那两篇最用心的精品力作,都被买去当代表作了。还有几篇论文,思想内容也高度重合,不用说,肯定是李光头从其他枪手那里买来的。早期的论文查重不严格,总有人钻这个空子。令张懿恒没想到的是,比对结束,他发现有三篇论文是抄袭钟教授的,而且集中在一家刊物上发表。钟教授很快也知道了,当下在网上公开实名举报,又在自媒体上频频发文,怒斥滨大学术腐败。消息传到肖子业那边,院长到底是院长,只要有了机会,三下五除二就把李光头解决了。其实这种事放给谁都好解决,无论是买还是抄袭,发表时论文都署了名字,师德师风现在抓得这么严,学术造假就是对师德师风的最大危害!没办法,李光头只能认栽!

"你比我想象的好,只用一分力,却迎来九级风。转眼间,李光头墙倒屋塌,真成理光头了。"郑宇智看看艺术楼前疯长的刺桐树,"我这边也已行动了。"

在张懿恒奉命比对李光头论文的时候,郑宇智也连夜起草了一封长信,写给艺术学院,写给学生处。信里列举了班级同学的一些不当行为,包括几个男生因为参与传销诈骗,曾经被公安局传讯过,包括两个女生和校内凉茶店老板有不正当关系,被老板老婆追到宿舍大骂,包括学委本人因为考试作弊被监考老师当场警告,包括班长曾带人出去打群架、赌博等。郑宇智在信的最后严肃指出,尽管这个班级也有集体去敬老院打扫卫生、慰问孤寡老人,也有充当学校会议志愿者等公益行为,但瑜不掩瑕,这个班同学的表现,距离先进班集体还有相当差距,因此强烈建议不要授予该班先进班集体的荣誉称号。

师　表

张懿恒正在画室忙碌,外面一阵高门大嗓的嘻嘻哈哈。"恭喜兄弟高升啊!以后还请多关照姐。"朱丽茵一进画室就叽叽喳喳。张懿恒只是呵呵,李光头的事情完毕后,肖子业直接找他谈话:"你当了一年的代主任,已经熟悉岗位职责了,我前几天已和组织部打过招呼,以后你就把系主任的担子挑起来,好好干。

还有,雄伟忙不过来,你有机会多帮帮他,年底了,项目经费要抓紧报。"张懿恒就这样当上了系主任。

朱丽茵带了一个花篮,花篮里满是红彤彤的苹果。"算了,还在生学生的气吗?你说学校有什么执法权?动不动就对老师严厉处分,要处分也该由公检法来!你看单位乱成啥了,我一进校园就恶心。"朱丽茵提到学院本来已经有了一个专门发通知的工作群,现在可倒好,一个通知在学院的工作群发了,生活群也转发,然后再是下面各个系的通知群、生活群、党支部群都纷纷转发,她一天接到五六十个这样重复的通知,被轰炸得头昏眼花。去找丁雄伟理论,回答说你不愿意看别人还要看,这叫组织程序,同一个通知,转发得越多越频繁,越能引起老师的注意。"你看这叫什么逻辑?愚蠢的重复,重复的愚蠢,一群机械主义者,都是不可理喻的混账王八蛋,比僵尸还僵尸。我现在一看群里那些信息,直接就删删删!"朱丽茵骂着就削好一个苹果给张懿恒。"我这手艺还好吧?你不知道,我已经离婚了,那死鬼对我没有爱!这么多年来,我一直守活寡,过的哪里是正常人的生活?"静静的画室里只有两个人,张懿恒听着朱丽茵的哭诉,很快觉得氛围不对,便说了句:"我正忙呢!"

"哦,我那个前夫说,咱们滨大馆藏名画有问题,这是从市里传来的风声。"朱丽茵哭泣半天,只有这一句引起了张懿恒的警觉,他疑惑能有什么问题,不是都结案了吗?经过几次教训,滨大早已亡羊补牢,制度更加完善,管理更加规范,体系日益完备,美术馆监管更严了。现在要想进入馆藏珍品库,别说张懿恒这样的普通老师,就是院长肖子业也要严格履行程序,一切按照规章制度来,不经层层审批,是不能进入珍品库看画的。想到这里,他眼前浮现出几年前行政楼的血迹,冯志学死后,人们发现那把将保安吓得乱跑的手枪原来是体育比赛用的普通发令枪,而挎包里除了厚厚的一摞材料,还有两张画,都是滨大美术馆的藏品。事情至此已经很明朗,大家都说冯志学是假画失窃案的真正黑手,庄焕明只是个小喽啰。

冯志学是真正的盗贼吗?张懿恒想起那张被焚烧的《屈原投江》。

"具体我怎么知道?市府那些人说话做事从来就鬼鬼祟祟的。管他呢,我现在已经想开了,他无情,我无义。"朱丽茵擦干眼泪,破涕为笑,"不说这些了,何不潇洒走一回？开心最重要,趁着还没老,我准备当一回女流氓,不然真的就白活了。唉,心如莲子常含苦,愁似春蚕未断丝。不知谁愿意成全我?"说完就直勾勾看过来。张懿恒猛然感觉朱丽茵的眼神不对劲,身上还有些袭人的酒气,再看,又发现她今天穿得特别艳丽,联想到她又是送花篮又是削苹果的热情行为后,他一下子好笑起来:

——老大姐也闷骚了。

"咚咚咚",门外传来脚步声,朱丽茵赶快离开,临走时还瞥了一眼张懿恒。

"等来等去,写信的方法看来不行,领导都要滑头,他们总说研究解决,但就是没下文,估计要不了了之。"郑宇智一进来就面如寒霜,直到最后又一跺脚:"大半年过去,我绩效工资已被扣了三四万元,不行,我郑某人没这么好欺负,看来要换狠招了。你当主任了,好,兄弟给你个投名状。"张懿恒很好笑:今天这怎么啦,一个个都憋不住了?

师　威

老浦头疼不已,原来学生一旦找他投诉老师,他就有一种青天大老爷的感觉,可最近他被学生烦住了,比被张懿恒缠着筹办书院还烦。辅导员小鱼告诉他有班级同学发了联名信,信件不仅发给了滨大的校长书记,还发给了滨江市委书记和市长、滨阳省省长和教育厅厅长,甚至发给了教育部和国家信访总局。学生群情汹涌,强烈要求把一个叫卓君君的同学开除出校。省教育厅厅长为此深夜打电话给滨大校长:"学生怎么都越级上告到省长,上告到教育部那里了?这种小事你们滨大难道不能内部处理,非要惊动省部领导?如果各个地方学校的这种小事都要省部领导来处理,那首长还不累死,要你们这些人干什么?你们能不能管好自己的学生,把问题遏止在萌芽状态?"

一环接一环,领导层层批示层层申斥要认真听取同学意见,处理好相关问题。王书记立刻召见艺术学院的领导班子,进行严厉批评,肖子业和老浦连连道歉,保证把学生的事情处理好。经过调查,老浦发现联名信的指控内容莫名其妙,但又不好给同学解释。卓君君倒是哭得眼睛红肿,十分无辜和委屈。

联名信很有来由！先是不知哪里传来消息,说卓君君大一、大二时分别和同班数个男生谈恋爱,好几次都直接在男生宿舍过夜,而且趁机发生了关系,消息很快被一一坐实。后来又不知从哪里冒出来几张照片,而且很快疯传,传到微信朋友圈,传到校园网。照片里一个女孩和不同的外籍男士相拥相偎,亲密无间,艳照旁还配有文字,指明和女孩相好的其中一个外籍男士,半年前已死于他国,原因是艾滋病晚期。

尽管打了马赛克,但照片和文字一经发出,马上有人认出照片中的女孩跟卓君君很像。这下和卓君君同宿舍的同学慌了,接着她的同班同学,特别是那几个和她谈过恋爱又发生过关系的男生也慌了。不仅如此,所有和卓君君有过亲密接触的人,包括一起拉过手,一起吃过饭,甚至一起散步聊天的人很快都被视作传染源。面对同学的怀疑和议论,卓君君特意去了医院,经体格检查一切正常,并无恶性疾病,又拿着医院的体检报告广而告之,到处澄清,但始终没人相信,大家纷纷冷落她,根本不听她的辩解。卓君君为此申请了提前实习,想躲避一阵子,等舆论平息了再回学校,可是她前脚到实习单位,后脚艾滋男的艳照就跟着到了,实习自然不了了之。

在家休养了一段时间后,卓君君以为风头已过,又回到学校,但无论走到哪里,都被人指指点点纷纷议论。很快,她成了公众人物,越是自我辩解和澄清,越是一石激起千层浪,所到之处都有千万双眼睛看着她,有千万只指头在戳着她。昔日的好友纷纷离去,没人敢和她说话,同宿舍同班的同学见了她都装作不认识。只要她一进饭堂,正在打饭的、打好了饭在座椅上吃的、吃完了还没有走的同学,都吓得变了脸色,纷纷扔掉饭盒,惊呼着作鸟兽散。而教室内原本安心读书的同学看见她来了,也大呼小叫,顾不得拿上书本,就纷纷狂奔逃窜。最后发展到只要她一出现,都没人敢去饭堂吃饭了,没人敢去教室上课了,大家都像躲瘟神一样对她避而远之。

不管卓君君的父母如何求这个领导求那个领导,但所有的领导,特别是老浦他们都不愿意见。后来迫于无奈,在老浦的力主下,学校请了专业人士来滨大作讲座,反复声明艾滋病的传染途径只有性传播、母婴传播和血液传播,靠住宿、吃饭等是不能传播的,没想到结果适得其反,这一宣讲搞得卓君君的名声更广泛传播,外面的人都知道滨江大学有个女生有艾滋嫌疑。清者自清,浊者自浊,但有时候清者不清,浊者不浊!可怕的信息时代,使得卓君君成为人见人怕的"恐怖分子"!于是班级同学联名写信,家长们也纷纷质问,校领导备受压力。最终眼看着临近毕业要拿到学位证毕业证了,卓君君却不得不含泪申请休学。

……张懿恒找到郑宇智,质疑对这个女生是否惩治太重了。"你还不知道吧?闵东青最近摊上事了,他被自己的学生告了,学生在网上发帖子谩骂他!"郑宇智一开口就很不客气。闵东青招收研究生,说好的两个学生,最终只录取了一个,结果没被录取的那个女生到处发帖子,说师姐因为陪闵老师睡觉,才被录取为研究生,不管真真假假,现在闹得沸沸扬扬,闵东青正在接受调查。

"一个柔媚懦弱的老师,怎能教出正直有为的学生?"张懿恒说。

"我一招制敌?哼,还没够呢。被扣几万元,放你不心疼吗?枪打出头鸟,你等着瞧,我就是要不断烦老浦他们,让他们烦不胜烦,最终把这个班级拉下马。这个班的学生以后找工作,找到哪家单位,我就给哪家单位的领导写举报信。擒贼先擒王,你把老师当贼防,老师就把你当贼治!我要一个一个来……"说到最后,郑宇智的口气更为冷峻严厉,"正是因为她是个孩子,是我们的学生,所以我只给了一个小小的教训。万里长征这只是第一步,让她长点记性;老师并非个个软弱好欺!都是人,我跪着你也别想站起来!这次还算轻饶,若是社会上的人这样对我,老子非把她整死!"

国 学

"那个书院你还办不办?"周一早上,刚刚开完会的常云辉过来问。

"办!"张懿恒的态度很坚决。关教授早就说过老祖先的东西不能丢,当老师的要善待学生。他也想明白了,书院必须开办。现在的学生都是应试教育的一代,缺少德育,缺少传统文化的滋养。像文传学院领导搞什么新思维,原来开了多年的全校公共课"大学国文"不开了,改开"人文阅读与写作",后来又开成"创意写作",改来改去,老师们应对不暇,学生也纷纷叫苦学不到东西,基本的"大学国文"都没学过,还怎么创意写作呢?田娟就说她上大学时好歹还学过

"大学国文",积累了一些基本的传统文化知识,但如今滨大把"大学国文"取消了,学生真的太可怜了。

说来说去,滨大的办学理念和开课方式有问题!

张懿恒想通过弘扬优秀传统文化来增强学生的文化修养,这个他已经想了好久了,后来因为支教耽误了,现在他觉得办书院已迫在眉睫。

"我支持你!"常云辉拿出手中的文件,说学校已经批准了相关方案。

两个人商量了半天,最后决定书院和国学社一起办,一套人马两个牌子。常云辉说上次提到的老板,也就是一个被救孩子的家长,已捐助了部分资金。

"太好了!"张懿恒顿感轻松,要知道他现在最愁的就是钱,找了院长好几次,还是说一切自筹,事实确实如此,艺术学院现在很缺钱。

"这件事干成了是领导的政绩,干坏了是你的责任。"常云辉掷地有声。

只要资金到位,一切都好办,张懿恒向学生透了风,学生都很感兴趣。在肖院长的指令下,艺术楼那几间空房子就被让出,老浦不愿意,但也没办法。设计和装修很快开始,一切进展都很顺利。没想到装修到一半的时候,资金出了问题。常云辉说老板破产了,原来说好的投资不能兑现,余款只能自行解决。这一下把张懿恒搞得手足无措,他找了肖子业,院长也很惋惜,找了廖慈志,廖慈志说他也没办法,再找其他领导,都说没钱划拨,实在不行书院先停办再说。

一个星期后,卫风之路过艺术楼,发现装修照样进行,工人上下批灰,张懿恒走来走去检查,虽然忙忙碌碌,但都有条不紊,工程眼看着进入收尾阶段。

"怎么又行了,你的钱从哪儿来?"卫风之问。

"为了关教授的嘱托,为了优秀文化的惠泽,这件事我一定要做成。"张懿恒说着就换上劳动服,和工人一起搬运沙灰,不一会儿就汗流满面,浑身上下也脏得像土人。

"你那幅黎雄才的扇面呢?我想观赏下。"卫风之帮着抬起了瓷砖。

"卖了,人一生总是要干些事情!"张懿恒的声音很干脆。天上星星点灯,地上小草青青。支教让他深受触动,也让他感慨遂深,眼界始大。那些孩子虽然身处贫困地区,条件非常艰苦,但个个好学上进,课堂课后问题多多,让支教的老师倍感压力。离开的时候,他和秦学勇、齐欢欣他们把身上所有的钱都买了学习用品赠送给当地的孩子,希望孩子们都考个好大学,真正成材成器。

"你……"卫风之惊讶了,看看张懿恒已经黑瘦了一圈,也就不再说什么。要知道为了这个扇面,女朋友和张懿恒分手了,后来即使在他最痛苦的时候,比如房子首付的紧要关头,他都没有出售。

"我给你捐五万元。"卫风之伸出手来,他知道张懿恒铁了心要把书院办成。

薪火赓续,文脉相传。为了开办书院,为了嘉惠后学,现在张懿恒已在所不惜,愿拼尽一己之力。滨大是个文化荒漠,是个道德坟场,但张懿恒偏要披荆斩棘,垦殖出一片希望的田野。

书院筹办顺利进行,没想到在成立庆典上,又发生了让张懿恒备受煎熬的一幕。庆典前夕,张懿恒请卫风之过来讲话,但卫风之无论如何都不来。于是他另拟了出席人员名单。看到名单,丁雄伟很不高兴,问到底让谁主致辞?张懿恒说都安排好了,不会浪费领导的时间。"老浦还想讲话呢!至于听众,你放一百个心好了,他会安排学生过来。"庆典开始,来宾一一到位,眼看得领导们都要讲话了,但事先说好的学生却一个都没来,张懿恒左等右等,台下仍空无一人。台上一阵骚动,领导们面露不悦。张懿恒赶快拨打丁雄伟的手机,再联系老浦,打了好几次,都没人接。直到联系上一个学生,学生回复说今早接到学院紧急通知,勒令艺术学院全体学生去大礼堂听浦书记作工作报告,一个也不得缺席。

"有人故意要砸你的场子!"郑宇智的神色焦灼起来。

"没有一个听众,等会儿还有文艺演出,怎么办?要不改天吧?"田娟问。

"不,照常举行。"张懿恒咬咬下唇,露出洁白的牙齿。

领导开始简短致辞,看着台下空荡荡没几个学生,张懿恒的心一落千丈。田娟眼睛发酸,她知道这个人很痛苦,不过再痛苦也只能压在心里。有人想给他个开门冷,要看他的笑话。他现在却强颜欢笑。

"世界上的文化有很多种。古罗马,古巴比伦,古埃及,都曾创造出伟大的文化。"来宾一上台,田娟非常惊讶,原来安排了个外国人致辞,但台下依然没有几个听众。她知道这下人丢得更大了,连外国人都见识了滨大的学风,滨大的师德,滨大的内卷。再看旁边的郑宇智和霍启然,也是连连叹气。

张懿恒心里翻江倒海痛苦不已,这次被耍大了,学生肯定不会出席,今天算是伤心透顶。他感到自己很对不起赶来捧场的朋友,特别是正在致辞的外教,要知道,人家为了这次典礼推掉了几个有偿的商业活动。"冷场就冷场吧,谁让自己考虑不周!"正当他心灰意冷,准备坦然面对的时候,"呼啦啦,呼啦啦",东西南北跑来一大群学生,很快把座位坐满了,找不到座位的,就纷纷站在原地听讲,很多艺术学院的学生也跟着跑来了。里三层,外三层,听讲的学生越来越多,一个个凝眸屏气静穆肃立。本来声色平静的外教,看到涌入这么多可爱的学生,一下子来了劲,讲着讲着就激动起来。

"世界四大文明古国,唯独中华民族的文化没有断代。像古巴比伦王国、古印度的孔雀王朝等,一个个先后消亡。古罗马帝国强盛一时,曾和中国的秦汉帝国并世。公元395年,罗马帝国分裂,从此就再也没有统一过,文化也随之断代。而与之同时期的中国虽然也经历了魏晋南北朝的分裂,但此后又走向大一统,走向强盛,文化更得以传承绵延。特别是唐宋以后,科举制、书院制进一步加强,中国文化承前启后,愈加硕果累累。"外教讲着,台下的学生纷纷鼓掌,有学生大声附议:

"盖并世列强,虽新而不古;希腊罗马,有古而无今。惟我国家,亘古亘今,亦新亦旧,斯所谓'周虽旧邦,其命维新'者也!"

"身为外国人,我为中华文化的辉煌灿烂感到骄傲和钦敬。上下五千年,特别是自轴心时代以来,中华文化是唯一绵延至今的文化,它不仅属于中国,也属于全世界,属于全人类。中华文化,尤其是中华优秀传统文化,是世界文化的重要组成部分,是中国人留给我们的宝贵遗产。我对中华文化满怀敬意和热爱。中国历史虽然屡经动荡,但文化始终传扬延续,生生不息,不断丰富完善。为天地立心,为生民立命,为往圣继绝学,为万世开太平。治学不为媚时语,独寻真知启后人。像这样的诸多经典论断不但属于中国,也属于全世界,因为它们高尚了我们的灵魂,丰富了我们的思想,照亮了我们前进的道路。"

外教讲完,很快有学生回应:"环顾斯世,我民族命运之悠久,我国家规模之伟大,可谓绝出寡俦,独步于古今矣。此我先民所负文化使命价值之真凭实据也。……我民族国家之前途,仍将于我先民文化所贻自身内部获得其生机。"一两个学生这么一喊,其他学生也跟着高喊:

"博学审问慎思明辨笃行——修身齐家治国平天下——各美其美,美人之美,美美与共,天下大同!"

张懿恒来滨大这么多年,第一次发现,原来也有如此好学的学生,正高兴着,旁边有人向他打招呼,原来是常云辉。

常云辉书记带着理工科的一群学生来了。原来确实说书院放在常云辉所在的学院办,但最后考虑到场地和空间问题,张懿恒还是选择了艺术学院的那几间大房子,为此他想可能得罪了常云辉,卫风之也责备他对不起人家。没想到危难的时候,还是常云辉带着学生来救场了。外教动情致辞,学生热情欢呼,不光张懿恒,连田娟和郑宇智都很感动。

文艺演出很热闹,节目演出得到了很多兄弟院系的帮助,体育系的学生表演了太极拳、武当剑、八段锦和长拳,计算机学院的学生表演了诗歌朗诵《木兰辞》《正气歌》,校团委的学生表演了《孔子见老子》《李白与杜甫》,网络学院的学生身穿国服,以情景剧的方式还原曲水流觞之美。张懿恒看看台下,不光学生来了很多,很多老师也来了,包括机械工程学院的秦学勇,外国语学院的王颖,网络中心的卢思琪,文传学院的袁秀妹等,好老师带来好学生,好学生带来好氛围,张懿恒正看得带劲,突然有人凑近他耳边:"等等还有个神秘嘉宾出场。"

"谁啊？节目不是都定好了吗?"张懿恒问。

"临时客串的,神秘嘉宾神秘节目!"常云辉笑笑。

演出到一半的时候,一个女郎上场了,舒袍广袖,裙裾轻扬,先唱了首《关雎》,台下爆发出热烈的掌声,赞叹字正腔圆,音色灿烂纯净。盛情难却,女郎又开唱第二首:"绿丝低拂鸳鸯浦,想桃叶、当时唤渡。又将愁眼与春风,待去。倚兰桡、更少驻。……"

"《杏花天影》!"张懿恒顿时惊颤,"啊,是她!"

衣裙飘曳,巾带飞舞,女郎华服翩翩,时而静如霁月,时而动如清风。天上云破月,地下花弄影,一切都是那么素雅端正,温婉灵动。

暗　战

一年一度的荣休仪式上,胖子老刘作为艺术学院的老教授光荣退休。受肖子业委派,张懿恒作为教师代表讲话,高度评价老刘的贡献。讲话完毕,老刘拉住他的手,悄悄说:"小张啊,你最近工作很卖力,表现更优秀,简直成了艺术学院的人才,成了领导的心腹。院长上次给你搞了一次画展,多成功啊!我早已万事不理,但你要好好干,蜀中无大将,现在一切看你了!"张懿恒知道老刘的话充满揶揄和挖苦,就不予理睬。他这几天很忙,等会儿还要去市画院找韩老师。

走到教师村门口,张懿恒左等右等,不见网约车到来,正不耐烦,忽然一阵冷风吹过,张懿恒禁不住惊讶与恐惧,原来身后神不知鬼不觉出现了一个人,一个他想都想不到的人!

黑衣黑袍黑面纱,浑身上下一袭黑,连嘴唇都是紫黑的,长发飘飘,清影隐约,似人似鬼。

"怎么,你以为我死了吗?"黑衣人沉着嗓音问。

"哎呀,你怎么搞的,跟梅超风似的。上次神秘出场,事后我到处找你都到不到。"

"我就是要神神秘秘,扑朔迷离。我不仅要当梅超风,还要当李慧娘,可是谁来当裴舜卿?"程怡雪放荡地笑起来,目光幽怨又阴寒,长长的睫毛像黑蝴蝶一样扇动着,笑声诡谲而放肆。

不待张懿恒说什么,程怡雪就催着上车,说是要送他。张懿恒坐在副驾上,还未来得及系好安全带,程怡雪猛一踩油门,小车像黑色的闪电疾驰而去,张懿恒一个趔趄就后靠在座位上。

"你那个《杏花天影》唱得好,台下都听呆了,大家都被你惊艳倾倒了。""知道你办国学社,我就火速来了,想给你意想不到的收获。""这段时间你到底怎么回事?传言纷纷,难道……""你以为我真的畏罪潜逃了吗?哼,区区一百万元,也值得我潜逃?""那你去哪儿啦?""我就在滨江,只是暂时没工作,流浪了一段时间。""那你以后怎么办?""什么怎么办?我还在后勤集团,昨天还和领导吃饭呢,他们能把我怎样?别人贪得无厌关我什么事?某些人想收拾我,到处给我泼脏水,想整我,没那么容易,要完大家一起完。我早有提防,死了也要拉几个垫背的。"

听着这杀气腾腾的话,再看看说话人,张懿恒禁不住心里发抖。最是人间留不住,朱颜辞镜花辞树。程怡雪老了,尽管化了妆,但还是掩藏不住远逝的青春,此时的她和舞台上判若两人。

一旦离开滨大,两个有着复杂经历复杂情感的人说着说着,就收不住了。

"你真把学问当生命,把艺术当寄托了?每天就这样饭堂、画室、图书馆三点一线,没有感情,没有欲望,过着简单的生活?""那咋办?""你呀,也没发展个女学生?看看人家丁雄伟,玩得女生一个个主动投怀送抱。""咱不和丁雄伟比,也比不上。""那你和老浦比?""奴在身者,其人可怜;奴在心者,其人可鄙。整个滨江大学,我最鄙视的人就是他。""你对班主任的事情还上心吗?其实我早也恨死了他。""老浦也就那样了。他什么都不行,现在也只能唯院长马首是瞻了,反正也要退休了。""人家也巴不得他早下来。丁雄伟早都想上书记了。不过老浦也真能耗,不到退休的前一天,是坚决不让位的。""天下乌鸦一般黑,艺术学院庆父不死,鲁难未已。"听到这话,程怡雪猛然觉得张懿恒不对劲,神色也十分奇怪,就问:"你到底想说什么?"

见张懿恒不说话,程怡雪叹口气,她知道这个人一贯高傲倔强,还在默默地坚守,还在愤怒抗争,还在燃烧着仇恨的烈火!这些年过去了,张懿恒的生活看似清淡平常,但实际每天都是那么艰难痛苦!为什么?因为他还有希望,还有灵魂,还有过人的支撑。自非攀龙客,何为欻来游?等待等待,炼狱炼狱,张懿恒在痛苦中盼星星,盼月亮,只盼着深山出太阳!强大的始终强大,弱小的始终弱小,当然,他深知现在还不是他出头的时候,人生本来就是要吃苦的,读书教书天生就是一条苦路,像张懿恒这种特殊家庭特殊经历特殊性格的人,就更需要吃苦了。何意百炼钢,化为绕指柔。还有什么看不明白的呢?懂得吃苦,学会忍耐的男人才是真正的男人,张懿恒这些年不断避开尘俗的喧嚣和诱惑。别人要他竞聘副院长,竞聘副处长,他一概拒绝。"我一介书生,业务都上不去,搞那些有什么用呢?"面对询问,他都如此解释。

"张哥,你没有政治野心,不参与是非斗争,对人没有威胁!不像某些货。"丁雄伟有次带着腊肠来看他,大吐苦水。张懿恒知道,自从马蜂事件之后,丁雄伟对自己一直很感谢,时不时透露些学校、学院的内幕给他,也时不时骂骂老浦。张懿恒也知道丁雄伟被马蜂蜇了后,很快以工伤住院,他的堂伯,也就是被戏称为地下组织部长的那位政协副主席一个电话,学校的很多领导都去医院看望,吩咐丁雄伟好好休养,还说出院后安排他到党校学习。

丁雄伟这小子因祸得福了!

俯仰岁将暮,荣耀难久恃。程怡雪的日子很不好过。前些年她竞标学校生活服务区一条街的店面,就这还是丁雄伟找人做了工作的。竞标到手后,程怡雪很快重新装修,投资三十多万开了家餐饮店,但不到三个月就被别人击垮了,无奈只能转让。那些店面说是竞标,其实都内定好了。有个老板一人就占有七八间铺位,开了五六家店面,又采取各种方式,活活把其他店面挤垮,最终一家独大,现在老板不但垄断了校内生活服务区一条街的所有店面,而且两年过去了,硬是没给学校上交一分钱。

听程怡雪说完,张懿恒问钱往哪里去了。"你说钱到哪里去了?"程怡雪瞪了他一眼,然后提到校外公寓楼是滨大一个校友投资建设的,那校友就是王书记的学生。王书记通过市里的关系帮他顺利拿下这个项目。这个项目现在越来越大,当然问题也越来越多了。

"别人都赚得盆满钵满的,可你投资什么就亏损什么。算了,还是老老实实做个教师吧!"

"那不行。我凭什么要老老实实?我绝不老老实实!就我那点可怜的工资,孩子的保姆费,我妈的医药费,我的生活费,一个女人养活四个人,怎么办?"

"你不是曾经有一大笔钱吗?这么快就花完了?"张懿恒想了想,很大胆地问。

"别提了。"程怡雪眉宇一蹙,她知道张懿恒说的是什么,"我现在还年轻貌美吗?还有人给我大把大把地撒钱吗?便纵有千种风情,更与何人说?男人是群体性的,但女人的家庭性、个体性更强烈些。长恨此身非我有,何时忘却营营?女人最大的幸福其实是得到男人的关爱呵护,在男人心中占据独一无二的地位,而不是房子有多好,车子有多豪,那些都是其次的。女人最大的不幸其实是遭到男人的冷落和嫌弃。"

少年子弟江湖老,红粉佳人两鬓斑。程怡雪今天说话引经据典,文采斐然,不仅说什么毫不避讳,而且话中带着很明显的沧桑。不过也难怪,越是漂亮的女人衰老得越快,何况是一个被说成不三不四的漂亮女人!琼楼玉宇,高处不胜寒,这几年程怡雪当了副总经理,貌似风光无限,但实际上艰危苦辛,暗里自知,不然为何会有畏罪潜逃的风声呢?

张懿恒知道,她方方面面的压力很大!

"放心吧!张博士,我虽然离婚了,但也不会纠缠你的。"程怡雪哂笑一声,这笑声让张懿恒听来很凄楚。曾经有好几年时间,他很鄙视程怡雪,这个女人的势利与无情让他苦不堪言,他在心里无休止地恶毒辱骂和诅咒这个女人,但现在一见面,他就是恨不起来。

"这么多年,我都没听过你唱歌,你能否给我唱个歌?"车开了一阵子,程怡雪忽然提出要求。张懿恒连连推辞:"我没学过音乐,又天生破锣嗓子,怎敢在你面前班门弄斧?""不行不行,我就是要你唱。"程怡雪敲拍着座位大喊,"要民歌,要情歌。越土越好!"

> 一对对鸳鸯水上漂,人家都说咱们俩个好。你要是有心思咱就慢慢交,你没有那心思就拉倒。你说拉倒就拉倒,世上的好人就有多少。谁要是有良心咱一辈辈好,谁没有那良心叫鸦鹊鹊掏。你对我好来我知道,就像老羊疼羊羔。墙头上跑马还嫌低,我忘了我的娘老子我忘不了你。想你想成个泪人人,我抽签算卦我还问神神。山在水在人常在,咱二人啥时候把天地拜?山在水在人常在,咱二人啥时候把天地拜?

张懿恒唱得很动情,眼神是那么的坚毅,又是那么的淳朴和明净,让人想起祖国青藏高原那湛蓝宁静而纯洁悠远的天空,那是一种很熟悉却久已不见的眼神!歌声未落,程怡雪便哭出声来。

想起那个芦花公鸡似的校长,张懿恒说句"姓强的已经退休了",随之看看程怡雪,终于问出一句:"你还有什么打算?"

"什么打算,你以为我是他的情妇吗?真是小人之心!别人这么贱我,但我从没自贱过!"车子上了环城路,程怡雪看了眼张懿恒,狠狠地骂了几句,又冷笑道,"行了,你不就是想坐实我和他的关系嘛!他算个屁?那个老王八蛋,到市里了又能怎么样?这么多女人联合起来对付他,他能应付过来吗?我就不信乌云遮天能持久?!滨大的天再浑浊,也有透亮的时候。"

"你要下狠招,想不到啊!"

"我也想不到,你看起来老实巴交,木头似的一个人,一旦出手就凶狠无比。你借力打力,李光头被你一口气吹得现回原形,牛婷被你整得连工作都没有了,丁雄伟险些被你用马蜂蜇死,还是你比我更狠啊!"

"下作的人值得用下作的手段对付吗?"张懿恒还想分辨两句,但很快被打断道:"别掩饰了,我一想就是你。你们男人啊,报复心就是特强。我知道带头举报丁雄伟的女生姓万。"程怡雪看看张懿恒,两人都笑起来,笑着笑着就眼睛潮湿。

"有人要敲打我,没那么容易。他插手滨大的项目太多,别人都忌恨了。这几天好几个人都联系我,请求一起取证,咱们看看谁先完。我早准备好了。"程怡雪眼里露出阵阵杀气,说着就按方向盘,方向盘发出阵阵难听的鸣叫。张懿恒知道程怡雪可不是简单女人,她说要做什么就一定要做什么,而且一定要做成功,不达目的不罢休。张懿恒太了解程怡雪了。就像那次聚餐,丁雄伟拿着个小钢叉,叉块牛扒正吃得美,程怡雪走过去倒开水,不知怎么就撞到了,叉子顿时叉在丁雄伟腮帮上,血流如注。程怡雪赶快道歉,其他人都以为是误伤,只有张懿恒知道程怡雪是故意的。这个女人绝不会温软好欺,她早就把后勤集团搅得暗流涌动。

其实别说程怡雪,整个艺术学院现在也暗流涌动。前几天老金告诉张懿恒,艺术学院的领导真能干,在修缮艺术大楼的时候,顺便连王书记的祖坟都给修了,修得豪华无比。而王书记主政几年,滨大频繁参与市场,到处大修大建,仅仅一个校门,就花了三千万,大家都说建得不伦不类不堪入目,而有人非要写篇颂扬性的论文《论滨江大学的建筑艺术》,还公开发表在《滨江大学学报》上。张懿恒知道老金能这样讲,肯定是做过调查的。

张懿恒说了这些之后,程怡雪声色温柔而坚定:"你要小心呢,反正我这几年是干什么败什么,在滨大也被搞得'有口皆卑'了。我得罪了不少人,包括上次谁给柳教授老婆发短信,我都知道。但那算个屁?我从不害怕,因为他们有东西在我手中。姓柳的就是个下三烂,咱们看看谁能玩过谁?"张懿恒知道柳教授早已洗白了自己,但程怡雪却百口莫辩,于是收起身子,坐直了说:"在我心中,你永远是你,我对那些俗人的街谈巷议从来不屑一听,对单位上的暗战从不参与!"

"得了吧!艺术学院的事情你真的不知道?"

"不知道。"

"我亲眼见到一些领导家里有滨大美术馆的藏画。藏画的问题暂且不论,这几年艺术学院竞标采购钢琴,说是进口名牌钢琴,每台钢琴价值八十多万,累计买了二十架。可实际上那些钢琴全是假冒伪劣产品,每台价值也就十万不到。现在已经有人告到纪委去了。"

张懿恒的心里像狡兔在跳跃,其实刚才一提到藏画,他马上想起了冯志学。上次包括冯志学在内的很多老师找了省委巡视组,针对巡视组反馈的意见,以王书记为首的滨大党政班子表示坚决拥护,诚恳接受,严肃对待,彻底整改,可是拖到现在,该整改的部门还没整改,该处理的人事还没处理,就像当初群众意见特别大的一个副校长,滨大向巡视组信誓旦旦地保证要将其违法乱纪的线索移交司法机关,但最终这位副校长还是被派去市里当了调研员。省里的巡视最终成了走过场。"挖树怕树根,知人难知心。滨大那些官僚树大根深犬牙交错,打断骨头还连着筋,你说怎么整改?现在明摆着,学校就是要大事化小小事化了。嘻,连巡视组都敢糊弄,这也太厉害了!"陶兰青给张懿恒这样解释。

"钢琴的事情是真的吗?"

"当然是真的,我是弹钢琴的,又和采购中心那帮人整天在一起,岂能不知?而且那个供货商我认识。"

"你能否想个办法,找机会把那些采购合同与发票都拍下来?"

"你想干什么?"

"拍后发给我好吗?"

625

"你要这个干什么?"

看到张懿恒不说话,面色冷凝,程怡雪按捺不住叫起来:"行了,你干什么我还不知道?你瞒得了别人,休想瞒过我,从你上次找我要艺术大楼的基建资料我就知道了!你瞒得过丁雄伟他们,却瞒不过我。我相信你这个木头会变成斧头。放心吧,一切材料我已经拍好打包,发到你电子信箱了。此后还会有人再把原始的材料拿给你。"

"谁啊?"

"到时候你就知道了!"

"你玩什么玄乎呢?"

"我不怕鬼不信邪,但箭在弦上不得不发。万一我出去回不来,孩子你可要多照顾,反正他天生和你亲!"眼见张懿恒有些不满,程怡雪眼神变得很复杂,声调也随之变得幽深苍凉,"不如怜取眼前人!老天保佑,我祝愿你能成!"说着就诡秘一笑,顺便吻了张懿恒一口。

"先好好开车,旁边可是滨江最大的水库,水深几十米呢。"张懿恒话刚说完,车身就一沉,原来进入下坡路了,"坚持下去,再难的路也会过去!"程怡雪叮嘱道。

前面有个急拐弯,需要高超的刹车技巧,他正要说:"小心!"但未等他叫出口,车子下坡后突然失控,如同脱缰的野马,和迎面驶来的一辆砂石车激烈相撞。脑袋猛地一震,他的身体腾空而起,惊恐中,他随着被撞的小车冲出马路,冲向半空,冲向路旁浩渺的大水库。眼前顿时一片漆黑,他晕了过去,迷蒙中,他感到有人推了自己一把。

醒来的时候,张懿恒发现自己躺在路边,几个民工正围着他。他喊着程怡雪的名字,但茫茫的水面已经掩盖了一切。二十分钟后,救援人员赶来的时候,他在伤痛中看见了程怡雪被打捞上来的遍体鳞伤的身体,身体虽然不失秀顾丰韵,但已血迹斑斑,那张宛如满月的脸孔更是面目全非,那双曾给予他无限温情的素手也僵硬地下垂着。张懿恒强忍疼痛,撑起身子。天上乌云滚滚,很快汇聚成漫无边际的巨大黑暗。太阳跳了几跳,想要挣脱这黑暗,但很快就被吞没了,变成光芒四射的漆黑一团。雷声惊恐,无数的蝙蝠落下又飞起,飞起又落下,伴随着黑色的太阳,像迅猛的弹片一样压过来压过来,让人躲避不及。很快,天成了黑沉沉的天,地成了黑沉沉的地。只有程怡雪的手指是修长白皙的,血液顺着她的指尖滴滴渗出,鲜红鲜红的,不断流淌,流淌到脚下的草丛中,流淌到草丛下的泥土中,像无声的诉说,像不尽的哀泣。

——程怡雪离开了这个令她披荆斩棘奋斗不息的世界。

鬼　　怨

半个多月后,养好伤的张懿恒回到艺术大楼,一个一个感谢到医院看望他的人,大家也都拉住他的手,问长问短,嘱咐他好好休养。"没事的,没事的,我很快就可以投入工作了。"见到院长的时候,面对询问,张懿恒一再表示自己的工作热情。人虽然在医院,但消息他还是知道一些,比如谭景明重婚罪被告发,齐思宁酒驾被拘留。他知道肖子业忙得不可开交,学院现在正需要人手。

"好,尽快投入工作也好!艺术学院今年事出不穷,一切好像扎堆了!"肖子业站起身来,握住张懿恒的手,"以后你就多担当一些。过两个月,滨江民间美术资料的搜集整理工作就要展开,只要我们能接手,市里马上就会批五十万的经费,还要再出版一套丛书,这个由你来牵头吧,等会儿我还要出席市里的公共文化评估会。这些无聊的会议啊,躲都躲不掉!"

张懿恒突然发现肖子业老了,从艺术系主任到连续两届的艺术学院院长,这个掌握艺术学院最高权力将近十年的人,一下子老态毕露,额上的抬头纹纵横交错,脸上也有深深浅浅的色斑,天灵盖其实已稀疏见顶,只得把周边的头发梳上去,尽力遮掩。也许是几个月没染了,鬓边的灰白发根清晰可见。公道世间唯白发,贵人头上不曾饶!张懿恒心说,看来权力等身荣誉等身也不容易啊,搞不好会砸死人!

……深夜里,他睡得正香,突然被一阵奇怪的声音惊醒了,这声音在夜空中分外清晰,等到睁开眼,他恍惚中感到一朵云彩飘到自己身边。"啊!"他叫了声,眼前一个人,浑身湿漉漉的,像刚从水里捞上来似的,长发披头,脸色如大理石般冰冷。

窗外的月光斜照进来,照在她半白半黑的脸庞上,她伸出手指,那手指虽然柔滑修长,但冷气逼人。"别怕,愿我如星君如月,夜夜流光相皎洁。我是来给你唱歌的。"她鬼影儿似的盘旋变幻,上下翻飞,边舞边唱,"花间一壶酒,独酌无相亲。举杯邀明月,对影成三人。你看李白多孤独啊。永结无情游,相期邈云汉。"几天不见,她怎么变成诗人了?他疑惑着正要下床,黑暗中传来威严的断喝:"别开灯!"

张懿恒感到嗓子发干,喉头像被掐紧了似的,想叫喊却用不上力。她踮起碎步,甩动着水袖,起舞弄清影,歌声缥缥缈缈:

怨气腾腾三千丈,屈死的冤魂怒满腔。可怜我青春把命丧,咬牙切齿恨平章。阴魂不散心惆怅,口口声声念裴郎。红梅花下永难忘,西湖船边诉衷肠。一身虽死心向往,此情不灭坚如钢。仰面我把苍天望,为何人间苦断肠?一缕幽魂无依傍,星月惨淡风露凉。

这是张懿恒有生以来听到的最幽怨的歌声,声音寒冷无比,既入江风又入行云,令人毛骨悚然。

风吹仙袂飘飘举,犹似霓裳羽衣舞。她全身缟素,只有鬓边的小花是红的,伴随着歌声,她翩翩起舞。张懿恒感到有只白蝴蝶,绕着自己飞来飞去,他终于按捺不住,立刻走下床,伸出手想去牵拉,但她的身姿极其柔软灵活,好几次张懿恒只抚摸到她冰凉光滑的手指,刚想再进一步时,她前后挪移,水袖很快从他手中滑落。花非花,雾非雾,迅忽来,迅忽去,来有影,去无踪。张懿恒想说什么,却始终发不出声,只觉得呼吸紧迫,气息不畅,就这样哼哧哼哧憋了半天,渐渐地,他感到自己掉入黑漆漆的万丈深渊,大汗淋漓,惊恐不安,终于,他用力喊道:"怡雪?"

话刚说完,她就不见了……

一春梦雨常飘瓦,尽日灵风不满旗。走进墓园的时候,他禁不住心潮起伏,看到墓碑上的照片,看到墓碑下那朵幽艳的野花,更难以自已。

"你来了!"一个女人的声音。

"哦,是你。很长时间没见,这么多年你去哪儿啦?"张懿恒很惊讶。

"我等你好久了。今天是他的生日,她说过,你一定会来这儿。看来她没看错人!"

"你还好吧?"

"我早已辞职。"袁萌苏的脸色很平静,是那种沧桑过后的平静与淡漠,显然,她也经历过很多不堪回首的事情。

"你不觉得我今天穿的衣服很眼熟吗?"

"当年我们三人首次相遇,你就穿着这样的衣服。"

"是啊,我这几天天天晚上失眠多梦,都是因为她……"她说着就掉下泪来。

残红尚有三千树,不及初开一朵鲜。张懿恒顿时心里发颤,原来袁萌苏做了和他同样的梦,那是多么令人心碎的梦啊!玉盘迸泪伤心数,锦瑟惊弦破梦频。在梦中,程怡雪给他留下一句话:你既然了解从前的我,为什么不肯原谅曾经的我?

"我受人之托,今天来给你送东西。"袁萌苏还是那样落落大方。

绿竹猗猗,白雾迷茫。冷露一滴滴从桂花树上落下来,无声无语,不断坠落,落到墓碑上程怡雪的眼睛里,落到地面刚冒出红泥的草丛中。

大清早,教师村小区正门边的停车场,吵吵嚷嚷,热闹非凡,人群不断围拢,特别是那些教工家属,带孩子的,买菜回来的,锻炼完毕的,很快层层围在一起。在黑压压的人群中间,一个男子披散着脏兮兮的乱发,上身光着膀子,下身裤链大开,正挥舞着大手发表演说:

"人到中年万事休,钱算个屁?我当初那么做,我当狗当奴才,我挣来的,都给了谁?钱不是我贪污的,经费不是我挪用的,可是为什么要我来背锅?我凭什么给你们擦屁股?我为什么会这个样子,我怎么这么狼狈不堪?方方面面不如人,越活越可怜!天啊天,这年头当个普通老师怎么这么难?我再不行,我也曾经有过血性,我在会场上怒斥过他们,我找他们吵过架,可是多少人啊,好歹也是受过高等教育的,眼见得乌云遮天,眼见得奸佞当道,却连和领导吵架的勇气都没有,张口闭口事不关己高高挂起,整天不谈国事,上完课就转身走人。要么风花雪月,要么躲进小楼,只顾写没有任何社会价值的学术论文;要么在外面忙着兼职上课,开办公司工厂赚钱,总之把教书育人当副业,把治学修身当次要,一心扑在个人的事情上,管他春夏与秋冬!怎么都懦弱猥琐自私迂腐成这样?害的是教育,苦的是学生,整的是国家!"

每说一句,男子口中的白沫就像烟尘一样飞扬,说着说着便手舞足蹈,嘴里发出一阵阵阴阳怪气不男不女的声音。

……柳教授的精神失常是从那次奇怪的车祸开始的。车祸发生时,外出讲座归来的柳教授和他老婆恰好看到了。柳教授见惯了血淋淋的死亡场面,但是那天的场景,还是令他在叹息之余深感庆幸:幸亏自己没和这个女人在一起。几天后的一个晚上,他正在家里睡觉,突然感到有什么声音传来,蹑手蹑脚,窸窸窣窣的,他问老婆什么声音,老婆迷糊着眼看了看,很快翻身嘟囔:"有什么声音?你少疑神疑鬼的,自己爱招惹妖精,关老娘屁事。"柳教授于是和衣而卧,过了一会儿又听见声音传来,窗外似乎有人影闪动,老婆顿时尖叫:"啊,我看到了,有个影子,那手……"柳教授拿起铁棍,冲出门外,一路大喊大骂,回来后又大大咧咧:"什么都没有,四周静悄悄的,行了,别自己吓自己,睡吧。"

躺下没几分钟,声音又来了,这次两人不敢吭气,眼瞅着窗外,不一会儿,黑影又慢慢出现,老婆看得真切,禁不住咋呼:"哎呀,是她,你看那手,就是当天抬出来的样子!我当时就看到她虽然咽气了,但那手指还动了下,我的妈呀,这该不是鬼还魂了吧?"窗外的黑影闪了闪,不知从哪里传来一声"苦啊——"的哀号,夜空寒凉,这声音分外悠长清晰,由远及近,高低变幻,如同阵阵霜风掠过空旷无垠的沙漠,掠过凄迷幽深的原野,掠过暗呜死寂的海面,挟带着飞沙走石,挟带着狂风暴雨,飘飘悠悠,起起伏伏,时而凄厉,时而悲愤,像山呼海啸般直逼到人耳边,不断卷积汇聚,上冲上冲,最终冲向高空,盘旋成重重黑雾,发出噼里啪啦的爆裂声。柳教授打起寒战来,他感到自己要被裹挟进去撕碎了,身旁的老婆触电般滚下床,跪在地下失声号哭:"程老师,大妹子,我可没有害你,我收到个短信,说你和我男人在宾馆开房,我稀里糊涂就赶过去了。"

"谁给你的短信?""不知道啊,是匿名短信。"柳教授又问那短信还在吗,老婆说早不在了,看完之后就删了。"匿名短信你也相信啊!老子搞了那么多女人,没见过你这么愚蠢的,竟带人去抓自己老公!"柳教授扇了老婆一个耳光,禁不住破口大骂,"别人都可以上程怡雪,我为什么不能?我就是要玩玩她!你到底是要老公有能耐还是没能耐?冲着你这个醋坛子,老子以后还要玩到底。"老婆很快怒怼道:"有没有能耐你自己知道,凭你那点底细,到处骗来骗去,别以为我不知道!"

  老婆怒斥柳教授到处说自己是著名教授、心理学大师,可每次出门前还要看皇历拜大神,上课就会从网上乱复制粘贴;明明都要退休了,还要竞争什么知行学院的院长,一点不给年轻人让路;整天搞什么心理调查问卷,全校几万名学生,一张问卷就收取五元钱的提成;放着自己学院的课不好好上,却偏偏热衷在外面搞什么讲学讲座评论评委!"多少人都骂死你了,说你是个骗子,是个坑蒙拐骗卖来卖去的大师!学生都说你上课就会乱吹乱侃,根本学不到东西。你和后勤集团的老蔡勾勾搭搭,合伙在外面开办公司,肥了自己,亏了国家,又把脏水往程怡雪身上泼,到处说人家是贪污犯,还说人家主动勾引你……"老婆叽叽哇哇,吵到最后,柳教授心烦意乱,打开窗户看了看又关上,说什么神神鬼鬼的?是窗外的树影子在活动,明天把它们全砍光。

  早上起来,柳教授拿着砍刀和锄头,砍挖起了楼下的树木竹子花花草草,门前很快寸草不生寸木不长,干净得赛过沙漠。当然,砍的时候,物业和其他住户纷纷阻拦,但有了李光头的先例,柳教授才不怕,他理直气壮地和其他住户吵了一架。吵完架后,他外出办事,回来后已是晚上,他在小区里昂首挺胸地散步,散着散着夜深人静,他想回家,可是走来走去,却发现怎么也找不见回去的路了。没带手机,周边没什么人,天空也黑乎乎的不见星光,柳教授越急越烦,越烦越急,就这样一圈圈转来转去。

  教师村小区很大,夜幕中所有的楼层都黑乎乎阴森森一个模样,所有的路都回环往复,路灯早因年久失修坏掉了,路边的花草树木重重叠叠影影绰绰,柳教授更加分不清方向,转来转去都是圆圈,尽管走得气喘吁吁满头大汗,但感觉走来走去总会回到原点,总是找不到自己的家门。

  兜了几圈,柳教授猛然想起,这个地段在开发之前,是个著名的乱坟岗,几百年来,埋了很多屈死鬼。前年小区里就有个男老师溺水身亡,地点就在前面不远处的水塘,去年一个女教师也上吊,吊死在小区里的大树上,后来两个租住的女学生也在房间自焚了,而自己家楼上就有对小夫妻,因为琐事起冲突,男的把女的杀死后藏在冷冻箱大半年,直到两个月前才被发现。想到这里柳教授紧张起来,他左顾右盼,只见天空黑沉沉一片,沉得人喘不过气。周边伸手不见五指,身旁的树影层层重叠,不断晃动,眼前的池水更是黑洞洞的,不断翻腾奔涌,奔涌起层层旋涡,那旋涡越翻越大,越翻越幽深。忽然间,不知何处又传来一声凄厉的"苦啊",这声音回荡在耳边,挥之不去,拂之还来,在漆黑的夜空中显得分外寒凉和哀怨,让人痛彻心扉又不胜恐怖。柳教授顿时站立不稳,根根头发都竖了起来,只感到这无底的深渊在召唤他,众多的树影竹叶在推搡他,脚下的草丛里也时不时有什么动静,好像数不清的手臂在死命拖拽他。

恍兮惚兮,惚兮恍兮。"苦啊"的声音在他脑海中不断盘旋游移,仿佛细而柔韧的钢丝,牵引着他的魂魄飞向天边,柳教授很快心跳加速脑袋发晕,背上冷汗直冒,他想喊什么,却感到喉咙紧闭,无论如何用力,就是发不出声音,双腿也不断哆嗦,但无论如何哆嗦,就是在原地一味打转转,始终迈不开步子。直到东方发白,有家住户灯光亮起,宠物狗汪汪一叫,柳教授才猛然醒悟,看看脚下,原来自己已大小便失禁了。回到家后,他精疲力竭倒头便睡,睡醒后突然明白:"这不就是鬼打墙嘛?!"

第二天晚上,柳教授带着手机,拿着手电筒,又开始在小区散步。散着散着,他发现自己又迷路了。当然,这次他镇静自若,不慌不忙掏出手机准备定位,谁知刚拿出手机,就被身边的树枝挂了下,手一松,手机倏地掉进路边的池水中。他再拿出手电筒,发现早上试过的好好的手电,此时不知哪里出了问题,无论如何就是没有亮光,于是柳教授不由自主又开始兜圈,兜来兜去又在原地打转转,直到天亮时一声狗叫,他才醒过来。

第三天,柳教授叫老婆一起和她散步,老婆不愿意,但柳教授摔碎了手电筒,大喝道:"怕个鸟?老子干过两年法医,后来又当了几十年的心理学大师,打铁还需自身硬,我就偏不信这个邪!"晚上,两人互相陪着散步,散着散着,老婆说她要撒尿,柳教授就往远处避开几步,顺便玩起微信。几分钟之后,他回到原地,发现老婆不见了,于是又到处找老婆,走来走去,结果发现自己又迷路了,在僻静的树丛中出不来,找手机发现手机也丢了,过了一会儿,他听见老婆带着保安吵嚷着在找自己。尽管耳边人声鼎沸,尽管树丛中的柳教授急得眼泪直流,嘴巴也努力张开,但无论如何就是喉咙发哽说不出话,也发不出声音,身体只是一味在黑暗中打转转。

天亮了,遛狗的人们看见柳教授,都嬉笑着窃窃私语:"这个人鬼附身了。"柳教授疲惫不堪,回家后还是倒头便睡,与前几次不同,这次他睡醒后变得神神道道疯疯癫癫了,经常一个人自言自语,一会儿切齿怒骂一会儿嘿嘿傻笑。人们窃笑之余纷纷惊叹:没想到这个著名的心理学教授,滨江大学知行学院院长,国家巨额科研经费获得者,从心理到精神,这么快就出了问题!看来高人就是高呐!

"好歹是大学老师啊,怎么都活成龟孙子呢!见了领导唯唯诺诺,遇事逆来顺受忍声吞气,不就是怕领导职称使绊子,评优耍手腕,提拔搞猫腻嘛!不评职称,不评先进,不谋一官半职会死啊?文化人,你们的铁骨傲骨哪里去了?参加工作才几年,这么快就被驯化被慑服被阉割了,活得真像个奴才,还有没有起码的气节,还有没有起码的良知?"

"你们学历高,但遇事不吭气不亮剑,群众需要你们的时候能躲就躲,纷纷后退唯恐避之不及;你们自私自利,看似温和儒雅,文质彬彬,实则心胸狭隘,睚眦必报;你们没有农民的耿直,没有工人的豁达,更没有士大夫的铮铮铁骨,没有公民起码的社会责任感担当感,一个个只不过是披着伪善外衣的误国误民的黄文炳,只不过是戴着儒雅面纱坐而论道坐井观天的白衣秀士王伦!读书人活到这个样子,这是中国的悲哀,也是知识的悲哀!"

"不就是个领导嘛,他们算个屁?他们能拿捏你一辈子?职称评不了可以晚评或者不评,先进评不上可以放弃嘛,奖金扣除了可以申诉嘛,何必把个人利益看得那么重?不要那些,当老师的难道会死?——唉唉唉,当然,后来我不要脸,我不是人,我把书读到屁股上去了,我死一百次都不为过,我欺祖灭宗啊!"

柳教授跪在地上,扇了自己几个耳光又站起来。"可是——温水煮青蛙,杀人不见血,人在河边走,哪能不湿鞋?我贪污那点算什么?官商勾结,教育产业化,办学商业化,治校官僚化,暴发户思想,膨胀的追求产生膨胀的行动!哈哈哈,滨大从上到下,到处都在唱高调,都在弄虚作假,都在寅吃卯粮,到处都在演戏,人人都成戏精,都被阉割了。吹啊,吹啊,吹得越美越好,牛皮从来不怕上天,一切假大空,这个学校本来好端端的,怎么成了这个样子?这个学校没前途了,要完蛋了。哈哈,要完大家一起完,谁也逃脱不了!"

柳教授喊着叫着,这声音却不是他的,大家纷纷说庄焕明复活了,正说着,柳教授屁股扭了扭,又开始了另外一种姿态,声音也变成娇柔的女声:

"向前进,向前进,战士的责任重,妇女的冤仇深。滨大的水深不深,看看唾沫星子就知道了。上邪,我是多么想做一个好女人,怎么就做不了?评职称有人告到省里,要升职有人给领导频繁投诉,想调换工作人事处压着不放。我无论干什么,你们都一句话把我全盘否定。滨大的口水能淹死人,冷枪暗棒能打死人,你们自己屁股下明明一摊屎,还好意思埋汰别人?多少人为了上位,为了升官发财,明里暗里卖官鬻爵,恨不得把自己的老婆女儿贡献给领导,就这样还道貌岸然地骂我损我。你们为了个人的既得利益,把社会上的一套利用到高校里面上,使得整个滨大官员强盗化,教师奸商化,学术市侩化,管理奴隶化,学生小人化。这样单位能好吗,学校有救吗?你们不择手段弄虚作假、欺上瞒下,到处坑蒙拐骗、横征暴敛、贪污腐败、拉帮结派,使得权力异化资本异化。你们大搞顺我者昌,逆我者亡,把好端端的年轻人培养成家奴,培养成领导的狗腿子,还大言不惭在传帮带,一切都是为了工作需要。……不是现实中不要脸的人太多,潜规则太多,不是我太势单力薄,我会走到这一步吗?谁作孽,谁不要脸,谁虚伪无耻,谁自己知道!你们把人糟蹋了,欺骗了,玩弄了,到头来又把自己推得干干净净。你们剥夺了我的灵魂,扼杀了我的青春和理想,就这样还不满足,还要害我的命,在我的车子上做手脚。天杀人不用刀,人杀人不眨眼。你们下手真狠啊,吃相难看,杀机更难看。"

柳教授说着就哭起来,哭着哭着又高声唱起来:"有日月朝暮悬,有鬼神掌着生死权。天地也,只合把清浊分辨,可怎生糊突了盗跖颜渊。为善的受贫穷更命短,造恶的享富贵又寿延。天地也,做得个怕硬欺软,却原来也这般顺水推船。地也,你不分好歹何为地?天也,你错勘贤愚枉做天!"还要继续唱下去,人群中冲上来几个保安,三拉两拉,就把他送上了旁边的救护车。

夜深沉

"死的死了,活的活了,哪里都一样!"人群中,丁雄伟拉住张懿恒的手,"我们这些人还要继续工作啊,总不能跟着去死吧?"走到餐厅,张懿恒请吃饭,丁雄伟很开心,吃了几口笑道:"都是自己人,院长对你很满意。"接着又骂起来,骂谭景明的重婚,骂齐思宁的酒驾,最后感叹:"嘴上无毛,办事不牢。那些货不中用,马上要被开除了,只有你久经考验。"张懿恒说老浦也好,这么多年了,没出乱子,你们工作配合得不错。"他就是个癞皮狗,上次换届本来都要下的,结果他自己又跑去活动,于是再当了书记。他跑官买官,从五十一岁干起,看来非要干到六十岁退休,少一天都不行。他娘的,我这个副书记都当了五六年了。"提到老浦,丁雄伟既愤恨又嫉妒。

"这几年你的能力其实有目共睹,院里很多工作其实都是你在做,结果做来做去,为他人作嫁衣了。辛苦是你的,功劳是别人的。你看现在别人都夸老浦党建工作搞得好,连院长也很满意!"张懿恒知道丁雄伟特需要这些话。果不其然,刚说完,丁雄伟就斥骂:"满意个屁,院长早都不待见他了,老浦那人贪得无厌。这么多年来,光党建经费就挪用了不少。"丁雄伟说老浦现在马上退休了,但还是把钱看得很紧,整天都想着多捞几笔,这几天以党委书记、书协副主席的名义,到处出席活动,站台捧场,致辞剪彩,忙得不亦乐乎,其实都是在捞取各类评审费出场费,最多的时候一天出席了十场活动。

张懿恒当然也知道这些,但嘴上还是说这个不清楚,人家报账咱们这些人哪能晓得?丁雄伟吞了一个大虾,然后擦擦手道:"要不这样吧,反正老浦现在只抓钱,我一个人忙不过来,以后党务的事情,你也分担些,我回头给院长说说。还有,那个民间美术资料搜集的事情,先赶紧做。感谢院长为我们争取到五十万的项目经费。院长对你是真好啊,上次帮你办了一个画展,这几天又给你筹划办书法展,你要好好准备,一炮打响!"

滨江民间美术资料的搜集工作很快展开,在院长的指挥下,艺术学院抽调了一些年富力强的老师,以两个老师为一组,每个小组配备十五名学生。当看到把自己和老浦分为一组的时候,张懿恒还挺不高兴,为此去找了丁雄伟,他知道这项工作名义上是院长在统筹,实际上是丁雄伟布置的。"算了,你就当深入生活吧。他那人……"丁雄伟狡猾地笑了。

老浦不干活,只是偶尔来电话询问进展,张懿恒没法,带领学生深入负责的村镇，走访民间艺人，勘察村道街区，一一调研取证民间留存的各种美术作品，包括雕塑、剪纸、墙画、刺绣等，等到拍照摄像工作完成后，又进行文案的整理，这样前前后后，反复好几次，总算把书稿完成了。

书稿交到市里的时候，经费也很快下拨到艺术学院，就在张懿恒整理经费报表的时候，老浦过来了，一见面就说他也是负责人，连续出了好多趟车，应该给他报销两万元的车补。张懿恒说学院已经给每个组的负责老师发了工作补贴，他现在负责的只是学生那一部分的酬劳，没法给报车补。"一码归一码，不能含糊。"老浦拧拧脖子，一说话腰板就挺得笔直，"学生好几次出去调研，都是我带队开车，这个车补要另外算。"张懿恒心想这人怎么这样子？不做具体工作，只在市内出了几次车，合起来不到二百公里，张口车补就是两万。学生已经够可怜了，活其实都是他们干，但报酬只有老师的五分之一，就这样还要再被克扣！

"书记，你知道的，按照程序，要有发票的，不然财务不给报啊！"张懿恒打个哈哈。

过了两天，老浦见面就摆出几张发票，说是加油站开的，印章都盖好了。张懿恒没办法，就找了丁雄伟。"那样的事情他干多了，这只是其中一例，你看看这个就知道了。"丁雄伟甩出一个账本，"光党建活动经费，都巧立名目套了不少，搞得组织部问了我好几次。"张懿恒知道楔子插成了，看看窗外，再看看丁雄伟，很快说道："你要努力，我坚决支持你当书记。""老浦他妈的早该下了。"丁雄伟收起账本，聊了两句就止不住骂起来。

想起好久没有拜访卫风之了，张懿恒拿着别人送他的一箱杧果去敲门，敲了半天门才开了，有个人缓缓走出来，挂着双拐，披着斗篷。"前几天和一个入室盗窃的小偷打起来啦。"看见张懿恒惊愕的表情，卫风之解释道。

"你这么大年纪，还和小偷打架，万一——"

"该出手时就出手，你又不是没见过我打架。"

"卫老师你一身轻，干什么都天不怕，地不怕，可是我就不同了。"张懿恒勉强一笑。

习习笼中鸟，举翮触四隅。到底在等待什么，在寻找什么？事实清楚，现实严酷。这么多年过去了,还是生活在别人的掌控之中,生活在别人的影子下,走到哪里都摆脱不了!魔掌遮蔽了滨大的天空,诱导并控制着每个人的命运,特别是年轻人!庄焕明死了,冯志学死了,关教授死了,程怡雪死了,林和兵疯了,等待的人还在等待吗,还要等待多久?

滨大的水越来越混了,事越来越多了,艺术学院也越来越乱了。李光头誓不罢休,到处搜集材料,要揪住领导不放。滨大美术馆那些回归的藏画,上次经专家鉴定说是真的,但这次专家再来参观,又说是假的,比如那幅《湖山双鸟图》。真真假假,暗流汹涌,来来往往,众说纷纭。可是张懿恒能跟人叫板吗,能就此发声亮剑吗?剑又在哪里?不能,还不行,还远远不够!忍耐忍耐,挣扎挣扎。当然,痛苦中,他不是没想到要离开,可是就这么离开,该完成的没完成,他也太不值了。冰霜正惨凄,终岁常端正。他还是有追求的!如切如磋,如琢如磨,他知道现在如果稍有不慎,将会前功尽弃!

"算了,没有在黑夜里痛哭过,就不懂得什么叫人生!"看到张懿恒忧郁深沉的样子,卫风之娓娓道来,"人生其实就像个坛子,是坛子就要追求用场。你可以先装些大石头,然后再放些小石头,甚至放些渣滓放些水,这才是个满满的坛子,而坛子在这样的状态下才能发挥最大容量,充实自我。如果一味只抓大放小,好好的坛子都被你浪费了。"

"大坛子小坛子,大盗误国,小盗误家。"

"你想说的,恐怕不是老浦一个人吧!冯志学给你留过信,到底写了什么?"卫风之问罢,看见张懿恒默而不语,于是又劝道,"不能一剑封喉,就不要轻举妄动,否则前功尽弃。谁是不倒翁,你看不出来吗?用光在乎得薪,所以保其曜;用才在乎识物,所以全其年。殷鉴不远,子无求乎?然切忌才多而识寡。"

"卫老师,《晋书·孙登传》我也读过。"张懿恒说完,卫风之问:"你还是一个人吗?"接着让他先找个女朋友尽快成家,这样可以稳住别人的眼睛。

其实这样的话院长也说过,在《滨江民间美术大成》整理完毕的当天,院长请大家吃饭,酒喝了一半的时候,丁雄伟凑到张懿恒耳边说:"老浦又醉了,等研究生招生结束,那货就该滚了。"大家一一给院长敬酒,轮到张懿恒的时候,肖子业不禁动了感情:"小张,你这几年的成果有目共睹,李光头的事,由他去吧,但你一个书院的成功举办,给艺术学院带来多大的声誉!"说着便转过身吩咐,"雄伟,学生那边你看能否把握下?评教分数太低会影响老师评职称的。这不行,不能亏待好老师!""好的好的,一定认真落实。我回去就给学生做工作,让给张主任把评教分数打高。"丁雄伟又是点头又是弯腰。

"学以致用,还是生活重要,要抓紧解决个人问题!可不敢再拖了,你看很多人来得比你晚,如今孩子都满地跑了。"肖子业说贫穷并不可怕,但孤独会把人压垮,长期孤单一个人,对身心很不好,又说学历不等于智力,知识不等于智慧。著书都为稻粱谋,学习的目的是实用、适用和好用,如果知识转化不了智慧,转化不了养家糊口生活幸福的财富,那有什么意思?说到最后,肖子业拉住张懿恒的手,声调变得十分温厚:"久不成家,大家都觉得你是个不成熟的孩子。你现在这个样子,简直是在自虐,我看着能不伤心?""是啊是啊,张哥先要放下姿态,生活不要太文艺化。要想女人跟你认真生活,给你生儿育女,财富、感情和尊严,一个都少不了。当然就是谈不到一起,能睡到一起也好。"丁雄伟也紧跟着附和。

院长毕竟是有学问的人,说话情理兼备温和中听,当然也恩威并重,给人感动又给人压力。事实上艺术学院的人都说肖子业身居高位多年,没有丝毫的官腔,待人始终很礼貌很和煦,是个难得的好领导。比如前几个月,他又动员了几个藏家,捐献出几张字画给滨大美术馆,使得馆藏更为丰富,听说滨大美术馆马上要申报国家一级美术馆了。出众的才干,卓越的能力,清正的作风,使得肖子业现在赢得越来越多赞誉,事业可谓如日中天。可越这样,张懿恒越感到自己对这个人认识不够,也难以认识,真可谓白头如新,倾盖如故。下楼的时候,他看见艺术大楼广告墙上的领导介绍,其中肖子业的照片拍得最好,精神饱满,神采奕奕,满脸儒雅谦恭的笑容。几处电光闪过,天地瞬间变色,狂风呼啸,霹雳震天,张懿恒的眼前裂开一道惊人的火光,他突然觉得现实中的肖子业,比照片上的肖子业笑容更加儒雅谦恭,而这儒雅谦恭下面似乎隐藏着更深层次的内容。回头再看广告墙上那几个闪闪发光的金字:滨江大学艺术学院,张懿恒心里顿时涌起一种别样的预感。

电闪雷鸣,风云突变,暴雨如同瀑布般倾泻而下,天地很快成为黑压压的混沌世界。

第二十二章 师情

救 美

二月,新学期开学了,又是一个春天。老师一如既往上课,学生一如既往听课,行政楼也一如既往没完没了地忙碌。肖院长迎来送往,老浦官威依旧,丁雄伟来回算账报账,朱紫贵的堪舆公司风生水起,郑宇智的面包店红红火火,大家都忙得不可开交。生活总是有趣的,其中男男女女的故事更有趣。

从画室走到二饭堂前面,张懿恒听见几声凄厉的呼号。一条黑背大狗,竖起耳朵,呲着大牙向对面的女孩猛扑过去。女孩吓得脸色煞白,只是本能地往树后乱躲,发出声声惨叫。狗吓不倒张懿恒,他从小生活在农村,养过狗,也见识过各种狗。四下看看,他从地上捡起一块砖,顺手就砸了过去。那狗被打中鼻梁骨,疼痛难忍,号叫着又扑上来。张懿恒闪身躲过,飞起右脚,对准狗的下巴用力一踢,这踢得真叫快准狠,因为他感到皮鞋尖部强烈一震,果然,那狗呜呜着连连后退,夹着尾巴飞快逃跑了。

张懿恒眼前出现了戏剧性的一幕。在清晨金色的阳光中,一个女孩手扶着紫薇花树,从阳光深处缓缓走来。满树的紫薇花随风而落,女孩的脚步轻盈而柔美,生怕踩碎地上的绯红花瓣。"这分明就是程怡雪嘛!"张懿恒的眼睛模糊了,等到走近的时候,他才发现这是另外一个女孩,她头发上落了好几朵紫薇花,眼眶里泪痕未干,面色微红,皮肤白皙,身形清瘦得像根细竹,一副稚嫩娇柔弱不禁风的样子,仿佛童话里卖火柴的小女孩。

"老师,你不记得我了?"小女孩走上来,一把抱住他,哭得泣不成声,显然,她尚未从后怕中走出来。

张懿恒慌忙推开雨打梨花一般的女孩,像遭了电击般连连后退。在这人来人往的校园里,一个女生和他拥抱,可是极大的麻烦。这年头天天高喊师德师风,好像男教师个个都是强奸犯似的。老浦更是整天在会上强调男教师和女学生交往要注意分寸,把握道德底线。前事不忘后事之师,尽管班里也有不少漂亮女生,但自感高危人士的张懿恒顶多也就是看几眼,特别是近几年网上曝光的各类问题,更让他有自知之明。他以前不注意,现在已很注意了。和女学生说话,他会主动后退几步,刻意拉开距离,他觉得这样更安全些。保护学生,当然也是保护自己。他才不想招惹是非。

"哦哦,记得记得。"到底是谁?他嘴里虽喃喃应付,心里却想不起来。

"我叫罗莹,都毕业三年多了。"女孩破涕为笑,长睫毛闪了闪,眼神清纯而羞怯。

"哦,你好。"他想起来,在指导过的学生中,的确有一个叫罗莹的。

"你现在在哪儿工作?"

"在一所小学当代课老师。"

"好,你长高了,我都认不出来了。"

"老师,我还是一米六三。"罗莹说着扑哧一乐,"听见你这话我好开心啊,"那是多么甜蜜灿烂、清甜可爱的笑容啊,张懿恒很久都没看见这种笑容了。

"老师,你还是没怎么变,还是那么年轻。说真的,没看出你好英雄啊,面对疯狗面不改色,镇静自若,攻守也很有力。"罗莹非要请吃饭,但张懿恒拒绝了。

回到画室,张懿恒觉得今天的罗莹嘴唇好像很红,那种柔弱清秀的样子挥之不去,拂之还来,搞得他心里乱糟糟的,拿起画笔却无法涂抹。他真后悔当时简单寒暄几句就分开了,因为赶着上课没有细问罗莹具体在哪里工作,连个手机号码也没留下。

万万没想到,半个月后,罗莹跑到学校,带着水果,直接来找他。再见的时候,张懿恒的感觉就更不一样了,他脑子里反复回想罗莹昔日的样子,甚至翻出当年的毕业照片反复对比。这个昔日面黄肌瘦的女生,现在明显变得白皙好看了,牙齿也没有以前那么突出,鼻梁上虽然架着一副近视眼镜,但只增加了几丝儒雅文静的感觉,让张懿恒看着怪舒服的。

"老师,我好想你啊,你怎么也不来找我?"这是罗莹见到他的第一句话。

"哦,是应该看望你,你也应该常回家看看。"张懿恒心里跳动起来。

"我们加个微信吧,以后有事要多向老师请教。"罗莹仰起脖子,小嘴唇像花瓣一样张开着,张懿恒马上有一种别样的感觉。

一次英雄救美,救出了两性关系。一个拥抱,拥抱出了感觉。一个微信,微信出了心情。张懿恒就这样和罗莹对上了。当然,男人到了一定年纪,也确实喜欢清瘦文弱的小女生。和罗莹关系的升温,连张懿恒自己也想不到,他什么时候有了强烈的怜香惜玉的欲望?!

一个拥抱唤醒了他,使得他长期以来绷紧的神经开始松弛。作为老师,每年上课要面对很多学生,作为男老师,能记住的女学生,要么是极美的,要么是极丑的。自己当初没关注罗莹,很显然这个女孩属于那种太过一般的类型,没有引起他的任何兴趣,但女孩子就是女孩子,参加工作几年,只要稍一打扮,丑小鸭就变天鹅了,和以前判若两人。几番交往,张懿恒感觉罗莹果然令人眼前一亮,这是原来他没发现的。

当然,两个当老师的人,一见面说得最多的就是行内之事,特别是罗莹这个刚参加工作的小女孩。

"都说老师是天下最神圣的职业,可是我参加工作不到半年,就烦得要死。整天对着那些调皮捣蛋的小孩子,不能骂不能训,更不能打。稍有不慎,小孩子给家长一哭诉,家长就来学校闹事,找校长找老师,一副不依不饶的样子,张口闭口都是:'你这个老师怎么当的,有没有起码的工作态度?我们是交了钱给学校的。'你说学生学习不好,哪里是老师的责任?可是你一批评,那些小孩子回家就哭,然后家长就会投诉给校长,校长就批评老师没有爱心,没有耐心,工作不力。"

"不敢管、害怕管学生,这是滨江的特色,也是现代教育的特色,更是当老师的悲哀。"

"现在才理解当老师的不易,我家里亲戚,都没人愿意当老师。现在我好羡慕你们大学老师又轻松又高尚,上完课就走人,什么心都不用操。"

"大学老师其实也一样,大学生其实也不好教。我们都是过来人了。"

听见张懿恒用了我们一词,罗莹脸色一红,很快就大发感慨:"原来觉得校园纯净,老师高尚,现在我当了老师,觉得校园一点都不单纯,老师这碗饭真不好吃。"接着便抱怨她们这种新进教师,逢年过节如果不去领导家里送礼,平时的活就多得干不完。一会儿要查学生晚修,一会儿要接待家长来访,一会儿还要做课程设计,就是例假来了,也照常上岗不得请假。"现在教育上只要是师生矛盾,只要是家长来闹,赔礼道歉、赔钱、受处分的一定是老师。去年不是网上报道有中学生嫌被收了手机,直接进办公室拿砖砸老师!上个月我们学校一个老师,就被学生家长逼得跳河自杀了。"罗莹说着竟面露忧伤。

"就是那个打了学生一耳光的老师?"

"什么打了一耳光?上课时有两个小学生打架,老师上去把他们拉开。被拉的小男孩迁怒了,当下一拳打在老师胸前,你说老师能不生气?但也只是把他推回到座位上。结果那小男孩回去一说,家长认为孩子受了伤,直接赶到学校。男孩的外婆冲进教室破口大骂,当着全班同学的面,打了老师两个耳光。男生他妈拿着CT单,找校长,找主任,找年级组长,到处哭诉,躺在校长办公室门前鼻涕一把泪一把,哭得昏天黑地,说她一个寡妇带孩子不容易,怎么被人欺负成这样。"

"那最后怎么办?"

"家长要求老师赔礼道歉,赔偿检查费,学校认为家长无理取闹,就报了警。警方最终希望老师为学生赔付检查费。其实CT检查没事的。"

"学校怎么办?"

"还不是和警方一样和稀泥!领导做了很多工作,教育局局长都出面了,都希望大事化小,小事化了,尽快了结此事。老师想不通,难道学生打架自己不该拖开?难道不让学生打架就是错?为什么要赔礼道歉,为什么要被诋?但事实上,老师根本就没有说理的地方。校方、警方都在劝说,甚至威胁,要老师理解学校,顾全大局,忍一忍就过去了,不要再把领导搞得焦头烂额。老师最终违心地赔了检查费,却始终想不明白,三天后就爬上卤阳湖大桥跳河了。"

这个事他也知道一些,但没有罗莹知道得这么详细。"要是我,坚决不赔礼道歉不赔款。家长来闹,学校如果来劝,我马上就辞职走人,天下这么大,还能把我饿死,何必困在一棵树上看乌鸦的嘴脸?神存富贵,始轻黄金。"说这话的时候,张懿恒的面孔抖动了一下,手中的干草也被折断了。

"老师啊,你不要太文绉绉好不好?"罗莹拉住他的胳膊,"我们是小学老师啊,领导才巴不得你走呢,走了他们可以再招人。现在滨江好点的小学,要想进去,还不是要到处打点?这样下来都要三五十万呢。你以为都像你有个博士文凭,又不拖家带口的,到处好找工作?"

"哪里,我又不是什么大学者!"张懿恒看看身边紧紧依偎的女孩,感到自己半边身子都酥软了,尽管如此,他还是用淡定而温情的口吻说,"大学者也还是当老师的。老师无论走到哪里,其实都是可怜的弱势群体。人是哭着落地的,我们现在就是笼子里的蝈蝈,蹦得再高也飞不出去。"

张懿恒连续用了"我们"一词。

两个具有相同工作相同经历相同心情的人凑在一起,话题自然离不开学校学生。张懿恒和罗莹很快就交流频繁起来,罗莹不断向他倾诉工作上的种种烦恼。作为过来人,张懿恒也适时予以安慰。一个月下来,两人的关系突飞猛进,早已超出师生关系,渐渐如火如荼了。

认　真

两个月后,张懿恒赶到一所民办小学。"是你爱人啊?"两人刚进校门,一个戴着厚厚近视眼镜的男人就走了出来,嘴里问着罗莹,眼睛却打量着张懿恒。不用说,他是罗莹的同事。

张懿恒看看罗莹,两个人不知说什么好,都呵呵起来。

走到公园的时候,张懿恒问:"你们同学就业如何?"

"可不怎么样,一百八十多个学生,就四个当了老师。其中苏文锦还算好,考进了一家公办小学。"罗莹低下头去。

"哦,她算是你们班就业最好的。"张懿恒记得这个女生。

几棵蔷薇依偎而生,绿叶扶疏处,朵朵白花缤纷开放。微风轻拂,空气里传来脉脉的清香。罗莹的身影就像蔷薇树般纤秀袅娜不胜娇羞,而那细长瘦弱的手指,恰似蔷薇的嫩枝。

"我在滨大读了四年,但对滨大一点感情都没有。我们班那些学生恨死院长了,阅卷从来都是按照印象给分,关系好的学生就给高分,关系不好就给低分,说是按考试答卷登分,其实都是骗人的。""滨大是你的母校啊!院长那真是为人师表,在滨大名声很好,你可不敢乱说。""什么母校,乱哄哄的四年,我就没有感情。上次滨大的师生罢课怎么回事?哎呀,你磨叽什么啊?快点告诉我啊,亲!"看见张懿恒有些迟疑,罗莹摇起肩膀,少女的柔软头发不断摩挲着他的脸庞。

好事不出门,坏事传千里。上个学期滨江大学出事了,王书记慌了,皮校长慌了,滨江市公安局、滨江市武警总队的人马都出动了,滨江大学二级学院的各级领导,在第一时间内接到应急通知:立刻行动,采取一切手段迅速平息事端!校领导在紧急会议上公开声明:对于维稳工作不力的二级学院,院长书记就地免职。

事情发生的时候,很多老师都幸灾乐祸,表明上不吭气,私下里却热议如火,行政管理系的潘嘉裕,一个著名的酸哥,当下就给张懿恒打来电话:"看到了吧?这次事情闹大了,滨江大学的这群当政者,这群高高在上作威作福的官老爷,这群演技颇高的老戏骨老痞子,整天忙着学习领导的讲话,忙着贯彻领导的指示,个个勤奋敬业日理万机,结果怎么样?恐怕他们自己也没想到事情会发生得这么突然,这么轰动,这么让人措手不及!"廖慈志也惊叹:"真想不到!很多老师们想干没干成的事,竟然让几个学生干成了!"

事情起因是这样的:有几个学生到饭堂打菜,打菜时看见阿姨的手抖了抖,这样原本该满满一勺的菜就成了半勺。学生当下就质问:"阿姨,你们怎么每次打菜都抖手?我们付的钱可是整份而不是半份啊!"阿姨直接回答:"这是饭堂的规定,有本事你找我们经理。"恰好经理过来巡查工作,这个经理不是别人,就是老浦的老婆,学生当下围住她要说法。"我们饭堂就是这样打菜的,你嫌量不够,可以再多打一份啊,或者可以到校外餐厅去吃嘛。"经理晃着肥胖的身子,说话很不耐烦。学生还想再问两句,但很快被她喝止道:"你们这些学生怎么如此任性妄为,胡搅蛮缠?!我们饭堂厨师多辛苦,一天到晚给你们做菜,浑身都是湿的,内裤连换三次都不够。……行了行了,你们走走走,我还要去上课呢,'食品营养学'是我主讲的全校公选课,你们怎么能如此对待老师?"

这一下激怒了学生。学生马上发朋友圈,发微博,详细诉说自己的遭遇,历数滨大饭堂长期以来的种种弊端,包括饭菜质量差、服务差、价格贵、分量少等。其他同学纷纷响应,不断点赞转发,网上也不断有人跟进,人肉搜索火速展开。有同学晒出自己的照片,都是关于饭堂饭菜的:青菜没洗干净,菜里吃出烟头和纸屑;红烧肉里有蟑螂,且一勺菜只有两小块肉,其余都是土豆;白切鸡都是鸡翅膀,上面的鸡毛没拔掉;羊蝎子只见羊骨不见羊肉。紧跟着又有学生扒出饭堂领导的多张照片,还配了文字:看,他们自己都不在校内饭堂用餐,全跑校外酒楼了。一个自称已辞职的校内厨师也爆料:饭堂领导内外勾结,高价采购粮油肉菜,暗箱操作,以次充好,与供应商狼狈为奸大吃回扣;领导腐败,员工长期缺乏福利,就常把饭堂的粮油偷出去卖,导致供应出了问题,于是只能在饭菜的质量和分量上做文章。

种种信息汇集起来,点燃了学生长期以来的怒火。这股怒火从对饭堂的不满,引申出对学校整体管理的不满,包括对上网限制流量的不满,对校内海量表格填报的不满,对课外活动课外作业过多的不满,对教务处排课的不满,对课程设置的不满,对毕业实习的不满,对住宿条件的不满等。

风波就这样来临了。学生在微信上一吆喝,响应的人成千上万。第二天,整个滨江大学百分之七八十的学生都开始罢课罢食。很快,一些青年教师也加入进来,借声援学生的机会,发泄自己的不满:聘用人员同工不同酬,工作压力大;绩效工资发放不均,单位评奖评优长期缺乏透明性;科研经费使用审批烦琐;领导长年累月作威作福,年终奖、超工作量课时费连续多年拖着不发,今年的三节补助无故取消等。

怒火从城市学院的学生中爆发出来,很快烧遍整个滨江大学,三个校区基本陷入瘫痪状态。除了少部分有一官半职的教工,其他老师都加入了抗议的浪潮。当然,这些抗议的师生都很聪明,他们知道哪些该做,哪些不该做,更知道如何去做,如何更好地保护自己。抗议的人群尽管有上万人之多,但他们从不上街,他们只是逐次排成长长的队伍,沿着校园主干道,从教学楼走到饭堂,从饭堂走到学生宿舍,再从学生宿舍走到学校行政办公大楼。他们喊着口号,手拉手,无惧保安的阻拦,无惧领导的劝说,聚集在行政办公大楼前面的广场上,一圈圈一排排环围静坐,从早上一直坐到晚上。上至学校领导,下至学院领导,无论如何抚慰劝解,学生们就是不散开,有的老师来看望学生时,也顺势加入抗议的队伍,比如曾叶林、霍启然等。

信息时代就是好,图片配文字,特别是影像实录,随着朋友圈铺天盖地的转发,铺天盖地的声援,铺天盖地的关注,滨江大学四海扬名了。知名度之高,热搜排名之提升,很快就超越了北大清华,成为人们关注的焦点,远在海外的校友纷纷询问发生了什么事。维稳工作重如泰山,从上到下,各部门各级领导纷纷出动,滨江大学承受了前所未有的压力。在上级领导的严厉申斥之下,滨大的校领导一边和师生对话,一边改组后勤集团领导班子,更换餐厅经理,在粮油肉菜及膳食供应上迅速做出改进,承诺从采购招标到加工制作再到售卖窗口,都邀请学生代表全程参与监督。学校也很快引入监控设备,使得饭菜的加工制作透明化公开化,王书记更是大手一挥,一口气再买进五台活性炭洗菜机。

与此同时,教务处、学生处和宿管科都纷纷出台政策,就学生提出的问题,进一步落实整改。学校也很快给老师下发了年终奖,下发了超课时费,下发了三节补助费。对于绩效工资的问题,学校也答应整改。

"老师们,同学们,感谢大家能出席这个对话会。你们所做的一切,都体现了对学校的关注,都是可以理解的。我们的工作没有做好,让你们受委屈了,真对不起大家。我希望借着这次对话的机会,我们开诚布公,好好谈谈。既然都是自己人,既然一切都是为了学校的发展,那有什么不能谈的呢?所以请大家畅所欲言。你们越是畅所欲言,越是对我们工作的大力支持,越是对学校的热爱,让我们群策群力,积极改进和奋进。"王书记、皮校长先后四次出席校内师生对话会,每次会都要求大家精诚团结,和衷共济,把滨江大学建设好发展好。"我们所做的一切都是为了工作,都是为了大家。学校好,大家好;大家好,学校好。"王书记说完这句话的当天晚上,广场上的静坐队伍自行散去,连续三天坚守在滨江大学对面的公安局局长揉揉通红的眼睛,松了一口气。

一个多月后,随着抗议事件的顺利解决,王书记提前退休了,省里下派教育厅的一位副厅长来到滨江大学,担任滨江大学党委书记,而校长也很快换了人,是一位重点大学过来的博导、长江学者。

听完讲述,罗莹很快就吐槽她对滨大的不满,诉说各种人和事。张懿恒知道,这个时候他只能听而不能做任何表态。毕竟眼前的女孩就是滨大毕业的,他不能火上浇油!沧浪之水清兮,可以濯我缨;沧浪之水浊兮,可以濯我足。男人什么时候学会了独立思考,知道该听什么不该听什么,该反对什么不该反对什么,该表什么态,又如何去表态,才是真正的男人!一个能把握好自身的男人,往往不会随便说话,这就要首先控制好自己的嘴巴。

"你怎么跟个木头似的?我说什么都没反应。"罗莹掂起一朵九品红,说着就眉开眼笑,"云艺老师真帅,我们班那些女生可崇拜他了,他的声音富有磁性,特富有男人的魅力,我们班有好几个女生都把他当作找男朋友的标准。"

"云老师现在是副院长了,人家孩子都上初中了。"张懿恒笑了。

"结婚了还可以离婚的。"罗莹噘噘嘴。

张懿恒刚说句:"你们是不是都暗恋那些非富即贵的官员型老师?"罗莹立刻反问:"漂亮女生投怀送抱,你是不是也来者不拒?"见张懿恒不说话,她又很快问,"让你当小学老师中学老师,你能胜任吗?"

这个问题还真把他问住了,从参加工作以来,他一直在滨大工作。大学教育和中小学教育有什么不同?具体还真不好回答,但博士毕竟是博士,张懿恒很快就有了思悟。

中小学老师工作的重点在于基础知识的普及,大学老师工作的重点在于专业知识的充实和提高。说来不一样,其实都一样。教师担负着传承文化知识、培养新人的崇高使命,其工作中心在于教书育人。按照关教授的说法:课比天大!教师要给学生一滴水,自己首先要有一桶水。教师要教书育人,首先自己要读好书,做好人。

同行是冤家,从古到今都有个教会徒弟饿死师傅的问题,各行各业都有这个禁忌,但教育界不会,学校老师不是江湖上做生意的、练武的,教学生总要留一手。老师也不是政客,直到咽气才完成权力交接。薪火相传,学脉悠悠,老师的职业特性决定了要对学生毫无保留地传授知识,也盼望学生超越老师。

捧着一颗心来,不带半根草去。教师用热忱和爱心,给学生传授着文化知识,也传授着做人的道理,可以说教书育人是天下最神圣的职业。人与人的差距就在于业余时间的利用,教师队伍是一个很执着的读书群体和知识传播群体,因为人非生而知之者,书犹药也,善读之可以医愚。读书能使教师不断增长职业智慧,能使教学闪耀睿智的光彩,充满创造的快乐,所以教师必须带着全部的阅读经验来授课,这就是传统意义上的传道授业解惑!

当下教育最大的问题是教师不读书,最应该读书的教师群体却成了远离阅读的一个群体,而其中最该读书的年轻教师,更成了一个疏于读书、荒于读书或者根本不读书上进的群体。他们平时忙于这样那样的俗务,以生活压力大为由,急功近利,竞相奔走于商场官场,而对专业知识却日益荒疏,上课也就只能依葫芦画瓢,照本宣科,简单地填鸭式教学,这谈不上方法、技巧与课堂智慧,更谈不上活泼生动、深入浅出、出神入化的美育境界!这样的教师会把本来聪明的学生教得不会学习。一个真正的教师,一定是读书爱好者;一个优秀的教师,更是一个对书有着独特情感的读书人。

罗莹听得如痴如醉,愣了一会儿,便问:"你觉得我们滨大有多少老师在认真读书,在通过读书进行知识更新?"

张懿恒没有直接回答,只是继续强调读书:"一个人会读书可以改变自己的命运,一群教师会读书就可以改变一所学校的命运,千千万万个会读书的老师就会改变无数个学生的命运,进而改变国家和民族的命运。腹有诗书气自华,书卷气是一个人最好的气质,书香气是一个校园最好的氛围。同样道理,有书香父母才会有书香子女和书香家庭,这样的家庭无疑是最幸福的。"

张懿恒舒口气,他认为自己一贯口才不行,没想到今天在罗莹面前,他还好好发挥了一番,把能搜索到的好句子都用上了,看来筹办书院让人锻炼不小。

罗莹哼了哼,也准备好了一大段给他:

"幸福不是房子有多大,而是房里笑声有多甜;幸福不是能开多豪华的车,而是开着车能平安到家;幸福不是爱人多漂亮,而是爱人笑容多灿烂;幸福不是听多少甜言蜜语,而是在你伤心无助时有人会对你说:'没事,有我呢!'"

张懿恒听完,很大男子地说了句:"是的,有我呢。"罗莹面色绯红,甩着小手臂道:"这哪里是老师该说的话啊?你现在不师道尊严了?""我现在是男人!和简单纯净的女孩子在一起,男人都开心!"张懿恒的脸也红了。停了一会儿,罗莹喃喃道:"你虽然当过我的老师,但和你交流没有隔阂感,挺爽心的。"说着替他掠掠头发,还摸摸他的脸颊,摸着摸着就尖叫,"哎哟,你的皮肤好光滑,看不出来你们北方人皮肤这么好,桃红水白的。"

"我们那里的气候不像滨江这边潮湿闷热。我们那里四季分明,气候适宜,人们的肤色都很好,特别是小朋友,白里透红,粉粉嫩嫩的,可爱极了。"

"就是就是,哪像这里人!"

"当然,我们罗莹另当别论,罗莹还是出类拔萃,很好看的!光两个眼睛就纯净灿烂,柔情似水!"

"哎,看你一贯严肃正经的,怎么也说这种话,要注意为人师表呢。"

"老师难道不是人?再说你已毕业多年,角色转换完成了,我早已不是你的老师了!"

天上云追月,地下风吹柳。当晚,罗莹就留宿了张懿恒。好久没来,他发现自己依旧生猛,感觉一旦激发出来,真是不可遏制啊,连他自己都惊讶不已!罗莹虽然清瘦,但身材凹凸有致。不亲不知道,一亲密接触,张懿恒就有一种很滚烫的冲动,这种滚烫激发着他的动力。罗莹使得他青春激荡石破天惊,压抑已久的堤坝一旦冲毁,就洪流滚滚,两个人很快走进一个极乐的世界。许久许久,罗莹从卫生间出来,面若桃花,愠怒嗔怪:"没想到你平时一本正经心静气闲的,怎么现在成了另外一个样子?"张懿恒心里浪波飞溅,但仍故作淡定:"什么样子?我不就是个男人嘛!"罗莹哼哼唧唧,突然就哭道:"梦里花落知多少……张懿恒,我对你可是认真的。"看到这个浑身瘫软抱住他恋恋不舍的女孩,张懿恒马上抬高声调:"伴我常开花一朵,你对我好一倍,我对你好十倍!"

他们就这样确定了关系。

罗莹虽然是他的学生,但已经毕业三四年,又在边远村镇工作,远离喧嚣的市区,所以无论如何发展,也不会有人发现。当然,就是发现了,那又有什么？尽管如此,张懿恒还是有些顾忌,毕竟他和罗莹之间年龄相差较大。他很难断定这个女孩儿是真心喜欢他,还是一时兴起。他实在不想浪费时间,不想浪费感情,他耽误不起,也耗不起。

当年和程怡雪分手以后,张懿恒心情很坏,落寞之余,很快就喜欢上了班上的一个本地女生,这就是黄芥。黄芥属于很白很温柔那种女生,上课总坐在第一排,眼神很柔和很圆润,看得出对他这个名牌大学的研究生有强烈的新鲜感和仰慕感。

那时候的他正当年轻,朝气蓬勃,阳光灿烂,胆子也实在是大,借着批阅作业的机会直接就表白了。黄芥没有拒绝,还和他出去过好几次,又是吃饭又是散步。他后来送了不少礼物给黄芥,也给母亲说自己已经有女朋友了,让母亲不要担心,不要在老家给他张罗了。他的母亲,一个老实巴交的乡下女人,听说黄芥是一个在校的女生,一再叮嘱:"人家还在上学,你可要好生照顾,要像对你的姐姐妹妹一样,千万不能乱来,不能干让咱家丢人的事情,咱老张家几辈人都厚道,没干过亏人的事!"

几天后他在外地开会,突然接到老金的电话。开会期间他本来不想接电话,但老金的电话响了好几次,不得不接。"喂,小张你在哪儿啊?""主任好,我在青州开会呢。""你和一个叫黄芥的女生怎么回事啊?""吃过几次饭!""黄芥投诉你了,跑来找我说你纠缠她,我没怎么理睬,但这两天黄芥的父母跑来找我,告的都是你。"等张懿恒赶回滨大的时候,老金说家长已经回去,没什么事了。估计老金当天心情好,话也比较多:

"小张,你是我招进来的,你年轻,刚参加工作,这种事情其实都不算事情。你不要紧张,不要有心理压力,以后和学生交往要留个心眼,千万不要对学生,特别是对女生太好了,不要对学生动感情。滨江从小渔村发展成城市才几年,本地人的思维还停留在小农阶段,滨大的学生看起来淳朴老实,实际上偏执小气又刁钻多事,很多本地学生都说全世界纽约不好,北京不好,香港不好,广州不好,就他们滨江好！这地方很排外的，你看学生有问题从来不当面提说，都是背后到处乱告状。我们和学生是有距离的，是有隔阂的！……好了好了，你别解释了，不要觉得委屈，不要嫌人家女生收了你的礼，吃了你的饭还要去告你。话说回来，不管是谁找谁，你身为老师，尽管未婚，尽管只比学生大两三岁，但确实不该和在校女生发展感情，这个确实做得不对。"

老金说男男女女的事情本身很难区分谁是谁非，其实也没什么，年轻人都要经过这一关。自古两性关系是最容易给人定罪，也是最难翻案的。女生告男老师骚扰，不管事实如何，都具有强大的舆论杀伤力，男老师也很难申辩！又提到庄焕明因为说话习惯性拍人手臂，被女生投诉得名声在外，搞得他羊肉没吃上，却落得一身骚，现在都不好找对象了。说到最后，老金喟然长叹："你的事以后就不要再提了，女生吃过你的饭，收过你的礼，你就当喂狗了，也不要找女生去理论，这种事越理论越显得是你的不是。——唉，以后如果什么都上升到师德师风的高度，就没人当老师了！"

……

张懿恒没想到自己和罗莹的感情进行得如此顺利，两人无话不谈，跨越了师生关系，跨越了年龄的代沟，变得畅通无阻。他们谈滨江，谈滨大，谈朋友，谈生活中的人和事，罗莹谈起班上同学的林林总总，张懿恒瞪起眼睛问："你们学生也做这样的事情？"张懿恒说起滨大老师的方方面面，罗莹张大嘴巴问："你们老师也做这样的事情？看不出平时那么高尚的。"

"高尚是装出来的，不是内心的表露，上帝给人造了一张脸，可他们又替自己造了一张。"张懿恒说着就想起了艺术学院。

"那么你高尚吗？"

"高尚不高尚，要看对谁呢。就好比一个人吝啬小气也罢，慷慨大方也罢，要因人而异。"

"那你怎么对我呢？"罗莹的眼睛充满不放心。

张懿恒正想说我会对你负责的，罗莹突然紧紧抱住他，声音颤抖不已："老师，你可不能把我抛弃了。我以前谈过一次，后来就失恋了，挺伤心的。"

"哦,高中同学啊?"张懿恒问。

"哪里啊,大学一个班的,一起上你的课。"罗莹声色羞赧。

张懿恒心里好像被什么咬了下,正要问个明白,只见罗莹躺在他的怀里,翻个身子,很快呼呼睡着了。

红双喜

见罗莹的父母是在一个周末。张懿恒本来不想去,他觉得时间太快了,他和罗莹才发展几天啊?但罗莹说父母亲想见他,后来罗莹的爸爸妈妈也不断打电话,说欢迎他来家里,张懿恒只好答应下来。见女方的父母非同小可,以前他虽然和程怡雪热恋过,但都没提到见家长的事情。至于牛婷死缠硬缠要嫁给他,也没有说过这个程序。罗莹与她父母三番五次邀请,张懿恒认识到意义重大,为之精心准备了一番:他买了名牌的休闲西装,又专门去理发店花八十元做了发型,这是他人生头一回高消费美发。初次见面,无论如何都要送礼的,但礼物轻了不行,礼重了也不行。烟酒茶、书画印,张懿恒想来想去,不知送什么好。

"嗨,还送什么画册?硬通货最好,最实用,所以你啊,直接送烟或者酒,这样最大众化。"郑宇智提醒了他。张懿恒最后买了两条红双喜。"年轻人,祝你好运,记得到时候请我吃喜糖啊!"出门的时候,背后传来店老板的高叫。

车站门口,罗莹的爸爸开着车来迎接,张懿恒看出这是个谨小慎微温厚平和的人,因为同行之间有着职业的敏感,有着心灵的默契,而谨小慎微更是老师的共性。

车子驶到镇区的一个街面,在一家裁缝店前停了下来。一个中年妇女站在门口,罗莹爸爸介绍道:"这是罗莹妈妈的店。"张懿恒想叫阿姨又觉得叫不出口,就随口说了声:"你好!"罗莹妈妈满面笑容,握住他的手,这是一双多么瘦削粗糙的手啊!像坚劲硬峭的竹节,又像饱经风霜的松枝,很明显她是个勤劳能干的女人。张懿恒笑盈盈双手捧上红双喜香烟,再看罗莹的母亲,原来很高挑漂亮,张懿恒便从心里念叨:"罗莹啊,你要是长得再像你妈一点就好了!"

罗莹的家在小学校园的最后面,类似于筒子楼,装修很一般。罗莹的奶奶,一个七十多岁的老太太,热情地跑来跑去,又是沏茶又是切水果,罗莹的弟弟也在旁边,但张懿恒发现这个弟弟傻傻的,明显智力低下。罗莹倒是改了平时的小鸟依人叽叽喳喳,只是简单地招呼他,一副惜语如金的样子。张懿恒明白,毕竟不是二人世界,面对这么多人,确实是不自然的。在回答罗莹父母问他家里如何、博士毕业几年了、工作压力大不大之类的话题时,张懿恒不禁紧张起来,手也抖,舌头打结,后背发凉,为掩饰紧张,他拿起橘子就吃,谁知道把橘子皮也吞了进去,想吐又觉得不雅。罗莹他妈看见了,顺手给他倒了一杯茶,他才勉强咽了下去。

晚餐之前,罗莹的父母还带他见了一对朋友,这就是罗莹的干爸干妈。干爸是个老华侨,年近八旬,走起路来健步如飞。干妈倒是个不一般的女人,举手投足颇有气度,自我介绍也喜欢画画。干妈问生活,问环境,问学业,问老师,关心地问起他读书时的具体情况,张懿恒一一做了回答。罗莹在旁边,也只是倾听,不怎么说话。

"你们年轻人恋爱,总要讲什么情调啊,感觉呀!实际上男男女女在一起就是生活,互相让对方开心才是幸福。"干妈张口了,过来人的话总是平和而深刻,"生活是琐碎的,繁杂的,平淡的。地久天长,什么情调啊感觉啊,在生活面前会无影无踪的,用来维系生活的爱情也就变成亲情了。我和你干爸结婚几十年,也就这么过来了。"张懿恒听着这话,突然感到脸发烫。看得出他们已经认可自己了,已经以干爸干妈自居了。

"我和你干妈在广州一见钟情,当时我刚回国,你干妈在一家粤剧团唱小旦。我们之间相差了二十岁,但这么多年了生活很好。"干爸也插话道,"人年轻时搞对象要求都很多,最后就想开了。实际上两口子过日子,靠的不是高大英俊清秀妩媚,靠的是互助互守。如果不好好照顾对方,不爱护对方,不好好生活,互相见面不开心,其他再好都是白搭。"

张懿恒不知这些话是有意讲给自己听的,还是随心所欲发出的生活感慨,他只能不断点头表示同意,显出一副虚心受教的样子。看得出干爸干妈和罗莹家的关系非同寻常。干妈家住的是豪华的别墅,里面有独立的游泳池、小花园和车库。房子上下三层,装饰陈设极为考究,光是客厅里那对大花瓶,张懿恒一眼就看出是高手一笔笔彩绘上去的,不像普通家庭的花瓶——看起来彩绘金碧辉煌,但实际上是贴花的印制品,因为手工绘制成本太高了。

看着看着,张懿恒就想起了罗莹家的单元房,那是个普通的筒子楼,上下六层,没有电梯。罗莹家在四层,建筑面积大约一百平方米,里面被隔成三个房间,显得逼仄狭小,地面上铺着瓷砖,瓷砖已经有了磨损,有几块甚至开裂了,不像干妈家里,地面上铺着光亮的红木地板,地板上又是宝蓝色的提花地毯。看见干妈家里精致的楠木家具,想起罗莹家里的普通座椅;看见干妈家里宽阔的阳台,雪白的墙壁,想起罗莹家里局促的空间,简陋的装修,以及甚至有些寒酸的布置。张懿恒疑惑两个悬殊如此大的家庭,怎么会结为干亲呢?正疑惑间,只听得罗莹妈妈说:"时间不早了,我们去吃饭吧。"

饭局在别墅群旁边的酒店开始,干妈点了满满一桌子菜:清蒸螃蟹,粉丝扇贝,炭烧生蚝,香油鸡,葱烧海参,刀切三文鱼,西芹百合,客家醉鹅,等等。张懿恒心说这也太高档了,都是平常人家嘛,何必如此铺张!饭桌上,大家频频举杯。罗莹父亲自始至终话不多,只是招呼张懿恒多吃菜,偶尔问几句发论文的情况。"老师这碗饭不好吃啊。高校老师压力大,中小学老师压力更大。"这位小学老师说着,夹了一只大虾到张懿恒碗里。罗莹妈妈也感叹刚来滨江时吃苦了,举目无亲,一家五口日子紧巴巴的,后来遇见干妈,帮忙开了家裁缝店,生活才好多了。几杯酒入肚,张懿恒有些迷糊了,这时干妈也聊起来,无非就是些养生、旅游、美食之类的话题,末了问:"小张,你以后有些什么打算?"

张懿恒说:"我想先把职称评了,职称是人生的大事,职称太低,在单位难以立足。"

"应该的,应该的,年轻人就是要有闯劲,要上进,也应该上进。"干妈说着看看罗莹父母,大家都点头赞同。

"可是人生事业和家庭两不误,你要职称也要家庭,还是要早日结婚生子,成家立业。一个人打拼肯定很累,找个伴儿和你一起打拼,关键时刻帮你出谋划策、增砖添瓦,你就会轻松一些!两个人一起打拼,双赢互利,肯定比你一个人打拼要好,幸福是奋斗出来的。你也应该考虑个人问题了,家里都等急了吧?"干妈又说。

张懿恒"嗯"了声,正不知该说些什么,干爸突然叫道:"我们的菜呢?还有个汤。"

"上菜了,上菜了。"服务员端着个大钵上来了,哆哆嗦嗦走着,看得出很烫手。

"什么菜?"干爸问。

"霸王别姬。"服务员回答。

"怎么叫这个怪名字?"罗莹她妈显然不高兴。

"这道菜可有来历了,是我们竭力推荐的招牌菜。"服务员早已训练有素,说起来如数家珍,"这道菜原名龙凤烩,为纪念英雄项羽及绝代佳人虞姬而创制,代代相传至今。古人云:'一餐龙凤宴,尝尽天下鲜。珍馐佳环宇,疑是天九天。'这道菜选材精良,做法考究,具体是把生长两年以上的老母鸡和生长二十年以上的甲鱼,也就是老鳖放在一起,加入山泉水,辅材配上瑶柱、山药、姜片和黄酒,老火慢炖三个小时以上。起锅时放入香菜等佐料,原汁原味,鲜美可口,具有排毒养颜、美白增高、补肾健脑、滋阴壮阳等功效,是我们这里最受欢迎的招牌菜,很火的。"

"哎,不就是个鸡汤吗?我就说名字叫得这么奇怪。"罗莹的老奶奶哼哼了。

服务员肯定没有读过大学,但她能把一道菜讲得这么有故事,讲得这么有历史有文化,张懿恒还是第一次领略。大家都觉得有意思,互相招呼着尽快品尝,张懿恒不失时机地站起来,给每个人夹菜盛汤。

饭局结束,张懿恒要去买单,但被罗莹他妈拦住了。张懿恒再次触到她的手,心里不禁震颤。举头望云林,愧听慧鸟语。他想起了自己操劳终生的母亲,事实上,所有的贤惠女人,都有如此粗糙瘦削的双手。

饭局结束,天色已晚,罗莹爸爸邀请张懿恒住在家里,说有的是房间,张懿恒礼貌地拒绝了,于是罗莹爸爸坚持送他回去。张懿恒上了车,坐在副驾位置,罗莹坐在后面,车子开到小区楼下,罗莹父亲说时间晚了,他就不上去了。然后看看罗莹。罗莹从车上下来,送张懿恒上楼,一进房间就搂住他的脖子问:"你对我们家感觉如何?"张懿恒说:"你爸爸很厚道,你妈妈很能干,一看就是个会持家的好女人!""你真有眼力!"罗莹格格笑着抱紧张懿恒,"知道吗?我们家人对你很满意哦!"说罢亲了他两口就下楼了。张懿恒目送罗莹上了车,看见车内父

655

女两人说了几句,很快就消失在暮色中。

好风入梦,起夜的时候,张懿恒看见一轮蓝色的月亮。

潜　　流

张懿恒拜访罗莹父母的时候,有个人不断地找老金,也在四处活动找老金之外的人。

赤条条来去无牵挂,李光头现在什么都不怕了,这个被剥夺了教授职称的人,一提起艺术学院就恨之入骨骂不绝口,他现在到处串联。当然,老金不是傻瓜,他才不想蹚这个浑水,再加上以前和李光头关系就不好,所以很礼貌地拒绝了拜访,但李光头毕竟是李光头,屡屡上门拜访,又是道歉又是磨合,最终老金只能倾听了。

"金教授,没想到现在艺术学院成了这个样子,大家都很怀念你当政的时候!当然,我不是因为我被撤销教授职称才有意见的,我这个职称本来就有水分,不要也就不要了,反正我也不靠职称生活。但教书几十年,身为一个普通教师,对于学院的现状,我能袖手旁观吗?"不用寒暄,不用客套,李光头说着就站了起来,时而猛拍桌子,时而指手画脚,一副打抱不平正义在我的样子。

"有些人既当班长又当家长,既当警察又当强盗,既当婊子又当嫖客,把艺术学院看成个人专属领地,谋取私利,最终培养出一群典型的政治投机者、行动两面派和道德伪君子。他们这些人狼狈为奸,短短十年工夫,就把艺术学院变成了家天下!……政治上他们搞一言堂,选人用人拉帮结派,搞团团伙伙,年轻人被培养成奴仆;经济上欺上瞒下,大搞尔虞我诈,你看这几年的科研经费、学科建设经费、基地补贴经费,各种经费被贪污了多少?他们私设小金库的事情,你都知道了吧?他们简直是无法无天!"

李光头还在怒不可遏,但老金不为所动,他知道一个被私欲被仇恨充斥了头脑的人,说什么都有水分,何况这几天也有别人来找他,也说过类似的话。其实不用别人说,老金都清楚:一切有权力的人都容易滥用权力,这是万古不易的真理。学阀官痞权霸,现在哪里没有呢?

"你在位时美术师范教育专业多好啊！可是后来被他们砍掉，另办了几个新专业，专业虽然新了，但这几年招的学生却越来越差。对内搞整肃异己，对外搞形象工程，他们现在做的一切都是假大空，自欺又欺人。整个滨大已被经营得密不透风。"李光头说到这里，老金禁不住心里发沉。艺术学院的确出了很多著作，比如《滨江新文艺大系》《滨江美术大编》等，这些书耗资巨大，看起来厚厚一摞，装潢精美，印刷高档，封面花哨，但除了市里的领导偶尔翻翻，学界没一个人看，在网上挂了多年都卖不出去，因为都知道是学术垃圾，是名副其实的政绩工程、献礼工程。

"上次党建经费的事情，不是有人告到组织部去了吗，最终如何处理？"

"怎么处理？还不是诫勉谈话！领导事先得知了消息，采取挖东墙补西墙的方式，把窟窿给填上了。组织部调查的时候，经费已经回补，查来查去，最后只能给个从轻处理。"

"你还在恨领导，老浦确实很差劲，但你能解决吗？"在仔细听了李光头列举的一系列问题后，老金问。

"这……"李光头犹豫了。

"除非他进监狱，不然你会很危险。你忘记冯志学了吗？"

见李光头不说话，老金斜了他一眼，面色凝重，凝重得如同愁云惨淡的万里长空。

"你不要低估对手的能力，更不要高估学校的姿态。冯志学这个人急躁有余，谋略不足，他的血算是白流了！"老金说完，李光头腾地站了起来，说反正教授职称已被拿掉，他现在无所畏惧，就是倾家荡产，也要拼劲儿搞倒领导，舍得一身剐，敢把贪官污吏拉下马，说罢就攥紧拳头。

窗外一帘烟雨，空气异常沉闷。"不不，打虎先拔牙。就你这个样子，能告赢个屁！"老金看看李光头，很想说这话却说不出口。

"我也没想到学院会到这种地步。我就是再无能，也不至于干成这个样子，滨大迟早要完！"老金最后如此感叹。

滨大现在就好像一个花篮，外表光鲜美丽，里面却团团腐臭，特别是高水平建设，这几年高来高去，也没见把学校发展好！领导们认为有钱就能办好大学，

657

一切都是金钱开路,拿着钞票当手纸用,拿着黄金当废铁卖,把建设高水平大学当成放焰火了。钱是有了,这几年滨大盖了不少大楼,又新办了很多院系和研究中心,引进了不少高人,可最终都招了些什么人,闹的笑话还少吗?多少老师都在说高建建了这么多年,但干来干去,学校还是那么烂,让人越来越没心劲。

李光头也冷静了,他知道老金在位时虽然偶尔也捞点好处,但基本上大节无亏,关键时刻还能用上。如何把对领导不满的人串联在一起可是个大问题!没错,谁也不会蠢到一拳想打死一堆人,出手就一定要有把握。以前那么多人想击溃艺术学院的领导班子,最终都折戟沉沙,原因何在?材料不过硬,证据杀伤力不强,调查来调查去,领导依然屹立不倒,那些人斗来斗去先把自己斗倒了!殷鉴不远,有的人即使以后不在滨大工作,但照样能兴风作浪,除非被抓,其他人才算有真正的翻身机会,否则就等于自取灭亡。这么多年了,明里暗里多少人对领导有意见,想让他们早日去死,但又能怎么样呢?领导太厉害了,每次都能化险为夷,大家还是逆来顺受,忍气吞声,有想法没办法。

"艺术学院研究生招生的事情,因为照顾关系户,早为人非议,也有学生举报过,但都不了了之。这次听说有好几个市里的官员、老板和滨江大学领导的子女报考艺术学院的硕士研究生。估计肖子业院长左右为难,但也毫无办法。"一阵风吹来,窗外的榕树叶哗啦啦作响,李光头的脸上露出自负的表情,语气愈加得意和轻蔑,"现在舆论监督的力量多强大,任何事情只要新闻媒体曝光,单位想捂盖子也捂不了。领导是很狡猾,但我不信他没有阿喀琉斯之踵。"

"人家用的都是自己的人,别人是无法进入录取现场的。我已经退休多年,不问政事。"老金看看李光头,语调依旧平和,"听你骂了半天,好像不仅对老浦,对肖子业也充满仇恨,要知道,公开举报你、要求处理你的是老钟,肖子业并没参与,他只是按程序办事,并没有借机整你,你不应该仇恨他。人要讲道理,我听到大家对肖子业评价都很高,虽然过去有过不愉快,但就我这么些年的观察,肖子业为官为人确实不错。"

"不!我一点也不恨肖子业,相反,我无比同情他!但我们今天合作,是对事不对人!"李光头的口气斩钉截铁。

老金不吭气了,他知道李光头说的是真话。其实老金心里也无比同情肖子业,肖子业的事业很成功,但家庭无疑是不幸的,他的大儿子死了,小的又天生残疾。老金也知道很多事肖子业都是笑在脸上哭在心里,因为人到了一定位置,根本无法左右自己的命运!有时候老金也想,如果现在把自己放在艺术学院院长的位置上,说不定还没有肖子业干得好!

滨大考核机制越来越严苛,管理着一百多号人,二级学院的院长现在越来越难做了。老师中也是千奇百怪,什么人都有,前不久,数学学院的院长就被一个下属捅死了,原因在于转聘问题。现在滨大的肥皂泡吹得越来越大,教育改革越来越乱,人事上一会儿准聘制,一会儿长聘制,学校急功近利,以只争朝夕的精神,要求各二级学院短期内就要出成果,多出成果,出大成果。绩效考核越来越严格,老师们纷纷感叹这是拿着鞭子打人呢,而院领导更苦不堪言,毕竟谁都不想扬起鞭子当打手。

肖子业就曾经给人诉苦:板凳须坐十年冷,文章不写一句空。人文学科不比理工科,几个实验就能出成果,人文学者治学有个厚积薄发的积累期,不到四十五岁以后,一般很难出成果,比如司马迁、司马光、欧阳修,再比如齐白石、黄宾虹、于非闇,这些人都是四五十岁以后才成果丰富的,就连李时珍也是到七十岁以后才写成了《本草纲目》,黄公望直到近八十岁,才画出《富春山居图》。艺术是要靠时间来磨炼的,可现在学校以爆米花的思想办学,恨不得拔苗助长,今天这机制,明天那考核,非要把老师逼成卖苦力的!当然,肖子业说得完全正确,可学校才不管这些。这年头大家都难,在全校二级学院业绩成果排名中,艺术学院连续几年排名靠后,老师们人心涣散,工作状态差,个个厮混瞎忙,肖子业院长压力很大!

"冯志学拤包里那两张画,其实是假画,真画早被调包了。"
"美术馆一直问题不断。"
……
无论李光头还是老金,都深谙对方的心理。老金知道李光头誓不罢休,一口恶气要出到底,而李光头知道老金虽退休多年,但退而不休,行事风格一直没变。

时间一秒一秒滴答着,渐渐地,两个经历不同但目的相同的人都不动声色。

夜色越来越静,风从高空中吹过,吹来阵阵低沉幽深的声音,如同大提琴在自演自奏。地面上乱草横生,蟋蟀从黏泥中跳出,开始躁动不安地歌唱。夏雨绵绵,到处溽暑潮湿,死寂难耐,伴随着泉流的淙淙作响,远方树林里鬼火明灭,各种夜行动物,黄鼠狼、蟒蛇、刺猬、果子狸、穿山甲都出来活动了。

第二十三章 良心

国家的良心

事情还真让李光头说对了,今年滨江大学艺术学院硕士研究生录取确实比较复杂。八楼机房,也就是招生录取现场,当所有考生的成绩汇总完毕后,肖子业将成绩单朝桌子上一摔,然后朝大家摊开双手:"看看排名吧。"说完他立刻面如黑铁。

"一共录取十一个人,有三十六个考生报考,其中关系户有八个,但这些关系户成绩排名都在二十名之后,你说录取还是不录取?"看着关系户考生的名字,丁雄伟逐一解释起来,市政府张副市长的侄子,财政局魏局长的女儿,滨江首富丁老板的外甥,还有几个分别是滨江大学的领导子弟,当然,这些考生也都是滨大的学生干部。

"这些人我一个都不敢得罪,也不能得罪,得罪不起呀!"老浦哭丧着脸开始踱步,一会儿停下来,一会儿又走走。"不录取也行,除非咱们艺术学院停办!"肖子业愁容满面。云艺副院长嘬嘴不语,广告系主任应志武脸也拉成个僵尸。院长说的也是实情,地方院校,不靠地方靠谁?而靠地方,说来说去靠的还是地方上的官员和老板。谁都知道现在整个教育的病症,已经不是观念问题,也不是方法问题,更不是机制问题,而是利益问题。从上到下,教育已经形成了巨大的利益链,不彻底斩断围绕应试教育建立起来的利益链,对教育的改革就毫无指望。当了多年院长,肖子业对此深有体会,他屡屡大声疾呼,但也无能为力。

"今年这些考生有没有再打招呼?"在难挨的沉默中,张懿恒问了句。艺术学院这几年生源很差,老师们都知道。比如前年研究生录取,市教育局叶局长的女儿,基本上是直接点名录取的。进学校后,上课整天玩手机,一个作业写得老师没法批改,常常把李白写成齐白,把《红楼梦》说成《梦红楼》。最好笑的是填个表格也把籍贯填成贯籍,把体检写成检体。

"咳,人家还用打招呼吗?"肖子业摇着脑袋唉声叹气,看得出他无可奈何万分痛苦!没有打招呼比打了招呼还可怕,这就是那些人的聪明之处。去年滨江职业技术学院的一批老教授到市委大楼去静坐,很多人都跪下了,新闻也做了报道,但最后还是不了了之。在滨江这里,权力才是硬通货,老师真不算什么,从来没有人把老师当回事,张懿恒好几次就见到市里的小科长当众怒斥前来办事的老教授!肖子业也常常感叹他这个院长好比一个破屋子的裱糊匠,苦撑危局,上下受气,最是文人不自由!

"研究生点下得来下不来,对我们都是祸害。你说要是真的下来了,我怎么办?院长算个屁,我早就不想干了。"当年申报研究生点的时候,肖子业辛苦之余,就这样对老浦诉苦。果不其然,研究生点刚刚批下来,还没开始招生,恳求照顾的电话就把肖院长的手机打爆了,都是滨大内部的权威人士,好几个都是行政楼的处长,要求优先录取自己的孩子。至于那些考生,用老浦的话说:"基本都是白痴,学习一个比一个差,本科就考到那个民办的城市学院,'2C'录取线都不到,你说研究生考试能考出什么好成绩?"

这几年来,随着研究生招生的逐步展开,关系户越来越多,肖子业为此倍加苦恼:录也不行,不录也不行,如此下去到底是招收研究生,还是招收小学生?是培养学术型人才,还是培养粪桶呢?基础不牢,地动山摇的道理谁都知道,可是不招又怎么行,学院总要发展啊!

盛夏五月,尽管酷热难耐,但大家都不说话,相继陷入沉默。肖子业扶住低垂的脑袋,慢慢转过身去。张懿恒知道,院长的思想斗争很激烈。

肖子业并非一个没有心肝没有良知的人,他也受过正规的高等教育,也是个有学问的文化人,知道礼义廉耻纲常名教,但从担任主任和院长以来,人在江湖身不由己,他成了一个被工作任务和成果业绩牢牢制约的文化官员。当年读书的时候,肖子业也曾经想着做一个自由人,做一个优游闲醉的职业画家,从本科到研究生,他一直保持着事不关己高高挂起的态势,对任何政治活动都没有兴趣。他决意画画,拒绝一切无聊的社交和应酬。刚来滨大时,他只是图书馆里一个普通的职工,整天守护着那些名画,过着与青灯古佛相伴的日子。图书馆特藏库藏画不少,但开发不够,职工们工资并不高,别人都说是抱着金碗讨饭呢。不过那时候,他一心想着面壁十年图破壁,想着厚积薄发,然而多年过去,他并没有成为名画家。他屡屡碰壁,在艺术市场充满喧嚣与虚妄的时代,特别是在滨江这个经济爆发、攀比成风、功利势利的地方,渐渐地,他还能出淤泥而不染吗?

第一个打破沉默的,是肖子业,的确,这个沉默只能由他打破,谁让他是院长呢?!"怎么办?"

"唉,狗娘养的,这些考生一年比一年差!"老浦不敢直视面色铁青的肖子业,只是一味感叹,"唉,像这个英语也就考了三十多分,特别是专业课,事先我已经把相关内容透露给他们,阅卷时基本是看着熟悉的笔迹故意打高分,可是考得还是不理想,都在二十名以后了,其中魏局长的孩子排名更靠后。""知道了!"肖子业略一沉吟,在和老浦交换了眼色之后,他掠掠头发,手指敲在成绩单上,马上又恢复了院长的风采,说话声音一如既往的温文尔雅:"不能唯分数论,咱们艺术学院是搞艺术的,英语要求本来就低。大家看分数线能不能放低些,个别人的复试成绩是否可以再调整下?咱们固然不能滥招一个厌学的孩子,但也不能放过一个好学的孩子。复试还有个印象分呢,我们要把握好!"

张懿恒觉得院长到底是院长,话说得真好,无论怎么理解,都看不出明确的态度,只靠别人去心领神会。

老浦很快开口了,还是那一套:要讲政治要顾全大局,要配合院长的工作,支持学院的发展。"同志们啊,"老浦最后捶着桌子大声强调,"工作总得有人做,艺术学院发展到今天不容易。这几个老板下个月还要给艺术学院捐款兴学呢,咱们不能得罪人家!回头我再写个报告,大不了前前后后多招几个研究生罢了,这样都能照顾到。"丁雄伟接着也发话："领导不容易,艺术学院不能垮,还是要依靠地方,所以有些考生必须做出牺牲!这次录取不到的,下次还可以再录取嘛!反正研究生一般要多考几次才能考上,这恰好显示出考生的执着!"

不用再说什么,大家都明白了,所以当老浦下令更改考生分数的时候,张懿恒没有惊讶。他其实很清楚,这样的事情,艺术学院已经不是第一次干了。只不过事到如今,领导们还在故伎重演,还在把自己推得干干净净。在一阵忙碌和紧张中,原本排名在二十名之后的八个关系户考生,其成绩单被特意调出来,随着逐一读名字,读分数,核对面试记录,由老浦直接下令提高复试成绩,结果这些考生的总分量子式提升,直接从二十名之后排到前十名之内。

这其中张副市长的侄子面试成绩原本排在第二十三名,根本无法获得录取的资格。肖子业大笔一挥,直接提高面试专业课成绩三十六分,提高面试英语成绩十八分,使得该考生的总成绩,跃升至第九位,其他几个考生也都纷纷照顾进了前十名。其中最难办的是魏局长的儿子,本科就读的是滨江城市学院,初始总分排名倒数第一。"这个考生好差的,连黄宾虹是男是女都分不清。英语复试也笑话百出,一个简单的句子都读不下去,简直就是扶不起的阿斗,还是不要录了。"张懿恒大声说明。"算了算了!艺术学院可以制定自己的分数线。艺术嘛,本来要求就低。唉,人家拼爹,咱们得罪不起啊,看看能不能以艺术特长的名义特招。"肖子业苦笑着,虽然不胜其烦唉声叹气,但还是让把复试分数调高了,魏姓考生的总分排名总算达到最低录取要求,录取分数线显然为他专门设置。毋庸讳言,这个分数线以下的考生,被拦腰刷掉了。

有上有下,改动的目的就是为了让关系户考生上,那么有些非关系户的考生就必须下。张懿恒看到,一个姓黄的考生成绩原本在第八名,结果面试成绩整体被改低了二十八分,总分排名从第十名跌至第十七名。不仅录取不上,因为专业课被调低至五十四分,连调剂都不可能了。同样的方式,伴随着老浦读名字,肖子业一个"改"字,丁雄伟立刻就改低了十一个考生的分数。

看着丁雄伟忙碌地改分,张懿恒顿时想起冯志学的话："教育是国家的良心!"其实教育不仅仅是国家的良心,更是民族的砥柱,是道德的标尺,是苍生的期待!人生而不平等不公平,但接受教育让人的平等和公平成为可能,成为公众的生存动力与奋斗目标！就像那十一个考生，他们的家庭出身和社会背景都和张懿恒一样，来自草根，来自社会最底层，心怀知识改变命运、学习成就未来的希望，他们是多么渴望接受更高更好更公平的教育！可是经过调整分数，恰恰把这种公平给打破了，尽管也付出了寒窗苦读，他们最终还是被刷下，失去了继续接受高等教育的机会。通畅的学习渠道被斩断，美好的人生希望被践踏，研究生考试和录取对他们来说成为最大的不公平，这就等于教育失去了良心，等于邪恶消灭了正义，黑暗侵蚀了光明！天日昭昭，教育一旦失去了良心，学习失去了公平：

我们的人民还会风雨同舟和衷共济吗？

我们的民族还会战胜劫难奋勇前进吗？

我们的国家还会生生不息屹立不倒吗？

耳边铿锵作响，张懿恒不断叩问自己，这叩问像翻滚的巨石一样，捶打着他的心胸；像冲天的火焰一样，炙烤着他的情感；像穿心的利剑一样，磨砺着他的根根神经。他头痛欲裂，胸闷难平，心里咚咚咚像金鼓齐鸣，整个身子摇摇晃晃，感觉自己没有了灵魂。

"今晚的事情，大家要保守秘密，招生会议本来就是机密的，这样也是为了艺术学院。学院好，大家好，大家好，学院好。"肖子业说完，老浦立刻下令："删删删，快删掉原始成绩。我们这么做也是迫不得已，要想年底多发钱，只能这样了。艺术学院不能倒下。无论如何这几个学生都要录取。哎呀，我算是完成任务了。他奶奶的，那些关系户真是罪恶！"肖子业最后还不放心，又让丁雄伟逐一翻看检查张懿恒和其他几个工作人员的手机和电脑。"不要乱拍乱录，我们这么做都是为了确保万无一失。一切都是为了今后的工作，请大家谅解。"肖子业说着，老浦也"嗯嗯"着不断附和。

张懿恒知道领导其实是故伎重演。去年招生，也有好几个关系户考生，尽管事先做了工作，但有的科目才考了三四十分。分数太低，老浦问怎么办的时候，肖子业停下手中的签字笔，声音悲怆而苍凉："咱现在被逼到旗杆顶上了，只能多招些考生，鱼龙混杂良莠一起，总比全部是莠草好。我们不是有机动名额嘛！你想想办法。"院长这么一说，老浦立刻就明白了。滨大别的学院，比如教育学院和政法学院前几年就开始进行研究生招生了，每年招生，总是比原计划多招十几名考生,至于本科招生,每年都超额招,比原计划多出三五百人,对外宣称是今年情况好,报考滨大的考生远远超出录取名额,投档多得数不过来。其实都是自欺欺人,计划外录取的,都是机动指标。

老浦当然有办法,研究生录取工作结束后,他收到一笔不菲的汇款。

当然,因为招生问题,去年艺术学院就被人举报了。有个考生因为没有被录取,不仅在网上发帖子,还投诉到校招办。考生带了亲友团,直接往招生办的门上撞,又亮着血淋淋的额头爬上行政楼的顶楼阳台,大哭大喊,说是要跳下去死给大家看,亲友团也纷纷拍照发朋友圈,外面的媒体也跟进了,霎时风声四起。省招办也知道了,来电询问相关情况,学校压力很大,最后肖子业硬着头皮,只能想办法补录。

领导始终是领导,去年的工作,今年还在继续。

关完电脑,张懿恒猛然看见机房角落斜挂着一幅字:身后多余忘缩手。显然,这是一副对联,可惜下联找不到了。后来直到离开的时候,他才想起下联:眼前无路想回头。

发 票

暑假过后的一天早上,张懿恒、郑宇智和应志武就被肖子业叫到办公室。"学校贵宾室需要两幅画,一幅山水,一幅花鸟,组织经过慎重研究决定把创作两幅画的任务交给你们。"肖子业说完,郑宇智和应志武不作声,只是看看张懿恒,张懿恒知道这两个人都等着自己表态呢,于是婉谢道:"院长你德高望重,画艺一流,为什么不亲自去画?我们这个水平……"说着顿了顿,"这几天我也正忙着填写职称申报表呢。""不要推辞,这是组织的信任。"肖子业摆摆手道,"我比你更忙,实在没时间创作。你如果有顾虑的话,可以先拿出草图来,咱们一起创作。""对啊,评职称和完成创作任务,两个并不矛盾!"丁雄伟也过来帮腔。

回来的路上,郑宇智说好好画,这可是立功扬名的好机会。画好了,领导满意,咱们评职称就有希望,因为领导就是评委!

"但画好了,功劳是院长的。画坏了,罪责是咱们的。"张懿恒说着,心里像浣溪河的水一样,起伏不定,寒凉刺骨。

"听说院长还要派你到香港开会?"郑宇智正问着,常云辉走了过来,热情邀请张懿恒给信息工程学院的学生做个讲座,还说他已经报名了去西藏支教,希望在去支教之前能把讲座的事情搞定,又勉励张懿恒再接再厉把书院办好,普及更多的中华优秀传统文化,有困难了可以找他。"组织部前几天找我谈话,问要不要到艺术学院工作。上级这次坚决不让你们内部推荐书记人选,态度很明确。"说到这里,常云辉微微一笑。"那你怎么答复,真要来艺术学院当书记?"张懿恒问。"走到哪里都一样,都是工作,和职位没关系。"常云辉擦擦额头的汗,看得出来他近来黑瘦了很多,学生工作总是忙忙碌碌,他整天都在为他人作嫁衣。

"你们艺术学院问题多啊,组织希望我能打开局面。我们入党时都宣过誓,一个人要是违背了自己的誓言,那是多么可怕的事情,迟早是要遭到报应的!"常云辉说完看看张懿恒,很快踩着电动车走了。

"人家也是书记,但和老浦是天地之别。"郑宇智目送着常云辉的背影。

西风猎猎,张懿恒的心里波澜起伏。

办公室里,丁雄伟见张懿恒进来,面无表情地哦了声,直到张懿恒问了声好,他才慢悠悠说道:"昨天我在群里转发科研处的通知,已经结题的科研项目,经费再不使用完毕就作废了,时间截至本月底。你好像有一个?"张懿恒想起他有个校级教研教改项目,还有三万的经费没报呢!丁雄伟说赶快赶快,再不报销学校就回收了。张懿恒说现在学校卡得这么紧,购置书籍不能报,数据采集费不能报,个人劳务费不能报,再说就这一两个星期时间,又从哪里找那么多的发票呢?"你不是开了一次会吗? 先把车票住宿票贴好,能报多少是多少。"丁雄伟提醒道。

张懿恒找了几天,都无法解决发票问题,想想解铃还须系铃人,于是再走到办公室,看到丁雄伟正忙着粘贴账单。"你上次贴的账单,几张车票本身是没问题的,但财务打回来了,说是要按顺序贴成鱼鳞状。每张发票后面都要有两个人的签名。"像前几次一样,丁雄伟一开口嘴里便喷出浓浓的药味儿。张懿恒说:"那你给个样本吧,我看看怎么张贴。""你看这个做得多规范,财务的人看了就报,找不出任何毛病。"丁雄伟拿过几张发票甩了甩,一见张懿恒要凑近看,便飞快将手中的发票扣在桌面上,连连笑道这没什么好看的,然后说他正忙呢。张懿恒发愁自己没那么多发票,问能不能帮忙。"唉,我手中的发票都是正规渠道的,是单位采购材料的凭证。除此之外,再没了。"丁雄伟说着神色便有些慌乱,只是不断催促张懿恒赶快回去贴发票。

张懿恒知道丁雄伟其实还留了一手,但发票的问题总要解决啊!想来想去,觉得老黄也当过会计,发票的事情,她肯定也有门路。当天晚上,张懿恒买了五斤黄杏放在教师村小区门口,给老黄打电话说是老家亲戚快递的,让她去小区门口拿。"哎呀,你太客气了,我不吃杏子的,你送给别人吧,我这人嘴巴不好,爱传播是非口舌。"张懿恒知道老黄话中有话,马上说:"大姐,你对人很关心很热情,谁说你嘴巴不好?我觉得你就很好。在艺术学院工作多年,谁不说你耿直厚道待人友善?你现在虽然退休,在我心里依然是大姐!"

张懿恒放下电话,就去操场锻炼了,等个把小时回来,发现门口的杏子已被拿走,他知道自己的事情或许有戏。果然,第二天上午老黄就给他打电话,闲聊了几句,张懿恒就说起发票的事情。一提起丁雄伟,老黄就来气,当下就骂起来,一张嘴就是持久战。张懿恒耐着性子听,不时"嗯""嗯"表示赞同,被冷落几年的老黄仿佛找到知音似的,说着说着竟哽咽了,到最后气消得差不多了,便感叹道:"你真是好读书不问世俗,其实发票的事情也很简单。你明天去市里找我的一个朋友,他会帮你解决。"

在市区一家写字楼里,张懿恒见到了老高。老高面孔黝黑,头发稀稀落落,见人未曾开口三分笑,一看就是个老江湖。寒暄几句,老高说既然是黄姐打过招呼的,开三万元发票就收七个点吧。张懿恒答应了,想起还有个清单,正发愁怎么写。"不用愁,我这里都是现成的,给你全部搞好。"老高早已轻车熟路,当下开了三万元的发票,支出名称上写着影像资料制作、问卷调查、样本制作、劳务支出等,清单明细列着项目的具体开销,从单价到总额,每一笔都有鼻子有眼。

第一笔报销很顺利,此后张懿恒又去找老高开了几次发票,来往多了,也就熟稔了。在羊肉馆坐下的时候,老高点了一个凉拌猪耳朵,一个羊肉炖萝卜,一个红烧肘子,外加一盘锅贴,一个清炒藕片。张懿恒敬了几杯酒,老高毫不推辞,一口气干了,顺便打开话匣子:"为我们的相识干杯。说实在的,和你们滨江大学合作多年,真是爽啊!"

"你发了不少,可喜可贺!"张懿恒不断劝酒。

"发个鬼,大头还不是让别人拿走了!"

张懿恒说他手中还有几十万的发票要开,问好不好办理。"兄弟,情是情理是理。你这次来是七个点,以后有其他发票,我们还可以再合作,基数大的话,可以再协商。只要钱款到了公司账户,我马上联系你。"老高的小眼睛亮起来。

"哦,还是七个点?"张懿恒面若寒霜。

"唉,七个点已经很少了。你开三万是这个点,其他老师是我的常客,连续开了上千万的发票,也是七个点。"张懿恒问是哪个老师,老高只顾吃菜,哼哼哈哈就是不说。

喝了一会儿酒,张懿恒看老高有些醉了,便问能不能搞一人一个点,不然后面的几十万如何做?"我不会亏待你的。他开了上千万的发票,都是七个点,兄弟你开了三万元,也是七个点。我要是多吃多占,天打五雷轰!"老高说完,张懿恒面色一沉:"你这么含糊其词的,让我问谁去,谁能说得清?"说着就站起来要走,老高拉住他的袖子嗷嗷叫:"兄弟啊,一回生二回熟,我说了你可不要乱传啊!"叫着就脸色涨红,狠狠一摔筷子,"丁雄伟那狗日的太毒了!"张懿恒心说原来是狗咬狗黑吃黑,但还是正色道:"别人是别人,我是我。"老高呵呵道:"既然是黄姐的人,你以后还可以再介绍人开发票,咱们双赢互利。"

"这种虚开增值税发票的事情,搞不好要坐牢的,那你如何对待我?"张懿恒皱起眉头。"天塌了有我顶着。咱这虽然不合法,但是合理合情。你放心,我肯定会好生对待你,咱们还可以再谈。"老高拍拍胸脯,一看四下无人,声音也变得大起来,"像丁雄伟在我这儿开是七个点,回去单位说是十个点,其中三个点他就入私囊了。你算算,一万元他回扣三百块,这几年几千万的发票,他捞了多少?光上次那个采购,一架不超过十万的钢琴,却报价八十万,你们一口气买了几十架,都是我想办法给开的发票!咱们这一行可不容易,真是亏国家肥个人。我算是昧良心了,但钱最后也没捞多少!"

富贵险中求,张懿恒想起程怡雪也说过钢琴的事情,就"哦"了一声。"肥水不流外人田。只要你愿意,有了肥肉到时咱们也可以两人分着吃,按说好的提

669

成,省得丁雄伟一个人撑死了。这个乌贼,给了他多少好处,一顿饭都不请我吃,现在还要整我!"老高喋喋不休,张懿恒插话道:"也许他给领导打杂忙,没机会请你吃饭。""忙个屁!我还不了解他?你们单位有个姓庄的什么老师,就是跳楼死了的那个,也和我合作过。姓庄的捞的那些钱,不及丁雄伟一个零头!丁雄伟这几年光虚开增值税发票的那些钱,除了给自己买车买房,包养女学生,你知道还去哪里啦?""好像存起来买基金了吧?"张懿恒问,其实他知道丁雄伟先后投资了六套房产,早已大发了。"哼,去哪啦?"在连喝了三壶酒之后,老高拍着桌子叫嚷:

"还拿出来陪领导去赌博了。他们去澳门,是我托朋友接待的。奶奶的,他那些勾当,我岂能不知?领导爱喝茅台,他亲自押运,从茅台镇整车整车给拉回来。后来领导出去吃饭,也是丁雄伟安排的,光三万块一斤的进口黑鱼子,一次就吃了二斤,全报销了。至于会所服务,就更不消说了。你没看他纵欲过度,搞得身体已经不雄伟了,现在整天吃药进补……"

"你们合作这么好,他为什么又要整你?"张懿恒给老高沏杯茶。

"还不是生意上的事,丁氏家族厉害啊,政商黑三通,翻云覆雨,到处都有他们的人!大鱼吃小鱼,我是小鱼,所以日月艰难!"

"关于丁雄伟的那些票据和账本你还有底吗?"

"你问这些干什么?"尽管醉了,但老高还没有失去警惕。

张懿恒的眼睛像火炬一样燃烧着,停顿了几秒钟,便用极其冷峻深沉的声音问:"你觉得我是在害你还是在帮你?"

看着老高最终烂醉如泥倒了下去,张懿恒想起早有人说过:别郁闷了,你总嫌丁雄伟爬得快,可人家的付出你看到了吗?

——这是程怡雪说的。

张懿恒奉命去了香港开会,会务之外,顺便拜会老高介绍的几个朋友,其中一个还是拍卖行的。人生不相见,动如参与商。令张懿恒没想到的是,这个拍卖行的经理,竟然是自己当年的大学同学。同学见面分外热情,招待之余,还带他认识了几个藏家,看了一些画。当然,回滨大后,张懿恒只向领导汇报了开会的情况。

教　宗

画了一个多月,张懿恒的《闹春图》终于完工。

第一次他画的是《秋雁图》,很快被院长否决:"设色孤傲,构图也冷漠清高,文人气息太浓厚,孤寒淡远的,脱不了画展那种灰蒙蒙的调子,不适合在学校贵宾接待室悬挂。学校贵宾室的画要热烈欢快、庄重大气,构图设色一定要明艳绚丽。"于是他又画了《竹石图》,院长看了说还是脱不了文人画的气息,不过也可以了,还是交给校办先过目。三天后,校办回复说画作构图不够细密繁富,整体也缺乏灿烂辉煌。这时应志武借口忙,干脆搁笔不画了。张懿恒不知道该怎么办,郑宇智说校办那些人懂个屁,就知道大红大绿枝繁叶茂的,咱就往这个方向努力。于是再征求院长的意见,张懿恒画了《芳华颂》,其实这个画连他都觉得俗气,实在不好意思出手,但校办的人大为赞赏,说领导们很满意。画作总算完成,张懿恒长吁一口气。不过他并不打算把这画收入作品集中。

一个星期后院长又召见了张懿恒。"校办刚刚给我打电话了,说这幅《芳华图》——"肖子业顿了顿,一脸的无可奈何,"说其中的梅花用意很好,代表着坚贞不屈蓬勃向上,但枝条斜出太多,而且下垂。他们认为这倒梅就是'倒霉'的意思,要你再修改。还说那个百合就是'败活'的谐音,很不吉利……"张懿恒顿时气上心头,从沙发上站起来,大声说:"院长您也是画家,知道画画的不易。连续画了这么久,又不挣一分钱,你说累不累?就这样他们还外行指导内行,让我再怎么画?历史上的大画家画梅花,哪个不是疏影横斜俯仰生姿的?什么倒梅倒霉、百合败活的,再这样我没法画。"

"小张,冷静些,冷静些,校领导的话你要考虑呢!"

"不懂艺术的人瞎指挥,我何必在这里仰人鼻息?"

肖子业呵呵两声,他早已料到张懿恒的反应了,便打开一幅画轴,娓娓道来:"郑宇智的画也有这个问题,山水中的溪流曲折太多,最终奔腾而去。校办认为这样没有财运,风水全流走了,不聚财,看着就晦气,所以让他多次修改,画成池塘聚宝盆的样子,领导看了他改过的画很满意。"

张懿恒心里笑道:"郑宇智,你也能画出这样的画?难怪分工时抢着要画山水!"

"小张,做人不可太过孤傲慎独,要圆柔要灵变,大丈夫能屈能伸,人是社会关系的总和,所以太过孤傲清高不好。画家都要俗一点,水至清则无鱼,太过高雅的人是画不出画的,至少画不出好画。王冕、徐渭不也卖画,不也为五斗米伏案折腰吗?赵孟頫不也很世俗甚至媚俗嘛!你还是重画一幅吧,下半年评职称,校领导就是学术委员会的组成人员,职称的生杀予夺,他们有决定权。"肖子业说着拍拍张懿恒的后背。丁雄伟也走过来,双手抱住张懿恒的肩膀,声音亲切无比:"张博士,好我的大哥啊,你就当帮衬艺术学院,帮衬兄弟一把吧!画好了赶紧交差,校办的老顾就不用骚扰我了。不然,整天让我给你转达意见,烦死人了。"

三个多星期后,张懿恒画好一幅《闹春图》。这次他不再画梅花了,他订购了丈二的宣纸,以玉兰孔雀为主题,配了杏花喜鹊,又点缀桃花和兰花等,构图设色尽量去掉野逸的调子,追求富丽堂皇明艳灿烂的气息。画好后他觉得不放心,按照丁雄伟的指点,又写了一纸说明,指出玉兰孔雀从来都是吉祥的象征,而杏花谐音"幸花",画中的草地寓意接地气,而太湖石就是风水石、转运石,画面中花朵依石而生,寓意着有靠山。在说明的最后他提到之所以叫闹春而不叫鸣春或报春,是取自"红杏枝头春意闹"的大美大雅意境。

几天后校办请张懿恒他们吃饭,老浦和院长肯定少不了,丁雄伟作为艺术学院办公室主任兼党委副书记当然也参加。酒过三巡,在赞扬了郑宇智之后,校办顾主任又把秃脑袋转向张懿恒:"哎呀,小张,你那画新来的校长、书记看了交口称赞,他们看得很高兴,说你的画好像美女一样,让人眼前闪闪发光。"肖子业呵呵道:"你看我们小张老师为这幅画来来回回,数易其稿。顶着评职称的巨大压力努力干活,天天晚上觉都睡不好,饭吃不好,头发也掉了不少。"老浦也跟紧说张老师一贯都很认真努力,为了学校这幅画,简直把命都投入进去了,确实很辛苦很敬业,他这几年的科研也好,是我们学院唯一有国家项目的青年教师。

丁雄伟递个眼色,张懿恒顿时明白过来,赶紧站起来给顾主任敬酒:"感谢夸奖,为学校贡献,是我的职责和义务。理所当然,当仁不让,义不容辞,再辛苦也值得,也应该!""好啊,好啊,好啊!"大家都干起杯来,喝着喝着,话题落到艺术学院身上。

"我年龄大了,再过一个多月,就满六十岁了,说起来已经到期,该下了。"老浦呷口酒,看看肖子业,又看看胖胖的顾主任,"但在接下来的时间里,我要继续努力工作,不懈怠不放松,认真负责,鞠躬尽瘁死而后已,努力站好最后一班岗,请组织放心。"说着又看看丁雄伟,"雄伟,你以后要承担更重要的工作,好好干,我支持你。"

"老浦这几年来负责党务工作,是组织信得过的老同志好同志。他兢兢业业勤勤恳恳,我们艺术学院工作做得这么好,老浦厥功甚伟,是我和雄伟的好榜样好搭档。"肖子业也看看老浦,再看看顾主任。

张懿恒知道院长说得没错,就像崇拜丁雄伟一样,很多小女生确实很喜欢老浦,都说老浦是优秀学者,像老爷爷一样德高望重、慈祥可亲,上课让人很开心。院庆晚会上,很多女生围上去,对老浦又是献花又是拥抱,热闹得像是影帝过生日。每年三四月,选老浦和丁雄伟做论文指导老师的学生总是扎堆。学生也纷纷反映上老浦的课最轻松,因为平时没什么学习压力,考试很容易通过,当然,选朱紫贵、廖慈志做论文指导老师的学生就更多。想到这里,张懿恒禁不住从心里反问:滨大啊滨大,从教这么多年,自己最悲哀的是什么?

"参加革命四十年,一颗红心永不变,我的生命永远属于党。"又上来几个菜,老浦更慷慨激昂起来。肖子业一边给大家敬酒,一边说还有很多工作要做,他这个院长也当了十年了,但院长职位不是属于个人,而是属于组织。一两年之后换届,无论到什么岗位他都坚决服从组织安排,哪里需要就到哪里去,反正都是工作!"我的工作以后走向一线,当然更加艰巨更加繁重,但是我不怕苦不怕累,要向浦书记学习,把一切献给党,清正廉洁,大公无私,义无反顾,勤奋努力,一如既往配合好院长的工作。"丁雄伟很快站了起来,说着便把胸脯拍得啪啪作响,好像勇士出征前义薄云天的盟誓。掌声中,丁雄伟一一给大家敬酒,张懿恒顿时明白,原来是丁雄伟接替老浦的位置,看来常云辉被放鸽子了。他立刻想起关教授的话:"檐前水,滴滴滴到现窝里。"对面的郑宇智朝他会心一笑,那眼神

673

分明在说:看到了吧,领导永远是领导!

事实明摆着,高校永远是高校,领导永远是领导!就像经过罢课事件之后的王书记,虽然被勒令提前退休,但现在还在滨江大学城市学院担任名誉院长一职。张懿恒前几天还见过他,老头子腰板挺直,红光满面,举手投足不失往日风度,气色比当书记时还好。为什么?因为他现在天天吃海参,天天打高尔夫,打完高尔夫就喝茅台,一天一瓶,从不间断。王书记好酒是出了名的,外号就叫王茅台,滨大早流传这样的故事:王书记和人谈话,见面不说别的,先干光一瓶茅台,很多事情往往在酒宴上就解决了。

喝着喝着,顾主任搂住肖子业的肩膀,说话亲密无间:"嗨,老肖,本来学校要委派机关的穆世忠过来接替老浦,但你说不合适,后来又派闵东青,派常云辉,但你死活不同意,说艺术学院内部已经有更合适的人选,你不就是想让丁雄伟上嘛!头一次任命副书记,你提的是丁雄伟,这次又是他。连续好几次拒绝学校委派的人选,校领导拿你没办法,新来的组织部部长更是干瞪眼,云艺副院长这几天也闹辞职,说是干不下去。"

肖子业也醉了,一边和顾主任碰着杯,一边喃喃解释:"言过其实了,谁上谁下和我都没关系!我也要离开艺术学院了。这几年毁誉参半,辛劳苦劳,工作不好做啊!""啊?院长您这要一走,艺术学院没有了伟大舵手,没有领路人,我们……"应志武立刻站了起来,说了两句就哽咽了,身边的音乐系副主任柏耀莲,一个晚会上唱过歌的女老师也哭起来。"唉唉,年轻人悲伤什么?"顾主任赶紧放下酒杯劝慰,"不要担心,肖院长现在是滨大艺术学院院长、人文学部主任,以后就是当了副校长,也会主管艺术学院,继续指导艺术学院的工作。"应志武顿时破涕为笑:"艺术学院离不开肖老师啊,他不当院长,我们怎么办?"

小年轻也会演戏了,张懿恒想起系务会议上,应志武对老师们大呼小叫吆五喝六的样子,这样一个三十出头的年轻人,也经常给大家讲党课,讲着讲着就大义凛然。而柏耀莲参加工作不到半年就被提拔为副主任,平日里在丁雄伟面前张口一个伟哥,闭口一个雄哥,但在普通老师面前就很强势,说话做事全凭个人性子来,和田娟、朱丽茵不知吵了多少次。应志武和柏耀莲现在学术科研全放弃,但上层路线却越走越精。没办法,领导爱用这样的年轻人,而年轻人也大都这样了。

顾主任嘴里喷着浓浓的酒气,和肖子业频频碰杯:"老肖我服了你了,硬是把学校的人选顶了回去!老浦被你把玩了好几年,成了龟孙子。现在的丁雄伟又是你一手培植的,这下好,你用了自己的人,以后在艺术学院更说一不二了。老肖啊,我知道你是无党派人士,无党派人士决定执政党的党委书记人选,别说在咱们中国的大学,就是在外国的大学也不可能,可是老兄你做到了,真是千古奇闻!"顾主任不知是揶揄还是赞扬,说着说着就结巴了,脸红得像烙铁。

"老肖,你太牛了!组织部部长都说你很厉害,把艺术学院经营得针插不进水泼不进,俨然一个独立王国。院长负责制,你们学院算是登峰造极了!"

老浦听着,脸色看不出是红是白,让人感觉跟没有脸皮一样。肖子业有些尴尬,说话也结结巴巴:"哪里哪里,顾主任,你喝高了。艺术学院是民主集中制,凡事都要通过党政联席会讨论的。个别人的非议不值一提!""是的是的,其实谁当书记不重要,重要的是把工作做好!推荐雄伟当书记,是艺术学院党委反复酝酿反复讨论的结果,子业院长没参与。""对对对,一切都是工作需要,和牛不牛没关系。我们艺术学院这么多年来选人用人、招生录取还是很公正的,一切都是集体讨论决定。"老浦和丁雄伟立刻附和。"这十年不容易啊,我们这届班子经历了多少事情!没有功劳难道没有苦劳,没有苦劳难道没有疲劳?"老浦说着就哭起来。肖子业放下酒杯,也是颇显感慨。

高贵的外衣下,包裹着强烈的私欲,张懿恒知道领导的表态是装出来的,于是就一声不吭,看着这位荣誉等身官位等身的院长,他不知该说什么。两年前,肖子业以无党派人士身份高票当选滨江市新一届政协副主席。老浦第一个在院微信群里上传相关照片并热烈祝贺,说院长的当选是民心所向,众望所归,是艺术学院的光荣,也是滨江大学的光荣。

肖子业和顾主任对话的时候,郑宇智从桌下把脚踢过来,张懿恒知道什么意思。"完了,这个单位完了。人生如戏,重在演技,领导们都是鬼话连篇的戏精,时时烧杀抢掠,处处自我粉饰,就这样他们内心还十分强大。豺狼当道,我实在没心劲了。"果不其然,上卫生间的时候,郑宇智偷偷嘀咕。听了这话,张懿恒马上联想到程怡雪。

675

饭局依然热烈,领导们还在继续交谈,尽管喝了很多酒,但肖子业依旧心静气闲,不失温和儒雅的本色。张懿恒早已熟悉了这种儒雅。画虎画皮难画骨,知人知面不知心。认识一个人是多么难,整整十年过去,张懿恒才明白原来人是能自己给自己画皮的。

自古流氓不可怕,就怕流氓有文化。粗鲁很容易看清,但儒雅会蒙蔽多少人的眼睛!十年时间里,肖子业干了很多事,其中最明显的就是把他自己从一个副研究员变成了教授,变成了国家一级美术师,变成了滨江大学艺术学科学术带头人。当然,还有其他多如牛毛的头衔,比如硕士生导师、博士生导师、市杰出人才、市美术家协会主席、市收藏家协会主席、市文史馆副馆长、参事室参事、滨阳省优秀教师、有突出贡献专家、省级劳动模范、省美术家协会副主席、省文联副主席等,近年来又获得国家级教学名师、全国五一劳动奖章、全国劳模、全国美协理事、主席团成员等光荣称号。

学问不是评出来的,评出来的不是学问。肖子业一个人获得的各类头衔不计其数,最终他成为滨江市首屈一指的荣誉等身、著作等身、学问等身、光环等身的名教授,没人能取代他的位置。他成为滨江大学人文学部主任水到渠成,至于当副校长、校长、长江学者更是迟早的事,顾主任已经透露了,陶兰青也预测过,所以张懿恒很清楚:肖子业能干,但更能获得,他是学者里的官员,是官员里的学者,只要是在滨江的地盘,肖子业无论走到哪里都掌声一片、鲜花簇拥,谁都比不过他。比如去年,尽管事先口口声声一百个不愿意,他还是把组织部李部长的外甥女招进了艺术学院当教务员,把人事处吉处长的侄子按照外聘老师的名义,招进了艺术学院当专任老师,而在这盘根错节的利来利往中,他艺术学院院长的位置坐得比谁都稳固。

正因如此,肖子业成为年轻老师的标杆,成为艺术学院的核心。学问政治化,学术权力化,滨江大学艺术学院早已政教合一。众所周知:院长现在既是学院的最高精神领袖,又是行政最高负责人,肖子业已经成为艺术的象征,成为单位的化身,成为集体的高标,人脉深广,声望日隆,是艺术学院名副其实的"教宗"。"船长啊船长,您是我们的一切。"前几天还有人写诗发在学院微信群里,不用说,赞美的就是肖子业。

的确,肖子业这个人运气好,想什么就干什么,干什么就成什么!谁也没想到他原来这能干!冯志学死后,老浦原以为艺术学院的班子要重组,没想到经过一番运作,他们依然安然无恙。肖子业这个人太厉害了,屁股一旦坐稳,就步步高升,能力强大得超乎想象,所以老浦在肖子业被内定为副校长人选后慨叹:"天不亡肖,肖子业三落又三起,每次都是落起后爬得更高,这人真是城府深、能力强啊!"直到晚上睡觉,老浦都在想自己这辈子看来也就是肖子业的配角了!配角也好,反正自己这辈子也评不上教授了!"肖子业主政艺术学院十年,我当了十年的太平书记。哈哈,我这辈子也赚美了!这个世界上不管大官小官,只要有官位就有钱!要是退休后返聘,能再当几年书记就更美了!这个鬼制度,非要搞什么退休,当官能当到死才好呢。"夜里,被惊醒的老婆听到老浦梦呓中的嬉笑和谩骂。

十年了,丁雄伟作为肖子业的得力助手,办事从来深得信任。单位进来很多年轻人。丁雄伟一次次请他们吃饭喝酒,洗脚洗头,很快和这些年轻人打得火热,统战成统饭统玩了,工作就很好做。没办法,不用年轻人用谁呢?艺术学院历史遗留问题多,人员构成复杂,老年教师怨气重,中年教师压力大,只有年轻人没有负担,思想简单,干劲充足,听说顺事好使唤!这也是肖子业能成为学院"教宗"的重要原因。想到丁雄伟当书记,张懿恒从心里骂道:"一群狗娘养的,艺术学院搞来搞去,还是这些王八蛋的天下。"

乱条犹未变初黄,倚得东风势便狂。解把飞花蒙日月,不知天地有清霜。教育是国家的良心,自古吏治腐败是最大的腐败,教育不公是最大的不公。人莫不想成龙成凤幸福生活,但人自出生开始,原生家庭就决定了他的生活起点,比如物质供给的水平、文化知识的熏陶及气质秉性的养成等,总有差异总有不公。而多少人为了弥补这种先天的不公,努力奋发,寒窗苦读,企图借助后天的努力实现自己幸福生活的梦想。

十年辛勤变化鱼龙地,一生期许飞翔鸾凤天。学生之所以执着,是因为坚信分数面前人人平等,所以说教育公平首先指的是考试录取的公平、接受学校教育的公平,而想方设法弄虚作假,肆意破坏录取规则,肆意破坏分数平等,肆意剥夺公民的受教育权,就是最大的教育不公,也是对社会的最大危害!有人明明知道这种不公,知道杀贫济富、损不足以奉有余是人血馒头,可是还能把这个人血馒头吃下去,吃得有滋有味,吃得心安理得,吃得乐在其中。

　　卑鄙是卑鄙者的通行证,高尚是高尚者的墓志铭。想起前阵子的艺术学院研究生录取,张懿恒就气愤难平。不说研究生了,就拿本科生录取来说,这几年老师们也屡屡感叹:招的学生良莠不齐,非考试因素太多,艺术学院生源质量越来越差,学生太难教了!

　　事出反常必有妖,妖为鬼蜮必成灾。自古鬼和妖很可怕,那些介乎人鬼之间、人妖之间的戏精更可怕!但再好的戏也会收场,再好的戏精也有原形毕露的一天!其实这次招生之前,张懿恒就预感到风暴来临,特别是馆藏名画失窃的事情,他也一直上心,而香港之行更让他收获颇丰。按照他的推测:虽未发现熟人作案,但不排除这种可能,内鬼哄鬼危害大。

　　张懿恒当然知道,敌人能这么做肯定把什么都考虑到了,所以有恃无恐!

　　敌人比他要强大许多倍。

　　但张懿恒也把什么都考虑到了。

　　……之前拜访卫风之的时候,张懿恒提了肖子业通知参加研究生招生的事情。卫风之问:"你准备怎么办?"张懿恒说他没做过这种事情,想听听老师的意见。卫风之笑笑:"我要去国外一段时间。你已经成熟了,一切自我决断。""君子之道以消小人之业,乾坤之明可照子孑之暗,无求之维不惹螳螂之祸。这是你对我讲过的话,难道老师忘了?"张懿恒说着就眉宇一动。顿了一会儿,卫风之提到冯志学早就告诉他:一个院长负责制,一个色厉内荏的老浦,使得肖子业贪权强权,集权霸权,大权独揽为所欲为!滨大哪个学院有艺术学院这么奇葩?什么都系于一人,院内外事务,唯有肖子业的脑袋才算脑袋!难怪老浦成了傀儡和儿皇帝,丁雄伟成了管家。

　　"这话他给你说过吗?"卫风之问。

　　"事实比话语更重要。"张懿恒面不改色。

　　"狭路相逢勇者胜,网络曝光是个好办法。切记!捉奸捉双,捉贼捉赃。"卫风之音声如钟。"错,仅仅揭露一个招生腐败还不算打在蛇的七寸上,还不足以解决问题!"张懿恒刚想说这话,窗外电闪雷鸣,风雨如晦,他突然想起杨鸣鹤。

岂曰无衣？与子同袍。要是师兄在，也会给他出谋划策，可师兄如今到底在哪里呢？山水万重书断绝，张懿恒的胸中直击鼓，直到目光落在一副对联上。"每临大事有静气，不信今时无古贤。"一看到这个，他心里慢慢踏实了……

老浦舌头硬了，说话吞吞吐吐。顾主任满脸通红，和院长抱在一起。张懿恒知道这酒喝得够好了，饭局也快散了，便再敬酒道：

"有个事要请示二位领导。下个月要带学生去浣溪河写生，按照惯例，一般安排两个星期，这次我能不能申请延长一个星期？因为今年气候有些异常，多待几天，等到梅花开放，可以积累些好的素材，以后多创作好作品，为学校，为艺术学院的发展竭尽所能。"

"这个……"肖子业和顾主任、老浦交流了眼色，面容非常温和儒雅，"这样吧小张，明天你写个申请。我签字后，你到教务处找处长签字就行了。哦，对了！还有个重要事情。"肖子业抬抬眼镜，很快笑吟吟提醒，"去年前年你都没评职称，今年学校的评审工作刚启动，人事处已发了预通知，你把时间安排好。评职称是人生的大事，一定要把各种材料整理好，全部交到人事处之后，你再外出写生。"

"野外写生，注意学生的人身安全。这个你要负责好，出了问题谁都脱不了干系。"老浦反复叮嘱。

"嗯嗯，没问题！"张懿恒向领导颔首示意。

"市里前几天来通知，要求推荐优秀人才参加省里的文艺创作表彰会，你们看我们学院推荐谁呢？"丁雄伟说完看看顾主任，再看看院长和老浦，目光最后落在张懿恒身上，笑而不语。

"呵呵！"肖子业看看老浦，两个人相视一笑，"我觉得可以推荐小张去，他的画都进国展了，能不优秀？再说最近又义务为学校画了这么好的画……"肖子业看看顾主任，顾主任很快喜笑颜开："对对，院长说得对，我完全赞同。张老师的确是最合适的人选，校办这边完全同意。"说着拉住张懿恒的胳膊，"到时候去省里开会，我给你安排专车。"

"好！这件事就这么定了。"肖子业再建议大家干杯。

"哎呀，张哥，你可有福了，说不定能见到省上的大领导。说实在的，我们在座的为党工作多年,还没一个见过省级干部呢。话说回来,张老师,你也该画幅画送给咱们顾主任了。"丁雄伟说话时握的是张懿恒的手,眼睛却讨好地看着顾主任。

一个多星期后,按照安排,张懿恒进了省城。

一锅菜

从省城回来,张懿恒刚一下车,就有人大声招呼:"哎呀,欢迎你凯旋。"老浦眉开眼笑,乐得合不拢嘴,"那个会开得好,给咱滨大争了光。你看那么多代表,新来的省委书记一一接见,但不知怎么的,唯独和你握手的照片被记者抢拍,发在《滨江日报》的头版。咱们校长都没有这个光彩啊!省委书记和你有缘咋的?……不用解释了,反正你这下给咱艺术学院长脸了,哈哈哈。""这报纸要好好收藏,以后要在资料室好好展览。"肖子业也握住张懿恒的手久久不肯放下,最后还不忘叮嘱:"今年评职称的正式通知已经下发,你赶快填表。评副高不需要答辩,切记等材料全部交好之后,再外出写生。"

张懿恒拿了登着自己照片的《滨江日报》,想着要赶快给罗莹看看,无论如何,两人要见一面,因为接下来的职称填表将会更忙更累,他脱不了身。其实在他去省城之前,两人约会过几次,自然又是热烈的巫山云雨。后来在会议间隙,在参观交流中,甚至在听领导讲话,听专家发言的过程中,张懿恒也没有忘记给罗莹又发短信又微信留言,晚上也打过电话,但奇怪的是,罗莹没有任何回应,短信不回,手机不接。他怀疑她是不是病了,便按捺不住,带着买来的煎堆直接去了罗莹的小学。

"咚咚咚。"他敲响罗莹的宿舍门。

"谁啊?"里面传出一声问候。

张懿恒不吭气,只是不断敲门。门开了,罗莹探出一个脑袋,神色有些慌乱,当看清是他时,她立刻抽搐起来。

"你怎么来了?"

"我不能来吗?"

"你来干什么?"

"你说我来干什么?"

"我不想见你。"

"你怎么电话不接,短信不回?"

"不回复就是回复。你不明白吗?当老师的人,还要我教?"

生硬而冰冷的对话,使得张懿恒很快清醒。"罗莹!"他怔了一下,"我不是来纠缠你的,你以后不想见,就永远不要见好了,你只要把话说明白就可以了。"

"我已经表明了我的态度。我想过了,认真想过了,我对你——没——感——觉!"罗莹板着脸,说完就要关门。

走廊上开始有人来来往往,张懿恒背上发汗了,他很想进去和罗莹谈谈,但罗莹靠在门上,分明不让他进房间,于是走廊就成了他们谈判的场所。

"你?——没感觉你让我去你家干什么,不是浪费感情吗?"张懿恒反问道。其实他还想问:"没感觉你怎么和人肌肤之亲?"

"那是你爱来。"罗莹扬扬头,说着就翻起白眼,"看看你,没有院长肖老师那样儒雅翩翩,气质超群;没有老浦书记那样指挥若定,潇洒沉稳;没有丁雄伟老师那样谈笑风生,幽默风趣;特别是你说话瓮声瓮气,没有云艺老师的嗓音那么富有磁性富有魅力。你太差劲了,不能让我仰慕让我崇拜。"

仿佛几声闷鼓打在心头,张懿恒顿时脑袋发昏,想起牛婷也讲过类似的话,一股遏制不住的煞气很快涌上来,袭击着他的根根神经。听见对话声,楼上楼下的学生和老师停步了,都好奇地朝这边张望。张懿恒想起这是罗莹而非自己工作的地方,他在这个小学没熟人没朋友,不怕人看见,而罗莹恰恰相反。看看楼上,看看楼下,再看看罗莹,张懿恒突然发现眼前的女孩眼神尽管纯净,但是也很空洞很肤浅,于是就大声说道:

"罗莹,你讲这个话,今天休想走出去,也休想躲进去!我就堵在走廊里,看你如何对付?"

停顿了几分钟,罗莹眼圈红了,她背靠着门扇,喃喃道:

"我求求你了,不要再纠缠我好不好?我对你只有师生之情,没有男女之情。前些日子我前男友又来找我,跪在我脚下痛哭流涕。我想来想去,还是觉得和他在一起开心快活。和你在一起,就像和石头木头在一起,我没有一点感觉,没有一点心动,没有一点欲望。你走吧,走远点,我还是要找和我同龄的靓仔,要那种一看就让我兴奋震颤,挑动我浑身雌性激素的帅哥!别忘了,我是小鲜肉哦,小鲜肉要配小葱的,而你是老姜,我们两个就不是同一锅的菜!"

女孩的声音不高,但句句刺心。张懿恒有口难言,只觉得胸口发闷,一股咸腥的味道涌上喉头,强烈刺激着他的身心。在狠狠将煎堆摔在地上之后,他喘了几口气,踉跄着下楼了。空气中飘来丝丝白兰花的清香,这个当了多年大学老师的男人很快冷静下来,走进校门外的一家凉茶店。一杯夏桑菊下肚,张懿恒发现原来味道这么好,昔日苦涩的夏桑菊此刻却仿佛极度甘甜,而且回味无穷,醒目提神,让人心静气闲。

玻璃窗外人影一闪,虽然换了衣服,但张懿恒一眼就看出是罗莹。

罗莹走到学校门口不到一分钟,有个身穿斑马服的男子就迎上去搂住她的腰,两个人随即抱在一起亲吻起来。这应该就是罗莹说的那个高富帅靓仔男友吧?张懿恒很好奇。但等他看清楚之后,心里就不知道是该祝愿还是该耻笑了!

罗莹正抱着亲吻的那个男生身材肥胖,个子比她还矮半头,眼睛小,鼻梁扁平,脸色干黄不说,还一脸的疤痕,更明显的是右边腮帮子上有颗大大的痣,痣上一撮长长的黑毛。"这不就是和罗莹同班的孙富荣吗?"张懿恒忽然醒悟。

眼看两人接吻完毕勾肩搭背上楼了,张懿恒立刻想起罗莹曾经在他身下的娇喘,想着想着,忽然阵阵恶心,一杯苦茶没喝完,就扬长而去。

公交车停了又开,人流也上上下下,张懿恒的思绪和纷繁的人流一样焦躁不安。而关于罗莹的种种回想也越来越具体和清晰:当年学期末登记分数时,罗莹的成绩总是居于末流,平时表现也不好,上课就喜欢玩微信。至于她毕业论文的写作,更让他痛苦不堪。论文中一些最基本的语句表述都成问题,一页不到五百字的论述,错别字病句就有十几处。很多句子都是从网络上生搬硬套的,连字体颜色都没统一。整个写作词不达意,逻辑混乱,连基本的文从字顺都达不到,更别说论证的深度了。

当年给罗莹指导论文真令人头疼,可是她也好歹出身教师家庭,从小怎么学习的,又是怎么进大学的!?所有的回想汇集到一起,让张懿恒越来越迷糊,他就这样在车上睡着了。不知过了多久,喇叭一响,传来公交到站的响亮提示声,张懿恒一下子醒悟过来:一个上课都爱玩的女孩,什么不敢玩呢?一个不爱学习的女生,怎么会爱慕有学问的老师呢?罗莹说对自己没有感觉,倒也合情合理。不是一路人,不进一家门。阴差阳错,看来自己真不该对她动感情。

窗外,一路转瞬即逝的霓虹灯光。

两个星期后,张懿恒上交职称申报材料。人事处的小苗老师一一验收,最后说声:"行了!"张懿恒顿感浑身轻松,他知道自己能做的都已做到,接下来,一切真的是听天由命了。

第二十四章 梅花

梅 思

张懿恒想去南山浣溪河看梅花,此心久矣。

青山不墨千秋画,绿水无弦万古琴。南山因环境优美而出名,山上云峰渺渺,山下小河蜿蜒曲折,梅林密布。当年陈毅打游击时,在此活动过,写过几首著名的诗,如今南山还流传着他的传说。研究生二年级时,张懿恒跟随老师来这里写生,只见山高树密,幽谷清溪,浣溪河沿着山脚绵延流淌,河水清碧欲透,河沟里长了很多梅树,都有四五百年的树龄,据说是明朝的一个老和尚留下来的。历经数百年的洗礼,这些老梅树自己不同凡响,或虬曲或直立,纵横交错,自由生长。开花的时候,满山谷都是红的白的颜色,幽野静谧,奇崛古朴,真可谓气韵天成。

当时张懿恒他们一来就喜欢上了这里,杨鸣鹤师兄立刻琴歌合奏起来。鸣鹤师兄当时是学校研究生会副主席,也是琴社社长。他带了一把古琴,边抚边唱。梅边吹笛,流风回雪,倒也别有一番风致。

在浣溪河住了十多天,张懿恒还和一个叫阿河的山民结成了朋友,阿河家就在浣溪河边的梅岭村。山路弯弯,梅林深处,掩映着几处土坯房和草屋,房前有池塘,房后有山坡。阿河说他们世世代代居住在这里,守着茫茫梅林。和其他村民一样,阿河以种梅为生,他没学过画,但很喜欢看人画画,特别喜欢张懿恒把自家的一切画进画里。"我家门前这棵老梅树快五百岁了,老和尚亲自栽下的,你把它画进画里吧。还有这个公鸡。晚上我给你做客家醉鸡,就用梅子酒调味,再蘸点梅花蜜,好吃得很。"阿河皮肤黝黑,一说话就露出庄户人特有的憨厚笑容。

博士毕业前夕,张懿恒又去了一次南山。他和杨鸣鹤师兄以及中文系的徐松云三个人,身背油米面,肩挑粮肉菜,因为听说阿河结婚了,他们前去祝贺。时间匆匆,他们只待了两天就离开了,离开时相约下次再来赏梅。往事悠悠,别时容易见时难,转眼间十年过去,这期间飞鸿雪泥,张懿恒虽然也写生过梅花,但都是在近处的公园、小区里,至于南山浣溪河,因为种种原因再也没有去过。而徐松云,张懿恒也只是偶尔通通信,诉说各自人生的不易,后来就少有联系。几天前阿河突然写信给张懿恒,邀他们再去看看梅花,还说他已经酿就了两坛子老酒,准备好一罐子梅花蜜,要盛情款待,欢迎他们的到来。

张懿恒到了南山浣溪河,故地重游,山还是原来的山,水还是原来的水,唯一让人不适的是入山的路口竖着几个大广告牌,牌子前有几个工人忙着张贴花花绿绿的广告。徐松云驾车,早已在路口等他,车上还有其他几个人。"都是我们琴社的朋友。于绿漪女史,如今是自由撰稿人。管小清女史,也是画画的。汪哲琦,我们都叫他老汪,杀猪的出身,曾经是一位大厨,现在辞职了,以书法为乐。这位周彤炜,北大的佛学博士,雅好文墨,现在专事种茶。"徐松云一一做了介绍,同道相见,大家分外高兴,相互谈笑风生。张懿恒问鸣鹤师兄联系上了没有,徐松云只顾开车,车子开过几个山头,大家纷纷感叹:"没想到这里也修了马路!"

"这么多年了,能不开发?好在现在还算原生态的山水。"

"没有大开发已经不错了!"

车子开了一段,就开不进去了。张懿恒他们干脆弃车步行,几个人爬了一个多小时的山路,最后气喘吁吁来到梅岭村。竹林深深,溪流潺潺,村子还是那样古朴隐逸、宁静荒凉。阿河早已在村口迎接。多年不见,阿河老了,黑瘦了许多,脸上也有很多皱纹。"老师们,原谅我不能远迎。"阿河一瘸一拐站起来。看见阿河扶着拐杖,大家一阵惊异。"前年追赶兔子,摔伤了,一直好不起来。"阿河指着腿笑笑。

香闻流水处,影落野人家。春信微茫何处寻?昨宵吹到梅梢上。梅岭村的梅树还是那样古傲劲节、清幽野逸。一阵风吹来,山花烂漫,馨香怡人,张懿恒他们突然有了创作的冲动,放下行李马上就山前山后画起来。一直画到傍晚,张懿恒又想起鸣鹤师兄到底怎么啦?他问了好几次,徐松云总避而不答。

天鹅绒似的洁白的云片,在浣溪河上空静静飘移。云片下方的山岭上,梅树、松树、香樟、乌桕,数不清的树种,望不完的颜色,像起伏的波浪一样延伸下来,延伸到蓝色的天边,延伸到苍翠的山岭上。峰峦如聚,松涛如怒,竹海如诉。曾经沧海难为水,除却巫山不是云。在河边,望着紫青缭白绿黄叠翠的山峦,他不知道为什么想起了那个做过很多次的梦,想起了让他心如刀绞的程怡雪。

来的时候,丁雄伟在群里发通知,说院长又拉了几个上百万元的横向课题,要求大家都参与其中,早日把经费用光。"钱到了你手,才是你的!"丁雄伟反复叮嘱,其实不用叮嘱,张懿恒早已知道这么多年来,艺术学院巧立名目,骗取了多少经费啊!但越是这样,艺术学院越是穷,肖子业院长经常诉苦说工作难做,的确,无论正式非正式,他好几次向学校提出辞职,但最终都被压下来了。

夜里,张懿恒被一阵乐声惊醒,循着声音,他看见梅树下有个人捧箫而醉,于是就静坐聆听。洞箫呜咽,像深林中的泉流一样幽冷凄清,他听得几欲落泪,直到一曲《梅花落》终了。

"你不是关心杨鸣鹤嘛!他和导师闹了矛盾,好几年前就辞职了。"徐松云转过身来。

"去哪儿了?"

"回老家后,精神很快失常,有人说已经死了。这么多年,我们没一个人知道他的确切消息。"

老师的话不幸言中了,张懿恒悲从中来。

"我们这次来了就好好寻梅吧,算是对鸣鹤的思念。"徐松云说罢,又吹起《忆故人》。

梅　品

浣溪河的梅树还是那么美,几天过去,张懿恒边写边看,边看边写,整日乐此不疲。每天早上醒来,对着那些含苞欲放的梅树,经常一画就是七八个小时,渴了喝几口山泉水,饿了啃几口冷馒头。他太喜欢这里了,这是他见过的全中国、全世界最好的梅林。阿河送饭过来,见他专心画画,说也不说一声,放下饭盒就走了,生怕打扰他的兴致。连续画了几天,张懿恒觉得意犹未尽,又顺便拍了好多照片。晚饭时大家聚成一堆,于绿漪读了自己的诗作,老汪拿出自己的书法作品,周彤炜、管小清、徐松云都拿出自己的写生图,大家品茶论画,但看来看去,没有一个人的作品能让大家满意,互相都能找出些毛病。到最后张懿恒问:"我们也算努力了,这么多年一直坚持不懈,可这梅花画得总是风致不够,缺乏一种精气神。原因在哪里呢?"

老汪打了一罐子山泉水倒进砂锅,砂锅里的山泉水烧开后,他又拿出个青瓷茶壶,茶壶里放着青绿色的茶叶,一个个尖尖细细,如同雀舌。于绿漪看着老汪将冒着白气的山泉水冲进茶壶,然后一一洗杯,洗好的青瓷杯个个发着幽光,等到壶中有了袅袅茶香,她开口道:

"应该是文化功底欠缺些。画者,文之极也。古代画家往往诗书画三位一体,德才兼备,现在的画家大多数只懂画画,难以兼顾文史哲。比如梅花,历经进化,在大自然漫长的轮回淘汰中,抗争繁衍,自我调适,最终躲过重重劫难,作为植物界中的古老物种,绵延至今,其不惧严寒,开众花之未开,启万秀之未振,先花后叶,春来即去,功成不居,是寒冬腊月的独特风景,给人无限的视觉冲击和心灵感悟。"又说中国人喜欢种植梅花,历代盛行不衰,堪称世界之最。荆州章华寺有一树楚梅,从春秋战国时就花开不断,至今已两千五百多年。黄梅江心寺的晋梅,今已一千六百多年,天台国清寺的隋梅,今已一千四百多年,超山大明堂还有唐梅和宋梅。这些古梅历经风霜,至今仍定期开花,花开如雪,香清数里。在中华文化中,写梅、咏梅、画梅亦源远流长,成为历代文士的人格寄托和生命追求。《书经》《礼记》《诗经》中都提到了梅子,考古人员甚至在商代的铜鼎里发现了梅核。出土的汉墓画像砖上,也有梅花禽鸟并置的图案组合,南朝张僧繇作有《咏梅图》,惜乎不传。

于绿漪认为就梅而言,文事绘事互为兴发。鲍照《梅花落》:"中庭杂树多,偏为梅咨嗟。问君何独然?念其霜中能作花,露中能作实。"诗中已经突出梅花"问君何独然"的孤高气质。陆凯《赠范晔诗》:"折花逢驿使,寄与陇头人。江南无所有,聊赠一枝春。"以梅花表达思念之情。南朝萧纲《梅花赋》赞扬"梅花特早,偏能识春。……香随风而远度"。王维《杂诗》借梅花思乡怀人。宋璟《梅花赋》歌咏梅花:"未绿叶而先葩,发青枝于宿枿,擢秀敷荣,冰玉一色。胡杂沓乎众草,又芜没于丛棘,匪王孙之见知,羌洁白其何极?!"强调"曷若兹卉,岁寒特妍,冰凝霜冱,擅美专权?……独步早春,自全其天",最后说自己作此文之目的在于"聊染翰以寄怀,用垂示于来哲"。李商隐《十一月中旬至扶风界见梅花》所云"赠远虚盈手,伤离适断肠。为谁成早秀,不待作年芳",情致更为温婉。正是因为有了文学的铺垫,画梅之风才得以勃兴。

"香中别有韵,清极不知寒。唐宋以降,特别是自林逋开始,文人对梅的审美也发生了变化。寻常一样窗前月,才有梅花便不同。中华文化,历数千载之演进,造极于赵宋之世。音乐方面,宋代已有《梅花引》《东风第一枝》《梅香慢》等作品。赵佶在政治上虽是一代庸主,文采画艺却千古风流。"云静静风轻轻,于绿漪呷了一口茶,直到清香慢慢流进五脏六腑,才继续说道:"夜寒不近流苏,只怜他、后庭梅瘦。徽宗笔下的梅花,文心秀质,富丽高华,尽是'宫梅'。一树寒梅白玉条,迥临林村傍溪桥。不知近水花先发,疑是经冬雪未销。乡野中,扬无咎继承华光和尚墨梅技法,发展出'瘦劲清冷'一路,被赵佶戏称为'村梅'。自此'宫梅''村梅'成为画梅发展和而不同的两条路。之后,王冕横空出世,一变'宫梅''村梅'的清冷之调,发展出'密梅'的勃勃生机。"

她的话显然开了个好头,徐松云很快接道:

"孤芳一世,供断有情愁,消瘦损,东阳也,试问花知否?画梅其实是写梅,看到的是笔下写出的清气,看不到的是胸中学问和情怀。指冷玉笙寒,吹彻小梅春透。扬无咎是墨梅派开创性的人物,尽管有人提出他继承仲仁和尚,但毕竟释仲仁没有作品流传下来,今天我们就画论画,第一个应该算扬无咎。爱梅犹绕江村,一枝先破玉溪春。扬无咎的开创性首先是在境界上开创了有别于'宫梅'一路的墨梅境界,朴实自然,平淡天真,尽显野逸高峻之气。木落山空独占春,十分清瘦转精神。这是扬无咎画梅的长处。其次技法上完全摆脱勾线皴染的工笔技法,梅干用飞白写出,意笔明显,开创了小写意画梅的新篇章。倪瓒后来画树干,就受到扬无咎的影响。第二个是元代王冕。尽管王冕之前的赵孟坚、钱选、赵孟頫、吴镇也是画梅高手,但技法格调整体还属于扬无咎系统,不出其大略。王冕在技法上虽受扬无咎影响,但整个格调却变了,王冕发展出'密体'风格,与扬无咎的'清瘦'格调形成鲜明对比。之后陈录、王谦等人受王冕影响非常大,尤其是陈录,无论是技法还是图式都是在学王冕。当然明代的沈周、唐寅,清代的金农梅花画得也不错,但大致不出无咎、元章范畴。徐渭才华纵横,率直倜傥,汪洋恣肆,全凭天才,对后来大写意梅花更有开创之功,他画梅花那股气,贯通爽利,是之前扬无咎、王冕所没有的。此后在画梅的笔法上吴昌硕变化最大,但我个人感觉他画梅花霸悍有余,清雅不足。"

徐松云说完,老汪掂起茶壶,给杯子里斟好茶,也缓缓说道:"如果不以画论,实际上,画梅品格的形成还得益于林逋,疏影横斜水清浅,暗香浮动月黄昏。他不娶不仕终老孤山,实在是梅人合一。另外,东溪春近好同归,柳垂江上影,梅谢雪中枝。宋伯仁的《梅花喜神谱》也值得一提,其'遥山抹云''暮鸟投林'等以意象的方式总结了梅花的多种形态及画面的经营方式,对于梅画的传承与发展有普及之功。"

"对。如此追溯的话,还有苏轼。"张懿恒端起茶杯,用鼻尖闻闻杯盏上的袅袅清香,"去年今日关山路,细雨梅花正断魂。苏轼提出梅格的概念:'诗老不知梅格在,更看绿叶与青枝。'他将梅的品性寄于孤高,这是超脱于画法之外的。"

"一夜相思,水边清浅横枝瘦。清如梦魂,千里人长久。宋画冠绝一世,可谓前无古人,后无来者。"瘦瘦的管小清也开口了,"以梅花为例,赵佶旷世风流,他的宫梅得益于他的书法。你看他梅花的勾线,书意笔意十足,线条硬而有弹性,充满内涵和生机。……更无花态度,全有雪精神。其实无论宫梅、村梅,都有萧条清冷之境,但扬无咎画梅在技法上最大的贡献是创造了圈花法。他用墨笔圈瓣勾花,两三笔即见其精神,细笔中锋,清淡传神,一朵忽先变,百花皆后香。

这就与院体的'宫梅'形成鲜明对比,臻于李公麟白描法的功力。"看来岂是寻常色,浓淡由他冰雪中。管小清认为扬无咎最大的贡献是设色朴素淡雅,这就把握住了梅花的清瘦孤高气质,与后来金农刚柔相济的梅干形成鲜明对比,格调更加雅致。扬无咎的《四梅图》非常经典,构图简单自然,随手取自然界一枝,老干用飞白见沧桑萧条,嫩枝用水笔见虚灵空渺,花枝的俯仰开合可谓意蕴突出,自得风流。

"宫梅村梅各有千秋。东坡居士有言:'论画以形似,见与儿童邻。赋诗必此诗,定非知诗人。'王荆公也云:'白玉堂前一树梅,为谁零落为谁开。唯有春风最相惜,一年一度一归来。'"徐松云又接着说到好的作品不但要看到笔墨,而且要看到画家的思考。自宋代起,开始注重有文人情怀的作品。宋人咏梅,皆借景生情。山边幽谷水边村,曾被疏花断客魂。犹恨东风无意思,更吹烟雨暗黄昏。无意苦争春,一任群芳妒。零落成泥碾作尘,只有香如故。冷云荒翠,幽栖久、无语暗申春怨。一切景语皆情语,所以说要"外师造化",但更重要的是"中得心源"。

"仲仁的画法给了扬无咎极大的启发,'补之所作后益超出,格韵尤高'。扬无咎的梅花格调是很高的,技法上也有自己的独创,比如中锋勾花,在勾线的过程中有轻重、提按、虚实之变化,画得空灵传神,这是他的优点。但自然的、写生的状态一多,枝干中缺少书法用笔,文人化的心源思考就少了些。发展到后来的王冕,就比扬无咎成熟多了。冰雪林中著此身,不同桃李混芳尘。忽然一夜清香发,散作乾坤万里春。你看写得多好啊!"徐松云说完,管小清笑一笑:"桃李莫相妒,夭姿元不同。松云兄,扬无咎没有以墨戏的心态去表达梅花,而是从自然的梅花形态中总结出精神化的审美之格。这是他的高超之处。所以说华光一派,流传至扬无咎,始极其致。"

"马远、马麟父子也是画梅高手,《层叠冰绡图》是马麟存世名作,我觉得应该看作与扬无咎同时代的代表作。这幅作品尽管是'宫梅',但其'清瘦'与扬无咎画梅气息无二,所以说'宫梅''村梅'在审美上其实殊途同归。正所谓:道是春来花未,道是雪来香异。竹外一枝斜,野人家。冷落竹篱茅舍,富贵玉堂琼榭。两地不同栽,一般开。"张懿恒说着看看管小清,再看看徐松云。

"对。浑如冷蝶宿花房,拥抱檀心忆旧香。开到寒梢尤可爱,此般必是汉宫妆。马麟作画用笔圆劲,轩昂洒落,画风秀润处过于乃父。"周彤炜也放下茶杯,拈起一根梅枝,"马麟笔下的梅花疏密有度,筋骨铮铮,瘦硬如屈铁,清奇如凝霜,内涵深,气场足,仅俯仰两枝就撑起整个画面,构图严谨灵动。这正是对于梅花品格的把握。"

"难言处,良宵淡月,疏影尚风流。从宋入元,墨梅在审美和技法上都有相当的转变。钱选、赵孟頫、吴镇自然都是大家,但其中最重要的发展还是由王冕完成的。朵朵花开淡墨痕,王冕对墨梅的发展首先是构图上,宋代无论'宫梅'还是'村梅'都是折枝梅,取一枝入画,疏枝清寒,幽冷旷达。王冕画梅学扬无咎,笔力挺劲,勾花以顿挫见长,最终创造性发展出'密梅'风格,花密枝繁,构图以密取胜,枝干穿插繁而不乱,千丛万簇繁而有韵,生气勃勃而风神绰约,虚虚实实,密不透风,疏可走马。至此,画梅之气息大变。打个不恰当的比方,如果说扬无咎是'隐士梅',王冕则是'志士梅'。'隐士梅'是孤世自傲独善其身,'志士梅'则是不平则鸣生机勃发。"

"开时似雪,谢时似雪,花中奇绝。香非在蕊,香非在萼,骨中香彻。大家都在夫子道梅,我也再道一下。高标逸韵君知否?王冕是继扬无咎之后又一个高峰,其行笔健劲,生意益然,尤善于用胭脂作梅骨体,别具风格。后世画梅几乎无人能超越。巧是王冕巧,朴还是扬无咎朴。元初的钱选画梅,气息还是扬无咎一路,兼有文人画的笔法和意象,枝干先勾线后皴染,画面文静淡泊,不事张扬。"

徐松云和于绿漪说完,周彤炜嗯嗯道:"神襟轶寥廓,兴寄挥五弦。一童一鹤两相随,闲步梅边赋小诗。钱选画梅没有一般隐士所流露出来的哀怨忧伤,他的心态平和而博大,追求自然而然。正所谓山色空蒙翠欲流,长江清澈一天秋。"

"此后吴镇画梅形简意浓,笔意简逸,枝干挺秀,你看《墨梅卷》的枝干及圈花,飞白苍劲,风骨凛凛,整个以逸气写梅,心神相应,眼动手动,节奏感和韵律感跃然纸上。不仅表现了梅花的天然神韵,而且寄寓了画家那种高标孤洁的思想感情。当然还有邹春雷,他的《春消息》一气呵成,点染梅花不用毛笔,而用揉成团的绢纸,信手拈来,妙笔生花,怒放的生命,蓬勃的呐喊,真是一绝。我最喜欢。"张懿恒也继续自己的见解。

"清香传得天心在,未话寻常草木知。"徐松云摩挲着手中的茶杯,说着语调就苍凉起来,"明代的徐渭也实在是个天才。现在他以画名传世,其实画画是他的副业,徐渭是运筹帷幄、决胜千里的军事家,没有胡宗宪就没有徐渭,没有徐渭就没有戚继光。徐渭一生经历丰富,为人又纵横豪阔,不拘小节,充满传奇,所以只有像他这样文武兼备的才子才能创造出大写意的绘画技法。徐渭的梅花笔力很强,梅梢如刀刻出,充满金石味,当然郁郁不平之气也喷薄欲出。"

老汪一边烹茶,一边也插话:"从徐渭开始,大写意梅开始登堂亮相,成为画梅发展的另一分支。小院栽梅一两行,画空疏影满衣裳。冰华化雪月添白,一日东风一日香。大写意梅花一直影响到后来的扬州八怪和之后海派的吴昌硕。"

于绿漪手捧画卷,凝眸深思了一会儿,说感觉从明朝开始,画梅有了很大的墨戏成分,不像宋元那么虔诚了。一晌凝情无语,手捻梅花何处?

"寒依疏影萧萧竹,春掩残香漠漠苔。自去何郎无好咏,东风愁寂几回开?此后真正有高度的画梅作品几乎没了。檐流未滴梅花冻,一种清孤不等闲。当然,郑板桥也能画梅,但他是以画竹子闻名的。"徐松云说着就放下茶杯,扶住身边的一棵青竹。

"此后确实比不上宋元。万树寒无色,南枝独有花。香闻流水处,影落野人家。八大、石涛、金农、罗聘尚可一说。吴昌硕的梅花,以书入画,一味的雄浑老辣,清幽尽失。"管小清也若有所悟。

"多谢梅花,伴我微吟。雪月最相宜,梅雪都清绝。其实奔放处不离法度,精微处照顾气魄,苍石老人的梅花还是好的,你看他作画浑金璞玉,力透纸背;意蕴丰富,气象万千。"看看大家都兴致勃勃,张懿恒站起来一一沏茶,末了道,"东风才了又西风,群木山中叶叶空。只有梅花吹不尽,依然新白抱新红。谈了半天别人的作品,要不我们也开始创作,来个分韵赋诗吧。"

大家齐声叫好,相约以王安石《梅花》"凌寒独自开"为韵,轮流赋诗。

管小清分得"凌"字,诗曰:

坚霜安可凌,玉蕊涤江澄。

春过香无迹,怜花诗以凭。

徐松云分得"寒"字,诗曰:

　　风疾知天寒,霜重花愈繁。
　　可堪幽谷中,奇清又一年。

周彤炜分得"独"字,诗曰:

　　雪落白屋独,日暮归鸟逐。
　　古道西风起,何堪再瘦竹。

张懿恒分得"自"字,诗曰:

　　来去可由自?开落随天意。
　　功成身退时,磊落见高志。

于绿漪分得"开"字,诗曰:

　　霜冻花才开,月明香愈来。
　　一夜雪满树,清气贯天台。

老汪也步"自"字韵,诗曰:

　　苦寒不知自,高孤谁会意。
　　待到怒放时,慨然丈夫志。

赋诗结束,大家互相品鉴,张懿恒最后说了句:"松云兄,要不你先来一曲吧!"

于绿漪、管小清随声附和,老汪炖起山笋,周彤炜也开始焚香。

徐松云微微一笑,看看意犹未尽的大家,便开始啸歌:

　　疏疏淡淡,问阿谁、堪比天真颜色。笑杀东君虚占断,多少朱朱白白。雪里温柔,水边明秀,不借春工力。骨清香嫩,迥然天与奇绝。
　　尝记宝篽寒轻,琐窗人睡起,玉纤轻摘。漂泊天涯空瘦损,犹有当

693

年标格。万里风烟,一溪霜月,未怕欺他得。不如归去,阆苑有个人忆。

一曲听完,大家都心驰神往如痴如醉,老汪问这是辛弃疾的《念奴娇·梅》吧,徐松云颔首致意。"真好!等等我也来吟唱。"于绿漪拍拍手。"我其实唱得不好,君在泉下泥销骨,我寄人间雪满头。这啸歌我还是跟杨鸣鹤学的,可惜如今他……"徐松云说着眼圈就红了,大家顿时凄然无语。

沉默了一会儿,阿河搔搔脑袋:"老师们,你们说的文绉绉的,我似懂非懂,历史的梅花咱不敢说,但是翻过这座山,后面还有一大片梅树,是我去年才发现的,你们要不要再去看看?""新发现的梅林?"张懿恒眉睫一动,随之又问怎么不早说?"后山狼虫出没,老辈人都没去过。我去年追赶几只狐狸,无意中才发现的,地方确实很难找,但那里的梅花,感觉还真不一样,就是要辛苦些,因为没有进去的路,得自己开路!"阿河指指后面的山岭。

"懿恒兄,你又心急了。一向年光有限身,等闲离别易销魂。"徐松云手挥五弦,目送归鸿,"慢慢来,先准备好开山的工具再说。再往里走,隔着茫茫山岭,气候更加寒冷,里面的梅花含苞开放估计还需要几天时间。着意寻香不肯香,香在无寻处。你就耐心等吧。看梅不如赏梅,赏梅不如探梅,探梅不如拜梅。"于绿漪呵呵道:"松云兄,你又要抒情了!"

"梅以韵胜,以格高,故以横斜疏瘦与老枝怪石者为贵。梅韵四贵:贵稀不贵密,贵老不贵嫩,贵瘦不贵肥,贵含不贵开。探梅拜梅要注意天气。古人云:花宜称,凡二十六条:'为淡阴;为晓日;为薄寒;为细雨;为轻烟;为佳月;为夕阳;为微雪;为晚霞;为珍禽;为孤鹤;为清溪;为小桥;为竹边;为松下;为明窗;为疏篱;为苍崖;为绿苔;为铜瓶;为纸帐;为林间吹笛;为膝上横琴;为石枰下棋;为扫雪煎茶;为美人淡妆簪戴……'"

大家听着纷纷喝彩。"哪里哪里,什么高论?《梅谱》是这样讲的,我不过重复先贤的论调罢了。"徐松云的声音温润清朗。

梅　清

两天后,张懿恒一行翻山越岭,钻洞爬坡,最终费了很大的劲,才走进那片阿河新发现的古梅林,果然是令人心旷神怡的世外仙境。河谷低洼,水流纵横,梅树沿着河岸,沿着山岭层层分布,逶迤而立,少说也有上千棵,都是那么纵横交错,恣意生长着。一棵棵虽说不清年龄,但虬枝盘曲,古朴劲节,天成幽野,看样子也有六七百年,都是尚未被人开发的自然而然的原生态风貌。张懿恒他们真想不到漫漫山谷中,竟有这样一处绝美所在,梅树虽尚未开花,但那生机勃勃含苞欲放的枝干,也让人别有感觉,大家纷纷画了起来。就这样往返几次,梅花依然未开放,大家感觉跑累了,不想动。这天夜里天气陡然转冷,张懿恒找徐松云,约好明天再去访梅。

第二天一大早,出发的时候,张懿恒发现后面也跟了几个人,大家不约而同赶一起了。一进后山,突然阵阵清香沁人心脾,但见满山梅树,一夜之间竟换了模样,原来梅花已悄然绽放,由疏到密,寒蕊缤纷,洁白如雪,在深冬中别有风致。"千树梅花明如月,一天月华皎如雪。幽人心似梅花清,梅花亦作如是说。银色世界生梅花,水晶宫中明月华。醉卧月华嚼梅蕊,满身清影乱交加。今夕幽人换诗骨,花月即是诗衣钵。明朝花作雪片飞,花下鹤雏啄苔发。"不待于绿漪吟诵完毕,周彤炜就铺开画案,看得出他兴致大发。管小清选个平坦处打开夹板,开始描摹。张懿恒向前走了几步,靠近山涧的一棵老梅树,也画起来。

水流潺潺,飞瀑涓涓,近处梅林香雪海,远山竹涛云雾里。山幽花静,时不时有鸟儿飞来飞去,大自然真是最好的图画。渐渐地,张懿恒陶醉于其中,这种陶醉的快感使他忘记一切存在,忘记了滨江,忘记了时间,忘记了眼前身后的所有人事,他的心中满是烂漫灵动的梅花。大地茫茫,高天流云,张懿恒感到这满世界的梅花是他一人的了。读书之乐何处寻?数点梅花天地心。心灵的泉水尽情荡漾,人生第一次,他有如此美妙的享受!娴静处花落花飞,灵动时万籁寂静。不知过了多久,张懿恒觉得眼前什么东西晃动着,原来是一只绶带鸟从枝头掠过。"啊!"他惊呼一声,以前画绶带只是参考相片,没想到这次竟见到现实中的绶带鸟,真是天赐良机!最美的图画就在眼前,他飞快写形传神,把绶带鸟画了进去。

微风吹过,送来丝丝馨香,琴声伴随着弦歌,在空旷的山谷里回响。张懿恒知道,那是徐松云和他的琴友们开始弹唱了。第一曲他听出来是《梅花三弄》,

这曲子张懿恒再熟悉不过了,但在此时此处听,悠远清幽,还是有很特别的感觉。旋律响起,张懿恒停下笔来,凝神远眺,只见满树梅花随风飘舞,眼前霜雪澄净,万里素清,梅枝轻轻拂动,瓣瓣梅花晶莹剔透又深情脉脉,张懿恒站立不稳,心潮急促,有些痴了。一曲罢了又是一曲,这次是琴箫合奏,琴声袅袅,清管悠悠,张懿恒听着不觉心扉清润,眼前发亮。隔了会儿,一个男子纯银般的嗓音,从山的那边响起,在幽谷中回荡:

旧时月色,算几番照我,梅边吹笛。唤起玉人,不管清寒与攀摘。何逊而今渐老,都忘却春风词笔。但怪得、竹外疏花,香冷入瑶席。

江国,正寂寂。叹寄与路遥,夜雪初积。翠尊易泣,红萼无言耿相忆。长记曾携手处,千树压、西湖寒碧。又片片、吹尽也,几时见得。

苔枝缀玉,有翠禽小小,枝上同宿。客里相逢,篱角黄昏,无言自倚修竹。昭君不惯胡沙远,但暗忆、江南江北。想佩环、月夜归来,化作此花幽独。

犹记深宫旧事,那人正睡里,飞近蛾绿。莫似春风,不管盈盈,早与安排金屋。还教一片随波去,又却怨、玉龙哀曲。等恁时、重觅幽香,已入小窗横幅。

张懿恒身心俱净,他知道这两首《暗香》《疏影》来自《白石道人歌曲》原谱。《白石道人歌曲》是迄今为止能见到的我国最早的古人歌曲集,被誉为音乐史上的稀世珍宝。停顿了几秒,纯银般的嗓音又开始响起:

雁霜寒透幕。正护月云轻,嫩冰犹薄。溪奁照梳掠。想含香弄粉,艳妆难学。玉肌瘦弱。更重重、龙绡衬著。倚东风,一笑嫣然,转盼万花羞落。

寂寞。家山何在?雪后园林,水边楼阁。瑶池旧约。鳞鸿更仗谁托。粉蝶儿只解,寻桃觅柳,开遍南枝未觉。但伤心,冷落黄昏,数声画角。

这次是辛弃疾的《瑞鹤仙·赋梅》,听着听着,张懿恒扶住身边的梅树,凝望天空,渐渐心摇神荡。平林漠漠烟如织,寒山一带伤心碧。他抬起头,感觉灵魂出窍了。梅花瓣瓣温婉如玉、洁清似冰,此刻也萌动出十足的灵性,仿佛千万只白蝴蝶,引领着他的思绪飞翔飞翔,使得他忘记一切,很快远离人间,浩浩乎冯虚御风,飘飘乎遗世独立,精骛八极,神游万仞,不知所去,不知其止,时而清扬于宁静的天边,时而潇洒于缥缈的云端,许久,许久。

张懿恒听着听着,觉得这歌唱不是徐松云的声音,其孤高冰清,分明是从另一个方向传来。他循着琴声,走到山腰,走到树下山涧旁。前面,一个瘦削的身影席地而坐,面对流水,操琴而歌。

"师兄……"张懿恒叫着便哽咽了。

杨鸣鹤身形依旧瘦削,只是两鬓已苍苍,胡子也花白了。

"君子之约,我们见面了!"杨鸣鹤的声音像山下的河水一样凄清寒凉。"师兄,这么多年,你怎么音讯全无?"张懿恒禁不住问。"江湖纷纭,我哪里还有心思儿女情长?"说这话的时候,一朵梅花悠悠落下,落在杨鸣鹤的眉毛上,但他纹丝不动,只是静静看着前方,目光比头顶的天空更纯净清冷。

大家纷纷围坐上来,徐松云唏嘘不已。鸣鹤师兄面如止水,依旧席地而坐,丝毫不理会众人的问候,只是双眼微闭,悠然自得,继续抚琴而歌。一曲歌罢,大家都凝思静默,双眼开始发潮。杨鸣鹤放下琴来,呷了几口酒,看看四周,又弹起来,低抹轻拂,清泛慢揉,声声入扣,徐松云也开始吹笛相和。张懿恒听出来这是著名的《潇湘水云》。《潇湘水云》是南宋郭沔的曲子,琴谱上说郭沔每欲望九嶷,为潇湘之云所蔽,以寓拳拳之意也,然水云之为曲,有悠扬自得之趣,水光云影之兴;更有满头风雨,一蓑江表,扁舟五湖之志。

几点梅花归笛孔,一湾流水入琴心。伴随着琴声,众人或伏或立,或垂手或驻足,或凝眸或眺望,个个屏神静气,寂然默然。眼前数峰无语万壑有声,满树梅花脉脉临风,分明暗香浮动,欲说还休。云海苍茫变幻,变不尽的浩浩渺渺气象万千,浣溪河静静地流淌,流不尽的浪波缥碧任意东西,两岸的山崖负势竞上,高低成峰。山上松波竹涛连绵起伏,山中白云落木飘飘悠悠渐行渐远,山下河谷里,寒鸦从碧波中钻出,上下凫戏,激起一圈圈跃动的涟漪,几树古梅枝干轻颤,花朵悸动,倍显香远益清。

琴声一段接着一段,伴随着深林中泠泠作响的涧流,渐趋清淡幽远,深邃寂寥。迷蒙处岚气缭绕,水波荡漾,薄雾袅袅,天光云影飘忽逍遥;澄净时高山峻岭峰回路转,钟灵毓秀,层峦叠嶂巍然悠然,似静又动。而在这空旷幽静中,在这迷蒙澄净里,树树寒梅傲然挺立,别有情致。山岩古穆沉雄,流水灵动明秀,岩耸壁立,水荡云移,全因梅树而出彩。山水入怀,清音入心。千年梅花,悠悠芬芳。琴声跌宕起伏,空气明朗静谧,张懿恒听着听着,愈加情深思远,整个脑际都清爽空灵,整个心胸都和畅旷达。

微风吹来,飘起朵朵梅花,落在他的脸颊上、唇上,带来丝丝冰凉的感觉。他发现眼前的梅花有些异样,再一看分明是雪花。"哦,下雪啦!""真好啊!"大家都欢呼起来。高山巍巍,清泉淙淙,玉树琼枝,白雪缤纷。鸣鹤师兄依旧气定神闲,安泰自若。琴声悠悠,万籁俱静。琴声烈烈,梅林莽莽。满山谷雪花飞扬,如诗如歌,如乐如舞,如思如慕,一霎时雪梅纷纷,分不清哪是梅花,哪是雪花。只见高天大地一片白茫茫澄净通透世界,突然间,几只松鼠跑过,翘着长长的尾巴,在梅树下跳来跳去。伴随着清脆的鸣叫,鹧鸪、白鹇从林间依次飞出,飞落在河谷边,飞落在梅树上,很快,麋鹿、灰鹤和彩鹳也来了。更为意想不到的是,大大小小的狐狸也从山洞里纷纷跳出,在溪水边跳跃嬉戏,金黄棕红的颜色,自由自在的姿态,分外可爱。

张懿恒定了定神,发现众人都和他一样,在静静欣赏着白梅飞雪。天地大美,人生至幸,鸣鹤师兄的琴声越来越昂扬。雪中梅下与谁期?梅雪相兼一万枝。张懿恒听着,心底就如松涛竹海般波澜起伏。天龙作骑万灵从,独立飞来缥缈峰。不知不觉,他震颤起来。

……出发时丁雄伟一再要求他早点回来。"要写人才培养方案,要写申报一流课程的材料。你不写谁写呢?妈的,这几天又有人去告院长,告艺术学院。行行行了,你早点回来,还有几个会要开!""我不想写那些材料。艺术创作需要安静,需要孤独!"张懿恒还想说什么,争执了几句,就被丁雄伟狠狠训道:"哎呀,别提了。这年头谁还有心思认真创作?你少推辞了,要讲政治讲奉献,要有大局意识。很多人都说你对学院事务不关心。院长的这个述职材料,你必须写,还有这个廉政自查报告和横向课题,院长已经下令了,要你当作政治任务去完成,否则扣你的绩效。你这人就是太过天真太过学究气,忘记上次在内部会议上对你的公开批评了吗?当心,你职称还没上呢!就是上了我也照样攥着你,这是领导的原话。"

一个人要是没有了自由,没有了灵魂,会变成什么样子?

"这几年从特色鲜明的高水平应用型地方大学到新型高水平大学,再到新型高水平大学示范校,滨江大学大发展!发展来发展去,办学方向千变万化,选人用人奇奇怪怪。看起来莺歌燕舞,实际上夕阳晚唱了。"廖慈志说起这个就一会儿点头,一会儿摇头,智者也变得迷茫了,说着就感叹学校整体都很乱,乱成一锅粥了。可叹滨大,现在连一张真正的画案都放不下了,怎么潜心做学问做科研?整个学校现在不是坏人不出头,不是好人不受欺!

霍启然要出国了,也来向他辞行。

"哎呀,张老师还写什么论文?写出来的论文谁看呢?现在大家都是为了论文而论文,谁会为了学术而论文?你没看滨大现在成什么样子?什么独立之精神,自由之思想?行了,咱不要生活在梦中了,滨大找不到方向,我们就更加浑浑噩噩!"霍启然很伤心,他的好友孟兴仁上个月死了。担任系主任后,杂活多,纠缠多,而孟兴仁胆子又小,事事都不敢违抗,经常是领导说干啥就干啥,最后竟活活累死在电脑前。可怜孟兴仁操劳几年,不到四十岁,头发就白了一大半,就这样还尽是无用功,要成果没成果,要职称没职称,博士毕业好多年也只是讲师!

"这个学校两极分化太严重了,蝇营狗苟,醉生梦死,滨大整个的人心涣散,处境惟危。我若再待下去,就是坐以待毙!"霍启然说完,张懿恒很快安慰:"近来草庐无卧龙,世上英雄君莫问。别忘了,我们头顶同一片天。"霍启然呵呵道:"闵东青你知道吧,前些年他趁着曹一航主管中央政法工作,报了大项目《曹一航法制思想研究》,结果去年曹一航因为贪腐下台了,而项目又结题在即。你猜怎么着?人家闵东青灵机一动,马上把项目名称改为《曹一航法制思想批判》,就这样上报结题,还挺顺的。"

第二天正碰见闵东青去行政楼开会,依旧气宇轩昂,自得自满。张懿恒刚一张口,闵东青就叽叽呱呱:"行了,我知道你们在说什么。请不要以成王败寇思想看人,更不要对我精神压迫和道德绑架。我只是个写文章的,以文生存是我的根本,领导要我怎样,我就怎样。我只是个做学问的,学术立场素来与政治无关。自古文艺要紧跟形势,要为政治服务。你们那个花子媚现在不是表现得更积极嘛!"张懿恒苦笑道:"闵老师,我没有你们那么高尚,我现在想当曳尾于涂中的乌龟都当不了,自顾不暇,何暇顾人?!"

回来的路上,张懿恒看见小区门口有个盲人师傅在拉二胡,前面放着个破草帽,草帽里有稀稀落落几个硬币,于是上前问能不能拉《二泉映月》,能拉的话就把身上的钱全给他,师傅二话不说就拉起来。拉完了,张懿恒问能不能拉《江河水》,师傅也是二话不说就拉起来。听着听着张懿恒想起那幅《照夜白图》,多好的一匹汗血宝马,本该驰骋千里原野,尽情舒展个性之美,却被下了套绳,牢牢拴于一根木桩上,但即便如此,它依然不甘束缚,怒目圆睁,头颅高昂,前蹄奋起,向着画外的天空不断腾跃,显然要努力挣脱缰索的羁绊,追求生命的自由。韩幹太伟大了,傲骨铮铮,英姿不屈,昂扬的嘶鸣,悲壮的反抗,这哪里是在画马啊!临摹的时候,隐忧在心,忧心烈烈,张懿恒的手都在抖,刚刚画好,霍启然一看就浑身震颤哭起来:"我属马,你画的就是我。完了,这个单位无可救药了。就像生活在黑暗社会的追梦人,这几年我窒息得要休克了。你还在硬撑吗?"

《江河水》拉完,张懿恒意犹未尽,问能不能拉《苏武牧羊》,师傅一听就把二胡撂了,说能拉也不拉,坚决不拉。张懿恒问为什么,师傅指着自己的眼眶道:"你看我这双眼睛,就是因为听多了这些悲乐,眼睛都哭瞎了,所以这样的悲乐给多少钱我都不会拉第三首。人总不能一辈子都泡在泪水里吧!"张懿恒说那好,你就随便拉吧。师傅顺手拉了一曲,张懿恒一听是《爱江山更爱美人》,赶紧说:"师傅,您别拉了,我听不下去。"师傅笑起来:"听你说话,是个吃亏不少的文化人吧?"

张懿恒问他何出此言。"我眼睛虽然看不见了,但心里明着呢。不瞒你说,我原来也当过老师,有点墨水。"师傅说着摘下墨镜,揉揉两个塌陷的眼窝,"喜欢悲曲的人往往自己心里太悲,心里太悲是因为把是是非非、善善恶恶看得太分明,太分明就多愁善感容易吃亏。"张懿恒说:"也许是我的经历不一样,太坎坷太苦了。我行四方,以日以年。""不,你看我老瞎子苦不苦?"师傅用盲杖捣捣地,声音像古钟般苍凉厚朴,"人活在世上,谁都会吃苦,谁都有坎坷。天地虽大,但有一念向善,心存良知,虽凡夫俗子,皆可为圣贤。只要修为,人人都可以做越过坎坷的圣人,但没有人愿意做瞎子傻子……"

滨大还是那么浮躁,单位还是那么喧嚣,关教授死了,程怡雪死了,关河冷落,家山何处?回忆是痛苦的,甚至是肮脏的,只有现在是纯洁宁静的。琼姿只合在瑶台,谁向江南处处栽?也信美人终作土,不堪幽梦太匆匆。清爽世界,花落花开。万里长空,处处晶莹纯澈,霜雪俱明。

梅 殇

散泛按滑,切分跳转,激荡错落,伴随着鸣鹤师兄指法的灵动变化,琴声也更加挥洒驰骋。寂然凝虑,思接千载;悄焉动容,视通万里。很快,眼前的一切,无论是梅花还是雪花,都奔腾而来,千崖傲立,万壑归一,归入他的心怀,澄净着他的心扉。碧涧流泉,惊鸿照影;松萝低举,岩水澄华,张懿恒只觉得两眼湿润,心潮澎湃,神游魂荡,几欲站立不稳。忽然一声变调,琴曲喑呜叱咤起来,鸢飞戾天,鱼龙潜跃,山鸣谷应,群峰雄穆。眼前溪石怒耸,浪花飞溅,青松呼啸,竹涛呜咽,乱云竞飞渡,浩气贯长虹。片片梅花仿佛悲壮的泪滴,仿佛愤怒的子弹,像冰冷的碎玉,齐齐向他扫射过来;根根梅枝仿佛发光的寒剑,仿佛凝霜的宝刀,仿佛慑人的闪电,一齐向他挥过来。

他的心潮像苍茫的云水翻卷奔腾,像大海的波涛汹涌澎湃,这云水冲击着他的头脑,这波涛激荡着他的心胸。冲击啊冲击,激荡啊激荡,他看见吹笛的小清双眼通红,很快背过身去,手掩脸颊,两个肩头一抖一抖。于绿漪手抚梅枝,低头战栗不语,煮茶的周彤炜停止煮茶,鼻翼翕张,而老汪也不再煮笋,劈腿亮掌,打起了梅花拳。飘如迁客来过岭,坠似骚人去赴湘。一片能教一断肠,可堪平砌更堆墙。张懿恒手扶梅树,站立不稳,觉得自己要爆裂了。他想起自己的家乡,想起前不久的省城之行,想起见到的那位省委书记,想起前不久联系他的省委书记秘书。男儿到死心如铁,挣脱牢笼,捣毁匪巢,要干就干个天翻地覆。来吧,雪花飞得更猛烈些;梅花,开得更愤怒些;梅枝,挥得更昂扬些!何方可化身千亿?一树梅花一身清!来吧,让我们一起把强暴剿灭,把罪恶埋葬,把耻辱洗光!张懿恒心中波涛汹涌,浩气四塞,只觉得浑身像火海在燃烧,像冰山在膨胀,一切将要爆炸。十年磨一剑,霜刃未曾试。今日把示君,谁有不平事?他正要喷薄而出,忽听得"啪"的一声,冰泉冷涩弦凝绝,凝绝不通声暂歇。

"我再也弹不出这么好的曲子了。"杨鸣鹤脑袋摇动,白发乱抖,最终倒在地上,浑身死了般的瘫软。

短暂的停顿过后,阿河突然站起来,双眼通红,头发倒竖。"各位老师,救救我,救救这片梅林吧!""扑通"一声,他用仅有的一条好腿跪了下来,"看见进山那条柏油路了吗?这里原是没有路的。可是前几年,有开发商盯上了这片地,准备开发房地产。开发商已经买通了地方官员。官员让我们迁走,我们不愿意。"

"为什么不愿意迁走?"

"一来这里是我们祖祖辈辈生活的地方。梅林、梅树、梅花、梅子,都是我们的根,是我们的魂,是我们的命啊。怎么能说走就走?!二来也是给的赔偿款太低了。这么大的地征收了,就给村民一家一套单元房。说是单元房,其实只有八十平方米,又是小产权,不够一家人住。三来不给安排工作。我都快五十岁的人了,离开这片梅林还能做什么?打工人家都嫌我年龄大,不要呢。"

"又是个别墅区吧?"于绿漪感伤道。

"前几年村民组织起来反对开发商,但被不断打压,我在当地告不过他们,就准备到北京上访,谁想走到半路就被抓了回来。这就是开发商勾结黑社会给打的……"阿河说着指指那条伤残的腿,"村里人见抗争不过,都慢慢地分化了。好几户放弃反抗,搬走了。如今留下的,就我们几户,现在看来,早晚都得搬迁。"

"那梅树呢,这么多的梅树,开发商怎么办?"

"说是要把梅岭村建成休闲旅游度假区,盖豪华别墅群。"

"这样一来开山修路,平整土地,不知又得毁坏多少古梅树?"张懿恒叫道。

"开发商也同意政府提出的保护措施,不砍伐一棵古树,决定移植搬迁,异地重载,但实际上移植个鬼!人挪活,树挪死,小树移植好成活,大树移植根本就没有成活率。我种了半辈子的梅树,打小时候就知道梅树不好移。梅花有根,梅树有魂,梅树离开了原生地,就好比鱼离开水,就好比人离开了故土,总是虚浮的。一旦虚浮,便没有了精气神。千年梅树千年根。这片梅林若是被破坏,就再也没法恢复了,世上没有比这更好的梅林了,人工是种不出这么好的梅树的。"

听阿河说完,大家七嘴八舌,议论不已:

"宁要绿水青山,不要金山银山。有了绿水青山,就是金山银山。这话传到基层,就成了宁要金山银山,不要绿水青山。有了金山银山,就能再造绿水青山。"

"上有政策,下有对策。"

"嗨,咱们利用各种渠道呼吁一下,保护这片最后的原生态古梅林。行胜于言,不信东风唤不回!"聊到最后,张懿恒提议道。

想起了杨鸣鹤,大家左看右看,发现早已不见他的踪影。纷乱中,徐松云轻轻叹口气:"别找了,由他去吧!"

……寒风萧萧,飞雪飘飘,树树寒梅似笑非笑。千山空旷,万壑寂寥,整个天地都笼罩在寒凉幽邃中,一个孤独的身影怀抱古琴,行进在莽莽苍苍中,行进在漫天洁白里。风从不同方向呼呼刮来,很快吹没了他的脚印。

雪,下得正紧。

第二十五章 天网

院长学

丁雄伟、应志武、凌宇飞正在办公室谈天说地，看到有个人进来，马上围上去祝贺。"祝贺兄弟终成正果。""什么正果？"来人不解地问。"你装傻还是真不知道？你已评上副教授了，都公示了。你外出写生一个多月，真与世隔绝了。""肖院长在职称评审会上为你仗义执言，大声疾呼，那可真是一言九鼎！""哦哦！"张懿恒连连感谢，其实这一切都是水到渠成。就像尽管事先预感职称会成功，但没有十足把握，他还是不会做，更不会说的，这才是他的为人。

祝贺声中，张懿恒不放心，又跑去行政楼橱窗的公示栏亲自查看，橱窗里有好几个红头文件，他先看到的是干部任用公示，里面有肖子业院长的名字，作为滨江大学副校长人选正在公示，再看到职称评审通过人员名单，直到发现自己的名字赫然在榜时，他才松了一口气，但丝毫没有高兴的样子。这么多年过去，无儿无女无家无室，直至生命的暮春之年，凭着比别人足足多出三倍的成果，才评上一个副教授，这有什么好庆贺的呢？行政楼旁边的那棵榕树，他刚来时还很小，如今已长得遮天盖地。可惜流年，忧愁风雨，树犹如此，人何以堪？他不知该说些什么。旱天惊雷，雨打芭蕉；青春殆尽，人生苍凉，自己还能有几个十年？当年的几个大学同学都是教授博导了,他如今才刚刚评上副教授。荞麦之茂,荞麦之有。君子之伤,君子之守。就年龄来说,他已近不惑,这也是一个男人最尴尬的时期。

"好几个学生本来选了我做指导老师,结果后来都跑到肖子业那边了。"廖慈志走过来,很快说起学生毕业论文的事情。"为什么?"张懿恒问,他知道院长常年热衷社会活动,其实没时间指导学生写作。"还不是选题有意思!""有什么意思?""咳,你看看学生的选题就知道了。"廖慈志说着打开手机,张懿恒看到艺术学院微信群里公布的学生论文选题:

> 井飞寿:《肖子业治学思想研究》,指导老师,肖子业
> 王子涵:《肖子业艺术教育思想研究》,指导老师:肖子业
> 麦益辉:《肖子业油画创作研究》,指导老师:肖子业
> 牛碧碧:《肖子业美术创作的心路历程》,指导老师:肖子业
> 何芬丽:《肖子业于滨江美术之贡献》,指导老师:肖子业
> 花艳艳:《花子媚书画艺术研究》,指导老师:丁雄伟
> ……

看着看着,张懿恒蒙了,马上问:"肖子业院长指导学生研究的肖子业,到底是哪个大神啊,同名同姓的?""哈哈!什么同名同姓?"廖慈志放声大笑,"肖子业院长指导学生研究的肖子业,就是同一个肖子业。""啊!"张懿恒顿时说不出话来。

"现在我们很多本科生研究生的论文选题都集中于肖子业一人。院长真厉害,学问等身,著作等身,现在也是研究者等身。他的学术成就无人可比,这几年更是突飞猛进,量子式跃进,光专著就有二十八本,这还不算主编的丛书等。他又新出了一本大作——"廖慈志扬扬手中的书,张懿恒看到花花绿绿的封面上,印着肖子业大大的正面像,他身穿高档西装,双手抱在胸前,威严傲岸,气度逼人,显得十分精神。肖像旁边是几个龙飞凤舞的大字:"院长学!"

显然这是书名,书名下面是几个稍小的字:"肖子业著。"

"那个花艳艳呢?"张懿恒有些迷惑。

"是作协主席花子媚的女儿。怎么样,论文选题有意思吧?"廖慈志说着话锋一转,"院长厉害,上个月刚刚在滨大举办了他从艺四十周年的纪念会,可热闹了。现在又准备出版文集和回忆录,听说已有人为他写传记了。当然,李光头他们也到处告老肖呢,管他的,咱只要有饭吃有酒喝就行。"张懿恒笑着问:"你觉得老肖会怕吗?""怕?"廖慈志歪歪脑袋,语调里满是不屑,"他才不怕呢,你没看这么多年过去,凡是和他作对的,一个比一个惨,他却越斗越勇,稳如泰山,现在马上要当副校长了。"

我幼入家塾,结发知苦心。稍长谬闻道,笃守至于今。淡然朱丝弦,三叹有遗音。讵敢负所学,枉尺求直寻。彼哉孔光辈,千载污儒林!张懿恒外出写生的时候,正值一年一度的学院运动会,在应志武、柏耀莲和凌宇飞等人的极力主张下,艺术学院借着运动会开幕的机会,举办了一次盛大的庆典,其中最令人难忘的,就是在大型团体操表演之前,搞了一个阅兵式。学校大操场上,到处彩旗飘飘。彩旗下,沿着跑道站满了排列有序的身着军训服装的各年级学生,人数之多,黑压压占满整个操场。应志武驾着敞篷车,丁雄伟、老浦这两位艺术学院的现任和前任书记身着迷彩服,戴着墨镜,一左一右肃立在车上,不用说,被拱卫在中间的当然是肖子业,他一身特制的正装,神色庄重得体,举止不怒自威。车子环行运动场一周,所到之处,学生们纷纷齐声高呼:"首长好!"而肖子业向学生频频挥着大手,高喊:"同志们好!""同志们辛苦了!"

丁雄伟以学工办名义专门下发通知,所有学生都要参加阅兵式,不参加的要扣除当年的操行分,影响毕业。学生们为此不分昼夜辛苦排练,光一句"好,很好,非常好"的口号,就排了半个月。庆典过后,艺术学院都是一片赞誉之声,赞誉这个活动的创意好,阅兵式威武雄壮,气势非凡,艺术学院的明天会越来越好。很多老师都去拜访肖子业,盛赞之下,都是恳求肖子业多照顾,照顾自己以后的工作,照顾职称评定,照顾孩子以后能被录取为研究生。

郑宇智说这些的时候,张懿恒下意识翻看当天阅兵式的视频,就凭领导层三人的着装和站相,谁像保镖,谁像主顾?谁是家奴,谁是东家?一目了然。而肖子业举手投足又是那样的儒雅祥和,雍容大气,处处显示出沉稳镇静、老成干练、雄踞天下的王者风范。"你是不是感到惊奇?没什么的,滨江这里的老板一旦有钱有权,个个都要享受国家元首的待遇。"

看看周围没有人,看看张懿恒若有所思,廖慈志晃晃大脑袋:"你是不是和冯志学好?听说他给你留了一封信?"

"你觉得李光头是鸡蛋碰石头,飞蛾扑火?"张懿恒机警地反问。他明白眼前这人表面是智者,本质上是人精!嘴上把自己撇得很清,其实暗地里一直捣鬼,一直在给李光头他们加油鼓劲!

廖慈志点点头,冷不防张懿恒又追问:"那你为什么还要支持李光头?"

"咳,我我……爱看戏。"廖慈志的脸色猛然尴尬,支支吾吾,干咳了好几声,"冯志学和你到底什么关系?我真不明白他一个有文化的人,为什么却那么急躁暴躁,非要采取极端的方式处理问题,难道不能等一等?唉,一面好不容易炼成的照妖镜,为何要自己把自己打碎呢?!你不至于和他一样傻吧?不管咋说,老肖对你可不薄哟,给你拨经费出书,提拔重用你,为你评职称大力支持,这几天又推荐你担任市政协委员。"说到最后,廖慈志终于问出他一直想问的话,"你以后究竟如何打算?"

张懿恒冷笑起来。展望校园,从艺术大楼到行政大楼,滨江大学所有的楼栋都是那么高大巍峨,气势恢宏,外部装修更是极其考究,宝蓝色的玻璃墙体,白色的罗马柱,金色的雕塑,看着就雄伟壮丽高大上。比楼栋更高更显眼的,是那些长年累月飘挂的各种横幅和彩带,上面都写着激动人心的标语,比如更高更大更强,更快更新更美,跨越式发展,建设高水平大学迫在眉睫,时不我待等,令人目不暇接。一切都光彩耀眼,连楼栋外面的停车道都是用彩色地砖铺成。地上的建筑物鳞次栉比高入云霄,半空中各色横幅、彩旗和飘带,密密麻麻排山倒海,无论从哪个角度看,滨大的整个景观都很绚丽,绚丽得遮日蔽月铺天盖地,让人高昂着头颅也看不到边际。

看着看着,想起前不久艺术学院那次千人整齐划一的大型团体操,想起那场气势非凡的森严阅兵式,张懿恒突然有一种喘不过气的压迫感。"滨江大学早已经腐烂不堪了。艺术学院是个深海中的大船,是个飞向天空的大气球,我相信它总有触礁,总有胀破的一天。你以后可要干大事!"想到程怡雪曾经的话,张懿恒屑笑道:"猪肚翻过来都是粪便。有人死到临头便发狂了!""你是指李光头还是指肖子业？没看出你老实巴交的,怎么也说出这么恶毒的话来？简直和冯志学一个口气！可不敢哟,肖现在扶摇直上越来越强大了。你难道不知道？他的很多学生都在公检法系统工作,有的都当了领导,像市人民法院的副院长,就是肖的……"廖慈志脸色突变,声音也颤抖起来。

"防民之口,甚于防川。让人说话,天难道会塌下来？"

张懿恒说完便抿紧嘴唇,他想起了肖子业那儒雅谦和、文质彬彬的脸庞。事实很清楚,上帝给了我们一张脸,可是有人又给自己另造了几张脸。

懿恒小弟:

浮躁一分,到处便招尤悔;因循二字,从来误尽英雄。当你看到这封信时,估计我已经不在人世了。作为一个肝癌晚期的人,无论如何都是一死,与其坐以待毙,还不如轰轰烈烈早干一场,故烈焰熊熊,在所不惜。写信时,我尚为阳间一人,纸质媒体的送达尚需时日,故你读信时,我已经成阴间一鬼。行政楼之举,我思虑已久,只能如此了,行不行都要给这些男盗女娼的狗贼一个惊诧。明知山有虎,我也要偏向虎山行,马革裹尸,岂不快哉？

当初举报信一事,他们被暂时调离,我高兴得太早了,这只是暂时的胜利,后来学校借着成立艺术学院的当儿,又把他们调回艺术学院,我真没想到啊,看来你是对的！党的十八大以来,全国都严查腐败,打击贪官污吏,但滨大依然一团死水,水虽然不深,但却搅不动,其中原因,不仅仅是一个官官相护的问题。

家有余德,必有余庆。家有余孽,必有余灾。伦常乖舛,立见消亡。德不配位,必有余殃。真正的学阀官痞还高高在上,还在继续干着丧尽天良的坏事。短短几年时间,他就将艺术学院经营成家天下,一手遮天,瞒天过海,无法无天,上下勾结,建立起自己的独立王国,你要当心！人在做,天在看。青天白日,一个人如果连上天都不敬畏,那就太可怕了。人间自有公道在,这是我最近搜集的一些材料,你好生保管,迟早用得上。时机总是有的,无论如何,你都先要保全自己,有机会再发声亮剑,千万不要让他再祸国殃民,祸害单位了。他现在祸害的不仅仅是整个艺术学院,整个滨江大学,更是整个艺术界、教育界。

　　位卑未敢忘忧国,忧国忧民忧教育。我知道你有着很好的本质,良知未泯,真心依旧,是非在心,爱憎分明,你的正义感其实很强。请你看在同道中人的分上,看在国宝流失的分上,看在一个起码的中国人的分上,养精蓄锐,韬光养晦,找机会把他们彻底打倒。都说卤阳湖是阳光照耀不到的地方,是被正义遗忘的角落,但日月毕竟会轮转,乌云遮不住太阳,罪恶总要露出马脚,美术馆名画失窃的事情迟早会真相大白。苍天在上,天网恢恢。愚兄在另一个世界也为你擂鼓助威。革命一定能胜利,敌人必将被埋葬。

　　春风终将吹起,阳光终会到来,你就勇敢地迎接吧!
　　此致
崇高的革命敬礼

冯志学

　　寒凝大地,于无声处。回想着冯志学的信,张懿恒心事浩茫,浩茫得好像黑夜中的大海,一会儿森森沉寂,一会儿光波乍起。"民胞物与!"他大声说出这几个字来,便不再理会旁边迷惑不解的廖慈志。渐渐地他咬紧牙关,眼睛看着前方的草丛。几年前这里还是一片乱石岗,但不知什么时候,开始有了野草。尽管不断遭受碾压,但小草还是从石头的罅隙中钻出,越过土砾,爬上山坡,揪住地气,很快就蔓延扩展,长成一片生机勃勃的碧绿草地。草地尽头,是挺拔秀颀的小叶榕树。那榕树棵棵笔直修长,顶天立地纵横生长着,树干密密麻麻,树冠绿意蓬勃。

　　没有风,空气中弥漫着荔枝木焚烧的气息。从西方天边冲来层层云彩,排山倒海不断叠加。乱云飞渡,加上潮湿难耐的气候,特别是远处河流愤怒奔涌的波涛声,使人有喘息不定的感觉。黑云压城城欲摧,甲光向日金鳞开。张懿恒的目光不断远游,视野不断雄阔,他在寻找黑厚云层中的罅隙,寻找罅隙中那不断闪耀喷薄欲出的金光。他知道,那不断闪烁的金光其实就是上天的眼睛。

　　张懿恒只收到了信,可是他不知道,当年冯志学还和肖子业有过狠狠的较量,在艺术学院举办的招安宴上,在有限的时间里,冯志学抓住机会,怒怼了这位审考年年优秀、政绩步步突出、事业如日中天的院长。

……是的,当丁雄伟、老浦和肖子业对他百般劝说拉拢,甚至借助道歉,要举杯言和的时候,冯志学有些动摇了,看看外面,大堂里灯火璀璨,一群人正喝得醉生梦死。酒不醉人人自醉,斗来斗去苦的其实都是自己,面对橄榄枝,面对丰厚的优抚条件,他几乎把持不住,但当目光最终落到肖子业的脸上时,冯志学的心里禁不住一震!几年过去了,这张招牌似的脸庞他再熟悉不过,那是一张多么温润如玉雍容和雅的脸庞啊!藏在镜片后面的那双眼睛更是充满谦逊、贤良与温婉,深具女性般的仁爱和柔美,很容易让人产生好感!

试玉要烧三日满,辨材须待七年期。周公恐惧流言日,王莽谦恭未篡时。只有像冯志学这样经历丰富的人,经过长时间的了解与体察,才会发现越是温柔儒雅的面孔越深不可测,越是隐藏着更多的惊天阴谋和极度恐怖!艺术学院现在一切都是肖子业说了算,肖子业早已成为十足的口蜜腹剑的伪善者,成为横行一方鱼肉学院的黑老大,成为披着儒雅的文化外衣的江洋大盗。

包厢里响起《花好月圆》的乐曲,丁雄伟不失时机劝大家碰杯,当端起酒杯的一刻,冯志学看到肖子业笑眯眯的温良谦恭面庞,看到面庞上那眯缝起来的柔美眼睛,猛地打个寒战:这些人真的会放过自己吗?自己是要当宋江卢俊义还是要当武松鲁智深,或者要当李俊?冯志学想起庄焕明和邹金贤,想起谭景明、齐思宁那些不可一世沐猴而冠的小鲜肉领导,顿觉细思极恐。

顺我者昌,逆我者亡,这就是肖子业的用人策略!毋庸讳言,肖子业做事现在越来越偏狭霸道,不断培植亲信,打压异己。而越是典型的既得利益者,身上的光环也越来越多,比如校学术带头人、市优秀教师、市美术家协会主席、省级教学名师等,职衔高高,荣誉多多,多得数不过来。这么一个高大上的人怎么就向他冯志学道歉了呢?当初肖子业要是大气一点,顺水推船做个人情,不要指使老浦写签名信,不来那么一下子,让他从艺术学院离开,去教师发展中心任职,他倒真的可以既往不咎,毕竟杀敌一千自损八百。可现在他被害得声名狼藉,被害得家破人亡!真是够绝的,把人毁够了整惨了,突然就道歉妥协,还抛出个副院长的虚名引诱人。

想到这里,冯志学面色凝重起来,他明白要是酒杯一碰当了这个副院长,其实还不是照样被架空？过不了几天就被肖子业踩在脚下，甚至被丁雄伟挥三喝四。

"你以为我是庄焕明，是那些小鲜肉，很容易被你拿捏？不，我不会就此罢休的，就是拼出这条命，也要和你们斗到底。""啪"的一声，冯志学将酒杯摔在桌上。

"肖子业你听着，你当院长以来，专权霸权，大搞一言堂，干了哪些伤天害理的事情，你自己知道！下民易虐，上苍难欺，你不怕报应，我还怕报应呢！你一个无党派人士，凭什么左右我们共产党干部的任免？不就因为院长屁股坐稳了嘛，这几年来你公器私用，搞利益输送。艺术大楼的工程招标，从基建到装修，你吃了多少回扣？招生录取，说是公平公开，但面试时你大打人情分，照顾关系户，还不是为了多收钱多拿好处！实验室演播室建成，你和外面公司勾结，虚开增值税发票，冒领科研经费，私分国有资产，获取了多少利益，别以为我不知道！你在风景名胜区购置了好几套豪华别墅，钱从哪儿来？你最清楚！"

冯志学怒斥肖子业处处吃拿卡要，贪污腐败，亏了单位肥了他自己；怒斥肖子业政治上堕落，经济上贪婪和生活上腐化。更重要的是这么多年来大搞团团伙伙，拉山头搞帮派，把下属培植成亲信，把亲信培植成家奴，带坏了整个学院的风气。表面上艺术学院申请硕士点成功，专业红火，招生红火，可是实则一团糟！传统的优秀专业被砍掉，换上什么新兴的创意设计和产品设计等课程，说是见效快，结果老年教师被搞得无课上，人浮于事，混着过日子；中年教师被整得噤若寒蝉，动不动就解聘转岗，敢怒不敢言；青年教师被搞得一周上十几节课，还要累死累活做各种横向课题。

提到青年教师，冯志学更愤怒了。

大口号叫服务地方，服务学校，实际上只服务肖子业一人。身为院长的肖子业，整天跑项目，跑工程，在拿到项目之后，便采取类似建筑承包商转包摊派的方式，把订单逐个分摊出去，让每个青年教师负责下面的子项目子课题，他则负责整体验收，当然最后的任何成果，都要把肖子业这个院长兼大包工头的名字写在前面。可怜这些青年，天天没日没夜做各种调研，写各种调查报告，填各种表格，出席各种会议，虚不务实，几年下来就锐气尽失，不再意气风发，为了一官半职，为了万把块钱,个个追名逐利,互相窝里斗,成为十足的物欲机器和行尸走肉。肖子业已经把青年博士培养成个人的马仔。这几年艺术学院虽然开课多,但老师大多无法安心教学,导致课程质量连年下降,科研质量连年下降。关键的关键是导致学生学不到东西,导致老师没理想没心劲没凝聚力。学生毕业没几天,就被用人单位辞退,因为专业知识太差,基本功不足,无法胜任工作。像茶艺酒艺都被开成专业选修课,很多人为此愤愤不平:难道要把我们的女学生教成陪茶陪酒小姐?

"你看看你都干了些什么?艺术学院搞了那么多横向课题,每个上百万上千万,但都要挂你的名字,经费报销必须经你之手,现在你一个人的科研分值就超过单位其他一百多人的科研总分值,可是你的科研分值没有一分能够经得起推敲!你好歹也是个读书人,但为了个人的私欲毁灭人才,扼杀学术。鲜花着锦,烈火烹油,整个艺术学院貌似一团大好,实则暗流涌动腐败无比!无论是日常教学管理还是期末招生录取,无论是学科建设还是岗位设置,你都在毁灭人才的成长,毁灭家庭的希望,毁灭职业道德的底线,更毁灭了整个艺术学院的发展。教育是国家的良心,是社会的标尺,是民族的中流砥柱,如果教育没有了良心,公民还有期待吗?民族还有未来吗?国家还有希望吗?你有没有想想钱老的三问?为什么中国出不了大师?因为你这个执教者首先就是个祸害——是文化的杀手,教育的罪人,社会的渣滓,民族的内奸,人民的公敌!"

冯志学义愤填膺,怒骂不已,肖子业刚开始还置之不理,但最后还是不耐烦地大叫:"行了,你不要再上纲上线了。你上次不是已经骂过了吗?国家的教育还用得着我来毁灭吗?钱老之问,还用我来回答吗?就算是毁灭,你不觉得是在自甘毁灭吗?我一个人能有那么大的力量吗?"叫着叫着就狞笑起来,"慈不掌兵,义不掌财,情不立事,善不为官。现在还有不少老师求我,向我要奖项要官位,要给他们联系一些横向项目,说白了不就是想多搞些钱嘛!他们口口声声说是为了实惠的生活,不要清贫的学术,要幸福的现在,不要迷茫的未来,这能怪我吗?冯老师我劝你看问题切勿偏激,先好自为之,和我们好好谈谈吧,回头是岸。"

"巧言令色,虚伪成性;腐化堕落,贪婪妄为;恶事干尽,坏事干绝,还要当甩手掌柜,把罪责都推到别人头上,这是你的真实本质,我才不和你谈。滨大掌握在你们这些人手中,迟早要完。"在慷慨淋漓痛骂一顿后,冯志学最终踢翻桌子,扬长而去。

"我们劳而无功,这条疯狗开始乱咬人了。都说咬人的狗不叫,可是他咬人前先要乱叫。"看看满地的剩菜剩饭,老浦很愤怒。"不,他叫的句句在理,但我们做得丝毫没错。"肖子业毫不客气打断老浦的话。丁雄伟搓着两手说:"冯志学这个二货,再闹起来也不好收拾。""可是他成不了气候,凭他,还能翻天?一切都在我掌控之中。"肖子业的面孔痉挛了一下,老浦吓得鼻涕很快流出,透过包厢窗帘的缝隙,他看见冯志学大步流星离开酒店,一步步走下台阶,走过绿道,走下山坡,走进如血的残阳中……

冯志学死了好几年,作恶的还在作恶,猖獗的越来越猖獗。

清　零

赶到教工餐厅的时候,廖慈志发现自己根本靠不了前。黑压压的队伍从一楼排到二楼再排到三楼,售卖窗口前满是人群,而自助餐那边人则更多。平日里宽敞的饭堂此刻显得人挤人,人群不断聚集,校道上满是车辆,比高速路上的拥堵还要壮观。"哎呀,你怎么才来啊?饭卡抓紧清零,不然今天就作废了。"白洁清这么一吆喝,再听听前面的议论,廖慈志顿时明白了。

几年前巡视组巡视滨大,提出一堆意见,滨大也答应全面整改,可是几年过去,整改就是不彻底,特别是饭堂问题,师生意见都很大。昨天突然传出风声,教工餐厅的整改势在必行,刚开始大家以为是谣言,都没在意,可没想到今天早上十点多的时候后勤集团发出正式通知,说是根据巡视整改精神,教工的餐次补贴将重新优化,原来下发至教工个人账户的餐次补贴,将于明日零时起由学校统一收回,以后再探索新的餐补方式。通知一出,随即炸锅,教职工们无不叫苦连天:两千块钱的餐补,一天之内要消费完,简直太赶了!

办法总是有的,老师们在课堂上一吆喝,学生们都跟着老师来饭堂了,等着大快朵颐。秦学勇站在楼梯口,手挥着饭卡大声呼喊:"今天来吃饭的,不管是不是我的学生,我一律买单,我和爱人的四千块钱,今天全部吃光,吃吧,同学们,吃饭不要钱!"有的老师虽然没有来,但把饭卡全部交给学生,任其消费。于是本该只是教职工光顾的餐厅,一下子涌入很多学生,有的学生一个人拿着七八张教师饭卡,带着同学拼命吃喝,吃不了就疯狂采购,打包回宿舍再吃。

比学生更疯狂的,还是老师。有钱不用,过期作废。教工餐厅本来就是给教工开的,教工肯定有优先权。无论自助窗口还是自选窗口,教工们都是看见什么就买什么,吃不了就大包小包带回家。一锅紫苏焖鸭上来,还没等师傅放好,"抢焖鸭了!"伴随着大呼小叫,老师们就一拥而上,围拢在锅前,拿起大勺小勺纷纷打包,往往一道菜上来,不到一分钟就被抢光。

迫切的眼神,扭曲的面容,躁动的手臂,只要菜一上来,排好的队伍顿时大乱,教工们争先恐后蜂拥而上,抢盘子,抢勺子,抢盒子,抢位置,一圈圈围在锅前迫不及待大块大块夹肉,大盘大盘打菜,有的人甚至大把大把抓起肉片就往嘴里猛吞。几个女服务员虽然不断喝止,但是人群的力量太强大了,抢菜的滚滚洪流很快把她们冲向旁边。所有的文明礼貌和德行秩序,在熊熊的贪欲面前,在急切的等待面前,都颓然倒地。一贯斯文的老师,此刻都像大灾难中的难民,踮起脚尖,仰起脖子,睁大焦灼不安的眼睛,心想着食物,眼看着食物,手抢着食物,飞快聚集又溃散,溃散又聚集,人人都恨不得生出三头六臂,都怕自己抢不到,都怕自己吃亏。

腾腾热气中,人流随着菜的上架而四下流转,一会儿东,一会儿西,前面的人抢不够,后面的人不够抢,于是就互相谩骂推搡起来,争吵声、喝止声、詈骂声,高一声低一声,声声刺耳,老师们个个红脖子涨脸,动作疯狂,骂声冲天。"哎呀,怎么让学生来了,这场面让学生看见可不好,老师以后怎么进课堂?""德育课以后就不用上了。"不知有谁喊起来,但这喊声很快就被老师们的疯抢淹没了。

餐厅经理不断敦促动作要快,要满足教工们的要求。厨师们架起大锅不断炒菜,服务员不断撤菜上菜上菜撤菜。配菜的,炒菜的,跑堂的,调度的,个个都开足马力热火朝天,投入连续的快节奏高强度工作,个个跑来跑去,挥汗如雨,忙得不可开交。尽管售卖窗口全部打开,热菜冷菜上个不停,服务人员也全部上阵,但从早上到中午,等待的队伍还是那么漫长,人山人海,充斥了整个教工餐厅。

"哎呀,前面人事处的老古一次性就打包上百只大闸蟹,那大闸蟹一个六十八块钱呢!还有那大龙虾,更贵了。"

"有人拿好几张饭卡一次性买三百个鸡翅,二百个猪蹄,看来要放冰箱吃到过年了。"

"还有买整只鸡鸭鹅的,一买就是一二百只。"

"那些人怎么能买大闸蟹呢?我们平时吃都吃不到,买都买不到。"

"除了那些知道内幕消息、早做准备的特权阶层,谁有这个能力?"

"不行不行,他们凭什么享受特权、优先消费,普通老师平时都见不到大闸蟹,他们为什么一次性就能买那么多?"

议论喧天,朱丽茵排得不耐烦,便拿着饭卡给前面窗口的服务员说:"我不要套餐了,把饭卡给你,你随便刷。给我买些饮料吧,我渴得难受。""不行,这饮料不能单独卖,是和饭菜搭配的。""前面那几个人怎么能一次性买几十瓶饮料,还拿回家了?""我不管,你问我们领导吧。"眼见得服务员如此回答,朱丽茵当下质问:"为什么不能买饮料,你是要渴死人吗?不是说了卡你随便刷,钱你随便收嘛!"这一质问,后面有人也跟着嚷嚷:"这叫什么餐厅,什么服务,凭什么别人能买饮料,我们就不能买?我都排了两个多小时的队了。"伴随着闷热的天气,老师们纷纷围拢上来,骂服务员,骂经理,骂餐厅,骂紧迫的通知,骂迟滞的服务。有人很快拍照发朋友圈,并且配了文字:世界末日到来,滨大疯狂享受,高水平大学就是高,好端端的文化人被逼成抢劫犯了!

正抢得激烈的时候,后勤集团总经理老蔡来了,满头大汗,一脸疲惫,显然,他承受了很大压力。"售卖螃蟹这么大的事情,怎么都不给我请示下?"老蔡找来餐厅经理怒斥。"都是领导直接打电话的,我有什么办法?"经理为难地摊开双手。"简直比猪还笨,这么多老师排队消费,你难道基本的预案都没有?搞得里里外外排队,乱哄哄成菜市场了。""清零通知是临时更改的,原来说一周后才清零,可是今天早上突然就变更了,而且通知已经下发。""你就是笨死了,缺乏危机意识,现在赶快处理,尽快恢复秩序。"老蔡气急败坏,在当众训斥了餐厅经理之后,很快进了后面的会议室。

过了会儿,前面排队的人传来消息:特售窗口已经关闭,大闸蟹就地封存,烧鸡、烧鹅和腊鸭都不卖了,饭菜也不再新做了,只把现有的卖光,至于剩余的餐次补贴,将会重新划归回教工个人账户。消息传出,老师们又是叹息和漫骂。餐厅经理走过来,神情沮丧,大家围上去,又质问通知为何朝令夕改,经理无奈地摇摇头:"我已经不是经理了。"

晚上六七点的时候,廖慈志再去教工餐厅,发现排队的人明显少了,但还是有老师等着打菜打包,而餐厅工作人员也在不断地调度指挥。看到老蔡焦头烂额,廖慈志就劝说了几句,其他老师见状也围上来,很快,众口一词的质问变成千夫所指的斥责,但老蔡显然满腹委屈:"咳,简直太乱了,采购大闸蟹的事情我都不知道,你说不撤餐厅经理怎么行呢?大家都别吵了。""老蔡,怎么搞的,这么混账的通知也能下发?你看教师都怨声载道的,刚刚一个副校长都说你这时间也太急了,怎么可能让人一天之内把两千块吃光?""唉唉,通知的事情,我真的事先不知道。人事处、工会、校办和采购中心,他们从没找我协商过。我是提议下周才截止的,不知为何,正式通知一发出,就成了今天这个样子!""老蔡,特供窗口怎么好好的就关闭了?烧鸡烧鹅过了夜就不好吃,还是赶快开卖吧,不能浪费国家资财啊!""我有什么办法?领导下了死命令,整改要彻底;赶紧停止售卖,要不然会出事!"

正说着,有个服务员过来问:"大闸蟹都蒸熟了,放到第二天就坏了。要不现在卖了吧?好歹还能卖几个钱,不然就亏大了。""不行,坚决不能卖,就是当垃圾扔掉也不能卖。"老蔡连连挥动大手。"六十八元一只的大闸蟹,你要扔到哪儿?扔了我去捡吧,捡了还能吃!"朱丽茵的嗓门顿时高起来。"那也不行,总之坚决不能再售卖。"老蔡搔搔满头乱发。"可是进了那么多大闸蟹,一旦封存积压就要亏损好几万元呢!"服务员心疼地哭起来。"不行不行就是不行,就是放成垃圾也不能卖,就是化作粪土也不能给老师吃。出了事咋办?我担不起责任!"老蔡跺跺脚,眼泪很快溢出,"唉唉!"他叹息着捶起脑袋。

深夜里,万籁俱寂的时候,几辆卡车悄悄驶出滨大,驶向校外的垃圾焚烧厂。伴随着校领导下令迅速停止售卖,不惜一切代价,保持校园安稳的指示,卡车上整只的烧鸡腊鸭烧鹅,整箱的大闸蟹,整捆的腊肉腊鱼,很快倾泻而出,被当作垃圾通通焚毁。几十万元的食品采购费,就这样化成一文不值的灰烬。

生活总是富有戏剧性,张懿恒刚刚走出画室,就和一个人撞个满怀。"老师!""你……是文锦?"两个惊诧的目光对在一起,张懿恒就这样和一个女生碰上了。"老师,恭喜你评上副教授!刚刚见到系里很多老师,都说你持之以恒勤奋努力,真正做到了厚积薄发。"苏文锦非要请他吃饭,于是两人走进校内的西餐厅。

张懿恒看着昔日班上的学习委员,讲话很快变得无拘无束。苏文锦说她嫁了个比她大十八岁的老外,刚生完孩子。"哦,你嫁了个老外?早知道告诉我嘛。滨大这么多博士、硕士老师,还不够你挑?"张懿恒笑笑。"不不不。"苏文锦连连摇头,"我觉得老师们都挺好,只是一到国外,我根本无法自主了,有些事情我也是身不由己。"两人说着自然就谈到滨大。

苏文锦说离校几年,再回来发现都认不出来了。学校盖了这么多楼,行政大楼、艺术大楼、飞机大楼、电工大楼、化学大楼、校内宾馆,还有实验室、演播室、高分子中心、音乐厅、校医院大楼等,一个个令人眼花缭乱。她们同学聚会说好在学术交流中心,结果到了才发现走错了,那个是学术报告厅,又进了一个大楼,发现只是学术会议中心,最后一连找了三次才算对上。

"同一个用途,为什么盖三座不同的大楼?搞得人分不清。"苏文锦问。

"不光你们迷糊,现在很多老师开会也费尽心思找地方,校园现在大楼多,名称功能都相似,稍不留神就走错了。"张懿恒笑了,滨大高质量发展,低水平重复,谁人不晓!

"女生毕业后,变成女人真快,社会是更好的大学,一入社会,才明白在校园里坚持的那些观念没用,现实需要你树立新的观念。"苏文锦聊到他们班的同学,聊到一些老师。"丁书记的课实习太多,我们感觉没有学到东西。至于浦书记,上课就是乱吹。院长整天都很忙,一个学期见不到几次,他的课都是研究生代上的,很差劲。说是母校,但滨大太乱了,我没有一点感情。"苏文锦东拉西扯,说了一会儿便问,"老师,你还记得罗莹吧?"

"哦,有印象。"张懿恒怔了下。

717

"她大二时就和孙富荣恋爱,后来孙富荣不要她了,罗莹就在宿舍哭。毕业后听说她和一个老师还有过交往,都交往得火热了,孙富荣后来又去找罗莹,两个人旧情复燃。但好了一段时间,都到节骨眼上了,孙富荣最终还是不要她了。"

"哦?"张懿恒手指抖了抖,轻轻呷口茶,语调漫不经心。

"也不清楚是哪个老师!"苏文锦哼哼了几句,突然感慨道,"老师,您瘦多了!"接着又问:

"老师,您还是单身吗?"

"嗯!"

"你这成了钻石王老五了。"

"我哪敢和王老五相提并论?"

"你们那一批男老师,其实我们班有很多女同学喜欢。有好几个女生都去找了宁奎老师,还和人家外出旅游。"苏文锦笑笑。"哦,宁奎?"张懿恒想起那个有着一双明亮鹿目的青年老师,上个月刚刚被学校开除了,听说是因为模仿领导签名,超额报销科研经费。

"我们班当年也有女生喜欢你,就是觉得你太正经了,文人气太浓,没有一点现代男人的感觉,太过矜持木讷,让人不敢靠近。"苏文锦面色绯红。

"哦,呵呵。"张懿恒干笑两声。

"老师,要不要给你介绍一个?我们班的未嫁女生还有好几个呢,现在任你选。"

"不不不,坚决不!"张懿恒看看窗外静静的湖水。

"哼,说得轻巧,不要自欺欺人了,你以后怎么办?"苏文锦显然不相信他的话。

悲凉贯年节,葱翠恒若斯。张懿恒的眉睫动了动,眼前浮现起罗莹那令人不胜怜惜的苍白面容。

饭后,他留给苏文锦一句话:穷则独善其身,达则兼济天下。

底朝天

廖慈志回到家,一顿饭还没吃完,陶兰青就告诉他艺术学院要出事,招生问题被捅上去了。"出个鬼事?以前也这样说,但都平安过关了。你们女人家都爱这样捕风捉影的,肖那人树大根深,厉害得很呢!那么多人告他,可每次他都能化险为夷,步步高升。升任副校长一个星期,原来的校长就突发脑出血猝死,肖顺理成章成了校长,公示期间没听说谁去反映问题。"廖慈志不屑地数落老婆。他知道肖子业稳得很,早有恃无恐了,这几天正在北京开会,和头面人物在一起,老浦也在出席省书协举办的茶话会,至于丁雄伟,已作为优秀青年干部,到党校学习去了。"唉!"廖慈志想着李光头,最终叹息一声,倒头大睡。

几天后,廖慈志驱车到校本部去上课,车开到一半,陶兰青又打电话来,说艺术学院出事了,要他小心点,说完不待解释就挂断电话。"能出什么事,天难道会塌下来?肖刚当了正厅级的校长,运气好得很!"廖慈志半信半疑,就这样到了艺术大楼,刚刚停好车,忽然听到一阵鬼哭狼嚎的惨叫:

"党啊,你怎么不要你的孩子啦?"

老浦被两个陌生男子架着从楼上走下来,乱发飘飞,浑身颤抖,鼻涕流得很长,一边哭,一边不断捶打胸脯,连鞋掉了都不知道,看得出他很悲痛。

惊讶之余,廖慈志以为老浦家里死人了,仔细想想又不对,该不是老婆的话应验了?他看看楼上,很多脑袋都从窗户里伸出,探头探脑地张望。小鱼从身边走过,廖慈志正想问怎么啦,结果小鱼只是努嘴斜眼,生怕人问似的,飞快溜了。

"哈哈哈!"一阵得意至极的浪笑,李光头从背后闪出来,"老天开眼啊,艺术学院这次被一窝端了!"

……肖子业来到艺术大楼。尽管凌晨才下的飞机,但一大早他就醒了,他的精神很足,早早来办公室收拾东西。身为滨江大学新任校长的肖子业,以后要到行政楼去办公,因为目前还兼任人文学部主任和艺术学院院长,所以艺术大楼的院长办公室还给他保留着,当然,就是他不兼任院长,这豪华的大办公室也照样可以为他保留,谁让他是肖子业呢?!一上楼,肖子业就发现隔壁丁雄伟和老浦的办公室门都锁着,他很快想起这两个人近几天无论如何都联系不上,真是不可思议!往日只要他发了短信,不到三分钟丁雄伟和老浦就回复了,他给这两人说过要保持手机二十四小时畅通。楼栋寂静,房间空荡,时钟很快响起来,肖子业走了几步,大清早的,突然有了一种不祥的预感。

白沙在涅,与之俱黑。滨江大学早已不是象牙塔,当许多人为了名利为了官位为了权力频繁表演的时候,肖子业岂能例外?生活给他好好上了一课,他怎么能不首先考虑到自己?所以自当系主任、当院长以来,一旦屁股坐稳,他就很快改变了自己,下手越来越狠,手笔越来越大!当然,对一个文化人来说,他所做的一切是背叛,是堕落,是下作,可他从来没标榜过自己清正廉洁高大上,他也从来没说过自己是一尘不染的圣人伟人!

学校每年下拨给艺术学院上百万元的活动经费,经费下拨之后,确实也出了成果,培养了人才,但最终培养来培养去,就培养出一个人才,那就是肖子业本人。人一旦狂妄,势必就会贪婪,肖子业这几年越来越大胆,成果也越来越突出。这么多年过去了,他运用智慧和计谋,在力所能及的范围内拼命积累着财富,当然,正因为有文化,他的手段和方式就更为隐晦、高明和儒雅。事非经过不知难,艺术学院的事情别人不清楚,但肖子业很清楚:这么大的学院表面上灿烂辉煌,实际已腐朽不堪。裱糊匠还在努力裱糊着,但破屋子已经烂到底了!

几分钟后,当肖子业在电脑前整理文件的时候,有三个男人走进他的办公室,其中一个他认识,是省教工委的纪检书记。

"肖子业,请你跟我们走一趟。"纪检书记发话道。

"怎么啦?"肖子业抬抬眼镜。

"这几个同志是省监委的,专门为你而来。"纪检书记面无表情。

"为什么,你们凭什么?"肖子业刚争辩几句,纪检书记立刻面容严肃道:"你要好好配合组织调查。省里收到举报,艺术学院在研究生招生、教学设备采购和科研经费使用方面存在很大问题。"肖子业心里发抖,还想再说什么,省监委的同志立刻打断他,问:"滨江大学美术馆失窃的一百八十三幅名画,你还要装糊涂?"肖子业身子猛然一震,名贵的方框眼镜跌落在地,其实他知道这一天迟到会来,该来的一定会来,但没想到是在他刚赴任校长的时候来了!

泾溪石险人兢慎,终岁不闻倾覆人。却是平流无石处,时时闻说有沉沦。肖子业不知道,两个多月前,教育部和滨阳省委收到关于滨江大学艺术学院相关问题的实名举报,举报对象除了艺术学院的领导班子,还有学校及滨江市相关领导。教育部和滨阳省委紧急商讨,由滨阳省委书记亲自提议并督查,成立了秘密调查组。调查组实行异地组织,人员由省监委纪委和教育部的同志组成,没有吸收滨江大学任何人员参与。在经过缜密调查之后,调查组果断出手。在带走肖子业的同时,也带走了已经退休的王书记和其他几个领导,当然也找到了滨江大学艺术学院新任书记丁雄伟。

丁雄伟是在党校的教室被带走的,上课间隙,他还不忘整理发票,想着要多报销些经费。纪委的同志亮明身份,询问他虚开增值税发票的事情。"不不不,我不知道,你们问院长old老浦好了。我刚上任,以前的什么都不知道!"丁雄伟身子摇得像筛糠。纪委的同志微笑道:"宇航有限公司里,有个姓高的人你认识吧?"丁雄伟一哆嗦,很快瘫坐在地,裤子也尿湿了。旁边有人立刻捂起鼻子骂:"就这点出息?!"

针对老浦的行动也开始了。公安的同志从他家里搜出整箱整箱的茅台酒,整箱整箱的中华烟和整箱整箱的腊肠腊肉。老浦倒也嘴硬,面对搜查,反复声明这些是用自己的润笔费买的,甚至在纪委的同志面前,大段大段背起党章,背得滚瓜烂熟,但最终在铁的事实面前,特别是看、听了上次研究生招生的视频、音频之后,老浦的脑袋嗡的一声:"天啊,是谁把这个拍下来了?!"他什么都认了,甚至还配合调查,亲自带纪委的同志到艺术楼办公室,取走剩余的一些物品。这就是廖慈志在艺术楼下看到的一幕。

信息时代,消息比榴弹炮还快,伴随着艺术学院领导班子被连窝端,各种消息也就满天飞了。

"世上没有完美的腐败,却有高明的犯罪。肖子业一贯手脚干净,不显山露水。就像上次研究生招生,虽然被捅了出去,但听说学校准备内部处理,把他暂时撤职了事。可是躲过了初一,躲不过十五,老肖这次被查,听说起因在于馆藏名画,这个被揪出来,他再也无法翻身了。"廖慈志说起来就滔滔不绝。

以前有滨江大学的老校友在香港参加拍卖,看见拍卖行预拍的字画中有齐白石、张大千等人的画,当然,看到这些画并不稀奇,但稀奇的是这些画作上赫然盖着"滨江师范专科学校藏""滨江大学美术馆藏"的大印,校友一打听,类似这样的画,已经在拍卖行拍卖了好几张,还有好几张等着拍卖。校友很震惊,马上报告了学校。滨大勒令美术馆追查字画,清点藏品,但几经查点,美术馆报告说所有馆藏,特别是名人字画均保存完好,并无丢失,肖子业在报告上都签了字,于是滨江大学向上级写报告打保票,说学校美术馆藏品完好,并无丢失,拍卖的可能是赝品,印章估计是伪造的。

不知怎么的,这次关于藏画失窃在内的举报材料越过滨江,直接捅到了上面,听说省委书记做了紧急批示,最后由相关部门组成专案组,开展秘密调查。省文物局最后认定拍卖行的滨江大学美术馆藏画是真品,而滨江大学美术馆珍品库的藏画则是赝品。事情很快有了眉目,查来查去,公安机关最终将作案人锁定在肖子业身上,原来是他监守自盗,偷梁换柱,将真正的名画拿出去拍卖,将自己临摹的假画赝品放回仓库保管。

"真是卖国贼,滨大的耻辱啊!"常华明也说以前也有人针对这个告过肖子业,但都不了了之。这次从招生腐败到大肆贪污经费到私设小金库再到盗取馆藏名画,老肖他们被翻个底朝天。举报人的材料太扎实给力了!

"谁举报的?"韩灵光问。

"不好说,楚涓涓、邹金贤、钟教授都有可能,听说胖子老刘也找过巡视组。"

"老刘也参与了?真想不到啊!"

"老金也从来没放过肖子业,李光头更不消说,这些人早放言要以牙还牙,以血还血,李光头往省上跑了好多趟。你看他现在乐得好像中了大奖,见人就说老天开眼了。"

议论总是伴随着猜测。

老浦被带走的时候,正在楼上的张懿恒恰好目睹了这一幕。老浦在地上又是下跪又是打滚,哭得像个丧家犬。张懿恒只是简单看了看,就赶紧进教室了。郑宇智早就说过:"千年的王八成了精,那真不得了,但只要打回原形,王八还是王八!"韩灵光也提到老浦其实是造反派,是社会渣滓,读书时就因生活琐事拳打班级同学,辱骂任课老师,当书记后更认为自己一贯都很有理很正确,整天教育这个训斥那个。对于老浦,张懿恒早已鄙视到极点,任何怒斥和唾骂都不足以解恨,但如今老浦狼狈至此,他反而没有了报复的快感,因为报复对他已经失去意义了。只是看到老浦的腰身弯得像个死蛇时,他心里突然很复杂。

人总要成长成熟的,一个人无论年轻时候犯了什么错,做过什么过分的事情,到了一定年龄,随着文化修养的提高,随着人生阅历的增强,一般都会变得淡定从容,都会变得慈祥宽容,甚至都会有相当的忏悔意识。可是有的人即使到了白发苍苍的老年,到了相当高的位置,依然冥顽不化倔强固执,说话做事唯我独尊蛮横无理,从来不会反省自我,从来不会认为自己有错,所以也就不会有丝毫的换位思考和忏悔意识。善不可失,恶不可长。从善如登,从恶如崩。善积者昌,恶积者丧。中国人最讲究善恶报应,但这类人往往不怕天不怕地,没有是非报应观念。为什么?是无尽的私欲,扭曲的价值观,贪得无厌的利益使他们失去了做人的良知吗?恐怕未必全是。

滨大毕竟是个学校,领导虽然完了,但学生始终无辜,学生还要学习。按照关教授的说法,薪火相传,弦歌不绝;观乎人文,化成天下。教育是国家的良心,学生是民族的希望,课比天大,上好课是老师的本分更是天职。自从写生回来,张懿恒很快就将精力投入上课之中,因为那么多学生一直等着他,无论如何,身为教师,他心里还是爱学生的,当然,也必须爱学生。回首向来萧瑟处,也无风雨也无晴。只要一进课堂,他就像换了个人,精神抖擞,神采飞扬,什么忧愁烦恼压抑痛苦等,统统都忘掉了。

回头草

下课了,张懿恒走下讲台。教室后排有个女生走上前来,低头欲言又止,直到最后才来了句:"老师,你不记恨我吗?"声音又轻又细,充满怯生生的羞涩与不安。张懿恒猛然惊醒,原来罗莹来了,她上身穿着白色的紧身T恤,下身穿着蓝底红花的牛仔包臀短裙,倒也不失清新性感。

"你一直在后面听课?"

"嗯,听了两节课,不过在最后一排,老师没留意啊?"

讲台下都是学生,一样宁静单纯的面庞,一样简约洁净的休闲装,他根本无法分清谁是谁。再说就是有漂亮女生,他现在也没有心情去关注了。眼前的这个女生曾经带给他怎样的愤怒和耻辱?她应该没忘记吧,今天不会是又来找麻烦的吧?张懿恒想了想,觉得没必要再搭理下去,于是看也不看罗莹,高昂着头颅就走。

"老师——"罗莹紧追上来,欲说还休的样子。

"你有什么事吗?"张懿恒面若寒霜。

"老师,你的课还是那么有趣。"罗莹说着不禁靠近了他。张懿恒立刻闪开,随即问,"你想干什么?"

"老师,我奶奶我爸爸妈妈,就连我干爸干妈,全家人一直念叨你,说你斯文温和品行好,说你质朴厚道人实在,说你彬彬有礼操行优!"罗莹显然憋了一肚子话,"其实我也不知道你有什么好,可是他们都说你好,特别是我妈,是个没多少文化的裁缝,只见了你一面,就说你貌似敦厚,实则很不一般,能成事。也不知道她何出此言,真奇怪!"

前半句听得人还高兴,可是后半句就明显扫兴,尽管这是真诚的诉说,可是张懿恒不能有任何反应,因为这个女生他再了解不过了!

罗莹跟着他离开教室,跟着他下了楼,跟着他走到校园的林荫小径,走到草坪边,一直到路旁的树下。张懿恒不明白,这个女生今天到底怎么啦。"你先忙,我还有事。"张懿恒说完正待离开,但罗莹一把拉住他,叫了声:"老师!"突然颤抖起来。

看着罗莹情绪不对,张懿恒有些不知所措。草坪边人来人往,正是踏青的好时候。诗家清景在新春,绿柳才黄半未匀。万木毓秀,鲜花盛开。谁不爱看这妩媚的春色?但一想到草坪边的路灯上还装有监控,一看到罗莹拉住自己的衣袖,张懿恒立刻向后躲了几步,顺势拉开距离。

"老师,我和姓孙的彻底分手了,我妈骂我有眼无珠,把你给错过了,要我来给你赔礼。如今你还要我吗?"未等张懿恒反应过来,罗莹已是泪落如雨,"我怕了,我怕被骗,怕被玩,我再也不幼稚了。只要你愿意,我就真心对你,愿意现在就嫁给你,今天领结婚证都行,我发誓永远和你在一起!给你做饭,给你洗衣,给你生孩子,一辈子对你好!"说着便抬起那张不失清秀的泪光莹莹的脸庞,恸哭着向前靠拢,一副要扑在他怀里的样子。

"哦!"

张懿恒总算明白过来,他轻轻吁口气,浑身的血管怦怦直跳,霎时不知该说什么好。

自从别后减容光,看见面前哭泣的罗莹,他心里像打翻了五味瓶,酸甜苦辣咸,喜怒哀乐疼!这个女孩还是那样柔弱,还是少不更事懵懂无知楚楚动人的样子,这样子当初多么令他动情,激发起他本能的保护感和责任感,也就有了后来的强烈欲望!几只乌鸫鸟飞来,落在了路旁的白薇树上,白薇依旧柔弱娇羞袅娜多姿!美丽的外表千篇一律,高尚的灵魂万里挑一。他现在还会对罗莹怜香惜玉吗?渐渐地他想起了苏文锦。

……那天饭局结束的时候,张懿恒问:"孙富荣为什么又不要罗莹了,破镜重圆不好吗?"这才是他最想知道的。

"听孙富荣的舍友反映:孙富荣说他最后想来想去,还是觉得罗莹好蠢好傻,就是中看不中用的草包!还有重要的一点,罗莹和孙富荣马上要谈婚论嫁了,但罗莹被检查出有家族遗传的恶性疾病。孙富荣的父母都是医生,坚决不能接受。后来他们就彻底分手。分手后有一次同学聚会,酒后的孙富荣给舍友说他大二就和罗莹交往,断断续续几年,罗莹被他玩腻了,他实在不想要了!"苏文锦的声音复杂起来。

八卦新闻也很有意思,而苏文锦的到来,给张懿恒带来了很有价值的八卦。听着听着,莫名的快感便自上而下涌进他的全身,这是一种从未有过的暗自庆幸、如释重负!过了会儿,在问清楚病名之后,他才开口道:"这个病我知道,是一种常见的地方性疾病,根本没法治,会代代遗传,严重影响下一代!"

想起罗莹那苍白文弱的面孔,话一出口,他又后悔了,感到这样讲很不得体很不尊重别人。行有行规,老师在学生面前,即使在已经毕业的学生面前,也不能议论班级同学的长长短短,毕竟老师是老师,学生是学生,永远都是两个不同的群体,张懿恒对此再明白不过,可是话既然说出口已无法挽回了,于是他就狠狠心,继续把话说下去。

"不过话说回来,唉,罗莹好傻好可怜啊!"

"是傻,我是男人我也不会要!"苏文锦笑起来,"罗莹可笨了,在宿舍做饭的时候,连鸡蛋都不会打。和孙富荣婚检之前,她拼命吃早餐,结果验血还是检查出那种病。唉,陪了人家三年,最后还是被鄙弃了。她真的好可怜啊!"

"看看你,没有院长肖老师那样儒雅翩翩,气质超群;没有老浦书记那样指挥若定,潇洒沉稳;没有丁雄伟老师那样谈笑风生,幽默风趣;特别是你说话瓮声瓮气的,没有云艺老师的嗓音那么富有磁性富有魅力,你太差劲了,不能让我仰慕让我崇拜。"

想到罗莹当初说的这些话,再想到牛婷,想到程怡雪、想到黄芥,张懿恒真是倍感无奈。人情已厌南中苦,鸿雁那从北地来?苍凉的青春,凄苦的经历,艰辛的生活,他的胸腔翻江倒海,沸腾不已,各种词语喷薄欲出,积蓄已久的情绪眼看着就要宣泄出来。这时远处高楼上有人歌唱:

放眼眼望去山连着山,硷畔上的妹妹孤零零地站。庄稼人来盼个吃饱饭,妹妹我想你我的那心肝肝。山连着山来川对着川,妹妹我又望着川外川。庄稼人来最怕天干旱,哥哥你可不敢把妹妹闪。窗花花剪下一对对,我不想旁人光想你。

罗莹听着又哭道:"老师,求求你了,我以前都错了。现在我认真想过了,觉得还是你最好!我对你好,我从你,难道不行吗?"

阵阵晚风吹过,空气中除了鸡蛋花的清香,还夹杂着泥土的气息。张懿恒的心情猛然平静下来,这个当过十年高校老师的男人,像陈年的宣纸一样,早已去净燥性和火气,变得温润无比了。看着眼前女孩泪莹莹的苍白面孔,听着她痛彻心扉的表白,张懿恒的眉毛抖了抖,最终拿出纸巾,很有礼貌地递过去。

"罗莹,我文弱恬淡,清高孤傲,为人处世眼高手低,事倍功半。今生注定碌碌无为!恐怕不适合你,有负厚望了!切记:你们那个家全靠你妈在支撑。你妈要是有个三长两短,你们那个家必然会散,所以你以后嫁人一定要嫁个强有力的成功男人,将来能代替你妈,撑起你们那个家,给你们全家带来幸福!"

张懿恒的口吻深婉而凄凉,说着说着,他突然想起裁缝女人那竹节一样瘦弱而粗糙的双手,不禁心里发酸,赶快转过身去,头也不回地离开了。

第二十六章 方向

问 盗

关于肖子业严重违纪违法问题立案审查的通报

日前,经省委批准,省纪委监委决定对滨江大学原校长、副校长、人文学部主任、艺术学院院长、校美术馆馆长肖子业涉嫌严重违纪违法问题立案并进行纪律审查和监察调查。

经查,肖子业道德败坏,信仰丧失,违反政治纪律,欺上瞒下,长期隐瞒个人收入,对抗组织审查调查;违反组织纪律,逃避组织监督管理;违反廉洁纪律,伙同他人经商办企业;将教书育人的学院当成个人攀附领导、发家致富的生意场,在艺术学院工程项目建设、后勤服务承包、教学设备和器材采购过程中,甘愿被社会老板收买役使。肖子业披着教授仁心外衣,收取不良商家黑心回扣,特别是利用职务上的便利长期盗取馆藏名画一百八十三幅,把国家资源当成个人肥油满溢的"钱袋子",长期进行利益输送和利益交换,人前攀附领导、巴结逢迎不知耻,人后穷奢极侈、放纵糜烂不检点;在婚姻存续期间与他人长期保持不正当关系,又包养多名情妇,非婚生育。

肖子业把组织交给的"责任田"当作个人的"自留地",恣意让渡手中的公权,把员工下属培养成自己的家奴,搞团团伙伙,拉山头,长期贪权霸权滥权,放任个人私利,私设小金库,指使他人垄断学院日常办公用品及教学设备器材的采购,特别是在基建项目管理等事务上,沆瀣一气,利益共沾,且在党的十八大后仍不收敛、不收手。其利欲熏心,贪婪成性,置国法而不顾,性质恶劣,情节严重,涉嫌犯罪,应予严肃处理。

根据《中华人民共和国监察法》等有关规定,决定给予肖子业撤销职务、开除公职处分,收缴其违纪违法所得,将其涉嫌犯罪问题依法移送检察机关审查起诉。

给老浦和丁雄伟的通报同时下达,只不过用词各有不同,除了都有开除公职、开除党籍、移交司法机关处理的说法外,给老浦的通知还多了些表述,比如信念丧失,身为党务一把手,工作中主体责任不到位,对党不忠诚不老实,党性原则丧失,甘当腐败分子的保护伞等;对丁雄伟的通报则有利益输送,关系带,权钱交易,生活糜烂,违背师德师风,虚开增值税发票,巧立名目报假账造成国有资产流失等。通知下达的时候,也就是大家议论最热烈的时候,连退休多年的老黄和方希妍也加入进来。

"昨天《新闻联播》都播了。滨江大学建校几十年,第一次上央视没想到是因为这种事。我们监管的漏洞太大了,所有的防护措施对特权阶层来说形同虚设!慢藏诲盗,冶容诲淫,肖子业太狡猾了,他害的不仅仅是艺术学院!"常华明说公安局的朋友告诉他,老浦进去以后很快就全交代了。丁雄伟也是禁不住审讯,哭得一把鼻涕一把泪,张口闭口他眼瞎了!但肖子业硬得很,现在还要请律师为自己辩护呢!他坚持说在自己之前,馆藏的不少名画已经是假的,而自己拿去拍卖的那些名画,更是事先被人调换过不知几次的赝品了,他不过以假换假!还说他后来又发现库房里保存的自己曾临摹调换过的那些赝品,最终又被别人当作真品调换了。肖子业现在大喊冤枉,对检方认定自己盗卖一百八十三幅名人字画的数量表示质疑。

"盗取的那些名画,都拿去拍卖了吗?"朱丽茵问。

"拿去拍卖的肯定只是少部分。我相信他把那些名家字画更多的是送人了,多方打点,多方孝敬。这么多年来,肖子业早已成为公认的接待大员和社会活动家。那么多的上级领导,那么多的专家学者,他接待了多少又巴结了多少?不然他头顶的那些光环从何而来?"廖慈志的大脑袋又开始发光了。

"肖子业对办案人员讲:知地取胜,择地生财。我就是不当院长,其他人当了院长也会这么干的!"韩灵光打个手势,他知道肖子业现在口口声声要以自己的家产赎回美术馆流失的一百八十三幅名画。法院已经查明,肖子业在北京、上海、深圳、青岛、三亚、黄山都有自己的房子,据说光别墅就有八套,里边收藏的名人字画、象牙雕、玉雕、中华烟、茅台酒、美元、欧元、虎皮虎骨等珍奇货应有尽有,此外他还有五辆越野车,三辆小轿车,每辆都是价值好几百万的进口豪华车。令人想不到的是,在肖子业工作室和别墅里,都发现藏有枪支。肖子业对办案人员自称是军迷,是发烧友。

老黄感叹自古胆大包天只手遮天的人,迟早有一天要被天塌死。

"肖子业担任院长十年,学科建设一塌糊涂,人才培养彻底失败,工作都是假大空!"

"肖子业正式结婚三次,离婚三次,此外还有九个情妇,共为他生了十三个孩子,据说其中三个情妇,就是我们滨大自己的毕业生。"谈到生活作风,朱丽茵来劲了,"肖子业有次在酒桌上对丁雄伟说:'要是有一天我有什么不测,就拜托兄弟照顾你嫂子和孩子了。''放心吧师兄,只要有我一口气在,就有嫂子和孩子的饭吃!'丁雄伟马上拍着胸脯保证。结果啊——"朱丽茵突然不作声了。

"结果怎么样?"大家纷纷发问,其实有的人已经知道答案了。

"结果连肖子业也想不到,"朱丽茵笑得喷出饭来,"他三婚太太生的儿子是丁雄伟的,原来两人早都勾搭上了。那女的在读大三时,就和丁雄伟发生了关系,后来成为肖子业的研究生并嫁给他,听说是丁雄伟牵的线。有时候趁肖子业不在,两人——"未等她说完,方希妍就插进来,冒出两句咿咿呀呀的戏剧道白:

"两人春风几度,珠胎暗结啊!"

岁月无情,戏弄生活的人,一定会遭到生活的戏弄!大家正在探讨不已的时候,张懿恒走了过来。

"恭喜啊,你要高升了!"老黄看看大家,再看看张懿恒,突然就扯开嗓门大叫,"前几天组织部派人来艺术学院调查后备干部人选,好几个老师都推荐了你,听说明天领导找你谈话。""感谢好意,难道大家觉得我做梦都想当官吗?"张懿恒的语调淡漠而宁静。"想当官又有什么不好?艺术学院国破山河在,今后怎么办?年轻人不担当,谁担当?"廖慈志一把拉住他的手臂。

"我们来点别的吧!"朱紫贵嘿嘿一笑,"听说前两天有个小女生找你了,追上门来要嫁你。哎呀没看出你艳福不浅,先后好几个年轻美貌的女人哭着闹着,苦苦哀求要对你以身相许,我要是有那个福气早都飞天了。"张懿恒哼了声,心说这家伙不愧长着大肥耳朵,什么都瞒不过!李光头正在猛吹自己是打黑英雄,一听这话就举起拳头道:"小张,我支持你,这种蠢笨货坚决不能要。""蠢笨的其实是我。"张懿恒只是苦笑。廖慈志叹息一声,道:"兄弟啊,你职称解决了,官职解决了,就赶快找个女人结婚圆满。总不能再这样自虐下去吧?女人看起来不一样,其实都一样,你也老大不小了。不然这样一直耗着,别人真说你有病呢。""不,始乱终弃不好,我娶一个女人就要娶到底。"张懿恒端杯清茶一饮而尽。

"行了,兄弟。求求你了,现实些,不要这山望着那山高。组织器重你,你就要好好接受,不要想着辞职走人什么的,你真以为换个单位就好?路在脚下,你好好干,上了也能拉大家一把。我坚决支持你,以后艺术学院要成为咱们的天下。"出门的时候,廖慈志拉住张懿恒的手。其实前几天郑宇智也讲过类似的话,还说他毫不犹豫推荐了张懿恒。散材畏见搜林斧,疲马思闻卷旆钲。张懿恒当时就很不高兴地回答:"烫手的山芋为什么要给我?"

晴朗的天空,鱼鳞云正在汇聚,汇聚在艺术大楼的上方。张懿恒看看这个他既熟悉又顿感陌生的廖慈志,想想那天的对话,以及对话之后云层罅隙中喷薄的金光,不禁扪心自问:"看见天眼了吗?老天爷是宽厚而公正的。人生在世,头上总顶着昊昊苍天。"

不知为何,这几天他思虑深沉,心里无比淡定从容。"还是你对,张兄。我上了贼船,当了这么多年的看家狗,真是划不来,连老本都赔上了,一下子全完了!这么多年了,你的沉稳和傲骨,真是出乎我的意料!"上周探监,丁雄伟一见他就痛哭流涕。张懿恒顿了顿,最终还是说道:"雄伟,我们都是有缺点的男人,特别是年轻的时候,更难免会犯错,但千错万错,无论如何你不该和在校女学生屡屡开房啊,咱好歹是个老师!这种事咋能做呢?!"丁雄伟不再说话,只是哭着用头撞墙。

当初刚来滨大的时候,程怡雪很清纯,干什么都懵懂无知,走路像鸽子一样文静,见人像斑鸠一样含羞,稍遇到着急的事情,就动不动掉眼泪。而丁雄伟更是言语木讷,一说话就口吃。张懿恒当年确实也对程怡雪说过"与君便是鸳鸯侣,休向人间觅往还"之类的话。世事一场大梦,人生几度秋凉。这两个人都曾让他感慨不已,愤恨不已;羡慕不已,鄙视不已!可是如今他们一个死了,一个进了牢房,都从自己身边消失了。今古恨,几千般,只应离合是悲欢?江头未是风波恶,别有人间行路难!想着想着,张懿恒默然了。

你懂的

从组织部回来的路上,身后一阵汽车喇叭声,余果仕探出头喊:"张博士,张教授,艺术学院改朝换代,听说这次轮到你了?"张懿恒似笑非笑,不知该如何回答。组织部新来的陈部长约见了他,对他评定副教授表示祝贺,接着谈到艺术学院的现状,谈到今后的发展,最后希望他和常云辉能够加入艺术学院新的领导班子中去,推动工作重新展开。

"我们国家这么大,历史遗留问题这么多,多么需要一个强大的执政党、强大的政府,不然就很可怕!所以说如果没有壮士断腕的革命精神,没有生生不息的自新能力,我们党还叫执政党吗?请谅解,我这不是在说什么政治套话。"陈部长是个爽快人,谈及问题毫不遮掩,"疏于治党、治党不严,各种蛀虫就会趁机侵蚀,学校出现这种事情,海内外影响极其恶劣,我也深感痛心!教育部和省委的领导已经严厉批评了我们,我们也向上面做了深刻检查。你看网上骂滨大干部的对联:无德无才无耻;有权有势有钱。横批:比比皆是。"

说到肖子业时,陈部长禁不住爆了粗口,看得出他很激动。水落石出,石破天惊,这教训太深刻了,真小人固然可怕,但伪君子更可怕!肖子业把持艺术学院多年,不培养任何优秀后备人才,外面调了他好几次都调不走。随着他不断地排除异己,一人独大,现在的艺术学院,已经找不出一个合适的院长人选。

"很多人都说我们的体制有问题,其实更多时候是选人用人的问题,因为体制是靠人来完善的。组织上已经调查过了,你各方面表现都很出色,群众评价也很高。艺术学院成这个样子,海内外校友都感到痛心,但太阳照样升起,学校还要继续办,工作总得有人做。"看看窗外深情的土地,看看窗外生机勃勃的充满希望的田野,陈部长眼睛明亮,声若洪钟,"现在人心思定,百废待兴,重整河山待后生,无论是党务还是行政,艺术学院新的领导班子都需配备你这样的同志。真金不怕火炼,狭路相逢勇者胜,你也该历练了。整天埋头书斋画室也不好,男人都应该历练,只有历练,才华才能多方面展现,才是真正的男人!"

"谢谢组织的关怀,我从来没有做过行政,只怕有负重托,做不好。"张懿恒搓搓手,脸色有些紧张。

"不用客气,群众都举荐你,组织也认真考察了。你不要有思想顾虑,即使工作中真的有了问题,那就找同事,找我,找上级领导,人民的力量是强大的,我们这些人都是你的后盾。"看见张懿恒还心有余悸,陈部长提了一个著名高校的名字,然后问:"你是那里毕业的吧?其实我也是。""哦?"张懿恒站起来,叫了声,"师兄好!"

"《流民图》《矿工图》《伏尔加河上的纤夫》《织工的反抗》《农民战争》,这些你都临摹过吧?一个没有苍生意识、家国情怀的人是成不了大艺术家的。你的经历又很特殊,一个吃百家饭穿百家衣长大的乡村大学生,对此应该有切身体会,皇天后土,大地恩情,国家和人民把你培养成博士不容易!"陈部长说着看看张懿恒,眼前的师弟像冰雪一样纯净,身上还带着淡淡的梅花清香,这是一种历经风霜才有的清香!停了一会儿,陈部长紧紧握住张懿恒的手,语重心长:

"士不可以不弘毅,任重而道远。中华文化的生命力,中国人的韧劲你比我更了解。出来做事,对你是很好的锻炼和促进,你也应该提升自我。当然我的话有些多了,但给别人我是不会讲这些的。你看现在的教授评审权不是下放到学校了嘛!你在滨江大学十年多了,方方面面已经熟悉。要是换个别的地方,评教授也罢,职务升迁也罢,一切又要从头再来,你说累不累?如果继续留在滨大,凭你的条件,估计两三年后就可破格评教授了,所以你要想好:人到万难须放胆,事当两可要平心。一切你懂的！还有,公安机关已经查明,程怡雪的车子有人做了手脚,导致制动失灵……"

陈部长最后的话深深刺激了张懿恒,但他没有当场表态,只是请求让他考虑考虑。"我只给你三天时间,三天之内你必须答复我,因为有些岗位已经有人主动请缨了。"陈部长答应了,临别的时候,他突然问,"听说你的字不错,能不能给我写一幅?"

张懿恒简单谦让两句,便应道:"那行,没问题,师兄要写什么?"

"再大的风波,也有该定的一天!"陈部长顺口朗诵起来:

  常美人间琢玉郎,天应乞与点酥娘。尽道清歌传皓齿,风起,雪飞炎海变清凉。

  万里归来颜愈少,微笑,笑时犹带岭梅香。试问岭南应不好,却道,此心安处是吾乡。

河流虽然蜿蜒,但最终的去向都相同。张懿恒离开部长办公室,走到行政楼一楼大厅,看到迎面悬挂着"坚定不移推进打黑除恶专项斗争"的横幅,他忽然想起几年前这里发生过命案,于是慢慢走上前去,走到冯志学自戕的准确位置,想起那殷红的血迹,不禁心里发颤:"大哥,你刚烈自尊,勇武有余,柔韧不足!其实何必如此鲁莽迫切,难道不能再等等吗?如果早些收到你的信,我会不顾一切阻拦你的。"

一阵风吹来,楼旁的木棉树落下硕大的花瓣,花瓣飘飞翻卷,像英勇的火炬,像沉重的叹息!几个清洁工停止工作,纷纷捡拾花瓣。空气中弥漫着怡人的芳香,朵朵花瓣飞来飞去,落在他的脚下,其中一朵花瓣上还沾着纸团,张懿恒踢开脏兮兮的纸团,发现这原来是关于肖子业拟任副校长的公示。尽管被人踩来踩去,但内容仍然清晰。看着公示上关于肖子业工作经历的丰富介绍,关于肖子业辉煌成就的铺陈罗列,张懿恒的目光最后落在肖子业的头像上,那头像他再熟悉不过,气宇轩昂,光彩照人,俨然英明领导的标准像,可惜如今一切都成过往,公示也成了废纸。许久许久,看着那被踩得面目全非的头像,张懿恒从心底涌起一丝讽刺的阴笑,渐渐默念道:

"老大,那封一招杀敌的举报信,其实是我写的,包括上次研究生招生的视频偷拍及网上发布,艺术大楼的基建回扣细节,特别是馆藏名画失窃的查证和上告等,都是我一人干的。从你再回来担任院长之后,我就觉得有问题,就一直在暗暗积累材料,准备了这么多年,没想到上次去省里开会,总算用上了。你想不到吧?我更想不到!接见我们,和我热情握手的那位新任省委书记,就是当年在荒郊野外抱起我的乡文书!一切真是机缘巧合。当然,说来说去还是要感谢你这位引路人,给了我出手的好机会!"

他的目光落在路旁的小草上,多年来,无论路人如何践踏,无论风尘如何掩埋,无论野火如何焚烧,可是小草历经劫难,春风吹又生,一直在默默生长,延续着自己不屈的生命。打不垮压不死烧不尽,自生自灭,自灭又自生,含蓄,内敛,隐忍,低调,风里雨里,生长得那样凄凉悲壮,那样坚忍顽强,那样不可战胜。多年来有谁注意到这野草呢?看着看着,他突然有一种想亲吻这野草的冲动。

明　天

从行政楼出来,走到绿道的时候,突然身后传来百灵鸟一样清脆的叫声:"哎,你这么精神,去相亲吗?"田娟老远就喊起来,小姑娘还是那么活泼。张懿恒整整领带,十年前的西装,穿着依旧合身。

"你今天有空陪我逛街吗?"田娟嫣然一笑。

"你是说真的还是在开玩笑?"张懿恒问。

金色的花苞布满整个风铃树,田娟低头不语,阳光射在她的身上,像披着五彩祥云。

再木讷的男人都知道什么意思!张懿恒微微一愣,马上就清醒过来。秾丽最宜新著雨,娇饶全在欲开时。几天不见,他突然觉得田娟比以前好看了,丑小鸭成天鹅了。

等了几分钟,田娟估计这个呆子可能又会像以前那样闷头闷脑来一句:"哪里有空啊?整天画画写论文,累得不想动了!"于是想着再怎么启发下。没想到张懿恒很大方地伸出手:"陪你逛街没问题,但滨江博物馆入藏了一批新画,我们先去看看，好吗？"

振衣千仞冈，濯足万里流。看得出他的身体很好，旺盛的精力像风在吼，激昂的生命像水在涌，整个人朗若青松。

田娟的睫毛闪了闪，两朵桃花飞上面颊。

"懿恒你知道吧？你老师和我离婚了。"师母来电话了。

张懿恒的耳朵嗡嗡作响，手臂也颤抖起来。老师和师母从来都是被人敬仰和称道的模范夫妻，据说老师当年读研究生时，就为自己的师母所相中，最终他娶了自己导师的女儿，师徒加翁婿，至今都是佳话呢！后来两人双双取得博士学位，在同一个单位工作，如今都是博士生导师，在国外留学的孩子也快三十岁了。这幸福的一家三口，谁不羡慕！即使人性有复杂的转变，有七年之痒的冲突磨合，但那是中年人的事。老师和师母都六十多岁了，都到了大彻大悟包容一切的年纪了，怎么可能有婚姻危机呢？张懿恒怀疑自己听错了，或者师母和老师吵架了，说气话了。

"是真的，我们已经分居十多年，半年前最终办了手续，因为离婚已经不可避免。这已经是他第三次外遇了。以前我都顺着宠着他，想着忍一忍也就过去了，可是这一次他非要离婚。你还记得那个叫章婉婷的女生吧？""记得记得，是师妹。"张懿恒想起那个很清纯动人的女生。"哎，我本来说撮合你们，结果女生说她这几年不考虑个人问题，又说找同门的不好，一下子把我顶回去了。这几年不知怎么搞的，章婉婷和你老师勾搭上了。为此你老师还费了番功夫，让她留校，给她安排工作。他们现在领了证，开始谋划到另一所高校工作，你老师是高人，新单位给的年薪要好几百万呢！"师母说着哭起来。

曾伴浮云归晚翠，犹陪落日泛秋声。张懿恒愣了愣，很快就清醒过来。无论如何，导师毕竟是导师，还需要仰仗他老人家！尽管如此，他还是大声安慰道："师母，我们只认您。"

"改天再陪你吧。"张懿恒挂断电话，看看田娟。

饭堂里，他刚刚打了一碗肠粉，小鱼就走过来，一把拉住他的手。"还吃什么学生灶呢？走，我请你吃大餐。"小鱼的态度很坚决，让人无可拒绝，"老师，我为你高兴,听说组织部陈部长找你谈话了,多好啊! 以后工作有老师的照顾,我很开心。当年为留校,给了老浦三十万,这口气我一直咽不下去。你说现在要不要找纪委说明? 反正墙倒众人推!"小鱼显然准备了一肚子话,这话就像臭鳜鱼,闻起来臭,但吃起来香,特别受用。看看年轻的小鱼,他心说这几天怎么都扎堆了,好几个人都来找他,前天凌宇飞、柏耀莲分别过来,都说要把表妹介绍给他,而昨天应志武也送来几只海参,说是以后要跟着他一起干。

张懿恒——婉拒了。

方　向

清晨,灿烂的阳光。

路边空地上,有个人正在晨练,动作俯仰开合,招式行云流水,再加上一袭飘飘悠悠的白衣,俨然仙尊下凡了。

"卫老师!"

"你好!"

"您什么时候来的?"

"哎呀,韧劲加耐力,林冲最终踢翻了高太尉,听说你的材料让省委书记看了拍案而起!""卫老师,我没那么厉害,至于省委书记……"未等他说完,卫风之就挥挥衣袖:"行了,不要再谦虚低调了,你做得对,这些害群之马是应该被打倒!"他知道自己的学生这么多年来大智若愚,大巧若拙,大行若藏,这次不光给省委书记亲手送材料,还让同学从国外给国家文物局和教育部寄材料,搞得滨阳省压力很大。

"不,卫老师,打倒他们的其实不是我,更不是那封材料,是他们自己,是他们自己的贪欲! 老祖先早就讲过:'天行有常,不为尧存,不为桀亡。'林肯也曾经说:'你可能在某个时刻欺骗所有人,也可能在所有时刻欺骗某些人,但不可能在所有时刻欺骗所有人。'"张懿恒看看头顶的蓝天,再看看脚下鲜绿的草地,思考的泉水在放纵奔流,"人生来有罪,人是有弱点的,人是有欲望的,这也是人的丰富性和罪恶性所在。贪欲是万恶之源,也是人生诸般痛苦之根源。名为公器无多取,利是身灾合少求!这么多年来,艺术学院的发展好比船行海上,明明只能承载一吨的船,却在各种需要下最终承载了十吨重的货,这样的船不翻才怪呢!肖子业他们都是被自己的贪欲砸死的,就好像柳宗元的笔下的蝂蝜。正如大家所言:雪崩的时候,没有一片雪花是无辜的。他们如果再不受缚,真的引来了雪崩,我们这些普通人都会跟着毁灭了!"

"呦呵,士别三日,当刮目相看,你现在也能言善辩了!"卫风之笑起来,"艺术学院监守自盗的事情闹得很大。大奸似忠,大伪似善!我真没想到你们院长有那么大的问题!但问题是仅仅处理院长和书记就算完事了吗,流失了那么多的名画怎么办?"

"怎么办?革命尚未成功,同志仍需努力。继续追,就是追到天涯海角,也要把那些流失的国宝,那些名人字画追回来。物归原主,完璧归赵。"张懿恒跺跺脚,看看前面的棵棵金竹。

以滨大来说,名画失窃其实是冰山一角。伪造一幅古画多难!除了基本的线条勾勒、上色用料、皴法用笔之外,还有用纸钤印等,这些都需要整体做旧,特别是有的画盖了大大小小十几个甚至几十个印章,更是一个都不能少。此外,古今画作的装裱还不一样,首先用材用料和具体的装裱过程就不一样,以假乱真,半步都不能错,因为一招不慎满盘皆输!这么复杂的造假工程,肖子业一个人能完成吗?他就是再会画画,画得以假乱真赛过黄宾虹赛过张大千,可是他的用纸哪里来,颜料哪里来,题跋哪里来,印章哪里来,装裱哪里来?他顾得了这些吗?他能耐再大,一个人能做得了这么多的手脚?

"很多领导只借画不还画,你说肖子业如何弥补这个窟窿?只能作假了!他们是一个利益群体,一个团队,一条龙作业复制古画。"卫风之说完,张懿恒眼睛瞪了起来:"那就继续深挖,一万年太久,只争朝夕,就是追到境外,也要把国宝追回来。"

门外一辆辆汽车快速驶入,赶往教学楼行政楼的教工多了起来,豪车鱼贯,鸣笛连连,在刺耳的声音中,学生路人纷纷躲避,有车族则纷纷疾驰而过,甚至不断有人从车窗里伸出头来,责骂学生让路晚了。

"看到了吧?校园里大摇大摆狂按喇叭,行车还不减速,就等着人让车,这就是高校教育工作者的素质！就这个样子,如何教育学生？我在国外待了几十年,人家从来都是车让人。可滨大的老师开车从来都是横冲直撞招摇过校,你能指望他们有多高尚？都说滨大学生不好,可你没看看在台上教育学生的都是些什么东西？整个滨大现在是不读书的人在教书,不懂教育的人在办教育！"

"卫老师你说得对,回头我给保卫处提意见,对校内超车鸣喇叭等做出惩戒。滨大虽大,却容不下流氓、贼寇和畜生。这么多年了,黑夜每每来临,太阳照旧升起,我们何曾停止前进的脚步,熄灭抗争的怒火,失去韬光养晦的定力？感时思报国,拔剑起蒿莱。繁霜尽是心头血,洒向千峰秋叶丹。话说回来,纵使我一无所有,我也要尽我所能做些事情。日升月恒,天地良心,我必要有所作为,绝不自甘堕落,混迹污浊！"张懿恒激动了,因为和诗人讲话,一定要有诗情,要有深厚的生活感悟。君子之过也,如日月之食焉：过也,人皆见之;更也,人皆仰之。敬天之怒,无敢戏豫。敬天之渝,无敢驰驱。他坚信如果谁敢逆天欺天而行,那么该来的就一定会来,因为世界上最弱小的是时间,而最强大的也是时间！

"好好的一个大学,一个神圣高尚庄严的地方,老百姓把血汗钱投到这里,把儿女送到这里,是因为心中充满希望,充满期待,也充满信任。可是短短几年过去,你看现在滨大成了什么样子？"卫风之双掌奋力一击,声调也高亢起来,"一杯美酒千人血,数碗肥羹万姓膏。人泪落时天泪落,笑声高处哭声高。这次肖子业他必须得死。他不死,别人就要死,死了他一个可以救活多少人？这叫舍车保帅！兵者,诡道也！拔出萝卜带出泥,肖子业的保护伞必须揪出。慈禧太后再昏庸混账,为了平反杨乃武与小白菜的冤案,一口气摘了一百五十多个地方官员的顶戴花翎,我们滨大难道比晚清政府还黑暗,比慈禧太后还昏庸？天网恢恢,疏而不漏。我们奋斗到这一天,很不容易,你还记得'狱中八条'吧？"

"记得,我知道那是红岩烈士的遗言。他们以血的代价向组织提出八条建议,首先就是要防止领导成员腐化……"

等张懿恒回答完毕,卫风之点点头："好好好,独有英雄驱虎豹,更无豪杰怕熊罴。冯志学没有看错你,你的本心还在,初心依旧。"说着向前走了几步,手扶着一棵白兰树,看看远处的行政楼,再看看行政楼旁静静的湖水,猛然转过身来。

"得无虱其间,不武亦不文。仁义饬其躬,巧奸败群伦。张博士,你好好读读《泷吏》吧。这个单位平台太低了!整个办学理念都很落后,都很愚蠢,都很自我。领导们除了胆子大之外,没有任何优点,自以为有钱就能办成高水平大学。老师们都在混,当一天和尚撞一天钟,没有任何进取心!滨大好歹是个高校,但既不淘汰学渣,也不过滤人渣,最终会选择那些选择滨大的人!想清楚了,孩子!现在你就是当了这个学校的院长或书记,也不过是个七品芝麻官,整天除了开会学习写材料,又能怎么样?蜗角虚名,蝇头微利,那是一张无形的网,会把你禁锢的!你不适合当官,也没必要当官,滨江大学的官更不值得当!维天之命,於穆不已。学术高地,画坛巅峰;天地茫茫,翰墨风流。若坚韧不拔,则终有一得!君子不凝滞于物,而能与时俱进,与世推移。天外有天人外有人,你这么年轻,需要不懈奋斗,需要努力上进。学贵有恒,千万不要被眼前的东西迷惑了心智。学术上没有永远的强者,谁也不可能永远霸占专业的话语权,只要坚持不懈,清除障碍,你终会赢得自己的一席之地。天道酬勤,人道酬善,这么多年来,你在滨江大学,明珠暗投,自暴自弃,你说你图啥呢?所谓的高工资有没有给你带来幸福?"

"没有,根本没有。春愁难遣,往事惊心。十年来我最悲哀的,就是滨大的学生总把没水平的老师当成有水平的,又把有水平的老师当成没水平的!先贤尚且'自疏濯淖污泥之中,蝉蜕于浊秽,以浮游尘埃之外,不获世之滋垢,皭然泥而不滓者也'。我岂能以身之察察,受物之汶汶者乎;以皓皓之白,而蒙世俗之尘埃乎?"看着眼前慷慨激昂情真意切的老诗人,张懿恒毫不迟疑大声回答。多年来他很不幸福,有好几次都想自杀。人生到处知何似?应似飞鸿踏雪泥。泥上偶然留指爪,鸿飞那复计东西?江湖风云,恩恩怨怨,他的心越来越倦了。"世虑全消,见几点落花,听数声啼鸟;尘缘割断,推半窗明月,卧一榻清风。"近来他一直书写这副对联。

"你可以追求你的幸福,但如果要继续留在滨大,我就要感叹:何期泪洒江南雨,又为斯民哭健儿!你还是有信仰有追求的,可若只追求宝马雕车钟鼓馔玉,或者追求平淡安闲得过且过的生活,我就不会说这些。人是为了自己的希望而活着的,每个人都有自己的希望,都有自己的光芒,都有自己心底的强大力量,关键是你的心朝向哪里。多少人漫长地活着,却不过重复着平庸。"卫风之抖动

739

着满头白发,显然,他的人生感慨一旦爆发,就很难遏止。张懿恒感到眼前出现一树飞扬的雪梅,他想起了关教授的嘱托:知识分子是时代的眼睛,这双眼睛已经快要失明了,我们要使这双眼睛光亮起来,照着大家走路。

"人的希望在于自己,孔子没能改变鲁国,可是我们拉长一点时间来看,他却影响了整个世界!说起来,我也学过画画,却没学成。居然成濩落,白首甘契阔。我老了,终生一事无成。但你还年轻,要吸取我的教训,一定要目光长远,风物长宜放眼量。你还是找个好的平台吧,会当凌绝顶,一览众山小,切记平台高起点高,事业就好发展。人年轻时没有流过的汗,到老了就会化作泪流出来。人事有代谢,往来成古今。长风破浪会有时,直挂云帆济沧海!你现在正是男人最有潜力的时候,来日方长显身手,你上升的空间很大!北京画院有个领导是我一个老朋友。我给他看过你的画,也讲了你的情况,他也乐意见你。你不要怕大城市有压力,人生爱拼才会赢!我兀兀遂至今,忍为尘埃没?但你千万不要得过且过,不要被眼前的名利迷惑了上进的信心!君子见几而作,不俟终日,天予而不取,必遭天谴。自古自满气馁害死人,人生最怕的就是自甘沉沦、自我埋没和半途而废。肖子业他们都算个屁?谈笑间,统统樯橹灰飞烟灭,他们都被你踩在脚下了。你总不能重蹈覆辙,将来再被人踩吧?沉舟侧畔千帆过,病树前头万木春!不畏浮云遮望眼,自缘身在最高层。伟大的人,总是能够带着伤痛勇敢而谦恭地活下去,并开始新的前进。你现在正当年富力强的好时候,只要努力,肯定可以飞得更高,看得更远,活得更精彩!即使在前进的路上遭遇失败,遭遇挫折,遭遇黑暗,那也是因为你在追求成功、进步和光明。屡次遭遇失败,是因为你一直在追求进步,所以千万不能对生活失去信心啊!"

热泪夺眶而出,卫风之大口大口喘着气,哽咽得说不下去。

看着这位终生郁郁不得志的老人,张懿恒心潮翻滚,眼底发热,不知该说些什么好。壮年听雨客舟中,江阔云低,断雁叫西风。寒风呼呼刮着,放眼望去,校门外隔着一条马路,就是不断闪烁的红绿灯,就是立交桥,就是纵横交错四通八达的轨道线。往日崎岖还记否,路长人困蹇驴嘶。站在这十字路口,张懿恒很迷茫,很恍惚。这么多的路,到底哪条路属于自己?人生的道路漫长又短暂,关键处只有几步,特别是当人年轻的时候。"你还年轻吗,你还漫长吗,你还有理想吗？你在这里可曾见过至善至美,可曾有过心头至爱?"张懿恒脑海里立刻下意识反问起来。远处高楼林立,一栋栋望不到边。眼前灯火阑珊,车水马龙,行人来来去去匆匆而过,都奔向各自的方向。张懿恒想挪动脚步,却不知该往哪个方向去,因为所有的道路既熟悉又陌生,既温暖又冷漠。渐渐地阴云密布,高天滚滚寒流急,半空中霜风凄紧,眼前的水杉晃动着,满树叶子哗啦哗啦往下掉落,黄的、褐的、黑的、残的、萎的、枯的,各种落叶混在一起,像波浪般翻来卷去,地面上片片狼藉,到处弥漫着潮湿郁闷压抑的气息。雨丝漫天,张懿恒独立风口,视线很快模糊起来。

尾声

君子于役,苟无饥渴?

张懿恒坐在公交车上,他想再去看一眼梅花,再看一次白雪。十年无梦得还家,独立青峰野水涯。天地寂寥山雨歇,几生修得到梅花?车子驶过一条条街道,两旁的建筑物鳞次栉比,时光永远流逝,街市依旧太平。人上人下,车内车外,都是那么熙熙攘攘纷纭忙碌。万里重阴非旧圃,一年生意属流尘。张懿恒忽然觉得来了这么多年,自己在这个城市一直没有归属感,一直感到很陌生。人生是一粒种,落地就生根,可是这么多年过去了,自己的根在哪里,魂在哪里,情在哪里?心在哪里,思在哪里,家在哪里?茫茫乾坤人生几何,红尘碌碌去日苦多!田园将芜胡不归。叹年来踪迹、何事苦淹留?天地苍苍,暮色沉沉,阵阵纷扰和喧嚣中,他想起那首《腊月书事》:

> 荆棘连昌路,珠玑久化尘。
> 青山飞白鸟,野水渡行人。
> 寂寂繁华尽,悠悠草木春。
> 人间有兴废,何事独伤神?

忘了谁的诗,写得这么好!阴冷的大地,连绵的雨丝,寒潮与迷雾笼罩着眼前的一切。张懿恒向车窗外不断张望。枯藤老树昏鸦,小桥流水人家,古道西风瘦马。一个小孩上了车,他认出这是程怡雪的孩子。孩子蹦跳着扑倒在他的怀里,小手臂也抱上来。张懿恒猛然醒悟:程怡雪当时是话中有话啊,可是如今又找谁去问呢?流年不尽人自老,外事无端心已空。风说:忘记她吧,我已经用尘土把罪恶埋葬;雨说:忘记她吧,我已经用泪水把耻辱洗光。可是张懿恒怎能忘记?车子晃晃悠悠,他将孩子紧紧抱在怀中,用自己的脸贴紧孩子粉嫩的面腮,思绪万千,久久无语。

　　谁谓河广?一苇杭之。人生的前进啊,要经过多少河流,经过多少堤岸?!站在此岸望彼岸,岸芷汀兰,郁郁葱葱,你觉得很美,充满了幸福的憧憬和向往,可是一旦到了彼岸,回头是岸,风光原来也不错,再往前看,又发现有新的更好的彼岸。如此的话,漫漫前方,何处是岸啊?人生就是这样,一山望着一山高,站在此岸想着彼岸,真正的彼岸又在哪里?是处青山可埋骨,他年夜雨独伤神。玉阶空伫立,宿鸟归飞急。何处是归程?长亭更短亭。不向人间怨不平,相期浴火凤凰生。并非诗人的张懿恒胡乱念叨着,情不自禁落下滴滴痛定思痛的清泪来。